Fjodor Dostojewski

Schuld und Sühne

Impressum
Titel: Schuld und Sühne
Autor: Fjodor Dostojewski
Verlag: Pretorian Books, Ul. Hristo Samsarov 9, 9000 Varna
ISBN: 9783903352346
Erscheinungsdatum: 29.11.2019

ERSTER BAND

ERSTER TEIL

I

An einem der ersten Tage des Juli – es herrschte eine gewaltige Hitze – verließ gegen Abend ein junger Mann seine Wohnung, ein möbliertes Kämmerchen in der S... gasse, und trat auf die Straße hinaus; langsam, wie unentschlossen, schlug er die Richtung nach der K... brücke ein.

Einer Begegnung mit seiner Wirtin auf der Treppe war er glücklich entgangen. Seine Kammer lag unmittelbar unter dem Dache des hohen, vierstöckigen Hauses und hatte in der Größe mehr Ähnlichkeit mit einem Schranke als mit einer Wohnung. Seine Wirtin, die ihm diese Kammer vermietet hatte und ihm auch das Mittagessen lieferte und die Bedienung besorgte, wohnte selbst eine Treppe tiefer, und jedesmal, wenn er das Haus verlassen wollte, mußte er notwendig auf der Treppe an ihrer Küche vorbeigehen, deren Tür fast immer weit offen stand. Und jedesmal, wenn der junge Mann vorbeikam, ergriff ihn ein peinliches Gefühl der Feigheit, dessen er sich stirnrunzelnd schämte. Er steckte bei der Wirtin tief in Schulden und fürchtete sich deshalb davor, mit ihr zusammenzutreffen.

Nicht daß Schüchternheit und Feigheit in seinem Charakter gelegen hätten; ganz im Gegenteil; aber er befand sich seit einiger Zeit in einem aufgeregten und gereizten Gemütszustande, der große Ähnlichkeit mit Hypochondrie hatte. Er hatte sich derartig in sein eigenes Ich vergraben und sich von allen Menschen abgesondert, daß er sich schlechthin vor jeder Begegnung scheute, nicht nur vor einer Begegnung mit seiner Wirtin. Die Armut hatte ihn völlig überwältigt; aber selbst diese bedrängte Lage empfand er in der letzten Zeit nicht mehr als lastenden Druck. Auf Brotarbeit hatte er ganz verzichtet; er hatte keine Lust mehr zu irgendwelcher Tätigkeit. In Wahrheit fürchtete er sich vor keiner Wirtin in der Welt, mochte sie gegen ihn im Schilde führen, was sie wollte. Aber auf der Treppe stehenzubleiben, allerlei Gewäsch über allen möglichen ihm ganz gleichgültigen Alltagskram, all diese Mahnungen ans Bezahlen, die Drohungen und Klagen anzuhören und dabei selbst sich herauszuwinden, sich zu entschuldigen, zu lügen – nein, da war es schon besser, wie eine Katze auf der Treppe vorbeizuschlüpfen und sich, ohne von jemand gesehen zu werden, flink davonzumachen.

Übrigens war er diesmal, als er auf die Straße hinaustrat, selbst erstaunt darüber, daß er sich so vor einer Begegnung mit seiner Gläubigerin fürchtete.

»Eine so große Sache plane ich, und dabei fürchte ich mich vor solchen Kleinigkeiten!« dachte er mit einem eigentümlichen Lächeln. »Hm... ja... alles hat der Mensch in seiner Hand, und doch läßt man sich alles an der Nase vorbeigehen, einzig und allein aus Feigheit... das ist schon so die allgemeine Regel... Merkwürdig: wovor fürchten die Menschen sich am meisten? Am meisten fürchten sie sich vor einem neuen Schritte, vor einem eignen neuen Worte... Übrigens schwatze ich viel zuviel. Darum handle ich auch nicht, weil ich soviel schwatze. Vielleicht aber liegt die Sache auch so: weil ich nicht handle, darum schwatze ich. Da habe ich nun in diesem letzten Monat das Schwatzen gelernt, wenn ich so ganze Tage lang im Winkel lag und an weiß Gott was dachte. Nun also: wozu gehe ich jetzt aus? Bin ich etwa imstande, das auszuführen? Ist es mir etwa Ernst damit? Ganz und gar nicht. Ich amüsiere mich nur mit einem müßigen Spiel der Gedanken; Tändelei! Ja, weiter nichts als Tändelei!«

Auf der Straße war eine furchtbare Hitze; dazu noch die drückende Schwüle und das Gedränge; überall Kalkhaufen, Baugerüste, Ziegelsteine, Staub und jener besondere Sommergestank, den jeder Petersburger, soweit er nicht in der Lage ist, in die Sommerfrische zu gehen, so gut kennt. All dies zerrte plötzlich auf das unangenehmste an den ohnehin schon reizbaren Nerven des jungen Mannes. Der unerträgliche Dunst aus den gerade in diesem Stadtteile besonders zahlreichen Kneipen und die Betrunkenen, auf die man trotz Werktag und Arbeitszeit fortwährend stieß, vollendeten das widerwärtige, traurige Kolorit dieses Bildes. Ein Ausdruck des tiefsten Ekels spielte einen Augenblick auf den feinen Zügen des jungen Mannes. (Um dies beiläufig zu erwähnen: er hatte ein ungewöhnlich hübsches Äußeres, schöne, dunkle Augen, dunkelblondes Haar, war über Mittelgröße, schlank und wohlgebaut.) Aber bald versank er in tiefes Nachdenken oder, richtiger gesagt, in eine Art von Geistesabwesenheit und schritt nun einher, ohne seine Umgebung wahrzunehmen; ja, er wollte sie gar nicht wahrnehmen. Nur ab und zu murmelte er etwas vor sich hin, zufolge jener Neigung, mit sich selbst zu reden, die er sich soeben selbst eingestanden hatte. Gleichzeitig kam ihm auch zum Bewußtsein, daß seine Gedanken sich zeitweilig verwirrten und daß er sehr schwach war: dies war schon der zweite Tag, daß er so gut wie nichts gegessen hatte.

Er war so schlecht gekleidet, daß ein anderer, selbst jemand, der die Armut schon gewohnt war, sich geschämt hätte, bei Tage in solchen Lumpen auf die Straße zu gehen. Übrigens war dieser Stadtteil von der Art, daß es schwer war, durch die Kleidung hier jemand in Verwunderung zu versetzen. Die Nähe des Heumarktes, die übergroße Zahl gewisser Häuser und ganz besonders die Fabrikarbeiter- und Handwerkerbevölkerung, die sich in diesen inneren Straßen und Gassen von Petersburg zusammendrängte, brachten mitunter in das Gesamtbild einen so starken Prozentsatz derartiger Gestalten hinein, daß es sonderbar gewesen wäre, wenn man sich bei der Begegnung mit einer einzelnen solchen Figur hätte wundern wollen. Aber in der Seele des jungen Mannes hatte sich bereits so viel ingrimmige Verachtung angesammelt, daß er trotz all seiner mitunter stark jünglingshaften Empfindlichkeit sich seiner Lumpen auf der Straße nicht mehr schämte. Anders beim Zusammentreffen mit irgendwelchen Bekannten oder mit früheren Kommilitonen, denen er überhaupt nicht gern begegnete... Als indessen ein Betrunkener, der gerade in einem großen Bauernwagen mit einem mächtigen Lastpferde davor auf der Straße irgendwohin transportiert wurde, ihm plötzlich im Vorbeifahren zurief: »He, du! Hast'nen deutschen Deckel auf dem Kopf!«, aus vollem Halse zu brüllen anfing und mit der Hand auf ihn zeigte: da blieb der junge Mann stehen und griff mit einer krampfhaften Bewegung nach seinem Hute. Es war ein hoher, runder Hut, aus dem Hutgeschäft von Zimmermann, aber schon ganz abgenutzt, völlig fuchsig, ganz voller Löcher und Flecke, ohne Krempe und in greulichster Weise eingeknickt. Aber es war nicht Scham, sondern ein ganz anderes Gefühl, das sich seiner bemächtigte, eine Art Schreck.

›Hab ich's doch gewußt!‹ murmelte er bestürzt. ›Hab ich's mir doch gedacht! Das ist das Allerwiderwärtigste! Irgendeine Dummheit, irgendeine ganz gewöhnliche Kleinigkeit kann den ganzen Plan verderben! Ja, der Hut ist zu auffällig... Er ist lächerlich, und dadurch wird er auffällig. Zu meinen Lumpen ist eine Mütze absolut notwendig, und wäre es auch irgend so ein alter Topfdeckel, aber nicht dieses Ungetüm. So etwas trägt kein Mensch. Eine Werst weit fällt den Leuten so ein Hut auf, und sie erinnern sich daran... Ja, das ist es: sie erinnern sich seiner nachher, und schon ist der Indizienbeweis da. Bei solchen Geschichten muß man möglichst unauffällig sein,... die Kleinigkeiten, die Kleinigkeiten, die sind die Hauptsache! Gerade diese Kleinigkeiten verderben immer alles...‹

Er hatte nicht weit zu gehen; er wußte sogar, wieviel Schritte es von seiner Haustür waren: genau siebenhundertunddreißig. Er hatte sie einmal gezählt, als er sich sein Vorhaben schon lebhaft ausmalte. Damals freilich glaubte er selbst noch nicht an diese seine Phantasiegemälde und kitzelte nur sich selbst mit ihrer grauenhaften, aber verführerischen Verwegenheit. Jetzt, einen Monat später, hatte er bereits angefangen, die Sache anders zu betrachten, und trotz aller höhnischen Monologe über seine eigene Schwäche und Unschlüssigkeit hatte er sich unwillkürlich daran gewöhnt, das »grauenhafte« Phantasiegemälde bereits als ein beabsichtigtes Unternehmen zu betrachten, wiewohl er an seinen Entschluß noch immer selbst nicht recht glaubte. Sein jetziger Ausgang hatte sogar den Zweck, eine Probe für sein Vorhaben zu unternehmen, und mit jedem Schritte wuchs seine Aufregung mehr und mehr.

Das Herz stand ihm fast still, und ein nervöses Zittern überkam ihn, als er sich einem kolossalen Gebäude näherte, das mit der einen Seite nach dem Kanal, mit der andern nach der... straße zu lag. Dieses Haus hatte lauter kleine Wohnungen, in denen allerlei einfache Leute wohnten: Schneider, Schlosser, Köchinnen, Deutsche verschiedenen Berufes, alleinstehende Mädchen, kleine Beamte usw. Durch die beiden Haustore und auf den beiden Höfen des Hauses war ein fortwährendes Kommen und Gehen. Hier gab es drei oder vier Hausknechte zur Aufsicht. Der junge Mann war sehr damit zufrieden, daß er keinem von ihnen begegnete, und schlüpfte gleich vom Tore aus unbemerkt rechts eine Treppe hinauf. Die Treppe war dunkel und eng, ein »Wirtschaftsaufgang«; aber er hatte dies alles schon studiert und kannte es, und diese ganze Örtlichkeit gefiel ihm: in solcher Dunkelheit war selbst ein neugierig forschender Blick nicht weiter gefährlich. ›Wenn ich mich jetzt schon so fürchte, wie würde es dann erst sein, wenn es wirklich zur Ausführung der Tat selbst käme?‹ dachte er unwillkürlich, während er zum dritten Stock hinaufstieg. Hier versperrten ihm Möbelräumer, entlassene Soldaten, den Weg, die aus einer Wohnung Möbel heraustrugen. Er hatte schon früher in Erfahrung gebracht, daß hier eine deutsche Beamtenfamilie wohnte. ›Also dieser Deutsche zieht jetzt aus; folglich ist für einige Zeit im dritten Stock an diesem Aufgang und an diesem Treppenabsatz die Wohnung der Alten als einzige bewohnt. Das ist günstig... für jeden Fall‹, überlegte er wieder und klingelte an der Tür der Alten. Die Glocke rasselte schwach, wie wenn sie aus Blech wäre statt aus Messing. In solchen großen Mietshäusern mit diesen kleinen Wohnungen findet man fast immer solche Türklingeln. Er hatte den Ton dieser Glocke schon vergessen, und nun war es, als ob dieser besondere Ton ihn auf einmal an etwas erinnerte und es ihm wieder klar vor die Seele brächte... Er fuhr zusammen; seine Nerven waren doch schon recht schwach geworden. Es dauerte nicht lange, da wurde die Tür einen schmalen Spalt weit geöffnet; durch diesen Spalt hindurch betrachtete die Bewohnerin den Ankömmling mit offenkundigem Mißtrauen; von ihr waren nur die aus der Dunkelheit hervorfunkelnden Augen zu sehen. Aber da sie auf dem Treppenabsatz eine Menge Menschen sah, faßte sie Mut und öffnete die Tür ganz. Der junge Mann trat über die Schwelle in ein dunkles Vorzimmer, das durch eine Bretterwand in zwei Teile geteilt war; hinter dieser Wand befand sich eine winzige Küche. Die Alte stand schweigend vor ihm und blickte ihn fragend an. Es war ein kleines, verhutzeltes Weib von etwa sechzig Jahren, mit scharfen, tückischen, kleinen Augen und kleiner, spitzer Nase; eine Kopfbedeckung trug sie nicht. Das hellblonde, nur wenig ergraute Haar war stark mit Öl gefettet. Um den dünnen, langen Hals, der mit einem Hühnerbeine Ähnlichkeit hatte, hatte sie einen Flanellappen gewickelt, und auf den Schultern hing trotz der Hitze eine ganz abgetragene, vergilbte Pelzjacke. Die Alte hustete und räusperte sich alle Augenblicke. Der junge Mann mußte sie wohl mit einem eigentümlichen Blick angesehen haben; denn in ihren Augen funkelte auf einmal wieder das frühere Mißtrauen auf.

»Mein Name ist Raskolnikow, Student; ich war schon einmal vor einem Monat bei Ihnen«, beeilte sich der junge Mann mit einer leichten Verbeugung zu sagen; denn es fiel ihm ein, daß er sehr liebenswürdig sein müsse.

»Ich erinnere mich, Väterchen; ich erinnere mich recht gut, daß Sie hier waren«, erwiderte die Alte bedächtig, hielt jedoch dabei weiter ihre fragenden Augen unverwandt auf sein Gesicht geheftet.

»Nun also... ich komme wieder in einer solchen Angelegenheit«, fuhr Raskolnikow fort, etwas befangen und verwundert über das Mißtrauen der Alten.

›Aber vielleicht ist sie immer so, und ich habe es das erstemal nur nicht beachtet?‹, dachte er mit einem unangenehmen Gefühl.

Die Alte schwieg ein Weilchen, wie wenn sie etwas überlegte, dann trat sie zur Seite und sagte, indem sie auf die ins Zimmer führende Tür zeigte und dem Besucher den Vortritt ließ:

»Treten Sie ein, Väterchen.«

Das kleine Zimmer, in welches der junge Mann eintrat, war gelb tapeziert; an den Fenstern hingen Musselingardinen; auf den Fensterbrettern standen Geranientöpfe; in diesem Augenblick war das Zimmer von der untergehenden Sonne hell erleuchtet. ›Die Sonne wird also auch dann so scheinen!‹ dachte Raskolnikow unwillkürlich und ließ einen schnellen Blick über das ganze Zimmer gleiten, um die Lage und Einrichtung möglichst kennenzulernen und sich einzuprägen. Etwas Besonderes war im Zimmer nicht zu sehen. Das Mobiliar, durchweg sehr alt und aus gelbem Holze, bestand aus einem Sofa mit gewaltiger, geschweifter hölzerner Rückenlehne, einem ovalen Tische vor dem Sofa, einem Toilettentisch mit einem Spiegelchen am Fensterpfeiler, einigen Stühlen an den Wänden und zwei oder drei billigen, gelb eingerahmten Bildern, welche deutsche Fräulein mit Vögeln in den Händen darstellten – das war die ganze Einrichtung. In der Ecke brannte vor einem kleinen Heiligenbilde das Lämpchen. Alles war sehr sauber: die Möbel und die Dielen waren blank gerieben; alles glänzte nur so. ›Das ist Lisawetas Werk‹, dachte der junge Mann. In der ganzen Wohnung hätte man kein Stäubchen finden können. ›Bei boshaften alten Witwen ist solche Reinlichkeit häufig‹, fuhr Raskolnikow in seinen Überlegungen fort und schielte forschend nach dem Kattunvorhang vor der Tür nach dem zweiten kleinen Zimmerchen, wo das Bett und die Kommode der Alten standen; in dieses Zimmer hatte er bisher noch nicht hineinschauen können. Die ganze Wohnung bestand nur aus diesen beiden Zimmern.

»Was wünschen Sie?« fragte die Alte in scharfem Tone, nachdem sie ins Zimmer getreten war und, wie vorher, sich gerade vor ihn hingestellt hatte, um ihm genau ins Gesicht blicken zu können.

»Ich bringe ein Stück zum Verpfänden. Da ist es!«

Er zog eine alte flache silberne Uhr aus der Tasche. Auf dem hinteren Deckel war ein Globus dargestellt. Die Kette war aus Stahl.

»Das frühere Pfand ist auch schon verfallen. Vorgestern war der Monat abgelaufen.«

»Ich will Ihnen für noch einen Monat Zinsen zahlen. Haben Sie noch Geduld.«

»Es steht bei mir, Väterchen, ob ich mich noch gedulden oder Ihr Pfand jetzt verkaufen will.«

»Was geben Sie mir auf die Uhr, Aljona Iwanowna?«

»Sie kommen immer nur mit solchen Trödelsachen, Väterchen. Die hat ja so gut wie gar keinen Wert. Auf den Ring habe ich Ihnen das vorige Mal zwei Scheinchen gegeben; aber man kann ihn beim Juwelier für anderthalb Rubel neu kaufen.«

»Geben Sie mir auf die Uhr vier Rubel; ich löse sie wieder aus; es ist ein Erbstück von meinem Vater. Ich bekomme nächstens Geld.«

»Anderthalb Rubel und die Zinsen vorweg, wenn es Ihnen so recht ist.«

»Anderthalb Rubel!« rief der junge Mann.

»Ganz nach Ihrem Belieben!«

Mit diesen Worten hielt ihm die Alte die Uhr wieder hin. Der junge Mann nahm sie und war so ergrimmt, daß er schon im Begriff stand wegzugehen; aber er besann sich noch schnell eines andern, da ihm einfiel, daß er sonst nirgendwohin gehen konnte und daß er auch noch zu einem andern Zweck gekommen war.

»Nun, dann geben Sie her!« sagte er grob.

Die Alte griff in die Tasche nach den Schlüsseln und ging in das andre Zimmer hinter dem Vorhang. Der junge Mann, der allein mitten im Zimmer stehengeblieben war, horchte mit lebhaftem Interesse und kombinierte. Es war zu hören, wie sie die Kommode aufschloß. ›Wahrscheinlich die obere Schublade‹, mutmaßte er. ›Die Schlüssel trägt sie also in der rechten Tasche... alle als ein Bund, an einem eisernen Ringe... Und es ist ein Schlüssel dabei, der ist größer als alle andern, dreimal so groß, mit gezacktem Bart; natürlich nicht von der Kommode... Also ist da noch eine Truhe oder ein Kasten... Das ist interessant. Truhen haben immer derartige Schlüssel... Aber wie gemein ist das alles!‹

Die Alte kam zurück.

»Nun also, Väterchen: wenn wir zehn Kopeken vom Rubel monatlich rechnen, dann bekomme ich für anderthalb Rubel von Ihnen für einen Monat fünfzehn Kopeken im voraus. Und für die beiden früheren Rubel bekomme ich von Ihnen nach derselben Berechnung noch zwanzig Kopeken im voraus. Das macht zusammen fünfunddreißig Kopeken. Sie erhalten also jetzt für Ihre Uhr einen Rubel und fünfzehn Kopeken. Hier, bitte.«

»Wie? Also jetzt nur einen Rubel und fünfzehn Kopeken?«

»Ganz richtig.«

Der junge Mann ließ sich nicht auf einen Streit ein und nahm das Geld. Er sah die Alte an und zauderte mit dem Fortgehen, als wolle er noch etwas sagen oder tun; aber er schien selbst nicht zu wissen, was denn eigentlich.

»Vielleicht bringe ich Ihnen nächstens noch ein Pfandstück, Aljona Iwanowna,... ein schönes... silbernes... Zigarettenetui,... sobald ich es von einem Freunde zurückbekomme...«

Er wurde verlegen und schwieg.

»Nun, darüber können wir ja dann später sprechen, Väterchen.«

»Adieu... Aber sitzen Sie denn immer so allein zu Hause? Ist Ihre Schwester nicht da?« fragte er möglichst harmlos, während er in das Vorzimmer hinaustrat.

»Was wollen Sie denn von ihr, Väterchen?«

»Nun, nichts Besondres. Ich fragte nur so. Aber Sie müssen auch gleich... Adieu, Aljona Iwanowna!«

Raskolnikow ging in hochgradiger Erregung hinaus. Und seine Erregung wuchs noch immer mehr. Als er die Treppe hinunterstieg, blieb er sogar einigemal stehen, wie wenn ihn ein Gedanke plötzlich ganz übermannt hätte. Und endlich – er war schon auf der Straße – rief er aus:

»O Gott, wie scheußlich das alles ist! Werde ich denn... werde ich denn wirklich... nein, das ist ja ein Unsinn, eine Absurdität!« fügte er entschlossen hinzu. »Wie konnte mir so etwas Gräßliches überhaupt nur in den Sinn kommen? Welcher schmutzigen Gedanken ist meine Seele doch fähig! Ja, es ist eine schmutzige, abscheuliche, ekelhafte, Sache. Und ich habe einen ganzen Monat lang...«

Aber keine Worte und keine Ausrufe waren imstande, seiner Erregung Ausdruck zu geben. Das Gefühl eines gewaltigen Ekels, das schon vorhin sein Herz bedrückt und beklemmt hatte, als er noch auf dem Wege zu der Alten gewesen war, nahm jetzt solche Dimensionen an und trat in solcher Schärfe hervor, daß er nicht wußte, was er vor Unruhe tun sollte. Er ging auf dem Trottoir wie ein Betrunkener, bemerkte die Begegnenden gar nicht und stieß mit ihnen zusammen; erst in der nächsten Straße kam er zur Besinnung. Um sich blickend, gewahrte er, daß er vor einer Kneipe stand, zu der man vom Trottoir eine Treppe hinabstieg, ins Souterrain. Aus der Tür kamen gerade in diesem Augenblick zwei Betrunkene heraus und stiegen, indem sie sich wechselseitig stützten, unter Schimpfworten zur Straße hinauf. Ohne sich lange zu besinnen, stieg Raskolnikow hinunter. Er war noch nie in einem solchen Lokale gewesen;

aber jetzt war ihm der Kopf ganz schwindlig, dazu quälte ihn ein brennender Durst. Es verlangte ihn, ein Glas kaltes Bier zu trinken, um so mehr, da er seine plötzliche Schwäche auch auf Rechnung seines leeren Magens setzte. Er nahm in einem dunklen, schmutzigen Winkel an einem klebrigen Tischchen Platz, bestellte Bier und trank gierig das erste Glas aus. Sofort wurde ihm leichter ums Herz, und seine Gedanken klärten sich. ›Das ist ja lauter dummes Zeug‹, sagte er wieder hoffnungsvoll zu sich selbst, ›und es war gar kein Grund zur Aufregung. Eine rein physische Störung! Ein einziges Glas Bier, ein Bissen Brot – und im Augenblick hat sich der Verstand erholt, das Denken wird klar, der Wille fest! Pfui über diese ganze Jämmerlichkeit!‹ Aber obwohl er bei den letzten Worten verächtlich ausspie, sah er schon heiter aus, als wäre er plötzlich von einer furchtbaren Last befreit, und betrachtete mit freundlichen Blicken die anderen Gäste. Doch selbst in diesem Augenblick ahnte er ganz von fern, daß diese ganze Empfänglichkeit für bessere Regungen bei ihm gleichfalls etwas Krankhaftes an sich habe.

In der Schenke waren nur noch wenige Leute. Außer jenen beiden Betrunkenen, denen er an der Treppe begegnet war, hatte unmittelbar nach ihnen noch eine ganze Gesellschaft, etwa fünf Männer und eine Dirne, mit einer Ziehharmonika das Lokal verlassen. Nach ihrem Weggehen war es still geworden; auch war nun mehr Raum. Zurückgeblieben waren: ein Mann, der bei seinem Biere saß, betrunken, jedoch nicht übermäßig, dem Aussehen nach ein Kleinbürger; ferner sein Kumpan, ein dicker, sehr großgewachsener Kerl mit grauem Barte; er hatte einen kurzen Kaftan an, war sehr stark betrunken und lag schlafend auf einer Bank; mitunter aber breitete er auf einmal wie in halbwachem Zustande die Arme weit auseinander, schnipste mit den Fingern und schnellte mit dem Oberkörper in die Höhe, ohne jedoch von der Bank aufzustehen; dazu sang er irgendwelchen Unsinn, indem er sein Gedächtnis anstrengte, um sich auf Verse von dieser Art zu besinnen:

»Daß ich – zärtlich zu ihr – war,
Währte – wohl ein ganzes Jahr.«

Oder er wachte auf einmal auf und grölte:

»Auf dem Promenadenplatz
Traf ich meinen einst'gen Schatz.«

Aber niemand nahm an seinem Glücke Anteil; sein schweigsamer Kumpan betrachtete diese Ausbrüche sogar mit Mißtrauen und Feindseligkeit. Es war außerdem noch ein Mann da, anscheinend ein früherer Beamter. Er saß allein für sich bei seiner Flasche Branntwein und seinem Glase; ab und zu nahm er einen Schluck und sah sich um. Er befand sich, wie es schien, gleichfalls in einiger Aufregung.

II

Raskolnikow war an das Zusammensein mit einer größern Anzahl von Menschen nicht gewöhnt und mied, wie schon gesagt, jede Gesellschaft, namentlich in der letzten Zeit. Aber jetzt fühlte er sich auf einmal zu den Menschen hingezogen. Es ging eine Art Wandlung in ihm vor, und zugleich machte sich bei ihm geradezu ein Durst nach menschlicher Gesellschaft spürbar. Er war von seiner nun schon einen ganzen Monat dauernden heftigen Unruhe und düstern Aufregung so erschöpft, daß er sich danach sehnte, wenigstens für einen Augenblick in einer andern Welt – mochte sie sein, wie sie wollte – aufzuatmen, und so blieb er denn jetzt trotz aller Unsauberkeit der Umgebung mit Vergnügen in der Kneipe sitzen.

Der Wirt hielt sich in einem andern Zimmer auf, kam aber häufig in den Hauptraum, zu dem er einige Stufen herabstieg. Dabei wurden zuerst seine eleganten Schmierstiefel mit großen roten Stulpen sichtbar. Er trug einen langschößigen ärmellosen Überrock und eine furchtbar fettige schwarzseidene Weste; die Krawatte fehlte, und sein ganzes Gesicht schien wie ein eisernes Schloß mit Öl eingeschmiert zu sein. Hinter dem Schenktisch stand ein etwa vierzehnjähriger Junge; auch war noch ein andrer, jüngerer da, der den Gästen das Bestellte hintrug. An Speisen waren aufgestellt: in Scheiben geschnittene Gurken, schwarzer Zwieback und in kleine Bissen zerlegter Fisch; alles roch sehr übel. Es herrschte eine solche Schwüle, daß es geradezu unerträglich war, hier zu sitzen, und die gesamte Atmosphäre war derart mit Branntweindunst geschwängert, daß man schon allein von dieser Luft in fünf Minuten betrunken werden konnte.

Man begegnet mitunter ganz unbekannten Leuten, für die man sich auf den ersten Blick, plötzlich, ehe man noch ein Wort mit ihnen gesprochen hat, lebhaft interessiert. Einen derartigen Eindruck machte auf Raskolnikow jener Gast, der abseits saß und wie ein ehemaliger Beamter aussah. Der junge Mann erinnerte sich in der Folgezeit öfters an diesen ersten Eindruck und führte ihn sogar auf eine Vorahnung zurück. Er sah den Beamten mit unverwandtem Blicke an, auch schon deswegen, weil auch dieser ihn starr anschaute und offenbar große Lust hatte, ein Gespräch mit ihm anzuknüpfen. Die übrigen Menschen in der Kneipe, den Wirt eingeschlossen, waren dem Beamten jedenfalls ein gewohnter und recht langweiliger Anblick; er hatte für sie sogar einen leisen Ausdruck hochmütiger Geringschätzung, als seien sie Menschen von niedrigerer Stellung und tieferer Bildungsstufe, mit denen er nicht wohl reden könne. Er mochte schon über fünfzig Jahre alt sein, war von mittlerer Statur und stämmigem Körperbau, hatte ergrautes Haar und eine große kahle Stelle auf dem Kopf; sein Gesicht war von ständiger Trunkenheit aufgedunsen und sah gelb, ja grünlich aus; unter den geschwollenen Augenlidern glänzten aus schmalen Spalten kleine, aber sehr lebendige gerötete Augen hervor. Aber es war an ihm etwas Seltsames: in seinem Blicke lag eine Art von schwärmerischem Leuchten – auch Verstand und Klugheit mochte man darin finden –, aber gleichzeitig schimmerte es darin wie von Irrsinn. Bekleidet war er mit einem alten, vollständig zerrissenen schwarzen Frack, an dem die Knöpfe fehlten. Nur ein einziger Knopf saß noch notdürftig fest, und mit diesem hatte er das Kleidungsstück zugeknöpft, sichtlich bemüht, den Anstand zu wahren. Aus einer Nankingweste schaute ein ganz zerknittertes, beschmutztes und begossenes Vorhemd heraus. Er war, nach Art der Beamten, rasiert; jedoch mußte dies schon vor geraumer Zeit zum letzten Male geschehen sein, da das Gesicht von graublauen Stoppeln bereits wieder dicht bedeckt war. Auch in seinen Manieren lag tatsächlich etwas, was an einen gesetzten Beamten erinnerte. Aber er befand sich in starker Unruhe, wühlte sich im Haar, stemmte manchmal die zerrissenen Ellbogen auf den begossenen, schmierigen Tisch und stützte kummervoll den Kopf in beide Hände. Endlich blickte er Raskolnikow gerade ins Gesicht und sagte laut und mit fester Stimme:

»Darf ich mir die Freiheit nehmen, mein Herr, mich mit einem anständigen Gespräche an Sie zu wenden? Denn obgleich Sie nach Ihrem Äußern nicht den Eindruck eines hochgestellten Mannes machen, so erkenne ich bei meiner Erfahrung doch in Ihnen einen gebildeten und des Trinkens ungewohnten Menschen. Ich habe eine mit edlen Charaktereigenschaften verbundene Bildung stets hochgeschätzt, und außerdem bin ich Titularrat. Mein Name ist Marmeladow, Titularrat. Darf ich mir die Frage erlauben, ob Sie ein Amt bekleiden?«

»Nein, ich studiere«, antwortete der junge Mann, einigermaßen verwundert sowohl über diese sonderbare, hochtrabende Redeweise, als auch darüber, daß er so geradezu, so ohne weiteres angeredet worden war. Obgleich er noch soeben das Verlangen nach irgendwelchem Verkehr mit andern Menschen verspürt hatte, empfand er plötzlich bei dem ersten Worte, das nun wirklich an ihn gerichtet wurde, sein gewohntes unangenehmes und gereiztes Gefühl des Widerwillens gegen jeden Fremden, der mit ihm in Berührung kam oder dies auch nur zu beabsichtigen schien.

»Also ein Student oder ein ehemaliger Student!« rief der Beamte. »Hatte ich es mir doch gedacht! Ja, ja, die Erfahrung, mein Herr, die langjährige Erfahrung!« Und prahlerisch legte er einen Finger an die Stirn. »Sie waren Student, widmeten sich den Wissenschaften! Aber gestatten Sie...«

Er erhob sich schwankend, nahm seine Flasche und sein Glas und setzte sich zu dem jungen Manne, ihm schräg gegenüber. Er war betrunken, redete aber deutlich und fließend; nur ab und zu verwirrte er sich einmal und zog dann die Worte in die Länge. Mit einer gewissen Gier fiel er über Raskolnikow her, als hätte auch er einen ganzen Monat lang mit keinem Menschen gesprochen.

»Verehrter Herr«, begann er pathetisch, »Armut ist kein Laster; wahrlich, so ist es. Ich weiß, daß andrerseits die Trunksucht keine Tugend ist, und das ist noch richtiger. Aber das Bettelelend, mein Herr, das Bettelelend – das ist allerdings ein Laster. In der Armut bewahren Sie noch den Adel der angeborenen Empfindungen; aber im Bettelelend tut das niemand. Für Bettelelend wird man nicht einmal mit einem Stocke hinausgejagt, sondern, um die Beleidigung noch ärger zu machen, mit einem Besen aus der menschlichen Gesellschaft hinausgefegt. Und das mit Recht; denn beim Bettelelend bin ich selbst der erste, der bereit ist, mich zu beleidigen. Daher kommt dann das Trinken! Verehrter Herr, vor einem Monat hat Herr Lebesjatnikow meine Gattin krumm und lahm geprügelt, und meine Gattin steht hoch über mir! Verstehen Sie wohl?... Gestatten Sie mir noch die Frage, nur so aus bloßer Neugier: haben Sie schon auf der Newa, auf den Heukähnen, übernachtet?«

»Nein, das ist mir noch nicht vorgekommen«, antwortete Raskolnikow. »Wieso?«

»Nun, mein Herr, ich komme von dort; ich habe schon fünf Nächte...«

Er füllte sein Glas, trank es aus und versank in Gedanken. Tatsächlich hingen an seinem Anzuge und sogar in seinen Haaren hier und da Heuhälmchen. Sehr wahrscheinlich, daß er sich fünf Tage lang weder ausgekleidet noch gewaschen hatte. Ganz besonders schmutzig waren die fettigen, roten Hände mit den schwarzen Fingernägeln.

Was er sagte, schien in dem Lokale eine allgemeine, aber nicht besonders lebhafte Aufmerksamkeit zu erregen. Die Knaben hinter dem Schenktische kicherten. Der Wirt war, wohl absichtlich, aus dem oberen Zimmer herabgekommen, um den »komischen Kerl« zu hören, hatte sich abseits hingesetzt und gähnte lässig, aber würdevoll. Offenbar war Marmeladow hier schon lange bekannt. Ja, auch seine Neigung zu hochtrabender Ausdrucksweise hatte sich wohl dadurch entwickelt, daß er gewohnt war, mit allen möglichen unbekannten Leuten in der Kneipe Gespräche zu führen. Diese Gewohnheit geht bei manchen Trinkern geradezu in ein Bedürfnis über, und namentlich bei solchen, mit denen zu Hause streng verfahren und kurzer Prozeß gemacht wird. Daher suchen sie, wenn sie mit andern Trinkern zusammen sind, sich zu rechtfertigen oder sich sogar womöglich die Achtung der andern zu erwerben.

»Du komischer Kerl!« sagte der Wirt laut. »Warum arbeitest du denn nicht, warum bist du denn nicht im Dienst, wenn du doch Beamter bist?«

»Warum ich nicht im Dienste bin, mein Herr«, entgegnete Marmeladow, indem er sich ausschließlich an Raskolnikow wendete, als ob dieser es wäre, der die Frage an ihn gerichtet hatte, »warum ich nicht im Dienste bin? Ist es mir denn nicht der größte Schmerz, daß ich mich so nutzlos umhertreibe? Als Herr Lebesjatnikow vor einem Monat eigenhändig meine Gattin prügelte und ich betrunken dalag, habe ich da etwa nicht gelitten? Erlauben Sie eine Frage, junger Mann, ist es Ihnen schon einmal begegnet, daß Sie... hm... daß Sie ohne Hoffnung jemand baten, Ihnen Geld zu leihen?«

»O ja,... das heißt, was meinen Sie damit: ohne Hoffnung?«

»Nun, ich meine eben: völlig ohne Hoffnung, so daß man schon im voraus weiß, daß nichts dabei herauskommt. Ein Beispiel: Sie wissen bestimmt im voraus, daß dieser sehr gutgesinnte und überaus nützliche Bürger Ihnen unter keinen Umständen Geld geben wird; denn warum, frage ich, sollte er es tun? Er weiß ja, daß ich es ihm doch niemals wiedergebe. Etwa aus Mitleid? Aber Herr Lebesjatnikow, der alle neuen Ideen mit Interesse verfolgt, hat neulich erst erklärt, daß das Mitleid neuerdings sogar von der Wissenschaft verboten worden sei und daß man in England, wo die Nationalökonomie herrscht, bereits danach verfahre. Warum also, frage ich, sollte er Ihnen Geld geben? Und wohlgemerkt: obwohl Sie im voraus wissen, daß er Ihnen nichts geben wird, machen Sie sich dennoch auf den Weg und...«

»Wozu soll man denn dann noch hingehen?« bemerkte Raskolnikow.

»Wenn aber niemand sonst da ist? Wenn Sie sonst nirgendwohin gehen können? Es müßte doch so sein, daß jeder Mensch wenigstens irgendwohin gehen könnte. Denn es kommen Zeiten vor, wo man unbedingt irgendwohin gehen muß! Als meine einzige Tochter zum ersten Male mit dem gelben Schein ging, da ging auch ich... Meine Tochter lebt nämlich mit dem gelben Schein«, fügte er als erklärende Einschaltung hinzu und blickte dabei den jungen Mann mit einiger Unruhe an. »Das macht nichts, verehrter Herr, das macht nichts!« beeilte er sich schleunigst und anscheinend ruhig zu erklären, als die beiden Knaben hinter dem Schenktische losprusteten und selbst der Wirt lächelte. »Das macht nichts! Durch dieses ›Schütteln der Häupter‹ lasse ich mich nicht verwirren; denn alles ist schon längst allen bekannt, und ›es ist nichts verborgen, das nicht offenbar werde‹; und nicht mit Verachtung, sondern mit Demut tue ich dessen Erwähnung. Mögen sie, mögen sie! ›Sehet, welch ein Mensch!‹ Erlauben Sie eine Frage, junger Mann: Sind Sie imstande... Aber nein, ich will mich stärker und bezeichnender ausdrücken: nicht sind Sie imstande, sondern wagen Sie, wenn Sie mich in diesem Augenblicke ansehen, die bestimmte Versicherung abzugeben, daß ich kein Lump bin?«

Der junge Mann erwiderte kein Wort.

Der Redner wartete zunächst, bis das Kichern, das wieder im Zimmer auf seine Worte gefolgt war, aufhörte, und fuhr dann erst gesetzt und diesmal sogar noch mit erhöhter Würde fort:

»Nun, mag ich immerhin ein Lump sein; sie aber ist eine Dame. Ich sehe aus wie ein Stück Vieh; aber meine Gattin, Katerina Iwanowna, ist eine gebildete Person und als Tochter eines Stabsoffiziers geboren. Mag ich auch ein Schuft sein; aber sie ist ein hochherziges Weib und durch ihre Erziehung von edlen Gefühlen erfüllt. Und trotzdem... ach, wenn sie Mitleid mit mir hätte! Verehrter Herr, verehrter Herr, es müßte doch in der Welt so eingerichtet sein, daß jeder Mensch wenigstens eine Stelle hätte, wo man ihn bemitleidete! Indessen, Katerina Iwanowna ist zwar eine hochgesinnte Dame, aber ungerecht... Ich weiß freilich selbst sehr wohl, daß, wenn sie mich an den Haaren reißt, sie das lediglich aus mitleidigem Herzen tut (denn – ich wiederhole es ohne Verlegenheit –: sie reißt mich an den Haaren, junger Mann!« versicherte er in noch würdevollerem Tone, als er ein neues Gekicher hörte), »aber, mein Gott, wenn sie doch nur ein einziges Mal... Aber nein, nein! Das ist alles vergebens, und es hat keinen Zweck, davon zu sprechen! Gar keinen Zweck! Denn das, was ich soeben als Wunsch aussprach, ist schon mehrmals dagewesen, und ich bin mehrmals bemitleidet worden; aber... das ist nun einmal meine Natur so; ich bin ein geborenes Vieh!«

»Na, und ob!« bemerkte der Wirt gähnend.

Marmeladow schlug entschlossen mit der Faust auf den Tisch.

»Das ist nun einmal meine Natur so! Wissen Sie, wissen Sie, mein Herr, daß ich sogar ihre Strümpfe vertrunken habe? Nicht die Schuhe, denn das wäre ja noch so einigermaßen in der Ordnung, sondern die Strümpfe, ihre Strümpfe habe ich vertrunken! Ihr Halstuch aus Baumwolle habe ich auch vertrunken (sie hat es einmal geschenkt bekommen, schon früher, es war ihr persönliches Eigentum und gehörte mir nicht), und dabei wohnen wir in einem kalten, kleinen Loche, und sie hatte sich in diesem Winter erkältet und angefangen zu husten, schon Blut zu husten. Wir haben drei kleine Kinder, und Katerina Iwanowna ist vom Morgen bis in die Nacht hinein bei der Arbeit; sie scheuert, sie wäscht, auch die Kinder wäscht sie, denn sie ist von klein auf an Reinlichkeit gewöhnt; aber sie hat eine schwache Brust und Anlage zur Schwindsucht, und darüber gräme ich mich! Gräme ich mich etwa nicht darüber? Und je mehr ich trinke, desto mehr gräme ich mich. Darum eben trinke ich, weil ich aus diesem Getränke die Empfindungen des Mitleides und des Grames schöpfe... Ich trinke, weil ich doppelt leiden will!«

Wie in Verzweiflung neigte er den Kopf auf den Tisch.

»Junger Mann«, fuhr er, sich wieder aufrichtend, fort, »auf Ihrem Gesichte lese ich so etwas wie Kummer. Schon als Sie eintraten, machte ich diese Beobachtung, und darum habe ich mich auch sogleich an Sie gewandt. Denn wenn ich Ihnen meine Lebensgeschichte mitteile, so verfolge ich dabei nicht den Zweck, mich vor diesen Tagedieben, denen übrigens alles schon ohnehin bekannt ist, an den Pranger zu stellen, sondern ich suche einen Menschen von Gefühl und Bildung. Vernehmen Sie also, daß meine Gattin in einem vornehmen, für den Adel des Gouvernements bestimmten Pensionate erzogen wurde und bei der Entlassungsfeier in Gegenwart des Gouverneurs und andrer hoher Persönlichkeiten einen Schleiertanz getanzt hat, wofür sie eine goldene Medaille und ein Belobigungszeugnis erhielt. Die Medaille... nun, die Medaille haben wir verkauft... schon lange... hm!... Das Belobigungszeugnis aber liegt noch bis auf den heutigen Tag in ihrem Kasten, und noch neulich hat sie es unsrer Wirtin gezeigt. Und obgleich sie mit der Wirtin unaufhörlich Zank und Streit hat, so wollte sie sich doch wenigstens vor einem Menschen rühmen und von vergangenen glücklichen Tagen reden. Und ich richte nicht, ich richte nicht; denn dies ist das letzte, was ihr noch als Erinnerung geblieben ist, alles übrige ist fort und dahin. Ja, ja, sie ist eine temperamentvolle Dame, stolz und unbeugsam. Den Fußboden wäscht sie selbst auf und lebt von Schwarzbrot; aber eine Verletzung der ihr gebührenden Achtung duldet sie nicht. Deshalb wollte sie auch von Herrn Lebesjatnikow keine Grobheit dulden, und als Herr Lebesjatnikow sie nun dafür prügelte, da legte sie sich ins Bett, nicht sowohl wegen der Schläge als wegen des Gefühls der Kränkung. Ich habe sie geheiratet, als sie Witwe war, mit drei Kinderchen, eines kleiner als das andre. Ihren ersten Mann, einen Infanterieoffizier, hatte sie aus Liebe geheiratet und war mit ihm aus dem Elternhause davongelaufen. Sie liebte ihren Mann grenzenlos; aber er ergab sich dem Kartenspiele, kam vor Gericht und starb während der Untersuchung. In der letzten Zeit schlug er sie häufig, und obwohl sie ihm auch nichts hingehen ließ, was mir zuverlässig und aus sicheren Bezeugungen bekannt ist, so erinnert sie sich seiner doch bis auf den heutigen Tag mit Tränen und macht mir im Gegensatze zu ihm häufig Vorwürfe, und ich freue mich darüber, ja, ich freue mich darüber, weil sie sich wenigstens einbildet, einmal glücklich gewesen zu sein. Als er gestorben war, blieb sie mit den drei kleinen Kindern in einer abgelegenen, unzivilisierten Kreisstadt zurück, wo auch ich mich damals befand, und sie lebte in so trostlosem Elend, daß ich gar nicht imstande bin, es zu beschreiben, wiewohl ich viel und mancherlei Unglück in meinem Leben mit angesehen habe. Die Verwandten hatten sich alle von ihr losgesagt. Und sie war auch stolz, über alle Maßen stolz. Und da, verehrter Herr, bot ich, der ich gleichfalls Witwer war und von meiner ersten Frau eine vierzehnjährige Tochter hatte, ihr meine Hand an, weil ich einen solchen Jammer nicht ansehen konnte. Welchen Grad ihr Elend erreicht hatte, das können Sie daraus beurteilen, daß sie, eine gebildete, wohlerzogene Frau aus angesehener Familie, sich bereit fand, mich zu nehmen. Jawohl, sie heiratete mich! Sie weinte und schluchzte und rang die Hände; aber sie heiratete mich! Denn sie wußte nicht, wo sie bleiben sollte. Verstehen Sie, verstehen Sie, verehrter Herr, was das besagen will, wenn man nicht weiß, wo man bleiben soll? Nein! Das verstehen Sie noch nicht... Ein ganzes Jahr lang erfüllte ich im Dienste meine Pflicht treu und gewissenhaft und rührte das da« (er tippte mit dem Finger an die Branntweinflasche) »nicht an; denn ich habe ein fühlendes Herz. Aber trotzdem hatte sie immer an mir etwas auszusetzen; und nun verlor ich gar meine Stelle, gleichfalls ohne mein Verschulden, vielmehr infolge einer Etatveränderung der Behörden, und da fing ich an zu trinken!... Es wird jetzt anderthalb Jahr her sein, daß wir endlich nach langen Irrfahrten und vielen Drangsalen in dieser prächtigen, mit zahlreichen Denkmälern geschmückten Residenz anlangten... Ich bekam hier eine Stelle; ich bekam sie und verlor sie wieder. Verstehen Sie wohl? Diesmal verlor ich sie nun schon durch meine eigene Schuld; denn meine Natur machte sich geltend... Wir haben jetzt eine Schlafstelle bei der Zimmervermieterin Amalia Fjodorowna Lippewechsel; wovon wir aber leben und womit wir bezahlen, das weiß ich nicht. Es wohnen da noch viele Leute außer uns,... ein ganz scheußliches Sodom und Gomorrha... hm!... ja... Unterdessen war auch mein Töchterchen aus erster Ehe herangewachsen; was sie, mein Töchterchen, während sie heranwuchs, von ihrer Stiefmutter alles zu erdulden hatte, davon will ich schweigen. Denn obgleich Katerina Iwanowna ganz von hochherzigen Gefühlen erfüllt ist, so ist sie doch eine temperamentvolle, reizbare Dame und kann einem die Hölle heiß machen... Ja! Na, es hat keinen Zweck, davon zu reden. Ordentlichen Unterricht hat Sonja, wie Sie sich leicht denken können, nicht erhalten. Vor vier Jahren machte ich den Versuch, Geographie und Weltgeschichte mit ihr durchzunehmen; aber da ich selbst in diesen Wissenschaften nicht fest war und wir keine geeigneten Leitfäden dazu besaßen – denn was waren das für elende Büchelchen, die wir hatten... hm! nun, die sind jetzt nicht mehr vorhanden, diese Büchelchen –, so war der ganze Unterricht auch bald zu Ende. Wir kamen nur bis zu dem persischen König Cyrus. Später, als sie zu reiferem Alter gelangt war, las sie einige Bücher, in denen Romane standen, und noch kürzlich las sie mit großem Interesse ein Buch, das sie durch Herrn Lebesjatnikows Vermittlung bekommen hatte, die Physiologie von Lewes (kennen Sie es?), und sie las uns sogar einige Partien daraus vor. Das ist ihre ganze Bildung. Jetzt wende ich mich an Sie, mein verehrter Herr, ganz privatim mit einer rein persönlichen Frage: Kann Ihrer Ansicht nach ein armes, aber anständiges Mädchen durch ehrliche Arbeit etwas Erkleckliches verdienen? Sie wird noch nicht fünfzehn Kopeken den Tag verdienen, mein Herr, wenn sie sich anständig hält und keine besonderen Talente besitzt, und auch das nur, wenn sie bei der Arbeit die Hände keinen Augenblick ruhen läßt. Und dabei ist noch der Staatsrat Iwan Iwanowitsch Klopstock (haben Sie vielleicht von ihm gehört?) ihr nicht nur das Nähgeld für ein halbes Dutzend leinener Hemden bis heute schuldig geblieben, sondern er hat sie sogar mit Schimpf und Schande hinausgejagt, hat mit den Füßen gestampft und sie mit unanständigen Schimpfnamen belegt, unter dem Vorwande, ein Kragen wäre verpaßt und schief genäht. Und zu Hause die hungernden kleinen Kinder... Und Katerina Iwanowna ging händeringend im Zimmer auf und ab, und auf ihren Backen traten die roten Flecke hervor, wie das bei dieser Krankheit immer so zu gehen pflegt. ›Du Schmarotzerin‹, sagte sie zu Sofja, ›da wohnst du nun bei uns und ißt und trinkst und genießt die Wärme‹ – freilich, von Essen und Trinken konnte eigentlich kaum die Rede sein, wo auch die Kleinen drei Tage lang keine Brotrinde bekommen hatten! Ich lag damals gerade da... – ach was, warum soll ich es nicht sagen? – ich lag gerade betrunken da und hörte, wie meine Sonja antwortete (sie ist immer so bescheiden und hat so ein sanftes Stimmchen,... hellblondes Haar hat sie, und ihr Gesichtchen ist immer so blaß und mager), also ich hörte, wie sie antwortete: ›Aber Katerina Iwanowna, soll ich mich denn wirklich auf so etwas einlassen?‹ Darja Franzowna nämlich, ein nichtswürdiges und der Polizei sehr wohlbekanntes Frauenzimmer, hatte schon dreimal durch unsre Wirtin anfragen lassen. ›Ach was‹, antwortete Katerina Iwanowna spöttisch, ›wozu willst du's bewahren! Als ob's ein großes Kleinod wäre!‹ Aber verurteilen Sie sie deswegen nicht, verehrter Herr, verurteilen Sie sie deswegen nicht! Sie sagte das nicht bei gesunder Überlegung, sondern bei größter Aufregung ihrer Empfindungen und unter der Einwirkung ihrer Krankheit und angesichts der hungrigen Kinder, und sie sagte es auch mehr, um Sofja zu kränken, als in ernstlicher Absicht... Denn Katerina Iwanowna hat nun einmal einen solchen Charakter, und wenn die Kinder zu weinen anfangen, sei es auch vor Hunger, so schlägt sie sie sofort. Und da sah ich (es war so zwischen fünf und sechs), wie meine Sonjetschka aufstand, sich ein Tuch umband, ihre Pelerine anzog und die Wohnung verließ; und nach acht kam sie wieder zurück. Sie ging geradeswegs auf Katerina Iwanowna zu und legte stillschweigend dreißig Silberrubel vor ihr auf den Tisch. Kein einziges Wort sagte sie dabei, sie blickte nicht einmal auf; sie nahm nur unser großes grünes Tuch von drap de dame (wir haben so ein Tuch zu gemeinsamer Benutzung, von drap de dame), verhüllte sich damit vollständig den Kopf und das Gesicht und legte sich auf das Bett, mit dem Gesicht zur Wand; nur die kleinen Schultern und der ganze Körper zuckten immer... Ich aber lag wie vorher da, in demselben Zustande... Und da sah ich, junger Mann, da sah ich, wie Katerina Iwanowna, gleichfalls ohne ein Wort zu sagen, an Sonjas Bettchen trat und den ganzen Abend zu ihren Füßen auf den Knien lag, ihr die Füße küßte, nicht aufstehen wollte, und wie sie dann beide zusammen einschliefen, eng umschlungen..., beide..., beide..., ja..., und ich... ich lag betrunken da.«

Marmeladow schwieg, wie wenn ihm die Stimme versagte. Dann goß er hastig sein Glas voll, trank es aus und räusperte sich.

»Seit der Zeit, mein Herr«, fuhr er nach kurzem Stillschweigen fort, »seit der Zeit ist infolge eines einzigen bedauerlichen Falles und infolge einer Denunziation seitens böswilliger Personen (wobei Darja Franzowna besonders mitgewirkt hat, angeblich, weil man es ihr gegenüber an der gebührenden Achtung habe fehlen lassen), also seit der Zeit ist meine Tochter, Sofja Semjonowna, gezwungen, den gelben Schein zu nehmen, und konnte aus diesem Grunde nicht mehr bei uns wohnen bleiben. Denn unsre Wirtin, Amalia Fjodorowna, wollte es nicht dulden (und doch hatte sie früher die Bemühungen Darja Franzownas unterstützt), und auch Herr Lebesjatnikow... hm!... Sonja war ja auch der Anlaß gewesen, weswegen er die böse Geschichte mit Katerina Iwanowna hatte. Ursprünglich hatte er selbst sich an Sonja herangemacht, und nun auf einmal kehrte er sein Ehrgefühl heraus: ›Wie kann ich, ein gebildeter Mann, mit so einer in derselben Wohnung leben?‹ Aber Katerina Iwanowna ließ es nicht zu, sondern nahm Sonja in Schutz,... nun, und so kam es also... Sonjetschka besucht uns jetzt meistens in der Dämmerstunde, hilft Katerina Iwanowna bei der Arbeit und versieht uns nach ihren Kräften mit Geldmitteln... Wohnen tut sie bei dem Schneider Kapernaumow; dem hat sie eine Stube abgemietet. Dieser Kapernaumow ist lahm und stottert, und seine ganze außerordentlich zahlreiche Nachkommenschaft stottert gleichfalls. Und seine Frau stottert auch... Sie hausen alle in einer einzigen Stube; aber Sonja hat ihr besonderes Zimmer, es ist abgetrennt... Hm, ja... Es sind ganz arme Leute, und sie stottern... ja... Sobald ich damals am Morgen aufgestanden war, zog ich meine Lumpen an, hob die Arme gen Himmel und begab mich zu Seiner Exzellenz Iwan Afanasjewitsch. Kennen Sie Seine Exzellenz Iwan Afanasjewitsch?... Nein? Nun, dann kennen Sie einen gottwohlgefälligen Menschen nicht! Er ist geradezu Wachs... Wachs in der Hand des Herrn; weich wie Wachs wird er!... Er weinte sogar, nachdem er geruht hatte, alles anzuhören. ›Nun‹, sagte er, ›Marmeladow, einmal hast du schon meine Erwartungen getäuscht... Ich will dich noch einmal nehmen, auf meine persönliche Verantwortung‹, so drückte er sich aus. ›Denke daran‹, sagte er, ›und nun geh!‹ Ich küßte ihm den Staub von den Füßen, in Gedanken; denn in Wirklichkeit hätte er es nicht zugelassen, als hoher Würdenträger und Vertreter der neuen Ideen über Staat und Bildung. Ich kehrte nach Hause zurück, und als ich da erzählte, daß ich mein Amt wiedererhalten hätte und wieder Gehalt bekommen würde – o Gott, was da vor sich ging!...«

Marmeladow hielt abermals in großer Erregung inne. In diesem Augenblicke kam eine ganze Bande schon bezechter Trunkenbolde von der Straße herein, und am Eingange ertönten die Klänge eines Leierkastens, den sie mitgebracht hatten, und ein siebenjähriges Kind sang dazu mit seinem dünnen, kraftlosen Stimmchen »das Dörfchen«. Es ging laut her. Der Wirt und die Bedienung beschäftigten sich mit den neuen Gästen. Marmeladow fuhr, ohne sich um die Eingetretenen zu kümmern, in seiner Erzählung fort. Er schien schon sehr schwach geworden zu sein, aber zugleich mit seiner Trunkenheit wuchs auch seine Redseligkeit. Die Erinnerung an den Erfolg, den er kürzlich in bezug auf seine dienstliche Stellung gehabt hatte, machte ihn ordentlich lebendig und spiegelte sich sogar auf seinem Gesichte wie eine Art von leuchtendem Schimmer wider. Raskolnikow hörte ihm aufmerksam zu.

»Dies begab sich vor fünf Wochen, mein Herr,... ja... Sowie die beiden, Katerina Iwanowna und Sonjetschka, das nur erfahren hatten, da war's auf einmal, als ob ich in das Himmelreich versetzt wäre. Früher, wenn ich wie ein Stück Vieh dalag, hatte ich immer nur Schimpfwörter zu hören bekommen. Aber jetzt! Jetzt gingen sie auf den Zehen und ermahnten die Kinder zur Ruhe: ›Semjon Sacharowitsch ist müde vom Dienst und muß sich ausruhen; pst!‹ Morgens, ehe ich zum Dienst ging, bekam ich Kaffee zu trinken; Sahne wurde gekocht! Richtige Sahne beschafften sie, hören Sie nur! Und wie sie das Geld zu einem anständigen Dienstanzuge für mich aufbrachten, elf Rubel fünfzig Kopeken, das ist mir unbegreiflich. Stiefel, mehrere baumwollene Vorhemdchen, alles aufs feinste, eine herrliche Uniform, alles brachten sie für elf und einen halben Rubel zustande, und es sah vorzüglich aus. Am ersten Tage kam ich zum Mittag aus dem Dienste, und was sah ich: Katerina Iwanowna hatte zwei Gänge gekocht, eine Suppe und Pökelfleisch mit Meerrettich, woran früher nicht im entferntesten zu denken gewesen war. Kleider besitzt sie keine, überhaupt keine; aber nun hatte sie sich angezogen, wie wenn sie zu Besuch gehen wollte, ordentlich geputzt hatte sie sich. Nicht daß sie wirklich etwas gehabt hätte; sie verstehen es eben, aus nichts etwas zu machen; sie machen sich das Haar hübsch zurecht, dann ein sauberes Krägelchen und Manschetten, und ein ganz andres Wesen ist fertig, jünger und schöner. Sonjetschka, mein Herzenskind, hatte sich nur mit Geld hilfreich gezeigt. ›Daß ich selbst jetzt häufig zu euch komme‹, sagte sie, ›paßt sich nicht; nur etwa so in der Dämmerung, damit es niemand sieht.‹ Hören Sie wohl? Hören Sie wohl? Nach dem Mittagessen machte ich ein Schläfchen, und was meinen Sie wohl, was da geschah? Obwohl es erst eine Woche her war, daß Katerina Iwanowna sich mit unsrer Wirtin, Amalia Fjodorowna, aufs ärgste gezankt hatte, so konnte sie es sich doch nicht versagen, sie zu einem Täßchen Kaffee einzuladen. Zwei Stunden lang saßen sie zusammen und unterhielten sich flüsternd: ›Semjon Sacharowitsch bekleidet jetzt ein Amt und bezieht Gehalt, und er ist selbst zu Seiner Exzellenz gegangen, und Seine Exzellenz ist selbst herausgekommen und hat allen geheißen, sie sollten warten, aber Semjon Sacharowitsch hat er an allen vorbei in sein Arbeitszimmer geführt.‹ Hören Sie wohl? Hören Sie wohl? ›Und da hat er gesagt: ‚Ich erinnere mich selbstverständlich Ihrer Verdienste, Semjon Sacharowitsch. Nun freilich, es haftet Ihnen ja diese leichtsinnige Schwäche an; aber da Sie es mir jetzt versprechen und da es außerdem ohne Sie bei uns nicht recht gehen wollte‘, (hören Sie nur, hören Sie nur!) ‚so verlasse ich mich jetzt, hat er gesagt, auf Ihr Ehrenwort.‘‹ Das heißt, ich muß Ihnen sagen, das alles hatte sie sich einfach ausgedacht, aber nicht etwa aus Leichtfertigkeit oder lediglich um zu prahlen! Nein, sie glaubt an all dergleichen selbst, sie hat selbst ihre Freude an den eignen Phantasiegebilden, wahrhaftiger Gott! Und ich verurteile das nicht; nein, das verurteile ich nicht!... Als ich vor sechs Tagen mein erstes Gehalt, dreiundzwanzig Rubel vierzig Kopeken, ihr vollzählig nach Hause brachte, da hat sie mich Schnuckchen genannt. ›Du mein Schnuckchen!‹ hat sie gesagt. Und wir beide waren ganz allein, verstehen Sie wohl? Nun, hübsch bin ich doch wahrhaftig nicht und ein guter Gatte auch nicht. Aber in die Backe hat sie mich gekniffen, und ›Du mein Schnuckchen!‹ hat sie zu mir gesagt.«

Marmeladow hielt inne und machte einen Versuch zu lächeln, aber auf einmal begann sein Kinn unwillkürlich auf und nieder zu gehen. Indessen behielt er sich in der Gewalt. Diese Kneipe, das verlotterte Aussehen des Mannes, die fünf Nächte auf den Heukähnen und die Branntweinflasche auf der einen Seite und auf der andern diese grenzenlose Liebe zu seiner Frau und zu seiner Familie – das verwirrte den Zuhörer völlig. Raskolnikow hörte aufmerksam zu, aber mit einer krankhaften Empfindung. Er bedauerte, hier eingekehrt zu sein.

»Verehrter Herr, verehrter Herr!« rief Marmeladow, als er sich wieder gefaßt hatte. »O mein Herr, das alles kommt vielleicht Ihnen, gerade wie so vielen andern, einfach lächerlich vor, und Sie empfinden meine dumme Erzählung von all diesen kläglichen Einzelheiten meines häuslichen Lebens lediglich als Belästigung; aber mir ist es nicht lächerlich! Denn ich habe für all das eine tiefe Empfindung... Und jenen ganzen paradiesischen Tag meines Lebens und jenen ganzen Abend schwelgte ich in hochfliegenden Plänen, wie ich nämlich das alles einrichten würde und den Kinderchen Kleider kaufen und ihr ein ruhiges Dasein ermöglichen und meine einzige Tochter aus dem Leben der Schande wieder in den Schoß der Familie zurückführen würde... Und so noch vieles, vieles... Das durfte ich mir ja erlauben, mein Herr. Nun, mein Herr«, hier fuhr Marmeladow auf einmal zusammen, hob den Kopf und blickte seinem Zuhörer gerade ins Gesicht, »nun, am andern Tage, nach all diesen wonnigen Träumereien (jetzt ist es gerade fünf Tage her), gegen

Abend, entwendete ich durch eine listige Täuschung, wie ein Dieb in der Nacht, meiner Frau den Schlüssel zu ihrem Kasten, nahm heraus, was von dem heimgebrachten Gehalte noch übrig war (wieviel es war, darauf kann ich mich nicht mehr besinnen) – und nun sehen Sie mich an! Alle mögen mich ansehen! Seit fünf Tagen bin ich nicht zu Hause gewesen, und da suchen sie nun nach mir, und mit dem Dienst ist's zu Ende, und meine Uniform liegt in einer Schenke an der Ägyptischen Brücke als Pfand, und stattdessen habe ich diese Kleider bekommen,... und alles ist aus!«

Marmeladow schlug sich mit der Faust gegen die Stirn, preßte die Zähne aufeinander, schloß die Augen und stützte sich heftig mit dem Ellbogen auf den Tisch. Aber einen Augenblick darauf veränderte sich sein Gesicht wieder; mit gekünstelter Schlauheit und gemachter Frechheit blickte er Raskolnikow an, lachte auf und sagte:

»Aber heute bin ich bei Sonja gewesen und habe sie um Geld zum Weitertrinken gebeten! He, he, he!«

»Hat sie dir wirklich was gegeben?« schrie einer von den kurz vorher eingetretenen Gästen und lachte aus vollem Halse.

»Die Flasche, die Sie hier sehen, ist für ihr Geld gekauft«, erwiderte Marmeladow, sich ausschließlich an Raskolnikow wendend. »Dreißig Kopeken hat sie mir herausgebracht, mit ihren eigenen Händen, die letzten, alles, was sie hatte; ich habe es selbst gesehen... Kein Wort hat sie dabei gesagt, sondern mich nur schweigend angesehen... Das war schon nicht mehr, wie's auf Erden zugeht, sondern wie im Jenseits,... daß man sich über jemand grämt und über ihn weint, aber ihm keinen Vorwurf macht, keinen Vorwurf! Das schmerzt noch mehr, wenn man keine Vorwürfe hört!... Dreißig Kopeken, ja. Und sie hat sie doch jetzt selbst nötig, nicht wahr? Was meinen Sie wohl, mein lieber Herr? Sie muß doch jetzt auf Sauberkeit bedacht sein. Und diese Sauberkeit kostet Geld, so eine besondere Sauberkeit, verstehen Sie wohl? Verstehen Sie wohl? Da muß sie sich Pomade kaufen, das ist nun einmal erforderlich, gestärkte Unterröcke, solche kleinen Stiefelchen, recht kokette, um das Füßchen zu zeigen, wenn sie einmal eine Pfütze zu überschreiten hat. Verstehen Sie wohl, verstehen Sie wohl, mein Herr, was es mit dieser Sauberkeit für eine Bewandtnis hat? Und nun sehen Sie: ich, ihr leiblicher Vater, habe ihr diese dreißig Kopeken abgenommen, um weitertrinken zu können! Und ich trinke dafür, ich habe sie schon vertrunken! Na, wer kann mit einem solchen Menschen, wie ich bin, noch Mitleid haben? He? Bedauern Sie mich jetzt, mein Herr, oder nicht? Antworten Sie, mein Herr, ob Sie mich bedauern oder nicht! Ha-ha-ha-ha!«

Er wollte sich noch einmal einschenken; aber es war nichts mehr da – die Flasche war leer.

»Warum soll man dich auch noch bedauern?« rief der Wirt, der sich gerade wieder in ihrer Nähe befand.

Gelächter erscholl, auch Schimpfwörter. Wer zugehört hatte, lachte und schimpfte, und auch diejenigen, die nicht zugehört hatten, schlossen sich an, schon beim bloßen Anblicke der Gestalt des früheren Beamten.

»Bedauern! Wozu soll man mich bedauern!« heulte Marmeladow weinerlich auf. Er erhob sich plötzlich und streckte in stärkstem Affekt den Arm nach vorn aus, als ob er nur auf diese Worte gewartet hätte. »Warum man mich bedauern soll, sagst du? Ja, ich verdiene kein Mitleid. Kreuzigen sollte man mich, kreuzigen, aber nicht bedauern! Kreuzige, Richter, kreuzige, und nachher bemitleide den Gekreuzigten! Dann will ich selbst zur Kreuzigung zu dir kommen; denn ich lechze nicht nach Freuden, sondern nach Leid und Tränen!... Meinst du, Schankwirt, daß deine Flasche Schnaps mir ein Genuß war? Leid, Leid habe ich auf ihrem Grunde gesucht, Leid und Tränen, und die habe ich gefunden und gekostet; Mitleid aber wird mit uns der haben, der mit allen Mitleid hat und alle und alles versteht, er, der Einzige, er wird Richter sein. Er wird an jenem Tage kommen und fragen: ›Wo ist die Tochter, die sich um der bösen, schwindsüchtigen Stiefmutter und der fremden Kinderchen willen zum Opfer gebracht hat? Wo ist die Tochter, die mit ihrem irdischen Vater, einem verkommenen Trunkenbolde, Mitleid hatte, ohne vor seiner Verrohung zu erschrecken?‹ Und er wird sagen: ›Komm her zu mir! Ich habe dir schon damals vergeben... dir schon damals vergeben. Vergeben wird dir auch jetzt deiner Sünden Menge, denn du hast viel geliebt...‹ Und er vergibt meiner Sonja, er vergibt ihr; ich weiß, daß er ihr vergibt... Das habe ich noch eben erst, als ich heute bei ihr war, in meinem Herzen gefühlt!... Und alle wird er richten und allen vergeben, den Guten und den Bösen, den Weisen und den Einfältigen... Und wenn er dann mit allen fertig sein wird, dann wird er auch zu uns sprechen: ›Kommet her‹, wird er sagen, ›auch ihr! Kommet her, ihr Säufer, kommet her, ihr Willensschwachen, kommet her, ihr Schamlosen.‹ Und wir werden alle kommen, ohne Scheu, und vor ihn hintreten. Und er wird sagen: ›Schweine seid ihr, Ebenbilder des Viehes; aber kommet auch ihr zu mir!‹ Da werden die Weisen und die Klugen sprechen: ›Herr, warum nimmst du diese auf?‹ Und er wird sagen: ›Darum nehme ich sie auf, ihr Weisen, darum nehme ich sie auf, ihr Klugen, weil auch nicht einer von ihnen sich dessen selbst für würdig gehalten hat...‹ Und er wird uns seine Hände entgegenstrecken, und wir werden vor ihm niederfallen... und werden weinen... und werden alles verstehen! Dann werden wir alles verstehen!... Und alle werden es verstehen,... auch Katerina Iwanowna,... auch die wird es verstehen!... Herr, dein Reich komme!«

Kraftlos und erschöpft sank er auf die Bank nieder; er blickte niemand an, als hätte er seine ganze Umgebung vergessen und wäre tief in Gedanken versunken. Seine Worte hatten einigermaßen Eindruck gemacht; ein kleines Weilchen herrschte Schweigen; aber bald erscholl wieder das frühere Lachen und Schimpfen.

»Das war mal fein geredet!«

»So 'n Quatsch!«

»Das ist nun ein Beamter!«

Und so weiter und so weiter.

»Kommen Sie, wir wollen gehen, mein Herr«, sagte Marmeladow plötzlich, indem er den Kopf hob und sich an Raskolnikow wandte, »begleiten Sie mich... Ich wohne im Koselschen Hause, auf dem Hofe. Es wird Zeit, daß ich... zu Katerina Iwanowna...«

Raskolnikow hatte schon lange beabsichtigt fortzugehen und auch selbst daran gedacht, ihm behilflich zu sein. Es stellte sich heraus, daß Marmeladow auf den Beinen erheblich schlechter war als mit dem Mund, und er lehnte sich mit seinem ganzen Gewichte auf den jungen Mann. Sie hatten nur zwei- bis dreihundert Schritte zu gehen. Je näher sie dem Hause kamen, um so unruhiger und ängstlicher wurde der Säufer.

»Ich fürchte mich jetzt nicht vor Katerina Iwanowna«, murmelte er in großer Aufregung, »auch nicht davor, daß sie mich an den Haaren reißen wird. Was macht das schon!... Auf die Haare kommt es nicht an!... Das ist meine aufrichtige Meinung! Es ist sogar besser, wenn sie mich an den Haaren reißt, und davor fürchte ich mich weiter nicht... Wovor ich mich fürchte, das sind ihre Augen,... ja,... ihre Augen... Die roten Flecke auf ihren Backen, vor denen fürchte ich mich auch,... und dann noch... vor ihrem Atem fürchte ich mich. Haben Sie schon einmal gesehen, wie die Menschen bei dieser Krankheit atmen, wenn sie sich aufregen? Auch vor dem Weinen der Kinder fürchte ich mich. Denn wenn Sonja ihnen nichts zu essen gebracht hat, dann... weiß ich gar nicht, wie es geworden sein mag! Aber vor Schlägen fürchte ich mich nicht... Sie können mir glauben, mein Herr, daß mir solche Schläge nicht nur kein Schmerz, sondern eine wahre Wonne sind. Denn das ist mir selbst geradezu ein Bedürfnis. Es ist besser so. Mag sie mich schlagen, das macht ihr das Herz leichter... Es ist besser so... Aber da ist das Haus, das Koselsche Haus. Herr Kosel ist Schlosser, ein reicher Deutscher... Kommen Sie mit!«

Sie traten auf dem Hofe in eine Tür und stiegen zum dritten Stockwerke hinauf. Je weiter sie kamen, um so dunkler wurde die Treppe. Es war schon beinahe elf Uhr, und obgleich es um diese Stunde in Petersburg zur Sommerzeit noch nicht wirklich Nacht ist, so war doch die Treppe oben sehr dunkel.

Eine kleine, vom Rauche geschwärzte Tür am Ende der Treppe, ganz oben, stand offen. Ein Lichtstummel erleuchtete ein überaus ärmliches, etwa zehn Schritt langes Zimmer; man konnte es vom Flur aus ganz übersehen. Allerlei Sachen lagen darin unordentlich herum, namentlich zerlumpte Kinderkleider. Hinten hing vor einer Ecke als Vorhang ein löcheriges Bettlaken; dahinter stand wahrscheinlich ein Bett. Im Zimmer selbst befanden sich nur zwei Stühle und ein mit Wachstuch bezogenes, sehr zerrissenes Sofa, vor dem ein alter fichtener Küchentisch, ohne Anstrich und ohne Decke, stand. Auf dem Rande des Tisches brannte in einem Blechleuchter ein Endchen Talglicht. Marmeladow bewohnte also mit seiner Familie ein besonderes Zimmer und nicht, wie er vorher gesagt hatte, eine bloße Schlafstelle; aber es war ein Durchgangszimmer. Die Tür nach den übrigen Räumen oder richtiger Käfigen, in welche Amalia Lippewechsel ihre Wohnung parzelliert hatte, stand ein wenig offen. Dort ging es geräuschvoll und lärmend zu; fortwährend wurde gelacht. Anscheinend spielte man dort Karten und trank Tee. Manchmal waren sehr ungenierte Ausdrücke zu hören.

Raskolnikow erkannte Katerina Iwanowna auf den ersten Blick. Sie war eine schrecklich abgemagerte Frau, schlank, recht groß und wohlgebaut, mit noch immer schönem, dunkelblondem Haar; auf den Wangen traten wirklich die roten Flecke stark hervor. Sie ging in ihrem kleinen Zimmer hin und her, die Arme gegen die Brust gepreßt, mit glühenden Lippen; ihr Atem ging ungleich und stoßweise. Ihre Augen glänzten wie im Fieber; aber der Blick war scharf und starr; dieses schwindsüchtige, aufgeregte Gesicht, über das der matte Schein des heruntergebrannten Lichtstümpfchens hinzitterte, machte einen schmerzlichen Eindruck. Raskolnikow schätzte sie auf etwa dreißig Jahre; sie paßte allerdings nicht zu Marmeladow... Die Eintretenden hörte und bemerkte sie nicht; sie war wie geistesabwesend, hörte nicht und sah nicht. Im Zimmer war eine schwüle Luft; aber sie hatte das Fenster nicht geöffnet. Von der Treppe her kam ein abscheulicher Geruch; aber die Tür nach der Treppe zu war nicht geschlossen. Aus den inneren Zimmern drangen Wolken von Tabaksrauch durch die offenstehende Verbindungstür; sie hustete, machte aber die Tür nicht zu. Das kleinste, etwa sechsjährige Mädchen schlief auf dem Fußboden, in halb sitzender Stellung, zusammengekauert und den Kopf an das Sofa gelehnt. Der um ein Jahr ältere Knabe stand, am ganzen Leibe zitternd, in einer Ecke und weinte. Er hatte wahrscheinlich eben erst Schläge bekommen. Das älteste Mädchen, das etwa neun Jahre alt sein mochte, hoch aufgeschossen und dünn wie ein Streichholz, hatte als Kleidung nur ein schlechtes, überall zerrissenes Hemdchen und um die nackten Schultern eine alte Pelerine von drap de dame, die wahrscheinlich vor zwei Jahren für sie gemacht war, da sie jetzt nicht einmal bis an die Knie reichte. Sie stand in der Ecke neben dem kleinen Bruder und hielt seinen Hals mit ihrem langen, mageren Arme umschlungen. Sie schien ihn zu trösten, flüsterte ihm etwas zu und suchte ihn auf jede Weise von erneutem Losschluchzen abzuhalten; dabei verfolgte sie ängstlich die unruhige Wanderung ihrer Mutter mit ihren großen, dunklen Augen, die in ihrem abgemagerten, furchtsamen Gesichtchen noch größer erschienen. Marmeladow fiel, ohne das Zimmer zu betreten, in der Tür auf die Knie und schob Raskolnikow vor. Als die Frau den unbekannten Mann erblickte, blieb sie zerstreut vor ihm stehen und suchte auf einen Augenblick ihre Gedanken zu sammeln, wie wenn sie überlegte: warum ist denn der hereingekommen? Aber es kam ihr wohl sofort die Vermutung, daß er nach den anderen Zimmern wolle, da ja das ihrige ein Durchgangszimmer war. In dieser Meinung beachtete sie ihn gar nicht weiter, sondern ging zu der Flurtür, um sie zu schließen; da schrie sie plötzlich auf, als sie auf der Schwelle ihren Mann knien sah.

»Ah!« schrie sie in höchster Wut. »Da bist du ja wieder! Du Kanaille, du Unmensch!... Und wo ist das Geld? Wieviel hast du noch in der Tasche, zeige mal her! Und das sind ja auch andere Kleider! Wo ist dein Anzug? Wo ist das Geld? Sprich!«

Sie stürzte auf ihn zu, um ihn zu untersuchen. Marmeladow streckte sofort gehorsam und unterwürfig die Arme nach beiden Seiten aus, um dadurch die Untersuchung seiner Taschen zu erleichtern. Geld war auch nicht eine Kopeke darin zu finden.

»Wo ist das Geld?« kreischte sie. »O Gott, hat er wirklich alles vertrunken? Es lagen doch noch zwölf Rubel im Kasten!...«

Und plötzlich packte sie ihn in ihrer Raserei bei den Haaren und zog ihn ins Zimmer hinein. Marmeladow selbst erleichterte ihr diese Anstrengung, indem er demütig auf den Knien hinter ihr herkroch.

»Das ist mir eine Wonne! Das ist mir nicht ein Schmerz, sondern eine Won-ne,... ver-ehr-ter... Herr!« rief er, während er an den Haaren vorwärtsgeschleppt wurde und sogar einmal mit der Stirn auf die Diele aufschlug.

Das Kind, das auf dem Fußboden schlief, wachte auf und fing an zu weinen. Der Knabe in der Ecke konnte sich nicht länger beherrschen, ein Zittern durchlief ihn; er schrie auf und klammerte sich in furchtbarem Schreck an seine Schwester; es sah fast wie ein Krampfanfall aus. Das älteste Mädchen bebte wie Espenlaub.

»Er hat es vertrunken! Alles hat er vertrunken, alles!« schrie das arme Weib in heller Verzweiflung. »Auch sein Anzug ist fort. Und die da hungern!« Sie wies händeringend auf die Kinder. »O dieses dreimal verfluchte Leben! Und Sie, schämen Sie sich denn gar nicht?« fuhr sie plötzlich auf Raskolnikow los. »Aus der Kneipe! Du hast mit ihm getrunken? Freilich hast du mit ihm getrunken. Raus!«

Der junge Mann ging eiligst fort, ohne ein Wort zu erwidern. Zudem war inzwischen die innere Tür weit geöffnet worden, und einige Neugierige blickten von dort herein. Freche, lachende Gesichter mit Zigaretten und Pfeifen im Munde und Käppchen auf dem Kopf schoben sich vor. Es zeigten sich Gestalten in ganz offenstehenden Schlafröcken, in unanständig leichter, sommerlicher Kleidung; manche hielten Karten in den Händen. Besonders vergnügt lachten sie, als Marmeladow, während er an den Haaren gezerrt wurde, rief, daß ihm das eine Wonne sei. Sie schickten sich sogar schon an, ins Zimmer einzudringen; da erscholl ein unheilverkündendes Kreischen, und Amalia Lippewechsel selbst drängte sich nach vorn, um auf ihre Weise Ordnung zu schaffen und zum hundertsten Male die arme Frau unter Schimpfworten durch den Befehl zu erschrecken, sie solle morgen die Wohnung räumen. Beim Hinausgehen fuhr Raskolnikow noch schnell mit der Hand in die Tasche, ergriff von den Kupfermünzen, die er in der Kneipe auf den gewechselten Rubel herausbekommen hatte, so viele, wie ihm in die Finger kamen, und legte sie unbemerkt auf das Fensterbrett. Als er dann bereits auf der Treppe war, tat es ihm wieder leid, und er war nahe daran, umzukehren.

›Was habe ich da für eine Dummheit gemacht‹, dachte er. ›Die haben ja ihre Sonja, und ich habe das Geld ja selbst nötig.‹ Aber er sagte sich, daß es nicht mehr möglich sei, das Geld wieder zurückzunehmen, und daß er es, selbst wenn es möglich wäre, doch nicht tun würde, machte eine Handbewegung, als sei die Sache nun abgetan, und ging nach seiner Wohnung. ›Sonja braucht ja doch auch Pomade‹, fuhr er fort, während er auf der Straße dahinschritt, und lächelte dabei bitter. ›Diese Sauberkeit kostet Geld... hm! Aber vielleicht tritt bei der braven Sonja selbst heute Ebbe ein; denn der Erfolg ist bei ihrem Geschäft ebenso unsicher wie bei der Jagd auf Rotwild oder beim Goldgraben. Und dann würden sie ohne dieses Geld von mir morgen alle auf dem Trockenen sitzen... Ei ja, diese Sonja! Was für einen schönen Brunnen haben sie sich da doch zu graben verstanden! Und sie benutzen ihn! Erst haben sie ein bißchen geweint, und dann haben sie sich daran gewöhnt. Der Mensch ist eben ein Schuft und gewöhnt sich an alles!‹

Er versank in Nachdenken.

»Nun, wenn es aber nicht wahr ist«, rief er plötzlich unwillkürlich aus, »wenn der Mensch kein Schuft ist (der Mensch, das heißt das ganze Menschengeschlecht): so folgt daraus, daß alles übrige nur leere, vorgefaßte Meinung ist, lediglich eitle Schreckgebilde, und daß es keinerlei Schranken gibt. Und so wird das auch richtig und in der Ordnung sein...«

III

Am andern Tage erwachte er erst spät, nach einem unruhigen Schlafe, der ihn nicht gekräftigt hatte. Er erwachte in verbitterter, gereizter, ingrimmiger Stimmung und blickte sich mit wahrem Hasse in seinem Kämmerchen um. Dies war ein winziger Käfig, sechs Schritte lang, der mit seiner gelblichen, verstaubten, sich überall von der Wand loslösenden Tapete einen überaus kläglichen Eindruck machte und so niedrig war, daß es einem nur einigermaßen hochgewachsenen Manne darin bange wurde und er jeden Augenblick befürchten mußte, mit dem Kopfe an die Decke zu stoßen. Das Mobiliar paßte zu der Räumlichkeit: es waren drei alte, etwas defekte Stühle da; in einer Ecke ein gestrichener Tisch, auf dem ein paar Hefte und Bücher lagen; schon an der Staubschicht, die sie bedeckte, war zu erkennen, daß seit langer Zeit keines Menschen Hand sie mehr berührt hatte; endlich ein plumpes, großes Sofa, das beinahe die ganze Längswand und die halbe Breite des Zimmers einnahm; einstmals war es mit Kattun überzogen gewesen, von dem aber jetzt nur Fetzen übrig waren; es diente dem Bewohner als Bett. Oft schlief er darauf so, wie er gerade war, ohne sich auszuziehen, ohne Laken, mit seinem alten, abgenutzten Studentenpaletot zugedeckt, unter dem Kopfe nur ein kleines Kissen, unter welches er alles, was er an reiner und getragener Wäsche besaß, herunterpackte, um es am Kopfe etwas höher zu haben. Vor dem Sofa stand ein kleines Tischchen.

Schwerlich konnte jemand tiefer sinken und mehr verkommen; aber Raskolnikow empfand dies in seinem jetzigen Gemütszustande sogar als angenehm. Er hatte sich von allen Menschen völlig zurückgezogen, wie eine Schildkröte in ihre Schale, und selbst das Gesicht der Magd, die die Aufwartung zu besorgen hatte und manchmal einen Blick in sein Zimmer warf, erregte ihm die Galle und reizte ihn zu Krämpfen. Es ist das eine häufige Erscheinung bei Leuten, die an einer bestimmten fixen Idee leiden und ihre Gedanken immer nur auf diesen einen Punkt richten. Seine Wirtin hatte schon vor zwei Wochen aufgehört, ihm Essen zu verabfolgen; aber er hatte noch gar nicht daran gedacht, hinzugehen und sich mit ihr darüber auseinanderzusetzen, obwohl er seitdem eben kein Mittagbrot hatte. Nastasja, die Köchin und einzige Magd der Wirtin, war in gewisser Hinsicht mit dieser Stimmung des Mieters ganz zufrieden; sie hatte nämlich vollständig aufgehört, bei ihm aufzuräumen und auszufegen, und nur so etwa einmal wöchentlich, wenn es sich gerade traf, griff sie nach dem Besen. Sie war es auch, die ihn jetzt weckte.

»Steh auf! Was schläfst du denn noch?« rief sie, neben ihm stehend. »Es ist schon neun durch. Ich habe dir Tee gebracht; willst du ein bißchen Tee trinken? Du bist wohl schon ganz verhungert?«

Raskolnikow öffnete die Augen, fuhr zusammen und erkannte Nastasja.

»Den Tee schickt mir wohl die Wirtin?« fragte er und richtete sich langsam und mit schmerzlichem

Gesichtsausdrucke auf dem Sofa auf.

»Die Wirtin wird dir gerade Tee schicken!«

Sie stellte ihre eigene Teekanne, die einen großen Sprung hatte, mit einem zweiten Aufguß vor ihn hin und legte zwei Stückchen gelben Zuckers dazu.

»Hier, Nastasja«, sagte er, nachdem er in seiner Tasche gesucht und ein Häufchen Kupfermünzen hervorgeholt hatte (er hatte in seinen Kleidern geschlafen), »nimm das und geh und kaufe mir Semmeln. Und bringe auch vom Fleischer ein Stückchen Wurst mit, billige.«

»Semmeln will ich dir gleich holen, aber willst du nicht statt der Wurst lieber Kohlsuppe? Sehr gute Kohlsuppe, von gestern. Ich hatte schon gestern welche für dich beiseite gestellt, aber du kamst erst so spät nach Hause. Sehr gute Kohlsuppe!«

Als sie die Kohlsuppe gebracht hatte und er zu essen begann, setzte sich Nastasja neben ihn auf das Sofa und fing an zu plaudern. Sie war vom Lande und sehr redselig.

»Praskowja Pawlowna will dich bei der Polizei verklagen«, sagte sie.

Er zog das Gesicht finster zusammen.

»Bei der Polizei? Warum denn?«

»Du bezahlst nicht und ziehst auch nicht aus. Ist doch klar.«

›Zum Teufel, das hat gerade noch gefehlt!‹ murmelte er zähneknirschend. ›Nein, das ist mir jetzt... sehr ungelegen.‹ – »So ein dummes Frauenzimmer«, fügte er laut hinzu. »Ich werde heute mal zu ihr hingehen und mit ihr sprechen.«

»Dumm mag sie schon sein, gerade so wie ich; aber du bist doch nun so ein kluger Mensch und liegst immer da wie ein Sack, und man sieht nicht, daß du etwas schaffst. Früher gingst du Kinder unterrichten, wie du sagst; warum tust du denn jetzt gar nichts?«

»Ich tue doch etwas...«, erwiderte Raskolnikow mißmutig und finster.

»Na, was denn?«

»Ich habe eine Arbeit vor.«

»Was denn für eine Arbeit?«

»Ich denke«, antwortete er nach einer kurzen Pause ernst.

Nastasja wälzte sich ordentlich vor Lachen. Sie war sehr lachlustig, und wenn sie einmal ins Lachen kam, so lachte sie lautlos, mit dem ganzen Körper sich schüttelnd und schaukelnd, bis sie nicht mehr konnte.

»Du hast dir wohl schon viel Geld verdient mit dem Denken?« vermochte sie endlich herauszubringen.

»Wenn man keine Stiefel hat, kann man keine Stunden geben. Übrigens pfeife ich darauf.«

»Die Leute sagen: Spuck nicht in den Brunnen, aus dem du trinken mußt.«

»Für solche Privatstunden bekommt man einen Quark. Was soll ich mit so ein paar Kopeken?« fuhr er verdrossen fort, wie wenn er seine eigenen Gedanken beantwortete.

»Du möchtest wohl gleich mit einem Male ein ganzes Kapital verdienen?«

Er warf ihr einen seltsamen Blick zu.

»Ja, ein ganzes Kapital«, erwiderte er nach kurzem Überlegen entschieden.

»Na, mach's nur lieber so ganz allmählich, sonst muß man sich ja vor dir fürchten. Das klingt ja ganz schrecklich. Soll ich nun Semmeln holen oder nicht?«

»Wie du willst.«

»Ja, das hatte ich ganz vergessen: während du gestern fort warst, ist ein Brief für dich angekommen.«

»Ein Brief? An mich? Von wem?«

»Von wem, weiß ich nicht. Ich habe dem Briefträger drei Kopeken von meinem Gelde gegeben. Die gibst du mir doch wieder, nicht wahr?«

»So hole mir doch den Brief, um Gottes willen, hol ihn her!« rief Raskolnikow in größter Aufregung. »O Gott!«

Einen Augenblick darauf war der Brief zur Stelle. Wirklich: von seiner Mutter, aus dem Gouvernement R...! Er wurde blaß, als er ihn in Empfang nahm. Schon seit langer Zeit hatte er keinen Brief erhalten; aber jetzt machte ihm plötzlich noch etwas anderes das Herz beklommen.

»Bitte, geh hinaus, Nastasja! Da sind deine drei Kopeken; nur geh recht schnell hinaus, ich bitte dich dringend«

Der Brief zitterte ihm in den Händen; er wollte ihn nicht in ihrer Gegenwart aufmachen; es verlangte ihn, mit diesem Briefe allein zu sein. Sobald Nastasja hinausgegangen war, führte er ihn schnell an seine Lippen und küßte ihn; dann betrachtete er noch lange die Handschrift der Adresse, die ihm so wohlbekannte und liebe, feine, schräge Handschrift seiner Mutter, seiner Mutter, die ihn einst lesen und schreiben gelehrt hatte. Er zauderte; es war sogar, wie wenn er sich vor etwas fürchtete. Endlich öffnete er ihn; es war ein großer, dicker Brief von zwei Lot; zwei große Briefbogen waren mit kleiner Schrift ganz vollgeschrieben.

»Mein lieber Rodja«, schrieb die Mutter, »es sind schon mehr als zwei Monate, daß ich mich nicht brieflich mit Dir unterhalten habe; das ist mir selbst sehr schmerzlich gewesen, und ich habe sogar manche Nacht vor allerlei Gedanken nicht geschlafen. Du wirst mir aber gewiß wegen dieses meines unfreiwilligen Schweigens nicht böse sein. Du weißt ja, wie ich Dich liebe; Du bist mir und Dunja unser ein und alles, unsere ganze Hoffnung, unsere Zuversicht. Wie war mir zumute, als ich erfuhr, daß Du schon seit einigen Monaten aus Mangel an Existenzmitteln die Universität verlassen hast und daß Deine Privatstunden und sonstigen Erwerbsquellen aufgehört haben! Wie konnte ich Dir mit meinen hundertundzwanzig Rubeln jährlicher Pension helfen? Die fünfzehn Rubel, die ich Dir vor vier Monaten schickte, hatte ich, wie Du ja selbst weißt, mir auf ebendiese Pension von unserm hiesigen Kaufmann Afanassij Iwanowitsch Wachruschin geliehen. Er ist ein guter Mensch und war noch ein Freund Deines Vaters. Aber da ich ihn ermächtigt hatte, die Pension an meiner Statt zu erheben, so mußte ich warten, bis die Schuld bezahlt war; und das ist jetzt eben erst geschehen, so daß ich Dir diese ganze Zeit über nichts schicken konnte. Jetzt aber, Gott sei Dank, werde ich Dir wohl wieder etwas schicken können, und überhaupt können wir uns jetzt sogar einer besonderen Gunst des Glückes rühmen, und davon beeile ich mich Dir Mitteilung zu machen. Erstens nun denke Dir einmal, lieber Rodja, daß Deine Schwester schon seit anderthalb Monaten bei mir wohnt und wir uns auch künftig nicht voneinander trennen werden. Gott sei dank, ihre Martern sind jetzt zu Ende; aber ich will Dir alles der Reihe nach erzählen, damit Du erfährst, wie alles zugegangen ist und was wir Dir bisher verheimlicht haben. Als Du mir vor zwei Monaten schriebst, du hättest von jemand gehört, daß Dunja in dem Swidrigailowschen Hause sehr unter grober Behandlung zu leiden habe, und mich um genauere Aufklärung darüber ersuchtest, was hätte ich Dir damals als Antwort schreiben können? Hätte ich Dir die ganze Wahrheit geschrieben, so hättest Du wohl gar alles im Stich gelassen und wärest, wenn's nicht anders gegangen wäre, selbst zu Fuß zu uns gekommen (denn ich kenne Deinen Charakter und Deine Gefühle) und hättest keine Beleidigung Deiner Schwester geduldet. Ich selbst war in Verzweiflung; aber was war zu tun? Auch ich selbst wußte damals noch nicht die volle Wahrheit. Die Hauptschwierigkeit lag darin, daß unsere Dunjetschka, als sie im vorigen Jahre als Gouvernante in dieses Haus gekommen war, sich einen Vorschuß von hundert Rubeln hatte geben lassen, der durch monatliche Abzüge vom Gehalte zurückgezahlt werden sollte, und somit vor Tilgung der Schuld die Stelle nicht verlassen konnte. Diese Summe aber (jetzt kann ich Dir alles offen mitteilen, mein lieber Rodja) hatte sie sich hauptsächlich dazu geben lassen, um Dir die sechzig Rubel zu schicken, die Du damals so notwendig brauchtest und denn auch von uns im vorigen Jahre erhieltest. Wir haben Dich damals getäuscht; wir schrieben Dir, dieses Geld stamme aus Ersparnissen, die Dunjetschka früher gemacht habe; aber dem war nicht so. Jetzt nun teile ich Dir die ganze Wahrheit mit, da sich jetzt nach Gottes Willen auf einmal alles zum Besseren gewendet hat, und damit Du siehst, wie Dunja Dich liebt und was für ein goldenes Herz sie hat. Es ist richtig, daß Herr Swidrigailow sie in der ersten Zeit sehr grob behandelte und sich bei Tische mancherlei Unhöflichkeiten und Spöttereien ihr gegenüber herausnahm... Aber ich will nicht auf all diese betrübenden Einzelheiten eingehen, um Dich nicht unnötigerweise aufzuregen, da all dies jetzt hinter uns liegt. Kurz, obwohl Marfa Petrowna, Herrn Swidrigailows Gattin, und alle übrigen Hausgenossen sich gegen Dunja sehr gut und freundlich benahmen, hatte diese es doch recht schwer, besonders wenn Herr Swidrigailow zufolge einer alten Gewohnheit, die er beim Regimente angenommen hat, sich unter der Einwirkung des Bacchus befand. Aber was stellte sich dann heraus? Denke Dir nur: dieser verrückte Mensch hatte schon lange eine Leidenschaft für Dunja gehegt, dies aber immer unter der Maske der Grobheit und Geringschätzung verborgen. Vielleicht hatte er sich auch selbst geschämt und einen Schreck darüber bekommen, daß er als schon älterer Mann und Familienvater sich mit solchen leichtfertigen Gedanken abgab, und hatte deswegen unwillkürlich einen Ingrimm gegen Dunja gehabt. Aber vielleicht hatte er auch durch die Grobheit seines Benehmens und durch seine Spöttereien lediglich anderen die Wahrheit verbergen wollen. Endlich jedoch konnte er sich nicht mehr beherrschen und wagte es, unserer Dunja unverblümt einen schändlichen Antrag zu machen, wobei er ihr alle möglichen Belohnungen versprach; ja, er erklärte sich sogar bereit, alles im Stiche zu lassen und mit ihr nach einem anderen Orte auf dem Lande oder, wenn sie das wolle, auch ins Ausland zu fahren. Du kannst Dir vorstellen, wie sie dabei litt! Daß sie sofort ihre Stelle aufgab, ging nicht an, nicht nur wegen der Geldsumme, die sie noch schuldig war, sondern auch aus schonender Rücksicht auf Marfa Petrowna, die daraus sogleich hätte Verdacht schöpfen können; so wäre dann arger Unfrieden in der Familie entstanden. Und auch für Dunja wäre es dabei zu einem großen Skandal gekommen; ohne das wäre es sicherlich nicht abgegangen. Es sprachen auch noch manche anderen Gründe mit, so daß Dunja nicht darauf rechnen konnte, aus diesem schrecklichen Hause früher als in sechs Wochen wegzukommen. Du kennst ja doch Dunja und weißt, wie klug und charakterfest sie ist. Dunjetschka kann vieles ertragen und besitzt selbst in der schlimmsten Lage eine solche Seelengröße, daß sie nicht haltlos wird. Sie hat nicht einmal mir von allem Mitteilung gemacht, um mich nicht aufzuregen, und wir standen doch in häufigem Briefwechsel. Die Sache fand jedoch eine unerwartete Lösung. Marfa Petrowna überraschte einmal zufällig ihren Mann, als dieser im Garten Dunjetschka anflehte, und da sie die Lage völlig verkehrt auffaßte, schrieb sie ihr die Schuld an allem zu, in der Meinung, sie habe das alles herbeigeführt. Es kam zwischen ihnen gleich dort im Garten zu einer furchtbaren Szene: Marfa Petrowna schlug Dunja sogar, wollte kein Wort der Erwiderung hören, vollführte aber selbst eine ganze Stunde lang ein großes Geschrei und schickte mir schließlich Dunja sofort nach der Stadt zurück, auf einem gewöhnlichen Bauernwagen, auf den alle ihre Sachen, Wäsche, Kleider, bunt durcheinander, lose und uneingepackt heraufgeworfen wurden. Und nun brach noch ein heftiger Platzregen los, und Dunja, beleidigt und beschimpft, mußte mit einem Knechte die ganzen siebzehn Werst in dem offenen Wagen fahren. Nun sage selbst; was hätte ich Dir als Antwort auf Deinen Brief, den ich vor zwei Monaten erhielt, hierüber schreiben können, und worüber hätte ich sonst schreiben können? Ich selbst war ganz verzweifelt; Dir die Wahrheit zu schreiben, das wagte ich nicht; denn es hätte Dich unglücklich gemacht und Dich in Erbitterung und Empörung versetzt; und was hättest Du auch dabei tun können? Du hättest am Ende noch Dich selbst ins Verderben gestürzt. Übrigens hatte mir auch Dunjetschka verboten, davon zu schreiben. Und andrerseits: einen Brief mit allerlei gleichgültigem Zeuge vollschreiben, wo ich doch solchen Kummer im Herzen hatte, das konnte ich auch wieder nicht. Einen vollen Monat lang waren bei uns in der ganzen Stadt Klatschereien über diese Geschichte im Umlauf, und es war schon so weit gekommen, daß ich mit Dunja nicht einmal mehr in die Kirche gehen konnte vor den verächtlichen Blicken und dem Getuschel; ja, es wurde sogar in unsrer Gegenwart laut darüber gesprochen. Alle unsre Bekannten zogen sich von uns zurück; sie grüßten uns nicht einmal mehr, und ich erfuhr zuverlässig, daß einige Kommis und Kanzlisten vorhatten, uns durch Beschmieren unsrer Haustür mit Teer eine nichtswürdige Beleidigung zuzufügen, so daß unsre Wirtsleute schon verlangten, wir sollten ausziehen. An alledem war Marfa Petrowna schuld, die in allen Häusern gegen Dunja ehrenrührige Anklagen vorgebracht hatte. Sie ist hier mit allen Menschen bekannt und kam in diesem Monat alle Augenblicke in die Stadt gefahren, und da sie etwas schwatzlustig ist und gern von ihren Familienangelegenheiten redet, besonders gern aber bei allen und jedem über ihren Mann Klage führt (was doch etwas sehr Häßliches ist), so hatte sie in kurzer Zeit die Geschichte nicht nur in der Stadt, sondern auch im ganzen Kreise herumgebracht. Ich wurde ganz krank davon; aber Dunja war stärker als ich; Du hättest nur sehen sollen, wie sie alles ertrug und mich noch tröstete und ermutigte! Sie ist ein Engel! Aber Gottes Barmherzigkeit verkürzte unsre Qualen: Herr Swidrigailow kam auf bessere Gedanken und bereute sein früheres Verhalten, und wohl weil ihm Dunja leid tat, legte er seiner Frau einen unwiderleglichen, klaren Beweis für Dunjas völlige Schuldlosigkeit vor, nämlich einen Brief, den diese, noch bevor Marfa Petrowna sie beide im Garten überraschte, zu schreiben und ihm einzuhändigen sich genötigt gesehen hatte und in dem sie persönliche Aussprachen und geheime Zusammenkünfte, um die er dringend gebeten hatte, ablehnte; dieser Brief war nach Dunjas Abreise in Herrn Swidrigailows Händen geblieben. In dem Briefe hatte sie in der energischsten Weise und in höchster Entrüstung ihm namentlich wegen seines unwürdigen Benehmens seiner Frau gegenüber Vorwürfe gemacht, ihm vorgehalten, daß er Gatte und Vater sei, und schließlich, wie abscheulich es von ihm sei, ein so schon unglückliches, schutzloses Mädchen zu quälen und noch unglücklicher zu machen. Mit einem Worte, lieber Rodja, dieser Brief war so edel und rührend geschrieben, daß ich nur so geschluchzt habe, als ich ihn las, und ihn noch jetzt nicht ohne zu weinen lesen kann. Außerdem wurden zu Dunjas Rechtfertigung schließlich auch noch die Zeugenaussagen der Dienstboten bekannt, die von der Sache weit mehr gesehen und erfahren hatten, als Herr Swidrigailow selbst ahnte, wie das ja immer so geht. Marfa Petrowna war völlig perplex und, wie sie uns selbst gestand, ›zum zweiten Male tödlich überrascht‹; aber sie war nun von Dunjas Schuldlosigkeit völlig überzeugt, und gleich am andern Tage, es war ein Sonntag, fuhr sie geradeswegs nach dem Dom und flehte auf den Knien unter Tränen die Muttergottes an, sie möchte ihr Kraft verleihen, diese neue Prüfung zu ertragen und ihre Pflicht zu erfüllen. Darauf kam sie direkt aus der Kirche, ohne vorher sonst jemand besucht zu haben, zu uns gefahren, erzählte uns alles, weinte bitterlich, umarmte Dunja in aufrichtiger Reue und bat sie herzlich, ihr zu verzeihen. Noch an demselben Morgen ging sie, ohne zu zögern, gleich von uns in allen Häusern der Stadt umher und bezeugte überall in Ausdrücken, die für Dunjetschka höchst schmeichelhaft waren, unter Tränen deren Schuldlosigkeit, edle Gesinnung und anständiges Benehmen. Und damit noch nicht zufrieden, zeigte sie allen Dunjas eigenhändigen Brief an Herrn Swidrigailow, las ihn ihnen vor und gestattete sogar, Abschriften davon zu machen (was meines Erachtens denn doch des Guten zuviel war). Auf diese Art hatte sie mehrere Tage hintereinander bei allen Leuten in der Stadt Besuche zu machen, da manche sich gekränkt fühlten, weil sie hinter andern zurückgesetzt würden; es wurde daher eine bestimmte Reihenfolge festgesetzt, so daß sie in jedem Hause schon im voraus erwartet wurde und alle vorher wußten, daß an dem und dem Tage Marfa Petrowna in dem und dem Hause diesen Brief vorlesen werde, und zu jeder solchen Vorlesung sogar auch diejenigen wieder mit zusammenkamen, die den Brief bereits einige Male teils bei sich zu Hause, teils bei andern Bekannten, die an der Reihe gewesen waren, gehört hatten. Nach meiner Ansicht war hierbei vieles, sehr vieles überflüssig; aber das liegt nun einmal so in Marfa Petrownas Wesen. Jedenfalls hat sie Dunjetschkas Ehre vollständig wiederhergestellt, und die ganze abscheuliche Sache blieb nun als unauslöschlicher Schandfleck auf ihrem Manne als dem einzig Schuldigen haften, so daß er mir sogar leid tat; man ging mit diesem verdrehten Menschen gar zu streng ins Gericht. Dunja erhielt sofort aus mehreren Häusern die Aufforderung, dort Privatstunden zu geben; aber sie lehnte es ab. Überhaupt benahmen sich nun auf einmal alle Leute gegen sie außerordentlich respektvoll. Durch alle diese Vorgänge wurde auch das unerwartete Ereignis ganz wesentlich mit herbeigeführt, das jetzt, man kann wohl sagen, einen Umschwung in unserm ganzen Schicksal hervorruft. Wisse also, lieber Rodja, daß Dunja einen Heiratsantrag erhalten hat und daß sie bereits ihr Jawort gegeben hat, was ich mich beeile Dir mitzuteilen. Und obwohl die Sache ohne Deinen Beirat abgeschlossen ist, so wirst Du, wie ich hoffe, dies doch weder mir noch Deiner Schwester übelnehmen, da Du selbst aus dem Hergange ersehen wirst, daß es uns unmöglich war, zu warten und die Entscheidung bis zum Eintreffen eines Briefes von Dir hinauszuschieben. Auch hättest Du ohne persönliche Anwesenheit in der ganzen Angelegenheit kein sicheres Urteil haben können. Die Sache hat sich also folgendermaßen zugetragen. Er ist schon Hofrat, heißt Pjotr Petrowitsch Lushin und ist ein entfernter Verwandter von Marfa Petrowna, die bei seinem Entschlusse stark mitgewirkt hat. Er begann damit, daß er uns durch ihre Vermittlung seinen Wunsch ausdrückte, mit uns bekannt zu werden; er wurde empfangen, wie es sich schickt, trank bei uns Kaffee und schickte uns gleich am nächsten Tage einen Brief, in dem er in höflichster Form um Dunjas Hand anhielt und um eine baldige und bestimmte Antwort bat. Er ist ein sehr erfahrener, vielbeschäftigter Mann und hat es jetzt eilig, nach Petersburg zu reisen, da ihm jede Minute kostbar ist. Natürlich waren wir zuerst sehr überrascht, da dies alles so schnell und unerwartet gekommen war, und haben einen ganzen Tag lang überlegt und erwogen. Er ist ein solider Mann mit sicherem Auskommen, bekleidet zwei amtliche Stellungen und besitzt bereits eigenes Vermögen. Freilich ist er schon fünfundvierzig Jahre alt; aber er hat ein ganz angenehmes Äußeres und kann einer Frau noch recht wohl gefallen. Und überhaupt ist er ein sehr gesetzter, anständiger Mann, nur etwas mürrisch und, ich möchte fast meinen, hochmütig. Aber vielleicht scheint das auch nur so beim ersten Anblicke. Und so möchte ich denn auch Dich, lieber Rodja, im voraus bitten: wenn Du in Petersburg seine Bekanntschaft machst, was sehr bald der Fall wird, dann urteile nicht zu schnell und hitzig, wie das Deine Art ist, falls Dir auf den ersten Blick etwas an ihm nicht zusagen sollte. Ich sage das nur für den möglichen Fall, wiewohl ich überzeugt bin, daß er auf Dich einen angenehmen Eindruck machen wird. Überhaupt muß man, um irgendwen zutreffend zu beurteilen, ihm allmählich und vorsichtig nähertreten, um nicht in Irrtümer und vorgefaßte Meinungen zu verfallen, die sich später nur schwer berichtigen und ablegen lassen. Pjotr Petrowitsch ist, wenigstens nach vielen Anzeichen, ein sehr achtungswerter Mann. Gleich bei seinem ersten Besuche erklärte er uns, daß er auf dem Boden der Tatsachen stehe, in manchen Punkten aber, wie er sich selbst ausdrückte, ›die Anschauungen unsrer jüngeren Generation‹ teile, und daß er ein Feind aller Vorurteile sei. Er sprach auch sonst noch vielerlei; denn er scheint ein bißchen selbstgefällig zu sein und hat es sehr gern, wenn man ihm zuhört; aber das ist ja schließlich nichts Schlimmes. Ich habe selbstverständlich von alledem nur wenig begriffen; aber Dunja erklärte mir, er sei zwar kein hochgebildeter, wohl aber ein kluger und, wie es scheine, ein guter Mensch. Du kennst den Charakter Deiner Schwester, lieber Rodja. Sie besitzt viel Festigkeit, einen guten Verstand, ist geduldig und hochgesinnt; allerdings hat sie ein heißes Herz, das ich zur Genüge an ihr kennengelernt habe. Natürlich ist weder auf seiner noch auf ihrer Seite eine besondere Liebe vorhanden; aber Dunja ist nicht nur ein verständiges Mädchen, sondern zugleich auch ein Wesen von engelhafter Güte und wird es als ihre Pflicht und Aufgabe betrachten, einen Mann glücklich zu machen, wenn dieser auch seinerseits auf ihr Glück bedacht ist; und daß das letztere der Fall sein wird, daran haben wir vorläufig keinen eigentlichen Grund zu zweifeln, wiewohl, offen gestanden, die Sache ein bißchen schnell zum Abschluß gekommen ist. Außerdem ist er ein Mann, der wohl zu rechnen versteht und sich gewiß selbst sagen wird, daß sein eigenes Glück als Ehemann um so fester begründet sein wird, je glücklicher sich Dunjetschka durch ihn fühlt. Was aber einige Unebenheiten im Charakter, einige alte Gewohnheiten und sogar eine gewisse Disharmonie in den Anschauungen anlangt (wie dergleichen auch in den glücklichsten Ehen unvermeidlich ist), so hat mir in dieser Hinsicht Dunjetschka gesagt, sie könne sich auf sich selbst verlassen; es sei kein Grund vorhanden, sich darüber zu beunruhigen, und sie könne vieles ertragen, unter der Voraussetzung, daß in ihren wechselseitigen Beziehungen immer Ehrlichkeit und Gerechtigkeit herrsche. Er schien mir anfangs auch etwas schroff; aber das kann ja auch gerade daher kommen, weil er ein freimütiger, redlicher Mensch ist, und so wird es gewiß sein. Zum Beispiel bei seinem zweiten Besuche, als er schon das Jawort erhalten hatte, bemerkte er im Gespräche, er habe schon früher, noch ehe er Dunja gekannt habe, sich vorgenommen, ein ehrenhaftes Mädchen, aber ohne Mitgift, zu nehmen, und unbedingt eine solche, die schon die Armut aus eigener Erfahrung kenne; denn, wie er uns auseinandersetzte, der Mann müsse seiner Frau nichts zu verdanken haben; weit besser sei es, wenn die Frau den Mann als ihren Wohltäter betrachte. Ich muß hinzufügen, daß er sich etwas milder und freundlicher ausdrückte, als ich es hier geschrieben habe; denn ich habe den eigentlichen Wortlaut vergessen und erinnere mich nur noch an den Sinn, und überdies sagte er das ganz und gar nicht nach vorheriger Überlegung, sondern weil er beim Reden so in Zug gekommen war, im Eifer des Gespräches, so daß er sich sogar nachher bemühte, es zu korrigieren und abzuschwächen. Aber mir kam das doch ein wenig schroff vor, und ich äußerte nachher diese meine Empfindung Dunja gegenüber. Aber Dunja antwortete mir sogar ärgerlich: ›Worte sind noch keine Taten‹, und das ist gewiß richtig. Dunja hat die ganze Nacht, bevor sie sich dazu entschloß, schlaflos zugebracht; in dem Glauben, daß ich schon schliefe, stand sie vom Bette auf und ging die ganze Nacht über im Zimmer hin und her; zuletzt kniete sie vor dem Heiligenbilde nieder und betete lange und mit heißer Inbrunst; am Morgen erklärte sie mir dann, sie habe sich dazu entschlossen.

Ich habe schon erwähnt, daß Pjotr Petrowitsch sich jetzt nach Petersburg begeben wird. Er hat dort wichtige Geschäfte und beabsichtigt, in Petersburg ein öffentliches Anwaltsbüro zu etablieren. Er beschäftigt sich schon lange mit der Vertretung von Parteien in allerlei Zivilprozessen und hat erst kürzlich einen sehr bedeutenden Prozeß gewonnen. Nach Petersburg muß er auch deswegen, weil er da beim Senat eine wichtige Sache zu erledigen hat. Auf diese Weise kann er auch Dir, lieber Rodja, sehr nützlich sein, in jeder Beziehung, und ich und Dunja haben schon gemeint, Du könntest gleich mit dem heutigen Tage Deine künftige Laufbahn definitiv beginnen und Deinen Lebensweg als klar und deutlich festgesetzt betrachten. Ach, wenn sich das doch so verwirklichte! Das wäre ein solches Glück, daß wir es nur als eine besondere, vom Allmächtigen uns erwiesene Gnade ansehen könnten. Dunja beschäftigt sich fortwährend mit diesen Zukunftsplänen. Wir haben schon gewagt, nach dieser Richtung hin ein paar Worte zu Pjotr Petrowitsch zu sagen. Er drückte sich vorsichtig aus: da er einen Sekretär notwendig brauche, so sei es selbstverständlich besser, das Gehalt einem Verwandten zuzuwenden als einem Fremden, vorausgesetzt, daß jener für die Stellung befähigt sei (Du und nicht befähigt!); zugleich aber äußerte er gewisse Zweifel, ob Deine Universitätsstudien Dir auch hinreichend Zeit für die Arbeit in seinem Büro lassen würden. Diesmal wurde die Sache nicht weiter besprochen; aber Dunja hat jetzt gar keinen andern Gedanken. Sie befindet sich jetzt schon seit einigen Tagen in einem geradezu fieberhaften Eifer und hat sich schon ein vollständiges Projekt zurechtgemacht, wie Du im Laufe der Zeit Pjotr Petrowitschs Gehilfe und selbst Kompagnon in seiner Anwaltspraxis werden könntest, um so mehr, da Du zur juristischen Fakultät gehörst. Ich, lieber Rodja, bin ganz ihrer Ansicht und teile alle ihre Pläne und Hoffnungen, deren Verwirklichung mir durchaus möglich scheint; und obgleich Pjotr Petrowitsch jetzt ein zurückhaltendes Benehmen zeigt, das ja sehr erklärlich ist, da er Dich noch nicht kennt, ist Dunja doch fest davon überzeugt, daß sie alles durch ihre freundliche Einwirkung auf ihren künftigen Mann erreichen wird; das glaubt sie ganz sicher. Natürlich haben wir uns wohl gehütet, zu Pjotr Petrowitsch auch nur das geringste von diesen unsern weitergehenden Plänen und Hoffnungen zu äußern, namentlich davon, daß Du sein Kompagnon werden sollst. Er ist ein nüchtern denkender Mann und hätte es wohl sehr kühl aufgenommen, da ihm alles als ein leeres Phantasiegebilde erschienen wäre. Ebenso haben wir, sowohl ich als Dunja, es vermieden, mit ihm auch nur eine Silbe davon zu reden, daß wir bestimmt hoffen, er werde uns behilflich sein, Dich mit Geld zu unterstützen, solange Du noch auf der Universität bist. Wir haben davon jetzt aus mehreren Gründen geschwiegen. Erstens wird sich das in der Folge ganz von selbst machen, und er wird es uns sicherlich ohne unnötiges Hin- und Herreden selbst anbieten (wie könnte er es denn auch seiner Frau abschlagen!), um so mehr, da Du Deinerseits seine rechte Hand im Büro werden kannst, so daß Du dann diese Beihilfe nicht als Wohltat, sondern als wohlverdientes Gehalt empfängst. So beabsichtigt Dunjetschka dies zu arrangieren, und ich bin mit ihr vollständig einverstanden. Der zweite Grund unseres vorläufigen Stillschweigens über diesen Punkt war mein lebhafter Wunsch, daß Du bei Eurer bevorstehenden Begegnung auf gleichem Fuße mit ihm stehen möchtest. Als Dunja von Dir mit Begeisterung zu ihm sprach, erwiderte er, jeden Menschen müsse man sich zuerst selbst und recht von nahem ansehen, um über ihn urteilen zu können, und er behalte sich vor, eine Meinung über Dich sich erst dann zu bilden, wenn er Deine Bekanntschaft werde gemacht haben. Weißt Du, mein teurer Rodja, ich glaube auf Grund gewisser Erwägungen (die übrigens in keiner Weise auf Pjotr Petrowitsch speziellen Bezug haben, sondern bloß so meine eigenen, rein persönlichen Erwägungen sind, vielleicht sogar nur Schrullen einer alten Frau), also ich glaube, ich tue vielleicht am besten, wenn ich nach der Hochzeit der beiden getrennt für mich wohne, so wie bisher, und nicht mit ihnen zusammen. Ich bin fest davon überzeugt, er wird so edeldenkend und zartfühlend sein, mir selbst den Vorschlag zu machen, daß ich mich von meiner Tochter nicht trennen, sondern mit ihnen zusammenziehen möchte, und wenn er es bisher noch nicht gesagt hat, so erklärt sich das selbstverständlich daher, weil es auch ohne ausdrückliche Erwähnung so üblich ist; aber ich werde ablehnen. Ich habe in meinem Leben schon wiederholt die Beobachtung machen können, daß die Männer ihre Schwiegermütter nicht sonderlich gern mögen; und ich möchte nicht nur keinem Menschen auch nur im geringsten lästig werden, sondern auch selbst völlig frei bleiben, solange ich noch einen eigenen Bissen Brot und solche Kinder habe, wie Ihr beide seid, Du und Dunjetschka. Wenn es sich so einrichten läßt, will ich in der Nähe von Euch beiden meinen Wohnsitz nehmen; denn, lieber Rodja, das Allerangenehmste habe ich bis zum Schlusse dieses Briefes aufgespart. Erfahre nämlich, mein lieber Sohn, daß wir vielleicht sehr bald alle drei wieder zusammen sein und uns nach fast dreijähriger Trennung umarmen werden. Es ist schon bestimmt beschlossen, daß ich und Dunja nach Petersburg fahren; wann, das weiß ich noch nicht, aber jedenfalls sehr, sehr bald, vielleicht sogar schon in einer Woche. Alles hängt von Pjotr Petrowitschs Anordnungen ab, der uns sofort, wenn er sich in Petersburg wird orientiert haben, Mitteilung machen wird. Er möchte aus verschiedenen Erwägungen die Formalitäten möglichst beschleunigen und, wenn es angeht, noch vor Beginn der nächsten Fasten Hochzeit machen; sollte das aber wegen der Kürze der Zeit nicht ausführbar sein, dann gleich nach den Fasten, nach Mariä Himmelfahrt. Oh, mit welcher Wonne werde ich Dich an mein Herz drücken! Dunja ist von der frohen Aussicht, Dich wiederzusehen, ganz aufgeregt und sagte einmal im Scherz, schon allein deswegen würde sie Pjotr Petrowitschs Frau werden. Sie ist ein Engel! Sie wird jetzt keine Nachschrift zu diesem Briefe hinzufügen, sondern hat mir nur aufgetragen, zu schreiben, sie habe so viel mit Dir zu sprechen, so viel, daß sie sich jetzt nicht ein Herz dazu fassen könne, zur Feder zu greifen; denn in ein paar Zeilen könne man doch nichts Rechtes schreiben, sondern rege sich nur auf. Sie läßt Dir sagen, sie umarme Dich herzlich und küsse Dich tausendmal. Obwohl wir uns aber vielleicht sehr bald persönlich sehen werden, will ich Dir doch dieser Tage so viel Geld schicken, wie ich kann. Jetzt, wo alle wissen, daß Dunja Pjotr Petrowitsch heiratet, ist auch mein Kredit auf einmal besser geworden, und ich weiß sicher, daß Afanassij Iwanowitsch, wenn ich ihm meine Pension verpfände, mir jetzt sogar bis zu fünfundsiebzig Rubeln borgen wird, so daß ich Dir vielleicht fünfundzwanzig Rubel oder selbst dreißig schicken kann. Ich würde noch mehr schicken, bin aber in Sorge wegen unsrer Reisekosten; und obwohl Pjotr Petrowitsch so freundlich war, einen Teil der Kosten für unsre Fahrt nach der Hauptstadt selbst zu übernehmen (er hat sich nämlich erboten, unsre Frachtstücke und den großen Koffer auf seine Rechnung hinzubefördern, wobei er sich der Beihilfe von Bekannten bedienen kann), so müssen wir doch auch noch für die Ankunft in Petersburg etwas in Anschlag bringen, wo man sich nicht so ohne einen Groschen in der Tasche aufhalten kann, wenigstens in den ersten Tagen. Dunja und ich haben übrigens schon alles genau berechnet, und es ergab sich, daß uns die Fahrt nicht sehr teuer kommt. Bis zur Bahn sind von uns nur neunzig Werst, und wir haben uns schon für alle Fälle mit einem uns bekannten Bauern, der Fuhren durchführt, über den Preis geeinigt; und auf der Bahn fahren Dunja und ich wunderbar in der dritten Klasse. So klügle ich es vielleicht zurecht, daß ich Dir nicht fünfundzwanzig, sondern hoffentlich dreißig Rubel schicken kann. Aber nun genug; zwei Bogen habe ich ganz voll geschrieben, und es ist kein Platz mehr übrig. Es ist eine ordentliche lange Geschichte geworden; aber wieviel Ereignisse hatten sich auch angesammelt! Jetzt, lieber Rodja, umarme ich Dich in der Hoffnung auf ein baldiges Wiedersehen und gebe Dir meinen mütterlichen Segen. Lieber Rodja, liebe Deine Schwester Dunja; liebe sie so, wie sie Dich liebt, und sei Dir bewußt, daß sie Dich grenzenlos liebt, mehr als sich selbst. Sie ist ein Engel, und Du, Rodja, bist unser ein und alles, unsere ganze Hoffnung, unsere ganze Zuversicht. Wenn Du nur glücklich bist, dann sind wir es auch. Betest Du auch wohl wie früher zu Gott, lieber Rodja, und glaubst Du an die Gnade unsres Schöpfers und Erlösers? Ich fürchte in meinem Herzen, daß auch Du Dich von dem Unglauben, der in neuester Zeit Mode geworden ist, habest anstecken lassen. Wenn es so sein sollte, dann will ich für Dich beten. Denke daran, mein Sohn, wie Du damals, als Du noch ein Kind warst und Dein Vater noch lebte, auf meinem Schoße Deine Gebete lalltest und wie glücklich wir damals alle waren. Adieu, oder vielmehr: auf Wiedersehen! Ich umarme Dich von ganzem, ganzem Herzen und küsse Dich unzählige Male.

Deine bis in den Tod getreue
Pulcheria Raskolnikowa.«

Fast die ganze Zeit, während Raskolnikow las, vom Anfang des Briefes an, war sein Gesicht feucht von Tränen; als er aber bis zum Schlusse gelangt war, war es bleich und krampfhaft verzerrt, und ein trübes, bitteres, ingrimmiges Lächeln spielte auf seinen Lippen. Er legte sich mit dem Kopfe auf sein dünnes, abgenutztes Kissen und dachte lange, lange nach. Heftig schlug ihm das Herz, und heftig wogten seine Gedanken hin und her. Schließlich wurde es ihm zu schwül und zu eng in diesem gelben Kämmerchen, das wie ein Schrank oder wie ein Koffer aussah. Sein Blick und seine Gedanken verlangten nach freiem Raume. Er ergriff seinen Hut und ging hinaus, diesmal ohne sich davor zu fürchten, daß er jemandem auf der Treppe begegnen könnte; dieser Gedanke kam ihm gar nicht. Er schlug die Richtung nach der Wassilij-Insel ein, den W... -Prospekt entlang, als hätte er einen eiligen Geschäftsgang dorthin, ging aber nach seiner Gewohnheit, ohne auf den Weg zu achten, vor sich hin flüsternd und sogar laut mit sich redend, worüber sich die Vorübergehenden nicht wenig wunderten. Viele hielten ihn für betrunken.

IV

Der Brief seiner Mutter bereitete ihm heftige Qual. Hinsichtlich des wichtigsten und wesentlichsten Punktes hatte bei ihm keinen Augenblick ein Zweifel bestanden, auch nicht, als er noch mit dem Lesen beschäftigt gewesen war. Die Kernfrage war für ihn entschieden, und zwar endgültig entschieden. »Diese Heirat findet, solange ich lebe, nicht statt; hole diesen Herrn Lushin der Teufel!«

›Die ganze Sache ist ja doch so durchsichtig‹, murmelte er, spöttisch lächelnd, vor sich hin und gab sich schon im voraus einem Gefühle des Triumphes wegen der glücklichen Durchsetzung seines Entschlusses hin. ›Nein, Mama, nein, Dunja‹, dachte er, ›ihr könnt mich nicht täuschen!... Und da entschuldigen sie sich auch noch, daß sie nicht meinen Rat erbeten, sondern die Sache ohne mich entschieden haben! Unsinn! Sie denken, jetzt lasse sich die Sache nicht mehr vereiteln; aber wir werden ja sehen, ob das geht oder nicht geht. Und was für eine famose Ausflucht: Pjotr Petrowitsch, heißt es, ist von seinen Geschäften so stark in Anspruch genommen, daß er sogar seine Heirat nur mit Extrapost oder Schnellzug bewerkstelligen kann. Nein, Dunjetschka, ich durchschaue alles und weiß, worüber du mit mir so viel zu sprechen vorhast. Ich weiß auch, worüber du die ganze Nacht nachgedacht hast, während du im Zimmer auf und ab gingst, und um was du vor dem Bilde der Muttergottes von Kasan, das in Mamas Schlafzimmer steht, gebetet hast. Es ist ein schwerer Gang, der Gang nach Golgatha. Hm!... Es ist also bereits unwiderruflich beschlossen: Sie möchten einen geschäftskundigen, praktisch gesinnten Mann heiraten, Awdotja Romanowna, einen Mann, der eigenes Vermögen besitzt (der »bereits« eigenes Vermögen besitzt, das klingt noch solider, eindrucksvoller), zwei amtliche Stellungen bekleidet und die Anschauungen unserer jüngeren Generation teilt, wie Mama schreibt, und »wie es scheint« ein guter Mensch ist, wie Dunjetschka selbst bemerkt. Dieses »wie es scheint« ist ganz besonders prachtvoll. Und diese gute Dunjetschka wird dieses »wie es scheint« heiraten! Prachtvoll! Prachtvoll!

Merkwürdig ist aber auch, warum mir Mama eigentlich etwas von der »jüngeren Generation« geschrieben hat. Wollte sie damit lediglich die Person charakterisieren, oder verfolgte sie damit eine weitergehende Absicht: mich für Herrn Lushin günstig zu stimmen? Oh, ihr Schlauen! Auch noch einen andern Umstand aufzuklären wäre interessant: bis zu welchem Grade waren sie beide an jenem Tage und in jener Nacht und in der ganzen folgenden Zeit offenherzig gegeneinander? Wurde wohl zwischen ihnen alles mit Worten ausgesprochen, oder wußten sie beide, daß die eine wie die andre ein und dasselbe im Herzen und im Sinne hatte, so daß es nicht erforderlich war, alles laut zu sagen, wobei man sich leicht hätte verplappern können? Wahrscheinlich hat sich die Sache zum Teil wirklich so verhalten; das läßt sich aus dem Briefe ersehen: der Mama kam er schroff vor, »ein wenig schroff«, und die naive Mama teilte diese Beobachtung ihrer Tochter mit. Aber die wurde natürlich böse darüber und »antwortete sogar ärgerlich«. Selbstverständlich! Wen sollte so etwas nicht wütend machen, wenn eine Sache auch ohne naive Fragen klar ist und wenn bereits entschieden ist, daß weitere Debatten sinnlos sind. Und warum schrieb sie mir da: »Lieber Rodja, liebe Deine Schwester Dunja; sie liebt Dich mehr als sich selbst«: quälen sie da im geheimen Gewissensbisse, weil sie zugestimmt hatte, daß die Tochter für den Sohn geopfert werde? »Du bist unsere Zuversicht, unser ein und alles!« O Mama!‹

Der Ingrimm kochte in ihm immer stärker, und wäre ihm jetzt Herr Lushin begegnet, so hätte er ihn wahrscheinlich totgeschlagen!

›Hm!... das ist richtig‹, fuhr er fort, indem er die Gedanken weiter verfolgte, die in seinem Kopfe wild herumwirbelten. ›Das ist ja richtig, daß man sich einem Menschen ganz allmählich und vorsichtig nähern muß, um ihn genau kennenzulernen; aber was Herrn Lushin selbst anlangt, so ist ja sein Charakter von vornherein klar und verständlich. Die Hauptsache ist: er ist sehr geschäftstüchtig und ›wie es scheint‹ ein guter Mensch: es ist ja keine Kleinigkeit, daß er den Transport der Frachtstücke übernommen hat und den großen Koffer auf seine Kosten herbefördern will! Und da sollte er kein guter Mensch sein? Die beiden Frauen aber, die Braut und die Mutter, dingen einen Bauern und fahren auf einem Bauernwagen, auf dem eine Bastmatte liegt (ich bin ja selbst dort so gereist!). Tut nichts; es sind ja nur neunzig Werst, ›und dann fahren wir wunderbar in der dritten Klasse‹, gegen tausend Werst. Es ist ja sehr verständig, wenn man sich nach seiner Decke streckt; aber Sie, Herr Lushin, was sagen Sie dazu? Es ist ja doch Ihre Braut... Und ist Ihnen das unbekannt geblieben, daß die Mutter sich auf ihre Pension das Reisegeld borgt? Gewiß, ihr habt zusammen mit Herrn Lushin gleichsam eine Art von gemeinsamem kaufmännischem Geschäft, ein Unternehmen zu beiderseitigem Nutzen und mit gleichen Anteilen; folglich müssen auch die Ausgaben in zwei gleiche Teile gehen; nach dem üblichen Grundsatze: Brot und Salz gemeinsam, aber Tabak jeder für sich. Aber auch hier hat der geschäftserfahrene Mann sie ein bißchen übers Ohr gehauen: das Gepäck kostet weniger als ihre Reise, und vielleicht wird es sogar ganz umsonst befördert. Sehen das nun die beiden Frauen nicht, oder wollen sie es absichtlich nicht bemerken? Sie sind ja zufrieden, so zufrieden! Und wenn man nun bedenkt, daß dies nur der Anfang, die Blüten sind und die wahren Früchte erst hinterdrein kommen! Und was ist die Hauptsache bei alledem? Die Hauptsache ist nicht der Geiz und die Knauserei, sondern der Ton, in dem das Ganze vor sich geht. Das wird der künftige Ton nach der Hochzeit sein; es zeigt sich schon an... Ja, und Mama gibt leichtsinnig Geld aus! Mit wieviel wird sie in Petersburg ankommen? Mit zwei oder drei »Scheinchen«, wie jenes... alte Weib... sagt... hm! Wovon gedenkt sie denn nachher in Petersburg zu leben? Sie hat ja schon aus irgendwelchen Anzeichen herausgefühlt, daß sie nach der Hochzeit nicht wird mit Dunja zusammenwohnen können, nicht einmal in der ersten Zeit. Der liebe Mensch hat gewiß »im Eifer des Gespräches« Andeutungen gemacht und seine Meinung zu verstehen gegeben, obwohl Mama einem auf das entschiedenste verwehrt, sich den Hergang so vorzustellen, und ausdrücklich sagt: »Ich selbst werde es ablehnen.« Was denkt sie sich denn, wovon sie leben wird? Von den hundertzwanzig Rubeln Pension, von denen erst noch der Betrag der Schuld an Afanassij Iwanowitsch abgeht? Sie wird dann hier Wintertücher stricken und Manschetten sticken und sich die alten Augen verderben. Aber die Tücher und Manschetten bringen ihr nur zwanzig Rubel jährlich zu den hundertzwanzig Rubeln; darüber weiß ich Bescheid. Also setzen sie ihre Hoffnung doch auf den Edelmut des Herrn Lushin. »Er wird selbst den Vorschlag machen und mich darum bitten.« Das wird ihm gar nicht einfallen! So geht es immer bei diesen Schillerschen schönen Seelen: bis zum letzten Moment schmücken sie einen Menschen mit Pfauenfedern; bis zum letzten Moment erwarten sie von ihm nur Gutes und nichts Schlechtes; wiewohl sie die Kehrseite der Medaille ahnen, mögen sie sich doch um keinen Preis dazu entschließen, beizeiten das Kind beim richtigen Namen zu nennen; es schaudert ihnen bei dem bloßen Gedanken; mit Händen und Füßen sträuben sie sich gegen die Wahrheit, bis der Mensch, den ihre Phantasie so schön herausstaffiert hat, sie gehörig hereinlegt. Es wäre mir interessant, zu wissen, ob Herr Lushin Orden besitzt; ich möchte darauf wetten, er hat den Annenorden im Knopfloch und legt ihn zu Diners bei Industriellen und Kaufleuten an. Vielleicht trägt er ihn auch bei seiner Hochzeit! Aber der Teufel soll ihn holen!...

Nun, von Mama will ich weiter nichts sagen; das liegt nun einmal so in ihrem Wesen; aber wie steht es mit Dunja? Liebste Dunjetschka, ich kenne dich doch! Du warst schon zwanzig Jahre alt, als wir uns zum letzten Male sahen; über deinen Charakter war ich schon damals im klaren. Da schreibt Mama: »Dunja kann vieles ertragen.« Das wußte ich. Das habe ich schon vor zwei und einem halben Jahre gewußt, und seitdem habe ich zwei und ein halbes Jahr lang daran gedacht, gerade daran gedacht, daß »Dunja vieles ertragen kann«. Schon daß sie Herrn Swidrigailow mit allem Nachfolgenden zu ertragen vermochte, zeigt, daß sie vieles ertragen kann. Und jetzt ist sie mit Mama der Meinung, daß sie auch Herrn Lushin ertragen könne, der seine Theorie von den Vorzügen derjenigen Frauen auseinandersetzt, welche aus der größten Armut herstammen und nur von den Wohltaten ihrer Männer leben, und der dies noch dazu fast beim ersten Zusammensein auseinandersetzt. Nun, nehmen wir ruhig an, er habe das nur so »im Eifer des Gespräches« gesagt, wiewohl er doch ein kluger Mann ist (so daß er es vielleicht gar nicht im Eifer gesagt hat, sondern geradezu beabsichtigte, gleich von vornherein das gegenseitige Verhältnis klarzustellen); aber Dunja, Dunja? Sie durchschaut doch den Menschen, und trotzdem entschließt sie sich, mit ihm zu leben. Sie würde ja lieber nur Schwarzbrot essen und Wasser dazu trinken als ihre Seele verkaufen; sie würde ihre moralische Freiheit nicht für eine behagliche Existenz hingeben; für ganz Schleswig- Holstein würde sie sie nicht hingeben, geschweige denn für Herrn Lushin. Nein, so war Dunja, soweit ich sie kannte, ganz und gar nicht, und... sie wird sich gewiß auch jetzt nicht geändert haben! Das ist ja nicht zu bestreiten: es ist ein schwer Ding, mit Leuten vom Schlage des Herrn Swidrigailow zu tun zu haben; es ist ein schwer Ding, für zweihundert Rubel sein lebelang als Gouvernante von einem Gouvernement nach dem andern zu ziehen! Aber das weiß ich dennoch sicher, daß meine Schwester eher Sklavin bei einem Pflanzer oder Magd bei einem Deutschen in den Ostseeprovinzen werden als ihren Geist und ihr sittliches Gefühl durch die Verbindung mit einem Menschen herabwürdigen würde, den sie nicht achtet und mit dem sie innerlich nichts gemein hat – lebenslänglich, nur um ihres persönlichen Vorteils willen! Und bestände Herr Lushin ganz aus purem Golde oder wäre er ein einziger Brillant, auch dann würde sie nicht einwilligen, Herrn Lushins legitime Beischläferin zu werden! Warum willigt sie denn jetzt ein? Wo steckt der Grund? Welches ist die Lösung des Rätsels? Die Sache ist klar: um ihrer selbst willen, um sich ein behagliches Dasein zu schaffen, ja, selbst um sich vom Tode zu retten, würde sie sich nicht verkaufen; aber um eines andern willen ist sie imstande, sich zu verkaufen! Um eines lieben, vergötterten Menschen willen verkauft sie sich! Und das ist der Schlüssel zu ihrer Handlungsweise: um des Bruders, um der Mutter willen verkauft sie sich, verkauft sie alles, was sie hat. Oh, wenn es sich darum handelt, ersticken wir auch unser sittliches Gefühl; wir bringen unsre Freiheit, unsre Ruhe, sogar unser Gewissen, alles, alles auf den Trödelmarkt. Mag auch unser Leben zerstört sein, wenn nur diese unsre geliebten Angehörigen glücklich sind! Und daran nicht genug: wir ersinnen uns noch eine eigene Kasuistik, gehen bei den Jesuiten in die Lehre, beruhigen vielleicht für einige Zeit unser eigenes Herz und überreden uns, daß es so nötig, tatsächlich nötig war für den guten Zweck. Ja, so sind wir, und alles ist sonnenklar. Es ist klar, daß es sich hier um keinen andern als um Rodion Romanowitsch Raskolnikow handelt und daß er im Vordergrund steht. Nun natürlich, sie, die gute Schwester, kann ja sein Glück begründen, ihn auf der Universität erhalten, ihn bei dem Büro zum Kompagnon machen, sein ganzes Schicksal sicherstellen; wer weiß, ob er nicht später noch reich wird und als ein angesehener, geachteter, vielleicht sogar berühmter Mann sein Leben beschließt. Und die Mutter? Es handelt sich ja um Rodja, den teuren Rodja, den Erstgeborenen! Nun, wie sollte man um eines solchen Erstgeborenen willen nicht eine solche Tochter opfern? Oh, ihr lieben, ungerechten Seelen! Ei nun, unter diesen Umständen weigern wir uns nicht, sogar das Los einer Sonjetschka auf uns zu nehmen! Sonjetschka, Sonjetschka Marmeladowa, die ewige Sonjetschka, solange die Welt steht! Habt ihr beide aber auch die Größe dieses Opfers in vollem Umfange ermessen? Wirklich? Reicht die Kraft zu? Bringt es Nutzen? Ist es vernünftig? Weißt du auch, liebe Dunja, daß Sonjas Los in keiner Weise schrecklicher ist als das deine an Herrn Lushins Seite? »Liebe kann nicht vorhanden sein«, schreibt Mama. Wie aber, wenn nicht nur keine Liebe, sondern auch keine Achtung vorhanden sein kann, sondern im Gegenteil sich bereits Abneigung, Geringschätzung und Widerwillen entwickelt haben, was dann? Und es stellt sich dann auch in dieser Situation wieder die Notwendigkeit heraus, »auf Sauberkeit bedacht zu sein«? Oder ist es etwa nicht so? Verstehst du, verstehst du, verstehst du auch wirklich, was es mit dieser Sauberkeit für eine Bewandtnis hat? Verstehst du, daß die Sauberkeit der Frau Lushina völlig auf gleicher Stufe steht mit Sonjas Sauberkeit und vielleicht noch schlimmer, häßlicher und gemeiner ist, weil du, liebe Dunja, dabei doch auch auf einen entbehrlichen Komfort spekulierst, während es sich dort einfach um den Hungertod handelt! Diese Sauberkeit kostet viel, sehr viel, liebe Dunja! Und wenn dann schließlich die Kraft doch nicht zureicht und sich die Reue einstellt? Wieviel Gram, Trauer, Selbstverwünschungen und Tränen werden dir dann beschieden sein. Tränen, die sich vor aller Augen verbergen, da du eben keine Marfa Petrowna bist, die allen alles sagt! Und was wird dann aus der Mutter werden? Sie ist ja schon jetzt beunruhigt und quält sich; wie wird es erst dann sein, wenn sie alles klar durchschaut? Und wie wird es mit mir stehen?... Ja, was hast du dir denn eigentlich von mir gedacht? Ich will dein Opfer nicht, liebe Dunja; ich will es nicht, liebe Mama! Das soll und darf nicht geschehen, solange ich lebe; es soll und darf nicht geschehen! Ich nehme das Opfer nicht an!‹

Plötzlich durchzuckte ihn ein andrer Gedanke, und er blieb stehen.

›Es soll nicht geschehen! Aber was willst du denn tun, um es zu verhindern? Willst du es verbieten? Was hast du dazu für ein Recht? Was kannst du ihnen deinerseits als Entgelt dafür versprechen, daß sie dir hierin willfahren? Willst du ihnen versprechen, ihnen deine ganze Zukunft, deine ganze Existenz zu weihen, wenn du die Studien absolviert und eine Stelle erhalten haben wirst? Schön gesagt; aber das ist ja noch in weiter Ferne; was soll aber jetzt gleich geschehen? Es muß doch jetzt sofort etwas getan werden, begreifst du das? Du aber, was tust du jetzt? Du plünderst sie aus. Geld verschaffen sie sich, indem sie die Pension von hundertzwanzig Rubeln verpfänden und sich von Swidrigailows Vorschuß geben lassen! Wie wirst du sie gegen die Swidrigailows und Afanassij Iwanowitsch Wachruschin schützen, du künftiger Millionär, du Jupiter, der du ihr Schicksal ordnest und lenkst? Wohl nach zehn Jahren? Aber in zehn Jahren ist deine Mutter schon blind vom Tüchersäumen, vielleicht auch vom Weinen, und krank und abgezehrt vom Fasten. Und deine Schwester? Nun, überlege einmal, wie es mit deiner Schwester nach zehn Jahren stehen mag, wie es ihr während dieser zehn Jahre vielleicht geht! Kannst du dir davon ein Bild machen?‹

So quälte und höhnte er sich mit diesen Fragen; er empfand dabei sogar eine Art von Genuß. Übrigens waren alle diese Fragen ihm nicht neu und traten ihm nicht erst jetzt unerwartet entgegen; es waren alte Fragen, die ihn schon geraume Zeit gepeinigt hatten. Schon lange war es her, daß sie angefangen hatten, ihn zu martern, sein Herz zu zerfleischen. Schon vor langer, langer Zeit war dieser ganze jetzige schwere Gram in seinem Innern entstanden, war herangewachsen und angeschwollen, und nun war er in der letzten Zeit herangereift und hatte sich zu einer schrecklichen, wilden, gespenstischen Frage konzentriert, die ihm Herz und Geist folterte und unabweisbar nach einer Lösung verlangte. Jetzt nun traf ihn auf einmal der Brief seiner Mutter wie ein Donnerschlag. Es war klar: jetzt durfte er nicht mehr sich grämen, passiv leiden und über die Unlösbarkeit dieser Fragen reflektieren, sondern er mußte unbedingt etwas tun, und zwar sofort, so schnell wie möglich. Unter allen Umständen mußte er sich entscheiden, nach irgendeiner Seite hin, oder...

»Oder ich muß überhaupt auf ein lebenswertes Leben verzichten!« rief er in plötzlich hervorbrechender Wut. »Muß gehorsam das Schicksal hinnehmen, wie es eben ist, ein für allemal, und alle Wünsche in mir ersticken und auf jedes Recht zu handeln, zu leben und zu lieben verzichten!«

›Verstehen Sie, verstehen Sie, verehrter Herr, was das besagen will, wenn man nirgends mehr hingehen kann?‹ Diese Frage, die er gestern von Marmeladow gehört hatte, fiel ihm auf einmal ein. ›Es müßte doch jeder Mensch wenigstens irgendwohin gehen können.‹

Da fuhr er zusammen. Ein andrer Gedanke, auch einer vom gestrigen Tage, tauchte wieder in ihm auf. Er fuhr aber nicht deshalb zusammen, weil ihm dieser Gedanke wieder gekommen war; er hatte es geahnt, gewußt, daß er sicher wieder auftauchen werde, und hatte es bereits erwartet; auch stammte dieser Gedanke keineswegs erst von gestern her. Aber der Unterschied lag darin, daß dieser Gedanke vor einem Monate, ja selbst gestern noch, lediglich ein Phantasiegebilde gewesen war, jetzt aber... jetzt ihm auf einmal nicht als Phantasiegebilde, sondern in einer neuen, furchtbaren, ganz unbekannten Gestalt entgegentrat; und er selbst wurde sich dessen sofort bewußt. Es war wie ein Schlag vor den Kopf, und es wurde ihm dunkel vor den Augen.

Er sah sich hastig um; er suchte etwas. Er wollte sich hinsetzen und suchte eine Bank. Er befand sich augenblicklich auf dem K... -Boulevard. Eine Bank stand ein kleines Stückchen vor ihm, etwa hundert Schritte entfernt. Er ging, so schnell er konnte, nach ihr hin; unterwegs aber hatte er ein kleines Erlebnis, das ihn für kurze Zeit hinderte, an etwas andres zu denken.

Während er die Bank ins Auge faßte, bemerkte er eine Frauensperson, die etwa zwanzig Schritte vor ihm ging; indes beachtete er sie anfangs gar nicht, ebensowenig wie er alles andere beachtet hatte, was an seinem Auge vorübergeglitten war. Es war ihm schon oft begegnet, daß er nach Hause kam und sich schlechterdings nicht des Weges erinnern konnte, den er gegangen war; es war ihm schon zur Gewohnheit geworden, so achtlos zu gehen. Aber die Frauensperson, die da ging, hatte etwas so Sonderbares an sich, was einem beim ersten Blick ins Auge fiel, daß allmählich seine Aufmerksamkeit an ihr haftete, anfangs unwillkürlich und sogar zu seinem Verdrusse, dann aber mit immer wachsendem Interesse. Es kam ihm die Lust an, festzustellen, was denn eigentlich an dieser Frauensperson so sonderbar sei. Erstens war sie offenbar ein noch sehr junges Mädchen; sie ging trotz der Hitze in bloßem Kopfe, ohne Sonnenschirm und Handschuhe, und schlenkerte in lächerlicher Weise mit den Armen. Sie trug ein leichtes, seidenes Kleidchen; aber auch dieses saß ihr sehr wunderlich auf dem Leibe und war nur sehr mangelhaft zugeknöpft; hinten an der Taille, gerade am Rockansatz, war es zerrissen; ein ganzer Fetzen stand ab und hing, hin und her pendelnd, herunter. Ein kleines Tuch umgab locker den bloßen Hals, saß aber schief, ganz nach der einen Seite hin. Ferner hatte das Mädchen einen unsicheren Gang; sie stolperte und schwankte sogar nach allen Seiten hin. Diese Erscheinung nahm schließlich Raskolnikows ganzes Interesse in Anspruch. Er holte das Mädchen dicht bei der Bank ein; aber sowie sie die Bank erreicht hatte, fiel sie geradezu darauf nieder, in eine Ecke, ließ den Kopf gegen die Rücklehne sinken und schloß die Augen, anscheinend vor äußerster Müdigkeit. Als er sie näher ansah, wurde ihm sofort klar, daß sie völlig betrunken war; es war ein ganz seltsamer, sonderbarer Anblick. Es kam ihm sogar einen Augenblick der Gedanke, ob er sich nicht doch irre. Er sah ein noch ganz junges Gesichtchen vor sich, von sechzehn oder vielleicht sogar nur von fünfzehn Jahren, klein, blondhaarig und hübsch, aber über und über glühend und wie verschwollen. Das Mädchen hatte anscheinend für ihre ganze Umgebung sehr wenig Verständnis; sie hatte das eine Bein über das andere geschlagen, wobei sie es weit mehr als schicklich vorstreckte; nach allem zu urteilen, war sie sich gar nicht bewußt, daß sie sich auf der Straße befand.

Raskolnikow setzte sich nicht hin, mochte aber auch nicht weggehen, sondern blieb unentschlossen vor ihr stehen. Dieser Boulevard ist immer wenig belebt; jetzt aber, zwischen ein und zwei Uhr mittags und bei dieser Hitze, war fast niemand zu sehen. Nur seitwärts, etwa fünfzehn Schritte entfernt, war am Rande des Boulevards ein Herr stehengeblieben, der, wie aus seinem ganzen Benehmen ersichtlich war, die größte Lust hatte, gleichfalls zu dem Mädchen mit irgendwelchen Absichten hinzugehen. Wahrscheinlich hatte auch er sie von weitem gesehen und einzuholen gesucht, aber Raskolnikow war ihm dazwischengekommen. So warf er ihm denn wütende Blicke zu, die er aber vor ihm zu verbergen bemüht war, und wartete ungeduldig, bis der unangenehme Lumpenkerl fortginge, so daß er selbst sich heranmachen könnte. Die Sache war sehr durchsichtig. Der Herr war etwa dreißig Jahre alt, von kräftigem Körperbau, wohlgenährt, mit gesunder, blühender Gesichtsfarbe, roten Lippen und kleinem Schnurrbart; sein Anzug zeigte die größte Eleganz. Raskolnikow fühlte, wie eine grimmige Wut in ihm aufstieg; er verspürte Lust, diesen wohlgenährten Laffen irgendwie zu beleidigen. Darum verließ er das Mädchen einen Augenblick und ging auf den Herrn zu.

»He, Sie, Sie Swidrigailow, Sie! Was haben Sie hier zu suchen?« rief er ihm zu; er ballte die Fäuste und lachte mit vor Wut bebenden Lippen.

»Was soll das heißen?« fragte der Herr in scharfem Tone, zog die Augenbrauen zusammen und blickte ihn von oben herab erstaunt an.

»Scheren Sie sich von hier weg! Das soll es heißen!«

»Kanaille, wie kannst du dich unterstehen...«

Er holte mit seinem Spazierstocke aus. Raskolnikow stürzte mit erhobenen Fäusten auf ihn zu, ohne zu überlegen, daß der kräftige Herr wohl mit zwei solchen, wie er, fertig werden konnte. Aber in diesem Augenblicke packte ihn jemand von hinten mit festem Griffe, und ein Schutzmann stand zwischen ihnen.

»Hören Sie auf, meine Herren! Keine Schlägerei auf öffentlichen Plätzen! Was haben Sie denn? Was bist du denn für einer?« wandte er sich mit strenger Miene an Raskolnikow, da er dessen zerlumpten Anzug bemerkte.

Raskolnikow sah ihn aufmerksam an. Es war ein braves Beamtengesicht mit grauem Schnurrbart und Backenbart und mit verständig blickenden Augen.

»Sie kommen mir wie gerufen«, rief er und ergriff seine Hand. »Ich bin ein gewesener Student; mein Name ist Raskolnikow... Das mag auch gleich für Sie gesagt sein!« fügte er, zu dem Herrn gewendet, hinzu. »Bitte, kommen Sie einmal mit; ich will Ihnen etwas zeigen.«

Er nahm den Schutzmann bei der Hand und führte ihn zu der Bank hin.

»Da, sehen Sie, sie ist ganz betrunken; sie kam eben den Boulevard entlang. Wer weiß, was sie für eine sein mag; aber wie eine Gewerbsmäßige sieht sie nicht aus. Wahrscheinlich ist sie irgendwo betrunken gemacht und dann mißbraucht worden... zum ersten Male,... verstehen Sie? Und dann hat man sie auf die Straße gebracht. Sehen Sie nur, wie das Kleid zerrissen ist; sehen Sie, wie sie angezogen ist: andre Leute haben sie angezogen, nicht sie selber, und Hände, die sich nicht darauf verstanden, haben es getan, Männerhände. Das sieht man. Und nun sehen Sie einmal dahin: diesen Laffen, den ich eben durchprügeln wollte, kenne ich nicht; ich sehe ihn zum ersten Male in meinem Leben. Er hat sie auch hier auf der Straße bemerkt, jetzt eben, hat gesehen, daß sie betrunken ist und von sich nichts weiß, und nun brennt er darauf, heranzugehen, sich ihrer in diesem Zustande zu bemächtigen und sie irgendwohin zu verschleppen... Es ist ganz bestimmt so; Sie können mir glauben, daß ich mich nicht irre. Ich habe mit eigenen Augen gesehen, wie er sie beobachtete und ihr nachging; nur kam ich ihm in die Quere, und er wartet jetzt nur darauf, daß ich weggehe. Da, jetzt ist er ein bißchen weitergegangen und steht nun da, als wollte er sich eine Zigarette drehen. Wie können wir ihn hindern? Wie können wir sie nach Hause schaffen? Überlegen Sie mal!«

Der Schutzmann hatte die Sachlage sofort erfaßt. Was der kräftige Herr für einer war, darüber konnte kein Zweifel bestehen; aber was war nun mit dem Mädchen anzufangen? Der Schutzmann beugte sich über sie, um sie aus größerer Nähe zu betrachten, und aufrichtiges Mitleid spiegelte sich in seinen Zügen wider.

»Ach, wie schade!« sagte er und wiegte den Kopf hin und her. »Sie ist ja noch das reine Kind. Sie ist mißbraucht worden, das ist sicher. Hören Sie, Fräulein!« rief er sie an. »Wo wohnen Sie?«

Das Mädchen öffnete die müden, trüben Augen, blickte den Fragenden stumpfsinnig an und machte eine abwehrende Handbewegung.

»Hören Sie«, sagte Raskolnikow, »hier« (er wühlte in seiner Tasche und holte zwanzig Kopeken heraus), »hier, nehmen Sie eine Droschke und sagen Sie dem Kutscher, er solle sie nach Hause fahren. Wenn wir nur ihre Adresse erfahren könnten!«

Der Schutzmann nahm das Geld. »Fräulein, he. Fräulein!« begann er von neuem. »Ich will gleich eine Droschke für Sie nehmen und Sie selbst nach Hause begleiten. Wohin befehlen Sie, hm? Wo wohnen Sie?«

»Geht doch weg!... Laßt mich in Ruhe!« murmelte das Mädchen und wehrte wieder mit der Hand ab.

»Ach, wie häßlich, wie häßlich! Sie sollten sich schämen, Fräulein, ja, schämen sollten Sie sich!« Er schüttelte nochmals den Kopf, vorwurfsvoll, mitleidig und unwillig. »Das ist eine schwere Aufgabe«, wandte er sich an Raskolnikow und betrachtete ihn wieder vom Kopf bis zu den Füßen mit einem schnellen Blicke. Auch dieser Mensch kam ihm wohl sonderbar vor: hat solche Lumpen auf dem Leibe und gibt ohne weiteres Geld her!

»Haben Sie sie weit von hier gefunden?« fragte er ihn.

»Ich sagte es Ihnen schon: sie ging taumelnd vor mir her, hier auf dem Boulevard. Als sie zu der Bank kam, fiel sie geradezu darauf nieder.«

»Ach, wie schändlich es jetzt in der Welt zugeht, Herrgott! So ein junges Ding und schon betrunken! Sie ist mißbraucht worden, das ist sicher. Da, auch das Kleid ist zerrissen... Ist das eine Sittenlosigkeit heutzutage!... Vielleicht ist sie aus besserem Stande, aus einer verarmten Familie; das ist heutzutage nichts Seltenes. Aussehen tut sie ganz zart, ganz wie ein Fräulein.«

Er beugte sich wieder über sie.

Vielleicht hatte er bei sich zu Hause auch solche heranwachsenden Töchter, »ganz wie die Fräulein und ganz zart«, die den Vornehmeren ihre Manieren und allerlei Modetorheiten ablernten.

»Die Hauptsache«, sagte Raskolnikow eifrig, »ist, daß dieser Schurke nicht seinen Willen bekommt. Der würde sie noch mehr beschimpfen! Was er vorhat, ist ja ganz klar. Sehen Sie, der Schurke, er geht nicht weg!«

Raskolnikow sprach laut und wies offen mit dem Finger auf ihn. Dieser hörte es und wollte schon den Streit wieder aufnehmen; aber er besann sich eines andern und begnügte sich damit, ihm einen geringschätzigen Blick zuzuwerfen. Dann ging er langsam noch zehn Schritte weiter fort und blieb wieder stehen.

»Den wollen wir schon hindern«, antwortete der Schutzmann und überlegte. »Wenn sie bloß sagen wollte, wo man sie hinbringen soll; aber so... Fräulein, he, Fräulein!« rief er und beugte sich wieder über sie.

Sie machte plötzlich die Augen ganz auf, sah aufmerksam um sich, als hätte sie etwas von dem Vorgehenden begriffen, stand von der Bank auf und ging wieder nach der Seite zu, von der sie gekommen war.

»Pfui, ihr Unverschämten, laßt mich in Ruhe!« sagte sie, wieder mit der abwehrenden Handbewegung.

Sie ging mit schnellen Schritten, aber ebenso stark taumelnd wie vorher. Der Lebemann ging ihr nach, aber in einer andern Allee, ohne die Augen von ihr abzuwenden.

»Seien Sie unbesorgt, ich werde es nicht zulassen«, sagte der schnurrbärtige Schutzmann in entschiedenem Tone und folgte den beiden.

»Ist das eine Sittenlosigkeit heutzutage!« bemerkte er seufzend noch einmal.

In diesem Augenblick hatte Raskolnikow ein Gefühl, als ob er einen Stich bekäme; im Nu war er wie umgewandelt.

»He! Hören Sie!« rief er dem Schutzmann nach.

Dieser wendete sich um.

»Lassen Sie die beiden nur laufen! Was geht es Sie an? Kümmern Sie sich um die Geschichte nicht weiter! Gönnen Sie ihm sein Vergnügen« (er zeigte auf den feinen Herrn). »Was geht es Sie an?«

Der Schutzmann konnte nicht klug daraus werden und blickte ihn starr an. Raskolnikow schlug ein Gelächter auf.

»Na, so was!« sagte der Schutzmann und schwenkte verwundert den einen Arm; dann ging er dem Stutzer und dem jungen Mädchen nach. Wahrscheinlich hielt er Raskolnikow entweder für gestört oder für etwas noch Schlimmeres.

›Und meine zwanzig Kopeken hat er mitgenommen‹, dachte Raskolnikow boshaft, als er allein zurückgeblieben war. ›Nun mag er von dem da auch noch etwas annehmen und das Mädchen mit ihm gehen lassen; und das wird auch wohl das Ende vom Liede sein. Und warum habe ich mich da als Helfer eingemischt? Ich als Helfer! Habe ich auch ein Recht zu helfen? Mögen die Menschen meinetwegen einander bei lebendigem Leibe auffressen, was geht es mich an? Und wie durfte ich diese zwanzig Kopeken weggeben? Gehörten sie denn mir?‹

Trotz dieser sonderbaren Spottreden wurde ihm sehr schwer ums Herz. Er setzte sich auf die nun unbesetzte Bank. Seine Gedanken waren verwirrt... Überhaupt machte es ihm Mühe, in diesem Augenblick an irgend etwas zu denken. Am liebsten hätte er sich selbst und alles andre vergessen, um dann später aufzuwachen und ganz von neuem anzufangen.

›Das arme Mädchen!‹ sagte er sich mit einem Blick auf die nun leere Ecke der Bank. ›Wenn sie wieder zu sich kommt, wird sie in Tränen ausbrechen, und dann erfährt ihre Mutter das Geschehene.... Sie schlägt die Tochter mit den Fäusten, mit dem Stocke; oh, der Schmerz und die Schande! Vielleicht jagt sie sie gar aus dem Hause... Und wenn sie sie auch nicht aus dem Hause jagt: solche Kupplerinnen, wie Darja Franzowna, wittern die Sache doch, und dann fängt das Mädchen an, hierhin und dahin seine heimlichen Gänge zu machen. Dann kommt gleich das Krankenhaus (denn so geht es immer denen, die bei anständigen Müttern wohnen und sich so im stillen außer dem Hause herumtreiben), nun, und darauf... darauf folgt wieder das Krankenhaus,... der Branntwein,... die Kneipen... und nochmals das Krankenhaus,... in zwei, drei Jahren ist sie körperlich völlig ruiniert, also mit neunzehn oder auch nur achtzehn Jahren. Solche Mädchen habe ich ja schon massenhaft gesehen. Und wie sind sie so geworden? Genau auf die Weise wie hier... Pfui! Aber meinetwegen! Es heißt, das muß eben so sein. Ein gewisser Prozentsatz, heißt es, muß jedes Jahr draufgehen, zum Teufel gehen, damit die übrigen frisch und gesund bleiben und sich ungestört entwickeln. Ein Prozentsatz! Wahrhaftig, prächtige Fachausdrücke haben die Leute jetzt; sie klingen so beruhigend, so wissenschaftlich. Man hat den schönen Ausdruck erfunden: »ein Prozentsatz«, und nun braucht sich niemand mehr aufzuregen. Ja, wenn man einen andern Ausdruck dafür gebrauchte, nun, dann... wäre die Sache vielleicht aufregender... Wie, wenn nun auch Dunja irgendwie in diesen Prozentsatz hineingerät?... Und wenn nicht in diesen, dann in einen andern?‹

›Aber wo wollte ich denn eigentlich hingehen?‹ überlegte er auf einmal. ›Sonderbar! Ich hatte doch einen Grund, weshalb ich ausging. Als ich den Brief gelesen hatte, da ging ich fort,... nach der Wassilij-Insel, zu Rasumichin wollte ich gehen; das war's, jetzt fällt es mir ein. Aber weshalb denn? Wie ist mir denn gerade jetzt der Einfall gekommen, zu Rasumichin zu gehen? Das ist doch merkwürdig!‹

Er wunderte sich über sich selbst. Rasumichin war einer seiner früheren Kommilitonen auf der Universität. Es war auffällig gewesen, daß Raskolnikow, solange er auf der Universität war, fast keinen Freund hatte, sich von allen zurückzog, zu niemandem hinging und nur ungern jemand bei sich sah. Auch wandten sich bald alle von ihm ab. Weder an gemeinsamen Zusammenkünften noch an Gesprächen, noch an Vergnügungen, an nichts beteiligte er sich. Er arbeitete angestrengt, ohne sich zu schonen; man achtete ihn deswegen, aber niemand mochte ihn gern. Er war bei seiner Armut von einem anmaßenden Stolze und einer seltsamen Verschlossenheit, wie wenn er bezüglich seiner Person etwas zu verheimlichen hätte. Manche seiner Kommilitonen hatten von ihm den Eindruck, als blicke er auf sie alle von oben herab wie auf Kinder, in der Vorstellung, daß er sie alle in der geistigen Entwicklung, den Kenntnissen und Lebensanschauungen weit überholt habe und als sehe er ihre Anschauungen und Interessen für minderwertig an.

Rasumichin war der einzige, mit dem er befreundet war; befreundet ist eigentlich zuviel gesagt, aber er war ihm gegenüber mitteilsamer und offener. Übrigens war es gar nicht möglich, sich mit Rasumichin anders zu stellen. Dieser war ein ungemein heiterer, offenherziger Bursche und von einer Herzensgüte, die an Einfalt grenzte. Aber unter dieser Einfalt verbargen sich Tiefe und Gediegenheit. Die besseren unter seinen Kommilitonen hatten dafür Verständnis, und alle mochten ihn gerne leiden. Er besaß einen guten Verstand, obwohl er sich manchmal tatsächlich etwas naiv benahm. Sein Äußeres fiel auf: er war hochgewachsen, hager, stets schlecht rasiert, schwarzhaarig. Mitunter suchte er Händel, und er stand im Rufe gewaltiger Körperkraft, Einmal hatte er in der Nacht, als er in Gesellschaft die Straße entlang zog, mit einem einzigen Schlage einen baumlangen Wächter niedergeschmettert. Trinken konnte er in unbegrenztem Maße; aber er vermochte auch sich des Trinkens völlig zu enthalten. Manchmal verübte er ganz sträfliche Streiche; indes konnte er sich auch durchaus gesetzt benehmen. Eine beachtenswerte Eigenschaft an ihm war ferner, daß er sich niemals durch ein Mißgeschick aus der Fassung bringen ließ und, wie es schien, auch in der schlimmsten Lage nicht den Mut verlor. Er war imstande, nötigenfalls auf dem Dachboden zu kampieren, einen barbarischen Hunger und die fürchterlichste Kälte zu ertragen. Er war sehr arm, bestritt aber seinen Unterhalt ganz allein, indem er sich durch allerlei Arbeiten Geld verschaffte. Er kannte eine Unmenge Quellen, aus denen er schöpfen konnte, d. h. natürlich, wo er durch Arbeit sich etwas verdienen konnte. Einmal ließ er den ganzen Winter hindurch sein Zimmer gar nicht heizen und behauptete, dies sei sogar angenehmer, da man im Kalten besser schlafe. Zur Zeit hatte auch er sich genötigt gesehen, die Universität zu verlassen; jedoch sollte das nicht lange dauern, und er bemühte sich mit aller Kraft, seine Verhältnisse möglichst schnell zu bessern, um das Studium wieder fortsetzen zu können. Raskolnikow war schon vier Monate lang nicht bei ihm gewesen; Rasumichin aber wußte überhaupt nicht einmal, wo der andre wohnte. Vor zwei Monaten waren sie einmal auf der Straße einander entgegengekommen und schon ziemlich nahe gewesen; aber Raskolnikow hatte sich weggewendet und war sogar auf die andre Seite hinübergegangen, damit jener ihn nicht bemerken sollte. Und Rasumichin hatte ihn zwar doch bemerkt, war aber vorbeigegangen, um seinen »Freund« nicht zu belästigen.

V

›In der Tat, vor kurzer Zeit hatte ich wirklich noch vor, Rasumichin um Arbeit zu bitten. Er sollte mir Privatstunden oder sonst etwas verschaffen‹, überlegte Raskolnikow; ›aber womit kann er mir jetzt helfen? Angenommen, er verschafft mir Stunden, angenommen sogar, er teilt mit mir seine letzte Kopeke, wenn er noch eine hat, so daß ich sogar imstande bin, mir Stiefel zu kaufen und meinen Anzug ausbessern zu lassen, um zu den Privatstunden gehen zu können,... hm. Aber was dann weiter? Was kann ich mit so ein paar Groschen anfangen? Entspricht das etwa meinem jetzigen Bedürfnisse? Es ist rein lächerlich, daß ich jetzt zu Rasumichin gehen wollte.‹

Die Frage, warum er jetzt zu Rasumichin gehen wollte, regte ihn in Wirklichkeit mehr auf, als er selbst glaubte; voll Unruhe suchte er irgendwelchen für ihn unheilverkündenden tieferen Sinn in diesem anscheinend ganz gewöhnlichen Vorhaben.

›Wollte ich denn die ganze Angelegenheit einzig und allein durch Rasumichins Beihilfe in Ordnung bringen, und glaubte ich, bei Rasumichin Rettung aus aller Not zu finden?‹ fragte er sich verwundert.

Er sann nach und rieb sich die Stirn, und – seltsam! – ganz unvermutet, plötzlich und fast von selbst kam ihm nach langer Überlegung ein sonderbarer Gedanke.

›Hm... zu Rasumichin‹, sagte er im Tone einer endgültigen Entscheidung vor sich hin und fühlte sich auf einmal völlig ruhig, ›zu Rasumichin werde ich gehen, bestimmt,... aber nicht jetzt gleich. Ich will zu ihm hingehen am Tage nach der betreffenden Sache, wenn die bereits erledigt ist und mein ganzes Leben einen neuen Anfang nimmt.‹

Und auf einmal kam er zur Besinnung.

»Nach der betreffenden Sache!« rief er und sprang von der Bank auf. »Aber wird die denn stattfinden? Wird sie wirklich stattfinden?«

Er verließ die Bank und ging weiter, er lief beinahe. Er war schon im Begriff, umzukehren und nach Hause zu gehen; aber hiergegen stieg ihm ein furchtbarer Ekel auf: dort, in jenem gräßlichen, schrankartigen Kämmerchen, war schon seit mehr als einem Monat dieser ganze Plan in seinem Gehirne herangereift – und er ging immer geradeaus weiter.

Sein nervöses Zittern ging in ein fieberhaftes über; er empfand sogar ein Frösteln; bei dieser Hitze fror ihn! Mit großer Anstrengung begann er, fast ohne sich dessen bewußt zu sein, einem inneren Zwange gehorchend, alle Gegenstände, an denen er vorbeikam, zu betrachten, als suche er sich gewaltsam zu zerstreuen; aber das gelang ihm nur schlecht, und er geriet alle Augenblicke von neuem in seine Grübeleien. Wenn er aber dann wieder zusammenfuhr, den Kopf hob und um sich blickte, so hatte er sofort vergessen, woran er eben gedacht hatte, und sogar, wo er ging. Auf diese Weise durchquerte er die ganze Wassilij-Insel, gelangte dann an die Kleine Newa, überschritt die Brücke und wandte sich den Ostrowa, den »Inseln«, zu. Das grüne Laub und die frische Luft taten anfangs seinen müden Augen wohl, die an den Straßenstaub, den Dunst des Kalks und die gewaltigen, beengenden und erdrückenden Häuser gewöhnt waren. Hier gab es keine dumpfe Luft, keinen üblen Geruch, keine Kneipen. Aber bald gingen auch diese angenehmen Empfindungen in krankhafte, aufregende über. Manchmal blieb er vor einer ganz im Grünen liegenden Villa stehen, blickte durch den Zaun und sah von weitem auf den Balkonen und Terrassen elegant gekleidete Frauen und in den Gärten herumlaufende Kinder. Besonders fesselten seine Aufmerksamkeit die Blumen; diese betrachtete er am längsten. Es begegneten ihm auch glänzende Karossen, Reiter und Reiterinnen; er verfolgte sie voll Interesse mit den Blicken, hatte sie aber vergessen, noch ehe sie seinen Augen entschwunden waren. Einmal blieb er stehen und überzählte sein Geld; er hatte noch etwa dreißig Kopeken übrig: ›Zwanzig dem Schutzmann, drei an Nastasja für den Brief; also habe ich bei Marmeladows gestern siebenundvierzig bis fünfzig Kopeken hingelegt‹, dachte er, indem er zu irgendwelchem Zwecke nachrechnete; aber gleich darauf hatte er schon vergessen, warum er das Geld überhaupt aus der Tasche geholt hatte. Er erinnerte sich wieder daran, als er an einer Garküche vorbeikam, und fühlte, daß er Hunger hatte. Er ging hinein, trank ein Glas Schnaps und ließ sich einen Pirog mit irgendwelchem Füllsel darin geben; zu Ende aß er ihn erst, während er schon wieder weiterging. Er hatte sehr lange keinen Branntwein genossen und so spürte er denn jetzt sofort die Wirkung, wiewohl er nur ein Glas getrunken hatte. Die Beine wurden ihm auf einmal schwer, und er empfand ein starkes Bedürfnis nach Schlaf. Er machte sich auf den Heimweg; aber als er schon bis zur Petrowskij-Insel gekommen war, blieb er vollständig erschöpft stehen, bog vom Wege seitwärts ab, ging in ein Gebüsch, ließ sich auf das Gras sinken und schlief in demselben Augenblicke ein.

Bei krankhaften Zuständen zeichnen sich die Träume oft durch ungemeine Lebhaftigkeit, Klarheit und außerordentliche Ähnlichkeit mit der Wirklichkeit aus. Der eigentliche Gegenstand des Traumes ist dabei manchmal ganz ungeheuerlich, die näheren Umstände aber und die ganze Art, wie sich der Hergang abspielt, so wahrscheinlich und mit so feinen, überraschenden, aber künstlerisch zu dem Gesamtbilde durchaus passenden Einzelheiten ausgestattet, daß der Träumende im wachen Zustande, und wenn er ein Dichter wie Puschkin oder Turgenjew wäre, sie nicht ersinnen könnte. Solche krankhaften Träume haften immer lange im Gedächtnis und wirken stark auf den gestörten und schon erregten Organismus des Menschen.

Raskolnikow hatte einen furchtbaren Traum. Er träumte von seiner Kindheit, wo er noch in seinem Heimatstädtchen lebte. Er ist sieben Jahre alt und geht an einem Feiertage gegen Abend mit seinem Vater vor der Stadt spazieren. Es ist trübes Wetter, ein schwüler Tag; die Örtlichkeit ist genau dieselbe, wie sie sich in seinem Gedächtnisse erhalten hat; sie ist sogar in seinem Gedächtnisse lange nicht so scharf umrissen, wie sie ihm jetzt im Traume erscheint. Das Städtchen steht deutlich vor ihm da, zum Greifen nahe; ringsum auch nicht ein Weidenbaum; irgendwo, in sehr weiter Ferne, ganz am Horizonte, sieht man die dunkle Silhouette eines Wäldchens. Einige Schritte von dem letzten zur Stadt gehörigen Gemüsegarten entfernt steht eine Schenke, eine große Schenke, die auf ihn stets einen unangenehmen Eindruck gemacht, ja, ihm sogar Furcht eingeflößt hatte, wenn er mit seinem Vater auf dem Spaziergange daran vorbeigekommen war. Dort war immer ein großer Haufen von Menschen, die so entsetzlich schrien, lachten, schimpften, so unanständig und heiser sangen und sich so oft prügelten; in der Umgebung dieser Kneipe trieben sich immer betrunkene Kerle mit greulichen Gesichtern umher. Wenn sie ihnen begegneten, drückte er sich dicht an den Vater und zitterte am ganzen Leibe. Bei der Schenke führt ein Fahrweg vorbei, die Verbindungsstraße zum nächsten Dorf, die immer staubig ist, und der Staub auf dieser Straße ist immer ganz schwarz. Der Weg zieht sich in mehrfachen Windungen weiter und biegt nach ungefähr dreihundert Schritten rechts um den städtischen Kirchhof herum. Mitten auf dem Kirchhofe steht eine steinerne Kirche mit grüner Kuppel; in diese Kirche ging er ein paarmal im Jahre mit seinem Vater und seiner Mutter zum Hochamt, wenn für seine Großmutter, die schon vor sehr langer Zeit gestorben war, so daß er sie nicht mehr gekannt hatte, die Totenmesse gehalten wurde. Dann nahmen sie jedesmal Kutja [Fußnote] auf einer weißen Schüssel, in einer Serviette, mit; die Kutja war aus Reis, mit Zucker und Rosinen, und die Rosinen waren oben in den Reis in Form eines Kreuzes hineingedrückt. Er hatte diese Kirche gern und auch die alten Heiligenbilder darin, die größtenteils keine Einfassung hatten, und auch den alten Geistlichen, der immer so mit dem Kopfe wackelte. Neben dem Grabhügel seiner Großmutter, auf dem ein Leichenstein lag, war auch das kleine Grab seines jüngeren Bruders, der im Alter von sechs Monaten gestorben war; auch diesen hatte er eigentlich nicht gekannt und konnte sich seiner nicht erinnern. Aber es war ihm gesagt worden, daß er einen kleinen Bruder gehabt habe, und jedesmal, wenn er den Kirchhof besuchte, bekreuzigte er sich fromm und ehrfürchtig über dem kleinen Grabe, verneigte sich gegen dasselbe und küßte es. Und nun träumt ihm: er geht mit dem Vater auf der Landstraße nach dem Kirchhofe, und sie kommen bei der Schenke vorbei; er hat den Vater an der Hand gefaßt und blickt angstvoll nach der Schenke hin. Ein besonderer Umstand fesselt seine Aufmerksamkeit: heute scheint hier ein Volksvergnügen stattzufinden; da drängt sich ein dichter Menschenhaufe, aus geputzten Bürger- und Bauersfrauen, ihren Männern und allerlei Gesindel bestehend. Alle sind betrunken, alle singen Lieder, und vor der Tür der Schenke steht ein Wagen, aber ein seltsamer Wagen. Es ist einer jener großen Wagen, vor die man große Lastpferde spannt und auf denen man Waren und Branntweinfässer transportiert. Er hatte immer gern diese riesigen Lastpferde betrachtet, mit den langen Mähnen und den dicken Beinen, wie sie ruhig und gemessen einherschritten und einen ganzen Berg hinter sich herzogen, ohne besondere Anstrengung, ja, als wäre es ihnen mit der beladenen Fuhre leichter zu gehen als ohne diese. Aber jetzt ist wunderlicherweise an einen solchen großen Frachtwagen eine kleine, magere, falbe Bauernkracke gespannt, von der Art, wie sie sich (er hatte das oft gesehen) vielfach mit einer hochgepackten Fuhre Holz oder Heu abquälen, namentlich wenn der Wagen im Schmutze oder in tiefen Geleisen stecken bleibt; und dabei hauen dann die Bauern immer so roh, so roh mit der Peitsche auf sie los, manchmal gerade auf das Maul und in die Augen. Und es hatte ihm immer so leid, so leid getan, das mitanzusehen, daß er beinahe geweint hatte; die Mama hatte ihn dann immer vom Fenster weggeführt. Aber plötzlich erhebt sich ein großer Lärm: aus der Schenke kommen unter Schreien und Singen, mit Balalaiken in den Händen, stierartig betrunkene Bauern heraus, große Kerle in roten und blauen Hemden, die Röcke nur lose übergeworfen.

»Setzt euch rauf, setzt euch alle rauf!« schreit einer, ein junger Kerl mit dickem Halse und fleischigem, rotem Gesichte. »Ich fahre euch alle, setzt euch nur rauf!«

Gelächter antwortet auf diese Aufforderung, und es wird geschrien:

»So eine Kracke! Die wird uns auch gerade ziehen können!«

»Du bist wohl nicht gescheit, Mikolka? So eine kleine Stute vor so einen Wagen zu spannen!«

»Die kleine Falbe ist gewiß schon ihre zwanzig Jahre alt, Brüder!«

»Setzt euch nur rauf; ich fahre euch alle!« schreit Mikolka wieder, springt als erster auf den Wagen, faßt die Zügel und stellt sich in seiner ganzen Größe auf das Vorderteil. »Der Braune ist schon lange mit Matwej davon«, schreit er vom Wagen herunter. »Aber diese Stute tut weiter nichts als mich ärgern, Brüder; ich möchte sie am liebsten totschlagen; sie frißt ihr Futter umsonst! Hört ihr wohl: setzt euch rauf! Ich will sie Galopp laufen lassen! Galopp soll sie laufen!«

Er nimmt die Peitsche in die Hand und bereitet sich mit einer wahren Wonne darauf vor, das Pferd zu schlagen.

»Na, setzt euch doch rauf! Immer zu!« wird unter Lachen in der Menge gerufen. »Hört ihr wohl? Sie soll Galopp laufen!«

»Die ist wohl schon seit zehn Jahren nicht mehr Galopp gelaufen.«

»Das wird ein schöner Galopp werden!«

»Nur keine Schonung, Brüder! Jeder muß eine Peitsche nehmen; macht euch fertig!«

»Jawohl, jawohl! Die soll's kriegen!«

Alle klettern unter Gelächter und Witzworten auf Mikolkas Wagen. Sechs Mann sind hinaufgestiegen, und es können noch mehr sitzen. Sie nehmen noch ein dickes Weib mit gesunder, roter Gesichtsfarbe mit hinauf. Sie trägt ein rotes baumwollnes Kleid, einen Kopfputz aus Glasperlen, an den Füßen plumpe Schuhe; sie knackt Nüsse und lacht. Ringsum in der Menge wird gleichfalls gelacht; und wirklich: warum sollten sie auch nicht lachen? So eine jämmerliche Mähre, und soll eine solche Last im Galopp ziehen! Zwei Burschen auf dem Wagen nehmen sofort jeder eine Peitsche, um Mikolka zu helfen. »Hüh!« ruft dieser, und die Mähre zieht aus Leibeskräften, kann aber nicht einmal im Schritt damit zurechtkommen, geschweige denn im Galopp; sie trippelt nur mit den Beinen herum, ächzt und knickt ein unter den Hieben der drei Peitschen, die hageldicht auf sie niedersausen. Das Gelächter auf dem Wagen und in der Menge verdoppelt sich; aber Mikolka wird ärgerlich und peitscht in seiner Wut immer wieder auf die Stute los, als ob er wirklich dächte, sie würde noch galoppieren.

»Laßt mich auch mitmachen, Brüder!« schreit ein Bursche aus der Menge, der gleichfalls Lust bekommen hat.

»Steig nur rauf! Steigt nur alle rauf!« ruft Mikolka. »Sie muß alle ziehen. Ich peitsche sie zu Tode!«

Und er peitscht und peitscht und blickt sich um, womit er sie wohl sonst noch in seiner Raserei schlagen könnte.

»Papa, Papa!« ruft das Kind seinem Vater zu. »Papa, was tun sie da? Papa, sie schlagen das arme Pferd!«

»Komm weg, komm weg!« antwortet der Vater. »Es sind Betrunkene; sie treiben Tollheiten, die Narren. Komm weg; sieh nicht hin.« Und er will ihn wegführen; doch das Kind reißt sich von seiner Hand los und läuft, seiner selbst nicht mächtig, zu dem Pferde. Aber mit dem armen Tiere steht es schon schlecht. Es verliert den Atem, bleibt stehen, zieht wieder an und fällt beinahe hin.

»Peitscht sie tot!« schreit Mikolka. »Jetzt geht's los! Ich peitsche sie zu Tode!«

»Bist du denn kein Christenmensch, du Satan?« ruft ein alter Mann aus dem Haufen.

»Hat man denn so etwas schon gesehen, daß so eine Kracke so eine Fuhre ziehen soll!« fügt ein andrer hinzu.

»Du wirst sie noch zu Tode quälen!« ruft ein Dritter.

»Das geht dich nichts an! Sie ist mein Eigentum. Ich kann mit ihr tun, was ich will. Steigt auch ihr noch rauf! Steigt alle noch rauf! Sie muß noch Galopp laufen!«

Plötzlich bricht ein allgemeines Gelächter los und übertönt alles: die Stute hat die unaufhörlichen Hiebe nicht mehr aushalten können und in ihrer Not angefangen auszuschlagen. Selbst der alte Mann kann sich des Lächelns nicht erwehren; wahrhaftig komisch: so ein jämmerliches Tier, und schlägt noch aus!

Zwei Burschen aus der Menge holen sich jeder eine Peitsche und laufen zu der Stute hin, um sie von den Seiten zu hauen. Jeder haut von seiner Seite.

»Aufs Maul! Haut sie in die Augen, in die Augen!« schreit Mikolka.

»Ein Lied, Brüder!« ruft einer auf dem Wagen, und alle, die darauf sind, fallen mit ein. Ein Gassenhauer ertönt; ein Tambourin rasselt; im Refrain wird gepfiffen. Das Weib knackt Nüsse und lacht.

Der Knabe läuft von hinten an das Pferd heran, läuft nach vorn; er sieht, wie es in die Augen geschlagen wird, gerade in die Augen! Er weint; das Herz will ihm brechen; die Tränen laufen ihm über die Wangen. Ein Peitschenhieb streift ihm das Gesicht, er fühlt es nicht; er ringt die Hände, er schreit, er stürzt zu dem grauköpfigen, graubärtigen Manne hin, der den Kopf schüttelt und dieses ganze Treiben mißbilligt. Eine Frau faßt ihn an der Hand und will ihn fortführen; aber er reißt sich los und läuft wieder zu dem Pferde hin. Das Tier ist schon beinahe mit seiner Kraft zu Ende; aber es beginnt noch einmal auszuschlagen.

»Hol dich der Satan!« schreit Mikolka wütend. Er wirft die Peitsche hin, bückt sich und zieht vom Boden des Wagens eine lange, dicke Deichselstange hervor, faßt sie mit beiden Händen am einen Ende und holt mit starker Anstrengung über der Falben aus.

»Er macht sie kaputt!« schreien die Umstehenden.

»Er schlägt sie tot!«

»Sie ist mein Eigentum!« schreit Mikolka und läßt mit aller Wucht die Deichselstange niederschmettern. Man hört einen schweren, dumpfen Schlag.

»Haut sie doch mit der Peitsche, haut sie! Was steht ihr!« rufen Stimmen aus dem Haufen.

Mikolka aber holt zum zweiten Male aus, und ein zweiter Schlag fällt mit aller Wucht auf den Rücken der unglücklichen Mähre. Sie knickt mit dem ganzen Hinterteil ein, springt aber auf und zieht und zieht mit dem Aufgebot der letzten Kräfte nach dieser und jener Seite, um den Wagen in Bewegung zu bringen; aber von allen Seiten schlagen sechs Peitschen auf sie ein, und die Deichselstange erhebt sich von neuem und fällt zum dritten und vierten Male im Takt wuchtig nieder. Mikolka ist ganz rasend, daß er die Stute nicht mit einem Schlage tot bekommt.

»Die ist zählebig!« rufen die Umstehenden.

»Jetzt wird sie bestimmt gleich fallen, Brüder; dann ist's mit ihr aus!« ruft aus dem Haufen ein interessierter Zuschauer.

»Du solltest ein Beil nehmen und ihr flink den Garaus machen!« ruft ein Dritter.

»Ach was, hol dich der Kuckuck! Macht mal Platz da!« schreit Mikolka grimmig, wirft die Deichselstange von sich, bückt sich noch einmal zum Wagen hinunter und zieht eine eiserne Brechstange hervor. »Vorgesehen!« ruft er und holt mit aller Kraft nach seinem armen Pferdchen aus. Der Schlag schmettert nieder; die Stute schwankt, sinkt zusammen, macht einen Versuch anzuziehen; aber die Brechstange trifft sie von neuem mit voller Wucht in den Rücken, und das Tier fällt auf die Erde, als wären ihm alle vier Beine mit einem Male abgehauen.

»Nun gebt ihr den Rest!« schreit Mikolka und springt wie ein Besessener vom Wagen herunter. Einige Burschen, gleichfalls betrunken und mit geröteten Gesichtern, ergreifen, was ihnen in die Hände kommt, Peitschen, Stöcke, die Deichselstange, und laufen zu der verendenden Stute hin. Mikolka stellt sich auf der einen Seite neben das Tier und fängt an, es mit der Brechstange auf den Rücken zu schlagen, wohin er gerade trifft. Die Mähre streckt das Maul vor, holt noch einmal schwer Atem und stirbt.

»Na, nun hast du ihr das Lebenslicht ausgeblasen!« ruft jemand in dein Haufen.

»Warum wollte sie auch nicht Galopp laufen!«

»Sie ist mein Eigentum!« schreit Mikolka, die Brechstange in den Händen, mit blutunterlaufenen Augen. Er steht da, als bedauerte er, daß nichts mehr da ist, was er schlagen könnte.

»Aber du bist wirklich ein rechter Unchrist!" rufen jetzt viele Stimmen aus der Menge.

Der arme Knabe ist ganz fassungslos. Laut aufschreiend drängt er sich durch den Schwarm hindurch zu der Falben hin, umfaßt ihren toten, blutigen Kopf und küßt ihn; er küßt sie auf die Augen, auf die Lefzen. Dann springt er plötzlich auf und stürzt in heller Wut, die kleinen Fäuste ballend, auf Mikolka los. In diesem Augenblicke bekommt der Vater, der schon lange hinter ihm her ist, ihn endlich zu fassen und trägt ihn aus dem Gedränge hinaus.

»Komm weg, komm weg!« sagt er zu ihm. »Wir wollen nach Hause gehen!«

»Papa! Warum haben sie... das arme Pferd... totgeschlagen?« schluchzt er; aber er bekommt keine Luft, und die Worte ringen sich wie einzelne Schreie aus der gepreßten Brust.

»Sie sind betrunken,... sie treiben Unfug,... es geht uns nichts an,... komm weg!« sagt der Vater. Der Knabe schlingt beide Arme um den Vater; aber die Brust ist ihm so beengt, so furchtbar beengt. Er möchte Luft holen, aufschreien, und – er erwacht.

Er erwachte; ganz in Schweiß gebadet, mit feuchtem Haar, keuchend, und stand angstvoll auf.

»Gott sei Dank«, sagte er, »es war nur ein Traum.« Er setzte sich unter einen Baum und holte tief Atem. »Aber wie kommt das? Kündigt sich ein hitziges Fieber bei mir an? So ein grauenhafter Traum!«

Am ganzen Körper fühlte er sich wie zerschlagen; trüb und dunkel war es in seiner Seele. Er setzte die Ellbogen auf die Knie und stützte den Kopf in beide Hände. »Mein Gott!« rief er aus. »Werde ich denn wirklich, wirklich ein Beil nehmen, sie auf den Kopf schlagen, ihr den Schädel zerschmettern,... werde ich in das glitschige, warme Blut treten, das Schloß erbrechen, stehlen und zittern, mich verstecken, ganz mit Blut befleckt,... mit dem Beile... Mein Gott, kann das wirklich geschehen?«

Er zitterte, während er das sagte, wie Espenlaub.

»Aber was ist denn mit dir!« fuhr er, sich wieder aufrichtend, in tiefem Staunen fort. »Ich habe ja doch gewußt, daß ich es nicht würde ertragen können; also warum habe ich mich denn bis jetzt mit diesem Plane gequält? Erst gestern noch, als ich hinging, um diese Probe anzustellen, erst gestern noch wurde es mir vollständig klar, daß ich es nicht aushalten kann... Was will ich denn nun jetzt noch? Warum zweifle ich denn noch immer? Gestern, als ich die Treppe hinunterging, habe ich ja selbst gesagt, daß es gemein, häßlich, niedrig, ja niedrig ist; der bloße Gedanke hat ja ausgereicht, mir Übelkeit hervorzurufen und mich in Schrecken zu versetzen...

Nein, ich werde es nicht aushalten, ich werde es nicht aushalten! Und wenn auch in all diesen Berechnungen kein einziger zweifelhafter Punkt ist; und wenn auch alles, was ich mir in diesem Monate zurechtgelegt habe, klar wie der Tag und richtig wie das Einmaleins ist. O Gott! Ich werde mich ja doch nicht dazu entschließen! Ich werde es nicht aushalten können, nein!... Warum... warum habe ich nur bis jetzt...«

Er stand auf, blickte erstaunt um sich, wie in Verwunderung darüber, daß er hierhergeraten war, und ging nach der T... brücke. Er war blaß, die Augen brannten ihm, alle seine Glieder waren matt und kraftlos; aber auf einmal hatte er die Empfindung, daß er wieder freier atmen könne. Er fühlte, daß er diese schreckliche Last, die ihn so lange bedrückt hatte, nunmehr abgeworfen habe, und es wurde ihm auf einmal leicht und friedlich ums Herz. ›O Gott‹ betete er, ›zeige mir meinen Weg, und ich entsage diesem unseligen Plane!‹

Als er über die Brücke ging, betrachtete er still und ruhig die Newa und die leuchtend rot untergehende Sonne. Trotz seiner Schwäche verspürte er eigentlich keine Müdigkeit. Es war, als ob an seinem Herzen plötzlich ein Geschwür aufgegangen wäre, das sich einen ganzen Monat lang entwickelt hatte. Freiheit! Freiheit! Jetzt war er frei von dieser Bezauberung, dieser Behexung, diesem Taumel, dieser Verlockung!

Sooft er sich später an diese Zeit und an all das erinnerte, was sich mit ihm in diesen Tagen von einer Minute zur andern, Punkt für Punkt zugetragen hatte, fiel ihm immer ein bestimmter einzelner Umstand auf, so daß er ihn beinahe abergläubisch machte; dieser Umstand war zwar in Wirklichkeit eigentlich nicht besonders ungewöhnlich, erschien ihm aber später stets wie eine Art Vorherbestimmung seines Schicksals.

Nämlich: er konnte es gar nicht begreifen und sich erklären, warum er, statt auf dem kürzesten und geradesten Wege nach Hause zurückzukehren, was bei seiner Schwäche und Erschöpfung das Zweckmäßigste gewesen wäre, über den Heumarkt nach Hause ging, den zu passieren er nicht den geringsten Anlaß hatte. Der Umweg war ja kein großer, aber es war eben doch ein Umweg und völlig überflüssig. Gewiß, es war bei ihm schon wer weiß wie oft vorgekommen, daß er nach Hause zurückkam, ohne sich erinnern zu können, durch welche Straßen er gegangen war. Aber warum – so fragte er sich später immer – warum ereignete sich eine so wichtige, für ihn so entscheidende und zugleich so höchst zufällige Begegnung auf dem Heumarkte (über den er gar nicht zu gehen brauchte) gerade jetzt zu dieser Stunde, in diesem Augenblicke seines Lebens, gerade bei einer solchen Stimmung seiner Seele und gerade unter solchen Umständen, die allein es ermöglichten, daß diese Begegnung eine entscheidende, endgültige Einwirkung auf sein ganzes Schicksal ausübte? Als ob sie hier absichtlich auf ihn gewartet hätte!

Es war gegen neun Uhr, als er über den Heumarkt ging. Alle Verkäufer, die auf Tischen, in Mulden, in Läden und Buden ihre Waren feilgehalten hatten, schlossen ihre Geschäfte oder nahmen ihren Kram weg und verwahrten ihn und begaben sich, ebenso wie ihre Käufer, nach Hause. Bei den Speisewirtschaften, die sich in den Kellergeschossen und auf den schmutzigen, übelriechenden Höfen der Häuser des Heumarktes befanden, und besonders bei den Schenken drängten sich Haufen von allerlei kleinen Gewerbsleuten und Gesindel. Raskolnikow hatte für diese Gegend sowie für die umliegenden Gassen eine besondere Vorliebe, wenn er so ohne bestimmtes Ziel ausging. Hier erregte seine zerlumpte Kleidung bei keinem Menschen eine naserümpfende Aufmerksamkeit; hier konnte man aussehen, wie man wollte, ohne bei jemand Anstoß zu erregen. Gleich an der Ecke der K... gasse hielten ein Kleinbürger und ein altes Weib, seine Frau, auf zwei Tischen ihre Ware feil: Zwirn, Band, baumwollne Tücher und dergleichen. Sie waren gleichfalls schon im Begriff, sich nach Hause zu begeben, wurden aber durch das Gespräch mit einer herangetretenen Bekannten noch aufgehalten. Diese Bekannte war Lisaweta Iwanowna oder schlechthin, wie sie von allen Leuten genannt wurde, Lisaweta, die jüngere Schwester eben jener alten Aljona Iwanowna, der verwitweten Kollegienregistratorin und Wucherin, bei der Raskolnikow gestern gewesen war, um seine Uhr zu versetzen und eine

Probe vorzunehmen... Über diese Lisaweta war er schon lange vollständig unterrichtet, und auch sie kannte ihn einigermaßen. Sie war ein großes, plumpes, schüchternes und bescheidenes Mädchen, fast schwachsinnig, fünfunddreißig Jahre alt; sie lebte bei ihrer Schwester in richtiger Sklaverei, arbeitete für sie Tag und Nacht, zitterte vor ihr und ließ es sich sogar gefallen, daß diese sie schlug. Sie stand überlegend mit einem Bündel in der Hand vor dem Händler und seiner Frau und hörte ihnen aufmerksam zu. Die beiden setzten ihr etwas mit besonderem Eifer auseinander. Als Raskolnikow auf einmal Lisaweta erblickte, überkam ihn ein seltsames Gefühl, eine Art tiefen Staunens, obgleich an dieser Begegnung eigentlich nichts Erstaunliches war.

»Sie sollten mit den Leuten selber mal reden und sich danach entscheiden, Lisaweta Iwanowna«, sagte der Händler laut. »Kommen Sie morgen zu uns, so gegen sieben Uhr. Die andern werden auch herkommen.«

»Morgen?« antwortete Lisaweta gedehnt und zögernd, als ob sie sich nicht entschließen könne.

»Sie haben viel zuviel Angst vor Aljona Iwanowna!« schwadronierte die Frau des Händlers, ein resolutes Weib. »Wenn man Sie so ansieht – ganz wie ein kleines Kind. Und dabei ist sie nicht einmal Ihre richtige Schwester, sondern nur Ihre Stiefschwester, und was hat sie sich für eine Herrschaft über Sie angemaßt!«

»Ich möchte Ihnen raten«, unterbrach sie der Mann, »sagen Sie Ihrer Schwester diesmal doch nichts davon; sondern kommen Sie zu uns, ohne sie erst zu fragen. Es ist ein vorteilhaftes Geschäft. Nachher wird es Ihre Schwester selbst finden.«

»Dann soll ich also herkommen?«

»Morgen um sieben; und von denen werden auch welche hier sein. Dann können Sie persönlich die Sache ins reine bringen.«

»Tee wollen wir auch machen«, fügte die Frau hinzu.

»Nun gut, ich werde kommen«, erwiderte Lisaweta, immer noch überlegend, und schickte sich langsam an fortzugehen.

Raskolnikow war nun schon an ihnen vorbei und hörte nichts mehr. Er war sachte und unauffällig vorbeigegangen, bemüht, kein Wort von dem Gespräche sich entgehen zu lassen. Sein anfängliches Staunen ging allmählich in Schrecken über, und Kälte lief ihm über den Rücken. Er hatte erfahren, plötzlich und ganz unerwartet erfahren, daß morgen, genau um sieben Uhr abends, Lisaweta, die Schwester der Alten und deren einzige Wohnungsgenossin, nicht zu Hause sein werde und daß also die Alte genau um sieben Uhr abends allein zu Hause war.

Bis zu seiner Wohnung hatte er nur noch wenige Schritte zu gehen. Er kam nach Hause wie ein zum Tode Verurteilter. Er überlegte nichts und war auch völlig außerstande, etwas zu überlegen; aber in seinem ganzen innersten Wesen fühlte er plötzlich, daß er jetzt keine Freiheit der Überlegung, keinen eigenen Willen mehr besitze und daß auf einmal alles endgültig entschieden sei.

Gewiß: wenn er auch jahrelang auf einen günstigen Zufall hätte warten wollen, so wäre doch nicht mit Sicherheit auf eine bessere Chance für das Gelingen seines Planes zu rechnen gewesen, als diese war, die sich ihm soeben auf einmal darbot. Jedenfalls würde es schwer sein, einen Tag vorher zuverlässig, mit größter Genauigkeit und geringstem Risiko, ohne gefährliche Befragungen und Nachforschungen, in Erfahrung zu bringen, daß am andern Tage um soundso viel Uhr das und das alte Weib, auf das man einen Anschlag plant, mutterseelenallein zu Hause sein wird.

VI

In späterer Zeit erfuhr Raskolnikow zufällig, weshalb der Händler und seine Frau eigentlich Lisaweta zu sich eingeladen hatten. Der Anlaß war ein ganz gewöhnlicher gewesen, der nicht das geringste Absonderliche an sich hatte. Eine von außen zugezogene verarmte Familie wollte ihre Sachen verkaufen, Kleidungsstücke und dergleichen, lauter Frauensachen. Da es unvorteilhaft war, diesen Verkauf auf dem Markte zu bewerkstelligen, so suchten sie eine Zwischenhändlerin. Lisaweta aber gab sich mit dergleichen Geschäften ab: sie übernahm Kommissionen, machte Gänge in Geschäftsangelegenheiten und hatte eine recht bedeutende Praxis, weil sie sehr ehrlich war und immer gleich den äußersten Preis bot; wenn sie einen Preis genannt hatte, dann blieb es auch dabei. Sie redete überhaupt nur wenig und war, wie bereits gesagt, schüchtern und schreckhaft.

Aber Raskolnikow war in der letzten Zeit abergläubisch geworden. Spuren dieses Aberglaubens blieben bei ihm in der Folgezeit noch lange haften und schienen fast unvertilgbar. Er neigte später immer dazu, in dieser ganzen Angelegenheit etwas Mystisches, Geheimnisvolles, das Walten besonderer Einwirkungen und zusammentreffender Zufälle zu sehen. Es war noch Winter gewesen, da hatte ihm ein Bekannter, der Student Pokorew, vor seiner Abreise nach Charkow gelegentlich im Gespräche die Adresse der alten Aljona Iwanowna mitgeteilt, für den Fall, daß er in die Lage käme, etwas zu versetzen. Lange brauchte er nicht von dieser Adresse Gebrauch zu machen, weil er Privatstunden hatte und sich auf diese Art so leidlich durchschlug. Vor anderthalb Monaten hatte er sich der Adresse erinnert; er besaß zwei Gegenstände, die sich zum Versetzen eigneten: eine alte silberne Uhr, die noch von seinem Vater stammte, und einen kleinen goldenen Ring mit drei roten Steinchen, den ihm seine Schwester beim Abschiede als Andenken geschenkt hatte. Er entschied sich dafür, den Ring hinzutragen; als er die Alte gefunden hatte, empfand er gleich beim ersten Blick, noch ehe er etwas Näheres von ihr wußte, einen unbezwingbaren Widerwillen gegen sie, nahm die zwei »Scheinchen«, die sie ihm gab, und kehrte auf dem Heimwege in ein geringes Restaurant ein. Da bestellte er sich Tee, setzte sich hin und überließ sich einem angestrengten Nachdenken. Ein seltsamer Gedanke arbeitete sich in seinem Kopfe hervor, wie ein Küchlein sich aus der Eierschale herauspickt, und beschäftigte ihn ganz außerordentlich lebhaft.

An einem andern Tischchen in seiner nächsten Nähe saßen ein Student, den er nicht kannte und den er sich nicht erinnerte jemals gesehen zu haben, sowie ein junger Offizier. Sie hatten Billard gespielt und tranken jetzt Tee. Auf einmal hörte Raskolnikow, daß der Student mit dem Offizier über eine Pfandleiherin Aljona Iwanowna, die Witwe eines Kollegienregistrators, sprach und ihm ihre Adresse mitteilte. Dies allein schon kam dem zuhörenden Raskolnikow merkwürdig vor: eben erst kam er von dort her, und nun wurde hier gerade von ihr geredet. Er sagte sich natürlich selbst, daß es ein zufälliges Zusammentreffen sei, konnte aber trotzdem eine ganz eigenartige Empfindung nicht loswerden. Und nun war's, als ob es jemand ausdrücklich darauf anlegte, ihm eine Gefälligkeit zu erweisen: der Student begann seinem Bekannten allerlei Einzelheiten von dieser Aljona Iwanowna zu erzählen.

»Famoses Frauenzimmer«, sagte er. »Von der kriegt man immer Geld. Sie ist reich wie ein Jude; sie kann auf einen Schlag fünftausend Rubel auszahlen, verschmäht aber auch ein Pfand nicht, wenn es nur einen Rubel wert ist. Von uns Studenten sind schon viele bei ihr gewesen. Aber sie ist ein nichtswürdiges Luder...«

Und nun erzählte er, wie boshaft und schikanös sie sei, und daß das Pfand verfallen sei, wenn man sich mit der Einlösung auch nur um einen einzigen Tag verspäte. Sie gebe nur den vierten Teil des wahren Wertes, nehme fünf, ja sieben Prozent monatlich usw. Der Student kam dabei ins Reden und teilte noch weiter mit, die Alte habe eine Schwester, namens Lisaweta, die sich von ihr, dieser winzigen, garstigen Person, fortwährend schlagen lasse und von ihr in völliger Dienstbarkeit, wie ein kleines Kind, gehalten werde, obwohl Lisaweta von recht stattlicher Größe sei.

»Ja, die ist auch ein ganz sonderbarer Vogel!« rief der Student lachend.

Nun fingen sie an, von Lisaweta zu sprechen. Der Student erzählte von ihr mit ganz besonderem Behagen und lachte dabei fortwährend; der Offizier hörte mit großem Interesse zu und bat den Studenten, er möchte diese Lisaweta doch einmal zu ihm schicken; sie solle ihm die Wäsche ausbessern. Raskolnikow ließ sich kein Wort entgehen und erfuhr so mit einem Male alles mögliche: Lisaweta war die jüngere von beiden, eine Stiefschwester der Alten (von andrer Mutter), bereits fünfunddreißig Jahre alt. Sie arbeitete für die Schwester Tag und Nacht, diente im Haushalte als Köchin und Waschfrau, nähte außerdem für Geld, scheuerte in andern Häusern für Lohn und lieferte alles, was sie einnahm, der Schwester ab. Keinen einzigen Auftrag und keine Arbeit wagte sie ohne Erlaubnis der Alten anzunehmen. Die Alte hatte schon ihr Testament gemacht, und Lisaweta kannte es. Dieser fiel nach dem Testamente kein Groschen Geld zu, nur das Mobiliarvermögen, die Stühle und dergleichen; das gesamte Geld war einem Kloster im Gouvernement N... vermacht, mit der Verpflichtung, ewig Seelenmessen für die Verstorbene lesen zu lassen. Lisaweta war eine Kleinbürgerin und gehörte nicht, wie ihre Schwester, dem Beamtenstande an; sie war ledig, schrecklich plump von Gestalt, außerordentlich hoch gewachsen, hatte lange, stark nach auswärts stehende Füße, trug immer schiefgetretene Schuhe aus Ziegenleder und hielt auf Reinlichkeit des Körpers und der Kleidung. Das Interessanteste aber war (und auch dem Studenten erschien das besonders wunderbar, und er lachte darüber herzlich), daß Lisaweta sich fast immer in andern Umständen befand.

»Aber du sagst doch, daß sie so häßlich ist«, bemerkte der Offizier.

»Sie hat so eine braune Gesichtsfarbe, wie wenn sich ein Soldat Frauenkleider angezogen hätte; aber, weißt du, sehr häßlich ist sie keineswegs. Sie hat ein gutmütiges Gesicht und einen guten Ausdruck in den Augen, einen sehr guten Ausdruck. Es ist ganz erklärlich, daß sie vielen gefällt. Sie ist so still, sanft, unverdrossen, willig, zu allem willig. Und ihr Lächeln nimmt sich sogar sehr hübsch aus.«

»Na, sie gefällt dir wohl auch?« lachte der Offizier.

»Nun ja, der Kuriosität halber. Aber ich will dir mal etwas sagen: Diese verfluchte Alte möchte ich totschlagen und berauben, und«, fügte er eifrig hinzu, »ich versichere dir, daß ich es ohne alle Gewissensbisse tun würde.«

Der Offizier lachte wieder laut auf; Raskolnikow aber fuhr zusammen. Wie seltsam, daß er all das hier zu hören bekam!

»Erlaube mal, ich möchte dir eine ganz ernsthafte Frage vorlegen«, fuhr der Student, hitzig werdend, fort. »Ich habe jetzt eben natürlich nur im Scherz gesprochen; aber überlege mal: auf der einen Seite steht ein dummes, verdrehtes, wertloses, boshaftes, krankes, altes Weib, das niemandem nützt, sondern im Gegenteil allen Leuten nur schadet, das selbst nicht weiß, wozu es eigentlich lebt, und nächster Tage ganz von selbst sterben wird. Verstehst du wohl? Verstehst du wohl?«

»Nun ja, das verstehe ich schon«, erwiderte der Offizier und blickte seinen Bekannten, der stark in Eifer geriet, unverwandt und aufmerksam an.

»Höre weiter! Auf der andern Seite stehen junge, frische Kräfte, die, ohne der Welt nützen zu können, zugrunde gehen, weil sie keine Unterstützung finden, und zwar zu Tausenden, allüberall. Hundert, tausend gute Taten und Unternehmungen könnte man für das Geld der Alten, das sie einem Kloster zugedacht hat, ausführen oder fördern. Hunderte, vielleicht Tausende von Existenzen könnten in die richtige Bahn geleitet, Dutzende von Familien vor größter Armut, vor dem Verfall, vor dem gänzlichen Ruin, vor Unsittlichkeit und Geschlechtskrankheiten bewahrt werden – und alles das vermittels ihres Geldes. Wenn man sie ermordet und ihr Geld nimmt, um dann mit dessen Hilfe sich dem Dienste der ganzen Menschheit und der Sache der Allgemeinheit zu widmen: was meinst du, wird dann nicht ein einziges kleines Verbrechen durch Tausende von guten Taten aufgewogen? Für ein Leben Tausende von Leben, die von Fäulnis und Ruin gerettet sind? Ein einziger Tod, und dafür hundert Leben – das ist doch ein einfaches Rechenexempel! Ja, und was bedeutet auf der großen Weltwaage das Leben dieses schwindsüchtigen, dummen, boshaften alten Weibes? Nicht mehr als das Leben einer Laus, einer Schabe, sogar noch weniger, weil die Alte geradezu schädlich ist. Sie verkümmert anderen das Leben: neulich hat sie ihre Schwester Lisaweta vor Wut in den Finger gebissen, so daß er beinahe amputiert werden mußte.«

»Gewiß, sie verdient nicht, daß sie lebt«, entgegnete der Offizier. »Aber die Natur hat es nun doch einmal so eingerichtet.«

»Ach was, Bruder, die Natur kann man doch korrigieren und lenken, sonst müßten wir ja in unsern beschränkten, engherzigen Anschauungen geradezu versinken. Sonst gäbe es keine großen Männer. Es heißt immer: ›Pflicht, Gewissen‹; nun, ich will ja gegen Pflicht und Gewissen nichts sagen; aber was versteht man eigentlich darunter? Warte mal, ich will dir noch eine Frage vorlegen. Hör mal!«

»Nein, nun warte du mal; jetzt werde ich dich etwas fragen. Paß mal auf!«

»Nun?«

»Du hältst da jetzt großartige Reden; aber sage doch mal: würdest du selbst die Alte totschlagen, ja oder nein?«

»Selbstverständlich nein! Ich will ja auch nur sagen, was gerecht und billig wäre. Um mich handelt es sich dabei nicht.«

»Wenn du selbst dich dazu nicht entschließen kannst, so kann meiner Ansicht nach von Gerechtigkeit und Billigkeit dabei nicht die Rede sein. Komm, wir wollen noch eine Partie spielen!«

Raskolnikow befand sich in großer Aufregung. Gewiß, das waren ja ganz gewöhnliche, häufige, jugendlich unreife Gespräche und Gedanken, wie er sie schon oft, nur in andrer Form und über andre Gegenstände, mit angehört hatte. Aber warum mußte er gerade ein solches Gespräch und solche Gedanken gerade jetzt, mit anhören, wo soeben in seinem eigenen Kopfe ganz ebensolche Gedanken rege geworden waren? Und warum mußte er, gerade unmittelbar nachdem er von seinem Besuche bei der Alten den Keim zu seinem Gedanken mitgebracht hatte, auf ein Gespräch über die Alte stoßen? Dieses Zusammentreffen erschien ihm auch später immer seltsam. Dieses unbedeutende Wirtshausgespräch übte hinsichtlich der weiteren Entwicklung der Sache einen ganz außerordentlichen Einfluß auf ihn aus, als ob da wirklich eine Art von Prädestination, von Fingerzeig vorgelegen hätte...

Als er vom Heumarkte nach Hause zurückgekehrt war, warf er sich auf das Sofa und blieb eine ganze Stunde dort sitzen, ohne sich zu rühren. Unterdes war es dunkel geworden; eine Kerze besaß er nicht; auch kam ihm gar nicht der Gedanke, daß es Zeit wäre, Licht anzuzünden. Er konnte sich später niemals erinnern, ob er damals überhaupt an etwas gedacht hatte. Endlich spürte er wieder das Fiebern und Frösteln von vorhin, und mit einem Wonnegefühl kam ihm wie eine Erleuchtung der Gedanke, daß man auf einem Sofa auch liegen könne. Sofort überfiel ihn ein fester, bleierner Schlaf, der wie ein Alp auf ihm lastete.

Er schlief sehr lange und traumlos. Nastasja, die am andern Morgen um zehn Uhr zu ihm hereinkam, rüttelte ihn nur mit Mühe wach. Sie brachte ihm Tee und Brot. Der Tee war wieder ein zweiter Aufguß und wieder in ihrer eigenen Teekanne.

»Er schläft noch!« rief sie empört. »Immer schläft und schläft er!«

Mühsam richtete er sich auf. Der Kopf tat ihm weh; er war im Begriff, sich auf die Füße zu stellen, da blickte er sich in seinem Kämmerchen um und sank wieder auf das Sofa zurück.

»Willst du denn noch mehr schlafen?« rief Nastasja. »Du bist wohl gar krank?«

Er antwortete nicht.

»Willst du Tee?«

»Nachher«, brachte er mit Anstrengung hervor, machte die Augen zu und drehte sich nach der Wand.

Nastasja blieb ein Weilchen neben ihm stehen.

»Vielleicht ist er wirklich krank«, sagte sie dann, drehte sich um und ging weg.

Um zwei Uhr kam sie wieder herein mit einer Suppe. Er lag immer noch wie vorher da. Der Tee stand unangerührt. Nastasja fühlte sich ordentlich gekränkt und stieß ihn ärgerlich an.

»So ein Langschläfer!« rief sie ganz empört.

Er setzte sich auf, erwiderte ihr aber nichts und blickte auf den Fußboden.

»Bist du krank oder nicht?« fragte Nastasja und erhielt wieder keine Antwort. »Geh doch wenigstens auf die Straße«, sagte sie nach einer kleinen Weile, »und laß dich ein bißchen vom Winde anblasen. Willst du nicht etwas essen?«

»Nachher«, antwortete er mit matter Stimme. »Geh jetzt fort.«

Er winkte ab, als wollte er von nichts mehr wissen.

Sie blieb noch einen Augenblick stehen, sah ihn mitleidig an und ging dann hinaus.

Einige Minuten darauf blickte er auf und sah lange nach dem Tee und der Suppe hin. Darauf nahm er das Brot, ergriff den Löffel und begann zu essen.

Er aß nur wenig, ohne Appetit, nur drei oder vier Löffel Suppe, ganz mechanisch. Der Kopfschmerz hatte sich etwas gelegt. Nachdem er gegessen hatte, streckte er sich wieder auf das Sofa; aber er konnte nicht einschlafen, sondern lag da, ohne sich zu rühren, mit dem Rücken nach oben, das Gesicht in das Kissen gedrückt. Dabei träumte er fortwährend im Wachen, und es waren immer ganz sonderbare Träume: am häufigsten hatte er die Vorstellung, er befinde sich irgendwo in Afrika, in Ägypten, in einer Oase. Die Karawane rastet; friedlich liegen die Kamele da; ringsum ragt in geschlossenem Kreise ein Palmenhain; alle halten das Mittagsmahl. Er aber trinkt immerzu Wasser, unmittelbar aus einem Bache, der dicht neben ihm rieselt und murmelt. Und es ist so schöne, kühle Luft, und das wundervolle Wasser, so bläulich und kalt, rinnt über bunte Steine und reinen, goldig schimmernden Sand... Plötzlich hörte er deutlich, daß eine Uhr schlug. Er fuhr zusammen, sammelte seine Gedanken, hob den Kopf, blickte nach dem Fenster, überlegte, wie spät es wohl sei, und sprang, wieder völlig bei klarem Bewußtsein, hastig auf, als ob ihn jemand vom Sofa heruntergerissen hätte. Auf den Zehen ging er an die Tür, machte sie leise ein wenig auf und lauschte nach der Treppe hinunter. Sein Herz pochte gewaltig. Aber auf der Treppe war alles still, wie wenn alle Menschen schliefen... Befremdlich und wunderbar erschien es ihm, daß er vom gestrigen Tage bis spät in den heutigen hinein in solcher Bewußtlosigkeit hatte schlafen können und noch nichts getan, nichts vorbereitet hatte... Vielleicht hatte es inzwischen schon sechs geschlagen... Eine gewaltige, fieberhafte, ängstliche Hast befiel ihn und trat an die Stelle der Schläfrigkeit und des Stumpfsinns. Die Vorbereitungen waren übrigens nicht umfangreich. Er strengte alle seine Geisteskräfte an, um alles zu überlegen und nichts zu vergessen; noch immer hatte er Herzklopfen; sein Herz schlug so stark, daß ihm das Atmen schwer wurde. Zuvörderst mußte er eine Schlinge herstellen und an seinen Paletot annähen

– das war in wenigen Minuten gemacht. Er griff unter das Kissen und suchte aus der Wäsche, die dort zusammengestopft lag, ein ganz zerrissenes, altes, ungewaschenes Hemd von sich heraus. Von diesen Fetzen riß er einen Streifen ab, etwa zwei Zoll breit und vierzehn Zoll lang. Diesen Streifen legte er zusammen, so daß er doppelt war, zog seinen weiten, starken, aus dickem Baumwollstoff gemachten Sommerpaletot (das einzige, was er außer dem Hemde auf dem Oberkörper trug) aus und nähte die beiden Enden des Streifens innen unter der linken Achsel an. Die Hände zitterten ihm beim Nähen; aber er überwand sich. Als er den Paletot wieder anzog, war von außen nichts zu sehen. Nadel und Faden hatte er sich schon vor längerer Zeit beschafft; sie hatten seitdem in ein Stückchen Papier gewickelt auf dem kleinen Tische gelegen. Was die Schlinge anlangt, so war das eine sehr geschickte eigene Erfindung von ihm. Die Schlinge war für das Beil bestimmt. Er konnte doch nicht auf der Straße ein Beil in der Hand tragen. Und wollte er es unter dem Paletot verbergen, so mußte er es mit einer Hand festhalten, und dies hätte auffallen können. Jetzt aber, wo er sich die Schlinge eingenäht hatte, brauchte er nur das Eisen des Beiles in diese hineinzustecken; dann hing das Beil auf dem ganzen Wege ruhig unter der Achselhöhle. Steckte er dann noch die Hand in die Seitentasche des Paletots, so konnte er auch das untere Ende des Beilstieles festhalten, damit es nicht hin und her schlenkerte; und da der Paletot sehr weit war, ein richtiger Sack, so konnte man auch von außen nicht bemerken, daß er etwas mit der Hand durch die Tasche hindurch festhalte. Diese Schlinge hatte er sich schon vor zwei Wochen ausgedacht.

Als er damit fertig war, steckte er die Finger in den schmalen Zwischenraum zwischen seinem »türkischen« Schlafsofa und dem Fußboden, tastete in der linken Ecke umher und zog das Pfandobjekt heraus, das er schon lange zurechtgemacht und dort versteckt hatte. Ein wirkliches Pfandobjekt war es nicht, sondern einfach ein glattgehobeltes Holzbrettchen in der ungefähren Größe und Dicke eines silbernen Zigarettenetuis. Dieses Brettchen hatte er zufällig bei einem seiner Spaziergänge auf einem Hofe gefunden, wo sich im Hinterhause eine Tischlerei befand. Nachher hatte er dem Brettchen noch ein glattes, dünnes Eisenstreifchen beigesellt, das wahrscheinlich irgendwovon abgebrochen war und das er gleichfalls einmal auf der Straße gefunden hatte. Diese beiden Stücke, von denen das Eisenplättchen etwas kleiner war als das Holzbrettchen, hatte er aneinandergelegt und mit einem Faden über Kreuz fest zusammengebunden; dann hatte er sie sorgsam und hübsch in reines weißes Papier gewickelt und dieses Päckchen so zugebunden, daß es schwierig aufzumachen war. Dies hatte den Zweck, für ein Weilchen die Aufmerksamkeit der Alten abzulenken, wenn sie sich mit dem Knoten abmühen würde, und dabei den richtigen Augenblick abzupassen. Das Eisenstreifchen hatte er zur Erhöhung des Gewichtes hinzugetan, damit die Alte nicht gleich im ersten Augenblick erriete, daß das »Pfandobjekt« aus Holz war. Alles dies hatte bis zur geeigneten Zeit unter dem Sofa verwahrt gelegen. Eben hatte er das Pfandobjekt hervorgeholt, als er plötzlich jemanden auf dem Hofe rufen hörte:

»Es geht schon stark auf sieben!«

»Schon stark auf sieben! Mein Gott!«

Er lief zur Tür, horchte hinaus, nahm seinen Hut und stieg vorsichtig und geräuschlos wie eine Katze seine dreizehn Stufen hinab. Nun hatte er das wichtigste Stück seiner Aufgabe vor sich: aus der Küche das Beil zu stehlen. Daß die Tat gerade mit einem Beile ausgeführt werden sollte, hatte er schon längst fest beschlossen. Er besaß zwar noch ein Gartenmesser zum Zusammenklappen; aber auf das Messer und namentlich auf seine Kräfte mochte er sich nicht verlassen; darum war es endgültig bei dem Beile geblieben. Wir merken beiläufig hinsichtlich aller endgültigen Entschlüsse, die er in dieser Angelegenheit bereits gefaßt hatte, eine Besonderheit an. Sie hatten eine seltsame Eigenschaft: je endgültiger sie wurden, um so ungeheuerlicher und ungereimter erschienen sie in seinen Augen. Trotz all seiner qualvollen inneren Kämpfe hatte er diese ganze Zeit über auch nicht einen Augenblick lang an die Ausführbarkeit seiner Pläne glauben können.

Ja, selbst wenn es jemals dahin gekommen wäre, daß er bereits alles bis auf das letzte Pünktchen zurechtgelegt und endgültig entschieden gehabt hätte und keinerlei Zweifel mehr zurückgeblieben wären, so hätte er sogar dann wahrscheinlich den ganzen Plan als etwas Ungeheuerliches, Absurdes und Unmögliches fallenlassen. Aber jetzt gab es noch eine wahre Unmenge von Punkten, über die er sich noch nicht schlüssig war, und von bedenklichen Zweifeln. Was die Frage anlangte, woher er sich ein Beil beschaffen könne, so beunruhigte ihn diese Kleinigkeit ganz und gar nicht; denn nichts war leichter als das. Die Sache war die, daß Nastasja, namentlich abends, häufig das Haus verließ; entweder lief sie zu den Nachbarn herüber oder in einen Laden; die Küchentür ließ sie aber immer weit offen stehen. Die Wirtin zankte mit ihr darüber fortwährend. Also brauchte er im rechten Augenblick nur leise in die Küche zu gehen und das Beil zu nehmen und dann eine Stunde darauf, wenn alles erledigt war, wiederzukommen und es wieder hinzulegen. Aber es fehlte doch auch nicht an Bedenken. Gesetzt, er kam nach einer Stunde zurück, und Nastasja war dann bereits heimgekehrt. Dann mußte er natürlich vorbeigehen und warten, bis sie wieder fortging. Wenn sie nun aber inzwischen das Beil vermißte, danach suchte und ein großes Geschrei erhob – dann war der Verdacht da, oder wenigstens die Möglichkeit eines Verdachtes.

Aber da waren noch viele andre Kleinigkeiten, die er bisher weder überlegt noch zu überlegen Zeit gehabt hatte. Er hatte immer nur an die Hauptsache gedacht und die Kleinigkeiten bis zu dem Zeitpunkte verschoben, wo er »mit sich selbst über alles im klaren sein werde«. Aber daß dieser Zeitpunkt jemals kommen werde, war als ganz unmöglich erschienen. Wenigstens ihm selbst war es so erschienen. Er hatte es sich z. B. gar nicht vorstellen können, daß er jemals seinen Überlegungen ein Ende machen, aufstehen und einfach dorthin gehen werde... Selbst seine neuliche Probe, d. h. der Besuch mit der Absicht einer letzten Besichtigung der Örtlichkeit, war ganz und gar nicht etwas ernst Gemeintes gewesen, sondern nur so aus dem Gedanken hervorgegangen: ›Na, wir können ja mal hingehen und probieren; wozu immer bloß daran denken!‹ Und bei dieser Probe hatte seine Energie sich sofort als unzulänglich erwiesen; die Sache war ihm zuwider geworden, und er war, wütend über sich selbst, davongerannt. Und doch, sollte man meinen, hatte er die gesamte moralische Prüfung und Entscheidung der Frage vorher schon erledigt; seine Kasuistik, die so scharf geschliffen war wie ein Rasiermesser, hatte alle Einwendungen gegen die Tat widerlegt, und er hatte in seinem Innern keine weiteren Einwendungen mehr vorgefunden, die ihm zum klaren Bewußtsein gekommen wären. Aber bei diesem Resultate traute er einfach sich selbst nicht und tastete hartnäckig rechts und links nach neuen Einwendungen umher, als ob ihn jemand wie einen Sklaven dazu zwänge und anhielte. Der letzte Tag aber, der Tag, der so unerwarteterweise der letzte geworden war und alles mit einem Male zur Entscheidung gebracht hatte, hatte auf ihn fast völlig mechanisch gewirkt: wie wenn ihn jemand bei der Hand ergriffe und hinter sich herzöge, unwiderstehlich, blindlings, mit übernatürlicher Kraft, ohne Widerrede. Er war gleichsam mit einem Zipfel seiner Kleidung an einem Maschinenrade hängengeblieben, und dieses begann ihn in das Triebwerk hineinzuziehen.

Anfänglich (das war übrigens schon lange her) hatte ihn eine bestimmte Frage viel beschäftigt: nämlich, warum doch fast alle Verbrechen so leicht entdeckt und herausgebracht werden, und warum die Spuren fast aller Verbrecher so deutlich zu erkennen sind. Er gelangte allmählich zu mancherlei interessanten Schlußfolgerungen, und nach seiner Ansicht lag die Hauptursache nicht sowohl in der materiellen Unmöglichkeit, ein Verbrechen zu verbergen, als vielmehr in dem Verbrecher selbst; der Verbrecher selbst, und zwar fast jeder, unterliege im Augenblicke des Verbrechens einer gewissen Verringerung der Willens- und Urteilskraft, an deren Stelle im Gegenteil ein hochgradiger, kindlicher Leichtsinn trete, und das gerade in dem Augenblicke, wo Urteilskraft und Vorsicht am allernötigsten wären. Nach seiner Überzeugung war der Hergang dieser: die Verdunkelung der Urteilskraft und die Herabminderung des Willens überfallen den Menschen wie eine Krankheit, entwickeln sich stufenweise und erreichen kurz vor der Ausführung des Verbrechens ihren Höhepunkt; sie verbleiben auf demselben im Augenblicke des Verbrechens selbst und noch einige Zeit nachher, je nach der Individualität des Betreffenden; dann verschwinden sie ganz genauso wie jede andere Krankheit. Die Frage aber, ob das Verbrechen selbst durch eine Krankheit hervorgerufen oder ob es irgendwie, vermöge seiner Eigenart, immer von krankheitsartigen Erscheinungen begleitet werde, diese Frage zu entscheiden, fühlte er sich noch nicht imstande.

Indem er zu solchen Resultaten gelangte, sagte er sich, daß mit ihm persönlich bei seiner Tat derartige krankhafte Veränderungen nicht stattfinden könnten, sondern daß seine Urteils- und Willenskraft während der ganzen Dauer der Ausführung seines Vorhabens ungeschwächt bleiben werde, einfach deswegen, weil sein Vorhaben »kein Verbrechen« sei. Wir lassen den ganzen Denkprozeß beiseite, durch den er zu diesem letzten Urteile gelangt war (wir sind ohnedies in diesen Erörterungen schon zu weit gegangen), und fügen nur noch hinzu, daß die äußeren, rein materiellen Schwierigkeiten der Tat bei seinen Überlegungen überhaupt nur eine ganz untergeordnete Rolle spielten. ›Man muß sich diesen Schwierigkeiten gegenüber nur die ganze Willens- und Urteilskraft bewahren, und sie werden sich zu gegebener Zeit alle überwinden lassen, sobald es erforderlich wird, sich mit allen Einzelheiten des Unternehmens bis zur geringsten Kleinigkeit vertraut zu machen...‹ Aber er nahm eben das Unternehmen nicht in Angriff. An die endgültigen Entscheidungen, die er getroffen hatte, glaubte er im Laufe der Zeit immer weniger, und als die Stunde schlug, kam alles ganz anders, gewissermaßen zufällig, ja fast unerwartet.

Ein unbedeutender Umstand kam ihm in die Quere, noch bevor er die Treppe hinuntergestiegen war. Als er zur Küche gelangte, deren Tür wie immer weit offenstand, schielte er vorsichtig hinein, um sich vorher zu vergewissern, ob auch nicht in Nastasjas Abwesenheit die Wirtin selbst darin sei, und verneinendenfalls, ob auch die nach ihrem Zimmer führende Tür ordentlich geschlossen sei, damit sie es nicht von dort aus sehen könnte, wenn er in die Küche träte, um das Beil zu holen. Aber welchen Schreck bekam er, als er wahrnahm, daß sich Nastasja diesmal nicht nur zu Hause, in ihrer Küche befand, sondern sogar mit einer Arbeit beschäftigt war: sie nahm Wäsche aus einem Korbe und hängte sie auf die Leine! Als sie ihn sah, hörte sie mit dem Aufhängen auf und blickte ihn die ganze Zeit, während er vorbeiging, an. Er wandte die Augen ab und ging vorbei, als hätte er nichts bemerkt. Aber das Unternehmen war damit zu Ende: er hatte kein Beil! Er war höchst bestürzt.

›Wie bin ich nur darauf gekommen‹, dachte er, während er nach dem Tore zu ging, ›wie bin ich nur darauf gekommen, zu glauben, sie würde gerade in dem betreffenden Augenblicke bestimmt nicht zu Hause sein? Warum, warum, ja warum war ich so fest davon überzeugt?‹ Er war ganz niedergeschmettert und fühlte sich beinahe gedemütigt; in seinem Ärger hätte er über sich selbst laut lachen mögen. Eine stumpfsinnige, tierische Wut kochte in ihm.

Nachdenkend blieb er unter dem Torwege stehen. Auf die Straße zu gehen und zwecklos, nur so zum Schein, einen Spaziergang zu machen, das widerstand ihm; nach Hause zurückzukehren widerstand ihm noch mehr. ›Was für eine günstige Gelegenheit habe ich für immer verloren!‹ murmelte er, während er unentschlossen unter dem Tore stand, gerade vor der dunklen Kammer des Hausknechts, die gleichfalls offenstand. Plötzlich zuckte er zusammen. In der Kammer des Hausknechts, von der er nur zwei Schritte entfernt war, sah er unter einer Bank rechts etwas blinken... Er blickte sich um – es war niemand zu sehen. Auf den Zehen ging er zu der Kammer hin, stieg zwei Stufen hinunter und rief mit gedämpfter Stimme nach dem Hausknechte. ›Es ist richtig, er ist nicht zu Hause. Er wird wohl irgendwo in der Nähe, vielleicht auf dem Hofe sein, da die Tür weit offensteht.‹ Hastig stürzte er nach dem Beil (denn ein solches war es) hin, zog es unter der Bank, wo es zwischen zwei Holzscheiten lag, hervor, befestigte es gleich dort, noch ehe er wieder hinaustrat, in der Schlinge, steckte beide Hände in die Taschen und verließ die Kammer; niemand hatte ihn bemerkt. ›Wo der Verstand nicht hilft, hilft der Teufel!‹ dachte er mit einem eigentümlichen Lächeln. Dieser Zufall ermutigte ihn außerordentlich.

Er ging auf der Straße ruhig und gemächlich, ohne sich zu beeilen, um keinerlei Verdacht zu erregen. Nach den Vorübergehenden blickte er wenig hin; er gab sich sogar Mühe, ihnen gar nicht ins Gesicht zu sehen und selbst möglichst wenig beachtet zu werden. Da erinnerte er sich seines Hutes. ›Mein Gott! Und vorgestern hatte ich doch Geld und hätte mir statt seiner eine Mütze anschaffen können!‹ Er fluchte ingrimmig.

Als er zufällig in einen Laden hineinschielte, sah er, daß es an einer dort hängenden Wanduhr schon zehn Minuten über sieben war. Er mußte sich beeilen, da er auch noch einen Umweg zu machen hatte; denn er wollte sich dem Hause von der andern Seite her nähern.

Früher, wenn er sich all dies in Gedanken im voraus ausgemalt hatte, hatte er manchmal gemeint, er werde dabei große Furcht haben. Aber er fürchtete sich jetzt nicht sonderlich, ja eigentlich überhaupt nicht. Es beschäftigten ihn in diesem Augenblicke sogar mancherlei ganz fremdartige Gedanken, wiewohl immer nur kurze Zeit. Als er an dem Jussupow-Garten vorbeikam, begann er mit großem Interesse einen Plan zur Anlegung hoher Springbrunnen zu entwerfen, die auf allen freien Plätzen die Luft schön frisch machen würden. Diesen Gedanken weiter verfolgend, kam er allmählich zu der ihm sehr einleuchtenden Idee, man müsse den Sommergarten über das ganze Marsfeld ausdehnen und dann noch mit dem Michailowskij -Garten vereinigen; das würde für die Stadt einen schönen Schmuck und einen großen Nutzen bedeuten. Dann interessierte ihn auf einmal eine andre Frage: warum eigentlich in allen großen Städten die Menschen (von Gründen äußerer Notwendigkeit ganz abgesehen) eine ganz besondere Neigung dazu haben, gerade in solchen Stadtteilen sich niederzulassen und zu wohnen, wo keine Gärten und Springbrunnen, sondern Schmutz, übler Geruch und allerlei andre häßliche Dinge zu finden sind. Dabei kamen ihm seine eigenen Spaziergänge auf dem Heumarkte in den Sinn, und er wurde aus seinen Phantasien wieder für einen Augenblick in die Wirklichkeit versetzt. ›An was für dummes Zeug denke ich da!‹ sagte er sich. ›Nein, besser ist's schon, an gar nichts zu denken!‹

›Wahrscheinlich klammern sich Menschen, die zur Hinrichtung geführt werden, in derselben Weise mit ihren Gedanken an allerlei Gegenstände an, die ihnen unterwegs in die Augen fallen‹, dachte er flüchtig; aber dieser Gedanke huschte ihm nur momentan, wie ein Blitz, durch den Kopf; er selbst verscheuchte ihn wieder so schnell wie möglich... Aber nun war er schon nahe; da war das Haus; da war der Torweg. Irgendwo tönte von einer Uhr ein einzelner Schlag. ›Wie? Ist es wirklich schon halb acht? Das ist nicht möglich; die Uhr geht gewiß vor.‹

Zu seinem Glücke ging im Torweg auch diesmal wieder alles nach Wunsch. Wie gerufen, fuhr gerade in diesem Augenblicke dicht vor ihm eine gewaltige Fuhre Heu in den Torweg hinein, die ihn die ganze Zeit über, während er durch den Torweg hindurchging, verdeckte, und sowie der Wagen aus dem Torweg in den Hof einfuhr, schlüpfte er in einem Nu nach rechts. Er hörte, wie auf der andern Seite des Wagens ein paar Stimmen schrien und zankten; aber niemand hatte ihn bemerkt, und niemand kam ihm entgegen. Viele Fenster, die auf diesen riesigen, quadratischen Hof hinausgingen, standen in diesem Augenblick offen; aber er hob den Kopf nicht in die Höhe; er fand in sich nicht die Kraft dazu. Die Treppe, die zu der Wohnung der Alten hinaufführte, befand sich ganz in der Nähe, gleich rechts vom Torweg. Schon war er an der Treppe...

Er holte Atem, drückte die Hand gegen das stark klopfende Herz, tastete dabei zugleich nach dem Beile und schob es noch einmal zurecht; dann begann er vorsichtig und leise, alle Augenblicke horchend, die Treppe hinaufzusteigen. Aber auch die Treppe war um diese Zeit völlig leer; alle Türen waren geschlossen; er begegnete keinem Menschen. Im ersten Stock allerdings stand die Tür zu einer leerstehenden Wohnung weit offen, und drinnen waren Maler bei der Arbeit; aber auch diese sahen nicht nach ihm hin. Er blieb einen Augenblick stehen, überlegte und ging dann weiter. ›Gewiß, besser wäre es, wenn die nicht hier wären; aber... es liegen ja noch zwei Stockwerke über ihnen.‹

Aber nun war er im dritten Stock; da war die Tür der Alten, und da gegenüber noch eine andre Wohnung; diese stand leer. Im zweiten Stock war die Wohnung, die gerade unter der Wohnung der Alten lag, allem Anschein nach gleichfalls unbewohnt: die Visitenkarte, die mit Reißstiften an die Tür genagelt gewesen war, war abgenommen – also waren die Leute ausgezogen!... Er konnte kaum Atem holen. Einen Augenblick ging ihm der Gedanke durch den Kopf: ›Ob ich nicht lieber wieder fortgehe?‹ Aber er gab sich keine Antwort und horchte nach der Wohnung der Alten hin: es herrschte dort Totenstille. Dann horchte er noch einmal nach der Treppe hinunter, lange und aufmerksam... Hierauf sah er sich zum letzten Male um, nahm seinen Mut zusammen, rückte seinen Anzug zurecht und fühlte noch einmal nach dem Beil in der Schlinge. ›Ob ich auch nicht allzu blaß aussehe?‹ dachte er. ›Bin ich auch nicht in übermäßiger Erregung? Sie ist mißtrauisch. Ob ich lieber noch einen Augenblick warte, bis das Herz in Ordnung kommt?‹

Aber das Herz kam nicht in Ordnung. Im Gegenteil, es schlug, wie ihm zum Tort, nur immer heftiger. Er konnte es nicht ertragen, noch länger zu warten, streckte langsam die Hand nach der Klingel aus und schellte. Nach einer halben Minute schellte er noch einmal, etwas stärker.

Nichts rührte sich. So einfach weiter zu klingeln hatte keinen Zweck und paßte ihm nicht in seinen Plan. Er sagte sich, daß die Alte sich selbstverständlich in der Wohnung befinde, aber allein zu Hause und darum besonders argwöhnisch sei. Er kannte schon teilweise ihre Gewohnheiten und legte darum noch einmal sein Ohr dicht an die Tür. Ob nun seine Sinne so scharf waren (was sich allerdings schwer annehmen läßt), oder ob es wirklich nicht schwer zu hören war, genug, er vernahm ein vorsichtiges Herumtasten einer Hand an der Türklinke und das Rascheln eines Kleides an der Tür. Es stand jemand heimlich dicht am Türschloß und horchte, ganz ebenso wie er hier von außen, so seinerseits versteckt von innen, und hatte anscheinend gleichfalls das Ohr an die Tür gedrückt...

Er machte absichtlich ein paar Bewegungen und brummte ziemlich laut etwas vor sich hin, um nicht den Anschein zu erwecken, als ob er sich verstecken wolle; dann schellte er zum dritten Male, aber sacht, maßvoll und ohne jedes Zeichen von Ungeduld. Sooft er sich in späterer Zeit hieran erinnerte, und zwar in voller Klarheit und Deutlichkeit (denn dieser Augenblick hatte sich seinem Gedächtnisse für das ganze Leben eingeprägt), so war es ihm stets unbegreiflich, wo er nur so viel Schlauheit hergenommen hatte, um so mehr, da sein Verstand sich in einzelnen Augenblicken geradezu verdunkelte und er seinen Körper fast gar nicht fühlte... Einen Augenblick darauf hörte er, wie der Riegel gelöst wurde.

VII

Die Tür wurde wie das vorige Mal nur bis zu einem schmalen Spalt geöffnet, und wieder hefteten sich zwei scharfe, mißtrauische Augen aus der Dunkelheit auf ihn. In diesem Momente verlor Raskolnikow die ruhige Überlegung und beging einen großen Fehler.

Da er befürchtete, die Alte könnte sich ängstigen, weil sie beide allein wären, und da er nicht zu hoffen wagte, sein

Äußeres werde sie von seiner Harmlosigkeit überzeugen, so griff er nach der Tür und zog sie an sich heran, damit die Alte sich nicht etwa beifallen ließe, sie wieder zuzumachen. Als sie dies wahrnahm, riß sie zwar die Tür nicht wieder zu sich heran, ließ aber auch nicht den Türgriff los, so daß Raskolnikow sie beinahe mit der Tür auf die Treppe herauszog. Da er aber sah, daß sie quer vor der Tür stand und ihm den Eintritt versperrte, trat er gerade auf sie zu. Die Alte sprang erschrocken zurück und wollte etwas sagen; aber sie konnte kein Wort hervorbringen und blickte ihn nur mit weit geöffneten Augen an.

»Guten Tag, Aljona Iwanowna«, begann er in möglichst ungezwungenem Tone; aber die Stimme gehorchte ihm nicht, sondern bebte und versagte. »Ich bringe Ihnen hier... einen Wertgegenstand... Aber kommen Sie doch lieber dorthin... ans Licht.«

Er ließ sie stehen und ging geradezu, ohne dazu aufgefordert zu sein, ins Zimmer. Die Alte eilte ihm nach; jetzt hatte sie endlich die Sprache wiedergefunden.

»Herr Gott, was wollen Sie denn? Wer sind Sie? Was wünschen Sie?«

»Aber ich bitte Sie, Aljona Iwanowna, Sie kennen mich doch von früher,... Raskolnikow... Hier bringe ich Ihnen das Pfandstück, von dem ich neulich schon gesprochen habe...«

Er hielt ihr das Pfandstück hin. Die Alte sah einen Augenblick nach dem Pfandstück, starrte dann aber sogleich wieder dem zudringlichen Besucher in die Augen. Sie betrachtete ihn aufmerksam, ergrimmt und mißtrauisch. So verging etwa eine Minute; er glaubte sogar in ihren Augen etwas wie Spott zu erkennen, als ob sie alles schon erraten hätte. Er fühlte, daß er die ruhige Überlegung verlor und beinahe Furcht bekam, solche Furcht, daß es ihm schien, wenn sie ihn so, ohne ein Wort zu sagen, noch eine halbe Minute lang ansähe, so würde er davonlaufen.

»Warum sehen Sie mich denn so an, als ob Sie mich nicht wiedererkennten?« sagte er auf einmal gleichfalls ärgerlich. »Wenn Sie wollen, dann nehmen Sie es; wenn nicht, dann gehe ich zu jemand anders; viel Zeit habe ich nicht.«

Er hatte so etwas eigentlich gar nicht sagen wollen; aber es fuhr ihm so von selbst heraus.

Die Alte gewann ihre Fassung wieder, und der entschiedene Ton des Besuchers beruhigte sie offenbar.

»Aber Väterchen, wie können Sie nur gleich so... Was ist es denn?« fragte sie mit einem Blick auf das Pfandstück.

»Ein silbernes Zigarettenetui; ich habe ja schon das vorige Mal davon gesprochen.«

Sie streckte die Hand danach aus.

»Aber woher sind Sie denn nur so blaß? Ihnen zittern ja auch die Hände so! Sie haben wohl gebadet, Väterchen?«

»Ich habe Fieber«, antwortete er kurz. »Da kann man schon blaß werden,... wenn man nichts zu essen hat«, fügte er murmelnd hinzu. Die Kraft verließ ihn wieder. Aber seine Antwort hatte den Eindruck der Wahrheit gemacht; die Alte nahm das Pfandstück.

»Was ist das für ein Ding?« fragte sie, indem sie Raskolnikow noch einmal scharf anblickte und das Pfandstück in der Hand wog.

»Ein Wertstück,... ein Zigarettenetui... aus Silber. Sehen Sie es sich nur an.«

»Na, Silber wird es wohl kaum sein . , . Aber haben Sie das fest verschnürt!«

Während sie sich damit abmühte, den Bindfaden aufzuknüpfen, und sich nach dem Fenster zum Lichte wendete (alle Fenster waren in ihrer Wohnung trotz der Schwüle geschlossen), ließ sie ihn einige Sekunden ganz außer acht und drehte ihm den Rücken zu. Er knöpfte seinen Paletot auf und zog das Beil aus der Schlinge heraus, holte es aber noch nicht ganz hervor, sondern hielt es mit der rechten Hand unter dem Paletot. Seine Arme waren entsetzlich schwach; er hatte selbst die Empfindung, daß sie mit jedem Augenblicke tauber und starrer würden. Er fürchtete, er würde das Beil nicht mehr halten können und fallen lassen;... es wurde ihm auf einmal ganz schwindlig.

»Aber wie haben Sie das verknotet!« rief die Alte ärgerlich und machte eine Bewegung nach ihm zu.

Nun war keine Sekunde mehr zu verlieren. Er zog das Beil ganz hervor, hob es, fast ohne Besinnung, mit beiden Händen in die Höhe und ließ, beinahe ohne eigene Anstrengung, beinahe rein mechanisch, den Beilrücken auf den Kopf der Alten niederfallen. Er hatte in diesem Augenblicke eigentlich gar keine Kraft in sich gehabt. Aber sobald er einmal das Beil hatte fallen lassen, stellte sich auch die Kraft wieder ein.

Die Alte war wie immer im bloßen Kopf. Ihr hellblondes, zum Teil schon ergrautes, dünnes Haar, wie gewöhnlich stark geölt, war in ein Zöpfchen geflochten, das große Ähnlichkeit mit einem Rattenschwanze hatte, und mit einem zerbrochenen Hornkamm hochgesteckt, der auf ihrem Hinterkopfe abstand. Der Schlag hatte sie, da sie von kleiner Statur war, gerade auf den Scheitel getroffen. Sie schrie auf, aber nur sehr schwach, und sank sofort in sitzender Stellung auf den Boden, hob aber noch schnell beide Hände zum Kopfe. In der einen Hand hielt sie immer noch das Pfandstück. Da schlug er aus voller Kraft noch einmal und noch einmal zu, immer mit dem Rücken des Beiles und immer auf den Scheitel. Das Blut strömte heraus wie aus einem umgestoßenen Glase, und der Körper sank hintenüber gegen Raskolnikows Beine. Raskolnikow trat zurück, ließ ihn vollends hinfallen und bückte sich sogleich zu ihrem Gesichte; sie war bereits tot. Die Augen waren weit aufgerissen, als ob sie herausspringen wollten, die Stirn und das ganze Gesicht in Falten gezogen und krampfhaft verzerrt.

Er legte das Beil auf den Fußboden neben die Tote und griff ihr sogleich in die Tasche, in eben die rechte Tasche, aus der sie das vorige Mal die Schlüssel herausgeholt hatte; dabei nahm er sich in acht, sich nicht mit dem hervorquellenden Blute zu besudeln. Er war bei vollem Verstande; Trübung der geistigen Fähigkeiten und Schwindelgefühl waren nicht mehr vorhanden; aber die Hände zitterten ihm immer noch. Er erinnerte sich später, daß er sogar sehr achtsam und vorsichtig gewesen war und sich die größte Mühe gegeben hatte, sich nicht blutig zu machen... Die Schlüssel fand er sofort und zog sie heraus; sie bildeten alle, wie damals, ein Bund und hingen an einem stählernen Ringe. Schnell lief er mit ihnen in das Schlafzimmer. Dies war ein sehr kleines Zimmer mit einem gewaltigen Schrein voll von Heiligenbildern. An einer andern Wand stand ein großes Bett, sehr sauber, mit einer aus lauter kleinen Seidenstückchen zusammengesetzten Steppdecke. An der dritten Wand stand eine Kommode. Aber seltsam! Sowie er die Schlüssel in die Kommode hineinzupassen begann und ihr Klappern hörte, lief ihm ein krampfhafter Schauder über den Leib. Wieder wandelte ihn die Lust an, alles stehen- und liegenzulassen und davonzugehen. Indes dauerte das nur einen Augenblick; zum Davongehen war es nun doch schon zu spät. Er lächelte sogar über sich selbst; da fuhr ihm auf einmal ein andrer beunruhigender Gedanke durch den Kopf. Er hatte plötzlich die Vorstellung, die Alte lebe vielleicht noch und könne wieder zu sich kommen. Die Schlüssel und die Kommode im Stiche lassend, lief er zu dem daliegenden Körper zurück, ergriff das Beil und schwang es noch einmal über der Alten; aber er ließ es nicht niederfallen. Es konnte kein Zweifel sein, daß sie tot war. Indem er sich niederbückte und sie nochmals aus der Nähe betrachtete, sah er deutlich, daß der Schädel zerschmettert und sogar ein wenig schiefgedrückt war. Er wollte schon mit dem Finger hinfühlen, zog aber die Hand wieder zurück; die Sache war auch ohne das zweifellos. Inzwischen hatte sich von dem Blute schon eine ganze Lache gebildet. Auf einmal bemerkte er an ihrem Halse eine Schnur; er versuchte sie zu zerreißen; aber die Schnur war stark und hielt; außerdem war sie von Blut durchnäßt. Nun versuchte er, sie unzerrissen unter dem Brustteil des Kleides herauszuziehen; aber es war irgend etwas da, wodurch sie festgehalten wurde. In seiner Ungeduld wollte er schon wieder mit dem Beile ausholen, um die Schnur über dem Körper durchzuschlagen; aber er wagte es nicht, und mit Anstrengung, und nicht ohne daß er seine Hände und das Beil mit Blut befleckt hätte, gelang es ihm nach einer zwei Minuten dauernden Mühe, die Schnur durchzuschneiden, ohne mit dem Beile den Körper zu berühren. Nun ließ sich die Schnur abnehmen; er hatte sich nicht geirrt: es hing ein Beutel daran. Auch waren an der Schnur zwei Kreuze befestigt, eines von Zypressenholz und eines von Kupfer, außerdem ein kleines Heiligenbild auf Emaille und schließlich hing an der Schnur der Beutel, ein kleiner waschlederner, schmutziger Beutel mit stählernem Bügel und Ring. Der Beutel war ganz gepfropft voll; Raskolnikow steckte ihn unbesehen in die Tasche; die Kreuze warf er der Alten auf die Brust. Dann eilte er wieder in das Schlafzimmer; diesmal nahm er auch das Beil mit.

Er beeilte sich aufs äußerste, griff nach den Schlüsseln und mühte sich von neuem mit ihnen ab. Aber es wollte ihm nicht gelingen; sie paßten nicht in die Schlösser. Nicht daß seine Hände so stark gezittert hätten; aber er irrte sich fortwährend: er sah z. B., daß ein Schlüssel nicht der richtige war, nicht paßte; aber er steckte ihn immer wieder von neuem hinein. Endlich besann er sich und überlegte, daß dieser große Schlüssel mit dem gezähnten Barte, der mit den kleinen zusammen an dem Ringe hing, jedenfalls gar nicht von der Kommode war (wie er sich das schon bei seinem vorigen Besuche gesagt hatte), sondern von einer Truhe, und daß in dieser Truhe vielleicht alles Wertvolle verwahrt wurde. Er ließ daher die Kommode stehen und bückte sich sofort unter das Bett, da er wußte, daß die Truhen bei alten Weibern unter den Betten zu stehen pflegen. So war es denn auch: es stand dort eine ansehnliche Truhe, mehr als zwei Fuß lang, mit gewölbtem Deckel, mit rotem Leder überzogen und mit stählernen Nägeln beschlagen. Der gezähnte Schlüssel erwies sich sofort als genau passend und schloß die Truhe auf. Obenauf lag unter einem weißen Laken ein Pelz von Hasenfell, mit rotem Seidenstoff bezogen; darunter ein seidenes Kleid; dann ein Schal; weiter nach unten hin schienen nur noch lauter Lumpen zu liegen. Vor allen Dingen wischte er sich die blutbefleckten Hände an dem roten Seidenstoff ab. ›Das Zeug ist rot; da wird auf dem Roten das Blut nicht so leicht zu merken sein‹, überlegte er, wurde sich aber plötzlich der Torheit dieser Überlegung bewußt. ›Mein Gott! Werde ich denn verrückt?‹ dachte er erschrocken.

Sowie er aber unter den Lumpen zu kramen begann, glitt auf einmal unter dem Pelze eine goldene Uhr heraus. Nun machte er sich daran, alles umzuwühlen. Wirklich, zwischen den Lumpen lagen Goldsachen versteckt, wahrscheinlich lauter Pfandstücke, verfallene und noch nicht verfallene: Armbänder, Ketten, Ohrringe, Busennadeln und dergleichen. Manche dieser Gegenstände befanden sich in Futteralen; andere waren einfach in Zeitungspapier gewickelt, aber sorgsam und ordentlich, in doppelte Bogen, und mit Band verschnürt. Ohne zu zaudern, stopfte er sie sich in die Hosentaschen und Paletottaschen; die Päckchen und Futterale zu öffnen und zu untersuchen, darauf ließ er sich nicht ein.

Aber er hatte noch nicht viel eingesteckt, da hörte er plötzlich in dem Zimmer, wo die Alte lag, Schritte. Er hielt inne und horchte, still wie ein Toter. Aber es war alles ruhig; also war es doch wohl nur Einbildung gewesen. Da vernahm er ganz deutlich einen leichten Aufschrei, oder vielmehr: es war, wie wenn jemand ein leises, kurzes Stöhnen ausstieß und dann verstummte. Darauf herrschte wieder Totenstille, eine oder zwei Minuten lang. Er kauerte bei der Truhe und wartete, kaum atmend; aber dann sprang er hastig auf, ergriff das Beil und lief aus dem Schlafzimmer.

Mitten im Zimmer stand Lisaweta, ein großes Bündel in der Hand, und blickte, starr vor Entsetzen, auf die ermordete Schwester hin. Sie war weiß wie Linnen und hatte, wie es schien, nicht die Kraft zu schreien. Als sie ihn hereinstürmen sah, zitterte sie, leise bebend, wie Espenlaub, und über ihr ganzes Gesicht lief ein krampfhaftes Zucken. Sie hob die eine Hand, öffnete den Mund ein wenig, schrie aber trotzdem nicht und begann langsam nach rückwärts vor ihm in eine Ecke zurückzuweichen. Dabei sah sie ihn starr und unverwandt an, schrie aber immer noch nicht, als wenn ihr dazu die Luft fehlte. Er stürzte mit dem Beile auf sie zu. Sie verzog die Lippen so kläglich, wie man es bei ganz kleinen Kindern sieht, wenn sie vor etwas erschrecken, den furchterregenden Gegenstand anstarren und eben losschreien wollen. Und diese unglückliche Lisaweta war nun einmal dermaßen einfältig, verprügelt und eingeschüchtert, daß sie selbst jetzt nicht die Hände aufhob, um ihr Gesicht zu schützen, was doch die natürlichste und notwendigste Bewegung in diesem Augenblicke gewesen wäre, da das Beil über ihrem Kopfe schwebte. Sie hob nur die freie linke Hand ein wenig in die Höhe, aber lange nicht bis zum Gesichte, und streckte sie langsam nach vorn gegen ihn aus, als wenn sie ihn von sich abhalten wollte. Der Schlag traf sie mitten auf den Schädel, mit der Schneide, und hieb mit einem Male den ganzen oberen Teil der Stirn fast bis zum Scheitel durch. Sie stürzte sofort zu Boden. Raskolnikow wußte einen Augenblick gar nicht recht, was er tat: er ergriff ihr Bündel und warf es wieder von sich; dann lief er ins Vorzimmer.

Die Angst in ihm wuchs immer mehr, namentlich nach diesem zweiten, so völlig unerwarteten Morde. So schnell wie möglich wollte er von hier weg. Und wenn er in diesem Augenblicke fähig gewesen wäre, alles richtig zu sehen und zu beurteilen, wenn er sich auch nur von der ganzen Schwierigkeit seiner Lage, von ihrer Hoffnungslosigkeit, ihrer Gräßlichkeit und Absurdität hätte eine Vorstellung machen können, wenn er imstande gewesen wäre, zu begreifen, wie viele Hindernisse er noch werde überwinden, ja, wie viele Verbrechen er vielleicht noch werde begehen müssen, um von hier wegzukommen und nach Hause zu gelangen: so hätte er vielleicht alles stehen- und liegenlassen und wäre sofort hingegangen, um sich selbst anzuzeigen, und zwar nicht einmal aus Angst um sich selbst, sondern lediglich aus Entsetzen und Ekel über das, was er getan hatte. Namentlich der Ekel wurde in ihm von einem Augenblicke zum andern immer größer und heftiger. Um keinen Preis wäre er jetzt zu der Truhe oder auch nur in das Zimmer zurückgegangen.

Aber allmählich überkam ihn eine gewisse Zerstreutheit, eine Art von Versonnenheit. Minutenlang vergaß er anscheinend sich und alles andre, oder richtiger gesagt: er vergaß die Hauptsache und haftete mit seinen Gedanken an Kleinigkeiten. Als er indessen zufällig einen Blick in die Küche warf und auf einer Bank einen halb mit Wasser gefüllten Eimer erblickte, fiel ihm ein, seine Hände und das Beil zu waschen. Seine Hände waren blutig und klebrig. Das Beil steckte er mit dem Eisen einfach ins Wasser; dann ergriff er ein Stückchen Seife, das auf dem Fensterbrett in einer zerbrochenen Untertasse lag, und wusch sich im Eimer die Hände. Als er damit fertig war, zog er auch das Beil heraus, spülte das Eisen ab und wusch lange, wohl drei Minuten lang, das Holz, wo es blutig geworden war; er versuchte sogar, die Blutflecke mit Seife zu entfernen. Dann trocknete er alles mit einigen Wäschestücken ab, die in der Küche an einer quer herübergezogenen Leine zum Trocknen aufgehängt waren, und besah lange und mit größter Aufmerksamkeit das Beil am Fenster. Blutspuren waren keine mehr vorhanden; nur war der Stiel noch feucht. Sorgfältig schob er dann das Beil in die Schlinge unter dem Paletot. Darauf besah er, soweit es bei dem schwachen Lichte in der halbdunklen Küche möglich war, den Paletot, die Hosen und die Stiefel. Äußerlich war auf den ersten Blick so gut wie nichts sichtbar; nur die Stiefel wiesen einige Flecke auf. Er befeuchtete einen Lappen und wischte die Stiefel ab. Er war sich übrigens bewußt, daß er bei der Untersuchung nicht gut hatte sehen können und daß ihm vielleicht irgend etwas in die Augen Fallendes doch entgangen war. Tief in Gedanken versunken, stand er mitten in der Küche. Ein quälender, finsterer Gedanke stieg in ihm auf: der Gedanke, er verliere den Verstand und könne in diesem Augenblicke weder überlegen noch sich schützen; er ergreife vielleicht ganz unzweckmäßige Maßregeln... ›Mein Gott! Ich muß fort, ich muß fort!‹ murmelte er und eilte in das Vorzimmer. Aber hier stand ihm ein Schreck bevor, wie er ihn gewiß in seinem Leben noch nicht durchgemacht hatte.

Er stand da, blickte hin und wollte seinen Augen nicht trauen: die Tür, die Außentür vom Vorzimmer nach der Treppe, eben die, an der er vorhin geschellt hatte und durch die er hereingekommen war, stand offen, sogar eine ganze Hand breit offen; weder das Schloß war zugeschlossen noch der Riegel vorgelegt; und so war das die ganze Zeit über gewesen! Die Alte hatte hinter ihm nicht zugemacht, vielleicht aus Vorsicht. Aber, o Gott! er hatte doch nachher Lisaweta gesehen! Wie war es nur möglich gewesen, daß er sich nicht darüber gewundert hatte, wie sie überhaupt hereingekommen war! Sie konnte doch nicht quer durch die Wand gegangen sein!

Er stürzte zur Tür und legte den Riegel vor.

›Aber nein, wieder falsch! Ich muß weg, weg!‹

Er nahm den Riegel wieder ab, öffnete die Tür und horchte nach der Treppe hin.

Er horchte lange. Irgendwo, weit weg, unten, wahrscheinlich im Torweg, schrien und kreischten laut zwei Stimmen, stritten sich und schimpften. ›Was mögen die haben?‹ Er wartete geduldig. Endlich, mit einem Male wurde alles still; der Lärm war wie abgeschnitten; die beiden waren auseinandergegangen. Schon wollte er hinaustreten, da wurde plötzlich in dem darunterliegenden Stockwerk eine nach der Treppe führende Tür geräuschvoll geöffnet, und es begann jemand, eine Melodie vor sich hin singend, die Treppe hinabzusteigen. ›Was nur die Menschen da immer für Lärm machen!‹ dachte er flüchtig. Er zog wieder die Tür ein wenig heran und wartete weiter. Endlich war alles Geräusch verstummt und nichts zu hören. Er wollte schon den Fuß auf die Treppe setzen, als plötzlich wieder neue Schritte erschollen.

Diese Schritte erschollen in weiter Entfernung, noch ganz am untern Ende der Treppe; aber er erinnerte sich später ganz genau und deutlich, daß er damals gleich beim ersten Ton aus einem nicht recht verständlichen Grunde auf den Gedanken gekommen war, es komme da jemand sicher »hierher«, nach dem dritten Stockwerke, zu der Alten. Warum? War der Ton so eigentümlich, so bedeutsam? Es waren schwere, gleichmäßige Schritte, ohne Eile. Da, jetzt war »er« schon fast zum ersten Stock gelangt; da, er stieg noch weiter; es war immer deutlicher zu hören. Nun wurde das schwere Atmen des Heraufkommenden vernehmbar. Da, jetzt begann er schon die dritte Treppe. ›Er kommt hierher!‹ sagte sich Raskolnikow. Und plötzlich hatte er die Empfindung, als ob er versteinert wäre, als wäre dies ein Traum, wo einem träumt, daß man verfolgt wird, und die Verfolger sind schon ganz nahe und wollen einen töten, und man selbst ist am Fleck wie angewachsen und kann keine Hand rühren.

Endlich, als der Ankömmling bereits zum dritten Stockwerk hinaufzusteigen begann, da erst fuhr Raskolnikow plötzlich zusammen und fand gerade noch Zeit, hurtig und behend vom Flur in die Wohnung zurückzuschlüpfen und die Tür hinter sich zuzumachen. Dann erfaßte er den Riegel und legte ihn leise, unhörbar vor. Der Instinkt hatte ihm geholfen. Als er dies erledigt hatte, verbarg er sich unmittelbar hinter der Tür und vermied jedes Geräusch beim Atmen. Der unbekannte Besucher war gleichfalls bereits an der Tür. Sie standen jetzt einander ebenso gegenüber wie vor kurzem er und die Alte, als nur die Tür sie voneinander getrennt und er an ihr gelauscht hatte.

Der Besucher atmete einige Male tief und schwer auf. ›Es ist wohl ein dicker, großer Mann‹, dachte Raskolnikow und umklammerte fest das Beil. Es kam ihm tatsächlich alles wie ein Traum vor. Der Besucher griff nach dem Klingelzuge und schellte kräftig.

Als die Klingel ihr blechernes Klappern hören ließ, bildete sich Raskolnikow ein, es rege sich jemand im Zimmer. Er lauschte sogar einige Sekunden lang allen Ernstes danach. Der Unbekannte schellte noch einmal, wartete wieder ein Weilchen und begann dann ungeduldig mit aller Kraft an der Türklinke zu rütteln. Voll Schrecken sah Raskolnikow, wie der Riegel hin und her sprang, und erwartete mit dumpfer Angst in jedem Augenblick, daß er herabfallen werde. Möglich schien das in der Tat; so heftig wurde gerüttelt. Er dachte schon daran, den Riegel festzuhalten; aber das hätte der andere merken können. Es wurde ihm wieder schwindlig. ›Gleich werde ich umfallen!‹ fuhr es ihm durch den Kopf; aber da begann der Unbekannte zu reden, und er kam sogleich wieder zur Besinnung.

»Was soll denn das heißen? Schlafen die beiden Frauenzimmer wie die Murmeltiere, oder hat sie einer abgemurkst? Verrrfluchte Bande!« schrie er mit kräftiger, voller Stimme. »He, Aljona Iwanowna, alte Hexe! Lisaweta Iwanowna, du holde Schöne! Macht auf! Ach, die nichtswürdige Bande! Ob sie wirklich schlafen?«

Und von neuem riß er wütend wohl zehnmal hintereinander aus voller Kraft an der Klingel. Er war gewiß ein Mann, der etwas darstellte und mit der Alten gut bekannt war.

In diesem Augenblicke wurden leichte, eilige Schritte unweit auf der Treppe vernehmbar; es kam noch jemand. Raskolnikow hatte ihn zuerst gar nicht gehört.

»Ist denn niemand zu Hause?« rief der Hinzugekommene mit wohltönender, fröhlicher Stimme dem ersten Besucher zu, der immer noch an der Klingel riß. »Guten Abend, Koch!«

›Nach der Stimme zu urteilen, muß es ein sehr junger Mann sein‹, sagte sich Raskolnikow.

»Weiß der Teufel! Ich habe schon beinahe das Schloß abgerissen!« antwortete Koch. »Aber woher kennen Sie mich denn?«

»Na, so was! Ich habe Ihnen doch vorgestern im Gambrinus drei Partien Billard hintereinander abgenommen!«

»Ach so-o!«

»Also sie sind nicht zu Hause? Sonderbar! Übrigens recht dumm! Wo kann die Alte bloß hingegangen sein? Ich habe mit ihr geschäftlich zu tun.«

»Ich auch, Väterchen!«

»Na, was ist zu machen? Also müssen wir wieder abziehen! So ein Pech! Ich hatte gedacht, ich würde hier Geld kriegen!« rief der junge Mann.

»Natürlich müssen wir wieder abziehen. Aber warum hat sie mich denn herbestellt? Die alte Hexe hat mir diese Zeit selbst angegeben. Ich habe einen weiten Umweg deswegen gemacht. Und ich begreife gar nicht, wo sie sich herumtreibt, zum Teufel! Das ganze Jahr sitzt sie zu Hause, die Hexe, hockt auf einem Fleck, klagt, daß ihr die Beine weh tun, und nun auf einmal geht sie spazieren!«

»Ob wir mal den Hausknecht fragen?«

»Wonach?«

»Wo sie hingegangen ist und wann sie wiederkommt.«

»Hm!... Hol's der Teufel!... Können ja mal fragen... Aber sie geht doch sonst nirgends hin...«, und er riß noch einmal an der Türklinke. »Zum Teufel, nichts zu machen! Gehen wir wieder!«

»Warten Sie mal!« rief der junge Mann plötzlich. »Sehen Sie nur einmal her! Sehen Sie wohl, wie die Tür ein bißchen aufgeht, wenn man zieht?«

»Na, und?«

»Also ist sie nicht zugeschlossen, sondern es ist innen der Riegel vorgelegt! Hören Sie wohl, wie der Riegel klappert?«

»Na, und?«

»Begreifen Sie denn nicht? Also ist jemand von ihnen zu Hause. Wenn beide ausgegangen wären, so wäre von außen zugeschlossen und nicht von innen der Riegel vorgelegt. Aber hier – hören Sie wohl, wie der Riegel klappert? Um von innen den Riegel vorzulegen, muß man doch zu Hause sein; ist Ihnen das klar? Also sitzen sie zu Hause und machen nicht auf.«

»Donnerwetter, das ist wahr!« rief Koch erstaunt. »Aber was machen die denn da nur?«

Er rüttelte wütend an der Tür.

»Warten Sie mal!« rief wieder der junge Mann. »Reißen Sie nicht an der Tür! Hier ist etwas nicht in Ordnung... Sie haben ja schon geklingelt und an der Tür gerüttelt, und es ist nicht geöffnet worden; also sind die beiden entweder ohnmächtig oder...«

»Oder was?«

»Wissen Sie was? Wir wollen den Hausknecht holen; mag der sie selbst aufwecken.«

»Gut, tun wir das!«

Sie schickten sich beide an, hinunterzugehen.

»Warten Sie einmal! Bleiben Sie lieber hier, und ich will hinunterlaufen und den Hausknecht holen.«

»Warum soll ich hierbleiben?«

»Man kann nicht wissen...«

»Meinetwegen.«

»Ich studiere ja Jura und will einmal Untersuchungsrichter werden. Hier ist offenbar, of-fen-bar etwas nicht in Ordnung!« sagte der junge Mann, vor Eifer brennend, und lief schnell die Treppe hinunter.

Koch blieb zurück und zog noch einmal ganz sachte an der Klingel; diese schlug nur mit einem einzigen Ton an. Dann begann er leise, als wenn er überlegte und untersuchte, die Türklinke zu bewegen, indem er damit die Tür zu sich heranzog und wieder zurückfahren ließ, um sich nochmals zu vergewissern, daß nur der Riegel vorgelegt sei. Dann bückte er sich keuchend und blickte durch das Schlüsselloch; aber in diesem steckte von innen der Schlüssel, und es war somit nichts zu sehen.

Raskolnikow stand da und preßte die Hand um den Beilstiel; es war ihm, als hätte er Fieber. Er bereitete sich sogar auf einen Kampf mit ihnen vor, wenn sie hereinkämen. Während sie an der Tür gerüttelt und sich miteinander besprochen hatten, war ihm einige Male der Gedanke gekommen, der ganzen Geschichte schnell ein Ende zu machen und sie durch die Tür anzurufen. Dann wieder hatte es ihn gelüstet, sie so lange auszuschimpfen und zu höhnen, bis sie die Tür würden aufbekommen haben. ›Wenn es nur bald soweit wäre!‹ dachte er einen Augenblick.

»Zum Teufel! Der kommt ja aber auch gar nicht wieder!«

Die Zeit verging, eine Minute nach der andern; niemand kam. Koch bewegte sich unruhig hin und her.

»Hol's der Teufel!« rief er endlich ungeduldig, verließ seinen Posten und ging gleichfalls nach unten. Eilig polterten seine Stiefel auf der Treppe; dann verhallten seine Schritte.

›Mein Gott, was soll ich tun?‹

Raskolnikow löste den Riegel und öffnete die Tür ein wenig; es war nichts zu hören. Ohne etwas dabei zu denken, trat er hinaus, drückte die Tür hinter sich möglichst fest heran und stieg die Treppe hinunter.

Er war bereits auf der Treppe vom zweiten zum ersten Stockwerk, als plötzlich unten ein gewaltiger Lärm entstand. Wo sollte er nun bleiben? Verstecken konnte er sich nirgends; er wollte schon wieder zurück, in die Wohnung der Alten.

»Warte, du Kanaille, du Schuft! Halt ihn auf!«

Mit diesem Geschrei stürzte jemand weiter unten aus einer Wohnung heraus und lief, oder richtiger: fiel die Treppe hinunter, wobei er fortwährend aus vollem Halse schrie:

»Mitjka, Mitjka, Mitjka, Mitjka, Mitjka! Der Teufel soll dich holen!«

Das Geschrei endete mit einem wilden Gekreische; die letzten Töne kamen schon vom Hofe her; dann war alles still. Aber in demselben Augenblicke begannen mehrere Menschen, die laut und eifrig miteinander sprachen, geräuschvoll die Treppe heraufzusteigen; es mochten ihrer drei oder vier sein. Raskolnikow unterschied die wohlklingende Stimme des jungen Mannes. ›Das sind sie!‹

In heller Verzweiflung ging er ihnen geradezu entgegen: mochte werden, was da wollte! Wenn sie ihn anhielten, so war alles verloren, ließen sie ihn vorbei, so war auch alles verloren, da zu erwarten war, daß sie ihn später wiedererkennen würden. Sie waren einander bereits ziemlich nahegekommen; zwischen ihnen war nur noch eine Treppe – da auf einmal zeigte sich die Möglichkeit einer Rettung. Nur wenige Stufen von ihm entfernt auf der rechten Seite, stand die Tür zu einer leerstehenden Wohnung weit offen, zu eben der Wohnung im ersten Stockwerk, in der die Maler gearbeitet hatten und die sie durch ein seltsames Zusammentreffen der Umstände gerade jetzt verlassen hatten. Das waren offenbar die Leute gewesen, die soeben mit solchem Geschrei davongerannt waren. Die Dielen waren frisch gestrichen; mitten im Zimmer stand ein kleiner Eimer und ein Schälchen mit Farbe und einem Pinsel. In einem Nu schlüpfte er durch die offene Tür hinein und verbarg sich hinter der Wand; es war die höchste Zeit gewesen: sie standen schon auf dem Treppenabsatz. Dann wandten sie sich nach der weiter hinaufführenden Treppe und gingen in lautem Gespräche vorüber, nach dem dritten Stockwerke hinauf. Er wartete das ab, ging auf den Zehen hinaus und lief die Treppe hinunter.

Auf der Treppe war niemand; auch im Torwege nicht. Schnell ging er hindurch und bog links in die Straße ein.

Er wußte sehr wohl, daß sie in diesem Augenblicke bereits in der Wohnung waren, daß sie sich höchlichst wunderten, sie offen zu finden, während sie doch eben noch zugesperrt gewesen war, daß sie schon die Leichen betrachteten und daß sie in weniger als einer Minute erraten und kombiniert haben würden, daß der Mörder noch soeben dagewesen sei und eine Möglichkeit gefunden habe, sich irgendwo zu verstecken, an ihnen vorbeizuschlüpfen und zu entfliehen; sie mochten auch vielleicht erraten, daß er in der leerstehenden Wohnung gesteckt hatte, während sie daran vorbei hinaufgingen. Aber trotzdem durfte er unter keiner Bedingung wagen, sein Tempo stark zu beschleunigen, obgleich er bis zur nächsten Straßenecke noch gegen hundert Schritte hatte. ›Ob ich wohl in einen Torweg hineinschlüpfe und auf einer fremden Treppe warte? Nein, das ist zu gefährlich! Ob ich das Beil von mir werfe? Ob ich eine Droschke nehme? Zu gefährlich, zu gefährlich!‹

Endlich kam die Querstraße; er bog in sie ein, mehr tot als lebendig. Hier war er schon zur Hälfte gerettet, und er war sich dessen bewußt. Hier war der Verdacht geringer, und außerdem herrschte hier ein starker Verkehr, und er verschwand darin wie ein Sandkorn. Aber alle diese Qualen hatten seine Kraft derart erschöpft, daß er sich kaum mehr rühren konnte. Der Schweiß rann ihm in dicken Tropfen herunter; der Hals war ihm davon ganz feucht. »Na, du hast dich aber gehörig vollgesoffen!« rief ihm einer zu, als er an den Kanal gelangte.

Er konnte seine Gedanken kaum noch zusammenhalten; je weiter er ging, um so schlimmer wurde es. Er erinnerte sich aber später, daß er einen großen Schreck bekommen hatte, als er zum Kanal kam, weil hier weniger Menschen waren und er somit leichter auffallen konnte, und daß er nahe daran gewesen war, wieder in die Querstraße zurückzukehren. Obwohl er vor Erschöpfung beinahe umfiel, machte er dennoch einen Umweg und kam von der ganz entgegengesetzten Seite nach Hause.

Auch den Torweg seines Hauses passierte er in halber Bewußtlosigkeit; wenigstens war er schon auf der Treppe, als ihm das Beil einfiel. Und dabei stand ihm doch noch eine sehr wichtige Aufgabe bevor: es wieder an seinen Platz zu legen, und zwar möglichst unbemerkt. Er war natürlich nicht mehr fähig, zu überlegen, ob es nicht vielleicht weit besser wäre, das Beil überhaupt nicht wieder an den früheren Platz zu bringen, sondern es, wenn auch erst später, auf irgendeinen fremden Hof zu werfen.

Aber es lief alles gut ab. Die Tür zu der Kammer des Hausknechtes war nur angelehnt, nicht zugeschlossen; also war der Hausknecht aller Wahrscheinlichkeit nach zu Hause. Doch Raskolnikow hatte die Fähigkeit, etwas zu überlegen, bereits in dem Grade eingebüßt, daß er einfach auf die Tür zuging und sie öffnete. Hätte ihn der Hausknecht gefragt: »Was wünschen Sie?« so hätte er ihm vielleicht ebenso gedankenlos das Beil hingereicht. Aber der Hausknecht war wieder nicht da, und er konnte unbehindert das Beil auf seinen früheren Platz unter die Bank legen, ja, es sogar wieder, wie es gewesen war, mit einem Holzscheite bedecken. Niemandem, keiner Menschenseele begegnete er dann auf dem Wege bis zu seinem Zimmer; die Tür seiner Wirtin war geschlossen. Als er in sein Zimmer gekommen war, warf er sich, wie er ging und stand, auf das Sofa. Er schlief nicht, befand sich aber in einem Zustande der Geistesabwesenheit. Wäre jetzt jemand zu ihm hereingekommen, so wäre er sofort aufgesprungen und hätte aufgeschrien. Fetzen und Bruchstücke von allerlei Gedanken wimmelten in seinem Kopfe herum; aber trotz aller Anstrengung vermochte er keinen einzigen Gedanken zu Ende zu bilden und festzuhalten.

ZWEITER TEIL

I

So lag er sehr lange. Mitunter wurde er halb wach und bemerkte in solchen Augenblicken, daß es schon längst Nacht sei; aufzustehen kam ihm gar nicht in den Sinn. Endlich nahm er wahr, daß die Morgendämmerung bereits angebrochen war. Er lag rücklings auf dem Sofa, noch ganz starr von der bisherigen Bewußtlosigkeit. Ein schreckliches, wildes Geheul schlug von der Straße her schrill an sein Ohr; dieses Geheul hörte er übrigens jede Nacht zwischen zwei und drei Uhr unter seinem Fenster, und es war auch jetzt die Ursache seines Erwachens gewesen. ›Aha! Da kommen auch schon die Betrunkenen aus den Kneipen‹, dachte er. ›Es ist zwei durch.‹ Plötzlich fuhr er auf, als ob ihn jemand vom Sofa in die Höhe gerissen hätte. ›Wie? Schon zwei durch!‹ Er setzte sich auf – und nun fiel ihm alles ein! In einer Sekunde erinnerte er sich wieder an alles.

Im ersten Augenblicke glaubte er, er würde wahnsinnig werden. Ein furchtbarer Frost überfiel ihn; aber dieser Frost kam von dem Fieber her, das sich schon längst während des Schlafes in seinem Körper entwickelt hatte. Jetzt packte ihn ein solcher Kälteschauer, daß ihm die Zähne klapperten und ihm alle Glieder steif wurden. Er öffnete die Tür und horchte; im Hause schlief alles fest. Erschrocken besah er sich selbst und alles ringsherum im Zimmer und begriff gar nicht, wie es nur möglich gewesen war, daß er gestern beim Nachhausekommen die Tür nicht zugeschlossen und sich in den Kleidern, ja sogar mit dem Hut auf dem Kopfe auf das Sofa geworfen hatte. Der Hut war heruntergerollt und lag auf dem Fußboden neben dem Kissen. ›Wenn nun jemand hereingekommen wäre, was hätte sich der gedacht? Gewiß, daß ich betrunken wäre, aber...‹ Er stürzte zum Fenster hin. Es war schon hell genug, und er musterte sich schleunigst, vom Kopfe bis zu den Füßen, vollständig, seine ganze Kleidung, ob auch nicht Blutspuren daran seien. Aber das ließ sich so auf dem Körper nicht gut ausführen; zitternd vor Frost, zog er alle Kleidungsstücke aus und untersuchte jedes von allen Seiten. Er wendete alles, bis auf den letzten Faden und Fetzen, hin und her, und da er sich selbst nicht traute, wiederholte er die Besichtigung dreimal. Aber es schienen keine Spuren vorhanden zu sein; nur da, wo die Hosen unten zerfasert waren und die Fransen herunterhingen, saßen an diesen Fransen dicke Klümpchen geronnenen Blutes. Er nahm sein großes Taschenmesser und schnitt die Fransen ab. Weiter schien nichts da zu sein. Da fiel ihm ein, daß der Beutel und die Pfandstücke, die er bei der Alten aus der Truhe herausgenommen hatte, immer noch sämtlich in seinen Taschen steckten! Er hatte bis jetzt noch gar nicht daran gedacht, sie herauszunehmen und zu verstecken. Nicht einmal jetzt hatte er sich daran erinnert, als er seinen Anzug revidierte. Wie war es nur möglich! Sofort zog er sie heraus und warf sie auf den Tisch. Nachdem er alles hervorgeholt und sogar die Taschen umgewendet hatte, um sich zu vergewissern, daß auch wirklich nichts darin geblieben sei, trug er den ganzen Haufen in eine Ecke. Dort hatte unten im innersten Winkel an einer Stelle die Tapete, die sich von der Wand abgelöst hatte, einen Riß; sofort stopfte er alles in dieses Loch unter die Tapete. ›Es ist hineingegangen; es ist nichts mehr zu sehen, auch der Beutel nicht!‹ dachte er erfreut, indem er langsam aufstand und stumpfsinnig nach der Ecke und dem Risse hinstarrte, der nun noch breiter klaffte. Da fuhr er wieder erschrocken zusammen: ›Mein Gott‹, flüsterte er verzweifelt, ›was ist nur mit mir? Heißt denn das verstecken? Versteckt man denn etwas so?‹

Er hatte ja allerdings nicht auf Wertgegenstände gerechnet; er hatte geglaubt, er würde nur Geld erbeuten, und darum nicht im voraus Verstecke zurechtgemacht. ›Aber worüber habe ich mich denn jetzt eben gefreut?‹ dachte er. ›Versteckt man denn etwas so? Wahrhaftig, aller Verstand läßt mich ja im Stiche!‹ Ganz matt setzte er sich auf das Sofa, und sogleich schüttelte ihn wieder ein unerträglicher Frostschauder. Neben ihm auf dem Stuhle lag der warme, aber jetzt schon ganz zerlumpte Winterüberzieher, den er als Student getragen hatte; den zog er mechanisch zu sich heran und deckte sich damit zu; sofort verfiel er wieder in Schlaf und Fieberphantasien. Er war bewußtlos.

Aber schon nach fünf Minuten sprang er wieder auf und fiel von neuem wie rasend über seine Kleider her. ›Wie konnte ich nur wieder einschlafen, wo doch noch nichts getan ist! Ich habe ja wahrhaftig die Schlinge unter der Achsel noch nicht abgemacht! Ich habe es vergessen! So etwas Wichtiges habe ich vergessen! Ein solches Beweisstück!‹ Er riß die Schlinge ab, riß sie schnell in Stücke und stopfte diese unter das Kissen zwischen die Wäsche. ›Stücke von zerrissener Leinwand werden ja doch wohl in keinem Falle Verdacht erregen, möchte ich meinen!‹ flüsterte er, mitten im Zimmer stehend, vor sich hin; und indem er seine Aufmerksamkeit so anstrengte, daß es ihn physisch schmerzte, begann er wieder ringsumher, auf dem Fußboden und überall, Umschau zu halten, ob er nicht doch noch etwas vergessen habe. Das Gefühl, daß alles, sogar das Gedächtnis, sogar die einfache Denkkraft ihn im Stiche lasse, quälte ihn in unerträglicher Weise. ›Wie? Fängt es wirklich jetzt schon an? Kommt wirklich jetzt schon die Strafe? Wahrhaftig?‹ In der Tat lagen die Fransen, die er von den Hosen abgeschnitten hatte, offen auf dem Fußboden, mitten im Zimmer, so daß sie der erste, der eintrat, sehen mußte. »Was ist denn nur mit mir!« rief er wieder ganz fassungslos.

Da kam ihm ein sonderbarer Gedanke in den Sinn: vielleicht war auch sein ganzer Anzug blutig, vielleicht war eine ganze Menge Flecken daran; aber er sah sie nur nicht, bemerkte sie nicht, weil seine Denkkraft geschwächt und vermindert, sein Verstand verdunkelt war. Auf einmal fiel ihm ein, daß auch an dem Beutel Blut gewesen war. ›Ha, also muß in der Tasche auch Blut sein, da ja der Beutel damals, als ich ihn in die Tasche steckte, noch feucht war.‹ Eilig drehte er die Tasche um, und wahrhaftig! an dem Taschenfutter befanden sich Flecke, Blutspuren! ›Also versagen meine geistigen Fähigkeiten doch noch nicht ganz; also besitze ich doch noch Denkkraft und Gedächtnis, da ich dies überlegt und kombiniert habe!‹ dachte er triumphierend und atmete aus voller Brust tief und froh auf. ›Es war einfach eine vom Fieber herrührende Schwäche, eine momentane Geistesverwirrung!‹ sagte er sich und riß das ganze Futter aus der linken Hosentasche heraus. In diesem Augenblicke fiel ein heller Sonnenstrahl auf seinen linken Stiefel: an dem Strumpfe, der aus dem Stiefel hervorsah, schienen Blutspuren zu sein! Er zog den Stiefel aus: ›Wahrhaftig, es sind Blutspuren! Die ganze Strumpfspitze ist mit Blut getränkt!‹ Jedenfalls war er damals unachtsamerweise in die Blutlache hineingetreten. ›Aber was soll ich nun damit anfangen? Wo soll ich den Strumpf und die Fransen und die Tasche lassen?‹

Er raffte alles mit beiden Händen zusammen und stand mitten im Zimmer da. ›In den Ofen? Aber im Ofen werden sie zu allererst herumstöbern. Verbrennen? Aber womit? Ich habe ja nicht einmal Streichhölzer. Nein, das beste ist schon, ich gehe draußen irgendwohin und werfe alles weg. Ja, das beste ist, alles wegzuwerfen!‹ sagte er sich und setzte sich wieder auf das Sofa. ›Und zwar sofort, diesen Augenblick, unverzüglich...‹ Aber statt daß er dies tat, sank sein Kopf wieder auf das Kissen; wieder packte ihn jener unerträgliche eisige Schauder; wieder zog er den Winterpaletot auf seinen Körper. Längere Zeit noch, mehrere Stunden lang, flackerte in seinem Kopfe von Zeit zu Zeit der Gedanke auf: ›Sofort, ohne zu zaudern, muß ich irgendwohin gehen und alles wegwerfen, damit nichts mehr davon zu sehen ist; schnell, ganz schnell!‹ Mehrere Male richtete er sich auf dem Sofa auf und versuchte aufzustehen; aber er hatte nicht mehr die Kraft dazu. Schließlich machte ihn ein starkes Klopfen an der Tür wach.

»Mach doch auf! Lebst du noch oder nicht? Immer schläft er und schläft!« schrie Nastasja und schlug mit der Faust gegen die Tür. »Den ganzen lieben, langen Tag schläft er wie ein Faultier. Und er ist auch ein Faultier. Mach auf, sag ich. Es geht schon auf elf!«

»Vielleicht ist er gar nicht zu Hause«, sagte eine Männerstimme.

›Ha, das ist die Stimme des Hausknechts... Was will denn der?‹

Er sprang auf und setzte sich auf dem Sofa aufrecht hin. Das Herz klopfte ihm so stark, daß es ihm weh tat.

»Wer hat denn den Riegel vorgelegt?« erwiderte Nastasja. »Nun sieh mal einer, er hat angefangen, die Tür zuzuriegeln! Es könnte ihn ja einer wegstehlen! Mach auf, Mensch du, und werde endlich wach!«

›Was wollen die? Warum ist der Hausknecht da? Gewiß ist alles entdeckt. Soll ich Widerstand leisten oder aufmachen? Mag das Unheil seinen Gang nehmen...‹

Er erhob sich ein wenig, beugte sich vornüber und nahm den Riegel ab.

Sein ganzes Zimmer war von so geringen Dimensionen, daß man den Riegel abnehmen konnte, ohne vom Bette aufzustehen.

Richtig: an der Tür standen der Hausknecht und Nastasja.

Nastasja betrachtete ihn mit eigentümlich forschenden Blicken. Er selbst blickte mit verzweifelter und zugleich herausfordernder Miene den Hausknecht an. Der hielt ihm, ohne ein Wort zu sagen, ein graues, zweimal zusammengefaltetes Stück Papier hin, das mit gewöhnlichem Flaschenlack versiegelt war.

»Eine Vorladung, aus dem Bureau«, bemerkte er, als er ihm das Papier übergab.

»Aus was für einem Bureau?«

»Zur Polizei sollen Sie kommen, aufs Polizeibureau. Natürlich aufs Polizeibureau!«

»Aufs Polizeibureau?... Warum?«

»Weiß ich's? Sie werden vorgeladen, also gehen Sie nur hin!«

Er musterte ihn aufmerksam, sah sich um und machte kehrt, um wieder fortzugehen.

»Du bist wohl ganz krank geworden?« sagte Nastasja, ihn unverwandt ansehend. Auch der Hausknecht wendete für einen Augenblick den Kopf. »Er fiebert schon seit gestern«, fügte sie hinzu.

Raskolnikow entgegnete nichts und hielt das Schriftstück in der Hand, ohne es zu öffnen.

»Steh nur lieber nicht auf«, fuhr Nastasja fort; er tat ihr leid, als sie sah, daß er die Beine vom Sofa herunternahm. »Wenn du krank bist, so geh nicht hin. So eilig wird's ja nicht sein. Was hast du denn da in der Hand?«

Er blickte hin: in der rechten Hand hielt er die abgeschnittenen Fransen, den Strumpf und die Fetzen der herausgerissenen Tasche. So hatte er damit geschlafen. Als er später darüber nachsann, erinnerte er sich, daß er jedesmal, wenn er in der Fieberhitze halb wach geworden war, all diese Dinge von neuem fest in der Hand zusammengepreßt hatte und so wieder eingeschlafen war.

»Na, so was! Hat sich ein paar Lumpen zusammengesucht und schläft damit, wie wenn er einen Schatz hütete...«

Und Nastasja brach in ihr lautloses, krampfhaftes Gelächter aus.

Schleunigst schob er alles unter den Paletot und heftete einen starren, prüfenden Blick auf sie. Obwohl er zu vernünftigen Überlegungen in diesem Augenblicke nur sehr wenig fähig war, so sagte er sich doch, daß man mit einem Menschen, den man verhaften wolle, wohl anders verfahre. – ›Aber trotzdem..., die Polizei?‹

»Du solltest ein bißchen Tee trinken! Willst du welchen? Ich bringe dir welchen; es ist noch übrig...«

»Nein,... ich will hingehen, ich will gleich hingehen«, murmelte er und stellte sich auf die Füße.

»Du kommst ja wohl gar nicht die Treppe hinunter!«

»Ich will hingehen.«

»Na, wie du willst.«

Sie folgte dem vorangegangenen Hausknechte und ging weg. Sofort stürzte er ans Licht, um sich den Strumpf und die Fransen zu besehen. ›Flecken sind da, aber nicht sehr bemerkbar; es ist alles von Schmutz verdeckt, und die Farbe ist schon sehr matt geworden. Wer es nicht schon vorher weiß, sieht nichts. Nastasja hat gewiß von weitem nichts bemerken können; Gott sei Dank!‹ Dann erbrach er mit zitternder Hand die Vorladung und begann zu lesen. Er mußte lange lesen, bis er endlich den Sinn begriff. Es war eine gewöhnliche Vorladung aus dem Polizeirevier, er solle am heutigen Tage um halb zehn im Bureau des Revieraufsehers erscheinen.

›Das ist ja noch nie dagewesen! Ich habe doch mit der Polizei nichts zu schaffen! Und warum gerade heute?‹ fragte er sich in qualvoller Ungewißheit. ›O Gott, wenn es nur schnell zu Ende wäre!‹ Er wollte sich schon auf die Knie werfen, um zu beten, lachte dann aber selbst, nicht über das Gebet, sondern über sich. Er zog sich eilig an. ›Wenn ich ins Unglück renne, mir ganz gleich! Ob ich den Strumpf anziehe?‹ überlegte er. ›Er wird dann im Staube noch schmutziger, und die Spuren verschwinden.‹ Aber kaum hatte er ihn angezogen, da riß er ihn auch schon wieder voll Ekel und Angst herunter. Nachdem er indessen überlegt hatte, daß er keinen anderen habe, zog er ihn doch wieder an – und lachte wieder auf. ›All solche Empfindungen sind rein konventionell, nur relativ, bloße Äußerlichkeiten‹, dachte er nur ganz flüchtig, wobei er aber am ganzen Leibe zitterte; ›nun habe ich ihn ja doch angezogen! Schließlich habe ich ihn ja doch angezogen!‹ Aber das Lachen ging sofort in Verzweiflung über ›Nein, das geht über meine Kraft...‹, dachte er. Die Beine zitterten ihm. ›Vor Angst‹, murmelte er vor sich hin. Der Kopf war ihm schwindlig und tat ihm weh von der Fieberhitze. ›Das ist eine List! Sie wollen mich durch diese List hinlocken und mich dann plötzlich überrumpeln‹, redete er zu sich weiter, als er auf die Treppe hinaustrat. ›Recht verdrießlich ist, daß ich fast im Fieber rede; wie leicht kann ich da irgendeine Dummheit sagen!‹

Auf der Treppe fiel ihm ein, daß er all die Wertsachen so mangelhaft verwahrt in der Höhlung hinter der Tapete zurückgelassen hatte. ›Und vielleicht benutzen sie gerade meine Abwesenheit zu einer Haussuchung‹, überlegte er und blieb stehen. Aber eine solche Verzweiflung, ja, man möchte sagen, eine solche herausfordernde Dreistigkeit seinem eigenen Verderben gegenüber hatte in seiner Seele Platz gegriffen, daß er mit der Hand eine Gebärde machte, als sei dies ja alles völlig gleichgültig, und weiterging.

›Nur schnell, so schnell wie möglich!‹

Auf der Straße herrschte wieder eine unerträgliche Hitze; diese ganzen Tage her war kein Tropfen Regen gefallen. Wieder Staub, Ziegel, Kalkdunst; wieder der üble Geruch aus den Kramläden und Kneipen, wieder auf Schritt und Tritt Betrunkene, finnische Hausierer und invalide Droschken. Die Sonne schien ihm blendend in die Augen, so daß ihm das Sehen Schmerz machte und der Kopf ihm ganz benommen war – die gewöhnliche Empfindung eines Fieberkranken, der plötzlich auf die Straße in den hellen Sonnenschein hinaustritt.

Als er an die Ecke kam, wo die »gestrige« Straße einmündete, warf er in qualvoller Unruhe einen Blick hinein, nach »jenem« Hause;... aber er wendete sofort die Augen wieder weg.

›Wenn sie mich danach fragen sollten, sage ich vielleicht einfach alles‹, dachte er, als er sich dem Polizeibureau näherte.

Das Bureau war von seiner Wohnung nur etwa fünf Minuten entfernt. Es hatte eben erst neue Räume bezogen, die im dritten Stock eines neuen Hauses lagen. In den alten Diensträumen war er einmal auf einen Augenblick gewesen; aber das war schon sehr lange her. Als er in den Torweg trat, sah er rechts eine Treppe, auf der ein ärmlich gekleideter Mann mit einem Büchelchen in der Hand herunterkam. ›Ein Hausknecht‹, sagte sich Raskolnikow, ›also ist hier das Polizeibureau.‹ Er ging aufs Geratewohl die Treppe hinauf. Sich bei jemand zu erkundigen, dazu hatte er keine Neigung.

›Ich werde hineingehen, mich auf die Knie werfen und alles erzählen‹, dachte er, als er zum dritten Stockwerk gelangte.

Die Treppe war schmal, steil und ganz mit Spülicht begossen. Alle Küchen aller Wohnungen in allen vier Geschossen gingen auf diese Treppe hinaus und standen fast den ganzen Tag offen. Daher war dort eine gräßliche Luft. Herauf und herunter kamen und gingen Polizisten, Hausknechte mit Büchern unter dem Arm und allerlei andre Leute beiderlei Geschlechts, die auf dem Bureau etwas zu erledigen hatten. Die Tür zu dem Bureau selbst stand gleichfalls sperrangelweit offen. Er ging hinein und blieb im Vorzimmer stehen, wo eine Menge einfacher Leute stand und wartete. Auch hier war eine furchtbar stickige Luft, und außerdem verbreitete der frische, noch nicht ordentlich trockene Anstrich der Zimmer mit unreinem Firnis einen Geruch, von dem einem übel werden konnte. Nachdem er ein Weilchen gewartet hatte, entschloß er sich, noch weiter, ins nächste Zimmer, zu gehen. Es waren lauter kleine, niedrige Räume. Eine schreckliche Ungeduld trieb ihn immer weiter. Niemand beachtete ihn. In dem zweiten Zimmer saßen, mit Schreiben beschäftigt, einige Schreiber, dem Äußeren nach eine sonderbare Gesellschaft, obwohl sie ein wenig besser gekleidet waren als er. Er wendete sich an einen von ihnen.

»Was willst du?«

Er zeigte die Vorladung, die ihm vom Bureau zugegangen war.

»Sie sind Student?« fragte der Schreiber nach einem Blick in die Vorladung.

»Ja, gewesener Student.«

Der Schreiber musterte ihn, jedoch ohne alle Neugier. Es war ein Mensch mit auffällig unordentlichem Haar und mit einem eigentümlich starren Blick.

›Von dem wird nichts zu erfahren sein; dem ist ja alles gleichgültig!‹ dachte Raskolnikow.

»Gehen Sie dorthin, zum Sekretär!« sagte der Schreiber und wies mit dem ausgestreckten Finger nach dem letzten Zimmer.

Er ging in dieses Zimmer hinein, das vierte in der Reihe; es war nur klein und gedrängt voll von Menschen; das Publikum war hier etwas besser gekleidet als in den andern Zimmern. Darunter befanden sich auch zwei Damen. Die eine, in ärmlicher Trauerkleidung, saß an einem Tische dem Sekretär gegenüber und schrieb etwas, was ihr dieser diktierte. Die andre Dame, eine sehr volle, stattliche Figur, im Gesichte purpurrot mit noch dunkleren Flecken, luxuriös gekleidet, am Halse eine Brosche in der Größe einer Untertasse, stand etwas abseits und wartete. Raskolnikow schob dem Sekretär seine Vorladung hin. Dieser sah sie flüchtig an und sagte: »Warten Sie ein wenig!« Dann fuhr er fort, sich mit der Dame in Trauer zu beschäftigen.

Raskolnikow atmete nun freier und leichter. ›Es ist sicher etwas anderes!‹ Er faßte allmählich Mut; mit aller Macht ermahnte er sich selbst, Mut zu haben und nicht den Kopf zu verlieren.

›Irgendeine Dummheit, irgendeine noch so geringe Unvorsichtigkeit, und ich kann mich ganz und gar verraten! Hm!... Schlimm, daß hier keine frische Luft ist‹, dachte er weiter. ›Eine schreckliche Atmosphäre... Der Kopf schwindelt mir noch mehr davon... und der Verstand auch...‹

Er fühlte, daß bei ihm Körper und Geist in arger Unordnung waren, und fürchtete, er werde sich nicht in der Gewalt haben. Er gab sich alle Mühe, sich mit seinen Gedanken an irgend etwas anzuklammern, an etwas ganz Nebensächliches zu denken; aber das wollte ihm schlechterdings nicht gelingen. Doch den Sekretär betrachtete er sehr angelegentlich; gern hätte er aus seiner Miene Schlüsse gezogen, seine Absichten erraten. Es war ein noch sehr junger Mann von etwa zweiundzwanzig Jahren, mit einem gebräunten, lebhaften Gesichte, das ihn älter erscheinen ließ, als er wirklich war; gekleidet war er modisch und stutzerhaft; dazu war er sorgsam frisiert, mit Nackenscheitel, und pomadisiert; an den weißen Fingern mit den sauber gebürsteten Nägeln trug er eine Menge von Ringen, auf der Weste eine goldene Uhrkette. Mit einem anwesenden Ausländer sprach er sogar ein paar Worte Französisch, und zwar nicht schlecht.

»Setzen Sie sich doch, Luisa Iwanowna«, sagte er lässig zu der geputzten Dame mit dem roten Gesichte, die immer noch stand, als wage sie sich nicht hinzusetzen, obgleich ein Stuhl neben ihr stand.

»Ich danke«, sagte sie auf deutsch und ließ sich sachte mit leisem Seidengeknister auf dem Stuhle nieder. Ihr hellblaues, mit weißen Spitzen besetztes Kleid umgab den Stuhl wie ein Luftballon und nahm fast das halbe Zimmer ein. Eine Wolke von Parfümduft verbreitete sich. Aber die Dame genierte sich offenbar, weil sie so viel Platz einnahm und so stark duftete; sie lächelte zwar in einer zugleich ängstlichen und unverschämten Art; jedoch ihre Unruhe war unverkennbar.

Die Dame in Trauer war endlich fertig und stand auf. Da trat geräuschvoll, mit sehr forschem Wesen und jeden Schritt mit eigentümlichen Schulterdrehungen begleitend, ein Polizeioffizier ein, warf seine kokardengeschmückte Uniformmütze auf den Tisch und setzte sich in einen Lehnstuhl. Als die geputzte Dame ihn erblickte, sprang sie hurtig von ihrem Platze auf und machte ihm mit besonderer Liebenswürdigkeit eine Anzahl von Knicksen; aber der Polizeioffizier schenkte ihr nicht die geringste Beachtung, und sie getraute sich nun nicht mehr, in seiner Anwesenheit wieder Platz zu nehmen. Es war der Stellvertreter des Revieraufsehers; sein rötlicher Schnurrbart war horizontal nach beiden Seiten lang ausgezogen; sein auffällig kleines Gesicht drückte außer einer gewissen Frechheit nichts Besonderes aus. Er sah Raskolnikow von der Seite einigermaßen mißbilligend an: der Anzug dieses Menschen war doch gar zu schäbig, und sein Benehmen schien mit diesem armseligen Äußern nicht recht im Einklang zu stehen. Raskolnikow hatte nämlich die Unvorsichtigkeit begangen, ihn zu lange und zu scharf anzustarren, so daß der so Fixierte ordentlich ärgerlich wurde.

»Was willst du?« schrie er; er mochte wohl erstaunt darüber sein, daß ein solcher Lumpenkerl überhaupt nicht daran dachte, unter seinen blitzenden Blicken in sich zusammenzukriechen.

»Ich bin hierher bestellt... durch Vorladung...«, antwortete Raskolnikow nachlässig.

»Die Vorladung ist in einer Schuldklage erfolgt«, warf der Sekretär eilig dazwischen, indem er von dem Schriftstücke, mit dem er beschäftigt war, aufblickte. »Er ist Student, und es soll von ihm Geld beigetrieben werden.« Er wandte sich an Raskolnikow: »Hier, lesen Sie das durch!« sagte er, indem er ihm in einem Aktenhefte eine Stelle zeigte und es ihm dann herüberwarf.

›Geld? Was für Geld?‹ dachte Raskolnikow. ›Also ist es jedenfalls nicht die andre Sache!‹ Er fuhr vor Freude zusammen. Es wurde ihm auf einmal unsagbar leicht ums Herz; er fühlte sich von einer schweren Last befreit.

»Und auf welche Stunde sind Sie vorgeladen, mein Herr?« schrie der Polizeileutnant, der ohne eigentlichen Grund immer mehr in seinen Ärger hineingeriet. »Sie sind auf neun Uhr herbestellt, und jetzt ist es schon weit nach elf Uhr!«

»Die Vorladung ist mir erst vor einer Viertelstunde gebracht worden«, entgegnete Raskolnikow laut und über die Achsel weg. Auch er fing nun an, ärgerlich zu werden, und fand sogar ein gewisses Vergnügen darin. »Es ist schon viel von mir, daß ich überhaupt gekommen bin; denn ich bin fieberkrank.«

»Schreien Sie nicht so!«

»Ich schreie nicht, ich rede ganz ruhig; aber Sie schreien mich an. Ich bin Student und lasse mich nicht so anschreien.«

Der Polizeileutnant wurde so wütend, daß er im ersten Augenblicke überhaupt kein Wort herausbringen konnte, sondern nur ein paar zischende Töne hervorsprudelte. Er sprang von seinem Platze auf.

»Schweigen Sie! Sie befinden sich hier in Amtsräumen! Ich verbitte mir Ihre Grobheiten, Herr!«

»Sie befinden sich doch auch in Amtsräumen«, rief Raskolnikow. »Aber trotzdem schreien Sie nicht nur, sondern Sie rauchen sogar eine Zigarette; eine Rücksichtslosigkeit gegen uns alle.«

Es war ihm ein wahrer Genuß, dem Polizeileutnant dies zu sagen.

Der Sekretär sah die beiden lächelnd an. Der hitzige Polizeileutnant war offenbar ganz verblüfft.

»Das geht Sie gar nichts an!« schrie er endlich überlaut. »Geben Sie lieber die Auskunft, die von Ihnen verlangt wird! Zeigen Sie ihm doch einmal die Sache, Alexander Grigorjewitsch! Es ist eine Klage gegen Sie eingegangen. Sie bezahlen Ihre Schulden nicht. Sie scheinen ja ein nobler Patron zu sein!«

Aber Raskolnikow hörte nicht mehr auf ihn, sondern griff begierig nach dem Schriftstück, um möglichst bald ins klare zu kommen. Er las es einmal, zweimal durch, ohne es zu verstehen.

»Was steht denn eigentlich darin?« fragte er den Sekretär.

»Man verlangt von Ihnen Zahlung auf Grund eines Schuldscheines. Sie müssen entweder den Betrag einschließlich aller Gebühren, Strafgelder usw. entrichten oder eine schriftliche Erklärung darüber abgeben, wann Sie voraussichtlich imstande sein werden zu zahlen, und sich zugleich verpflichten, vor Zahlung sich nicht aus der Stadt zu entfernen und von Ihrer Habe nichts zu verkaufen oder zu verbergen. Der Gläubiger aber ist bei Nichtzahlung berechtigt, Ihre Habe zu verkaufen und mit Ihnen nach Maßgabe der Gesetze zu verfahren.«

»Aber... aber ich bin niemandem etwas schuldig.«

»Das ist nicht unsre Sache. Uns ist hier ein verfallener und in gesetzlicher Form protestierter Schuldschein über einhundertundfünfzehn Rubel zur Beitreibung zugegangen, den Sie der verwitweten Frau Kollegienassessor Sarnizyna vor neun Monaten ausgestellt haben und der von der verwitweten Frau Sarnizyna durch Kauf an den Hofrat Tschebarow übergegangen ist; wir fordern Sie deshalb auf, sich darüber zu erklären.«

»Aber das ist ja meine Wirtin!«

»Nun, was tut das zur Sache, daß sie Ihre Wirtin ist?«

Der Sekretär sah ihn mit einem herablassenden Lächeln an, in welchem einerseits Mitleid und Bedauern, andrerseits aber auch ein gewisses Gefühl des Triumphes zum Ausdruck kam, wie über einen Neuling, der zum ersten Male in die Lehre genommen wird. ›Nun‹, sagte sein Lächeln, ›wie ist dir jetzt zumute?‹

Aber was machte Raskolnikow sich jetzt aus einem Schuldscheine und aus der Beitreibung einer Forderung! Um so etwas brauchte er sich jetzt nicht zu beunruhigen; das verdiente überhaupt keine Beachtung. Er stand da, las, hörte, antwortete, stellte sogar selbst Fragen, aber alles rein mechanisch. Das Gefühl des Triumphes darüber, daß er vor dem Untergange bewahrt blieb, die Freude über seine Rettung aus der Gefahr, die ihn bedroht hatte, das erfüllte in diesem Augenblicke sein ganzes Wesen. Alles andre hatte den Platz räumen müssen: die Vorausberechnung der Zukunft, die Zergliederung der eigenen Empfindungen, das Aufgeben und Lösen von Rätseln, die quälenden Zweifel und die immer aufs neue auftauchenden Fragen. Dies war ein Augenblick ganz unmittelbar wirkender, rein animalischer Freude. Aber in ebendiesem Augenblicke spielte sich im Bureau eine Art von Gewitter mit Blitz und Donner ab. Der Polizeileutnant, der über Raskolnikows respektloses Benehmen immer noch sehr erregt und aufgebracht war und offenbar seine erschütterte Autorität wieder zu festigen wünschte, schüttete seinen ganzen Grimm über die unglückliche geputzte Dame aus, die ihn seit seinem Eintritte unausgesetzt mit einem außerordentlich dummen Lächeln angeblickt hatte.

»Ach du, du Person du, na ja, du bist die Richtige!« schrie er plötzlich aus vollem Halse (die Dame in Trauer war bereits weggegangen). »Was ist da bei dir in der vorigen Nacht passiert? Die Schweinerei und Liederlichkeit war ja wieder mal auf der ganzen Straße zu hören! Wieder mal Prügelei und Besoffenheit! Du spekulierst wohl aufs Arbeitshaus? Ich habe es dir ja doch gesagt, zehnmal habe ich es dir ja schon angekündigt, daß ich dich beim elften Male nicht wieder durchlassen werde! Aber du – immer und immer wieder! Du abscheuliches Frauenzimmer, du nichtsnutzige Person du!«

Raskolnikow ließ erstaunt das Schriftstück aus den Händen fallen und blickte ganz entsetzt die geputzte Dame an, mit der so wenig Umstände gemacht wurden. Aber bald begriff er, worum es sich handelte, und sofort fing diese ganze Geschichte an, ihm viel Spaß zu machen. Er hörte mit Vergnügen zu, so daß er sogar Lust bekam zu lachen, einmal über das andre Mal zu lachen... Es kitzelte ihn an allen Nerven.

»Aber Ilja Petrowitsch!« begann der Sekretär in beschwichtigendem Tone, hielt dann aber inne, um den richtigen Augenblick abzuwarten; denn wenn der Polizeileutnant einmal in Wut geraten war, konnte man ihn nur zurückhalten, wenn man ihn fest an den Händen packte; das wußte der Sekretär aus eigener Erfahrung.

Was die geputzte Dame anlangt, so zitterte und bebte sie anfangs bei dem gewaltigen Unwetter, das über sie herniederging; aber merkwürdig! je zahlreicher und kräftiger die Schimpfwörter wurden, um so liebenswürdiger wurde ihre Miene, um so bezaubernder ihr Lächeln dem grimmigen Polizeileutnant gegenüber. Sie trippelte an derselben Stelle umher, knickste ohne Unterlaß und wartete ungeduldig darauf, daß ihr endlich erlaubt würde, selbst ein Wort dazwischen zu reden. Und dieser Zeitpunkt kam.

»Lärm und Schlägerei haben bei mir ganz und gar nicht stattgefunden, Herr Hauptmann«, schwadronierte sie auf einmal los, so daß es klang, als ob Erbsen ausgeschüttet würden. Sie sprach das Russische zwar mit stark deutschem Akzent, aber doch fließend. »Gar kein Skandal ist bei mir gewesen, aber auch gar keiner, und sie waren schon betrunken, als sie zu mir kamen, und ich will alles erzählen, wie es war, Herr Hauptmann, und ich habe gar keine Schuld... Mein Haus ist ein durchaus anständiges, Herr Hauptmann, und es herrscht ein anständiger Ton darin, Herr Hauptmann, und ich bin immer, immer bemüht gewesen, daß kein Skandal entstände. Sie kamen aber schon ganz betrunken an und ließen sich dann noch drei Flaschen geben, und dann hob einer die Beine in die Höhe und fing an, mit den Füßen Klavier zu spielen, und das ist doch ganz und gar nicht schön in einem anständigen Hause, und er hat das ganze Klavier entzwei gemacht, und das ist doch ganz und gar keine Manier, und das habe ich ihm auch gesagt. Aber er ergriff eine Flasche und fing an, alle von hinten mit der Flasche zu stoßen. Und da habe ich schnell den Hausknecht gerufen, und Karl kam, und da hat er Karl ins Auge geschlagen, und Henriette hat er auch ins Auge geschlagen, und mich hat er fünfmal auf die Backe geschlagen. Und das ist doch kein taktvolles Benehmen in einem anständigen Hause, Herr Hauptmann, und ich habe geschrien. Und er hat ein Fenster nach dem Kanal zu aufgemacht und hat aus dem Fenster hinaus wie ein kleines Schwein gequiekt; das ist doch eine Schande. Wie kann man nur aus dem Fenster nach der Straße zu wie ein kleines Schwein quieken! O pfui, pfui, pfui! Und Karl hat ihn von hinten am Frack vom Fenster weggezogen, und da, das ist wahr, Herr Hauptmann, da hat er ihm seinen Frack zerrissen. Und da fing er an zu schreien, wir müßten ihm fünfzehn Rubel Schadenersatz bezahlen. Und ich habe ihm fünf Rubel für seinen Frack bezahlt, Herr Hauptmann. Und das war ein unfeiner Gast, Herr Hauptmann, und er hat den ganzen Skandal angerichtet! Und dann hat er gesagt: ›Ich werde über Sie eine große Satire drucken lassen; denn ich kann in allen Zeitungen alles mögliche über Sie veröffentlichen.‹«

»Also war es ein Schriftsteller?«

»Jawohl, Herr Hauptmann, und was ist das für ein unfeiner Gast, Herr Hauptmann, wenn er in einem anständigen Hause...«

»Na, na! Aber nun genug! Ich habe dir doch schon gesagt und immer wieder gesagt...«

»Ilja Petrowitsch!« sagte der Sekretär noch einmal bedeutsam.

Der Polizeileutnant warf ihm einen schnellen Blick zu; der Sekretär nickte leicht mit dem Kopfe.

»Also, hochverehrte Lawisa Iwanowna«, fuhr der Polizeileutnant fort, »das ist nun mein letztes Wort, und ich sage es dir zum letzten Male. Wenn bei dir in deinem anständigen Hause auch nur noch ein einziges Mal Skandal vorkommt, so soll dich der Teufel frikassieren, um mich eines gewählten Ausdrucks zu bedienen. Hast du's gehört? Also ein Literat, ein Schriftsteller hat sich in einem ›anständigen Hause‹ fünf Rubel für einen Frackschoß bezahlen lassen? Ja, so sind sie, diese Schriftsteller!« Dabei warf er einen verächtlichen Blick auf Raskolnikow. »Vorgestern war in einem Restaurant auch so ein Vorfall: einer hat zu Mittag gegessen und will nicht bezahlen. ›Ich werde eine Satire über Sie schreiben‹, sagt der Mensch. Wieder ein andrer hat vorige Woche auf einem Dampfschiffe die ehrenwerte Familie eines Staatsrates, Frau und Tochter, mit den gemeinsten Schimpfworten belegt. Aus einer Konditorei wurde neulich einer mit Schlägen hinausgeworfen. Ja, solche Sorte ist das, diese Schriftsteller, Literaten, Studenten, Maulreißer,... pfui! Aber du, mach, daß du wegkommst. Ich werde mal selbst bei dir nachschauen,... dann nimm dich in acht! Hast du's gehört?«

Luisa Iwanowna knickste eilig und liebenswürdig nach allen Seiten und zog sich knicksend zur Tür zurück; aber in der Tür stieß sie, rückwärts gehend, gegen einen stattlichen Polizeioffizier mit offenem, frischem Gesichte und prächtigem, dichtem, blondem Backenbarte. Es war der Revieraufseher Nikodim Fomitsch selbst. Luisa Iwanowna machte schnell einen ganz tiefen Knicks fast bis zur Erde; dann hüpfte und flatterte sie mit eiligen, kleinen Schritten aus dem Bureau hinaus.

»Na, haben Sie wieder mal Gepolter gemacht, Blitz und Donner, Wirbelwind und Orkan?« Mit diesen Worten wandte sich Nikodim Fomitsch liebenswürdig und freundschaftlich an Ilja Petrowitsch. »Haben die Leute Sie wieder geärgert? Sind Sie wieder mal hitzig geworden? Ich habe es schon auf der Treppe gehört.«

»Ach was!« erwiderte Ilja Petrowitsch vornehm lässig und ging mit ein paar Schriftstücken an einen andern Tisch hinüber; bei jedem Schritte zog er elegant die betreffende Schulter nach. »Da, sehen Sie nur: dieser Herr Schriftsteller, Student wollte ich sagen, d. h. gewesener Student, hat Schuldscheine ausgestellt, bezahlt aber nicht, räumt seine Wohnung nicht, fortwährend laufen Klagen gegen ihn ein – und dabei begehrte er auf, weil ich mir in seiner hohen Gegenwart eine Zigarette angesteckt hatte! Und er selbst läßt sich eine ganz gemeine Handlungsweise zuschulden kommen! Sehen Sie ihn nur an: da steht er in seiner ganzen verlockenden Pracht!«

»Armut ist keine Schande, liebster Freund! Aber ich weiß schon, wie's zusammenhängt. Sie sind ja bekanntlich das reine Schießpulver und sind mal gleich wieder bei einem scharfen Worte aufgeflammt.« Hier wendete sich Nikodim Fomitsch in liebenswürdigstem Tone zu Raskolnikow: »Sie haben ihm wahrscheinlich etwas übelgenommen und sich dann selbst nicht beherrschen können. Aber zum Übelnehmen hatten Sie keinen Anlaß; denn ich kann Ihnen sagen, er ist der netteste, anständigste Mensch der Welt, aber freilich Schießpulver, das reine Schießpulver! Gleich gerät er in Wut, braust auf, wird hitzig – aber dann ist's auch wieder zu Ende, alles wieder vorbei! Die Hauptsache aber bleibt doch immer sein goldenes Herz! Auch beim Regimente nannten sie ihn ›Leutnant Schießpulver‹...«

»Und was war das für ein feines Regiment!« rief Ilja Petrowitsch, höchst befriedigt, daß man ihn so angenehm gekitzelt hatte, aber immer noch ein bißchen schmollend.

Es wandelte Raskolnikow die Lust an, ihnen allen etwas besonders Angenehmes zu sagen.

»Aber ich bitte Sie, Herr Hauptmann«, begann er, zu Nikodim Fomitsch gewendet, in sehr ungezwungenem Tone, »versetzen Sie sich einmal in meine Lage. Ich bin gern bereit, den Herrn um Entschuldigung zu bitten, wenn ich meinerseits einen Verstoß begangen haben sollte. Ich bin ein armer, kranker Student; die Armut drückt mich ganz zu Boden. Ich mußte die Universität verlassen, weil ich jetzt die Ausgaben nicht bestreiten kann; aber ich werde wieder Geld erhalten. Ich habe eine Mutter und eine Schwester im Gouvernement R..., diese werden mir Geld schicken, und ich werde bezahlen. Meine Wirtin ist eine brave Frau; aber weil ich meine Privatstunden verloren und ihr nun schon seit mehr als drei Monaten nichts bezahlt habe, ist sie so böse geworden, daß sie mir sogar kein Mittagessen mehr schickt. Und ich begreife gar nicht, was sie mit diesem Schuldschein will. Jetzt verlangt sie von mir Zahlung auf Grund dieses Schuldscheins; aber wie kann ich denn zahlen, sagen Sie selbst!«

»Aber das geht uns nichts an...«, warf der Sekretär wieder dazwischen.

»Gestatten Sie gütigst, gestatten Sie gütigst, ich bin ja darin ganz Ihrer Meinung, aber gestatten Sie mir gütigst, Ihnen darzulegen«, unterbrach ihn Raskolnikow wieder; er wendete sich aber dabei nicht an den Sekretär, sondern immer an Nikodim Fomitsch und bemühte sich, soviel er nur vermochte, seine Worte auch an Ilja Petrowitsch zu richten, obgleich sich dieser hartnäckig so stellte, als krame er in den Akten herum und beachte ihn in geringschätziger Weise gar nicht, »gestatten Sie auch mir gütigst, Ihnen meinerseits darzulegen, daß ich schon ungefähr drei Jahre bei ihr wohne, gleich von meiner Ankunft aus der Provinz an, und daß ich früher... früher... nun, warum soll ich es nicht eingestehen? Ich habe gleich am Anfange das Versprechen gegeben, ihre Tochter zu heiraten, ein mündliches, vollkommen freiwilliges Versprechen;... sie war ein junges Mädchen,... übrigens, sie gefiel mir sogar ganz gut,... wiewohl ich nicht eigentlich verliebt war,... mit einem Worte: die Jugend, die Jugend! Ich wollte also sagen, daß meine Wirtin mir damals viel Kredit gab und daß ich... nun ja, daß ich etwas leichtsinnig lebte...«

»Solche intimen Mitteilungen verlangen wir von Ihnen gar nicht, mein Herr, und wir haben auch keine Zeit, dergleichen anzuhören!« unterbrach ihn Ilja Petrowitsch grob und triumphierend; aber Raskolnikow in seinem Eifer ließ sich nicht hemmen, obwohl ihm jetzt auf einmal das Reden außerordentlich schwerfiel.

»Gestatten Sie mir bitte, Ihnen alles zu erzählen,... wie alles zusammenhing, und... der Reihe nach... Allerdings ist es eigentlich unnötig, das hier zu erzählen; darin bin ich ganz Ihrer Meinung... Aber vor einem Jahre starb dieses junge Mädchen am Typhus, und ich blieb wohnen, wie vorher, und als die Wirtin in ihre jetzige Wohnung zog, da sagte sie mir, und zwar freundschaftlich, sie schenke mir volles Vertrauen usw...., aber ob ich ihr nicht einen Schuldschein über einhundertundfünfzehn Rubel ausstellen wolle; so hoch berechnete sie meine Schuld. Bitte zu beachten: sie sagte ausdrücklich, wenn ich ihr einen solchen Schein ausstellte, so werde sie mir wieder so viel Kredit gewähren, wie ich nur irgend wünschte, und niemals, niemals – das waren ihre eigenen Worte – werde sie von diesem Papiere Gebrauch machen, bis ich von selbst zahlen würde... Und jetzt, wo ich meine Privatstunden verloren und nichts zu essen habe, beantragt sie die Beitreibung. Was soll man dazu sagen?«

»Alle diese gefühlvollen Einzelheiten berühren uns hier gar nicht, mein Herr!« Damit schnitt ihm Ilja Petrowitsch in brutalem Tone das Wort ab. »Sie müssen eine Erklärung abgeben und eine Verpflichtung übernehmen; ob Sie aber verliebt waren, und überhaupt all diese pathetischen Erörterungen, das geht uns gar nichts an.«

»Na, seien Sie nur nicht zu hart«, murmelte Nikodim Fomitsch, setzte sich an einen Tisch und begann Schriftstücke zu unterschreiben. Er schien sich wegen der Schroffheit des andern zu schämen.

»Nun, dann schreiben Sie!« sagte der Sekretär zu Raskolnikow.

»Was soll ich schreiben?« fragte dieser recht grob.

»Ich werde es Ihnen diktieren.«

Raskolnikow hatte den Eindruck, als ob jetzt, nach seiner Beichte, der Sekretär ihn nachlässiger und geringschätziger behandelte; aber seltsam! ihm selbst war es auf einmal völlig gleichgültig geworden, was jemand über ihn dachte, und dieser Umschwung hatte sich in einem Nu, in einem Moment vollzogen. Hätte er nur ein wenig nachdenken mögen, so würde er sich sicherlich darüber gewundert haben, wie er eine Minute vorher mit ihnen in dieser Weise hatte sprechen und sich ihnen sogar mit seinen Gefühlen hatte aufdrängen können. Und ferner: wie war er denn überhaupt zu dieser gefühlvollen Stimmung gekommen? Jetzt dagegen – selbst wenn das Zimmer auf einmal mit seinen besten Freunden statt mit Polizeibeamten gefüllt gewesen wäre, auch dann hätte er wohl kaum ein vertrauliches Wort für sie in seinem Innern gefunden, so leer war plötzlich sein Herz geworden. Ein düsteres Gefühl qualvoller, grenzenloser Vereinsamung und Fremdheit hatte auf einmal von seiner Seele Besitz ergriffen. Nicht daß er sich durch seine Herzensergießungen vor Ilja Petrowitsch so erniedrigt hatte, nicht daß dieser Polizeileutnant in so demütigender Weise über ihn triumphiert hatte – das war es nicht, wodurch diese schnelle Umwandlung seiner Seelenstimmung herbeigeführt war. Oh, was kümmerte ihn jetzt sein eigenes, unwürdiges Benehmen und alles Ehrgefühl, was kümmerten ihn alle Polizeileutnants, deutschen Weiber, Geldbeitreibungen, Polizeibureaus usw. Und wenn man ihn jetzt zum Scheiterhaufen verdammt hätte, auch dann hätte er sich nicht gerührt, auch dann hätte er sogar kaum einmal das Urteil aufmerksam mit angehört. In ihm hatte sich etwas ihm ganz Unverständliches, Neues, Plötzliches und noch nie Dagewesenes vollzogen. Aber wenn ihm auch das Verständnis dafür abging, so empfand er doch klar und deutlich und mit aller Kraft des Empfindens, daß es ihm nicht mehr möglich war, sich mit gefühlvollen Mitteilungen oder überhaupt mit irgendwelchen Äußerungen an diese Leute im Polizeibureau zu wenden, und daß, selbst wenn er lauter eigene leibliche Brüder und Schwestern und keine Polizeileutnants um sich hätte, er sich nicht zu ihnen aussprechen dürfte, nie, wie auch immer sich das weitere Leben gestalten mochte; er hatte bis zu diesem Augenblicke noch nie eine derartige seltsame und fürchterliche Empfindung durchgemacht. Und was das Qualvollste dabei war: es war mehr Empfindung als Bewußtsein oder Erkenntnis; es war eine ganz unmittelbare Empfindung, peinvoller als alle, die ihm das Leben bisher gebracht hatte.

Der Sekretär begann, ihm das Schema der in solchem Falle üblichen Erklärung folgenden Inhalts zu diktieren: Ich kann nicht zahlen; ich verspreche, es dann und dann zu tun; ich werde die Stadt nicht verlassen, meine Habe weder verkaufen noch verschenken usw.

»Aber Sie sind ja gar nicht imstande zu schreiben; die Feder fällt Ihnen ja aus der Hand«, bemerkte der Sekretär und blickte Raskolnikow verwundert an. »Sind Sie krank?«

»Ja,... mir ist schwindlig... Diktieren Sie weiter!«

»Es ist zu Ende. Unterschreiben Sie.«

Der Sekretär nahm das Schriftstück hin und beschäftigte sich wieder mit seinen andern Papieren.

Raskolnikow legte die Feder hin; aber statt aufzustehen und wegzugehen, setzte er beide Ellbogen auf den Tisch und preßte die Hände um seinen Kopf. Es war ihm, als würde ihm ein Nagel in den Scheitel geschlagen. Es kam ihm ein wunderlicher Einfall: sofort aufzustehen, zu Nikodim Fomitsch hinzutreten und ihm das ganze gestrige Ereignis zu erzählen, alles, bis auf die geringsten Einzelheiten, und ihn dann in sein Kämmerchen zu führen und ihm in der Ecke in der Höhlung die Wertsachen zu zeigen. Der Drang, dies zu tun, war so stark, daß er schon aufstand, um es auszuführen. ›Ob ich nicht gut täte, es wenigstens noch einen Augenblick zu überlegen?‹ ging es ihm durch den Kopf. ›Nein, ich tue es lieber ohne jedes Besinnen; dann bin ich die Last los.‹ Aber plötzlich blieb er wie angewurzelt stehen: Nikodim Fomitsch redete eifrig zu Ilja Petrowitsch, und er hörte folgende Worte:

»Es geht nicht; sie müssen beide freigelassen werden. Erstens spricht alles gegen ihre Schuld; urteilen Sie selbst: Welchen Anlaß hatten sie, den Hausknecht zu holen, wenn sie die Tat begangen hatten? Um sich selbst zu denunzieren? Oder aus Schlauheit? Nein, das wäre nun doch schon überschlau! Und dann: den Studenten Pestrjakow haben die beiden Hausknechte und eine Bürgerfrau dicht am Torwege gesehen, gerade in dem Augenblicke, als er hineinging; er kam mit drei Freunden und trennte sich von ihnen unmittelbar beim Torwege, und dann erkundigte er sich bei den Hausknechten nach der Wohnung, während seine Freunde noch dabeistanden. Na, wie wird sich denn einer nach der Wohnung erkundigen, wenn er mit solcher Absicht kommt! Und Koch, der hat, bevor er zu der Alten ging, eine halbe Stunde unten bei dem Goldschmied gesessen und ist genau um dreiviertel acht von ihm zu der Alten hinaufgegangen. Nun halten Sie das einmal zusammen...«

»Aber erlauben Sie, wie erklärt sich denn der Widerspruch in ihren Angaben: sie sagen selbst, sie hätten geklopft, und die Tür sei von innen zugesperrt gewesen und als sie drei Minuten nachher mit dem Hausknecht hinaufkamen, stellte es sich heraus, daß die Tür offen war!«

»Das ist ja eben der Witz! Der Mörder saß jedenfalls drinnen und hatte den Riegel vorgelegt; und er wäre sicher dort abgefaßt worden, wenn Koch nicht die Dummheit begangen hätte, auch noch hinunterzugehen, um den Hausknecht zu holen. Und gerade diese Zwischenzeit hat der Mörder benutzt, um die Treppe hinunterzugehen, und er hat es auf irgendeine Weise fertiggebracht, an ihnen vorbeizuschlüpfen. Koch bekreuzigt sich mit beiden Händen und sagt: ›Wenn ich dageblieben wäre, dann wäre er herausgesprungen und hätte mich mit dem Beile totgeschlagen.‹ Er will ein Dankgebet für seine Rettung abhalten lassen, ha-ha-ha!...«

»Und den Morder hat niemand gesehen?«

»Wie soll man da einen sehen? Das Haus ist die reine Arche Noah«, bemerkte der Sekretär, der von seinem Platze aus zugehört hatte.

»Die Sache ist ganz klar, ganz klar!« rief Nikodim Fomitsch eifrig.

»Nein, die Sache ist sehr unklar!« entgegnete der hartnäckige Ilja Petrowitsch.

Raskolnikow ergriff seinen Hut und ging nach der Tür zu, aber er erreichte sie nicht...

Als er wieder zu sich kam, sah er, daß er auf einem Stuhle saß, daß ihn von rechts jemand stützte und auf der linken Seite ein andrer mit einem gelblichen Glase voll gelblichen Wassers stand und daß Nikodim Fomitsch vor ihm stand und ihn aufmerksam anblickte. Er stand vom Stuhle auf.

»Was ist denn mit Ihnen? Sind Sie krank?« fragte Nikodim Fomitsch in ziemlich scharfem Tone.

»Schon als er vorhin nachschrieb, konnte er kaum die Feder halten«, bemerkte der Sekretär, indem er sich wieder an seinen Platz setzte und sich von neuem an seine Papiere machte.

»Sind Sie schon lange krank?« rief Ilja Petrowitsch von seinem Platze aus, wo er nun gleichfalls in seinen Papieren kramte.

Auch er hatte natürlich den Kranken betrachtet, während dieser in Ohnmacht lag, war aber sofort wieder zurückgetreten, als er zu sich kam.

»Seit gestern«, murmelte Raskolnikow.

»Sind Sie gestern aus dem Hause gegangen?«

»Ja.«

»Krank?«

»Ja.«

»Zu welcher Zeit?«

»Zwischen sieben und acht Uhr abends.«

»Und wohin, wenn man fragen darf?«

»Auf die Straße.«

»Nun, Sie antworten ja sehr kurz und klar.«

Raskolnikow hatte seine Antworten in scharfem Tone hervorgestoßen; er war leichenblaß, schlug aber seine schwarzen, entzündeten Augen vor Ilja Petrowitschs Blick nicht nieder.

»Er kann sich kaum auf den Beinen halten, und Sie...« wollte Nikodim Fomitsch einwenden.

»Das tut nichts!« erwiderte Ilja Petrowitsch mit auffälliger Betonung.

Nikodim Fomitsch beabsichtigte, noch etwas hinzuzufügen; aber als er den Sekretär ansah, der gleichfalls seinen Blick unverwandt auf ihn richtete, schwieg er. Auf einmal schwiegen alle. Das machte einen seltsamen Eindruck.

»Nun gut«, schloß Ilja Petrowitsch. »Wir wollen Sie nicht länger aufhalten.«

Raskolnikow ging hinaus. Er konnte noch hören, wie nach seinem Fortgehen sofort ein lebhaftes Gespräch begann, aus welchem Nikodim Fomitschs fragende Stimme am lautesten heraustönte... Sobald er auf der Straße war, kam er wieder völlig zu sich. ›Eine Haussuchung, eine Haussuchung; sie werden sofort eine Haussuchung vornehmen!‹ sprach er vor sich hin und beeilte sich, nach Hause zu kommen. ›Die Kanaillen haben Verdacht auf mich!‹ Wieder packte ihn die Angst und schüttelte ihn vom Kopf bis zu den Füßen.

II

›Aber wenn nun die Haussuchung schon stattgefunden hat? Wenn ich sie gerade in meiner Kammer antreffe?‹

Indes, da war er ja schon in seiner Kammer. Nichts war vorgefallen; niemand war da; niemand hatte einen Blick hineingeworfen. Auch Nastasja hatte nichts angerührt. Aber, o Gott! Wie hatte er nur vorhin alle diese Wertsachen in dieser Höhlung liegen lassen können!

Er stürzte nach der Ecke hin, steckte die Hand unter die Tapete, holte die einzelnen Gegenstände heraus und stopfte sie sich in die Taschen. Es waren zusammen acht Stück: zwei kleine Schachteln mit Ohrgehängen oder etwas Ähnlichem (genau sah er es nicht an), ferner vier kleine Etuis aus Saffian. Ein Kettchen war einfach in Zeitungspapier gewickelt. Und dann noch etwas in Zeitungspapier, anscheinend ein Orden.

Er brachte alles in den verschiedenen Taschen unter, in den Paletottaschen und in der heil gebliebenen rechten Hosentasche, und achtete darauf, daß es nicht auffällig aussähe. Auch den Beutel nahm er, mit den Wertsachen zusammen, mit. Dann ging er aus dem Zimmer; diesmal ließ er die Tür absichtlich weit offen stehen.

Er ging schnellen, festen Schrittes, und obgleich er sich ganz erschöpft fühlte, so war doch sein Denken klar. Er fürchtete Verfolgung, fürchtete, daß vielleicht schon in einer halben, in einer Viertelstunde Befehl erteilt werden würde, ihn zu beobachten, also mußte er unter allen Umständen vorher noch alle Spuren vertilgen. Er mußte das erledigen, solange ihm noch ein Rest von Kraft und von Überlegung zur Verfügung stand... Wohin sollte er nun gehen?

Das stand bei ihm schon längst fest: ›Ich werfe alles in den Kanal; dann kräht kein Hahn mehr danach, und die Sache ist zu Ende.‹ Dazu hatte er sich bereits in der Nacht, als er im Fieber lag, entschlossen, in den Momenten, wo er (das war ihm erinnerlich) ein paarmal hatte aufspringen und weggehen wollen: ›Nur schnell, nur schnell, und alles wegwerfen!‹ Aber es zeigte sich jetzt, daß das Wegwerfen nicht so leicht war.

Er ging schon eine halbe Stunde, vielleicht auch länger, am Ufer des Katharinenkanals entlang und blickte prüfend nach den zum Kanal hinabführenden Treppen, an denen er vorbeikam. Aber an eine Ausführung seiner Absicht war gar nicht zu denken: entweder lagen unmittelbar am Fuße der Treppen Flöße, auf denen Waschfrauen ihre Wäsche wuschen, oder es hatten dort Kähne angelegt, und überall wimmelte es nur so von Menschen. Von den Ufern aus konnte man von überall, von allen Seiten, zu ihm hinsehen: wenn da ein Mensch ohne verständlichen Anlaß hinunterging, sich hinstellte und etwas ins Wasser warf, so mußte das ja Verdacht erwecken. Und wie, wenn die Etuis nicht untergingen, sondern obenauf schwammen? Und das hielt er für sehr wahrscheinlich. Dann sah es jeder. Ohnedies sahen ihn alle Begegnenden schon so an und betrachteten ihn, als ob sie sich um weiter nichts als um ihn zu kümmern hätten. ›Woher das nur kommt?‹ dachte er. ›Oder ob es mir nur so scheint?‹

Schließlich fiel ihm ein, ob es nicht das beste wäre, irgendwohin an die Newa zu gehen. Dort seien weniger Menschen, und man werde nicht so beobachtet, und es sei in jedem Falle bequemer und vor allen Dingen von dem Stadtteil, in dem er wohnte, weiter entfernt. Er wunderte sich, wie er eine halbe Stunde voll Angst und Unruhe in dieser gefährlichen Gegend hatte herumwandern können und ihm dieser Gedanke nicht früher gekommen war. Und nur deshalb hatte er schon eine halbe Stunde nutzlos vergeudet, weil er sich das nun einmal im Halbschlaf, in seinem Fieberzustande so zurechtgelegt hatte. Er war sehr zerstreut und vergeßlich geworden und war sich dessen bewußt! Eile war unbedingt nötig!

Er ging den Wosnessenskij-Prospekt entlang nach der Newa zu. Aber unterwegs stellte er doch noch wieder eine andre Überlegung an. ›Warum muß ich denn gerade nach der Newa gehen und es ins Wasser werfen? Ist es nicht besser, irgendwohin ganz weit wegzugehen, etwa nach den »Inseln«, und dort irgendwo an einer einsamen Stelle im Walde, unter einem Strauche oder Baume, alles zu vergraben und sich den Platz zu merken?‹ Und obwohl er fühlte, daß er in diesem Augenblicke nicht imstande war, alles klar und vernünftig zu erwägen, so erschien ihm dieser Gedanke doch als ein sehr glücklicher.

Aber auch nach den »Inseln« zu gelangen war ihm nicht beschieden, sondern es ereignete sich etwas anderes. Als er vom Wosnessenskij-Prospekt auf einen freien Platz heraustrat, sah er links den Eingang zu einem Hofe, der von ganz fensterlosen Mauern umgeben war. Rechts, gleich vom Tore an, zog sich die fensterlose, ungestrichene Seitenwand des vierstöckigen Nachbarhauses weit in den Hof hinein. Links, parallel mit der fensterlosen Hauswand und gleichfalls gleich vom Tore an, erstreckte sich ein Bretterzaun etwa zwanzig Schritte weit in den Hof und machte dann einen Knick nach links. Der Hof war ein nur durch dieses Tor zugänglicher umzäunter Raum, auf dem allerlei Baumaterialien lagerten. Weiter hinten im Hofe blickte hinter dem Zaune eine Ecke eines niedrigen, verräucherten, gemauerten Gebäudes hervor, wahrscheinlich einer Werkstatt. Es mochte hier wohl ein Wagenbauer oder ein Schlosser oder ein anderer derartiger Handwerker hausen; denn überall, fast vom Torweg an, war alles schwarz von Kohlenstaub. ›Hier könnte man es heimlich hinwerfen und dann davongehen!‹ dachte er plötzlich. Da er niemand auf dem Hofe bemerkte, schlüpfte er durch das Tor hindurch. Gleich dicht am Tore erblickte er eine an den Zaun angenagelte Rinne (wie sie oft in solchen Häusern angebracht werden, wo es viele Arbeiter, Gesellen, Kutscher usw. gibt), und über der Rinne war am Zaune der an solchen Orten überall zu findende Witz mit Kreide angeschrieben: »Hir ist es ferbohten stehen zu bleiben.« Auch das traf sich also gut: es konnte keinen Verdacht erregen, daß er hier hereingegangen und stehengeblieben war. ›Hier will ich schnell alles zusammen irgendwo hinwerfen und weggehen‹, sagte er sich.

Er blickte sich noch einmal um und steckte bereits die Hand in die Tasche, da bemerkte er an der Außenmauer, zwischen dem offenstehenden Torflügel und der Rinne, wo der Abstand nur etwa zwei Fuß betrug, einen großen, unbehauenen Stein, der wohl einen halben Zentner schwer sein mochte und sich unmittelbar gegen diese nach der Straße zu gelegene Mauer lehnte. Auf der andern Seite dieser Mauer war die Straße, das Trottoir; man konnte die Schritte der hier immer recht zahlreichen Passanten hören; aber hinter dem Tore konnte ihn niemand sehen, wenn nicht etwa jemand von der Straße hereinkam. Da dies sich indes sehr leicht ereignen konnte, mußte er sich beeilen.

Er bückte sich zu dem Steine nieder, faßte ihn mit beiden Händen fest am oberen Ende, nahm alle seine Kraft zusammen und kippte den Stein um. Unter dem Steine hatte sich eine kleine Vertiefung gebildet; schleunigst warf er den ganzen Inhalt seiner Taschen dort hinein. Der Beutel kam obenauf zu liegen; es blieb aber doch noch Platz in der Vertiefung. Dann packte er den Stein von neuem und kippte ihn mit einem Ruck wieder nach der Mauer zu, so daß er genau wieder auf seine frühere Stelle zu liegen kam, nur daß er ein klein wenig höher schien. Aber er scharrte Erde zusammen und trat sie an den Rändern des Steines mit dem Fuße fest. Es war nichts mehr zu bemerken.

Dann ging er hinaus und wandte sich dem Platze zu. Wieder bemächtigte sich seiner für einen Augenblick ein starkes, kaum zu ertragendes Gefühl der Freude, gerade wie vorher auf dem Polizeibureau. ›Nun ist alles beseitigt! Wem in aller Welt kann es in den Sinn kommen, unter diesem Steine nachzusuchen? Er liegt da vielleicht schon seit der Erbauung des Hauses und wird vielleicht noch ebensolange daliegen. Und selbst wenn es gefunden wird, wer kann auf mich verfallen? Alles ist erledigt. Es sind keine Beweise vorhanden.‹ Er lachte auf. Ja, er erinnerte sich später deutlich an dieses nervöse, unhörbar leise, lange Lachen, und daß er die ganze Zeit über gelacht hatte, während er über den Platz ging. Aber als er auf den K... -Boulevard gelangte, wo er vor zwei Tagen das junge Mädchen getroffen hatte, brach sein Lachen plötzlich ab. Andre Gedanken kamen ihm in den Sinn. Er hatte die Empfindung, daß es ihm jetzt gräßlich zuwider sein würde, an jener Bank vorbeizugehen, auf der er damals, nachdem das junge Mädchen weggegangen war, gesessen und nachgedacht hatte, und daß er sich auch sehr darüber ärgern würde, jenem schnurrbärtigen Schutzmann wieder zu begegnen, dem er damals die zwanzig Kopeken gegeben hatte. ›Hol ihn der Teufel!‹

Er ging und blickte zerstreut und verdrießlich um sich. Alle seine Gedanken drehten sich jetzt um den einen Hauptpunkt, und er fühlte selbst, daß dies der Hauptpunkt war und daß er jetzt, gerade jetzt, gleichsam Auge in Auge diesem Hauptpunkte gegenüberstand, und daß dies sogar das erstemal in diesen zwei Monaten war.

›Ach was, hol der Teufel die ganze Geschichte!‹ dachte er plötzlich in einem Anfalle maßloser Wut. ›Na, da es nun einmal angefangen hat, ist nichts weiter zu machen; hol der Teufel das neue Leben! O Gott! wie dumm das alles ist! Und wieviel habe ich heute schon gelogen, und wie unwürdig habe ich mich benommen! In wie gemeiner Weise habe ich vorhin vor diesem garstigen Ilja Petrowitsch geliebedienert und zu ihm freundlich getan! Übrigens ist auch das eine Dummheit, daß ich mich darüber ärgere. Ganz egal sollten sie mir alle sein, und ganz egal sollte es mir auch sein, daß ich geliebedienert und freundlich getan habe. Es handelt sich um anderes, um ganz anderes.‹

Plötzlich blieb er stehen; eine ganz unerwartet auftauchende, überaus einfache Frage versetzte ihn in Verwirrung und peinliches Staunen:

›Wenn du wirklich diese ganze Tat als denkender Mensch und nicht als Narr ausgeführt hast, wenn du wirklich ein bestimmtes, festes Ziel hattest, warum hast du denn dann bis jetzt nicht einmal in den Beutel hineingeblickt und weißt gar nicht, was dir in die Hände gefallen ist und weswegen du alle diese Qualen auf dich genommen und dich auf eine so gemeine, garstige, niedrige Tat mit vollem Bewußtsein eingelassen hast? Du wolltest ihn ja noch soeben ins Wasser werfen, diesen Beutel, mitsamt all den andern Sachen, die du auch noch nicht angesehen hattest. Wie geht denn das zu?‹

Ja, das war richtig, ganz richtig. Übrigens war er sich dieses Widerspruchs schon früher bewußt geworden, und diese Frage war für ihn keineswegs neu. Dieser Gedanke war ihm schon in der Nacht gekommen, als er sich ohne alles Schwanken und Widerstreben dafür entschieden hatte, sich der Sachen zu entäußern, wie wenn das so sein müßte und gar nicht anders sein könnte. Ja, er wußte das alles und erinnerte sich daran; ja, er hatte sich beinahe gestern schon dafür entschieden, in dem Augenblicke, wo er neben der Truhe saß und die Etuis hervorholte... Jawohl, so war es!...

›Das kommt alles nur daher, weil ich sehr krank bin‹, sagte er sich schließlich ingrimmig; ›ich habe mich selbst gepeinigt und gemartert und weiß gar nicht mehr, was ich tue. Auch gestern und vorgestern und diese ganze Zeit her habe ich mich gepeinigt... Ich werde wieder gesund werden, und dann werde ich mit dieser Selbstquälerei aufhören... Aber wenn ich nun gar nicht wieder gesund werde? O Gott, wie mir das alles zum Ekel geworden ist!...‹ Er ging weiter, ohne nur einmal stehenzubleiben. Er hätte sich sehr gern irgendeine Zerstreuung verschafft; aber er wußte nicht, was er zu diesem Zwecke tun und beginnen sollte. Eine neue, unbezwingbare Empfindung gewann in ihm mit jedem Augenblick immer mehr die Herrschaft: es war ein grenzenloser, beinahe physischer Ekel gegen alles, was ihm entgegentrat und ihn umgab, ein heftiger, mit Grimm und Haß gepaarter Ekel. Widerwärtig waren ihm alle Begegnenden, ihre Gesichter, ihr Gang, ihre Bewegungen. Hätte ihn jemand angeredet, er hätte ihn geradezu angespien, wohl gar gebissen.

Er blieb stehen, als er zu der Uferstraße an der Kleinen Newa, auf der Wassilij-Insel nahe bei der Brücke, gelangt war. ›Hier wohnt er ja, hier, in diesem Hause‹, dachte er. ›Wie kommt das, ich bin doch nicht mit Absicht zu Rasumichin gegangen! Wieder dieselbe Geschichte wie damals... Es wäre mir doch interessant, zu wissen: bin ich mit Absicht hergegangen, oder bin ich nur einfach so gegangen und hierher geraten? Aber das ist schließlich gleichgültig; ich habe mir vorgestern vorgenommen, am Tage nach der betreffenden Sache zu ihm hinzugehen. Nun gut, da gehe ich eben zu ihm hin! Warum sollte ich ihn jetzt nicht besuchen können?‹

Er stieg zu Rasumichin nach dem vierten Stockwerke hinauf.

Dieser war zu Hause, in seinem Kämmerchen, er hatte gerade eine Arbeit vor: er schrieb. Die Tür öffnete er ihm selbst. Seit etwa vier Monaten hatten sie einander nicht gesehen. Rasumichin trug einen völlig zerlumpten Schlafrock, hatte Pantoffeln an den bloßen Füßen und war ungekämmt, unrasiert und ungewaschen. Auf seinem Gesichte malte sich das lebhafteste Erstaunen.

»Was ist denn mit dir los?« rief er und betrachtete den eintretenden Kommilitonen vom Kopf bis zu den Füßen. Dann schwieg er und pfiff leise vor sich hin.

»Geht es dir wirklich schon so schlecht, Bruder? Du hast wahrhaftig sogar unsereinen übertrumpft«, fügte er mit einem Blick auf Raskolnikows Lumpen hinzu. »Aber setze dich, du wirst wohl müde sein.«

Als dieser sich auf das mit Wachstuch bezogene Schlafsofa fallenließ, das noch schlechter war als sein eigenes, merkte Rasumichin auf einmal, daß sein Gast krank war.

»Aber du bist ja ernstlich krank; weißt du das?«

Er wollte ihm den Puls fühlen, aber Raskolnikow riß ihm seine Hand weg.

»Wozu das?« sagte er. »Ich bin gekommen... der Grund ist der: ich habe keine Privatstunden... ich würde gern... übrigens, ich brauche gar keine Stunden...«

»Weißt du was? Du redest ja im Fieber!« bemerkte Rasumichin, der ihn aufmerksam beobachtete.

»Nein, ich rede nicht im Fieber...«

Raskolnikow stand vom Sofa auf. Als er zu Rasumichin hinaufgestiegen war, hatte er nicht daran gedacht, daß er ihm werde Auge in Auge gegenübertreten müssen. Erst jetzt beim Versuche wurde er sich sofort darüber klar, daß er in diesem Augenblicke schlechterdings nicht fähig sei, irgend jemandem in der ganzen Welt so gegenüberzutreten. Die Galle stieg ihm auf. Er erstickte fast vor Ärger über sich selbst, darüber, daß er überhaupt Rasumichins Schwelle überschritten hatte.

»Leb wohl!« sagte er ganz unvermittelt und ging zur Tür.

»Aber so warte doch, warte, du schnurriger Kerl!«

»Wozu?« antwortete dieser wie vorhin und riß wieder seine Hand los, die jener ergriffen hatte.

»Zum Kuckuck, warum bist du denn dann gekommen? Du bist wohl verrückt geworden, was? Das nehme ich dir aber übel. Ich lasse dich so nicht weg.«

»Nun, dann höre: ich bin zu dir gekommen, weil ich außer dir niemand kenne, der mir helfen könnte... einen neuen Anfang zu machen; denn du bist besser, ich meine klüger, als die andern alle und kannst beurteilen... Aber jetzt sehe ich, daß ich gar nichts nötig habe, hörst du, absolut nichts, niemandes Gefälligkeiten und niemandes Teilnahme. Ich kann selbst... ganz allein... Na, damit genug! Laßt mich alle in Ruhe!«

»So warte doch noch einen Augenblick, du Schornsteinfeger! Ganz verrückt ist der Mensch! Meinetwegen kannst du ja tun, was du willst. Siehst du, Stunden habe auch ich keine, und das ist mir auch ganz egal. Aber auf dem Trödelmarkt wohnt ein Buchhändler Cheruwimow, von dem kann man ebensogut leben wie von einer Privatstunde. Ich möchte ihn jetzt nicht für fünf fette Privatstunden in Kaufmannsfamilien hingeben. Der hat so einen kleinen

Verlag und läßt naturwissenschaftliche Büchelchen erscheinen; die werden horrende gekauft. Schon allein die Titel sind das Geld wert. Sieh mal, du hast immer behauptet, ich wäre dumm; aber, weiß Gott, Bruder, es gibt noch dümmere, als ich bin! Jetzt hat er sich auf die neuere Richtung eingelassen; was Sachkenntnis anlangt, ist er das reine Hornvieh; nun, da bin ich es natürlich, der ihn zu diesem und jenem anregt. Sieh mal her, hier sind mehr als zwei Bogen deutscher Text – meiner Ansicht nach das dümmste Geschwätz; den Inhalt bildet, kurz gesagt, die Erörterung der Frage, ob die Frau ein Mensch ist oder nicht. Es wird natürlich pomphaft bewiesen, daß sie ein Mensch ist. Gheruwimow bringt das als einen Beitrag zur Frauenfrage heraus; ich übersetze es; er streckt diese dritthalb Bogen so, daß es sechse werden; wir erfinden dazu einen grandiosen Titel, der eine halbe Seite füllt, und setzen den Preis des Exemplares auf einen halben Rubel fest. Das Buch wird vorzüglichen Absatz finden! Für die Übersetzung bekomme ich sechs Rubel je Bogen; also kommen für das Ganze gegen fünfzehn Rubel heraus; davon habe ich schon sechs Rubel als Vorschuß erhalten. Wenn ich damit fertig bin, übersetze ich etwas über die Walfische. Ferner haben wir bereits aus dem zweiten Teile der Confessions einige langweilige Klatschgeschichten notiert; die übersetze ich auch. Cheruwimow hat von jemandem gehört, Rousseau wäre so eine Art Radischtschew [Fußnote] gewesen. Selbstverständlich fällt es mir nicht ein, ihm zu widersprechen. Na, willst du den zweiten Bogen von ›Ist die Frau ein Mensch?‹ übersetzen? Wenn du Lust dazu hast, so nimm dir gleich den Text mit, auch Federn und Papier – das wird alles gratis mitgeliefert –, und empfange von mir drei Rubel; da ich den Vorschuß auf die ganze Übersetzung, den ersten und den zweiten Bogen, bekommen habe, so entfallen auf deinen Anteil gerade drei Rubel. Und wenn du den Bogen fertig hast, erhältst du noch drei Rubel. Und dann möchte ich noch bemerken: betrachte das nicht als eine Art Gefälligkeit von meiner Seite. Im Gegenteil, gleich als du eintratest, spekulierte ich darauf, daß du mir hierin von Nutzen sein könntest. Erstens bin ich in der Orthographie schlecht beschlagen, und zweitens bin ich im Deutschen sehr schwach, so daß ich das meiste selbst erfinde und mich nur damit tröste, daß das Buch dadurch eher besser als schlechter wird. Na freilich, wer weiß, vielleicht wird es dadurch auch nicht besser, sondern schlechter. Willst du meinen Vorschlag akzeptieren?«

Raskolnikow nahm schweigend den deutschen Druckbogen hin, desgleichen auch die drei Rubel, und ging, ohne ein Wort zu sagen, hinaus. Erstaunt sah ihm Rasumichin nach. Aber als Raskolnikow schon bis auf die Straße gekommen war, kehrte er plötzlich um, stieg wieder die Treppen zu Rasumichin hinauf, legte den Druckbogen und die drei Rubel auf den Tisch und entfernte sich wieder, ohne ein Wort zu sprechen.

»Hast du denn das Delirium?« schrie Rasumichin, der nun schließlich doch wütend wurde. »Warum führst du hier so eine Komödie auf? Hast mich ordentlich wütend gemacht... Warum bist du denn dann eigentlich hergekommen, Mensch?«

»Ich brauche keine Übersetzungen«, murmelte Raskolnikow, während er schon die Treppe hinabstieg.

»Zum Kuckuck, was brauchst du denn?« rief Rasumichin von oben.

Jener stieg schweigend weiter hinunter.

»Hör mal, du, wo wohnst du denn?«

Es erfolgte keine Antwort.

»Na, dann hol dich der Teufel!«

Aber Raskolnikow war schon auf der Straße. Auf der Nikolaus-Brücke gab es einen für ihn sehr unangenehmen Vorfall, der ihn wieder völlig zur Besinnung brachte. Der Kutscher einer Equipage verabreichte ihm einen gehörigen Schlag mit der Peitsche über den Rücken, weil er beinahe unter die Pferde geraten wäre, obwohl der Kutscher ihn drei- oder viermal angerufen hatte. Dieser Peitschenhieb versetzte ihn in eine solche Wut, daß er nach der Seite bis an das Geländer sprang (es war unverständlich, warum er ganz in der Mitte der Brücke gegangen war, auf dem für Wagen und nicht für Fußgänger bestimmten Raume) und ingrimmig mit den Zähnen knirschte. Die Passanten ringsherum lachten natürlich.

»Das war ihm ganz recht!«

»Gewiß eine abgefeimte Kanaille!«

»Natürlich, stellt sich betrunken, richtet es absichtlich so ein, daß er unter die Räder kommt, und unsereiner muß dann dafür aufkommen.«

»Das ist denen ihr Gewerbe, mein Lieber, das ist denen ihr Gewerbe.«

Aber in dem Augenblicke, als er am Geländer stand, sich den Rücken rieb und immer noch in sinnloser Wut der davonrollenden Equipage nachschaute, fühlte er auf einmal, daß ihm jemand Geld in die Hand drückte. Er blickte auf: es war eine schon ältere Kaufmannsfrau mit einem Kopftuche und ziegenledernen Schuhen, und neben ihr stand ein junges Mädchen mit einem Hute und einem grünen Sonnenschirm, wahrscheinlich die Tochter. »Nimm, Väterchen, um Christi willen.« Er nahm das Geld, und sie gingen weiter. Es war ein Zwanzigkopekenstück. Nach seinem Anzuge und seiner ganzen äußern Erscheinung hatten sie ihn wohl für einen richtigen Straßenbettler halten können, und daß sie ihm ein ganzes Zwanzigkopekenstück gegeben hatten, das hatte er jedenfalls dem Peitschenhiebe zu verdanken, der ihr Mitleid wachgerufen hatte.

Das Geldstück fest in der Hand haltend, ging er etwa zehn Schritt weiter und wandte sich mit dem Gesichte nach der Newa hin, in der Richtung nach dem Palaste. Am Himmel war auch nicht das kleinste Wölkchen zu sehen, und das Wasser hatte eine fast blaue Farbe, was bei der Newa nur selten vorkommt. Die Kuppel des Domes, die sich von keinem Punkte aus besser präsentiert, als wenn man auf dieser Brücke etwa zwanzig Schritt von der Brückenkapelle entfernt steht, leuchtete förmlich, und bei der reinen Luft war sogar jede einzelne kleine Verzierung deutlich zu erkennen. Der Schmerz von dem Peitschenhiebe hatte nachgelassen, und Raskolnikow hatte den Hieb bereits vergessen; ein unruhiger und nicht ganz klarer Gedanke beschäftigte ihn jetzt ausschließlich. Er stand und schaute lange mit starrem Blick in die Ferne; diese Stelle war ihm sehr bekannt. Als er noch die Universität besuchte, war er häufig, wohl hundertmal, namentlich auf dem Rückwege nach Hause, gerade an dieser Stelle stehengeblieben, um unverwandt dies wahrhaft großartige Panorama zu betrachten und sich fast jedesmal über ein unklares, undefinierbares

Gefühl, das ihn bei diesem Anblicke überkam, zu wundern. Eine sonderbare Kälte wehte ihn immer von diesem großartigen Panorama an; nach seiner Empfindung lag eine Art von stummem, dumpfem Hauche über dieses prächtige Bild hingebreitet. Er wunderte sich jedesmal über diesen finstern, rätselhaften Eindruck, den es auf ihn machte, und verschob den Versuch, dieses Rätsel zu lösen, da er seiner eigenen Empfindung mißtraute, auf eine spätere Zeit. Jetzt erinnerte er sich auf einmal deutlich an diese Fragen und Zweifel, die ihn früher beschäftigt hatten, und es schien ihm, daß ihm diese Erinnerung nicht so ganz zufällig gekommen sei. Schon allein der Umstand kam ihm befremdend und wunderlich vor, daß er genau an derselben Stelle stehengeblieben war wie früher, als glaube er wirklich, daß er jetzt noch über denselben Gegenstand wie früher nachsinnen und sich für solche Themen und Bilder interessieren könne, wie sie ihn vor noch gar nicht so langer Zeit interessiert hatten. Dieser Gedanke brachte ihn beinahe zum Lachen und preßte ihm gleichzeitig schmerzlich die Brust zusammen. Ganz unten in einem Abgrunde, in einer kaum absehbaren Tiefe, lagen jetzt für ihn sein ganzes früheres Leben und seine früheren Interessen, Aufgaben, Probleme und Eindrücke und dieses ganze Panorama und er selbst und alles, alles... Es schien ihm, als fliege er aufwärts in eine ungewisse Ferne und als entschwinde alles seinen Augen. Bei einer unwillkürlichen Bewegung mit der Hand fühlte er plötzlich in seiner Faust das Zwanzigkopekenstück, das er krampfhaft festhielt. Er öffnete die Hand, starrte die Münze an, holte aus und schleuderte sie ins Wasser; dann wandte er sich um und ging nach Hause. Es war ihm, als hätte er in diesem Augenblicke wie mit einer Schere sich selbst von allen und von allem losgeschnitten.

Als er nach Hause kam, war es schon Abend; er mußte also im ganzen gegen sechs Stunden umhergewandert sein. Auf welchem Wege und wie er heimgegangen war, dafür hatte er keine Erinnerung. Er zog die Kleider aus und legte sich, am ganzen Leibe zitternd wie ein abgehetztes Pferd, auf das Sofa, deckte sich mit seinem Mantel zu und versank sofort in Bewußtlosigkeit.

Tief in der Nacht kam er von einem fürchterlichen Geschrei wieder zu sich. O Gott, was war das für ein Geschrei! Solche unnatürlichen Töne, ein solches Geheul, Gewinsel, Zähneknirschen, solche Tränen, Schläge und Schimpfwörter hatte er noch nie gehört und gesehen. Eine solche Bestialität und Raserei hatte er überhaupt nie für menschenmöglich gehalten. Erschreckt richtete er sich auf und setzte sich in seinem Bette; das Herz drohte ihm jeden Augenblick vor Qual auszusetzen. Das Prügeln, Wimmern und Schimpfen wurde immer ärger. Da unterschied er auf einmal zu seinem höchsten Erstaunen die Stimme seiner Wirtin. Sie heulte, winselte und jammerte, wobei sie die Worte so eilig und hastig hervorstieß, daß sie nicht zu verstehen waren; sie flehte um etwas, doch wohl, daß man aufhören möchte, sie zu schlagen; denn sie wurde ganz unbarmherzig auf der Treppe geprügelt. Die Stimme des Schlagenden war von Ingrimm und Wut so schrecklich entstellt, daß sie nur wie ein heiseres Röcheln klang; aber trotzdem redete auch er immerzu etwas und ebenso schnell, unverständlich, hastig und halb erstickt wie die Wirtin. Plötzlich fing Raskolnikow an wie Espenlaub zu zittern: er hatte diese Stimme erkannt: es war Ilja Petrowitschs Stimme. Ilja Petrowitsch war da und schlug die Wirtin! Er stieß sie mit den Füßen, er stieß ihren Kopf gegen die Stufen – das hörte man ganz deutlich an dem Geräusch, an dem Geheul, an dem Aufschlagen! Wie ging das zu? Hatte sich die Welt umgedreht? Man hörte, wie sich in allen Stockwerken eine Menge Menschen auf der Treppe ansammelte; Stimmen wurden laut, Ausrufe ertönten; es war ein Gelaufe und Herumtrampeln; Türen wurden zugeschlagen; alles rannte zusammen. ›Aber was hat sie nur getan? Was hat sie nur getan? Und wie ist so etwas nur möglich?‹ fragte er sich und glaubte allen Ernstes, daß er verrückt geworden sei. Aber nein doch, er hörte alles nur zu deutlich!... ›Also, wenn's so ist, werden sie im nächsten Augenblick auch zu mir kommen; denn... jedenfalls ist das alles wegen derselben Sache... wegen der gestrigen Sache,... o Gott!‹ Er dachte daran, die Tür zuzuriegeln; aber er vermochte den Arm nicht zu heben,... und es wäre ja auch nutzlos gewesen. Die Angst legte sich auf seine Seele wie ein Eisklumpen; sie peinigte ihn und machte ihn ganz starr. Aber siehe da, nachdem dieser entsetzliche Lärm wohl zehn Minuten gedauert hatte, wurde er endlich allmählich schwächer. Die Wirtin stöhnte und ächzte nur noch, Ilja Petrowitsch aber drohte und schimpfte noch immer. Nun schien auch er ruhiger zu werden; jetzt hörte man ihn gar nicht mehr. ›Sollte er wirklich weggegangen sein? O Gott!‹ Ja, nun ging auch die Wirtin fort, immer noch unter Stöhnen und Weinen,... jetzt schlug auch die Tür zu ihrer Wohnung zu... Nun gingen die Menschen, die auf der Treppe gewesen waren, auseinander und begaben sich in ihre Wohnungen; man hörte noch erregte Ausrufe, sie stritten sich, riefen einander zu; bald steigerten sie ihre Wechselrede bis zum Geschrei, bald ließen sie sie zum Geflüster herabsinken. Es mußten wohl sehr viele Leute dagewesen sein; gewiß war beinahe das ganze Haus zusammengelaufen. ›Aber mein Gott, ist denn das alles möglich? Und warum, warum war er hierhergekommen?‹

Raskolnikow fiel kraftlos auf das Sofa zurück; aber er konnte die Augen nicht mehr schließen; etwa eine halbe Stunde lang lag er so da, in einem so qualvollen Zustande und in einem so unerträglichen Gefühle grenzenloser Angst, wie er das noch niemals durchgemacht hatte. Auf einmal erhellte ein greller Lichtschein sein Zimmer: Nastasja kam mit einem Lichte und mit einem Teller Suppe herein. Sie blickte ihn aufmerksam an, und als sie sah, daß er nicht schlief, stellte sie das Licht auf den Tisch und ordnete daneben, was sie mitgebracht hatte: Brot, Salz, einen Teller und einen Löffel.

»Du hast gewiß seit gestern nichts gegessen. Treibst dich den ganzen Tag herum, wo du doch Fieber hast!«

»Nastasja, warum hat die Wirtin Schläge bekommen?«

Sie sah ihn mit einem prüfenden Blicke an.

»Wer hat denn die Wirtin geschlagen?«

»Jetzt eben,... vor einer halben Stunde, hat es Ilja Petrowitsch getan, der Stellvertreter des Revieraufsehers, auf der Treppe... Warum hat er sie so geschlagen, und warum ist er überhaupt hergekommen?«

Nastasja betrachtete ihn schweigend und mit gerunzelter Stirn; so sah sie ihn lange an. Ihm wurde ihr forschender Blick unangenehm, ja geradezu beängstigend.

»Nastasja, warum antwortest du nicht?« fragte er zuletzt schüchtern und mit schwacher Stimme.

»Das kommt vom Blute«, erwiderte sie endlich leise, wie wenn sie zu sich selbst spräche.

»Blut?... Was für Blut?« murmelte er. Er wurde ganz blaß und rückte an die Wand.

Nastasja blickte ihn immer noch schweigend an.

»Niemand hat die Wirtin geschlagen«, antwortete sie dann in scharfem, entschiedenem Tone.

Er sah sie an und konnte kaum Atem holen.

»Ich habe es doch mit eigenen Ohren gehört,... ich habe nicht geschlafen,... ich habe aufrecht gesessen«, entgegnete er noch schüchterner. »Ich habe es lange mit angehört. Der Stellvertreter des Revieraufsehers war gekommen. Es war ein großer Auflauf auf der Treppe, die Leute aus allen Wohnungen...«

»Kein Mensch ist hergekommen. Das ist das Blut, das in dir herumtobt. Wenn das keinen Ausweg hat und zu Klumpen gerinnt, davon kommt dann solch unsinniges Gerede... Willst du nicht etwas essen?«

Er antwortete nicht. Nastasja stand noch immer neben ihm, blickte ihn unverwandt an und ging nicht weg.

»Gib mir zu trinken, liebe Nastasjuschka!«

Sie ging nach unten und kam nach zwei Minuten mit Wasser in einem weißen Tonkruge zurück; aber was weiter vorging, daran konnte er sich später nicht mehr erinnern. Er erinnerte sich nur, wie er einen Schluck kaltes Wasser aus dem Kruge geschlürft und sich dabei die Brust begossen hatte. Dann hatte er die Besinnung verloren.

III

Indessen war er nicht während der ganzen Dauer seiner Krankheit völlig besinnungslos: er befand sich in einem fieberhaften Zustande mit Irrereden und halbem Bewußtsein. An vieles vermochte er sich später zu erinnern. Bald schien es ihm, als ob sich viele Menschen um ihn versammelten und ihn nehmen und irgendwohin wegtragen wollten und sich um ihn heftig stritten und zankten. Bald war er auf einmal allein im Zimmer; alle waren hinausgegangen und fürchteten sich vor ihm, und nur ab und zu öffneten sie die Tür ein wenig, um nach ihm zu sehen, drohten ihm, besprachen etwas untereinander, lachten und neckten ihn. Er erinnerte sich, daß er Nastasja oft neben sich gesehen hatte; er hatte auch noch einen Menschen bemerkt, der ihm sehr bekannt vorkam; aber wer es eigentlich war, darüber konnte er schlechterdings nicht ins klare kommen, und das war ihm ein peinigendes Gefühl, er weinte sogar darüber. Manchmal schien es ihm, als liege er schon einen Monat, ein andermal, als sei es immer noch der nämliche Tag. Aber jene Sache – jene Sache hatte er vollständig vergessen; dagegen kam ihm alle Augenblicke der Gedanke, er habe etwas vergessen, was er nicht hätte vergessen dürfen; er quälte und marterte sich mit dem Versuche, es sich ins Gedächtnis zurückzurufen, er stöhnte, er geriet in Wut oder in eine entsetzliche, unerträgliche Angst. Dann sprang er auf und wollte davonlaufen; aber immer hielt ihn jemand mit Gewalt zurück, und er sank wieder in Schwäche und Bewußtlosigkeit zurück. Endlich kam er wieder ganz zu sich.

Dies geschah eines Morgens um zehn Uhr. Um diese Stunde wanderte an heiteren Tagen immer ein langer Streifen Sonnenschein über die rechte Wand seines Zimmers und beleuchtete die Ecke neben der Tür. An seinem Bette stand Nastasja und außerdem noch ein Mann, der ihn mit lebhaftem Interesse betrachtete und ihm ganz unbekannt war. Es war ein junger Mensch im langschößigen Rock, mit kleinem Barte; er machte etwa den Eindruck eines Kontoristen. Durch die halbgeöffnete Tür blickte die Wirtin herein. Raskolnikow richtete sich auf.

»Wer ist das, Nastasja?« fragte er, indem er auf den jungen Mann zeigte.

»Na, nun sieh mal! Er ist wieder zu sich gekommen!« rief sie.

»Der Herr ist wieder zu sich gekommen«, wiederholte der Kontorist.

Sowie sie vernahm, daß er wieder bei Bewußtsein war, machte die Wirtin, die verstohlen durch die Tür hereingeguckt hatte, diese zu und verschwand. Sie war auch sonst immer sehr schüchtern und verlegen und ließ sich nur ungern auf Gespräche und Erörterungen ein; sie mochte etwa vierzig Jahre alt sein, hatte schwarze Augenbrauen und schwarze Augen, war dick und fett und infolge dieser Beleibtheit sowie auch aus Trägheit sehr gutmütig. Sie machte in ihrer äußeren Erscheinung einen ganz netten Eindruck, benahm sich aber überaus zimperlich.

»Wer sind Sie?« fragte Raskolnikow wieder, sich diesmal an den Kontoristen selbst wendend.

In diesem Augenblicke wurde die Tür wieder, und zwar sperrangelweit, geöffnet, und wegen seiner hohen Statur etwas gebückt, trat Rasumichin ein.

»Na, so eine Schiffskajüte!« rief er beim Eintreten. »Jedesmal stoße ich mit der Stirn an; und so etwas nennt sich Wohnung! Na, und du, Bruder, bist wieder zu dir gekommen? Ich habe es eben von Paschenjka gehört.«

»Eben ist er wieder zu sich gekommen«, sagte Nastasja.

»Eben ist der Herr wieder zu sich gekommen«, wiederholte liebenswürdig der Kontorist mit leisem Lächeln.

»Nun, und wer sind Sie denn?« fragte Rasumichin, sich zu ihm wendend. »Mein Name ist – Sie gestatten – Wrasumichin, nicht Rasumichin, wie man mich immer nennt, sondern Wrasumichin, Student, Sohn eines Edelmannes, und der hier ist mein Freund. Nun also, und was sind Sie für einer?«

»Ich bin Kontorist im Geschäft von Schelopajew und bin in einer Geschäftssache hier.«

»Bitte, nehmen Sie auf diesem Stuhle Platz!« Rasumichin selbst setzte sich auf einen andern, an der andern Seite des Tischchens. »Das ist recht von dir, Bruder, daß du wieder zu dir gekommen bist«, fuhr er, zu Raskolnikow gewendet, fort. »Seit mehr als drei Tagen hast du so gut wie nichts gegessen und getrunken; nur ein bißchen Tee haben wir dir eingelöffelt. Zweimal habe ich Sossimow mit zu dir hergebracht. Erinnerst du dich noch an Sossimow? Er hat dich sorgfältig untersucht und sagte gleich, die Sache habe nichts zu bedeuten; es wäre wohl etwas mit dem Kopfe passiert.

Irgend so ein Quatsch mit den Nerven, dazu mangelhafte Ernährung, sagte er; du hättest zu wenig Bier und Meerrettich bekommen; daher die Krankheit; aber es sei weiter nichts Bedenkliches, es werde schon vorübergehen. Ein famoser Kerl, dieser Sossimow; hat seine junge Praxis gut in Gang gebracht. Na also, ich möchte Sie nicht aufhalten«, wandte er sich wieder an den Kontoristen. »Wollen Sie freundlichst sagen, was Sie wünschen? Denk nur, Rodja, es ist schon zum zweiten Male jemand aus der Bank hier; nur war vorher ein anderer gekommen, mit dem habe ich mich unterhalten. Wer war das, der vor Ihnen hier war?«

»Wohl vorgestern, ganz recht; das war Alexej Semjonowitsch; der ist auch bei uns im Geschäft.«

»Der ist wohl viel gescheiter als Sie, meinen Sie nicht?«

»Das mag schon sein; er ist auch schon älter.«

»Sehr löblich geantwortet; na, dann tragen Sie Ihre Sache vor!«

»Also«, begann der Kontorist, sich direkt an Raskolnikow wendend, »auf Wunsch Ihrer Frau Mutter hat der Kaufmann Afanassij Iwanowitsch Wachruschin, von dem Sie wohl schon öfters gehört haben, an unser Kontor eine Zahlungsanweisung für Sie gelangen lassen. Im Falle, daß Sie sich bei voller Besinnung befinden, soll ich Ihnen fünfunddreißig Rubel behändigen, den Betrag der Order, die unser Chef von Afanassij Iwanowitsch auf Wunsch Ihrer Frau Mutter erhalten hat. Kennen sie Afanassij Iwanowitsch?«

»Ja... ich erinnere mich... Wachruschin...«, erwiderte Raskolnikow nachsinnend.

»Hören Sie wohl? Er kennt den Kaufmann Wachruschin!« rief Rasumichin. »Wie sollte er da nicht bei voller Besinnung sein? Übrigens merke ich jetzt, daß auch Sie ein sehr gescheiter Mensch sind. Es ist ein Vergnügen, so verständige Worte anzuhören.«

»Jawohl, es stimmt, Wachruschin, Afanassij Iwanowitsch Wachruschin; dieser Herr hat auf Wunsch Ihrer Frau Mutter, die Ihnen schon früher auf dieselbe Weise durch seine Vermittlung Geld geschickt hat, sich auch diesmal bereit finden lassen, an unsern Chef Order zu erteilen, daß Ihnen fünfunddreißig Rubel – in Hoffnung auf die Möglichkeit späterer höherer Zahlungen – ausgezahlt werden sollen.«

»Sehen Sie mal, das haben Sie ja ganz besonders schön gesagt: ›in Hoffnung auf die Möglichkeit späterer höherer Zahlungen‹; nicht übel war auch das ›auf Wunsch Ihrer Frau Mutter‹. Nun also, wie denken Sie darüber: ist er bei voller Besinnung oder nicht?«

»Ich habe keine Bedenken. Es ist nur wegen der Unterschrift.«

»Die wird er schon hinkritzeln. Haben Sie ein Quittungsbuch bei sich?«

»Jawohl, hier.«

»Geben Sie her. Nun, Rodja, richte dich auf. Ich werde dich stützen; schreib mal recht schwungvoll ›Raskolnikow‹. Nimm die Feder, Bruder; denn Geld schmeckt uns jetzt noch besser als Honig.«

»Will nicht, will nicht!« sagte Raskolnikow und schob die Feder zurück.

»Was denn: ›will nicht‹?«

»Ich unterschreibe nicht.«

»Aber Mensch! Ohne Unterschrift geht es doch nicht!«

»Ich brauche das Geld nicht, brauche es nicht...«

»Er braucht das Geld nicht! Nein, Bruder, da irrst du dich, das kann ich bezeugen! Bitte, machen Sie sich darüber keine Gedanken; das meint er nicht so,... er träumt wieder. Übrigens begegnet ihm so etwas auch im wachen Zustande... Sie sind ja ein verständiger Mann; wir wollen ihm behilflich sein, d. h. ihm einfach die Hand führen; dann wird er schon unterschreiben. Fassen Sie mal zu...«

»Ich kann ja auch ein andermal wiederkommen.«

»Nein, nein, wozu wollen Sie sich so viel Mühe machen. Sie sind ein verständiger Mann... Nun, Rodja, halte den Herrn nicht auf,... du siehst doch, daß er wartet.« Damit schickte er sich allen Ernstes an, ihm die Hand zu führen.

»Laß sein, ich will allein...«, sagte dieser, nahm die Feder und quittierte im Buche.

Der Kontorist zählte das Geld auf und entfernte sich.

»Bravo! Und jetzt, Bruder, willst du etwas essen?«

»Ja«, antwortete Raskolnikow.

»Habt ihr Suppe?«

»Ja, von gestern«, antwortete Nastasja, die die ganze Zeit über dabeigestanden hatte.

»Wohl mit Kartoffeln und Reismehl?«

»Ja, mit Kartoffeln und Reismehl.«

»Weiß ich auswendig. Hol die Suppe her und bring auch Tee.«

»Schön!«

Raskolnikow verfolgte das alles mit größtem Erstaunen und mit einer dumpfen, verständnislosen Angst. Er beschloß, zu schweigen und abzuwarten, was noch weiter kommen werde. ›Es scheint doch, daß ich nicht phantasiere‹, dachte er. ›Es scheint, daß das wirklich ...‹

Nach zwei Minuten kam Nastasja mit der Suppe zurück und erklärte, der Tee würde auch gleich da sein. Mit der Suppe zugleich erschienen zwei Löffel, zwei Teller und alles sonstige Zubehör: Salzfaß, Pfefferbüchse, Senf für das Rindfleisch usw., was früher so ordentlich schon lange nicht mehr auf dem Tische gestanden hatte. Auch ein sauberes Tischtuch war da.

»Es wäre recht nett, Nastasjuschka, wenn Praskowja Pawlowna zwei Fläschchen Bier hier aufmarschieren ließe. Die würden wir mit Vergnügen trinken.«

»Na, du bist der richtige Schwerenöter!« murmelte Nastasja und ging, um den Auftrag auszuführen.

Verstört beobachtete Raskolnikow noch immer mit angestrengter Aufmerksamkeit das, was vorging. Unterdessen hatte sich Rasumichin zu ihm auf das Sofa gesetzt; plump, wie ein Bär, faßte er mit der linken Hand Raskolnikows

Kopf, obgleich dieser auch selbst imstande gewesen wäre sich aufzurichten, und mit der rechten Hand führte er ihm den Löffel mit Suppe an den Mund, nachdem er vorher ein paarmal darauf geblasen hatte, damit er sich nicht verbrenne. Indes war die Suppe nur eben warm. Raskolnikow verschlang gierig einen Löffel voll, dann den zweiten, den dritten. Aber nachdem er ihm so einige Löffel voll gereicht hatte, hielt Rasumichin auf einmal inne und erklärte, hinsichtlich einer weiteren Verabfolgung von Nahrung müsse er erst Sossimows Zustimmung einholen.

Nastasja kam und brachte zwei Flaschen Bier.

»Möchtest du Tee?«

»Ja.«

»Na, dann hol mal ganz schnell Tee, Nastasja; denn Tee kann man ihm auch wohl ohne das Gutachten der medizinischen Fakultät erlauben. Und da ist ja auch das Bier!« Er setzte sich wieder auf seinen Stuhl, zog die Suppe und das Fleisch zu sich heran und begann mit solchem Appetite zu essen, als ob er drei Tage nichts genossen hätte.

»Ich esse jetzt bei euch hier alle Tage so, Bruder Rodja«, murmelte er, soweit es ihm der mit Rindfleisch vollgestopfte Mund erlaubte, »und das spendiert alles Paschenjka, deine brave Wirtin; die hat mich sehr in ihr Herz geschlossen. Ich beanspruche das selbstverständlich nicht; na, aber ich protestiere auch nicht dagegen. Da ist ja auch schon Nastasja mit dem Tee. Ein flinkes Mädel! Nun, Nastenjka, möchtest du ein Gläschen Bier?«

»Ach, geh! Was machst du für Witze!«

»Na, aber ein bißchen Tee?«

»Tee meinetwegen.«

»Dann gieß dir ein. Warte, ich will dir selbst eingießen; setze dich an den Tisch.«

Er stellte sofort alles ordentlich hin, goß eine, dann eine zweite Tasse ein, ließ sein Frühstück im Stich und setzte sich wieder herüber auf das Sofa. In derselben Weise wie vorher umfaßte er mit dem linken Arm den Kranken, richtete ihn etwas auf und gab ihm mit dem Teelöffel Tee ein, wobei er wieder fortwährend mit besonderem Eifer auf den Löffel blies, als ob diese Prozedur des Blasens den wichtigsten Heilfaktor bildete. Raskolnikow schwieg und sträubte sich nicht dagegen, obgleich er sich eigentlich völlig stark genug fühlte, um ohne jede fremde Hilfe sich aufzurichten, auf dem Sofa zu sitzen und nicht nur sich seiner Hände zum Halten des Löffels oder der Tasse zu bedienen, sondern vielleicht sogar umherzugehen. Aber eine sonderbare, sozusagen tierische Schlauheit veranlaßte ihn, seine Kräfte einstweilen noch zu verbergen, sich zu verstellen, nötigenfalls sogar so zu tun, als ob er das Gesagte nicht ganz verstände, und unterdessen aufzuhorchen und zu beobachten, was eigentlich um ihn herum vorgehe. Übrigens vermochte er seinen Widerwillen nicht zu bezwingen: nachdem er ungefähr zehn Löffel Tee hinuntergeschluckt hatte, machte er plötzlich seinen Kopf frei, stieß störrisch den Löffel zurück und ließ sich wieder auf das Kissen zurücksinken. Es lagen jetzt wirklich unter seinem Kopfe richtige Kissen, Federkissen mit reinen Bezügen; auch dies hatte er bereits bemerkt und zum Gegenstande des Nachdenkens gemacht.

»Paschenjka muß uns heute Himbeersaft schicken, damit wir ihm etwas zum Trinken machen können«, sagte Rasumichin, der sich wieder auf seinen Platz gesetzt hatte und sich von neuem an die Suppe und das Bier machte.

»Wo soll sie denn Himbeersaft herkriegen?« fragte Nastasja; sie hielt die Untertasse auf den gespreizten fünf Fingern und sog den Tee durch ein Stück Zucker hindurch.

»Himbeersaft bekommt sie beim Kaufmann, liebes Kind. Sieh mal, Rodja, hier ist, während du bewußtlos warst, eine ganze Geschichte passiert. Als du mir so wie ein Dieb davonliefst und mir deine Wohnung nicht sagtest, da packte mich ein solcher Grimm, daß ich mir vornahm, dich aufzusuchen und zu bestrafen. Gleich denselben Tag machte ich mich ans Werk. Wo bin ich nicht überall herumgelaufen und habe nach dir gefragt! Straße und Nummer deiner jetzigen Wohnung hatte ich vergessen; übrigens habe ich sie nie im Gedächtnis gehabt, weil ich sie nie erfahren hatte. Na, und deine frühere Wohnung – da erinnerte ich mich nur, daß sie bei den Fünf-Ecken lag, im Charlamowschen Hause. Ich suchte also wie verrückt nach diesem Charlamowschen Hause; später hat sich dann herausgestellt, daß dein Hauswirt gar nicht Charlamow, sondern Buch geheißen hat – wie man sich doch manchmal in den Lauten irren kann! Na, ich war ganz ärgerlich. ›In Gottes Namen‹, dachte ich, ›wir wollen's mal versuchen!‹ und ging am andern Tage aufs Meldeamt. Und denke dir: in zwei Minuten hatten sie dich da gefunden! Du warst dort eingetragen.«

»Wunderbar!«

»Ja, es ist erstaunlich! Es wurde gerade, während ich da war, auch nach einem General Kobeljow gesucht; den konnten sie nicht finden. Aber ich will nicht abschweifen. Sowie ich nun hier in deine Bude eingedrungen war, wurde ich gleich mit all deinen Angelegenheiten bekannt; mit allen, Brüderchen, geradezu mit allen; ich weiß alles. Nastasja hier kann es bezeugen: mit Nikodim Fomitsch habe ich Bekanntschaft gemacht, und Ilja Petrowitsch ist mir wenigstens gezeigt worden, und mit dem Hausknecht habe ich Bekanntschaft gemacht und mit Herrn Alexander Grigorjewitsch Sametow, dem Sekretär beim hiesigen Polizeibureau, und schließlich auch mit Paschenjka, das war die Krone des Ganzen; Nastasja hier weiß davon zu reden...«

»Ja, was der der Wirtin für Schmeicheleien gesagt hat...«, murmelte Nastasja, verschmitzt lächelnd. »Der reine Zucker!«

»Aber Sie sollten sich doch noch ein bißchen Zucker in Ihren Tee hineintun, Nastasja Nikiforowna!«

»Ach, du Racker!« rief Nastasja und prustete vor Lachen. »Ich heiße doch Nastasja Petrowna und nicht Nastasja Nikiforowna«, fügte sie hinzu, als sie mit ihrem Gelächter fertig war.

»Das werde ich mir hochachtungsvoll einprägen. Na also, Bruder, um es kurz zu machen: anfangs hatte ich die größte Lust, hier allenthalben einen elektrischen Strom mittels einer Klopfpeitsche hindurchgehen zu lassen, um alle Vorurteile, die in der hiesigen Gegend gegen dich herrschen, mit einem Male auszurotten; aber Paschenjka hat mein Herz besiegt. Ich hatte gar nicht erwartet, Bruder, daß sie eine so... so scharmante Frau ist. Wie denkst du darüber, he?«

Raskolnikow schwieg, obwohl er seine unruhigen Blicke keinen Augenblick von ihm abgewandt hatte und ihn auch jetzt immer noch starr anblickte.

»Und sogar sehr scharmant«, fuhr, ohne sich durch dieses Schweigen im geringsten beirren zu lassen, Rasumichin fort, als pflichte er einer erhaltenen Antwort bei, »und sehr brav und ordentlich, in jeder Hinsicht.«

»Na, so ein schlauer Fuchs!« rief Nastasja wieder, für die es offenbar ein Hochgenuß war, dieses Gespräch mit anzuhören.

»Schade, Bruder, daß du nicht gleich von Anfang an verstanden hast, die Sache richtig anzufassen. Eine Frau wie diese hättest du ganz anders behandeln müssen. Sie hat einen Charakter, einen Charakter, möchte ich sagen, der einem etwas zu raten aufgibt! Na, aber von ihrem Charakter reden wir später noch... Aber wie konntest du es dahin kommen lassen, daß sie es wagte, die Lieferung des Mittagessens an dich einzustellen? Oder die Sache mit dem Schuldschein? Du bist wohl verrückt geworden, daß du Schuldscheine unterschreibst! Na, und dann dieses Heiratsprojekt, als die Tochter Natalja Jegorowna noch lebte... Ich weiß alles! Übrigens, ich sehe, daß ich da einen delikaten Punkt berühre und daß ich ein dummer Esel bin; sei mir nicht böse. Aber ad vocem Dummheit: meinst du nicht auch, Bruder, Praskowja Pawlowna ist doch gar nicht so dumm, wie man auf den ersten Blick geneigt sein könnte anzunehmen, nicht wahr?«

»Ja...«; antwortete Raskolnikow mürrisch, indem er zur Seite blickte. Aber er sagte sich, daß es sicherlich zweckmäßig sei, etwas zur Weiterführung des Gespräches beizutragen.

»Nicht wahr?« rief Rasumichin, der sich sichtlich freute, eine Antwort bekommen zu haben. »Aber eigentlich klug ist sie doch auch nicht, wie? Ein Charakter, der einem viel, viel zu raten aufgibt. Zum Teil kann ich selbst mich nicht drin zurechtfinden, muß ich dir gestehen, Bruder. Sie wird wohl volle vierzig alt sein. Sie sagt: erst sechsunddreißig, und sie ist durchaus berechtigt, das zu sagen. Übrigens kann ich dir versichern, daß ich mir mein Urteil über sie rein intellektuell, lediglich nach den Grundsätzen der Metaphysik bilde; aber dabei ist mir ein Problem entgegengetreten, gegen das alle Algebra ein Kinderspiel ist! Mein Verstand versagt! Na, das ist ja alles dummes Zeug. Ich will bloß sagen: als sie sah, daß du nicht mehr Student warst und keine Privatstunden und keinen ordentlichen Anzug mehr hattest, und sich sagte, daß sie nach dem Tode ihrer Tochter keinen Anlaß mehr habe, dich als ein liebes Glied ihrer Familie zu behandeln: da bekam sie es mit der Angst um ihr Geld. Und da du deinerseits dich in dein Kämmerlein verkrochst und nichts dazu tatest, um die bisherigen Beziehungen aufrechtzuerhalten, so kam sie auf den Gedanken, dich aus der Wohnung hinauszuwerfen. Mit dieser Absicht trug sie sich lange; es tat ihr nur leid, den Schuldschein, den du ausgestellt hattest, wegzugeben, namentlich da du ja selbst versichert hattest, daß deine Mutter bezahlen würde...«

»Das war eine Gemeinheit von mir, daß ich das gesagt habe. Meine Mutter muß selbst beinahe betteln gehen... Ich habe gelogen, um nicht aus der Wohnung gejagt und um weiter beköstigt zu werden«, sagte Raskolnikow laut und deutlich.

»Ja, da hast du ganz vernünftig gehandelt. Das Malheur war nur, daß sich da auf einmal ein Herr Tschebarow, Hofrat und Geschäftsmann, einmischte. Ohne ihn hätte Paschenjka gegen dich keine Schritte getan; sie ist ja sehr schüchtern. Na, aber ein Geschäftsmann ist nicht schüchtern, und das erste, was er tat, war natürlich, sie zu fragen, ob Aussicht vorhanden sei, daß der Schuldschein bezahlt würde. Es wurde ihm geantwortet, dazu sei allerdings Aussicht vorhanden; denn es existiere da so eine liebe Mama, die mit ihrer Pension von hundertfünfundzwanzig Rubeln ihrem Rodja schon aus der Klemme helfen werde und wenn sie auch selbst darüber hungern müßte, und dann existiere da auch noch so eine gute Schwester, die sich für ihren Bruder in die Leibeigenschaft begeben würde. Darauf baute er nun seinen Plan... Warum wirst du denn so zapplig? Ich habe jetzt deine intimsten Geheimnisse erfahren, Bruder; das kommt davon, daß du gegen Paschenjka so offenherzig warst, als du noch mit ihr auf verwandtschaftlichem Fuße standest. Ich sage dir das alles jetzt, weil ich es mit dir gut meine... Ja, so geht das: ein ehrlicher, gefühlvoller Mensch redet offenherzig alles heraus, und so ein Geschäftsmann hört es, nutzt es aus und richtet den Betreffenden zugrunde. Sie überließ also diesen Schuldschein, unter der Fiktion, als habe er ihn ihr abgekauft, diesem Tschebarow, und der leitete ungeniert in regulärer Form die Eintreibung ein. Ich hatte, als ich das alles erfuhr, vor, bloß so zur Beruhigung meines Gewissens auch ihm etwas von dem bewußten elektrischen Strome zukommen zu lassen; aber gerade damals bildete sich zwischen mir und Paschenjka ein so schönes, harmonisches Verhältnis heraus, und so sorgte ich denn dafür, daß der weitere Verlauf der Sache gehemmt wurde, und zwar durch Verstopfung der Quelle, indem ich mich dafür verbürgte, daß du zahlen würdest. Ich habe für dich Bürgschaft geleistet, Bruder, hörst du wohl? Wir ließen also Herrn Tschebarow kommen, warfen ihm zehn Rubel in den Rachen, ließen uns den Schuldschein zurückgeben, und so habe ich denn die Ehre, ihn dir zu überreichen; man schenkt jetzt deinem bloßen Worte vollkommenes Vertrauen. Nimm ihn; ich habe ihn ordnungsmäßig eingerissen.«

Rasumichin legte den Schuldschein auf den Tisch; Raskolnikow warf einen Blick darauf und drehte sich, ohne ein Wort zu sagen, nach der Wand zu. Das war selbst Rasumichin zuviel.

»Ich sehe, Bruder«, begann er nach einer kleinen Pause wieder, »daß ich es wieder mal recht ungeschickt gemacht habe. Ich hoffte, dich zu zerstreuen und durch mein Geschwätz aufzuheitern; aber wie es scheint, habe ich dir nur die Galle aufgeregt.«

»Also das bist du gewesen, den ich im Fieber nicht erkannt habe?« fragte Raskolnikow, gleichfalls nach einer kleinen Pause und ohne den Kopf umzudrehen.

»Freilich, und du gerietest sogar deswegen in Wut, namentlich als ich einmal Sametow mit herbrachte.«

»Sametow? Den Sekretär? Wozu?«

Raskolnikow drehte sich schnell um und heftete die Augen fest auf Rasumichin.

»Aber was hast du denn? Warum regst du dich so auf? Er wollte dich gern kennenlernen; er selbst sprach den Wunsch aus, weil ich so viel mit ihm über dich gesprochen hatte... Von wem hätte ich denn sonst so viel über dich erfahren können? Er ist ein prächtiger Mensch, Bruder, ein ganz famoser Mensch,... in seiner Art selbstverständlich. Wir sind jetzt Freunde und kommen fast alle Tage miteinander zusammen. Ich bin ja in dieses Revier gezogen. Weißt du das noch nicht? Eben erst bin ich mit meinem Umzug fertig geworden. Bei Lawisa bin ich auch schon ein paarmal mit ihm gewesen. Erinnerst du dich an Lawisa, Lawisa Iwanowna?«

»Habe ich phantasiert?«

»Na, und wie! Du wußtest ja gar nichts von dir.«

»Worüber habe ich phantasiert?«

»Eine schnurrige Frage! Worüber du phantasiert hast? Na, worüber man eben im Fieber so phantasiert. . . Aber jetzt, Bruder, wollen wir keine Zeit mehr vergeuden, sondern ans Werk gehen.«

Er stand vom Stuhle auf und griff nach seiner Mütze.

»Worüber habe ich phantasiert?«

»Er läßt nicht locker! Bist du besorgt wegen eines Geheimnisses? Da kannst du dich beruhigen; von einer Gräfin hast du nichts gesagt. Aber von einer Bulldogge, von Ohrgehängen und Kettchen, von der Krestowskij-Insel, von einem Hausknecht, von dem Revieraufseher Nikodim Fomitsch und seinem Gehilfen Ilja Petrowitsch hast du viel gesprochen. Ferner bekundetest du ein außerordentliches Interesse für deinen werten Strumpf. Du jammertest immer: ›Gebt mir doch meinen Strumpf!‹ Sametow suchte persönlich in allen Ecken deine Strümpfe zusammen und überreichte dir mit seinen höchsteigenen wohlparfümierten, beringten Händen diesen wertlosen Trödel. Da erst beruhigtest du dich und hieltest das schmutzige Zeug einen ganzen Tag lang in der Hand; es war keine Möglichkeit, es dir wegzunehmen. Wahrscheinlich hast du es auch jetzt noch irgendwo unter der Bettdecke liegen. Und dann batest du noch um Hosenfransen, und was hast du dabei für Tränen vergossen! Wir versuchten herauszubringen, was das für Fransen sein sollten; aber es war nicht daraus klug zu werden... Aber nun ans Werk! Hier sind fünfunddreißig Rubel; davon nehme ich zehn mit und werde so in etwa zwei Stunden darüber Rechenschaft ablegen. Inzwischen will ich auch Sossimow benachrichtigen, der übrigens auch ohnedies schon längst hier sein müßte; denn es ist elf durch. Du aber, Nastenjka, sieh nur, während ich weg bin, recht oft hier nach, ob er zu trinken haben will oder sonst etwas wünscht. Und Paschenjka werde ich gleich selbst das Erforderliche sagen. Auf Wiedersehen!«

»Paschenjka nennt er sie! Ach, du geriebener Patron du!« rief Nastasja hinter ihm her; dann öffnete sie die Tür und horchte, konnte ihrer Neugier aber doch nicht widerstehen und lief selbst hinunter.

Es war ihr doch gar zu interessant, zu erfahren, was er da mit der Wirtin spräche; und überhaupt lag es auf der Hand, daß sie von Rasumichin ganz entzückt war.

Kaum hatte sich die Tür hinter ihr geschlossen, als der Kranke die Bettdecke von sich warf und wie von Sinnen aus dem Bette sprang. Mit brennender, krampfhafter Ungeduld hatte er darauf gewartet, daß die beiden weggingen, um dann sofort, von ihrer Anwesenheit befreit, sich ans Werk zu machen. Aber an was für ein Werk denn? fragte er sich jetzt. Hatte er es denn nun gerade in diesem Augenblicke wieder vergessen?

›O Gott, sage mir nur dies eine: wissen sie schon alles, oder noch nicht? Aber wenn sie nun wirklich schon alles wissen und sich nur verstellen und ihr Spiel mit mir treiben, während ich daliege, und dann plötzlich hereintreten und erklären, daß ihnen alles schon längst bekannt sei und daß sie nur so getan hätten... Was mußte ich doch jetzt tun? Daß ich es auch gerade jetzt vergessen habe! Eben wußte ich es noch, und nun auf einmal habe ich es vergessen!‹

Er stand mitten im Zimmer und sah sich in qualvoller Ungewißheit um; er ging zur Tür, öffnete sie und horchte hinaus; aber das war nicht das, was er gewollt hatte. Plötzlich, als wenn es ihm nun eingefallen wäre, stürzte er zu der Ecke hin, wo sich in der Tapete die Höhlung befand, besah alles prüfend, steckte die Hand in die Höhlung und suchte darin herum; aber auch das war nicht das Richtige. Er ging zum Ofen, machte ihn auf und stöberte in der Asche umher: die Fransen von der Hose und die Fetzen der herausgerissenen Tasche lagen noch ebenso da, wie er sie damals hineingeworfen hatte; also hatte dort niemand nachgesehen. Hierbei fiel ihm der Strumpf ein, von welchem Rasumichin soeben erzählt hatte. Richtig, da lag er auf dem Sofa, unter der Bettdecke; er war schon derartig beschmutzt, daß Sametow sicher nichts daran hatte sehen können.

›Ha, Sametow!... Das Polizeibureau!... Aber warum bestellt man mich auf das Polizeibureau? Wo ist die Vorladung? Ach,... ich bringe das ja durcheinander: daß ich da hinbestellt wurde, das war ja damals! Den Strumpf habe ich auch schon damals nachgesehen; aber jetzt... jetzt bin ich krank gewesen. Warum ist aber Sametow hierhergekommen? Warum hat Rasumichin ihn mitgebracht?‹ murmelte er, ganz schwach vor Aufregung, und setzte sich wieder auf das Sofa. ›Wie steht es denn? Sind das immer noch Fieberphantasien bei mir, oder ist es Wirklichkeit? Doch wohl Wirklichkeit... Ach, jetzt fällt mir ein, was ich wollte: fliehen! So schnell, wie nur möglich, fliehen, fliehen unter allen Umständen! Ja..., aber wohin? Und wo sind denn meine Kleider? Die Stiefel sind nicht da! Die haben sie mir weggenommen und versteckt! Nun verstehe ich alles! Aber da liegt der Paletot – den haben sie übersehen! Da liegt auch Geld auf dem Tische, Gott sei Dank! Und da ist auch der Schuldschein... Ich will das Geld nehmen und fortgehen; ich miete mir eine andre Wohnung, dann werden sie mich nicht finden! Ja, aber das Meldeamt? Sie werden mich doch finden; Rasumichin findet mich bestimmt. Das beste ist, ganz und gar davonzugehen... weit weg... nach Amerika,... dann können sie mir nachpfeifen! Den Schuldschein nehme ich auch mit,... der kann mir da noch gute Dienste leisten... Was soll ich sonst noch mitnehmen? Sie denken, ich bin krank. Sie wissen nicht, daß ich gehen kann, ha-ha-ha!... Ich habe es ihnen an den Augen angemerkt, daß sie alles wissen! Wenn ich nur erst die Treppe hinunter wäre! Aber wenn sie nun da Wachen stehen haben, Polizisten? Was ist das hier? Tee? Und da ist auch noch Bier übriggeblieben, eine halbe Flasche, das ist schön kühl!‹

Er ergriff die Flasche, in der noch ein ganzes Glas übrig war, und trank sie mit dem größten Genusse, ohne abzusetzen, aus, als ob er in seiner Brust ein Feuer löschen wolle. Aber es war kaum eine Minute vergangen, da stieg ihm das Bier in den Kopf, und ein leises, jedoch nicht unangenehmes Frösteln lief ihm den Rücken hinunter. Er legte sich hin und zog die Bettdecke über sich herüber. Seine ohnehin schon krankhaften und zusammenhanglosen Gedanken verwirrten sich immer mehr, und bald überkam ihn eine leichte, angenehme Schläfrigkeit. Mit einem Wonnegefühl suchte er sich auf dem Kissen mit dem Kopfe eine recht bequeme Stelle aus, wickelte sich fester in die weiche, wattierte Decke ein, die er jetzt statt des zerrissenen Mantels über sich liegen hatte, seufzte leise und versank in einen tiefen, festen, heilsamen Schlaf.

Er erwachte, als er hörte, daß jemand zu ihm kam, öffnete die Augen und erblickte Rasumichin, der die Tür weit aufgemacht hatte und auf der Schwelle stand, noch unschlüssig, ob er eintreten sollte oder nicht. Raskolnikow richtete sich schnell auf dem Sofa auf und sah ihn an, wie wenn er sich an etwas zu erinnern suchte.

»Ah, du schläfst nicht mehr; nun also, da bin ich wieder! Nastasja, bring das Bündel her!« rief Rasumichin nach unten. »Gleich sollst du Rechenschaft erhalten.«

»Was ist die Uhr?« fragte Raskolnikow, unruhig umherblickend.

»Du hast ein ordentliches Schläfchen gemacht, Bruder: es wird schon Abend; etwa sechs ist es. Über sechs Stunden hast du geschlafen.«

»O Gott, was habe ich da getan!«

»Aber was ist denn dabei? Das macht dich gesund! Wohin hast du es denn so eilig? Wohl zu einem Rendezvous? Wir können ja jetzt über unsre Zeit ganz nach Belieben verfügen. Ich habe schon drei Stunden lang auf dich gewartet und bin schon ein paarmal hier gewesen; aber immer schliefst du. Bei Sossimow habe ich auch zweimal vorgesprochen: er war nicht zu Hause. Na, das tut nichts; er wird schon kommen. In meinen eigenen Angelegenheiten habe ich auch noch allerlei Gänge gemacht. Ich bin ja heute umgezogen und jetzt glücklich damit fertig; ich wohne mit meinem Onkel zusammen. Mein Onkel ist doch jetzt bei mir... Na, aber jetzt an unser Geschäft! Gib mal das Bündel her, Nastasja. Nun wollen wir gleich mal sehen. Wie fühlst du dich denn, Bruder?«

»Ich bin gesund; ich bin nicht krank... Rasumichin, bist du schon lange hier?«

»Ich sage dir ja: ich warte schon drei Stunden lang.«

»Nein, ich meine: vorher!«

»Was soll das heißen: vorher?«

»Seit wann kommst du hierher?«

»Ich habe es dir ja doch vorhin erzählt; oder erinnerst du dich nicht?«

Raskolnikow dachte nach. Was vorhin geschehen war, schwebte ihm nur ganz unklar vor. Er war nicht imstande, sich allein zu besinnen, und blickte Rasumichin fragend an.

»Hm!« sagte der. »Das hast du vergessen. Ich hatte schon vorhin den Eindruck, daß mit dir noch nicht alles in Ordnung ist. Jetzt der Schlaf hat dich in Ordnung gebracht... Wahrhaftig, du siehst auch viel besser aus. Bist ein Prachtkerl! Na, nun zum Geschäft! Es wird dir gleich alles wieder einfallen. Sieh mal her, lieber Sohn!«

Er knotete das Bündel auf, das ihm offenbar außerordentlich wichtig war.

»Dies hat mir ganz besonders am Herzen gelegen, Bruder, das kannst du mir glauben. Denn wir müssen dich doch vor allen Dingen erst wieder zum Menschen machen. Also nun los, und zwar von oben an. Siehst du diese schöne Kopfbedeckung?« fing er an und nahm aus dem Bündel eine ganz nette, dabei aber sehr gewöhnliche, billige Mütze heraus. »Erlaube, wir wollen sie dir mal aufprobieren!«

»Später, nachher!« entgegnete Raskolnikow, mürrisch abwehrend.

»Nein, nein, Bruder Rodja, sträube dich nicht; nachher wird es zu spät. Ich würde auch die ganze Nacht nicht schlafen können, weil ich sie ohne Maß nur so aufs Geratewohl gekauft habe. Sie paßt genau!« rief er triumphierend, nachdem er sie ihm aufgesetzt hatte. »Paßt ganz genau, wie auf Bestellung! Der Schmuck des Hauptes, Bruder, ist das allerwichtigste Stück des ganzen Anzuges und bildet in seiner Art eine wertvolle Empfehlung. Mein Freund Tolstjakow sieht sich genötigt, jedesmal seine Kopfbedeckung abzunehmen, wenn er in ein öffentliches Lokal kommt, wo alle andern Leute ihre Hüte und Mützen aufbehalten. Alle denken, er tue das aus serviler Gesinnung; aber der Grund ist ganz einfach der, daß er sich seines Vogelnestes schämt; er geniert sich überhaupt so leicht. Also, Nastenjka, nun sieh mal hier diese beiden Kopfbedeckungen, diesen Palmerston« (er holte aus einer Zimmerecke Raskolnikows verbeulten runden Hut herbei, dem er, Gott weiß warum, den Namen Palmerston beilegte) »und dagegen dieses kostbare Prunkstück! Taxiere einmal, Rodja, wieviel meinst du, daß ich dafür bezahlt habe? Oder du, Nastasjuschka?« wandte er sich an diese, als er sah, daß Raskolnikow schwieg.

»Zwanzig Kopeken wirst du wohl dafür gegeben haben«, antwortete Nastasja.

»Zwanzig Kopeken, du dumme Trine!« rief er gekränkt. »Für zwanzig Kopeken kriegt man heutzutage nicht einmal so eine Person, wie du bist! Achtzig Kopeken kostet sie! Und auch das nur, weil sie schon getragen ist. Aber es ist noch eine Abmachung dabei: wenn diese abgetragen ist, bekommst du im nächsten Jahre eine andre umsonst, wahrhaftiger Gott! Nun, und jetzt kommen wir zu den Vereinigten Staaten von Nordamerika, wie es bei uns im Gymnasium hieß. Ich bemerke im voraus: auf dieses Paar Hosen bin ich stolz!« Er breitete vor Raskolnikow ein Paar graue Beinkleider aus leichtem wollenem Sommerstoff aus. »Kein Löchelchen, kein Fleckchen, vielmehr durchaus passabel, wenn auch schon getragen. Ferner eine ebensolche Weste, in derselben Farbe, wie das die Mode verlangt! Und daß sie schon getragen sind, ist, bei Lichte besehen, sogar ein Vorzug: der Stoff ist dadurch weicher und zarter geworden... Weißt du, Rodja, um in der Welt Karriere zu machen, dazu ist meiner Ansicht nach weiter nichts nötig, als daß man immer auf die Jahreszeit aufpaßt; wenn man sich im Januar keinen Spargel geben läßt, so behält man ein paar Rubel mehr im Portemonnaie. Und das trifft auch für diesen Einkauf zu. Jetzt ist Sommersaison; darum habe ich dementsprechend Sommersachen gekauft. Zur Herbstsaison wird ohnehin ein wärmerer Stoff erforderlich sein, und du wirst diese Sommersachen dann ablegen müssen – um so mehr, da sie dir dann sämtlich nicht mehr gut genug sein werden, wenn nicht infolge wachsenden Wohlstandes, so wegen ihrer eigenen Defekte. Nun taxiere! Wieviel meinst du, daß diese beiden Stücke kosten? Zwei Rubel fünfundzwanzig Kopeken! Und wohlgemerkt: wieder mit der vorhin erwähnten Abmachung; wenn du sie abgetragen hast, bekommst du im nächsten Jahr eine andre Hose und Weste umsonst! Anders werden in Fedjajews Laden Einkäufe überhaupt nicht gemacht: wenn man einmal bezahlt hat, so ist das gleich fürs ganze Leben; denn ein zweites Mal geht man ganz von allein nicht wieder hin. Nun kommen wir zu den Stiefeln – was sagst du zu denen? Man sieht es ihnen ja zwar an, daß sie schon getragen sind; aber ein paar Monate werden sie schon noch halten; denn es ist ausländische Arbeit, ausländische Ware: der englische Gesandtschaftssekretär hat sie vorige Woche auf dem Trödelmarkt verkauft; er hat sie nur sechs Tage getragen, brauchte aber ganz notwendig Geld. Preis: ein Rubel fünfzig Kopeken. Ein guter Kauf, wie?«

»Aber wer weiß, ob sie ihm passen!« bemerkte Nastasja.

»Ob sie ihm passen! Und was ist das hier?« Er zog aus der Tasche einen alten, verkrümmten, ganz mit angetrocknetem Schmutze bedeckten, zerlöcherten Stiefel Raskolnikows. »Ich bin mit einem Muster hingegangen; nach diesem Monstrum hier haben sie die richtige Größe festgestellt. Wir sind mit der größten Gewissenhaftigkeit verfahren. Und in betreff der Wäsche habe ich mit der Wirtin eine Konferenz abgehalten. Hier, erstens drei leinene Hemden mit modernen Einsätzen, und dann hier... und hier. Nun hör zu: achtzig Kopeken die Mütze, zwei Rubel fünfundzwanzig die übrigen Kleidungsstücke, zusammen drei Rubel fünf Kopeken; einen Rubel fünfzig die Stiefel – sie sind aber auch wirklich etwas Vorzügliches –, zusammen vier Rubel fünfundfünfzig Kopeken; fünf Rubel die ganze Wäsche – wir haben nämlich einen abgerundeten Gesamtpreis gemacht –, zusammen genau neun Rubel fünfundfünfzig Kopeken. Du bekommst also noch fünfundvierzig Kopeken heraus; habe die Güte, diese Summe hier in Empfang zu nehmen. Somit, Rodja, bist du jetzt wieder vollständig equipiert; denn deinen Paletot kannst du meines Erachtens noch eine ganze Weile tragen; ja, er macht sogar einen hervorragend anständigen Eindruck; man merkt doch gleich, wenn so ein Stück bei Scharmer gearbeitet ist. Was Strümpfe und andere Requisiten anlangt, so überlasse ich das dir selbst; an Geld haben wir noch fünfundzwanzig Rubelchen zur Verfügung. Wegen Paschenjka und der Wohnungsmiete brauchst du dich nicht zu beunruhigen; ich habe dir schon gesagt: du erfreust dich jetzt eines unbegrenzten Kredits. Jetzt aber erlaube mal, Bruder, daß wir dir die Wäsche wechseln; sehr möglich, daß die Krankheit jetzt nur noch im Hemde steckt.«

»Laß mich! Ich mag nicht!« wehrte Raskolnikow ab, der Rasumichins absichtlich humoristisch gefärbten Bericht über den Kleiderkauf nur widerwillig mit angehört hatte.

»Nein, Bruder, das geht nicht; wozu hätte ich mir denn dann die Stiefelsohlen abgelaufen!« rief Rasumichin, hartnäckig auf seinem Verlangen bestehend. »Nastasjuschka, geniere dich mal nicht, sondern hilf mir – da, so!«

Und trotz Raskolnikows Widerstand wechselte er ihm die Wäsche. Dieser ließ sich auf das Kopfkissen zurücksinken und redete mehrere Minuten lang kein Wort.

›Die werden mich so bald noch nicht in Ruhe lassen!‹ dachte er.

»Von was für Geld ist denn das alles gekauft?« fragte er endlich, blickte aber dabei nach der Wand.

»Von was für Geld? Na, so was! Von deinem eigenen Gelde. Vorhin war doch der Kontorist hier; Wachruschin hat es überwiesen; deine Mutter hat es dir geschickt; hast du das auch schon wieder vergessen?«

»Jetzt erinnere ich mich...«, erwiderte Raskolnikow nach langem, finsterem Nachdenken.

Rasumichin runzelte die Stirn und blickte ihn beunruhigt an.

Die Tür ging auf, und es trat ein großer, stämmiger Mann ein; Raskolnikow meinte, er müsse ihn früher schon gesehen haben.

»Sossimow! Na, endlich!« rief Rasumichin erfreut.

IV

Sossimow war ein hochgewachsener Mensch, ziemlich fett, mit dickem, bläßlichem, glattrasiertem Gesichte und ganz hellblondem, glattem Haar; er trug eine Brille und an einem seiner dicken, fetten Finger einen großen goldenen Ring. Er mochte etwa siebenundzwanzig Jahre alt sein. Bekleidet war er mit einem weiten, eleganten leichten Paletot und hellen Sommerbeinkleidern; überhaupt waren alle Bestandteile seines Anzuges weit, elegant und höchst adrett, die Wäsche tadellos, die Uhrkette schwer, massiv. Seine Bewegungen waren langsam und scheinbar müde, dabei aber von einer studierten Ungezwungenheit; ein gewisser Hochmut kam, obwohl er sich Mühe gab, ihn zu verbergen, doch fortwährend zum Vorschein. Alle, die ihn kannten, hielten ihn für einen etwas schwerfälligen Menschen, sagten ihm aber nach, daß er seine Sache verstände.

»Ich bin zweimal bei dir gewesen, Bruder«, rief Rasumichin. »Sieh nur, er ist wieder zu sich gekommen!«

»Ich sehe, ich sehe. Nun, wie fühlen wir uns denn jetzt, he?« wandte sich Sossimow an Raskolnikow, indem er ihn prüfend anblickte und sich zu ihm auf das Sofa setzte, ans Fußende, wo er es sich sofort nach Möglichkeit bequem machte.

»Er ist immer so hypochondrisch«, fuhr Rasumichin fort. »Wir haben ihm eben die Wäsche gewechselt; da fing er beinahe an zu weinen.«

»Sehr begreiflich; mit der Wäsche hätte es ja auch noch Zeit gehabt, wenn er selbst es jetzt nicht mochte... Der Puls ist vorzüglich. Der Kopf tut wohl immer noch ein bißchen weh, nicht wahr?«

»Ich bin gesund, vollständig gesund!« entgegnete Raskolnikow in eigensinnigem, gereiztem Tone; er richtete sich plötzlich auf dem Sofa auf und blickte mit funkelnden Augen um sich, legte sich aber sogleich wieder auf das Kissen zurück und drehte sich nach der Wand zu.

Sossimow beobachtete ihn mit unverwandtem Blicke.

»Sehr gut,... alles, wie es sein muß«, sagte er lässig. »Hat er etwas gegessen?«

Rasumichin gab Auskunft und fragte, was ihm gegeben werden dürfte.

»Er kann alles bekommen,... Suppe, Tee,... Pilze und Gurken natürlich nicht, na, und Fleisch braucht er auch noch nicht, und... na ja, es ist ja weiter nichts zu sagen!« Er wechselte einen Blick mit Rasumichin. »Die Medizin weg, alles weg; ich sehe morgen wieder nach... Es wäre vielleicht auch heute... na ja...«

»Morgen abend führe ich ihn spazieren«, erklärte Rasumichin in bestimmtem Tone. »In den Jussupow-Garten, und dann gehen wir in den Kristallpalast.«

»Morgen würde ich noch Ruhe für ihn empfehlen; übrigens... ein bißchen Bewegung... nun, das wollen wir mal morgen sehen.«

»Jammerschade, heute veranstalte ich gerade eine kleine Festlichkeit aus Anlaß meines Umzuges; es ist bloß ein paar Schritte von hier; da müßte er eigentlich auch mit dabei sein. Er könnte ja auf dem Sofa liegen, und wir würden uns dann um ihn herumsetzen. Aber du, du wirst doch kommen?« wandte sich Rasumichin an Sossimow. »Vergiß es nicht; du hast es mir versprochen.«

»Vielleicht komme ich, aber wohl etwas später. Was gibt es denn bei dir?«

»Es ist alles ganz einfach: Tee, Schnaps, Hering. Pirog gibt es auch. Es kommen nur gute Bekannte.«

»Wer denn?«

»Lauter Leute hier aus der Gegend und fast sämtlich neue Bekannte – ausgenommen etwa den alten Onkel, und ein neuer Bekannter ist der eigentlich auch: er ist erst gestern hier in Petersburg angekommen; er hat hier geschäftliche Angelegenheiten zu erledigen. Wir sehen einander nur so alle Jahre einmal.«

»Was ist er?«

»Er hat sein ganzes Leben lang als Postmeister in einer Kreisstadt vegetiert,... jetzt bezieht er eine kleine Pension, er ist fünfundsechzig Jahre alt. Viel zu sagen ist nicht von ihm; aber ich habe ihn ganz gern. Auch Porfirij Petrowitsch kommt, der Untersuchungskommissar, ein Jurist. Aber du kennst ihn ja...«

»Ist der nicht auch irgendwie mit dir verwandt?«

»Nur ganz weitläufig. Aber warum machst du denn so ein böses Gesicht? Du wirst doch nicht deshalb wegbleiben wollen, weil ihr euch einmal miteinander gezankt habt?«

»Der ist für mich Luft.«

»Sehr vernünftig gedacht. Na, dann sind noch ein paar Studenten da, ein Lehrer, ein Beamter, ein Musiker, ein Offizier, Sametow...«

»Sag mir nur um alles in der Welt, was kannst du oder der hier« (Sossimow wies durch eine Kopfbewegung auf Raskolnikow) »mit einem Menschen wie Sametow für Berührungspunkte haben?«

»Nein, diese wählerischen, mäkligen Menschen! Ihr Prinzipienreiter!... Du läßt dich ganz und gar durch deine Prinzipien wie durch innere Sprungfedern in Bewegung setzen und wagst gar nichts nach eigenem Willen zu tun. Meine Meinung ist: wenn einer ein guter Mensch ist, so genügt das; weiter brauche ich dann gar nichts über ihn zu wissen. Das ist mein Prinzip. Sametow ist ein ganz prächtiger Mensch.«

»Und macht hohle Hände.«

»Na, und wenn schon, was zum Teufel schert mich das? Meinetwegen mag er hohle Hände machen!« rief Rasumichin, der in eine ihm sonst fremde Aufregung hineingeriet. »Habe ich etwa das an ihm gelobt, daß er hohle Hände macht? Ich habe nur gesagt, daß er in seiner Art gut ist. Und wenn man eine so überscharfe Kritik übt, wie viele Menschen können dann überhaupt als gut bezeichnet werden? Ich bin fest überzeugt, daß unter solchen Umständen ein Käufer für meine eigene Person, einschließlich des gesamten Eingeweides, höchstens eine gebackene Zwiebel geben würde, und auch das nur, wenn er dich dabei noch als Zugabe bekommt!...«

»Das ist denn doch zu wenig; ich gebe für dich allein zwei.«

»Und ich für dich nur eine. Du mit deinen Witzen! Sametow ist noch ein junges Bürschchen, und ich treibe noch so mein Späßchen mit ihm; denn man muß ihn freundlich heranziehen und nicht etwa zurückstoßen. Durch Zurückstoßen bessert man einen Menschen nicht, und am allerwenigsten einen jungen Burschen. Bei einem jungen Burschen ist doppelte Vorsicht vonnöten. Ach, ihr Narren mit euren fortschrittlichen Ideen, rein gar nichts versteht ihr! Andre Menschen achtet ihr nicht, euch selbst vergöttert ihr!... Aber wenn du es wissen willst: es verbindet uns sogar ein bestimmtes gemeinsames Interesse.«

»Da bin ich neugierig.«

»Ja, es handelt sich um den Maler, d. h. den Anstreicher... Wir werden ihn schon losbekommen! Übrigens ist jetzt eigentlich für ihn keine Gefahr mehr; die Sache ist jetzt klar, völlig klar. Wir wollen nur noch ein bißchen Dampf dahinter machen.«

»Was ist das für ein Anstreicher?«

»Habe ich dir denn die Geschichte nicht schon erzählt? Ja, ja, jetzt weiß ich, ich habe dir nur den Anfang erzählt... von der Ermordung der alten Pfandleiherin, der Beamtenwitwe,... na, in diese Geschichte ist jetzt ein Anstreicher verwickelt worden...«

»Von dem Morde hatte ich schon früher gehört als du, und die Sache interessiert mich sogar... einigermaßen... aus einem bestimmten Grunde... Ich habe auch in den Zeitungen davon gelesen. Aber nun...«

»Lisaweta ist auch ermordet!« platzte auf einmal Nastasja, zu Raskolnikow gewendet, heraus.

Sie war die ganze Zeit über im Zimmer geblieben und hatte, an die Tür gelehnt, zugehört.

»Lisaweta?« murmelte Raskolnikow kaum hörbar.

»Jawohl, Lisaweta, die Altwarenhändlerin; kennst du sie nicht? Sie kam manchmal zu uns herunter. Sie hat dir auch einmal ein Hemd ausgebessert.«

Raskolnikow drehte sich nach der Wand, wo er auf der schmutzigen gelben Tapete mit weißen Blümchen sich ein plump gezeichnetes weißes Blümchen mit braunen Strichelchen aussuchte und genau betrachtete: wieviel Blättchen daran seien, was für kleine Zacken an den Blättchen und wieviel Strichelchen. Er fühlte, daß ihm die Hände und Füße taub wurden, als ob sie gelähmt wären; aber er machte nicht einmal einen Versuch, sie zu bewegen, und starrte unverwandt auf das Blümchen.

»Nun also, wie ist das mit dem Anstreicher?« unterbrach Sossimow sehr mißvergnügt Nastasjas Geschwätz.

Diese seufzte und schwieg.

»Der ist nun auch als Mörder verdächtigt worden!« fuhr Rasumichin eifrig fort.

»Was sind denn für Beweise da?«

»Absolut gar keine! Allerdings ist er gerade auf Grund eines Beweismoments festgenommen worden; aber es ist eben kein Beweis, und das ist's, was wir nachweisen müssen. Es ist genau dieselbe Geschichte wie gleich zuerst nach dem Morde, wo sie die beiden Leute, wie heißen sie doch gleich..., Koch und Pestrjakow, als verdächtig festnahmen. Pfui! Wie dumm die Polizei hier immerzu verfährt; selbst wenn man die Sache nur von fern betrachtet, ekelt es einen. Pestrjakow kommt vielleicht heute zu mir... Übrigens, du weißt ja wohl von diesem Ereignisse schon, Rodja; es passierte noch vor deiner Krankheit, gerade am Abend vor dem Tage, wo du auf dem Polizeibureau in Ohnmacht fielst, als dort davon gesprochen wurde...«

Sossimow blickte Raskolnikow neugierig an; dieser rührte sich nicht.

»Weißt du was, Rasumichin? Ich bin ganz erstaunt über dich, was du für ein Hans-Dampf-in-allen-Gassen bist!« bemerkte Sossimow.

»Kann sein; aber losbekommen werden wir ihn doch!« rief Rasumichin und schlug mit der Faust auf den Tisch. »Weißt du, was mich dabei am meisten ärgert? Nicht, daß diese Herren von der Polizei sich irren; einen Irrtum kann man immer verzeihen; ein Irrtum ist sogar etwas ganz Gutes, weil er zur Wahrheit führt. Nein, das Ärgerliche ist, daß sie sich irren und von ihrem eigenen Irrtum entzückt sind. Ich schätze Porfirij sehr, aber... Was hat sie zum Beispiel gleich anfangs irregemacht? Die Tür war versperrt, und als die beiden mit dem Hausknecht hinaufkamen, war sie offen: folglich haben Koch und Pestrjakow den Mord begangen! Das ist nun ihre Logik!«

»Werde doch nicht so hitzig! Es ist den beiden doch nichts weiter passiert, als daß sie verhaftet wurden, und das war doch ein Ding der Notwendigkeit... Übrigens habe ich diesen Herrn Koch schon einmal getroffen; er pflegte, wie sich herausgestellt hat, der Alten verfallene Pfandstücke abzukaufen. Nicht wahr?«

»Ja, er ist ein Gauner! Kauft auch Wechsel auf. Ein unsauberes Gewerbe. Hol ihn der Kuckuck! Verstehst du aber wohl, worüber ich so wütend bin? Über ihre veraltete, abgeschmackte, verdrehte Methode bin ich wütend... Und gerade in dieser Sache läßt sich ein ganz neuer Weg finden. Einzig und allein aus den psychologischen Anhaltspunkten läßt sich zeigen, wie man auf die richtige Spur kommen muß. ›Wir haben Fakta‹, sagen sie. Aber Fakta allein tun's nicht; man muß doch auch mit den Fakten umzugehen wissen!«

»Und du verstehst dich darauf?«

»Man kann doch aber nicht schweigen, wo man fühlt und weiß, daß man in der Sache etwas nützen könnte, wenn... Donnerwetter noch mal!... Kennst du die Geschichte in ihren Einzelheiten?«

»Ich warte immer noch darauf, etwas über den Anstreicher zu hören.«

»Ach so! Na, dann hör mal zu. Gerade zwei Tage nach dem Morde, vormittags, als sie sich auf der Polizei noch mit Koch und Pestrjakow abmühten – obwohl diese sich über jeden ihrer Schritte ausgewiesen hatten; ein absolut zwingender Unschuldsbeweis! –, da kommt plötzlich ein ganz unerwartetes Faktum zum Vorschein. Ein gewisser Duschkin, ein früherer Bauer, der jetzt dem betreffenden Hause gerade gegenüber eine Kneipe hat, erscheint auf dem Polizeibureau und bringt ein Etui mit einem goldenen Ohrgehänge und erzählt eine lange Geschichte. ›Vorgestern abend, bald nach acht‹ – Tag und Stunde! merkst du was? – ›kam zu mir ein Malergeselle, der auch schon früher manchmal am Tage bei mir gewesen war, er heißt Mikolai, und brachte mir dieses Kästchen mit goldenen Ohrringen, es sind auch Steinchen daran, und wollte es bei mir für zwei Rubel versetzen; und auf meine Frage, wo er es herhabe, gab er an, er habe es auf dem Trottoir gefunden. Weiter habe ich ihn darüber nicht befragt‹, sagte Duschkin, ›sondern ihm ein Scheinchen‹, d. h. einen Rubel, ›dafür gegeben; denn ich dachte, wenn ich es ablehne, versetzt er es bei einem andern; vertrinken tut er es doch; da kann das Ding lieber bei mir liegen: gute Hut erhält das Gut. Und sollte sich irgend etwas herausstellen oder etwas Bedenkliches verlauten, so liefere ich es bei der Polizei ab.‹ Na, das mit der guten Absicht war natürlich unverschämt gelogen, denn ich kenne diesen Duschkin; er ist ein Wucherer und Hehler und hat dem Mikolai ein Schmuckstück, das dreißig Rubel wert ist, nicht deshalb abgegaunert, um es ›abzuliefern‹. Er hat es nachher einfach mit der Angst bekommen. Na also, hör zu; dieser Duschkin erzählte nun weiter. ›Diesen Mikolai Dementjew kenne ich von klein auf; er ist auch vom Lande, aus demselben Gouvernement und Kreise wie ich, nämlich aus dem Kreise Saraisk, Gouvernement Rjasan. Mikolai ist zwar kein Säufer, trinkt aber doch gern einmal, und ich wußte, daß er gerade in jenem Hause arbeitete, nämlich die Wände anstrich, zusammen mit Mitrej; und Mitrej ist auch aus demselben Orte. Als er von mir das Scheinchen erhalten hatte, ließ er es sofort wechseln, trank gleich hintereinander zwei Gläschen, steckte das übrige Geld ein und ging weg. Mitrej habe ich damals nicht mit ihm zusammen gesehen. Am andern Tage hörte ich, daß Aljona Iwanowna und ihre Schwester Lisaweta Iwanowna mit einem Beile totgeschlagen worden seien; ich habe sie beide gekannt; und da schöpfte ich Verdacht wegen der Ohrringe; denn es war mir bekannt, daß die Verstorbene Geld auf Pfänder ausgeliehen hatte. Ich ging also in das Haus hinüber und fing an, mich ganz sachte und vorsichtig zu erkundigen, und zu allererst fragte ich, ob Mikolai da sei. Da erzählte mir Mitrej, Mikolai habe die Nacht über gebummelt, sei erst bei Tagesanbruch nach Hause gekommen, ganz betrunken, habe sich dort nur etwa zehn Minuten aufgehalten und sei dann wieder weggegangen; er, Mitrej, habe ihn seitdem nicht mehr gesehen und bringe nun die Arbeit allein zu Ende. Die Wohnung aber, in der sie zu arbeiten hatten, lag im ersten Stockwerk, an derselben Treppe wie die der beiden ermordeten Frauen. Als ich das hörte, habe ich damals niemandem etwas von der Geschichte mit Mikolai gesagt‹, erzählte Duschkin, ›sondern ich versuchte, Einzelheiten über den Mord zu erfahren, und kehrte mit demselben Verdachte nach Hause zurück. Heute morgen nun um acht Uhr‹ – das heißt also zwei Tage nach dem Morde, verstehst du wohl? – ›da kommt auf einmal Mikolai zu mir herein, nicht ganz nüchtern, aber auch nicht übermäßig betrunken; man konnte ganz wohl mit ihm reden. Er setzte sich auf eine Bank und schwieg. Außer ihm war im Lokal in dem Augenblicke nur noch ein fremder Gast anwesend, und dann schlief noch ein andrer, ein mir bekannter Kunde, auf einer Bank, und auch die beiden Kellnerjungen waren da. Ich fragte ihn nun: ›Hast du Mitrej nicht gesehen?‹ »Nein«, meinte er, »ich habe ihn nicht gesehen.« – »Bist du denn gar nicht hier bei eurer Arbeit gewesen?« – »Nein«, meinte er, »seit vorgestern bin ich nicht mehr hier gewesen.« – »Wo hast du denn diese Nacht geschlafen?« – »Auf den Peski, bei Leuten aus unsrer Gegend.« – »Und wo hattest du neulich die Ohrringe her?« fragte ich. – »Die hatte ich auf dem Trottoir gefunden«, – und das sagte er in recht unpassendem Tone und ohne mich anzusehen. – »Hast du gehört«, sagte ich, »daß an demselben Abend und in derselben Stunde an derselben Treppe ein Mord begangen worden ist?« – »Nein«, antwortete er, »ich habe nichts gehört« – und nun hörte er mit weit aufgerissenen Augen zu und wurde auf einmal kreideweiß. Ich erzählte ihm die Geschichte und sah, daß er plötzlich nach seiner Mütze griff und aufstand. Ich wollte ihn festhalten und sagte: »Warte doch, Mikolai, willst du denn nicht ein Gläschen trinken?« Und dabei gab ich einem der Kellnerjungen einen Wink, daß er die Tür zuhalten möchte, und kam hinter dem Schenktische vor. Der aber stürmte aus dem Lokal hinaus auf die Straße und im Galopp davon und in eine Seitenstraße hinein – weg war er. Da war nun mein Verdacht bestätigt; der hat den Mord auf seinem Gewissen, ganz entschieden.«

»Na gewiß!...« meinte Sossimow.

»Warte, hör mal erst die Geschichte zu Ende! Natürlich wurde alles aufgeboten, um Mikolai ausfindig zu machen; Duschkin wurde festgenommen und Haussuchung bei ihm gehalten; ebenso verfuhr man mit Dmitrij; auch Mikolais Landsleute, bei denen er die Nacht gewesen war, wurden verhört – und vorgestern gelang es, Mikolai selbst zur Stelle zu schaffen. Er war in der Nähe des... schen Schlagbaums in einer Herberge festgenommen worden. Er war dort hingekommen, hatte sein silbernes Taufkreuz vom Halse genommen und für das Kreuz ein Mäßchen Schnaps verlangt. Das war ihm verabfolgt worden. Ein paar Minuten darauf ging die Wirtin in den Kuhstall und sah durch eine Ritze, daß er in der daneben liegenden Scheune seinen Gurt an einen Balken gebunden und eine Schlinge gemacht hatte und gerade auf einen Klotz stieg und sich die Schlinge um den Hals legen wollte. Die Frau erhob ein gewaltiges Geschrei, und alles lief zusammen: ›Na, du scheinst ja ein netter Kunde zu sein!‹ hieß es. – ›Bringt mich nach dem und dem Polizeirevier‹, sagte er, ›ich will alles bekennen.‹ Nun, man transportierte ihn mit allen ihm zustehenden Ehrenbezeugungen nach dem betreffenden Polizeirevier, d. h. hierher. Da ging's nun los: ›Wie heißt du? Was bist du? Wie alt bist du?‹ – ›Zweiundzwanzig Jahre‹, usw. usw. Frage: ›Als ihr, du und Mitrej, arbeitetet, habt ihr da nicht jemand in der und der Stunde auf der Treppe gesehen?‹ Antwort: ›Es werden schon Leute vorbeigegangen sein; aber wir haben nicht darauf geachtet.‹ – ›Habt ihr nichts gehört, Lärm oder dergleichen?‹ – ›Wir haben nichts Auffälliges gehört.‹ – ›Hast du schon gleich an jenem Tage erfahren, Mikolai, daß die Witwe Soundso mit ihrer Schwester an diesem Tage zu der und der Stunde ermordet und beraubt worden war?‹ – ›Ich habe gar nichts, rein gar nichts davon gewußt; zum ersten Male habe ich davon zwei Tage darauf von Afanassij Pawlowitsch Duschkin in der Schenke gehört.‹ – ›Und wo hast du das Ohrgehänge herbekommen?‹ – ›Das habe ich auf dem Trottoir gefunden.‹ – ›Warum bist du am andern Tage nicht mit Mitrej zur Arbeit gekommen?‹ – ›Ich hatte mich herumgetrieben und getrunken.‹ – ›Wo ist das gewesen?‹ – ›Da und da.‹ – ›Warum bist du vor Duschkin davongelaufen?‹ – ›Weil ich solche Angst hatte.‹ – ›Wovor hattest du denn Angst?‹ – ›Daß sie mich verurteilen werden.‹ – ›Wie konntest du denn davor Angst haben, wenn du dich ganz unschuldig fühlst?‹ Ob du's mir nun glaubst oder nicht, Sossimow, diese Frage ist tatsächlich gestellt worden, und zwar buchstäblich mit diesen Worten; ich weiß es bestimmt; es ist mir zuverlässig mitgeteilt worden. Was sagst du dazu? Nun?«

»Na, allerdings... Aber es liegen doch Beweismomente vor.«

»Ich rede jetzt nicht von den Beweisen, sondern von dieser Fragestellung, von der Art, in der sie ihre Aufgabe auffassen! Na, lassen wir's; weiter! Sie haben ihn also so lange gequetscht und geknetet, bis er endlich gestand: ›Ich habe es nicht auf dem Trottoir gefunden, sondern in der Wohnung, wo ich mit Mitrej arbeitete.‹ – ›Wie ist das zugegangen?‹ – ›Das war so: Mitrej und ich hatten den ganzen Tag bis acht Uhr gearbeitet und wollten eben weggehen, und da nahm Mitrej einen Pinsel und schmierte mir Farbe ins Gesicht, ja, ganz voll Farbe schmierte er mir das Gesicht und lief davon und ich hinter ihm her. Und ich lief ihm nach und schrie, was ich konnte. Und als ich von der Treppe in den Torweg einbog, rannte ich in vollem Lauf gegen den Hausknecht und einige Herren an; aber wieviel Herren da bei ihm waren, erinnere ich mich nicht; und der Hausknecht schimpfte auf mich deswegen, und ein andrer Hausknecht schimpfte auch, und die Frau des Hausknechts kam heraus und schimpfte auch auf uns, und ein Herr kam mit einer Dame in den Torweg und schimpfte auch auf uns, weil Mitrej und ich mitten im Wege lagen: ich hatte Mitrej an den Haaren gefaßt und hingeschmissen und keilte ihn, und Mitrej, der unten lag, hatte mich auch an den Haaren gefaßt und keilte mich auch, und wir taten es nicht im Ernst, sondern in aller Freundschaft, aus Spaß. Und dann machte sich Mitrej los und lief auf die Straße und ich hinter ihm her; aber ich kriegte ihn nicht und ging allein in die Wohnung zurück; denn es mußte doch noch aufgeräumt werden. Ich suchte alles zusammen und wartete auf Mitrej, ob er wohl kommen würde. Und bei der Tür nach dem Flur, an der Wand, in der Ecke, da trat ich auf etwas. Ich sah hin, da lag ein Kästchen, in Papier gewickelt. Ich wickelte das Papier auf, da sah ich an dem Kästchen so ganz kleine Häkchen; ich machte die Häkchen auf, und da waren in dem Kästchen Ohrringe drin...«

»Hinter der Tür? Hinter der Tür lag es? Hinter der Tür?« rief plötzlich Raskolnikow, sah Rasumichin mit verstörten, angstvollen Augen an und richtete sich langsam, auf den Arm gestützt, auf dem Sofa auf.

»Ja... Aber was hast du denn? Was ist mit dir? Was erregt dich denn so?«

Rasumichin richtete sich gleichfalls auf.

»Nichts!...« antwortete Raskolnikow mit kaum vernehmbarer Stimme, ließ sich wieder auf das Kissen zurücksinken und drehte sich wieder nach der Wand zu. Alle schwiegen ein Weilchen.

»Er war wohl ein bißchen eingeschlummert und nun noch halb im Schlafe«, sagte Rasumichin endlich mit einem fragenden Blick auf Sossimow.

Dieser machte eine leise, verneinende Bewegung mit dem Kopfe.

»Na, fahr nur fort«, sagte Sossimow. »Was kam dann weiter?«

»Ja, was dann weiter kam! Sowie Nikolai die Ohrringe erblickt hatte, hatte er keine Gedanken mehr für die

Wohnung und für Dmitrij, sondern nahm seine Mütze und lief zu Duschkin, erhielt von ihm, wie bereits bekannt war, einen Rubel, log ihm vor, er habe das Kästchen auf dem Trottoir gefunden, und verjubelte das Geld sofort. Aber was den Mord anlangt, so blieb er bei seiner früheren Aussage: ›Ich habe gar nichts davon gewußt, rein gar nichts; erst zwei Tage darauf habe ich davon gehört.‹ – ›Und warum bist du seitdem verschwunden gewesen?‹ – ›Aus Furcht.‹ – ›Und warum wolltest du dich aufhängen?‹ – ›Vor Angst.‹ – ›Wovor denn?‹ – ›Daß man mich verurteilen würde.‹ – Na, da hast du die ganze Geschichte. Was meinst du nun wohl, was sie daraus gefolgert haben?«

»Was ist da zu meinen? Es ist eine Spur, wenn auch nur eine unsichere. Ein Faktum. Du verlangst doch nicht, daß sie deinen Anstreicher in Freiheit setzen sollen?«

»Sie betrachten ihn jetzt geradezu als den Mörder! Sie haben keinerlei Zweifel mehr.«

»Unsinn, du ereiferst dich zu sehr. Nun, aber wie steht's mit den Ohrringen? Du mußt doch selbst zugeben, daß, wenn Ohrringe aus der Truhe des alten Weibes an dem Tage des Mordes und in der Stunde des Mordes in Nikolais Hände gelangen – du mußt doch selbst zugeben, daß er sie dann irgendwie bekommen haben muß. Das hat doch bei einer solchen Untersuchung immer schon eine gewisse Wichtigkeit.«

»Wie er sie bekommen hat! Wie er sie bekommen hat!« rief Rasumichin. »Kannst denn du als Arzt, der du vor allen Dingen die menschliche Natur studieren sollst und dazu mehr Gelegenheit hast als jeder andre – kannst du denn nicht an all diesen Einzelheiten sehen, wes Geistes Kind dieser Nikolai ist? Siehst du denn nicht auf den ersten Blick, daß alles, was er bei den Verhören ausgesagt hat, die heilige Wahrheit ist? Die Ohrringe hat er genauso bekommen, wie er gesagt hat. Er ist auf das Kästchen getreten und hat es aufgehoben!«

»Die heilige Wahrheit! Und dabei hat er selbst eingestanden, daß er das erstemal gelogen hat!«

»Höre mich an, höre aufmerksam zu: der Hausknecht und Koch und Pestrjakow und der andre Hausknecht und die Frau des ersten Hausknechts und eine Bürgerfrau, die gerade damals bei ihr in der Stube des Hausknechts saß, und der Hofrat Krjukow, der gerade in dem Augenblick aus einer Droschke gestiegen war und mit einer Dame am Arm in den Torweg trat – diese alle, also acht bis zehn Zeugen, sagen einstimmig aus, daß Nikolai den Dmitrij auf die Erde geworfen hatte, auf ihm lag und ihn prügelte und daß Dmitrij ihn seinerseits an den Haaren gepackt hatte und ihn auch prügelte. Sie liegen mitten im Wege und versperren die Passage; sie werden von allen Seiten ausgeschimpft und liegen da ›wie die kleinen Kinder‹ (dies buchstäblich der von den Zeugen gebrauchte Ausdruck), liegen einer auf dem andern, kreischen und lachen, lachen beide um die Wette, schneiden dabei die komischsten Gesichter und laufen – der eine hinter dem andern her, um ihn zu greifen – wie Kinder auf die Straße hinaus. Hörst du wohl? Und nun bitte ich zu beachten: oben liegen die noch warmen Körper, hörst du, noch warm; denn so hat man sie gefunden! Wenn die beiden, oder auch nur Nikolai allein, den Mord begangen und dazu noch die Truhe aufgebrochen und ausgeraubt hatten oder auch nur irgendwie an dem Raube beteiligt gewesen waren, so erlaube, daß ich dir nur eine einzige Frage vorlege: läßt sich eine solche Seelenstimmung, also das Kreischen, das Lachen, die kindliche Prügelei im Torweg, vereinigen mit Beilen, Blut, verbrecherischer Schlauheit, Vorsicht, Raub? Soeben haben sie einen Mord begangen, vor nur etwa fünf bis zehn Minuten – denn so kommt es heraus, da die Körper noch warm waren –, und auf einmal denken sie gar nicht weiter an die Leichen und die offene Wohnung, obwohl sie wissen, daß in dem Augenblicke Leute dorthin unterwegs sind, denken auch nicht weiter an die Beute, sondern wälzen sich wie kleine Kinder auf der Erde, lachen und ziehen die allgemeine Aufmerksamkeit auf sich! Und dafür sind zehn übereinstimmende Zeugen vorhanden!«

»Gewiß ist das sonderbar! Selbstverständlich kann es so nicht gewesen sein; aber...«

»Nein, Bruder, nicht ›aber‹; sondern wenn der Umstand, daß das Ohrgehänge an demselben Tage und in derselben Stunde sich in Nikolais Händen befand, wirklich einen wichtigen Belastungsgrund gegen ihn bildet (dieser Umstand ist jedoch durch seine Aussagen ohne weiteres aufgeklärt worden, so daß der Belastungsgrund noch strittig ist), so muß man doch auch die entlastenden Momente in Erwägung ziehen, und um so mehr, da diese unbestreitbar sind. Aber was meinst du? Werden nach dem ganzen Charakter unsrer Justiz die Behörden ein solches Moment, das sich einzig und allein auf die psychologische Unmöglichkeit, lediglich auf die Seelenstimmung gründet, als ein unbestreitbares Moment gelten lassen, als ein Moment, das alle belastenden sachlichen Momente, wie sie auch immer beschaffen sein mögen, umstößt? Und sind die Behörden einer solchen Anschauung überhaupt fähig? Nein, sie werden es nicht so auffassen, unter keinen Umständen; sie werden sich darauf versteifen, daß das Kästchen bei diesem Menschen gefunden worden ist und er sich hat aufhängen wollen, ›worauf er nicht hätte verfallen können, wenn er sich nicht schuldig gefühlt hätte!‹ Das ist die Hauptfrage, und das ist der Grund, weswegen ich mich ereifere! Ist es dir nun klar?«

»Ja, das sehe ich, daß du dich ereiferst. Warte mal, ich habe noch vergessen zu fragen: wodurch ist denn bewiesen, daß das Kästchen mit dem Ohrgehänge wirklich aus der Truhe der Alten stammt?«

»Das ist bewiesen«, antwortete Rasumichin stirnrunzelnd und, wie es schien, verdrossen. »Koch hat das Wertstück wiedererkannt und den Verpfänder genannt, und dieser hat einwandfrei nachgewiesen, daß der Gegenstand ihm gehört.«

»Schlimm! Nun noch eins: hat irgend jemand diesen Nikolai während der Zeit gesehen, wo Koch und Pestrjafkow das erstemal hinaufgingen, und läßt sich nicht irgendwie sein Alibi beweisen?«

»Das ist es ja eben, daß ihn niemand gesehen hat«, erwiderte Rasumichin ärgerlich. »Das ist ja das Üble; selbst Koch und Pestrjakow haben, als sie die Treppe hinaufgingen, von den beiden Malern nichts bemerkt; übrigens würde ihr Zeugnis jetzt auch nicht viel zu bedeuten haben. ›Wir haben gesehen‹, sagen sie, ›daß die Wohnung offenstand und also wohl darin gearbeitet wurde; aber wir haben im Vorbeigehen nicht beachtet und können uns nicht erinnern, ob gerade in dem Augenblicke Arbeiter darin waren oder nicht.‹«

»Hm!... Der ganze Entlastungsbeweis besteht also darin, daß sie einander geprügelt und gelacht haben. Das ist ja allerdings ein starker Beweis; aber... Nun erlaube mal: wie erklärst du selbst denn den ganzen Hergang? Wie erklärst du den Fund der Ohrringe, wenn er sie wirklich da gefunden hat, wo er sie gefunden zu haben angibt?«

»Wie ich das erkläre? Ja, was ist denn da erst noch zu erklären? Die Sache ist ja völlig klar! Wenigstens ist der Weg, den man bei dieser Untersuchung einzuschlagen hat, deutlich gewiesen, und gerade das Kästchen hat ihn gezeigt. Das Ohrgehänge hat der wirkliche Mörder verloren. Der Mörder befand sich oben in der Wohnung, als Koch und Pestrjakow klopften, und hatte von innen zugesperrt. Koch beging die Dummheit, nach unten zu gehen; da sprang der Mörder heraus und lief gleichfalls hinunter; denn einen andern Ausweg hatte er nicht. Auf der Treppe versteckte er sich vor Koch, Pestrjakow und dem Hausknecht in der leeren Wohnung, gerade in dem Augenblick, als Dmitrij und Nikolai aus ihr hinausgelaufen waren; er stand hinter der Tür, als der Hausknecht und die beiden andern daran vorbei nach oben gingen, wartete, bis ihre Schritte nicht mehr zu hören waren, und ging dann ganz ruhig hinunter, genau in dem Augenblick, wo Dmitrij und Nikolai auf die Straße hinausgelaufen, alle auseinandergegangen waren und sich niemand mehr im Torwege befand. Vielleicht hat ihn auch jemand gesehen, ohne ihn zu beachten; wer achtet bei solchem Verkehr auf einen einzelnen Passanten? Das Kästchen aber hat er aus der Tasche verloren, als er hinter der Tür stand, und er hat nicht gemerkt, daß er es verlor, weil er den Kopf voll andrer Gedanken hatte. Das Kästchen aber beweist klar, daß er gerade dort gestanden hat. So hängt die ganze Geschichte zusammen!«

»Schlau zurechtgelegt! Wirklich schlau, Bruder! Eigentlich überschlau!«

»Wieso denn? Wieso denn?«

»Nun, weil alles gar zu gut klappte... und ineinandergriff... ganz wie auf dem Theater.«

»Ach...«, begann Rasumichin unwillig; aber in diesem Augenblicke öffnete sich die Tür, und es trat eine neue, keinem der Anwesenden bekannte Person ein.

V

Es war ein Herr schon in reiferen Jahren, von affektiert würdevoller Haltung, mit einem reservierten, süffisanten Gesichtsausdruck; das erste, was er tat, war, daß er in der Tür stehenblieb, mit einem unverhohlenen Staunen, das etwas Beleidigendes hatte, rings um sich blickte und gleichsam mit seinen Blicken fragte: ›Wo bin ich denn hier hingeraten?‹ Mißtrauisch und mit einem erkünstelten Ausdruck von Schreck, ja, als ob er sich verletzt fühlte, musterte er Raskolnikows enge, niedrige »Schiffskajüte«. Mit gleichem Staunen richtete er dann seine Blicke auf Raskolnikow selbst, der unangekleidet, ungewaschen, mit wirrem Haar auf seinem elenden, schmutzigen Sofa lag und ihn auch seinerseits unverwandt betrachtete. Dann begann er mit der gleichen Bedächtigkeit sich den nachlässig gekleideten, unrasierten und ungekämmten Rasumichin anzusehen, der ihm nun ebenso dreist und fragend ins Gesicht blickte, ohne sich vom Platze zu rühren. Dieses gespannte Schweigen dauerte etwa eine Minute lang, und dann trat, wie zu erwarten gewesen war, eine kleine Veränderung der Szenerie ein. Der soeben eingetretene Herr, der wohl aus einigen unzweideutigen Anzeichen gemerkt hatte, daß mit einer übertrieben würdevollen Haltung hier in dieser »Schiffskajüte« nichts auszurichten war, nahm ein etwas freundlicheres Wesen an und fragte in höflichem, wiewohl bestimmtem Tone, indem er sich an Sossimow wandte und jede Silbe betonte:

»Finde ich hier den Studenten oder früheren Studenten Herrn Rodion Romanytsch Raskolnikow?«

Sossimow regte sich langsam und hätte auch vielleicht geantwortet, wenn nicht Rasumichin, an den die Frage gar nicht gerichtet war, ihm zuvorgekommen wäre.

»Da liegt er ja auf dem Sofa! Na, und was wollen Sie?«

Dieses familiäre »was wollen Sie?« war für den gezierten Herrn geradezu ein Schlag ins Gesicht, und er war schon im Begriff, sich zu Rasumichin umzudrehen, beherrschte sich aber noch rechtzeitig und wandte sich schnell wieder zu Sossimow.

»Das da ist Raskolnikow«, murmelte Sossimow, wies mit einer Kopfbewegung nach dem Kranken hin und gähnte dann, wobei er den Mund sehr weit öffnete und sehr lange in dieser Haltung beließ. Hierauf griff er langsam in seine Westentasche, zog eine große, dicke goldene Uhr mit Schutzdeckel heraus, öffnete sie, sah nach und steckte sie dann mit einer ebenso langsamen, trägen Bewegung wieder ein.

Raskolnikow selbst hatte die ganze Zeit über schweigend auf dem Rücken dagelegen und den Ankömmling starr und anscheinend völlig gedankenlos angesehen. Sein Gesicht, das er jetzt von dem interessanten Blümchen auf der Tapete weggewendet hatte, war außerordentlich blaß und trug den Ausdruck eines schweren Leidens, wie wenn er soeben eine qualvolle Operation durchgemacht hätte oder in diesem Augenblicke von der Folter losgelassen wäre. Aber ganz allmählich erregte der eingetretene Herr immer mehr seine Aufmerksamkeit; dann überkam ihn Staunen, darauf Mißtrauen und sogar eine gewisse Furcht. Als aber Sossimow, auf ihn hinweisend, sagte: »Das da ist Raskolnikow«, richtete er sich auf einmal mit einem Ruck auf, setzte sich auf dem Bette aufrecht und sagte in beinahe herausforderndem Tone, aber stockend und leise:

»Ja, ich bin Raskolnikow! Was wünschen Sie?«

Der Fremde blickte ihn aufmerksam an und erwiderte mit starker Betonung:

»Pjotr Petrowitsch Lushin. Ich darf wohl hoffen, daß mein Name Ihnen nicht mehr ganz unbekannt ist.«

Raskolnikow jedoch, der etwas ganz anderes erwartet hatte, sah ihn stumpfsinnig und gedankenlos an und gab ihm keine Antwort, als ob er Pjotr Petrowitschs Namen vorher schlechterdings noch nie gehört hätte.

»Sollten Sie bisher wirklich noch keinerlei Mitteilung über mich erhalten haben?« fragte Pjotr Petrowitsch, einigermaßen unangenehm berührt.

Raskolnikows Antwort bestand darin, daß er sich langsam auf das Kissen zurücksinken ließ, die Hände unter den Kopf schob und die Zimmerdecke betrachtete. Auf Lushins Gesicht malte sich Befremden. Sossimow und Rasumichin begannen, ihn mit noch größerer Neugier zu betrachten, und er wurde am Ende sichtlich verlegen.

»Ich setzte voraus und rechnete damit«, murmelte er, »daß ein Brief, der schon vor mehr als zehn Tagen, vielleicht schon vor zwei Wochen an Sie abgegangen ist...«

»Hören Sie mal, warum stehen Sie denn da immer an der Tür?« unterbrach ihn Rasumichin. »Wenn Sie etwas mitzuteilen haben, so setzen Sie sich hin; für zwei, für Sie und Nastasja, ist es dort zu eng. Tritt mal ein bißchen an die Seite, Nastasjuschka, und laß ihn vorbei. Kommen Sie her; da ist ein Stuhl für Sie. Drängeln Sie sich hier durch!«

Er rückte seinen Stuhl vom Tische ab, stellte einen kleinen freien Raum zwischen dem Tische und seinen Knien her und wartete in etwas gezwungener Haltung darauf, daß der Besucher sich durch diese schmale Lücke »durchdrängelte«. Der Augenblick war so gewählt, daß eine Ablehnung dieser Aufforderung nicht wohl möglich war, und der Besucher drängte sich eilig und stolpernd durch den engen Zwischenraum. Als er den Stuhl erreicht hatte, setzte er sich und sah Rasumichin mißtrauisch an.

»Sie brauchen übrigens gar nicht verlegen zu sein«, sagte dieser in ungeniertem Tone. »Rodja ist zwar vier Tage lang krank gewesen und hat drei Tage lang phantasiert; aber jetzt ist er wieder zu sich gekommen und hat sogar mit Appetit gegessen. Dort sitzt sein Arzt, der ihn soeben untersucht hat; und ich bin Rodjas Kamerad, auch ein gewesener Student, und jetzt seine Wärterin. Also kümmern Sie sich um uns beide gar nicht, genieren Sie sich nicht, sondern sagen Sie ruhig, was Sie hier wünschen.«

»Ich danke Ihnen. Wird aber auch meine Anwesenheit und das Gespräch mit mir den Kranken nicht aufregen?« fragte Pjotr Petrowitsch den Arzt.

»N–nein«, brummte Sossimow. »Das kann ihn eher noch ein bißchen zerstreuen.« Er gähnte wieder.

»Oh, er ist schon längst wieder bei vollem Bewußtsein, seit heute morgen!« fuhr Rasumichin fort, dessen familiärer Ton so ungekünstelt und treuherzig klang, daß Pjotr Petrowitsch daran glaubte und seine Scheu etwas ablegte; es mochte dabei auch der Umstand mitwirken, daß dieser zerlumpte, dreiste Mensch sich als Student vorgestellt hatte.

»Ihre Frau Mutter...«, begann Lushin.

»Hm!« machte Rasumichin laut.

Lushin blickte ihn fragend an.

»Ich wollte nichts sagen. Es war nur so unwillkürlich. Weiter!«

Lushin zuckte mit den Achseln.

»Ihre Frau Mutter hatte, noch während meiner Anwesenheit bei den Ihrigen, einen Brief an Sie begonnen. Nachdem ich nun hier angelangt war, habe ich absichtlich noch einige Tage vergehen lassen und bin nicht sogleich zu Ihnen gekommen, um völlig sicher zu sein, daß Sie inzwischen von allem benachrichtigt wären; jetzt aber sehe ich zu meinem Erstaunen...«

»Ich weiß, ich weiß«, unterbrach ihn Raskolnikow ungeduldig und ärgerlich. »Also Sie sind das? Der Bräutigam? Nun, ich weiß schon!... Genug davon!«

Pjotr Petrowitsch fühlte sich offenbar beleidigt; aber er schwieg. Er überlegte angestrengt, was das alles eigentlich zu bedeuten habe. Das Schweigen dauerte wohl eine Minute.

Unterdessen begann Raskolnikow, der sich bei seiner Antwort ein wenig nach ihm hingedreht hatte, ihn von neuem aufmerksam und mit einer Art von besonderer Neugier zu betrachten, als wäre er vorhin mit der Musterung noch nicht fertig geworden oder als wäre ihm an Lushin etwas Neues aufgefallen; er richtete sich sogar ausdrücklich zu diesem Zwecke vom Kissen auf. In der Tat fiel einem an Pjotr Petrowitschs gesamter äußerer Erscheinung etwas Besonderes auf, und speziell etwas, was zu der Bezeichnung »Bräutigam« stimmte, die ihm soeben in so ungenierter Weise erteilt worden war. Es war sehr augenfällig, daß Pjotr Petrowitsch diese paar Tage in der Hauptstadt schleunigst dazu benutzt hatte, um sich in Erwartung der Braut neu zu equipieren und zu verschönern, ein sehr harmloses und erlaubtes Bestreben. Sogar, daß er mit vielleicht allzu starker Selbstzufriedenheit sich dieser erfreulichen Vervollkommnung bewußt war, konnte bei einem Bräutigam verzeihlich erscheinen. Sein ganzer Anzug war eben erst vom Schneider gekommen, und alles war vortrefflich, abgesehen eben davon, daß alles gar zu neu war und gar zu sehr eine bestimmte Absicht bekundete. Auch der elegante, nagelneue Zylinderhut zeugte von dieser Absicht: Pjotr Petrowitsch ging mit ihm allzu respektvoll um und hielt ihn allzu vorsichtig in den Händen. Auch die entzückenden fliederfarbenen, echt Jouvinschen Handschuhe bezeugten dasselbe, schon dadurch, daß er sie nicht angezogen hatte, sondern nur zum Staate in der Hand hielt. Pjotr Petrowitschs Anzug wies vorwiegend helle, jugendliche Farben auf. Er trug ein hübsches hellbraunes Sommerjackett, helle, leichte Beinkleider, eine ebensolche Weste, feine, frischgekaufte Wäsche und eine ganz leichte Batistkrawatte mit rosa Streifchen; und was das Beste war: es stand ihm alles ausgezeichnet. Sein sehr frisches und sogar hübsches Gesicht sah auch ohnedies jünger aus, als es bei einem fünfundvierzigjährigen Manne zu erwarten gewesen wäre. Ein dunkler Backenbart faßte es auf beiden Seiten in gefälliger Kotelettform ein und verdichtete sich sehr hübsch um das sauber rasierte, glänzende Kinn. Auch daß die erst ganz schwach angegrauten Haare von der Hand eines Haarkünstlers frisiert und gekräuselt waren, gab ihm in keiner Weise ein lächerliches oder dummes Aussehen, wie das sonst gewöhnlich bei frisiertem Haare der Fall ist, da es dem Gesichte eine verzweifelte Ähnlichkeit mit einem Deutschen, der sich trauen läßt, verleiht. Wenn in dieser recht hübschen und gereiften Physiognomie doch etwas Unangenehmes und Abstoßendes war, so hatte das andere Gründe. Nachdem Raskolnikow Herrn Lushin in einer so wenig höflichen Weise betrachtet hatte, lächelte er höhnisch, legte sich wieder auf das Kissen und blickte, wie vorher, nach der Zimmerdecke.

Aber Herr Lushin hielt seinen Unwillen zurück und war anscheinend gewillt, all diese Sonderbarkeiten vorläufig nicht zu beachten.

»Es tut mir außerordentlich leid, ganz außerordentlich leid, Sie in einem solchen Zustande zu finden«, begann er von neuem, bemüht, das Schweigen zu brechen. »Hätte ich von Ihrer Krankheit Kenntnis gehabt, so wäre ich früher gekommen. Aber, wissen Sie, die Scherereien mit dem Umzug!... Ich habe außerdem gerade als Advokat eine sehr wichtige Sache im Senat zu erledigen. Ich erwähne gar nicht erst die Sorgen, die auch Sie sich leicht denken können. Die Ihrigen, das heißt Ihre Frau Mutter und Ihre Schwester, erwarte ich stündlich.«

Raskolnikow bewegte sich langsam, und es hatte den Anschein, als wollte er etwas sagen; seine Miene spiegelte eine gewisse Erregung wider. Fjodr Petrowitsch hielt inne und wartete; aber da nichts weiter erfolgte, fuhr er fort:

»Jawohl, stündlich. Ich habe ihnen als erste Unterkunft eine Wohnung gesucht...«

»Wo?« fragte Raskolnikow mit schwacher Stimme.

»Hier ganz nahe, im Bakalejewschen Hause...«

»Das ist auf dem Wosnessenskij-Prospekt«, unterbrach ihn Rasumichin. »Da hat der Kaufmann Juschin zwei Stockwerke als Hotel garni eingerichtet, die er vermietet. Ich bin einmal dagewesen.«

»Ja, es ist ein Hotel garni...«

»Es ist eine ganz grauenhafte Wirtschaft da – ein Schmutz, ein Gestank! Und berüchtigt ist der Ort auch: es sind da schon schlimme Geschichten passiert. Ja, und weiß der Teufel, was da alles für Volk wohnt!... Ich selbst bin aus einem skandalösen Anlaß hingekommen. Aber billig ist es da.«

»Ich konnte natürlich nicht so viel Erkundigungen einziehen, da ich selbst eben erst nach Petersburg zugezogen bin«, erwiderte Pjotr Petrowitsch gekränkt. »Es sind übrigens zwei saubere, sehr saubere Stübchen, und da es nur für ganz kurze Zeit ist... Ich habe bereits eine größere, ordentliche Wohnung gefunden, die wir nachher beziehen werden«, sagte er, zu Raskolnikow gewendet. »Sie wird jetzt zurechtgemacht; unterdessen behelfe auch ich mich mit einem möblierten Zimmer, wenige Schritte von hier, bei einer Frau Lippewechsel, in der Wohnung eines jungen Freundes von mir, Andrej Semjonowitsch Lebesjatnikow. Er ist es auch gewesen, der mir das Bakalejewsche Haus empfohlen hat...«

»Lebesjatnikow?« sagte Raskolnikow langsam, wie wenn er in seinem Gedächtnisse nachsuchte.

»Ja, Andrej Semjonowitsch Lebesjatnikow; er ist Beamter in einem Ministerium. Kennen Sie ihn vielleicht?«

»Ja... nein...«, antwortete Raskolnikow.

»Entschuldigen Sie; es schien mir so, nach Ihrer Frage. Ich bin früher sein Vormund gewesen,... ein sehr liebenswürdiger junger Mann... und bildungseifrig... Es macht mir Freude, mit jungen Leuten zu verkehren; man erfährt da immer, was es Neues gibt.«

Pjotr Petrowitsch blickte in der Hoffnung auf Zustimmung alle Anwesenden an.

»Auf welchem Gebiete?« fragte Rasumichin.

»Auf dem allerwichtigsten Gebiete; um mich so auszudrücken: auf dem Gebiete der kapitalsten Lebensinteressen«, erwiderte Pjotr Petrowitsch, der sich über die Frage zu freuen schien. »Sehen Sie, ich habe seit zehn Jahren Petersburg nicht besucht. Alle diese unsere Neuerungen, Reformen, Ideen, all das hat ja auch uns in der Provinz lebhaft interessiert; aber um klarer zu sehen und alles zu sehen, muß man denn doch in Petersburg sein. Nun, und meine Ansicht ist eben, daß man am meisten lernt und erfährt, wenn man mit unserer jungen Generation umgeht. Und ich muß gestehen: ich habe dabei viel Freude gehabt.«

»Worüber denn speziell?«

»Das ist eine sehr umfassende Frage. Ich mag mich irren, aber mir scheint, ich finde da einen klareren Blick, sozusagen mehr Kritik, mehr Tüchtigkeit...«

»Das ist richtig«, bemerkte Sossimow in seiner gedehnten Redeweise.

»Da irrst du, an Tüchtigkeit mangelt es«, fiel Rasumichin ein. »Tüchtigkeit läßt sich nur mühsam erwerben und fällt nicht so ohne weiteres vom Himmel. Aber bei uns ist es schon fast zweihundert Jahre her, daß wir uns von jeder Arbeit entwöhnt haben. Ideen sind ja im Umlauf, das mag sein«, fuhr er, zu Pjotr Petrowitsch gewendet, fort, »auch ein Verlangen nach dem Guten ist vorhanden, wenn auch dieses Verlangen sich etwas kindlich ausnimmt; auch Ehrenhaftigkeit findet sich, obwohl die Zahl der Gauner in einer unheimlichen Weise angeschwollen ist; aber Tüchtigkeit ist trotzdem nicht vorhanden.«

»Da bin ich mit Ihnen doch nicht einverstanden«, erwiderte Pjotr Petrowitsch mit sichtlichem Behagen. »Gewiß, Übertreibungen und Unregelmäßigkeiten kommen ja vor; aber man muß doch auch nachsichtig sein; die Übertreibungen zeugen von Eifer für die gute Sache und lassen auf die üble äußere Lage schließen, in der sich die gute Sache befindet. Wenn bis jetzt nur wenig geleistet ist, so ist doch zu bedenken, daß die Zeit nur kurz war, von der Beschränktheit der Mittel gar nicht zu reden. Meiner persönlichen Ansicht nach kann man sogar sagen, daß etwas Erkleckliches geleistet ist: neue nützliche Ideen sind verbreitet; eine Anzahl neuer nützlicher Schriften ist an Stelle der früheren phantastischen und romantischen erschienen; die Literatur nimmt einen reiferen Charakter an; viele schädliche Vorurteile sind ausgerottet und dienen zum Gespött... Mit einem Worte, wir haben mit der Vergangenheit endgültig gebrochen, und das ist, meiner Ansicht nach, schon eine bedeutende Tat...«

»Lauter auswendig gelerntes Zeug, wodurch er sich empfehlen möchte!« sagte Raskolnikow ganz unerwartet.

»Wie sagten Sie?« fragte Pjotr Petrowitsch, der nicht genau gehört hatte; aber er erhielt keine Antwort.

»Alles durchaus richtig«, beeilte sich Sossimow einzuschalten.

»Nicht wahr?« meinte Pjotr Petrowitsch und sah Sossimow freundlich an. »Sie müssen doch selbst zugeben«, fuhr er, zu Rasumichin gewendet, fort – aber nunmehr gewissermaßen im Tone des Triumphes und der Überlegenheit, und er hätte beinahe hinzugefügt: »junger Mann« –, »daß ein Fortschreiten stattfindet, wenigstens auf dem Gebiete der Wissenschaft und der nationalökonomischen Theorie...«

»Gemeinplätze!«

»Nein, keine Gemeinplätze! Wenn man mir zum Beispiel bisher sagte: ›Liebe deinen Nächsten!‹ und ich ihn demgemäß liebte, was war dann die Folge?« fuhr Pjotr Petrowitsch mit vielleicht etwas zu weitgehendem Eifer fort.

»Die Folge war, daß ich meinen Rock in zwei gleiche Teile zerriß, den einen Teil meinem Nächsten gab und wir so beide halbnackt blieben, nach dem Sprichworte: ›Wer mehreren Hasen zugleich nachjagt, bekommt keinen.‹ Die Wissenschaft aber sagt: ›Liebe vor allen andern dich selbst; denn alles in der Welt beruht auf dem persönlichen Interesse.‹ Wenn man also nur sich selbst liebt, so betreibt man seine Geschäfte mit der gehörigen Sorgfalt, und der Rock bleibt heil. Und die nationalökonomische Theorie fügt hinzu, daß, je mehr wohlgeordnetes Privateigentum, sozusagen ganze Röcke, es im Staate gibt, um so mehr feste Grundlagen für ihn vorhanden sind und um so mehr das Wohl der Gesamtheit gesichert ist. Folglich, wenn ich einzig und allein für mich erwerbe, so erwerbe ich gerade dadurch gewissermaßen auch für alle und bringe es dahin, daß mein Nächster etwas mehr als einen halben Rock erhält, und zwar nicht von der privaten Mildtätigkeit eines einzelnen, sondern infolge der allgemeinen gedeihlichen Entwicklung. Der Gedanke ist so einfach; aber leider hat es allzulange gedauert, bis er sich hat durchsetzen können, da Verstiegenheit und Phantasterei ihm im Wege standen; und doch sollte man meinen, daß nicht viel Scharfsinn erforderlich ist, um einzusehen...«

»Entschuldigen Sie, ich bin auch nicht scharfsinnig«, unterbrach ihn Rasumichin schroff, »und darum wollen wir lieber hiervon aufhören. Ich habe ja auch nur in bestimmter Absicht dieses Gespräch herbeigeführt; im übrigen ist mir diese ganze Art, sich durch leeres Geschwätz selbst ein Amüsement zu machen, und all diese endlosen, nie abreißenden Gemeinplätze und immer dasselbe und immer dasselbe – das ist mir in diesen drei Jahren so zum Ekel geworden, daß ich wahrhaftig schamrot werde, wenn nicht etwa gar ich, sondern auch nur in meiner Gegenwart andre davon reden. Sie haben sich natürlich beeilt, sich durch Schaustellung Ihrer Kenntnisse empfehlend einzuführen; das ist sehr verzeihlich, und ich verüble Ihnen das nicht. Mir persönlich lag jetzt nur daran, zu erfahren, wes Geistes Kind Sie sind; denn sehen Sie, an die gute Sache haben sich in letzter Zeit so viele schlaue Streber von mancherlei Art herangedrängt und haben alles, was sie in die Finger bekamen, in ihrem Interesse so entstellt, daß sie entschieden die ganze Sache versudelt haben. Aber nun genug davon!«

»Verehrter Herr«, begann Lushin und verdrehte überaus würdevoll den Oberkörper, »wollen Sie etwa so unverblümt sagen, daß auch ich...«

»Aber ich bitte Sie!... Wie könnte ich denn!... Nun, genug davon!« damit schnitt Rasumichin die Erörterung kurz ab und wandte sich dann unvermittelt an Sossimow, um das frühere Gespräch fortzusetzen.

Pjotr Petrowitsch war klug genug, der Erklärung Rasumichins sofort Glauben zu schenken. Indes nahm er sich vor, in zwei Minuten wegzugehen.

»Ich hoffe«, sagte er zu Raskolnikow, »daß unsere Bekanntschaft, die wir jetzt eingeleitet haben, sich infolge der Ihnen bekannten Verhältnisse nach Ihrer Genesung noch weiter festigen wird... Vor allen Dingen wünsche ich Ihnen gute Besserung...«

Raskolnikow drehte nicht einmal den Kopf zu ihm hin. Pjotr Petrowitsch machte Anstalten, sich von seinem Stuhle zu erheben.

»Jedenfalls ist der Mord von einem Pfandschuldner begangen!« erklärte Sossimow mit großer Bestimmtheit.

»Unbedingt!« pflichtete ihm Rasumichin bei. »Porfirij spricht seine Gedanken zwar nicht aus, aber er verhört doch die Pfandschuldner.«

»Er verhört die Pfandschuldner?« fragte Raskolnikow laut.

»Ja. Was hast du denn?«

»Nichts.«

»Wie findet er denn die heraus?« fragte Sossimow.

»Einige hat ihm Koch genannt; von ein paar andern Schuldnern standen die Namen auf den Umschlägen der Pfänder notiert; einige meldeten sich auch von selbst, als sie hörten...«

»Na, aber eine geschickte und erfahrene Kanaille muß doch dieser Mörder gewesen sein! So eine Kühnheit! So eine Entschlossenheit!«

»Das ist es ja eben, daß diese Ansicht völlig fehlgeht!« unterbrach ihn Rasumichin. »Das bringt euch alle von der richtigen Fährte ab. Ich aber sage; er war ungeschickt und unerfahren, und dies war sicherlich sein erstes Unternehmen. Bei der Voraussetzung, daß wir es mit Berechnung und einer geschickten Kanaille zu tun haben, ergibt sich eine innere Unwahrscheinlichkeit. Setzen wir aber einen unerfahrenen Mörder voraus, so ergibt sich, daß einzig und allein der Zufall ihm aus der Klemme geholfen hat, und was tut nicht alles der Zufall! Ich bitte dich, die möglichen Hindernisse hat er vielleicht gar nicht vorher überlegt! Und wie hat er die Tat ausgeführt? Er nimmt Dinge weg, die zehn oder zwanzig Rubel wert sind, stopft sich damit die Taschen voll, wühlt in dem Kasten des alten Weibes unter den Lumpen umher, und in der Kommode, im obersten Schubkasten, findet man nachher in einer Schatulle allein an barem Gelde gegen tausendfünfhundert Rubel, abgesehen von den Wertpapieren! Nicht einmal zu rauben hat er verstanden; das einzige, was er verstanden hat, war Morden. Das war sein erstes Unternehmen, sage ich dir, sein erstes Unternehmen; er hat dabei die ruhige Überlegung verloren! Und nicht durch schlaue Berechnung, sondern durch einen reinen Zufall ist er entkommen!«

»Sie sprechen da wohl von der neulichen Ermordung der alten Beamtenwitwe«, mischte sich, zu Sossimow gewendet, Pjotr Petrowitsch in das Gespräch, der schon mit dem Hute und den Handschuhen in der Hand dastand, aber vor dem Weggehen noch ein paar kluge Worte von sich zu geben wünschte.

Es lag ihm offenbar viel daran, einen vorteilhaften Eindruck zu hinterlassen, und die Eitelkeit trug dabei den Sieg über die Klugheit davon.

»Ja. Haben Sie auch davon gehört?«

»Gewiß, bei so naher Nachbarschaft...«

»Kennen Sie die Einzelheiten?«

»Das kann ich nicht behaupten. Aber mich interessiert dabei ein anderer Umstand, ich möchte sagen: eine sozialpolitische Frage. Ich will nicht davon reden, daß in der untersten Volksschicht die Verbrechen im Laufe der letzten fünf Jahre erheblich zugenommen haben; ich will nicht von den Raubüberfällen und Brandstiftungen reden, die jetzt allerwärts und unaufhörlich vorkommen; das Allermerkwürdigste ist vielmehr für mich, daß die Verbrechen auch in den höheren Schichten ebenso zunehmen, ich möchte sagen: in paralleler Kurve. An einer Stelle, hört man, hat ein früherer Student auf offener Landstraße die Post beraubt; an einer andern fabrizieren Leute, die nach ihrer sozialen Stellung zu den besseren Kreisen gehören, falsche Banknoten; dort, in Moskau, wird eine ganze Bande abgefaßt, welche falsche Staatsschuldscheine der letzten Prämienanleihe anfertigte, und einer der Hauptschuldigen war Dozent der Weltgeschichte; dort, im Ausland, wird einer unserer Gesandtschaftssekretäre aus einem rätselhaften pekuniären Anlasse von einem Kollegen ermordet... Und wenn jetzt diese alte Wucherin von einem Angehörigen der höheren Stände getötet wurde – denn einfache Leute versetzen doch keine Goldsachen –, wie läßt sich dann diese Demoralisation des gebildeten Teiles unserer Bevölkerung erklären?«

»Es haben eben viele Veränderungen in den ökonomischen Verhältnissen stattgefunden«, erwiderte Sossimow.

»Wie sich das erklären läßt?« fiel Rasumichin ein. »Das könnte man gerade durch die fest eingewurzelte Untüchtigkeit erklären.«

»Wie meinen Sie das?«

»Was antwortete denn in Moskau Ihr Dozent auf die Frage, warum er Staatsschuldscheine gefälscht habe? ›Alle bereichern sich auf die eine oder andre Art; daher wollte auch ich schnell reich werden.‹ Des Wortlautes entsinne ich mich nicht; aber der Sinn war: reich werden auf andrer Leute Kosten, recht schnell, ohne Arbeit! Wir haben uns gewöhnt, alles zum Leben Nötige einfach vorzufinden, mit fremder Hilfe zu gehen, ohne vorhergehende Mühe zu genießen. Na, und wenn dann ein kritischer Augenblick kommt, dann zeigt sich ein jeder in seinem wahren Charakter...«

»Ja, aber wo bleibt denn da die Moral? Und sozusagen die Prinzipien des Handelns?«

»Worüber erregen Sie sich denn so?« mischte sich, für alle unerwartet, Raskolnikow in das Gespräch. »Das entspricht doch vollständig Ihrer Theorie!«

»Inwiefern soll das meiner Theorie entsprechen?«

»Ziehen Sie aus den Grundsätzen, die Sie vorhin vortrugen, die sich daraus ergebenden Schlüsse, so kommen Sie zu dem Resultate, daß es gestattet ist, andre Menschen zu töten...«

»Aber ich bitte Sie!« rief Lushin.

»Nein, das ist denn doch nicht richtig!« warf auch Sossimow dazwischen.

Raskolnikow lag ganz blaß da; seine Oberlippe zuckte; er atmete mühsam.

»Es hat doch alles seine Grenzen«, fuhr Lushin hochmütig fort. »Eine nationalökonomische Idee ist noch keine Aufforderung zum Morde, und wenn man nur annimmt...«

»Ist es wahr, daß Sie«, unterbrach ihn Raskolnikow wieder mit vor Wut bebender Stimme, der man es anmerkte, wie sehr es ihn freute, den andern kränken zu können, »ist es wahr, daß Sie in eben der Stunde, da Sie von Ihrer Braut das Jawort erhielten, ihr gesagt haben, Sie freuten sich ganz besonders darüber, daß sie bettelarm sei, weil es seine großen Vorzüge habe, eine ganz arme Frau zu nehmen, um dann nachher über sie herrschen zu können... und ihr vorhalten zu können, welche Wohltat sie Ihnen zu verdanken habe?«

»Verehrter Herr«, rief Lushin zornig und gereizt; er hatte einen ganz roten Kopf bekommen und völlig die Fassung verloren. »Verehrter Herr,... wie können Sie den Sinn meiner Worte so entstellen! Nehmen Sie es nicht übel, aber ich muß Ihnen sagen, daß die Gerüchte, die zu Ihnen gedrungen sind, oder richtiger: die Ihnen zugetragen wurden, auch nicht eine Spur der Wahrheit enthalten. Aber ich... ich kann mir denken, wer... mit einem Worte... dieser Pfeil... mit einem Worte, Ihre Frau Mutter... Sie kam mir überhaupt, bei all ihren vortrefflichen Eigenschaften, etwas schwärmerisch und romantisch angehaucht vor... Aber ich habe doch nicht im entferntesten geglaubt, daß sie die Sache in einer so phantastisch entstellten Weise auffassen und darstellen würde... Und schließlich... schließlich...«

»Wissen Sie was?« rief Raskolnikow, richtete sich auf dem Kissen auf und sah ihn mit durchdringendem, funkelndem Blicke an. »Wissen Sie was?«

»Nun, was denn also?«

Lushin hielt inne und wartete mit gekränkter, herausfordernder Miene. Das Schweigen dauerte einige Sekunden.

»Wenn Sie sich noch einmal erdreisten,... auch nur ein Wort... über meine Mutter zu sagen, so werfe ich Sie kopfüber die Treppe hinunter!«

»Was hast du denn?« rief Rasumichin.

»Ah, so steht es also!« Lushin wurde blaß und biß sich auf die Lippe. »Hören Sie, mein Herr«, sagte er betont und langsam; er suchte sich mit aller Gewalt zu beherrschen, konnte aber kaum Luft bekommen. »Ich habe schon vorhin, gleich als ich hereingekommen war, Ihre feindliche Gesinnung gegen mich erkannt; aber ich blieb absichtlich hier, um noch mehr in Erfahrung zu bringen. Vieles könnte ich einem Kranken und Verwandten verzeihen, aber dieses... kann ich Ihnen... niemals...«

»Ich bin nicht krank!« rief Raskolnikow.

»Um so schlimmer...«

»Scheren Sie sich zum Teufel!«

Aber Lushin ging bereits von selbst hinaus, ohne den Satz zu Ende zu sprechen; er mußte sich dabei wieder zwischen dem Tisch und dem Stuhl hindurchdrängen. Rasumichin stand diesmal auf, um ihn durchzulassen. Ohne jemand anzusehen, selbst ohne ein Kopfnicken für Sossimow, der ihm schon längst Zeichen gemacht hatte, daß er den Kranken in Ruhe lassen möchte, ging Lushin hinaus; als er gebückt durch die Tür schritt, hielt er vorsichtig seinen Hut an die Schulter. Man konnte glauben, daß es sogar der Krümmung seines Rückens anzusehen war, welch ein Gefühl furchtbarer Kränkung er mit sich davontrug.

»Aber wie kannst du bloß? Wie kannst du bloß?« sagte Rasumichin ganz verblüfft und schüttelte den Kopf.

»Laßt mich in Ruhe, laßt mich alle in Ruhe!« rief Raskolnikow in voller Wut. »Wollt ihr mich denn nicht endlich in Ruhe lassen, ihr Peiniger! Ich fürchte euch jetzt nicht! Niemand fürchte ich jetzt, niemand! Macht, daß ihr von mir wegkommt! Ich will allein sein, allein, allein, allein!«

»Wir wollen gehen!« sagte Sossimow, indem er Rasumichin winkte.

»Aber ich bitte dich! Wir können ihn doch nicht in diesem Zustande verlassen!«

»Wir wollen gehen!« sagte Sossimow noch einmal nachdrücklich und ging hinaus.

Rasumichin überlegte einen Augenblick und lief ihm dann schnell nach.

»Es hätte noch schlimmer werden können, wenn wir ihm nicht den Willen getan hätten«, sagte Sossimow, der bereits auf der Treppe war. »Man darf ihn nicht reizen...«

»Was ist nur mit ihm?«

»Könnte man ihm nur irgendeinen angenehmen Impuls geben; das wäre sehr wesentlich. Bei Kräften war er ja schon wieder... Weißt du, es steckt ihm etwas im Kopfe, was nicht weichen will und ihn bedrückt... Ich fürchte sehr, so ist es; ganz sicher!«

»Ja, vielleicht ist es dieser Herr Pjotr Petrowitsch! Aus dem Gespräche wurde ja klar, daß er Rodjas Schwester heiraten will und daß Rodja darüber unmittelbar vor seiner Krankheit einen Brief erhalten hat...«

»Ja. Daß dieser Mensch auch gerade jetzt herkommen mußte! Vielleicht hat der die ganze Geschichte verdorben. Hast du aber wohl bemerkt, daß er gegen alles gleichgültig ist und zu allem schweigt, mit Ausnahme einer einzigen Sache, die ihn in Harnisch bringt? Ich meine die Mordtat.«

»Ja, ja«, stimmte ihm Rasumichin bei. »Es ist mir sehr aufgefallen. Dieses Thema interessiert ihn, beängstigt ihn. Das kommt wohl daher, daß man ihn gerade an dem Tage, an dem die Krankheit zum Ausbruch kam, im Bureau des Revierinspektors durch ein Gespräch darüber erschreckt hat; er ist damals in Ohnmacht gefallen.«

»Erzähle mir das heute abend ausführlicher; ich werde dir dann auch etwas sagen. Er interessiert mich außerordentlich! In einer halben Stunde will ich noch einmal herankommen und nach ihm sehen... Fieber wird er übrigens nicht mehr haben.«

»Ich danke dir. Ich will unterdessen bei Paschenjka warten und ihn durch Nastasja beobachten lassen.«

Als die beiden das Zimmer verlassen hatten, blickte Raskolnikow ungeduldig und mißmutig Nastasja an; aber diese zögerte noch fortzugehen.

»Willst du jetzt Tee trinken?« fragte sie.

»Nachher! Ich möchte schlafen! Laß mich allein...«

Er drehte sich krampfhaft nach der Wand hin; Nastasja ging hinaus.

VI

Kaum aber war sie hinausgegangen, als er aufstand, die Tür verriegelte, das Bündel mit den Kleidern, das Rasumichin vorhin gebracht und wieder zugebunden hatte, aufband und anfing sich anzukleiden. Sonderbar: jetzt schien er auf einmal ganz ruhig geworden zu sein; sowohl das halb irrsinnige Phantasieren von vorhin als auch die panische Furcht der ganzen letzten Zeit waren verschwunden. Es war der erste Augenblick einer seltsamen, plötzlich eingetretenen Ruhe. Seine Bewegungen waren bestimmt und sicher und bekundeten eine feste Absicht. ›Heute noch, heute noch!...‹ murmelte er vor sich hin. Er merkte indes, daß er in Wirklichkeit noch recht schwach war und daß nur eine sehr starke geistige Spannung, die sich bis zu einem Ruhezustande, zu einer starren Idee gesteigert hatte, ihm Kraft und Selbstvertrauen verlieh; er hoffte indes, daß er auf der Straße nicht hinfallen werde. Nachdem er sich vollständig neu gekleidet hatte, warf er einen Blick auf das Geld, das auf dem Tische lag, überlegte einen Augenblick und schob es in die Tasche. Es waren fünfundzwanzig Rubel. Er nahm auch das Geld, das Rasumichin bei dem Kleiderkauf von den zehn Rubeln herausbekommen hatte, lauter Fünfkopekenstücke. Dann machte er leise den Riegel auf, trat aus dem Zimmer, stieg die Treppe hinunter und blickte in die Küche hinein, deren Tür weit geöffnet war. Nastasja stand da, mit dem Rücken ihm zugewendet, und blies gebückt die Glut in dem Samowar der Wirtin an. Sie hörte nichts. Und wer konnte auch auf den Gedanken kommen, daß er fortgehen werde? Eine Minute darauf war er auf der Straße.

Es war gegen acht Uhr; die Sonne ging unter. Es herrschte noch dieselbe stickige Schwüle wie vor einigen Tagen; aber gierig sog er diese übelriechende, staubige, verdorbene Großstadtluft ein. Anfangs empfand er ein leichtes Schwindelgefühl; aber eine Art von wilder Energie blitzte plötzlich in seinen entzündeten Augen und auf seinem abgemagerten, blaßgelben Gesichte auf. Wohin er eigentlich ging, wußte er nicht und überlegte er nicht; er wußte nur das eine, daß »diese ganze Sache« heute noch zu Ende kommen müsse, mit einem Male, sofort; daß er, wenn das nicht geschehe, nicht nach Hause zurückkehren werde, weil er »so« nicht länger leben wolle. Aber wie und wodurch er die Sache zu Ende bringen solle, davon hatte er keine Vorstellung und mochte auch gar nicht daran denken. Er verscheuchte diesen Gedanken, der ihm Pein verursachte. Nur das eine fühlte und wußte er, daß alles anders werden müsse, auf die eine oder die andre Weise; ›ganz gleich, wie‹, wiederholte er fortwährend mit einer verzweifelten, starren Zuversichtlichkeit und Entschlossenheit.

Nach alter Gewohnheit lenkte er seine Schritte geradeswegs nach dem Heumarkte, dem üblichen Ziele seiner früheren Spaziergänge. Noch ehe er den Heumarkt erreichte, traf er auf einen jungen schwarzhaarigen

Leierkastenmann, der auf der Fahrbahn vor einem kleinen Laden stand und ein sehr sentimentales Lied spielte. Er begleitete damit ein etwa fünfzehnjähriges Mädchen, das vor ihm auf dem Trottoir stand, ganz wie eine Dame der besseren Stände gekleidet, mit Krinoline, Mantille und einem Strohhute, auf dem eine feuerrote Feder prangte; nur war alles alt und abgetragen. Mit einer zitternden Bänkelsängerstimme, die aber doch ganz angenehm und kräftig klang, sang sie in Erwartung eines Zweikopekenstücks aus dem Laden ihr Lied herunter. Raskolnikow blieb neben zwei oder drei andern Zuhörern stehen, hörte ein Weilchen zu, holte ein Fünfkopekenstück heraus und legte es dem Mädchen in die Hand. Das Mädchen unterbrach sofort ihren Gesang bei der gefühlvollsten, höchsten Note, wie abgeschnitten, rief dem Leierkastenmann schroff zu: »Genug!«, und beide wanderten langsam nach dem nächsten Laden.

»Hören Sie solchen Straßengesang gern?« fragte Raskolnikow einen nicht mehr jungen Mann, der neben ihm bei dem Leierkasten stand und wie ein Flaneur aussah. Dieser blickte ihn befremdet und erstaunt an. »Ich höre es gern«, fuhr Raskolnikow fort, aber in einem Tone, als ob er nicht über gewöhnlichen Straßengesang spräche, »ich höre es gern, wenn an einem kalten, dunklen, feuchten Herbstabend zum Leierkasten gesungen wird, und es muß gerade ein feuchter Abend sein, wo alle Leute auf der Straße blaßgrüne, kränkliche Gesichter haben, oder noch besser, wenn bei ruhiger Luft nasser Schnee ganz senkrecht herunterfällt, wissen Sie, und die Gaslaternen so durch die Flocken hindurchblinken.«

»Ich weiß nicht... Entschuldigen Sie...«, murmelte der Herr, betroffen über die Frage und über Raskolnikows sonderbares Aussehen, und ging nach der andern Seite der Straße hinüber.

Raskolnikow ging geradeaus weiter und kam zu der Ecke am Heumarkte, wo jener Kleinbürger und seine Frau ihren Handel hatten, die damals das Gespräch mit Lisaweta führten; aber sie waren jetzt nicht mehr da. Als er die Stelle erkannt hatte, blieb er stehen, blickte um sich und wandte sich an einen jungen Burschen in rotem Hemde, der am Eingange eines Mehlladens gähnte.

»Hier an der Ecke hat doch sonst ein Händler, ein Kleinbürger, mit seiner Frau seinen Stand, nicht wahr?«

»Es gibt viele Händler«, antwortete der Bursche und musterte Raskolnikow von oben herab.

»Wie heißt der hier?«

»Wie er getauft ist, so heißt er auch.«

»Bist du nicht auch aus Saraisk? Aus welchem Gouvernement bist du?«

Der Bursche musterte den Fragenden von neuem.

»Bei uns, Ew. Erlaucht, ist gar kein Gouvernement, nur ein Kreis; und mein Bruder, der ist viel herumgereist und klug geworden; aber ich habe immer zu Hause gesessen, und darum weiß ich auch nichts. Also wollen Ew. Erlaucht gnädigst verzeihen.«

»Ist das da oben eine Speisewirtschaft?«

»Das ist ein Restaurant, und ein Billard ist auch da, und Damen wie die Prinzessinnen, vallera!«

Raskolnikow überquerte den Platz. Dort stand an der Ecke ein dichter Menschenhaufe, lauter einfaches Volk. Er drängte sich mitten hinein und betrachtete die Gesichter. Es regte sich in ihm ein unklarer Wunsch, mit all diesen Leuten Gespräche anzuknüpfen. Aber sie beachteten ihn gar nicht und lärmten und schrien unter sich in dichten Gruppen. Er stand ein Weilchen, überlegte und ging dann nach rechts, das Trottoir entlang, in der Richtung nach dem W... -Prospekte. Als er den Platz verlassen hatte, geriet er in eine Seitengasse.

Er war auch früher schon häufig durch diese nur kurze Gasse gekommen, die ein Knie bildet und vom Heumarkte nach der Sadowaja-Straße führt. In der letzten Zeit hatte es für ihn sogar einen besonderen Reiz gehabt, sich in dieser ganzen Gegend umherzutreiben, wenn ihn das Dasein anekelte: »damit der Ekel noch schlimmer würde«. Jetzt aber war er ohne jede Absicht hierhergekommen. Da war ein großes Haus, ganz voll von allerlei Speisewirtschaften und Kneipen; aus diesen kamen alle Augenblicke Frauenzimmer herausgelaufen, so gekleidet, wie es auf der Straße nur bei Besuchen in der nächsten Nachbarschaft üblich ist: mit bloßem Kopf und ohne Umhang. An einigen Stellen bildeten sie auf dem Trottoir dichte Gruppen, namentlich an den Eingängen zum Souterrain; auf zwei Stufen stieg man dort zu verschiedenen, sehr vergnüglichen Etablissements hinunter. In einem derselben wurde gerade ein Heidenlärm vollführt, der über die ganze Straße herübertönte: es wurde auf einer Gitarre geklimpert, Lieder wurden gesungen, es ging sehr lustig her. Ein großer Haufe von Frauenzimmern drängte sich vor dem Eingange; einige saßen auf den Stufen, andre auf dem Trottoir, wieder andre standen und unterhielten sich. Daneben auf dem Straßendamm taumelte laut schimpfend ein betrunkener Soldat mit einer Zigarette umher; er wollte anscheinend irgendwo hineingehen, hatte aber wohl vergessen, wo. Zwei zerlumpte Kerle schimpften aufeinander ein, und ein sinnlos Betrunkener lag mitten auf der Straße. Raskolnikow blieb bei dem großen Weiberhaufen stehen. Diese Frauenzimmer sprachen mit heiseren Stimmen; sie trugen sämtlich Kattunkleider und ziegenlederne Schuhe und waren barhaupt. Einige waren über vierzig Jahre alt; aber es gab darunter auch solche, die nur siebzehn alt sein mochten. Fast alle hatten blaue Flecke von Schlägen im Gesicht.

Ihn interessierte der Gesang und der ganze Spektakel da unten... Man konnte durch das Lachen und Kreischen hindurch hören, wie jemand nach dem Klange der Gitarre und dem wilden Gesange einer hohen Fistelstimme einen verwegenen Tanz ausführte und im Takt mit den Stiefelabsätzen aufstampfte. Aufmerksam, finster und nachdenklich hörte er zu, indem er am Eingange sich vorbeugte und neugierig vom Trottoir in den Flur hineinschaute.

»Lieber Schutzmann, hau mich nicht,
Schuldlos bin ich armer Wicht«,

ertönte die hohe Stimme des Sängers. Raskolnikow gab sich viel Mühe, den Text des Liedes zu verstehen, als ob das für ihn von der größten Wichtigkeit wäre.

›Ob ich nicht auch hineingehe?‹ überlegte er. ›Wie die da lachen in ihrer Betrunkenheit! Wie wär's, wenn ich mich auch betränke?‹

»Wollen Sie nicht mit hereinkommen, lieber Herr?« sagte eines der Frauenzimmer mit ziemlich wohlklingender und noch nicht besonders heiserer Stimme.

Sie war jung und keineswegs abstoßend – die einzige aus der ganzen Gruppe.

»Sieh mal, was du für ein hübsches Mädel bist!« antwortete er, indem er sich aufrichtete und sie ansah.

Sie lächelte; das Kompliment gefiel ihr sehr.

»Sie sind ja selbst auch ein sehr hübscher Herr!« erwiderte sie.

»Aber was sind Sie mager!« bemerkte eine andre mit einer wahren Baßstimme. »Sie sind wohl eben aus dem Krankenhause entlassen?«

»Ihr seid wohl lauter Generalstöchter, aber alle habt ihr Stupsnasen!« unterbrach das Gespräch ein hinzutretender Bauer mit einem verschmitzten Lächeln auf dem breiten Gesichte; er war angeheitert; sein langer Rock stand weit offen. »Hier geht es lustig zu!«

»Geh doch hinein, da du einmal hergekommen bist!«

»Ich will auch hineingehen! Das ist ein Zauber!«

Er stolperte hinunter.

Raskolnikow ging weiter.

»Hören Sie, mein Herr!« rief ihm das Mädchen nach.

»Was?«

Sie wurde verlegen.

»Es wird mir immer ein Vergnügen sein, lieber Herr, Ihnen Gesellschaft zu leisten; aber jetzt, wo Sie mir gegenüberstehen, bringe ich es nicht übers Herz. – Schenken Sie mir doch sechs Kopeken, hübscher Kavalier, zu einem Schlückchen!«

Raskolnikow zog aus der Tasche, soviel er gerade in die Hand bekam: es waren fünfzehn Kopeken.

»Ach, was für ein guter Herr!«

»Wie heißt du denn?«

»Fragen Sie nur nach Duklida.«

»Nein, das ist doch unerhört!« bemerkte eine aus der Gruppe und schüttelte über Duklidas Benehmen den Kopf. »Ich verstehe gar nicht, wie man nur so betteln kann! Da würde ich mich ja in Grund und Boden schämen...« Neugierig blickte Raskolnikow die Redende an; es war ein pockennarbiges Mädchen, ganz voll blauer Prügelflecke, mit geschwollener Oberlippe. Sie sprach die tadelnden Worte ruhig und ernst.

›Wo habe ich‹, dachte Raskolnikow im Weitergehen, ›wo habe ich doch gelesen, wie ein zum Tode Verurteilter eine Stunde vor seinem Tode spricht oder denkt? Daß, wenn ihm die Möglichkeit gewährt würde, irgendwo hoch oben auf einem Felsen zu leben, auf einer so schmalen Platte, daß gerade nur die beiden Füße Raum zum Stehen fänden, und ringsumher wären Abgründe, Ozean, ewige Finsternis, ewige Einsamkeit und ewiger Sturm, und wenn er so, auf dem schmalen Platze stehend, sein ganzes Leben, tausend Jahre, eine Ewigkeit zubringen könnte: daß es ihm dann besser scheinen würde, so zu leben, als gleich zu sterben! Nur leben, leben, leben! Wie, ist gleichgültig; nur leben!... Und das ist wahr! O Gott, wie wahr! Der Mensch ist ein Schuft!... Und ein Schuft ist, wer ihn deswegen Schuft nennt!‹ fügte er einen Augenblick darauf hinzu.

Er gelangte in eine andere Straße. ›Ah! Da ist ja der Kristallpalast! Von dem hat Rasumichin vorhin gesprochen. Aber was wollte ich eigentlich da? Ja, ich wollte lesen!... Sossimow sagte, er habe in den Zeitungen gelesen...‹

»Habt ihr hier Zeitungen?« fragte er beim Eintritt in ein sehr geräumiges und recht sauberes Restaurant, das aus mehreren, jetzt ziemlich leeren Zimmern bestand. Zwei oder drei Gäste tranken Tee, und in einem entfernteren Zimmer saß eine Gruppe von etwa vier Personen, die Champagner tranken. Es schien dem Eintretenden, daß sich Sametow unter ihnen befände; indessen konnte er ihn in dieser Entfernung nicht mit Sicherheit erkennen.

›Meinetwegen!‹ dachte er.

»Wünschen Sie Schnaps?« fragte der Kellner.

»Nein, bring mir Tee. Und bring mir ein paar Zeitungen, alte, so etwa von vor fünf Tagen; du bekommst ein Trinkgeld.«

»Sehr wohl. Hier sind die heutigen. Befehlen Sie auch Schnaps?«

Die alten Zeitungen und der Tee wurden gebracht. Raskolnikow setzte sich hin und fing an zu suchen: ›Isler – Isler – Azteken – Azteken – Isler – Bartola – Massimo – Azteken – Isler... Donnerwetter! Na, endlich die Lokalnachrichten: eine Frau von der Treppe gefallen – ein Kleinbürger infolge von Trunksucht bankerott geworden – Feuer auf den Peski – Feuer in der Peterburgskaja – nochmal Feuer in der Peterburgskaja – nochmal Feuer in der Peterburgskaja – Isler – Isler – Isler – Isler – Massimo... Ah, da ist es...‹

Endlich hatte er gefunden, was er suchte, und fing an zu lesen. Die Zeilen hüpften ihm vor den Augen; trotzdem las er den ganzen Bericht bis zu Ende und suchte dann gierig in den folgenden Nummern nach weiteren ergänzenden Mitteilungen. Die Hände zitterten ihm beim Umwenden der Zeitungsblätter vor krampfhafter Ungeduld. Plötzlich setzte sich jemand neben ihn an seinen Tisch. Er sah auf – es war Sametow, derselbe Sametow von neulich und mit demselben äußeren Habitus, mit den Ringen, der Uhrkette, mit dem Nackenscheitel in dem schwarzen, gekräuselten, pomadisierten Haare, mit der eleganten Weste und dem etwas abgescheuerten Rocke und der nicht ganz reinen Wäsche. Er war sehr guter Laune; wenigstens lächelte er vergnügt und gutmütig. Sein bräunliches Gesicht war von dem getrunkenen Champagner etwas erhitzt.

»Ei, sieh da, Sie sind hier?« sagte er erstaunt und in einem Tone, als wäre er mit Raskolnikow schon wer weiß wie lange bekannt. »Und noch gestern hat mir Rasumichin erzählt, daß Sie noch immer nicht wieder bei Besinnung wären. Das ist ja wunderbar! Ich bin nämlich bei Ihnen gewesen...«

Raskolnikow hatte es sich gleich gedacht, daß Sametow wohl zu ihm herantreten werde. Er legte die Zeitungen weg und wandte sich zu ihm. Auf seinen Lippen lag ein spöttisches Lächeln, und in diesem Lächeln gab sich ein neues

Gefühl ungeduldiger Reizbarkeit zu erkennen.

»Das weiß ich, daß Sie da waren«, antwortete er, »ich habe es gehört. Sie haben meinen Strumpf gesucht... Wissen Sie wohl, Rasumichin ist von Ihnen ganz entzückt; er erzählt, Sie wären mit ihm bei Lawisa Iwanowna gewesen, der Dame, für die Sie sich damals so ins Zeug legten; Sie blinzelten noch dem Leutnant Schießpulver so eifrig zu; aber es dauerte lange, bis er begriff; erinnern Sie sich nicht? Und es war doch nicht schwer zu begreifen – eine so klare Sache,... nicht wahr?«

»Ja, überall muß der seine Hände im Spiel haben.«

»Der Leutnant Schießpulver?«

»Nein, Ihr Freund Rasumichin.«

»Aber was führen Sie für ein schönes Leben, Herr Sametow; zu den vergnüglichsten Lokalen haben Sie Zutritt, ohne eine Kopeke zu zahlen! Und wer hat Sie denn da eben mit Champagner traktiert?«

»Ach, wir haben da... ein Gläschen getrunken... Traktieren kann man das nicht nennen!«

»Eine kleine Vergütung! Sie verstehen eben aus allem Vorteil zu ziehen!« Raskolnikow lachte. »Nun, nichts für ungut, Sie braver junger Mann, nichts für ungut!« fügte er hinzu und klopfte Sametow auf die Schulter. »Ich sage das ja ‚nicht im Ernst, sondern in aller Freundschaft, aus Spaß', wie Ihr Malergeselle sagte, als er Mitjka prügelte, Sie wissen wohl, in der Geschichte mit der alten Frau.«

»Aber woher wissen Sie denn das?«

»Ich weiß vielleicht mehr als Sie.«

»Was Sie komisch sind!... Sie sind gewiß noch recht krank. Sie haben nicht gut daran getan auszugehen.«

»Also ich komme Ihnen komisch vor?«

»Allerdings. Was haben Sie denn da? Lesen Sie Zeitungen?«

»Ja.«

»Es steht viel von Feuersbrünsten darin.«

»Von Feuersbrünsten lese ich nicht.« Hier blickte er Sametow geheimnisvoll an; das spöttische Lächeln erschien wieder auf seinen Lippen. »Nein, von Feuersbrünsten lese ich nicht«, wiederholte er und blinzelte Sametow zu. »Aber gestehen Sie nur, lieber junger Mann, daß Sie schrecklich gern wissen möchten, was ich gelesen habe!«

»Es liegt mir gar nichts daran, das zu wissen. Ich habe nur so ganz ohne Absicht gefragt. Eine solche Frage ist doch wohl erlaubt. Was wollen Sie denn nur immer?...«

»Hören Sie mal, Sie sind doch ein gebildeter Mann und haben viele Bücher gelesen, nicht wahr?«

»Ich bin aus der sechsten Klasse des Gymnasiums abgegangen«, antwortete Sametow nicht ohne Selbstbewußtsein.

»Aus der sechsten Klasse! Ach, du mein Spätzchen! Und was hat er für einen schönen Scheitel und für Ringe und ist ein reicher Mann! Ei, was für ein liebes Jüngelchen!«

Hier brach Raskolnikow in ein nervöses Lachen aus und lachte Sametow gerade ins Gesicht. Dieser fuhr zurück, nicht sosehr gekränkt als vielmehr im höchsten Grade erstaunt.

»Nein, was sind Sie für ein komischer Mensch!« sagte Sametow noch einmal sehr ernst. »Mich dünkt, Sie phantasieren immer noch.«

»Ich phantasiere? Da irrst du dich, mein Spätzchen... Also komisch bin ich? Nun, interessant bin ich Ihnen wohl auch, nicht wahr? Bin ich Ihnen interessant?«

»Freilich, freilich!«

»Soll ich Ihnen also sagen, was ich gesucht habe, was ich gelesen habe? Sehen Sie nur, wieviel Nummern ich mir habe geben lassen! Das ist doch verdächtig, nicht wahr?«

»Nun, dann sagen Sie es.«

»Passen Sie auch auf wie ein Schießhund?«

»Was ist denn da groß aufzupassen?«

»Das will ich Ihnen nachher sagen. Jetzt aber, lieber Freund, erkläre ich Ihnen... nein, besser: ›ich gestehe‹... Nein, auch das ist nicht der richtige Ausdruck... ›Ich gebe eine Aussage ab, und Sie nehmen sie entgegen‹, so stimmt es. Also ich gebe die Aussage ab, daß ich mich interessiert, gesucht, gelesen habe...« Raskolnikow kniff die Augen zusammen und machte eine Pause. »Ich habe nach den Berichten über die Ermordung der alten Beamtenwitwe gesucht und bin nur zu diesem Zwecke hierhergekommen«, sagte er endlich beinahe flüsternd und brachte dabei sein Gesicht dem Gesichte Sametows ganz nahe.

Sametow blickte ihn gerade und unverwandt an, ohne sich zu rühren und ohne sein Gesicht von dem des andern zu entfernen. Besonders seltsam erschien es ihm nachher, daß ihr Schweigen eine volle Minute gedauert hatte und sie einander eine volle Minute so angesehen hatten.

»Nun, was ist denn dabei, daß Sie das gelesen haben?« rief er endlich verwundert und ungeduldig. »Was kümmert das mich? Was ist denn dabei?«

»Das ist dasselbe alte Weib«, fuhr Raskolnikow, der sich bei Sametows letzten Worten gar nicht gerührt hatte, in demselben Flüstertone fort, »das ist dasselbe alte Weib, von dem neulich im Polizeibureau gesprochen wurde; Sie erinnern sich wohl, daß ich dabei in Ohnmacht fiel. Nun, verstehen Sie jetzt?«

»Aber was meinen Sie denn eigentlich? Was soll ich denn verstehen?« erwiderte Sametow beunruhigt.

Raskolnikows unbewegliches, ernsthaftes Gesicht verwandelte sich in einem Augenblicke, und er brach auf einmal wieder in dasselbe nervöse Lachen aus wie vorhin, wie wenn er völlig unfähig wäre, sich zu beherrschen. Und auf einmal stand ihm in größter Deutlichkeit jener noch nicht so weit zurückliegende Moment vor Augen, wo er mit dem Beile hinter der Tür stand, der Riegel hin und her sprang, die beiden vor der Tür schimpften und an der Klinke rüttelten und ihn selbst die Lust anwandelte, sie anzurufen, sie zu schimpfen, ihnen die Zunge herauszustrecken, sie zu höhnen und zu lachen, zu lachen, zu lachen!

»Entweder sind Sie verrückt oder...«, sagte Sametow und stockte, als hätte ihn ein plötzlich in seinem Kopfe aufblitzender Gedanke überrascht.

»Oder? Was meinen Sie mit Ihrem ›oder‹? Nun, was? Reden Sie!«

»Ach was!« antwortete Sametow ärgerlich. »Es ist ja alles dummes Zeug!«

Beide schwiegen. Nach dem plötzlichen, konvulsivischen Lachanfall war Raskolnikow sofort wieder nachdenklich und traurig geworden. Er setzte einen Ellbogen auf den Tisch und stützte den Kopf mit der Hand. Anscheinend hatte er ganz vergessen, daß Sametow da war. Das Schweigen dauerte ziemlich lange.

»Warum trinken Sie denn Ihren Tee nicht? Er wird ja ganz kalt!« sagte Sametow.

»Was? Tee?... Nun, meinetwegen...«

Raskolnikow nahm einen Schluck aus dem Glase, schob ein Stückchen Brot in den Mund und schien, nachdem er Sametow einen Augenblick betrachtet hatte, sich plötzlich wieder an alles zu erinnern und gleichsam wieder aufzuleben. Gleichzeitig nahm sein Gesicht von neuem den spöttischen Ausdruck an. Er trank nun seinen Tee weiter.

»Diese Schurkereien nehmen heutzutage überhand«, sagte Sametow. »Da las ich neulich in den ›Moskauer Nachrichten‹, daß in Moskau eine ganze Bande von Fälschern abgefaßt ist. Es war eine ordentliche organisierte Gesellschaft. Sie machten Staatsschuldscheine nach!«

»Oh, das ist schon lange her! Das habe ich schon vor einem Monat gelesen«, erwiderte Raskolnikow ruhig. »Also das sind Ihrer Meinung nach Schurken!« fügte er lächelnd hinzu.

»Sind das etwa keine Schurken?«

»Die? Kinder sind das, Gelbschnäbel, aber keine Schurken! Nicht weniger als fünfzig Menschen tun sich zu einem solchen Zwecke zusammen! Hat denn das einen Sinn? Drei ist dabei das zulässige Maximum, und dabei ist noch erforderlich, daß jeder sich auf den andern sicherer verlassen kann als auf sich selbst. Sonst braucht nur einer in der Betrunkenheit zu schwatzen, und die ganze Sache geht in die Brüche. Gelbschnäbel! Sie engagieren unzuverlässige Leute, um die Papiere in Bankgeschäften umzusetzen: wie konnten sie nur so eine Sache dem ersten besten anvertrauen? Und setzen wir selbst den Fall, es wäre ihnen trotz ihrer ungeschickten Maßregeln geglückt, setzen wir den Fall, jeder hätte sich eine Million eingewechselt, nun, wie dann weiter? Wie hätte sich dann ihr ganzes Leben gestaltet? Jeder einzelne wäre dann von dem andern sein ganzes Leben lang abhängig gewesen! Da wäre es doch besser, sich gleich aufzuhängen! Aber sie haben nicht einmal das Umwechseln verstanden: da versucht einer dieser engagierten Helfershelfer in einem Bankgeschäfte solche Papiere umzuwechseln und hat bereits dafür seine fünftausend Rubel erhalten; aber nun fangen ihm die Hände an zu zittern. Viertausend zählt er nach, aber das fünfte Tausend nimmt er, ohne nachzuzählen, hin, auf Treu und Glauben, um es ja nur ja gleich in die Tasche stecken und sich möglichst schnell davonmachen zu können. Na, dadurch erregte er natürlich Verdacht. Und die ganze Sache ging schief wegen eines einzigen Dummkopfes! Wie ist so etwas überhaupt nur möglich!«

»Daß dem die Hände zitterten?« fragte Sametow. »Na, das ist denn doch sehr wohl möglich. Ich bin völlig überzeugt, daß dergleichen sehr leicht passieren kann. Bei dergleichen Dingen versagen manchmal die Nerven.«

»Bei dergleichen Dingen?«

»Sind Sie denn etwa Ihrer Nerven sicher? Nein, ich für meine Person nicht! Für eine Belohnung von hundert Rubeln sich einer solchen Gefahr auszusetzen! Hinzugehen, um ein solches Wertpapier an den Mann zu bringen, und wohin? In eine Bank, wo sie in solchen Sachen gerieben sind – nein, da hätte ich die Ruhe verloren. Und Sie nicht?«

Raskolnikow verspürte wieder die größte Lust, ihm die Zunge herauszustrecken. Alle Augenblicke lief ihm ein Frösteln über den Rücken.

»Ich hätte es anders angegriffen«, begann er. »Beim Umwechseln wäre ich so verfahren: das erste Tausend hätte ich so etwa viermal von allen Seiten nachgezählt, jeden Schein genau angesehen und dann das zweite Tausend vorgenommen; ich hätte angefangen zu zählen, hätte bis zur Mitte gezählt, eine beliebige Fünfzigrubelnote herausgenommen, gegen das Licht gehalten, umgewendet und wieder gegen das Licht gehalten, ob sie auch nicht falsch sei. ›Ich bin darin ängstlich‹, hätte ich gesagt, ›eine Verwandte von mir ist neulich auf diese Art um fünfundzwanzig Rubel geschädigt worden‹, und hätte eine ganze solche Geschichte erzählt. Und wenn ich das dritte Tausend zu zählen angefangen hätte, dann hätte ich gesagt: ›Ach, entschuldigen Sie, ich glaube, ich habe in dem zweiten Tausend das siebente Hundert nicht richtig gezählt; ich habe nun doch Zweifel‹, und hätte das dritte wieder hingelegt und nochmal nach dem zweiten gegriffen – und so bei allen fünfen. Und wenn ich fertig gewesen wäre, dann hätte ich aus dem fünften und aus dem zweiten Tausend je eine Note herausgenommen, sie wieder gegen das Licht gehalten und, wie wenn ich wieder an der Echtheit zweifelte, gesagt: ›Bitte, tauschen Sie mir diese um‹, und so hätte ich den Bankangestellten in Angstschweiß versetzt, so daß er halb verzweifelt gesucht hätte, mich nur endlich loszuwerden! Zuletzt, wenn ich fertig gewesen wäre, wäre ich gegangen, hätte die Tür aufgemacht – und wäre mit einem ›Ach, entschuldigen Sie!‹ noch einmal umgekehrt, um noch etwas zu fragen, irgendwelche Aufklärung zu erhalten. So hätte ich das gemacht!«

»Donnerwetter, was tragen Sie da für feine Kunstgriffe vor!« sagte Sametow lachend. »Der Haken ist dabei bloß: gesprächsweise läßt sich so etwas wohl darlegen; aber bei der Ausführung würden Sie sicher auch Ihre Fehler machen. Ich sage Ihnen, meiner Ansicht nach kann dabei nicht einmal ein geriebener, verwegener Kerl, geschweige denn ein Mensch wie Sie oder ich, sich auf sich selbst verlassen. Aber wozu fernliegende Beispiele heranziehen; wir haben ja ein ganz naheliegendes: die alte Frau, die hier in unserm Revier ermordet wurde. Es muß doch gewiß ein verwegener Mensch gewesen sein; am hellen Tage hat er die Tat riskiert; nur durch ein reines Wunder ist er davongekommen; aber die Hände haben ihm trotzdem gezittert: den Raub durchzuführen hat er nicht verstanden; da haben seine Nerven gestreikt; das sieht man an dem Hergange...«

Es machte den Eindruck, als ob sich Raskolnikow gekränkt fühlte.

»Sieht man das? Nun, dann fangen Sie ihn doch! Vorwärts! Aber bald!« rief er in höhnisch aufstachelndem Tone

Sametow zu.

»Man wird ihn schon kriegen!«

»Wer? Sie von der Polizei? Sie wollen ihn kriegen? Na, dann tummeln Sie sich nur! Bei Ihnen ist ja doch immer die Hauptsache: gibt jemand viel Geld aus oder nicht? Wenn einer vorher kein Geld hatte und nun auf einmal viel auszugeben anfängt – na, dann ist ja kein Zweifel, daß der es ist! Darum kann Sie jedes kleine Kind hinters Licht führen, wenn es will!«

»Das ist ja eben das Eigentümliche, daß sie es alle so machen«, erwiderte Sametow. »Da begeht einer mit aller Schlauheit einen Mord, setzt sein Leben aufs Spiel, und dann geht er sofort in eine Kneipe und ist geliefert. Beim auffälligen Geldausgeben werden sie gefaßt. So schlau wie Sie sind eben nicht alle; Sie würden natürlich nicht in eine Kneipe gehen?«

Raskolnikow zog die Augenbrauen zusammen und blickte Sametow starr an.

»Meine Auseinandersetzung von vorhin hat Ihnen wohl Appetit gemacht, und Sie möchten nun auch gern wissen, wie ich mich in diesem Falle benommen hätte?« fragte er mißvergnügt.

»Das möchte ich allerdings gern wissen«, antwortete jener fest und ernst.

Sein Ton und seine Miene waren auffällig ernst geworden.

»Sehr gern?«

»Ja, sehr gern!«

»Nun schön! Das hätte ich also so gemacht«, begann Raskolnikow; wiederum brachte er auf einmal das Gesicht dem Gesichte Sametows ganz nahe, wiederum starrte er ihn unverwandt an, und wiederum dämpfte er seine Stimme zum Flüstertone herab, so daß jener diesmal ordentlich zusammenfuhr. »Ich hätte es so gemacht: ich hätte das Geld und die Wertsachen genommen, und sowie ich den Tatort verlassen hätte, wäre ich sofort, ohne vorher irgendwo einzukehren, in eine Gegend gegangen, wo ein rings eingeschlossener Platz ist und nur Zäune und fast keine Menschenseele – nach einem Gemüsegarten oder so etwas Ähnlichem. Auf diesem Hofe, oder was es nun ist, hätte ich mir schon vorher einen Stein ausgesucht, so ungefähr im Gewichte von einem halben Zentner, in einer Ecke, an einem Zaune; der Stein hat da vielleicht schon seit der Erbauung des Hauses gelegen. Diesen Stein hätte ich aufgehoben – unter ihm muß eine Vertiefung sein –, und in diese Vertiefung hätte ich alle Wertsachen und das Geld hineingelegt. Dann hätte ich den Stein wieder in seine frühere Lage gewälzt, die Erde mit dem Fuße angedrückt und wäre davongegangen. Und nun hätte ich ein, zwei Jahre lang, drei Jahre lang nichts angerührt – na, nun könnt ihr suchen! Es war da, und nun ist's verschwunden, wie der Zauberkünstler sagt.«

»Sie sind verrückt«, sagte Sametow, unwillkürlich gleichfalls beinahe flüsternd, und rückte von Raskolnikow weg.

Diesem funkelten die Augen; er war erschreckend bleich geworden; seine Oberlippe zuckte und zitterte. Er beugte sich ganz nahe zu Sametow hin und bewegte die Lippen, ohne ein Wort zu sprechen; das dauerte etwa eine halbe Minute. Er wußte, was er tat, hatte aber die Herrschaft über sich verloren. Wie damals der Riegel an der Tür hin und her sprang, so hüpfte jetzt ein furchtbares Wort auf seinen Lippen; jeden Augenblick konnte es sich losreißen, jeden Augenblick; er brauchte es nur aus dem Mund herauszulassen, es nur auszusprechen!

»Und wenn ich nun wirklich das alte Weib und Lisaweta ermordet hätte?« sagte er plötzlich – und kam wieder zur Besinnung.

Sametow blickte ihn verstört an und wurde kreidebleich. Sein Gesicht verzerrte sich zu einem Lächeln.

»Wie wäre das wohl möglich?« sagte er kaum hörbar.

Raskolnikow blickte ihn grimmig an.

»Gestehen Sie nur: Sie haben es geglaubt?... Ja? Nicht wahr?«

»Durchaus nicht! Ich glaube es jetzt weniger als je!« rief Sametow hastig.

»Nun ist er eingegangen, endlich! Nun haben wir das Spätzchen erwischt! Also haben Sie es früher doch geglaubt, wenn Sie es jetzt ›weniger als je‹ glauben?«

»Aber durchaus nicht!« rief Sametow, augenscheinlich äußerst verlegen. »Also nur darum haben Sie mir mit Ihren Reden einen Schreck eingejagt, um mich zu einem solchen Geständnis zu bringen?«

»Also Sie glauben es nicht? Aber was haben Sie denn damals auf dem Polizeibureau gesprochen, nachdem ich weggegangen war? Und warum hat der Leutnant Schießpulver nach meinem Ohnmachtsanfall mit mir ein Verhör angestellt? He, du!« rief er dem Kellner zu, indem er aufstand und nach seiner Mütze griff, »was bin ich schuldig?«

»Dreißig Kopeken zusammen«, antwortete der herbeilaufende Kellner.

»Da hast du noch zwanzig Kopeken Trinkgeld. Sehen Sie nur, wieviel Geld ich habe«, sagte er zu Sametow und streckte ihm seine zitternde Hand mit den Banknoten hin, »rote und blaue Scheine, fünfundzwanzig Rubel. Wo mag das her sein? Und wie mag ich zu dem neuen Anzuge gekommen sein? Sie wissen ja doch, daß ich nicht eine Kopeke besaß! Sie haben doch gewiß schon meine Wirtin ausgefragt... Na, nun wollen wir es genug sein lassen! Assez causé! Auf Wiedersehen! Auf ein angenehmes Wiedersehen!«

Er ging hinaus, am ganzen Leibe zitternd von einer heftigen nervösen Aufregung, in die sich indes ein Gefühl von fast unerträglich starker Freude mischte; im übrigen war er düster und entsetzlich müde. Sein Gesicht war ganz verzerrt, wie nach einem schweren Anfalle. Seine Ermattung nahm schnell zu. Es stand jetzt mit ihm so, daß seine Kräfte beim ersten Impuls, beim ersten Reiz plötzlich geweckt wurden und sich einstellten und dann ebenso schnell wieder ermatteten, wenn der Reiz aufhörte.

Sametow saß, nachdem er allein zurückgeblieben war, noch lange in Nachdenken versunken auf seinem Platze. Durch Raskolnikow waren alle seine bisherigen Gedanken über einen gewissen Punkt unversehens umgestoßen worden, und er war nun zu einer festen Meinung gelangt.

»Ilja Petrowitsch ist ein Dummkopf!« sagte er mit großer Bestimmtheit.

Kaum hatte Raskolnikow die nach der Straße führende Tür geöffnet, als er auf den Stufen mit dem eintretenden

Rasumichin zusammenstieß. Beide, obwohl nur einen Schritt voneinander entfernt, hatten einander nicht gesehen, so daß sie beinahe mit den Köpfen zusammenprallten. Eine Zeitlang maßen sie sich mit den Blicken. Rasumichin war zunächst im höchsten Grade erstaunt; aber plötzlich flammte der Zorn, ein echter, unverstellter Zorn, drohend in seinen Augen auf.

»Also hier bist du!« schrie er aus vollem Halse. »Aus dem Bette ist der Mensch davongelaufen! Und ich habe ihn da sogar unter dem Sofa gesucht! Auf den Dachboden sind wir gegangen. Deinetwegen habe ich Nastasja beinahe durchgeprügelt... Und nun ist er hier! Rodjka! Was bedeutet das? Sage die Wahrheit! Gestehe! Hörst du wohl?«

»Das bedeutet, daß ihr mir alle gründlich zum Ekel geworden seid und daß ich allein sein will«, antwortete Raskolnikow ruhig.

»Allein sein willst du? Du kannst ja noch gar nicht gehen, und dein Gesicht ist weiß wie Leinwand, und du bekommst kaum Luft! Du Dummkopf! Was hast du hier im Kristallpalast zu suchen gehabt? Gestehe sofort!«

»Laß mich in Ruh!« erwiderte Raskolnikow und wollte vorbeigehen.

Aber dieses Benehmen versetzte nun Rasumichin völlig in Wut, und er faßte ihn kräftig an der Schulter.

»›Laß mich in Ruh?‹ Du wagst zu sagen: ›Laß mich in Ruh?‹ Weißt du wohl auch, was ich sofort mit dir tun werde? Ich packe dich mit beiden Armen, schnüre dich zu einem Bündel zusammen, trage dich unterm Arm nach Hause und schließe dich da ein!«

»Höre, Rasumichin«, begann Raskolnikow leise und scheinbar ganz ruhig, »siehst du denn nicht, daß ich deine Wohltaten nicht mag? Wie kann es dir nur Vergnügen machen, jemandem Wohltaten zu erweisen, der sich nicht das geringste daraus macht, sie vielmehr nur als drückende Last empfindet? Wozu hast du mich beim Beginn meiner Krankheit aufgesucht? Vielleicht wäre es mir ganz lieb gewesen, zu sterben! Nun, habe ich es dir heute nicht hinlänglich zu verstehen gegeben, daß du mich peinigst, daß du mir... zum Ekel geworden bist? Wahrhaftig, ein eigentümliches Vergnügen, andre Menschen zu peinigen! Ich versichere dir, daß all das ein ernstliches Hindernis für meine Wiederherstellung ist, weil es mich unaufhörlich aufregt. Sossimow ging doch vorhin eben deshalb fort, um mich nicht aufzuregen! Ich bitte dich inständig: laß auch du mich in Ruhe! Und schließlich, was für ein Recht hast du, mich mit Gewalt zurückzuhalten? Siehst du denn nicht, daß ich jetzt völlig bei klarem Verstande rede? Sag selbst: welche Gründe soll ich schließlich noch vorbringen, um dich dazu zu bewegen, daß du dich mir nicht weiter aufdrängen und mir keine Wohltaten mehr erweisen möchtest? Haltet mich meinetwegen für undankbar, für einen gemeinen Menschen; aber laßt mich alle in Ruhe, ich bitte euch flehentlich, laßt mich in Ruhe, laßt mich in Ruhe!«

Er hatte ruhig begonnen und sich im voraus über all das Gift gefreut, das er von sich zu geben beabsichtigte; aber er schloß in voller Wut und mit keuchendem Atem, wie vorher bei dem Gespräch mit Lushin.

Rasumichin stand ein Weilchen da, dachte nach und ließ dann seine Hand los.

»Scher dich zum Teufel!« sagte er leise und fast melancholisch. »Halt!« brüllte er plötzlich los, als Raskolnikow sich rührte, um fortzugehen, »hör mich mal an! Ich erkläre dir hiermit, daß ihr alle, ohne Ausnahme, weiter nichts als Schwätzer und Prahlhänse seid! Trifft euch einmal ein kleines Leid, so benehmt ihr euch damit wie eine Henne, die ein Ei legt! Auch bei solcher Gelegenheit kopiert ihr fremde Autoren. Keine Spur von eigenem, selbständigem Leben ist bei euch zu finden. Kerle wie aus Gallert und statt des Blutes Käsewasser in den Adern! Keinem von euch glaube ich etwas! Die Hauptsache ist euch in allen Lagen immer, euch nur ja nicht wie ein Mensch zu benehmen. Halt! Halt!« schrie er mit gesteigerter Wut, als er merkte, daß Raskolnikow wieder Miene machte, wegzugehen. »Hör mich zu Ende! Du weißt, ich bekomme heute Besuch zur Einweihung meiner neuen Wohnung; vielleicht sind meine Gäste in diesem Augenblicke auch schon da; ich habe meinen Onkel dort gelassen (ich war vorhin eben noch einmal auf einen Sprung dort), damit er die Gäste empfängt. Wenn du also nicht ein Esel wärest, ein ganz dummer Esel, ein rechter Quadratesel, eine bloße Übersetzung aus einer fremden Sprache,... siehst du, Rodja, ich gebe zu, daß du ein verständiger junger Mann bist, aber ein Esel bist du! – also, wenn du nicht ein Esel wärest, so würdest du lieber heute mich besuchen und den Abend bei mir zubringen, als so zwecklos die Stiefelsohlen ablaufen. Ausgegangen bist du ja nun doch einmal; das ist nicht mehr zu ändern! Ich würde dir einen schön weichen Lehnstuhl hinstellen, meine Wirtsleute haben einen... Ein Täßchen Tee, anregende Gesellschaft... Oder du kannst auch auf der Chaiselongue liegen – du liegst dann doch mitten unter uns... Sossimow ist auch da. Nun, wirst du kommen?«

»Nein.«

»Dein ›Nein‹ besagt gar nichts!« rief Rasumichin ungeduldig. »Woher willst du das wissen, daß du nicht kommen wirst? Du kannst für deine künftigen Handlungen keine Bürgschaft übernehmen! Und du hast auch gar kein Verständnis für die Situation. Ich habe mich schon tausendmal ganz ebenso mit andern Leuten aufs gröbste verzankt und bin dann doch wieder zu ihnen hingegangen,... man schämt sich und kehrt dann wieder zu dem Betreffenden zurück. Also vergiß nicht: im Potschinkowschen Hause, im zweiten Stock...«

»In Ihrer Lust, Wohltaten zu erweisen, Herr Rasumichin, kommen Sie womöglich noch dahin, sich von demjenigen, dem Sie sich aufdrängen, ruhig durchprügeln zu lassen.«

»Durchprügeln? Mich? Für den bloßen Gedanken reiße ich ihm die Nase ab! Das Potschinkowsche Haus, Nr. 47, in der Wohnung des Beamten Babuschkin...«

»Ich komme nicht, Rasumichin!«

Raskolnikow wandte sich um und ging fort.

»Ich wette darauf, daß du kommst!« rief Rasumichin ihm nach. »Sonst bist du... Sonst will ich gar nichts mehr von dir wissen! – He, warte mal! Ist Sametow da drin?«

»Ja.«

»Hast du ihn gesehen?«

»Ja.«

»Hast du auch mit ihm gesprochen?«

»Ja.«

»Worüber denn? Na, hol dich der Kuckuck, dann sag es nicht; ist mir auch gleich. Also: Haus Potschinkow, 47, Wohnung von Babuschkin, vergiß das nicht!«

Raskolnikow ging bis zur Sadowaja-Straße und bog dort um die Ecke. Rasumichin sah ihm in Gedanken versunken nach. Dann machte er mit der Hand eine Gebärde, die etwa besagte: ›Es ist nichts mit ihm anzufangen!‹ und wendete sich dem Eingange zu; aber noch auf den Stufen blieb er stehen.

›Hol's der Teufel!‹ sagte er in halblautem Selbstgespräche. ›Er redet ganz vernünftig, aber gerade wie wenn... Ich bin aber auch ein Esel! Als ob Verrückte nicht auch vernünftig reden könnten! Und es schien mir, daß Sossimow gerade so etwas fürchtete!‹ Er tippte mit dem Finger an seine Stirn. ›Wie nun aber, wenn er... Man kann ihn eigentlich jetzt gar nicht allein lassen. Er ertränkt sich am Ende gar... O weh, da habe ich eine Dummheit gemacht! Nein, das geht nicht!‹ Er lief zurück, um Raskolnikow einzuholen; aber von dem war nichts mehr zu sehen. Er spuckte aus und kehrte eiligen Schrittes nach dem Kristallpalaste zurück, um möglichst schnell Sametow zu befragen.

Raskolnikow ging geradeswegs nach der... schen Brücke, stellte sich in der Mitte an das Geländer, stützte sich mit beiden Ellbogen darauf und blickte in die Ferne. Nachdem er sich von Rasumichin getrennt hatte, war er so schwach geworden, daß er sich nur mit Mühe so weit geschleppt hatte. Er hatte die größte Lust, sich irgendwo auf der Straße hinzusetzen oder hinzulegen. Über das Wasser gebeugt, blickte er gedankenlos auf den letzten rosigen Widerschein des Abendrots, nach der Häuserreihe, die in der hereinbrechenden Dämmerung schon ganz dunkel aussah, nach einem einzelnen Fensterchen, das in weiter Entfernung in der linken Uferstraße irgendwo in einer Mansarde von dem letzten Sonnenstrahl, der es für einen Augenblick traf, in flammende Glut versetzt wurde, und auf das immer dunkler werdende Wasser des Kanals, und gerade dieses Wasser schien er mit besonderer Aufmerksamkeit zu betrachten. Aber schließlich drehten sich vor seinen Augen rote Kreise, die Häuser fingen an zu wandern, die Vorübergehenden, die Ufer, die Wagen, alles drehte sich und tanzte im Kreise herum. Plötzlich fuhr er zusammen – vor einem neuen Ohnmachtsanfall, den er vielleicht erlitten hätte, bewahrte ihn ein schrecklicher, abstoßender Anblick. Er fühlte, daß sich jemand auf der rechten Seite neben ihn stellte, sah hin und erblickte ein Weib, großgewachsen, mit einem Tuche um den Kopf, mit gelbem, länglichem, ausgemergeltem Gesichte und geröteten, eingesunkenen Augen. Sie blickte geradezu nach ihm hin, sah aber offenbar nichts und unterschied die Menschen nicht. Auf einmal stützte sie sich mit dem rechten Arm auf das Geländer, hob das rechte Bein in die Höhe, schwang es über das Gitter, darauf das linke und stürzte sich in den Kanal. Das schmutzige Wasser teilte sich und verschlang das Opfer für kurze Zeit; aber bald darauf kam die Selbstmörderin wieder an die Oberfläche und trieb langsam stromabwärts; Kopf und Füße hingen im Wasser; der Rücken ragte heraus; der Rock hatte sich zusammengeballt und lag, wie ein Kissen aufgeschwollen, auf dem Wasser.

»Sie hat sich ertränkt! Sie hat sich ertränkt!« riefen ein Dutzend Stimmen; eine Menge Menschen lief zusammen; beide Ufer füllten sich mit Zuschauern; auf der Brücke, um Raskolnikow herum, drängte sich das Volk und drückte und stieß ihn von hinten.

»Herr Gott, das ist ja unsere Afrossinja!« rief nicht weit von ihm eine weinerliche Frauenstimme. »Um Gottes willen, rettet sie! Liebe Männer, zieht sie heraus!«

»Einen Kahn! Schnell einen Kahn!« wurde in der Menge gerufen.

Aber es war kein Kahn mehr nötig; ein Schutzmann war die Treppe zum Kanal hinuntergelaufen, hatte Mantel und Stiefel von sich geworfen und sich ins Wasser gestürzt. Es war keine große Mühe; der Körper der Frau wurde von der Strömung nur zwei Schritte vom Fuße der Treppe entfernt hingetrieben; der Schutzmann ergriff sie mit der rechten Hand am Kleide; mit der linken gelang es ihm, eine Stange zu fassen, die ihm ein Kamerad hinhielt; und nun wurde die Selbstmörderin schnell herausgezogen. Man legte sie auf die Granitplatten der Treppe. Sie kam bald wieder zu sich, richtete sich auf, setzte sich hin und begann zu niesen und zu prusten und mechanisch mit den Händen das nasse Kleid abzuwischen. Sie redete kein Wort.

»Sie hat das Delirium, das Delirium!« heulte dieselbe Frauenstimme, jetzt dicht bei Afrossinja. »Neulich wollte sie sich aufhängen; wir haben sie noch rechtzeitig abgenommen. Ich war jetzt bloß in einen Kaufladen gegangen und hatte mein kleines Mädchen zu Hause gelassen, das sollte auf sie aufpassen – und da mußte auch gleich das Unglück passieren! Sie ist eine Kleinbürgerin, Väterchen«, erklärte sie dem Schutzmann, »sie wohnt bei uns; wir wohnen hier ganz in der Nähe, das zweite Haus von der Ecke dort...«

Das Volk ging auseinander, die Polizisten machten sich noch mit der Geretteten zu schaffen; jemand rief etwas vom Polizeibureau... Raskolnikow betrachtete das alles mit einem seltsamen Gefühle von Gleichgültigkeit und Teilnahmslosigkeit. Es überkam ihn ein Ekel davor. ›Nein, das ist gräßlich...‹, murmelte er vor sich hin. ›Dieses scheußliche Wasser,... das ist nichts... Es ist hier weiter nichts los‹, fügte er hinzu, ›es hat keinen Zweck, noch zu warten. Was soll dabei das Polizeibureau? Aber warum ist Sametow nicht im Bureau? Es ist noch nicht zehn Uhr, da ist das Bureau doch offen...‹ Er wandte dem Geländer den Rücken zu und blickte um sich.

»Na, dann also vorwärts! Meinetwegen!« sagte er entschlossen, verließ die Brücke und schlug die Richtung nach dem Polizeibureau ein. Sein Herz war leer und öde. Er mochte nicht denken. Sogar die Unruhe war geschwunden; keine Spur mehr von der Energie, mit der er vor kurzem seine Wohnung verlassen hatte, entschlossen, »diese ganze Sache« heute noch zu Ende zu bringen. Eine vollständige Apathie war an die Stelle dieser Empfindungen getreten.

›Nun gut, auch das ist ein Abschluß!‹ dachte er, während er langsam und müde am Ufer des Kanals hinging. ›Jedenfalls bringe ich die Sache nach meinem eigenen Willen zu Ende... Ist es aber auch ein Abschluß? Ach was, ganz gleich! Ich werde gleichsam auf jener schmalen Felsenplatte weiterleben – ha-ha-ha! Aber was ist das für ein Ende! Und ist es wirklich das Ende? Soll ich es ihnen sagen oder nicht? Ach, hol's der Teufel! Und ich bin auch müde und möchte mich recht bald irgendwo hinlegen oder hinsetzen! Am meisten schäme ich mich, daß das Ganze so dumm aussieht. Aber auch darum schere ich mich nicht weiter. Was einem doch für abgeschmackte Gedanken in den Kopf kommen...‹

Nach dem Polizeibureau mußte er immer geradeaus gehen und dann bei der zweiten Straßenkreuzung links einbiegen; dann waren es nur noch ein paar Schritte. Aber als er bis zur ersten Kreuzung gekommen war, blieb er stehen, überlegte, bog in die Querstraße ein und machte einen Umweg durch zwei Straßen, vielleicht ohne jede Absicht, vielleicht aber auch, um die Sache wenigstens noch eine Minute lang hinzuziehen und Zeit zu gewinnen. Er ging und blickte zur Erde. Plötzlich war es ihm, als ob ihm jemand etwas ins Ohr flüstere. Er hob den Kopf und sah, daß er bei »jenem« Hause, unmittelbar am Tore, stand. Seit »jenem« Abende war er hier nicht wieder gewesen und nicht vorbeigekommen.

Ein unwiderstehliches, unerklärliches Verlangen zog ihn hinein. Er trat in das Haus, durchschritt den ganzen Torweg, ging dann in den ersten Eingang rechts und stieg auf der wohlbekannten Treppe bis zum dritten Stockwerk hinauf. Auf der engen, steilen Treppe war es sehr dunkel. Auf jedem Absatze blieb er stehen und schaute sich neugierig um. Bei dem Absatz des Hochparterre waren die Fensterflügel ganz herausgenommen. ›Das war damals nicht‹, dachte er. Da war auch die Wohnung im ersten Stock, wo Nikolai und Dmitrij gearbeitet hatten. ›Sie ist verschlossen; auch die Tür ist neu gestrichen; also kann ein neuer Mieter einziehen.‹ Da war auch das zweite Stockwerk... und das dritte... ›Hier!‹ Höchst erstaunt blieb er stehen: die Tür zu dieser Wohnung war sperrangelweit offen; es waren Leute darin; Stimmen waren vernehmbar; das hatte er nicht erwartet. Nach kurzem Schwanken stieg er die letzten Stufen hinan und ging in die Wohnung hinein.

Auch diese Wohnung wurde neu hergerichtet; es waren Handwerker darin; das überraschte ihn. Ohne sich über den Grund klarzuwerden, hatte er die Vorstellung gehabt, er werde alles genauso wieder vorfinden, wie er es damals verlassen hatte, vielleicht sogar die Leichname an denselben Stellen auf dem Fußboden. Und was erblickte er nun? Kahle Wände, keine Möbel; seltsam! Er ging an ein Fenster und setzte sich auf das Fensterbrett.

Es waren nur zwei Handwerker da, beides junge Burschen, der eine jedoch erheblich älter als sein noch sehr junger Genosse. Sie beklebten die Wände mit neuen Tapeten, weiß mit lila Blümchen, an Stelle der alten, die so zerrissen und unsauber gewesen waren. Dies erregte bei Raskolnikow ein seltsames Mißvergnügen; er blickte diese neuen Tapeten unzufrieden an, als täte es ihm leid, daß alles so verändert würde.

Die Handwerker hatten sich offenbar bei ihrer Arbeit zu lange aufgehalten und rollten jetzt eilig ihre Tapeten zusammen und machten sich fertig, um nach Hause zu gehen. Raskolnikows Erscheinen hatten sie so gut wie gar nicht beachtet. Sie redeten über etwas untereinander. Raskolnikow verschränkte die Arme über der Brust und hörte zu.

»Nun kam sie am Morgen zu mir«, sagte der ältere zu dem jüngeren, »es war noch ganz früh; sie war im höchsten Staat. ›Na‹, sage ich, ›warum präsentierst du dich denn vor mir so riesig fein?‹ – ›Von jetzt an‹, sagte sie, ›will ich ganz zu Ihrer Verfügung stehen, Tit Wassiljewitsch.‹ Na, das war eine Überraschung! Und geputzt war sie – wie aus dem Modejournal, ganz wie aus dem Modejournal!«

»Was ist das, Onkelchen, ein Modejournal?« fragte der jüngere; er war augenscheinlich ein gelehriger Schüler dieses »Onkelchens«.

»Ein Modejournal, Brüderchen, das sind solche Bilder, bunte Bilder, und die kommen jeden Sonnabend mit der Post aus dem Auslande bei den hiesigen Schneidern an; nämlich das ist dazu, damit man weiß, wie man sich anziehen soll, die Männer und ebenso auch die Frauen. Also eine Zeichnung. Die Männer werden meistens in Pekeschen gemalt; für die Frauenzimmer aber gibt es da solche Souffleurs – da ist alles dran!«

»Nein, was es hier in Petersburg nicht alles gibt!« rief der jüngere ganz begeistert. »Außer Vater und Mutter gibt es hier alles!«

»Ja, abgesehen davon gibt es hier alles«, erklärte in belehrendem Tone der ältere.

Raskolnikow stand auf und ging in das andre Zimmer, wo früher die Truhe, das Bett und die Kommode gestanden hatten; das Zimmer kam ihm jetzt ohne Möbel außerordentlich klein vor. Die Tapeten waren noch die nämlichen; in der einen Ecke hob sich auf der Tapete scharf begrenzt die Stelle ab, wo der Heiligenschrein mit den Heiligenbildern gestanden hatte. Er sah sich nach allen Seiten um, ging dann zu dem Fenster, wo er gesessen hatte, zurück und setzte sich wieder hin. Der ältere Geselle warf ihm einen schrägen Blick zu.

»Was wünschen Sie?« fragte er ihn.

Statt zu antworten, stand Raskolnikow auf, ging auf den Flur hinaus, griff nach dem Klingelzuge und zog daran. Dieselbe Glocke, derselbe blecherne Ton! Er zog zum zweiten und zum dritten Male, horchte und rief sich das Geschehene ins Gedächtnis zurück. Das damalige qualvoll-furchtbare, gräßliche Gefühl kam ihm immer deutlicher und lebhafter wieder in die Erinnerung; er fuhr bei jedem Anschlagen der Glocke zusammen, und es wurde ihm dabei immer wohler und wohler zumute.

»Aber was wollen Sie denn eigentlich? Wer sind Sie denn?« rief der Geselle und trat zu ihm hinaus.

Raskolnikow trat wieder in die Tür.

»Ich möchte die Wohnung mieten«, sagte er, »und sehe sie mir an.«

»In der Nacht mietet man keine Wohnung, und außerdem müssen Sie mit dem Hausknecht herkommen.«

»Der Fußboden ist gescheuert; er soll wohl noch gestrichen werden?« fuhr Raskolnikow fort. »Ist kein Blut mehr zu sehen?«

»Was für Blut?«

»Nun, hier ist doch eine alte Frau mit ihrer Schwester ermordet worden. Da stand eine ganze Lache.«

»Aber wer sind Sie denn eigentlich?« rief der Geselle beunruhigt.

»Ich?«

»Ja.«

»Möchtest du das wissen? Komm mit nach dem Polizeibureau; da werde ich es sagen.«

Die Handwerker sahen ihn verwundert an.

»Wir müssen fortgehen; wir haben uns sowieso schon verspätet. Komm, Aljoschka. Wir müssen zuschließen«, sagte der ältere Geselle.

»Na, dann wollen wir gehen«, antwortete Raskolnikow gleichmütig, ging voran und stieg langsam die Treppe hinunter. »He, Hausknecht!« rief er, als er unter den Torweg gekommen war.

Dicht bei dem Eingange von der Straße nach dem Hause standen mehrere Menschen und blickten nach den Vorübergehenden, nämlich die beiden Hausknechte, eine Frau, ein Kleinbürger im Schlafrocke und noch jemand. Raskolnikow ging gerade auf sie zu.

»Was wünschen Sie?" fragte der eine Hausknecht.

»Bist du auf dem Polizeibureau gewesen?«

»Ja, ich bin ganz vor kurzem da gewesen. Was wünschen Sie?"

»Sind die Beamten noch da?«

»Jawohl.«

»Ist auch der Gehilfe des Revierinspektors da?«

»Eine Weile war er da. Was wünschen Sie denn?«

Raskolnikow antwortete nicht und blieb in Gedanken versunken neben ihm stehen.

»Er ist gekommen, um sich die Wohnung anzusehen«, sagte hinzutretend der ältere Geselle.

»Welche Wohnung?"

»Die, wo wir arbeiten. ›Ist das Blut weggescheuert?‹ fragte er. ›Hier ist ein Mord geschehen‹, sagte er, ›und ich bin hergekommen, um die Wohnung zu mieten.‹ Und an der Klingel hat er gezogen; es fehlte nicht viel, daß er sie abgerissen hätte. ›Komm mit aufs Polizeibureau‹, sagte er, ›da werde ich alles erzählen.‹ Er ließ uns keine Ruhe.«

Der Hausknecht musterte Raskolnikow mit erstaunter, unwilliger Miene.

»Wer sind Sie denn?« rief er barsch.

»Mein Name ist Rodion Romanytsch Raskolnikow; ich bin ein gewesener Student und wohne im Schillschen Hause, hier in der Querstraße, nicht weit von hier. Wohnung Nr. 14. Erkundige dich bei dem Hausknecht; er kennt mich.«

Raskolnikow sagte all dies in lässigem, müdem Tone; er wendete sich dabei nicht um, sondern blickte starr nach der bereits ganz dunkel gewordenen Straße.

»Warum sind Sie denn in die Wohnung gegangen?«

»Ich wollte sie mir ansehen.«

»Was hatten Sie da anzusehen?«

»Nehmt ihn doch und bringt ihn auf die Polizei!« mischte sich der Kleinbürger ein; dann schwieg er wieder.

Raskolnikow sah ihn schräg über die Schulter an, musterte ihn aufmerksam und sagte dann ebenso leise und lässig wie vorher:

»Gehen wir hin!«

»Ja, man müßte ihn hinbringen!« sagte noch einmal der Kleinbürger, der wieder mutiger geworden war. »Warum hat er sich gerade danach erkundigt? Was hat er nur vor?«

»Vielleicht ist er betrunken, wer weiß«, murmelte der Geselle.

»Aber was wollen Sie denn?« rief wieder der Hausknecht, der nun ernstlich ärgerlich wurde. »Warum haben Sie sich hier eingeschlichen?«

»Es ist dir wohl bange geworden, mit auf das Polizeibureau zu gehen?« fragte Raskolnikow ihn spöttisch.

»Warum soll mir bange werden? Warum haben Sie sich hier eingeschlichen?«

»Es ist ein Spitzbube!« rief die Frau.

»Was sollen wir noch lange mit ihm reden!« rief der andre Hausknecht, ein riesiger Kerl in langem, offenstehendem Schoßrock, mit einer Menge von Schlüsseln am Gürtel. »Scheren Sie sich weg!... Es ist gewiß ein Spitzbube... Scheren Sie sich weg!«

Er faßte Raskolnikow an der Schulter und stieß ihn auf die Straße. Dieser kam ins Stolpern, fiel jedoch nicht hin, sondern richtete sich wieder auf, blickte alle Zuschauer schweigend an und ging weiter.

»Ein wunderlicher Mensch!« meinte der Geselle.

»Ja, es gibt heutzutage wunderliche Menschen«, erwiderte die Frau.

»Aber ihr hättet ihn doch auf die Polizei bringen sollen«, fügte der Kleinbürger hinzu.

»Es kommt nichts dabei heraus, wenn man sich mit so einem einläßt«, erklärte der große Hausknecht. »Ein Spitzbube war es gewiß! Er legte es selbst darauf an, hingebracht zu werden, das war ja klar, und wenn man sich mit ihm einläßt, kommt man nicht wieder los! Wir kennen das!«

›Soll ich nun hingehen oder nicht?‹ überlegte Raskolnikow, während er an einer Kreuzung mitten auf dem Straßendamm stehenblieb und sich rings umsah, wie wenn er von jemand die Entscheidung erwartete. Aber von keiner Seite her erfolgte eine Antwort; alles war stumm und tot wie die Steine, über die er hinschritt; für ihn war alles tot, für ihn allein... Plötzlich nahm er in der Ferne, etwa zweihundert Schritte von ihm, am Ende der Straße in der Dunkelheit einen Menschenauflauf wahr und hörte lautes Reden und Schreien... Mitten in der Menge stand eine Equipage... Ein Licht flimmerte mitten auf der Straße. ›Was ist da vorgefallen?‹ fragte sich Raskolnikow, wandte sich nach rechts und ging auf den Menschenhaufen zu. Es war, als ob er sich an alles anklammerte, und er lächelte kalt, als er sich dessen bewußt wurde; denn er hatte bereits den festen Entschluß gefaßt, auf das Polizeibureau zu gehen, und war sich ganz sicher gewesen, daß nun alles sogleich zu Ende sein werde.

VII

Mitten auf der Straße stand eine elegante, herrschaftliche Kutsche, mit zwei feurigen Grauschimmeln bespannt. Es saß niemand darin; der Kutscher selbst war vom Bock gestiegen und stand daneben; ein paar Männer hielten die Pferde am Zaume... Ringsherum drängten sich eine Menge Menschen, in der vordersten Reihe standen Polizisten. Einer von diesen hielt eine kleine, brennende Laterne in der Hand, mit der er, sich niederbückend, etwas beleuchtete, was auf dem Straßendamme dicht bei den Rädern lag. Alle redeten und schrien, zornig und bedauernd; der Kutscher schien sehr bestürzt zu sein und rief von Zeit zu Zeit aus: »So ein Unglück! O Gott, so ein Unglück!«

Raskolnikow drängte sich, so gut er konnte, durch und erblickte endlich den Anlaß all dieser Aufregung und Neugier. Auf dem Boden lag ein soeben von den Pferden niedergetretener Mann, anscheinend besinnungslos, sehr schlecht, aber doch wie ein »besserer Herr« gekleidet. Er war ganz mit Blut besudelt; Blut rieselte ihm vom Kopfe und vom Gesichte; das Gesicht war ganz zerschlagen, zerschunden und verstümmelt. Offenbar war er von den Hufen sehr schwer verletzt worden.

»Mein Gott!« jammerte der Kutscher. »Wie soll man sich denn noch mehr vorsehen! Ja, wenn ich schnell gefahren wäre oder ihm nicht zugerufen hätte; aber ich fuhr ganz ruhig und gleichmäßig. Alle haben es gesehen und wissen, daß das die Wahrheit ist. Aber so ein Betrunkener hört und sieht eben nichts; das kennt man ja... Ich sah ihn, wie er über die Straße ging und dabei taumelte und beinahe hinfiel – ich rief ihn einmal an, noch einmal, zum dritten Male, und ich hielt die Pferde zurück; aber er lief ihnen direkt zwischen die Beine, da lag er! Ob er es nun mit Absicht tat, oder ob er zu sehr beduselt war – ich weiß nicht. Die Pferde sind jung und schreckhaft; sie zogen an, er schrie auf, da wurden sie noch scheuer,... und da war das Unglück da.«

»Ja, geradeso ist es gewesen«, rief aus der Menge ein Augenzeuge.

»Er hat ihn angerufen, das ist die Wahrheit; dreimal hat er ihn angerufen!« ließ sich eine andre Stimme vernehmen.

»Genau dreimal; das haben alle gehört!« rief ein dritter.

Übrigens war der Kutscher nicht allzu niedergedrückt und erschrocken. Die Equipage gehörte offenbar einem reichen, vornehmen Herrn, den sie irgendwo abholen sollte; die Polizisten waren daher natürlich eifrig bemüht, das Verhalten des Kutschers als ordnungsgemäß anzuerkennen. Der Überfahrene sollte auf das Polizeibureau und ins Krankenhaus gebracht werden. Niemand kannte seinen Namen.

Unterdessen hatte sich Raskolnikow etwas weiter hindurchgedrängt und beugte sich aus größerer Nähe über ihn. Auf einmal erleuchtete die Laterne das Gesicht des Unglücklichen: er erkannte ihn.

»Ich kenne ihn, ich kenne ihn!« rief er und drängte sich ganz nach vorn. »Es ist ein verabschiedeter Beamter, der Titularrat Marmeladow. Er wohnt hier in der Nähe, im Koselschen Hause... Schnell einen Arzt! Ich bezahle es, hier!«

Er zog Geld aus der Tasche und zeigte es einem der Polizisten. Er befand sich in gewaltiger Aufregung.

Den Polizisten war es sehr erwünscht, daß sie den Namen des Verletzten erfahren hatten. Raskolnikow gab auch seinen eigenen Namen und seine Adresse an und befürwortete mit aller Energie, wie wenn es sich um seinen eigenen Vater handelte, den schleunigen Transport des bewußtlosen Marmeladow nach dessen Wohnung.

»Dort, nur drei Häuser weit«, sagte er eifrig, »das Haus gehört einem Herrn Kosel, einem reichen Deutschen... Er war jetzt gewiß gerade in betrunkenem Zustande auf dem Wege nach Hause. Ich kenne ihn... Er ist ein Trinker... Er wohnt da mit seiner Familie, Frau und Kindern; auch eine erwachsene Tochter hat er. Ihn ins Krankenhaus zu schaffen, dauert zu lange; aber hierherum wohnt gewiß ein Arzt. Ich bezahle es, ich bezahle es! Hier findet er doch gleich Hilfe und hat seine richtige Pflege; bis er ins Krankenhaus kommt, ist er schon tot.«

Er hatte dabei auch bereits den Polizisten heimlich etwas in die Hand gedrückt; übrigens war es ja eine ganz klare und gesetzliche Sache, und jedenfalls war Hilfe hier näher zu haben. Es fanden sich hilfsbereite Hände; der Überfahrene wurde aufgehoben und fortgetragen. Das Koselsche Haus war nur etwa dreißig Schritte entfernt. Raskolnikow ging hinten, hielt vorsichtig den Kopf des Verunglückten und gab den Weg an.

»Hierher, hierher! Die Treppe hinauf müssen wir ihn mit dem Kopfe voran tragen; wendet ihn herum... so, so ist's recht! Ich werde es bezahlen; ich werde mich euch erkenntlich zeigen!« murmelte er.

Katerina Iwanowna wanderte, wie immer, sobald sie nur einen arbeitsfreien Augenblick fand, in ihrem kleinen Zimmerchen auf und ab, vom Fenster nach dem Ofen und zurück; dabei hielt sie die Arme fest über der Brust verschränkt, redete mit sich selbst und hustete. In der letzten Zeit hatte sie angefangen, häufiger und mehr mit ihrer ältesten Tochter, der neunjährigen Polenjka, zu sprechen, die zwar vieles noch nicht verstand, dafür aber sehr wohl begriff, daß es der Mutter ein Bedürfnis war, mit ihr zu reden, und ihr darum immer mit ihren großen, klugen Augen folgte und sich schlau bemühte, zu tun, als ob sie alles verstände. Augenblicklich war Polenjka damit beschäftigt, ihren kleinen Bruder, der den ganzen Tag über nicht recht wohl gewesen war, auszukleiden, um ihn schlafen zu legen. Der Knabe saß schweigend und mit ernster Miene auf einem Stuhle, gerade aufgerichtet und ohne sich zu rühren, die fest zusammengepreßten Beinchen waagerecht ausgestreckt, die Fersen nach vorn, die Fußspitzen auseinander, und wartete darauf, daß ihm für das alte Hemdchen, das in der Nacht gewaschen werden sollte, ein frisches angezogen werde. Er hörte zu, was die Mutter mit der Schwester sprach, machte spielend die Lippen dick, öffnete die Augen weit und saß ruhig da, ganz wie alle artigen kleinen Knaben sich zu benehmen haben, wenn sie zum Zubettgehen ausgezogen werden. Sein noch kleineres Schwesterchen stand in bloßen Lumpen am Bettschirm und wartete, bis es an die Reihe kommen würde. Die Tür nach der Treppe zu war offen, um wenigstens einigermaßen die Wolken von Tabaksrauch abzuleiten, die aus den anderen Zimmern hereindrangen und die arme Schwindsüchtige fortwährend zwangen, lange und qualvoll zu husten. Katerina Iwanowna schien in dieser Woche noch mehr abgemagert zu sein, und die roten Flecke auf ihren Wangen brannten noch greller als früher.

»Du glaubst gar nicht, Polenjka«, sagte sie, im Zimmer auf und ab gehend, »du kannst dir gar keine Vorstellung davon machen, wie vergnügt und großartig wir in dem Hause meines lieben Papas lebten und wie dieser Trunkenbold mich zugrunde gerichtet hat und euch alle zugrunde richten wird! Mein Papa war Verwaltungsbeamter im Range eines

Obersten und beinahe schon Gouverneur; es fehlte ihm nur noch eine Beförderung, so daß alle schon immer zu ihm kamen und sagten: ›Wir betrachten Sie schon als unsern Gouverneur, Iwan Michailowitsch!‹ Als ich... kche! als ich... kche-kche-kche!... oh, dieses elende Dasein!« rief sie, nachdem sie den Schleim abgehustet hatte, und faßte nach ihrer Brust. »Als ich... ach, als auf dem letzten Balle... beim Adelsmarschall... mich die Fürstin Bessemelnaja erblickte, die mir später den Segen erteilte, als ich deinen Papa heiratete, Polenjka, da fragte sie sogleich: ›Ist das nicht das liebenswürdige Mädchen, das bei der Entlassungsfeier den Schleiertanz getanzt hat?‹ (Das Loch muß zugenäht werden; nimm mal eine Nadel und stopfe es jetzt gleich, wie ich es dir gezeigt habe; sonst reißt es morgen... kche! morgen... kche-kche-kche! noch weiter auf!« rief sie unter heftigen Hustenanfällen.) »Damals war der Kammerjunker Fürst Schtschegolskoi eben aus Petersburg angekommen; er tanzte mit mir eine Masurka und wollte am andern Tage zu uns kommen und um meine Hand anhalten; aber ich dankte ihm in den verbindlichsten Ausdrücken und sagte, daß mein Herz bereits einem andern gehöre. Dieser andere war dein Vater, Polenjka; mein Papa wurde furchtbar zornig... Ist das Wasser bereit? Nun, dann gib das Hemd her; und wo sind die Strümpfe?... Lida«, wandte sie sich an die jüngste Tochter, »du kannst diese Nacht einmal ohne Hemd schlafen, das geht schon,... und lege deine Strümpfe daneben,... ich will gleich alles zusammen waschen... Warum bloß dieser Lumpenkerl nicht nach Hause kommt, der Trunkenbold! Sein Hemd trägt er schon so lange, daß es aussieht wie ein Topflappen, und zerrissen ist es auch ganz... Ich könnte es jetzt alles zusammen waschen, damit ich mich nicht zwei Nächte hintereinander zu quälen brauche! O Gott! Kche-kche-kche-kche! Schon wieder! Was ist das?« rief sie, als sie die vielen Menschen auf dem Flur sah und die Männer, die sich mit irgendeiner Last ins Zimmer hineindrängten. »Was ist das? Was bringen die da? O Gott!«

»Wo sollen wir ihn hier hinlegen?« fragte einer der Polizisten, nachdem der blutbefleckte, besinnungslose Marmeladow ins Zimmer gebracht war, und sah sich nach allen Seiten um.

»Auf das Sofa! Legt ihn nur aufs Sofa, mit dem Kopfe hierher!« wies Raskolnikow die Träger an.

»Er ist auf der Straße überfahren worden! Er war betrunken!« rief jemand vom Flur her.

Katerina Iwanowna stand ganz bleich da und atmete nur mühsam. Die Kinder waren heftig erschrocken. Die kleine Lida schrie auf, stürzte zu Polenjka hin, schlang die Arme um sie und zitterte am ganzen Leibe.

Nachdem unter seiner Leitung Marmeladow auf das Sofa gelegt worden war, trat Raskolnikow schnell auf Katerina Iwanowna zu.

»Ich bitte Sie dringend, beruhigen Sie sich, erschrecken Sie nicht!« sagte er hastig. »Als er die Straße überschritt, hat ihn eine Kutsche überfahren; beunruhigen Sie sich nicht; er wird ja wieder zu sich kommen; ich habe veranlaßt, daß er hierhergebracht wurde,... ich bin schon einmal bei Ihnen gewesen; Sie erinnern sich vielleicht... Er wird ja wieder zu sich kommen; ich werde alles bezahlen!«

»Dahin hat er es nun gebracht!« schrie Katerina Iwanowna und stürzte zu ihrem Manne hin.

Raskolnikow merkte bald, daß diese Frau nicht zu denen gehörte, die gleich in Ohnmacht fallen. Im nächsten Augenblick lag unter dem Kopfe des Unglücklichen ein Kissen, woran noch niemand gedacht hatte. Katerina Iwanowna begann ihm die Kleider auszuziehen, untersuchte ihn, war eifrig um ihn beschäftigt und verlor nicht den Kopf; an sich selbst dachte sie mit keinem Gedanken mehr, biß sich auf die zitternden Lippen und unterdrückte das Wehgeschrei, das sich ihrer Brust entringen wollte.

Raskolnikow hatte unterdessen jemand beauftragt, schnell einen Arzt zu holen. Einige der Anwesenden wußten, daß ein solcher im Nachbarhause wohnte.

»Ich habe nach einem Arzte geschickt«, sagte er wieder zu Katerina Iwanowna. »Beunruhigen Sie sich darüber nicht; ich werde alles bezahlen. Haben Sie kein Wasser hier?... Und geben Sie mir auch eine Serviette, ein Handtuch oder so etwas, recht schnell; es ist noch nicht recht zu sehen, von welcher Art seine Verletzung ist... Es handelt sich nur um eine Verletzung; tot ist er nicht; dessen können Sie ganz sicher sein... Wir wollen mal hören, was der Arzt sagt!«

Katerina Iwanowna lief zum Fenster. Dort stand in einer Ecke auf einem durchgesessenen Stuhl eine große irdene Schüssel mit Wasser, in der sie die Wäsche der Kinder und ihres Mannes in der Nacht hatte waschen wollen. Diese nächtliche Wäsche bewerkstelligte Katerina Iwanowna immer eigenhändig, mindestens zweimal in der Woche, mitunter auch öfter; denn sie waren so weit heruntergekommen, daß sie Wäsche zum Wechseln so gut wie gar nicht mehr hatten, sondern jedes Familienmitglied fast nur ein einziges Exemplar von jeder Art besaß. Unreinlichkeit konnte Katerina Iwanowna aber nicht ertragen; ehe sie Schmutz im Hause geduldet hätte, quälte sie sich lieber bei Nacht, wenn alle schliefen, über ihre Kräfte hinaus ab, damit am Morgen die nasse Wäsche an einer Leine getrocknet war und die Ihrigen etwas Reines zum Anziehen hatten. Sie ergriff die Schüssel, um sie auf Raskolnikows Wunsch ihm hinzubringen, wäre aber beinahe mit ihr hingefallen. Raskolnikow hatte bereits ein Handtuch gefunden, tauchte es nun ins Wasser und wusch dem Verunglückten das von Blut überströmte Gesicht. Katerina Iwanowna stand dabei; das Atmen machte ihr Schmerzen, und sie drückte die Hände gegen ihre Brust. Sie bedurfte selbst der Hilfe. Raskolnikow begann einzusehen, daß er vielleicht nicht gut daran getan hatte, den Verunglückten hierherschaffen zu lassen. Auch der Schutzmann stand ratlos da.

»Polenjka«, rief Katerina Iwanowna, »Lauf zu Sonja, schnell. Wenn du sie nicht zu Hause triffst, so bestelle jedenfalls, daß der Vater überfahren ist und daß sie gleich herkommen soll,... sowie sie nach Hause kommt. Schnell, Polenjka! Hier, binde dir das Tuch um!«

»Lauf, was du kannst!« rief auf einmal der Knabe von seinem Stuhle. Nachdem er das gesagt hatte, versank er wieder in sein früheres Schweigen und nahm wieder seine gerade Haltung auf dem Stuhle ein, die Augen weit geöffnet, die Fersen nach vorn, die Fußspitzen auseinander.

Unterdessen hatte sich das Zimmer so angefüllt, daß kein Apfel zur Erde konnte. Die Polizisten waren weggegangen bis auf einen, der vorläufig noch dageblieben war und sich bemühte, das Publikum, das von der Treppe her eingedrungen war, wieder auf die Treppe hinauszutreiben. Dafür strömten aus den inneren Zimmern fast alle Mieter der Frau Lippewechsel herein; anfangs drängten sie sich nur an der Türe herum, aber dann ergossen sie sich in dichtem Schwarm in das Zimmer. Katerina Iwanowna geriet darüber in Zorn.

»So laßt ihn doch wenigstens ruhig sterben!« schrie sie den Haufen an. »Das ist wohl ein Schauspiel für euch! Die Zigaretten im Munde! Kche-kche-kche! Es fehlt bloß noch, daß ihr mit den Hüten auf dem Kopfe hereinkommt!... Da hat ja auch einer den Hut auf!... Habt doch wenigstens vor einem Sterbenden Achtung!«

Der Husten erstickte sie fast; aber die Scheltrede half. Die Mieter hatten offenbar vor Katerina Iwanowna einigermaßen Furcht; einer nach dem andern, drängten sie sich wieder zur Tür zurück mit jenem eigentümlichen Gefühle innerer Befriedigung, das stets, selbst bei den Nächststehenden, rege wird, sobald einem andern ein plötzliches Unglück zustößt, und von dem trotz des aufrichtigsten Mitleides und Bedauerns doch schlechterdings niemand frei ist.

Durch die Tür hörte man jedoch Stimmen, die vom Krankenhause sprachen und daß es nicht in der Ordnung sei, die Mitbewohner ohne Not zu stören.

»Es ist wohl nicht in der Ordnung, daß jemand stirbt?« rief Katerina Iwanowna und lief schon zur Tür, um sie aufzureißen und ihnen eine zornige Strafrede zu halten; aber in der Tür stieß sie mit Frau Lippewechsel selbst zusammen, die eben erst von dem Unglück gehört hatte und nun angelaufen kam, um nach dem Rechten zu sehen. Sie war eine ganz alberne, verdrehte Deutsche.

»Ach, mein Gott!« rief sie und schlug die Hände über dem Kopfe zusammen. »Ihr Mann betrunken ein Pferd getreten. Ihn ins Krankenhaus! Ich bin die Wirtin!«

»Amalia Ludwigowna! Ich bitte Sie, zu überlegen, was Sie reden«, begann Katerina Iwanowna hochmütig (mit der Wirtin sprach sie immer in hochmütigem Tone, damit diese »sich ihrer Stellung bewußt bliebe«, und selbst jetzt konnte sie sich dieses Vergnügen nicht versagen), »Amalia Ludwigowna...«

»Ich Ihnen habe gesagt einmal für immer, daß Sie niemals wagen, mir zu sagen Amalia Ludwigowna; ich heiße Amalia Iwanowna.«

»Sie heißen nicht Amalia Iwanowna, sondern Amalia Ludwigowna, und da ich nicht zu Ihren gemeinen Schmeichlern gehöre wie Herr Lebesjatnikow, der jetzt hinter der Tür lacht« (wirklich war durch die Tür Gelächter zu hören und der Ausruf: ›Sie sind wieder mal aneinandergeraten!‹), »so werde ich Sie immer Amalia Ludwigowna nennen, obgleich ich absolut nicht begreifen kann, warum Ihnen dieser Name nicht gefällt. Sie sehen selbst, was Semjon Sacharowitsch zugestoßen ist; er liegt im Sterben. Ich bitte Sie, diese Tür sofort zuzuschließen und niemand hier hereinzulassen. Lassen Sie ihn wenigstens ruhig sterben! Sonst können Sie ganz sicher sein, daß schon morgen der Generalgouverneur selbst es zu hören bekommt, wie Sie sich benommen haben. Der Fürst kennt mich noch von der Zeit her, als ich noch unverheiratet war, und erinnert sich auch sehr gut an Semjon Sacharowitsch, dem er oftmals Freundlichkeiten erwiesen hat. Es ist allgemein bekannt, daß Semjon Sacharowitsch viele Freunde und Gönner besaß, von denen er selbst sich aus edlem Stolze im Bewußtsein seiner unglücklichen Schwäche zurückgezogen hatte; aber jetzt« (sie wies auf Raskolnikow) »ist uns ein hochherziger junger Mann behilflich, der über große Mittel und Konnexionen verfügt und den Semjon Sacharowitsch schon als Knaben gekannt hat, und seien Sie versichert, Amalia Ludwigowna...«

Alles dies sprudelte sie mit großer Geschwindigkeit hervor, die sich im Laufe der Rede immer mehr steigerte; aber der Husten setzte auf einmal dem Redestrom ein Ende. In diesem Augenblicke kam der Sterbende zur Besinnung und stöhnte; Katerina Iwanowna lief zu ihm hin. Der Kranke öffnete die Augen und blickte, noch ohne jemand zu erkennen oder etwas zu verstehen, Raskolnikow an, der neben ihm stand und sich über ihn beugte. Er atmete schwer, in tiefen, einzelnen Stößen; an den Rändern der zusammengepreßten Lippen trat Blut hervor; die Stirn war mit Schweiß bedeckt. Da er Raskolnikow nicht erkannte, begann er unruhig mit den Augen zu suchen. Katerina Iwanowna sah ihn mit trauriger, aber strenger Miene an; die Tränen rannen ihr aus den Augen.

»O Gott, die ganze Brust ist ihm eingedrückt! Und das Blut, das Blut!« sagte sie verzweiflungsvoll. »Wir müssen ihm den Oberkörper vollständig entkleiden! Dreh dich ein bißchen um, Semjon Sacharowitsch, wenn du das kannst!« rief sie ihm zu.

Marmeladow erkannte sie.

»Einen Priester!« sagte er mit heiserer Stimme.

Katerina Iwanowna trat ans Fenster, lehnte sich mit der Stirn gegen den Fensterrahmen und rief verzweifelt:

»Oh, dieses elende Leben!«

»Einen Priester!« sagte der Sterbende nach einer kurzen Pause noch einmal.

»Der wird schon geholt!« schrie ihn Katerina Iwanowna an. Verschüchtert durch den strengen Ton schwieg er. Mit zaghaftem, traurigem Blick suchte er sie; sie kehrte wieder zu ihm zurück und trat an das Kopfende. Er beruhigte sich ein wenig, jedoch nicht für lange.

Seine Augen blieben bald auf der kleinen Lida, seinem Lieblinge, haften, die in einer Ecke stand, wie im Fieber zitterte und ihn mit ihren erstaunt starrenden Kinderaugen ansah.

»Ach... ach...«, sagte er und zeigte beunruhigt auf sie hin. Er wollte etwas sagen.

»Was willst du denn nun noch?« rief Katerina Iwanowna.

»Barfuß! Barfuß!« murmelte er und deutete mit halbirrem Blick auf die nackten Füße des kleinen Mädchens.

»Schweig du nur!« rief Katerina Iwanowna in gereiztem Tone. »Du weißt selbst, warum sie barfuß ist.«

»Gott sei Dank, da ist der Arzt!« rief Raskolnikow erfreut.

Der Arzt trat ein, ein schon älterer Mann, sorgfältig gekleidet, ein Deutscher; er sah sich mit mißtrauischer Miene nach allen Seiten um, dann trat er zu dem Kranken, fühlte den Puls, betastete aufmerksam den Kopf, knöpfte mit Katerina Iwanownas Hilfe das ganz von Blut durchtränkte Hemd auf und entblößte die Brust des Kranken. Die ganze Brust war zerdrückt, zusammengequetscht und zerfleischt; auf der rechten Seite waren mehrere Rippen gebrochen. Auf der linken Seite, gerade über dem Herzen, war ein entsetzlich aussehender, großer schwarzgelber Fleck, der von einem furchtbaren Hufschlage herrührte. Der Arzt machte ein sehr ernstes Gesicht. Der Polizist erzählte ihm, daß der

Überfahrene von einem Rade erfaßt und bei dessen Umdrehungen etwa dreißig Schritte auf dem Pflaster fortgeschleift worden sei.

»Ein Wunder, daß er überhaupt wieder zu sich gekommen ist«, flüsterte der Arzt leise Raskolnikow zu.

»Wie denken Sie über ihn?«

»Er wird gleich sterben.«

»Ist denn gar keine Hoffnung mehr?«

»Nicht die geringste. Er liegt in den letzten Zügen... Außerdem ist der Kopf gefährlich verwundet... Hm... Vielleicht könnte man noch einen Aderlaß vornehmen,... aber... helfen wird das auch nicht. In fünf bis zehn Minuten stirbt er sicher.«

»Lassen Sie ihn lieber doch noch zur Ader!«

»Meinetwegen... Aber ich sage Ihnen vorher, daß es völlig nutzlos ist.«

Abermals wurden Schritte vernehmbar; die Menge auf dem Flur teilte sich, und auf der Schwelle erschien ein Geistlicher, ein grauhaariger Mann, mit dem Sakrament. Einer von den Polizisten hatte ihn geholt, noch ehe der Verunglückte hinaufgebracht worden war. Der Arzt trat ihm sofort seinen Platz ab und wechselte mit ihm einen vielsagenden Blick. Raskolnikow bat den Arzt, noch ein wenig dazubleiben. Der zuckte die Achseln und blieb.

Alle traten zurück. Die Beichte dauerte nicht lange. Der Sterbende nahm nichts mehr richtig auf; er konnte nur abgebrochene, undeutliche Laute hervorbringen. Katerina Iwanowna faßte Lida bei der Hand, hob den Knaben vom Stuhle, ging in die Ecke beim Ofen und fiel auf die Knie; auch die Kinder ließ sie vor sich niederknien. Das kleine Mädchen zitterte nur; der Knabe aber, auf den nackten Knien liegend, hob langsam und bedächtig die Hand in die Höhe, bekreuzigte sich ganz ordnungsgemäß und verbeugte sich bis zum Boden, wobei er mit der Stirn an die Diele schlug, was ihm anscheinend ein besonderes Vergnügen machte. Katerina Iwanowna biß sich auf die Lippen und hielt die Tränen zurück; sie betete gleichfalls; von Zeit zu Zeit zog sie dem Knaben das Hemd zurecht; dem kleinen Mädchen warf sie über die allzusehr entblößten Schultern ein Halstuch, das sie, ohne sich von den Knien zu erheben und ihr Gebet zu unterbrechen, aus der Kommode genommen hatte. Unterdessen wurde die nach den inneren Zimmern führende Tür wieder von Neugierigen geöffnet. Auch auf dem Flur drängten sich die Zuschauer in immer dichterer Menge, ohne jedoch die Schwelle des Zimmers zu überschreiten; es waren Mieter aus allen Etagen des Hauses. Nur ein einziges Lichtstümpfchen beleuchtete die ganze Szene.

In diesem Augenblicke drängte sich vom Flur her Polenjka, die zur Schwester gelaufen war, um diese zu holen, eilig durch die Menge hindurch. Als sie eintrat, war sie vom schnellen Laufen ganz außer Atem; sie nahm sich das Tuch ab, suchte mit den Augen die Mutter, trat zu ihr und sagte: »Sie kommt; ich habe sie auf der Straße getroffen.« Die Mutter zog sie neben sich auf die Knie nieder. Aus dem Menschenschwarm drängte sich leise und schüchtern ein junges Mädchen hervor, und seltsam wirkte ihr plötzliches Erscheinen in diesem Zimmer mitten unter Armut und Lumpen, Tod und Verzweiflung. Dürftig zwar war auch ihre Kleidung; sie war mit den billigsten Sachen, aber auffällig, nach Art der Straßendirnen aufgeputzt, nach dem Geschmack und den Gebräuchen, die in dieser eigenartigen Lebenssphäre Geltung haben, und mit deutlicher, schmählicher Hervorkehrung des Zweckes. Sonja blieb auf dem Flur dicht an der Schwelle stehen, überschritt aber die Schwelle nicht, sondern blickte ganz ohne Fassung und wie verständnislos ins Zimmer hinein; an ihr Aussehen schien sie gar nicht zu denken: an das aus vierter Hand gekaufte, hier so unpassende bunte Seidenkleid mit der langen, lächerlichen Schleppe, an die gewaltige Krinoline, die die ganze Tür versperrte, an die hellen Stiefelchen und an den Sonnenschirm, den sie in der Nacht nicht brauchte, aber doch bei sich trug, an den lächerlichen runden Strohhut mit der feuerroten Feder. Unter diesem nach Knabenart schief aufgesetzten Hute blickte ein mageres, blasses, erschrockenes Gesichtchen hervor, mit offenem Munde und vor Schreck starren Augen. Sonja war etwa achtzehn Jahre alt, klein und schmächtig, hatte aber ein recht hübsches Gesicht, schönes blondes Haar und prächtige blaue Augen. Sie blickte unverwandt nach dem Sofa und dem Geistlichen hin; auch sie war vom schnellen Gehen außer Atem gekommen. Endlich merkte sie, daß in der Menge über sie geflüstert wurde; auch vernahm sie wohl einzelne Worte. Sie schlug die Augen nieder, tat einen Schritt über die Schwelle und stand nun im Zimmer, aber immer noch dicht an der Tür.

Beichte und Abendmahl waren beendet. Katerina Iwanowna trat wieder an das Lager ihres Mannes. Der Geistliche trat zurück und wandte sich, ehe er wegging, mit einigen Worten der Teilnahme und des Trostes an sie.

»Wo soll ich denn mit diesen hier bleiben?« unterbrach sie ihn, auf die Kinder weisend, in scharfem, gereiztem Tone.

»Gott ist gnädig; hoffen Sie auf die Hilfe des Allerhöchsten...«, begann der Geistliche.

»Ja, ja, gnädig ist er, aber nicht gegen uns!«

»Sie versündigen sich. Sie versündigen sich, meine liebe Dame«, sagte der Geistliche kopfschüttelnd.

»Und daß sie den hier totgefahren haben, ist wohl keine Sünde?« rief Katerina Iwanowna, auf den Sterbenden weisend.

»Vielleicht werden diejenigen, welche die unfreiwillige Ursache geworden sind, sich bereitfinden, Sie zu entschädigen, wenigstens hinsichtlich des Einkommenausfalles.«

»Sie verstehen mich nicht!« rief Katerina Iwanowna gereizt mit einer ungeduldigen Handbewegung. »Wofür sollten sie mich entschädigen? Er ist ja selbst in seiner Trunkenheit zwischen die Pferde gelaufen? Und von Einkommen kann keine Rede sein. Von ihm hatten wir kein Einkommen, sondern nur Mühe und Qual. Er vertrank ja alles, der Trunkenbold! Er bestahl uns und trug das Geld in die Schenke; das Geld, wovon die Kinder und ich leben sollten, hat er in der Schenke vergeudet! Gott sei Dank, daß er stirbt! Wir haben dadurch weniger Ausgaben!«

»Sie sollten ihm in der Stunde des Todes verzeihen; aber das ist Sünde, meine liebe Dame, eine solche Gesinnung ist eine große Sünde!«

Katerina Iwanowna war mit dem Kranken beschäftigt: sie reichte ihm zu trinken, wischte ihm den Schweiß und das

Blut vom Kopfe und legte die Kissen zurecht; dabei führte sie dieses Gespräch mit dem Geistlichen, indem sie sich nur ab und zu während ihrer Arbeit zu ihm hinwandte. Jetzt aber fuhr sie auf einmal wie eine Rasende auf ihn los.

»Ach, Väterchen! Das sind ja doch alles nur Redensarten, nichts als Redensarten! Verzeihen! Wenn er heute nicht überfahren wäre, so wäre er wieder betrunken nach Hause gekommen. Er hat nur ein einziges, ganz abgetragnes, zerlumptes Hemd; da hätte er sich nun hingelegt und seinen Rausch ausgeschlafen, und ich hätte bis zum Morgen im Wasser geplanscht und seine und der Kinder Lumpen gewaschen und sie vor dem Fenster getrocknet, und wenn's hell geworden wäre, hätte ich mich hingesetzt, um alles zu flicken – das wäre meine Nacht gewesen!... Also was ist da erst noch von Verzeihung zu reden! Ich habe ihm sowieso schon durch die Tat verziehen!«

Ein furchtbarer, tief aus der Brust kommender Husten hinderte sie weiterzureden. Sie spie den Auswurf in das Taschentuch und hielt es dem Geistlichen zum Ansehen hin, während sie die andre Hand gegen die schmerzende Brust drückte. Das Tuch war ganz voll Blut...

Der Geistliche senkte den Kopf und sagte nichts mehr.

Marmeladow lag im Todeskampfe; er wandte seine Augen nicht von Katerina Iwanownas Gesicht ab, die sich wieder über ihn beugte. Er wollte ihr immer etwas sagen, setzte dazu an, bewegte mühsam die Zunge und brachte ein paar undeutliche Worte heraus; aber als Katerina Iwanowna merkte, daß er sie um Verzeihung bitten wolle, schrie sie ihn sofort in befehlendem Tone an:

»Sei nur still! Du brauchst gar nichts zu sagen!... Ich weiß schon, was du sagen willst!«

Der Kranke verstummte; aber im selben Augenblicke fiel sein umherirrender Blick auf die Tür, und er bemerkte Sonja.

Bisher hatte er sie nicht gesehen, da sie in der Ecke und im Schatten stand.

»Wer ist das? Wer ist das?« sagte er plötzlich in größter Aufregung mit heiserer, keuchender Stimme, wies erschrocken mit den Augen nach der Tür, wo seine Tochter stand, und machte Anstrengungen, um sich aufzurichten.

»Lieg still, lieg still!« schrie ihm Katerina Iwanowna zu.

Aber es war ihm bereits mit einer über seine Kräfte hinausgehenden Anstrengung gelungen, sich auf den Arm zu stützen. Verstört und regungslos starrte er eine Zeitlang seine Tochter an, wie wenn er sie nicht erkenne. Auch hatte er sie noch nie in solcher Kleidung gesehen. Plötzlich erkannte er sie, wie sie, erniedrigt, gramvoll, herausgeputzt und in Scham vergehend, schüchtern darauf wartete, daß auch sie an die Reihe käme, von ihrem sterbenden Vater Abschied zu nehmen. Der Ausdruck grenzenlosen Leides malte sich auf seinem Gesichte.

»Sonja, meine Tochter, verzeih mir!« rief er und wollte ihr die Hand hinstrecken; aber den Halt verlierend, fiel er um und stürzte vom Sofa herunter, mit dem Gesichte gerade auf die Erde. Die Umstehenden sprangen hinzu, um ihn aufzuheben, und legten ihn wieder zurecht; aber er war schon im Verscheiden. Sonja stieß einen schwachen Schrei aus, lief hinzu und schlang die Arme um ihn; so starb er in ihrer Umarmung.

»Nun hat er sein Ziel erreicht!« rief Katerina Iwanowna, als sie sah, daß ihr Mann tot war. »Aber was soll ich nun tun? Wie soll ich sein Begräbnis bezahlen? Und was soll ich denen hier morgen zu essen geben?«

Raskolnikow trat zu ihr.

»Katerina Iwanowna«, begann er, »in der vorigen Woche hat mir Ihr verstorbener Gatte sein ganzes Leben erzählt und mir über alle seine Verhältnisse Mitteilung gemacht... Seien Sie versichert, daß er von Ihnen mit schwärmerischer Verehrung sprach. Seit jenem Abende, als ich erfuhr, wie herzlich er Ihnen allen zugetan war und wie sehr er besonders Sie, Katerina Iwanowna, schätzte und liebte, trotz seiner unseligen Schwäche, – seit jenem Abende waren wir Freunde... Gestatten Sie mir daher jetzt,... dazu mitzuhelfen,... daß meinem verstorbenen Freunde die letzte Ehre erwiesen werde. Hier sind... ich glaube, zwanzig Rubel – und wenn Ihnen das eine kleine Beihilfe sein kann, so... Ich werde... nun ja, ich werde einmal wieder mit herankommen,... ganz bestimmt komme ich wieder her,... vielleicht komme ich schon morgen... Leben Sie wohl!«

Eilig verließ er das Zimmer und drängte sich schnell durch die Menge hindurch, um zur Treppe zu gelangen; aber in dem Menschenhaufen stieß er plötzlich auf Nikodim Fomitsch, der von dem Unglücksfall gehört hatte und nun persönlich das Erforderliche anordnen wollte. Seit dem Vorfall auf dem Polizeibureau hatten sie sich nicht wieder gesehen; aber Nikodim Fomitsch erkannte ihn augenblicklich.

»Ah, Sie hier?« fragte er ihn.

»Er ist gestorben«, antwortete Raskolnikow. »Ein Arzt ist dagewesen, auch ein Geistlicher; es hat alles seine gute Ordnung gehabt. Regen Sie nur die arme Frau nicht zu sehr auf; sie hat sowieso die Schwindsucht. Sprechen Sie ihr Mut zu, wenn es Ihnen möglich ist... Sie sind ja ein guter Mensch, das weiß ich...«, fügte er lächelnd hinzu und blickte ihm gerade in die Augen.

»Sie haben sich ja so blutig gemacht«, bemerkte Nikodim Fomitsch, als er beim Lichte der Laterne ein paar frische Flecke auf Raskolnikows Weste wahrnahm.

»Ja, ich habe mich blutig gemacht,... ich bin ganz voll Blut!« erwiderte Raskolnikow mit eigentümlicher Miene; darauf lächelte und nickte er ihm zu und stieg die Treppe hinunter.

Er ging sachte und ohne Eile hinab, in fieberhafter Erregung, deren er sich aber nicht bewußt war, ganz erfüllt von dem einen, neuen, unermeßlichen Gefühle des plötzlich über ihn hereinflutenden vollen, mächtigen Lebens. Dieses Gefühl mochte dem Gefühle eines zum Tode Verurteilten ähnlich sein, dem unerwartet seine Begnadigung verkündet wird. Auf der halben Höhe der Treppe holte ihn der Geistliche ein, der wieder nach Hause ging. Schweigend ließ Raskolnikow ihn an sich vorbeigehen und wechselte mit ihm nur eine stumme Verneigung. Aber als er bereits die letzten Stufen hinabstieg, hörte er hinter sich eilige Schritte; es wollte ihn jemand einholen. Es war Polenjka; sie kam ihm nachgelaufen und rief:

»Bitte, hören Sie! Bitte, hören Sie!«

Er drehte sich zu ihr um. Sie kam die letzte Treppe herabgelaufen und blieb dicht vor ihm stehen, eine Stufe höher als er. Es war dunkel, und nur ein schwacher Lichtschimmer drang vom Hofe herein. Raskolnikow konnte das magere, aber liebliche Gesichtchen der Kleinen unterscheiden, die ihm zulächelte und ihn mit kindlicher Fröhlichkeit anblickte. Sie kam mit einem Auftrage, der offenbar ihr selbst große Freude machte.

»Bitte, sagen Sie doch, wie Sie heißen, und auch, wo Sie wohnen!« sagte sie eilig und fast außer Atem.

Er legte ihr beide Hände auf die Schultern und blickte sie mit einer Art von Glücksgefühl an. Es war ihm ein solches Vergnügen, sie anzusehen, obwohl er sich selbst über den Grund nicht klar war.

»Wer hat dich denn geschickt?«

»Meine Schwester Sonja«, antwortete das Mädchen und lächelte noch fröhlicher.

»Das habe ich mir gedacht, daß dich deine Schwester Sonja geschickt hat.«

»Mama hat mich auch geschickt. Als Sonja mich schickte, kam Mama auch heran und sagte: ›Lauf recht schnell, Polenjka.‹«

»Du hast wohl deine Schwester Sonja recht lieb?«

»Ja, die habe ich am liebsten von allen!« antwortete Polenjka mit großer Bestimmtheit, und ihr Lächeln wurde auf einmal ernster.

»Wirst du mich auch lieb haben?«

Er erhielt keine Antwort; aber er sah, wie das Gesichtchen der Kleinen sich ihm näherte und die weichen Lippen sich harmlos spitzten, um ihn zu küssen. Ihre Arme, die so dünn waren wie Streichhölzchen, umschlangen ihn auf einmal ganz eng, ihr Kopf neigte sich gegen seine Schulter, und das Kind begann leise zu weinen und schmiegte sich mit dem Gesichte immer fester an ihn.

»Unser lieber Papa tut mir so leid!« sagte sie nach einer kleinen Weile, indem sie ihr verweintes Gesichtchen in die Höhe hob und sich mit den Händen die Tränen abwischte. »Es hat uns jetzt ein Unglück nach dem andern betroffen«, fügte sie unvermittelt hinzu, mit der eigentümlich ernsten Miene, welche Kinder mit besonderer Bemühung annehmen, wenn sie »wie die Großen« reden wollen.

»Hat denn dein Papa euch auch lieb gehabt?«

»Unsre Lida hat er am meisten von uns allen lieb gehabt«, fuhr sie sehr ernsthaft und ohne zu lächeln fort; sie redete nun schon ganz wie die Großen, »die hatte er am meisten lieb, weil sie noch so klein ist, und dann auch, weil sie so oft krank ist, und er brachte ihr immer etwas zum Naschen mit, und uns hat er lesen gelehrt und mich auch Grammatik und Religion«, fügte sie mit Selbstbewußtsein hinzu. »Mama hat nichts dazu gesagt; aber wir wußten doch, daß sie es gern hatte, und Papa wußte es auch. Mama will mich jetzt im Französischen unterrichten, weil es für mich Zeit ist, daß ich eine gute Bildung erhalte.«

»Könnt ihr denn auch beten?«

»Oh, gewiß können wir das! Schon lange. Ich bete, weil ich schon groß bin, für mich allein; aber Nikolai und Lida beten laut mit Mama zusammen. Erst sagen sie das Gebet an die Muttergottes, und dann noch ein Gebet: ›Lieber Gott, verzeihe unsrer Schwester Sonja und segne sie‹, und dann noch eins: ›Lieber Gott, verzeihe unserm zweiten Papa und segne ihn‹; denn unser erster Papa ist schon tot, und dieser ist unser zweiter; aber wir beten auch für ihn.«

»Polenjka, ich heiße Rodion; betet manchmal auch für mich. Ihr braucht nur hinzuzufügen: ›und deinem Knechte Rodion‹, weiter nichts.«

»Mein ganzes künftiges Leben lang werde ich für Sie beten«, sagte die Kleine eifrig, und nun lächelte sie auf einmal wieder, fiel ihm noch einmal um den Hals und umarmte ihn innig.

Raskolnikow sagte ihr seinen Namen, gab ihr seine Wohnung an und versprach, morgen bestimmt wieder mit heranzukommen. Ganz entzückt über ihn ging das kleine Mädchen wieder nach oben. Es war zwischen zehn und elf Uhr, als er auf die Straße hinaustrat. Fünf Minuten darauf stand er auf der Brücke, genau auf derselben Stelle, wo sich kurz vorher die Frau ins Wasser gestürzt hatte.

›Nun genug!‹ sagte er sich entschlossen und feierlich. ›Weg mit den Wahnbildern, weg mit der leeren Beängstigung, weg mit all diesen Gespenstern!... Es gibt noch für mich ein Leben! Oder habe ich nicht soeben ein Stück Leben durchgekostet? Mein Leben ist noch nicht mit dem der alten Frau zusammen zerstört und vernichtet! Gott schenke ihr das Himmelreich – und nun genug mit dir, Mütterchen; es ist Zeit, daß du zur Ruhe kommst! Jetzt beginnt die Herrschaft der Vernunft und des Lichtes... und des Willens und der Kraft... Und nun wollen wir einmal sehen! Nun wollen wir uns einmal miteinander messen!‹ fügte er stolz hinzu; als ob er sich an eine dunkle Macht wendete und sie zum Kampfe herausforderte. ›Und ich hatte mich schon darein ergeben, auf der schmalen Felsenplatte zu leben!

Schwach bin ich freilich in diesem Augenblicke noch sehr; aber... die Krankheit scheint jetzt vollständig vorbei zu sein. Das habe ich schon vorhin, als ich ausging, gewußt, daß sie vorübergehen würde. Da fällt mir ein: das Potschinkowsche Haus ist ja nur ein paar Schritte von hier entfernt. Jetzt möchte ich unter allen Umständen zu Rasumichin gehen, auch wenn es weiter als ein paar Schritte wäre... Mag er die Wette gewinnen!... Mag er sich auch darüber amüsieren – immerzu, mag er!... Kraft, Kraft ist erforderlich; ohne Kraft richtet man nichts aus; aber Kraft muß man gerade wieder durch Kraft erwerben; das ist's, was die meisten nicht wissen‹, fügte er stolz und selbstbewußt hinzu und verließ, kaum imstande die Füße zu heben, die Brücke. Sein Stolz und sein Selbstbewußtsein wuchsen reißend schnell; im nächsten Augenblicke war er schon ein ganz andrer Mensch als im vorhergehenden. Was war denn aber so Besonderes geschehen, das ihn so umgewandelt hatte? Das wußte er eigentlich selbst nicht; wie jemand, der nach einem Strohhalm greift, so glaubte auch er auf einmal, daß er noch weiterleben könne, daß ›es noch für ihn ein Leben gebe‹, daß ›sein Leben noch nicht mit dem der alten Frau zusammen zerstört und vernichtet sei‹. Vielleicht war diese Schlußfolgerung übereilt; aber das kam ihm nicht in den Sinn.

›Und ich habe sie gebeten, den Knecht Gottes Rodion im Gebet zu erwähnen‹, schoß es ihm durch den Kopf. ›Na, das ist für alle Fälle!‹ fügte er hinzu und lachte selbst über seinen kindlichen Einfall. Er befand sich in ausgezeichneter Gemütsstimmung.

Rasumichins Wohnung fand er leicht; im Potschinkowschen Hause war der neue Mieter bereits hinlänglich bekannt, und der Hausknecht zeigte ihm sogleich den Weg. Raskolnikow war die Treppe erst zur Hälfte hinaufgestiegen, als er schon den Lärm und das Stimmengewirr einer großen Gesellschaft vernahm. Die nach der Treppe führende Tür stand sperrangelweit auf; man hörte Geschrei und Streiten. Rasumichins Zimmer war ziemlich groß; die Gesellschaft bestand aus etwa fünfzehn Personen. Raskolnikow blieb im Vorzimmer stehen. Hier beschäftigten sich hinter einer spanischen Wand zwei Dienstmädchen der Wirtsleute mit zwei großen Samowars, mit Flaschen, Tellern und Schüsseln, auf denen Pirog und kalter Aufschnitt lagen; all dies war aus der Küche der Wirtsleute hierhergeschafft worden. Raskolnikow ließ Rasumichin herausrufen. Dieser kam hocherfreut angelaufen. Es war auf den ersten Blick zu sehen, daß er ein erhebliches Quantum getrunken hatte, und obwohl Rasumichin sich fast niemals wirklich betrank, war ihm diesmal doch deutlich etwas anzumerken.

»Hör mal«, sagte Raskolnikow eilig, »ich bin bloß hergekommen, um dir zu sagen, daß du die Wette gewonnen hast und daß in der Tat niemand vorher weiß, was alles auf ihn einwirken wird. Hineinkommen kann ich nicht; ich bin so schwach, daß ich jeden Augenblick umfallen könnte. Darum will ich dich nur begrüßen und dir zugleich ›Auf Wiedersehen‹ sagen. Komm morgen zu mir...«

»Weißt du was? Ich bringe dich nach Hause! Wenn du schon selbst sagst, daß du so schwach bist, dann...«

»Und deine Gäste? Was ist denn das für ein Krauskopf, der eben hier hereinguckte?«

»Der? Weiß der Kuckuck, wer das ist! Wohl ein Bekannter meines Onkels; vielleicht ist er aber auch ganz von selbst gekommen... Ich lasse meinen Onkel hier bei ihnen; das ist ein Staatskerl; schade, daß du jetzt nicht mit ihm Bekanntschaft machen kannst. Übrigens, hol sie alle der Teufel! Sie brauchen mich jetzt nicht, und ich muß ein bißchen an die frische Luft. So kommst du mir gerade zupaß, Brüderchen; hätte es noch zwei Minuten länger gedauert, so hätte ich mich, weiß Gott, noch mit ihnen geprügelt. Denn einen Blödsinn schwatzen die Kerle zusammen –! Du hast gar keine Vorstellung davon, was solche Menschen alles zusammenschwadronieren können. Übrigens, warum sollst du keine Vorstellung davon haben? Schwadronieren wir nicht auch das Blaue vom Himmel? Mögen sie jetzt schwadronieren, immerzu; im spätern Leben sind sie dann um so gesetzter. Setz dich einen Augenblick; ich will noch Sossimow herholen.«

Sossimow eilte mit großer Lebhaftigkeit auf Raskolnikow zu; es war ihm eine ganz besondere Spannung anzumerken; aber sein Gesicht hellte sich alsbald auf.

»Legen Sie sich sofort schlafen«, ordnete er an, nachdem er den Patienten nach Möglichkeit untersucht hatte, »und zur Nacht nehmen Sie eine Kleinigkeit ein. Nicht wahr, das tun Sie doch? Ich habe schon vorhin etwas für Sie zurechtgemacht... ein Pülverchen.«

»Meinetwegen zwei«, antwortete Raskolnikow. Er nahm das Pulver sofort ein.

»Es ist sehr gut, daß du ihn selbst nach Hause bringen willst«, sagte Sossimow zu Rasumichin. »Wir wollen mal sehen, wie es morgen sein wird; heute jedenfalls läßt sich die Sache recht gut an: ein merkwürdiger Umschwung seit vorhin. Man lernt doch nie aus.«

»Weißt du, was mir Sossimow eben zugeflüstert hat, als wir weggingen?« platzte Rasumichin heraus, sowie sie auf die Straße traten. »Ich will dir nicht alles so geradeheraus sagen, Bruder; denn die Kerle sind doch gar zu dumm. Sossimow beauftragte mich, unterwegs mit dir zu schwatzen und auch dich zum Schwatzen zu bringen und ihm dann alles zu erzählen; denn er hat so die Idee,... daß du... verrückt wärest oder wenigstens nahe daran. Kannst du dir so etwas vorstellen? Erstens bist du dreimal so klug wie er; zweitens können dir seine albernen Ideen ganz schnuppe sein, wenn du nicht wirklich verdreht bist; und drittens hat dieser Fleischkloß, der doch eigentlich Chirurg ist, sich jetzt auf Geisteskrankheiten kapriziert, und was dich betrifft, so hat ihm dein heutiges Gespräch mit Sametow völlig den Kopf verdreht.«

»Hat dir Sametow alles erzählt?«

»Jawohl, und daran hat er sehr gut getan. Ich habe jetzt die ganze Sache bis auf das kleinste verstanden, und Sametow auch... Na ja, mit einem Worte, Rodja,... die Sache ist die... Ich bin jetzt ein bißchen angesäuselt,... aber das macht nichts,... die Sache ist die, daß dieser Gedanke... du verstehst wohl? Er hatte sich wirklich bei ihnen festgesetzt,... du verstehst wohl? Das heißt, keiner von ihnen wagte es laut auszusprechen, solchen horrenden Blödsinn, und namentlich nachdem dieser Malergeselle festgenommen war, kamen sie ganz davon ab. Aber warum sind sie überhaupt solche Dummköpfe? Ich habe damals Sametow ein bißchen durchgeprügelt (das sage ich aber nur ganz unter uns, Brüderchen; bitte, laß dir ja nicht anmerken, daß du es weißt; ich habe bemerkt, daß er etwas empfindlich ist; neulich einmal, als wir bei jener Lawisa waren); aber heute, heute ist ja nun alles klar geworden. Das ging alles von diesem Ilja Petrowitsch aus! Er stützte damals seine Deduktionen auf deinen Ohnmachtsanfall im Polizeibureau: aber nachher hat er sich selbst dessen geschämt; das weiß ich...«

Raskolnikow hörte begierig zu. Rasumichin schwatzte in seiner Trunkenheit alles aus.

»Ich fiel damals in Ohnmacht, weil die Luft so verbraucht war und es so nach Ölfarbe roch«, sagte Raskolnikow.

»Bringt der Mensch auch noch Erklärungen vor! Es war übrigens auch nicht allein die Ölfarbe: das Fieber bereitete sich bei dir schon einen ganzen Monat lang vor, hat Sossimow erklärt. Aber wie dieses Jüngelchen, der Sametow, jetzt geknickt ist, davon kannst du dir gar keine Vorstellung machen! ›Ich bin nicht so viel wert wie der kleine Finger dieses Menschen‹, sagt er; er meint deinen kleinen Finger. Er hat manchmal ganz vernünftige Anschauungen, Brüderchen. Aber die Lektion, die du ihm heute im Kristallpalast erteilt hast, das war ein Meisterstück! Zuerst hast du ihm einen Schreck eingejagt, daß er fast Krämpfe bekommen hätte. Du hast ihn ja beinahe genötigt, wieder an all diesen gräßlichen Unsinn zu glauben, und dann auf einmal hast du ihm die Zunge herausgestreckt: ›Ätsch! Auf dem Holzweg!‹ Vorzüglich! Er ist jetzt ganz niedergeschmettert, ganz zerknirscht! Meisterhaft hast du das gemacht, weiß Gott; so muß man die Kerle behandeln! Jammerschade, daß ich nicht dabei war! Er wartete jetzt mit lebhaftem Interesse darauf, ob du nicht auch zu mir kommen würdest. Auch Porfirij wünscht sehr, deine Bekanntschaft zu machen...«

»Ah... also auch der meint schon... Aber warum hatten sie mich denn für verrückt gehalten?«

»Für verrückt hatten sie dich eigentlich nicht gehalten. Ich habe wohl schon zu viel ausgeplaudert, Brüderchen. Siehst du wohl, unserm Sossimow fiel das heute auf, daß dich nur dieser eine Gegenstand interessierte; jetzt ist es ihm ja klar, warum er dich interessierte; jetzt, wo er alle Umstände kennt... und weiß, wie dich das damals aufregte und sich mit deiner Krankheit komplizierte... Ich bin ein bißchen betrunken, Brüderchen; aber, weiß der Teufel, er hat da so seine eigene Idee... Ich kann dir nur sagen: er kapriziert sich auf Geisteskrankheiten. Aber was wirst du dir daraus machen...«

Beide schwiegen eine halbe Minute lang.

»Höre mal, Rasumichin«, begann dann Raskolnikow, »ich will dir offen sagen: ich war eben bei einem Sterbenden; es ist da ein Beamter gestorben,... ich habe da mein ganzes Geld weggegeben,... und außerdem hat mich soeben ein Wesen geküßt, das, selbst wenn ich jemand ermordet hätte, mich trotzdem... mit einem Worte, ich habe dort noch ein anderes Wesen gesehen... mit einer feuerroten Feder,... aber ich rede ohne Sinn und Verstand; ich bin sehr schwach; stütze mich ein bißchen,... da ist ja auch gleich die Treppe...«

»Was fehlt dir? Was fehlt dir?« fragte Rasumichin beunruhigt.

»Es ist mir ein bißchen schwindlig; aber das ist das wenigste; vor allem ist mir so traurig zumute, so traurig! Als ob ich ein Weib wäre,... wahrhaftig! Sieh mal, was hat das zu bedeuten? Sieh mal, sieh mal!«

»Was ist denn?«

»Siehst du denn nicht? In meinem Zimmer ist Licht, siehst du es? Durch die Ritze...«

Sie standen schon vor der letzten Treppe, bei der Tür der Wirtin, und es war wirklich von hier unten zu sehen, daß in Raskolnikows Kämmerchen Licht war.

»Sonderbar! Vielleicht ist Nastasja drin!« bemerkte Rasumichin.

»Sie kommt nie um diese Zeit in mein Zimmer; auch schläft sie schon längst. Aber... nun meinetwegen! Lebewohl!«

»Was hast du denn? Ich bringe dich doch ganz in deine Wohnung; wir gehen noch beide zusammen hinein!«

»Das weiß ich, daß wir beide zusammen hineingehen; aber ich möchte dir hier die Hand drücken und hier von dir Abschied nehmen. Nun also, gib mir die Hand, leb wohl!«

»Was hast du nur, Rodja?«

»Nichts!... Komm!... Du sollst Zeuge sein...«

Sie stiegen die Treppe hinauf, und Rasumichin konnte sich des Gedankens nicht erwehren, Sossimow möchte doch vielleicht recht gehabt haben. ›Ach, ich habe ihn wohl nur durch mein Geschwätz wirr gemacht!‹ murmelte er vor sich hin. Als sie an die Tür kamen, hörten sie im Zimmer Stimmen.

»Ja, was ist denn da los?« rief Rasumichin.

Raskolnikow griff vor dem andern nach der Klinke, riß die Tür weit auf und blieb wie angewurzelt auf der Schwelle stehen.

Seine Mutter und seine Schwester saßen auf dem Sofa und warteten schon seit anderthalb Stunden. Erstaunlicherweise hatte er gerade sie am allerwenigsten erwartet und gar nicht an sie gedacht, obgleich er heute durch Herrn Lushin gehört hatte, daß sie abgereist seien, sich auf der Fahrt befänden und jeden Augenblick da sein könnten. Diese ganzen anderthalb Stunden lang hatten sie um die Wette Nastasja ausgefragt, die auch jetzt vor ihnen stand und ihnen schon alles bis aufs kleinste erzählt hatte. Sie waren außer sich gewesen vor Entsetzen, als sie gehört hatten, daß er »heute davongelaufen« sei, und zwar noch krank und, wie sich aus der Erzählung entnehmen ließ, jedenfalls im Fieberwahn. »O Gott, was wird nur mit ihm geschehen sein!« Beide hatten geweint und in dieser anderthalbstündigen Wartezeit schrecklichste Qualen erduldet.

Raskolnikows Erscheinen begrüßten sie mit einem freudigen Schrei des Entzückens. Sie stürzten auf ihn zu. Aber er stand wie erstarrt da; die unerträgliche Vorstellung, die plötzlich vor seiner Seele wieder auftauchte, wirkte auf ihn wie ein Blitzstrahl. Seine Arme hoben sich nicht, um sie an seine Brust zu drücken; sie waren dazu nicht imstande. Die Mutter und die Schwester umschlangen ihn herzlich, küßten ihn, lachten und weinten. Er tat einen Schritt, wankte und stürzte ohnmächtig zu Boden.

Aufregung, Laute des Schreckens, ängstliches Stöhnen!... Rasumichin, der auf der Schwelle stehengeblieben war, flog ins Zimmer, faßte den Kranken in seine starken Arme, und einen Augenblick darauf lag dieser auf dem Sofa.

»Das hat weiter nichts zu bedeuten!« rief er der Mutter und der Schwester zu. »Es ist nur eine Ohnmacht, eine Kleinigkeit! Der Arzt hat noch vor ein paar Minuten gesagt, daß es ihm weit besser geht und er schon wieder vollkommen gesund ist! Wasser, bitte!... Na, sehen Sie wohl, er kommt schon wieder zu sich, er ist wieder bei Bewußtsein!«

Er faßte Dunja so kräftig an der Hand, daß er ihr fast den Arm ausrenkte, und zog sie nieder, damit sie sähe, daß er »schon wieder bei Bewußtsein« sei. Die Mutter und die Schwester blickten mit Rührung und Dankbarkeit auf Rasumichin, wie auf einen himmlischen Retter; sie hatten schon von Nastasja gehört, welch ein unschätzbarer Helfer für ihren Rodja während der ganzen Dauer der Krankheit dieser Rasumichin gewesen sei. »Ein gewandter junger Mann!« sagte von ihm Pulcheria Alexandrowna Raskolnikowa selbst an diesem Abende, als sie mit Dunja allein war.

DRITTER TEIL

I

Raskolnikow richtete sich auf und setzte sich auf dem Sofa aufrecht hin.

Er machte mit einer matten Handbewegung Rasumichin ein Zeichen, daß er mit dem Schwalle unzusammenhängender, eifriger Tröstungen, die er an Mutter und Schwester richtete, aufhören möchte, ergriff die Hände der beiden Frauen und blickte fast zwei Minuten lang schweigend bald die Mutter, bald die Schwester an. Die

Mutter erschrak vor seinem Blicke. In diesem Blicke lag grenzenlose Liebe, aber zugleich etwas Starres, das an Irrsinn streifte. Pulcheria Alexandrowna brach in Tränen aus.

Awdotja Romanowna war blaß; ihre Hand zitterte in der des Bruders.

»Geht mit ihm nach eurer Wohnung«, sagte er abgebrochen und zeigte auf Rasumichin. »Bis morgen; morgen wird alles... Seid ihr schon lange da?«

»Heute abend sind wir angekommen, Rodja«, antwortete Pulcheria Alexandrowna. »Der Zug hatte viel Verspätung. Aber ich verlasse dich jetzt um keinen Preis, Rodja. Ich bleibe die Nacht hier um dich...«

»Quält mich nicht!« sagte er gereizt und mit einer abwehrenden Handbewegung.

»Ich, ich werde bei ihm bleiben!« rief Rasumichin. »Ich werde ihn keinen Augenblick allein lassen. Meine Gäste bei mir zu Hause kann alle der Kuckuck holen! Sollen sie meinetwegen die Wände hoch gehen! Mein Onkel kann da die Honneurs machen!«

»Wie soll ich Ihnen nur danken...«, fing Pulcheria Alexandrowna an und drückte Rasumichin von neuem die Hand; aber Raskolnikow unterbrach sie.

»Ich kann nicht, ich kann nicht!« sagte er in nervöser Erregung. »Quält mich nicht! Laßt es nun genug sein, geht weg... Ich kann nicht!...«

»Wir wollen gehen, Mama; wenigstens für einen Augenblick wollen wir aus dem Zimmer hinausgehen!« flüsterte die erschrockene Dunja. »Wir schaden ihm; das ist doch klar.«

»Aber soll ich ihn denn wirklich nicht eine Weile mehr ansehen dürfen, nach drei langen Jahren der Trennung!« rief Pulcheria Alexandrowna unter Tränen.

Jedoch Raskolnikow hielt sie wieder zurück: »Wartet! Ihr unterbrecht mich immer, und dann verwirren sich bei mir die Gedanken... Habt ihr Lushin gesehen?«

»Nein, Rodja, aber er weiß schon, daß wir angekommen sind. Wir haben gehört, Rodja, daß Pjotr Petrowitsch so freundlich war, dich heute zu besuchen«, fügte Pulcheria Alexandrowna einigermaßen verlegen hinzu.

»Ja,... er war so freundlich!... Dunja, ich habe heute zu diesem Lushin gesagt, ich würde ihn die Treppe hinunterwerfen, und habe ihn zum Teufel gejagt...«

»Rodja, was redest du! Du willst doch nicht sagen...«, fing Pulcheria Alexandrowna erschrocken an; aber ein Blick auf Dunja ließ sie verstummen.

Dunja sah ihren Bruder aufmerksam an und wartete, was noch weiter kommen werde. Die beiden Frauen waren bereits durch Nastasja von dem Streite benachrichtigt worden, soweit diese etwas davon hatte begreifen können und wiederzugeben vermochte, und hatten in Ungewißheit und Erwartung die größte Pein erduldet.

»Dunja«, sprach Raskolnikow mit Anstrengung weiter, »ich wünsche diese Heirat nicht, und darum mußt du morgen Herrn Lushin gleich beim ersten Worte eine Absage geben, damit wir von ihm nichts mehr sehen und hören.«

»Mein Gott!« rief Pulcheria Alexandrowna.

»Aber Bruder, bedenke doch, was du da sprichst!« begann Dunja aufbrausend; indes sie beherrschte sich sofort wieder. »Du bist vielleicht jetzt nicht imstande, das ordentlich zu überlegen; du bist müde«, sagte sie sanft.

»Du meinst wohl gar, daß ich im Fieber rede? Nein... Du willst Lushin um meinetwillen heiraten. Aber ich nehme dieses Opfer nicht an. Und darum schreibe morgen einen Brief... mit der Absage... Gib ihn mir morgen früh zum Durchlesen, und dann ist die Sache zu Ende.«

»Das kann ich nicht tun!« rief das junge Mädchen gekränkt. »Mit welchem Rechte...«

»Dunjetschka, auch du wirst zu heftig; hör auf; morgen... Siehst du denn nicht...«, rief die erschrockene Mutter und stürzte zu Dunja hin. »Ach, es ist wohl das beste, wir gehen!«

»Er redet im Fieber!« schrie der angetrunkene Rasumichin. »Sonst würde er sich nicht erdreisten, so zu sprechen! Morgen werden all diese dummen Gedanken verflogen sein. Aber daß er ihn heute hinausgejagt hat, ist Tatsache. Das hat sich wirklich so abgespielt. Na, und der wurde schön wütend!... Er hat hier große Reden gehalten, wollte uns mit seinen Kenntnissen imponieren; zuletzt mußte er aber doch mit eingekniffenem Schwanze abziehen.«

»Also das ist wahr?« rief Pulcheria Alexandrowna.

»Bis morgen, Bruder«, sagte Dunja mitleidig. »Wir wollen gehen, Mama!... Auf Wiedersehen, Rodja!«

»Hörst du wohl, Schwester«, rief er ihr nach, indem er seine letzten Kräfte zusammennahm, »ich rede nicht im Fieber; diese Heirat ist eine Gemeinheit. Und mag ich ein Schuft sein; aber du sollst nicht... genug, daß einer... und wenn ich auch ein Schuft bin, aber so eine Schwester werde ich nicht als Schwester anerkennen. Entweder ich oder Lushin! Nun geht...«

»Du bist wohl verrückt geworden, du Tyrann du!« brüllte Rasumichin.

Aber Raskolnikow antwortete nicht mehr und hatte vielleicht auch nicht die Kraft dazu. Er streckte sich auf dem Sofa lang aus und wendete sich völlig erschöpft nach der Wand. Awdotja Romanowna blickte mit lebhaftem Interesse Rasumichin an; ihre schwarzen Augen glänzten; Rasumichin zuckte unter diesem Blicke ordentlich zusammen. Pulcheria Alexandrowna stand wie versteinert da.

»Ich kann unter keinen Umständen weggehen!« flüsterte sie ganz verzweifelt Rasumichin zu. »Ich bleibe hier, es wird sich schon irgendein Plätzchen für mich finden... Begleiten Sie meine Tochter nach Hause.«

»Sie werden damit alles verderben«, erwiderte, gleichfalls flüsternd, Rasumichin in größter Erregung. »Kommen Sie wenigstens hinaus auf die Treppe. Nastasja, leuchte uns! Ich versichere Ihnen«, fuhr er immer noch mit leiser Stimme fort, als sie bereits auf der Treppe waren, »er hätte heute mich und den Arzt beinahe geprügelt! Verstehen Sie wohl? Sogar den Arzt! Und der tat ihm den Willen, um ihn nicht zu reizen, und ging fort; und ich blieb unten, um auf ihn aufzupassen; aber er kleidete sich an und ging mir davon. Er wird uns auch jetzt davongehen, wenn Sie ihn reizen, mitten in der Nacht, und dann tut er sich womöglich etwas an...«

»Um Gottes willen, was sagen Sie da!«

»Ja, und dann kann auch Awdotja Romanowna unmöglich in diesem Hotel garni ohne Sie allein bleiben. Bedenken Sie nur, was das für ein Haus ist, in dem Sie da eingekehrt sind! Dieser Schuft, der Pjotr Petrowitsch, hätte Ihnen doch auch eine bessere Wohnung... Aber, wissen Sie, ich bin ein bißchen betrunken, und darum kam mir ein Schimpfwort in den Mund; lassen Sie es unbeachtet...«

»Ich möchte hier zu der Wirtin gehen«, entgegnete Pulcheria Alexandrowna, die sich von ihrer Absicht noch nicht abbringen ließ, »und sie bitten, mir und meiner Tochter ein Plätzchen für diese Nacht einzuräumen. Aber ihn so verlassen, das kann ich nicht, das kann ich nicht!«

Während dieses Gesprächs standen sie auf dem Treppenflur dicht vor der Tür zur Wohnung der Wirtin. Nastasja stand schon auf einer tieferen Stufe und leuchtete ihnen. Rasumichin befand sich in großer Aufregung. Noch vor einer halben Stunde, als er Raskolnikow nach Hause begleitete, hatte er zwar eine übermäßige Geschwätzigkeit bewiesen, deren er sich übrigens selbst bewußt gewesen war, war aber dabei doch völlig frisch und munter gewesen, trotz der gewaltigen Menge Alkohol, die er an diesem Abend zu sich genommen hatte. Jetzt aber war er in eine Art von Verzückung geraten, und gleichzeitig schien der getrunkene Branntwein ihm plötzlich von neuem und mit verdoppelter Kraft in den Kopf gestiegen zu sein. Er stand mit den beiden Damen da, hatte sie beide an den Händen gefaßt, suchte sie eifrig zu überreden und entwickelte ihnen seine Gründe mit erstaunlicher Offenherzigkeit; wahrscheinlich um sie besser zu überzeugen, preßte er ihnen beiden bei jedem Worte die Hände wie in einem Schraubstocke schmerzhaft zusammen; dabei verschlang er Awdotja Romanowna geradezu mit den Augen, ohne sich im geringsten Zwang aufzuerlegen. Vor Schmerz versuchten sie ab und zu, ihre Hände aus seinen gewaltigen, knochigen Tatzen herauszureißen; aber er merkte gar nicht, wie es damit stand, sondern zog sie nur immer fester zu sich heran. Hätten sie ihn aufgefordert, sich ihnen zu Gefallen kopfüber die Treppe hinabzustürzen, so hätte er es sofort getan, ohne Überlegen und ohne Zaudern. Pulcheria Alexandrowna, die durch die Sorge um ihren Rodja in größter Unruhe war, hatte zwar die Empfindung, daß der junge Mann sich etwas exzentrisch benehme und ihr gar zu schmerzhaft die Hand drücke; aber da er gleichzeitig für sie eine Art von hilfreichem Engel war, so wollte sie all diese kleinen Übertreibungen nicht weiter beachten. Dem jungen Mädchen aber fielen, obgleich sie von derselben Unruhe erfüllt war, die von einem wilden Feuer funkelnden Blicke des Freundes ihres Bruders gar sehr auf, und obgleich sie nicht von schreckhaftem Charakter war, versetzten sie sie in Verlegenheit, ja fast in Furcht, und nur das unbegrenzte Vertrauen, welches Nastasjas Erzählungen ihr zu diesem sonderbaren Menschen eingeflößt hatten, hielt sie davon ab, wegzulaufen und ihre Mutter mit fortzuziehen. Auch sagte sie sich, daß es augenblicklich vielleicht geradezu unmöglich sei, ihm wegzulaufen. Zehn Minuten darauf hatte sie sich aber bereits erheblich beruhigt. Es war eine Eigenheit Rasumichins, in welchem Zustande er sich auch befinden mochte, sein ganzes Wesen in kürzester Zeit rückhaltlos aufzudecken, so daß ein jeder baldigst wußte, mit wem er es zu tun hatte.

»Zu der Wirtin können Sie unmöglich; das ist ein ganz verdrehter Gedanke!« rief er in dem eifrigen Bemühen, Pulcheria Alexandrowna zu überzeugen. »Sie sind zwar seine Mutter; aber trotzdem wird ihn Ihr Hierbleiben rasend machen, und was dann daraus wird, das mag der Teufel wissen! Also hören Sie mal, was ich tun will: jetzt bleibt Nastasja bei ihm sitzen, und ich begleite Sie beide nach Ihrer Wohnung; denn allein können Sie nicht auf die Straße; bei uns in Petersburg ist es in dieser Hinsicht... Na, schweigen wir davon!... Dann laufe ich von Ihnen sofort wieder hierher zurück und bringe Ihnen nach einer Viertelstunde (Ehrenwort!) genauen Bericht: wie es ihm geht, ob er schläft oder nicht usw. Darauf, hören Sie nur zu, darauf laufe ich von Ihnen flink zu mir nach Hause; da habe ich Gäste sitzen, die sind alle betrunken; da bemächtige ich mich Sossimows – das ist der Arzt, der ihn behandelt, der sitzt jetzt auch bei mir; der ist aber nicht betrunken, der betrinkt sich nie! Den schleppe ich zu Rodja, und dann komme ich sofort wieder zu Ihnen; mithin bekommen Sie binnen einer Stunde zwei Berichte über ihn, und zwar den einen vom Arzte, verstehen Sie wohl! vom Arzte selbst; das ist eine ganz andre Sache als bloß von mir! Sollte es schlimm stehen, so schwöre ich Ihnen, ich bringe Sie wieder hierher; wenn es aber gut geht, nun, dann legen Sie sich ruhig schlafen. Ich für meine Person aber werde die ganze Nacht hier zubringen, auf dem Flur; davon wird Rodja nichts hören; und was Sossimow anlangt, so werde ich anordnen, daß er in der Wohnung der Wirtin übernachtet, damit wir ihn zur Hand haben. Na, was ist für ihn jetzt besser: Sie oder der Arzt? Der Arzt ist doch nützlicher, entschieden nützlicher. Na, also gehen Sie nun nach Hause! Bei der Wirtin können Sie nicht bleiben; ich könnte es wohl; aber Sie können es nicht: sie würde Sie gar nicht hereinlassen, weil sie... nun, weil sie eben eine Närrin ist... Nämlich, wenn Sie den Grund wissen wollen: sie hat mich sehr in ihr Herz geschlossen und würde sofort auf Awdotja Romanowna eifersüchtig werden, und auf Sie auch... Auf Awdotja Romanowna aber ganz bestimmt. Sie hat einen unberechenbaren Charakter, aber auch ganz unberechenbar! Ich bin übrigens auch ein Narr... Na. darauf kommt es nicht an. Kommen Sie! Haben Sie zu mir Vertrauen? Na, sagen Sie: ja oder nein?«

»Kommen Sie, Mama«, sagte Awdotja Romanowna, »er wird gewiß tun, was er versprochen hat. Er hat unserm Rodja schon einmal das Leben gerettet, und wenn sich der Arzt wirklich bereit findet, hier zu übernachten, so ist das doch gewiß das allerbeste.«

»Sehen Sie wohl, sehen Sie wohl, Sie, ja Sie verstehen mich, weil Sie ein Engel sind!« rief Rasumichin in höchstem Entzücken. »Machen wir uns also auf den Weg! Nastasja, geh flink nach oben und bleib da bei ihm sitzen, mit dem Lichte; in einer Viertelstunde bin ich auch wieder da...«

Obwohl Pulcheria Alexandrowna noch nicht vollständig überzeugt war, so widersetzte sie sich doch nicht länger. Rasumichin gab jeder von ihnen einen Arm und zog sie die Treppe hinunter. Indessen hatte die Mutter in bezug auf ihn doch noch eine Sorge: ›Er ist ja ein geschickter und braver Mensch; wird er aber auch imstande sein, sein Versprechen auszuführen? Bei dem Zustande, in dem er sich befindet!‹

»Ich merke, Sie haben Bedenken wegen meines Zustandes!« unterbrach Rasumichin ihre Gedanken, die er erraten hatte, und ging dabei mit seinen gewaltigen Schritten auf dem Trottoir so schnell vorwärts, daß die beiden Damen kaum mitkommen konnten, was er übrigens gar nicht beachtete. »Dummes Zeug! Das heißt, ich meine: betrunken bin ich ja wie ein Affe; aber das ist ganz egal; meine Betrunkenheit rührt nicht vom Schnaps her. Sondern sowie ich Sie erblickte, da stieg mir auf einmal etwas in den Kopf... Aber kümmern Sie sich um mich weiter gar nicht! Achten Sie nicht auf mich: ich schwatze lauter Unsinn zusammen; ich bin Ihrer unwürdig... Ich bin Ihrer im höchsten Grade unwürdig! Sobald ich Sie nach Hause gebracht habe, gieße ich mir gleich hier am Kanal zwei Eimer Wasser über den Kopf; dann bin ich wieder in Ordnung... Wenn Sie nur wüßten, wie sehr ich Sie beide liebe!... Lachen Sie nicht, und seien Sie nicht böse!... Seien Sie auf alle Menschen böse, bloß nicht auf mich! Ich bin Rodjas Freund, folglich bin ich auch Ihr Freund. Ich möchte so gern... Ich habe es schon vorher geahnt,... schon im vorigen Jahre hatte ich einmal so einen Augenblick... Übrigens habe ich gar nichts geahnt; denn Sie sind ja ganz plötzlich wie vom Himmel heruntergefallen. Ich werde vielleicht die ganze Nacht nicht schlafen können... Dieser Sossimow fürchtete heute, Rodja könnte den Verstand verlieren. Darum darf man ihn nicht reizen...«

»Was sagen Sie da!« rief die Mutter.

»Hat der Arzt das wirklich so gesagt?« fragte Awdotja Romanowna erschrocken.

»Gesagt hat er es; aber es ist nicht an dem, ganz und gar nicht. Er hat ihm auch so eine Medizin gegeben, ein Pulver; ich habe es selbst gesehen. Und nun sind Sie auf einmal gekommen... Ach... Sie hätten lieber erst morgen kommen sollen! Nur gut, daß wir weggegangen sind. In einer Stunde wird Ihnen Sossimow selbst über alles Rapport erstatten. Ja, der ist nie betrunken! Und ich werde mich auch nicht mehr betrinken... Und wie ist das gekommen, daß ich mich so beduselt habe? Das ist daher gekommen, weil sie mich in eine Debatte hineingezogen haben, die verdammten Kerle! Und ich hatte mir selbst ein eidliches Versprechen gegeben, nie mehr zu debattieren!

. . . Aber was schwafelten die Menschen für einen Blödsinn zusammen! Am liebsten hätte ich auf sie losgeprügelt! Ich habe meinen Onkel dagelassen; der kann den Hausherrn spielen... Na, können Sie das glauben: sie verlangen, man solle sich seiner persönlichen Eigenheiten völlig entäußern, und darin finden sie ihr Ideal! Nur ja nicht man selbst sein, nur möglichst wenig individuell sein! Und das halten sie für das höchste Ziel fortschrittlicher Entwicklung. Und wenn ihr unsinniges Geschwätz wenigstens etwas Eigenes hätte; aber...«

»Gestatten Sie...«, unterbrach ihn Pulcheria Alexandrowna schüchtern. Aber dadurch kam er nur noch mehr in Harnisch.

»Ja, was meinen Sie denn?« schrie Rasumichin noch lauter. »Meinen Sie etwa, ich ereifere mich darüber, daß die Kerle Unsinn reden? Dummes Zeug! Ich habe das sogar ganz gern, wenn die Leute Unsinn reden! Das Unsinnreden ist das einzige Privilegium, das der Mensch vor allen übrigen organischen Wesen hat. Wer Unsinn redet, der gelangt zur Wahrheit! Daß ich Unsinn rede, das macht mich erst recht eigentlich zum Menschen. Zu keiner einzigen Wahrheit ist man gelangt, ohne daß man vorher vierzehnmal, vielleicht auch hundertvierzehnmal Unsinn geredet hätte, und das ist etwas sehr Achtbares, wenn es in individueller Weise geschieht; na, aber wir verstehen nicht einmal, mit unserm eigenen Verstande Unsinn zu reden. Rede Unsinn, aber tue es auf deine eigene Art, und ich gebe dir einen Kuß dafür. Auf seine eigne Art Unsinn zu reden, das ist sogar beinah besser, als nach allgemeinem Schema und nach fremdem Muster die Wahrheit zu reden; im ersten Falle ist man ein Mensch, im zweiten nur ein Papagei. Die Wahrheit wird uns nicht davonlaufen; wohl aber kann man durch jenen törichten Verzicht auf Individualität sich selbst das Leben verderben; dafür fehlt es nicht an Beispielen. Na, was sind wir denn jetzt? In bezug auf Wissenschaft, Fortschritt, Denken, Erfindungsgabe, Ideale, Bestrebungen, Liberalismus, Vernunft, Erfahrung und alles, alles, alles, alles, alles sitzen wir alle ohne Ausnahme gleichsam noch in der untersten Vorbereitungsklasse des Gymnasiums! Wir haben Gefallen daran gefunden, uns mit fremder Weisheit zu behelfen; wir haben uns daran gewöhnt! Ist es nicht so? Habe ich nicht recht?« rief Rasumichin, indem er die Hände der beiden Damen kräftig schüttelte und drückte. »Habe ich nicht recht?«

»O mein Gott, ich weiß es nicht«, sagte die arme Pulcheria Alexandrowna.

»Jawohl, jawohl,... obgleich ich nicht in allen Punkten mit Ihnen derselben Ansicht bin«, erwiderte Awdotja Romanowna ganz ernsthaft, stieß aber gleich darauf einen Schrei aus, so heftig hatte er diesmal ihre Hand zusammengepreßt.

»Ja? Sie sagen ja? Nun, dann... dann... dann sind Sie...«, rief er ganz begeistert, »dann sind Sie ein Ideal von Seelengüte, Reinheit, Vernunft und... Vollkommenheit! Geben Sie mir Ihre Hand, ich bitte darum,... und geben auch Sie mir die Ihrige; ich möchte Ihnen die Hände küssen, hier, gleich jetzt, auf den Knien!«

Mitten auf dem Trottoir, das zum Glück gerade menschenleer war, fiel er auf die Knie.

»Aber lassen Sie das doch, ich bitte Sie, was tun Sie denn!« rief Pulcheria Alexandrowna ganz bestürzt.

»Stehen Sie doch auf, stehen Sie doch auf!« sagte Awdotja Romanowna lachend, aber gleichfalls beunruhigt.

»Um keinen Preis, ehe Sie mir nicht Ihre Hände gegeben haben! So, so ist es recht, und nun genug, nun stehe ich auf, und wir wollen weitergehen! Ich bin ein unglücklicher Tölpel, ich bin Ihrer unwürdig, und ich bin betrunken und schäme mich... Sie zu lieben, bin ich nicht würdig; aber vor Ihnen die Knie zu beugen, das ist die Pflicht eines jeden, der nicht geradezu ein Stück Vieh ist! Und darum habe ich vor Ihnen die Knie gebeugt... Da ist auch Ihr Hotel garni, und schon aus diesem Grunde allein war Rodja durchaus im Rechte, als er heute Ihren Pjotr Petrowitsch hinauswarf! Wie konnte der Mensch es wagen, Sie in einem solchen Hause unterzubringen! Das ist ja ein Skandal! Wissen Sie wohl, an was für Personen da Zimmer abgegeben werden? Und Sie sind doch seine Braut! Sie sind doch seine Braut, nicht wahr? Na, dann sage ich Ihnen also, daß Ihr Bräutigam, wenn er so handelt, ein Schuft ist!«

»Erlauben Sie, Herr Rasumichin, Sie vergessen...«, begann Pulcheria Alexandrowna.

»Ja, ja, Sie haben ganz recht, ich habe mich vergessen, ich schäme mich!« rief Rasumichin, seine Übereilung erkennend. »Aber... aber... Sie können mir nicht böse deswegen sein, weil ich so rede! Denn ich rede so, weil ich es wirklich so meine, und nicht etwa, weil... hm, das wäre ja gemein; mit einem Worte: nicht etwa, weil ich in Sie... hm!... na, lassen wir das; ich darf nicht; ich will nicht sagen, warum; ich wage es nicht!... Aber wir hatten heute, als er zu Rodja kam, alle das Gefühl, daß dieser Mensch nicht in unsern Kreis paßt. Nicht weil er sich das Haar vom Friseur hatte kräuseln lassen, nicht weil er es so eilig hatte, seinen Verstand zur Schau zu stellen, sondern weil er ein Aushorcher und Spekulant ist, ein Gauner; und das liegt auf der Hand. Meinen Sie, daß er klug ist? Nein, ein Dummkopf ist er, ein Dummkopf! Na, ist das etwa ein Mann für Sie? Ach, du mein Gott! Sehen Sie, meine Damen« (er blieb plötzlich auf der Treppe zu dem Hotel garni, die sie schon hinaufgingen, stehen), »wenn die Leute da in meiner Wohnung auch alle betrunken sind, aber ehrenhaft sind sie alle; und wenn wir auch Unsinn reden (denn ich rede auch Unsinn), so werden wir durch unser Unsinnreden schließlich doch zur Wahrheit hindurchdringen, weil wir auf einem anständigen Wege gehen; aber Pjotr Petrowitsch... der geht nicht auf einem anständigen Wege. Und obwohl ich eben gehörig auf sie geschimpft habe, so habe ich doch vor ihnen allen Achtung; und sogar was diesen Sametow betrifft, Achtung habe ich allerdings nicht vor ihm, aber ich habe ihn ganz gern, denn er ist noch wie ein junger Hund! Sogar vor diesem Vieh, dem Sossimow, habe ich Achtung, weil er ein ehrenhafter Mensch ist und seine Sache versteht. Aber genug, nun habe ich mir alles vom Herzen gesprochen, und ich hoffe, Sie haben mir nichts übelgenommen. Haben Sie mir auch nichts übelgenommen? Wirklich nicht? Nun, dann kommen Sie! Ich kenne diesen Korridor; ich bin schon mal hier gewesen; hier in Nummer drei war eine arge Skandalgeschichte... Nun, wo ist Ihr Zimmer? Was haben Sie für eine Nummer? Acht? Na, dann schließen Sie nur für die Nacht zu, und lassen Sie niemand herein. In einer Viertelstunde komme ich wieder und bringe Bericht, und dann wieder nach einer halben Stunde komme ich mit Sossimow, Sie werden sehen! Nun adieu! Ich werde mich beeilen!«

»Mein Gott, Dunjetschka, was wird aus all dem noch werden?« sagte Pulcheria Alexandrowna voll Angst und Unruhe zu ihrer Tochter.

»Beruhigen Sie sich, liebe Mama«, antwortete Dunja, während sie Hut und Mantille ablegte. »Diesen Herrn hat uns Gott selbst gesandt, obwohl er geradeswegs von einer Zecherei kommt. Man kann sich auf ihn verlassen; das ist meine feste Überzeugung. Und was er alles schon für Rodja getan hat...«

»Ach, Dunjetschka, Gott weiß, ob er wieder herkommen wird! Wie habe ich es nur fertigbringen können, Rodja allein zu lassen!... Daß ich ihn so wiederfinden würde, habe ich mir ja nicht träumen lassen! Wie finster er war, gerade als ob er sich über unsre Ankunft gar nicht freute...«

Die Tränen kamen ihr in die Augen.

»Nein, das ist nicht richtig, liebe Mama; Sie haben ihn nur nicht ordentlich sehen können; Sie haben ja immerzu geweint. Die schwere Krankheit hat ihn zu sehr heruntergebracht; das ist der ganze Grund.«

»Ach, diese Krankheit! Was nur daraus noch werden soll! Und wie er mit dir gesprochen hat, Dunja!« sagte die Mutter und blickte dabei ihrer Tochter schüchtern ins Gesicht, um ihre Gedanken dort abzulesen; indes war sie dadurch, daß Dunja soeben ihren Bruder in Schutz genommen hatte, schon halb getröstet; denn danach zu urteilen, mußte sie ihm doch verziehen haben. »Ich bin überzeugt, daß er morgen anders darüber denken wird«, fügte sie hinzu, um die Tochter vollends auszuforschen.

»Ich meinerseits bin überzeugt, daß er morgen ganz ebenso darüber reden wird«, erwiderte Awdotja Romanowna.

Hiermit schloß dieses Gespräch, weil das ein Punkt war, vor dessen näherer Erörterung der Mutter jetzt gar zu bange war. Dunja trat zu ihr hin und küßte sie. Diese schlang, ohne weiter ein Wort zu sagen, ihre Arme innig um die Tochter. Dann setzte sie sich hin, wartete unruhig auf Rasumichins Rückkehr und verfolgte schüchtern mit den Augen die Tochter, die, gleichfalls wartend, die Arme über der Brust verschränkt, tief in Gedanken versunken im Zimmer auf und ab ging. Dieses nachdenkliche Hin- und Hergehen von einer Ecke nach der andern war schon von jeher Dunjas Gewohnheit gewesen, und die Mutter scheute dann immer, sie in ihren Überlegungen zu stören.

Rasumichin machte ja natürlich eine komische Figur mit seiner so plötzlich in der Trunkenheit entbrannten Leidenschaft für Awdotja Romanowna; aber wer sie ansah, namentlich jetzt, wo sie mit verschränkten Armen traurig und nachdenklich im Zimmer auf und ab ging, der konnte seinen Affekt, auch abgesehen von seinem exaltierten Zustande, recht wohl entschuldbar finden. Awdotja Romanowna war eine außerordentlich schöne Erscheinung, von hohem Wuchs und wundervoller Figur, kräftig und selbstbewußt, was in jeder ihrer Bewegungen zum Ausdruck kam, ohne jedoch der Weichheit und Anmut derselben im geringsten abträglich zu sein. Im Gesicht hatte sie mit ihrem Bruder Ähnlichkeit; aber man konnte sie geradezu eine Schönheit nennen. Ihr Haar war dunkelblond, etwas heller als das des Bruders; die Augen waren fast schwarz, glänzend, stolzblickend, hatten aber dabei doch zeitweilig etwas überaus Freundliches. Sie war blaß, aber diese Blässe hatte nichts Kränkliches; ihr Gesicht strahlte vielmehr von Frische und Gesundheit. Ihr Mund war etwas klein; die frische, rote Unterlippe stand ein ganz klein wenig zu weit vor, ebenso wie das Kinn – die einzige Unregelmäßigkeit in diesem schönen Gesichte, die ihm aber den Ausdruck besonderer Charakterfestigkeit, ja sogar einen Anschein von Hochmut verlieh. Ihre Mienen waren gewöhnlich mehr nachdenklich und ernst als heiter; aber wie schön stand dafür auch diesem Gesichte ein gelegentliches Lächeln, ein frohes, jugendliches, sorgloses Lachen! Kein Wunder, daß der feurige, offenherzige, schlichte, ehrliche, hünenhafte und betrunkene Rasumichin, der noch nie etwas Ähnliches gesehen hatte, gleich beim ersten Blicke den Kopf verlor. Dazu kam noch, daß ihm der Zufall wie mit besondrer Absicht Awdotja Romanowna zuerst in dem schönen Augenblicke zeigte, da sie von der Liebe zum Bruder und von der Freude über das Wiedersehen mit ihm verklärt war. Später sah er dann, wie bei den herrischen, schroffen Forderungen des Bruders ihre Unterlippe vor Unwillen bebte – und er konnte nicht widerstehen.

Er hatte übrigens die Wahrheit gesagt, als er vorher in seiner Betrunkenheit auf der Treppe damit herausgeplatzt war, daß Raskolnikows überspannte Wirtin, Praskowja Pawlowna, nicht nur auf Awdotja Romanowna, sondern womöglich auch auf Pulcheria Alexandrowna eifersüchtig werden würde, in der Besorgnis, eine von ihnen könne ihr den neuen Verehrer abspenstig machen. Obwohl Pulcheria Alexandrowna bereits dreiundvierzig Jahre alt war, hatte ihr Gesicht immer noch Spuren ihrer früheren Schönheit bewahrt, und außerdem schien sie weit jünger, als sie wirklich war, wie das der Regel nach bei Frauen der Fall ist, die sich die Heiterkeit der Seele, die Frische der Empfindung und die ehrliche, reine Wärme des Herzens bis ins Alter hinein bewahren. Wir wollen in Parenthese bemerken, daß die

Erhaltung all dieser seelischen Eigenschaften eben das einzige Mittel ist, um sich die Schönheit sogar bis ins Alter hinüberzuretten. Ihr Haar fing bereits an zu ergrauen und dünner zu werden; kleine, strahlenförmige Fältchen hatten sich schon längst um die Augen herum gebildet; die Wangen waren infolge von Sorgen und Kummer eingesunken und zusammengetrocknet; aber trotz alledem war dieses Gesicht schön. Es war ein Ebenbild von Awdotja Romanownas Gesicht, nur zwanzig Jahre älter und ohne das Charakteristische der Unterlippe, die bei der Mutter nicht so hervorstand. Pulcheria Alexandrowna war feinfühlend, aber nicht bis zur Süßlichkeit; sie war schüchtern und nachgiebig, aber nur bis zu einer bestimmten Grenze: sie konnte in vielem nachgeben, sich in vieles fügen, sogar wo es gegen ihre Überzeugung ging; aber dabei blieb doch immer eine Grenzlinie der Ehrenhaftigkeit, der moralischen Grundsätze und der innersten Überzeugungen bestehen, zu deren Überschreitung keinerlei Verhältnisse sie veranlassen konnten.

Genau zwanzig Minuten nach Rasumichins Weggehen hörten die Frauen, daß jemand mit dem Finger zweimal leise, aber hastig an die Tür pochte; er war zurückgekehrt.

»Ich komme nicht herein, ich habe keine Zeit!« sagte er eilig, als ihm geöffnet worden war. »Er schläft wie ein Bär, fest und ruhig; Gott gebe, daß er zehn Stunden so durchschläft. Nastasja ist bei ihm; ich habe ihr befohlen, nicht eher wegzugehen, als bis ich wieder da bin. Jetzt will ich Sossimow hinschleppen; er wird Ihnen Rapport erstatten, und dann legen Sie sich auch schlafen; ich sehe ja, daß Sie vollständig erschöpft sind...«

Damit lief er von ihnen weg den Korridor entlang.

»Was für ein gewandter und gefälliger junger Mann!« rief Pulcheria Alexandrowna hocherfreut.

»Ja, er scheint ein prächtiger Mensch zu sein«, antwortete Awdotja Romanowna mit besonderer Wärme und begann wieder im Zimmer hin und her zu gehen.

Fast eine Stunde später wurden Schritte auf dem Korridor vernehmbar, und es wurde wieder an die Tür geklopft. Die beiden Frauen hatten diesmal die Wartezeit in vollem Vertrauen auf Rasumichins Versprechen ausgehalten; und er brachte auch wirklich Sossimow mit herbeigeschleppt. Sossimow hatte sich ohne weiteres bereit finden lassen, das Zechgelage zu verlassen und bei Raskolnikow einen ärztlichen Besuch zu machen; aber zu den Damen war er nur ungern und mit großem Mißtrauen mitgekommen, da er den Angaben des betrunkenen Rasumichin nicht recht geglaubt hatte. Aber er fühlte sich in seiner Eigenliebe sogleich beruhigt und sogar geschmeichelt, als er sah, daß man auf ihn wirklich wie auf einen Orakelgott gewartet hatte. Er blieb nur zehn Minuten sitzen, und es gelang ihm in dieser Zeit, Pulcheria Alexandrowna vollständig von seiner Ansicht zu überzeugen und zu beruhigen. Er sprach mit großer Teilnahme, aber sehr gemessen und in geflissentlich ernstem Tone, ganz wie es sich für einen siebenundzwanzigjährigen Arzt bei einer wichtigen Konsultation schickt; mit keinem Worte schweifte er von dem Gegenstande ab und ließ nicht den leisesten Wunsch durchblicken, mit den beiden Damen in mehr persönliche und private Beziehungen zu treten. Als er gleich beim Eintritt bemerkt hatte, wie blendend schön Awdotja Romanowna war, gab er sich Mühe, sie während der ganzen Dauer seines Besuchs überhaupt nicht zu beachten, sondern sich ausschließlich an Pulcheria Alexandrowna zu wenden. Dies alles gewährte ihm eine ganz besondere innere Befriedigung. Was den Kranken anlangte, so erklärte er, daß er ihn augenblicklich in sehr befriedigendem Zustande gefunden habe. Nach seinen Beobachtungen habe die Krankheit des Patienten, außer der üblen materiellen Lage desselben in den letzten Monaten, noch einige seelische Ursachen; sie sei sozusagen das Produkt vieler ineinandergreifender seelischer und materieller Einwirkungen, starker Aufregungen, Befürchtungen, Sorgen, gewisser Ideen usw. Da er so beiläufig wahrnahm, daß Awdotja Romanowna hier mit ganz besonderer Aufmerksamkeit zuhörte, verbreitete er sich über dieses Thema etwas ausführlicher. Auf Pulcheria Alexandrownas ängstliche, schüchterne Frage betreffs des früher von ihm geäußerten Verdachtes einer geistigen Störung antwortete er mit ruhigem, offenem Lächeln, man habe da seinen Worten einen übertriebenen Sinn untergelegt; es sei allerdings bei dem Kranken eine Art von fixer Idee wahrnehmbar, eine gewisse Andeutung von Monomanie (er, Sossimow, widme jetzt diesem außerordentlich interessanten Gebiete der Medizin ein besonderes Studium); aber man müsse sich doch den Umstand gegenwärtig halten, daß der Kranke fast bis zum heutigen Tage im Fieber gelegen habe, und... und jedenfalls werde nun die Ankunft seiner Angehörigen eine kräftigende Wirkung auf ihn ausüben, ihn zerstreuen und zu seiner Genesung beitragen, vorausgesetzt, daß (wie er bedeutsam hinzufügte) es gelinge, neue außerordentliche Erschütterungen von ihm fernzuhalten. Dann stand er auf und verabschiedete sich ruhig und treuherzig, von den heißen Danksagungen der beiden Frauen begleitet; Awdotja Romanowna streckte ihm sogar ganz von selbst die Hand hin und drückte die seine herzlich. So ging er fort, sehr zufrieden mit seinem Besuche und noch mehr mit sich selbst.

»Morgen reden wir darüber weiter; jetzt legen Sie sich jedenfalls hin!« fügte Rasumichin, der mit Sossimow zusammen wegging, ermahnend hinzu. »Morgen, so früh wie möglich, bin ich mit einem Rapport bei Ihnen.«

»Aber was ist diese Awdotja Romanowna für ein scharmantes Mädchen!« bemerkte Sossimow, sich die Lippen leckend, als sie beide auf die Straße traten.

»Scharmant? Du hast gesagt: scharmant!« brüllte Rasumichin, stürzte sich plötzlich auf Sossimow und packte ihn an der Gurgel. »Wenn du es noch ein einziges Mal wagst... Verstehst du mich? Verstehst du mich?« schrie er, schüttelte ihn am Kragen und drückte ihn gegen die Mauer. »Hast du gehört?«

»Laß mich los, du besoffener Kerl du!« rief Sossimow, sich wehrend. Dann, als der andre ihn losgelassen hatte, blickte er ihn prüfend an und brach auf einmal in schallendes Gelächter aus. Rasumichin stand mit schlaff herabhängenden Armen vor ihm, in ernstem, finsterem Sinnen.

»Natürlich bin ich ein Esel«, sagte er finster wie eine Gewitterwolke, »aber du bist auch einer.«

»Aber nein, Bruder, ich ganz und gar nicht. Ich habe keine solchen dummen Gedanken im Kopfe.«

Sie gingen schweigend weiter, und erst als sie sich der Wohnung Raskolnikows näherten, unterbrach Rasumichin, von Sorge gequält, das Stillschweigen.

»Höre mal«, sagte er zu Sossimow, »du bist ja ein prächtiger Mensch; aber du bist, selbst abgesehen von deinen sonstigen häßlichen Eigenschaften, auch noch ein Liedrian, das weiß ich, und sogar einer von den allerschlimmsten. Du bist ein nervöser, schwächlicher Taugenichts, hast allerlei Kapricen, bist fett geworden und kannst dir nichts versagen; und das nenne ich schon unwürdig, denn es führt geradeswegs zur Unwürdigkeit. Du hast dich so verweichlicht, daß ich, offen gestanden, schlechterdings nicht begreife, wie du dabei doch ein guter und sogar aufopferungsfähiger Arzt sein kannst. Schläft in einem weichen Federbett (ein Hohn auf die ärztliche Wissenschaft!) und steht trotzdem in der Nacht auf, wenn er zu einem Kranken gerufen wird! Nach drei Jahren wirst du nicht mehr um eines Kranken willen aufstehen... Na, zum Kuckuck, das gehört ja alles nicht hierher, sondern ich wollte sagen: du schläfst heute in der Wohnung der Wirtin (ich habe meine liebe Not gehabt, sie zu überreden), und ich in der Küche; da habt ihr die beste Gelegenheit, miteinander näher bekannt zu werden! Ich meine nicht das, woran du denkst! Davon kann nicht im entferntesten die Rede sein...«

»Ich denke ja auch gar nicht daran.«

»Du wirst an ihr eine schamhafte, schweigsame, schüchterne Frauensperson von einer geradezu verstockten Keuschheit kennenlernen; und trotzdem, wenn ihr einer etwas vorseufzt, so zerschmilzt sie wie Wachs, ja, sie zerschmilzt ordentlich! Befreie mich von ihr, nimm sie mir ab, ich bitte dich um des Teufels willen! Sie ist ein ganz famoses Frauenzimmer!... Ich werde es dir vergelten, mit meinem letzten Blutstropfen!«

Sossimow lachte noch toller als vorher.

»Du bist ja ganz aufgeregt! Aber was soll ich denn mit ihr?«

»Ich versichere dir, du wirst nicht viel Umstände damit haben; du brauchst nur irgendeinen beliebigen Quatsch zu reden; du brauchst dich nur neben sie hinzusetzen und zu reden. Und außerdem bist du ja Arzt; da kannst du sie ja an einer beliebigen Krankheit behandeln. Ich schwöre dir, du wirst es nicht bereuen. Sie hat ein Klavier in ihrer Wohnung stehen; ich klimpere ja ein bißchen, wie du weißt; und nun habe ich da so ein kleines Lied, das ich spiele, ein echtes russisches Volkslied: ›Ich vergieße heiße Tränen‹... Sie liebt solche echten Volkslieder – na also, mit dem Liede hat denn auch unser zartes Verhältnis begonnen; aber du bist ja nun gar ein Virtuose auf dem Klavier, ein wahrer Meister, ein zweiter Rubinstein... Ich versichere dir, du wirst es nicht bereuen!«

»Aber hast du ihr denn irgendwelche Versprechungen gemacht, wie? Hast du eine formelle Unterschrift gegeben? Hast du ihr etwa die Ehe versprochen?«

»Nichts, nichts, absolut nichts von der Art! Und sie ist überhaupt nicht so eine; da wollte sich dieser Tschebarow an sie heranmachen...«

»Na, dann laß sie doch laufen!«

»Ich kann sie nicht so einfach laufen lassen!«

»Warum denn nicht?«

»Na, es geht eben nicht; da ist nicht weiter darüber zu reden! Es liegt da eine Art von elementarer Anziehungskraft vor.«

»Warum hast du sie denn betört?«

»Ich habe sie überhaupt nicht betört; ich habe mich sogar eher selbst betören lassen, in meiner Dummheit; ihr aber wird es sicherlich ganz gleich sein, ob ich ihr Verehrer bin oder du, wenn nur jemand neben ihr sitzt und ihr etwas vorseufzt. Du brauchst nur... Ich weiß nicht recht, wie ich dir das klarmachen soll,... du brauchst nur... Na, ich weiß, du warst doch ein guter Mathematiker und beschäftigst dich noch jetzt damit,... na also, fang an, mit ihr die Integralrechnung durchzunehmen; wahrhaftig, ich mache keinen Scherz, ich rede im Ernst, ihr wird das sicherlich ganz gleich sein: sie wird dich ansehen und seufzen, und das wird ihr ein ganzes Jahr hindurch nicht langweilig werden. Ich habe ihr unter anderm sehr lange, mehrere Tage hintereinander, etwas von dem preußischen Herrenhause vorerzählt (denn worüber soll man mit ihr reden?) – sie seufzte nur und schwitzte! Nur von Liebe mußt du nicht sprechen (denn sie ist von einer krampfhaften Zimperlichkeit); aber du mußt so tun, als könntest du es gar nicht übers Herz bringen, fortzugehen – damit ist sie dann ganz zufrieden. Es ist alles bei ihr sehr hübsch eingerichtet; man fühlt sich da ganz wie zu Hause; du kannst da lesen, sitzen, liegen, schreiben... Du kannst sie sogar küssen – wenn du es einigermaßen vorsichtig anfängst...«

»Ja, aber was habe ich von ihr?«

»Ach, wie soll ich dir das nur auseinandersetzen? Sieh mal: ihr beide paßt ganz vortrefflich zueinander! Ich hatte auch schon vorher an dich gedacht... Du wirst dich ja schließlich doch einmal so versorgen! Also kann es dir ja ganz gleich sein, ob früher oder später. Hier findest du so schöne, weiche Federbetten, Bruder – ach! und nicht bloß Federbetten! Hier fühlt sich auch das Herz wohl; hier ist ein wahres Eden, ein ruhiger Ankerplatz, ein stilles Asyl, ein Inbegriff von Pfannkuchen, fetten Fischpasteten, abendlichem Teetrinken, stillen Seufzern und warmen Jacken, behaglichen Plätzen am geheizten Ofen – na, es ist einem, als ob man gestorben wäre und doch gleichzeitig noch lebte, die Vorzüge beider Zustände vereinigt! Na, Bruder, ich habe dir wohl schon zu lange etwas vorgeschwärmt; es ist Zeit zum Schlafengehen! Hör mal: ich pflege in der Nacht manchmal aufzuwachen; na, da will ich dann hingehen und nach ihm sehen. Aber es ist ja weiter nichts mit ihm; dummes Zeug; es ist ja alles gut. Du brauchst dich auch nicht besonders zu inkommodieren; aber wenn du willst, kannst du ja auch gelegentlich einmal nachsehen. Und solltest du etwas bemerken, Fieber zum Beispiel oder Hitze oder so etwas, dann wecke mich gleich. Indes, es ist ja nicht anzunehmen...«

II

Als Rasumichin am andern Tage zwischen sieben und acht Uhr erwachte, war er in recht ernster, sorgenvoller Stimmung. Eine Menge neuer, unvorhergesehener Bedenken drängte sich ihm jetzt am Morgen plötzlich auf. Er hätte früher nie gedacht, daß er jemals so aufwachen würde. Er erinnerte sich aller seiner gestrigen Erlebnisse bis auf die kleinsten Einzelheiten und war sich bewußt, daß mit ihm etwas Ungewöhnliches vorgegangen war, daß er einen ihm bisher völlig unbekannten Eindruck empfangen hatte, mit dem sich keiner der früheren vergleichen ließ. Gleichzeitig erkannte er mit voller Klarheit, daß an eine Verwirklichung des Zukunftstraumes, der in seinem Kopfe aufgezuckt war, nicht im entferntesten zu denken sei, so wenig zu denken sei, daß er sich dieses Traumes sogar schämte und möglichst schnell zu den andern, mehr der Wirklichkeit angehörenden Sorgen und Aufgaben überging, die »der verfluchte gestrige Tag« ihm hinterlassen hatte.

Die schauderhafteste Erinnerung war für ihn, wie »niedrig und gemein« er sich gestern gezeigt habe, nicht allein deswegen weil er betrunken gewesen war, sondern auch weil er, die schwierige Lage der jungen Dame ausnutzend, in ihrer Gegenwart aus Eifersucht und törichter Übereilung auf ihren Bräutigam geschimpft hatte, ohne daß er die gegenseitigen Beziehungen und Verpflichtungen der beiden, ja, ohne daß er diesen Menschen selbst ordentlich kannte. Und welches Recht hatte er überhaupt, so übereilt und vorschnell über ihn zu urteilen? Wer hatte ihn zum Richter berufen? Und war es denn denkbar, daß ein Wesen wie Awdotja Romanowna sich einem Unwürdigen um des Geldes willen hingab? Also mußte er doch auch einen sittlichen Wert besitzen. Das Hotel garni? Woher hätte er denn eigentlich in Erfahrung bringen können, was das für ein Hotel war? Er war doch dabei, eine ordentliche Wohnung einzurichten... Pfui, wie gemein er sich da in jeder Hinsicht benommen hatte! Und konnte etwa seine Betrunkenheit als Rechtfertigung gelten? Eine dumme Entschuldigung, durch die er sich nur noch mehr erniedrigte! Durch die Trunkenheit kommt nach dem Sprichwort die Wahrheit an den Tag, und nun war ja auch die ganze Wahrheit an den Tag gekommen, nämlich die ganze Gemeinheit seines neidischen, rohen Charakters! Durfte er, Rasumichin, sich eine solche Zukunftsträumerei denn überhaupt erlauben? Was war er im Vergleich mit einem solchen Mädchen – er, der betrunkene Krakeeler und Prahlhans von gestern? War denn eine so absurde, lächerliche Zusammenstellung überhaupt möglich? Rasumichin wurde bei diesem Gedanken vor Ärger und Verzweiflung ganz rot, und nun mußte ihm auch gerade jetzt noch einfallen, wie er ihnen gestern, als sie auf der Treppe standen, erzählt hatte, die Wirtin habe eine Zuneigung zu ihm und werde auf Awdotja Romanowna eifersüchtig werden,... das war ja nun vollends unerträglich. Wütend schlug er aus voller Kraft mit der Faust auf den Küchenherd, verletzte sich dabei die Hand und schlug einen Mauerstein heraus.

›Natürlich‹, murmelte er nach einer kleinen Weile in dem Gefühle, daß er sich selbst entehrt habe, vor sich hin, ›natürlich lassen sich alle diese Gemeinheiten jetzt nie mehr wieder beschönigen und gutmachen,... folglich hat es keinen Zweck, daran auch nur noch zu denken; sondern ich habe eine stumme Rolle zu spielen und... meine Pflicht zu erfüllen, schweigend, und... und ich darf nicht um Verzeihung bitten und darf überhaupt nicht davon reden, und... und natürlich ist nun alles für mich verloren!‹

Dessenungeachtet musterte er beim Ankleiden seinen Anzug sorgsamer als sonst. Einen andern Anzug besaß er nicht, und hätte er einen andern gehabt, so hätte er ihn vielleicht doch nicht angezogen, absichtlich nicht. Andrerseits mochte er auch nicht wie ein Strolch und Schmutzfink auftreten; er durfte die Gefühle andrer nicht verletzen, um so weniger, da diese andern ihn nötig hatten und ihn selbst zu sich beriefen. Daher reinigte er seine Kleider auf das sorgfältigste mit einer Bürste. Seine Wäsche war immer leidlich; in dieser Hinsicht war er besonders auf Sauberkeit bedacht.

Auch wusch er sich an diesem Morgen gründlicher – er hatte sich von Nastasja Seife geben lassen –; er wusch sich das Haar, den Hals und namentlich die Hände. Als aber die Frage an ihn herantrat, ob er seine Stoppeln wegrasieren sollte oder nicht (Praskowja Pawlowna besaß vorzügliches Rasierzeug, das noch von ihrem seligen Gatten, Herrn Sarnizyn, herrührte), so entschied er diese Frage sogar mit einem gewissen Ingrimm in verneinendem Sinne: ›Mag es bleiben, wie es ist! Wenn die etwa denken, ich hätte mich rasiert, um... und bestimmt würden sie das denken! Nein, um keinen Preis! – Das schlimmste ist, daß ich so ein ungeschliffener, schmutziger Patron bin und solche Kneipenmanieren an mir habe,... ich weiß ja freilich, daß ich wenigstens ein leidlich anständiger Mensch bin; na, aber damit kann man doch nicht prahlen, daß man ein anständiger Mensch ist. Ein anständiger Mensch muß eben jeder sein, und noch ein bißchen mehr, und... und ich habe doch auch schon dies und das angestellt,... nicht eigentlich etwas Ehrloses, aber doch... Und was habe ich manchmal für Gedanken im Kopfe gehabt! Hm! All das mit Awdotja Romanowna in Parallele zu stellen, das ist ja Verrücktheit! Na, hol's der Teufel! Mir ganz egal! Nun will ich mich gerade als recht schmutziger, schmieriger Kneipenbruder zeigen und mich um nichts scheren! Nun gerade!‹

Bei solchen Selbstgesprächen traf ihn Sossimow an, der in Praskowja Pawlownas Wohnstube die Nacht zugebracht hatte.

Er wollte nun nach Hause gehen, vorher aber noch einmal nach dem Kranken sehen. Rasumichin berichtete ihm, daß dieser wie ein Murmeltier schlafe. Sossimow ordnete an, daß er nicht geweckt werden sollte, ehe er nicht von selbst aufwache; er versprach, selbst nach zehn Uhr wieder mit heranzukommen.

»Wenn ich ihn dann nur zu Hause treffe«, fügte er hinzu. »Eine tolle Geschichte: so ein Kranker läßt sich von seinem Arzte nichts sagen, und da soll man ihn behandeln! Weißt du vielleicht, ob er zu denen geht oder die hierherkommen?«

»Ich glaube, die kommen hierher«, erwiderte Rasumichin, der den Zweck der Frage verstand, »und natürlich werden sie über ihre Familienangelegenheiten sprechen. Ich mache mich dann davon. Du, als Arzt, hast selbstverständlich weitergehende Rechte als ich.«

»Ein Beichtvater bin ich auch nicht; ich werde kommen, aber baldigst wieder gehen; ich habe mit meiner sonstigen Praxis genug zu tun.«

»Eines beunruhigt mich«, unterbrach ihn Rasumichin mit finsterem Gesichte, »ich habe ihm gestern in meiner Trunkenheit unterwegs allerlei Dummheiten vorgeschwatzt,... unter anderm habe ich ihm von deiner Befürchtung gesagt,... von deiner Befürchtung, daß sich bei ihm eine Geisteskrankheit entwickeln könnte.«

»Auch zu den Damen hast du gestern davon geplaudert.«

»Ich weiß, daß das dumm von mir war! Meinetwegen prügle mich dafür! Aber sage mal, glaubtest du das im Ernst?«

»Ach, Unsinn! Wie werde ich das denn im Ernst glauben! Du selbst hast ja, als du mich zu ihm holtest, es so dargestellt, als sei er von einer fixen Idee besessen... Na, und gestern haben wir die Sache noch verschlimmert, das heißt du, durch deine Erzählungen von dem Malergesellen; ein sehr geeignetes Gespräch, wenn möglicherweise sein Fieber und Irrereden von diesem Anlaß herrührt! Hätte ich genau gewußt, was damals im Polizeibureau passiert war, und daß ihn da so eine Kanaille mit diesem Verdachte beleidigt hatte, hm, dann hätte ich gestern ein solches Gespräch nicht geduldet. Leute mit einer derartigen fixen Idee machen ja aus einer Mücke einen Elefanten und sehen in wachem Zustande die unglaublichsten Dinge leibhaftig vor sich... Gestern ist mir aus Sametows Erzählung die Sache schon so halb und halb verständlich geworden. Es kommen noch seltsamere Dinge vor! Ich kenne einen Fall, wo ein Hypochonder, ein Mann von vierzig Jahren, nicht imstande war, es zu ertragen, daß ein achtjähriger Knabe sich täglich bei Tische über ihn lustig machte; er ermordete ihn deswegen! Und nun in vorliegendem Falle: er in Lumpen, ein frecher Polizeibeamter, eine sich entwickelnde Krankheit, und nun dazu so eine Verdächtigung! Bei einem so krassen Hypochonder! Mit einem rasenden, grenzenlosen Ehrgefühl! Da steckt vielleicht der eigentliche Ausgangspunkt der Krankheit. Na, hol die ganze Geschichte der Kuckuck!... Apropos, dieser Sametow ist ja wirklich ein ganz netter junger Mensch; aber... hm!... er hätte das gestern nicht alles zu erzählen brauchen. Ein rechter Schwatzmichel!«

»Wem hat er es denn erzählt? Doch nur dir und mir!«

»Und Porfirij.«

»Na, und wenn er es auch dem erzählt hat, was schadet das?«

»Was ich noch sagen wollte: hast du irgendwelchen Einfluß auf die beiden, ich meine auf die Mutter und die Schwester? Sie sollten ihn heute recht vorsichtig behandeln...«

»Sie werden sich schon vertragen!« antwortete Rasumichin mißmutig.

»Und warum ist er nur so ergrimmt auf diesen Lushin? Er ist doch ein wohlhabender Mann, und ihr scheint er nicht unangenehm zu sein,... und sie stecken ja in arger Geldklemme? Nicht wahr?«

»Wozu fragst du mich aus?« rief Rasumichin gereizt. »Woher soll ich wissen, ob sie sich in Geldklemme befinden oder nicht? Frage sie doch selbst; vielleicht erfährst du es dann...«

»Hör mal, wie bist du doch manchmal verdreht! Wohl noch die Nachwirkung der gestrigen Betrunkenheit!... Auf Wiedersehen! Übermittle deiner Praskowja Pawlowna meinen Dank für das Nachtlager. Sie hatte sich eingeschlossen; ich rief ihr durch die Tür ›Guten Morgen!‹ zu; aber sie antwortete nicht. Sie war schon um sieben Uhr aufgestanden und ließ sich den Samowar aus der Küche durch den Korridor bringen. Ich bin ihres persönlichen Anblicks nicht für würdig befunden worden.«

Punkt neun Uhr stellte sich Rasumichin in dem Bakalejewschen Hotel garni ein. Die beiden Damen warteten auf ihn schon lange mit schmerzlicher Ungeduld. Aufgestanden waren sie schon um sieben Uhr oder noch früher. Er trat mit einem Gesichte, finster wie die Nacht, ein und machte eine unbeholfene Verbeugung, worüber er sofort auf sich selbst wütend wurde. Aber von ganz anderer Art waren die Empfindungen der Damen: Pulcheria Alexandrowna eilte auf ihn zu, ergriff seine beiden Hände und hätte sie beinahe geküßt. Er warf einen schüchternen Blick auf Awdotja Romanowna; aber auch dieses stolze Gesicht zeigte in diesem Augenblicke einen solchen Ausdruck von Dankbarkeit und Freundlichkeit und einer von ihm ganz unerwarteten vollkommenen Achtung (statt spöttischer Blicke und unwillkürlicher, schlecht verhehlter Geringschätzung), daß ihm tatsächlich leichter ums Herz gewesen wäre, wenn man ihn mit Scheltworten empfangen hätte; denn so wurde er gar zu verlegen. Zum Glück lag ein Gesprächsthema sehr nahe, und er ergriff dasselbe unverzüglich.

Als Pulcheria Alexandrowna hörte, daß Rodja noch nicht aufgewacht sei und alles ausgezeichnet stände, erklärte sie, daß ihr dies sehr erwünscht sei, da sie vorher noch dringend, ganz dringend mit ihm zu reden habe. Es folgte zunächst die Frage, ob er schon Tee getrunken habe, und die Einladung, mit ihnen zusammen zu trinken; denn in der Erwartung, daß Rasumichin bald kommen würde, hatten sie selbst noch nicht getrunken. Awdotja Romanowna klingelte, worauf ein schmutziges Subjekt in schäbiger Kleidung erschien. Bei diesem wurde Tee bestellt, der denn auch schließlich kam, aber in so unsauberer und unfeiner Ausstattung, daß die Damen sich schämten. Rasumichin setzte schon dazu an, sehr kräftig über dieses Hotel garni zu schimpfen; aber bei dem Gedanken an Lushin verstummte er, wurde verlegen und war heilfroh, als nun endlich Pulcheria Alexandrownas Fragen wie ein Hagelwetter auf ihn losprasselten.

Ihre Beantwortung nahm drei viertel Stunden in Anspruch, da er fortwährend durch neue Fragen unterbrochen wurde. Er teilte den Damen alles mit, was er an wichtigen und wissenswerten Tatsachen aus Rodjas letztem Lebensjahre nur irgend wußte, und schloß mit einer ausführlichen Erzählung von seiner Krankheit. Er überging jedoch vieles, dessen Übergehung ihm zweckmäßig schien, unter anderm den Auftritt auf dem Polizeibureau nebst allem, was sich daran angeschlossen hatte. Die Damen hörten gespannt zu; aber als er nun glaubte, er sei fertig und seine Zuhörerinnen seien zufriedengestellt, da zeigte es sich, daß er für ihre Wißbegierde kaum angefangen hatte.

»Bitte, sagen Sie mir doch, was glauben Sie,... ach, entschuldigen Sie, ich kenne noch nicht Ihren Vor- und Vatersnamen!« sagte Pulcheria Alexandrowna eifrig.

»Dmitrij Prokofjitsch.«

»Also, Dmitrij Prokofjitsch, ich möchte sehr, sehr gern wissen,... wie er überhaupt... wie er jetzt das Leben anschaut, ich meine, verstehen Sie mich recht, wie soll ich mich ausdrücken? ich meine: wohin gehen seine Neigungen und Abneigungen? Ist er immer so reizbar? Was hat er für Wünsche und, um mich so auszudrücken, für Zukunftspläne? Was übt jetzt auf ihn besonderen Einfluß aus? Kurz, ich möchte gern wissen...«

»Aber, Mama, diese Fragen lassen sich doch nicht alle so mit einem Male beantworten!« bemerkte Awdotja

Romanowna.

»Ach, mein Gott, ich hatte ihn ja ganz anders zu finden erwartet, Dmitrij Prokofjitsch.«

»Nun, das ist ja ganz natürlich«, erwiderte Dmitrij Prokofjitsch. »Eine Mutter habe ich zwar nicht mehr; aber ein Onkel von mir, der alle Jahre einmal herkommt, findet mich immer so verändert, selbst im Äußern, daß er mich gar nicht wiedererkennt, und dabei ist er ein ganz kluger Mann. Na, und die drei Jahre, wo Sie Rodja nicht gesehen haben, das ist doch eine lange, lange Zeit. Ja, was soll ich Ihnen nun über ihn sagen? Ich kenne ihn seit anderthalb Jahren: er ist mürrisch, finster, hochmütig und stolz; in der letzten Zeit (vielleicht aber auch schon erheblich früher) ist er argwöhnisch und hypochondrisch geworden. Er ist hochherzig und brav. Seine Gefühle zu zeigen liebt er nicht und begeht eher eine Grausamkeit, als daß er mit Worten seine Herzensempfindung zum Ausdruck brächte. Manchmal indessen ist er ganz und gar nicht hypochondrisch, sondern einfach kalt und gefühllos bis zur Unmenschlichkeit, geradezu als ob bei ihm zwei entgegengesetzte Charaktere einander ablösten. Mitunter ist er furchtbar schweigsam. Nie hat er Zeit; immer stört man ihn; aber dabei liegt er nur da, ohne irgend etwas zu tun. Er ist nicht spottlustig, und zwar nicht daß es ihm an Witz mangelte, sondern als ob er für solche Possen keine Zeit hätte. Wenn man ihm etwas sagt, so hört er gar nicht bis zu Ende zu. Niemals interessiert er sich für das, wofür sich gerade alle andern interessieren. Er hat von sich selbst eine gewaltig hohe Meinung, und wohl nicht ganz ohne Grund. Nun, was wünschen Sie noch weiter zu wissen?... Ich denke, Ihre Ankunft wird auf ihn eine recht wohltätige Wirkung ausüben.«

»Ach, das gebe Gott!« rief Pulcheria Alexandrowna; sie fühlte sich sehr bedrückt durch die Schilderung, die Rasumichin von ihrem Rodja gemacht hatte.

Endlich getraute sich Rasumichin, auch Awdotja Romanowna etwas mutiger anzusehen. Er hatte ihr während des vorhergehenden Gespräches häufig einen Blick zugeworfen, aber nur flüchtig, nur für eine Sekunde, und hatte dann immer sogleich wieder die Augen weggewendet. Awdotja Romanowna hatte sich bald an den Tisch gesetzt und aufmerksam zugehört, bald wieder war sie aufgestanden und hatte angefangen, nach ihrer Gewohnheit mit verschränkten Armen und zusammengepreßten Lippen von einer Ecke des Zimmers nach der andern zu gehen; ohne ihre Wanderung zu unterbrechen, stellte sie ab und zu ihrerseits eine Frage und versank dann wieder in ihre Gedanken. Auch sie hatte die Gewohnheit, das, was der andre sagte, nicht ganz bis zu Ende zu hören. Sie trug ein leichtes dunkles Kleid und hatte ein weißes, durchscheinendes Tüchelchen um den Hals geknüpft. Aus vielen Anzeichen hatte Rasumichin sehr schnell erkannt, daß die Verhältnisse der beiden Frauen äußerst dürftige sein mußten. Wäre Awdotja Romanowna wie eine Königin gekleidet gewesen, so hätte er sich wahrscheinlich gar nicht vor ihr gefürchtet; so aber hatte vielleicht gerade deshalb, weil sie so ärmlich gekleidet war und er die ganze trübe Lage durchschaute, sich seiner eine merkwürdige Scheu bemächtigt, und er war bei jedem seiner Worte, bei jeder seiner Bewegungen in Angst, er könnte einen Verstoß begehen; dies machte natürlich einen Menschen, der ohnehin kein großes Selbstvertrauen besaß, außerordentlich verlegen.

»Sie haben uns viel Interessantes über den Charakter meines Bruders mitgeteilt,... und Sie haben dabei unparteiisch geurteilt. Das ist recht; ich hatte gedacht, Sie wären ein blinder Verehrer von ihm«, bemerkte Awdotja Romanowna lächelnd. »Ich glaube, auch das ist richtig, daß er ein weibliches Wesen um sich haben muß«, fügte sie nachdenklich hinzu.

»Davon habe ich nichts gesagt; indessen haben Sie vielleicht auch darin recht, nur...«

»Nun?«

»Er liebt ja niemand und wird auch vielleicht nie jemand lieben«, erwiderte Rasumichin rasch.

»Sie meinen, er ist unfähig, jemand zu lieben?«

»Wissen Sie, Awdotja Romanowna, Sie selbst haben mit Ihrem Bruder eine ganz außerordentliche Ähnlichkeit, aber auch in allen Stücken!« platzte er plötzlich unwillkürlich heraus; sofort aber fiel ihm ein, was er ihr soeben über ihren Bruder gesagt hatte, und er wurde rot wie ein Krebs und schrecklich verlegen.

Awdotja Romanowna mußte laut auflachen, als sie ihn ansah.

»Was Rodja anlangt, so könntet ihr euch doch beide leicht irren«, mischte sich Pulcheria Alexandrowna etwas empfindlich ein. »Ich rede nicht von der Gegenwart, Dunjetschka. Was uns Pjotr Petrowitsch da in diesem Briefe schreibt, und was wir beide, du und ich, vorläufig als wahr angenommen haben, das ist vielleicht gar nicht wahr; aber Sie können sich gar keine Vorstellung davon machen, Dmitrij Prokofjitsch, wie phantastisch und, ich möchte sagen, launenhaft er ist. Verlaß war auf seinen Charakter niemals, selbst nicht, als er erst fünfzehn Jahre alt war. Ich bin überzeugt, er ist auch jetzt imstande, auf einmal irgend etwas zu unternehmen, was einem andern Menschen nie in den Sinn kommen würde zu tun... Wir haben ja dafür ein ganz naheliegendes Beispiel: ist es Ihnen bekannt, was für einen Todesschreck er mir vor anderthalb Jahren einjagte, als er auf den Einfall kam, dieses Fräulein – wie hieß sie doch? – die Tochter der Frau Sarnizyna, seiner Wirtin, zu heiraten?«

»Wissen Sie etwas Genaueres über diese Geschichte?« fragte Awdotja Romanowna.

»Meinen Sie etwa«, fuhr Pulcheria Alexandrowna erregt fort, »daß er sich damals durch meine Tränen, durch meine Bitten, durch den Gedanken an unsere Armut hätte zurückhalten lassen? Und wenn ich vor Gram krank geworden und vielleicht gar gestorben wäre, so hätte er sich dadurch nicht davon abbringen lassen. Seelenruhig wäre er über all diese Hindernisse hinweggeschritten. Aber sollte er uns denn wirklich, wirklich nicht lieben?«

»Er selbst hat mir nie etwas von dieser Geschichte erzählt«, antwortete Rasumichin vorsichtig, »aber ich habe einiges wenige von Frau Sarnizyna gehört, die sich gleichfalls nicht durch Mitteilsamkeit auszeichnet, und was ich gehört habe, ist vielleicht ein bißchen eigentümlich.«

»Was haben Sie denn gehört?« fragten die beiden Frauen gleichzeitig.

»Nun, etwas besonders Schlimmes, ganz Abnormes war es ja eigentlich nicht. Ich erfuhr nur, daß diese Heirat, die schon eine völlig abgemachte Sache war und nur wegen des Todes der Braut nicht zustande kam, der Frau Sarnizyna selbst durchaus nicht recht war... Außerdem soll die Braut nicht einmal hübsch gewesen sein, vielmehr sogar geradezu häßlich... und kränklich... und sonderbar,... aber sie wird ja wohl auch ihre guten Eigenschaften gehabt haben. Irgendwelche guten Eigenschaften muß sie jedenfalls besessen haben, sonst könnte man ja die ganze Sache schlechterdings nicht begreifen... Mitgift hatte sie auch gar keine; und auf Mitgift hätte er auch nicht gesehen... Es ist überhaupt schwer, sich in einer solchen Sache ein Urteil zu bilden.«

»Ich bin überzeugt, daß sie seiner Liebe würdig war«, bemerkte Awdotja Romanowna kurz.

»Gott wird es mir verzeihen, aber ich habe mich damals ordentlich über ihren Tod gefreut, obwohl ich nicht weiß, wer von ihnen beiden den andern zugrunde gerichtet hätte, er sie oder sie ihn«, sagte Pulcheria Alexandrowna und schloß damit diesen Gegenstand ab. Dann begann sie, vorsichtig und stockend, sich wieder nach dem gestrigen Auftritt zwischen Rodja und Lushin zu erkundigen; sie warf dabei fortwährend ihrer Tochter Blicke zu, was dieser offenbar unangenehm war.

Es war ihr anzumerken, daß dieser Vorfall sie ganz besonders beunruhigte; sie zitterte geradezu vor Besorgnis. Rasumichin erzählte alles noch einmal mit allen Einzelheiten, fügte aber diesmal die Meinung, die er sich gebildet hatte, hinzu: er beschuldigte nämlich Raskolnikow, daß er Pjotr Petrowitsch mit vollem Vorbedacht beleidigt habe, und wollte diesmal seine Krankheit als Entschuldigung nicht recht gelten lassen.

»Er hatte sich das schon vor seiner Krankheit vorgenommen«, fügte er hinzu.

»Das glaube ich auch«, sagte Pulcheria Alexandrowna sehr niedergeschlagen.

Sie war aber sehr verwundert, daß Rasumichin diesmal von Pjotr Petrowitsch so vorsichtig und sogar mit einer gewissen Achtung sprach. Auch Awdotja Romanowna wunderte sich darüber.

»Das ist also Ihre Meinung über Pjotr Petrowitsch?« konnte sich Pulcheria Alexandrowna nicht enthalten zu fragen.

»Über den künftigen Gatten Ihrer Tochter kann ich keiner anderen Meinung sein«, erwiderte Rasumichin fest und mit besonderer Wärme, »und ich sage das nicht aus bloßer trivialer Höflichkeit, sondern weil... weil... nun, schon allein deswegen, weil Awdotja Romanowna selbst nach eigenem Willen diesen Mann für wert erachtet hat, ihr Gatte zu werden. Wenn ich ihn gestern verunglimpft habe, so erklärt sich das daher, weil ich gestern schmählich betrunken war und außerdem auch noch von Sinnen; jawohl, von Sinnen war ich, ganz ohne Verstand; verrückt war ich geworden, vollständig,... und heute schäme ich mich darüber!«

Er hatte einen ganz roten Kopf bekommen und verstummte. Auch Awdotja Romanowna war dunkelrot geworden, schwieg aber weiter. Von dem Augenblicke an, wo die Rede auf Lushin gekommen war, hatte sie kein Wort gesagt.

Unterdessen fühlte sich Pulcheria Alexandrowna ohne ihre Unterstützung offenbar unsicher. Schließlich sagte sie stockend, und indem sie fortwährend ihre Tochter fragend anblickte, daß ein Umstand ihr jetzt große Sorge mache.

»Sehen Sie, Dmitrij Prokofjitsch«, fing sie an. »Nicht wahr, Dunja, ich kann doch gegen Dmitrij Prokofjitsch ganz offenherzig sein?«

»Aber natürlich, Mama!« erwiderte Awdotja Romanowna mit nachdrücklicher Betonung.

»Die Sache ist nämlich die«, begann sie nun eilig ihre Auseinandersetzung, als ob ihr durch die Erlaubnis, ihren Kummer mitzuteilen, eine schwere Last von der Seele genommen wäre. »Heute in aller Frühe erhielten wir von Pjotr Petrowitsch einen Brief als Antwort auf unsere gestrige Anzeige von unserer Ankunft. Sehen Sie, er hätte uns eigentlich gestern, wie er uns das auch versprochen hatte, gleich auf dem Bahnhof empfangen sollen. Statt dessen schickte er zu unserm Empfange nach dem Bahnhofe einen Kellner, der uns die Adresse dieses Hotels geben und uns den Weg zeigen sollte, und ließ uns sagen, er würde uns heute früh hier persönlich aufsuchen. Aber statt seiner kam heute früh von ihm dieser Brief hier... Das beste ist, wenn Sie ihn selbst lesen; es ist eine Sache darin, die mich sehr beunruhigt... Sie werden sofort selbst sehen, welche Sache ich meine, und... ich bitte Sie, Dmitrij Prokofjitsch, mir ganz offenherzig Ihre Meinung zu sagen! Sie kennen Rodjas Charakter besser als jeder andere und können uns daher am besten Rat geben. Ich will nur noch vorher bemerken, daß Dunjetschka sich sofort eine bestimmte Meinung darüber gebildet hat, was wir nun zu tun haben, daß ich für meine Person aber noch nicht weiß, wie wir uns verhalten sollen; ich habe auf Sie gewartet.«

Rasumichin entfaltete den Brief, der vom vorhergehenden Tage datiert war, und las folgendes:

»Gnädige Frau, Pulcheria Alexandrowna! Ich habe die Ehre, Ihnen mitzuteilen, daß es mir wegen eingetretener plötzlicher Abhaltungen nicht möglich war, Sie auf dem Bahnsteige zu empfangen, und ich Ihnen daher zu diesem Zwecke einen sehr gewandten Menschen hinsandte. Desgleichen werde ich auch morgen früh nicht die Ehre haben können, Sie wiederzusehen, sowohl wegen unaufschiebbarer Geschäfte beim Senat, als auch um nicht bei dem Wiedersehen der Mutter mit dem Sohne und der Schwester mit dem Bruder zu stören. Ich werde also die Ehre, Sie in Ihrer Wohnung zu besuchen und zu begrüßen, erst etwas später haben, und zwar pünktlich morgen um acht Uhr abends, wobei ich mir die Freiheit nehme, die inständige und – wie ich hinzufügen möchte – dringende Bitte anzuschließen, daß bei unserem gemeinsamen Wiedersehen Rodion Romanowitsch nicht zugegen sein möge, weil er, als ich ihm heute einen Krankenbesuch abstattete, mich in einer unerhört unhöflichen Weise beleidigt hat und weil ich außerdem mit Ihnen eine notwendige, eingehende persönliche Aussprache über einen bestimmten Punkt haben möchte, hinsichtlich dessen ich Ihre eigene Auffassung zu erfahren wünsche. Dabei beehre ich mich, im voraus mitzuteilen, daß, wenn ich meiner Bitte zuwider Rodion Romanowitsch bei Ihnen antreffen sollte, ich mich genötigt sehen würde, mich sofort zu entfernen; Sie würden sich dann die Schuld selbst zuzuschreiben haben. Ich schreibe dies in der Voraussetzung, daß sein Gesundheitszustand Ihren Sohn nicht hindern würde, zu Ihnen zu kommen; denn obwohl er bei meinem Besuche so schwer krank zu sein schien, wurde er zwei Stunden darauf plötzlich gesund und ging aus. Davon habe ich mich mit eigenen Augen überzeugen können, und zwar in der Wohnung eines von einem Wagen überfahrenen Trunkenboldes, der an den Folgen dieses Unfalls gestorben ist. Der Tochter dieses Menschen, einem Mädchen von notorisch schlechtem Lebenswandel, hat er heute etwa fünfundzwanzig Rubel geschenkt, unter dem Vorwande, daß sie zur Bestreitung der Begräbniskosten dienen sollten. Ich habe mich darüber sehr gewundert, da ich weiß, wieviel Mühe und Not es Ihnen gemacht hat, diese Summe aufzubringen. Indem ich auch der verehrten

Awdotja Romanowna meine besondere Hochachtung ausspreche, bitte ich Sie, den Ausdruck meiner ehrerbietigen Ergebenheit entgegennehmen zu wollen.

Ihr gehorsamster Diener

P. Lushin.«

»Was soll ich nun tun, Dmitrij Prokofjitsch?« fragte Pulcheria Alexandrowna beinahe weinend. »Wie kann ich an Rodja das Ansinnen stellen, nicht zu uns zu kommen? Er verlangte gestern so hartnäckig, wir sollten an Pjotr Petrowitsch einen Absagebrief schreiben, und nun soll ich seinen eigenen Besuch nicht annehmen! Wenn er es erfährt, wird er gerade erst recht kommen, und... was wird dann daraus werden?«

»Handeln Sie so, wie Awdotja Romanowna es für richtig erachtet hat«, erwiderte Rasumichin sofort mit ruhiger Bestimmtheit.

»Ach, mein Gott! Sie sagt... sie sagt etwas ganz Wunderliches und erklärt mir nicht, was das für einen Zweck haben soll! Sie sagt, das beste würde sein, das heißt, nicht eigentlich das beste, sondern es sei, ich weiß nicht zu welchem Zwecke, unbedingt erforderlich, daß auch Rodja heute um acht Uhr herkäme und die beiden sich hier träfen... Und ich wollte ihm gar nicht einmal den Brief zeigen, sondern es durch Ihre Vermittlung, ohne daß er etwas merkte, so einrichten, daß er nicht herkäme,... er ist ja so reizbar... Und ich verstehe auch gar nicht, was da für ein Trunkenbold gestorben ist, und was das für eine Tochter ist, und wie er dieser Tochter sein ganzes letztes Geld hingeben konnte,... dieses Geld, das...«

»Das für Sie ein so schweres Opfer bedeutet, Mama«, fügte Awdotja Romanowna hinzu.

»Er war gestern nicht im vollen Besitze seiner geistigen Kräfte«, sagte Rasumichin nachdenklich. »Wenn Sie erst wüßten, was er da gestern in einem Restaurant für eine Geschichte gemacht hat; es war ja allerdings ganz klug... Hm! Von einem Gestorbenen und von einem Mädchen hat er mir gestern tatsächlich etwas gesagt, als wir nach seiner Wohnung gingen; aber ich habe kein Wort davon verstanden... Übrigens war ich auch selbst gestern...«

»Liebe Mama, das beste ist wohl, wir gehen selbst zu ihm hin; ich glaube bestimmt, wir werden uns dort ohne weiteres darüber klarwerden, was zu tun ist. Und es wird auch wohl schon Zeit sein. Herr Gott! Schon zehn durch!« rief sie nach einem Blicke auf ihre prachtvolle goldene, emaillierte Uhr, die sie an einer feinen venezianischen Kette um den Hals trug und die mit ihrem Anzuge gar nicht harmonierte.

›Ein Geschenk des Bräutigams‹, dachte Rasumichin.

»Ach ja, es ist Zeit,... höchste Zeit, Dunja!« stimmte ihr Pulcheria Alexandrowna bei und geriet in unruhige Hast. »Er wird am Ende denken, wir sind ihm noch von gestern her böse, wenn wir so lange ausbleiben. Ach, mein Gott!«

Bei diesen Worten legte sie eilfertig ihre Mantille um und setzte den Hut auf; Awdotja Romanowna machte sich gleichfalls zurecht. Ihre Handschuhe waren nicht nur stark abgenutzt, sondern sogar zerrissen, was Rasumichin bemerkte; indessen verlieh diese augenfällige Ärmlichkeit der Kleidung den beiden Damen sogar ein besonders achtungswertes Aussehen, wie das stets bei Leuten der Fall ist, die es verstehen, ärmliche Kleidung zu tragen. Rasumichin blickte das junge Mädchen in stiller Verehrung an und war stolz darauf, sie begleiten zu dürfen. ›Jene Königin‹, dachte er bei sich, ›die im Gefängnis ihre Strümpfe ausbesserte, sah gewiß in jenem Augenblicke wie eine echte Königin aus, ja, wohl noch in höherem Grade als bei den prachtvollsten Hoffesten und Galaempfängen.‹

»Mein Gott!« rief Pulcheria Alexandrowna, »hätte ich wohl je gedacht, daß ich mich vor einem Wiedersehen mit meinem Sohne, mit meinem lieben, lieben Rodja fürchten würde, wie ich es jetzt wirklich tue!... Ich fürchte mich davor, Dmitrij Prokofjitsch«, fügte sie hinzu und blickte ihn schüchtern an.

»Fürchten Sie sich nicht, liebe Mama«, sagte Awdotja Romanowna und küßte sie. »Haben Sie lieber Vertrauen zu ihm wie ich.«

»Ach, mein Gott! Vertrauen habe ich ja auch; aber ich habe die ganze Nacht nicht geschlafen!« rief die arme Frau.

Sie traten auf die Straße hinaus.

»Weißt du, Dunjetschka, als ich heute morgen ein bißchen eingeschlafen war, träumte mir von der verstorbenen Marfa Petrowna,... sie war ganz in Weiß,... sie trat auf mich zu, ergriff meine Hand und schüttelte den Kopf mit so ernster, strenger Miene, als wollte sie mir einen schweren Vorwurf machen.... Ob das auch etwas Gutes zu bedeuten hat? Ach, mein Gott, Sie wissen wohl noch gar nicht, Dmitrij Prokofjitsch: Marfa Petrowna ist gestorben!«

»Nein, ich wußte es nicht; wer ist das, Marfa Petrowna?«

»Ganz urplötzlich! Und denken Sie sich nur...«

»Erzählen Sie es ein andermal, Mama!« unterbrach sie Awdotja Romanowna. »Dmitrij Prokofjitsch weiß ja auch noch gar nicht, wer Marfa Petrowna ist.«

»Ach, Sie wissen nicht von ihr? Und ich glaubte, es wäre Ihnen bereits alles bekannt. Verzeihen Sie mir, Dmitrij Prokofjitsch; ich weiß in diesen Tagen gar nicht, wo mir der Kopf steht. Ich sehe Sie wirklich geradezu für unsern Schutzengel an, und darum war ich auch so sicher, daß Ihnen alles schon bekannt wäre. Ich betrachte Sie wie einen lieben Verwandten... Seien Sie nicht böse, daß ich so offen rede. Ach du mein Gott, was ist denn mit Ihrer rechten Hand? Haben Sie sich verletzt?«

»Ja, ich habe mich verletzt«, murmelte Rasumichin ganz glückselig.

»Ich rede manchmal gar zu offenherzig, so daß Dunja mich schilt... Aber, mein Gott, in was für einem elenden Kämmerchen wohnt er! Ob er jetzt wohl schon aufgewacht ist? Und diese Frau, seine Wirtin, rechnet ihm das als Zimmer an! Noch eins: Sie sagten, er liebe es nicht, sein Herz zu zeigen; da werde ich ihm vielleicht mit dieser meiner Schwäche mißfallen?... Möchten Sie mich nicht belehren, Dmitrij Prokofjitsch, wie ich mich ihm gegenüber verhalten soll? Wissen Sie, ich bin ganz rat- und hilflos!«

»Hören Sie auf, nach etwas zu fragen, wenn Sie sehen, daß er ein finsteres Gesicht macht; fragen Sie ihn namentlich nicht zuviel nach seiner Gesundheit; das mag er nicht.«

»Ach, Dmitrij Prokofjitsch, wie schwer ist es, Mutter zu sein! Aber da sind wir ja schon an der Treppe!... Was für eine gräßliche Treppe das ist!«

»Sie sind so blaß, liebe Mama, beruhigen Sie sich doch!« sagte Awdotja Romanowna und streichelte sie liebkosend. »Er muß doch glücklich darüber sein, Sie zu sehen, und Sie martern sich mit solchen Sorgen!« fügte sie mit blitzenden Augen hinzu.

»Warten Sie einen Augenblick; ich möchte erst einmal nachsehen, ob er schon aufgewacht ist.«

Die Damen gingen langsam hinter Rasumichin her, der ihnen voran die Treppe hinaufstieg, und als sie im dritten Stock an der Wohnung der Wirtin vorbeikamen, bemerkten sie, daß die Tür einen kleinen Spalt weit geöffnet war und daß zwei sich lebhaft bewegende schwarze Augen aus dem dunklen Raume sie beide beobachteten. Als ihre Blicke sich trafen, wurde die Tür plötzlich zugeschlagen, und zwar mit einem solchen Knall, daß Pulcheria Alexandrowna beinahe vor Schrecken aufgeschrien hätte.

III

»Er ist gesund! Er ist gesund!« rief Sossimow den Eintretenden fröhlich entgegen.

Er war schon vor etwa zehn Minuten gekommen und saß in derselben Sofaecke wie gestern. Raskolnikow saß ihm gegenüber in der andern Ecke, vollständig angekleidet und sogar sauber gewaschen und sorgfältig gekämmt, was bei ihm schon recht lange nicht mehr dagewesen war. Das Zimmer hatte sich auf einmal gefüllt; aber Nastasja hatte es doch fertiggebracht, hinter den Besuchern mit hereinzuschlüpfen, um zuzuhören.

Raskolnikow war wirklich fast gesund, namentlich im Vergleich mit gestern; nur war er sehr blaß, zerstreut und finster. Äußerlich sah er aus wie ein Verwundeter oder wie jemand, der einen starken, physischen Schmerz erduldet: die Augenbrauen waren zusammengezogen, die Lippen aufeinandergepreßt, der Blick hatte etwas Flackerndes. Er sprach nur wenig und widerwillig, als wenn es ihn übermäßige Anstrengung kostete, oder als wenn er lediglich eine Pflicht erfüllte, und in seinen Bewegungen machte sich mitunter eine gewisse Unruhe bemerkbar.

Es fehlte nur ein Verband an der Hand oder ein taftener Überzug am Finger, um die Ähnlichkeit mit einem Patienten vollständig zu machen, der etwa ein böses Geschwür am Finger oder eine Verletzung an der Hand oder sonst dergleichen hat.

Aber über dieses blasse, finstere Gesicht flog es für einen Augenblick wie ein heller Strahl, als die Mutter und die Schwester eintraten; zugleich jedoch ging die bisherige melancholische Zerstreutheit in den Ausdruck qualvollen Leidens über. Der helle Strahl verschwand schnell wieder; aber der Ausdruck des Leidens blieb, und Sossimow, der seinen Patienten mit dem ganzen jugendlichen Eifer eines erst kürzlich in die Praxis eingetretenen Arztes beobachtete und studierte, bemerkte zu seinem Staunen, daß sich auf dessen Gesichte nach der Ankunft seiner Angehörigen nicht etwa Freude spiegelte, sondern der heimliche, schwere Entschluß, nun ein bis zwei Stunden lang eine Folter auszuhalten, der eben nicht mehr zu entgehen sei. Später sah er dann, wie fast jedes Wort des nun folgenden Gespräches gleichsam an eine Wunde seines Patienten rührte und sie wieder schmerzhaft machte; gleichzeitig war er aber manchmal erstaunt, wie der Mensch, der gestern noch an seiner fixen Idee gelitten hatte und sich durch das harmloseste Wort hatte in Raserei versetzen lassen, es heute verstand, sich zu beherrschen und seine Gefühle zu verbergen.

»Ja, ich sehe jetzt selbst, daß ich beinahe gesund bin«, sagte Raskolnikow und küßte die Mutter und die Schwester freundlich, worüber Pulcheria Alexandrownas Gesicht vor Freude strahlte, »und das ist nicht so eine leere Behauptung von mir wie gestern«, fügte er, zu Rasumichin gewendet, hinzu und drückte ihm freundschaftlich die Hand.

»Ich bin heute ordentlich erstaunt über ihn gewesen«, begann Sossimow, der sich über das Kommen der Gäste außerordentlich freute, weil ihm in den zehn Minuten das Gespräch mit seinem Patienten schon völlig ins Stocken geraten war. »Wenn es so weiter geht, so wird er in drei bis vier Tagen ganz wie früher sein, das heißt, wie er vor einem Monat oder vor zweien... oder vielleicht auch vor dreien war. Denn diese Geschichte datiert in ihren Anfängen weit zurück und hat sich so ganz allmählich herausgebildet. Sie müssen wohl zugeben, daß Sie vielleicht selbst mit daran schuld sind«, fügte er mit vorsichtigem Lächeln hinzu, als ob er noch immer fürchtete, ihn durch etwas zu reizen.

»Sehr leicht möglich«, antwortete Raskolnikow kühl.

»Ich sage das deswegen«, fuhr Sossimow, der nun ins Reden hineinkam, fort, »weil Ihre vollständige Wiederherstellung, wenigstens in der Hauptsache, jetzt von Ihnen allein abhängen wird. Jetzt, wo man wieder mit Ihnen ein vernünftiges Wort reden kann, möchte ich Ihnen dringend ans Herz legen, daß es notwendig ist, die Grundursachen zu beseitigen, die auf die Entstehung Ihres krankhaften Zustandes von Einfluß gewesen sind, sozusagen die Wurzeln des Übels; dann werden Sie auch wieder vollständig gesund werden; andernfalls kann es sich leicht sogar noch schlimmer gestalten. Diese Grundursachen kenne ich nicht; aber Ihnen müssen sie ja bekannt sein. Sie sind ein verständiger Mensch und haben sich gewiß selbst beobachtet. Mir scheint, der Beginn Ihres Leidens fällt so ziemlich mit dem Verlassen der Universität zusammen. Sie dürfen nicht ohne Beschäftigung bleiben, und daher könnten Ihnen Arbeit und ein fest vorgestecktes Ziel meiner Ansicht nach sehr nützlich sein.«

»Ja, ja, Sie haben ganz recht,... ich trage mich auch mit der Absicht, sobald wie möglich wieder an der Universität zu beginnen, und dann wird alles wieder wunderschön gehen...«

Sossimow, der bei seinen klugen Ratschlägen zum Teil auch den Zweck verfolgt hatte, auf die Damen Eindruck zu machen, war natürlich einigermaßen betroffen, als er nun nach Beendigung seiner Rede seinen Zuhörer anblickte und auf dessen Gesichte einen entschieden spöttischen Ausdruck wahrnahm. Indessen dauerte das nur einen Augenblick. Pulcheria Alexandrowna begann sogleich, sich bei Sossimow zu bedanken, besonders auch für seinen nächtlichen Besuch im Hotel.

»Wie? Ist er auch noch in der Nacht bei euch gewesen?« fragte Raskolnikow anscheinend aufgeregt. »Da habt ihr wohl nach der Reise gar nicht geschlafen?«

»Ach, Rodja, das war ja alles noch vor zwei Uhr. Dunja und ich haben uns auch zu Hause nie vor zwei hingelegt.«

»Ich weiß auch nicht, wie ich ihm danken soll«, fuhr Raskolnikow mit finsterer Miene und gesenktem Kopfe fort. »Da ein Honorar nicht in Frage kommt – Sie entschuldigen, daß ich das überhaupt erwähne«, sagte er, sich zu Sossimow wendend –, »so weiß ich gar nicht, wodurch ich eine so besondere Aufmerksamkeit von Ihrer Seite verdient habe. Ich verstehe es schlechterdings nicht... und... und sie bedrückt mich sogar, weil sie mir eben so ganz unbegreiflich ist; ich rede zu Ihnen ganz offen.«

»Regen Sie sich nur darüber nicht auf!« erwiderte Sossimow mit gekünsteltem Lachen. »Nehmen Sie an, Sie wären mein erster Patient; na, und wenn unsereiner eben erst seine Praxis beginnt, dann liebt er seine ersten Patienten wie seine eigenen Kinder, und mancher ist in sie tatsächlich verliebt. Und ich bin ja gerade nicht reich an Patienten.«

»Von dem da will ich erst gar nicht reden«, fügte Raskolnikow hinzu, indem er auf Rasumichin wies, »der hat auch von mir nichts gehabt als Kränkungen und Mühe.«

»Dummes Zeug! Du bist wohl heute in rührseliger Stimmung?« rief Rasumichin.

Wäre er scharfblickender gewesen, so hätte er bemerkt, daß eine rührselige Stimmung absolut nicht vorlag, sondern eher das gerade Gegenteil. Aber Awdotja Romanowna hatte dies erkannt; aufmerksam und voll Unruhe beobachtete sie ihren Bruder.

»Von Ihnen, Mama, wage ich gar nicht zu sprechen«, fuhr er fort, wie wenn er eine am Morgen auswendig gelernte Lektion aufsagte. »Erst heute ist es mir einigermaßen zum Bewußtsein gekommen, wie Sie sich gestern hier geängstigt haben müssen, als Sie auf meine Heimkehr warteten.«

Nach diesen Worten streckte er auf einmal schweigend und lächelnd seiner Schwester die Hand hin. Aber aus diesem Lächeln leuchtete dieses Mal eine wahre, unverstellte Empfindung hervor. Dunja ergriff sofort, erfreut und dankbar, die ihr hingestreckte Hand und drückte sie warm und herzlich. Zum ersten Male hatte er sich nach dem gestrigen Zerwürfnis an sie gewandt. Das Gesicht der Mutter strahlte vor Entzücken und Glückseligkeit beim Anblick dieser völligen, wortlosen Aussöhnung zwischen Bruder und Schwester.

»Deswegen habe ich ihn auch so gern!« flüsterte der leicht zu enthusiasmierende Rasumichin und rückte kräftig auf seinem Stuhle hin und her. »Ich kenne diese schönen Regungen an ihm.«

›Und wie prächtig das alles bei ihm herauskommt!‹ dachte die Mutter bei sich. ›Was hat er für ein edles Herz, und wie schlicht und zartfühlend hat er dieses ganze gestrige Mißverständnis mit der Schwester erledigt, einfach dadurch, daß er ihr im rechten Augenblicke die Hand reichte und sie freundlich anblickte... Und was er für schöne Augen hat, und wie schön sein ganzes Gesicht ist!... Er ist sogar schöner als Dunja... Aber, mein Gott, was hat er für einen Anzug an, wie jämmerlich ist er gekleidet!... Der Austräger Wasja in Afanassij Iwanowitschs Geschäft ist besser angezogen!... Und ich möchte am liebsten zu ihm hinstürzen und ihn umarmen... und weinen; aber ich fürchte mich,... er ist ja so seltsam, o Gott! Jetzt redet er ja so freundlich, und doch fürchte ich mich. Warum denn eigentlich?«

»Ach, Rodja«, antwortete sie nun eilig auf das, was er zu ihr gesagt hatte, »du kannst dir gar nicht vorstellen, wie unglücklich wir gestern waren, ich und Dunja. Jetzt, wo alles vorbei und erledigt ist und wir alle wieder glücklich sind, darf ich ja davon reden. Denke dir nur, wir kommen in größter Eile hierher, fast direkt von der Bahn, um dich zu umarmen, und da sagt uns auf einmal das Dienstmädchen – ach, da ist sie ja! Guten Tag, Nastasja! –, da sagt sie uns, du hättest das Delirium und seiest soeben ohne Wissen des Arztes im Fieber auf die Straße gelaufen und würdest nun überall gesucht. Du glaubst gar nicht, wie uns zumute war! Ich mußte gleich an das tragische Ende des Leutnants Postantschikow denken; er war ein Bekannter von uns, ein Freund deines Vaters, du kannst dich seiner nicht erinnern, Rodja; der hatte auch das Delirium und war ebenso weggelaufen und auf dem Hofe in einen Brunnen gestürzt; erst am andern Tage konnte er herausgezogen werden. Wir stellten uns natürlich alles mit dir noch schlimmer vor, als es war. Wir dachten schon daran, Pjotr Petrowitsch aufzusuchen, um wenigstens mit seiner Hilfe... denn wir waren ja allein, ganz allein«, jammerte sie kläglich, verstummte aber plötzlich ganz, weil ihr einfiel, daß es noch recht gefährlich sei, über Pjotr Petrowitsch zu sprechen, obwohl sie »alle wieder vollkommen glücklich« waren.

»Ja, ja, das war alles gewiß sehr verdrießlich...«, murmelte Raskolnikow als Antwort, aber mit so zerstreuter und unaufmerksamer Miene, daß Dunja ihn ganz verwundert ansah.

»Was wollte ich denn noch sagen«, fuhr er, mühsam seine Gedanken sammelnd, fort. »Ja: seid versichert, Mama und Dunja, daß ich vorhatte, euch heute meinerseits zuerst zu besuchen und euch nicht etwa hier erwarten wollte.«

»Aber was redest du nur, Rodja!« rief Pulcheria Alexandrowna, gleichfalls höchst erstaunt.

›Was hat er denn?‹ dachte Dunja. ›Er spricht ja mit uns so förmlich und so pflichtgemäß! Er versöhnt sich und bittet um Verzeihung, ungefähr in der Art, wie ein Beamter eine amtliche Verrichtung vornimmt oder ein Schüler seine Lektion aufsagt.‹

»Ich wollte gleich, sowie ich aufgewacht war, zu euch hingehen; aber ich konnte nicht wegen meiner Kleider; ich hatte gestern vergessen, ihr... Nastasja... zu sagen, sie möchte das Blut aus den Kleidern auswaschen... Ich bin eben erst mit dem Anziehen fertig geworden.«

»Blut? Was für Blut?« fragte Pulcheria Alexandrowna erschrocken.

»Es ist nichts Schlimmes,... beunruhigen Sie sich nicht. Das Blut war daher gekommen: als ich gestern im Fieber umherirrte, kam ich dazu, wie ein Mensch überfahren wurde, ein Beamter...«

»Im Fieber? Aber du erinnerst dich doch an alles?« unterbrach ihn Rasumichin.

»Das ist richtig«, antwortete Raskolnikow überlegend, »ich erinnere mich an alles, sogar bis auf die geringsten Kleinigkeiten; aber merkwürdig: warum ich dies oder das getan habe und hierhin oder dahin gegangen bin und dies oder das gesprochen habe, davon kann ich mir keine Rechenschaft ablegen.«

»Das ist eine sehr bekannte Erscheinung«, fiel Sossimow ein. »Die Ausführung einer Handlung ist manchmal meisterhaft, außerordentlich schlau; aber das treibende Motiv, der Beweggrund zu dem ganzen Vorgehen, bleibt unklar und hängt mit allerlei krankhaften Empfindungen zusammen. Das Ganze hat mit einem Traum Ähnlichkeit.«

›Das ist am Ende ganz gut, daß er mich beinahe für irrsinnig hält‹, dachte Raskolnikow.

»Aber das kommt doch wohl manchmal auch bei Gesunden vor?« bemerkte Dunja und sah Sossimow beunruhigt an.

»Eine sehr richtige Bemerkung«, antwortete dieser. »In dieser Hinsicht sind wir tatsächlich alle, und zwar sehr häufig, fast wie Verrückte, nur mit dem kleinen Unterschiede, daß die ›Kranken‹ ein bißchen verrückter sind als wir; man muß da eben auf die Grenzlinie achten. Vollständig normale Menschen aber gibt es so gut wie gar nicht, das ist richtig; unter Zehntausenden, vielleicht sogar erst unter vielen Hundertausenden, mag man einen antreffen...«

Bei dem Worte »verrückt«, das Sossimow sich unvorsichtigerweise hatte entschlüpfen lassen, da er bei seinem Lieblingsthema in Redeeifer geraten war, machten alle Anwesenden finstere Gesichter. Raskolnikow saß in Gedanken versunken und mit einem eigentümlichen Lächeln auf den blassen Lippen da, als ob er auf nichts achtete. Er verharrte in seinen Überlegungen.

»Nun, wie war das also mit dem Überfahrenen? Ich habe dich unterbrochen!« rief Rasumichin schnell.

»Was?« fragte der, als ob er aus dem Schlafe erwachte. »Ja,... nun, da habe ich mich blutig gemacht, als ich dabei behilflich war, ihn in seine Wohnung zu tragen. Und dabei fällt mir ein, Mama: ich habe gestern einen unverzeihlichen Streich begangen; ich hatte wirklich nicht meinen Verstand. Das ganze Geld, das Sie mir geschickt hatten, habe ich gestern weggegeben... an seine Frau... zur Beerdigung. Sie ist jetzt Witwe, schwindsüchtig, ein bedauernswertes Weib,... drei kleine, hungrige Waisen sind da,... im Hause kein Geld, keine Sachen,... eine Tochter ist noch da... Vielleicht hätten Sie selbst das Geld hingegeben, wenn Sie das alles gesehen hätten... Ich gestehe übrigens ein, daß ich ganz und gar kein Recht dazu hatte, so zu handeln, besonders da ich wußte, auf welche Weise Sie dieses Geld beschafft hatten. Um zu helfen, muß man zuallererst ein Recht dazu haben; sonst mag man sagen: Crevez, chiens, si vous n'êtes pas contents!« Er lachte auf. »Hab ich recht, Dunja?«

»Nein, du hast nicht recht«, antwortete Dunja fest und bestimmt.

»Pah! Du hast eben auch gerade jetzt solche Absichten, jemandem behilflich zu sein!« murmelte er, blickte sie dabei fast mit einem Gefühl des Hasses an und lächelte spöttisch. »Das hätte ich in Betracht ziehen sollen! Na, nur zu! Es ist ja auch ganz löblich; und für dich eine Verbesserung,... und wenn du an eine bestimmte Grenze gelangst und sie nicht überschreitest, so wirst du unglücklich sein, und wenn du sie überschreitest, vielleicht noch unglücklicher... Aber das ist ja alles Unsinn!« fügte er gereizt hinzu; er ärgerte sich darüber, daß er sich zu solchen Äußerungen hatte hinreißen lassen. »Ich wollte nur sagen, daß ich Sie, liebe Mama, um Verzeihung bitte«, schloß er scharf und kurz.

»Laß doch gut sein, Rodja, ich bin überzeugt, daß alles, was du tust, gut ist!« sagte die Mutter erfreut.

»Davon sollten Sie nicht so überzeugt sein«, antwortete er und verzog den Mund zu einem Lächeln.

Es folgte allgemeines Schweigen. Es lag etwas Gezwungenes in diesem ganzen Gespräche und in dem Schweigen und in der Versöhnung und in der Verzeihung, und alle empfanden das.

›Gerade als ob sie sich vor mir fürchteten‹, dachte Raskolnikow bei sich und warf der Mutter und der Schwester einen mißtrauischen Blick zu. Pulcheria Alexandrowna wurde in der Tat, je länger sie schwieg, um so ängstlicher.

›Und ich liebte sie beide doch so sehr, als sie fern von mir waren‹, mußte er plötzlich denken.

»Weißt du, Rodja, Marfa Petrowna ist gestorben!« brach Pulcheria Alexandrowna das Schweigen.

»Was für eine Marfa Petrowna?«

»Ach, mein Gott, Marfa Petrowna Swidrigailowa! Ich habe dir doch noch so viel über sie geschrieben.«

»Ah, ja, ich erinnere mich... Also die ist gestorben? Wirklich?« fuhr er plötzlich auf, wie wenn er eben aufwachte. »Ist sie wirklich gestorben? Woran denn?«

»Denk nur mal, ganz urplötzlich!« begann Pulcheria Alexandrowna eilfertig, ermutigt durch das Interesse, das er bekundete. »Und gerade zu der Zeit, als ich dir damals den Brief schickte, an demselben Tage! Denk nur, dieser schreckliche Mensch scheint sogar an ihrem Tode schuld zu sein. Er soll sie so furchtbar geschlagen haben!«

»Standen sie denn so miteinander?« fragte er, sich an die Schwester wendend.

»Nein, ganz im Gegenteil. Er benahm sich ihr gegenüber immer sehr rücksichtsvoll, sogar höflich. Bei vielen Gelegenheiten bewies er sogar allzu große Nachsicht mit ihrem Charakter, ganze sieben Jahre lang... Nun mochte er auf einmal die Geduld verloren haben.«

»Dann ist er also gar nicht so schrecklich, wenn er es sieben Jahre lang ertragen hat? Du scheinst ihn in Schutz zu nehmen, Dunja?«

»Nein, nein, er ist ein schrecklicher Mensch! Ich kann mir überhaupt gar nichts Schrecklicheres vorstellen«, antwortete Dunja beinahe mit einem Schauder, zog die Augenbrauen zusammen und gab sich ihren Gedanken hin.

»Das war bei ihnen am Vormittag vorgefallen«, fuhr Pulcheria Alexandrowna eifrig fort. »Darauf gab sie sofort Befehl, die Pferde anzuspannen, um gleich nach dem Mittagessen nach der Stadt zu fahren; denn sie fuhr, wenn sie irgendeine Aufregung hatte, immer nach der Stadt. Sie soll noch mit gutem Appetite Mittagbrot gegessen haben...«

»Trotz der Schläge, die sie bekommen hatte?«

»Ja, sie war immer gewohnt, stark zu essen, und gleich nachdem sie gegessen hatte, ging sie, um ihre Fahrt nicht zu lange hinauszuschieben, ins Badehäuschen... Weißt du, sie machte so eine Art Badekur durch; sie haben nämlich da eine sehr kalte Quelle, und sie badete regelmäßig alle Tage darin. Und sowie sie nur ins Wasser gegangen war, rührte sie sogleich der Schlag!«

»Ganz natürlich!« sagte Sossimow.

»Hatte er sie denn sehr geschlagen?«

»Darauf kommt es doch nicht an«, entgegnete Dunja.

»Hm! Übrigens, Mama, was kann Ihnen das nur für Spaß machen, solches Zeug zu erzählen«, sagte Raskolnikow auf einmal in gereiztem Tone; es schien ihm unwillkürlich zu entfahren.

»Ach, lieber Sohn, ich wußte gar nicht mehr, wovon ich noch sprechen sollte«, erwiderte Pulcheria Alexandrowna, ohne zu überlegen.

»Ja, was ist denn? Sie fürchten sich wohl gar vor mir?« fragte er mit einem verzerrten Lächeln.

»Das ist wirklich der Fall«, sagte Dunja und sah ihrem Bruder mit ernstem, strengem Blicke gerade ins Gesicht. »Als Mama die Treppe heraufstieg, hat sie sich sogar vor Angst bekreuzigt.«

Sein Gesicht verzog sich krampfhaft.

»Ach, Dunja, was du nur redest! Bitte, sei nur nicht böse, Rodja! Warum sagst du denn das, Dunja!« fiel Pulcheria Alexandrowna in größter Verlegenheit ein. »Ich habe ja doch, als wir hierherfuhren, während der ganzen Reise es mir ausgemalt, wie wir uns wiedersehen würden, wie wir einander alles erzählen würden,... und ich war so glücklich, daß mir die Reise gar nicht lang vorkam! Aber was rede ich! Ich bin ja auch jetzt glücklich!... Torheit, was du da redest, Dunja!... Schon daß ich dich sehe, macht mich glücklich, Rodja!«

»Laß gut sein, Mama«, murmelte er verlegen, ohne sie anzublicken, und drückte ihr die Hand. »Wir können uns ja noch genug aussprechen.«

Nach diesen Worten wurde er plötzlich wieder ganz verstört und blaß; wieder durchzog, wie schon unlängst einmal, ein schreckliches Gefühl wie Todeskälte seine Seele; wieder wurde es ihm auf einmal völlig klar und deutlich, daß er soeben eine furchtbare Lüge gesagt hatte, daß er nie mehr dazu kommen werde, sich frei auszusprechen, ja, daß er über nichts, niemals und mit niemand überhaupt nur werde unbefangen reden können. Der Eindruck dieses qualvollen Gedankens war so stark, daß er für einen Augenblick beinahe sich und alles um sich ganz vergaß, von seinem Platze aufstand und, ohne jemand anzusehen, nach der Tür ging, um das Zimmer zu verlassen.

»Was ist mit dir?« rief Rasumichin und ergriff ihn bei der Hand.

Er setzte sich wieder hin und blickte schweigend um sich her; alle sahen ihn bestürzt an.

»Ja, warum seid ihr denn alle so langweilig?« rief er plötzlich zur Verwunderung aller. »So redet doch etwas! Wozu sitzen wir denn eigentlich so stumm da? Na, so sprecht doch! Wir wollen uns unterhalten!... Nun sind wir hier zusammengekommen und schweigen!... Na, sagt doch irgend etwas!«

»Gott sei Dank! Ich dachte schon, es stieße ihm etwas Ähnliches zu wie gestern!« sagte Pulcheria Alexandrowna und bekreuzigte sich.

»Was hast du nur, Rodja?« fragte Dunja unsicher.

»Ich? Gar nichts, es fiel mir nur eine komische Geschichte ein«, erwiderte er und lachte auf.

»Nun, wenn's das ist, dann ist's ja gut! Sonst dachte ich selbst schon...«, murmelte Sossimow und erhob sich vom Sofa. »Ich muß aber nun gehen; ich komme vielleicht noch einmal mit heran,... wenn ich Sie zu Hause treffe...«

Er verabschiedete sich und ging hinaus.

»Was für ein prächtiger Mensch!« bemerkte Pulcheria Alexandrowna.

»Ja, er ist ein prächtiger, ausgezeichneter, gebildeter, kluger Mensch«, begann Raskolnikow; er redete auf einmal ungewöhnlich schnell und mit einer Lebhaftigkeit, die er bisher nicht gezeigt hatte. »Ich kann mich gar nicht besinnen, wo ich ihn vor meiner Krankheit getroffen haben sollte... Mir ist so, als hatte ich ihn irgendwo getroffen... Der da ist auch ein guter Mensch!« fuhr er, mit einer Kopfbewegung nach Rasumichin hin, fort. »Gefällt er dir, Dunja?« fragte er und brach in ein unmotiviertes Lachen aus.

»Gewiß, sehr!»antwortete Dunja.

»Was du für dumme Späße machst!« rief Rasumichin, der ganz rot geworden war, in furchtbarer Verlegenheit und stand von seinem Stuhle auf.

Pulcheria Alexandrowna lächelte leise; Raskolnikow aber lachte laut los.

»Wo willst du denn hin?«

»Ich will auch... ich muß fort.«

»Du mußt ganz und gar nicht, bleib nur hier! Du denkst, Sossimow ist fortgegangen, also mußt du es auch tun. Geh noch nicht!... Was ist denn die Uhr? Schon zwölf? Was du für eine hübsche Uhr hast, Dunja! Aber warum seid ihr denn wieder so stumm geworden? Ich bin immer nur der einzige, der redet!«

»Es ist ein Geschenk von Marfa Petrowna«, antwortete Dunja.

»Und es ist eine sehr wertvolle Uhr«, setzte Pulcheria Alexandrowna hinzu.

»Ei! Sie ist ja so groß; man kann sie kaum noch als Damenuhr betrachten.«

»Ich habe gern eine so große«, entgegnete Dunja.

›Also kein Geschenk von ihrem Bräutigam‹, dachte Rasumichin und freute sich unwillkürlich.

»Ich glaubte, es wäre ein Geschenk von Lushin«, bemerkte Raskolnikow.

»Nein, er hat Dunja noch nichts geschenkt.«

»So, so! Erinnern Sie sich noch, Mama, ich war einmal verliebt und wollte heiraten«, sagte er unvermittelt und blickte die Mutter an, die durch diese unerwartete Wendung des Gespräches und den Ton, in dem er von diesem Gegenstande sprach, sehr überrascht war.

»Ach ja, lieber Sohn, ich erinnere mich!«

Pulcheria Alexandrowna wechselte Blicke mit Dunja und Rasumichin.

»Hm!... Ja! Aber was soll ich euch davon erzählen? Ich kann mich gar nicht mehr recht auf alles besinnen. Sie war immer so krank«, fuhr er fort, indem er den Kopf senkte, als ob er sich wieder ganz in seine Gedanken vertiefte, »ganz hinfällig war sie; ihre größte Freude war, den Bettlern Almosen zu geben, und immer sehnte sie sich nach dem Kloster und zerfloß einmal ganz in Tränen, als sie mit mir davon sprach; ja, ja,... ich erinnere mich,... ganz genau erinnere ich mich. Sie war unschön... in ihrer äußeren Erscheinung. Ich weiß wirklich nicht, warum ich damals so an ihr hing, vielleicht weil sie immer krank war... Wenn sie dazu noch lahm oder buckelig gewesen wäre, ich glaube, ich hätte sie nur noch lieber gehabt...« (Er lächelte melancholisch.) »Es war so eine Jugendeselei...«

»Nein, die war es nicht«, sagte Dunja lebhaft und mit Wärme.

Er blickte seine Schwester starr und anscheinend aufmerksam an, hatte aber ihre Worte nicht verstanden und wohl gar nicht gehört. Dann stand er tief in Gedanken auf, trat zu seiner Mutter, küßte sie, kehrte zu seinem Platze zurück und setzte sich wieder hin.

»Du liebst sie wohl auch jetzt noch?« fragte Pulcheria Alexandrowna gerührt.

»Sie? Jetzt? Ach so... Sie meinen die Verstorbene! Nein. Das ist, wie wenn's in einer andern Welt geschehen wäre,... es liegt so unendlich weit zurück. Ja, auch alles um mich herum,... mir ist, als ob es gar nicht hier geschähe...«

Er sah die beiden aufmerksam an.

»Und auch euch selbst... wenn ich euch ansehe, so kommt mir's vor, als wäret ihr tausend Werst weit von mir entfernt... Weiß der Kuckuck, warum wir über solche Dinge hier reden! Und wozu fragt ihr mich so aus?« fügte er ärgerlich hinzu; dann schwieg er, biß sich auf die Nägel und versank wieder in seine Gedanken.

»Was du für ein schlechtes Zimmer hast, Rodja; es sieht wie ein Sarg aus«, sagte Pulcheria Alexandrowna, um das bedrückende Schweigen zu unterbrechen. »Ich bin überzeugt, daß diese Wohnung zu einem großen Teil mit daran schuld ist, daß du so melancholisch geworden bist.«

»Die Wohnung?« antwortete er zerstreut. »Ja, die Wohnung hat sehr dazu beigetragen,... das habe ich mir auch schon gesagt... Wenn Sie aber wüßten, was für einen interessanten Gedanken Sie da eben ausgesprochen haben, Mama«, fügte er mit einem eigentümlichen Lächeln hinzu.

Es war ganz nahe daran, daß diese Gesellschaft, diese seine nächsten Angehörigen, die er nach dreijähriger Trennung wiedersah, dieser vertrauliche Gesprächston neben der vollständigen Unmöglichkeit, über irgendeinen Gegenstand zu sprechen – daß dies alles ihm schließlich geradezu unerträglich wurde. Indes, da war noch eine unaufschiebbare Angelegenheit, die auf die eine oder andre Weise, aber unbedingt heute noch entschieden werden mußte – darüber war er sich schon vorhin, gleich nachdem er aufgewacht war, schlüssig geworden. Jetzt freute er sich über diese Angelegenheit wie über einen Ausweg aus der peinlichen Lage.

»Was ich noch sagen wollte, Dunja,« begann er in ernstem, trockenem Tone, »ich bitte dich natürlich wegen meines gestrigen Benehmens um Verzeihung; aber ich halte es für meine Pflicht, dich nochmals daran zu erinnern, daß ich von dem, was mir der Hauptpunkt war, nicht abgehe. Entweder ich oder Lushin. Mag ich immerhin ein Schuft sein, aber du darfst es nicht werden. Es ist genug an einem von uns. Wenn du Lushin heiratest, betrachte ich dich sofort nicht mehr als meine Schwester.«

»Rodja, Rodja! Das ist ja aber ganz dasselbe wie gestern!« rief Pulcheria Alexandrowna bekümmert. »Und warum nennst du dich denn immer einen Schuft? Ich kann das nicht ertragen! Das hast du auch gestern getan!«

»Bruder«, antwortete Dunja fest und in ebenso trockenem Tone, »in alledem liegt ein Irrtum deinerseits vor. Ich habe heute nacht darüber nachgedacht und den Irrtum herausgefunden. Er besteht darin, daß du anscheinend annimmst, ich brächte mich jemandem und für jemand zum Opfer. So steht es keineswegs. Ich heirate einfach um meiner selbst willen, weil mir mein jetziges Leben gar zu drückend ist; natürlich werde ich mich aber auch freuen, wenn es mir möglich werden sollte, meinen Angehörigen nützlich zu sein; aber das Hauptmotiv zu meinem Entschlusse ist das nicht...«

›Sie lügt!‹ dachte er bei sich und biß sich ingrimmig auf die Nägel. ›Sie ist stolz und möchte nicht eingestehen, daß sie einem eine Wohltat erweisen will! Welch ein Hochmut! O diese kleinlich denkenden Menschen! Sie maskieren ihre Liebe als Gleichgültigkeit... Oh, wie ich sie alle hasse!‹

»Mit einem Worte, ich werde Pjotr Petrowitsch heiraten«, fuhr Dunja fort, »weil ich von zwei Übeln das kleinere wählen möchte. Ich habe den Vorsatz, ehrlich alles zu erfüllen, was er von mir erwartet; also täusche ich ihn nicht... Warum hast du jetzt eben so gelächelt?«

Sie wurde rot, und in ihren Augen funkelte der Zorn.

»Du wirst alles erfüllen?« fragte er, boshaft lächelnd.

»Bis zu einer bestimmten Grenze. Pjotr Petrowitschs ganzes Verhalten und die Art seiner Werbung haben mich sofort erkennen lassen, was er nötig hat. Er ist ja gewiß von seinem eigenen Werte überzeugt, vielleicht zu sehr; aber ich hoffe, daß er auch mich zu schätzen weiß... Warum lachst du wieder?«

»Und du, warum wirst du wieder rot? Du lügst, Schwester, du lügst absichtlich, nur aus weiblichem Eigensinn, lediglich um mir gegenüber deine Behauptung aufrechtzuerhalten... Du kannst Lushin nicht achten: ich habe ihn gesehen und mit ihm gesprochen. Folglich verkaufst du dich für Geld, und folglich handelst du unter allen Umständen unwürdig, und ich freue mich, daß du wenigstens noch darüber erröten kannst!«

»Das ist nicht wahr, ich lüge nicht!« rief Dunja, die nun ihre Kaltblütigkeit völlig verlor. »Ich würde ihn nicht heiraten, wenn ich nicht überzeugt wäre, daß er mich achtet und schätzt; ich würde ihn nicht heiraten, wenn ich nicht fest davon überzeugt wäre, daß auch ich ihn achten kann. Zum Glück kann ich mich zuverlässig davon überzeugen, und sogar heute noch. Und eine solche Heirat ist nicht, wie du dich ausdrückst, eine Schuftigkeit! Und selbst wenn du recht hättest, wenn ich mich wirklich zu einer Schuftigkeit entschlossen hätte – ist es dann nicht eine Unbarmherzigkeit von dir, so mit mir zu sprechen? Warum verlangst du von mir einen Heroismus, der vielleicht in dir selbst nicht steckt? Das ist Despotismus, das ist Vergewaltigung! Wenn ich jemand zugrunde richte, so doch nur mich allein... Ich habe noch keinen Menschen gemordet!... Was siehst du mich denn so an? Warum bist du so blaß geworden? Rodja, was fehlt dir? Liebster Rodja!«

»Herrgott! Sie hat ihn bis zur Ohnmacht gebracht!« schrie Pulcheria Alexandrowna auf.

»Nein, nein... Dummes Zeug... Es ist nichts... Mir wurde nur ein bißchen schwindlig. Von Ohnmacht ist nicht die Rede!... Ihr immer mit euren Ohnmachten!... Hm! ja,... was wollte ich doch noch sagen? Ja: wie willst du dich denn heute noch davon überzeugen, daß du ihn achten kannst und daß er dich schätzt, wie du sagtest? Du sagtest ja wohl: heute? Oder habe ich mich verhört?«

»Mama, zeigen Sie ihm doch Pjotr Petrowitschs Brief«, sagte Dunja.

Pulcheria Alexandrowna reichte mit zitternden Händen den Brief hin. Er ergriff ihn höchst gespannt. Aber ehe er ihn entfaltete, blickte er auf einmal seine Schwester wie verwundert an.

»Sonderbar«, sagte er langsam, wie von einem neuen Gedanken überrascht, »warum ereifre ich mich eigentlich so? Wozu dieser ganze Lärm? Mag sie doch heiraten, wen sie will!«

Er sagte das scheinbar nur für sich, sprach aber dabei ganz laut und blickte eine Weile seine Schwester an, als ob er ganz erstaunt wäre.

Endlich faltete er den Brief auseinander, immer noch mit derselben Miene einer eigentümlichen Verwunderung; dann begann er ihn langsam und aufmerksam zu lesen und las ihn zweimal durch. Pulcheria Alexandrowna befand sich in heftiger Unruhe; alle erwarteten sie etwas Besonderes.

»Eines setzt mich in Verwunderung«, begann er, nachdem er einen Augenblick nachgedacht hatte, und reichte den Brief der Mutter wieder hin, wandte sich aber mit seinen Worten nicht direkt an einen der Anwesenden, »er führt doch Prozesse, ist Rechtsanwalt, und auch seine Art zu reden zeigte so eine geschäftliche Routine – aber was schreibt er für einen ungebildeten Stil!«

Alle gerieten in Bewegung; sie hatten etwas ganz anderes erwartet.

»So schreiben doch diese Leute alle!« warf Rasumichin kurz hin.

»Hast du den Brief gelesen?«

»Ja.«

»Wir haben ihn ihm gezeigt, Rodja; wir haben ihn vorhin um Rat gefragt«, fügte Pulcheria Alexandrowna verlegen zur Erklärung hinzu.

»Es ist im Grunde der übliche Gerichtsstil«, unterbrach sie Rasumichin. »Gerichtliche Schriftstücke werden noch heutzutage so abgefaßt.«

»Gerichtsstil? Ja, ganz richtig, Gerichtsstil, Geschäftsstil, das ist's. Nicht gerade sehr ungebildet, aber auch nicht gerade sehr geschmackvoll; Geschäftsstil!«

»Pjotr Petrowitsch macht auch gar kein Geheimnis daraus, daß er für seine Bildung nicht viel Geld ausgeben konnte, und er ist sogar stolz darauf, daß er sich seinen Weg selbst gebahnt hat«, bemerkte Dunja, die sich durch den neuen Ton, in dem ihr Bruder sprach, einigermaßen gekränkt fühlte.

»Nun, wenn er stolz ist, so wird er auch seinen Anlaß dazu haben – ich widerspreche nicht. Du fühlst dich wohl dadurch verletzt, liebe Schwester, daß ich über den ganzen Brief nur diese spöttische Bemerkung gemacht habe, und glaubst, ich spräche absichtlich über solche Kleinigkeiten, weil ich ärgerlich wäre und mich über dich lustig machen wollte. Aber dem ist nicht so; sondern gerade anläßlich des Stils hat sich mir eine für den vorliegenden Fall ganz und gar nicht nebensächliche Beobachtung aufgedrängt. Da findet sich in dem Briefe eine Wendung: ›Sie würden sich dann die Schuld selbst zuzuschreiben haben‹; das ist recht bedeutsam und verständlich gesagt. Und außerdem kommt die Drohung vor, er werde sofort weggehen, wenn ich zu euch hinkäme; diese Drohung, fortzugehen, bedeutet einfach, daß er sich von euch beiden lossagen will, falls ihr euch ungehorsam zeigt, und daß er sich von euch jetzt lossagen will, wo er euch schon hat nach Petersburg kommen lassen. Nun, was meinst du, kann man einem solchen Manne wie Lushin einen solchen Ausdruck in gleichem Grade übelnehmen, wie wenn ihn der hier« (er zeigte auf Rasumichin) »oder Sossimow oder sonst jemand aus unserm Kreise gebraucht hätte?«

»N-nein«, erwiderte Dunja eifrig, »ich habe recht wohl gefühlt, daß der Ausdruck etwas zu plump gewählt war und daß Lushin wohl die Feder nicht ganz in seiner Gewalt hat... Dein Urteil ist durchaus zutreffend, lieber Bruder. Ich bin geradezu überrascht...«

»Das ist im Gerichtsstil ausgedrückt, und im Gerichtsstil kann man eben nicht anders schreiben, und es ist gröber herausgekommen, als es vielleicht in seiner eigenen Absicht gelegen hat. Übrigens muß ich dich noch über einen Punkt aufklären; in diesem Briefe ist noch so ein Ausdruck enthalten, eine gegen mich gerichtete Verleumdung, und zwar eine recht nichtswürdige. Ich habe das Geld gestern der Witwe gegeben, einer schwindsüchtigen, tiefgebeugten Frau, und nicht ›unter dem Vorwande, daß es zur Bestreitung der Begräbniskosten dienen solle‹, sondern tatsächlich zur Bestreitung der Begräbniskosten, auch nicht der Tochter, die er als ›ein Mädchen von notorisch schlechtem Lebenswandel‹ bezeichnet (ich habe sie gestern zum ersten Male in meinem Leben gesehen), sondern wirklich der Witwe. In alledem erkenne ich das übereifrige Bestreben, mich mit Kot zu bewerfen und mit euch zu entzweien. Es ist wieder im Gerichtsstil ausgedrückt, das heißt mit gar zu deutlicher Klarlegung der Absicht und mit sehr naiver Eilfertigkeit. Er ist ein kluger Mann; aber um nun auch klug zu handeln, dazu ist der bloße Verstand nicht ausreichend. Dies alles ist für den Menschen charakteristisch, und... ich glaube nicht, daß er dich sehr schätzt. Ich teile dir das nur zur Erwägung mit, weil ich aufrichtig dein Bestes wünsche...«

Dunja antwortete nicht; sie hatte ihren Entschluß schon vorhin gefaßt und erwartete nur noch den Abend.

»Wofür entscheidest du dich denn also, Rodja?« fragte Pulcheria Alexandrowna, die sich durch den neuen, geschäftsmäßigen Ton, den er jetzt angeschlagen hatte, noch mehr beunruhigt fühlte als vorher.

»Was meinst du damit?«

»Nun, Pjotr Petrowitsch schreibt doch, du solltest heute abend nicht bei uns sein, und er würde fortgehen,... wenn du hinkämest. Also was hast du vor?... Wirst du kommen?«

»Das habe natürlich nicht ich zu entscheiden, sondern in erster Linie Sie, wenn Sie sich durch eine solche Forderung Pjotr Petrowitschs nicht beleidigt fühlen, und in zweiter Linie Dunja, wenn sie sich gleichfalls nicht beleidigt fühlt. Ich werde tun, was euch am besten scheint«, fügte er trocken hinzu.

»Dunja ist sich bereits darüber schlüssig geworden, und ich bin vollständig mit ihr einverstanden«, beeilte sich Pulcheria Alexandrowna zu erklären.

»Ich habe mich dafür entschieden, dich zu bitten, Rodja, dich dringend zu bitten, daß du an dieser Zusammenkunft bei uns unter allen Umständen teilnehmen möchtest«, sagte Dunja. »Wirst du kommen?«

»Ja.«

»Ich bitte auch Sie, um acht Uhr bei uns zu sein«, wandte sie sich an Rasumichin. »Mama, ich möchte den Herrn gleichfalls auffordern.«

»Vortrefflich, Dunjetschka. Nun, mag es geschehen, wie ihr bestimmt habt«, fügte Pulcheria Alexandrowna hinzu. »Auch mir ist dabei leichter ums Herz; Verstellung und Lüge liegen nicht in meiner Art; wir wollen lieber die volle Wahrheit sagen... Dann mag sich Pjotr Petrowitsch ärgern oder nicht.«

IV

In diesem Augenblicke öffnete sich leise die Tür, und ein Mädchen trat, sich schüchtern umschauend, ins Zimmer. Alle wandten sich erstaunt und neugierig nach ihr hin. Raskolnikow erkannte sie nicht gleich auf den ersten Blick. Es war Sofja Semjonowna Marmeladowa. Gestern hatte er sie zum ersten Male gesehen, aber in einem solchen Augenblicke, in einer solchen Umgebung und in einer solchen Aufmachung, daß sein Gedächtnis das Bild ihrer Persönlichkeit in ganz anderer Form aufgenommen hatte. Jetzt war sie ein bescheiden, ja ärmlich gekleidetes Mädchen, noch sehr jung, beinahe kindlich, mit bescheidenem, anständigem Benehmen, mit offenem, aber anscheinend recht ängstlichem Gesichtsausdruck. Sie trug ein sehr schlichtes Hauskleid und auf dem Kopfe einen alten, unmodernen Hut; nur hatte sie, wie gestern, einen Sonnenschirm in der Hand. Als sie unerwartet das Zimmer voll Menschen fand, wurde sie nicht etwa nur verlegen, sondern sie verlor vollständig die Fassung, bekam Furcht wie ein kleines Kind und machte sogar eine Bewegung, als ob sie wieder zurücktreten wollte.

»Ach... Sie sind es!« sagte Raskolnikow äußerst erstaunt und wurde auf einmal selbst verlegen.

Es fiel ihm sofort ein, daß seine Mutter und seine Schwester bereits so nebenbei aus Lushins Briefe etwas über ein »Mädchen von notorisch schlechtem Lebenswandel« erfahren hatten. Eben erst hatte er gegen Lushins Verleumdung protestiert und dabei erwähnt, daß er dieses Mädchen zum ersten Male gesehen habe, und nun trat sie auf einmal selbst herein. Er erinnerte sich auch, daß er gar nicht gegen den Ausdruck »von notorisch schlechtem Lebenswandel« protestiert hatte. Diese Gedanken huschten ihm unklar und blitzschnell durch den Kopf. Aber als er Sonja aufmerksamer ansah, bemerkte er, wie demütig dieses erniedrigte Geschöpf war, und fühlte Mitleid mit ihr. Und als sie eine Bewegung machte, als wollte sie vor Furcht wieder fortlaufen, tat ihm geradezu das Herz weh.

»Ich habe gar nicht erwartet, daß Sie herkommen würden«, sagte er hastig und hielt sie durch seinen Blick zurück. »Bitte, nehmen Sie Platz. Sie kommen gewiß von Katerina Iwanowna. Wenn es Ihnen gefällig ist, nicht dorthin; bitte, setzen Sie sich hierher...«

Bei Sonjas Eintritt war Rasumichin, der auf einem von Raskolnikows drei Stühlen dicht neben der Tür gesessen hatte, aufgestanden, um ihr beim Hereinkommen Platz zu machen. Zuerst war Raskolnikow schon im Begriff, ihr den Platz in der Sofaecke anzuweisen, auf dem Sossimow gesessen hatte; aber er sagte sich doch, daß dieses Sofa, das ihm als Bett diente, ein gar zu familiärer Platz sei, und wies ihr daher schnell Rasumichins Stuhl an.

»Und du, setz dich hierher«, sagte er zu Rasumichin und schob ihn in die Ecke, wo Sossimow gesessen hatte.

Sonja setzte sich fast zitternd vor Angst hin und blickte schüchtern nach den beiden Damen. Man sah ihr an, daß sie selbst nicht begriff, wie sie es fertiggebracht hatte, sich neben sie hinzusetzen. Als ihr die Lage zum Bewußtsein gekommen war, erschrak sie so, daß sie schnell wieder aufstand und sich in größter Verwirrung an Raskolnikow wandte.

»Ich... ich... bin nur für einen Augenblick hergekommen; verzeihen Sie, daß ich Sie gestört habe«, sagte sie stockend. »Ich komme von Katerina Iwanowna; sie hatte sonst niemand zum Schicken. Katerina Iwanowna läßt Sie sehr bitten, doch morgen zum Totenamt zu kommen,... bei der Mittagsmesse... auf dem Mitrofan-Friedhof,... und dann bei uns... bei ihr... am Gedächtnismahl teilzunehmen. Sie möchten ihr doch die Ehre erweisen... Sie läßt sehr bitten.«

Sie stockte und schwieg.

»Wenn es irgend möglich ist, werde ich bestimmt,... ganz bestimmt...«, antwortete Raskolnikow, indem er gleichfalls aufstand und gleichfalls stockte und nicht zu Ende redete. »Tun Sie mir den Gefallen und setzen Sie sich«, sagte er dann. »Ich möchte noch mit Ihnen reden. Wenn Sie es nicht zu eilig haben, so tun Sie mir bitte den Gefallen und schenken Sie mir zwei Minuten...«

Er rückte ihr den Stuhl hin. Sonja setzte sich wieder, blickte dann wieder schüchtern und ängstlich nach den beiden Damen und schlug die Augen nieder.

Raskolnikows blasses Gesicht rötete sich; sein ganzes Wesen schien gleichsam einen Ruck zu bekommen; seine Augen flammten auf.

»Mama«, sagte er fest und nachdrücklich, »dies ist Sofja Semjonowna Marmeladowa, die Tochter eben jenes unglücklichen Herrn Marmeladow, der gestern vor meinen Augen überfahren wurde und von dem ich Ihnen schon erzählt habe...«

Pulcheria Alexandrowna blickte Sonja an und kniff dabei die Augen ein wenig zusammen. Obwohl Rodjas energischer, herausfordernder Blick sie einschüchterte, konnte sie sich dieses Vergnügen doch nicht versagen. Dunja sah ernst und forschend dem armen Mädchen gerade ins Gesicht und betrachtete sie mit Erstaunen. Als Sonja hörte, daß sie vorgestellt wurde, versuchte sie wieder aufzublicken, wurde aber noch verlegener als vorher.

»Ich wollte Sie fragen«, wandte sich Raskolnikow schnell zu ihr, »wie hat sich heute alles bei Ihnen gestaltet? Sind Ihnen keine Ungelegenheiten gemacht worden?... Zum Beispiel von Seiten der Polizei?«

»Nein, es ist alles ohne Störung gegangen... Die Todesursache war ja doch ganz klar; man hat uns keine Ungelegenheiten gemacht; nur die andern Mieter sind aufgebracht.«

»Warum?«

»Weil die Leiche so lange dasteht... Es ist doch jetzt heiß, da riecht es... Darum soll sie auch heute abend nach dem Friedhof gebracht werden und bis morgen in der Kapelle bleiben. Katerina Iwanowna wollte es zuerst nicht; aber jetzt sieht sie schließlich selbst ein, daß es nicht anders geht...«

»Also heute?«

»Sie bittet Sie, uns die Ehre zu erweisen, morgen dem Totenamte in der Kirche beizuwohnen und dann nach ihrer Wohnung zu kommen, zum Gedächtnismahl.«

»Also ein Gedächtnismahl veranstaltet sie?«

»Ja, nur einen kleinen Imbiß; sie läßt Ihnen sehr danken, daß Sie uns gestern unterstützt haben,... ohne Ihre Beihilfe hätten uns die Mittel zur Beerdigung gefehlt.«

Lippen und Kinn begannen ihr krampfhaft zu zucken; aber sie nahm sich zusammen und beherrschte sich; sogleich schlug sie wieder die Augen nieder.

Während des Gesprächs betrachtete Raskolnikow sie aufmerksam. Sie hatte ein außerordentlich mageres, blasses, etwas spitzes Gesichtchen, mit kleinem, spitzem Näschen und Kinn und ziemlich unregelmäßigen Zügen. Hübsch konnte man sie eigentlich nicht nennen; aber dafür waren ihre blauen Augen so klar und verliehen, wenn sie sich belebten, dem Gesichte einen so guten, treuherzigen Ausdruck, daß man sich unwillkürlich zu ihr hingezogen fühlte. Außerdem lag in ihrem Gesichte und in ihrer ganzen Gestalt noch eine besonders charakteristische Eigenheit: trotz ihrer achtzehn Jahre sah sie weit jünger aus, als sie wirklich war, beinahe wie ein Kind, und das trat manchmal bei bestimmten Bewegungen in einer geradezu komisch wirkenden Weise hervor.

»Hat denn Katerina Iwanowna mit einer so kleinen Summe alles bestreiten können, wenn sie sogar noch einen Imbiß zu geben beabsichtigt?« fragte Raskolnikow, eifrig bemüht, das Gespräch im Gange zu halten.

»Der Sarg ist ganz einfach,... und auch alles andere ist ganz einfach, so daß es nicht allzuviel kostet... Ich habe vorhin mit Katerina Iwanowna alles berechnet; es bleibt noch so viel übrig, um ein Gedächtnismahl zu veranstalten,... und Katerina Iwanowna wünscht so sehr, daß eines stattfinden möchte... Da müssen wir wohl... Ihr ist es ein Trost,... das liegt nun einmal so in ihrem Wesen, Sie wissen wohl...«

»Ich verstehe, ich verstehe... Gewiß... Warum mustern Sie denn mein Zimmer so? Meine Mama hier sagt auch, es sehe aus wie ein Sarg.«

»Sie haben uns gestern Ihr ganzes Geld gegeben!« sagte plötzlich, statt auf die Frage zu antworten, Sonja hastig in einem eigenartigen, lauten Flüstertone und senkte dann wieder den Kopf.

Lippen und Kinn zuckten ihr wieder. Raskolnikows ärmliche Behausung war ihr schon längst aufgefallen, und nun waren ihr diese Worte ganz unwillkürlich entschlüpft. Eine Weile schwiegen alle. Dunjas Augen hatten einen merkwürdigen Glanz bekommen, und Pulcheria Alexandrowna blickte Sonja ganz freundlich an.

»Rodja«, sagte sie aufstehend, »wir essen selbstverständlich zusammen zu Mittag. Komm, Dunja... Und du, Rodja, solltest ausgehen, einen kleinen Spaziergang machen und dich dann hinlegen und ein bißchen ausruhen; und dann komm recht früh... Ich fürchte, das Gespräch mit uns hat dich doch angegriffen...«

»Ja, ja, ich werde kommen«, antwortete er eilig und stand auf. »Aber ich habe allerdings noch etwas Notwendiges vorher zu besorgen...«

»Na, ihr werdet doch nicht der eine hier, der andre da Mittag essen?« rief Rasumichin und sah Raskolnikow verwundert an. »Was hast du denn?«

»Ich sage ja, ich werde kommen, gewiß, gewiß... Aber bleib du noch einen Augenblick hier. Sie brauchen ihn ja doch wohl im Augenblick nicht, Mama? Oder entziehe ich ihn euch vielleicht?«

»O nicht doch, nicht doch! Kommen Sie doch auch mit zum Mittagessen, Dmitrij Prokofjitsch, wollen Sie so gut sein?«

»Bitte, kommen Sie!« bat auch Dunja.

Rasumichin verbeugte sich zusagend und strahlte über das ganze Gesicht. Eine wunderliche Verlegenheit überkam alle für einen Augenblick.

»Adieu, Rodja, oder lieber: Auf Wiedersehen! Ich sage nicht gern ›Adieu‹. Adieu, Nastasja... Ach, da habe ich ja doch wieder ›Adieu‹ gesagt!« sagte Pulcheria Alexandrowna.

Sie war nahe daran, auch Sonja eine Verbeugung zu machen; aber sie brachte es doch nicht fertig und ging eilig aus dem Zimmer.

Aber Dunja wartete, bis die Reihe, herauszugehen, an sie kam, und als sie hinter der Mutter an Sonja vorbeiging, machte sie ihr eine freundliche, höfliche und ordnungsmäßige Verbeugung. Die arme Sonja wurde verlegen und verbeugte sich hastig und erschrocken; auf ihrem Gesichte spiegelte sich sogar eine Art von schmerzlicher Empfindung wieder, als ob Dunjas Höflichkeit und Freundlichkeit ihr drückend und peinlich wären.

»Adieu, Dunjetschka!« rief Raskolnikow, als diese schon auf dem Flur war. »Gib mir doch die Hand!«

»Ich habe sie dir doch gegeben; hast du das schon vergessen?« antwortete Dunja freundlich und drehte sich mit dem Oberkörper noch einmal nach ihm um.

»Nun, das schadet ja nichts; so reich sie mir noch einmal!«

Er drückte kräftig ihre feinen Fingerchen. Dunja lächelte ihm zu, errötete, entriß ihm schnell ihre Hand und lief der Mutter nach; auch sie fühlte sich auf einmal ganz glücklich.

»Nun schön!« sagte er zu Sonja, als er in sein Zimmer zurücktrat, und blickte sie mit klaren Augen an. »Gott gebe den Toten eine sanfte Ruhe; aber die Lebenden mögen leben! Nicht wahr? Nicht wahr? Das ist doch das Richtige!«

Mit Erstaunen sah Sonja, wie sein Gesicht plötzlich hell geworden war; er schaute sie einige Augenblicke schweigend und unverwandt an; alles, was ihr verstorbener Vater über sie erzählt hatte, kam ihm wieder ins Gedächtnis.

»Herrgott, Dunja!« begann Pulcheria Alexandrowna, sowie sie auf die Straße hinaustraten. »Ich bin ordentlich froh, daß wir weggegangen sind; es ist mir gleich leichter ums Herz. Hätte ich wohl gestern auf der Eisenbahn gedacht, daß ich mich darüber freuen würde!«

»Ich kann Ihnen nur wiederholen, liebe Mama: er ist noch sehr krank. Sehen Sie das denn nicht? Vielleicht haben gerade die Sorgen, die er sich um uns gemacht hat, seine Gesundheit zerrüttet. Man muß mit ihm Nachsicht haben und kann ihm vieles, vieles verzeihen.«

»Aber du hast keine Nachsicht mit ihm gehabt!« unterbrach Pulcheria Alexandrowna sie hitzig und mit einer Art von Eifersucht. »Weißt du, Dunja, ich habe euch beide vorhin angesehen: du bist sein vollständiges Ebenbild, und noch nicht einmal so sehr im Gesicht als in der Seele; beide habt ihr so etwas Melancholisches, Finsteres und Aufbrausendes; beide seid ihr hochmütig und beide hochherzig... Das ist doch gar nicht denkbar, daß er ein Egoist sein sollte, Dunja, nicht wahr?... Aber wenn ich daran denke, was uns heute abend noch bevorsteht, dann wird mir himmelangst!«

»Beunruhigen Sie sich nicht, Mama; es wird geschehen, was eben geschehen muß.«

»Aber bedenke nur, Dunja, in welcher Lage wir jetzt sind! Was sollen wir anfangen, wenn Pjotr Petrowitsch sich von uns lossagt?« rief die arme Pulcheria Alexandrowna mit unüberlegter Offenheit.

»Wenn er das wirklich tut, dann haben wir an ihm nichts verloren!« antwortete Dunja schroff und geringschätzig.

»Wir haben ganz gut daran getan, daß wir jetzt weggegangen sind«, fuhr Pulcheria Alexandrowna, sie unterbrechend, hastig fort, um abzulenken. »Er hat einen eiligen Gang vor, um etwas zu besorgen; da mag er sich ein bißchen Bewegung machen und wenigstens ein bißchen Luft schöpfen,... bei ihm ist es ja schrecklich dumpf,... aber wo kann man wohl hier in Petersburg frische Luft atmen? Hier ist es auch auf den Straßen gerade wie in einem Zimmer, das nie gelüftet wird. Herrgott, was ist das nur für eine Stadt!... Halt, halt! Tritt auf die Seite, du wirst dich noch totquetschen lassen; da wird etwas getragen! Ein Klavier tragen sie, wahrhaftig,... wie sie sich durchdrängen... Vor diesem jungen Mädchen habe ich auch große Bange.«

»Vor was für einem jungen Mädchen, Mama?«

»Nun, ich meine diese Sofja Semjonowna, die eben zu Rodja kam...«

»Warum haben Sie denn Bange vor der?«

»Es ahnt mir so etwas, Dunja. Magst du es mir nun glauben oder nicht, gleich wie sie hereinkam, in demselben Augenblick dachte ich: ›Aha, da sitzt der Hauptknoten...‹«

»Gar nichts sitzt da!« rief Dunja ärgerlich. »Was Sie auch immer für Ahnungen haben, Mama! Er ist erst seit gestern mit ihr bekannt, und als sie jetzt hereinkam, erkannte er sie nicht einmal sogleich.«

»Na, du wirst ja sehen!... Sie beunruhigt mich; du wirst ja sehen, du wirst ja sehen! Und ich habe einen ordentlichen Schreck vor ihr bekommen: sie sah mich an und sah mich an; was hat sie für Augen; ich konnte kaum auf meinem Stuhle stillsitzen; erinnerst du dich, als er sie vorstellte? Und das kommt mir doch auch ganz merkwürdig vor: Pjotr Petrowitsch schreibt solche Dinge von ihr, und er stellt sie uns vor, und noch dazu dir! Also muß er sie doch wohl sehr gern haben!«

»Was der nicht alles schreibt! Über uns ist doch auch allerlei geredet und geschrieben worden; haben Sie das vergessen? Und ich bin überzeugt, daß sie ein prächtiges Mädchen ist und daß das alles dummes Gerede ist.«

»Gott gebe es!«

»Und Pjotr Petrowitsch ist ein häßlicher Zwischenträger!« schloß Dunja kurz und bestimmt.

Pulcheria Alexandrowna duckte sich unwillkürlich. Das Gespräch brach ab.

»Hör mal, ich wollte dich da etwas fragen...«, begann Raskolnikow und führte Rasumichin zum Fenster.

»Ich darf also an Katerina Iwanowna bestellen, daß Sie kommen werden...«, sagte Sonja schnell und wollte sich verabschieden.

»Sogleich, Sofja Semjonowna! Wir haben keine Geheimnisse; Sie stören uns nicht. Ich möchte Ihnen gern noch ein paar Worte... Hör mal«, wandte er sich, ohne zu Ende zu sprechen, wieder an Rasumichin. »Du kennst doch diesen... na, wie heißt er gleich!... Porfirij Petrowitsch?«

»Na und ob! Er ist ja ein Verwandter von mir. Weshalb fragst du denn?« fügte er neugierig hinzu.

»Er hat doch jetzt diese Sache in Händen,... na, diese Mordsache, von der ihr gestern spracht?«

»Ja,... nun?« Rasumichin riß die Augen weit auf.

»Er hat die Verpfänder befragt; nun, es liegen von mir auch ein paar Pfänder da, nur so Kleinigkeiten; aber das eine ist ein Ring von meiner Schwester, den sie mir zum Andenken schenkte, als ich hierherzog, und dann die silberne Uhr meines Vaters. Es hat zusammen nur einen Wert von fünf bis sechs Rubel; aber für mich sind diese Gegenstände kostbar, als Andenken. Also, was soll ich jetzt tun? Ich möchte nicht, daß mir die Sachen verlorengehen, namentlich nicht die Uhr. Ich schwebte vorhin in der größten Angst, meine Mutter könnte die Uhr zu sehen wünschen, als von Dunjas Uhr die Rede war. Es ist das einzige Stück, das noch von meinem Vater übrig ist. Sie würde krank werden, wenn wir diese Uhr verlören. Wie die Weiber nun einmal sind! Also nun gib mir einen Rat, wie ich mich zu verhalten habe. Ich weiß, daß ich eigentlich auf dem Polizeibureau Anzeige machen müßte. Aber wäre es nicht besser, wenn ich mich an Porfirij persönlich wendete? Wie denkst du darüber? Ich möchte die Sache möglichst schnell erledigen. Du wirst sehen, daß meine Mutter mich noch vor dem Mittagessen danach fragt!«

»Wende dich nicht an das Polizeibureau, sondern auf jeden Fall an Porfirij!« rief Rasumichin in lebhaftem Eifer. »Das freut mich aber! Da ist nichts weiter zu überlegen; wir können sofort hingehen; es sind nur ein paar Schritte; wir treffen ihn gewiß zu Hause!«

»Mir recht! Gehen wir!«

»Er wird sich sehr freuen, ganz außerordentlich wird er sich freuen, dich kennenzulernen! Ich habe ihm viel von dir erzählt, bei verschiedenen Gelegenheiten... Auch gestern habe ich von dir gesprochen. Gehen wir hin! Also du hast die alte Frau gekannt? So, so!... Das hat ja alles eine ganz ausgezeichnete Wendung genommen!... Ach ja... Sofja Iwanowna...«

»Sofja Semjonowna«, verbesserte Raskolnikow. »Sofja Semjonowna, das ist mein Freund Rasumichin, ein sehr guter Mensch...«

»Wenn Sie jetzt gehen müssen...«, begann Sonja; sie hatte Rasumichin gar nicht angesehen und war durch die Vorstellung noch schüchterner geworden.

»Nun, dann wollen wir gehen!« sagte Raskolnikow entschlossen.

»Ich komme heute noch einmal kurz zu Ihnen, Sofja Semjonowna; sagen Sie mir nur, wo Sie wohnen.«

Er war nicht eigentlich verlegen, aber er tat eilig und vermied ihren Blick. Sonja gab ihm ihre Adresse und errötete dabei. Sie gingen alle drei gleichzeitig hinaus.

»Schließt du denn nicht zu?« fragte Rasumichin, der hinter den beiden andern die Treppe hinabstieg.

»Das tue ich nie!... Schon seit zwei Jahren will ich immer ein Schloß kaufen«, fügte er nachlässig hinzu. »Glücklich, wer nichts zu verschließen hat, nicht wahr?« wandte er sich lachend an Sonja.

Auf der Straße blieben sie am Tor stehen.

»Sie gehen nach rechts, Sofja Semjonowna? Dabei fällt mir ein: wie haben Sie es denn möglich gemacht, mich zu finden?« fragte er; aber es klang, als möchte er ihr etwas ganz anderes sagen. Er hätte gar zu gern noch einmal in ihre stillen, klaren Augen geblickt; aber es wollte ihm nicht so recht glücken...

»Sie haben doch gestern unsrer Polenjka Ihre Adresse angegeben?«

»Polenjka? Ach ja... Polenjka! Das war die Kleine... Das ist Ihre Schwester? Also der habe ich meine Adresse gegeben?«

»Wissen Sie das denn nicht mehr?«

»Doch... doch,... ich erinnere mich.«

»Und von Ihnen hat mir der Verstorbene noch zu seinen Lebzeiten erzählt... Ich kannte nur damals Ihren Namen nicht, und er selbst kannte ihn auch nicht... Aber gestern erfuhr ich nun Ihren Namen und Ihre Adresse, und als ich heute herkam, da fragte ich: wo wohnt hier Herr Raskolnikow?... Ich wußte gar nicht, daß Sie auch in einem möblierten Zimmer wohnen... Adieu! Ich werde alles an Katerina Iwanowna bestellen...«

Sie war sehr froh, endlich loszukommen; sie ging mit gesenktem Kopfe eilig dahin, um ihnen nur recht schnell aus dem Gesichtskreis zu kommen, um nur recht schnell diese zwanzig Schritte bis zu der Straßenecke, wo sie nach rechts einbiegen mußte, zurückzulegen und endlich allein zu sein und dann im eiligen Dahinschreiten, achtlos und unbekümmert um die Begegnenden und alles ringsumher, nachzudenken, sich zu erinnern und sich jedes gesprochene Wort, jeden Umstand noch einmal zu vergegenwärtigen. Noch niemals hatte sie etwas Ähnliches empfunden. Ihre Seele hatte in eine große, neue Welt, die ihr noch ganz unbekannt gewesen war, einen – freilich flüchtigen – Blick geworfen. Da fiel ihr auf einmal ein, daß Raskolnikow selbst noch heute zu ihr kommen wollte, vielleicht noch am Vormittag, vielleicht sogar jetzt gleich!

›Nur nicht heute schon, bitte, nicht heute!‹ murmelte sie mit heftiger Herzbeklemmung, als ob sie jemanden anflehte, wie ein geängstigtes Kind. ›O Gott! Zu mir... in dieses Zimmer,... er wird alles sehen... o Gott!‹

Sie war in diesem Augenblicke natürlich nicht imstande, einen ihr unbekannten Herrn zu beachten, der sie angelegentlich beobachtete und ihr auf dem Fuße folgte. Er begleitete sie schon, seit sie aus dem Torwege herausgetreten war. In dem Augenblicke, als alle drei, Rasumichin, Raskolnikow und sie, auf dem Trottoir standen und noch ein paar Worte miteinander redeten, war dieser Passant plötzlich zusammengezuckt, als er, um die Gruppe herumgehend, zufällig Sonjas Worte auffing: »Da fragte ich: wo wohnt hier Herr Raskolnikow?« Er hatte schnell, aber aufmerksam alle drei gemustert und besonders Raskolnikow, zu dem Sonja sprach; darauf hatte er sich das Haus angesehen und gemerkt. Alles dies hatte sich in einem Augenblicke, während er vorbeiging, abgespielt, und der Fremde war, ohne sich etwas merken zu lassen, weitergegangen, jedoch in etwas langsamerem Schritte, wie wenn er auf jemand wartete. Er hatte auf Sonja gewartet; denn er hatte gesehen, daß sie sich verabschiedete, und vermutet, daß sie nun wohl irgendwohin gehen würde, wo sie ihre Wohnung hätte.

›Wo mag sie wohnen? Ich habe dieses Gesicht doch schon irgendwo gesehen‹, hatte er gedacht und sich zu erinnern gesucht. ›Das muß ich herausbekommen.‹

Als er die Straßenecke erreicht hatte, ging er auf die andere Seite der Straße hinüber, drehte sich um und sah, daß Sonja, ohne auf irgend etwas zu achten,... bereits hinter ihm ging, denselben Weg; denn als sie an die Straßenecke gekommen war, war auch sie in die Seitenstraße eingebogen. Er hatte sie nun auf dem gegenüberliegenden Trottoir begleitet, allmählich zurückbleibend, ohne sie aus den Augen zu lassen; nach etwa fünfzig Schritten war er wieder nach dem Trottoir hinübergegangen, auf welchem Sonja ging, hatte sie eingeholt und ging nun in einem Abstande von ungefähr fünf Schritten hinter ihr her.

Es war ein Mann von ungefähr fünfzig Jahren, etwas über Mittelgröße, wohlbeleibt, mit breiten, dicken Schultern, was seine Haltung etwas gebückt erscheinen ließ. Er war elegant und bequem gekleidet und machte einen recht stattlichen Eindruck. In der Hand hatte er einen hübschen Spazierstock, den er bei jedem Schritte auf das Trottoir aufschlagen ließ; seine Hände steckten in neuen Handschuhen. Sein breites Gesicht mit den starken Backenknochen wirkte ganz angenehm, und die Gesichtsfarbe war frisch und gesund, wie es bei einheimischen Petersburgern nicht der Fall zu sein pflegt. Das noch sehr dichte Haar war ganz hellblond und nur äußerst wenig mit Grau meliert, und der breite, dichte Bart, der schaufelförmig herabhing, war noch heller als das Kopfhaar. Seine Augen waren blau; ihr Blick hatte etwas Kaltes, Starres, Überlegendes; die Lippen zeigten eine frische Röte. Überhaupt hatte er sich vorzüglich erhalten und sah viel jünger aus, als er wirklich war.

Als Sonja die Kanalstraße erreichte, waren sie die beiden einzigen Passanten auf dem Trottoir. Bei seinen Beobachtungen hatte er bereits ihre Nachdenklichkeit und Zerstreutheit bemerkt. Als Sonja ihr Haus erreicht hatte, bog sie in den Torweg ein; er folgte ihr und schien einigermaßen erstaunt zu sein. Auf dem Hofe wandte sie sich nach rechts, nach derjenigen Ecke, wo sich die zu ihrer Wohnung hinaufführende Treppe befand. »Na, so was!« murmelte der unbekannte Herr und begann hinter ihr her die Stufen hinaufzusteigen. Erst jetzt bemerkte ihn Sonja. Sie ging bis zum zweiten Stockwerk in die Höhe, bog in eine Außengalerie ein, die sich auf der Hofseite entlangzog, und klingelte an der Wohnung Nr. 9, an deren Tür mit Kreide angeschrieben stand: »Kapernaumow, Schneider«. »Na, so was!« sagte der Unbekannte noch einmal, verwundert über dieses eigentümliche Zusammentreffen, und klingelte daneben, bei Nr. 8. Die beiden Türen waren nur etwa sechs Schritte voneinander entfernt.

»Sie wohnen bei Kapernaumow«, sagte er und sah Sonja lachend an. »Er hat mir gestern eine Weste umgeändert. Und ich wohne hier neben Ihnen, bei Madam Gertruda Karlowna Rößlich. Wie sich das trifft!«

Sonja blickte ihn aufmerksam an.

»Wir sind also Nachbarn«, fuhr er in sehr heiterem Tone fort. »Ich bin erst seit vorgestern in der Stadt. Nun, vorläufig adieu, auf Wiedersehen!«

Sonja antwortete nicht; die Tür wurde geöffnet, sie schlüpfte hinein und ging in ihre Stube. Sie schämte sich, und ein seltsames Angstgefühl überkam sie.

Rasumichin befand sich, während sie zu Porfirij gingen, in einem Zustande besonderer Aufregung.

»Das ist prächtig, Bruder!« wiederholte er einmal über das andre. »Und ich freue mich, ich freue mich!«

›Worüber freust du dich denn nur?‹ fragte sich Raskolnikow im stillen.

»Das habe ich ja gar nicht gewußt, daß du auch etwas bei der alten Frau versetzt hattest. Und... und... ist das schon lange her? Ich meine: wann bist du zuletzt dagewesen?«

›Ist das ein naiver Tropf!‹ dachte Raskolnikow.

»Wann ich zuletzt da war?« antwortete er, indem er stehenblieb und nachdachte. »Zwei Tage vor ihrem Tode mag es gewesen sein, daß ich da war. Übrigens, die Sachen auszulösen ist jetzt bei diesem Gange nicht meine Absicht«, fügte er hastig und mit einer geflissentlich herausgekehrten Besorgtheit um die Sachen hinzu. »Ich habe ja wieder nur einen einzigen Rubel in meinem Besitze... infolge des Streiches, den ich gestern im Fieber begangen habe.«

Das Wort »Fieber« sprach er mit besonderem Nachdruck.

»Nun ja, ja, ja!« stimmte ihm Rasumichin eilig zu, wobei aber unklar blieb, worauf sich seine Zustimmung eigentlich bezog. »Also das ist der Grund, weshalb damals... das Gespräch von dem Morde so auf dich wirkte,... und weißt du, auch im Fieber hast du immer von Ringen und Ketten phantasiert!... Na ja, ja... Das ist ja klar, nun ist alles klar.«

›Holla!‹ dachte Raskolnikow. ›Dieser Gedanke hat sich bei ihnen also doch festgesetzt! Der gute Mensch hier würde sich für meine Unschuld ans Kreuz schlagen lassen, und doch ist er froh, daß es sich, wie er meint, aufgeklärt hat, warum ich im Fieber von Ringen geredet habe! Wie fest sich dieser Gedanke bei ihnen allen eingenistet hat!‹

»Werden wir ihn auch zu Hause antreffen?« fragte er laut.

»Ganz bestimmt, ganz bestimmt«, erwiderte Rasumichin. »Du wirst sehen, Bruder, er ist ein prächtiger Mensch. Ein bißchen plump; das heißt, er hat gewandte Formen, aber ich meine plump in anderer Hinsicht. Ein gescheiter Kerl, sogar sehr klug und gescheit, nur hat seine ganze Art zu denken etwas Eigentümliches. Mißtrauisch, skeptisch, prosaisch ist er,... er betrügt einen gern, das heißt, er betrügt einen nicht eigentlich, sondern führt einen an. Na, und in seinem Amte verwendet er die alte Methode der Beweisführung aus materiellen Gründen... Aber er versteht seine Sache, gründlich versteht er sie. Er hat im vorigen Jahre in eine Mordsache Licht gebracht, wo fast alle Spuren schon verloren waren. Er wünscht sehr, aber sehr, dich kennenzulernen!«

»Ja, weshalb wünscht er denn das so sehr?«

»Das heißt, nicht etwa daß... Siehst du, in der letzten Zeit, als du krank warst, hat es sich so gemacht, daß ich oft und viel mit ihm über dich sprach... Na, er hörte zu,... und als er erfuhr, daß du Jura studiertest und äußerer Umstände halber das Studium nicht zu Ende führen könntest, da sagte er: ›Wie schade!‹ Daraus schloß ich,... das heißt aus allem zusammen, nicht daraus allein; und gestern hat Sametow... Siehst du, Rodja, ich habe dir gestern in meiner Betrunkenheit, als wir zusammen nach deiner Wohnung gingen, allerlei hingeschwatzt,... und da fürchte ich, Bruder, daß du dem zuviel Bedeutung beimißt, siehst du wohl...«

»Was meinst du denn? Daß sie mich für verrückt halten? Da haben sie vielleicht recht.«

Er lächelte gezwungen.

»Ja, ja... oder vielmehr: nein, wollte ich sagen... Na, alles, was ich gesagt habe... (auch über etwas andres), das war alles dummes Zeug, wie es einem so die Trunkenheit eingibt.«

»Warum entschuldigst du dich denn noch? Die ganze Geschichte ist mir zum Ekel geworden!« rief Raskolnikow mit übermäßiger Gereiztheit, die zum Teil erkünstelt war.

»Ich weiß, ich weiß, ich kann dir das nachfühlen. Sei überzeugt, daß ich dir das nachfühlen kann. Ich schäme mich, darüber auch nur ein Wort zu verlieren...«

»Wenn du dich schämst, dann sprich nicht davon!«

Beide schwiegen. Rasumichin war höchst vergnügt, und Raskolnikow fühlte das mit Widerwillen. Auch beunruhigte ihn das, was Rasumichin soeben über Porfirij erzählt hatte.

›Vor dem muß ich auch den kranken Bettler spielen‹, dachte er erblassend und mit starkem Herzklopfen, ›und zwar recht natürlich. Das natürlichste wäre allerdings, wenn ich gar keine solche Rolle spielte, mir fest vornähme, es nicht zu tun! Nein, fest vornehmen... das würde wieder nicht natürlich herauskommen... Nun, wir wollen sehen, wie der Hase läuft,... wir werden es ja bald sehen... Ob es wohl gut oder schlecht ist, daß ich hingehe? Die Motte fliegt von selbst in die Kerze hinein. Das Herz klopft mir so stark; das ist nicht gut!‹

»Hier in diesem grauen Hause wohnt er«, sagte Rasumichin.

›Das wichtigste ist‹, überlegte Raskolnikow weiter, ›ob Porfirij es weiß oder nicht weiß, daß ich gestern in der Wohnung dieser Hexe war... und nach dem Blute gefragt habe. Darüber muß ich sofort ins klare kommen; gleich beim ersten Schritte, wenn ich hereinkomme muß ich das aus seiner Miene entnehmen; sonst... Erfahren will ich das, und wenn ich darüber ins Unglück stürze!‹

»Weißt du was?« wandte er sich auf einmal mit schlauem Lächeln an Rasumichin. »Ich habe heute die Beobachtung gemacht, daß du dich schon vom Morgen an in einer außerordentlichen Aufregung befindest. Habe ich recht?«

»Wieso in Aufregung? Ich bin in gar keiner Aufregung!« rief Rasumichin mit einer Grimasse.

»Nein, Bruder, es ist dir wirklich anzumerken. Auf deinem Stuhle saßest du vorhin in einer Weise, wie du es sonst nie tust, nur so auf einer Ecke, und dann zucktest du immer so wunderlich. Fortwährend sprangst du ohne jeden Anlaß auf. Bald sahst du ärgerlich aus, und dann machtest du auf einmal wieder ein Gesicht so süß wie der süßeste Bonbon. Sogar rot wurdest du; namentlich als du zum Mittagessen eingeladen wurdest, da wurdest du furchtbar rot.«

»Ach, bewahre! Was redest du für Unsinn! Was willst du denn damit sagen?«

»Und warum wendest und drehst du dich denn so verlegen hin und her wie ein Schuljunge? Ei, ei, er ist schon wieder rot geworden!«

»Ach, du Dummkopf du!«

»Aber warum wirst du denn so verlegen? Du Romeo! Warte nur, das erzähle ich heute noch anderswo weiter, ha-ha-ha! Da wird meine Mama drüber lachen... und noch jemand anders...«

»Hör mal, hör mal, aber im Ernst, das ist ja... Was soll denn das heißen?« rief Rasumichin; er war völlig verwirrt geworden, und es überlief ihn vor Schreck ganz kalt. »Was willst du ihnen erzählen, Bruder? Ich habe... Ach, was bist du für ein Dummkopf!«

»Wie eine Pfingstrose siehst du aus! Und wenn du wüßtest, wie gut dir das steht; ein baumlanger Romeo! Und wie du dich heute gewaschen hast, und die Nägel gereinigt, was? Wann ist das sonst je dagewesen? Und wahrhaftig, pomadisiert hast du dich auch! Bück dich mal!«

»Dummkopf!«

Raskolnikow lachte so, daß er sich anscheinend gar nicht mehr beherrschen konnte; so betraten sie denn noch lachend Porfirijs Wohnung. Gerade das hatte Raskolnikow beabsichtigt: von den Zimmern aus mußte man es hören können, daß sie lachend eintraten und auch im Vorzimmer immer noch weiterlachten.

»Kein Wort hier davon, oder ich zermalme dich!« flüsterte Rasumichin wütend und packte Raskolnikow an der Schulter.

V

Dieser trat bereits in das Zimmer und machte dabei ein Gesicht, als müßte er mit aller Gewalt an sich halten, um nicht vor Lachen loszuplatzen. Ihm folgte mit verdrießlicher, grimmiger Miene der lange, ungelenke Rasumichin, vor Verlegenheit rot wie eine Päonie. Sein Gesicht und seine ganze Figur waren wirklich in diesem Augenblicke lächerlich und rechtfertigten Raskolnikows Heiterkeit. Ohne noch vorgestellt zu sein, verbeugte sich Raskolnikow vor dem Hausherrn, der mitten im Zimmer stand und sie fragend anblickte, und wechselte mit ihm einen Händedruck, wobei er immer noch durchblicken ließ, welche Anstrengung es ihm mache, seine Lustigkeit zu unterdrücken und auch nur die wenigen zur Vorstellung erforderlichen Worte zu sprechen. Aber kaum war es ihm gelungen, eine ernste Miene anzunehmen und etwas Unverständliches zu murmeln, da blickte er auf einmal wieder, wie unwillkürlich, Rasumichin an und konnte sich nun nicht mehr beherrschen: das unterdrückte Lachen brach um so unaufhaltsamer heraus, je stärker es bis dahin zurückgedrängt war. Der gewaltige Ingrimm, mit welchem Rasumichin dieses anscheinend von Herzen kommende Lachen aufnahm, verlieh dieser ganzen Szene den Anschein einer durchaus echten Lustigkeit und, was das wichtigste war; der Natürlichkeit. Rasumichin erhöhte, als ob er es darauf angelegt gehabt hätte, diesen Eindruck noch durch sein Benehmen; er schrie: »Hol's der Teufel!« schwenkte dabei mit dem Arm und traf ein kleines rundes Tischchen, auf dem ein leergetrunkenes Teeglas stand. Alles fiel zu Boden; das Glas ging klirrend in Scherben.

»Recht so, meine Herren! Immer heiter und vergnügt!« rief Porfirij Petrowitsch fröhlich.

Es bot sich jetzt folgender Anblick dar: Raskolnikow lachte und lachte und vergaß darüber ganz, daß seine Hand noch in der des Hausherrn lag; aber er verstand, das richtige Maß innezuhalten, und wartete nur auf den passenden Augenblick, um möglichst bald und möglichst natürlich damit aufzuhören. Rasumichin, der durch das Umfallen des Tischchens und das Zerbrechen des Glases ganz und gar aus der Fassung gekommen war, blickte finster auf die Scherben, spuckte aus, drehte sich kurz um und trat ans Fenster, wo er den andern den Rücken zukehrte, ein furchtbar ärgerliches Gesicht schnitt und durchs Fenster schaute, ohne etwas zu sehen. Porfirij Petrowitsch lachte und war gern bereit, weiter mitzulachen, bedurfte aber offenbar der Aufklärung. In einer Ecke hatte auf einem Stuhle Sametow gesessen; beim Eintritt der Besucher hatte er sich erhoben und stand nun erwartungsvoll da. Den Mund hatte er zu einem Lächeln auseinandergezogen; aber er betrachtete den ganzen Auftritt mit Erstaunen und einer Art von Mißtrauen; Raskolnikow gegenüber zeigte er sogar eine gewisse Verlegenheit. Durch Sametows unerwartete Anwesenheit fühlte sich Raskolnikow unangenehm überrascht.

›Das muß ich auch noch mit in Betracht ziehen!‹ dachte er.

»Ich muß um Entschuldigung bitten«, begann er mit gekünstelter Verlegenheit, »mein Name ist Raskolnikow.«

»O bitte, bitte, sehr angenehm, und Sie kamen in so angenehmer Weise herein... Aber will denn der da nicht einmal guten Tag sagen?« erwiderte Porfirij Petrowitsch und wies mit einer Kopfbewegung auf Rasumichin hin.

»Ich weiß wahrhaftig nicht, warum er auf mich so wütend ist. Ich habe ihm nur unterwegs gesagt, er sehe aus wie ein Romeo, und habe ihm die Beweisgründe dafür angeführt; weiter ist meines Wissens nichts gewesen.«

»Dummkopf!« rief Rasumichin, ohne sich umzudrehen.

»Es müssen also doch wohl sehr ernste Gründe vorgelegen haben, wenn er wegen dieses einen Wörtchens so böse wurde!« meinte Porfirij lachend.

»Na ja, nun fängst du auch noch an, du Untersuchungskommissar du! Hol euch alle der Kuckuck!« rief Rasumichin ärgerlich, fing dann aber auf einmal selbst an zu lachen und trat mit wieder ganz vergnügtem Gesichte, als sei gar nichts vorgefallen, auf Porfirij Petrowitsch zu.

»Nun, abgetan! Ihr seid allesamt Narren. Also zur Sache: das hier ist mein Freund Rodion Romanowitsch Raskolnikow; erstens wünscht er deine Bekanntschaft zu machen, da er schon viel von dir gehört hat, und zweitens führt ihn eine kleine geschäftliche Angelegenheit zu dir. Ah, Sametow! Wie kommst du denn hierher? Seid ihr denn miteinander bekannt? Verkehrt ihr schon lange?«

›Was hat denn das nun wieder zu bedeuten?‹ fragte sich Raskolnikow beunruhigt.

Sametow wurde anscheinend verlegen, jedoch nur ein klein wenig.

»Wir haben uns ja doch gestern bei dir kennengelernt«, antwortete er in ungezwungenem Tone.

»Na, da bleibt mir ja eine Mühe erspart: in der vorigen Woche hat er mir fortwährend zugesetzt, ich möchte ihn irgendwie mit dir, Porfirij, bekannt machen; und nun habt ihr einander auch ohne meine Beihilfe gründlich berochen... Wo ist denn dein Tabak?«

Porfirij Petrowitsch war im Hausanzuge: er trug einen Schlafrock, sehr saubere Wäsche und ausgetretene Pantoffeln. Er war ein Mann von etwa fünfunddreißig Jahren, etwas unter Mittelgröße, wohlgenährt und sogar mit einem kleinen Embonpoint ausgestattet, vollständig glattrasiert, mit kurzgeschorenem Haar auf dem großen, runden Kopfe, der hinten eine besonders hervortretende Wölbung zeigte. Sein dickes, rundes, etwas stumpfnasiges Gesicht hatte eine kränkliche, dunkelgelbe Farbe, dabei aber doch etwas Energisches und sogar Spöttisches. Dieses Gesicht wäre selbst gutmütig zu nennen gewesen, wenn dem nicht der Ausdruck der Augen widersprochen hätte; diese hatten einen feuchten, wässerigen Glanz und waren von fast weißen Wimpern bedeckt, die fortwährend zuckten, als ob sie jemandem zuzwinkerten. Der Blick dieser Augen stand in einem eigentümlichen Gegensatze zu der ganzen Figur, die etwas Weibisches an sich hatte; sie erhielt dadurch einen weit ernsteren Charakter, als ihn der erste Anblick hatte annehmen lassen.

Sobald Porfirij Petrowitsch hörte, daß der Besucher ein kleines geschäftliches Anliegen an ihn habe, bat er ihn sogleich, auf dem Sofa Platz zu nehmen, setzte sich selbst in die andre Ecke und wendete sich dem Besucher zu, mit dem Ausdrucke der Erwartung, daß nun unverzüglich die Darlegung des Anliegens erfolgen werde. Er bekundete dabei jene Art von forcierter und übermäßig ernster Aufmerksamkeit, die den andern zu bedrücken und zu verwirren geeignet ist, namentlich wenn er diese Eigenheit noch nicht kennt, und namentlich wenn das, was er auseinandersetzen will, nach seinem eigenen Urteile in gar keinem Verhältnisse zu der außerordentlich gespannten Aufmerksamkeit steht, mit der er beehrt wird. Aber Raskolnikow trug in kurzer, bündiger Darlegung klar und bestimmt sein Anliegen vor und war mit sich selbst so zufrieden, daß er die Zeit auch noch dazu benutzte, Porfirij recht genau zu betrachten. Auch Porfirij Petrowitsch wandte die ganze Zeit über kein Auge von ihm. Rasumichin hatte an demselben Tische ihnen gegenüber Platz genommen und folgte mit eifrigem Interesse und starker Ungeduld der Auseinandersetzung der Angelegenheit, wobei er fortwährend seine Augen von dem einen zum andern wandern ließ, was sich etwas wunderlich ausnahm.

›Du Esel!‹ schimpfte Raskolnikow ihn im stillen.

»Sie müssen eine Eingabe an die Polizei machen«, antwortete Porfirij in rein geschäftlichem Tone, »dieses Inhalts: Sie hätten von dem und dem Vorfall gehört, also von diesem Morde, und bäten nun Ihrerseits, man möge den Untersuchungskommissar, in dessen Händen die Sache liege, davon benachrichtigen, daß die und die Gegenstände Ihr Eigentum seien und Sie den Wunsch hätten, sie einzulösen,... oder so ähnlich... Man wird Ihnen das übrigens aufsetzen.«

»Das ist ja eben die Sache«, erwiderte Raskolnikow, möglichst bemüht, verlegen zu scheinen, »daß ich augenblicklich gar keine Geldmittel besitze... und nicht einmal imstande bin eine solche Kleinigkeit... Sehen Sie, ich möchte jetzt nur die Erklärung abgeben, daß diese Gegenstände mir gehören und daß ich, sowie ich wieder Geld habe...«

»Nun, das macht ja keinen Unterschied«, antwortete Porfirij Petrowitsch, der Raskolnikows Eröffnung über seine pekuniäre Lage sehr kühl aufnahm. »Übrigens können Sie, wenn Sie wollen, in demselben Sinne auch direkt an mich schreiben, so: ›Nachdem ich das und das erfahren habe, bezeichne ich die und die Sachen als mein Eigentum und bitte...‹«

»Doch auf gewöhnlichem Papier? Nicht etwa auf Stempelpapier?« unterbrach ihn Raskolnikow hastig, um wieder sein Interesse für die pekuniäre Seite der Angelegenheit hervorzukehren.

»Oh, auf ganz gewöhnlichem!«

Plötzlich, so schien ihm, sah ihn Porfirij Petrowitsch mit unverhohlenem Spotte an; denn er kniff die Augen zusammen, und es machte den Eindruck, als ob er ihm zuzwinkerte. Indessen war es Raskolnikow doch vielleicht nur so vorgekommen, da es nur einen Augenblick dauerte. Jedenfalls: etwas Derartiges war geschehen. Raskolnikow hätte darauf schwören mögen, daß er ihm – mochte der Teufel wissen, warum – zugezwinkert habe.

›Er weiß es!‹ Dieser Gedanke durchzuckte ihn wie ein Blitz.

»Entschuldigen Sie, daß ich Sie mit solchen Lappalien belästigt habe«, fuhr er, etwas aus der Fassung gebracht, fort. »Meine Sachen sind höchstens fünf Rubel wert; aber sie sind mir besonders teuer als Andenken an die Personen, von denen ich sie bekommen habe, und ich muß gestehen, als ich davon hörte, bekam ich einen großen Schreck...«

»Darum fuhrst du also auch gestern so auf, als ich zu Sossimow sagte, Porfirij nähme die Verpfänder ins Verhör?« warf Rasumichin mit unverkennbarer Absicht dazwischen.

Das war nicht mehr zu ertragen. Raskolnikow konnte sich nicht beherrschen und blitzte ihn mit seinen zornfunkelnden schwarzen Augen böse an. Aber sogleich kam er wieder zur Besinnung.

»Du machst dich wohl über mich lustig, Bruder?« wandte er sich an ihn mit geschickt gespielter Empfindlichkeit. »Ich gebe zu, daß ich in meiner Besorgnis um diese Sachen, die in deinen Augen nur Schund sind, vielleicht zu weit gehe; aber darum braucht man mich noch nicht für egoistisch oder habgierig zu halten; in meinen Augen sind diese beiden geringwertigen Gegenstände eben durchaus kein Schund. Ich habe dir schon vorhin gesagt, daß diese silberne Uhr, die allerdings nur einen sehr geringen materiellen Wert hat, das einzige Stück ist, das aus der Hinterlassenschaft meines Vaters übrig ist. Über mich kannst du meinetwegen lachen; aber meine Mutter ist jetzt hier angekommen«, hier wandte er sich auf einmal an Porfirij, »und wenn sie erführe«, er drehte sich schnell wieder zu Rasumichin und gab sich besondere Mühe, seiner Stimme einen zitternden Klang zu geben, »daß diese Uhr verlorengegangen wäre, so würde sie rein in Verzweiflung sein, kann ich dir sagen! Das ist bei Frauen nun einmal so!«

»Aber nein, nein! So habe ich es ja gar nicht gemeint! Ganz im Gegenteil!« rief Rasumichin tief gekränkt.

›Habe ich das auch gut gemacht?‹ überlegte Raskolnikow ängstlich im stillen. ›Kam es auch natürlich heraus? Habe ich auch nicht zu stark aufgetragen? Warum habe ich das von den Frauen gesagt?‹

»Ah, Ihre Frau Mutter ist hergekommen?« erkundigte sich Porfirij Petrowitsch.

»Ja.«

»Wann denn?«

»Gestern abend.«

Porfirij schwieg und schien etwas zu überlegen.

»Verlorengehen konnten Ihre Pfandstücke in keinem Falle«, fuhr er kühl und ruhig fort. »Ich habe schon lange erwartet, daß Sie zu mir kommen würden.«

Und als hätte er nichts Besonderes gesagt, stellte er bedächtig den Aschbecher vor Rasumichin hin, der die Asche von seiner Zigarette achtlos hatte auf den Teppich fallen lassen. Raskolnikow fuhr zusammen; aber Porfirij schien es nicht zu bemerken, sondern immer noch mit Rasumichins Zigarette seine Sorge zu haben.

»Was? Was? Erwartet hast du ihn? Hast du denn gewußt, daß auch er da etwas versetzt hatte?«

Porfirij Petrowitsch wandte sich direkt an Raskolnikow:

»Ihre beiden Sachen, der Ring und die Uhr, waren bei ihr in ein und dasselbe Stück Papier eingewickelt, und auf dem Papier stand, deutlich mit Bleistift geschrieben, Ihr Name sowie auch das Datum, wann sie die Sachen von Ihnen erhalten hatte...«

»Das haben Sie sich ja aber außerordentlich scharf eingeprägt!« erwiderte Raskolnikow mit ungeschicktem Lächeln, wobei er sich große Mühe gab, ihm gerade in die Augen zu sehen; ohne genau zu überlegen, fuhr er fort: »Ich meine, weil es sich doch gewiß um sehr viele Verpfänder handelte, so daß es Ihnen schwer werden mußte, alle einzelnen im Gedächtnis zu behalten... Aber trotzdem erinnern Sie sich so genau an alle, und... und...«

›Das war dumm von mir! Sehr schwach! Warum habe ich das nur noch hinzugefügt?‹ dachte er.

»Beinahe alle Verpfänder haben sich jetzt schon gemeldet; nur Sie waren noch nicht gekommen«, antwortete Porfirij mit einem kaum bemerkbaren Anflug von Spott.

»Ich war nicht recht gesund.«

»Auch davon habe ich gehört. Ich habe auch gehört, daß Sie aus irgendwelchem Anlaß mit Ihren Nerven in Unordnung gekommen seien. Sehen Sie nicht auch heute etwas blaß aus?«

»Ich bin gar nicht blaß,... im Gegenteil, ich bin vollkommen gesund!« entgegnete mit plötzlich verändertem Tone Raskolnikow, unhöflich und ärgerlich.

Die Wut kochte in ihm, und er konnte ihrer nicht mehr Herr werden.

›In der Wut werde ich unbedacht reden!‹ fuhr es ihm wieder durch den Kopf. ›Warum martern sie mich denn eigentlich?‹

»Nicht recht gesund, sagt er, wäre er gewesen!« mischte sich Rasumichin ein. »Na, das ist denn aber doch eine Verdrehung! Bis gestern war er ohne Besinnung und phantasierte... Denk dir mal, Porfirij, er konnte sich kaum auf den Füßen halten; aber sowie wir, ich und Sossimow, gestern den Rücken gewandt hatten, zog er sich an, lief heimlich fort und trieb sich fast bis Mitternacht umher, und zwar in vollständigem Fieberzustande, sage ich dir; kannst du dir so etwas vorstellen? Ein ganz merkwürdiger Fall!«

»Wirklich in vollständigem Fieberzustande? Sagen Sie mal, ist das möglich?« rief Porfirij und schüttelte in einer Art, wie man das sonst bei Weibern sieht, den Kopf.

»Ach, dummes Zeug! Glauben Sie doch so etwas nicht! Übrigens glauben Sie es ja sowieso nicht!« Die letzten Worte ließ sich Raskolnikow in seiner Wut entschlüpfen.

Jedoch Porfirij Petrowitsch schien diese sonderbare Bemerkung gar nicht gehört zu haben.

»Aber dein Weggehen läßt sich doch überhaupt nur aus deinem Fieberzustande erklären!« ereiferte sich Rasumichin. »Warum bist du ausgegangen? Zu welchem Zwecke? Und warum gerade heimlich? Hattest du etwa damals deinen gesunden Verstand? Jetzt, wo alle Gefahr geschwunden ist, kann ich ja offen mit dir darüber reden!«

»Ich konnte die beiden gestern schlechterdings nicht mehr ausstehen«, wandte sich Raskolnikow an Porfirij und lächelte dabei dreist und herausfordernd, »darum lief ich ihnen davon, um mir eine andre Wohnung zu mieten, damit sie mich nicht auffinden könnten, und nahm eine beträchtliche Geldsumme mit. Herr Sametow hier hat das Geld gesehen. Nun, Herr Sametow, war ich gestern bei Verstande, oder hatte ich Fieber? Entscheiden Sie den Streit!«

Er hätte in diesem Augenblicke Sametow am liebsten erwürgt. Die Art, wie dieser ihn bisher schweigend angesehen hatte, brachte ihn auf.

»Meiner Ansicht nach redeten Sie sehr verständig und sogar schlau; nur waren Sie von einer übermäßigen Reizbarkeit«, erwiderte Sametow trocken.

»Und heute erzählte mir Nikodim Fomitsch«, sagte Porfirij Petrowitsch, »er habe Sie gestern zu sehr später Stunde in der Wohnung eines überfahrenen Beamten getroffen...«

»Na ja! Also die Geschichte mit diesem Beamten!« fiel Rasumichin ein. »Hast du dich dabei etwa nicht verrückt benommen? Sein letztes Geld hat er der Witwe zum Begräbnis geschenkt. Wenn du ihr beispringen wolltest, so hättest du ihr fünfzehn, meinetwegen zwanzig Rubel geben sollen; na, und wenn du nur drei Rubel für dich behalten hättest; aber nein, alle fünfundzwanzig hast du ihr hingegeben.«

»Vielleicht habe ich irgendwo einen Schatz gefunden, von dem du nichts weißt, und das war dann der Grund für meine Freigebigkeit gestern... Herr Sametow hier weiß, daß ich einen Schatz gefunden habe!... Verzeihen Sie nur«, wandte er sich mit zitternden Lippen an Porfirij, »daß wir Sie mit solchem gleichgültigen Gerede eine halbe Stunde lang belästigen. Sie möchten uns gewiß gern loswerden, nicht wahr?«

»Aber ich bitte Sie, ganz im Gegenteil, ganz – im – Gegenteil! Wenn Sie wüßten, wie lebhaft ich mich für Sie interessiere! Sie zu sehen und reden zu hören, hat für mich einen ganz besonderen Reiz,... und ich gestehe, es ist mir eine Freude, daß Sie endlich einmal die Güte hatten, zu mir zu kommen...«

»Na, dann setze uns doch wenigstens Tee vor; die Kehle ist einem ja ganz trocken geworden!« rief Rasumichin.

»Ein sehr guter Gedanke! Ich hoffe, daß die Herren alle teilnehmen. Willst du aber nicht etwas Substantielleres vor dem Tee haben?«

»Damit bleib mir vom Leibe!«

Porfirij Petrowitsch ging hinaus, um Tee zu bestellen.

In Raskolnikows Kopfe wirbelten die Gedanken wild durcheinander. Er war im höchsten Grade gereizt.

›Das großartigste ist, daß sie nicht einmal heimlich tun und nicht einmal die äußere Form wahren mögen! Was hattest du denn für Anlaß, wenn du mich gar nicht kennst, mit Nikodim Fomitsch über mich zu sprechen? Folglich wollen sie es gar nicht mehr verhehlen, daß sie wie eine Hundemeute hinter mir her sind! Sie speien mir ganz offen ins Gesicht!‹ Er zitterte vor Wut. ›Nun, so schlagt doch einfach zu und spielt nicht erst lange mit mir wie die Katze mit der Maus! Das ist doch keine Manier, Porfirij Petrowitsch; das werde ich mir denn doch wohl von dir nicht gefallen lassen! Ich stehe auf und schleudere euch allen die volle Wahrheit ins Gesicht; dann könnt ihr sehen, wie ich euch verachte!‹ Er atmete nur mühsam. ›Wie aber, wenn mir das alles nur so vorkäme? Wenn das lediglich von mir ein Wahngebilde wäre und ich mich ganz und gar im Irrtum befände, mich nur aus Unerfahrenheit ärgerte und es nicht verstände, meine unwürdige Rolle durchzuführen? Vielleicht steckt gar keine Absicht hinter alledem? Alle ihre Worte klingen ganz gewöhnlich; aber es liegt doch noch etwas Besonderes darin... All das kann man in jeder Situation sagen; aber es hat doch einen Beigeschmack. Warum sagte er einfach: »bei ihr«? Warum setzte Sametow hinzu, ich hätte »schlau« geredet? Warum reden sie in einem solchen Tone? Ja,... dieser Ton... Rasumichin hat doch auch mit dabei gesessen; warum ist denn dem nichts auffällig erschienen? Diesem harmlosen Tölpel fällt eben nie etwas auf. Ich fiebere wieder ordentlich!... Hat mir Porfirij vorhin zugezwinkert oder nicht? Es ist gewiß Unsinn; wozu hätte er das tun sollen? Wollen sie meine Nerven reizen oder mich hänseln? Entweder ist alles ein Wahngebilde, oder sie wissen davon! Sogar Sametow ist frech... Ob Sametow wirklich frech ist? Sametow hat die Sache die Nacht über durchdacht. Das habe ich gleich geahnt, daß er das tun würde! Er benimmt sich hier wie zu Hause, und doch ist er zum erstenmal da. Porfirij behandelt ihn gar nicht wie einen Gast, sondern sitzt so, daß er ihm den Rücken zuwendet. Sie haben einander gründlich berochen, wie sich Rasumichin ausdrückt! Gewiß hat meine Angelegenheit dazu den Anlaß gegeben! Sie haben zweifellos, ehe wir kamen, von mir gesprochen!... Ob sie wohl von meinem gestrigen Besuche in der Wohnung wissen? Wenn sich nur alles recht schnell abspielte!... Als ich sagte, ich wäre gestern weggelaufen, um mir eine Wohnung zu mieten, ließ er diese Bemerkung vorbeigehen und knüpfte nicht daran an... Was ich da vom Wohnungssuchen gesagt habe, das war ganz geschickt gemacht: das kann mir später noch zustatten kommen!... Im Fieberzustande, wird es dann heißen!... Ha-ha-ha! Er weiß über den ganzen gestrigen Abend Bescheid! Nur von der Ankunft meiner Mutter wußte er nichts!... Und auch das Datum hat die alte Hexe mit Bleistift daraufgeschrieben!... Aber ihr irrt euch, ich ergebe mich nicht! Das sind ja noch keine Tatsachen; das sind nur leere Vermutungen! Nein, liefert mal erst Tatsachen! Auch mein Besuch in der Wohnung ist keine beweiskräftige Tatsache; der erklärt sich aus dem Fieberzustande; ich weiß schon, was ich ihnen zu sagen habe... Wissen sie das von der Wohnung? Ich gehe nicht fort, ehe ich das nicht erfahren habe! Weshalb bin ich nur hergekommen? Daß ich mich jetzt so ärgere, das könnte möglicherweise als ein tatsächlicher Schuldbeweis dienen! Scheußlich, daß ich so reizbar bin! Vielleicht ist es aber auch gerade gut; ich spiele ja die Rolle eines Kranken... Er tastet an mir herum. Er wird mich noch aus der Fassung bringen. Weshalb bin ich nur hergekommen?‹

Alles das fuhr ihm wie ein Blitz durch den Kopf.

Porfirij Petrowitsch kam in einem Augenblick wieder zurück. Er schien auf einmal ganz vergnügt geworden zu sein.

»Den gestrigen Abend bei dir spüre ich noch im Kopfe, Bruder, das hat mich völlig kaputt gemacht!« sagte er in ganz anderm Tone als vorher zu Rasumichin.

»Nun, war es interessant? Ich verließ euch ja gestern gerade bei dem interessantesten Punkte. Wer hat denn gesiegt?« fragte dieser.

»Selbstverständlich niemand. Wir gerieten auf die uralten Streitfragen und schwebten in den Wolken.«

»Stelle dir mal vor, Rodja, auf was für ein Thema die gestern zu sprechen kamen: gibt es Verbrechen oder nicht? Ich sagte ihnen, sie wären verrückt geworden mit ihrem Debattieren!«

»Was ist dabei Verwunderliches? Das ist ja eine ganz gewöhnliche soziale Streitfrage«, antwortete Raskolnikow zerstreut.

»Die Frage war nicht in dieser Weise formuliert«, bemerkte Porfirij.

»Nicht ganz so, das ist richtig«, bestätigte ihm Rasumichin schnell, der nach seiner Gewohnheit in Eifer und Hitze geriet. »Höre mal zu, Rodja, und sage mir deine Meinung; du tust mir einen Gefallen damit. Ich wollte gestern bei dem Gerede der Kerle aus der Haut fahren und wartete ungeduldig auf dich; ich hatte ihnen gesagt, daß du kommen würdest... Zuerst wurde die Ansicht der Sozialisten vorgebracht. Diese Ansicht ist ja bekannt: das Verbrechen ist ein Protest gegen die Abnormität der sozialen Einrichtungen – basta, weiter nichts; andre Ursachen werden nicht anerkannt, basta!...«

»Das stellst du doch ganz falsch dar!« rief Porfirij Petrowitsch. Er wurde sichtlich lebhafter und lachte fortwährend bei Rasumichins Anblicke, wodurch dieser immer noch mehr in Rage geriet.

»Andre Ursachen werden von ihnen nicht anerkannt!« unterbrach ihn Rasumichin erregt. »Ich stelle es nicht falsch dar! Ich will dir Bücher zeigen, die sie darüber geschrieben haben; immer heißt es bei ihnen: ›die Gesellschaft ist daran schuld‹, weiter nichts. Das ist ihr beliebtes Schlagwort! Daraus folgt dann ohne weiteres, daß, wenn es gelingt, die Gesellschaft normal einzurichten, mit dem Wegfall jedes Anlasses zu einem Proteste sofort auch alle Verbrechen verschwinden und alle Menschen im Nu gerecht werden. Aber die Natur wird von ihnen nicht in Betracht gezogen; die wird in diesen Erwägungen ignoriert, die wird nicht als Faktor in die Rechnung eingesetzt. Nach ihrer Ansicht verhält es sich nicht so, daß die Menschheit auf historischem, organischem Wege sich weiterentwickelt und schließlich zum Normalzustande gelangt, sondern ein soziales System, das Produkt eines mathematischen Kopfes, wird sofort die ganze Menschheit in Ordnung bringen und sie im Nu gerecht und sündlos machen, schneller als jeder organische Prozeß, ohne jede historische und organische Entwicklung! Daher haben sie auch eine solche instinktive Abneigung gegen die Geschichte; ›die Geschichte‹, sagen sie, ›ist ein Gemenge von Schändlichkeiten und Dummheiten‹, und erklären alles nur aus der Dummheit. Darum haben sie auch eine solche Abneigung gegen den organischen Lebensprozeß: eine lebendige Seele brauchen sie nicht! Eine lebendige Seele verlangt zu leben; eine lebendige Seele fügt sich nicht in einen Mechanismus; eine lebendige Seele ist mißtrauisch; eine lebendige Seele opponiert! Aber den Menschen, der in ihr System paßt, den kann man aus Kautschuk machen; und wenn er auch einen Kadavergeruch hat – dafür ist er auch nicht lebendig, dafür ist er auch willenlos, dafür ist er auch sklavisch und rebelliert nicht. Kurz, sie denken an nichts als an die Aufführung der Mauern und die Anordnung der Korridore und Zimmer in ihrer großen Phalanstère. Die Phalanstère ist fertig; aber die menschliche Natur dafür passend zu machen, damit sind sie noch nicht fertig. Die menschliche Natur will leben; sie hat ihren organischen Entwicklungsprozeß noch nicht abgeschlossen; sie auf den Kirchhof zu bringen, damit ist es noch zu früh! Mit der kahlen Logik kann man sich über die Natur nicht hinwegsetzen! Die Logik sieht vielleicht drei mögliche Arten voraus, wo es ihrer eine Million gibt! Diese ganze Million beiseite zu schieben lediglich mit Rücksicht auf die Bequemlichkeit beim Aufbau des Systems, das ist allerdings die leichteste Lösung der Aufgabe. Das ist von einer verführerischen Übersichtlichkeit, und das Denken spart man dabei ganz. Und das ist die Hauptsache: man spart dabei das Denken! Das ganze geheimnisvolle Problem des Lebens läßt sich dann auf zwei Druckseiten abtun!«

»Na, nun ist er aber in Zug gekommen; jetzt schlägt er gehörig die Trommel! Wenn er nun aufhören soll, muß man ihm die Hände festhalten!« rief Porfirij lachend. »Stellen Sie sich das nur vor«, wandte er sich an Raskolnikow, »ebenso ging es gestern abend zu, und immer sechs Stimmen zugleich, und überdies hatte er die Streitenden vorher mit Punsch bewirtet – können Sie sich davon eine Vorstellung machen? – Nein, Bruder, du irrst dich: ›die Gesellschaft‹ ist bei den Verbrechen allerdings ein sehr wesentlicher Faktor; das kannst du mir glauben.«

»Das weiß ich selbst, daß sie ein wesentlicher Faktor ist; aber beantworte mir mal diese Frage: wenn ein Mann von vierzig Jahren ein zehnjähriges Mädchen mißbraucht, hat ihn dann ›die Gesellschaft‹ dazu genötigt?«

»Nun, wenn man es genau nimmt, trägt vielleicht auch daran ›die Gesellschaft‹ mit die Schuld«, bemerkte Porfirij mit auffälligem Ernste. »Ein Verbrechen an einem kleinen Mädchen läßt sich sehr wohl auf ›die Gesellschaft‹ als Ursache zurückführen.«

Rasumichin wurde ordentlich wütend.

»Na«, schrie er, »wenn du willst, so werde ich dir sofort beweisen, daß die weiße Farbe deiner Wimpern einzig und allein daher kommt, daß der Moskauer Glockenturm Iwan Welikij zweihundertfünfzig Fuß hoch ist, und ich will dir das klar, genau, progressiv und sogar mit liberaler Nuance beweisen. Dazu mache ich mich anheischig. Nun, willst du wetten?«

»Ich nehme die Wette an! Wir wollen doch mal hören, wie er das beweisen wird!«

»Ach, er tut ja immer nur so, der Kerl!« rief Rasumichin, vom Stuhle aufspringend, mit einer wegwerfenden Handbewegung. »Es lohnt sich gar nicht, mit dir über etwas zu reden! Das ist alles bei ihm Verstellung; du kennst ihn bloß noch nicht, Rodja! Auch gestern nahm er für die Verfechter dieser Ansicht Partei, nur um sie alle zum Narren zu halten. Und was er gestern für Zeug zusammengeredet hat, o Gott, o Gott! Und die hatten ihre helle Freude an ihm!... Solche Verstellung ist er imstande vierzehn Tage lang durchzuführen. Im vorigen Jahre – ich weiß nicht, wie er dazu kam – redete er uns ein, er wolle Mönch werden; zwei Monate lang blieb er bei dieser Behauptung! Vor kurzem wollte er uns weismachen, er würde sich verheiraten; es wäre alles schon zur Hochzeit bereit. Sogar einen neuen Anzug ließ er sich machen. Wir gratulierten ihm schon. Keine Braut, nichts war da; alles Flunkerei!«

»Das ist wieder eine Verdrehung von dir! Den Anzug hatte ich mir schon vorher machen lassen. Eben dieser neue Anzug brachte mich erst auf den Gedanken, euch alle hinters Licht zu führen.«

»Sind Sie wirklich ein solcher Meister in der Kunst, sich zu verstellen?« fragte Raskolnikow lässig.

»Sie glauben es wohl nicht? Warten Sie nur, ich werde Sie auch noch einmal anführen – ha-ha-ha! Nein, wissen Sie, ich wollte Ihnen noch etwas im Ernste sagen. Wir reden hier über Streitfragen, Verbrechen, Gesellschaft, kleine Mädchen usw.: dabei ist mir jetzt ein Aufsatz von Ihnen eingefallen, der mich übrigens schon immer interessiert hat. ›Über das Verbrechen‹ oder wie Sie ihn betitelt haben; ich habe die Überschrift vergessen, ich besinne mich nicht darauf. Vor zwei Monaten hatte ich das Vergnügen, ihn in der Zeitschrift für Wissenschaft und Kunst zu lesen.«

»Meinen Aufsatz? In der Zeitschrift für Wissenschaft und Kunst?« fragte Raskolnikow erstaunt. »Ich habe allerdings vor einem halben Jahre, als ich die Universität verließ, durch die Lektüre eines Buches angeregt, einen solchen Aufsatz geschrieben; aber ich habe ihn damals der Wissenschaftlichen Wochenschrift und nicht der Zeitschrift für Wissenschaft und Kunst eingereicht.«

»Aber erschienen ist er in der Zeitschrift für Wissenschaft und Kunst.«

»Die Wissenschaftliche Wochenschrift ging ein; darum wurde er nicht gedruckt...«

»Ganz richtig; aber die Wissenschaftliche Wochenschrift wurde bei ihrem Eingehen mit der Zeitschrift für Wissenschaft und Kunst verschmolzen, und darum erschien auch Ihr Aufsatz vor zwei Monaten in der letzteren. Haben Sie das nicht gewußt?«

Raskolnikow wußte wirklich nichts davon.

»Aber ich bitte Sie! Sie können doch von der Zeitschrift ein Honorar für Ihren Aufsatz verlangen! Was sind Sie nur für ein Mensch! Sie leben so zurückgezogen, daß Ihnen nicht einmal Dinge, die Sie direkt angehen, bekannt sind. Was ich Ihnen gesagt habe, ist eine Tatsache!«

»Hurra, Rodja! Ich habe auch nichts davon gewußt!« rief Rasumichin. »Ich gehe noch heute in den Lesesaal und lasse mir die Nummer geben! Vor zwei Monaten ist es gewesen? Weißt du das Datum, Porfirij? Nun, das tut nichts; ich werde den Aufsatz schon finden. Das ist ja famos! Und davon sagt er einem nichts!«

»Woher haben Sie denn erfahren, daß der Aufsatz von mir war? Er war doch nur mit einem Buchstaben unterzeichnet.«

»Das habe ich nur zufällig erfahren, und erst in diesen Tagen. Vom Redakteur; ich bin mit ihm bekannt... Der Aufsatz hat mich außerordentlich interessiert.«

»Soweit ich mich erinnere, erörterte ich den Seelenzustand des Verbrechers während seiner ganzen Beschäftigung mit dem Verbrechen.«

»Jawohl, und Sie behaupten, daß die eigentliche Ausführung des Verbrechens immer von einem Krankheitszustande begleitet sei. Sehr originell, in der Tat; aber... was mich interessierte, war eigentlich nicht dieser Teil Ihres Aufsatzes, sondern ein Gedanke, den Sie am Ende Ihres Aufsatzes äußern, aber leider nur andeuten, ohne ihn klar auszuführen... Kurz, wenn Sie sich erinnern, es wird dort darauf hingedeutet, daß es auf der Welt Individuen gibt, die allerlei Exzesse und Verbrechen begehen können,... das heißt, nicht bloß können, sondern ein Recht dazu haben, und daß für sie die Gesetze nicht geschrieben sind.«

Raskolnikow lächelte über diese gewaltsame, absichtliche Entstellung seines Gedankens.

»Wie? Was ist das? Ein Recht, Verbrechen zu begehen? Aber doch nicht, weil ›die Gesellschaft‹ daran schuld wäre?« erkundigte sich Rasumichin ganz erschrocken.

»Nein, nein, nicht eigentlich deswegen«, antwortete Porfirij. »Der Kern der Sache ist, daß in Herrn Raskolnikows Aufsatze alle Menschen in gewöhnliche und außerordentliche eingeteilt werden. Die gewöhnlichen sind zum Gehorsam verpflichtet und haben kein Recht, das Gesetz zu überschreiten, eben deswegen, weil sie nur gewöhnliche Menschen sind. Aber die außerordentlichen haben das Recht oder gar die Pflicht, allerlei Verbrechen zu begehen und in jeder Weise das Gesetz zu übertreten, eben darum, weil sie außerordentliche Menschen sind. So steht es ja wohl in Ihrem Aufsatze, wenn ich nicht irre?«

»Aber wie denn? So kann es doch unmöglich dastehen?« murmelte Rasumichin verblüfft.

Raskolnikow lächelte wieder. Er hatte gleich von vornherein durchschaut, wie die Sache lag und wohin er gebracht werden sollte; seinen Aufsatz hatte er ganz gut im Gedächtnis. Er beschloß, die Herausforderung anzunehmen.

»Ganz so steht es allerdings nicht in meinem Aufsatze«, begann er schlicht und bescheiden. »Indessen gebe ich zu, daß Sie den Gedanken annähernd richtig wiedergegeben haben, und wenn Sie das gern hören, sogar vollständig richtig...« (Er tat so, als mache es ihm Vergnügen, zuzugeben, daß die Wiedergabe vollständig richtig sei.) »Der Unterschied ist nur der, daß ich gar nicht behaupte, außerordentliche Menschen müßten und sollten unter allen Umständen allerlei Exzesse begehen, wie Sie sagen. Ich meine sogar, der Druck eines solchen Aufsatzes wäre gar nicht gestattet worden. Sondern ich habe ganz einfach darauf hingedeutet, daß ein außerordentlicher Mensch das Recht habe,... das heißt, nicht ein offizielles Recht, sondern sozusagen ein persönliches Recht, seinem Gewissen die Überschreitung gewisser Hindernisse zu gestatten, aber einzig und allein in dem Falle, wenn die Durchführung seiner Idee (die mitunter vielleicht der gesamten Menschheit Heil und Segen bringt) dies verlangt. Sie äußerten sich dahingehend, daß mein Aufsatz unklar wäre; ich bin bereit, ihn Ihnen nach Möglichkeit zu erklären. Vielleicht irre ich mich nicht, wenn ich annehme, daß Ihnen dies erwünscht ist; nun schön! Meine Ansicht ist also folgende: Wenn die Entdeckungen Keplers und Newtons infolge irgendwelcher Umstände den Menschen schlechterdings nicht anders hätten bekannt werden können als dadurch, daß das Leben von einem, von zehn, von hundert usw. Menschen zum Opfer gebracht wurde, die der Veröffentlichung dieser Entdeckungen störend oder hindernd im Wege standen, so hätte Newton das Recht und sogar die Pflicht gehabt,... diese zehn oder hundert Menschen zu beseitigen, um seine Entdeckungen der ganzen Menschheit bekannt zu machen. Daraus folgt jedoch durchaus nicht, daß Newton das Recht gehabt hätte, jeden beliebigen Menschen, der ihm gerade in die Quere kam, totzuschlagen oder jeden Tag auf dem Markte zu stehlen. Ferner entwickelte ich, meiner Erinnerung nach, in meinem Aufsatze den Gedanken, daß alle... nun, sagen wir zum Beispiel alle Gesetzgeber und Führer der Menschheit, von den ältesten angefangen, und dann weiter Lykurg, Solon, Mohammed, Napoleon und so fort – daß diese alle, ohne Ausnahme, Verbrecher waren, schon allein deswegen, weil sie durch die neuen Gesetze, die sie gaben, die alten, von den Vätern überkommenen und von der Gesellschaft für heilig erachteten Gesetze verletzten und natürlich auch vor Blutvergießen nicht zurückschraken, wenn allein dieses Blutvergießen (und es handelte sich dabei oft um ganz unschuldiges Blut, das heldenmütig bei der Verteidigung der alten Gesetze vergossen wurde) ihnen zur Durchführung ihrer Absichten helfen konnte. Es ist sogar beachtenswert, daß die allermeisten dieser Wohltäter und Führer der Menschheit skrupellos Ströme von Menschenblut vergossen haben. Kurz, ich kam zu dem Ergebnis, daß nicht nur die eigentlich großen Männer, sondern auch diejenigen, die nur einigermaßen fähig sind, neue Bahnen einzuschlagen, das heißt, die nur einigermaßen imstande sind, etwas Neues zu sagen, daß diese alle zufolge ihrer Natur Verbrecher sein müssen – selbstverständlich mehr oder weniger. Sonst würde es ihnen schwer werden, aus den alten Bahnen herauszukommen; und andrerseits, in den alten Bahnen zu verharren, damit können sie sich auch nicht bescheiden, wiederum zufolge ihrer Natur, und meiner Ansicht nach dürfen sie sich sogar nicht einmal damit bescheiden. Kurz, Sie sehen, daß bis dahin in meinen Ausführungen nichts besonders Neues liegt. Das alles ist schon tausendmal gedruckt und gelesen worden. Was meine Einteilung der Menschen in gewöhnliche und außerordentliche anlangt, so gebe ich zu, daß sie einigermaßen willkürlich ist; aber ich stelle ja auch keine bestimmten Zahlen auf. Wert lege ich nur auf meinen Hauptgedanken, und dessen Inhalt ist eben der, daß die Menschen nach einem Naturgesetze sich tatsächlich in zwei Klassen scheiden: in eine niedrige, die der gewöhnlichen Menschen, das heißt sozusagen das Material, das lediglich zur Fortpflanzung der Menschheit dient, und in eigentliche Menschen, das heißt solche, die die Gabe oder das Talent besitzen, in ihrem Wirkungskreise ein neues Wort auszusprechen. Unterabteilungen gibt es hier natürlich unzählige; aber die unterscheidenden Merkmale der beiden Klassen sind doch recht scharf ausgeprägt: die erste Klasse, also das Material, um einen zusammenfassenden Ausdruck zu gebrauchen, bilden diejenigen Menschen, die ihrer Natur nach konservativ und wohlgesittet sind, in ruhigem Gehorsam dahinleben und mit Vergnügen gehorsam sind. Meiner Ansicht nach haben diese auch die Pflicht, gehorsam zu sein, weil das ihre Bestimmung ist, und darin liegt für sie durchaus nichts Erniedrigendes. Die Vertreter der zweiten Klasse dagegen übertreten sämtlich das Gesetz; sie sind Zerstörer oder neigen wenigstens zur Zerstörung, je nach dem Maße ihrer Fähigkeiten. Die Verbrechen dieser Menschen sind selbstverständlich nach Grad und Art sehr verschieden; größtenteils verlangen sie, in sehr mannigfaltigen Erscheinungsformen, die Zerstörung des Bestehenden zum Zwecke der Erreichung von etwas Besserem. Sollte aber ein solcher Mensch im Interesse seiner Idee es als nötig erkennen, selbst über Leichen und durch Blut vorwärtszuschreiten, so kann er nach meiner Ansicht sich innerlich, in seinem Gewissen, selbst die Erlaubnis erteilen, auch durch Blut dahinzuschreiten, jedoch nur in dem Umfange, wie es zur Verwirklichung der Idee erforderlich ist – wohl zu merken. Nur in diesem Sinne rede ich in meinem Aufsatze von einem Rechte dieser Menschen, Verbrechen zu begehen (Sie erinnern sich, daß wir von einer juristischen Frage ausgingen). Übrigens ist kein Anlaß, sich über diese ganze Sache besonders aufzuregen; die große Masse erkennt dieses Recht der außerordentlichen Menschen fast niemals an, sondern köpft und hängt sie (mehr oder weniger) und erfüllt dadurch in durchaus rechtmäßiger Weise ihre konservative Bestimmung; nur ist der weitere Verlauf oft der, daß in den nachfolgenden Generationen ebendiese große Masse die Hingerichteten auf Piedestale stellt und feiert (auch hier setze ich hinzu: mehr oder weniger). Die erste Klasse ist stets die Beherrscherin der Gegenwart, die zweite die der Zukunft. Die ersten erhalten die Welt und vermehren sie numerisch; die andern bewegen die Welt und führen sie zum Ziele. Die einen und die andern haben eine völlig gleiche Existenzberechtigung. Kurz, nach meiner Ansicht haben alle ein gleich wohlbegründetes Recht; und: vive la guerre éternelle! Natürlich, bis das neue Jerusalem kommt!«

»Also glauben Sie doch, daß das neue Jerusalem einmal kommen wird?«

»Das glaube ich«, antwortete Raskolnikow fest. Er blickte bei diesen Worten, wie schon während seiner ganzen langen Darlegung, zu Boden, wo er sich einen Punkt auf dem Teppich ausgesucht hatte.

»Und... und... und glauben Sie an Gott? Verzeihen Sie meine dreiste Frage!«

»Ich glaube an ihn«, erwiderte Raskolnikow; dabei blickte er auf und sah Porfirij an.

»Und... und glauben Sie an die Auferstehung des Lazarus?«

»J–ja. Wozu diese Fragen?«

»Glauben Sie daran im buchstäblichen Sinne?«

»Allerdings.«

»So, wirklich!... Nun, ich fragte nur so aus neugierigem Interesse; entschuldigen Sie. Aber wenn ich auf unser voriges Thema zurückkommen darf, gestatten Sie einen Einwand: die außerordentlichen Menschen werden doch nicht immer hingerichtet; manche haben doch auch ein ganz entgegengesetztes Los.«

»Sie meinen: sie triumphieren noch bei Lebzeiten? O ja, manche erreichen das noch bei Lebzeiten, und dann...«

»Dann fangen sie selbst an, hinzurichten?«

»Wenn es nötig ist, ja; und, wissen Sie, das ist eigentlich meist der Fall. Ihre Bemerkung war sehr scharfsinnig.«

»Danke. Aber nun, bitte, sagen Sie mir noch eins: wodurch soll man diese außerordentlichen Menschen von den gewöhnlichen unterscheiden? Gibt es vielleicht schon bei der Geburt derartige Merkmale? Ich werfe diese Frage deshalb auf, weil hier doch möglichst große Klarheit, sozusagen eine mehr äußerliche Bestimmbarkeit erforderlich wäre; entschuldigen Sie die Besorgnis, die mir als einem im praktischen Leben stehenden, ordnungsliebenden Manne naheliegt; aber könnte man da nicht zum Beispiel eine besondere Kleidung einführen, oder daß sie irgendein Abzeichen trügen, etwa einen Stempel oder so etwas? Denn Sie werden selbst zugeben müssen, wenn es da zur Konfusion kommen sollte und einer aus der einen Klasse sich einbildete zur andern Klasse zu gehören und nun anfinge, ›alle Hindernisse zu beseitigen‹, wie Sie sich sehr treffend ausdrückten, dann würde doch...«

»Oh, das kommt sehr häufig vor. Diese Ihre Bemerkung ist sogar noch scharfsinniger als die vorige.«

»Danke.«

»Keine Ursache! Aber bedenken Sie, daß ein derartiger Irrtum nur von seiten der ersten Klasse möglich ist, das heißt, von Seiten der gewöhnlichen Menschen, wie ich sie mit einem vielleicht sehr wenig glücklich gewählten Ausdrucke genannt habe. Trotz der ihnen angeborenen Neigung zum Gehorsam, lieben (vermöge einer lebhaften Phantasie, wie sie selbst den Kühen nicht versagt ist) es dennoch sehr viele von ihnen, sich für Bahnbrecher und Zerstörer zu halten und sich auf neue Ideen zu kaprizieren, und zwar durchaus in gutem Glauben. Und diejenigen, die wirklich neue Werte schaffen, werden von ihnen dabei oft gar nicht beachtet und sogar als rückständig und niedrigdenkend geringgeschätzt. Aber eine erhebliche Gefahr kann meines Erachtens dadurch nicht hervorgerufen werden, und Sie haben wirklich keinen Anlaß zur Besorgnis; denn besonders weit geht diese Sorte von Menschen in ihren Exzessen niemals. Für ihr verblendetes Handeln könnte man ihnen ja manchmal die Rute geben, damit sie nicht vergessen, an welchen Platz sie gehören; aber auch nicht mehr. Auch bedarf es dabei gar nicht einmal eines Vollstreckers der Strafe; sie werden sich schon selbst die Rute applizieren, weil sie sehr moralisch sind: manche erweisen einander wechselseitig diesen Dienst, andere besorgen es bei sich eigenhändig... Sie legen sich dabei allerlei öffentliche Bußen auf – das macht sich sehr hübsch und erbaulich; kurz, Sie brauchen sich nicht zu beunruhigen... Dafür ist das Gesetz da.«

»Nun, wenigstens in dieser Hinsicht haben Sie mich einigermaßen beruhigt; aber da ist noch ein anderer heikler Punkt: bitte, sagen Sie doch, gibt es viele solche Leute, die das Recht haben, andere zu morden, also solche ›Außerordentlichen‹? Ich bin natürlich durchaus bereit, mich denen zu beugen; aber Sie müssen selbst zugeben, es wäre doch eine ängstliche Geschichte, wenn ihrer gar zu viele wären; nicht wahr?«

»Oh, auch darüber brauchen Sie sich keine Sorgen zu machen«, fuhr Raskolnikow in demselben Tone fort. »Menschen mit neuen Ideen, ja selbst Menschen, die auch nur einigermaßen fähig sind, etwas Neues zu sagen, werden überhaupt in außerordentlich geringer Anzahl geboren; es ist sogar geradezu merkwürdig, wie spärlich sie sind. Nur das eine ist klar: die Ordnung, in welcher die Menschen aller dieser Klassen und Unterabteilungen geboren werden, ist gewiß in bestimmter, genauer Weise durch ein Naturgesetz geregelt. Dieses Gesetz ist uns selbstverständlich zur Zeit unbekannt; aber ich glaube, daß es existiert und in der Folgezeit auch zu unserer Kenntnis gelangen kann. Das gewaltige Gros der Menschen, das Material, existiert in der Welt nur zu dem Zwecke, um schließlich durch eine Art von Anstrengung, durch einen bis jetzt noch geheimnisvollen Vorgang, vermittels irgendwelcher Kreuzung der Familien und Arten ein bestimmtes Resultat zu erzielen, nämlich einen einzigen, auch nur leidlich selbständig denkenden Menschen – sagen wir auf tausend einen – hervorzubringen. Mit größerer Selbständigkeit wird vielleicht einer auf zehntausend geboren (die Zahlen gebe ich nur beispielsweise, zur Veranschaulichung). Mit noch größerer einer auf hunderttausend. Von genialen Menschen kommt einer auf Millionen, und von den ganz großen Genies, die zur Vervollkommnung des Menschengeschlechtes beitragen, vielleicht eines auf viele tausend Millionen Menschen. Kurz, in die Retorte, in der sich dieser ganze Prozeß vollzieht, habe ich nicht hineingeschaut. Aber ein bestimmtes Gesetz existiert sicher und muß existieren; bloßer Zufall kann da nicht vorliegen.«

»Sagt mal, macht ihr beide nur Spaß?« rief Rasumichin endlich. »Wollt ihr euch wechselseitig zum besten haben, oder wie ist das? Sitzen die beiden Menschen da und machen sich einer über den andern lustig! Oder hast du im Ernst geredet, Rodja?«

Raskolnikow hob sein bleiches, beinahe trauriges Gesicht und sah ihn an, ohne zu antworten. Und einen merkwürdigen Eindruck machte auf Rasumichin im Gegensatze zu diesem stillen, traurigen Gesichte der unverhohlene, dreiste, verletzende Spott auf dem Gesichte Porfirijs.

»Nun, Bruder, wenn du wirklich im Ernste geredet hast, so... Du hast natürlich ganz recht, wenn du sagst, daß das nicht neu sei und daß wir es ähnlich schon tausendmal gelesen und gehört hätten; aber was tatsächlich an alledem originell und, zu meinem Schrecken, dein ausschließliches geistiges Eigentum ist, das ist die Erlaubnis, die du den Menschen erteilst, nach ihrem Gewissen Blut zu vergießen; und das tust du sogar mit einem wahren Fanatismus, nimm's nicht übel!... Das ist also wohl auch der Hauptgedanke deines Aufsatzes. Diese, diese Erlaubnis, nach eigenem Gewissen Blut zu vergießen, die... die ist nach meiner Meinung schrecklicher, als es eine offizielle, gesetzliche Erlaubnis, Blut zu vergießen, sein würde...«

»Durchaus richtig, diese ist schrecklicher«, stimmte ihm Porfirij bei.

»Nein, da hast du dich von deinem Eifer hinreißen lassen! Da liegt ein Irrtum vor. Ich will deinen Aufsatz durchlesen... Du hast dich hinreißen lassen! So kannst du ja gar nicht denken... Ich werde es lesen.«

»In meinem Aufsatze steht das alles nicht; da sind nur Andeutungen gegeben«, erwiderte Raskolnikow.

»Jawohl, jawohl«, sagte Porfirij und rückte erregt auf seinem Stuhle hin und her, »jetzt ist es mir ziemlich klar geworden, wie Sie das Verbrechen ansehen; aber... entschuldigen Sie meine Zudringlichkeit (ich belästige Sie gar zu sehr; ich schäme mich selbst) – sehen Sie mal: Sie haben mich vorhin recht beruhigt in bezug auf Fälle irrtümlicher Vermengung der beiden Klassen; aber... es beunruhigen mich dabei immer noch allerlei in der Praxis mögliche Fälle! Wenn nun ein Mann oder ein Jüngling sich einbildet, er sei ein Lykurg oder ein Mohammed – in spe natürlich – und nun munter beginnt, alle Hindernisse zu beseitigen... Er sagt sich, der Weg zum Ziele sei lang, und zur Zurücklegung dieses Weges brauche er Geld,... und nun fängt er an, sich das Geld zu diesem Wege zu beschaffen,... Sie verstehen?«

Sametow prustete in seiner Ecke plötzlich vor Lachen los. Raskolnikow wandte die Augen gar nicht zu ihm.

»Ich muß zugeben«, antwortete er ruhig, »daß solche Fälle nicht ausbleiben können. Dumme, eitle Menschen sind dieser Versuchung besonders ausgesetzt, namentlich die Jugend.«

»Sehen Sie wohl! Nun, und was dann?«

»Dann hat es auch noch nicht viel zu sagen«, antwortete Raskolnikow lächelnd, »ich bin doch jedenfalls nicht daran schuld. Es ist nun einmal so und wird nie anders werden. Der hier« (er wies auf Rasumichin) »sagte eben, ich gäbe die Erlaubnis zum Blutvergießen. Nun, was macht das? Die Gesellschaft hat sich doch durch Verschickung nach Sibirien, durch Gefängnisse, Untersuchungskommissare und Zuchthäuser genug und übergenug gesichert: wozu sich da also beunruhigen? Mag man den Verbrecher suchen!«

»Und wenn wir ihn finden?«

»Dann mag er bestraft werden.«

»Sie denken außerordentlich logisch. Und wie steht es mit seinem Gewissen?«

»Was kümmert Sie sein Gewissen?«

»Nun, ich frage nur so – aus Humanität.«

»Wer ein Gewissen hat, der mag leiden, wenn er zur Erkenntnis seines Irrtums kommt. Auch das ist eine Strafe für ihn, die noch zur Zuchthausstrafe hinzukommt.«

»Nun, und die wirklich Genialen«, fragte Rasumichin mit finsterer Miene, »also die, denen das Recht zu morden gegeben ist, die sollen gar nicht leiden, auch nicht für vergossenes Blut?«

»Was soll hier der Ausdruck ›sollen‹? Es handelt sich hier weder um eine Erlaubnis noch um ein Verbot. Mag ein solcher leiden, wenn ihm sein Opfer leid tut. Wo eine umfassende Erkenntnis und ein tief empfindendes Herz vorhanden sind, da bleiben auch Leid und Schmerz nicht aus. Die wahrhaft großen Menschen müssen, wie ich glaube, auf der Welt eine große Traurigkeit empfinden«, fügte er in düsterem Nachdenken hinzu, gar nicht im Gesprächstone.

Er blickte auf, sah alle nachdenklich an, lächelte und griff nach seiner Mütze. Er war gar zu ernst geworden im Vergleich mit der Lustigkeit bei seinem Eintritte, und er fühlte das. Alle standen auf.

»Na, mögen Sie nun auf mich schimpfen oder nicht, auf mich wütend werden oder nicht, ich kann nicht umhin, noch ein Wort hinzuzufügen«, sagte Porfirij Petrowitsch zum Schluß. »Gestatten Sie mir nur noch eine kleine Frage (ich mache mir Vorwürfe, Sie so zu belästigen); nur einen einzigen kleinen Einfall möchte ich aussprechen, nur um ihn nicht zu vergessen...«

»Schön, sagen Sie Ihren kleinen Einfall!« erwiderte Raskolnikow, der ernst und blaß vor ihm stand und wartete.

»Ich meine so:... Aber ich weiß wirklich nicht, wie ich mich am passendsten ausdrücken soll... Der Einfall ist zu komisch,... aus dem Gebiete der Psychologie... Ich meine so: als Sie Ihren Aufsatz schrieben, da haben Sie selbst sich doch notwendigerweise, he-he-he, wenigstens ein ganz klein bißchen auch für einen außerordentlichen Menschen gehalten, der ›etwas Neues sprechen‹ könne, in dem Sinne, wie Sie diesen Ausdruck gebrauchen... Ist's nicht so?«

»Sehr möglich!« erwiderte Raskolnikow geringschätzig. Rasumichin machte eine Bewegung.

»Wenn nun dem so ist, hätten Sie sich wirklich selbst entschlossen, na, in einer bestimmten Lage, angesichts irgendwelcher Schicksalsschläge und Bedrängnisse oder auch zur Förderung des Wohles der ganzen Menschheit – hätten Sie sich entschlossen, über ein Hindernis hinwegzuschreiten?... Nun, zum Beispiel, zu morden und zu rauben?«

Wieder machte es den Eindruck, als zwinkere er ihm mit dem linken Auge zu und lache lautlos – genau wie eine Weile vorher.

»Wenn ich wirklich über ein Hindernis hinwegschritte, so würde ich es Ihnen natürlich nicht sagen«, antwortete Raskolnikow mit herausfordernder, hochmütiger Verachtung.

»Nicht doch, ich frage ja doch nur aus ganz harmlosem Interesse, eigentlich nur, um Ihren Aufsatz besser verstehen zu können, vom rein literarischen Gesichtspunkte aus.«

›Pfui, wie unverhohlen und unverschämt er redet!‹ dachte Raskolnikow mit Ekel.

»Gestatten Sie mir, Ihnen zu erklären«, entgegnete er trocken, »daß ich mich nicht für einen Mohammed oder Napoleon halte und überhaupt für keinen Menschen von solcher Art; da ich also ein derartiger Mensch nicht bin, so kann ich Ihnen auch keine befriedigende Auskunft darüber geben, wie ich handeln würde.«

»Nun, lassen Sie's gut sein; wer hält sich jetzt bei uns in Rußland nicht für einen Napoleon?« erwiderte Porfirij auf einmal in außerordentlich familiärer Redeweise. Sogar in seiner Stimme lag diesmal etwas besonders Deutliches.

»Wenn nur nicht auch so ein künftiger Napoleon unsere Aljona Iwanowna in der vorigen Woche mit dem Beile totgeschlagen hat!« platzte der im Winkel sitzende Sametow heraus.

Raskolnikow schwieg und blickte Porfirij unverwandt und fest an. Rasumichin machte ein ingrimmiges, finsteres Gesicht; schon vorher war ihm manches seltsam vorgekommen; er blickte zornig um sich. Eine Minute verging in düsterem Schweigen. Raskolnikow wandte sich um, um fortzugehen.

»Wollen Sie schon gehen?« fragte Porfirij freundlich und streckte ihm überaus liebenswürdig die Hand hin. »Es ist mir sehr, sehr angenehm gewesen, Ihre Bekanntschaft gemacht zu haben. Und was Ihr Gesuch anlangt, so seien Sie ganz unbesorgt. Schreiben Sie es nur so, wie ich Ihnen sagte. Das beste wäre, wenn Sie selbst einmal zu mir in mein Bureau kämen,... wenn es sich so macht, in diesen Tagen,... meinetwegen morgen. Ich bin so um elf Uhr bestimmt da. Dann wollen wir alles in Ordnung bringen... und uns ein bißchen unterhalten... Sie, als einer der letzten, die am Tatort gewesen sind, könnten uns auch vielleicht irgendwelche Mitteilung machen...«, fügte er mit der gutmütigsten Miene hinzu.

»Sie wollen mich amtlich, mit allen Formalitäten, vernehmen?« fragte Raskolnikow scharf.

»Wozu? Vorläufig ist das durchaus nicht erforderlich. Sie haben mich mißverstanden Sehen Sie, ich möchte mir die Gelegenheit nicht entgehen lassen,... und ich habe schon mit allen andern Verpfändern gesprochen,... mit einigen habe ich auch ein Zeugenverhör angestellt,... und Sie, als der letzte... Ja, halt einmal!« rief er, als freue er sich über einen Gedanken, der ihm gekommen sei. »Da fällt mir ein,... wie hatte ich es nur vergessen können!...« wandte er sich an Rasumichin. »Du hast mir doch damals von diesem Nikolai die Ohren vollgeredet,... na, ich weiß ja selbst, weiß ja selbst«, wandte er sich zu Raskolnikow, »daß der Bursche unschuldig ist; aber was sollte ich tun? Und auch den Dmitrij habe ich belästigen müssen... Also die Sache ist die, um mich kurz zu fassen: als Sie damals auf der Treppe vorbeikamen,... erlauben Sie, Sie waren doch zwischen sieben und acht Uhr dort?«

»Jawohl!« antwortete Raskolnikow und sagte sich in demselben Augenblicke mit einem unbehaglichen Gefühle, daß er diese Antwort nicht hätte zu geben brauchen.

»Also, als Sie zwischen sieben und acht Uhr auf der Treppe vorbeikamen, haben Sie da nicht im ersten Stockwerk, in einer offenstehenden Wohnung – erinnern Sie sich? – zwei Gesellen oder wenigstens einen von ihnen gesehen? Sie waren da mit Anstreichen beschäftigt; haben Sie sie nicht bemerkt? Das ist für die beiden Leute sehr, sehr wichtig!...«

»Anstreicher? Nein, ich habe keine gesehen...«, antwortete Raskolnikow langsam, als ob er in seinen Erinnerungen herumsuche; gleichzeitig spannte er, fast erliegend unter der Qual, seine ganze Geisteskraft an, um möglichst schnell zu erkennen, worin eigentlich die Falle bestand, und um ja nichts zu übersehen. »Nein, ich habe keine Gesellen gesehen, und eine solche offenstehende Wohnung habe ich auch nicht bemerkt... Aber ich erinnere mich, daß im dritten Stockwerk« (er hatte die Falle jetzt vollständig erkannt und triumphierte) »ein Beamter aus seiner Wohnung auszog...

gegenüber von Aljona Iwanownas Wohnung,... daran erinnere ich mich,... daran erinnere ich mich ganz deutlich;... Soldaten trugen ein Sofa hinaus und drückten mich dabei gegen die Wand;... aber Anstreicher, nein, ich kann mich nicht erinnern, daß Anstreicher dagewesen wären,... und eine offenstehende Wohnung habe ich auch nirgends gesehen. Nein, nirgends...«

»Aber was redest du denn eigentlich, Porfirij!« rief Rasumichin, der sich nun auch besonnen und die Sache überlegt hatte. »Die Anstreicher haben ja doch am Tage des Mordes dort gearbeitet, und er war zwei Tage vorher da! Wie kannst du nur so fragen?«

»Donner ja! Das habe ich verwechselt!« rief Porfirij und schlug sich vor die Stirn. »Hol's der Teufel, diese Geschichte macht mich noch ganz kopfverdreht!« mit diesen Worten wandte er sich, wie um Entschuldigung bittend, an Raskolnikow. »Es ist für uns von größter Wichtigkeit, zu erfahren, ob jemand die beiden Leute zwischen sieben und acht in der Wohnung gesehen hat, und da bildete ich mir jetzt eben ein, Sie könnten uns vielleicht Auskunft geben... Ich habe es rein verwechselt!«

»Man muß eben seine Gedanken mehr zusammennehmen«, bemerkte Rasumichin ingrimmig.

Diese letzten Worte wurden schon im Vorzimmer gesprochen. Porfirij Petrowitsch begleitete sie außerordentlich liebenswürdig bis an die Tür. Beide traten finster und mürrisch auf die Straße hinaus und sagten während der ersten Schritte kein Wort. Raskolnikow holte aus tiefster Brust Atem.

VI

»Ich glaube es nicht! Das kann ich nicht glauben!« rief der bestürzte Rasumichin einmal über das andere und bemühte sich mit größter Energie, Raskolnikows Argumente zu widerlegen.

Sie näherten sich bereits dem Hotel garni von Bakalejew, wo Pulcheria Alexandrowna und Dunja sie schon lange erwarteten.

Rasumichin blieb im Eifer des Gespräches unterwegs alle Augenblicke stehen; er war schon allein dadurch verwirrt und erregt, daß sie zum ersten Male »darüber« unverblümt gesprochen hatten.

»Nun, dann glaube es nicht!« antwortete Raskolnikow mit kaltem, lässigem Lächeln. »Du hast, wie das deine Art ist, nichts gemerkt; aber ich habe jedes Wort auf die Waagschale gelegt.«

»Du bist argwöhnisch; darum hast du das getan... Hm... allerdings, das muß ich zugeben, Porfirijs Ton war recht seltsam; und nun besonders dieser Schuft, der Sametow!... Du hast recht, er hatte irgend etwas; aber warum, warum?«

»Er ist über Nacht zu einer andern Ansicht gekommen.«

»Aber es ist doch nicht möglich, nicht möglich! Wenn sie diesen hirnlosen Gedanken wirklich hätten, so würden sie sich aus aller Kraft bemühen, ihn zu verbergen und ihre Karten verdeckt zu halten, um dich nachher um so leichter zu fangen... Aber so wie jetzt – das wäre ja frech und unvorsichtig!«

»Wenn sie Tatsachen hätten, ich meine wirkliche Tatsachen, oder auch nur einigermaßen ins Gewicht fallende Verdachtsgründe, dann würden sie allerdings ihr Spiel zu verbergen suchen, in der Hoffnung, noch mehr zu gewinnen (übrigens hätten sie dann auch schon längst Haussuchung bei mir gehalten). Aber sie haben keine Tatsachen, keine einzige; alles ist Hirngespinst, alles läßt eine doppelte Deutung zu, die ganze Idee schwebt in der Luft – darum versuchen sie eine Überrumpelung durch Unverschämtheit. Vielleicht ist er auch selbst wütend darüber, daß er keine Tatsachen hat, und hat sich von seinem Ärger hinreißen lassen. Vielleicht aber hatte er dabei eine besondere Absicht... Er scheint ein kluger Mann zu sein... Vielleicht wollte er mich damit erschrecken, daß er zeigte, er wisse etwas. Da liegen eigenartige psychologische Fragen vor, Bruder... Übrigens ist es ekelhaft, dies alles zu erörtern. Wir wollen davon aufhören!«

»Ekelhaft, ja, und auch beleidigend, geradezu beleidigend! Ich kann es dir nachfühlen! Aber... da wir nun doch einmal jetzt mit klaren Worten darüber reden (und es ist gut, daß wir das endlich tun; ich freue mich darüber), so will ich dir nun offen bekennen, daß ich schon lange diesen Gedanken bei ihnen gespürt habe, diese ganze Zeit über, selbstverständlich nur wie etwas kaum Wahrnehmbares, am Boden Schleichendes. Aber wie können sie, auch nur in dieser Form, so etwas denken? Wie können sie sich erdreisten? Wie in aller Welt sind sie auf eine solche Vorstellung gekommen? Wenn du wüßtest, wie wütend ich war! Wie? Deswegen, weil ein armer Student, durch Armut und Hypochondrie mürbe geworden, unmittelbar vor dem Ausbruch einer schweren Krankheit mit Fieberphantasien stehend, einer Krankheit, die (wohl zu beachten!) vielleicht innerlich bereits begonnen hat, ein argwöhnischer, ehrliebender Mensch, der sich seines eigenen Wertes bewußt ist und der sechs Monate lang in seinem einsamen Winkel keinen Menschen gesehen hat – seine Kleider sind zerlumpt, seine Stiefel haben keine Sohlen; er steht vor allerlei Polizisten da und muß sich ihre Schimpferei gefallen lassen; dazu soll er noch eine Schuld, an die er mit keinem Gedanken mehr gedacht hat, bezahlen, einen verfallenen Schuldschein dieses Hofrats Tschebarow; ferner der üble Geruch der Farbe, dreißig Grad Reaumur, die eingeschlossene, drückende Luft, ein Haufen Menschen, die Erzählung von der Ermordung einer Person, bei der er noch kurz vorher gewesen war, und all das bei hungrigem Magen! Ja, wie soll einer dabei nicht in Ohnmacht fallen! Wie kann man darauf, darauf allein einen solchen Verdacht gründen! Donnerwetter! Ich verstehe, daß man sich darüber ärgern kann; aber an deiner Stelle, Rodja, würde ich ihnen allen ins Gesicht lachen oder noch besser: ihnen allen in die Visage spucken, aber kräftig, und dann würde ich noch nach allen Seiten ein paar Dutzend Ohrfeigen austeilen, mit Verstand, wie man Ohrfeigen stets verabreichen muß, und damit wäre die Sache erledigt. Scher dich nicht drum! Kopf hoch! Es ist eine Schande!«

›Das hat er aber wirklich vorzüglich auseinandergesetzt!‹ dachte Raskolnikow.

»Ich soll mich nicht darum scheren, sagst du? Und morgen ist wieder ein Verhör!« erwiderte er mit Bitterkeit. »Soll ich mich denn diesen Menschen gegenüber auf Erklärungen einlassen? Ich ärgere mich schon darüber, daß ich mich gestern in dem Restaurant zu einem Sametow herabgelassen habe...«

»Hol's der Teufel! Ich will selbst zu Porfirij hingehen und meinen lieben Verwandten mal energisch vornehmen. Er soll seinen Hirnkasten vor mir völlig ausräumen! Und diesen Sametow...«

›Endlich verfällt er auf den Richtigen!‹ dachte Raskolnikow.

»Halt!« rief Rasumichin plötzlich und packte ihn an der Schulter. »Halt! Du hast dich geirrt! Ich habe es mir überlegt: du hast dich geirrt! Wie kann denn das eine Falle gewesen sein? Du sagst, die Frage nach den Gesellen wäre eine Falle gewesen? Denk doch nur nach: wenn du die Tat begangen hättest, würdest du dich dann verraten und sagen, du hättest die Gesellen gesehen, und daß die Wohnung gestrichen wurde? Im Gegenteil: du würdest behaupten, nichts gesehen zu haben, auch wenn du etwas gesehen hättest. Wer wird sich denn durch Geständnisse selbst beschuldigen?«

»Hätte ich die Tat begangen, so würde ich unbedingt sagen, daß ich die Gesellen und die Wohnung gesehen hätte«, antwortete Raskolnikow nur ungern und mit sichtlichem Widerwillen.

»Aber warum würdest du denn gegen dich selbst aussagen?«

»Weil nur simple Bauern oder ganz unerfahrene Neulinge beim Verhör alles der Reihe nach schlankweg in Abrede stellen. Wer nur einigermaßen geistige Bildung und Erfahrung besitzt, der ist unbedingt darauf bedacht, alle äußerlichen Tatsachen, die er nicht aus der Welt schaffen kann, zuzugeben; nur erfindet er dafür andere Ursachen, er bringt eine selbstersonnene, besondere, überraschende Nuance hinein, die ihnen eine völlig andere Bedeutung verleiht und sie in eine ganz andere Beleuchtung rückt. Porfirij konnte darauf rechnen, daß ich, zum Zwecke größerer Glaubhaftigkeit, jedenfalls in dieser Weise antworten und jedenfalls sagen würde, ich hätte sie gesehen, und daß ich dabei irgend etwas zur Erklärung hinzufügen würde...«

»Dann hätte er dir allerdings sofort gesagt, daß zwei Tage vor der Tat keine Gesellen dagewesen sein könnten und daß du folglich gerade am Tage des Mordes zwischen sieben und acht Uhr dagewesen sein müßtest. So hätte er dich mittels dieser Kleinigkeit überrumpelt.«

»Er rechnete auch darauf, daß ich es mir in der Geschwindigkeit nicht würde überlegen können und mich gerade um der größeren Glaubwürdigkeit willen beeilen würde, zu antworten, und dabei vergessen würde, daß zwei Tage vor der Tat die Gesellen nicht da sein konnten.«

»Aber wie könnte man denn so etwas vergessen?«

»Das ist sehr leicht möglich! Gerade mittels solcher ganz geringfügigen Dinge lassen sich auch schlaue Leute am leichtesten überrumpeln. Je schlauer jemand ist, um so weniger argwöhnt er, daß man ihn mit einem so einfachen Mittel fangen werde. Dem Schlauesten Menschen muß man gerade mit dem einfachsten Mittel zu Leibe gehen. Porfirij ist gar nicht so dumm, wie du denkst...«

»Ein Schuft ist er, wenn er sich so benommen hat.«

Unwillkürlich mußte Raskolnikow lachen. Aber gleichzeitig erschien es ihm merkwürdig, mit welcher Lebhaftigkeit und mit welchem Eifer er diese letzte Erörterung durchgeführt hatte, während er doch bei dem ganzen vorhergehenden Teile des Gespräches nur mit finsterem Widerwillen, nur um des Zweckes willen, nur aus Notwendigkeit mitgeredet hatte.

›Ich fange an, Geschmack an derartigen Themen zu finden!‹ dachte er bei sich.

Aber fast im gleichen Augenblicke wurde er unruhig, als sei ihm ein unerwarteter, aufregender Gedanke gekommen. Seine Unruhe stieg immer mehr. Sie waren schon am Eingange zu dem Bakalejewschen Hotel garni angelangt.

»Geh allein hinein«, sagte Raskolnikow plötzlich. »Ich komme gleich wieder.«

»Wohin willst du denn noch? Wir sind ja schon da!«

»Ich muß noch einmal fort, dringend; ich habe noch etwas zu erledigen... In einer halben Stunde bin ich wieder zurück... Sage es denen da drin.«

»Na, wenn du durchaus willst; aber ich gehe mit!«

»Willst du mich auch noch martern!« rief Raskolnikow mit so bitterer Gereiztheit im Tone und solcher Verzweiflung im Blicke, daß Rasumichin erstaunt die Arme sinken ließ. Er blieb noch ein Weilchen auf den Stufen vor der Haustür stehen und sah mit finsterer Miene, wie jener schnellen Schrittes nach der Gasse zu ging, in der er wohnte. Schließlich biß er die Zähne zusammen, ballte die Fäuste, schwur, er wolle heute noch den ganzen Porfirij wie eine Zitrone ausquetschen, und ging dann hinauf, um Pulcheria Alexandrowna, die sich schon über das lange Ausbleiben der beiden ängstigte, zu beruhigen.

Als Raskolnikow bei seinem Hause anlangte, waren seine Schläfen feucht von Schweiß, und er atmete nur mühsam. Eilig lief er die Treppe hinauf, ging in sein unverschlossenes Zimmer und legte sogleich von innen den Riegel vor. Dann stürzte er erschreckt und wie von Sinnen nach jener Ecke hin, zu dem Loch in der Tapete, wo vorher die Pfandstücke versteckt gewesen waren, steckte die Hand hinein, scharrte einige Minuten lang sorgsam in dem Loche umher und betastete alle Winkel und Falten der Tapete. Als er nichts gefunden hatte, stand er auf und holte tief Atem. Kurz vorher nämlich, während er sich bereits der Haustür von Bakalejew näherte, hatte er sich plötzlich eingebildet, es könnte irgendein Wertgegenstand, irgendein goldenes Kettchen etwa oder auch ein Hemdknöpfchen oder sogar ein Stück Papier, in das sie eingewickelt waren, mit einer Notiz von der Hand der alten Frau, ihm damals auf irgendeine Weise entglitten sein und sich in einer Ritze verkrochen haben, und es könnte dies dann auf einmal als überraschender, unwiderleglicher Beweis gegen ihn ans Licht kommen.

Er stand tief in Gedanken verloren da, und ein seltsames, demütiges, gedankenloses Lächeln spielte um seine Lippen. Schließlich griff er nach seiner Mütze und ging still aus dem Zimmer. Seine Gedanken gerieten in Verwirrung. In sich gekehrt, trat er unter den Torweg.

»Da ist ja der Herr selbst!« rief eine laute Stimme.

Er hob den Kopf.

Der Hausknecht stand an der Tür seiner Kammer und wies mit dem Finger gerade auf ihn, um ihn einem Manne von kleiner Statur zu zeigen, der wie ein Kleinbürger aussah und eine Art Schlafrock und Weste trug, so daß er von weitem große Ähnlichkeit mit einem alten Weibe hatte. Sein Kopf, auf dem eine schmierige Mütze saß, hing tief herunter, und die ganze Gestalt war wie verkrümmt. Das welke, runzlige Gesicht deutete darauf hin, daß er wohl fünfzig Jahre alt sein mochte; die kleinen, tränenden Augen hatten einen ingrimmigen, strengen, mißvergnügten Blick.

»Was gibt es?« fragte Raskolnikow und trat zu dem Hausknechte hin.

Der Kleinbürger schielte unter den Brauen nach ihm hin und nahm sich Zeit, ihn starr und aufmerksam zu betrachten; dann drehte er sich langsam um und ging, ohne ein Wort zu sagen, aus dem Torwege auf die Straße.

»Ja, was gibt es denn?« rief Raskolnikow.

»Da fragte einer, ob hier ein Student wohnte, und er nannte Ihren Namen und wollte wissen, bei wem Sie wohnten. Da kamen Sie gerade herunter, und ich zeigte Sie ihm; aber er ist wieder weggegangen. Na, so was!«

Auch der Hausknecht war einigermaßen verwundert, indes nicht übermäßig, und nach kurzem Besinnen drehte er sich um und ging wieder in seine Kammer.

Raskolnikow eilte dem Kleinbürger nach und erblickte ihn auch sogleich, wie er auf der andern Seite der Straße mit demselben gleichmäßigen, langsamen Schritte wie vorher dahinging; die Augen hielt er auf den Erdboden gerichtet, als ob er über etwas nachsänne. Er hatte ihn bald eingeholt, ging aber eine Weile hinter ihm her; endlich trat er neben ihn und sah ihm von der Seite her ins Gesicht. Dieser bemerkte ihn sofort, warf ihm einen schnellen Blick zu, schlug dann aber wieder die Augen nieder, und so gingen sie etwa eine Minute lang nebeneinander her, ohne ein Wort zu reden.

»Sie haben sich nach mir bei dem Hausknecht erkundigt?« sagte Raskolnikow endlich, aber merkwürdig leise.

Der Kleinbürger gab ihm keine Antwort und blickte ihn nicht einmal an. Beide schwiegen wieder.

»Was wollen Sie denn von mir?... Erst kommen Sie und fragen nach mir,... und nun schweigen Sie... Was soll denn das bedeuten?« Die Stimme gehorchte ihm nicht recht, und die Worte wollten gar nicht klar und deutlich klingen.

Diesmal hob der Kleinbürger den Kopf und sah Raskolnikow mit haßerfülltem, finsterem Blicke an.

»Mörder!« sagte er auf einmal leise, aber klar vernehmlich.

Noch immer ging Raskolnikow neben ihm. Die Beine wurden ihm auf einmal entsetzlich schwach, ein Frostgefühl lief ihm über den Rücken, und das Herz schien einen Augenblick lang auszusetzen; dann begann es plötzlich so heftig zu pochen, als hätte es sich in seiner Brust losgerissen. So gingen sie etwa hundert Schritte, wieder völlig stumm, einer neben dem andern.

Der Kleinbürger sah ihn nicht an.

»Aber wie können Sie... wie können Sie so etwas sagen? Wer ist ein Mörder?« murmelte Raskolnikow kaum hörbar.

»Du bist ein Mörder!« erwiderte jener noch deutlicher und nachdrücklicher, mit dem Lächeln eines triumphierenden Feindes, und blickte wieder unverwandt in Raskolnikows bleiches Gesicht und in seine erstorbenen Augen.

Beide waren nun zu einer Straßenkreuzung gelangt. Der Kleinbürger bog in die links abzweigende Straße ein und ging weiter, ohne sich umzublicken. Raskolnikow blieb auf dem Flecke stehen und sah ihm lange nach. Er sah, wie jener, nachdem er schon etwa fünfzig Schritt weiter gegangen war, sich umdrehte und ihn, der immer noch regungslos an derselben Stelle stand, anblickte. Seine Gesichtszüge konnte Raskolnikow nicht mehr deutlich unterscheiden; aber es schien ihm, als stehe auf seinem Gesichte auch diesmal jenes Lächeln eines kalten Hasses und höhnischen Triumphes.

Mit langsamen, matten Schritten, schlotternden Knien und einem heftigen Frostgefühl kehrte Raskolnikow nach seinem Hause zurück und stieg zu seinem Kämmerchen hinauf. Er nahm die Mütze ab, legte sie auf den Tisch und blieb etwa zehn Minuten lang regungslos daneben stehen. Dann legte er sich ganz erschöpft auf das Sofa und streckte sich mit leisem, schmerzlichem Stöhnen auf ihm aus; seine Augen waren geschlossen. So lag er wohl eine halbe Stunde.

Er dachte an nichts. Das heißt: etwas, was mit Gedanken oder vielmehr mit Bruchstücken von Gedanken Ähnlichkeit hatte, war in seinem Kopfe vorhanden, Vorstellungen ohne Ordnung und Zusammenhang; da waren Gesichter von Leuten, die er gesehen hatte, als er noch Kind war, oder mit denen er irgendwo nur ein einziges Mal zusammengetroffen war und an die er unter andern Umständen nie mehr gedacht haben würde; der Glockenturm der W... -schen Kirche; das Billard in einem Restaurant und ein Offizier am Billard, der Zigarrengeruch in einem Tabaksladen im Souterrain, eine Kneipe, eine Hintertreppe, ganz dunkel, ganz mit Spülicht begossen und mit Eierschalen bestreut, und irgendwoher drang das sonntägliche Geläut der Kirchenglocken an sein Ohr... Die Gegenstände wechselten einander ab und drehten sich wie im Wirbel umher. Manche Vorstellungen gefielen ihm sogar, und er hätte sie gern festgehalten; aber sie erloschen wieder. Meistens empfand er einen beklemmenden Druck im Innern, der aber nicht allzu stark war; zeitweilig war ihm sogar ganz wohl zumute... Ein leises Frösteln wollte nicht vorübergehen, und auch dies war eine beinahe angenehme Empfindung.

Er hörte Rasumichins eilige Schritte und seine Stimme; aber er schloß die Augen und stellte sich schlafend. Rasumichin öffnete die Tür und blieb eine Weile überlegend auf der Schwelle stehen. Dann trat er leise ins Zimmer und näherte sich vorsichtig dem Sofa. Raskolnikow hörte Nastasjas flüsternde Stimme:

»Weck ihn nicht auf; laß ihn sich ausschlafen; essen kann er auch nachher noch.«

»Du hast ganz recht«, antwortete Rasumichin.

Beide gingen vorsichtig hinaus und machten die Tür zu. Es verging noch eine halbe Stunde. Raskolnikow öffnete die Augen, drehte sich wieder auf den Rücken und legte die Hände unter den Kopf...

›Wer war das? Wer ist dieser Mensch, der auf einmal wie aus der Erde gewachsen dastand? Wo ist er gewesen, und was hat er gesehen? Er hat alles gesehen, das ist zweifellos. Wo hat er damals gestanden, und von wo aus hat er es gesehen? Warum erscheint er erst jetzt, als ob er aus dem Boden gewachsen sei? Und wie hat er es sehen können – war das denn überhaupt möglich?... Hm...‹, fuhr Raskolnikow fort, es überlief ihn kalt, und er fuhr zusammen, ›aber das Etui, das Nikolai hinter der Tür fand: an diese Möglichkeit hatte ich doch auch nicht gedacht. Indizien? Das winzigste Pünktchen übersieht man – und das Indizium wird pyramidengroß. Eine Fliege ist umhergeflogen und hat es gesehen! Ist es etwa auf die Art zu erklären?‹

Und er wurde sich mit einer Art von Ekel bewußt, wie schwach, körperlich schwach, er geworden war.

›Das mußte ich doch vorher wissen‹, dachte er mit bitterem Lächeln. »Und wie habe ich nur, wenn ich mich kannte und ahnte, in welcher Verfassung ich nach der Tat sein würde, es wagen können, ein Beil zu nehmen und mich mit Blut zu besudeln! Es war meine Pflicht, das im voraus zu wissen... Ach, und ich habe es ja auch im voraus gewußt!« flüsterte er in Verzweiflung.

Zuweilen blieb er hartnäckig an einem Gedanken haften.

›Nein, jene Menschen waren aus anderm Stoff geschaffen als ich. Ein wahrer Herrscher, dem alles erlaubt ist, zerstört Toulon, richtet in Paris ein Blutbad an, vergißt eine Armee in Ägypten, opfert eine halbe Million Menschen in dem Feldzuge gegen Rußland und setzt sich in Wilna durch ein Wortspiel darüber hinweg; und ein solcher Mann wird noch nach seinem Tode wie ein Abgott verehrt; man sieht also auch alles, was er getan hat, für erlaubt an. Nein, solche Menschen sind offenbar nicht von Fleisch und Blut, sondern von Erz!‹

Ein plötzlicher Nebengedanke brachte ihn fast zum Lachen.

›Napoleon, die Pyramiden, Waterloo – und eine verhutzelte, häßliche alte Registratorswitwe, eine Wucherin mit einer roten Truhe unter dem Bette; na, wie soll jemand dies alles verdauen können, zum Beispiel Porfirij Petrowitsch!... Wie sollten sie es auch verdauen!... Ihr ästhetisches Gefühl sträubt sich ja dagegen. »Wie wird denn ein Napoleon«, würden sie sagen, »unter das Bett eines alten Weibes kriechen!« Ach, Unsinn!‹

Mitunter fühlte er, daß er wie im Fieber phantasiere; er geriet in einen krankhaft erregten Zustand.

›Die Alte, die ist dabei ganz gleichgültig!‹ dachte er in seinem fieberheißen, oft unterbrochenen Gedankengange. ›Die Tötung der Alten war vielleicht ein Fehler; aber darum handelt es sich jetzt nicht! Die Tötung der Alten war nur eine krankhafte Verirrung von mir,... ich wollte so schnell wie möglich über die Hindernisse hinwegschreiten.... Ich habe nicht einen Menschen getötet; ein falsches Prinzip habe ich getötet! Das falsche Prinzip habe ich zwar getötet; aber über die Hindernisse bin ich doch nicht hinweggeschritten; ich bin auf dieser Seite geblieben... Nur zu töten habe ich verstanden! Und auch das habe ich nicht verstanden, wie sich jetzt herausstellt... Das falsche Prinzip hätte ich getötet? Warum hat eigentlich vorhin der dumme Rasumichin so auf die Sozialisten geschimpft? Das ist ja ein fleißiges betriebsames Volk; sie beschäftigen sich mit dem »allgemeinen Glücke«. Nein, einmal lebe ich nur und nie bekomme ich ein zweites Leben wieder; auf das »allgemeine Glück« zu warten, habe ich keine Lust. Ich will auch für mich selbst leben; sonst ist es schon das beste, gar nicht zu leben. Wie stimmt aber dazu das Verschenken des Geldes? Ich hatte einfach keine Lust, an einer hungernden Mutter vorüberzugehen und meinen Rubel in der Tasche festzuhalten, in Erwartung des »allgemeinen Glückes«. »Wir tragen«, so sagen diese Menschen, »Bausteine zu dem Gebäude des allgemeinen Glückes zusammen und empfinden davon eine innere Befriedigung.« Haha! Warum seid ihr denn an mir vorübergegangen? Ich lebe ja doch nur einmal und will doch auch... Ach was! Vom ästhetischen Standpunkte aus bin ich eine Laus und mehr nicht‹, fügte er auf einmal hinzu und lachte dabei wie ein Irrsinniger. ›Ja, ich bin wirklich eine Laus‹, fuhr er fort, indem er sich in grimmiger Selbstverhöhnung an diesen Gedanken anklammerte, in ihm herumwühlte, mit ihm spielte und sich an ihm vergnügte, ›und zwar erstens schon allein deshalb, weil ich jetzt darüber philosophiere, daß ich eine Laus bin; zweitens, weil ich einen ganzen Monat lang die allgütige Vorsehung belästigt habe, indem ich sie als Zeugin dafür anrief, daß ich die Tat nicht um meines eigenen, persönlichen Vorteils willen unternähme, sondern im Hinblick auf ein herrliches, schönes Ziel, ha-ha! Drittens, weil ich mir vorgenommen hatte, bei der Ausführung der Tat auf rechnerischer Grundlage möglichste Gerechtigkeit in Maß und Gewicht zur Anwendung zu bringen: von allen Läusen suchte ich die allernutzloseste aus und beschloß, ihr nach der Tötung nur gerade soviel wegzunehmen, als ich zu meinem ersten Schritte nötig hätte, nicht mehr und nicht weniger (das übrige mochte dann also auf Grund des Testamentes dem Kloster zufallen, ha-ha!). Und schließlich bin ich deshalb eine Laus‹, fügte er zähneknirschend hinzu, ›weil ich selbst vielleicht noch garstiger und ekelhafter bin als die getötete Laus und schon im voraus ahnte, daß ich mir dies sagen würde, nachdem ich sie würde getötet haben! Ist das nicht die entsetzlichste Lage, die sich denken läßt? Wie gemein, wie unwürdig das alles ist!... Oh, jetzt verstehe ich den »Propheten«, mit dem Säbel in der Hand, hoch zu Roß: Allah befiehlt, und du, zitternde Kreatur, gehorche! Er ist in seinem Rechte, ganz in seinem Rechte, der »Prophet«, wenn er irgendwo quer über die Straße eine tüchtige Batterie aufstellt und nun losschießt auf Gerechte und Ungerechte, ohne sich auch nur zu einer Erklärung herabzulassen! Gehorche, zitternde Kreatur, und erdreiste dich nicht, Wünsche zu hegen; denn das steht dir nicht zu!... Oh, nie kann ich es dieser Alten verzeihen, daß sie die Ursache meiner Leiden geworden ist!‹

Seine Haare waren feucht von Schweiß, die bebenden Lippen glühend und ausgetrocknet; den starren Blick hielt er auf die Decke des Zimmers geheftet.

›Meine Mutter, meine Schwester – wie lieb habe ich sie gehabt! Warum hasse ich sie jetzt? Ja, ich hasse sie; physisch hasse ich sie; ich kann es nicht ertragen, sie um mich zu sehen... Ich erinnere mich, daß ich vorhin zu meiner Mutter hintrat und sie küßte... Sie zu umarmen und dabei zu denken: wenn sie es wüßte, so... Sollte ich es ihr etwa damals sagen? Das hätte mir ganz ähnlich gesehen... Hm! »Sie« muß wohl in gleicher Gemütsverfassung sein wie ich‹, fügte er hinzu; er vermochte nur noch mit großer Anstrengung zu denken und kämpfte gegen den Fieberwahn an, der sich seiner bemächtigen wollte. ›Oh, wie ich jetzt das alte Weib hasse! Ich glaube, ich könnte sie noch einmal ermorden, wenn sie wieder erwachte! Die arme Lisaweta!... Warum mußte sie auch dazukommen!... Es ist doch sonderbar: warum denke ich denn an sie fast gar nicht, als ob ich sie nicht auch ermordet hätte?... Lisaweta, Sonja! Ihr armen, schüchternen Mädchen mit den sanften Augen... Ihr lieben Wesen!... Warum weinen sie nicht? Warum stöhnen sie nicht?... Sie geben alles hin,... und sie blicken so sanft und still... Sonja, Sonja! Du stille Sonja!‹

Das Bewußtsein schwand ihm. Es schien ihm merkwürdig, daß er sich auf einmal auf der Straße befand, ohne sich erinnern zu können, wie er dorthin gekommen sei. Es war schon später Abend. Die Dämmerung wurde immer dunkler; der Vollmond gewann immer mehr an Glanz; aber in der Luft lag eine ganz besondere Schwüle. Scharen von Menschen bewegten sich auf den Straßen; Handwerker und Arbeiter eilten nach Hause; andere gingen spazieren; es roch nach Kalk, Staub und Pfützen. Raskolnikow schritt traurig und sorgenvoll einher: er erinnerte sich recht wohl, daß er zu irgendeinem bestimmten Zwecke fortgegangen sei, daß er notwendig und eilig etwas tun müsse; aber was das nun eigentlich war, hatte er vergessen. Plötzlich blieb er stehen und sah, daß auf der andern Seite der Straße ein Mann auf dem Trottoir stand und ihm winkte. Er ging quer über die Straße zu ihm hin; aber auf einmal drehte sich dieser Mann um und ging, als wäre nichts gewesen, mit gesenktem Kopfe weiter, ohne sich nach ihm umzusehen, gerade wie wenn er ihm gar nicht gewinkt hätte. ›Hat er mir auch wirklich gewinkt?‹ dachte Raskolnikow, eilte ihm jedoch nach. Als er nur noch etwa zehn Schritte von ihm entfernt war, erkannte er ihn und erschrak: es war der Kleinbürger von vorhin, in demselben Schlafrocke und mit derselben gekrümmten Haltung. Raskolnikow folgte ihm von weitem; das Herz pochte ihm heftig; sie bogen in eine Querstraße ein – der andere wandte sich noch immer nicht um. ›Ob er wohl weiß, daß ich ihm folge?‹ dachte Raskolnikow. Der Kleinbürger trat in den Torweg eines großen Hauses. Raskolnikow ging, so schnell er konnte, zu dem Torwege hin und blickte hinein, ob er sich nicht umsehen und ihm zuwinken würde. Und wirklich, als jener den ganzen Torweg durchschritten hatte und schon auf den Hof hinaustrat, drehte er sich plötzlich um, und es war wieder, als ob er ihm winkte. Raskolnikow eilte sofort durch den Torweg hindurch; aber der Kleinbürger war auf dem Hofe nicht mehr zu sehen. Also mußte er gleich die erste Treppe hinaufgegangen sein. Raskolnikow stürzte ihm nach. In der Tat waren zwei Treppen höher noch gleichmäßige, langsame Schritte vernehmbar. Merkwürdig: die Treppe kam ihm so bekannt vor! Da war das Fenster im Hochparterre; melancholisch und geheimnisvoll drang das Mondlicht durch die Scheiben; da war auch schon der erste Stock. Ah, das war ja dieselbe Wohnung, in der damals die Malergesellen arbeiteten... Wie war es nur möglich gewesen, daß er das Haus nicht sofort wiedererkannt hatte! Die Schritte des vorangehenden Mannes waren jetzt nicht mehr zu hören: ›also ist er stehengeblieben, oder er hat sich irgendwo versteckt‹, sagte sich Raskolnikow. Da war der zweite Stock; sollte er noch weitergehen? Und was für eine lautlose Stille da herrschte, ordentlich zum Fürchten... Aber er ging weiter. Das Geräusch seiner eigenen Schritte erschreckte und ängstigte ihn. Gott, wie dunkel! Der Kleinbürger hatte sich gewiß hier irgendwo in einem Winkel versteckt. Ah! Die Eingangstür der einen Wohnung stand sperrangelweit offen; er überlegte einen Augenblick und trat dann hinein. Im Vorzimmer war es sehr dunkel und öde; keine Menschenseele war zu spüren; die Sachen schienen alle weggeschafft zu sein. Leise, auf den Zehen, ging er in das Wohnzimmer: das ganze Zimmer war vom Mondlicht hell übergossen; alles war hier noch ebenso wie früher: die Stühle, der Spiegel, das gelbe Sofa und die eingerahmten Bilder. Der große, runde, kupferrote Mond blickte gerade in die Fenster hinein. ›Diese tiefe Stille rührt wohl vom Monde her‹, dachte Raskolnikow, ›er gibt jetzt gewiß gerade ein Rätsel auf.‹ Er blieb stehen und wartete, wartete lange, und je stiller der Mond war, um so heftiger klopfte ihm das Herz; es verursachte geradezu Schmerzen. Und immer noch diese Stille. Plötzlich ertönte eine Sekunde lang ein trockenes Knacken, als ob jemand einen Holzspan zerbräche; dann wurde wieder alles still. Eine Fliege, die aufgewacht war, stieß beim Herumfliegen an die Fensterscheibe und summte kläglich. In demselben Augenblicke erblickte er in einer Ecke, zwischen einem kleinen Schränkchen und dem Fenster, einen Gegenstand, der wie ein an der Wand hängender Frauenmantel aussah. ›Wozu hängt da ein Mantel?‹ dachte er. ›Der war doch früher nicht da.‹ Er trat leise heran und erriet, daß sich jemand hinter dem Mantel versteckt hatte. Vorsichtig zog er mit der Hand den Mantel weg und sah, daß da ein Stuhl stand, und auf dem Stuhle in der Ecke saß die Alte, ganz zusammengekrümmt und mit gesenktem Kopfe, so daß er das Gesicht überhaupt nicht sehen konnte; aber sie war es, da konnte kein Zweifel sein. Eine Weile blieb er vor ihr stehen; ›sie fürchtet sich‹, dachte er; dann zog er sachte das Beil aus der Schlinge und schlug die Alte auf den Scheitel, einmal und noch einmal. Aber merkwürdig: sie rührte sich gar nicht bei den Schlägen, wie wenn sie von Holz wäre. Er erschrak, beugte sich näher über sie und wollte sie genauer ansehen; aber sie ließ den Kopf noch tiefer herabsinken. Da bückte er sich ganz auf den Boden und blickte ihr von unten ins Gesicht; aber was er sah, ließ ihn vor Entsetzen erstarren: die Alte saß da und lachte, sie schüttelte sich ordentlich vor Lachen; aber sie lachte ganz still und unhörbar und gab sich aus aller Kraft Mühe, daß nichts davon zu vernehmen sein möchte. Auf einmal kam es ihm vor, als ob die nach dem Schlafzimmer führende Tür ein ganz klein wenig sich öffnete und auch dort gelacht und geflüstert würde. Da überkam ihn eine grimmige Wut: er begann die Alte aus Leibeskräften auf den Kopf zu schlagen; aber mit jedem Schlage des Beiles ertönte das Lachen und Flüstern aus dem Schlafzimmer immer lauter und deutlicher, und die Alte wackelte vor Lachen mit dem ganzen Leibe hin und her. Er stürzte hinaus, um davonzulaufen; aber da war das ganze Vorzimmer schon voll Menschen, die Tür nach der Treppe stand weit offen, und auf dem Treppenflur, auf der Treppe und weiter abwärts – überall Menschen, Kopf an Kopf; alle blickten nach ihm hin, aber alle suchten das zu verheimlichen, warteten und schwiegen!... Das Herz zog sich ihm krampfhaft zusammen; er konnte die Beine nicht rühren, sie waren wie am Boden festgewachsen... Er wollte aufschreien und – erwachte.

Er holte tief und schwer Atem; aber seltsamerweise schien der Traum noch fortzudauern: seine Stubentür stand weit offen, und auf der Schwelle stand ein ihm gänzlich unbekannter Mann und betrachtete ihn aufmerksam.

Raskolnikow hatte die Augen noch nicht ganz geöffnet und schloß sie nun sofort wieder. Er lag auf dem Rücken und rührte sich nicht.

›Ist das noch eine Fortsetzung des Traumes oder Wirklichkeit?‹ dachte er und hob ein ganz klein wenig, unmerklich die Wimpern, um hinzusehen; der Unbekannte stand noch immer auf demselben Flecke und blickte ihn an.

Nun trat er vorsichtig über die Schwelle, machte die Tür sachte hinter sich zu, ging an den Tisch, wartete etwa eine Minute lang, wobei er kein Auge von ihm wandte, und setzte sich still, ohne jedes Geräusch, auf einen Stuhl neben dem Sofa; seinen Hut legte er neben sich auf den Boden, stützte sich mit beiden Händen auf seinen Spazierstock und legte das Kinn auf die Hände. Er war offenbar darauf gefaßt, lange warten zu müssen. Soweit Raskolnikow das durch die blinzelnden Wimpern sehen konnte, war es ein nicht mehr junger, kräftig gebauter Mann mit dichtem, hellem, fast weißem Barte.

Es vergingen etwa zehn Minuten. Es war noch hell, wollte aber schon Abend werden. Im Zimmer herrschte vollständige Stille. Selbst von der Treppe her drang kein Laut herein. Nur eine große Fliege summte umher und prallte mitunter gegen die Fensterscheiben. Endlich wurde dem daliegenden Raskolnikow dieser Zustand unerträglich: er richtete sich auf und setzte sich auf dem Sofa aufrecht hin.

»Nun, so reden Sie doch; was wünschen Sie?«

»Das habe ich doch gewußt, daß Sie nicht schliefen, sondern sich nur so stellten«, antwortete der Unbekannte in eigentümlichem Tone und lachte ruhig dabei. »Gestatten Sie, daß ich mich vorstelle: Arkadij Iwanowitsch Swidrigailow...«

ZWEITER BAND

VIERTER TEIL

I

›Ist das wirklich noch eine Fortsetzung des Traumes?‹ dachte Raskolnikow noch einmal.

Mißtrauisch und argwöhnisch betrachtete er den unerwarteten Besucher.

»Swidrigailow? So ein Unsinn! Das ist ja gar nicht möglich!« sagte er endlich laut in verständnislosem Staunen.

Der Besucher schien sich über diesen Ausruf gar nicht weiter zu wundern.

»Zwei Gründe führen mich zu Ihnen: erstens wünschte ich Ihre persönliche Bekanntschaft zu machen, da ich schon seit längerer Zeit über Sie viel Interessantes und sehr Empfehlendes gehört habe; und zweitens gebe ich mich der Hoffnung hin, daß Sie vielleicht nicht abgeneigt sein dürften, mir bei meinem Vorhaben behilflich zu sein, das in erster Linie das Interesse Ihrer Schwester Awdotja Romanowna berührt. Wenn ich allein, ohne Empfehlung, zu ihr ginge, so würde sie infolge der vorgefaßten Meinung, die sie über mich hegt, mich vielleicht überhaupt nicht empfangen; mit Ihrer Hilfe dagegen rechne ich darauf...«

»Da rechnen Sie aber falsch«, unterbrach ihn Raskolnikow.

»Gestatten Sie die Frage: die Damen sind erst gestern angekommen?«

Raskolnikow antwortete nicht.

»Ich weiß es, daß sie gestern gekommen sind; ich selbst bin seit vorgestern hier. Nun, was soll ich mit Ihnen über das Vorgefallene lange reden, Rodion Romanowitsch; mich zu rechtfertigen, halte ich für überflüssig; erlauben Sie mir nur die Bemerkung: was habe ich denn eigentlich bei der ganzen Sache so besonders Schlimmes verbrochen, wenn man es vorurteilsfrei und vernünftig überlegt?«

Raskolnikow fuhr fort, ihn schweigend anzublicken.

»Daß ich in meinem Hause ein schutzloses Mädchen verfolgt und sie ›mit ehrlosen Anträgen beleidigt‹ habe, nicht wahr? Sie sehen, ich komme Ihnen entgegen und formuliere den Vorwurf selbst. Aber ziehen Sie doch nur in Betracht, daß auch ich ein Mensch bin, et nihil humanum..., kurz, daß auch ich für Reize nicht unempfindlich bin, daß ich imstande bin, mich zu verlieben (was sich ja doch gewiß ohne unsern Willen vollzieht); dann erklärt sich alles auf ganz natürliche Weise. Die ganze Frage lautet so: Bin ich ein Scheusal, oder bin ich selbst ein Opfer? Nun, und wie, wenn ich selbst ein Opfer wäre? Indem ich der Dame, die den Gegenstand meiner Leidenschaft bildete, den Vorschlag machte, mit mir nach Amerika oder der Schweiz zu fliehen, hegte ich doch wohl dabei die allerehrerbietigsten Gefühle und dachte unser beiderseitiges Glück zu schaffen!... Die Vernunft ist ja eine Sklavin der Leidenschaft, und ich habe mir selbst mehr geschadet als sonst jemandem; das sollten Sie doch bedenken!«

»Darum handelt es sich gar nicht«, unterbrach ihn Raskolnikow mit unverhohlenem Abscheu. »Sie sind mir einfach widerwärtig, mögen Sie nun schuldig oder unschuldig sein. Darum will ich mit Ihnen nichts zu tun haben und weise Ihnen die Tür, und nun machen Sie, daß Sie hinauskommen!«

Swidrigailow lachte auf.

»Nein, aber Sie sind einer... Sie kann man nicht überrumpeln!« sagte er herzlich lachend. »Ich hatte es recht schlau anfangen wollen; aber nein, Sie haben gleich von vornherein den richtigen Standpunkt eingenommen!«

»Sie setzen ja auch noch in diesem Augenblicke Ihr schlaues Verfahren fort.«

»Warum auch nicht? Warum auch nicht?« erwiderte Swidrigailow, ungeniert lachend. »Das ist ja, was man bonne guerre nennt, und eine durchaus erlaubte Schlauheit!... Aber Sie haben mich unterbrochen: wie dem auch immer war, ich kann nur wiederholen: es wären keinerlei Unannehmlichkeiten entstanden, wenn nicht die Szene im Garten passiert wäre. Marfa Petrowna...«

»Marfa Petrowna haben Sie, wie es heißt, auch umgebracht?« unterbrach ihn Raskolnikow in grobem Tone.

»Auch davon haben Sie gehört? Wie sollten Sie es übrigens auch nicht gehört haben... Nun, was diese Ihre Frage anlangt, so weiß ich wirklich nicht, was ich Ihnen erwidern soll, obwohl mein eigenes Gewissen in dieser Beziehung absolut ruhig ist. Das heißt, Sie brauchen nicht etwa zu denken, daß ich da noch irgendwelche äußeren Unannehmlichkeiten zu befürchten hätte; es ist alles durchaus ordnungsmäßig und mit peinlicher Genauigkeit erledigt worden; die ärztliche Untersuchung konstatierte einen Schlagfluß, herbeigeführt durch das Baden unmittelbar nach einem reichlichen Mittagessen, bei dem sie fast eine ganze Flasche Wein ausgetrunken hatte; weiter konnte die Untersuchung nichts konstatieren... Nein, aber es hat mich da ein anderer Gedanke eine Weile beschäftigt, besonders jetzt unterwegs, als ich auf der Eisenbahn saß: ob ich nicht zu diesem... Unfall dadurch mit beigetragen habe, daß ich ihr eine seelische Aufregung bereitet oder sonst etwas dieser Art. Aber ich bin zu dem Resultate gekommen, daß auch dies schlechterdings unmöglich ist.«

Raskolnikow lachte. »Wunderliche Skrupel!« sagte er.

»Worüber lachen Sie denn? Überlegen Sie sich das einmal: ich habe ihr nur zwei Schläge mit der Reitpeitsche versetzt, und es waren nicht einmal Spuren davon zu sehen... Bitte, halten Sie mich nicht für einen rohen Patron; ich weiß sehr wohl, wie schändlich das von meiner Seite war, na und so weiter; aber ich weiß auch ganz bestimmt, daß Marfa Petrowna gewissermaßen sogar froh darüber war, daß ich mich sozusagen einmal gehenließ. Die Geschichte mit

Ihrer Schwester hatte sie derart kolportiert, daß das Interesse des Publikums daran völlig erschöpft war. Nun mußte Marfa Petrowna schon seit zwei Tagen zu Hause sitzen; sie hatte nichts, womit sie in dem Städtchen hätte auftreten können; mit ihrem Briefe (daß sie den Brief überall vorgelesen hat, haben Sie wohl gehört?) war sie da allen schon zum Ekel geworden. Da kamen ihr diese zwei Peitschenhiebe wie ein Geschenk des Himmels! Das erste, was sie tat, war, daß sie anspannen ließ... Ich will gar nicht einmal davon reden, daß bei den Frauen Fälle vorkommen, wo es ihnen höchst angenehm ist, beleidigt zu sein, trotz aller äußerlichen Entrüstung. Derartige Fälle kommen übrigens bei allen Menschen vor; der Mensch liebt es überhaupt sehr, beleidigt zu sein; haben Sie das nicht auch schon beobachtet? Aber bei den Frauen ist das besonders häufig. Man kann geradezu sagen, es ist für sie eine Art Zeitvertreib.«

Eine Zeitlang hatte Raskolnikow schon die Absicht gehabt, aufzustehen und hinauszugehen und dadurch diesem Besuche ein Ende zu machen. Aber eine gewisse Neugier und sogar etwas Berechnung hielten ihn davon zurück.

»Es macht Ihnen wohl Vergnügen, jemand zu prügeln?« fragte er ihn zerstreut.

»Besonderes Vergnügen gerade nicht«, antwortete Swidrigailow ruhig. »Und meine Frau habe ich fast nie geprügelt. Wir lebten sehr einträchtig, und sie war mit mir immer zufrieden. Die Peitsche habe ich während unserer ganzen siebenjährigen Ehe nur zweimal in Gebrauch genommen (wenn ich einen dritten Fall nicht mitrechne, bei dem eine sehr verschiedene Auffassung möglich ist), das erstemal zwei Monate nach unserer Hochzeit, gleich nach unserer Ankunft auf dem Gute, und dann dieser jetzige, letzte Fall. Und Sie hatten wohl schon gedacht, ich wäre so ein Ungeheuer, ein Reaktionär, ein Verteidiger der Leibeigenschaft? Ha-ha-ha!... Apropos: erinnern Sie sich nicht, Rodion Romanowitsch, wie vor einigen Jahren bei uns über einen Edelmann – ich habe seinen Namen vergessen –, der eine Deutsche im Eisenbahncoupé geprügelt hatte, in der gesamten Presse aufs ärgste geschimpft wurde? Erinnern Sie sich? Na, meine Meinung darüber ist die: für den Herrn, der diese Deutsche durchgehauen hat, hege ich keine tiefe Sympathie; denn das war ja in der Tat... wie kann man da mit ihm sympathisieren! Aber dabei kann ich doch eine Bemerkung nicht unterdrücken: es kommen manchmal deutsche Frauenzimmer vor, die einem so die Galle erregen, daß meiner Ansicht nach selbst ein Vertreter der modernen Ideen für seine Selbstbeherrschung nicht einstehen kann. Von diesem Standpunkte aus hat damals niemand die Sache betrachtet, und dabei ist dies doch der wahrhaft humane Standpunkt, ganz zweifellos!«

Nach diesen Worten lachte Swidrigailow von neuem auf. Raskolnikow war sich ganz klar darüber, daß er da einen Menschen vor sich hatte, der ein Ziel fest ins Auge gefaßt hatte und nun mit aller Energie darauf losging.

»Sie haben sich gewiß seit mehreren Tagen mit niemand unterhalten?« fragte er.

»Das stimmt so ungefähr. Wieso? Sie wundern sich wohl, daß ich so viel rede?«

»Nein, ich wundere mich darüber, daß Sie zu viel reden.«

»Sie meinen, ich sollte mich durch Ihre unhöflichen Bemerkungen gekränkt fühlen und das Gespräch abbrechen, nicht wahr? Ja..., warum sollte ich mich gekränkt fühlen? Wir zahlen uns ja wechselseitig mit gleicher Münze!« fügte er mit erstaunlich gutherziger Miene hinzu. »Ich habe eigentlich so gut wie nichts, was mein Interesse besonders in Anspruch nähme, wahrhaftig«, fuhr er wie in Gedanken fort; »namentlich jetzt habe ich gar keine Beschäftigung... Übrigens mögen Sie meinetwegen ruhig denken, daß ich mich in bestimmter Absicht bei Ihnen einschmeicheln möchte, um so mehr, da ich ein Anliegen an Ihre Schwester habe, wie ich Ihnen schon selbst erklärte. Aber ich sage Ihnen ganz aufrichtig: ich langweile mich gräßlich, namentlich diese letzten drei Tage, so daß ich mich ordentlich auf Ihre Bekanntschaft gefreut habe... Nehmen Sie es mir nicht übel, Rodion Romanowitsch, aber Sie selbst kommen mir außerordentlich sonderbar vor, ohne daß ich mir über diesen Eindruck Rechenschaft geben könnte. Mit Ihrer Erlaubnis, aber Sie haben irgend etwas, und zwar gerade jetzt; ich meine nicht speziell in diesem Augenblicke, sondern in weiterem Sinne: jetzt... Nun, nun, ich bin ja schon still, bin ja schon still, machen Sie nur nicht gleich ein so finsteres Gesicht! Ich bin ja gar nicht so ein ungebildeter Bär, wie Sie denken.«

Raskolnikow sah ihn finster an.

»Ein ungebildeter Bär sind Sie wohl überhaupt nicht«, erwiderte er. »Es scheint mir sogar, daß Sie zur guten Gesellschaft gehören oder wenigstens verstehen, gelegentlich auch einmal ein ordentlicher Mensch zu sein.«

»Ich kümmere mich herzlich wenig um anderer Leute Meinung über mich«, antwortete Swidrigailow trocken und sogar mit einem Beiklange von Hochmut. »Warum soll man nicht auch manchmal gemein sein, da doch die Gemeinheit ein für unser Klima so vortrefflich geeignetes Kostüm ist, und... und namentlich, wenn man überdies eine natürliche Neigung dazu besitzt«, fügte er hinzu und lachte wieder.

»Ich habe aber doch gehört, daß Sie hier viele Bekannte haben, was man so ›gute Konnexionen‹ nennt. Warum suchen Sie denn unter diesen Umständen mich auf, wenn Sie nicht etwa bestimmte Absichten haben?«

»Sie haben ganz recht, ich habe hier allerdings Bekannte«, antwortete Swidrigailow, ohne auf den Hauptpunkt einzugehen, »ich bin auch schon manchem begegnet; ich treibe mich ja schon seit vorgestern hier umher; ich selbst erkenne sie wieder und sie mich wohl auch. Natürlich, ich bin eben anständig gekleidet und gelte als wohlsituierter Mann; uns hat ja die Aufhebung der Leibeigenschaft nicht schwer betroffen: wir haben viel Wald und Überschwemmungswiesen, diese Einnahmen gehen uns nicht verloren. Aber ich mache meinen ehemaligen Bekannten keine Besuche; ich war auch schon früher ihrer überdrüssig geworden; ich gehe nun schon den dritten Tag so umher und gebe mich keinem zu erkennen... Und was ist das hier für eine Stadt! Ich meine, wie hat sie sich entwickelt, nicht wahr? Eine Stadt der Bureaus und aller nur denkbaren Bildungsanstalten! Wahrhaftig, ich habe vieles hier früher nicht beachtet, als ich mich vor acht Jahren in der Stadt umhertrieb... Jetzt hoffe ich nur noch auf die Anatomie, weiß Gott!«

»Wieso auf die Anatomie?«

»Aber was diese Klubs und diese französischen Restaurants und die ganze moderne Richtung anlangt«, fuhr er, wieder ohne die Frage zu beachten, fort, »so können mir die gestohlen bleiben. Und Falschspieler zu sein, da ist auch nicht viel Spaß dabei!«

»Sind Sie denn auch Falschspieler gewesen?«

»Gewiß, das war ein Ding der Notwendigkeit. Wir waren eine ganze Gesellschaft vor acht Jahren, eine höchst anständige Gesellschaft; damit füllten wir unsere Zeit aus; und wissen Sie, es waren sämtlich Leute mit guten Manieren, auch Dichter waren darunter und Kapitalisten. Überhaupt findet man bei uns, in der russischen Gesellschaft, die besten Manieren bei denen, die schon manchmal Prügel bekommen haben – haben Sie das nicht auch beobachtet? Ich bin ja nun auf dem Lande jetzt etwas verwildert. Und doch hatte ich damals schon ins Schuldgefängnis wandern müssen; so ein Njeshiner Grieche hatte mich einsperren lassen. Da erschien plötzlich Marfa Petrowna als rettender Engel, handelte mit dem Gläubiger hin und her und kaufte mich für dreißigtausend Rubel los (im ganzen war ich siebzigtausend schuldig). Ich ging mit ihr eine gesetzliche Ehe ein, und sie nahm mich sogleich mit sich fort auf ihr Gut wie einen erbeuteten Schatz. Sie war ja fünf Jahre älter als ich und furchtbar in mich verliebt. Sieben Jahre lang bin ich nicht vom Dorfe weggekommen. Und denken Sie sich, die ganze Zeit über hielt sie einen Schuldschein über die dreißigtausend Rubel, den ich ihr auf einen fremden Namen hatte ausstellen müssen, als Waffe gegen mich im Hintergrunde bereit; damit hielt sie mich in ihrer Gewalt, so daß, wenn ich mir hätte beikommen lassen, gegen sie in irgendeiner Hinsicht zu revoltieren, sie mich sofort einsperren lassen konnte! Und sie hätte es getan! Bei den Weibern wohnen Haß und Liebe dicht beieinander.«

»Wenn der Schuldschein nicht gewesen wäre, hätten Sie sich wohl längst davongemacht?«

»Das ist eine schwer zu beantwortende Frage. Dieser Schuldschein genierte mich so gut wie gar nicht. Es zog mich eigentlich nirgends hin; Marfa Petrowna regte mich selbst ein paarmal dazu an, ins Ausland zu reisen, weil sie sah, daß ich mich langweilte. Aber was sollte ich da? Im Auslande war ich auch früher schon gewesen; aber ich hatte mich da nie recht wohl fühlen können. Na ja, es ist ja ganz schön; aber sehen Sie, da erscheint die Abendröte, und da ist der Golf von Neapel und das Meer, man sieht das an, und es stimmt einen bloß schwermütig und traurig. Und solche Schwermut und Trauer ist das allerwiderwärtigste! Nein, in der Heimat ist es doch besser: hier kann man wenigstens bei allem, was einem mißfällt, andern die Schuld beimessen und sich selbst von Schuld freisprechen. Ich brächte es jetzt vielleicht fertig, mich an einer Nordpolexpedition zu beteiligen; denn j'ai le vin mauvais, und das Trinken ist mir zuwider; aber die Spirituosen sind das einzige, was mir jetzt noch übrigbleibt. Einen Versuch habe ich ja auch mit dem Trinken gemacht. Aber wie ist das? Ich höre, der Luftschiffer Berg will nächsten Sonntag im Jussupow-Garten mit einem riesigen Ballon aufsteigen und lade zur Teilnahme an der Fahrt gegen eine bestimmte Bezahlung ein; ist das richtig?«

»Wollen Sie etwa mitfliegen?«

»Ich? Nein,... ich frage nur so...«, murmelte Swidrigailow; er schien sich wirklich seinen Gedanken hinzugeben.

›Was hat denn der Mensch eigentlich?‹ dachte Raskolnikow.

»Nein, der Schuldschein genierte mich nicht«, fuhr Swidrigailow wie in Gedanken fort. »Es war mein eigener Wille, daß ich auf dem Gute blieb. Auch ist es jetzt etwa ein Jahr her, daß Marfa Petrowna mir an meinem Namenstage diesen Schuldschein zurückgab und mir noch obendrein eine erkleckliche Summe schenkte. Sie besaß ein bedeutendes Vermögen. ›Sie sehen, wie ich Ihnen vertraue, Arkadij Iwanowitsch‹, so sagte sie dabei, wahrhaftig. Sie glauben wohl nicht, daß sie das gesagt hat? Aber, wissen Sie, ich bin da auf dem Gute ein ganz tüchtiger Landwirt geworden; in der ganzen Nachbarschaft bin ich dafür bekannt. Ich ließ mir auch Bücher kommen. Anfangs war Marfa Petrowna sehr damit einverstanden; aber später fürchtete sie immer, ich könnte mir durch das viele Studieren schaden.«

»Sie grämen sich wohl sehr um Marfa Petrowna?«

»Ich? Kann sein. Wirklich, kann sein. Apropos, glauben Sie an Geister?«

»An was für Geister?«

»An gewöhnliche Geister; was ist da zu fragen?«

»Glauben Sie denn daran?«

»Na, meinetwegen will ich nein sagen, pour vous plaire... Aber eigentlich tu ich's doch...«

»Erscheinen Ihnen denn Geister?«

Swidrigailow sah ihn mit sonderbarem Blicke an.

»Marfa Petrowna besucht mich«, erwiderte er und verzog den Mund zu einem eigentümlichen Lächeln.

»Wie meinen Sie das mit dem Besuchen?«

»Nun, sie ist schon dreimal zu mir gekommen. Das erstemal sah ich sie am Begräbnistage selbst, eine Stunde nach meiner Rückkehr vom Friedhofe. Das war am Tage vor meiner Abreise hierher. Das zweitemal vorgestern, unterwegs, in der Morgendämmerung, auf der Station Malaja Wischera; und das drittemal vor zwei Stunden, in der Wohnung, wo ich logiere, im Zimmer; ich war allein darin.«

»Waren Sie denn wach?«

»Völlig wach. Alle drei Male war ich wach. Sie kommt, spricht ein kleines Weilchen mit mir und geht dann durch die Tür hinaus; immer durch die Tür. Es kommt mir sogar vor, als ob ich es hörte.«

»Wieso ich bloß von vornherein gleich auf den Gedanken gekommen bin, daß mit Ihnen sicher etwas in dieser Art los sein müsse!« sagte Raskolnikow plötzlich und wunderte sich in demselben Augenblicke darüber, daß er es gesagt hatte. Er war in heftiger Aufregung.

»Nun sehen Sie mal an! Also Sie haben das gedacht?« fragte Swidrigailow erstaunt. »Ist es möglich? Na, habe ich nicht gleich gesagt, daß eine gewisse seelische Verwandtschaft zwischen uns besteht?«

»Das haben Sie niemals gesagt!« entgegnete Raskolnikow in scharfem, zornigem Tone.

»Habe ich es nicht gesagt?«

»Nein!«

»Es war mir doch so, als hätte ich es gesagt. Als ich vorhin hereinkam und sah, daß Sie mit geschlossenen Augen dalagen und sich schlafend stellten, da sagte ich mir: Das ist der Richtige!«

»Wieso: der Richtige? Inwiefern?« rief Raskolnikow.

»Inwiefern? Ja, inwiefern, das weiß ich wahrhaftig nicht...«, murmelte Swidrigailow offenherzig und anscheinend in wirklicher Verlegenheit.

Eine Weile schwiegen sie; beide blickten einander scharf an.

»Das ist ja alles dummes Zeug!« rief Raskolnikow ärgerlich. »Was sagt sie denn zu Ihnen, wenn sie zu Ihnen kommt?«

»Was sie sagt? Denken Sie sich nur: sie spricht von ganz unbedeutenden Lappalien, und so wunderlich ist der Mensch: gerade das ärgert mich ordentlich. Das erstemal kam sie herein (ich war müde, wissen Sie: der Leichengottesdienst und ›Ruh in Frieden‹ und die Litanei und der Imbiß; endlich war ich in meinem Zimmer allein, steckte mir eine Zigarre an und überließ mich meinen Gedanken), da kam sie also zur Tür herein und sagte: ›Arkadij Iwanowitsch, in all der Unruhe haben Sie heute vergessen, im Eßzimmer die Uhr aufzuziehen.‹ Nämlich diese Uhr hatte ich wirklich die ganzen sieben Jahre hindurch jede Woche selbst aufgezogen, und wenn ich es einmal vergaß, dann hatte sie mich immer daran erinnert. Am andern Tage war ich schon auf der Fahrt hierher. Ich ging im Morgengrauen auf einer Station in die Bahnhofsrestauration – ich hatte in der Nacht wenig geschlafen, war wie zerschlagen, und die Augen fielen mir immer noch zu – und ließ mir Kaffee geben; auf einmal sehe ich, wie Marfa Petrowna mit einem Spiel Karten in der Hand sich neben mich setzt: ›Soll ich Ihnen für die Reise Karten legen, Arkadij Iwanowitsch?‹ fragte sie mich. Nämlich das Kartenlegen verstand sie meisterhaft. Na, ich kann es mir noch heute nicht verzeihen, daß ich mir nicht von ihr damals Karten legen ließ. Ich lief ganz erschrocken hinaus, und da wurde auch schon zum Einsteigen geläutet. Heute sitze ich nach einem ganz jämmerlichen Mittagessen, das ich mir aus einer Garküche hatte holen lassen, mit schwerem Magen auf meinem Zimmer; ich sitze da und rauche, da kommt wieder Marfa Petrowna herein, sehr geputzt, in einem neuen grünen Seidenkleide mit sehr langer Schleppe. ›Guten Tag, Arkadij Iwanowitsch! Wie gefällt Ihnen mein Kleid? So gut kann es Anisjka nicht machen‹ (Anisjka ist eine Schneiderin bei uns auf dem Dorfe, eine frühere Leibeigene; sie hat das Schneidern in Moskau gelernt, ein hübsches Mädchen). Sie stand da und drehte sich vor mir hin und her. Ich besah das Kleid, sah ihr dann scharf ins Gesicht und sagte: ›Was fällt Ihnen denn ein, Marfa Petrowna, wegen einer so gleichgültigen Sache zu mir zu kommen und mich zu belästigen!‹ – ›Ach, mein Gott‹, antwortete sie, ›nicht einmal einen Augenblick stören darf man Sie!‹ Um sie zu necken, sagte ich zu ihr: ›Ich will mich wieder verheiraten, Marfa Petrowna.‹ – ›Das sieht Ihnen ähnlich, Arkadij Iwanowitsch‹, erwiderte sie. ›Große Ehre macht es Ihnen aber nicht, daß Sie jetzt, wo Sie kaum Ihre Frau begraben haben, wegreisen, um eine andere zu heiraten. Und wenn Sie noch eine gute Wahl getroffen hätten; so aber wird es weder Ihnen noch ihr zum Segen sein, und nur die lieben Nachbarn werden ihr Amüsement darüber haben.‹ Und damit ging sie hinaus, und es war mir gerade so, als ob sie mit der Schleppe rauschte. Das ist doch Unsinn; nicht wahr?«

»Das sind wohl lauter Lügen von Ihnen?« erwiderte Raskolnikow.

»Ich lüge nur selten«, antwortete Swidrigailow nachdenklich; die Grobheit der Frage schien er gar nicht zu bemerken.

»Und früher, vor dieser Zeit, haben Sie niemals Geister gesehen?«

»Hm, doch, ein einziges Mal in meinem Leben, vor sechs Jahren... Ich hatte einen Diener namens Filipp; kurz nach seiner Beerdigung rief ich einmal in Gedanken: ›Filipp, die Pfeife!‹ Da kam er herein und ging gerade auf das Regal zu, wo meine Pfeifen standen. Ich saß da und dachte bei mir: ›Jetzt will er sich gewiß an mir rächen‹, denn unmittelbar vor seinem Tode hatten wir einen heftigen Streit miteinander gehabt. ›Wie kannst du dich unterstehen‹, rief ich ihm zu, ›mit einem Loch am Ellbogen zu mir hereinzukommen! Mach, daß du hinauskommst, du Taugenichts!‹ Er wandte sich um, ging hinaus und ist nicht mehr wiedergekommen. Ich habe Marfa Petrowna damals nichts davon erzählt. Ich wollte schon eine Seelenmesse für ihn halten lassen, genierte mich denn aber doch ein bißchen.«

»Gehen Sie zu einem Arzte.«

»Daß ich nicht gesund bin, weiß ich, auch ohne daß Sie es mir sagen; wiewohl ich wirklich nicht weiß, was mir eigentlich fehlt; meiner Ansicht nach bin ich gewiß fünfmal so gesund wie Sie. Aber ich habe Sie nicht danach gefragt, ob Sie glauben, daß einem Geister erscheinen. Ich habe Sie gefragt: Glauben Sie, daß es Geister gibt?«

»Nein, das glaube ich entschieden nicht!« rief Raskolnikow mit einer Art von Ingrimm.

»Wie sagt man doch gewöhnlich?« murmelte Swidrigailow, wie wenn er für sich spräche; er blickte zur Seite und hielt den Kopf ein wenig geneigt. »Man sagt: ›Du bist krank; folglich ist das, was dir erscheint, lediglich ein unwirkliches Wahngebilde.‹ Darin liegt aber doch keine strenge Logik. Ich gebe zu, daß Geister nur Kranken erscheinen; aber daraus folgt doch nur, daß die Geister eben nur Kranken erscheinen können, aber nicht, daß es überhaupt keine gibt.«

»Es gibt bestimmt keine!« entgegnete Raskolnikow hartnäckig in gereiztem Tone.

»Nein? Glauben Sie das?« fuhr Swidrigailow langsam fort und blickte ihn dabei an. »Na, aber was meinen Sie dazu, wenn man sich die Sache so zurechtlegt (helfen Sie mir nur dabei ein bißchen): die Geister, das sind sozusagen Teilchen, Fragmente andrer Welten, der Anfang andrer Welten. Ein gesunder Mensch hat selbstverständlich keine Veranlassung, sie zu sehen; denn der gesunde Mensch ist ein durchaus irdischer Mensch und soll daher lediglich ein irdisches Dasein führen; das ist ganz in der Ordnung. Na, sowie er nun aber erkrankt und die normale irdische Ordnung des Organismus gestört wird, dann tritt ihm sofort die Möglichkeit der Existenz einer andern Welt entgegen, und je kränker er wird, um so mehr nehmen seine Beziehungen zu der andern Welt zu, so daß, wenn er nun wirklich stirbt, er einfach selbst in die andere Welt hinübergeht. Ich habe mir darüber schon seit langer Zeit meine Gedanken gemacht. Wenn Sie an ein zukünftiges Leben glauben, dann können Sie auch dieser Anschauung beipflichten.«

»Ich glaube nicht an ein zukünftiges Leben«, erwiderte Raskolnikow.

Swidrigailow saß in Gedanken versunken da.

»Aber wie wäre das, wenn es in der andern Welt nur Spinnen oder so etwas Ähnliches gäbe?« sagte er dann plötzlich.

›Der Kerl ist irrsinnig‹, dachte Raskolnikow.

»Die Ewigkeit erscheint uns immer als ein Begriff, den man gar nicht fassen kann, als etwas Riesenhaftes, ungeheuer Großes! Aber warum soll sie denn absolut so ungeheuer groß sein? Auf einmal (stellen Sie sich das mal vor) kommt es so heraus, daß da statt all dessen nur ein einziges kleines Zimmerchen ist, so in der Art wie eine Badestube auf dem Lande, ganz verräuchert, und in allen Ecken Spinnen, und das ist dann die ganze Ewigkeit. Wissen Sie, mir schwant manchmal so etwas in der Art.«

»Stellen Sie sich wirklich, wirklich nichts Tröstlicheres und Gerechteres unter der Ewigkeit vor als dies?« rief Raskolnikow in heftiger Erregung.

»Etwas Gerechteres? Woher soll man's wissen, vielleicht ist das so, wie ich mir das ausmale, ganz gerecht; und wissen Sie, wenn's von mir abhinge, ich würde die Ewigkeit jedenfalls absichtlich so einrichten«, erwiderte Swidrigailow mit einem nicht recht verständlichen Lächeln.

Kälte überrieselte auf einmal Raskolnikow bei dieser widerwärtigen Antwort. Swidrigailow hob den Kopf, blickte ihn unverwandt an und brach plötzlich in ein Gelächter aus.

»Nein«, rief er, »überlegen Sie bloß mal: vor einer halben Stunde hatten wir einander noch nicht gesehen, wir halten uns für Feinde, es liegt noch ein unerledigtes Geschäft zwischen uns – und nun haben wir Geschäft Geschäft sein lassen und sind tief in solche metaphysischen Fragen hineingeraten! Nun, habe ich nicht die Wahrheit gesagt, daß wir Geistesverwandte sind?«

»Haben Sie die Güte«, erwiderte Raskolnikow gereizt, »mir möglichst schnell mitzuteilen, warum sie mir die Ehre Ihres Besuches erwiesen haben,... und... und... ich bin sehr in Eile, ich habe keine Zeit, ich möchte fortgehen...«

»Ganz wie Sie wünschen, ganz wie Sie wünschen! Ihre Schwester, Awdotja Romanowna, heiratet Herrn Pjotr Petrowitsch Lushin?«

»Ich möchte Sie bitten, jede Frage, die meine Schwester betrifft, zu vermeiden und ihren Namen überhaupt nicht zu erwähnen. Es ist mir geradezu unverständlich, wie Sie sich erdreisten können, in meiner Gegenwart ihren Namen auszusprechen, wenn Sie wirklich Swidrigailow sind.«

»Ich bin ja aber gerade deshalb hergekommen, um über sie zu sprechen; wie soll ich es denn da machen, ihren Namen nicht auszusprechen?«

»Nun gut; dann reden Sie, aber recht schnell!«

»Ich bin überzeugt, daß Sie sich über diesen Herrn Lushin, einen Verwandten meiner Frau, bereits ein Urteil gebildet haben, wenn Sie ihn auch nur eine halbe Stunde gesehen oder etwas Zuverlässiges und Genaueres über ihn gehört haben. Er ist kein Mann für Awdotja Romanowna. Meiner Ansicht nach bringt sich Awdotja Romanowna dabei in höchst großmütiger und uneigennütziger Weise zum Opfer für... für ihre Familie. Nach allem, was ich über Sie gehört habe, glaubte ich, Sie würden Ihrerseits recht zufrieden sein, wenn diese Heirat unterbliebe, ohne daß die Interessen der Familie dabei zu Schaden kämen. Und jetzt, nachdem ich Sie persönlich kennengelernt habe, bin ich davon sogar fest überzeugt.«

»Alles sehr naiv von Ihnen; Pardon, ich wollte sagen: sehr unverschämt«, erwiderte Raskolnikow.

»Sie wollen wohl damit sagen, daß ich egoistische Absichten verfolge. Aber seien Sie unbesorgt, Rodion Romanowitsch; wenn ich mein eigenes Interesse im Auge hätte, dann würde ich nicht so offen reden; so dumm bin ich denn schließlich doch auch nicht. In dieser Hinsicht möchte ich Ihnen eine psychologisch merkwürdige Mitteilung machen. Als ich vorhin meine Liebe zu Awdotja Romanowna rechtfertigte, sagte ich, daß ich selbst dabei ein Opfer gewesen sei. Nun, so will ich Ihnen nicht verhehlen, daß ich jetzt keine Liebe zu ihr empfinde, aber auch gar keine, so daß mir das selbst sonderbar vorkommt, weil ich doch tatsächlich etwas Derartiges empfunden hatte...«

»Das kam von Ihrem Müßiggange und Ihrer Sittenlosigkeit her«, unterbrach ihn Raskolnikow.

»Ein Müßiggänger und unsittlicher Mensch bin ich freilich. Indessen besitzt andrerseits Ihre Schwester so viele Vorzüge, daß auch ich einfach nicht imstande war, mich eines gewissen Eindrucks zu erwehren. Aber das alles ist dummes Zeug, wie ich jetzt selbst einsehe.«

»Sind Sie schon lange zu dieser Einsicht gelangt?«

»Die ersten Anfänge dieser Erkenntnis liegen schon weiter zurück; endgültig habe ich mich davon vorgestern überzeugt, fast genau in dem Augenblicke, als ich in Petersburg ankam. Noch in Moskau hatte ich die Vorstellung, daß ich diese Reise machte, um mich um Awdotja Romanownas Hand zu bewerben und mit Herrn Lushin zu rivalisieren.«

»Entschuldigen Sie, daß ich Sie unterbreche; aber haben Sie die Güte, sich kurz zu fassen und ohne Umschweife auf den Zweck Ihres Besuches zu kommen. Ich bin in Eile, ich muß fortgehen...«

»Mit dem größten Vergnügen! Da ich hierher nach Petersburg gekommen bin und jetzt eine... eine größere Reise anzutreten beabsichtige, so möchte ich gern vorher einige notwendige Anordnungen treffen. Meine Kinder sind bei ihrer Tante geblieben; sie sind reich; mich persönlich haben sie in keiner Weise nötig. Ich bin ja auch ein schlechter Vater. Für mich habe ich nur das genommen, was mir Marfa Petrowna vor einem Jahre geschenkt hat. Daran habe ich genug. Entschuldigen Sie, ich komme sofort zur Sache. Vor meiner Reise, die vielleicht bald zur Ausführung gelangt, möchte ich auch die Angelegenheit mit Herrn Lushin erledigen. Nicht eigentlich, daß er mir unausstehlich wäre; aber um seinetwillen kam es zwischen mir und Marfa Petrowna zu diesem unangenehmen Streite, als ich erfuhr, daß sie diese Heirat in die Wege geleitet hatte. Ich möchte nun jetzt durch Ihre Vermittlung eine Zusammenkunft mit Awdotja Romanowna haben und ihr – meinetwegen in Ihrer Gegenwart – erstens klarmachen, daß sie von Herrn Lushin nicht nur nicht den geringsten Vorteil, sondern sogar mit Sicherheit einen entschiedenen Schaden zu erwarten hat. Dann möchte ich sie wegen all der Unannehmlichkeiten, die sie unlängst durch meine Schuld zu erleiden gehabt hat, um Verzeihung bitten und um die Erlaubnis nachsuchen, ihr zehntausend Rubel anzubieten und ihr auf diese Weise die Auflösung ihrer Verlobung mit Hern Lushin zu erleichtern; dieser Auflösung würde sie nach meiner Überzeugung selbst nicht abgeneigt sein, wenn sich eine äußere Möglichkeit dazu darböte.«

»Aber Sie sind ja tatsächlich verrückt!« rief Raskolnikow, weniger zornig als erstaunt. »Wie können Sie sich unterstehen, so etwas zu sagen!«

»Das hatte ich mir vorher gedacht, daß Sie ein Geschrei erheben würden; aber erstens habe ich, obwohl ich nicht gerade ein reicher Mann bin, diese zehntausend Rubel übrig, das heißt, ich habe sie gar nicht nötig, absolut nicht nötig. Wenn Awdotja Romanowna sie nicht nimmt, so gebe ich sie vielleicht auf noch törichtere Weise aus. Das ist das eine. Und zweitens: mein Gewissen ist vollkommen ruhig; ich biete ihr das Geld ohne alle egoistischen Absichten an. Mögen Sie es jetzt glauben oder nicht, aber später werden Sie und Awdotja Romanowna es einsehen. Der Beweggrund für meine Handlungsweise ist einzig und allein dieser: da ich Ihrer hochverehrten Schwester tatsächlich mancherlei Unruhe und Unannehmlichkeiten verursacht habe, so hege ich im Gefühle aufrichtiger Reue den herzlichen Wunsch, nicht etwa mich durch Geld von dem Verschulden zu befreien oder ihr die Unannehmlichkeiten zu bezahlen, sondern ganz einfach etwas zu tun, was ihr Vorteil bringt; es steht ja nirgends geschrieben, daß ich immer nur Schlechtes tun muß. Wenn in meinem Anerbieten auch nur die geringste Spur von egoistischen Absichten steckte, so würde ich ihr doch das Geld nicht so offen anbieten, und ich würde ihr auch nicht bloß zehntausend anbieten, da ich ihr ja vor kaum fünf Wochen eine weit größere Summe angeboten habe. Außerdem werde ich vielleicht in nächster, allernächster Zeit ein junges Mädchen heiraten, so daß auch schon dadurch jeder Verdacht, als hätte ich irgendwelche bösen Anschläge gegen Awdotja Romanowna vor, schwinden muß. Zum Schlusse möchte ich nur hinzufügen, daß Awdotja Romanowna, wenn sie Herrn Lushin heiratet, ja dasselbe Geld annimmt, nur von anderer Seite... Ärgern Sie sich nicht, Rodion Romanowitsch, sondern überlegen Sie sich die Sache ruhig und kaltblütig.«

Swidrigailow selbst war, während er dies sagte, außerordentlich kaltblütig und ruhig.

»Ich bitte Sie, nun damit aufzuhören«, sagte Raskolnikow. »Jedenfalls ist Ihr Anerbieten von einer unverzeihlichen Dreistigkeit.«

»Ganz und gar nicht. Sonst könnte ja auf dieser Welt ein Mensch einem andern nur Böses antun und hätte um leerer konventioneller Formen willen kein Recht, ihm auch einmal ein klein bißchen Gutes zukommen zu lassen. Das wäre ja sinnlos. Wenn ich zum Beispiel gestorben wäre und Ihrer Schwester diese Summe testamentarisch hinterlassen hätte, würde sie sich etwa auch dann weigern, sie anzunehmen?«

»Sehr möglich.«

»Na, das würde sie nun wohl doch nicht tun. Will sie es übrigens von mir nicht nehmen, nun, dann mag sie es ablehnen; dann unterbleibt es eben. Nur sind zehntausend Rubel keine üble Sache; die können einem bei Gelegenheit gut zustatten kommen. Jedenfalls bitte ich Sie, von meinem Anerbieten Ihrer Schwester Mitteilung zu machen.«

»Nein, das werde ich nicht tun.«

»Dann, Rodion Romanowitsch, werde ich selbst genötigt sein, mich um eine persönliche Zusammenkunft zu bemühen und so Ihre Schwester zu belästigen.«

»Und wenn ich es ihr mitteile, dann werden Sie sich nicht um eine persönliche Zusammenkunft bemühen?«

»Ich weiß wirklich nicht, was ich Ihnen darauf antworten soll. Ich möchte sie doch gar zu gern noch einmal wiedersehen.«

»Diese Hoffnung geben Sie nur auf!«

»Schade! Aber Sie kennen mich noch nicht. Vielleicht treten wir einander doch noch näher.«

»Halten Sie das für möglich?«

»Aber warum denn nicht?« antwortete Swidrigailow lächelnd, stand auf und griff nach seinem Hute. »Nicht daß ich die Absicht hätte, Sie in Zukunft häufig zu belästigen. Auch habe ich, als ich hierherging, mir ganz und gar keine großen Hoffnungen auf eine Verständigung gemacht, obwohl mich Ihre Physiognomie schon heute vormittag überrascht und interessiert hatte...«

»Wo haben Sie mich denn heute vormittag gesehen?« fragte Raskolnikow beunruhigt.

»Nur ganz zufällig... Ich habe immer die Empfindung, als ob Sie mir einigermaßen geistesverwandt wären... Aber seien Sie ganz unbesorgt; ich verstehe mit Menschen umzugehen und bin immer recht wohl gelitten gewesen; ich habe mit Falschspielern ganz angenehm zusammengelebt, und mit dem Fürsten Swirbej, einem entfernten Verwandten von mir und hohen Würdenträger, habe ich mich gut zu stellen gewußt, und ich habe Witz genug gehabt, der Frau Prilukowa etwas Hübsches über die Raffaelische Madonna ins Album zu schreiben, und ich habe mit Marfa Petrowna sieben Jahre lang still und häuslich auf dem Gute gelebt, und ich habe in früheren Zeiten manchmal im Nachtasyl am Heumarkt geschlafen, und nun werde ich vielleicht mit Berg eine Fahrt mit dem Luftballon unternehmen.«

»Gut, gut. Gestatten Sie eine Frage: Treten Sie Ihre Reise bald an?«

»Was für eine Reise?«

»Nun, Sie sprachen doch vorhin von einer Reise.«

»Von einer Reise? Ach ja!... Richtig, ich sagte Ihnen davon... Nun, das ist eine umfassende Frage... Wenn Sie aber wüßten, wonach Sie sich da erkundigt haben!« fügte er hinzu und brach in ein lautes, kurzes Gelächter aus. »Aber vielleicht verheirate ich mich auch, statt wegzureisen; ich stehe schon durch eine Vermittlerin wegen eines jungen Mädchens in Verhandlung.«

»Hier?«

»Ja.«

»Wie haben Sie denn das schon fertiggebracht?«

»Aber mit Awdotja Romanowna möchte ich doch zu gern noch einmal sprechen. Ich bitte Sie in vollem Ernste, mir dazu behilflich zu sein. Nun, auf Wiedersehen!... Ach ja! Das hätte ich ja beinahe vergessen! Teilen Sie doch Ihrer Schwester mit, Rodion Romanowitsch, daß sie in Marfa Petrownas Testamente mit dreitausend Rubel bedacht ist. Sie kann sich bestimmt darauf verlassen. Marfa Petrowna hat, eine Woche ehe sie starb, ihre Anordnungen für den Todesfall getroffen, und das geschah in meiner Gegenwart. In zwei bis drei Wochen wird Awdotja Romanowna das Geld erhalten können.«

»Sagen Sie die Wahrheit?«

»Gewiß. Teilen Sie es ihr nur mit. Nun, ich empfehle mich. Ich wohne gar nicht weit von Ihnen.«

Beim Hinausgehen stieß Swidrigailow in der Tür mit Rasumichin zusammen.

II

Es war schon fast acht Uhr; beide machten sich eilig nach dem Bakalejewschen Hotel garni auf, um noch vor Lushin dort einzutreffen.

»Nun, wer war denn das?« fragte Rasumichin, als sie auf die Straße traten.

»Das war Swidrigailow, eben jener Gutsbesitzer, in dessen Hause meine Schwester Gouvernante war und schwer gekränkt wurde. Infolge der Liebesanträge, mit denen er ihr zusetzte, verließ sie ihre Stellung; sie wurde nämlich von seiner Frau, Marfa Petrowna, aus dem Hause gejagt. Diese Marfa Petrowna hat dann später den wahren Sachverhalt erfahren und Dunja um Verzeihung gebeten; jetzt ist sie ganz plötzlich gestorben. Meine Mutter und meine Schwester sprachen heute morgen von ihr. Ich weiß nicht recht, warum, aber ich fürchte mich sehr vor diesem Menschen. Gleich nach der Beerdigung seiner Frau ist er hierhergereist. Er hat ein ganz sonderbares Wesen und verfolgt energisch irgendein bestimmtes Ziel... Es macht den Eindruck, als wüßte er irgend etwas... Dunja muß vor ihm beschützt werden,... das wollte ich auch dir sagen, hörst du?«

»Beschützen! Was kann er ihr denn tun? Na, aber ich danke dir, Rodja, daß du so zu mir sprichst... Wir wollen sie schon beschützen; das wollen wir!... Wo wohnt er denn?«

»Das weiß ich nicht.«

»Warum hast du ihn nicht gefragt? Schade! Aber das werde ich bald herausbekommen!«

»Hast du ihn gesehen?« fragte Raskolnikow nach einem kurzen Schweigen.

»Jawohl, ich habe ihn mir gemerkt, ordentlich gemerkt.«

»Hast du ihn auch genau gesehen, deutlich gesehen?« fragte Raskolnikow nochmals.

»Aber ja! Ich habe ihn ganz deutlich in der Erinnerung; aus tausend Menschen will ich ihn herauserkennen; ich habe für Physiognomien ein gutes Gedächtnis.«

Wieder schwiegen sie ein Weilchen.

»Hm!... Na ja...«, murmelte Raskolnikow. »Sonst, weißt du,... ich dachte schon,... es scheint mir immer,... daß das vielleicht nur eine Sinnestäuschung von mir ist.«

»Was willst du damit sagen? Ich verstehe dich nicht recht.«

»Ihr sagt doch alle«, fuhr Raskolnikow fort und verzog den Mund zu einem Lächeln, »ich wäre verrückt; jetzt eben hatte ich nun auch die Empfindung, daß ich vielleicht wirklich verrückt wäre und nur eine Vision gehabt hätte.«

»Aber was redest du da?«

»Ja, wer weiß? Vielleicht bin ich tatsächlich verrückt, und alle Ereignisse dieser letzten Tage haben sich nur in meiner Einbildung zugetragen...«

»Ach, Rodja! Das Gespräch mit dem Menschen hat dich wieder aufgeregt!... Was hat er denn gesagt? Warum ist er zu dir gekommen?«

Raskolnikow antwortete nicht; Rasumichin überlegte eine Minute lang; dann begann er:

»Nun, dann höre mal meinen Bericht an. Ich bin schon einmal bei dir gewesen, aber da schliefst du. Darauf aßen wir zu Mittag, und dann ging ich zu Porfirij. Sametow war immer noch bei ihm. Ich wollte ein Gespräch über die Sache anfangen, aber es gelang mir nicht recht; ich konnte es immer nicht in der richtigen Weise in Gang bringen. Es sah aus, als ob sie mich nicht verständen und nicht verstehen könnten, aber gar nicht verlegen wären. Ich nahm mir Porfirij beiseite ans Fenster und fing an zu sprechen; aber ich weiß nicht, es wurde wieder nichts Rechtes: er sah zur Seite, und ich sah zur Seite. Schließlich hielt ich ihm die Faust vors Gesicht und sagte, ich würde ihn zermalmen, so in verwandtschaftlicher Weise. Aber er sah mich bloß an. Ich spuckte aus und ging weg, und damit war die Sache zu Ende. Dumm, sehr dumm! Mit Sametow habe ich kein Wort gesprochen. Aber nun sieh mal: ich dachte zuerst, ich hätte die Sache noch mehr verdorben; aber als ich die Treppe hinunterstieg, kam mir ein Gedanke oder vielmehr eine Art Erleuchtung: warum machen wir beide, du und ich, uns eigentlich soviel Sorge und Mühe? Ja, wenn für dich eine Gefahr bestände, na, dann natürlich! Aber was geht es dich an? Du hast ja mit der Geschichte nichts zu tun, also scher dich nicht um die Kerle! Wir werden nachher noch weidlich über sie lachen, und ich würde sie an deiner Stelle noch absichtlich irreführen. Wie sie sich nachher schämen werden! Scher dich nicht um sie; nachher können wir sie auch durchprügeln, aber jetzt wollen wir über sie lachen!«

»Gewiß, selbstverständlich!« antwortete Raskolnikow.

›Aber was wirst du morgen sagen?‹ dachte er bei sich. Sonderbarerweise war ihm bisher noch nie der Gedanke gekommen: ›Was wird Rasumichin dazu sagen, wenn er es erfährt?‹ Bei diesem Gedanken blickte Raskolnikow ihn prüfend an. Für Rasumichins jetzigen Bericht über seinen Besuch bei Porfirij interessierte er sich nur sehr wenig: so vieles war in der Zwischenzeit in den Hintergrund getreten, und anderes hatte an Wichtigkeit gewonnen!...

Im Korridor trafen sie mit Lushin zusammen: er war pünktlich um acht Uhr gekommen und suchte nun die Zimmernummer, so daß sie alle drei gleichzeitig eintraten, aber ohne einander anzusehen und zu begrüßen. Die beiden jungen Männer gingen voran; Pjotr Petrowitsch dagegen, der immer den Anstand wahrte, verweilte noch einen Augenblick im Vorzimmer und legte dort seinen Überzieher ab. Pulcheria Alexandrowna ging sogleich hinaus, um ihn an der Schwelle zu empfangen. Dunja begrüßte ihren Bruder.

Pjotr Petrowitsch trat ein und verbeugte sich vor den Damen sehr artig, aber mit ganz besonders gemessenem Wesen. Es machte den Eindruck, als ob er einigermaßen überrascht wäre und sich noch nicht gefaßt hätte. Pulcheria Alexandrowna, die gleichfalls verlegen schien, forderte eilfertig alle auf, an dem runden Tische, auf dem der Samowar summte, Platz zu nehmen. Dunja und Lushin setzten sich einander gegenüber; Rasumichin und Raskolnikow kamen

Pulcheria Alexandrowna gegenüber zu sitzen, und zwar Rasumichin näher an Lushin, Raskolnikow neben seiner Schwester.

Einen Augenblick schwiegen alle. Pjotr Petrowitsch zog langsam sein batistenes, parfümiertes Taschentuch heraus und benutzte es mit der Miene eines edlen, tugendhaften Menschen, der sich in seiner Würde etwas gekränkt fühlt und fest entschlossen ist, eine Erklärung zu verlangen. Als er noch im Vorzimmer war, war ihm der Gedanke gekommen, ob es nicht das beste sei, den Überzieher gar nicht auszuziehen, sondern wieder fortzugehen und dadurch die beiden Damen in strenger, nachdrücklicher Weise zu bestrafen, damit sie gleich mit einem Male seinen ganzen Unwillen zu fühlen bekämen. Aber er hatte sich doch nicht dazu entschließen können. Außerdem war er kein Freund unklarer Situationen, und hier mußte etwas klargestellt werden: wenn sein Befehl so offenkundig mißachtet worden war, so steckte gewiß etwas Besonderes dahinter; mithin war es das beste, dies zunächst in Erfahrung zu bringen; zur Bestrafung würde immer noch Zeit sein; das hatte er ja in der Hand.

»Ich hoffe, Ihre Reise ist glücklich vonstatten gegangen?« wandte er sich in förmlichem Tone an Pulcheria Alexandrowna.

»Ja, Gott sei Dank, Pjotr Petrowitsch.«

»Das freut mich sehr. Und Sie sind auch nicht zu sehr davon angegriffen, Awdotja Romanowna?«

»Ich bin jung und kräftig; mich greift so etwas nicht an; aber meiner Mama ist es recht schwer geworden«, antwortete Dunja.

»Was ist da zu machen? Die Entfernungen bei uns zulande sind eben gar zu groß. Groß ist unser sogenanntes Mütterchen Rußland. Ich konnte es beim besten Willen gestern leider nicht ermöglichen, Sie auf dem Bahnhofe zu empfangen. Ich hoffe indes, daß sich alles ohne besondre Schwierigkeiten erledigt hat?«

»Ach nein, Pjotr Petrowitsch, wir waren sehr mutlos«, beeilte sich Pulcheria Alexandrowna mit besondrer Betonung zu erwidern, »und wenn uns nicht Gott selbst, möchte ich meinen, in Dmitrij Prokofjitsch einen Helfer gesandt hätte, so wären wir ganz verloren gewesen. Hier: Dmitrij Prokofjitsch Rasumichin«, stellte sie ihn Herrn Lushin vor.

»Jawohl, ich hatte bereits das Vergnügen,... schon gestern«, murmelte Lushin, indem er jenem einen schrägen, feindseligen Blick zuwarf; dann machte er ein finsteres Gesicht und schwieg.

Überhaupt gehörte Pjotr Petrowitsch allem Anscheine nach zu den Leuten, die sich in Gesellschaft äußerst liebenswürdig benehmen und auch als sehr liebenswürdig anerkannt zu werden beanspruchen, die aber, sobald nur etwas nicht nach ihrem Wunsche ist, sogleich alle ihre gesellschaftlichen Fähigkeiten verlieren und dann eher Mehlsäcken gleichen als gewandten Kavalieren, die eine Gesellschaft zu beleben verstehen. Alle waren wieder stumm: Raskolnikow schwieg hartnäckig; auch Dunja wollte nicht vor der Zeit das Schweigen brechen; Rasumichin hatte keinen Anlaß zu sprechen; so wurde denn Pulcheria Alexandrowna wieder unruhig.

»Marfa Petrowna ist gestorben; haben Sie davon gehört?« begann sie, indem sie wieder zu ihrem besten Gesprächsthema ihre Zuflucht nahm.

»Gewiß habe ich es erfahren. Ich wurde sofort davon benachrichtigt und bin sogar jetzt hierhergekommen, um Ihnen mitzuteilen, daß Arkadij Iwanowitsch Swidrigailow unmittelbar nach der Beerdigung seiner Gemahlin eiligst nach Petersburg gereist ist. Wenigstens besagen das die sehr genauen Nachrichten, die ich erhalten habe.«

»Nach Petersburg? Hierher?« fragte Dunja beunruhigt und wechselte einen Blick mit ihrer Mutter.

»Ganz richtig, und selbstverständlich nicht ohne besondre Absichten, wie man sich das leicht denken kann, wenn man die Eilfertigkeit seiner Abreise und überhaupt die vorangegangenen Umstände in Erwägung zieht.«

»Mein Gott! Will er denn Dunjetschka nicht einmal hier in Ruhe lassen?« rief Pulcheria Alexandrowna.

»Mir scheint, zu besondrer Beunruhigung ist kein Anlaß, weder für Sie noch für Awdotja Romanowna, vorausgesetzt natürlich, daß Sie nicht selbst mit ihm in irgendwelche Beziehungen zu treten wünschen. Was mich anbetrifft, so werde ich ihn beobachten und jetzt zunächst ausfindig zu machen suchen, wo er Quartier genommen hat.«

»Ach, Pjotr Petrowitsch, Sie glauben gar nicht, wie Sie mich durch diese Nachricht erschreckt haben!« fuhr Pulcheria Alexandrowna fort. »Ich habe ihn nur zweimal gesehen, und er erschien mir entsetzlich, geradezu entsetzlich! Ich bin überzeugt, daß er die Schuld an dem Tode der seligen Marfa Petrowna trägt.«

»Zu einem abschließenden Urteile kann man darüber nicht kommen, obwohl ich recht genaue Nachrichten habe. Ich bestreite nicht, daß er vielleicht den Gang der Dinge durch die sozusagen seelische Wirkung der Beleidigung beschleunigt hat; was aber das Betragen dieses Mannes und überhaupt seinen sittlichen Charakter betrifft, so stimme ich Ihnen durchaus bei. Ich weiß nicht, ob er jetzt reich ist und wieviel ihm Marfa Petrowna eigentlich hinterlassen hat; darüber werde ich in kürzester Frist orientiert sein; aber wenn er nur einigermaßen über Geldmittel verfügt, so wird er sicher hier in Petersburg sofort wieder sein altes Leben anfangen. Er ist das verkommenste, lasterhafteste Subjekt unter dieser ganzen Menschenklasse! Ich habe schwerwiegende Gründe zu der Annahme, daß Marfa Petrowna, die vor acht Jahren das Unglück hatte, sich heftig in ihn zu verlieben, und ihn vom Schuldgefängnis loskaufte, ihm auch in andrer Hinsicht einen großen Dienst geleistet hat: es wurde nämlich einzig und allein infolge ihrer Bemühungen und der von ihr gebrachten Opfer ein Kriminalprozeß in seinen ersten Anfängen unterdrückt, bei welchem es sich um einen bestialischen und sozusagen exzentrischen Mord handelte, für den er recht wohl hätte nach Sibirien spazieren können. So ein Mensch ist das, wenn es Sie interessiert.«

»Ach Gott!« rief Pulcheria Alexandrowna.

Raskolnikow hatte aufmerksam zugehört.

»Ist das auch wahr, daß Sie darüber zuverlässige Nachrichten haben?« fragte Dunja streng und nachdrücklich.

»Ich erzähle nur wieder, was ich selbst unter dem Siegel der Verschwiegenheit von der verstorbenen Marfa Petrowna gehört habe. Ich muß bemerken, daß diese Sache vom juristischen Standpunkte aus recht dunkel ist. Hier lebte und lebt auch wohl noch eine gewisse Frau Rößlich, eine Ausländerin, die in kleinem Maßstabe Wuchergeschäfte macht und sich auch mit andern Sachen befaßt. Mit dieser Frau Rößlich stand Herr Swidrigailow seit langer Zeit in sehr nahen, geheimnisvollen Beziehungen. Bei ihr wohnte eine entfernte Verwandte, wenn ich mich recht besinne, eine Nichte, ein taubstummes Mädchen von fünfzehn oder auch nur vierzehn Jahren, auf die diese Frau Rößlich einen grenzenlosen Haß hatte; sie gönnte ihr keinen Bissen Brot und schlug sie sogar in unmenschlicher Weise. Eines Tages fand man dieses Mädchen auf dem Boden erhängt. Nach Ansicht der Gerichtskommission lag Selbstmord vor, und man hielt nach Erledigung der üblichen Formalitäten die Sache für abgetan. Aber später tauchte eine Denunziation auf, das Kind sei von Swidrigailow in grausamer Weise... entehrt worden. Allerdings war das alles sehr dunkel; die Denunziation rührte von einer andern Deutschen her, einem übel beleumundeten, wenig glaubwürdigen Frauenzimmer. Schließlich stellte sich dank den Bemühungen und Geldopfern Marfa Petrownas heraus, daß in Wirklichkeit gar keine Denunziation vorlag; es beschränkte sich alles auf ein Gerücht. Aber freilich war dieses Gerücht recht vielsagend. Sie, Awdotja Romanowna, haben gewiß in dem Swidrigailowschen Hause auch von der Geschichte mit dem Diener Filipp gehört, der vor sechs Jahren, noch zur Zeit der Leibeigenschaft, infolge der erlittenen Mißhandlungen starb.«

»Ich habe im Gegenteil gehört, daß dieser Filipp sich selbst erhängt hat.«

»Ganz richtig; aber gezwungen oder, richtiger gesagt, veranlaßt wurde er zum Selbstmord durch die unaufhörlichen, systematischen Verfolgungen und Bestrafungen seitens dieses Herrn Swidrigailow.«

»Davon weiß ich nichts«, erwiderte Dunja trocken; »ich habe nur eine sehr sonderbare Geschichte gehört: dieser Filipp wäre eine Art Hypochonder, so ein Dorfphilosoph gewesen; er hätte nach der Ansicht der Leute zuviel gelesen und hätte sich eher infolge der Spöttereien des Herrn Swidrigailow als infolge von erhaltenen Schlägen erhängt. Während meiner Anwesenheit auf dem Gute behandelte er seine Leute gut, und die Leute hatten ihn sogar recht gern, obgleich sie ihm tatsächlich die Schuld an Filipps Tode beimaßen.«

»Ich sehe, Awdotja Romanowna, daß Sie auf einmal die Neigung bekommen haben, ihn zu verteidigen«, bemerkte Lushin und verzog den Mund zu einem zweideutigen Lächeln. »In der Tat, er ist ein schlauer Mann und hat für Damen etwas Verführerisches; dafür dient Marfa Petrowna, die auf so merkwürdige Weise gestorben ist, als betrübliches Beispiel. Ich wollte nur Ihnen und Ihrer Frau Mutter im Hinblick auf die neuen Anschläge, die von seiner Seite zweifellos bevorstehen, mit meinem Rate dienen. Ich für meine Person bin fest überzeugt, daß dieser Mensch mit Sicherheit wieder im Schuldgefängnis verschwinden wird. Marfa Petrowna hat niemals die Absicht gehabt, ihm etwas zu vermachen; sie nahm das Interesse ihrer Kinder wahr; und wenn sie ihm wirklich etwas hinterlassen haben sollte, so dürfte es nur das für den notwendigen Unterhalt Erforderliche sein, eine kleine Summe, die bei einem Menschen mit seinen Gewohnheiten auch nicht ein Jahr reicht.«

»Pjotr Petrowitsch, ich bitte Sie«, sagte Dunja, »wir wollen nicht mehr von Herrn Swidrigailow sprechen. Es ruft in mir zu schmerzliche Gefühle wach.«

»Er ist soeben bei mir gewesen«, sagte plötzlich Raskolnikow, der zum ersten Male sein Schweigen brach.

Von allen Seiten erschollen Ausrufe der Verwunderung; alle wandten sich zu ihm. Sogar Pjotr Petrowitsch geriet in Erregung.

»Vor anderthalb Stunden, als ich schlief«, fuhr Raskolnikow fort, »kam er zu mir herein, weckte mich und stellte sich mir vor. Er war recht ungezwungen und heiter und hofft zuversichtlich, daß wir beide einander nähertreten werden. Unter anderm bittet er dringend um eine Zusammenkunft mit dir, Dunja, und hat mich gebeten, das zu vermitteln. Er will dir einen Vorschlag machen und hat mir mitgeteilt, worin dieser besteht. Außerdem hat er mir auf das bestimmteste versichert, daß Marfa Petrowna noch eine Woche vor ihrem Tode dir, Dunja, dreitausend Rubel testamentarisch hinterlassen hat und daß du dieses Geld in Bälde erhalten kannst.«

»Gott sei Dank!« rief Pulcheria Alexandrowna und bekeuzigte sich. »Bete für sie, Dunja, bete für sie!«

»Ja, das verhält sich wirklich so«, sagte Lushin unwillkürlich und unbedacht.

»Nun, und was weiter?« fragte Dunja ungeduldig.

»Dann sagte er, er selbst sei nicht reich, und das ganze Vermögen falle seinen Kindern zu, die sich jetzt bei ihrer Tante befänden. Ferner erwähnte er, daß er irgendwo nicht weit von meiner Wohnung sich einquartiert habe; aber wo, das weiß ich nicht, ich habe ihn nicht danach gefragt...«

»Aber was will er denn eigentlich unsrer Dunjetschka für einen Vorschlag machen?« fragte Pulcheria Alexandrowna in großer Beunruhigung. »Hat er es dir gesagt?«

»Ja, er hat es mir gesagt.«

»Nun, was ist es denn?«

»Ich will es nachher sagen.«

Raskolnikow schwieg und machte sich mit seinem Tee zu schaffen.

Pjotr Petrowitsch zog die Uhr heraus und sah nach der Zeit.

»Ich muß in einer geschäftlichen Angelegenheit notwendig fortgehen und werde Sie somit nicht stören«, bemerkte er mit etwas gekränkter Miene und schickte sich an, von seinem Stuhle aufzustehen.

»Bleiben Sie doch, Pjotr Petrowitsch«, sagte Dunja. »Sie beabsichtigten ja eigentlich, den Abend bei uns zuzubringen. Und außerdem haben Sie ja auch selbst geschrieben, Sie wünschten über einen gewissen Gegenstand eine Aussprache mit Mama.«

»Ganz richtig, Awdotja Romanowna«, erwiderte Pjotr Petrowitsch mit besonderem Nachdruck; er setzte sich wieder auf den Stuhl, behielt aber den Hut noch in der Hand. »Ich wünschte allerdings eine Aussprache sowohl mit Ihnen als auch mit Ihrer hochverehrten Frau Mutter, und sogar über sehr wichtige Gegenstände. Aber ebenso wie Ihr Bruder sich über gewisse Vorschläge des Herrn Swidrigailow in meiner Gegenwart nicht äußern mag, so kann und mag auch ich mich... in Gegenwart andrer... nicht über gewisse überaus wichtige Gegenstände aussprechen. Überdies ist auch meine angelegentliche, dringende Bitte nicht erfüllt worden...«

Lushin machte ein tiefbeleidigtes Gesicht und schwieg würdevoll.

»Ihre Bitte, daß mein Bruder bei unsrer Zusammenkunft nicht zugegen sein möchte, ist einzig und allein auf mein Verlangen hin nicht erfüllt worden«, entgegnete Dunja. »Sie schrieben, mein Bruder habe Sie beleidigt. Meiner Ansicht nach bedarf das einer unverzüglichen Aufklärung, und Sie müssen sich dann wieder miteinander versöhnen. Und wenn Rodja Sie wirklich beleidigt hat, so muß und wird er Sie um Verzeihung bitten.«

Pjotr Petrowitsch wurde sofort wieder energischer.

»Es gibt Beleidigungen, Awdotja Romanowna, die man beim besten Willen nicht vergessen kann. In allen Dingen gibt es eine Grenze, deren Überschreitung gefährlich ist; denn wenn sie einmal überschritten ist, so ist eine Rückkehr unmöglich.«

»Das ist eigentlich nicht das, worüber ich mit Ihnen sprach, Pjotr Petrowitsch«, unterbrach ihn Dunja etwas ungeduldig. »Sind Sie sich wohl auch klar darüber, daß unsre ganze Zukunft jetzt davon abhängt, ob dies alles sich möglichst schnell aufklären und beilegen läßt oder nicht? Ich sage Ihnen von vornherein unverhohlen, daß ich die Sache nicht anders aufzufassen vermag, und wenn Sie mich auch nur ein wenig schätzen, so muß diese ganze Geschichte, und wenn es auch noch so schwer ist, noch heute erledigt werden. Ich wiederhole Ihnen: wenn mein Bruder Sie beleidigt hat, so wird er Sie um Verzeihung bitten.«

»Ich bin erstaunt, daß Sie die Frage so formulieren, Awdotja Romanowna«, erwiderte Lushin, der immer mehr in eine gereizte Stimmung geriet. »Obwohl ich Sie schätze und, um mich so auszudrücken, anbete, ist es doch gleichzeitig sehr wohl möglich, daß ich einen Ihrer Angehörigen nicht leiden kann. Und wenngleich ich nach dem Glücke strebe, Ihr Gatte zu werden, so brauche ich darum doch nicht gleichzeitig Verpflichtungen auf mich zu nehmen, die mit meinem Ehrgefühl unvereinbar sind und...«

»Ach, lassen Sie doch all diese Empfindlichkeiten beiseite, Pjotr Petrowitsch«, unterbrach ihn Dunja in warmem, herzlichem Tone, »und seien Sie der verständige, edeldenkende Mensch, für den ich Sie immer gehalten habe und auch weiter halten will. Ich habe Ihnen ein bedeutsames Versprechen gegeben; ich bin Ihre Braut. Schenken Sie mir doch in dieser Angelegenheit Vertrauen, und seien Sie überzeugt, ich werde imstande sein, unparteiisch zu urteilen. Daß ich die Rolle des Schiedsrichters übernehmen will, ist für meinen Bruder eine ebenso große Überraschung wie für Sie. Als ich ihn heute nach Empfang Ihres Briefes aufforderte, unter allen Umständen auch zu unsrer Zusammenkunft zu kommen, habe ich ihm nichts von meinen Absichten mitgeteilt. Werden Sie sich darüber klar, daß, wenn Sie sich nicht miteinander versöhnen, ich zwischen Ihnen beiden wählen muß: entweder er oder Sie! So lautet die Frage, mit Bezug sowohl auf Sie als auf ihn. Ich will und darf mich bei der Wahl nicht irren. Um Ihretwillen muß ich dann mit meinem Bruder brechen, um meines Bruders willen mit Ihnen. Jetzt will und kann ich zuverlässig erfahren, ob er gegen mich ein wahrer, echter Bruder ist, und was Sie anlangt, ob ich Ihnen teuer bin, ob Sie mich schätzen, ob Sie ein Gatte für mich sind.«

»Awdotja Romanowna«, antwortete Lushin, indem er sich, wie tief verletzt, hin und her krümmte, »Ihre Worte sind für mich überaus bedeutsam, ja, ich muß sagen, kränkend in Anbetracht des Verhältnisses, in welchem ich mich zu Ihnen zu befinden die Ehre habe. Ich will gar nicht einmal davon reden, wie sonderbar und beleidigend es ist, daß Sie mich mit einem... dünkelhaften jungen Menschen auf eine Stufe stellen; aber in Ihren Worten ziehen Sie einen Bruch des mir gegebenen Versprechens als möglich mit in Betracht. Sie sagen: ›er oder Sie!‹ Sie drücken also damit aus, wie wenig ich Ihnen gelte... Bei den Beziehungen und... Verpflichtungen, die zwischen uns bestehen, kann ich mich damit nicht einverstanden erklären.«

»Wie!« rief Awdotja Romanowna erregt. »Ich stelle Ihre Interessen auf gleiche Stufe mit allem, was mir bisher im Leben teuer gewesen ist, was bisher meinen ganzen Lebensinhalt bildete, und da fühlen Sie sich gekränkt, weil ich Ihnen zu wenig Wert beimäße!«

Raskolnikow schwieg und lächelte höhnisch; Rasumichin konnte vor Aufregung seine Glieder nicht ruhig halten; Pjotr Petrowitsch aber war mit dieser Erwiderung sehr wenig zufrieden; im Gegenteil wurde er, je länger das Gespräch dauerte, immer heftiger und gereizter; seine Streitlust schien im Wachsen zu sein.

»Die Liebe zu dem künftigen Lebensgefährten, zum Gatten, muß größer sein als die Liebe zum Bruder«, sagte er in lehrhaftem Tone; »jedenfalls kann ich mich nicht auf dieselbe Stufe mit Ihrem Bruder stellen lassen... Ich habe nun zwar vorhin erklärt, daß ich in Gegenwart Ihres Bruders nicht alles, weswegen ich hergekommen bin, darlegen kann und mag; aber nichtsdestoweniger beabsichtige ich mich jetzt an Ihre hochverehrte Frau Mutter zu wenden, um über einen sehr wichtigen Punkt, in welchem ich mich beleidigt fühle, die notwendige Aufklärung zu erhalten. Ihr Sohn«, wandte er sich an Pulcheria Alexandrowna, »hat mich gestern in Gegenwart des Herrn Rassudkin oder... so ist's ja wohl richtig? Verzeihen Sie, ich habe Ihren Namen vergessen«, sagte er mit höflicher Verbeugung zu Rasumichin, »dadurch beleidigt, daß er einen Gedanken von mir, den ich Ihnen einmal in einem Privatgespräche bei einer Tasse Kaffee mitteilte, arg verdrehte. Ich hatte mich nämlich dahin geäußert, daß die Heirat mit einem armen Mädchen, welches bereits die Sorgen des Lebens hat kosten müssen, meiner Ansicht nach hinsichtlich der Gestaltung des ehelichen Lebens den Vorzug verdiene vor der Heirat mit einem Mädchen, das nur Wohlleben kennt; denn jene Situation sei in ethischer Hinsicht nützlicher. Ihr Sohn hat den Sinn dieser Worte geflissentlich ins Absurde übertrieben und mich böswilliger Absichten beschuldigt, wobei er sich meiner Ansicht nach auf eine briefliche Mitteilung von Ihnen selbst stützte. Ich werde mich glücklich schätzen, wenn Sie, Pulcheria Alexandrowna, imstande sein sollten, mich vom Gegenteil zu überzeugen und mich dadurch wesentlich zu beruhigen. Teilen Sie mir bitte mit, mit welchen Ausdrücken Sie in Ihrem Briefe an Rodion Romanowitsch meine Worte wiedergegeben haben.«

»Darauf kann ich mich nicht besinnen«, erwiderte Pulcheria Alexandrowna verlegen, »ich habe Ihre Worte so wiedergegeben, wie ich sie selbst aufgefaßt hatte. Wie sie Rodja Ihnen gegenüber wiedergegeben hat, weiß ich nicht... Es mag sein, daß er dabei ein wenig übertrieben hat.«

»Ohne Veranlassung von Ihrer Seite hätte er nicht übertreiben können.«

»Pjotr Petrowitsch«, erwiderte Pulcheria Alexandrowna ernst und würdig, »daß wir beide, Dunja und ich, Ihre Worte nicht gerade in schlimmem Sinne aufgefaßt haben, das beweist schon der Umstand, daß wir hier sind.«

»Sehr gut, Mama!« bemerkte Dunja beifällig.

»Also liegt auch dabei die Schuld wieder auf meiner Seite!« entgegnete Lushin gekränkt.

»Sehen Sie, Pjotr Petrowitsch«, fügte Pulcheria Alexandrowna, mutiger werdend, hinzu, »Sie beschuldigen immer Rodja, und doch haben Sie auch selbst eben erst in Ihrem Briefe eine Unwahrheit über ihn geschrieben.«

»Ich erinnere mich nicht, irgendwelche Unwahrheit geschrieben zu haben.«

»Sie haben geschrieben«, sagte Raskolnikow in scharfem Tone, ohne sich Lushin zuzuwenden, »ich hätte gestern das Geld nicht der Witwe des Überfahrenen gegeben, wie das tatsächlich der Fall war, sondern seiner Tochter (die ich vor dem gestrigen Tage überhaupt noch nie gesehen hatte). Sie haben das geschrieben in der Absicht, mich mit meinen Angehörigen zu entzweien, und haben auch zu diesem Zwecke eine schmähliche Bemerkung über den Lebenswandel des jungen Mädchens hinzugefügt, das Sie gar nicht kennen. All das ist nichts als Klatschsucht und Gemeinheit.«

»Entschuldigen Sie, mein Herr«, erwiderte Lushin, vor Wut zitternd, »in meinem Briefe habe ich mich über Ihre Eigenschaften und Ihre Handlungsweise lediglich in der Absicht ausgelassen, um eben dadurch eine Bitte Ihrer Schwester und Ihrer Frau Mutter zu erfüllen; denn diese hatten mich gebeten, ihnen zu schildern, wie ich Sie vorgefunden und welchen Eindruck Sie auf mich gemacht hätten. Was meine Angaben in meinem Briefe anlangt, so möchte ich Sie ersuchen, mir auch nur eine einzige unwahre Zeile darin nachzuweisen, also zu zeigen, daß Sie das Geld nicht ausgegeben haben und daß zu dieser allerdings unglücklichen Familie keine unwürdigen Mitglieder gehören.«

»Meiner Ansicht nach sind Sie mit allen Ihren Vorzügen nicht soviel wert wie der kleine Finger dieses unglücklichen Mädchens, auf das Sie einen Stein werfen.«

»Also würden Sie auch kein Bedenken tragen, sie in die Gesellschaft Ihrer Mutter und Ihrer Schwester einzuführen?«

»Das habe ich bereits getan, wenn Sie das interessiert. Ich habe sie heute aufgefordert, neben meiner Mutter und neben Dunja Platz zu nehmen.«

»Rodja!« rief Pulcheria Alexandrowna aus.

Dunja wurde rot; Rasumichin zog die Augenbrauen zusammen. Lushin lächelte höhnisch und hochmütig.

»Nun sehen Sie wohl selbst, Awdotja Romanowna«, sagte er, »ob da eine Einigung möglich ist. Ich hoffe jetzt, daß diese Sache ein für allemal klargestellt und erledigt ist. Ich möchte mich nun entfernen, um bei dem weiteren vergnüglichen Zusammensein der Verwandten und bei der Mitteilung von Geheimnissen nicht zu stören.« Er stand auf und griff nach dem Hute. »Aber beim Abschiede bin ich so frei, zu bemerken, daß ich in Zukunft mit solchen Begegnungen und, sozusagen, Vermittlungsversuchen verschont zu bleiben hoffe. Sie, hochverehrte Pulcheria Alexandrowna, möchte ich ganz besonders darum bitten, um so mehr, als auch mein Brief lediglich an Sie, und an niemand sonst, adressiert war.«

Pulcheria Alexandrowna fühlte sich etwas gekränkt.

»Aber Pjotr Petrowitsch, Sie wollen uns ja völlig unter Ihre Botmäßigkeit bringen! Dunja hat Ihnen doch den Grund gesagt, weshalb wir Ihren Wunsch nicht erfüllt haben: sie hatte dabei die besten Absichten. Und Sie schreiben auch an mich so, daß es wie ein Befehl klingt. Sollen wir denn jeden Ihrer Wünsche als einen Befehl auffassen? Im Gegenteil möchte ich Ihnen bemerken, daß Sie jetzt uns gegenüber besonders zartfühlend und freundlich sein sollten, weil wir alles im Stiche gelassen haben und im Vertrauen auf Sie hierhergereist sind und uns somit ohnehin schon beinahe in Ihrer Gewalt befinden.«

»Das ist nicht ganz richtig, Pulcheria Alexandrowna, und namentlich nicht im jetzigen Augenblicke, wo Sie erfahren haben, daß Marfa Petrowna Ihnen dreitausend Rubel vermacht hat. Und das scheint Ihnen ja recht gelegen gekommen zu sein, wie ich aus dem neuen Tone, in dem Sie jetzt zu mir reden, schließen muß«, fügte er höhnisch hinzu.

»Nach dieser Bemerkung könnte man wirklich glauben, daß Sie bei Ihren Plänen auf unsere Hilflosigkeit gebaut haben«, entgegnete Dunja gereizt.

»Jetzt wenigstens kann ich darauf nicht mehr bauen, und namentlich möchte ich nicht bei der Mitteilung der geheimen Vorschläge dieses Herrn Swidrigailow stören, mit deren Übermittlung er Ihren Bruder beauftragt hat und die, wie ich sehe, Ihnen hochwichtig und vielleicht auch sehr angenehm sind.«

»Ach, mein Gott!« rief Pulcheria Alexandrowna. Rasumichin vermochte kaum noch auf seinem Stuhle sitzenzubleiben.

»Schämst du dich jetzt nicht, Schwester?« fragte Raskolnikow.

»Ja, ich schäme mich, Rodja!« antwortete Dunja. »Pjotr Petrowitsch, gehen Sie!« wandte sie sich an diesen; sie war ganz blaß vor Zorn.

Pjotr Petrowitsch schien ein solches Resultat des Gespräches ganz und gar nicht erwartet zu haben. Er hatte sich allzu sehr auf seine Persönlichkeit, auf seine Macht und auf die Hilflosigkeit seiner Opfer verlassen. Er konnte es auch jetzt nicht fassen. Er erbleichte, und seine Lippen zitterten.

»Awdotja Romanowna, wenn ich jetzt, von einem solchen Scheidegruße geleitet, zu dieser Tür hinausgehe, dann – bedenken Sie das wohl! – kehre ich nie wieder zurück. Überlegen Sie sich das recht ordentlich! Ich halte Wort.«

»Welche Unverschämtheit!« rief Dunja und erhob sich schnell von ihrem Platze. »Ich wünsche auch gar nicht, daß Sie wiederkommen!«

»Aha! Also so steht es!« rief Lushin, der bis zum letzten Augenblicke einen solchen Ausgang gar nicht für möglich gehalten hatte und daher jetzt ganz seine Haltung verlor. »Also so steht es! Aber wissen Sie auch wohl, Awdotja Romanowna, daß ich dagegen Protest einlegen könnte?«

»Was haben Sie für ein Recht, in dieser Art mit ihr zu sprechen?« griff nun auch Pulcheria Alexandrowna erregt in das Gespräch ein. »Wieso können Sie Protest einlegen? Was für Rechte haben Sie denn uns gegenüber? Und einem

Menschen wie Sie sollte ich meine Dunja geben? Gehen Sie nur fort, und lassen Sie uns künftig ganz in Ruhe! Wir tragen selbst die Schuld, weil wir uns auf eine so unnoble Sache eingelassen haben, und ich am allermeisten...«

»Aber Sie haben mich«, sprudelte Lushin in seiner Wut heraus, »durch Ihr gegebenes Wort gebunden, von dem Sie sich jetzt lossagen wollen, Pulcheria Alexandrowna,... und... und schließlich, schließlich bin ich dadurch sozusagen zu Ausgaben verleitet worden...«

Diese letzte dreiste und taktlose Behauptung entsprach so sehr dem gesamten Charakter Lushins, daß Raskolnikow, der vor Zorn und vor dem Bemühen, sich zu beherrschen, ganz bleich war, sich nicht mehr halten konnte und laut auflachte. Pulcheria Alexandrowna aber geriet außer sich.

»Zu Ausgaben? Zu was für Ausgaben denn? Sie meinen doch wohl nicht etwa gar unsern Koffer? Den hat ja doch ein Schaffner Ihnen zu Gefallen umsonst herbefördert. Mein Gott, und wir sollen Sie gebunden haben! Besinnen Sie sich doch nur, Pjotr Petrowitsch! Sie sind es ja gewesen, der uns an Händen und Füßen gebunden hatte, nicht wir Sie!«

»Hör auf, Mama, bitte, hör auf!« bat Dunja. »Pjotr Petrowitsch, seien Sie so gut und gehen Sie!«

»Ich gehe; nur noch ein letztes Wort!« sagte er; alle Selbstbeherrschung hatte er verloren. »Ihre Frau Mutter hat, wie es scheint, ganz vergessen, daß ich sozusagen trotz der in der ganzen Stadt über Ihren Ruf in Umlauf befindlichen Gerüchte gewillt war, Sie zu heiraten. Wenn ich so Ihretwegen auf die öffentliche Meinung keine Rücksicht nahm und Ihren Ruf wiederherstellte, so hätte ich doch natürlich auf eine Gegenleistung hoffen und sogar von Ihrer Seite Dankbarkeit verlangen können... Und erst jetzt sind mir die Augen aufgegangen. Ich sehe nun selbst ein, daß ich vielleicht sehr übereilt gehandelt habe, indem ich auf die Stimme der gesamten Gesellschaft keine Rücksicht nahm...«

»Jetzt reicht es aber!« rief Rasumichin, sprang vom Stuhle auf und schickte sich an, tätlich zu werden.

»Sie sind ein schlechter, gemeiner Mensch!« sagte Dunja.

»Schweig und rühr ihn nicht an!« rief Raskolnikow und hielt Rasumichin zurück; dann trat er ganz nahe an Lushin heran, fast Gesicht an Gesicht, und sagte leise, langsam und deutlich: »Gehen Sie hinaus! Und kein Wort weiter, sonst...«

Pjotr Petrowitsch blickte ihn einige Sekunden lang mit blassem, wutverzerrtem Gesichte an; darauf wandte er sich um und ging hinaus. Selten hat wohl jemand einen so grimmigen Haß gegen einen andern in seinem Herzen davongetragen wie dieser Mensch gegen Raskolnikow. Ihm und nur ihm allein maß er die Schuld an allem Geschehenen bei. Merkwürdigerweise bildete er sich, als er schon die Treppe hinunterstieg, immer noch ein, daß die Sache vielleicht doch noch nicht ganz verloren sei und, soweit dabei die Damen allein in Betracht kämen, sich sogar recht wohl noch in Ordnung bringen lasse.

III

Die Hauptsache war, daß er bis zum letzten Augenblicke einen solchen Ausgang in keiner Weise erwartet hatte. Noch bis ganz zuletzt hatte er die Oberhand zu haben geglaubt und gar nicht an die Möglichkeit gedacht, daß sich zwei arme, schutzlose Frauen seiner Gewalt entziehen könnten. Zu dieser Überzeugung trugen seine Eitelkeit und jener hohe Grad von Selbstbewußtsein viel bei, den man am treffendsten als ein »Verliebtsein in sich selbst« bezeichnen kann. Pjotr Petrowitsch, der sich aus sehr niedriger Lebenslage hinaufgearbeitet hatte, hatte sich eine übermäßige Bewunderung seiner eigenen Person angewöhnt; er hegte eine sehr hohe Meinung von seinem Verstande und seinen Fähigkeiten und liebäugelte sogar manchmal, wenn er allein war, im Spiegel mit seinem Gesicht. Mehr aber als alles andre in der Welt liebte und schätzte er sein Geld, das er sich durch Arbeit und mancherlei andre Mittel erworben hatte; denn dieses Geld stellte ihn, wie er meinte, mit allen, die ihn geistig überragten, doch wieder auf gleiche Stufe.

Als er jetzt Dunja mit Bitterkeit daran erinnert hatte, daß er trotz des üblen Geredes über sie gewillt gewesen sei, sie zu heiraten, hatte Pjotr Petrowitsch vollkommen seiner Überzeugung gemäß gesprochen; er empfand sogar eine tiefe Entrüstung über einen solchen schwarzen Undank, wie er es bei sich nannte. Und doch war er schon damals, als er um Dunja anhielt, von der Sinnlosigkeit aller dieser Klatschereien völlig überzeugt gewesen; sie waren ja auch von Marfa Petrowna selbst in aller Öffentlichkeit als unwahr erklärt worden und wurden längst von niemand in der Stadt mehr aufrechterhalten, wo man vielmehr nun eifrig für Dunja Partei nahm. Auch hätte er selbst jetzt nicht in Abrede gestellt, daß er das alles schon damals gewußt hatte. Aber trotzdem rechnete er sich seinen Entschluß, Dunja zu sich heraufzuheben, hoch an und hielt ihn für eine große, edle Tat. Indem er dies soeben Dunja gegenüber ausgesprochen hatte, hatte er einen geheimen, gern gehegten Gedanken geäußert, an dem er selbst schon mehr als einmal seine Freude gehabt hatte, und er fand es unbegreiflich, daß andre seiner edlen Tat ihre Bewunderung versagten. Als er damals Raskolnikow seinen Besuch machte, war er mit dem Gefühle eines Wohltäters eingetreten, der sich anschickt, die Früchte seines Edelmutes zu ernten und süß mundende Lobeserhebungen zu hören. Und als er jetzt die Treppe hinunterstieg, hielt er sich natürlich für tief beleidigt und verkannt.

Dunja war ihm geradezu unentbehrlich; daß er auf sie verzichten sollte, war ihm ganz undenkbar. Schon lange, schon seit mehreren Jahren hatte er mit wonnigem Behagen von seiner künftigen Heirat geträumt, hatte aber immer noch mehr Geld dazugespart und gewartet. Mit Entzücken hatte er sich im geheimsten Winkel seines Innern das Bild eines Mädchens ausgemalt: wohlgesittet sollte sie sein und arm (arm unter allen Umständen), noch sehr jung, sehr hübsch, von guter Herkunft, gebildet, sehr schüchtern; sie müßte bereits sehr viel Not und Elend durchgemacht haben, sich völlig an ihn schmiegen, ihn ihr ganzes Leben lang als ihren Retter betrachten, voll Ehrfurcht zu ihm aufschauen, sich ihm unterordnen und ihn, einzig und allein ihn, bewundern. Wieviel hübsche Szenen, wieviel wonnige Idylle hatte ihm nicht über dieses interessante, lockende Thema seine Phantasie vor Augen geführt, wenn er sich in der Stille von seinen Geschäften erholte! Und siehe da, der Traum so vieler Jahre hatte sich beinahe schon verwirklicht: Awdotja Romanownas Schönheit und Bildung hatten ihn in staunende Bewunderung versetzt, ihre hilflose Lage ihn gewaltig gereizt. Hier hatte er noch erheblich mehr gefunden als das, wovon er bisher geschwärmt hatte: er hatte ein stolzes, charakterfestes, tugendhaftes Mädchen gefunden, das ihn an Bildung und geistiger Entwicklung überragte (das fühlte er), und solch ein Wesen sollte ihm nun das ganze Leben lang für seine edle Tat in Sklavenart dankbar sein und sich in tiefster Ehrfurcht vor ihm beugen, und er würde ihr unumschränkter, allgewaltiger Herr und Gebieter sein!... Und nun war damit auch noch sehr glücklich zusammengetroffen, daß er kurz vorher nach langem Überlegen und Zögern sich endlich definitiv entschlossen hatte, seine Laufbahn zu ändern und in einen weiteren Wirkungskreis einzutreten; dadurch hoffte er dann auch allmählich in eine höhere Gesellschaftsschicht einzudringen, was schon längst der Gegenstand seiner sehnsüchtigen Gedanken gewesen war... Kurz, er hatte sich entschlossen, es mit dem Leben in Petersburg zu versuchen. Er wußte, daß sich durch Frauen sehr viel erreichen läßt. Der von einer reizenden, tugendhaften, gebildeten Frau ausgehende Zauber konnte ihm seine Karriere erstaunlich erleichtern, einflußreiche Leute an ihn heranziehen, ihm einen Glorienschein verleihen. Und nun waren alle diese Hoffnungen vernichtet! Diese plötzliche, ungeheuerliche Auflösung der Verlobung wirkte auf ihn wie ein Blitzstrahl. Aber das war doch nur ein schändlicher Scherz, ein Unsinn! Er hatte ihnen ja nur ein bißchen imponieren wollen, war nicht einmal dazu gekommen, sich ordentlich auszusprechen; er hatte einfach nur ein wenig gespaßt, sich etwas gehenlassen, und nun hatte die Sache ein so ernstes Ende genommen! Und schließlich, er liebte ja Dunja sogar schon auf seine Weise, er herrschte über sie bereits in seinen Zukunftsträumen – und nun plötzlich...! Nein! Morgen, gleich morgen mußte alles wieder in Ordnung gebracht, ausgeglichen, repariert werden; vor allen Dingen aber mußte dieser arrogante Milchbart, der an allem schuld war, aus dem Wege geräumt werden. Mit einer unbehaglichen Empfindung erinnerte er sich unwillkürlich auch an Rasumichin,... indessen in dieser Hinsicht beruhigte er sich bald wieder: das wäre ja noch besser, wenn auch der mit ihm auf gleiche Stufe gestellt würde! Vor wem er sich aber wirklich im Ernste fürchtete, das war Swidrigailow... Kurz, es standen ihm mancherlei unangenehme Dinge, viele Scherereien bevor...

»Nein, ich bin am meisten schuld!« sagte Dunjetschka und umarmte und küßte ihre Mutter. »Ich habe mich von seinem Gelde verlocken lassen; aber ich schwöre dir, Bruder, ich habe keine Ahnung davon gehabt, daß er ein so unwürdiger Mensch ist. Hätte ich ihn früher durchschaut, so hätte ich mich durch nichts verlocken lassen! Urteile nicht zu streng über mich, Bruder!«

»Gott hat uns gerettet! Gott hat uns gerettet!« murmelte Pulcheria Alexandrowna; aber sie war noch ganz benommen und schien sich über alles Vorgefallene noch nicht recht klargeworden zu sein.

Alle freuten sich, und fünf Minuten darauf lachten sie sogar. Nur wurde Dunja mitunter blaß und zog die Brauen zusammen, wenn sie sich des Geschehenen erinnerte. Pulcheria Alexandrowna hätte vorher nie gedacht, daß auch sie selbst sich darüber freuen würde: noch am Vormittag war ihr ein Bruch mit Lushin als ein furchtbares Unglück erschienen. Rasumichin aber war geradezu entzückt. Er wagte noch nicht, seine Glückseligkeit in vollem Umfange zu zeigen; aber er zitterte am ganzen Leibe wie im Fieber, als wäre ihm ein zentnerschwerer Stein vom Herzen gefallen. Jetzt hatte er, seiner Anschauung nach, das Recht, ihnen sein ganzes Leben zu weihen, ihnen zu dienen... Und was konnte sich jetzt nicht sonst noch alles begeben! Jedoch verscheuchte er ängstlich alle weitergehenden Gedanken und fürchtete sich vor seiner eigenen Phantasie. Nur Raskolnikow saß immer noch auf demselben Platze, mit beinahe düsterem und sogar zerstreutem Gesichtsausdrucke. Er, der am allermeisten auf Lushins Entfernung bestanden hatte, schien sich jetzt weniger als alle andern für das Vorgefallene zu interessieren. Dunja kam unwillkürlich auf den Gedanken, daß er ihr vielleicht immer noch sehr böse sei, und Pulcheria Alexandrowna betrachtete ihn mit heimlicher Angst.

»Was hat dir denn Swidrigailow gesagt?« fragte Dunja, zu ihm tretend.

»Ach ja, ja!« rief Pulcheria Alexandrowna.

Raskolnikow hob den Kopf.

»Er will dir durchaus zehntausend Rubel schenken und spricht dabei den Wunsch aus, mit dir einmal in meiner Gegenwart zusammenzukommen.«

»Mit ihr zusammenzukommen! Um keinen Preis!« rief Pulcheria Alexandrowna. »Und wie kann er es wagen, ihr Geld anzubieten!«

Darauf berichtete Raskolnikow in recht trockener Art über sein Gespräch mit Swidrigailow, erwähnte aber nichts davon, daß Marfa Petrowna diesem als Geist erschienen sei, um nicht in ein unnötiges Gesprächsthema hineinzugeraten; denn er empfand einen Widerwillen dagegen, irgendein Gespräch zu führen, das nicht durchaus notwendig war.

»Was hast du ihm geantwortet?« fragte Dunja.

»Zuerst habe ich gesagt, ich würde dir nichts davon mitteilen. Darauf erklärte er, dann würde er selbst mit allen ihm zu Gebote stehenden Mitteln eine Begegnung mit dir herbeizuführen suchen. Er versicherte, daß seine Leidenschaft für dich eine Verrücktheit gewesen sei und daß er jetzt nichts mehr für dich empfinde... Er will nicht, daß du Lushin heiratest... Er sprach überhaupt verworren und unklar.«

»Wie erklärst du dir selbst sein Verhalten, Rodja? Was hat er auf dich für einen Eindruck gemacht?«

»Ich muß gestehen, ich sehe da noch nicht klar. Er bietet dir zehntausend Rubel an und sagt selbst, daß er nicht reich sei. Er erklärt, er wolle eine größere Reise antreten, und nach zehn Minuten hat er bereits vergessen, daß er davon gesprochen hat. Dann wieder sagt er auf einmal, er wolle sich verheiraten und lasse bereits um ein junges Mädchen werben. Jedenfalls verfolgt er eine bestimmte Absicht, und aller Wahrscheinlichkeit nach eine schlechte. Aber andrerseits ist schwer anzunehmen, daß er die Sache so dumm angreifen würde, wenn er gegen dich Schlechtes im Schilde führte... Ich habe natürlich dieses Geld in deinem Namen ein für allemal abgelehnt. Überhaupt machte er mir einen sehr sonderbaren Eindruck, und... ich glaubte sogar... Anzeichen von Verrücktheit bei ihm wahrzunehmen.

Möglich aber auch, daß ich mich geirrt habe; vielleicht liegt hier einfach ein absonderlicher Überlistungsversuch vor. Der Tod seiner Frau hat, wie es scheint, auf ihn Eindruck gemacht...«

»Gott schenke ihrer Seele die ewige Ruhe!« rief Pulcheria Alexandrowna. »Mein lebelang will ich für sie zu Gott beten! Was würde jetzt aus uns werden, Dunja, ohne diese dreitausend Rubel! O Gott, die sind ja wie vom Himmel gefallen! Ach, Rodja, wir hatten ja heute früh nur noch drei Rubel im Vermögen, und Dunja und ich überlegten nur noch, wie wir irgendwo die Uhr möglichst schnell versetzen könnten, um nur nicht diesen Menschen bitten zu müssen, ehe es ihm nicht selbst in den Sinn käme, uns etwas anzubieten.«

Dem jungen Mädchen war Swidrigailows Anerbieten gar zu überraschend gekommen; sie stand noch immer in Gedanken versunken.

»Er hat irgend etwas Schreckliches vor!« sprach sie fast flüsternd vor sich hin und schauderte zusammen.

Raskolnikow bemerkte diese gewaltige Furcht.

»Ich glaube, ich werde ihn noch manchmal zu sehen bekommen«, sagte er zu Dunja.

»Wir wollen ihn beobachten! Ich werde schon hinter ihm her sein!« rief Rasumichin energisch. »Nicht aus den Augen lasse ich den Menschen! Rodja hat es mir erlaubt. Er hat selbst zu mir gesagt: ›Beschütze meine Schwester!‹ Und wollen auch Sie es mir erlauben, Awdotja Romanowna?«

Dunja lächelte und reichte ihm die Hand; aber ihr Gesicht verlor nicht den sorgenvollen Ausdruck. Pulcheria Alexandrowna blickte sie schüchtern an, fühlte sich indes durch die dreitausend Rubel offenbar nicht wenig beruhigt.

Eine Viertelstunde darauf befanden sie sich alle im lebhaftesten Gespräche. Sogar Raskolnikow, obgleich er selbst nicht sprach, hörte eine Zeitlang aufmerksam zu. Rasumichin redete unermüdlich.

»Und warum, warum sollten Sie von hier wieder wegziehen?« rief er entzückt und begeistert aus. »Was können Sie denn in dem kleinen Neste dort anfangen? Und die Hauptsache ist doch: hier sind Sie alle beieinander; und Sie haben einander nötig, sehr nötig, verstehen Sie mich! Na, versuchen Sie es hier wenigstens eine Zeitlang... Und mich nehmen Sie als Freund, als Kompagnon an, und ich versichere Ihnen, das Unternehmen, das wir gründen wollen, wird famos prosperieren. Hören Sie nur zu, ich will Ihnen alles im einzelnen auseinandersetzen, das ganze Projekt! Schon heute früh, als noch nichts passiert war, fuhr mir der Gedanke durch den Kopf... Also die Sache ist die: Ich habe einen Onkel (ich werde Sie mit ihm bekannt machen; ein sehr vernünftiger, achtungswerter alter Herr), und dieser Onkel besitzt ein Kapital von tausend Rubel; aber er selbst lebt von seiner Pension und braucht weiter nichts. Schon seit mehr als einem Jahre setzt er mir mit Bitten zu, ich möchte diese tausend Rubel von ihm annehmen und sie ihm mit sechs Prozent verzinsen. Ich durchschaue ja seine Schliche: er will mich einfach unterstützen. Im vorigen Jahre brauchte ich nicht notwendig Geld; aber in diesem Jahre habe ich nur auf seine Ankunft gewartet und bin entschlossen, das Geld anzunehmen. Dann geben Sie von Ihren dreitausend noch tausend dazu; das reicht für den ersten Anfang; wir assoziieren uns. Aber nun: von welcher Art wird das Unternehmen sein?«

Nun begann Rasumichin sein Projekt darzulegen und redete ein langes und breites darüber, daß fast alle unsre Buchhändler und Verleger kein rechtes Verständnis für Bücher hätten und daher auch gewöhnlich beim Verlegen schlechte Geschäfte machten, daß aber wirklich gute Verlagsartikel sich immer rentierten und Gewinn abwürfen, manchmal sogar recht bedeutenden. Die Verlagstätigkeit, das war das Ideal Rasumichins, der schon zwei Jahre lang für andre gearbeitet hatte und drei europäische Sprachen ganz gut kannte, obgleich er vor sechs Tagen zu Raskolnikow gesagt hatte, er sei im Deutschen schwach. Aber das hatte er damals eben nur gesagt, um ihn dazu zu bewegen, die Hälfte der Übersetzungsarbeit und die drei Rubel Vorschuß anzunehmen; er hatte damals gelogen, und Raskolnikow hatte gewußt, daß er log.

»Warum sollen wir uns denn unsern Vorteil entgehen lassen, wenn uns plötzlich das wichtigste Hilfsmittel zugefallen ist: eigenes Anlagekapital?« sagte Rasumichin in hellem Eifer. »Natürlich wird es genug Arbeit kosten; aber arbeiten wollen wir schon, Sie, Awdotja Romanowna, und ich, und Rodja... Manche Bücher werfen jetzt einen vorzüglichen Profit ab! Und die beste Garantie für das Gedeihen unseres Unternehmens liegt darin, daß wir immer wissen werden, was gerade übersetzt werden muß. Wir wollen übersetzen und verlegen und studieren, alles zugleich. Ich kann mich dabei nützlich machen, weil ich bereits Erfahrung besitze. Es sind jetzt fast schon zwei Jahre, daß ich mit Verlegern zu schaffen habe, und ich kenne alle ihre Kniffe und Pfiffe; eine Hexerei ist es nicht, das können Sie mir glauben! Warum sollen wir denn nicht zuschnappen, wenn sich uns ein fetter Bissen darbietet! Ich kenne selbst zwei, drei außerordentlich geeignete Bücher; das ist ein Geheimnis, das ich sorgsam bewahre. Die bloße Idee, sie zu übersetzen und zu verlegen, ist hundert Rubel pro Buch wert, und bei dem einen von ihnen verkaufe ich die Idee nicht für fünfhundert Rubel. Und was meinen Sie wohl: wenn ich meine Idee einem Verleger mitteilte, würde er am Ende noch seine Bedenken haben, so ein Esel! Und was die eigentlichen Geschäftssachen anlangt, also Druck, Papier, Verkauf, so übertragen Sie das nur mir! Ich kenne alle Schliche. Wir wollen klein anfangen und uns in die Höhe bringen; wenigstens werden wir unsern Unterhalt davon haben und jedenfalls das hineingesteckte Geld wieder herausbekommen.«

Dunjas Augen glänzten.

»Was Sie uns da vortragen, gefällt mir sehr, Dmitrij Prokofjitsch«, sagte sie.

»Ich verstehe natürlich nichts davon«, bemerkte Pulcheria Alexandrowna. »Es kann ja sein, daß es ganz gut ist; aber Gott mag's wissen. Es ist alles so neuartig und fremd. Natürlich müssen wir hierbleiben, mindestens für die nächste Zeit...«

Sie blickte Rodja an.

»Wie denkst du darüber, Bruder?« fragte Dunja.

»Ich denke, daß es eine sehr gute Idee von ihm ist«, antwortete er. »An eine wirkliche Verlagsfirma darf man selbstverständlich vorläufig nicht denken; aber so fünf oder sechs Bücher wird man in der Tat mit unzweifelhaftem Erfolge verlegen können. Ich kenne auch selbst ein Werk, das mit Sicherheit gut gehen wird. Und was seine Fähigkeit, die Sache durchzuführen, anlangt, so kann daran kein Zweifel sein; er versteht die Sache... Aber ihr werdet ja noch Zeit haben, alles miteinander zu besprechen...«

»Hurra!« rief Rasumichin. »Nun passen Sie einmal auf: hier in diesem Hause ist eine Wohnung zu haben, bei denselben Wirtsleuten. Sie liegt ganz für sich, abgesondert, und steht mit diesem Hotel garni nicht in Verbindung; sie ist möbliert, der Preis ist mäßig, es sind drei Stübchen. Also die sollten Sie fürs erste mieten. Die Uhr werde ich morgen für Sie versetzen und Ihnen das Geld bringen, und dann wird alles in Ordnung kommen. Und die Hauptsache ist, daß Sie alle drei zusammen wohnen können; denn auch Rodja kann bei Ihnen wohnen. Wo willst du denn hin, Rodja?«

»Wie, Rodja, du willst schon fortgehen?« fragte Pulcheria Alexandrowna ganz erschrocken.

»In einem solchen Augenblick?« rief Rasumichin.

Dunja blickte ihren Bruder mit mißtrauischer Verwunderung an. Er hielt die Mütze in der Hand und schickte sich an wegzugehen.

»Na aber, ihr tut ja gerade, als ob ihr mich begraben wolltet oder für immer von mir Abschied nähmet!« sagte er in seltsamem Tone. Es sah aus, als ob er lächelte; aber ein wirkliches Lächeln war es nicht. »Allerdings, wer weiß, vielleicht ist es auch das letzte Mal, daß wir uns sehen«, fügte er unvermutet hinzu.

Er hatte das eigentlich nur denken wollen; aber wie von selbst waren es vernehmliche Worte geworden.

»Aber was ist denn mit dir?« rief die Mutter.

»Wohin gehst du, Rodja?« fragte Dunja auffallend ernst.

»Ich habe nichts Besonderes vor, einen notwendigen Weg«, antwortete er unklar und unbestimmt, als sei er unsicher, was er sagen solle; aber sein blasses Gesicht trug den Ausdruck fester Entschlossenheit.

»Ich nahm mir vor,... als ich hierherging,... ich nahm mir vor, Ihnen, Mama,... und dir, Dunja, zu sagen, daß es wohl das beste ist, wenn wir uns eine Zeitlang trennen. Ich fühle mich nicht wohl, ich habe eine solche Unruhe;... ich komme später wieder zu euch, ich komme ganz von selbst wieder, sobald... es möglich ist. Ich werde an euch denken und euch liebbehalten... Aber laßt mich jetzt, laßt mich allein! Ich habe diesen Entschluß gefaßt,... schon früher... Ich habe mich fest dazu entschlossen... Was auch mit mir geschehen möge, ob ich nun zugrunde gehe oder nicht, jedenfalls will ich allein sein. Vergeßt mich völlig; das ist das beste... Erkundigt euch nicht nach mir. Sobald es nötig ist, komme ich selbst wieder, oder... ich rufe euch zu mir. Vielleicht wird noch alles gut!... Aber jetzt, wenn ihr mich liebt, trennt euch von mir... Sonst fange ich an, euch zu hassen; das fühle ich... Lebt wohl!«

»O Gott, o Gott!« rief Pulcheria Alexandrowna.

Mutter und Schwester waren beide aufs tiefste erschrocken; nicht minder Rasumichin.

»Rodja, Rodja! Sei doch wieder gut zu uns; laß uns doch miteinander so weiterleben, wie wir es immer getan haben!« rief die arme Mutter.

Langsam wandte er sich um und ging langsam zur Tür, um das Zimmer zu verlassen. Dunja eilte ihm nach.

»Bruder! Was tust du unsrer Mutter an!« flüsterte sie; in ihren Augen funkelte die Entrüstung.

Er schaute sie düster an.

»Ihr braucht euch nicht zu beunruhigen; ich komme wieder; ich werde manchmal kommen!« murmelte er halblaut, als wäre er sich selbst nicht recht bewußt, was er eigentlich sagen wollte, und ging aus dem Zimmer.

»Ein böser, gefühlloser Egoist!« rief Dunja.

»Verrückt ist er, nicht gefühllos! Er ist geisteskrank! Sehen Sie denn das nicht? Sonst wären Sie ja selbst gefühllos!...« flüsterte Rasumichin ihr in größter Erregung ins Ohr und drückte ihr kräftig die Hand.

»Ich komme gleich wieder!« rief er Pulcheria Alexandrowna zu, die vor Schreck wie gelähmt war, und stürzte aus dem Zimmer.

Raskolnikow wartete draußen, am Ende des Korridors, auf ihn.

»Ich hatte es mir gedacht, daß du noch zu mir herauskommen würdest«, sagte er. »Geh wieder zu ihnen zurück und bleib bei ihnen... Bleib auch morgen bei ihnen... und immer. Ich... komme vielleicht wieder,... wenn ich kann. Leb wohl!«

Und ohne ihm die Hand zu reichen, wandte er sich zum Gehen.

»Aber wo willst du denn hin? Was hast du nur? Was ist mit dir los? Wie ist so was nur möglich!« murmelte Rasumichin ganz fassungslos.

Raskolnikow blieb noch einmal stehen.

»Ein für allemal: frage mich nie und nach nichts. Ich kann dir keine Antwort geben... Komm nicht zu mir. Vielleicht komme ich wieder hierher... Verlaß mich,... aber die beiden da verlaß nicht! Verstehst du mich?«

Im Korridor war es dunkel; aber sie standen bei einer Lampe. Eine Minute lang blickten sie einander schweigend an. Sein ganzes Leben lang erinnerte sich Rasumichin dieser Minute. Raskolnikows brennender, starrer Blick schien jeden Augenblick schärfer zu werden und bohrte sich ihm in Herz und Hirn. Auf einmal zuckte Rasumichin zusammen. Es war, als sei etwas Seltsames zwischen ihnen beiden hindurchgegangen, hindurchgeschlüpft,... ein Gedanke, eine Art Ahnung, etwas Furchtbares, Ungeheuerliches, was beiden auf einmal zum Bewußtsein kam... Rasumichin wurde leichenblaß.

»Verstehst du mich jetzt?« sagte Raskolnikow mit krampfhaft verzogenem Gesichte. »Kehre zurück, geh zu ihnen«, fügte er hinzu, wendete sich schnell um und ging aus dem Hause.

Es ist nicht meine Absicht, zu schildern, was an diesem Abend bei Pulcheria Alexandrowna vorging: wie Rasumichin zu ihnen zurückkehrte, wie er sie beruhigte, wie er auseinandersetzte, man müsse Rodja, solange er krank sei, Ruhe gönnen, wie er beteuerte, Rodja werde jedenfalls wiederkommen, jeden Tag kommen: seine Nerven seien furchtbar angegriffen, und man dürfe ihn nicht reizen; er, Rasumichin, werde ihn nicht aus den Augen lassen; er werde ihm einen guten Arzt beschaffen, den besten, den es gebe, ein ganzes Konsilium... Kurz, Rasumichin wurde ihnen an diesem Abend Sohn und Bruder.

IV

Raskolnikow aber ging geradeswegs nach dem Hause am Kanal, wo Sonja wohnte. Es war ein altes zweistöckiges, grün angestrichenes Haus. Er suchte den Hausknecht auf, der ihm so ungefähr beschrieb, wo der Schneider Kapernaumow wohne. Auf dem Hofe fand er in einer Ecke den Eingang zu einer engen, dunklen Treppe, gelangte auf ihr, langsam hinaufsteigend, endlich zum ersten Stockwerk und trat auf eine Galerie hinaus, die an diesem Stockwerk auf der Hofseite hinlief. Während er in der Dunkelheit umhertappte, ohne den Eingang zu Kapernaumows Wohnung finden zu können, wurde plötzlich drei Schritte von ihm entfernt eine Tür geöffnet; ganz mechanisch trat er hinzu und faßte nach ihr.

»Wer ist da?« fragte ängstlich eine weibliche Stimme.

»Ich bin es,... ich wollte zu Ihnen«, antwortete Raskolnikow und trat in ein winziges Vorzimmer ein. Hier brannte auf einem durchgesessenen Stuhle ein Licht in einem verbogenen Messingleuchter.

»Sie sind es! O Gott!« rief Sonja mit schwacher Stimme und blieb wie erstarrt stehen.

»Wo geht es in Ihr Zimmer? Hier?«

Raskolnikow vermied es, sie anzusehen, und trat schnell in das Zimmer.

Einen Augenblick darauf kam auch Sonja mit dem Lichte herein, stellte das Licht hin und blieb selbst ganz fassungslos vor ihm stehen; sie befand sich in unbeschreiblicher Aufregung und war über seinen unerwarteten Besuch augenscheinlich im höchsten Grade erschrocken. Plötzlich übergoß tiefe Röte ihr bleiches Gesicht, und die Tränen traten ihr in die Augen... Sie fühlte sich sehr bedrückt und schämte sich und empfand dabei doch eine Art von wonniger Freude... Raskolnikow wendete sich schnell von ihr ab und setzte sich auf einen Stuhl am Tische. Mit einem schnellen Blicke musterte er das Zimmer.

Das Zimmer war groß, aber außerordentlich niedrig; es war das einzige, welches Kapernaumows vermieteten; die zu ihnen führende Tür befand sich in der Wand links und war geschlossen. Gegenüber, in der Wand rechts, befand sich noch eine andre Tür, die fest zugenagelt war. Dort lag schon eine andre Wohnung, die Nachbarwohnung, die eine andre Nummer hatte. Sonjas Zimmer glich einer Scheune; es bildete ein ganz unregelmäßiges Viereck, wodurch es sehr mißgestaltet aussah. Die nach dem Kanal zu gelegene Wand, welche drei Fenster hatte, verlief schräg; infolgedessen verlor sich die eine sehr spitze Ecke des Zimmers ganz im Hintergrunde, so daß man sie bei der schwachen Beleuchtung gar nicht einmal ordentlich erkennen konnte; die andre Ecke dagegen war in häßlichem Grade stumpf. In diesem ganzen großen Zimmer standen fast gar keine Möbel. In der Ecke rechts stand ein Bett; daneben, mehr nach der Tür zu, ein Stuhl. An derselben Wand, wo das Bett war, stand dicht an der nach der fremden Wohnung führenden Tür ein einfacher Brettertisch; darüber lag eine blaue Decke; neben dem Tische standen zwei Rohrstühle. Ferner stand an der gegenüberliegenden Wand in der Nähe der spitzen Ecke eine kleine Kommode aus einfachem Holze, die in dem leeren Raume wie verloren aussah. Das war alles, was sich im Zimmer befand. Die gelbliche, abgenutzte und zerrissene Tapete war überall in den Zimmerecken schwarz geworden, was darauf schließen ließ, daß es hier im Winter feucht und muffig war. Die Ärmlichkeit war überall sichtbar: es fehlte sogar am Bette der Vorhang.

Sonja blickte den Besucher schweigend an, der ihr Zimmer so aufmerksam und ungeniert betrachtete, und fing schließlich vor Furcht an zu zittern, als stände sie vor einem Richter, der über ihr Geschick entscheiden sollte.

»Ich komme zu so später Stunde... Es ist wohl schon elf?« fragte er, immer noch, ohne sie anzusehen.

»Ja«, murmelte Sonja. »Ach ja, es ist elf«, fuhr sie eilig fort, als käme darauf für sie viel an. »Eben hat bei den Wirtsleuten die Uhr geschlagen,... ich habe es selbst gehört... Es ist elf.«

»Es ist das letztemal, daß ich zu Ihnen komme«, fuhr Raskolnikow düster fort, obwohl es überhaupt erst das erstemal war. »Ich werde Sie vielleicht nie wiedersehen.«

»Sie wollen... wegreisen?«

»Ich weiß es nicht... Das wird sich alles morgen zeigen...«

»Also werden Sie morgen nicht zu Katerina Iwanowna kommen?« fragte Sonja mit bebender Stimme.

»Ich weiß es nicht. Morgen früh wird sich alles zeigen... Aber darum handelt es sich nicht: ich bin hergekommen, um Ihnen nur wenige Worte zu sagen...«

Er hob seinen schwermütigen Blick zu ihr auf und bemerkte erst jetzt, daß er saß und sie immer noch vor ihm stand.

»Warum stehen Sie denn? Setzen Sie sich doch hin!« sagte er mit veränderter, leiser, milder Stimme. Er blickte sie einen Augenblick lang freundlich und beinahe mitleidig an.

»Wie mager Sie sind! Was haben Sie für eine Hand! Ganz durchsichtig! Finger wie bei einer Toten!«

Er ergriff ihre Hand. Sonja lächelte schwach.

»Ich bin immer so gewesen«, erwiderte sie.

»Auch als Sie noch zu Hause wohnten?«

»Ja.«

»Nun ja, natürlich!« stieß er kurz hervor, und sein Gesichtsausdruck und der Klang seiner Stimme veränderten sich plötzlich wieder.

Er blickte noch einmal um sich.

»Sie haben das Zimmer dem Schneider Kapernaumow abgemietet?«

»Ja.«

»Ihre Wirtsleute wohnen dort, hinter dieser Tür?«

»Ja... Sie haben ein ebensolches Zimmer.«

»Wohnen die alle in einem Zimmer?«

»Ja.«

»Ich würde mich nachts in Ihrem Zimmer fürchten«, sagte er düster.

»Die Wirtsleute sind sehr gut und freundlich«, antwortete Sonja, die immer noch nicht die Fassung wiedergewonnen und ihre Gedanken gesammelt hatte. »Auch alle Möbel und alles hier... alles gehört ihnen. Es sind sehr brave Leute, und auch die Kinder kommen oft zu mir...«

»Stottert die Familie nicht?«

»Ja, er stottert und ist außerdem lahm. Und die Frau stottert auch... Das heißt, eigentlich stottern tut sie nicht, aber sie spricht nicht alle Buchstaben aus. Es ist eine gute Frau, eine sehr gute Frau. Er ist früher Knecht auf einem Gute gewesen. Sie haben sieben Kinder,... bloß der älteste stottert, die andern sind nur immer krank,... aber stottern tun sie nicht... Aber woher wissen Sie das?« fügte sie einigermaßen erstaunt hinzu.

»Ihr Vater hat mir damals alles erzählt. Auch von Ihnen hat er mir alles erzählt... Auch wie Sie um sechs Uhr weggingen und um neun wiederkamen, und wie Katerina Iwanowna an Ihrem Bette auf den Knien gelegen hat.«

Sonja wurde befangen.

»Ich habe ihn heute gesehen«, flüsterte sie zaghaft.

»Wen?«

»Den Vater. Ich ging auf der Straße, da nebenan, an der Ecke, zwischen neun und zehn, und da war mir, als ginge er vor mir. Ganz genau wie er. Ich wollte schon zu Katerina Iwanowna gehen...«

»Gingen Sie spazieren?«

»Ja«, flüsterte Sonja kurz; sie wurde wieder befangen und schlug die Augen nieder.

»Als Sie noch bei dem Vater wohnten, hat wohl manchmal nicht viel daran gefehlt, daß Katerina Iwanowna Sie geschlagen hätte?«

»Ach nein! Was sagen Sie da! Nein, nein!« erwiderte Sonja und blickte ihn beinahe erschrocken an.

»Also haben Sie Ihre Stiefmutter lieb?«

»Aber ja-a, ja-a, gewiß!« antwortete Sonja in gedehntem klagendem Tone und faltete mit schmerzlichem Ausdruck die Hände. »Ach, Sie sollten sie kennen... Wenn Sie nur alles wüßten! Sie ist ja ganz wie ein Kind... Es ist, als ob ihr Verstand gelitten hätte... von all dem Kummer. Und wie klug sie früher war,... wie hochherzig,... wie gut! Davon wissen Sie nichts,... ach!«

Sonja sagte das im Tone der Verzweiflung und rang in schmerzlicher Erregung die Hände. Eine heiße Röte trat wieder in ihre blassen Wangen, und ihre Augen spiegelten die Qual wider, die sie empfand. Es war deutlich, daß eine kräftige Saite ihres Herzens angeschlagen war, daß es ihr ein Bedürfnis war, etwas über ihre Stiefmutter zu sagen, sie zu verteidigen. Eine Art von unersättlichem Mitleid, wenn man sich so ausdrücken kann, malte sich auf ihren Zügen.

»Geschlagen! Was sagen Sie nur! O Gott, geschlagen! Und wenn sie mich auch geschlagen hätte, was wäre dabei gewesen? Nun, was wäre dabei gewesen? Sie kennen sie nicht, kennen sie gar nicht... Sie ist so unglücklich, ach, so unglücklich! Und krank!... Sie verlangt nach Gerechtigkeit... Sie ist ehrenhaft. Sie ist fest davon überzeugt, daß in der Welt Gerechtigkeit herrschen müsse, und fordert sie auch für sich... Und wenn man sie martern wollte, sie würde nichts Ungerechtes tun. Sie sieht nicht, daß es eben bei den Menschen nicht gerecht zugehen kann, und regt sich darüber auf... Wie ein Kind ist sie, wie ein Kind! Sie ist eine Gerechte, eine Gerechte!«

»Und was wird nun mit Ihnen werden?«

Sonja sah ihn fragend an.

»Die Hinterbliebenen sind nun doch auf Sie angewiesen. Das war freilich auch früher mit der ganzen Familie so, und auch der Verstorbene kam zu Ihnen, um Sie um Geld zum Trinken zu bitten. Aber was wird jetzt werden?«

»Ich weiß es nicht«, erwiderte Sonja traurig.

»Werden die dort wohnen bleiben?«

»Ich weiß es nicht; sie sind die Miete schuldig; die Wirtin hat, wie ich gehört habe, heute gesagt, sie wollte sie heraussetzen; aber Katerina Iwanowna sagt, sie würde auch von selbst nicht einen Augenblick länger dableiben.«

»Woher ist sie denn so couragiert? Sie hofft wohl auf Hilfe von Ihrer Seite?«

»Ach, sprechen Sie nicht so!... Wir gehören zueinander, wir bilden eine einzige Familie!« antwortete Sonja, wieder in Erregung und sogar etwas gereizt, ganz wie wenn ein Kanarienvogel oder ein andres kleines Vögelchen böse wird. »Was soll sie denn anfangen? Nun, was soll sie anfangen?« fragte sie eifrig und hitzig. »Und wieviel, wieviel hat sie heute geweint! Der Verstand ist bei ihr gestört; haben Sie das nicht bemerkt? Er ist wirklich gestört; bald regt sie sich wie ein kleines Kind darüber auf, ob auch morgen bei dem Gedächtnismahl alles anständig sein wird, daß nur ja ein Imbiß da sei und das andre alles,... bald wieder ringt sie die Hände, spuckt Blut, weint und fängt auf einmal verzweifelt an, mit dem Kopfe gegen die Wand zu schlagen. Dann beruhigt sie sich wieder; sie setzt ihre ganze Hoffnung auf Sie: sie sagt, Sie seien jetzt ihr Helfer, und sie werde sich irgendwo ein bißchen Geld leihen und nach ihrer Heimatstadt reisen, und mich werde sie auch mitnehmen; und dort wolle sie ein vornehmes Mädchenpensionat errichten und mir dabei eine Stelle als Inspektorin geben, und dann werde für uns ein ganz neues, schönes Leben beginnen; und sie küßt mich, umarmt mich und tröstet mich und glaubt an diese Hirngespinste, glaubt fest daran! Nun, kann man ihr da wohl widersprechen? Und dabei hat sie heute den ganzen Tag gescheuert, gewaschen und geflickt; das Waschfaß hat sie selbst mit ihren schwachen Kräften ins Zimmer geschleppt; dabei ging ihr der Atem aus, und sie ist auf das Bett hingefallen. Und heute vormittag bin ich mit ihr zusammen in einen Laden, gegangen, um für Polenjka und Lida Schuhe zu kaufen, weil ihre alten vollständig zerrissen sind; aber als wir nun bezahlen sollten, hatten wir nicht genug Geld; es fehlte eine ziemliche Menge. Und sie hatte so hübsche kleine Stiefelchen ausgesucht; denn sie besitzt einen guten Geschmack; Sie kennen sie nur nicht... Und da fing sie im Laden so an zu schluchzen, in Gegenwart des

Kaufmanns und seiner Leute, darüber, daß das Geld nicht reichte... Ach, es tat mir so leid, das mit anzusehen!«

»Unter solchen Umständen ist es schon zu verstehen, daß Sie... so leben«, sagte Raskolnikow mit bitterem Lächeln.

»Und tut sie Ihnen denn nicht auch leid?« ereiferte sich Sonja wieder. »Ich weiß doch, daß Sie selbst ihr das letzte Geld, das Sie hatten, hingegeben haben, und Sie hatten eigentlich noch nichts von dem Elend gesehen. Und wenn Sie erst alles sähen, o Gott! Und wie oft, wie oft bin ich daran schuld gewesen, daß sie weinte! Noch in der vorigen Woche! Ach, ich Schändliche! Nur eine Woche vor seinem Tode! Ich habe hartherzig gehandelt. Und wie oft, wie oft habe ich das getan! Ach, ich habe heute den ganzen Tag daran gedacht, und es ist mir so schmerzlich gewesen!«

Bei diesen Worten rang Sonja, durch die Erinnerung schmerzlich ergriffen, die Hände.

»Sie behaupten, Sie seien hartherzig gewesen?«

»Ja, das bin ich gewesen! Ich war damals zu ihnen hingekommen«, fuhr sie weinend fort, »und da sagte der Verstorbene zu mir: ›Lies mir etwas vor, Sonja, ich habe Kopfschmerzen; lies mir etwas vor,... da ist ein Buch‹; er hatte da irgendein Buch, das hatte er von Andrej Semjonowitsch Lebesjatnikow bekommen; der wohnt auch dort; von dem bekam er immer solche seltsamen Bücher. Und ich sagte: ›Ich habe keine Zeit, ich muß weggehen‹, und wollte ihm nicht vorlesen. Und ich war auch hauptsächlich nur deshalb zu ihnen gegangen, um Katerina Iwanowna meine Kragen zu zeigen; nämlich eine Althändlerin, Lisaweta, hatte mir Kragen und Manschetten besorgt, die waren recht billig, sehr hübsch, ganz neu, mit einem netten Muster. Und sie gefielen Katerina Iwanowna sehr; sie knöpfte sich einen Kragen um und legte ein Paar Manschetten an und besah sich im Spiegel; sie gefielen ihr sehr; ganz außerordentlich gefielen sie ihr. ›Schenk sie mir, Sonja‹, sagte sie, ›bitte, sei so gut!‹ Sie sagte ›bitte!‹ und hätte sie so sehr gern gehabt. Aber sie hat ja jetzt gar keine Verwendung für solche Wäsche; es schwebte ihr wohl nur die frühere, glückliche Zeit vor. Sie betrachtete sich im Spiegel und fand sich so schön damit, und sie hat doch nichts, was dazugehört, nichts, einfach gar nichts an Kleidern und sonstigen Sachen; und schon seit vielen Jahren nicht! Aber sie bittet nie jemand um etwas; sie ist stolz und gibt lieber selbst das Letzte weg. Und nun hatte sie mich doch gebeten – so hatten ihr die Kragen und die Manschetten gefallen! Aber mir tat es leid, sie wegzugeben, und ich sagte: ›Wozu können Sie sie denn gebrauchen, Katerina Iwanowna?‹ So habe ich gesagt: ›Wozu können Sie sie gebrauchen?‹ Das hätte ich nicht zu ihr sagen sollen! Sie sah mich so traurig an, und es war ihr so schmerzlich, daß ich es ihr abgeschlagen hatte, und es tat mir so leid, das zu sehen... Und nicht wegen der Kragen und Manschetten war sie traurig, sondern darüber, daß ich ihr etwas abgeschlagen hatte; das sah ich recht wohl. Ach, wie gern möchte ich jetzt das alles ungeschehen machen und alle meine früheren Worte zurücknehmen!... Wie schändlich bin ich gewesen!... Aber wozu sage ich Ihnen das? Das hat ja für Sie kein Interesse!«

»Also diese Althändlerin Lisaweta haben Sie gekannt?«

»Ja... Haben Sie sie etwa auch gekannt?« fragte Sonja etwas verwundert.

»Katerina Iwanowna hat die Schwindsucht, im letzten Stadium; sie wird bald sterben«, sagte Raskolnikow nach kurzem Schweigen, ohne auf Sonjas Frage zu antworten.

»Ach nein, nein, nein!«

Und Sonja ergriff unwillkürlich und unbewußt seine beiden Hände, als wollte sie ihn anflehen, dies abzuwenden.

»Aber es ist ja sogar das beste, wenn sie stirbt.«

»Nein, das ist nicht das beste, nicht das beste, durchaus nicht das beste!« rief sie angstvoll und heftig.

»Und was wird dann aus den Kindern? Wo werden Sie die unterbringen? Sie werden sie doch wohl zu sich nehmen?«

»Ach, ich weiß es nicht!« rief Sonja verzweifelt und griff nach ihrem Kopfe.

Es war augenscheinlich, daß sie selbst sich schon oft, schon sehr oft diesen Gedanken hatte durch den Kopf gehen lassen und Raskolnikow ihn nur von neuem wachgerufen hatte.

»Nun, und wenn Sie jetzt, noch bei Katerina Iwanownas Lebzeiten, krank werden und man Sie ins Krankenhaus bringt, was wird dann aus den andern?« fragte er mit erbarmungsloser Hartnäckigkeit weiter.

»Ach, sagen Sie doch so etwas nicht! Sagen Sie doch so etwas nicht! Das kann doch nicht geschehen!« Sonjas Gesicht verzerrte sich in furchtbarer Angst.

»Warum soll das nicht geschehen können?« fuhr Raskolnikow mit grausamem Lächeln fort. »Sind Sie dagegen irgendwie versichert? Also, was wird dann aus den andern werden? Sie werden alle zusammen auf die Straße gehen; die Mutter wird husten und betteln und mit dem Kopfe gegen eine Wand schlagen, wie heute, und die Kinder werden weinen... Und dann wird sie hinfallen und nach der Polizeiwache gebracht werden und von da ins Krankenhaus, und dann wird sie sterben, und die Kinder...«

»Ach nein! Das wird Gott nicht zulassen!« rang es sich wie ein Angstschrei aus Sonjas gequälter Brust. Während sie seine Worte anhörte, hatte sie ihn flehend angeblickt und in stummer Bitte die Hände gefaltet, als ob alles von ihm abhinge.

Raskolnikow stand auf und begann im Zimmer hin und her zu gehen. Sonja stand in tiefem Gram da, mit gesenktem Kopfe und schlaff herabhängenden Armen.

»Können Sie nicht etwas sparen? Etwas zurücklegen für die Zeit der Not?« fragte er, indem er plötzlich vor ihr stehenblieb.

»Nein«, flüsterte Sonja.

»Selbstverständlich sagen Sie nein! Aber haben Sie es auch versucht?« fügte er beinahe spöttisch hinzu.

»Ja, ich habe es versucht.«

»Aber es ging nicht! Nun ja, natürlich! Wozu frage ich da erst!«

Er setzte seine Wanderung im Zimmer fort. Es verging wieder etwa eine Minute.

»Sie nehmen nicht täglich etwas ein?«

Sonja wurde noch befangener als vorher, und die Röte stieg ihr wieder ins Gesicht.

»Nein«, flüsterte sie mit qualvoller Anstrengung.

»Mit Polenjka wird es gewiß ebenso werden«, sagte er plötzlich.

»Nein! Nein! Das kann nicht sein, nein!« schrie Sonja in Verzweiflung laut auf, als hätte jemand sie mit einem Messer verwundet. »Gott wird so etwas Fürchterliches nicht zulassen!«

»Er läßt es ja doch bei so vielen andern zu!«

»Nein, nein! Gott wird sie davor bewahren!« wiederholte sie ganz außer sich.

»Aber vielleicht gibt es überhaupt keinen Gott«, antwortete Raskolnikow mit einer Art von Schadenfreude, lachte auf und sah sie an.

Auf Sonjas Gesichte ging plötzlich eine schreckliche Veränderung vor; krampfhafte Zuckungen liefen darüber hin. Ein unbeschreiblicher Vorwurf lag in dem Blicke, mit dem sie ihn ansah; sie wollte etwas sagen, konnte aber nichts herausbringen; sie brach nur in ein bitterliches Schluchzen aus und bedeckte ihr Gesicht mit den Händen.

»Sie sagen, bei Katerina Iwanowna sei der Verstand gestört; aber auch Ihr eigener Verstand ist gestört«, sagte er nach einem kurzen Schweigen.

Es vergingen fünf Minuten. Er ging die ganze Zeit über schweigend auf und ab, ohne sie anzublicken. Endlich trat er an sie heran; seine Augen funkelten. Er faßte sie mit beiden Händen an den Schultern und sah ihr gerade in das von Tränen überströmte Gesicht. Seine trockenen, heißen Augen blickten scharf und durchdringend; seine Lippen zuckten heftig... Plötzlich beugte er sich mit dem ganzen Leibe nieder, warf sich auf den Boden und küßte ihren Fuß. Sonja wankte erschrocken von ihm wie von einem Wahnsinnigen zurück. Und er sah auch wirklich völlig wie ein Wahnsinniger aus.

»Was ist Ihnen? Was tun Sie da? Vor mir!« murmelte sie erbleichend, und ihr Herz zog sich schmerzhaft zusammen.

Er erhob sich sofort wieder.

»Nicht vor dir habe ich meine Knie gebeugt, sondern vor dem ganzen unendlichen Leide der Menschheit«, sagte er wie in wildem Ingrimm und trat ans Fenster. »Höre«, fügte er hinzu, als er einen Augenblick darauf zu ihr zurückkam, »ich habe vorhin zu einem Verleumder gesagt, daß er nicht soviel wert ist wie dein kleiner Finger... und daß ich heute meiner Schwester eine Ehre angetan habe, indem ich sie neben dir sitzen ließ.«

»Ach, wie haben Sie nur so etwas sagen können! Und etwa gar in Gegenwart Ihrer Schwester?« rief Sonja erschrocken. »Neben mir sitzen! Eine Ehre! Aber ich bin ja eine... Ehrlose... Ach, wie haben Sie nur so etwas sagen können!«

»Nicht wegen deiner Ehrlosigkeit und Sünde habe ich das von dir gesagt, sondern wegen deines großen Leides. Daß du eine große Sünderin bist, das ist die Wahrheit«, fügte er in schwärmerischem Tone hinzu. »Und ganz besonders bist du deshalb eine Sünderin, weil du dich nutzlos getötet und zum Opfer gebracht hast. Ist das nicht gräßlich? Ist das nicht gräßlich, daß du in diesem Schmutze lebst, den du so hassest, und gleichzeitig selbst weißt (du brauchst ja nur die Augen zu öffnen), daß du niemandem dadurch hilfst, niemand aus seinem Elend errettest! Ja, ich bitte dich um alles in der Welt«, rief er beinahe wütend, »sage mir doch nur: wie kann solche Schande und Gemeinheit in deiner Seele neben andern, ganz entgegengesetzten, heiligen Empfindungen Raum finden? Da wäre es doch richtiger, tausendmal richtiger und vernünftiger, kopfüber ins Wasser zu springen und mit einem Schlage alledem ein Ende zu machen!«

»Aber was soll dann aus den andern werden?« fragte Sonja leise und blickte ihn mit schmerzlichem Ausdrucke an; verwundert schien sie aber über seinen Vorschlag ganz und gar nicht zu sein. Raskolnikow sah sie in seltsamer Weise prüfend an.

Schon allein in ihrem Blicke hatte er alles gelesen. Also sie hatte tatsächlich diesen Gedanken bereits selbst gehabt. Vielleicht hatte sie in der Verzweiflung schon oftmals und ernstlich überlegt, wie sie ihrem Elende mit einem Schlage ein Ende machen könne, so ernstlich, daß sie sich jetzt über seinen Vorschlag weiter nicht wunderte. Selbst die Grausamkeit seiner Worte war ihr nicht zum Bewußtsein gekommen; auch der Sinn seiner Vorwürfe und seine besondre Auffassung von ihrer Schande war ihr offenbar unklar geblieben; auch das durchschaute er. Er seinerseits aber begriff vollständig, welche Folterqualen, und zwar schon seit langer Zeit, ihr der Gedanke an ihre ehrlose, schmähliche Lage bereitete. ›Was in aller Welt‹, dachte er, ›was hat sie bisher zurückhalten können, alledem mit einem Schlage ein Ende zu machen?‹ Er hatte erst jetzt völlig verstanden, welch eine Bedeutung für dieses Mädchen diese armen, kleinen, vaterlosen Kinderchen hatten und diese bedauernswerte, halb irrsinnige, schwindsüchtige Katerina Iwanowna, die mit dem Kopfe gegen die Wand schlug. Aber nicht minder klar war es ihm, daß Sonjas Charakter und die freilich nur mäßige Bildung, die sie genossen hatte, ihr hatten ein Antrieb sein müssen, sich aus dieser Lage zu befreien. So war für ihn immer noch nicht die Frage beantwortet: wenn sie nicht die Kraft hatte, sich ins Wasser zu stürzen, wie hatte sie so lange schon in dieser Lage verbleiben können, ohne den Verstand zu verlieren? Gewiß, er sah ein, daß Sonjas Lage eine Erscheinung war, wie sie nur gelegentlich in unsern gesellschaftlichen Verhältnissen vorkommt, wiewohl leider keineswegs nur ganz vereinzelt und ausnahmsweise. Aber gerade diese Besonderheit der Lage, diese wenn auch nur geringe Bildung und ihr ganzes Vorleben hätten sie doch, meinte er, gleich beim ersten Schritte auf diesem abscheulichen Wege zum Selbstmorde führen müssen. Was hielt sie denn im Leben zurück? Doch wahrlich nicht die Unzucht? Mit dieser ganzen Gemeinheit hatte sie offenbar nur physisch zu schaffen gehabt; in ihr Herz hatte noch kein Atom der wirklichen Unzucht Eingang gefunden. Das sah er; sie stand ja vor ihm wie aus Glas...

›Drei Wege hat sie vor sich‹, dachte er, ›sich in den Kanal zu stürzen, ins Irrenhaus zu kommen oder... oder der wirklichen Unzucht zu verfallen, die den Verstand betäubt und das Herz gefühllos macht.‹

Die letzte von diesen drei Möglichkeiten war ihm am widerwärtigsten; aber er war bereits Skeptiker, er war jung, ein abstrakter Denker und somit Pessimist, und daher konnte er nicht umhin zu glauben, daß dieser letzte Ausgang, das heißt die Unzucht, am meisten Wahrscheinlichkeit habe.

›Aber soll denn wirklich‹, rief er in Gedanken aus, ›soll denn wirklich dieses Wesen, das sich die Reinheit der Seele noch bewahrt hat, sich mit sehenden Augen schließlich in diesen greulichen, stinkenden Pfuhl hineinziehen lassen? Hat dieser Prozeß vielleicht schon begonnen, und hat sie wirklich ihren Zustand nur deswegen bisher ertragen können, weil ihr das Laster nicht mehr so widerwärtig erscheint? Nein, nein, das kann nicht sein!‹ rief er ähnlich wie vorhin Sonja. ›Nein, was sie von dem Sprunge in den Kanal bisher zurückhielt, das war der Gedanke an die Sündhaftigkeit des Selbstmordes und der Gedanke an jene andern. Und wenn sie bisher noch nicht den Verstand verloren hat… Aber wer sagt denn das, daß sie den Verstand bisher noch nicht verloren hat? Hat sie denn noch ihren gesunden Verstand? Kann man etwa bei gesundem Verstande so urteilen, wie sie es tut? Wie kann sie denn so am Rande des Verderbens, dicht am Rande dieses stinkenden Pfuhles sitzen, in den eine geheime Gewalt sie schon hineinzieht, und abwinken und sich die Ohren zustopfen, wenn sie jemand auf die Gefahr aufmerksam macht? Was will sie denn? Erwartet sie ein Wunder? Das scheint sie wirklich zu tun. Sind das nicht lauter Anzeichen geistiger Störung?‹

Hartnäckig verblieb er bei diesem Gedanken. Dieser Ausgang gefiel ihm sogar besser als jeder andre. Er betrachtete sie schärfer.

»Du betest wohl viel zu Gott, Sonja?« fragte er sie.

Sonja schwieg; er stand neben ihr und wartete auf ihre Antwort.

»Was wäre ich ohne Gott?« flüsterte sie schnell mit sicherer Stimme, blickte ihn einen Augenblick mit aufleuchtenden Augen an und drückte ihm fest die Hand,

›So ist es also!‹ dachte er.

»Und was empfängst du denn von Gott dafür?« examinierte er sie weiter.

Sonja schwieg lange, als wäre sie nicht imstande zu antworten. Ihre schwächliche Brust hob und senkte sich stark vor Aufregung.

»Seien Sie still! Fragen Sie nicht so! Sie sind ein Unwürdiger…«, rief sie endlich und blickte ihn streng und zornig an.

›So ist es also! So ist es also!‹ wiederholte er hartnäckig in Gedanken.

»Alles gibt er mir!« flüsterte sie hastig und schlug wieder die Augen nieder.

›Das ist der Weg, den sie einschlägt; das ist die Lösung der Frage‹, sagte er sich mit voller Bestimmtheit im stillen und musterte sie mit brennendem Interesse.

Mit einem neuen, eigentümlichen, beinahe physisch schmerzhaften Gefühle schaute er auf dieses blasse, magere, unregelmäßige, eckige Gesichtchen, auf diese sanften blauen Augen, in denen ein solches Feuer, ein so starker, energischer Affekt aufleuchten konnte, auf diesen schmächtigen Körper, der noch vor Entrüstung und Zorn bebte, und dies alles kam ihm immer seltsamer vor, beinahe unmöglich. ›Eine Gottesnärrin!‹ sagte er sich überzeugt und bestimmt.

Auf der Kommode lag ein Buch. Jedesmal bei seinem Hin- und Hergehen hatte er es bemerkt; jetzt nahm er es in die Hand und besah es. Es war das Neue Testament in russischer Übersetzung. Das Buch war in Leder gebunden, aber schon alt und abgenutzt.

»Wo hast du das her?« rief er ihr von der entfernten Ecke des Zimmers aus zu.

Sie stand noch immer an derselben Stelle, drei Schritte vom Tische entfernt.

»Es hat es mir jemand gebracht«, antwortete sie, anscheinend nur ungern und ohne ihn anzusehen.

»Wer hat es dir gebracht?«

»Lisaweta. Ich hatte sie darum gebeten.«

›Lisaweta! Seltsam!‹ dachte er.

Hier bei Sonja kam ihm alles mit jedem Augenblicke seltsamer und wunderbarer vor. Er trug das Buch zu der Kerze hin und fing an, darin zu blättern.

»Wo steht hier die Geschichte von Lazarus?« fragte er.

Sonja blickte hartnäckig auf den Fußboden und antwortete nicht. Sie stand von dem Tische halb abgewendet.

»Die Geschichte von der Auferstehung des Lazarus, wo ist die? Suche sie mir, Sonja.«

Sie sah mit schrägem Blicke nach ihm hin.

»Sie suchen an der falschen Stelle… Im Evangelium des Johannes…«, flüsterte sie in strengem Tone, ohne zu ihm zu treten.

»Such es und lies es mir vor«, sagte er und setzte sich hin; einen Ellbogen auf den Tisch aufsetzend, den Kopf in die Hand stützend und finster zur Seite starrend, machte er sich fertig, zuzuhören.

›In drei Wochen ist sie im Irrenhause! Ich werde wohl auch da sein, wenn mir nicht noch Schlimmeres widerfährt‹, murmelte er vor sich hin.

Sonja nahm Raskolnikows sonderbares Verlangen mißtrauisch auf und trat zögernd zum Tische. Indes faßte sie nach dem Buche.

»Haben Sie es denn nicht auch schon gelesen?« fragte sie und blickte ihn über den Tisch herüber mit gesenktem Kopfe von unten her an. Der Ton, in dem sie sprach, wurde immer strenger.

»Das ist schon lange her… Als ich in die Schule ging. Lies doch!«

»Haben Sie es denn aber nicht in der Kirche gehört?«

»Nein, da bin ich nie hingegangen. Aber du gehst wohl oft hin?«

»N–nein«, flüsterte Sonja.

Raskolnikow lächelte.

»Ich verstehe… Da gehst du auch wohl morgen zu dem Totenamt für deinen Vater nicht mit hinein?«

»Doch; ich werde hineingehen. Ich bin auch vorige Woche in der Kirche gewesen,… ich habe eine Totenmesse lesen lassen.«

»Für wen denn?«

»Für Lisaweta. Die ist mit einem Beile erschlagen worden.«

Der gereizte Zustand seiner Nerven wurde immer schlimmer; der Kopf begann ihm zu schwindeln.

»Warst du mit Lisaweta befreundet?«

»Ja,... sie war fromm und rechtschaffen,... sie kam manchmal zu mir,... aber nur selten,... sie konnte nicht oft... Wir lasen zusammen und... sprachen darüber miteinander. Sie wird Gott schauen.«

Einen seltsamen Klang hatten für sein Ohr diese biblischen Worte, und schon wieder hatte er etwas Neues gehört: Sonja und Lisaweta hatten religiöse Zusammenkünfte gehabt, und beide waren Gottesnärrinnen.

›Hier kann man noch selbst so ein verrückter Heiliger werden! So etwas ist ansteckend!‹ dachte er.

»Lies!« rief er plötzlich eigensinnig und gereizt.

Sonja zögerte immer noch. Das Herz klopfte ihr heftig. Sie fand nicht den Mut dazu, ihm vorzulesen. Der Anblick der »unglücklichen Geisteskranken« schnitt ihm ins Herz.

»Was haben Sie denn davon? Sie glauben ja doch nicht daran?« flüsterte sie leise; sie konnte kaum atmen.

»Lies! Ich will es so!« wiederholte er hartnäckig. »Du hast doch deiner Freundin Lisaweta auch vorgelesen.«

Sonja schlug das Buch auf und suchte die Stelle. Die Hände zitterten ihr; es versagte ihr die Stimme. Zweimal fing sie an und konnte das erste Wort nicht aus der Kehle bekommen.

»Es lag aber einer krank, mit Namen Lazarus, von Bethanien«, brachte sie endlich mit Anstrengung hervor; aber hier brach ihre Stimme plötzlich mit einem unartikulierten Laute ab wie eine zu stark gespannte, zerreißende Saite. Sie bekam keine Luft, die Brust war ihr wie zusammengeschnürt.

Raskolnikow hatte bis zu einem gewissen Grade Verständnis dafür, warum es Sonja widerstrebte, ihm vorzulesen, und je mehr er es begriff, um so schärfer und gereizter bestand er auf seinem Verlangen. Er verstand recht wohl, wie schwer es ihr jetzt werden mußte, ihr ganzes seelisches Empfinden ans Licht zu bringen und zu enthüllen. Er verstand, daß diese Gefühle in der Tat bei ihr ein wirkliches und vielleicht schon seit langer Zeit gehütetes Geheimnis bildeten, vielleicht schon im Kindesalter, schon in der Zeit, da sie noch in der Familie lebte, neben dem unglücklichen Vater und der vor Kummer irrsinnig gewordenen Stiefmutter, mitten unter den hungrigen Kindern, bei sinnlosem Geschrei und ewigen Vorwürfen. Aber gleichzeitig erkannte er jetzt, und zwar mit Sicherheit, daß sie trotz der Beklemmung und der Beängstigung, die jetzt beim Beginn des Lesens an ihr sichtbar waren, doch gleichzeitig selbst von dem heißen Wunsche, vorzulesen, erfüllt war, und zwar gerade ihm vorzulesen, damit er, er es höre, und gerade jetzt – mochte nachher kommen, was da wollte!... Er hatte das in ihren Augen gelesen und aus ihrer schwärmerischen Erregung geschlossen!... Sie bezwang sich, unterdrückte den Krampf in der Kehle, der ihr beim ersten Verse die Stimme geraubt hatte, und las das elfte Kapitel aus dem Evangelium des Johannes weiter vor. So gelangte sie bis zum neunzehnten Verse:

»Und viele Juden waren zu Martha und Maria gekommen, sie zu trösten über ihren Bruder. Als Martha nun hörte, daß Jesus kommt, gehet sie ihm entgegen; Maria aber blieb daheim sitzen. Da sprach Martha zu Jesu: ›Herr, wärest du hier gewesen, mein Bruder wäre nicht gestorben. Aber ich weiß auch noch, daß, was du bittest von Gott, das wird dir Gott geben.«

Hier hielt sie wieder inne; sie merkte, daß ihr die Stimme wieder zittern und versagen werde, und schämte sich dessen...

»Jesus spricht zu ihr: ›Dein Bruder soll auferstehen.‹ Martha spricht zu ihm: ›Ich weiß wohl, daß er auferstehen wird in der Auferstehung am Jüngsten Tage.‹ Jesus spricht zu ihr: ›Ich bin die Auferstehung und das Leben. Wer an mich glaubet, der wird leben, ob er gleich stürbe. Und wer da lebet und glaubet an mich, der wird nimmermehr sterben. Glaubest du das?‹ Sie spricht zu ihm:« (und anscheinend nur unter Schmerzen Atem holend, las Sonja mit deutlicher, kräftiger Stimme, als ob sie selbst vor aller Ohren ein Bekenntnis ihres Glaubens ablegte) »›Herr, ja; ich glaube, daß du bist Christus, der Sohn Gottes, der in die Welt gekommen ist.«

Sie hielt einen Augenblick inne, hob schnell die Augen zu Raskolnikow, beherrschte sich aber sofort wieder und las weiter. Raskolnikow saß da und hörte, ohne sich zu regen, zu. Er wendete sich nicht zu der Vorleserin hin, sondern hatte den Ellbogen auf den Tisch gestützt und sah zur Seite. Nun waren sie bis zum zweiunddreißigsten Verse gelangt:

»Als nun Maria kam, da Jesus war, und sahe ihn, fiel sie zu seinen Füßen und sprach zu ihm: ›Herr, wärest du hier gewesen, mein Bruder wäre nicht gestorben!‹ Als Jesus sie sahe weinen und die Juden auch weinen, die mit ihr kamen, ergrimmte er im Geist und betrübte sich selbst und sprach: ›Wo habt ihr ihn hingelegt?‹ Sie sprachen zu ihm: ›Herr, komm und siehe es.‹ Und Jesu gingen die Augen über. Da sprachen die Juden: ›Siehe, wie hat er ihn so liebgehabt!‹ Etliche aber unter ihnen sprachen: ›Konnte, der dem Blinden die Augen aufgetan hat, nicht verschaffen, daß auch dieser nicht stürbe?«

Raskolnikow wandte sich zu ihr um und blickte sie aufgeregt an. Ja, richtig! Sie zitterte am ganzen Leibe in wirklichem, wahrem Fieber. Er hatte das erwartet. Sie näherte sich jetzt der Stelle, die von dem größten, unerhörten Wunder handelt, und das Gefühl eines gewaltigen Triumphes ergriff sie. Ihre Stimme wurde klangvoll wie Metall; Triumph und Freude klangen aus ihr heraus und verliehen ihr Kraft. Die Zeilen verwirrten sich vor ihrem Blicke, weil es ihr dunkel vor den Augen wurde; aber sie konnte das, was sie las, auswendig. Bei dem letzten Verse: »Konnte, der dem Blinden die Augen aufgetan hat«, hatte sie, die Stimme senkend, in heißer Erregung den Zweifel, den Vorwurf und den Tadel der ungläubigen, blinden Juden zum Ausdruck gebracht, die nun gleich, einen Augenblick darauf, wie vom Donner gerührt niederfallen, schluchzen und glauben würden... ›Auch er, auch er, der auch ein Verblendeter und Ungläubiger ist, auch er wird es jetzt gleich hören, auch er wird glauben, ja, ja! Jetzt gleich, jetzt gleich!‹ Dieser Gedanke zuckte ihr durch den Kopf, und sie zitterte vor freudiger Erwartung.

»Jesus aber ergrimmte abermal in sich selbst und kam zum Grabe. Es war aber eine Kluft, und ein Stein darauf gelegt. Jesus sprach: ›Hebt den Stein ab.‹ Spricht zu ihm Martha, die Schwester des Verstorbenen: ›Herr, er stinkt schon; denn er ist vier Tage gelegen.«

Sie legte einen starken Ton auf das Wort »vier«.

»Jesus spricht zu ihr: ›Hab ich dir nicht gesagt, so du glauben würdest, du solltest die Herrlichkeit Gottes sehen?‹ Da hoben sie den Stein ab, da der Verstorbene lag. Jesus aber hob seine Augen empor und sprach: ›Vater, ich danke dir, daß du mich erhöret hast. Doch ich weiß, daß du mich allezeit hörest; aber um des Volks willen, das umherstehet, sage ich es, daß sie glauben, du habest mich gesandt.‹ Da er das gesagt hatte, rief er mit lauter Stimme: ›Lazare, komm heraus!‹ Und der Verstorbene kam heraus« (sie las dies mit lauter, verzückter Stimme, bebend und fröstelnd, als sähe sie alles mit eigenen Augen vor sich), »gebunden mit Grabtüchern an Füßen und Händen und sein Gesicht verhüllet mit einem Schweißtuch. Jesus spricht zu ihnen: ›Löset ihn auf und lasset ihn gehen.‹ Viele nun der Juden, die zu Maria gekommen waren und sahen, was Jesus tat, glaubten an ihn.«

Weiter las sie nicht, und sie war auch nicht imstande dazu; sie machte das Buch zu und stand schnell vom Stuhle auf.

»Da ist die Geschichte von der Auferstehung des Lazarus zu Ende«, sagte sie stockend und mit finsterem Gesichte und stand nun regungslos da, zur Seite abgewandt; sie wagte vor Scham nicht die Augen zu ihm zu erheben. Ihr fieberhaftes Zittern dauerte noch fort. Das Licht in dem verbogenen Leuchter war schon ganz tief herabgebrannt und beleuchtete trübe in diesem ärmlichen Zimmer den Mörder und die Dirne, die sich so sonderbar zum Lesen des ewigen Buches zusammengefunden hatten. Es vergingen fünf Minuten oder noch mehr.

»Ich bin hergekommen, um mit dir über eine ernste Angelegenheit zu reden«, sagte Raskolnikow endlich laut mit düsterer Miene, erhob sich und trat zu ihr hin. Sie schaute auf und sah ihn schweigend an. Sein Blick war überaus finster; eine wilde Entschlossenheit sprach aus ihm.

»Ich habe mich heute von meinen Angehörigen getrennt«, sagte er, »von meiner Mutter und von meiner Schwester. Ich gehe nun nicht wieder zu ihnen; alle Bande, die mich mit ihnen verknüpften, habe ich zerrissen.«

»Warum?« fragte Sonja; sie war wie betäubt.

Ihre heutige Begegnung mit seiner Mutter und seiner Schwester hatte auf sie einen außerordentlichen Eindruck gemacht, der allerdings ihr selbst nicht recht klar war. Die Mitteilung, daß er mit ihnen völlig gebrochen habe, erfüllte sie mit Schrecken.

»Ich habe jetzt niemand auf der Welt als dich«, fügte er hinzu. »Laß uns unsern Weg zusammen gehen... Darum bin ich zu dir gekommen. Wir sind beide verflucht; so laß uns denn auch zusammen gehen.«

Seine Augen funkelten. ›Wie halb irrsinnig!‹ dachte nun Sonja ihrerseits.

»Wohin sollen wir denn gehen?« fragte sie angstvoll und wich unwillkürlich vor ihm zurück.

»Wie kann ich das wissen? Ich weiß nur, daß derselbe Weg vor uns liegt; das weiß ich sicher – weiter nichts. Wir haben das gleiche Ziel.«

Verständnislos sah sie ihn an. Sie verstand nur das eine, daß er tief unglücklich, grenzenlos unglücklich war.

»Wenn du zu andern Menschen so sprichst, wie du zu mir gesprochen hast, so wird dich niemand verstehen«, fuhr er fort, »aber ich habe dich verstanden. Du bist mir unentbehrlich; darum bin ich zu dir gekommen.«

»Ich verstehe Sie nicht«, flüsterte Sonja.

»Du wirst mich später verstehen. Hast du denn nicht das gleiche getan wie ich? Auch du bist über eine Grenze hinübergeschritten,... hast die Kraft besessen, hinüberzuschreiten. Du hast Hand an dich gelegt; du hast ein Leben vernichtet,... dein eigenes Leben; aber das macht keinen Unterschied. Du wärest befähigt, ein verständiges, sittlich gutes Leben zu führen, und wirst auf dem Heumarkt enden... Aber du kannst diesen Zustand nicht ertragen, und wenn du allein bleibst, so wirst du den Verstand verlieren, gerade wie ich. Du bist schon jetzt wie irrsinnig; also müssen wir beide zusammen gehen, denselben Weg! So laß es uns denn tun!«

»Aber warum, warum sagen Sie denn das alles?« rief Sonja, durch seine Worte in eine seltsame, stürmische Aufregung versetzt.

»Warum ich das sage? Weil es so nicht bleiben kann; darum! Wir müssen unsre Lage doch endlich ernsthaft und ohne Selbsttäuschung erwägen und nicht wie kleine Kinder weinen und schreien: ›Gott wird es nicht zulassen!‹ Nun also, was soll dann werden, wenn du wirklich morgen ins Krankenhaus gebracht wirst? Deine Stiefmutter ist irrsinnig und schwindsüchtig; die stirbt bald; und was wird dann aus den Kindern? Hältst du für möglich, daß Polenjka vor dem sittlichen Untergange bewahrt bleibt? Hast du denn nicht schon hier an den Straßenecken Kinder gesehen, die von ihren Müttern auf den Bettel ausgeschickt werden? Ich habe festgestellt, wo und in welcher Umgebung diese Mütter wohnen. Dort können die Kinder nicht Kinder bleiben. Da ist ein Knabe von sieben Jahren schon unsittlich und ein Dieb. Und doch sind die Kinder ein Ebenbild Christi: ›Ihrer ist das Himmelreich.‹ Er hat geboten, sie zu achten und zu lieben; sie sind die Menschheit der Zukunft...«

»Was soll ich denn tun? Was soll ich tun?« rief Sonja schluchzend und händeringend.

»Was du tun sollst? Niederreißen, was niedergerissen werden muß, ein für allemal, und das Leid auf dich nehmen! Du verstehst mich nicht? Später wirst du mich verstehen... Freiheit und Macht müssen wir erlangen, besonders Macht! Macht über die ganze zitternde Kreatur und über dieses ganze Ameisenvolk!... Das ist das Ziel! Vergiß das nicht! Das ist die Mahnung, die ich dir auf den Weg mitgebe. Vielleicht spreche ich mit dir jetzt zum letztenmal. Wenn ich morgen nicht zu dir kommen sollte, so wirst du anderweitig alles erfahren, und dann erinnere dich an meine jetzigen Worte. Und irgendeinmal, später, nach Jahren, im Laufe der Zeit, wirst du vielleicht auch verstehen, was sie bedeuteten. Sollte ich aber morgen zu dir kommen, so will ich dir sagen, wer Lisaweta getötet hat. Leb wohl!«

Sonja fuhr in jähem Schreck zusammen.

»Wissen Sie denn, wer sie getötet hat?« fragte sie ihn; sie war ganz starr vor Entsetzen und sah ihn verstört an.

»Ja, ich weiß es und werde es dir sagen... Dir, nur dir. Ich habe dich dazu erwählt. Ich werde nicht kommen, um dich um Verzeihung zu bitten, sondern ich werde es dir einfach sagen. Ich habe dich schon lange dazu erwählt, dir dies zu sagen; schon damals, als dein Vater mir von dir erzählte und als Lisaweta noch lebte, nahm ich es mir vor. Lebe wohl! Gib mir nicht die Hand! Auf morgen!«

Er ging hinaus. Sonja starrte den Hinausgehenden an wie einen Irrsinnigen; aber auch sie selbst war wie wahnsinnig und war sich dessen bewußt. Der Kopf schwindelte ihr. ›O Gott! Wie kann er wissen, wer Lisaweta getötet hat? Was haben diese Worte zu bedeuten? Es ist entsetzlich!‹

Aber auf den wahren Sinn kam sie nicht, mit keinem Gedanken. Oh, er mußte furchtbar unglücklich sein!... Von seiner Mutter und von seiner Schwester hatte er sich losgesagt. Warum? Was war vorgefallen? Und was hatte er nur vor? Was hatte er ihr doch noch gesagt? Er hatte ihr den Fuß geküßt und gesagt... gesagt... ja, ganz deutlich hatte er gesagt, er könne ohne sie nicht mehr leben... O Gott!

In Fieber und wirren Gedanken brachte Sonja die ganze Nacht zu. Von Zeit zu Zeit sprang sie auf, weinte und rang die Hände; dann versank sie wieder in fieberhaften Schlaf; sie träumte von Polenjka, von Katerina Iwanowna, von Lisaweta, vom Vorlesen aus dem Evangelium und von ihm,... von ihm mit dem bleichen Gesicht, mit den glühenden Augen,... und wie er ihr die Füße küßt und weint... O Gott!

Auf der andern Seite der Tür in der Wand rechts, eben der Tür, welche Sonjas Zimmer von der Wohnung der Frau Gertruda Karlowna Rößlich trennte, befand sich ein schon geraume Zeit leerstehendes Zimmer, das zu Frau Rößlichs Wohnung gehörte und zu vermieten war, wie das ein Papptäfelchen am Haustor und ein Zettel an einer Scheibe des nach dem Kanal hinausgehenden Fensters besagte. Sonja hatte sich schon seit langer Zeit daran gewöhnt, dieses Zimmer für unbewohnt zu halten. Indessen hatte während dieses ganzen Gespräches Herr Swidrigailow in dem leeren Zimmer an der Tür gestanden und heimlich zugehört. Als Raskolnikow sich entfernt hatte, blieb Herr Swidrigailow noch einen Augenblick überlegend stehen, dann ging er auf den Zehen in sein Zimmer, das neben dem leeren lag, holte von dort einen Stuhl und stellte ihn leise dicht an die Tür, die zu Sonjas Zimmer führte. Das Gespräch war ihm merkwürdig und interessant erschienen und hatte ihm ganz außerordentlich gefallen, so sehr, daß er sich sogar einen Stuhl hinstellte, um künftig, möglicherweise schon morgen, nicht wieder die Unbequemlichkeit zu haben, eine ganze Stunde lang stehen zu müssen; er wollte sich die Sache bequemer einrichten, um das Vergnügen ungestört auskosten zu können.

V

Als Raskolnikow am andern Morgen pünktlich um elf Uhr in dem Polizeigebäude des... schen Bezirks in die Räume des Untersuchungskommissars eingetreten war und sich bei Porfirij Petrowitsch hatte melden lassen, wunderte er sich, wie lange er warten mußte: es dauerte mindestens zehn Minuten, bis er gerufen wurde. Und er hatte geglaubt, man würde, sowie er nur käme, unverzüglich über ihn herfallen. Aber er stand im Wartezimmer, und es kamen und gingen Leute an ihm vorüber, denen er allem Anschein nach völlig gleichgültig war. Im folgenden Zimmer, das den Eindruck einer Kanzlei machte, saßen einige Schreiber bei ihrer Arbeit, und es war augenscheinlich, daß keiner von ihnen auch nur eine Ahnung hatte, wer und was Raskolnikow sei. Mit unruhigem, argwöhnischem Blicke schaute er sich um, um sich zu vergewissern, ob nicht ein Polizist in seiner Nähe sei, ein geheimer Wächter, der den Auftrag habe, auf ihn aufzupassen, damit er nicht davonginge. Aber er konnte nichts dergleichen entdecken: er sah nur die Kanzlisten mit ihrem kleinlichen Tun und Treiben und sonst noch einige Leute; aber niemand kümmerte sich um ihn; er hätte ohne weiteres auf und davon gehen können. Immer mehr festigte sich in ihm der Gedanke, daß, wenn dieser rätselhafte Mensch von gestern, dieses aus der Erde aufgetauchte Gespenst, wirklich alles gesehen und gewußt hätte, man ihn, Raskolnikow, hier gewiß nicht so ruhig stehen und warten lassen würde. Und sicherlich hätte man heute nicht so lange gewartet, bis es ihm selbst belieben würde herzukommen. Es ergab sich also als Resultat: entweder hatte dieser Mensch noch keine Anzeige erstattet, oder... oder... auch er wußte einfach nichts und hatte nichts mit eigenen Augen gesehen (und wie war es denn auch möglich, daß er etwas gesehen hätte?), und folglich war dieses ganze Erlebnis, das er, Raskolnikow, gestern gehabt hatte, in der Hauptsache wieder nur ein Wahngebilde, welches seine überreizte, kranke Phantasie erzeugt hatte. Der Gedanke, daß die Sache so zu erklären sei, hatte sogar schon gestern während der ärgsten Beunruhigung und Verzweiflung angefangen, sich in ihm festzusetzen. Während er alles dies jetzt nochmals durchdachte und sich zu einem neuen Kampf erlistete, fühlte er auf einmal, daß er zitterte – und eine heiße Empörung wallte in ihm auf bei dem Gedanken, daß er wohl gar aus Furcht vor dem verhaßten Porfirij Petrowitsch zittere. Das Schrecklichste, was ihm begegnen konnte, war für ihn, nochmals mit diesem Menschen zusammenzukommen; er haßte ihn maßlos, grenzenlos und fürchtete sogar, sein Haß könnte schuld daran werden, daß er sich eine Blöße gäbe. Und so heftig war seine Empörung, daß sie dem Zittern sofort ein Ende machte; er machte sich bereit, mit kalter, dreister Miene einzutreten, und nahm sich fest vor, nach Möglichkeit zu schweigen, zu beobachten und zuzuhören und wenigstens diesmal um jeden Preis seine krankhafte Reizbarkeit zu überwinden. In diesem Augenblicke wurde er zu Porfirij Petrowitsch hereingerufen.

Er fand Porfirij Petrowitsch in seinem Arbeitszimmer allein. Das Zimmer war von mittlerer Größe; es standen darin: ein großer Schreibtisch, ein mit Wachstuch bezogenes Sofa mit einem Tisch davor, ein Eckschrank und einige Stühle, lauter fiskalische Möbel aus gelbem, poliertem Holze. In der Hinterwand, die nur von einem Bretterverschlag gebildet wurde, befand sich nach der einen Ecke zu eine geschlossene Tür; also mußten noch andre Zimmer dahinter liegen. Nach Raskolnikows Eintritt schloß Porfirij Petrowitsch sofort die Tür, durch die dieser hereingekommen war, so daß sie allein waren. Er bewillkommnete den Besucher anscheinend in heiterster Stimmung und mit freundlichster Miene, und erst einige Minuten darauf glaubte Raskolnikow an gewissen Anzeichen eine Art von Verlegenheit bei ihm zu bemerken, als sei ihm etwas in die Quere gekommen oder als sei er bei irgendwelcher Heimlichkeit ertappt worden.

»Ah, Verehrtester, da sind Sie ja auch... in unserm Reiche...«, begann Porfirij und streckte ihm beide Hände entgegen. »Nun, setzen Sie sich, Väterchen! Oder vielleicht mögen Sie es nicht gern, daß man Sie... so tout court... Verehrtester und Väterchen nennt? Halten Sie es bitte nicht für Zudringlichkeit! Bitte hierher, auf das Sofa!«

Raskolnikow setzte sich, ohne die Augen von ihm abzuwenden.

»In unserm Reiche«, die Entschuldigung wegen der familiären Anrede, die französische Phrase tout court und andres mehr, das waren alles charakteristische Anzeichen. ›Er hat mir zwar beide Hände entgegengestreckt, mir aber keine Hand gereicht, sondern sie noch rechtzeitig zurückgezogen‹, fuhr es ihm argwöhnisch durch den Kopf. Beide beobachteten sich wechselseitig; aber sobald sich ihre Blicke begegneten, wandten sie sie beide blitzschnell voneinander ab.

»Ich bringe Ihnen hier die Eingabe wegen der Uhr,... hier, bitte. Ist es richtig, wie ich sie aufgesetzt habe, oder soll ich sie noch einmal umschreiben?«

»Was? Ach, die Eingabe! Nein, es ist alles in Ordnung, alles in Ordnung, seien Sie unbesorgt, alles ganz wunderschön!« erwiderte Porfirij Petrowitsch hastig, als müßte er schnell weg, und nahm erst nach diesen Worten das Schriftstück in die Hand und sah es durch. »Ja, es ist wunderschön; weiter ist nichts erforderlich«, bestätigte er nochmals mit der gleichen Zungenfertigkeit und legte das Schreiben auf den Sofatisch.

Eine Minute später, als er bereits von etwas anderem sprach, nahm er es wieder vom Sofatische weg und trug es nach dem Schreibtische hinüber.

»Sie sagten ja wohl gestern, daß Sie mich in aller Form zu vernehmen wünschten... über meine Bekanntschaft mit dieser ermordeten Frau?« begann Raskolnikow.

›Warum habe ich nur dieses »ja wohl« eingeschaltet?‹ durchzuckte es ihn. ›Na, warum beunruhige ich mich so darüber, daß ich dieses »ja wohl« eingeschaltet habe?‹ folgte ein zweiter Gedanke blitzschnell nach.

Und plötzlich kam es ihm zum Bewußtsein, daß seine Zweifelsucht infolge des bloßen Zusammenseins mit Porfirij, infolge einiger weniger Worte, einiger weniger Blicke bereits in einem Augenblicke zu ungeheuerlichen Dimensionen herangewachsen sei... und daß es enorm gefährlich sei, wenn in solcher Art die Reizbarkeit der Nerven zunehme und die Aufregung steige. ›Schlimm! Schlimm!... Die Zunge wird mir wieder durchgehen!‹

»Ja, ja, ja! Seien Sie unbesorgt! Die Sache hat ja Zeit, viel Zeit«, murmelte Porfirij Petrowitsch; er ging, anscheinend zwecklos, neben dem Sofatische hin und her; dann wieder lief er zum Fenster, dann zum Schreibtisch, dann wieder zum Sofatisch; bald wich er Raskolnikows argwöhnischem Blicke aus, bald blieb er auf einem Fleck stehen und starrte ihm gerade ins Gesicht.

Ganz wunderlich nahm sich dabei seine kleine, dicke, runde Figur aus, wie ein großer Gummiball, der bald nach dieser, bald nach jener Seite hinrollt und immer gleich wieder von allen Wänden und Ecken zurückprallt.

»Das hat ja noch Zeit, das hat ja noch Zeit!... Rauchen Sie? Haben Sie bei sich? Bitte, da ist eine Zigarette!« fuhr er fort, indem er seinem Gaste eine Zigarette reichte. »Wissen Sie, ich empfange Sie hier; meine Wohnung liegt da auf der andern Seite der dünnen Wand,... eine Dienstwohnung; aber ich benutze jetzt einstweilen eine Privatwohnung. Es waren hier ein paar Reparaturen nötig. Jetzt ist alles fast in Ordnung. Eine Dienstwohnung, wissen Sie, das ist doch eine prächtige Sache, nicht wahr? Meinen Sie nicht auch?«

»Ja, das ist eine prächtige Sache«, erwiderte Raskolnikow und blickte ihn beinahe spöttisch an.

»Eine prächtige Sache, eine prächtige Sache«, sagte Porfirij Petrowitsch mehrmals hintereinander, als ob er auf einmal an etwas ganz anderes dächte. »Ja, eine prächtige Sache!« rief er zuletzt sehr laut, richtete plötzlich seine Blicke auf Raskolnikow und blieb zwei Schritte von ihm entfernt stehen.

Diese mehrmalige törichte Wiederholung, daß eine Dienstwohnung eine prächtige Sache sei, bildete in ihrer Plattheit einen schroffen Widerspruch zu dem ernsten, nachdenklichen, rätselhaften Blicke, den er jetzt auf dem Besucher ruhen ließ.

Dadurch wurde Raskolnikows Wut noch mehr ins Kochen gebracht, und er konnte eine spöttische und recht unvorsichtige Herausforderung nicht mehr zurückhalten:

»Wissen Sie was?« fragte er, indem er ihn dreist anblickte und einen wahren Genuß von seiner Dreistigkeit hatte. »Es gibt ja doch wohl bei der Justiz für alle möglichen Untersuchungsbeamten eine Regel, einen Kniff: zuerst weit auszuholen, mit Kleinigkeiten anzufangen oder auch mit etwas Ernsthaftem, aber völlig Fremdartigem, um den, der verhört werden soll, sozusagen zu ermutigen oder, richtiger ausgedrückt, zu zerstreuen und seine Vorsicht einzuschläfern, und ihn dann auf einmal, wenn er es am wenigsten erwartet, durch eine verhängnisvolle, gefährliche Frage, wie durch einen Knüttelschlag gerade auf den Scheitel, zu betäuben; nicht wahr? Das wird ja wohl in allen Leitfäden und Anweisungen bis auf den heutigen Tag als eine besondere Weisheit eingeschärft?«

»Ganz richtig, ganz richtig... Also Sie meinen, ich hätte Sie durch das von der Dienstwohnung... hm... ja?« Nach diesen Worten kniff Porfirij Petrowitsch die Augen zusammen und zwinkerte ihm zu; ein vergnügter, schlauer Ausdruck huschte über sein Gesicht; die Falten auf seiner Stirn glätteten sich; die Äuglein wurden ganz klein; das ganze Gesicht zog sich in die Breite; und plötzlich brach er in ein nervöses, lange anhaltendes Lachen aus, wobei er den ganzen Körper hin und her wiegte und schwankte, seinem Besucher aber gerade in die Augen blickte. Dieser begann, sich etwas Zwang antuend, selbst zu lachen. Aber als nun bei diesem Anblick Porfirij Petrowitsch in einen solchen Lachkrampf hineingeriet, daß er ganz blaurot wurde, da gewann bei Raskolnikow der Widerwille die Oberhand über die Vorsicht; er hörte auf zu lachen, machte ein finsteres Gesicht und richtete einen langen, haßerfüllten Blick auf

Porfirij, so daß er während der ganzen Dauer dieses ununterbrochenen Lachens, das, wie mit Absicht, gar nicht enden zu wollen schien, die Augen nicht von ihm abwandte. Ein Mangel an Vorsicht war übrigens auf beiden Seiten deutlich; denn Porfirij Petrowitsch lachte ja ganz unverhohlen seinem Gaste ins Gesicht, obgleich dieser das Lachen mit haßerfüllter Miene aufnahm, und wurde darüber in keiner Weise verlegen. Dieser letztere Umstand war für Raskolnikow von Wichtigkeit zur Beurteilung der Sachlage: er sagte sich nun, daß Porfirij Petrowitsch sicherlich auch vorhin durchaus nicht verlegen gewesen sei, sondern im Gegenteil er selbst, Raskolnikow, wohl in eine Falle hineingeraten sei, daß hier offenbar etwas vorhanden sei, wovon er nichts wisse, irgendeine besondere Absicht, daß vielleicht alles schon vorbereitet sei und sich im nächsten Augenblick enthüllen und entladen werde.

Er wollte der Gefahr sofort entgegentreten; darum stand er auf und griff nach seiner Mütze.

»Porfirij Petrowitsch«, begann er in entschlossenem Tone, der aber sehr gereizt klang, »Sie sprachen gestern den Wunsch aus, ich möchte zum Zwecke eines Verhörs zu Ihnen kommen.« (Er legte besonderen Nachdruck auf das Wort Verhör.) »Ich bin gekommen, und wenn Sie etwas wissen wollen, so fragen Sie mich; andernfalls gestatten Sie mir, mich zu entfernen. Ich habe keine Zeit; ich bin in Anspruch genommen... Ich muß der Beerdigung jenes überfahrenen Beamten beiwohnen, von dem Sie... ja auch bereits wissen...«, fügte er hinzu, ärgerte sich aber sofort über diesen Zusatz und wurde nun noch gereizter. »Mir ist diese ganze Geschichte zum Ekel geworden, hören Sie, und zwar schon längst,... auch meine Krankheit rührte zum Teil davon her... Kurz«, fuhr er beinahe schreiend fort, da er sich bewußt wurde, daß die Bemerkung über die Krankheit noch weniger am Platze gewesen war, »kurz, seien Sie so gut, mich entweder zu befragen oder zu entlassen, aber sofort,... und wenn Sie mich befragen wollen, dann nur in aller Form! Auf eine andre Art der Befragung werde ich nicht eingehen; und darum sage ich Ihnen einstweilen Lebewohl, da wir beide augenblicklich miteinander nichts zu schaffen haben.«

»Um des Himmels willen, was haben Sie denn nur! Worüber soll ich Sie denn vernehmen?« begann Porfirij Petrowitsch plötzlich einen eifrigen Redeschwall, änderte sofort Ton und Miene und hörte im Nu auf zu lachen. »Bitte, regen Sie sich doch nicht auf!« Er entwickelte eine unruhige Geschäftigkeit, indem er bald wieder hin und her rannte, bald Raskolnikow einlud, doch wieder Platz zu nehmen. »Die Sache hat ja Zeit, die Sache hat ja Zeit, und es sind ja doch nur Kleinigkeiten! Ich bin vielmehr so froh, daß Sie endlich einmal zu mir gekommen sind... Ich betrachte Ihr Hiersein als einen freundlichen Besuch. Und wegen dieses verdammten Lachens bitte ich Sie um Entschuldigung, Väterchen Rodion Romanowitsch! Rodion Romanowitsch, so ist doch wohl Ihr Name? Ich bin ein nervöser Mensch; Sie haben mich durch Ihre witzige Bemerkung arg zum Lachen gereizt; manchmal muß ich so lachen, daß mir der Leib schüttert, als ob er aus Gummielastikum wäre, wahrhaftig, eine halbe Stunde lang. Ich bin nun einmal so lachlustig. Bei meiner Konstitution kann ich dabei sogar eines Schlaganfalls gewärtig sein. Aber so setzen Sie sich doch, was haben Sie denn!... Bitte, Väterchen, sonst muß ich ja denken, daß Sie es mir übelgenommen haben...«

Raskolnikow schwieg, hörte und beobachtete, immer noch mit zornigem, finsterem Gesichte. Doch er setzte sich wieder hin, legte aber die Mütze nicht aus der Hand.

»Ich mochte Ihnen, Väterchen Rodion Romanowitsch, etwas über mich selbst mitteilen, sozusagen, um Ihnen mein Wesen verständlich zu machen, fuhr Porfirij Petrowitsch fort; er hastete wieder durch das Zimmer und vermied es, wie vorher, dem Blicke des Besuchers zu begegnen. »Sehen Sie, ich bin Junggeselle, ohne weltmännischen Schliff; ich lebe so still für mich; meine Entwicklung ist bereits zum Stillstand gelangt, ich bin starr geworden, sozusagen in Samen geschossen, und... und... und ist es Ihnen vielleicht auch schon aufgefallen, Rodion Romanowitsch, daß bei uns, ich meine bei uns in Rußland und ganz besonders in unsern Petersburger Kreisen, wenn zwei verständige Menschen zusammenkommen, die miteinander noch nicht näher bekannt sind, aber sich doch sozusagen wechselseitig achten, so wie wir beide jetzt – daß es dann eine gute halbe Stunde dauert, bis sie ein Gesprächsthema finden; sie sitzen sich steif gegenüber und genieren sich einer vor dem andern. Alle andern Leute haben immer einen Gesprächsstoff parat; die Damen zum Beispiel,... die Lebemänner zum Beispiel, die feinen Leute, alle haben sie immer etwas zum Reden, c'est de rigueur; aber Leute aus der Mittelschicht, so wie wir, sind immer verlegen und wortkarg,... ich meine: denkende Menschen. Woher mag das kommen, Väterchen? Haben wir keine gemeinsamen Interessen, oder sind wir so ehrlich, daß wir einander nichts vormachen mögen? Ich weiß es nicht. Nun, wie denken Sie darüber? Aber legen Sie doch Ihre Mütze beiseite; das sieht ja so aus, als wären Sie auf dem Sprunge fortzugehen; das macht sich ja so ungemütlich... Und ich freue mich doch so sehr...«

Raskolnikow legte die Mütze hin, fuhr aber fort, zu schweigen und mit ernstem, finsterem Gesichte Porfirijs leeres, wirres Geschwätz anzuhören. ›Ob er wirklich durch sein dummes Geschwätz meine Aufmerksamkeit ablenken will?‹ dachte er.

»Ich biete Ihnen keinen Kaffee an; es ist hier nicht der Ort dazu«, plauderte Porfirij ohne Unterbrechung weiter. »Aber warum sollte man nicht mal fünf Minuten mit einem Freunde zusammensitzen und sich ein bißchen zerstreuen? Und wissen Sie, alle diese dienstlichen Obliegenheiten... Aber nehmen Sie es mir nicht übel, Väterchen, daß ich immer so auf und ab wandere; entschuldigen Sie, Väterchen, ich möchte in keiner Weise unhöflich gegen Sie sein; aber es ist geradezu eine Notwendigkeit für mich, daß ich mir Bewegung mache. Ich sitze fortwährend und freue mich darum sehr, wenn ich einmal fünf Minuten lang umherwandern kann,... Hämorrhoiden,... ich habe schon immer vor, mich durch systematisches Turnen zu kurieren; man sagt, daß Staatsräte, Wirkliche Staatsräte und sogar Geheimräte mit Vergnügen Springübungen vornehmen; da sieht man, wie die hygienische Wissenschaft... in unserm Jahrhundert... ja, ja... Und was diese dienstlichen Obliegenheiten anlangt, diese Verhöre und all diese Formalitäten,... Sie erwähnten ja soeben selbst etwas von Verhören, Väterchen,... so müssen Sie wissen, Väterchen Rodion Romanowitsch, diese Verhöre machen manchmal den Verhörenden selbst konfuser als den Verhörten... Das war vorhin eine überaus richtige und scharfsinnige Bemerkung von Ihnen, Väterchen.« (Raskolnikow hatte keine derartige Bemerkung gemacht.) »Man wird ganz wirr im Kopfe, wahrhaftig ganz wirr! Und immer ein und dasselbe, immer ein und dasselbe, wie bei einer Maschine. Na, jetzt ist ja nun eine Reform im Werke, und da werden wir doch wenigstens andre

Amtstitulaturen bekommen, he-he-he! Na, und hinsichtlich unsrer Kniffe bei der Justiz (wie Sie sich vorhin sehr geistreich ausdrückten), da bin ich voll und ganz Ihrer Ansicht. Aber sagen Sie selbst, welcher Angeklagte, und wäre es der einfältigste Bauer, wüßte das nicht, daß man anfangs mit weit hergeholten Fragen seine Vorsicht einzuschläfern sucht (um Ihren glücklich gewählten Ausdruck zu gebrauchen) und ihn dann plötzlich durch einen Knüttelschlag gerade auf den Scheitel betäuben will, he-he-he! gerade auf den Scheitel, das war ein sehr glücklicher Vergleich, dessen Sie sich da bedienten! He-he! Also da haben Sie wirklich gedacht, ich hätte vor, Sie durch die Reden von der Dienstwohnung... he-he! Was sind Sie für ein Spötter! Na, ich tu's nicht wieder! Ach ja, dabei fällt mir ein, ein Wort gibt ja das andre, und ein Gedanke knüpft sich an den andern, Sie haben da vorhin auch von der gesetzlichen Form gesprochen, wissen Sie, in bezug auf Verhöre. Na, wozu denn immer in aller gesetzlichen Form! Wissen Sie, die gesetzliche Form ist dabei oft der reine Unsinn. Manchmal, wenn man nur so ganz freundschaftlich mit einem redet, ist das doch viel vorteilhafter. Die gesetzliche Form läuft einem ja nicht davon; gestatten Sie, daß ich Sie darüber beruhige; ja, und was hat denn auch eigentlich die gesetzliche Form für eine Bedeutung, möchte ich Sie fragen? Durch die gesetzliche Form darf man sich, wenn man eine Untersuchung führt, nicht auf Schritt und Tritt hemmen lassen. Die Tätigkeit eines Untersuchungskommissars ist doch, um mich so auszudrücken, eine freie Kunst in ihrer Art – oder so etwas Ähnliches... he-he-he!«

Porfirij Petrowitsch hielt für einen Augenblick inne, um wieder Atem zu schöpfen. Er redete immer in einem Zuge, ohne müde zu werden; bald waren es sinnlose, leere Redensarten; dann streute er auf einmal dunkle Andeutungen dazwischen und geriet sofort wieder in das sinnlose Gerede hinein. Sein Hin- und Herwandern im Zimmer glich schon beinahe einem Lauf; immer schneller und schneller bewegten sich seine dicken Beinchen; dabei blickte er immer auf den Fußboden; die rechte Hand hielt er auf dem Rücken; die linke schwenkte er fortwährend in der Luft umher und vollführte mit ihr allerlei Gestikulationen, die aber jedesmal auffallend wenig zu seinen Worten paßten. Raskolnikow bemerkte plötzlich, daß er bei seinem Umherlaufen im Zimmer ein paarmal an der Eingangstür stehenblieb, nur einen Augenblick, und auf etwas zu horchen schien...

›Wartet er vielleicht auf etwas?‹ dachte er.

»Und darin haben Sie wirklich vollkommen recht«, fuhr Porfirij wieder fort und blickte dabei Raskolnikow heiter und mit ganz besonderer Gutmütigkeit an (dieser bekam ordentlich einen Schreck darüber und setzte sich schleunigst wieder in Bereitschaft), »wirklich vollkommen recht, daß Sie sich über das Formenwesen bei der Justiz in so geistreicher Weise lustig machten, he-he! Diese unsre Kniffe, von denen manche mit solchem psychologischen Tiefsinn ausgeklügelt sind, sind höchst lächerlich, ja vielleicht sogar ganz wertlos, wenn man sich dabei zu sehr an die Form bindet. Ja,... ich komme wieder auf die gesetzliche Form zu reden: also wenn ich in einer Sache, die mir übertragen ist, den einen oder den andern für den Täter halte oder, besser gesagt, im Verdacht habe... Sie studieren ja doch Jura, Rodion Romanowitsch?«

»Das habe ich allerdings getan.«

»Nun also, da möchte ich Ihnen, um mich so auszudrücken, ein kleines Beispiel für Ihre zukünftige Praxis anführen – das heißt, glauben Sie nicht etwa, daß ich mir herausnehme, Sie belehren zu wollen: Sie lassen ja selbst so schöne Aufsätze über Verbrechen drucken! Nein, ich möchte Ihnen nur ganz ohne solche Absicht, als einen faktischen Fall, ein kleines Beispiel anführen. Also wenn ich zum Beispiel den einen oder den andern für den Täter halte, warum soll ich, frage ich Sie, ihn vor dem richtigen Zeitpunkt beunruhigen, auch wenn ich Indizien gegen ihn in der Hand habe? Manchen muß ich ja allerdings so schnell wie möglich festnehmen; aber ein andrer hat wieder einen ganz andern Charakter, im Ernst; also warum soll ich ihm da nicht gestatten, noch ein bißchen in der Stadt spazierenzugehen, he-he-he! Nein, wie ich sehe, verstehen Sie noch nicht ganz, wie ich es meine; darum will ich es Ihnen noch deutlicher auseinandersetzen: wenn ich ihn nämlich zu früh festnehme, so gebe ich ihm dadurch womöglich noch sozusagen eine moralische Stütze, he-he! Ja, Sie lachen?« (Raskolnikow dachte gar nicht daran, zu lachen; er saß mit zusammengepreßten Lippen da und wandte seinen glühenden Blick nicht einen Moment von Porfirijs Augen ab.) »Aber es verhält sich doch so, besonders bei gewissen Individuen; denn die Menschen sind sehr verschiedenartig, und die Hauptsache bleibt doch immer die praktische Erfahrung. Nun werden Sie mir vielleicht einwenden: die Beweisstücke! Aber angenommen, es sind Beweisstücke vorhanden, so haben doch Beweisstücke größtenteils ihre zwei Seiten, Väterchen, und ich als Untersuchungskommissar, also als schwacher Mensch, muß gestehen: ich möchte die Schlußfolgerung gern sozusagen mit mathematischer Klarheit hinstellen, damit sie so sicher ist wie zweimal zwei gleich vier und einen direkten und unbestreitbaren Beweis bildet. Wenn ich ihn aber vor der rechten Zeit festnehme (mag ich auch fest überzeugt sein, daß er es gewesen ist), so beraube ich mich vielleicht selbst der Mittel zu seiner weiteren Überführung. Inwiefern? Weil ich ihn sozusagen in eine genau bestimmte Situation hineinversetze, ihm in seelischer Hinsicht sozusagen ein Fundament gebe und ihn zur Ruhe kommen lasse; da wird er sich dann vor mir in seine Schale verkriechen: er wird sich eben endlich darüber klar, daß er Gefangener ist. So erzählt man, daß gleich nach der Schlacht an der Alma kluge Leute in Sewastopol eine Heidenangst hatten, der Feind könnte jeden Augenblick mit offener Gewalt einen Angriff machen und Sewastopol mit einem Schlage einnehmen; aber als sie sahen, daß der Feind eine regelrechte Belagerung vorzog und die erste Parallele eröffnete, da sollen sich die klugen Leute gefreut und beruhigt haben; sie sagten sich nämlich: nun dauert die Sache mindestens noch zwei Monate; denn schneller führt eine regelrechte Belagerung nicht zur Einnahme. Sie lachen wieder, wollen mir wieder nicht glauben? Gewiß, auch Sie haben recht, haben ganz recht, ganz recht! Ich bin mit Ihnen ganz derselben Meinung: das sind lauter Einzelfälle; was ich anführte, ist tatsächlich nur ein Einzelfall! Aber, bester Rodion Romanowitsch, dabei muß man doch beachten, daß es jenen allgemeinen, typischen Fall, auf den alle gesetzlichen Formen und Regeln bei der Justiz zugeschnitten sind und auf Grund dessen man sie konstruiert und in den Handbüchern aufgezeichnet hat – daß es den überhaupt nicht gibt, eben deswegen, weil jede Tat, zum Beispiel jedes Verbrechen, sowie es in der Wirklichkeit vorkommt, sich sofort auch in einen völlig singulären Fall verwandelt und mitunter geradezu in einen, wie er vorher noch nie dagewesen ist. In der

Art kommen manchmal höchst komische Sachen vor. Wenn ich nun irgendeinen Herrn ganz unbehelligt lasse, ihn nicht festnehme und nicht belästige, aber er muß zu jeder Stunde und in jeder Minute wissen oder wenigstens argwöhnen, daß ich alles, sein ganzes Geheimnis, weiß, ihn bei Tag und Nacht beobachte, ihn unermüdlich überwache, und er muß diesen Argwohn und diese Furcht fortwährend in seinem Bewußtsein herumtragen: weiß Gott, da wird ihm zuletzt schwindlig werden, ganz bestimmt, und er wird von selbst zu mir kommen und vielleicht gar noch etwas anstellen, was den Schuldbeweis sozusagen als einen mathematisch zwingenden erscheinen läßt – und das ist dann doch sehr angenehm. Das kann sowohl einem tölpeligen Bauern passieren als auch einem von unserm Schlage, jemandem, der eine moderne Bildung besitzt und seinen Geist nach einer bestimmten Richtung hin noch besonders entwickelt hat, und so einem erst recht! Darum, Verehrtester, ist es sehr wichtig, zu wissen, nach welcher Richtung hin sich jemand entwickelt hat. Und dann die Nerven, die Nerven! Die hatten Sie ja ganz und gar vergessen! Diese ganze Generation heutzutage ist ja krank, mager, reizbar! Aber Galle, Galle haben sie alle ein gehöriges Quantum! Ich kann Ihnen sagen, das ist in manchen Fällen die beste Unterstützung für den Untersuchungskommissar! Und welchen Anlaß habe ich, mich darüber zu beunruhigen, daß er in der Stadt frei umhergeht? Mag er doch, mag er doch vorläufig noch ein bißchen spazierengehen, immerzu; ich weiß ja auch ohnedies, daß er mein Opfer ist und mir nicht davonläuft! Ja, und wo soll er auch hinflüchten, he-he-he! Etwa ins Ausland? Ein Pole würde ins Ausland flüchten, aber er nicht, um so weniger, da ich ihn beobachte und meine Maßregeln getroffen habe. Oder soll er im Inlande nach einem Dorfe oder sonst einem kleinen Neste fliehen? Aber da wohnen Bauern, die richtigen, armen und einfältigen russischen Bauern, und ein Mensch mit moderner Bildung wird, wenn er die Wahl hat, lieber ins Gefängnis gehen als mit unsern Bauern zusammenwohnen, mit denen für ihn gar keine Verständigung möglich ist, he-he-he! Und all das ist noch das wenigste, das sind nur äußere Gründe. Was heißt das: ›er wird fliehen‹? Dabei denkt man an die äußere Handlung; aber das ist gar nicht die Hauptsache. Nicht bloß deswegen wird er mir nicht davongehen, weil er keinen Ort hat, wohin er flüchten könnte; er wird mir psychologisch nicht davongehen, he-he-he! Ein feiner Ausdruck, was? Einem Naturgesetze zufolge wird er mir nicht davongehen, selbst wenn er einen Ort hätte, wohin er fliehen könnte. Haben Sie schon einmal einen Schmetterling in der Nähe einer brennenden Kerze gesehen? Na, ganz so wird auch er immerzu, immerzu um mich wie um eine Kerze herumkreisen; die Freiheit wird ihm zuwider werden; er wird melancholisch und konfus werden, sich selbst wie in einem Netze verwickeln und sich zu Tode ängstigen!... Und noch mehr: er selbst wird mir gleichsam einen evidenten mathematischen Beweis zurechtmachen, wenn ich ihm nur die erforderliche Zeit lasse.... Und unaufhörlich, unaufhörlich wird er um mich Kreise beschreiben, mit immer kleinerem Radius; und bauz! fliegt er mir gerade in den Mund, und ich verschlucke ihn. Und das ist doch sehr angenehm, he-he-he! Sie glauben mir nicht?«

Raskolnikow antwortete nicht; er saß blaß und regungslos da und blickte die ganze Zeit über mit demselben gespannten Ausdruck dem andern ins Gesicht.

›Eine gute Lektion!‹ dachte er fröstelnd. ›Das ist ja ganz anders als gestern, wo er Katze und Maus mit mir spielte. Und daß er mir seine Macht zeigt und mir die Antworten in den Mund legt, das tut er sicher nicht, ohne sich einen Nutzen davon zu versprechen; dazu ist er zu klug... Da steckt eine bestimmte Absicht dahinter, aber welche? Ach, Unsinn, Brüderchen, das ist nur so eine List von dir, du willst mich ins Bockshorn jagen. Du hast keine Beweise in Händen, und der Mensch von gestern existiert in Wirklichkeit gar nicht! Du willst mich bloß aus der Fassung bringen, mich zu einer Übereilung reizen und mich in diesem Zustande überrumpeln; aber du verrechnest dich, es wird dir nicht gelingen! es wird dir nicht gelingen! Aber warum legt er mir eigentlich in dieser Weise die Antworten in den Mund? Ja, warum?... Er rechnet wohl auf meine kranken Nerven!... Nein, Brüderchen, du irrst dich, es wird dir nicht gelingen, obgleich du noch irgend etwas im Schilde führst. Nun, wir wollen einmal sehen, was das eigentlich ist.‹

Er nahm all seine Kraft zusammen, um sich auf eine furchtbare, unbekannte Katastrophe vorzubereiten. Zeitweilig hatte er die größte Lust, sich auf Porfirij zu stürzen und ihn auf dem Fleck zu erwürgen; schon als er eintrat, hatte er befürchtet, daß ihn diese Wut überkommen würde. Er fühlte, daß seine Lippen glühten, sein Herz heftig klopfte, die Feuchtigkeit auf den Lippen vertrocknet war. Dennoch entschied er sich dafür zu schweigen und vor der Zeit kein Wort zu sagen. Er sah ein, daß das in seiner Lage die beste Taktik war, weil er dann nicht nur seinerseits übereilte Äußerungen vermeiden, sondern auch noch durch sein Schweigen den Feind reizen würde; vielleicht würde dann sogar dieser ihm gegenüber sich unbedachte Worte entschlüpfen lassen. Wenigstens hoffte Raskolnikow darauf.

»Nein, ich sehe, Sie glauben mir nicht; Sie denken immer, daß ich Ihnen harmlose Späßchen vormache«, fuhr Porfirij fort; er wurde immer vergnügter, kicherte unaufhörlich vor Lustigkeit und fing wieder an, im Zimmer herumzulaufen. »Gewiß, Sie haben ja ein Recht dazu, das zu denken; schon meine ganze Figur ist von Gott so gebaut, daß sie andre Leute zum Lachen bringt; ich bin der geborene Komiker; aber eines möchte ich Ihnen doch sagen und nochmals wiederholen: Sie, Väterchen Rodion Romanowitsch, sind noch ein junger Mensch (nehmen Sie es mir als älterem Manne nicht übel, was ich da sage), Sie stehen noch im ersten Jugendalter, und darum achten Sie, wie das ja alle jungen Leute zu tun pflegen, den menschlichen Verstand über alles. Das rege Spiel eines scharfen Verstandes und die abstrakten Schlüsse der Vernunft haben für Sie etwas Verführerisches. Darin haben Sie eine frappante Ähnlichkeit zum Beispiel mit dem früheren österreichischen Hofkriegsrat, das heißt, soweit ich über militärische Dinge urteilen kann: auf dem Papier schlugen sie Napoleon gründlich und nahmen ihn gefangen; sie hatten sich schon in ihrem Arbeitszimmer alles auf das scharfsinnigste ausgerechnet und zurechtgelegt; aber siehe da, General Mack ergab sich mit seiner ganzen Armee, he-he-he! Ich sehe, ich sehe, Väterchen Rodion Romanowitsch, Sie lachen über mich, weil ich als Zivilist meine Beispiele immer der Kriegsgeschichte entnehme. Ja, was soll ich machen? Das ist nun mal so eine Schwäche von mir; ich schwärme für das Militärwesen und lese kriegsgeschichtliche Werke mit dem größten Interesse,... ich habe entschieden meinen Beruf verfehlt. Ich hätte Soldat werden sollen, wahrhaftig. Ein Napoleon wäre ich ja vielleicht nicht geworden; na, aber Major würde ich jetzt wohl sein, he-he-he! Nun also, jetzt will ich Ihnen über jenen ›Einzelfall‹ ausführlich und wahrheitsgemäß sagen, wie es damit steht, mein Bester. Die Wirklichkeit und die Natur, mein verehrter Herr, das sind wichtige Faktoren, und sie machen manchmal einen Strich durch die scharfsinnigste Berechnung! Ja, ja, hören Sie auf einen alten Mann, ich rede im Ernste, Rodion Romanowitsch« (als er so sprach, schien der kaum fünfunddreißigjährige Porfirij Petrowitsch wirklich auf einmal älter geworden zu sein; sogar seine Stimme hatte sich geändert und seine ganze Gestalt sich zusammengekrümmt), »und außerdem bin ich ein aufrichtiger Mensch... Bin ich ein aufrichtiger Mensch oder nicht? Wie denken Sie darüber? Ich möchte meinen, ich bin es in hohem Maße: ich erteile Ihnen gratis solche Belehrungen, verlange gar kein Honorar dafür, he-he-he! Nun also, ich fahre fort: Scharfsinn ist meiner Meinung nach ein prächtiges Ding, sozusagen ein natürlicher Schmuck und eine Quelle der Freude für das Leben, und er kann solche Taschenspielerkunststücke zustande bringen, daß manchmal so ein armer Untersuchungskommissar seine liebe Not hat, sie zu durchschauen, namentlich da auch er sich von seiner Phantasie hinreißen läßt, wie das ja immer so zu gehen pflegt; denn er ist ja doch auch ein Mensch! Aber die Natur kommt dem armen Untersuchungskommissar zu Hilfe, und nun ist das Malheur da! Daran aber denkt die Jugend nicht, die sich von ihrem Scharfsinn hinreißen läßt und über alle Hindernisse hinwegschreitet, wie Sie sich gestern so scharfsinnig und fein ausdrückten. Nehmen wir einmal an, er lügt (mit ›er‹ meine ich den betreffenden Menschen, die handelnde Person im Einzelfalle, den Unbekannten) und lügt ganz vortrefflich, auf die allerschlaueste Weise; jetzt, meint er, ist es so weit, daß er triumphieren und die Früchte seines Scharfsinnes genießen kann; aber bums! an der interessantesten, verhängnisvollsten Stelle fällt er in Ohnmacht. Er mag ja krank sein; es ist auch manchmal in den Zimmern stickige Luft; aber trotzdem! Trotzdem hat er andern Leuten einen Anhaltspunkt gegeben! Gelogen hat er mit unvergleichlichem Geschick; aber seine Natur hat er nicht verstanden richtig zu berechnen. Aber darin gerade liegt nun die Tücke! Ein andermal läßt er sich von dem Drange, seinen Scharfsinn zu betätigen, hinreißen und fängt an, jemanden, der ihn im Verdacht hat, zum Narren zu halten; er erbleicht anscheinend absichtlich, anscheinend aus Verstellung; aber er erbleicht gar zu natürlich, gar zu wahrheitsgetreu, und wieder hat er einen Anhaltspunkt gegeben! Wenn er auch den andern zunächst hinters Licht führt, aber über Nacht überlegt sich der die Sache, wenn er einigermaßen gewitzt ist. Und so geht es auf Schritt und Tritt! Noch mehr: er fängt an, sich seinen Widersachern geradezu aufzudrängen, sich einzumischen, wo man ihn gar nicht gefragt hat, fortwährend über Dinge zu reden, über die er besser schwiege; er erzählt allerlei mit Andeutungen gespickte Geschichten, he-he-he! er kommt selbst und erkundigt sich: ›Warum dauert es denn so lange, bis ich festgenommen werde?‹ He-he-he! Und so kann es sogar dem scharfsinnigsten Menschen gehen, einem ausgezeichneten Psychologen und Schriftsteller! Die Natur ist ein Spiegel, der klarste Spiegel! In den muß man hineinschauen, mit Lust und Eifer hineinschauen; darauf kommt es an! Aber warum sind Sie denn so blaß geworden, Rodion Romanowitsch? Ist es Ihnen hier zu stickig? Soll ich ein Fenster aufmachen?«

»O bitte, bemühen Sie sich nicht!« rief Raskolnikow und lachte plötzlich auf. »Bitte, bemühen Sie sich nicht!«

Porfirij blieb vor ihm stehen, wartete ein Weilchen und lachte dann, seinem Beispiele folgend, auf einmal selbst los. Raskolnikow stand vom Sofa auf und brach jäh sein Lachen ab, das durchaus den Charakter eines krankhaften Anfalls getragen hatte.

»Porfirij Petrowitsch«, sagte er laut und deutlich, obgleich ihn die zitternden Beine kaum noch trugen, »ich sehe endlich klar, daß Sie mich tatsächlich im Verdachte haben, diese alte Frau und ihre Schwester Lisaweta ermordet zu haben. Meinerseits erkläre ich Ihnen, daß diese ganze Sache mir schon längst zum Ekel geworden ist. Wenn Sie der Ansicht sind, daß Sie ein Recht haben, gesetzlich gegen mich vorzugehen, so gehen Sie gegen mich vor; glauben Sie, mich festnehmen zu sollen, so tun Sie es doch. Aber daß Sie mir ins Gesicht lachen und mich martern, das dulde ich nicht...«

Seine Lippen bebten, seine Augen glühten vor Wut, und seine Stimme, die bis dahin nicht überlaut gewesen war, schwoll an.

»Das dulde ich nicht!« schrie er und schlug aus voller Kraft mit der Faust auf den Tisch. »Hören Sie wohl, Porfirij Petrowitsch? Das dulde ich nicht!«

»Aber, mein Gott, was haben Sie denn wieder!« rief Porfirij Petrowitsch, anscheinend höchst erschrocken. »Väterchen, Rodion Romanowitsch! Mein Teuerster! Was haben Sie denn nur?«

»Ich dulde es nicht!« rief Raskolnikow noch einmal.

»Nicht so laut, Väterchen! Die Leute nebenan hören es ja und kommen herein! Und was sollen wir ihnen dann sagen, bedenken Sie doch!« flüsterte Porfirij Petrowitsch bestürzt, indem er sein Gesicht dem Raskolnikows näherte.

»Ich dulde es nicht, ich dulde es nicht!« wiederholte Raskolnikow mechanisch, aber auf einmal gleichfalls im Flüstertone.

Porfirij drehte sich schnell um und lief hin, um ein Fenster zu öffnen.

»Wir wollen ein bißchen frische Luft hereinlassen! Und auch einen Schluck Wasser müssen Sie trinken, mein Bester! Das ist ja ein richtiger Anfall!«

Er stürzte schon zur Tür, um Wasser bringen zu lassen, fand aber dort in einer Ecke selbst noch eine Karaffe mit Wasser.

»Da, Väterchen, trinken Sie!« flüsterte er, indem er mit der Karaffe zu ihm hinlief. »Vielleicht hilft das...«

Porfirijs Schreck und sogar seine Teilnahme wirkten so natürlich, daß Raskolnikow schwieg und ihn befremdet und prüfend anblickte. Das Wasser nahm er jedoch nicht.

»Rodion Romanowitsch! Lieber! Auf diese Art werden Sie sich noch um den Verstand bringen, dessen kann ich Sie versichern! So trinken Sie doch! Trinken Sie wenigstens ein klein bißchen!«

Er zwang ihn, das Glas mit Wasser in die Hand zu nehmen. Raskolnikow führte es schon mechanisch an die Lippen, kam dann aber zur Besinnung und stellte es voll Abscheu auf den Tisch.

»Ja, ja, Sie haben so einen kleinen Anfall gehabt! Auf diese Weise, bester Freund, werden Sie sich Ihre frühere Krankheit von neuem zuziehen«, fuhr Porfirij Petrowitsch fort mit freundschaftlicher Teilnahme auf ihn einzureden; seine Miene hatte immer noch den Ausdruck der Fassungslosigkeit beibehalten. »Mein Gott, wie kann man sich nur so wenig in acht nehmen! Da ist auch gestern Dmitrij Prokofjitsch bei mir gewesen – ich gebe ja zu, ich gebe ja zu, ich habe einen spöttischen, garstigen Charakter; aber was haben diese Menschen daraus für wunderliche Schlüsse gezogen!... Mein Gott! Er kam gestern, bald nachdem Sie fortgegangen waren, wir aßen gerade zu Mittag, er redete und redete, ich konnte nur die Hände überm Kopfe zusammenschlagen! Na, dachte ich,... ach, du mein Gott! Hatten Sie ihn dazu veranlaßt, zu mir zu kommen? Aber so setzen Sie sich doch, Väterchen, setzen Sie sich, ich bitte Sie dringend!«

»Nein, ich hatte ihn nicht dazu veranlaßt! Aber ich wußte, daß er zu Ihnen ging und warum er zu Ihnen ging«, antwortete Raskolnikow schroff.

»Sie wußten es?«

»Ja. Was folgt daraus?«

»Ach, Väterchen Rodion Romanowitsch, ich weiß ja noch ganz andre Sachen, die Sie gemacht haben; ich bin von allem unterrichtet! Ich weiß ja, daß Sie eine Wohnung mieten gingen, kurz vor Einbruch der Nacht, als es schon dunkel wurde, und daß Sie an der Türklingel zogen und nach dem Blute fragten und die Gesellen und die Hausknechte stutzig machten. Ich habe ja auch Verständnis für Ihre damalige Gemütsstimmung,... aber ich muß doch sagen, Sie werden sich auf diese Weise einfach um den Verstand bringen, weiß Gott! Es wird Ihnen wirbelig im Kopfe werden! Eine edle Entrüstung wallt heftig in Ihnen wegen der Kränkungen auf, die Sie erlitten haben, zuerst vom Schicksal, dann von den Polizeibeamten; und deswegen stürmen Sie nun hierhin und dahin, um sozusagen möglichst schnell alle zum Reden zu bringen und so der ganzen Geschichte mit einem Male ein Ende zu machen, weil diese Dummheiten und all diese Verdächtigungen Ihnen zum Ekel geworden sind. Ist es nicht so? Habe ich Ihre Stimmung erraten?... Nur werden Sie auf diese Weise nicht bloß sich selbst, sondern auch meinem lieben Rasumichin den Kopf verdrehen; und es wäre doch schade um ihn, ein so braver Mensch, wie er ist; das wissen Sie selbst. Ihre Krankheit kann auf seine Bravheit ansteckend wirken... Ich will Ihnen, wenn Sie sich beruhigt haben, Väterchen, eine Geschichte erzählen... Aber so setzen Sie sich doch, Väterchen, ich bitte Sie um alles in der Welt; bitte, erholen Sie sich; Sie sehen ja ganz entstellt aus. Aber nehmen Sie doch Platz!«

Raskolnikow setzte sich; das Zittern war vorübergegangen, und eine Gluthitze durchströmte jetzt seinen ganzen Körper. Mit größtem Erstaunen und gespanntester Aufmerksamkeit hörte er dem aufgeregten Porfirij zu, der sich freundschaftlich um ihn bemühte. Aber er glaubte ihm kein einziges Wort, obwohl er eine seltsame Neigung dazu verspürte. Porfirijs unerwartete Bemerkung über das Wohnungssuchen hatte ihn in große Bestürzung versetzt. ›Er weiß also die Geschichte mit der Wohnung‹, dachte er, ›und erzählt es mir von selbst?‹

»Ja, wir haben in unsrer Gerichtspraxis einmal fast genau denselben Fall gehabt, bei dem auch krankhafte Seelenstimmungen eine große Rolle spielten«, fuhr Porfirij in seiner Redseligkeit fort. »Da beschuldigte sich auch einer selbst eines Mordes: eine ganze Halluzination trug er vor, führte Tatsachen an, erzählte Begleitumstände, machte uns alle ganz schwindlig und konfus, und was war schließlich an der Sache dran? Er selbst hatte völlig unabsichtlich zu einem gewissen Teil den Mord ermöglicht, aber nur zu einem gewissen Teil, und als er nun erfuhr, daß er den Mördern die Gelegenheit verschafft habe, da wurde er tiefsinnig, sein Denken geriet in Verwirrung, er hatte Visionen, wurde ganz verrückt und glaubte steif und fest, er wäre der Mörder! Aber die oberste Instanz klärte dann doch schließlich die Sache auf, und der Unglückliche wurde freigesprochen und in Pflege gegeben. Ein dankenswertes Verdienst der obersten Instanz! Ja, so etwas ist eine schlimme Sache, Väterchen, o weh, o weh! Auf die Art kann man sich leicht ein hitziges Fieber zuziehen, wenn sich schon ein solcher Hang zeigt, die Nerven zu reizen, nachts wegzugehen und an Türklingeln zu ziehen und sich nach Blut zu erkundigen! Dieses ganze Gebiet der Psychologie habe ich in meiner Praxis genau studiert. Manchmal verspürt ein solcher Kranker einen unwiderstehlichen Trieb, aus dem Fenster oder von einem Turm hinabzuspringen, und es ist das eine sehr verführerische Empfindung. Geradeso wie mit dem Ziehen an der Türklingel... Das ist eine Krankheit, Rodion Romanowitsch, eine Krankheit! Aber Sie vernachlässigen Ihre Krankheit gar zu sehr. Sie sollten einen erfahrenen Arzt befragen; was kann Ihnen der Dicke, den Sie da haben, helfen!... Sie haben ein hitziges Fieber! Alles, was Sie tun, tun Sie lediglich im Fieberwahn!«

Einen Augenblick lang hatte Raskolnikow die Empfindung, als ob sich alles um ihn im Kreise drehte.

›Ob er wirklich auch jetzt heuchelt?‹ fuhr es ihm durch den Kopf. ›Unmöglich, unmöglich!‹ Er wies diesen Gedanken von sich, da er im voraus fühlte, daß dieser Gedanke ihn in grenzenlose Wut und Raserei versetzen und die Wut ihn des Verstandes berauben könne.

»Das war nicht im Fieberwahn, das war bei klarem Bewußtsein!« rief er und strengte alle Kräfte seines Verstandes an, um Porfirijs Spiel zu durchschauen. »Bei klarem Bewußtsein, bei klarem Bewußtsein! Hören Sie wohl?«

»Ja, ich höre, ich verstehe! Sie sagten auch gestern schon, daß es nicht im Fieberwahn war, und betonten es sogar ganz besonders, es sei nicht im Fieberwahn gewesen. Ich verstehe alles, was Sie sagen können. Ja, ja!... Hören Sie, mein teuerster Rodion Romanowitsch, wir brauchen ja nur diesen einen Umstand zu bedenken: wenn Sie wirklich, tatsächlich ein Verbrecher oder überhaupt irgendwie an dieser verdammten Geschichte beteiligt wären, na, würden Sie dann, ich bitte Sie, selbst betonen, daß Sie das alles nicht im Fieberwahn getan hätten, sondern im Gegenteil bei vollem Bewußtsein? Und noch dazu es ganz besonders betonen, es mit so ganz besondrer Hartnäckigkeit betonen? Na, wäre das möglich? Ich bitte Sie, wäre das möglich? Meines Erachtens würden Sie ganz entgegengesetzt verfahren. Wären Sie sich irgendwelcher Schuld bewußt, so müßten Sie gerade betonen, daß Sie sich unbedingt im Fieberwahn befunden hätten. Nicht wahr? Habe ich nicht recht?«

Es klang eine gewisse Hinterlist aus dieser Frage heraus. Raskolnikow wich vor Porfirij, der sich zu ihm hinbeugte, bis ganz an die Lehne des Sofas zurück, und starrte ihm schweigend und erstaunt ins Gesicht.

»Und dann, was Herrn Rasumichin betrifft, ich meine die Frage, ob er gestern aus eigenem Antriebe zu mir kam, um mit mir über die Sache zu sprechen, oder auf Ihre Veranlassung. Wenn Sie sich schuldig fühlten, so müßten Sie gerade sagen, daß er von selbst gekommen wäre, und verheimlichen, daß er es auf Ihre Veranlassung getan hätte. Sie aber verheimlichen das nicht. Sie betonen gerade, daß er auf Ihre Veranlassung gekommen sei!«

Raskolnikow hatte das niemals betont. Ein Kältegefühl lief ihm über den Rücken.

»Sie lügen fortwährend«, sagte er langsam und matt; seine Lippen verzogen sich zu einem krankhaften Lächeln. »Sie wollen mir wieder zeigen, daß Sie mein ganzes Spiel kennen und alle meine Antworten im voraus wissen.« Er merkte selbst, daß er seine Worte nicht mehr so abwog, wie es nötig war. »Sie wollen mich einschüchtern,... oder Sie machen sich einfach über mich lustig.«

Er sah ihn, während er das sagte, immer noch starr an, und auf einmal flammte wieder eine maßlose Wut in seinen Augen auf.

»Sie lügen fortwährend!« rief er. »Sie wissen selbst sehr gut, daß es für einen Verbrecher das klügste ist, nach Möglichkeit die Wahrheit zu sagen,... nichts zu verheimlichen, was nicht verheimlicht zu werden braucht! Ich glaube Ihnen nicht!«

»Nun sehen Sie mal, wie Sie sich hin und her zu wenden verstehen!« kicherte Porfirij. »Mit Ihnen, Väterchen, kann man doch gar nicht fertig werden! Es hat sich so eine Art von fixer Idee bei Ihnen festgesetzt. Also Sie glauben mir nicht? Ich aber sage Ihnen, daß Sie mir allerdings schon glauben, mir schon einen großen Teil von dem, was ich sage, glauben, und ich werde Sie dahin bringen, daß Sie mir alles glauben; denn ich habe Sie von Herzen gern und wünsche Ihnen aufrichtig alles Gute.«

Raskolnikows Lippen fingen an zu zittern.

»Ja, ich wünsche Ihnen alles Gute, und ich rate Ihnen ganz entschieden«, fuhr er fort und faßte mit leiser Berührung Raskolnikow freundschaftlich am Arm, ein wenig oberhalb des Ellbogens, »ich rate Ihnen ganz entschieden: achten Sie recht auf Ihre Krankheit. Es kommt noch hinzu, daß jetzt Ihre nächsten Angehörigen hier bei Ihnen eingetroffen sind; auch an die sollten Sie denken. Es wäre Ihre Pflicht, ihnen ein ruhiges Leben zu bereiten und sie mit zärtlicher Sorge zu umgeben; aber Sie versetzen die Ihrigen nur in Angst...«

»Was geht Sie das an? Woher wissen Sie das? Warum interessieren Sie sich so für mich? Sie lassen mich also beobachten und wollen mir das zeigen?«

»Aber, Väterchen! Ich habe das alles doch von Ihnen, von Ihnen selbst erfahren! Sie merken gar nicht, daß Sie in Ihrer Erregung mir und andern alles selbst zuerst erzählen. Auch von Herrn Dmitrij Prokofjitsch Rasumichin habe ich gestern viele interessante Einzelheiten erfahren. Nein, Sie haben mich unterbrochen, und ich muß Ihnen sagen, daß Sie infolge Ihrer Neigung zu Argwohn trotz all Ihres Scharfsinns sogar den gesunden Blick für die Dinge verlieren. Sehen Sie zum Beispiel, was das Ziehen an der Türklingel anlangt, wenn ich noch einmal auf dieses Thema zurückkommen darf: ein so wertvolles Beweismoment, ein solches Faktum (denn es ist ja ein ganz feststehendes Faktum) habe ich, der Untersuchungskommissar, Ihnen so mir nichts, dir nichts preisgegeben! Und in dieser Handlungsweise finden Sie gar nichts? Wenn ich auch nur den geringsten Verdacht gegen Sie hegte, hätte ich dann so verfahren dürfen? Ich müßte vielmehr zunächst Ihren Argwohn einschläfern und gar nicht merken lassen, daß mir dieses Faktum bereits bekannt ist; ich müßte in dieser Weise Ihre Aufmerksamkeit nach der entgegengesetzten Seite ablenken und Sie dann plötzlich, wie mit einem Knüttelschlage auf den Scheitel (nach Ihrem eigenen Ausdrucke), mit diesen Fragen betäuben: ›Was hatten Sie, mein Herr, in der Wohnung der Ermordeten um zehn Uhr abends oder noch später zu suchen? Warum haben Sie an der Türklingel gezogen? Warum erkundigten Sie sich nach dem Blute? Warum verblüfften Sie die Hausknechte und forderten sie auf, nach dem Polizeibureau, zum Revierleutnant, mitzukommen?‹ So müßte ich verfahren, wenn ich auch nur eine Spur von Verdacht gegen Sie hätte. Ich müßte in aller Form ein Verhör mit Ihnen anstellen, eine Haussuchung vornehmen, vielleicht auch Sie festnehmen lassen... Folglich hege ich gegen Sie keinen Verdacht, da ich ja anders gehandelt habe! Aber um es noch einmal zu wiederholen: Sie haben den gesunden Blick verloren und sehen nichts!«

Raskolnikow zuckte mit dem ganzen Körper zusammen, so daß Porfirij Petrowitsch es ganz deutlich bemerkte.

»Sie lügen fortwährend!« rief er. »Ich kenne Ihre Absichten nicht, aber Sie lügen fortwährend!... Vorhin haben Sie in ganz anderem Sinne gesprochen; darin kann ich mich nicht irren... Sie lügen!«

»Ich lüge?« erwiderte Porfirij, der sich anscheinend ereiferte, aber seine heitere, spöttische Miene beibehielt und sich nicht im geringsten darüber aufzuregen schien, was Herr Raskolnikow über ihn für eine Meinung hätte. »Ich lüge?... Na, und wie habe ich mich vorhin gegen Sie benommen, ich, der Untersuchungskommissar? Ich selbst habe Ihnen alle möglichen Verteidigungsmittel mitgeteilt und an die Hand gegeben; ich selbst habe Ihnen dieses ganze Kapitel der Psychologie auseinandergesetzt: ›Krankheit‹, sagt man zu seiner Verteidigung. ›Fieberwahn, ich fühlte mich gekränkt, Schwermut‹, und ›die Polizeibeamten‹ und noch vieles andre. Nicht wahr? He-he-he! Wiewohl, beiläufig bemerkt, all diese der Psychologie entlehnten Verteidigungsmittel, Ausreden und Finten äußerst unzuverlässig sind und gar sehr ihre zwei Seiten haben: ›Krankheit‹, sagt man, ›Fieberwahn, Träume, es ist mir so vorgekommen, ich erinnere mich nicht‹; alles ganz schön; aber, Väterchen, warum stellen sich denn in der Krankheit und im Fieberwahn immer gerade nur solche Träume ein und keine andern? Es könnte einem doch auch etwas andres träumen? Nicht wahr? He-he-he-he!«

Raskolnikow maß ihn mit einem stolzen, verächtlichen Blicke.

»Um es kurz zu machen«, sagte er laut und energisch, indem er aufstand und dabei Porfirij ein wenig beiseite schob, »um es kurz zu machen, ich will wissen: erklären Sie mich endgültig für frei von allem Verdacht oder nicht? Sagen Sie mir das, Porfirij Petrowitsch, sagen Sie mir das bestimmt und endgültig, und recht schnell, sofort!«

»Ach, ist das eine Not! Nein, was man mit Ihnen für Not hat!« rief Porfirij mit durchaus heiterer, schlauer Miene und ohne jedes Zeichen von Erregung. »Wozu brauchen Sie denn das zu wissen, wozu brauchen Sie denn all so etwas zu wissen, da es doch noch keinem Menschen eingefallen ist, Sie irgendwie zu belästigen? Sie sind ja ganz wie ein Kind, das durchaus verlangt, man solle ihm das Feuer in die Hand geben! Und warum beunruhigen Sie sich so? Warum drängen Sie sich uns denn selbst in dieser Weise auf? Was haben Sie dazu für Gründe? He-he-he!«

»Ich wiederhole Ihnen«, schrie Raskolnikow wütend, »daß ich das nicht länger ertragen kann!...«

»Was können Sie nicht ertragen? Die Ungewißheit?« unterbrach ihn Porfirij.

»Verhöhnen Sie mich nicht! Ich will das nicht länger ertragen!... Ich sage Ihnen, daß ich das nicht länger ertragen will!... Ich kann und will es nicht!... Hören Sie! Hören Sie!« schrie er und schlug wieder mit der Faust auf den Tisch.

»Aber leiser, leiser! Das hören ja andre Leute! Ich warne Sie in allem Ernst: schonen Sie Ihre Gesundheit! Ich scherze nicht!« erwiderte Porfirij flüsternd; aber diesmal war auf seinem Gesichte von dem weibisch-gutmütigen, ängstlichen Ausdruck nichts mehr zu bemerken; im Gegenteil, jetzt befahl er geradezu, in strengem Tone, mit zusammengezogenen Brauen; es war, als würfe er mit einem Male alles Versteckspiel und alle Zweideutigkeit beiseite.

Indes dauerte das nur einen Augenblick. Raskolnikow war aufs höchste überrascht und geriet in vollständige Raserei; aber sonderbarerweise fügte er sich wieder dem Befehle, leiser zu sprechen, obwohl er sich in einem wahren Paroxysmus von Wut befand.

»Ich lasse mich nicht so quälen!« flüsterte er gerade wie vorhin; voll Schmerz und Ingrimm wurde er sich in demselben Augenblicke bewußt, daß er nicht die Kraft besaß, dem Befehle zu widerstreben, und dieser Gedanke machte ihn nur noch wütender. »Verhaften Sie mich, halten Sie bei mir Haussuchung; aber verfahren Sie in der gesetzlich vorgeschriebenen Form und spielen Sie nicht mit mir! Unterstehen Sie sich nicht, das zu tun!«

»Beunruhigen Sie sich doch nicht wegen der gesetzlichen Form!« unterbrach ihn Porfirij, nun wieder mit seinem schlauen Lächeln, und betrachtete Raskolnikow, wie es schien, sogar mit einer besonderen Art von Genuß. »Ich hatte Sie jetzt doch nur als guten Bekannten zu einem Besuche aufgefordert, Väterchen, nur so ganz freundschaftlich!«

»Ich will Ihre Freundschaft nicht, ich pfeife darauf! Hören Sie? Sehen Sie her: ich nehme meine Mütze und gehe weg. Nun, was werden Sie jetzt dazu sagen, wenn Sie wirklich die Absicht haben, mich zu verhaften?«

Er ergriff seine Mütze und ging zur Tür.

»Ich habe eine kleine Überraschung für Sie; wollen Sie die nicht noch sehen?« kicherte Porfirij, faßte ihn wieder etwas oberhalb des Ellbogens an und hielt ihn an der Tür zurück.

Er wurde augenscheinlich immer heiterer und lustiger, worüber Raskolnikow ganz außer sich kam.

»Was für eine kleine Überraschung? Was wollen Sie damit sagen?« fragte er, blieb plötzlich stehen und blickte Porfirij erschreckt an.

»Die Überraschung ist hier zur Stelle; ich habe sie da hinter der Tür sitzen, he-he-he!« Er wies mit dem Finger auf die geschlossene Tür in dem Bretterverschlag, die nach seiner Dienstwohnung führte. »Ich habe sie sogar eingeschlossen, damit sie nicht davonläuft.«

»Was ist es denn? Wo? Was?«

Raskolnikow trat zu der Tür hin und wollte sie öffnen; aber sie war verschlossen.

»Sie ist zugeschlossen; da ist der Schlüssel!«

Er zog wirklich einen Schlüssel aus der Tasche und zeigte ihn ihm.

»Du lügst fortwährend!« schrie Raskolnikow, der sich nicht mehr beherrschen konnte. »Du lügst, du verdammter Hanswurst!« und er stürzte auf Porfirij los, der sich nach der Eingangstür zurückzog, ohne jedoch irgendwie Furcht zu zeigen.

»Ich durchschaue alles, alles durchschaue ich!« rief Raskolnikow, indem er auf ihn zusprang. »Du lügst und hänselst mich, damit ich mich verraten soll.«

»Ein deutlicherer Selbstverrat ist ja gar nicht denkbar, Väterchen Rodion Romanowitsch. Sie sind ja ganz rasend geworden. Schreien Sie nur nicht so; sonst muß ich Leute herbeirufen.«

»Du lügst, es kann mir nichts geschehen! Rufe deine Leute her! Du hast gewußt, daß ich krank bin, und hast mich so lange reizen wollen, bis ich wütend würde, damit ich mich verriete; das war deine Absicht! Aber bringe Tatsachen vor! Ich habe alles durchschaut! Tatsachen hast du keine; du hast nur klägliche, wertlose Mutmaßungen à la Sametow!... Du kanntest meinen Charakter und wolltest mich in Raserei versetzen, um mich dann plötzlich mit Popen und Zeugen zu überrumpeln... Wartest du auf die? Ja? Worauf wartest du? Wo sind sie? Laß sie herkommen!«

»Aber, Väterchen, was sollen hier Popen und Zeugen! Was manche Leute für Vorstellungen haben! So, wie Sie sagen, zu verfahren, das würde ja der gesetzlichen Form gar nicht entsprechen; Sie verstehen den Geschäftsgang gar nicht, mein Bester... Die gesetzliche Form läuft uns nicht davon; das werden Sie schon noch selbst sehen!« murmelte Porfirij und horchte nach der Eingangstür hin.

Wirklich war in diesem Augenblicke dicht an dieser Tür im Nebenzimmer ein Geräusch zu vernehmen.

»Aha, sie kommen!« rief Raskolnikow. »Du hast sie holen lassen!... Du hast auf sie gewartet! Darauf hast du gerechnet! Nun, laß sie alle herkommen, deine Zeugen und wen du sonst noch willst! Her damit! Ich bin bereit! Ich bin bereit!«

Aber in diesem Augenblicke begab sich etwas Seltsames, etwas, was so außerhalb des gewöhnlichen Ganges der Dinge lag, daß weder Raskolnikow noch Porfirij Petrowitsch mit einer derartigen Entwicklung hatten rechnen können.

VI

Wenn in späteren Zeiten Raskolnikow sich dieser Szene erinnerte, so stellte sie sich ihm folgendermaßen dar:

Das Geräusch, das hinter der Tür vernehmbar geworden war, wurde schnell stärker, und die Tür wurde ein wenig geöffnet.

»Was gibt es?« rief Porfirij Petrowitsch ärgerlich. »Ich habe doch befohlen...«

Es erfolgte zunächst keine Antwort; aber es war deutlich, daß sich hinter der Tür mehrere Menschen befanden und bemüht waren, jemand von der Tür wegzustoßen.

»Was gibt es denn da?« fragte Porfirij Petrowitsch noch einmal in erregtem Tone.

»Sie haben den Arrestanten Nikolai hergebracht«, antwortete eine Stimme.

»Den brauche ich nicht! Weg mit ihm! Wartet noch! Was hat er jetzt hier zu suchen! Was ist das für eine Unordnung!« rief Porfirij und stürzte zur Tür.

»Ja, er...«, setzte dieselbe Stimme wieder an, brach aber plötzlich ab.

Ein richtiges Ringen entstand, das nicht länger als zwei Sekunden dauerte; dann schien jemand einen andern mit aller Kraft beiseitezustoßen, und unmittelbar darauf trat ein sehr blaß aussehender Mensch in Porfirijs Arbeitszimmer.

Die äußere Erscheinung dieses Menschen war auf den ersten Blick sehr überraschend. Er schaute gerade vor sich hin, schien aber niemanden zu sehen. In seinen Augen blitzte eine wilde Entschlossenheit; aber dabei bedeckte Totenblässe sein Gesicht, als ob er zum Richtplatz geführt würde. Seine ganz blassen Lippen zuckten leise.

Er war noch sehr jung, gekleidet wie ein Mensch aus dem einfachen Volke, von mittlerem Wuchse und mager; sein Haar war rund geschnitten; die feinen Gesichtszüge hatten etwas Trockenes, Ausdrucksloses. Der Mann, der von ihm unerwarteterweise beiseitegestoßen worden war, ein Polizist, stürzte hinter ihm her ins Zimmer und ergriff ihn an der Schulter; aber Nikolai machte einen heftigen Ruck mit dem Arm und riß sich noch einmal von ihm los.

In der Tür drängten sich mehrere Neugierige, und einige von ihnen hatten die größte Lust hereinzukommen. Dieser ganze Vorgang hatte sich fast in einem Augenblicke abgespielt.

»Fort mit dir! Es ist noch zu früh! Warte, bis du gerufen wirst!... Warum die ihn nur so früh hergebracht haben?« murmelte Porfirij Petrowitsch höchst ärgerlich, als wenn ihm jemand sein Konzept verdorben hätte.

Plötzlich warf sich Nikolai auf die Knie nieder.

»Was willst du?« rief Porfirij verwundert.

»Ich habe es getan! Ich habe das Verbrechen begangen! Ich bin der Mörder!« sagte Nikolai; er atmete nur mühsam, sprach aber mit ziemlich lauter Stimme.

Etwa zehn Sekunden lang schwiegen alle wie versteinert; sogar der Polizist war zurückgewichen und rührte Nikolai nicht mehr an; er zog sich mechanisch zur Tür zurück und blieb dort stehen, ohne sich zu regen.

»Was soll das heißen?« rief Porfirij Petrowitsch, sobald er sich von der momentanen Erstarrung wieder freigemacht hatte.

»Ich... bin der Mörder«, sagte Nikolai noch einmal nach einer kurzen Pause.

»Wie?... Du?... Wie?... Wen hast du ermordet?«

Porfirij Petrowitsch war augenscheinlich fassungslos. Nikolai schwieg wieder ein kleines Weilchen.

»Aljona Iwanowna und ihre Schwester Lisaweta Iwanowna habe ich... mit einem Beile... ermordet. Eine Verblendung war über mich gekommen...«, fügte er hinzu und verstummte wieder. Er lag noch immer auf den Knien.

Porfirij Petrowitsch stand einige Augenblicke in Gedanken versunken da; aber dann raffte er sich zusammen und gab mit der Hand den ungebetenen Zeugen einen Wink, daß sie sich entfernen möchten. Diese verschwanden sofort und machten die Tür wieder zu. Dann richtete er seinen Blick auf Raskolnikow, der in einer Ecke stand und verstört Nikolai ansah, ging ein paar Schritte auf ihn zu, blieb aber auf einmal wieder stehen, ließ seinen Blick zu Nikolai, dann wieder zu Raskolnikow, dann wieder zu Nikolai herüberwandern; endlich stürzte er, wie von einer Eingebung erfüllt, auf Nikolai los.

»Warum kommst du mir denn gleich von vornherein mit deiner Verblendung?« schrie er ihn grimmig an. »Ich habe dich ja noch gar nicht gefragt, ob eine Verblendung über dich gekommen ist oder nicht... Antworte: hast du den Mord begangen?«

»Ich bin der Mörder... Ich gestehe es«, erwiderte Nikolai.

»Ach was! Womit hast du den Mord begangen?«

»Mit einem Beile. Das hatte ich mir vorher beschafft.«

»Ach was! Nur nicht so eilig! Allein?«

Nikolai verstand die Frage nicht.

»Hast du den Mord allein begangen?«

»Ja, ganz allein. Mitjka ist unschuldig; er war gar nicht daran beteiligt.«

»Rede nicht vorschnell von Mitjka!... Na so was!... Wie bist du denn damals die Treppe hinuntergekommen? Die Hausknechte haben euch doch beide zusammen gesehen?«

»Ich bin damals absichtlich mit Mitjka zusammen hinuntergelaufen,... um den Verdacht von mir abzulenken« erwiderte Nikolai prompt, als hätte er sich vorher auf die Antwort vorbereitet.

»Na ja, es ist so!« rief Porfirij wütend. »Er sagt eine Lektion auf!« murmelte er wie für sich und sah auf einmal wieder Raskolnikow an.

Seine Gedanken waren offenbar so stark von Nikolai in Anspruch genommen gewesen, daß er für einen Augenblick an Raskolnikow gar nicht mehr gedacht hatte. Jetzt kam ihm das auf einmal zum Bewußtsein, und er wurde ordentlich verlegen.

»Entschuldigen Sie, Väterchen Rodion Romanowitsch«, wandte er sich zu ihm, »das geht wohl nicht so in Gegenwart eines Dritten; haben Sie die Güte... Sie haben ja hier nichts mehr zu tun... Ich bin selbst... Sie sehen, was man für Überraschungen erlebt!... Darf ich Sie bitten!...«

Er faßte ihn an der Hand und zeigte nach der Tür.

»Das scheinen Sie nicht erwartet zu haben«, sagte Raskolnikow, der die Sache natürlich noch nicht klar begriff, aber doch bereits erheblich an Mut gewonnen hatte.

»Auch Sie, Väterchen, haben es nicht erwartet. Ei, wie Ihre Hand zittert! He-he!«

»Auch Sie zittern, Porfirij Petrowitsch.«

»Jawohl, jawohl; das hatte ich nicht erwartet.«

Sie standen schon in der Tür. Porfirij wartete ungeduldig darauf, daß Raskolnikow hinausginge.

»Und die Überraschung, von der Sie sprachen, die wollen Sie mir nun nicht zeigen?« fragte Raskolnikow spöttisch.

»So reden Sie nun, und dabei schlagen Ihnen doch noch die Zähne im Munde aufeinander, he-he! Was sind Sie für ein spottlustiger Mensch! Na, auf Wiedersehen!«

»Meiner Ansicht nach können wir einander einfach Adieu sagen!«

»Wie es Gott lenken wird, wie es Gott lenken wird!« murmelte Porfirij und verzog den Mund zu einem eigentümlichen Lächeln.

Beim Durchschreiten der Kanzlei bemerkte Raskolnikow, daß viele ihn aufmerksam betrachteten. Im Vorzimmer erkannte er unter der Menge die beiden Hausknechte aus »jenem« Hause, die er damals in der Nacht aufgefordert hatte, mit zum Polizeibureau zu kommen. Sie standen da und warteten auf etwas. Kaum war er jedoch auf die Treppe gelangt, als er hinter sich Porfirijs Stimme hörte. Er drehte sich um und sah, daß ihm dieser ganz außer Atem nachgelaufen kam.

»Nur noch ein Wort, Rodion Romanowitsch! Wie sich diese ganze Geschichte lösen wird, das wollen wir Gott anheimgeben; aber ich werde Sie über einige Punkte doch noch in der gesetzlichen Form befragen müssen... Also sehen wir uns noch, nicht wahr?«

Porfirij blieb lächelnd vor ihm stehen.

»Nicht wahr?« fügte er noch einmal hinzu.

Es machte den Eindruck, als wollte er noch weiterreden; aber es kam nichts mehr.

»Ich möchte Sie noch um Entschuldigung bitten, Porfirij Petrowitsch, wegen meines Verhaltens von vorhin,... ich bin etwas zu hitzig geworden«, begann Raskolnikow; er war schon wieder ganz dreist geworden und verspürte ein unwiderstehliches Verlangen, ein bißchen zu schauspielern.

»Oh, das tut ja nichts, tut ja gar nichts!« fiel Porfirij in freudigem Tone ein. »Ich bin ja auch meinerseits... Ich habe nun einmal so einen bissigen Charakter; ich gestehe es, ich gestehe es! Nun aber, wir sehen uns ja noch. So Gott will, sehen wir uns noch recht oft wieder!...«

»Und dann werden wir einander recht genau kennenlernen?« erwiderte Raskolnikow.

»Jawohl, recht genau werden wir einander dann kennenlernen«, stimmte ihm Porfirij Petrowitsch bei und sah ihn mit zusammengekniffenen Augen sehr ernst an. »Sie gehen jetzt zur Feier eines Namenstages?«

»Nein, zu einer Beerdigung.«

»Ja, richtig, zu einer Beerdigung! Achten Sie nur auf Ihre Gesundheit; auf die müssen Sie recht sehr achten...«

»Ich weiß eigentlich gar nicht, was ich Ihnen nun meinerseits wünschen soll!« antwortete Raskolnikow, der schon anfing, die Treppe hinabzusteigen, sich aber wieder zu Porfirij umwandte. »Ich möchte Ihnen guten Erfolg in Ihrer amtlichen Tätigkeit wünschen; aber Sie sehen ja selbst, wie komisch Ihr Amt ist.«

»Wieso komisch?« fragte Porfirij Petrowitsch, der sich gleichfalls bereits umgedreht hatte, um fortzugehen, nun aber sofort die Ohren spitzte.

»Aber gewiß! Da ist dieser arme Nikolai; den haben Sie wahrscheinlich in Ihrer psychologischen Manier gequält und gemartert, solange er noch nicht gestand! Tag und Nacht haben Sie ihm wahrscheinlich bewiesen: ›Du bist der Mörder, du bist der Mörder!...‹ Na, und nun, wo er es bereits gestanden hat, fangen Sie von neuem an, ihn durchzukneten: ›Du lügst‹, heißt es jetzt, ›du bist nicht der Mörder! Du kannst es nicht sein! Du sagst eine Lektion auf!‹ Nun, ist da Ihr Amt nicht komisch?«

»He-he-he! Das haben Sie also gehört, daß ich vorhin eben zu Nikolai sagte, er sage eine Lektion auf?«

»Natürlich habe ich es gehört!«

»He-he! Ein scharfsinniger Mann sind Sie, ein scharfsinniger Mann. Alles bemerken Sie! Ein überaus reger Verstand! Und Sie gewinnen einer Sache immer die komischste Seite ab... he-he!... Von den Schriftstellern besaß ja wohl Gogol diese Fähigkeit im höchsten Grade?«

»Gewiß.«

»Ja, ja, Gogol... Auf angenehmes Wiedersehen!«

»Auf angenehmes Wiedersehen!«

Raskolnikow ging geradeswegs nach Hause. Er war so wirr und benommen, daß er, als er nach Hause gekommen war, sich auf das Sofa warf und eine Viertelstunde still dasaß, lediglich damit beschäftigt, sich zu erholen und seine Gedanken einigermaßen zu sammeln. Über die Geschichte mit Nikolai ins klare zu kommen, das versuchte er gar nicht; er fühlte sich tief erschüttert; er fühlte, daß in Nikolais Geständnis etwas Unerklärliches, Wunderbares enthalten war, was er jetzt schlechterdings nicht begreifen könne. Aber Nikolais Geständnis war eine Tatsache. Die Folgen dieser Tatsache standen ihm sofort klar vor Augen: die Unwahrheit dieser Selbstbezichtigung konnte nicht verborgen bleiben, und dann hielt man sich wieder an ihn. Aber bis dahin wenigstens war er frei und mußte unbedingt etwas für sich tun; denn die Gefahr drohte ihm mit Sicherheit.

Aber wie groß war diese Gefahr? Die Lage begann sich zu klären. Während er sich in großen, allgemeinen Umrissen die ganze Szene ins Gedächtnis zurückrief, die er soeben mit Porfirij gehabt hatte, fuhr er unwillkürlich noch einmal vor Schreck zusammen. Allerdings, er kannte noch nicht alle Absichten Porfirijs, konnte noch nicht alle seine Berechnungen durchschauen. Aber ein Teil des Spieles war bereits aufgedeckt, und natürlich konnte niemand besser als er verstehen, wie schrecklich für ihn diese von Porfirij ausgespielte Karte war. Nur wenig hatte gefehlt, und er wäre imstande gewesen, sich vollständig und unzweideutig zu verraten. Porfirij, der die Krankhaftigkeit seines Charakters wahrgenommen und gleich beim ersten Blick richtig erfaßt und durchschaut hatte, hatte daraufhin ein zwar etwas zu keckes, aber doch fast sicheres Spiel gespielt. Es war nicht zu bestreiten, daß er, Raskolnikow, sich vorhin schon arg kompromittiert hatte; aber bis zu Tatsachen war es doch noch nicht gekommen; alles, was vorlag, war immer noch verschiedener Deutungen fähig. Aber faßte er auch alles Vorgefallene richtig auf? Irrte er sich auch nicht? Zu welchem Resultate hatte Porfirij heute eigentlich gelangen wollen? Hatte er wirklich heute etwas, was zu seiner Überführung dienen konnte, vorbereitet gehabt und im Hintergrunde gehalten? Und was konnte das gewesen sein? Hatte er wirklich auf etwas gewartet oder nicht? Wie hätte sich wohl heute ihr Auseinandergehen gestaltet, wenn die unerwartete Katastrophe mit Nikolai nicht eingetreten wäre?

Porfirij hatte fast sein ganzes Spiel aufgedeckt; das war ja von ihm sehr riskant; aber er hatte es trotzdem getan, und Raskolnikow hatte die bestimmte Vorstellung: hätte Porfirij wirklich noch mehr Beweismaterial gehabt, so hätte er auch das noch enthüllt. Was hatte es nun mit dieser »Überraschung« für eine Bewandtnis? Hatte er ihn damit nur hinters Licht führen wollen? War etwas Ernsthaftes daran oder nicht? Konnte etwas, was einer Tatsache, einem positiven, belastenden Momente ähnlich sah, dahinterstecken? Der Mann von gestern vielleicht? Wo war der geblieben? Wo war er heute? Wenn Porfirij überhaupt positives Beweismaterial hatte, so stand das sicherlich in Beziehung zu dem Manne von gestern.

Er saß auf dem Sofa mit tief herabgesunkenem Kopfe, die Ellbogen auf die Knie gestützt, das Gesicht mit den Händen verdeckt. Ein nervöses Zittern lief ihm immer noch durch den ganzen Körper. Schließlich stand er auf, ergriff seine Mütze, stand einen Augenblick in Gedanken und ging zur Tür.

Er hatte die Vorstellung, daß er wenigstens für den heutigen Tag sich mit einiger Sicherheit für ungefährdet halten könne. Auf einmal empfand er in seinem Herzen beinahe ein Gefühl der Freude: er wollte so schnell wie möglich zu Katerina Iwanowna gehen. Zur Beerdigung kam er natürlich zu spät; aber an dem Gedächtnismahle konnte er noch teilnehmen, und dabei würde er in wenigen Minuten Sonja sehen.

Er blieb stehen und überlegte ein Weilchen; ein schmerzliches Lächeln spielte um seine Lippen.

›Heute noch, heute noch!‹ sagte er vor sich hin. ›Ja, heute noch; es muß sein!‹

In dem Augenblicke, wo er die Tür öffnen wollte, ging sie plötzlich von selbst auf. Zitternd sprang er zurück. Die Tür öffnete sich langsam und leise, und vor ihm stand die Gestalt des Mannes, der ihm gestern »wie aus der Erde gewachsen« erschienen war.

Der Mann blieb auf der Schwelle stehen, blickte Raskolnikow schweigend an und machte einen Schritt in das Zimmer hinein. Seine äußere Erscheinung war die gleiche wie gestern, dieselbe Gestalt, dieselbe Kleidung; aber in seinem Gesicht und in seinem Blick war eine starke Veränderung vorgegangen: er sah jetzt ganz niedergeschlagen aus, und nachdem er einen Augenblick so dagestanden hatte, seufzte er tief. Es fehlte nur, daß er dabei die Hand an die Backe gelegt und den Kopf zur Seite gebeugt hätte; dann hätte er vollständig wie ein altes Weib ausgesehen.

»Was wünschen Sie?« fragte Raskolnikow, der leichenblaß geworden war.

Der Mann schwieg noch eine kleine Weile und verneigte sich dann auf einmal tief vor ihm, fast bis zur Erde; wenigstens berührte er die Erde mit einem Finger der rechten Hand.

»Was wollen Sie?« rief Raskolnikow.

»Verzeihen Sie mir!« erwiderte der Mann leise.

»Was soll ich Ihnen verzeihen?«

»Meine bösen Gedanken.«

Beide blickten einander an.

»Ich hatte mich geärgert. Als Sie damals kamen, vielleicht wirklich in betrunkenem Zustande, und die Hausknechte aufforderten, mit nach dem Polizeibureau zu kommen, und nach dem Blute gefragt hatten, da ärgerte ich mich, daß man Sie so einfach für betrunken hielt und unbehelligt gehen ließ. Und ich ärgerte mich so, daß ich in der Nacht nicht schlafen konnte. Und da ich Ihre Adresse im Kopfe behalten hatte, so kam ich gestern hierher und erkundigte mich nach Ihnen... Ich habe Sie beleidigt.«

»Sie sind also aus jenem Hause?«

»Ja, ich wohne da. Ich stand damals mit den Hausknechten im Torweg; erinnern Sie sich vielleicht? Ich habe da auch meine Werkstatt, seit vielen Jahren. Ich bin Kürschner, Kleinbürger; ich arbeite im Hause. Und ich ärgerte mich so...«

Nun erinnerte sich Raskolnikow auf einmal deutlich an die ganze Szene von vorgestern im Torweg; er hatte noch im Gedächtnis, daß damals außer den Hausknechten dort noch ein paar Leute gestanden hatten, auch eine Frau. Er entsann sich einer Stimme, die den Vorschlag gemacht hatte, ihn ohne weiteres auf die Polizei zu bringen. Auf das Gesicht dessen, der das gesagt hatte, konnte er sich nicht besinnen und erkannte ihn auch jetzt in seinem Besucher nicht wieder; aber es war ihm erinnerlich, daß er ihm damals eine Antwort gegeben und sich auch nach ihm umgewandt hatte.

Also das war nun die Erklärung des ganzen schrecklichen Erlebnisses von gestern. Am furchtbarsten war es ihm, sich sagen zu müssen, daß er infolge eines so nichtigen Umstandes beinahe zugrunde gegangen wäre, sich beinahe zugrunde gerichtet hätte. Also hatte dieser Mensch von nichts erzählen können als von dem Wohnungmieten und dem Gespräche über das Blut. Folglich hatte auch Porfirij kein Beweismaterial außer diesem »Fieberwahn«, keine Tatsachen, nur »psychologische Beweise«, die »ihre zwei Seiten... hier fehlt eine ganze Zeile im Buch... Beweismaterial außer diesem »Fieberwahn«, keine Tatsachen ans Licht kamen (und solche durften nicht mehr ans Licht kommen, unter keinen Umständen!) – was konnte man ihm dann anhaben? Wodurch konnte man ihn dann überführen, selbst wenn man ihn festnahm? Und folglich hatte Porfirij erst jetzt, erst eben jetzt von dem Besuch in der Wohnung erfahren und vorher nichts davon gewußt.

»Da haben Sie also heute wohl Porfirij davon erzählt,... daß ich nach Ihrem Hause gekommen war?« rief er, von einem Gedanken, der ihm plötzlich gekommen war, überrascht.

»Was für einem Porfirij?«

»Dem Untersuchungskommissar.«

»Ja, dem habe ich es gesagt. Die Hausknechte wollten damals nicht hingehen, und da bin ich hingegangen.«

»Heute?«

»Ich war unmittelbar vor Ihnen da. Und ich habe alles gehört, wie er Sie gefoltert hat.«

»Wo? Was? Wann?«

»Nun dort, bei ihm hinter der Bretterwand; da habe ich die ganze Zeit über gesessen.«

»Wie? Also Sie waren die Überraschung? Aber ich bitte Sie, wie ist denn das zugegangen?«

»Als ich sah«, erwiderte der Kleinbürger, »daß die Hausknechte trotz meines Zuredens nicht hingehen wollten (sie sagten, nun wäre es schon zu spät, und er würde womöglich noch böse werden, weil sie nicht sogleich mit Ihnen hingekommen wären), da ärgerte ich mich und konnte nicht schlafen und wollte mich nach Ihnen erkundigen. Und nachdem ich mich gestern nach Ihnen erkundigt hatte, ging ich heute zu dem Untersuchungskommissar hin. Als ich zum ersten Male hinkam, war er nicht da; als ich eine Stunde später wieder hinkam, empfing er mich nicht; als ich zum dritten Male kam, wurde ich vorgelassen. Ich berichtete ihm alles, wie es sich zugetragen hatte, und da fing er an, im Zimmer hin und her zu rennen und sich mit der Faust gegen die Brust zu schlagen. ›Ihr nichtswürdige Bande‹, sagte er, ›warum habt ihr mir das nicht gleich gemeldet? Hätte ich das gewußt, so hätte ich ihn mir durch die Polizei herholen lassen!‹ Dann lief er hinaus, rief jemanden herein und redete mit ihm in einer Ecke; dann wendete er sich wieder zu mir, fragte mich allerlei und schimpfte. Er machte mir viele Vorwürfe, und ich hatte ihm doch alles berichtet und ihm auch gesagt, daß Sie gestern nicht gewagt hätten, mir auf meine Worte etwas zu antworten, und daß Sie mich nicht wiedererkannt hätten. Da fing er wieder an herumzulaufen und schlug sich immer gegen die Brust und war ärgerlich und lief umher; und als Sie angemeldet wurden, da sagte er zu mir: ›Na, geh mal hinter die Zwischenwand, sitze da einstweilen und rühre dich nicht, was du auch hören magst!‹ und er brachte mir selbst einen Stuhl dorthin und schloß mich ein. ›Vielleicht werde ich dich noch befragen‹, sagte er. Als aber Nikolai hereingekommen war, da ließ er mich, nachdem Sie weg waren, hinaus. ›Ich werde dich noch einmal vorladen und noch weiter befragen‹, sagte er.«

»Hat er Nikolai in Ihrer Gegenwart verhört?«

»Nachdem er Sie hinausbegleitet hatte, entließ er mich auch gleich und fing an, Nikolai zu verhören.«

Der Kleinbürger hielt inne, verbeugte sich nochmals und berührte dabei wieder mit dem Finger den Boden.

»Verzeihen Sie mir, daß ich Sie verleumdet und so schlecht von Ihnen gedacht habe.«

»Gott wird es Ihnen verzeihen«, antwortete Raskolnikow.

Sowie er dies gesagt hatte, verbeugte sich der Kleinbürger wieder vor ihm, aber nun nicht bis zur Erde, sondern nur bis zur Höhe des Gürtels, drehte sich langsam um und ging aus dem Zimmer.

›Jetzt hat alles seine zwei Seiten!‹ sagte sich Raskolnikow und verließ mutiger als je das Zimmer.

›Jetzt wollen wir noch unsere Kräfte miteinander messen‹, dachte er mit einem ingrimmigen Lächeln, während er die Treppe hinabstieg. Der Ingrimm richtete sich gegen ihn selbst; nur mit Geringschätzung und Beschämung erinnerte er sich jetzt seines »Kleinmutes«, wie er sich in Gedanken ausdrückte.

FÜNFTER TEIL

I

Der Morgen, welcher auf die für Pjotr Petrowitsch so verhängnisvolle Aussprache mit Dunja und Pulcheria Alexandrowna folgte, übte auch auf Pjotr Petrowitsch seine ernüchternde Wirkung aus. Das Ereignis, das ihm noch gestern als etwas Phantastisches und, obgleich es sich zugetragen hatte, dennoch sozusagen als ein Ding der Unmöglichkeit erschienen war, dieses Ereignis mußte er zu seinem größten Mißvergnügen allmählich als eine vollendete und nicht mehr rückgängig zu machende Tatsache anerkennen. Die schwarze Schlange der verletzten Eigenliebe hatte die ganze Nacht über an seinem Herzen genagt. Sobald er sich vom Bette erhoben hatte, besah er sich sogleich im Spiegel. Er fürchtete, es könnte ihm die Galle ins Blut getreten sein. In dieser Hinsicht jedoch war vorläufig alles noch in guter Ordnung, und als er sein vornehmes, weißes und in letzter Zeit etwas voller gewordenes Gesicht betrachtete, fühlte er sich sogar für einen Augenblick getröstet, in der festen Überzeugung, daß er wohl auch noch anderwärts eine Braut für sich finden werde, vielleicht sogar eine noch bessere; aber sofort trat auch wieder der Gedanke an die ihm widerfahrene Kränkung in den Vordergrund, und er spuckte energisch seitwärts aus, wodurch er ein stillschweigendes, aber spöttisches Lächeln bei seinem jungen Freunde und Stubengenossen Andrej Semjonowitsch Lebesjatnikow hervorrief. Pjotr Petrowitsch bemerkte dieses Lächeln und notierte es sich in Gedanken, um es seinem jungen Freunde bei Gelegenheit heimzuzahlen. So hatte er ihm in der letzten Zeit schon gar manches zu diesem Zwecke aufs Kerbholz gesetzt. Sein Ärger wuchs noch mehr, als er auf einmal zu der Einsicht kam, daß es gestern töricht von ihm gewesen war, von dem Ausgange seines Gesprächs mit der Familie Raskolnikow diesem Andrej Semjonowitsch Mitteilung zu machen. Das war der zweite Fehler, der ihm gestern passiert war; er hatte ihn in der Erregung, in einem überflüssigen Drange, sich auszusprechen, und infolge seiner gereizten Stimmung begangen... Weiter folgte nun an diesem Vormittag, gerade als ob das Schicksal es darauf angelegt hätte, eine Unannehmlichkeit auf die andre. Sogar beim Senat hatte er einen Mißerfolg in der Angelegenheit, die er betrieb. In besondere Entrüstung aber geriet er über den Hauswirt, von dem er im Hinblick auf seine baldige Verheiratung eine Wohnung gemietet hatte, die er bereits auf eigene Kosten hatte instand setzen lassen. Dieser Wirt, ein reich gewordener deutscher Handwerker, ließ sich absolut nicht darauf ein, den eben erst abgeschlossenen Kontrakt einfach wieder aufzuheben, sondern forderte die volle im Kontrakt vorgesehene Abstandssumme, obwohl ihm doch Pjotr Petrowitsch die Wohnung in fast vollständig renoviertem Zustande zurückgab. Ebenso wollten die Leute in der Möbelhandlung auch nicht einen Rubel von der Anzahlung für die dort gekauften, aber noch nicht in die Wohnung geschafften Möbel zurückgeben.

›Ich kann mich doch nicht extra um der Möbel willen verheiraten!‹ dachte Pjotr Petrowitsch zähneknirschend, und gleichzeitig zuckte in seinem Gehirn noch einmal ein Hoffnungsschimmer auf: ›Ist denn dort wirklich alles unwiederbringlich verloren und zu Ende? Ob ich es nicht doch noch einmal versuchen kann?‹ Der Gedanke an Dunja zog ihm noch einmal verlockend durch den Sinn. Es waren qualvolle Augenblicke, die er jetzt durchlebte, und hätte Pjotr Petrowitsch jetzt auf dem Fleck durch den bloßen Wunsch Raskolnikow ermorden können, so hätte er, ohne zu zögern, diesen Wunsch ausgesprochen.

›Ein Fehler war es auch von mir, daß ich ihnen gar kein Geld gegeben habe‹, dachte er, als er trüben Mutes in Lebesjatnikows Stube zurückkehrte. ›Hol's der Kuckuck, warum bin ich eigentlich so ein Geizkragen geworden? Das war eine ganz falsche Sparsamkeit! Ich beabsichtigte, sie recht kurz zu halten und sie dahin zu bringen, daß sie mich als ihren Schutzgott ansähen, und nun kommen sie mir so!... Scheußlich!... Ja, wenn ich diese ganze Zeit her so anderthalbtausend Rubel auf sie verwandt hätte, zur Beschaffung der Aussteuer und in Form von Geschenken, von allerlei Schächtelchen, Necessaires, Bijouterien, Kleiderstoffen und anderm Firlefanz, dann wäre die Sache besser gewesen,... und ich hätte mehr Sicherheit gehabt! Dann hätten sie mir jetzt nicht so leicht aufgekündigt! Solche Leute halten es unbedingt für ihre Pflicht, bei der Lösung einer Verlobung die Geschenke und das Geld zurückzugeben; und die Rückerstattung hätte ihnen doch Schwierigkeiten gemacht, hätte ihnen auch bei den Geschenken wohl leid getan! Auch das Gewissen würde sie beunruhigt haben: »wir können doch nicht«, hätten sie sich gesagt, »einem Menschen so ohne weiteres den Laufpaß geben, nachdem er sich bisher so freigebig und zartfühlend gezeigt hat.«... Hm! Da habe ich einen Bock geschossen!‹

Wieder knirschte Pjotr Petrowitsch mit den Zähnen und nannte sich einen Dummkopf, natürlich nur ganz im stillen.

So befand er sich nicht gerade in rosigster Stimmung. Die Vorbereitungen zu dem Gedächtnismahle in Katerina Iwanownas Zimmer nahmen dann ein wenig sein Interesse in Anspruch. Er hatte schon gestern etwas von diesem Gedächtnismahle gehört; er hatte sogar eine undeutliche Erinnerung, als ob auch er dazu eingeladen worden wäre; aber bei seinen eigenen Sorgen und Geschäften hatte er für nichts andres Aufmerksamkeit übrig gehabt. Schnell erkundigte er sich jetzt bei Frau Lippewechsel, die in Katerina Iwanownas Abwesenheit (denn diese war auf dem Kirchhofe) damit beschäftigt war, den Tisch zurechtzumachen, und erfuhr von ihr, das Gedächtnismahl würde sehr großartig sein; fast alle Mitmieter, darunter auch solche, die mit dem Verstorbenen gar nicht bekannt gewesen wären, seien eingeladen; sogar Andrej Semjonowitsch Lebesjatnikow sei eingeladen, trotz des Streites, den er unlängst mit Katerina Iwanowna gehabt hätte; endlich sei auch er selbst, Pjotr Petrowitsch, nicht nur eingeladen, sondern er würde sogar als der vornehmste Gast unter allen Mietern mit besonderer Sehnsucht erwartet. Amalia Iwanowna selbst hatte gleichfalls eine höchst respektvolle Einladung erhalten, trotz aller vorhergegangenen unangenehmen Zwistigkeiten, und arrangierte daher jetzt mit großer Geschäftigkeit und nicht ohne Genuß alles für die Mahlzeit Erforderliche. Sie war bereits höchst geputzt, obwohl es natürlich ein Trauerkleid war; aber es war ganz neu und aus Seide, und sie war sehr stolz darauf. Alle diese Tatsachen und Mitteilungen brachten Pjotr Petrowitsch auf einen ganz besonderen Gedanken, und in seine Überlegungen vertieft, begab er sich in sein, das heißt in Herrn Lebesjatnikows Zimmer. Die Hauptsache war: er hatte unter anderm erfahren, daß zu den Eingeladenen auch Raskolnikow gehörte.

Andrej Semjonowitsch war aus irgendeinem Grunde an diesem Tage den ganzen Vormittag über zu Hause. Zwischen ihm und Pjotr Petrowitsch bestand ein eigentümliches Verhältnis, das jedoch zum Teil sehr erklärlich war. Pjotr Petrowitsch verachtete und haßte ihn über alle Maßen, fast gleich von dem Tage an, wo er sich bei ihm einlogiert hatte; gleichzeitig aber empfand er vor ihm eine gewisse Furcht. Er hatte nach seiner Ankunft in Petersburg nicht lediglich aus schäbiger Sparsamkeit bei ihm Quartier genommen, wiewohl dies allerdings der Hauptgrund war, sondern er hatte dazu noch einen andern Grund gehabt. Schon als er noch in der Provinz wohnte, hatte er über Andrej Semjonowitsch, seinen früheren Mündel, gehört, er sei einer der hervorragendsten jungen Reformer und spiele sogar in manchen interessanten, geheimnisvollen Klubs eine bedeutende Rolle. Das hatte ihm imponiert. Diese mächtigen, allwissenden Klubs, die niemanden fürchteten und jeden geheimen Übeltäter entlarvten, hatten ihm schon längst eine gewaltige, jedoch ganz vage Furcht eingeflößt. Er selbst hatte sich natürlich, noch dazu in der Provinz, von derartigen Vereinen keinen auch nur annähernd genauen Begriff machen können. Er hatte, wie alle Leute, gehört, es gebe namentlich in Petersburg sogenannte Reformer, Nihilisten, Entlarver usw.; aber gleich vielen andern Leuten hatte er mit diesen Bezeichnungen ganz übertriebene und ins Absurde entstellte Vorstellungen verbunden. Am allermeisten fürchtete er, und zwar schon seit einigen Jahren, die »Entlarvungen«, und dies war die hauptsächlichste Ursache seiner fortwährenden übermäßigen Unruhe gewesen, besonders wenn er an die Verlegung seiner Tätigkeit nach Petersburg gedacht hatte. In dieser Hinsicht war er, wie man sich auszudrücken pflegt, verängstigt, wie einem manchmal verängstigte kleine Kinder vorkommen. Einige Jahre vorher hatte er in der Provinz (er stand damals noch am Beginn seiner Laufbahn) zwei solche Fälle von grausamer Entlarvung mit angesehen; die beiden Betroffenen waren recht hochgestellte Beamte in der Verwaltung des Gouvernements, und er hatte sich in ihre Gefolgschaft begeben und sich ihrer Gönnerschaft erfreut. Der eine Fall endete für die entlarvte Persönlichkeit mit einem großen Skandal, und der zweite hätte beinahe ein ganz, ganz übles Ende genommen. Aus diesem Grunde hatte sich Pjotr Petrowitsch vorgenommen, sich gleich nach seiner Ankunft in Petersburg zu erkundigen, was es mit diesen Klubs für eine

Bewandtnis habe, und, wenn es erforderlich schiene, der Gefahr vorzubeugen und sich bei »unsrer jungen Generation« einzuschmeicheln. Für diesen Fall hoffte er auf Lebesjatnikows Unterstützung, und er hatte, wie er das bei dem Besuche bei Raskolnikow bewies, bereits gelernt, ein paar entlehnte Phrasen klangvoll vorzubringen.

Allerdings hatte er Andrej Semjonowitsch recht bald als einen sehr gewöhnlichen, einfältigen Menschen durchschaut. Dadurch war aber sein Glaube an die Macht der Klubs in keiner Weise erschüttert und sein Mut nicht gehoben worden. Selbst wenn er sich überzeugt hätte, daß alle Reformer ebensolche Dummköpfe seien, auch dann hätte sich seine Unruhe nicht gelegt. Im Grunde interessierten all diese Lehren, Ideen und Systeme, mit denen Andrej Semjonowitsch ihn aufs freigebigste regalierte, ihn nicht im geringsten. Er hatte sein eigenes Ziel. Er wollte nur so schnell wie irgend möglich in Erfahrung bringen, was in diesen Klubs vorginge und wie dabei verfahren würde. Besaßen diese Leute Macht oder nicht? Hatte er für seine eigene Person etwas von ihnen zu befürchten oder nicht? Würden sie ihn »entlarven«, wenn er dies oder das unternähme, oder nicht? Und wenn sie sich mit Entlarvungen abgaben, auf welche Handlungsweisen hatten sie es dabei besonders abgesehen? Welche Handlungsweisen machten sie gerade jetzt zum Objekte ihrer entlarvenden Tätigkeit? Und dann: konnte man sich nicht auf irgendeine Weise mit ihnen freundlich stellen und sie dabei düpieren, wenn sie wirklich Macht besitzen sollten? War das erforderlich oder nicht? Konnte er nicht vielleicht gerade durch ihre Vermittlung in seiner Karriere etwas erreichen? Kurz, es drängten sich ihm Hunderte von Fragen auf.

Dieser Andrej Semjonowitsch war ein Mann von ungesunder Konstitution, skrofulös, von kleiner Statur; er bekleidete irgendeine Beamtenstelle; sein Haar war von auffallend hellblonder Farbe; er trug einen Backenbart in Kotelettform, auf den er sehr stolz war. Fast beständig litt er an den Augen. Er hatte ein sehr weiches Herz; aber sein Redeton klang sehr selbstbewußt und manchmal geradezu hochmütig, was sich bei seiner kleinen Figur meist recht lächerlich ausnahm. Amalia Iwanowna betrachtete ihn als einen hochanständigen Mieter; denn er trank nicht und bezahlte pünktlich seine Miete. Aber trotz mancher guten Eigenschaften war Andrej Semjonowitsch tatsächlich ein bißchen dumm. Er hatte sich mit leidenschaftlichem Eifer den Reformern und »unsrer jüngeren Generation« angeschlossen. Er gehörte zu der zahllosen, buntscheckigen Menge mittelmäßiger Menschen, kläglicher Frühgeburten und dünkelhafter Halbwisser, die sich eiligst zu Anhängern der modernsten, landläufigsten Idee machen und sie sofort verhunzen und alle Bestrebungen, denen sie (manchmal mit der besten Absicht) dienen, in eine Karikatur verwandeln.

Übrigens war Herrn Lebesjatnikow trotz all seiner Gutmütigkeit sein Stubengenosse und ehemaliger Vormund Pjotr Petrowitsch gleichfalls recht zuwider geworden. Das hatte sich von beiden Seiten ganz von selbst so ergeben. Wie einfältig er auch war, durchschaute Andrej Semjonowitsch doch allmählich, daß Pjotr Petrowitsch gegen ihn nicht aufrichtig war und ihn im stillen verachtete und daß überhaupt nichts Rechtes an ihm dran war. Er versuchte, ihm Fouriers System und die Darwinsche Theorie auseinanderzusetzen; aber Pjotr Petrowitsch hörte, namentlich in der letzten Zeit, mit gar zu spöttischer Miene zu und fing in der allerletzten Zeit sogar an, ihn auszuschelten. Pjotr Petrowitsch hatte nämlich instinktmäßig herausgefühlt, daß Lebesjatnikow nicht nur ein recht gewöhnlicher, ziemlich dummer Mensch, sondern wohl noch dazu ein arger Aufschneider war und überhaupt keine einflußreichen Beziehungen, nicht einmal in seinem Klub, besaß, sondern nur von weitem etwas läuten hören, ja, daß er nicht einmal sein eigentliches Geschäft, die Propaganda, ordentlich verstand, weil er gar zu wirr und unverständlich redete; wie konnte der ein »Entlarver« sein! Nebenbei sei noch bemerkt, daß Pjotr Petrowitsch in diesen anderthalb Wochen (namentlich am Anfange dieser Zeit) von Andrej Semjonowitsch ganz sonderbare Lobsprüche für Bestrebungen, die dieser bei ihm voraussetzte, entgegengenommen hatte; er hatte nämlich nicht widersprochen, sondern stillgeschwiegen, wenn Andrej Semjonowitsch ihm zum Beispiel die Absicht zugeschrieben hatte, die künftige, baldige Errichtung einer neuen »Kommune« nicht weit vom Kanal in der Meschtschanskaja-Straße zu fördern oder auch seiner Gattin Awdotja Romanowna nicht hinderlich zu sein, wenn diese gleich im ersten Monat der Ehe auf den Gedanken käme, sich einen Liebhaber anzuschaffen, oder auch seine künftigen Kinder nicht taufen zu lassen usw. Pjotr Petrowitsch widersprach grundsätzlich nicht, wenn ihm solche Absichten zugeschrieben wurden, und ließ es sich gefallen, dafür gelobt zu werden; so willkommen war ihm jedes Lob.

Pjotr Petrowitsch, der an diesem Morgen einige fünfprozentige Staatsschuldscheine verkauft hatte, saß am Tische und zählte die Banknotenpäckchen durch. Andrej Semjonowitsch, der fast nie Geld hatte, ging im Zimmer auf und ab und tat, als ob ihn der Anblick des vielen Geldes völlig kalt ließe und sogar mit Verachtung erfülle. Pjotr Petrowitsch glaubte ganz und gar nicht, daß der Anblick einer solchen Geldsumme Andrej Semjonowitsch wirklich kalt ließe; und Andrej Semjonowitsch seinerseits dachte bei sich voll Erbitterung, daß Pjotr Petrowitsch vielleicht tatsächlich eine niedrige, materielle Gesinnung bei ihm voraussetze und sich nun ein Vergnügen daraus mache, ihn, seinen jungen Freund, durch die nebeneinanderliegenden Banknotenpäckchen zu reizen und zu verhöhnen, indem er dadurch seine Unbedeutendheit und den großen zwischen ihnen vorhandenen Abstand demonstrieren wolle.

Er fand Pjotr Petrowitsch augenblicklich außerordentlich reizbar und unaufmerksam, obwohl er, Andrej Semjonowitsch, angesetzt hatte, ihm sein Lieblingsthema, die Gründung einer neuen, eigenartigen Kommune, zu erläutern. Die kurzen Entgegnungen und Bemerkungen, welche Pjotr Petrowitsch dazwischenwarf, wenn er einen Augenblick aufhörte, die Kügelchen am Rechenbrett klappern zu lassen, waren von einem ganz unverhohlenen und geflissentlich unhöflichen Spott durchtränkt. Aber Andrej Semjonowitsch, der einer humanen Auffassung zuneigte, führte diese Gemütsstimmung seines Stubengenossen auf das gestrige Zerwürfnis mit Dunja zurück und brannte vor Verlangen, schnell zu eingehenderer Behandlung seines Themas zu gelangen; er habe da, so bemerkte er, in Sachen der Reform und Propaganda seinem verehrten Freunde etwas mitzuteilen, was diesen interessieren und »zweifellos« in seiner weiteren Entwicklung fördern werde.

»Was ist denn das für ein Gedächtnismahl, zu dem da bei dieser... bei dieser Witwe Anstalten getroffen werden?« fragte Pjotr Petrowitsch auf einmal und unterbrach so seinen Freund bei der interessantesten Stelle der Auseinandersetzung.

»Das müssen Sie ja doch wissen! Ich habe doch erst gestern mit Ihnen darüber gesprochen und Ihnen meine Anschauungen über all solche religiösen Gebräuche entwickelt... Und die Frau hat Sie ja auch eingeladen; ich habe es mit eigenen Ohren gehört. Sie haben ja selbst mit ihr gestern gesprochen...«

»Ich hätte nicht gedacht, daß diese bettelarme Närrin das ganze Geld, das sie von diesem andern Narren, diesem Raskolnikow, bekommen hat, für ein Gedächtnismahl vergeuden würde. Ich war ja ganz erstaunt, als ich vorhin durch das Zimmer hindurchging: großartige Vorbereitungen; mehrere Weine auf dem Tische!... Eine ganze Menge Menschen sind eingeladen; weiß der Kuckuck, was das heißen soll!« fuhr Pjotr Petrowitsch fort, der mit bestimmter Absicht bei diesem Gegenstande zu verweilen schien. »Wie? Sie sagen, ich wäre auch eingeladen?« fügte er hinzu und hob den Kopf. »Wann sollte denn das gewesen sein? Ich kann mich gar nicht erinnern. Übrigens werde ich nicht hingehen. Was soll ich da? Ich habe gestern nur so im Vorbeigehen mit ihr darüber gesprochen, daß sie als bedürftige Beamtenwitwe vielleicht eine einmalige Unterstützung in Höhe des Jahresgehaltes ihres Mannes bekommen könne. Sollte sie mich etwa deshalb gleich einladen? He-he-he!«

»Ich habe auch nicht vor, hinzugehen«, sagte Lebesjatnikow.

»Das wäre ja auch noch schöner! Wo Sie sie doch eigenhändig durchgeprügelt haben! Sehr begreiflich, daß es Ihnen peinlich ist, hinzugehen, he-he!«

»Wer hat wen durchgeprügelt?« fuhr Lebesjatnikow auf; er hatte einen ganz roten Kopf bekommen.

»Na, Sie haben doch Katerina Iwanowna vor einem Monat durchgeprügelt! Es wurde mir erzählt, noch gestern... Ja, ja, so ist's mit den theoretischen Grundsätzen! Die Frauenfrage scheint also auch noch sehr im argen zu liegen. He-he-he!«

Anscheinend höchstlich amüsiert, begann Pjotr Petrowitsch wieder an dem Rechenbrett zu klappern.

»Das ist alles Unsinn und Verleumdung!« brauste Lebesjatnikow auf, dem jede Erwähnung dieses Vorfalls stets sehr unangenehm war. »So ist das gar nicht gewesen! Die Sache war ganz anders... Sie sind falsch unterrichtet; das ist lauter Klatscherei! Ich habe mich damals lediglich verteidigt. Sie ging zuerst mit den Nägeln auf mich los... Den ganzen Backenbart riß sie mir aus. Das ist denn doch jedem Menschen erlaubt, hoffe ich, seine Person zu verteidigen. Außerdem lasse ich mir von niemand Gewalttätigkeit gefallen... Grundsätzlich nicht. Denn das wäre ja eine Art Despotismus. Was hätte ich denn tun sollen? Etwa ruhig vor ihr stehenbleiben? Ich habe sie nur zurückgestoßen.«

»He-he-he!« lachte Lushin von neuem boshaft.

»Daß Sie gegen mich so sticheln, das tun Sie nur deshalb, weil Sie selbst Ärger gehabt haben und nun wütend sind... Aber die Geschichte mit Katerina Iwanowna ist doch eine törichte Lappalie und hat mit der Frauenfrage nicht das geringste zu tun. Sie fassen die Sache eben ganz falsch auf. Ich habe früher sogar folgendermaßen gedacht: wenn man die These akzeptiert, daß die Frau dem Manne in allen Stücken gleichsteht, sogar hinsichtlich der Körperkraft (was manche bereits behaupten), so muß auch, wo es sich um Schlägerei zwischen Männern und Frauen handelt, mit gleichem Maße gemessen werden. Natürlich aber habe ich mir nachher überlegt, daß eine solche Frage gar keine Existenzberechtigung hat, weil Schlägereien überhaupt keine Existenzberechtigung haben und das Vorkommen von Schlägereien in der künftigen Gesellschaft undenkbar ist... und weil es doch sonderbar wäre, auf eine Gleichberechtigung bei Schlägereien hinzustreben. So dumm bin ich nicht,... obwohl Schlägereien doch vorkommen,... das heißt, später werden keine mehr vorkommen, aber jetzt kommen noch welche vor,... Donnerwetter, wenn man mit Ihnen redet, wird man ja ganz konfus. Dieser frühere unangenehme Vorfall bildet also nicht den Grund für mein Fernbleiben von dem Gedächtnismahle. Sondern ich gehe einfach aus Prinzip nicht hin, um nicht an einem so törichten, auf sinnlosen Voraussetzungen beruhenden Brauche, wie es diese Gedächtnismahle sind, teilzunehmen; das ist der Grund! Übrigens könnte man ja auch bloß so aus Unsinn hingehen, um sich darüber lustig zu machen... Schade, daß keine Popen dabei sein werden. Sonst würde ich jedenfalls hingehen.«

»Also Sie möchten die gastliche Bewirtung annehmen und dann über diese Bewirtung und über die Leute, von denen Sie eingeladen sind, Ihren Hohn ausschütten. So meinen Sie es ja wohl?«

»Von Hohn ist nicht die Rede, sondern von einem Proteste gegen diesen Brauch. Ich habe dabei ein nützliches Ziel im Auge. Ich kann dadurch indirekt die Entwicklung der Menschheit und die Propaganda fördern. Jeder Mensch hat die Pflicht, die geistige Entwicklung seiner Mitmenschen zu fördern und Propaganda zu treiben, und je energischer er es tut, um so besser ist es. Ich kann eine Idee wie ein Samenkorn hinstreuen... Aus dieser gesäten Idee erwächst dann etwas Tatsächliches. Inwiefern kränke ich da die Leute? Und wenn sie sich auch zunächst gekränkt fühlen, so werden sie nachher doch einsehen, daß ich ihnen Nutzen gebracht habe. So wollten manche seinerzeit der Terebjewa (sie ist jetzt Mitglied einer Kommune) einen Vorwurf machen; als diese nämlich von ihrer Familie fortging und... sich einem Manne hingab, da schrieb sie ihrer Mutter und ihrem Vater, sie wolle nicht mehr in veralteten, sinnlosen Anschauungen weiterleben und gehe eine freie, zivile Ehe ein. Da meinten nun die Tadler, das sei doch gar zu grob den Eltern gegenüber, und sie hätte mit ihnen etwas rücksichtsvoller verfahren und in milderem Tone schreiben können. Meiner Ansicht nach ist das alles Unsinn; Milde ist dabei gar nicht angebracht, sondern vielmehr energischer Protest. Da sehen Sie einmal, wie es Frau Warenz machte! Sieben Jahre lang hatte sie mit ihrem Manne zusammen gelebt; da verließ sie ihn und ihre zwei Kinder und schrieb ihrem Manne in einem Briefe eine energische Absage: ›Ich bin zu der Einsicht gelangt, daß ich mit Ihnen nicht glücklich sein kann. Ich werde es Ihnen nie verzeihen, daß Sie mich betrogen haben, indem Sie mir verheimlicht haben, daß es dank den Kommunen noch eine andre Gesellschaftsordnung gibt. Ich habe das alles vor kurzem von einem hochgesinnten Manne erfahren, dem ich mich auch zu eigen gegeben habe, und mit ihm zusammen will ich eine Kommune gründen. Ich rede ganz offen, weil ich es für ehrlos halte, Sie zu betrügen. Meinerseits haben Sie völlige Freiheit, zu tun, was Sie mögen; aber hoffen Sie nicht, mich zur Rückkehr zu bewegen; damit ist es für Sie zu spät. Leben Sie glücklich!‹ In diesem Stil müssen derartige Briefe geschrieben werden.«

»Diese Terebjewa ist doch dieselbe, von der Sie neulich erzählten, daß sie schon in der dritten freien Ehe lebe?«

»Streng genommen erst in der zweiten! Aber wenn sie selbst in der vierten oder in der fünfzehnten Ehe lebte! Das ist ja alles Nebensache! Und wenn ich es jemals bedauert habe, daß mein Vater und meine Mutter gestorben sind, so bedauere ich es jedenfalls jetzt ganz besonders. Ich habe mir das schon manchmal so im stillen ausgemalt, wie ich sie, wenn sie noch am Leben wären, mit meinem Proteste verblüffen wollte! Ich hätte absichtlich einen Anlaß gesucht. Ich würde ihnen die Sache schon klargemacht haben! Ich hätte sie in Erstaunen versetzt! Es ist wirklich jammerschade, daß ich niemand mehr habe!«

»Um ihn in Erstaunen zu versetzen? He-he! Na, darüber wollen wir nicht streiten«, unterbrach ihn Pjotr Petrowitsch. »Sagen Sie mir lieber: Sie kennen ja die Tochter des Verstorbenen, so ein kümmerliches, dürftiges Ding; ist das alles richtig, was über sie erzählt wird, ja?«

»Nun, was ist denn dabei? Nach meiner Ansicht, das heißt nach meiner persönlichen Überzeugung, ist das für eine Frau der eigentlich normale Zustand. Warum auch nicht? Das heißt: distinguons! In der jetzigen Gesellschaftsordnung ist dieser Zustand selbstverständlich nicht normal, weil er durch eine Notlage herbeigeführt wird; aber in der künftigen Gesellschaftsordnung wird er völlig normal sein, weil er da ein freiwilliger ist. Und auch unter jetzigen Verhältnissen hatte dieses Mädchen ein Recht, so zu handeln, wie sie gehandelt hat: sie litt Not, und ihr Körper war ihr Fonds, sozusagen ihr Anlagekapital, über das sie vollständig berechtigt war zu verfügen. Natürlich, in der künftigen Gesellschaftsordnung werden keine Fonds nötig sein; sondern die Stellung der Frau wird anderweitig festgesetzt und in harmonischer, vernunftgemäßer Weise geregelt sein. Was Sofja Semjonowna persönlich anlangt, so betrachte ich unter den gegenwärtigen Umständen ihre Handlungsweise als einen energischen, zur Tat gewordenen Protest gegen die bestehende Gesellschaftsordnung und empfinde vor ihr große Hochachtung deswegen; ich freue mich sogar jedesmal, wenn ich sie sehe!«

»Mir ist aber doch erzählt worden, gerade Sie hätten sie gezwungen, aus dieser Wohnung fortzuziehen!«

Lebesjatnikow wurde ganz wütend.

»Das ist wieder nur so eine Klatscherei!« schrie er. »Die Sache war ganz anders, ganz anders! Das hat alles Katerina Iwanowna damals nur so hingeschwatzt, weil sie für meine Bestrebungen kein Verständnis hatte! Ich bin ganz und gar nicht zudringlich gegen Sofja Semjonowna geworden; ich habe lediglich ihre geistige Entwicklung zu fördern gesucht, in ganz uneigennütziger Weise, und habe mich bemüht, in ihr den Protest zu erwecken. Ich zielte nur auf den Protest ab; übrigens konnte Sofja Semjonowna sowieso in dieser Wohnung nicht länger bleiben!«

»Haben Sie sie zum Eintritt in die Kommune aufgefordert?«

»Sie spotten fortwährend; gestatten Sie mir aber die Bemerkung, daß Ihr Spott bei mir durchaus seine Wirkung verfehlt. Sie verstehen eben nichts davon! Derartige Berufe für Frauen gibt es in der Kommune nicht. Eben deshalb werden die Kommunen gegründet, damit es solche Berufe nicht mehr gibt. In der Kommune wird dieser Beruf seinen gesamten jetzigen Charakter verändern, und was hier dumm ist, wird dort vernünftig sein; was hier unter den jetzigen Verhältnissen unnatürlich ist, das wird dort durchaus natürlich sein. Es hängt alles davon ab, in welcher Umgebung und in welchem Milieu ein Mensch lebt. Alles hängt von dem Milieu ab; an sich ist der Mensch nichts, weder gut noch schlecht. Mit Sofja Semjonowna stehe ich mich auch jetzt noch ganz freundschaftlich, was Ihnen als Beweis dafür dienen kann, daß sie mich nicht als ihren Feind und Beleidiger betrachtet hat. Ich suche sie jetzt für eine Kommune zu gewinnen, die aber nach ganz, ganz anderen Prinzipien eingerichtet werden soll! Was ist Ihnen denn daran lächerlich? Wir wollen eine eigene, besondere Kommune gründen, aber auf breiteren Grundlagen als die früheren. Wir sind in unsern Anschauungen weiter vorgeschritten. Wir negieren mehr! Wenn Dobroljubow aus dem Grabe auferstände, würde ich gern einmal mit ihm disputieren. Und nun gar Belinskij, na, den würde ich mir schön vornehmen! Vorläufig aber fahre ich fort, an Sofja Semjonownas geistiger Entwicklung zu arbeiten. Sie ist ein herrliches, herrliches Wesen!«

»Na, und Sie machen sich dieses herrliche Wesen auch zunutze, wie? He-he!«

»Nein, nein! O nein! Im Gegenteil!«

»Na, na, also sogar im Gegenteil! He-he-he! Sehr schön gesagt!«

»Sie können es mir glauben! Weshalb sollte ich denn vor Ihnen heimlichtun, sagen Sie selbst! Wirklich im Gegenteil; es kommt mir sogar selbst sonderbar vor: mir gegenüber ist sie von einer unnatürlichen, ängstlichen Schamhaftigkeit und Keuschheit!«

»Und Sie fördern selbstverständlich ihre geistige Entwicklung, he-he, und beweisen ihr, daß diese ganze Schamhaftigkeit Unsinn ist?«

»Durchaus nicht, durchaus nicht! Oh, in wie plumper, törichter Weise – verzeihen Sie den Ausdruck! – Sie das Wort Entwicklung auffassen! Sie haben aber auch gar kein, rein gar kein Verständnis! O Gott, wie sind Sie noch unreif! Wir erstreben für das Weib die Freiheit, und Sie denken immer nur an das eine... Ich will mich auf die Streitfrage über Keuschheit und weibliche Schamhaftigkeit nicht weiter einlassen (diese Dinge haben an und für sich keinen Wert und beruhen auf vorgefaßten Meinungen); aber ich habe gegen Sofja Semjonownas Keuschheit mir gegenüber absolut nichts einzuwenden; das ist Sache ihres freien Willens, sie ist da vollständig in ihrem Rechte. Natürlich, wenn sie selbst zu mir sagte: ›Ich will dich haben‹, so würde ich meinen, daß mir ein großes Glück zuteil geworden sei, weil das Mädchen mir wirklich sehr gefällt; aber sicherlich hat niemals jemand sie höflicher und korrekter und mit mehr Achtung vor ihrer weiblichen Würde behandelt, als ich es jetzt tue... Ich warte und hoffe nur; weiter gehe ich nicht!«

»Sie sollten ihr lieber etwas schenken. Ich möchte wetten, daß Sie daran noch nicht gedacht haben.«

»Sie haben aber auch gar kein Verständnis; das kann ich Ihnen nur wiederholen. Gewiß, ihre Lage ist ja derart, daß sie Geschenke gebrauchen könnte; aber hier handelt es sich um etwas andres, um etwas ganz andres. Sie verachten das Mädchen einfach. Weil Sie eine Tatsache sehen, die Sie irrtümlicherweise für verachtenswert halten, versagen Sie ohne weiteres einem menschlichen Wesen eine humane Würdigung. Sie wissen noch gar nicht, was für einen trefflichen Charakter sie hat! Sehr leid tut mir nur, daß sie in der letzten Zeit so gut wie ganz aufgehört hat zu lesen und sich von mir keine Bücher mehr geben läßt, was sie doch früher tat. Schade ist auch, daß sie bei all ihrer Energie und bei ihrer bereits einmal bewiesenen Entschlossenheit, gegen die bestehende Gesellschaftsordnung zu protestieren, doch immer noch nicht genug Selbständigkeit, sozusagen nicht genug Unabhängigkeit, nicht genug Drang zum Negieren besitzt, um sich von gewissen vorgefaßten Anschauungen und Dummheiten völlig loszureißen. Wiewohl sie für manche Fragen ein vorzügliches Verständnis bekundet. Ganz vorzüglich hat sie zum Beispiel die Frage des Handkusses begriffen, das heißt, daß der Mann eine Frau, wenn er ihr die Hand küßt, beleidigt, weil er sie dadurch als ihm nicht gleichstehend bezeichnet. Über diese Frage wurde bei uns debattiert, und ich habe ihr sofort davon Mitteilung gemacht. Auch als ich ihr etwas über die Arbeiterassoziationen in Frankreich vortrug, hörte sie aufmerksam zu. Jetzt behandle ich mit ihr die Frage des freien Eintritts in die Zimmer unter der künftigen Gesellschaftsordnung.«

»Was soll das heißen?«

»Es wurde in letzter Zeit über die Frage debattiert: ist ein Kommunemitglied berechtigt, jederzeit in das Zimmer eines andern – männlichen oder weiblichen – Kommunemitgliedes einzutreten? Und wir kamen zu der Entscheidung, daß jedes Mitglied dazu berechtigt sei.«

»Na, aber wenn nun da betreffende männliche oder weibliche Mitglied gerade in dem Augenblicke mit der Erledigung eines notwendigen Bedürfnisses beschäftigt ist? He-he!«

Andrej Semjonowitsch wurde ganz ärgerlich.

»Ja, das bringen Sie jedesmal vor! Immer kommen Sie mir mit ein und demselben, mit diesen verdammten ›Bedürfnissen‹!« rief er ingrimmig. »Ich ärgere mich und bereue es, daß ich damals, als ich Ihnen das System auseinandersetzte, verfrüht diese verdammten Bedürfnisse erwähnte! Das ist immer für Leute von Ihrem Schlage der Stein des Anstoßes, und das schlimmste ist: sie machen ihre Witze darüber, ehe sie den Kern der Sache begriffen haben! Und dann tun sie noch, als wenn sie recht hätten und stolz sein könnten! Ich habe schon wiederholt die Ansicht vertreten, daß man Neulingen diese Frage erst ganz zuletzt auseinandersetzen kann, wenn sie bereits von der Richtigkeit des Systems überzeugt sind und eine gewisse geistige Entwicklung erreicht haben und sich auf dem rechten Wege befinden. Ja, sagen Sie mir doch, bitte, was finden Sie denn zum Beispiel an einer Müllgrube Ekelhaftes oder Gemeines? Ich erkläre mich als erster bereit, alle Müllgruben, so viele Sie nur wollen, auszuräumen! Da ist auch nicht einmal irgendwelche Selbstaufopferung dabei! Das ist einfach eine Arbeit, eine anständige, der Gesellschaft nützliche Tätigkeit, die jeder andern an Wert gleichkommt und zum Beispiel weit höher steht als die Tätigkeit eines Raffael oder Puschkin, weil sie nützlicher ist.«

»Auch anständiger, auch anständiger, he-he-he!«

»Was heißt ›anständiger‹? Ich verstehe solche Ausdrücke nicht, wenn es sich, um die Definition menschlicher Tätigkeiten handelt. ›Anständiger‹, ›edler‹, das ist lauter Unsinn. Abgeschmacktheit, veraltete, törichte Wörter, die ich negiere! Alles, was der Menschheit nützlich ist, ist auch anständig. Ich lasse nur das eine Wort ›nützlich‹ gelten! Kichern Sie, so viel Sie wollen; es ist doch so!«

Pjotr Petrowitsch lachte laut. Er war mit seinen Berechnungen bereits fertig und hatte das Geld verwahrt; jedoch hatte er einen Teil noch auf dem Tische liegenlassen. Die Frage der Müllgruben hatte trotz ihrer Absurdität schon mehrmals Anlaß zu Meinungsverschiedenheiten und Streit zwischen Pjotr Petrowitsch und seinem jungen Freunde gegeben. Sehr dumm war es von Andrej Semjonowitsch, daß er sich tatsächlich ärgerte. Daran hatte nun Lushin seine wahre Freude, und gerade jetzt legte er es besonders darauf an, Lebesjatnikow wütend zu machen.

»Die Sache ist die: Sie sind wegen Ihres gestrigen Malheurs erbost und suchen nun Händel«, brach Lebesjatnikow endlich los, der im allgemeinen trotz all seiner »Unabhängigkeit« und all seiner »Proteste« es nicht recht wagte, Pjotr Petrowitsch Opposition zu machen, und noch immer von früheren Jahren her ihm gegenüber einen gewohnheitsmäßigen Respekt beobachtete.

»Sagen Sie mir lieber«, unterbrach ihn Pjotr Petrowitsch hochmütig und ärgerlich, »können Sie... oder, besser ausgedrückt, sind Sie wirklich mit der vorhin erwähnten jungen Person so gut bekannt, daß Sie sie bitten können, jetzt gleich auf einen Augenblick in dieses Zimmer zu kommen? Ich glaube, sie sind schon alle vom Kirchhofe zurück... Ich höre so viele gehen... Ich möchte gern einmal mit ihr sprechen, mit dieser Person.«

»Was wollen Sie denn von ihr?« fragte Lebesjatnikow verwundert.

»Weiter nichts Besonderes. Heute oder morgen ziehe ich von hier weg, und da möchte ich ihr noch etwas mitteilen. Übrigens können Sie ruhig während dieses Gesprächs hier im Zimmer bleiben. Es ist sogar besser. Sonst denken Sie sich womöglich noch Gott weiß was.«

»Ich denke mir einfach gar nichts. Es war von mir nur eine ganz harmlose Frage. Wenn Sie ihr etwas zu sagen haben, so ist nichts leichter, als sie herzurufen. Ich will sofort zu ihr gehen. Ich selbst werde Sie bei dem Gespräche nicht stören; davon wollen Sie überzeugt sein.«

Wirklich kehrte Lebesjatnikow nach fünf Minuten mit Sonja zurück. Diese trat äußerst erstaunt und, wie das in ihrer Gewohnheit lag, sehr schüchtern ein. Sie war bei solchen Gelegenheiten stets schüchtern und fürchtete sich in hohem Grade vor neuen Gesichtern und neuen Bekanntschaften; diese Furcht war ihr schon früher, schon in ihrer Kindheit, eigen gewesen, hatte aber jetzt noch zugenommen... Pjotr Petrowitsch empfing sie »freundlich und höflich« und mit einem Anfluge von jovialer Vertraulichkeit, die nach seiner Ansicht einem so achtungswerten, gesetzten Manne, wie er, wohl anstand gegenüber einem so jungen und in gewisser Hinsicht »interessanten« Wesen, wie sie. Vor allen Dingen bemühte er sich, sie zu »ermutigen«, und lud sie ein, an dem Tische ihm gegenüber Platz zu nehmen. Sonja setzte sich, ließ ihre Blicke nach allen Seiten schweifen, zu Lebesjatnikow, zu dem Gelde, das auf dem Tische lag, dann wieder zu Pjotr Petrowitsch und wandte nun die Augen nicht mehr von ihm ab, als ob sie an ihn gefesselt wäre. Lebesjatnikow ging zur Tür; aber Pjotr Petrowitsch stand auf, bedeutete Sonja durch eine Geste, sitzenzubleiben, und hielt Lebesjatnikow zurück.

»Ist dieser Raskolnikow dort? Ist er gekommen?« fragte er ihn flüsternd.

»Raskolnikow? Ja, der ist da. Wieso? Ja, er ist da. Er ist eben erst gekommen; ich habe ihn gesehen. Wieso?«

»Nun, dann möchte ich Sie dringend bitten, hierzubleiben, hier bei uns, und mich nicht mit dieser... jungen Dame allein zu lassen. Was ich mit ihr zu reden habe, ist nur eine harmlose Kleinigkeit; aber sonst machen die Leute womöglich Gott weiß was daraus. Ich möchte nicht, daß Raskolnikow seinen Angehörigen etwas erzählen könnte... Verstehen Sie, was ich meine?«

»Gewiß, gewiß!« erwiderte Lebesjatnikow verständnisvoll. »Ja, Sie haben ganz recht. Allerdings gehen Sie, nach meiner persönlichen Überzeugung, in Ihren Befürchtungen zu weit; aber... Sie haben trotzdem recht. Also, wenn Sie es wünschen, so bleibe ich. Ich stelle mich dort ans Fenster und werde Sie nicht stören... Meiner Ansicht nach haben Sie recht...«

Pjotr Petrowitsch kehrte zum Sofa zurück, setzte sich Sonja gegenüber, richtete einen forschenden Blick auf sie und nahm auf einmal eine ganz besonders ehrbare, sogar etwas strenge Miene an, die ungefähr bedeutete: ›Machen Sie sich nur nicht etwa ganz falsche Gedanken, mein Fräulein!‹ Sonja wurde höchst verlegen.

»Zunächst möchte ich Sie bitten, Sofja Semjonowna, mich bei Ihrer hochverehrten Frau Mutter zu entschuldigen... Ich bin doch wohl recht unterrichtet? Katerina Iwanowna vertritt bei Ihnen Mutterstelle?« begann Pjotr Petrowitsch in sehr würdigem, aber dabei doch ganz freundlichem Tone.

Augenscheinlich hegte er die freundschaftlichsten Absichten.

»Ja gewiß, gewiß; sie vertritt bei mir Mutterstelle«, antwortete Sonja hastig und furchtsam.

»Nun also, dann entschuldigen Sie mich bei ihr, daß ich durch zwingende Umstände verhindert bin, an dem Gedächtnismahle teilzunehmen, zu welchem Ihre Frau Mutter mich so liebenswürdig eingeladen hat.«

»Jawohl,... ich werde es ausrichten,... ich werde es gleich ausrichten.« Sonja sprang eilig auf.

»Ich bin noch nicht am Ende«, hielt Pjotr Petrowitsch sie zurück und lächelte über ihre Naivität und über ihre Unkenntnis der Umgangsformen. »Sie kennen mich schlecht, liebste Sofja Semjonowna, wenn Sie glauben, daß ich aus diesem unbedeutenden, nur mich betreffenden Grunde jemand wie Sie persönlich bemüht und hergebeten hätte. Mein Zweck war ein anderer.«

Sonja nahm rasch wieder Platz. Wieder fiel ihr Blick einen Augenblick auf die grauen und regenbogenfarbigen Banknoten, die noch auf dem Tische lagen; aber schnell wandte sie das Gesicht von ihnen weg und sah wieder Pjotr Petrowitsch an; es kam ihr auf einmal der Gedanke, daß es sich, namentlich für ein Mädchen wie sie, ganz und gar nicht schicke, fremdes Geld anzublicken. Sie richtete ihren Blick zunächst auf die goldne Lorgnette, die Pjotr Petrowitsch in der linken Hand hielt, und zugleich auf den großen, massiv goldenen, sehr schönen Ring mit gelbem Stein, den er am Mittelfinger dieser Hand trug; aber hastig wendete sie ihre Augen auch davon ab, und da sie nicht wußte, wo sie mit ihren Blicken bleiben sollte, schaute sie schließlich ihrem Gegenüber wieder gerade ins Gesicht. Nach einer kurzen Pause fuhr Pjotr Petrowitsch in noch würdevollerem Tone als vorher fort:

»Es traf sich gestern zufällig, daß ich im Vorbeigehen mit der unglücklichen Katerina Iwanowna ein paar Worte wechselte. Diese wenigen Worte genügten, um mich erkennen zu lassen, daß sie sich in einem, wenn man sich so ausdrücken kann, unnatürlichen Geisteszustande befindet...«

»Jawohl, in einem unnatürlichen Geisteszustande«, stimmte ihm Sonja eilig zu.

»Oder, um es einfacher und verständlicher auszudrücken, in einem krankhaften Geisteszustande.«

»Jawohl, einfacher und verständ... Jawohl, sie ist krank.«

»Ganz richtig. Nun also, aus Menschenfreundlichkeit und... und... und sozusagen aus Teilnahme möchte ich mich gern meinerseits irgendwie behilflich zeigen, im Hinblick auf das traurige Schicksal, das ihr unvermeidlich bevorsteht. Ich möchte glauben, daß diese ganze arme Familie sich jetzt einzig und allein auf Ihre Unterstützung angewiesen sieht.«

»Gestatten Sie die Frage«, sagte Sonja und stand dabei plötzlich auf, »was haben Sie ihr gestern über die Möglichkeit, eine Pension zu bekommen, gesagt? Sie hat gestern zu mir gesagt, Sie hätten es auf sich genommen, ihr eine Pension zu erwirken. Ist das richtig?«

»Durchaus nicht; das ist sogar in gewisser Hinsicht sinnlos«, erwiderte Pjotr Petrowitsch und bedeutete ihr, sich wieder zu setzen. »Ich habe nur darauf hingedeutet, daß die Witwe eines im Dienst gestorbenen Beamten eine zeitweilige Unterstützung erhalten könne, wenn sie irgendwelche Protektion habe; es scheint jedoch, daß Ihr verstorbener Vater nicht das erforderliche Dienstalter hatte, ja sogar in der letzten Zeit sich überhaupt nicht im Dienste befand. Kurz, es mag wohl einige Aussicht da sein, aber jedenfalls ist sie äußerst problematisch; denn ein Recht auf Unterstützung ist im vorliegenden Falle ganz und gar nicht vorhanden; im Gegenteil... Und da hat sie gleich auf eine Pension spekuliert? He-he-he! Die Dame muß ja eine rege Phantasie haben!«

»Ja, sie hat sich Hoffnung auf eine Pension gemacht. Sie ist nämlich leichtgläubig und gutherzig, und aus Gutherzigkeit glaubt sie alles, und... und... und ihr Verstand ist so... Ja, dann entschuldigen Sie«, sagte Sonja und stand wieder auf, um fortzugehen.

»Erlauben Sie, Sie haben noch nicht alles gehört, was ich sagen wollte.«

»Ja, ich habe noch nicht alles gehört«, murmelte Sonja.

»Also nehmen Sie doch Platz!«

Sonja wurde entsetzlich verlegen und setzte sich von neuem hin.

»Da ich sehe, in welcher Lage sie sich mit den unglücklichen kleinen Kindern befindet, so möchte ich, wie bereits gesagt, mich nach dem Maße meiner Kräfte irgendwie behilflich zeigen, das heißt, eben nur, was man so nennt, nach dem Maße meiner Kräfte, nicht in weiterem Umfange. Man könnte zum Beispiel zu ihren Gunsten eine Kollekte veranstalten oder sozusagen eine Lotterie... oder so etwas Ähnliches, wie dergleichen immer in solchen Fällen von Nahestehenden oder auch von Fernerstehenden, überhaupt von Hilfsbereiten unternommen wird. Das ist es, worüber ich gern mit Ihnen reden wollte. So etwas wäre möglich.«

»Ach ja, das wäre schön... Gott wird Sie dafür...«, stammelte Sonja und blickte Pjotr Petrowitsch unverwandt an.

»Das wäre möglich; aber... darüber können wir später einmal... das heißt, wir könnten auch gleich heute schon anfangen. Wir wollen heute abend noch einmal zusammenkommen, uns besprechen und sozusagen den Grund legen. Kommen Sie also so gegen sieben Uhr wieder zu mir hierher. Ich hoffe, Andrej Semjonowitsch wird gleichfalls an unsrer Beratung teilnehmen... Aber... da ist ein Punkt, der schon vorher genau erwogen werden muß; und eben deshalb habe ich Sie auch hierher bemüht, Sofja Semjonowna. Nämlich meine Ansicht ist die: der unglücklichen Katerina Iwanowna selbst kann man kein Geld in die Hände geben; das ist sogar geradezu gefährlich; als Beweis dafür dient gleich das heutige Gedächtnismahl. Es ist für morgen sozusagen keine trockene Brotrinde da, kein Schuhzeug, nichts; aber trotzdem kauft sie heute Jamaikarum ein und Madeira und... und... und Kaffee. Ich habe es gesehen, als ich durch das Zimmer ging. Morgen aber fällt wieder die ganze Last des Unterhaltes der Familie auf Ihre Schultern, und ohne Sie hätten sie keinen Bissen Brot. Ein solches Verfahren ist ja geradezu sinnlos. Daher muß auch eine etwaige Kollekte nach meiner persönlichen Ansicht in der Weise veranstaltet werden, daß von dem Gelde die unglückliche Witwe gar nichts erfährt, sondern etwa nur Sie. Habe ich nicht recht?«

»Ich weiß nicht. Es ist ja nur heute, daß sie so ist,... nur einmal im Leben;... es lag ihr so viel daran, ein Gedächtnismahl zu veranstalten, dem Toten eine Ehre zu erweisen, sein Andenken zu feiern;... sie ist sonst sehr vernünftig. Aber machen Sie es ganz, wie es Ihnen gut scheint, und ich werde Ihnen sehr; sehr,... sie alle werden Ihnen... und Gott wird Sie... und die vaterlosen Kinderchen...«

Sonja konnte nicht zu Ende sprechen; sie brach in Tränen aus.

»Nun ja. Also dann überlegen Sie sich das; jetzt aber wollen Sie für Ihre Mutter zunächst von mir persönlich eine meinen Kräften entsprechende Summe entgegennehmen. Ich spreche die dringende Bitte aus, daß mein Name dabei nicht erwähnt werden möge. Hier, bitte... Da ich sozusagen selbst meine Sorgen habe, bin ich nicht imstande, eine größere Summe...«

Und Pjotr Petrowitsch reichte Sonja einen Zehnrubelschein hin, den er sorgsam auseinandergefaltet hatte. Sonja nahm ihn, wurde rot, murmelte etwas und verabschiedete sich hastig. Pjotr Petrowitsch begleitete sie würdevoll bis an die Tür. Endlich schlüpfte sie ganz aufgeregt und erschöpft aus dem Zimmer und kehrte in größter Verwirrung zu Katerina Iwanowna zurück.

Während dieses ganzen Vorganges hatte Andrej Semjonowitsch bald am Fenster gestanden, bald war er im Zimmer auf und ab gegangen, ohne sich in das Gespräch einzumischen; als Sonja hinausgegangen war, trat er auf Pjotr Petrowitsch zu und reichte ihm feierlich die Hand.

»Ich habe alles gehört und alles gesehen«, sagte er, wobei er auf das letzte Wort einen besonderen Nachdruck legte. »Das war edel und vornehm von Ihnen gehandelt, das heißt, ich wollte sagen, human! Sie wollten die Danksagungen vermeiden; ich habe es wohl gesehen! Und wiewohl ich, offen gestanden, grundsätzlich kein Freund der privaten Wohltätigkeit bin, weil sie, statt das Übel auszurotten, es sogar noch steigert, so muß ich trotzdem bekennen, daß ich Ihre Handlungsweise mit Vergnügen mit angesehen habe; ja, wirklich, das hat mir sehr gefallen.«

»Ach, dummes Zeug!« murmelte Pjotr Petrowitsch etwas aufgeregt und blickte den andern forschend an.

»Nein, das ist kein dummes Zeug! Ein Mann, der wie Sie durch den gestrigen Vorfall gekränkt und aufgebracht ist und doch gleichzeitig imstande ist, an das Unglück andrer zu denken, ein solcher Mann – mag er auch durch sein Tun in sozialer Hinsicht einen Fehler begehen – verdient dennoch Hochachtung! Ich hatte das von Ihnen, Pjotr Petrowitsch, gar nicht erwartet, um so weniger, da nach Ihren Anschauungen... Ach, wie sehr hindern diese Ihre Anschauungen Sie noch an richtiger Lebensgestaltung! Wie arg regen Sie sich zum Beispiel über dieses gestrige Malheur auf«, rief der gutmütige Andrej Semjonowitsch, der wieder eine verstärkte Zuneigung zu Pjotr Petrowitsch empfand. »Aber wozu haben Sie eigentlich diese Ehe, diese gesetzliche Ehe, so unbedingt nötig, liebster, bester Pjotr Petrowitsch? Wozu haben Sie so unbedingt diese Gesetzlichkeit der Ehe nötig? Na, wenn Sie Lust haben, können Sie mich ja dafür prügeln; aber ich muß doch sagen: ich freue mich, freue mich geradezu, daß aus dieser Ehe nichts geworden ist, daß Sie frei sind, daß Sie noch nicht ganz für die Sache der Menschheit verloren sind; ich freue mich... Sehen Sie, nun habe ich Ihnen mein Herz ausgeschüttet!«

»Wozu ich die gesetzliche Ehe nötig habe? Weil ich keine Lust habe, mir in Ihrer freien Ehe Hörner aufsetzen zu lassen und fremde Kinder aufzuziehen. Darum brauche ich die gesetzliche Ehe«, erwiderte Lushin, um überhaupt eine Antwort zu geben; es ging ihm offenbar etwas anderes sehr im Kopfe herum und beschäftigte seine Gedanken.

»Kinder? Sie sprachen von Kindern?« fuhr Andrej Semjonowitsch auf, wie ein Schlachtroß, das die Kriegstrompete hört. »Die Kinder, ja, das ist eine soziale Frage von höchster Wichtigkeit; ganz meine Ansicht; aber die Kinderfrage wird sich in andrer Weise erledigen. Manche gehen so weit, die Kinder vollständig zu negieren, wie überhaupt alles, was irgendwie mit Familie zu tun hat. Wir können ja über die Kinder später einmal reden; beschäftigen wir uns jetzt lieber zunächst mit den Hörnern! Ich muß gestehen, daß das ein Lieblingsthema von mir ist. Dieser häßliche Husarenausdruck, welchen Puschkin bei uns heimisch gemacht hat, ist im Wörterbuche der Zukunft geradezu undenkbar. Was sind denn eigentlich Hörner? Welche Begriffsverwirrung! Was für Hörner? Wieso Hörner? Welcher Unsinn! Im Gegenteil, in der freien Ehe wird es Hörner gar nicht geben! Die Hörner sind nur die naturgemäße Folge einer jeden gesetzlichen Ehe, sozusagen eine Korrektur derselben, ein Protest gegen sie, so daß sie in diesem Sinne durchaus nichts Erniedrigendes haben. Und sollte ich jemals (nehmen wir einmal eine solche Absurdität als möglich an) in einer gesetzlichen Ehe leben, so würde ich mich über diese Hörner, von denen Sie und andre so viel Wesen machen, geradezu freuen; ich würde dann zu meiner Frau sagen: ›Liebe Frau, bisher habe ich dich nur geliebt; jetzt aber fühle ich auch Hochachtung vor dir, weil du einsichtsvoll genug gewesen bist, zu protestieren!‹ Sie lachen! Das kommt daher, weil Sie nicht die Kraft haben, sich von Vorurteilen loszureißen! Zum Kuckuck, ich begreife recht wohl, inwiefern es unangenehm ist, in einer gesetzlichen Ehe betrogen zu werden; aber das ist doch nur die schändliche Folge eines schändlichen faktischen Zustandes, durch welchen der Mann und die Frau in gleicher Weise erniedrigt werden. Wenn aber beim Aufsetzen der Hörner alles ganz offen zugeht wie in der freien Ehe, dann gibt es gar keine Hörner mehr, sie haben keine Bedeutung mehr und verlieren auch den Namen Hörner. Im Gegenteil, Ihre Frau liefert

Ihnen nur einen Beweis ihrer Hochachtung, indem sie Sie für zu vernünftig hält, als daß Sie ihr an ihrem Glücke hinderlich sein möchten, und für so vorgeschritten in der geistigen Entwicklung, daß Sie ihr das Verhältnis zu dem neuen Manne nicht nachtragen werden. Ja, in Zukunftsträumereien lege ich mir das manchmal so zurecht: wenn ich mich verheirate (ganz gleich, ob in freier oder in gesetzlicher Ehe), so würde ich selbst meiner Frau einen Liebhaber zuführen, wenn sie zu lange damit wartete, sich einen anzuschaffen. ›Liebe Frau‹, würde ich sagen, ›ich liebe dich; aber ich wünsche auch, daß du mich hochachtest; hier... nimm ihn!‹ Habe ich nicht recht? Habe ich nicht recht?«

Pjotr Petrowitsch kicherte über diese Darlegungen, aber ohne lebhaftere Teilnahme. Er hatte kaum zugehört. In Wirklichkeit hatte er ganz andre Gedanken im Kopfe, was selbst Lebesjatnikow schließlich bemerkte. Pjotr Petrowitsch war in Aufregung, rieb sich die Hände und überlegte. Erst später erinnerte sich Andrej Semjonowitsch an alles dies und verstand den Zusammenhang.

II

Es würde schwer sein, genau die Ursachen anzugeben, die in Katerina Iwanownas verwirrtem Kopfe den Plan zu diesem sinnlosen Gedächtnismahle hatten entstehen lassen. In der Tat waren darauf fast zehn Rubel von den mehr als zwanzig verwendet worden, die sie von Raskolnikow, eigentlich zu Marmeladows Beerdigung, erhalten hatte. Vielleicht hielt es Katerina Iwanowna für ihre Pflicht dem Verstorbenen gegenüber, sein Andenken »in angemessener Form« zu ehren, damit alle Mitbewohner und ganz besonders Amalia Iwanowna zu der Erkenntnis kämen, daß er »nicht nur nicht geringer als sie, sondern sogar vielleicht etwas weit Besseres« gewesen sei und daß niemand von ihnen ein Recht habe, über ihn die Nase zu rümpfen. Möglicherweise hatte am allermeisten dazu jener besondere Stolz armer Leute beigetragen, welcher bei gewissen herkömmlichen Feierlichkeiten, die nach unsrer ganzen Lebensordnung nun einmal für alle und jeden obligatorisch sind, gar manchen armen Tropf veranlaßt, mit Aufbietung der letzten Kräfte großzutun und die letzten gesparten Groschen dranzuwenden, um nur »nicht schlechter als andre« zu sein und um nur nicht von jenen andren »ins Gerede gebracht« zu werden. Auch wünschte Katerina Iwanowna wahrscheinlich gerade bei diesem Anlasse und gerade in diesem Augenblicke, wo sie anscheinend von aller Welt verlassen war, allen diesen »niedrigstehenden, abscheulichen Mitbewohnern« zu zeigen, daß sie sich nicht nur auf gute Lebensart verstehe und Gäste zu bewirten wisse, sondern ihrer Herkunft nach überhaupt nicht für ein solches Los bestimmt sei, daß sie vielmehr »in dem vornehmen, man könnte sogar sagen: aristokratischen Hause eines Beamten im Range eines Obersten« ihre Jugend verlebt habe und ganz und gar nicht dazu erzogen sei, selbst den Fußboden zu fegen und in der Nacht zerlumptes Kinderzeug zu waschen. Von solchen Anfällen eines törichten Stolzes und einer sinnlosen Prunksucht werden manchmal gerade ganz arme, tiefgebeugte Leute heimgesucht, und es wird dadurch mitunter bei ihnen ein geradezu krankhaftes, unwiderstehliches Verlangen erregt. Übrigens gehörte Katerina Iwanowna gar nicht zu diesen Tiefgebeugten: die äußeren Umstände konnten ihr wohl den Tod bringen, nicht aber sie seelisch beugen, das heißt sie einschüchtern und zur Unterordnung unter einen fremden Willen zwingen. Außerdem sagte Sonja von ihr nicht ohne Grund, daß ihr Geist gestört sei. Ein bestimmtes, abschließendes Urteil war ja zwar darüber noch nicht möglich; aber immerhin hatte in letzter Zeit, im ganzen letzten Jahre, ihr armes Hirn zu viel Qualen auszustehen gehabt, als daß es nicht dadurch einigen Schaden hätte erleiden müssen. Auch trägt, wie die Ärzte sagen, eine stark vorgeschrittene Schwindsucht zur Störung der geistigen Fähigkeiten bei.

Mehrere Weine, verschiedene Sorten Wein waren nicht vorhanden, auch kein Madeira; das war von Lushin eine Übertreibung gewesen; aber Wein war da. Auf dem Tische stand Branntwein, Rum und Lissabonner Wein, alles von schlechtester Qualität, aber in ausreichender Menge. An Speisen waren außer Kutja drei oder vier Gerichte vorhanden, darunter auch Pfannkuchen, alles aus der Küche der Wirtin Amalia Iwanowna; außerdem waren zwei Samoware zugleich aufgestellt, da es nach dem Essen Tee und Punsch geben sollte. Die Einkäufe hatte Katerina Iwanowna selbst mit Hilfe eines andern Mieters besorgt, eines verkommenen kleinen Polen, der, weiß Gott warum, bei Frau Lippewechsel wohnte. Dieser hatte sich sofort bereit erklärt, für Katerina Iwanowna die erforderlichen Gänge zu machen, und war nun den ganzen vorangegangenen Tag und den ganzen Vormittag dieses Tages, so sehr er nur konnte und mit hängender Zunge, herumgelaufen, wobei er sich anscheinend besondere Mühe gab, seinen Eifer bemerklich zu machen. Wegen jeder Kleinigkeit war er alle Augenblicke zu Katerina Iwanowna gerannt; sogar nach dem Basar war er ihr nachgelaufen, um etwas zu fragen; dabei hatte er sie fortwährend »Frau Fähnrich« genannt und war ihr schließlich auf die Nerven gefallen, obwohl sie anfangs gesagt hatte, daß sie ohne diesen dienstfertigen und edeldenkenden Menschen rein verloren wäre. Das lag nun einmal in ihrem Charakter: den ersten besten Menschen, mit dem sie zu tun hatte, schmückte sie mit den schönsten, hellsten Farben aus, lobte ihn so, daß mancher sich sogar darüber beschämt fühlte, ersann zu seinem Lobe allerlei Dinge, die gar nicht existierten, und glaubte selbst vollkommen ehrlich und aufrichtig an deren Vorhandensein; und dann auf einmal wich die Verblendung, sie brach die Beziehungen ab und stieß mit allen Zeichen der Verachtung eben den Menschen von sich, den sie noch wenige

Stunden vorher mit Liebenswürdigkeiten überschüttet hatte. Von Natur besaß sie einen heiteren, fröhlichen, friedfertigen Charakter; aber infolge der ununterbrochenen Unglücksfälle und Mißgeschicke hatte sie angefangen, mit einem wahren Ingrimm zu wünschen und zu fordern, alle Menschen möchten in Frieden und Freude leben und sich nicht erdreisten, es anders zu machen, und der geringfügigste Mißklang im Leben, das kleinste Mißgeschick versetzten sie sofort in sinnlose Wut, und nachdem sie unmittelbar vorher sich den schönsten Hoffnungen und Träumereien hingegeben hatte, verfluchte sie dann ihr Schicksal, zerriß und zerschlug alles, was ihr in die Hände kam, und rannte mit dem Kopfe gegen die Wand. So hatte auch Amalia Iwanowna plötzlich in Katerina Iwanownas Augen eine außerordentliche Bedeutung erlangt und sich ihre Hochachtung erworben, wohl einzig und allein deshalb, weil dieses Gedächtnismahl in Aussicht genommen war und Amalia Iwanowna sich von ganzem Herzen bereit erklärt hatte, bei der gesamten Zurüstung mitzuhelfen: sie hatte es übernommen, den Tisch zu decken, Wäsche, Geschirr, alles, was sonst noch nötig war, zu leihen und das Essen in ihrer Küche zuzubereiten. Katerina Iwanowna hatte ihr weitgehendste Vollmacht erteilt, ihr alles überlassen und war nach dem Kirchhof gegangen. Und wirklich war alles in denkbar bester Weise hergerichtet: auf dem Tische lag ein sauberes Tischtuch; das Geschirr, die Gabeln, Messer, Gläser, Tassen, all das sah ja freilich sehr buntscheckig aus, es war von verschiedenem Muster und verschiedener Größe, da es von verschiedenen Mietern zusammengeborgt war; aber alles war zur bestimmten Stunde auf seinem Platze, und Amalia Iwanowna, die sich bewußt war, ihre Sache sehr gut gemacht zu haben, begrüßte die Heimkehrenden sogar mit einem gewissen Stolze. Sie hatte sich sehr fein gemacht: sie trug eine Haube mit neuen Trauerbändern und ein schwarzes Kleid. Aber dieser Stolz, so wohlberechtigt er war, erregte doch Katerina Iwanownas Mißfallen: »Wahrhaftig, gerade als ob wir ohne Amalia Iwanowna nicht einmal verstanden hätten, den Tisch zu decken!« Auch die Haube mit den neuen Bändern mißfiel ihr: »Dieses dumme deutsche Frauenzimmer ist wohl am Ende gar noch stolz darauf, daß sie die Wirtin ist und sich aus Gnade und Barmherzigkeit herbeigelassen hat, ihren armen Mietern zu helfen? Aus Gnade und Barmherzigkeit! Na, da muß ich doch bitten! Bei meinem Papa, der im Range eines Obersten stand und beinahe Gouverneur war, wurde manchmal für vierzig Personen gedeckt, und so ein Weibsbild wie Amalia Iwanowna oder, richtiger gesagt, Ludwigowna hätte man da nicht einmal in die Küche hineingelassen.‹ Indes nahm sich Katerina Iwanowna vor, ihre Gefühle nicht vor der Zeit zum Ausdruck zu bringen, wiewohl sie im Herzen fest entschlossen war, dieser Amalia Iwanowna unbedingt heute noch gehörig die Meinung zu sagen und ihr ihre Stellung zum Bewußtsein zu bringen, damit sie sich nicht womöglich noch Gott weiß was einbildete; vorläufig beschränkte sie sich darauf, sie kühl zu behandeln. Auch eine andre Unannehmlichkeit hatte mit dazu beigetragen, Katerina Iwanowna in eine gereizte Stimmung zu versetzen: zu dem Totenamt war von den dazu eingeladenen Hausgenossen niemand erschienen außer dem kleinen Polen, der es sogar nicht unterlassen hatte, auch nach dem Grabe mit hinzutraben; und zu dem Gedächtnismahle hatten sich von ihnen nur die unbedeutendsten und ärmsten eingestellt, manche davon nicht einmal in nüchternem Zustande, nur so Plebs. Die vornehmeren, besseren Hausgenossen dagegen hielten sich sämtlich wie auf Verabredung fern. Pjotr Petrowitsch Lushin zum Beispiel, wohl der bestsituierte von allen Mietern, war nicht erschienen; und doch hatte noch gestern abend Katerina Iwanowna allen Leuten, das heißt Amalia Iwanowna, Polenjka, Sonja und dem kleinen Polen, erzählt, dieser sehr vornehme, hochherzige Mann, der ganz vorzügliche Verbindungen und ein großes Vermögen besitze, sei ein Freund ihres ersten Mannes gewesen, habe im Hause ihres Vaters verkehrt und habe ihr jetzt versprochen, alle Hebel in Bewegung zu setzen, um ihr eine ansehnliche Pension zu erwirken. Es sei hier bemerkt, daß, wenn Katerina Iwanowna mit jemandes Verbindungen und Vermögen prahlte, sie das ohne jedes egoistische Interesse, ohne irgendwelche persönliche Spekulation tat, ganz uneigennützig, sozusagen aus überquellender Herzensgüte, nur weil es ihr Freude machte, den Gelobten noch mehr zu verherrlichen und noch großartiger erscheinen zu lassen. Als zweiter nach Lushin, und wahrscheinlich dessen Beispiele folgend, war auch »dieser abscheuliche Schurke Lebesjatnikow« nicht erschienen. Was sich dieser Mensch nur einbildete? Er war doch nur aus Gnade und Barmherzigkeit eingeladen worden, weil er mit Pjotr Petrowitsch in einem Zimmer wohnte und mit ihm bekannt war, so daß es nicht wohl anging, ihn zu übergehen. Nicht erschienen waren auch eine feine Dame und deren Tochter, ein überreifes Mädchen; sie wohnten zwar erst vierzehn Tage bei Amalia Iwanowna, hatten sich aber bereits mehrmals über den Lärm und das Geschrei beklagt, das aus der Marmeladowschen Stube zu ihnen herübertönte, besonders, wenn der Verstorbene betrunken nach Hause gekommen war. Von diesen Beschwerden hatte Katerina Iwanowna natürlich bereits durch Amalia Iwanowna Kenntnis erhalten, als diese sich mit ihr gezankt und gedroht hatte, die ganze Familie hinauszuwerfen, und aus vollem Halse geschrien hatte, sie belästigten ihr die vornehmen Mieter, denen sie nicht wert seien die Schuhe zu putzen. Katerina Iwanowna hatte sich jetzt absichtlich dafür entschieden, diese Dame und ihre Tochter, ›denen sie nicht wert war die Schuhe zu putzen‹, einzuladen, um so mehr, da dieselben bisher bei zufälligen Begegnungen sich hochmütig von ihr abgewandt hatten – nun gerade, damit sie zu der Erkenntnis kämen, daß ›man hier edler denke und fühle und sie einlade, ohne der erlittenen Kränkungen zu gedenken‹, und auch damit sie sähen, daß Katerina Iwanowna in ganz anderen Verhältnissen zu leben gewohnt sei. Dies wollte sie ihnen unter allen Umständen bei Tische auseinandersetzen, ebenso auch, daß ihr seliger Papa fast das Amt eines Gouverneurs bekleidet habe; und gleichzeitig wollte sie ihnen andeutungsweise zu verstehen geben, daß kein Anlaß vorliege, sich bei Begegnungen wegzuwenden, und daß ein solches Benehmen überaus dumm sei. Auch der dicke Oberstleutnant, in Wirklichkeit Hauptmann a. D., war nicht gekommen; aber bei ihm war es zweifellose Tatsache, daß er noch vom Vormittag des vorhergehenden Tages völlig betrunken war. Kurz, erschienen waren nur: der kleine Pole; dann ein häßlicher, schweigsamer, übelriechender Kanzlist, mit einem von Pusteln übersäten Gesichte, in fettglänzendem Frack; ferner noch ein tauber und fast blinder alter Mann, der einmal irgendwo bei der Post gedient hatte und den jemand seit undenklichen Zeiten und aus unbekanntem Grunde bei Amalia Iwanowna in Wohnung und Kost unterhielt. Auch hatte sich noch ein betrunkener Leutnant a. D., in Wirklichkeit ein Proviantbeamter, eingestellt; er kam mit sehr unpassendem, lautem Lachen herein und (›denken Sie sich!‹) ohne Weste! Ein anderer Gast setzte sich ohne weiteres an den Tisch, ohne

Katerina Iwanowna auch nur zu begrüßen; und schließlich erschien noch ein Individuum, das in Ermangelung andrer Kleider einen Schlafrock anhatte; aber das war nun doch derart unanständig, daß dieser Mensch durch die vereinten Bemühungen Amalia Iwanownas und des Polen schleunigst wieder hinausbefördert wurde. Der Pole hatte übrigens noch zwei andre Polen mitgebracht, die niemals bei Amalia Iwanowna gewohnt hatten und die niemand bisher in der Wohnung jemals gesehen hatte. Alles dies hatte Katerina Iwanowna in eine höchst unangenehme, gereizte Stimmung versetzt. Für wen waren denn schließlich alle diese Vorbereitungen getroffen? Um Platz zu gewinnen, hatte man schon die Kinder nicht an den Tisch genommen, der auch ohnedies schon das Zimmer ausfüllte; sondern es war für sie hinten in einer Ecke auf einem Kasten gedeckt worden, wobei die beiden kleinen auf einem Bänkchen saßen, Polenjka aber als die größte auf sie achtgeben, sie füttern und ihnen ›als Kindern aus guter Familie‹ die Näschen putzen sollte. Kurz, Katerina Iwanowna mußte wohl beim Empfange unwillkürlich eine erhöhte Würde und sogar einen gewissen Hochmut an den Tag legen. Manche musterte sie besonders streng und ersuchte sie dann sehr von oben herab, am Tische Platz zu nehmen. Da sie aber, Gott weiß warum, meinte, an dem Ausbleiben der Nichterschienenen trage Amalia Iwanowna die Schuld, so fing sie auf einmal an, diese äußerst geringschätzig zu behandeln; die letztere bemerkte das sofort und fühlte sich darüber im höchsten Grade pikiert. Ein solcher Anfang ließ kein gutes Ende erwarten. Endlich saß alles am Tische.

Raskolnikow war fast in demselben Augenblicke eingetreten, als sie vom Kirchhofe zurückkehrten. Katerina Iwanowna hatte sich über seine Ankunft ganz außerordentlich gefreut, erstens weil er der einzige »Gebildete« unter allen Gästen war und »bekanntlich in zwei Jahren an der hiesigen Universität eine Professorenstelle erhalten werde«, und zweitens weil er sich sofort in respektvoller Weise bei ihr entschuldigte, daß er trotz seines aufrichtigen Wunsches nicht habe an der Beerdigung teilnehmen können. Sie hatte ihn ordentlich mit Beschlag belegt, ihm am Tische den Platz zu ihrer Linken angewiesen (rechts von ihr saß Amalia Iwanowna), und trotz der steten Unruhe und Sorge, daß die Gerichte nur auch ja richtig herumgingen und alle Gäste hinreichend damit versehen würden, trotz des quälenden Hustens, der sie alle Augenblicke unterbrach und sie zu ersticken drohte und gerade in den letzten zwei Tagen besonders zugenommen zu haben schien, wandte sie sich nun fortwährend an Raskolnikow und schüttete alles, was sich an unangenehmen Empfindungen bei ihr angesammelt hatte, und all ihre gerechte Entrüstung über dieses mißglückte Gedächtnismahl vor ihm aus, wobei die Entrüstung oft von einem sehr heiteren, sehr ungenierten Lachen über die versammelten Gäste, namentlich aber über die Wirtin selbst, abgelöst wurde.

»An allem ist diese Eule schuld. Sie verstehen wohl, wen ich meine: die da, die da!« Dabei wies Katerina Iwanowna durch eine Kopfbewegung nach der Wirtin hin. »Sehen Sie sie nur mal an: sie reißt die Augen auf; sie merkt, daß wir von ihr reden, kann aber nicht verstehen und sperrt nun die Augen weit auf. Pfui, so eine Eule, ha-ha-ha!... Kche-kche-kche! Und was bezweckt sie denn eigentlich mit ihrer Haube? Kche-kche-kche! Haben Sie wohl bemerkt, sie möchte gern alle glauben machen, daß sie hier die hohe Gönnerin sei und mir durch ihre Anwesenheit eine Ehre erweise. Ich hatte sie, in der Meinung, es mit einer anständigen Dame zu tun zu haben, gebeten, mir zu dieser Feier Leute besseren Standes und namentlich die Bekannten des Verstorbenen einzuladen; und nun sehen Sie nur, wen sie mir hergebracht hat: wahre Hansnarren! Mistfinken! Sehen Sie nur den da mit dem unreinen Teint; so ein Rotzkerl! Und diese Polacken... ha-ha-ha! Kche-kche-kche! Kein Mensch hat sie je vorher hier zu sehen bekommen; auch ich habe sie noch nie gesehen; nun frage ich Sie: warum sind die hergekommen? Sie sitzen so hübsch brav in einer Reihe nebeneinander! Pan, Sie da!« rief sie auf einmal einem von ihnen zu. »Haben Sie sich auch Pfannkuchen genommen? Langen Sie doch noch zu! Trinken Sie Bier! Mögen Sie keinen Schnaps? Sehen Sie: er ist aufgesprungen und verbeugt sich; sehen Sie nur, sehen Sie nur; die armen Kerle sind gewiß ganz ausgehungert. Na immerzu, mögen sie essen! Wenigstens machen sie keinen Lärm; aber... aber... allerdings... ich bin in Sorge um die silbernen Löffel der Wirtin!... Amalia Iwanowna«, wandte sie sich auf einmal ziemlich laut an diese, »wenn Ihnen etwa Ihre Löffel gestohlen werden sollten, so übernehme ich keine Haftung, das sage ich Ihnen im voraus. – Ha-ha-ha!« lachte sie, sich wieder an Raskolnikow wendend, auf, machte ihm wieder mit dem Kopfe ein Zeichen nach der Wirtin hin und freute sich über ihre witzige Bemerkung. »Sie hat nicht verstanden, sie hat wieder nicht verstanden! Sie sitzt mit aufgesperrtem Munde da; sehen Sie nur: eine Eule, eine richtige Eule, ein Uhu mit neuen Haubenbändern, ha-ha-ha!«

Hier ging das Lachen wieder in einen unerträglichen Husten über, der fünf Minuten lang anhielt. Auf dem Taschentuche zeigten sich Blutflecke, Schweißtropfen erschienen auf ihrer Stirn, die roten Flecke auf den Wangen traten schärfer hervor. Schweigend wies sie Raskolnikow das Blut; aber kaum hatte sie sich wieder erholt, so begann sie von neuem, ihm mit außerordentlicher Lebhaftigkeit zuzuflüstern:

»Sehen Sie, ich hatte ihr den, man kann wohl sagen, sehr delikaten Auftrag gegeben, diese Dame und ihre Tochter einzuladen; Sie wissen doch, von wem ich spreche? Dabei war ein sehr taktvolles Benehmen, eine besondere Geschicklichkeit erforderlich; aber sie hat es so töricht angegriffen, daß dieses eben von auswärts angekommene dumme Frauenzimmer, diese hochmütige Kreatur, diese unbedeutende Provinzialin, nur weil sie eine Majorswitwe ist – sie ist nämlich hergekommen, um sich eine Pension auszuwirken und die Behörden mit ihren Besuchen zu belästigen; bei ihren fünfundfünfzig Jahren färbt sie sich noch die Augenbrauen und schminkt sich, das ist Tatsache,... und eine solche Kreatur hat nicht die Gewogenheit gehabt, zu erscheinen; ja, sie hat sich nicht einmal wegen ihres Ausbleibens entschuldigen lassen, wie das doch in solchen Fällen die gewöhnlichste Höflichkeit erfordert! Ich kann nicht begreifen, warum auch Pjotr Petrowitsch nicht gekommen ist. Aber wo ist Sonja? Wo mag sie hingegangen sein? Ah, da ist sie ja, endlich! Nun, Sonja, wo bist du denn gewesen? Wunderlich, daß du sogar bei der Beerdigungsfeier für deinen Vater so unpünktlich bist. Rodion Romanowitsch, gestatten Sie, daß sie neben Ihnen Platz nimmt. Da ist dein Platz, Sonja,... lang zu, nimm, was du magst. Nimm von dem Fisch in Gelee; der ist recht gut. Du sollst auch gleich Pfannkuchen haben. Haben die Kinder auch etwas bekommen? Polenjka, habt ihr auch alles? Kche-kche-kche! Nun, schön! Sei recht artig, Lida, und du, Kolja, schlenkere nicht mit den Beinen; sitze, wie es sich für ein anständiges Kind schickt. Was sagst du, Sonja?«

Sonja richtete ihr schnell Pjotr Petrowitschs Entschuldigung aus, wobei sie sich Mühe gab, recht laut zu sprechen, damit es alle hören könnten, und recht gewählte, respektvolle Ausdrücke zu gebrauchen, die sie sich von Pjotr Petrowitsch gemerkt hatte und noch weiter ausschmückte. Sie fügte hinzu, Pjotr Petrowitsch habe ihr besonders aufgetragen, zu bestellen, daß er, sobald es ihm irgend möglich sei, schleunigst herkommen werde, zum Zwecke ungestörter Besprechung geschäftlicher Angelegenheiten und zum Zwecke von Verabredungen darüber, was sich nun weiter tun und unternehmen lasse usw. usw.

Sonja wußte, daß dies dazu beitragen werde, Katerina Iwanowna zu beruhigen und friedlicher zu stimmen, da es ihr schmeichelte und namentlich ihren Stolz befriedigte. Sie setzte sich neben Raskolnikow, den sie kurz begrüßte und mit einem forschenden Blick eine Sekunde lang betrachtete. Die ganze übrige Zeit vermied sie es aber, ihn anzusehen und mit ihm zu sprechen. Sie schien zerstreut, wiewohl sie fortwährend die Augen auf Katerina Iwanownas Gesicht gerichtet hielt, um ihr Dienste zu erweisen. Weder sie noch Katerina Iwanowna waren in Trauerkleidung, da sie keine derartigen Sachen besaßen; Sonja trug ein ziemlich dunkles braunes Kleid und Katerina Iwanowna das einzige, das sie hatte, ein dunkles, gestreiftes Kattunkleid. Die Nachricht über Pjotr Petrowitsch machte sich vorzüglich. Nachdem Katerina Iwanowna sehr würdevoll Sonjas Bericht angehört hatte, erkundigte sie sich ebenso würdevoll nach Pjotr Petrowitschs Befinden. Darauf flüsterte sie sofort sehr vernehmlich dem neben ihr sitzenden Raskolnikow zu, daß es einem so angesehenen, wohlsituierten Manne wie Pjotr Petrowitsch allerdings habe peinlich sein müssen, sich in eine so eigenartige Gesellschaft zu begeben, trotz seiner treuen Anhänglichkeit an ihre Familie und seiner alten Freundschaft für ihren Papa.

»Eben deswegen bin ich Ihnen besonders dankbar, Rodion Romanowitsch, daß Sie es nicht verschmäht haben, an meinem Tische einen Bissen zu genießen, trotz dieser Umgebung«, fügte sie ziemlich laut hinzu. »Ich bin aber überzeugt, daß nur die innige Freundschaft, die Sie mit meinem armen verstorbenen Gatten verband, Sie bewogen hat, Ihr Wort zu halten.«

Sie ließ noch einmal einen würdevollen, stolzen Blick um ihre Tafelrunde herumwandern und erkundigte sich plötzlich mit besonderer Sorglichkeit laut über den Tisch hinüber bei dem tauben alten Manne, ob er nicht noch ein Stückchen Braten möge und ob er auch Lissabonner bekommen habe. Der Alte antwortete nicht und konnte lange Zeit nicht begreifen, wonach er eigentlich gefragt wurde, obwohl seine Nachbarn ihn des Spaßes wegen anstießen, er möchte doch antworten. Er blickte nur mit offenem Munde um sich, wodurch er die allgemeine Heiterkeit noch steigerte.

»Nein, so ein Tölpel! Sehen Sie nur, sehen Sie nur! Wozu man mir den bloß hergebracht hat! Was aber Pjotr Petrowitsch anlangt, so war ich stets von seiner freundlichen Gesinnung überzeugt«, fuhr Katerina Iwanowna, zu Raskolnikow gewendet, fort. »Der steht natürlich auf einer ganz andern Stufe«, hier wandte sie sich mit lauter Stimme, in scharfem Tone und mit sehr strenger Miene an Amalia Iwanowna, die darüber ganz ängstlich wurde, »auf einer ganz andern Stufe als Ihre beiden neuen Mieterinnen, diese aufgedonnerten Weibsbilder mit ihren langen Schleppen! Solche Frauenzimmer hätten in dem Hause meines Papas nicht einmal als Köchinnen dienen dürfen, und mein verstorbener Gatte hätte ihnen eine Ehre damit erwiesen, wenn er ihren Besuch entgegengenommen hätte, was eben nur ein Ausfluß seiner unerschöpflichen Herzensgüte gewesen wäre.«

»Trinken, das tat er gern; das liebte er sehr; ganz gehörig hat er getrunken!« rief auf einmal der verabschiedete Proviantbeamte und goß sein zwölftes Glas Schnaps hinunter.

»Das war allerdings eine Schwäche meines verstorbenen Gatten, und sie war allgemein bekannt«, antwortete Katerina Iwanowna sofort auf diese Bemerkung, »aber er war ein guter, edler Mensch, der seine Familie liebte und schätzte; das Unglück war nur, daß er in seiner Gutherzigkeit allerlei verkommenen Subjekten zuviel Vertrauen schenkte und Gott weiß mit wem zusammen trank, mit Leuten zusammen, die nicht wert waren, ihm die Schuhriemen zu lösen. Denken Sie sich, Rodion Romanowitsch, wir haben in seiner Tasche einen Hahn von Pfefferkuchen gefunden. Trotz seiner Betrunkenheit hatte er doch noch an die Kinder gedacht.«

»Einen Hahn? Sagten Sie nicht: einen Hahn?« rief der Proviantbeamte.

Katerina Iwanowna würdigte ihn keiner Antwort. Sie war nachdenklich geworden und seufzte.

»Sie meinen gewiß auch wie alle, daß ich zu streng gegen ihn gewesen sei«, fuhr sie, zu Raskolnikow gewendet, fort. »Aber das ist nicht richtig! Er hat mich hochgeschätzt; außerordentlich hoch hat er mich geschätzt! Er war eine gute Seele! Und wie leid hat er mir manchmal getan! Er saß oft so in einer Ecke da und schaute mich an; so leid tat er mir; ich wäre am liebsten freundlich zu ihm gewesen; aber ich sagte mir: ›Wenn du jetzt freundlich zu ihm bist, betrinkt er sich wieder.‹ Nur durch Strenge war es möglich, ihn einigermaßen davon zurückzuhalten.«

»Ja, ja, manchmal wurde er auch an den Haaren gerissen; das war nichts Seltenes!« schrie der Proviantbeamte wieder und goß noch ein Glas hinunter.

»Manchen Dummköpfen wäre es heilsam, wenn sie nicht nur an den Haaren gerissen, sondern sogar mit dem Besenstiel geprügelt würden. Ich meine damit nicht den Verstorbenen!« erwiderte Katerina Iwanowna scharf.

Die roten Flecke auf ihren Wangen zeichneten sich immer greller ab; ihre Brust atmete schwer. Sie war offenbar nahe daran, eine Skandalszene zu beginnen. Viele kicherten; denen hätte so etwas augenscheinlich das größte Vergnügen gemacht. Sie fingen an, den Proviantbeamten anzustoßen und ihm etwas zuzuflüstern. Zweifellos wollten sie die beiden aneinanderhetzen.

»Gestatten Sie mir die Frage: was haben Sie damit gemeint?« begann der Proviantbeamte. »Das heißt, auf wen... sollte das gehen,... was Sie soeben bemerkten?... Na, übrigens, ich will doch lieber nicht... Dummes Zeug! Eine Witwe! So ein armes Tierchen! Ich verzeihe es ihr... Ich geb's auf!« Und er griff wieder zum Schnaps.

Raskolnikow saß da und hörte schweigend und voll Widerwillen zu. Die guten Bissen, die ihm Katerina Iwanowna alle Augenblicke auf den Teller legte, rührte er nur aus Höflichkeit an, nur um sie nicht zu kränken. Er blickte unverwandt Sonja an. Sonja aber wurde immer unruhiger und ängstlicher; sie ahnte, daß dieses Gedächtnismahl kein friedliches Ende nehmen werde, und beobachtete voll Furcht, wie die Gereiztheit ihrer Stiefmutter immer schlimmer wurde. Sonja wußte unter anderm, daß sie, Sonja, selbst die Hauptursache war, weswegen die beiden kürzlich angekommenen Damen Katerina Iwanownas Einladung in so verächtlicher Weise abgelehnt hatten. Sie hatte von Amalia Iwanowna selbst gehört, daß die Mutter sich durch die Einladung geradezu beleidigt gefühlt und gefragt habe, wie man ihr denn zumuten könne, ihre Tochter neben »dieses Mädchen« zu setzen. Sonja vermutete, daß Katerina Iwanowna dies bereits auf irgendwelchem Wege erfahren habe, und wußte, daß eine beleidigende Äußerung über sie, Sonja, auf Katerina Iwanowna heftiger wirkte als eine über sie selbst oder über ihre Kinder oder über ihren vornehmen Papa, mit einem Worte: ihr als tödliche Beleidigung galt. So sah denn Sonja voraus, daß Katerina Iwanowna jetzt keine Ruhe haben werde, »ehe sie nicht diesen hoffärtigen Frauenzimmern würde bewiesen haben, daß sie alle beide usw. usw.« Unglücklicherweise schickte in diesem Augenblicke jemand vom andern Ende des Tisches her an Sonja einen Teller, auf welchem zwei aus Schwarzbrot geknetete Herzen, von einem Pfeil durchbohrt, lagen. Katerina Iwanowna geriet sofort in Wut und bemerkte laut über den Tisch hinüber, der Übersender müsse wohl ein betrunkener Esel sein. Amalia Iwanowna, die gleichfalls ahnte, daß Unheil im Anzuge sei, und sich gleichzeitig durch Katerina Iwanownas Hochmut in tiefster Seele gekränkt fühlte, beabsichtigte dem Gespräche eine andre Richtung zu geben und so die unangenehme Stimmung der Gesellschaft zu bessern. Deshalb, und auch um bei dieser Gelegenheit ihre eigene Person in der allgemeinen Achtung steigen zu lassen, begann sie auf einmal ohne äußere Veranlassung zu erzählen, wie ein Bekannter von ihr, »Karl aus der Apotheke«, eines Nachts in einer Droschke gefahren sei; der Kutscher habe ihn ermorden wollen, und Karl habe ihn »serr, serr« gebeten, ihn doch nicht zu ermorden, und habe geweint und die Hände gefaltet, und »erschreckt« und vor Furcht »sei ihm das Herz gebeben«. Katerina Iwanowna bemerkte dazu, wenn auch lächelnd, Amalia Iwanowna täte besser, keine Geschichten auf Russisch zu erzählen. Diese fühlte sich noch mehr gekränkt und erwiderte, ihr Vater, ein geborener Berliner, sei eine sehr hochgestellte Persönlichkeit gewesen und habe immer »beim Gehen seine Hände in Taschen gesteckt«. Die spottlustige Katerina Iwanowna konnte sich nicht mehr halten und brach in ein lautes Gelächter aus, so daß Amalia Iwanowna den letzten Rest von Geduld verlor und sich kaum noch beherrschen konnte.

»Nein, diese Eule!« flüsterte Katerina Iwanowna wieder Raskolnikow zu; sie war ordentlich lustig geworden. »Sie wollte sagen, er habe immer die Hände in den Taschen gehabt; es klang aber so, als habe er fremde Taschen ausgeräumt, kche-kche! Haben Sie wohl auch schon bemerkt, Rodion Romanowitsch, daß alle diese Ausländer in Petersburg, und ganz besonders die Deutschen, die hier bei uns zusammenströmen, ohne Ausnahme dümmer sind als wir? Nun, sagen Sie selbst, kann ein vernünftiger Mensch so erzählen, daß ›diesem Karl aus der Apotheke das Herz gebeben sei‹ und daß er (so eine Rotznase!), statt dem Droschkenkutscher die Hände zu binden, die Hände gefaltet und geweint und sehr gebeten habe? Ach, dieses dumme Frauenzimmer! Sie bildet sich ein, was sie da erzählt, sei furchtbar rührend, und ahnt gar nicht, wie dumm sie ist! Meiner Ansicht nach ist der betrunkene Proviantbeamte da weit klüger als diese Person. Bei ihm sieht man wenigstens ohne weiteres, daß er ein Liedrian ist und den letzten Rest seines Verstandes durch Trinken ruiniert hat; aber diese Deutschen haben alle so etwas Affektiertes, Ernsthaftes... Sehen Sie nur, wie sie dasitzt und die Augen aufreißt. Sie ärgert sich! Sie ärgert sich! Ha-ha-ha! Kche-kche-kche!«

Katerina Iwanowna, die nun sehr vergnügt geworden war, kam auf alles mögliche zu reden und begann unter anderm zu erzählen, wie sie mit Hilfe der erwirkten Witwenpension in ihrer Heimatstadt T... ganz bestimmt ein vornehmes Mädchenpensionat eröffnen werde. Hiervon hatte Raskolnikow aus Katerina Iwanownas eigenem Munde bisher noch nichts erfahren, und so erging sie sich denn alsbald in der Ausmalung der verlockendsten Einzelheiten. Auf einmal befand sich in ihren Händen (man wußte gar nicht, woher es so plötzlich gekommen war) eben jenes Belobigungszeugnis, das noch der verstorbene Marmeladow in der Schenke Raskolnikow gegenüber erwähnt hatte, als er ihm erzählte, daß seine Gattin Katerina Iwanowna bei der Entlassungsfeier aus dem Institut »in Gegenwart des Gouverneurs und andrer hoher Persönlichkeiten« den Schleiertanz getanzt habe. Dieses Belobigungszeugnis wollte Katerina Iwanowna augenblicklich offenbar dazu benutzen, ihre Berechtigung zur Gründung eines Pensionates nachzuweisen; hauptsächlich aber hatte sie es in der Absicht bereitgehalten, »den beiden aufgedonnerten Weibsbildern mit den langen Schleppen« gehörig das Maul zu stopfen, wenn sie zum Gedächtnismahle kämen, und ihnen klar zu beweisen, daß sie »aus einem sehr vornehmen, man könnte sogar sagen: aristokratischen Hause stamme, die Tochter eines im Oberstenrange stehenden Beamten und jedenfalls etwas weit Besseres sei als so manche abenteuernden Frauenspersonen, von denen es in neuerer Zeit wimmele«. Das Belobigungszeugnis ging sofort unter den betrunkenen Gästen von Hand zu Hand, was Katerina Iwanowna nicht verhinderte, weil darin wirklich en toutes lettres angegeben war, daß sie die Tochter eines Hofrates, Ritters mehrerer Orden, und somit tatsächlich beinahe die Tochter eines im Oberstenrange stehenden Beamten sei. Einmal in Feuer geraten, ging Katerina Iwanowna unverzüglich dazu über, alle Einzelheiten des künftigen schönen, ruhigen Lebens in T... zu schildern; sie sprach von den Gymnasiallehrern, die sie auffordern werde, in ihrem Pensionat Unterricht zu erteilen, dann von einem hochangesehenen alten Herrn, einem Franzosen Mangot, bei dem noch Katerina Iwanowna selbst, als sie das Institut besuchte, Französisch gelernt hatte und der auch jetzt noch in T... seinen Lebensabend verbringe und gewiß für einen sehr mäßigen Preis an ihrer Anstalt unterrichten werde. Schließlich kam sie auch auf Sonja zu sprechen, die mit ihr zusammen nach T... ziehen und ihr dort in allem zur Hand gehen werde. Aber hier prustete auf einmal jemand am Ende des Tisches vor Lachen los. Katerina Iwanowna tat zwar, als wolle sie dieses Lachen aus Verachtung ignorieren, begann aber sofort mit absichtlich lauterer Stimme eine begeisterte Lobrede über Sonjas unzweifelhafte Befähigung, ihr als Gehilfin zu dienen, über ihre Sanftmut, Geduld, Selbstverleugnung, vornehme Gesinnung und Bildung; dabei stand sie auf, klopfte ihr die Wange und küßte sie zweimal auf das herzlichste. Sonja wurde glühendrot; Katerina Iwanowna aber brach plötzlich in Tränen aus und sagte von sich selbst, sie sei eine nervöse, dumme Person, und ihr Nervensystem sei jetzt gar zu sehr angegriffen. Übrigens sei es Zeit, zum Schluß zu kommen, und da das Essen zu Ende sei, solle der Tee gebracht werden. In diesem Augenblick wagte Amalia Iwanowna, höchst verdrossen, daß sie bei der ganzen Unterhaltung nicht zu Worte gekommen war und man ihr gar nicht einmal hatte zuhören mögen, einen letzten Versuch und erlaubte sich, ihren Ärger verhehlend, an Katerina Iwanowna die durchaus vernünftige, geistreiche Bemerkung zu richten, es müsse in dem künftigen Pensionat besondere Aufmerksamkeit auf die reine Wäsche der jungen Mädchen verwandt werden und es sei unbedingt eine tüchtige Dame erforderlich, die ordentlich auf die Wäsche zu achten habe und auch darauf, daß die jungen Mädchen nicht heimlich bei Nacht Romane läsen. Katerina Iwanowna, die tatsächlich sehr abgespannt und müde war und das Gedächtnismahl völlig satt hatte, entgegnete ihr schroff, daß sie Unsinn schwatze und nichts davon verstehe. Die Sorge für die Wäsche sei Sache der Kastellanin und nicht der Vorsteherin eines vornehmen Pensionates, und was ihre Bemerkung über das Romanlesen anlange, so sei diese einfach taktlos, und sie müsse sie ersuchen zu schweigen. Amalia Iwanowna bekam einen roten Kopf und bemerkte bissig, sie habe es nur gut gemeint, und sie habe es immer mit ihr sehr gut gemeint, habe aber schon seit langer Zeit nicht die Miete für die Wohnung erhalten. Katerina Iwanowna fand sofort eine kräftige Erwiderung: Amalia Iwanowna lüge, wenn sie sage, daß sie es gut meine; denn noch gestern, als die Leiche noch auf dem Tische gelegen habe, habe sie ihr wegen der Miete zugesetzt. Darauf bemerkte Amalia Iwanowna ohne jeden inneren Zusammenhang, sie habe in Katerina Iwanownas Auftrag jene beiden Damen eingeladen; aber die Damen seien nicht gekommen, weil sie feine Damen seien und nicht zu unfeinen Damen gehen könnten. Demgegenüber wies Katerina Iwanowna sie nachdrücklich darauf hin, daß sie eine Dreckliese sei und über wahre Feinheit gar kein Urteil habe. Amalia Iwanowna nahm das nicht so hin, sondern erklärte, ihr Vater, ein geborener Berliner, sei eine sehr hochgestellte Persönlichkeit gewesen und habe immer beim Gehen die Hände in Taschen gesteckt und immer so gemacht: »Puh, puh!« Und um das Verhalten ihres Vaters anschaulicher zu vergegenwärtigen, sprang Amalia Iwanowna vom Stuhle auf, steckte beide Hände in die Taschen, blies die Backen auf und stieß mit dem Munde unartikulierte Laute aus, die wie »puh, puh« klangen, unter dem lauten Gelächter aller Mieter, welche, in der Hoffnung, daß es zu einer Prügelei kommen werde, Amalia Iwanowna absichtlich durch ihren Beifall anspornten. Katerina Iwanowna jedoch, der diese alberne Prahlerei zu arg war, rief so laut, daß es alle hörten, Amalia Iwanowna habe vielleicht nie einen Vater gehabt, sondern sei einfach eine versoffne Petersburger Finnin und habe sicherlich früher irgendwo als Köchin gedient, wenn sie nicht noch etwas Schlimmeres gewesen sei. Amalia Iwanowna wurde rot wie ein Krebs und kreischte, das träfe vielleicht auf Katerina Iwanowna zu, daß sie überhaupt keinen Vater gehabt habe; sie selbst aber habe einen Vater gehabt, der aus Berlin gewesen sei und einen ganz langen Rock getragen und immer »puh, puh, puh« gemacht habe. Katerina Iwanowna bemerkte verächtlich, ihre eigene Abkunft sei allen bekannt, und in diesem Belobigungszeugnis stehe gedruckt zu lesen, daß ihr Vater Oberstenrang gehabt habe; Amalia Iwanownas Vater aber, wenn sie überhaupt einen gehabt habe, sei sicherlich ein Petersburger Finne gewesen, der Milch verkauft habe. Das Wahrscheinlichste aber sei, daß sie überhaupt keinen Vater gehabt habe, da bis auf den heutigen Tag niemand wisse, wie Amalia Iwanowna eigentlich mit Vatersnamen heiße: Iwanowna oder Ludwigowna. Da nun aber geriet Amalia Iwanowna vollends in Wut; sie schlug mit der Faust auf den Tisch und kreischte, sie heiße Amalia Iwanowna und nicht Ludwigowna; ihr Vater habe Johann geheißen und sei Bürgermeister gewesen; Katerina Iwanownas Vater dagegen sei überhaupt nie Bürgermeister gewesen. Katerina Iwanowna stand vom Stuhle auf und bemerkte ihr in strengem Tone mit anscheinend ruhiger Stimme, wiewohl sie ganz blaß war und ihre Brust sich heftig hob und senkte: wenn sie sich noch ein einziges Mal erdreiste, ihren Lumpenkerl von Vater mit ihrem Papa auf eine Stufe zu stellen, so würde sie, Katerina Iwanowna, ihr die Haube abreißen und mit Füßen treten. Als Amalia Iwanowna das hörte, fing sie an im Zimmer hin und her zu rennen und schrie aus vollem Halse, sie sei die Wirtin und Katerina Iwanowna solle augenblicklich aus der Wohnung ausziehen. Dann stürzte sie zum Tische und raffte die silbernen Löffel zusammen. Ein gräßlicher Lärm und Skandal entstand; die Kinder fingen an zu weinen. Sonja bemühte sich, Katerina Iwanowna zurückzuhalten, aber als in Amalia Iwanownas Gekreische auch etwas von dem gelben Scheine vorkam, stieß Katerina Iwanowna Sonja von sich und stürzte auf Amalia Iwanowna los, um ihre Drohung betreffs der Haube unverzüglich zur Ausführung zu bringen. In diesem Augenblicke öffnete sich die Tür, und auf der Schwelle des Zimmers erschien Pjotr Petrowitsch Lushin. Er stand einen Moment still und musterte mit scharfem, prüfendem Blicke die ganze Gesellschaft. Katerina Iwanowna stürzte zu ihm hin.

III

»Pjotr Petrowitsch!« schrie sie. »Schützen Sie mich! Machen Sie dieser dummen Kreatur klar, daß sie sich nicht unterstehen darf, sich gegen eine vornehme Dame, die ins Unglück geraten ist, so zu benehmen; sagen Sie ihr, daß es ein Gericht gibt... An den Generalgouverneur selbst werde ich mich wenden... Sie wird sich zu verantworten haben... Gedenken Sie der Gastfreundschaft, die Sie bei meinem Vater genossen haben, und schützen Sie uns in unserer Verlassenheit!«

»Erlauben Sie, Madame... Erlauben Sie, erlauben Sie, Madame«, wehrte Pjotr Petrowitsch sie von sich ab. »Ihren Herrn Vater habe ich, wie Sie wissen, gar nicht die Ehre gehabt zu kennen... Erlauben Sie, Madame!« (Hier lachte jemand laut auf.) »Und mich in Ihre ewigen Zänkereien mit Amalia Iwanowna einzumengen liegt durchaus nicht in meiner Absicht... Mich führt eine eigne Angelegenheit her, und ich möchte sofort mit Ihrer Stieftochter Sofja... Iwanowna sprechen, so ist ja wohl der Name. Erlauben Sie mir, näherzutreten.«

Nach diesen Worten ging Pjotr Petrowitsch seitwärts um Katerina Iwanowna herum und begab sich in die entgegengesetzte Ecke, wo sich Sonja befand.

Katerina Iwanowna blieb, wie vom Donner gerührt, starr auf demselben Fleck stehen. Es war ihr unbegreiflich, wie Pjotr Petrowitsch in Abrede stellen konnte, bei ihrem Papa Gastfreundschaft genossen zu haben. Nachdem sie sich die Geschichte von dieser Gastfreundschaft einmal ausgedacht hatte, glaubte sie selbst steif und fest daran. Und Pjotr Petrowitschs geschäftsmäßiger, trockner Ton, in dem sogar etwas Verächtliches, Drohendes lag, versetzte sie in

Bestürzung. Auch die anderen Anwesenden waren bei seinem Erscheinen alle allmählich still geworden. Ganz abgesehen davon, daß dieser »ernste Geschäftsmann« einen schneidenden Kontrast gegen die ganze übrige Gesellschaft bildete, war auch klar, daß er aus irgendeinem wichtigen Anlasse gekommen war, daß nur eine außerordentliche Ursache ihn in diese Gesellschaft hatte führen können und daß somit gleich etwas passieren mußte. Raskolnikow, der neben Sonja stand, trat zur Seite, um ihn vorbeizulassen; Pjotr Petrowitsch bemerkte ihn anscheinend gar nicht. Einen Augenblick darauf erschien auch Lebesjatnikow auf der Schwelle; ins Zimmer hinein kam er nicht, sondern blieb, lebhaft interessiert, beinahe verwundert, dort stehen; er hörte zu, schien aber lange Zeit aus dem, was da vorging, nicht klug zu werden.

»Entschuldigen Sie, wenn ich vielleicht störe; aber es ist eine ziemlich wichtige Angelegenheit«, bemerkte Pjotr Petrowitsch für alle Anwesenden, ohne sich an jemand im besonderen zu wenden. »Es ist mir sogar recht erwünscht, eine größere Zuhörerschaft zu haben. Amalia Iwanowna, ich bitte Sie in Ihrer Eigenschaft als Wirtin der Wohnung ganz ergebenst, dem Gespräche, das ich jetzt mit Sofja Iwanowna führen werde, Ihre Aufmerksamkeit zuzuwenden. Sofja Iwanowna«, fuhr er fort, indem er sich nunmehr direkt an die höchst erstaunte und schon im voraus erschrockene Sonja wandte, »von meinem Tische im Zimmer meines Freundes Andrej Semjonowitsch Lebesjatnikow ist, wie sich unmittelbar nach Ihrem Besuche herausgestellt hat, eine mir gehörige Banknote im Werte von hundert Rubel verschwunden. Wenn Sie auf irgendwelche Weise wissen und uns zeigen, wo sie sich jetzt befindet, so versichere ich Ihnen mit meinem Ehrenworte und nehme alle Anwesenden dafür als Zeugen, daß die Sache damit abgetan sein wird. Im entgegengesetzten Falle werde ich mich genötigt sehen, zu sehr ernsten Maßregeln zu greifen, und dann... würden Sie sich den Schaden selbst zuzuschreiben haben.«

Im Zimmer herrschte absolutes Schweigen. Sogar die weinenden Kinder waren still geworden. Sonja stand leichenblaß da, blickte Lushin an und war unfähig, etwas zu antworten. Sie schien ihn noch gar nicht verstanden zu haben. So vergingen einige Sekunden.

»Nun also, wie ist's?« fragte Lushin und blickte sie fest an.

»Ich weiß nicht... ich weiß von nichts...«, erwiderte Sonja endlich mit schwacher Stimme.

»Nicht? Sie wissen es nicht?« fragte Lushin noch einmal und schwieg wieder ein paar Sekunden. »Besinnen Sie sich, Mademoiselle«, fuhr er dann in strengem Tone fort, aber immer noch so, als ob er ihr ins Gewissen redete, »denken Sie nach; ich bin gern bereit, Ihnen noch etwas Zeit zur Überlegung zu lassen. Bitte, erwägen Sie dies: wenn ich nicht so fest überzeugt wäre, so hätte ich als erfahrener Mann selbstverständlich nicht gewagt, Sie so geradezu zu beschuldigen; denn für eine derartige direkte, öffentliche Beschuldigung würde ich, wenn sie lügenhaft oder auch nur irrtümlich wäre, selbst in gewissem Sinne verantwortlich sein; das weiß ich sehr wohl. Heute morgen habe ich für meine persönlichen Bedürfnisse einige fünfprozentige Staatsschuldscheine, zusammen im Nominalwerte von dreitausend Rubel, verkauft. Die Berechnung darüber steht in meinem Notizbuche eingetragen. Als ich nach Hause gekommen war, begann ich – das kann Andrej Semjonowitsch bezeugen – das Geld nachzuzählen, und nachdem ich zweitausenddreihundert Rubel abgezählt hatte, steckte ich diese Summe in meine Brieftasche und die Brieftasche in die Seitentasche meines Rockes. Auf dem Tische blieben gegen fünfhundert Rubel liegen, in Banknoten, darunter drei Banknoten zu je hundert Rubel. In diesem Augenblicke kamen Sie, auf meine Aufforderung hin, herein und befanden sich dann während der ganzen Zeit Ihres Zusammenseins mit mir in auffallender Aufregung, so daß Sie sogar dreimal mitten im Gespräche aufstanden und ohne verständlichen Grund eilig weggehen wollten, obgleich unsere Unterredung noch nicht beendet war. Alles dies kann Andrej Semjonowitsch bezeugen. Wahrscheinlich werden Sie selbst, Mademoiselle, sich nicht weigern, als wahr zuzugeben und anzuerkennen, daß ich Sie durch Andrej Semjonowitsch einzig und allein zu dem Zwecke zu mir rufen ließ, um mit Ihnen über die hilflose, verzweifelte Lage Ihrer Stiefmutter Katerina Iwanowna, zu der ich nicht zum Gedächtnismahle kommen konnte, Rücksprache zu nehmen und mit Ihnen zu erwägen, ob es sich nicht empfehlen würde, zu ihren Gunsten eine Kollekte, eine Lotterie oder dergleichen zu veranstalten. Sie haben mir gedankt und sogar Tränen vergossen (ich erzähle alles so, wie es sich zugetragen hat, erstens um Sie daran zu erinnern, und zweitens um Ihnen zu zeigen, daß auch nicht die geringste Einzelheit meinem Gedächtnisse entschwunden ist). Hierauf nahm ich einen Zehnrubelschein vom Tische und händigte ihn Ihnen zugunsten Ihrer Stiefmutter als meinen persönlichen Beitrag und als eine erste Beihilfe ein. Dies alles hat Andrej Semjonowitsch gesehen. Darauf begleitete ich Sie bis an die Tür, wobei an Ihnen noch immer dieselbe Aufregung zu bemerken war. Als ich dann mit Andrej Semjonowitsch allein geblieben war, unterhielt ich mich etwa zehn Minuten lang mit ihm, worauf er hinausging. Nun trat ich von neuem zu dem Tische und dem darauf liegenden Gelde, in der Absicht, es nochmals nachzuzählen und dann, wie ich mir schon vorher vorgenommen hatte, gesondert zu verwahren. Zu meinem Erstaunen fehlte unter den Banknoten ein Hundertrubelschein. Ich bitte also, überlegen Sie sich die Sache; auf Andrej Semjonowitsch kann ich unter keinen Umständen Verdacht haben; schon des bloßen Gedankens daran schäme ich mich. Auch kann ich mich nicht in der Berechnung geirrt haben, da ich, kurz bevor Sie kamen, mit der ganzen Berechnung fertig geworden war und das Resultat richtig befunden hatte. Sie werden selbst zugeben müssen: wenn ich an Ihre Aufregung und an Ihre Eile, fortzukommen, denke, sowie daran, daß Sie Ihre Hände eine Zeitlang auf dem Tische liegen hatten, und wenn ich ferner Ihre gesellschaftliche Stellung und die damit verknüpften Gewohnheiten in Betracht ziehe, so sehe ich mich sozusagen zu meinem eigenen Schrecken und sogar wider meinen Willen genötigt, bei diesem Verdachte zu verharren, der allerdings entsetzlich, aber – begründet ist! Ich füge hinzu und wiederhole noch einmal: Trotz meiner bestimmten Überzeugung muß ich mir doch sagen, daß meine jetzige Beschuldigung ein gewisses Risiko für mich einschließt. Aber wie Sie sehen, habe ich doch nicht schweigen mögen; ich bin gegen Sie aufgetreten und will Ihnen auch den Grund sagen: einzig und allein, Mademoiselle, einzig und allein wegen Ihres schwarzen Undanks! Wie? Ich lade Sie im Interesse Ihrer armen Stiefmutter zu einer Besprechung ein; ich überreiche Ihnen eine meinen Verhältnissen entsprechende Gabe von zehn Rubel, und Sie danken mir gleich auf demselben Fleck, gleich in demselben Augenblick für all dies durch eine derartige Handlungsweise! Nein, das ist denn doch gar zu häßlich! Dafür müssen Sie eine

Lektion erhalten. Nun überlegen Sie; ja, als Ihr aufrichtiger Freund (denn einen bessern Freund können Sie in diesem Augenblicke nicht haben) bitte ich Sie: kommen Sie zur Besinnung! Sonst werde ich unerbittlich sein! Nun, wie ist's?«

»Ich habe Ihnen nichts weggenommen«, flüsterte Sonja in höchstem Entsetzen. »Sie haben mir zehn Rubel gegeben; hier, bitte, nehmen Sie sie zurück.«

Sie zog ihr Taschentuch aus der Tasche, suchte den Knoten, knüpfte ihn auf, nahm den Zehnrubelschein heraus und hielt ihn Lushin hin.

»Und wegen der übrigen hundert Rubel wollen Sie kein Geständnis ablegen?« sagte er im Tone des Vorwurfs und der eindringlichen Mahnung, ohne die Banknote zu nehmen.

Sonja blickte um sich. Alle schauten mit so furchtbaren, strengen, spöttischen, feindseligen Gesichtern nach ihr hin. Sie richtete ihre Augen auf Raskolnikow,... dieser stand an der Wand, die Arme über der Brust verschränkt, und sah sie mit flammendem Blicke an.

»O Gott!« stöhnte sie unwillkürlich auf.

»Amalia Iwanowna, es wird erforderlich sein, die Polizei zu benachrichtigen, und deshalb bitte ich Sie ergebenst, zunächst den Hausknecht rufen zu lassen«, sagte Lushin leise und sogar in freundlichem Tone.

»Gott der Barmherzige! Das habe ich mir doch gedacht, daß sie stiehlt!« rief Amalia Iwanowna und schlug die Hände zusammen.

»So? Das haben Sie sich gedacht?« fragte Lushin schnell. »Also hatten Sie auch früher schon irgendwelche Gründe zu solcher Annahme. Ich bitte Sie, verehrteste Amalia Iwanowna, sich Ihrer Worte zu erinnern, die Sie ja übrigens auch in Gegenwart von Zeugen gesprochen haben.«

Auf allen Seiten erhob sich nun plötzlich lautes Reden. Alle kamen in lebhafte Bewegung.

»Wie? Wie?« schrie auf einmal Katerina Iwanowna, die von ihrer ersten Bestürzung wieder zu sich gekommen war, und stürzte wie ein Hund, der sich von der Kette losgerissen hat, auf Lushin zu. »Wie? Sie beschuldigen sie des Diebstahls? Meine Sonja? Oh, Sie Schurke, Sie Schurke!«

Sie eilte zu Sonja hin und umschlang sie fest, ganz fest mit ihren abgemagerten Armen.

»Sonja, wie hast du die zehn Rubel von ihm annehmen können! Oh, du Einfältige! Gib sie her! Gib gleich diese zehn Rubel her! Da! Nehmen Sie!«

Katerina Iwanowna riß Sonja die Banknote aus der Hand, knüllte sie zu einem Knäuel zusammen und schleuderte ihn, weit ausholend, Lushin gerade ins Gesicht. Der Knäuel traf ihn ins Auge und fiel zurückprallend auf den Fußboden. Amalia Iwanowna sprang hinzu und hob das Geld auf. Pjotr Petrowitsch wurde zornig.

»Haltet die Verrückte fest!« rief er.

In der Tür erschienen in diesem Augenblicke neben Lebesjatnikow noch einige Personen, zwischen denen auch die beiden neulich angekommenen Damen hervorschauten.

»Wie? Verrückt? Ich soll verrückt sein? Du Esel!« kreischte Katerina Iwanowna. »Du bist selbst ein Esel, ein Rechtsverdreher, ein grundgemeiner Mensch! Sonja, Sonja wird ihm Geld wegnehmen! Sonja eine Diebin! Eher könnte sie dir etwas geben, du Esel!« Katerina Iwanowna brach in ein hysterisches Lachen aus. »Habt ihr schon je einen solchen Esel gesehen?« wandte sie sich ringsum an alle und zeigte auf Lushin. »Wie? Du auch?« Es fiel ihr gerade die Wirtin in die Augen. »Du altes Hökerweib, auch du willst das bestätigen, daß sie gestohlen hat? Du greulicher preußischer Affe in der großen Krinoline! Oh, ihr Lumpenbande! Sie ist ja seitdem gar nicht aus dem Zimmer hinausgegangen; gleich als sie von dir, du Schurke, zurückkam, hat sie sich ganz in meiner Nähe an den Tisch gesetzt; das haben alle gesehen. Da neben Rodion Romanowitsch hat sie gesessen! Also visitiert sie doch! Da sie nirgends hingegangen ist, müßte sie ja das Geld noch bei sich haben! Visitiere sie nur, visitiere sie nur! Aber wenn du nichts findest, Freundchen, dann sollst du zur Verantwortung gezogen werden! Zum Zaren, zum Zaren selbst laufe ich hin; er ist barmherzig; ich werfe mich ihm zu Füßen, gleich, heute noch! Ich bin ein schutzloses Weib! Man wird mich vorlassen! Denkst du etwa, ich werde nicht vorgelassen werden? Da irrst du dich, ich werde schon zu ihm gelangen! Du hast wohl darauf gerechnet, daß sie so schüchtern ist? Darauf hast du wohl deine Hoffnung gesetzt? Aber dafür bin ich um so kühner, Brüderchen! Du wirst den kürzeren ziehen! So visitiere sie doch! Immer zu! Nur zu!«

Und Katerina Iwanowna packte in ihrer Wut Lushin an und zerrte ihn zu Sonja hin.

»Ich bin bereit, es darauf ankommen zu lassen, und will die Verantwortung auf mich nehmen,... aber benehmen Sie sich ruhiger, Madame, benehmen Sie sich ruhiger. Daß Sie kühn sind, sehe ich nur zu gut... Indessen, eine Visitierung,... das... das... geht doch nicht so«, murmelte Lushin, »das muß in Gegenwart der Polizei geschehen,... es sind ja freilich auch jetzt Zeugen genug vorhanden... Ich bin bereit, es darauf ankommen zu lassen... Aber in jedem Falle ist das für einen Mann eine mißliche Sache,... wegen des Geschlechts... Wenn es unter Amalia Iwanownas Beihilfe geschehen könnte,... allerdings ist das kein ordnungsmäßiges Verfahren... Sicherlich nicht!«

»Bestimmen Sie selbst, wer sie visitieren soll! Mag es tun, wer da will!« schrie Katerina Iwanowna. »Sonja, wende ihnen deine Taschen um! Da, da! Sieh, du Scheusal, da, sie ist leer, hier steckte das Taschentuch drin, die Tasche ist leer, siehst du! Da ist die andre Tasche, da, da! Siehst du, siehst du!«

Dabei wandte Katerina Iwanowna die beiden Taschen nacheinander um oder riß sie vielmehr nach außen. Aber aus der zweiten, der rechten Tasche, flog plötzlich eine Banknote heraus, beschrieb in der Luft einen Bogen und fiel dann vor Lushins Füßen auf den Boden. Alle hatten es gesehen; viele schrien auf. Pjotr Petrowitsch bückte sich, nahm die Banknote mit zwei Fingern vom Fußboden auf, hob sie in die Höhe, so daß es alle sahen, und faltete sie auseinander. Es war ein auf den achten Teil seiner Größe zusammengelegter Hundertrubelschein. Pjotr Petrowitsch bewegte seinen Arm im Kreise herum und zeigte die Banknote allen.

»Eine Diebin! Hinaus aus der Wohnung! Polizei, Polizei!« heulte Amalia Iwanowna. »Nach Sibirien müssen sie geschickt werden! Hinaus!«

Von allen Seiten erschollen Ausrufe des Staunens und der Entrüstung. Raskolnikow schwieg und wendete die

Augen nicht von Sonja ab; nur selten warf er Lushin einen schnellen Blick zu. Sonja stand wie besinnungslos immer noch auf demselben Fleck; sie schien kaum erstaunt zu sein. Plötzlich übergoß eine glühende Röte ihr ganzes Gesicht; sie schrie auf und verbarg das Gesicht in den Händen.

»Nein, ich bin es nicht gewesen! Ich habe nichts genommen! Ich weiß von nichts!« rief sie mit einem herzzerreißenden Aufschrei und stürzte zu Katerina Iwanowna hin.

Diese schlang die Arme um sie und drückte sie fest an sich, als wollte sie sie mit ihrer Brust gegen alle verteidigen.

»Sonja, Sonja, ich glaube es nicht! Siehst du wohl, ich glaube es nicht!« rief sie, allem Augenschein zum Trotz, preßte sie immer wieder an sich wie ein Kind, küßte sie unzählige Male, ergriff ihre Hände und bedeckte auch diese mit heißen Küssen. »Du solltest das genommen haben? Ach, was sind das für dumme Menschen! O Gott! Dumm seid ihr, dumm!« rief sie, zu allen gewendet. »Ihr wißt noch gar nicht, ihr habt keine Ahnung davon, was für ein Herz sie hat, ein wie gutes Mädchen sie ist! Sie sollte jemandem etwas wegnehmen, sie! Eher zieht sie sich das letzte Kleid vom Leibe und verkauft es und geht barfuß und gibt euch alles hin, wenn ihr in Not seid; so ist sie! Auch den gelben Schein hat sie nur deshalb genommen, weil meine Kinder vor Hunger umkamen; um unsertwillen hat sie sich verkauft!... Ach, du Dahingeschiedener! Ach, du Dahingeschiedener! Siehst du wohl? Siehst du wohl? Das ist nun dein Gedächtnismahl! O Gott! So verteidigt sie doch; was steht ihr alle da? Rodion Romanowitsch! Warum treten denn Sie, Sie nicht für sie ein? Glauben Sie es etwa auch? Ihr alle seid nicht so viel wert wie ihr kleiner Finger, ihr alle, ihr alle! O Gott! Schütze du sie doch endlich!«

Das Weinen der armen schwindsüchtigen, hilflosen Katerina Iwanowna schien doch auf die Anwesenden starken Eindruck zu machen. Es lag ein solcher Jammer, ein solches Leid in diesem schmerzverzerrten, abgemagerten, schwindsüchtigen Gesichte, in diesen eingeschrumpften, noch blutigen Lippen, in dieser heiser kreischenden Stimme, in diesem aufschluchzenden Weinen, das wie Kinderweinen klang, in diesem vertrauensvollen, kindlichen und dabei doch verzweifelten Flehen um Schutz, daß, wie es schien, alle mit der Unglücklichen Mitleid empfanden. Pjotr Petrowitsch wenigstens beeilte sich, »sein Bedauern auszusprechen«.

»Madame, Madame!« rief er mit erhobener Stimme. »Sie selbst werden ja durch das Geschehene gar nicht berührt! Niemand beschuldigt Sie der Anstiftung oder der Teilnehmerschaft, um so weniger, als Sie ja durch das Umwenden der Taschen die Überführung bewerkstelligt haben; daraus geht ja klar hervor, daß Sie nichts Übles vermuteten. Ich bin bereit, mein außerordentliches Bedauern auszusprechen, wenn, um mich so auszudrücken, es die bittre Armut gewesen ist, wodurch sich Sofja Semjonowna hat verleiten lassen; aber warum, Mademoiselle, wollten Sie denn kein Geständnis ablegen? Fürchteten Sie die Schande? Es war wohl Ihr erster Schritt gewesen? Sie waren vielleicht zu fassungslos? Alles begreiflich, sehr begreiflich!... Aber andrerseits, warum haben Sie sich auch auf solche Dinge eingelassen? Meine Herrschaften!« wandte er sich an alle Anwesenden, »meine Herrschaften! Aus Mitleid und sozusagen aus Teilnahme an diesem Schmerze bin ich bereit zu verzeihen, selbst jetzt noch, trotz der persönlichen Beleidigungen, die mir widerfahren sind. Möge Ihnen, Mademoiselle, die jetzige Beschämung als Lehre für die Zukunft dienen«, wandte er sich an Sonja; »ich meinerseits werde von weiteren Maßregeln absehen; meinetwegen mag die Sache hiermit abgetan sein. Also genug davon!«

Pjotr Petrowitsch schielte verstohlen zu Raskolnikow hin; ihre Blicke begegneten einander. Raskolnikows flammender Blick drohte den andern zu Asche zu verbrennen. Katerina Iwanowna schien überhaupt nichts mehr gehört zu haben; sie umarmte und küßte Sonja wie eine Wahnsinnige. Auch die Kinder umschlangen von allen Seiten Sonja mit ihren Ärmchen, und Polenjka, die übrigens nicht recht verstand, worum es sich handelte, war ganz in Tränen aufgelöst, verging fast vor Schluchzen und verbarg ihr vom Weinen geschwollenes hübsches Gesichtchen an Sonjas Schulter.

»Ist das eine Gemeinheit!« rief plötzlich eine laute Stimme in der Tür.

Pjotr Petrowitsch blickte sich hastig um.

»Ist das eine Gemeinheit!« sagte Lebesjatnikow noch einmal und blickte ihm unverwandt in die Augen.

Pjotr Petrowitsch zuckte ordentlich zusammen. Alle bemerkten es und erinnerten sich dessen später. Lebesjatnikow trat ins Zimmer herein.

»Und Sie haben sich erdreistet, mich als Zeugen anzurufen?« sagte er, indem er auf Pjotr Petrowitsch zutrat.

»Was soll das bedeuten, Andrej Semjonowitsch? Wovon reden Sie?« murmelte dieser.

»Das bedeutet, daß Sie ein Verleumder sind! Das habe ich gemeint!« sagte Lebesjatnikow erregt und blickte ihn zornig mit seinen schwachsichtigen Augen an.

Er war furchtbar ergrimmt. Raskolnikow ließ keinen Blick von ihm, als ob er jedes Wort auffinge und auf die Waagschale legte. Wieder herrschte Schweigen. Pjotr Petrowitsch hatte fast ganz seine Fassung verloren, namentlich im ersten Augenblick.

»Wenn Sie mir damit...«, begann er stotternd. »Aber was haben Sie denn? Sind Sie bei Sinnen?«

»Ich bin schon bei Sinnen; aber Sie sind ein Schurke! Ach, was ist das für eine Gemeinheit! Ich habe hier jetzt den ganzen Vorgang mit angehört; ich habe absichtlich immer noch gewartet, um über die Sache völlig klarzuwerden; denn ich muß gestehen, selbst jetzt durchschaue ich den logischen Zusammenhang noch nicht ganz... Warum haben Sie denn eigentlich das alles getan? Das ist mir unbegreiflich!«

»Aber was soll ich denn getan haben? So hören Sie doch auf, in sinnlosen Rätseln zu sprechen! Oder sind Sie vielleicht betrunken?«

»Sie mögen vielleicht trinken, Sie gemeiner Mensch, ich nicht. Ich trinke überhaupt nie Schnaps, weil das meinen ganzen Anschauungen widerstreitet! Denken Sie sich«, hier wandte Lebesjatnikow sich an alle Anwesenden, »er selbst hat eigenhändig diesen Hundertrubelschein Sofja Semjonowna gegeben. Ich habe es gesehen, ich bin Zeuge, ich kann es beschwören! Er selbst, er selbst!«

»Sie sind wohl übergeschnappt, Sie Milchbart?« kreischte Lushin. »Da steht sie Ihnen ja selbst persönlich gegenüber, und sie selbst hat hier soeben in Gegenwart aller ausgesagt, daß sie außer den zehn Rubeln nichts von mir bekommen hat. Wie können Sie denn da behaupten, daß ich ihr den Schein gegeben hätte?«

»Ich habe es gesehen, ich habe es gesehen!« rief Lebesjatnikow nachdrücklich. »Und obwohl das Schwören meinen Anschauungen widerstreitet, so bin ich doch bereit, sofort vor Gericht jeden beliebigen Eid darauf abzulegen; denn ich habe gesehen, wie Sie ihr die Banknote heimlich zusteckten! Nur dachte ich Dummkopf, Sie wollten ihr damit eine Wohltat erweisen! Als Sie sich in der Tür von ihr verabschiedeten und sie sich umwandte und Sie ihr mit der einen Hand die Hand drückten, da haben Sie mit der andern Hand, mit der linken, ihr heimlich die Banknote in die Tasche gesteckt. Ich habe es gesehen, ich habe es gesehen!«

Lushin wurde blaß.

»Was schwatzen Sie da zusammen!« schrie er dreist. »Wie hätten Sie überhaupt, da Sie doch am Fenster standen, die Banknote erkennen können! Das war wohl eine Augentäuschung; Sie mit Ihrer Kurzsichtigkeit! Sie faseln!«

»Nein, es war keine Augentäuschung! Und obwohl ich weit weg stand, so habe ich doch alles gesehen, ja, alles; und obwohl es vom Fenster aus allerdings schwer war, die Banknote zu erkennen (darin haben Sie recht), so wußte ich doch infolge eines besonderen Zufalls genau, daß es gerade ein Hundertrubelschein war; denn als Sie Sofja Semjonowna den Zehnrubelschein gaben, da nahmen Sie (das habe ich selbst gesehen) gleichzeitig einen Hundertrubelschein vom Tische. Das habe ich gesehen, weil ich damals gerade in der Nähe stand; und da mir dabei sofort ein bestimmter Gedanke kam, so vergaß ich es nicht, daß Sie die Banknote in der Hand hatten. Sie hatten sie zusammengefaltet und hielten sie die ganze Zeit über in der geschlossenen Hand. Später hatte ich es schon beinahe wieder vergessen; aber als Sie aufstanden, nahmen Sie die Banknote aus der rechten Hand in die linke und hätten sie dabei beinahe fallenlassen; da erinnerte ich mich wieder, weil mir wieder derselbe Gedanke kam, daß Sie ihr nämlich, ohne daß ich es merken sollte, eine Wohltat erweisen wollten. Sie können sich vorstellen, wie ich nun aufpaßte – na, und da sah ich, wie es Ihnen gelang, ihr die Banknote in die Tasche zu schieben. Ich habe es gesehen, ich habe es gesehen, und ich will es beschwören.«

Lebesjatnikow war fast außer Atem gekommen. Von allen Seiten erschollen Ausrufe verschiedener Art, meistens des Staunens; jedoch waren auch solche darunter, die einen drohenden Ton annahmen. Alle drängten sich zu Pjotr Petrowitsch hin. Katerina Iwanowna stürzte auf Lebesjatnikow zu.

»Andrej Semjonowitsch! Ich habe Sie verkannt! Beschützen Sie sie! Sie sind der einzige, der für sie eintritt! Sie ist eine Waise; Gott hat Sie ihr gesandt! Andrej Semjonowitsch, bester Freund, Väterchen!«

Bei diesen Worten warf sich Katerina Iwanowna, die kaum noch wußte, was sie tat, vor ihm auf die Knie.

»So ein Blödsinn!« schrie Lushin, rasend vor Wut. »Sie schwatzen Blödsinn, mein Herr!... ›Ich vergaß, ich erinnerte mich, ich erinnerte mich, ich vergaß‹, was hat das für Wert! Also ich hätte ihr die Banknote absichtlich zugesteckt? Wozu? Welchen Zweck sollte ich dabei gehabt haben? Was habe ich zu schaffen mit dieser...«

»Wozu? Das ist es ja eben, was ich selbst nicht verstehe; aber daß ich eine wahre Tatsache erzähle, das ist sicher! Ich irre mich ganz und gar nicht, Sie abscheulicher Mensch, Sie Verbrecher; ganz im Gegenteil erinnere ich mich genau, wie mir aus diesem Anlaß gleich damals eine bestimmte Frage in den Kopf kam, nämlich als ich Ihnen dankte und Ihnen die Hand drückte. Ich fragte mich nämlich, warum Sie es ihr eigentlich heimlich in die Tasche gesteckt hätten. Das heißt, warum gerade heimlich? Sollten Sie das wirklich nur deswegen getan haben, weil Sie es vor mir verheimlichen wollten, da Sie wußten, daß ich der entgegengesetzten Meinung bin und die private Wohltätigkeit verwerfe, die ja doch nie eine radikale Heilung herbeiführt? Na, ich kam schließlich zu der Meinung, Sie möchten sich wohl tatsächlich vor mir darüber schämen, daß Sie einen solchen Batzen Geld weggäben, und außerdem dachte ich, Sie wollten ihr vielleicht eine Überraschung bereiten und sie in Staunen versetzen, wenn sie in ihrer Tasche volle hundert Rubel fände; denn manche Wohltäter lieben es sehr, ihren Wohltaten in solcher Weise noch einen besonderen Anstrich zu geben; das weiß ich recht wohl. Dann kam mir auch der Gedanke, daß Sie sie vielleicht auf die Probe stellen wollten, ob sie wohl, wenn sie das Geld fände, kommen würde, um sich zu bedanken. Dann, daß Sie vielleicht dem Danke aus dem Wege gehen wollten,... na, wie man so sagt, daß die rechte Hand nicht wissen soll,... kurz, etwas in dieser Art. Nun also, es kamen mir damals eine ganze Menge verschiedener Gedanken in den Sinn, so daß ich beschloß, über alles dies später nachzudenken; ich hielt es aber für taktlos, Ihnen gegenüber zu äußern, daß ich um Ihr Geheimnis wisse. Gleich darauf jedoch fiel mir ein, Sofja Semjonowna könnte am Ende gar das Geld verlieren, ehe sie von seinem Vorhandensein etwas gemerkt hätte; darum beschloß ich, hierherzugehen, sie herauszurufen und ihr mitzuteilen, daß ihr ein Hundertrubelschein in die Tasche gesteckt worden sei. Da ich aber dabei an dem Zimmer der Kobyljatnikowschen Damen vorbeikam, so ging ich vorher noch zu ihnen hinein, um ihnen die ›Allgemeine Kritik der positiven Methode‹ zu überbringen und ihnen besonders einen Artikel von Piderit (übrigens auch einen von Wagner) zu empfehlen; dann kam ich hierher und wurde hier Zeuge dieser abscheulichen Szene! Hätte ich denn nun alle diese Gedanken haben, alle diese Überlegungen anstellen können, wenn ich nicht tatsächlich gesehen hätte, daß Sie ihr die hundert Rubel in die Tasche steckten?«

Als Andrej Semjonowitsch seine wortreichen Erläuterungen mit einer so logischen Folgerung abgeschlossen hatte, war er ganz matt geworden, und der Schweiß rann ihm vom Gesichte. Denn leider besaß er nicht die Fähigkeit, seine Gedanken auf russisch klar und deutlich darzulegen (übrigens beherrschte er auch keine andere Sprache), so daß er jetzt nach seiner sachwalterischen Großtat auf einmal ganz erschöpft war; ja, es sah sogar so aus, als ob er davon magerer geworden wäre. Trotzdem hatte sein Rede ganz außerordentlich gewirkt. Er hatte mit so lebhaftem Affekt und in so echtem Tone eigener Überzeugung gesprochen, daß ihm offenbar alle glaubten. Pjotr Petrowitsch fühlte, daß seine Sache schlecht stand.

»Was kümmert es mich, was Ihnen da für dumme ›Fragen‹ in den Kopf gekommen sind«, rief er. »Das ist kein Beweis! Das können Sie alles geträumt haben; weiter nichts! Und ich sage Ihnen, mein Herr, daß Sie lügen! Sie lügen und verleumden mich, weil Sie auf mich wütend sind, namentlich aus Ärger darüber, daß ich von Ihren freidenkerischen, gottlosen sozialen Plänen nichts wissen wollte. Das ist der ganze Grund!«

Aber diese Ausrede brachte ihm keinen Nutzen; im Gegenteil, auf allen Seiten wurde ein unwilliges Murren laut.

»Aha, so willst du dich herausreden!« rief Lebesjatnikow. »Aber da irrst du dich! Rufe nur die Polizei, dann will ich einen Eid schwören! Nur das eine kann ich nicht begreifen: warum er eine so gemeine Handlung riskiert hat! So ein abscheulicher, niederträchtiger Mensch!«

»Ich kann es erklären, warum er eine solche Handlung gewagt hat, und werde nötigenfalls auch meinerseits einen Eid ablegen«, sagte nun endlich Raskolnikow mit fester Stimme und trat vor.

Er war anscheinend ruhig und festen Sinnes. Schon bei seinem bloßen Anblicke wurde es allen klar, daß er wirklich wußte, wie die Sache zusammenhing, und daß die Lösung des Rätsels jetzt erfolgen werde.

»Jetzt ist mir alles völlig verständlich geworden«, fuhr Raskolnikow fort und wandte sich dabei direkt an Lebesjatnikow. »Gleich vom Beginne dieser Szene an argwöhnte ich, daß irgendein schändlicher Betrug dahinterstecke; dieser Argwohn gründete sich auf gewisse besondere Umstände, die allein mir bekannt sind und die ich sofort allen darlegen werde; aus diesen Umständen erklärt sich die ganze Sache. Sie, Andrej Semjonowitsch, haben mir durch Ihre wertvolle Aussage zu einem restlosen Verständnis verholfen. Ich bitte alle, alle, mir zuzuhören. Dieser Herr« (er zeigte auf Lushin) »verlobte sich vor kurzem mit einem jungen Mädchen, nämlich mit meiner Schwester Awdotja Romanowna Raskolnikowa. Aber nach seiner Ankunft in Petersburg geriet er vorgestern bei unserm ersten Zusammensein in Streit mit mir, und ich wies ihm die Tür, wofür ich zwei Zeugen habe. Er hat einen sehr schlechten Charakter... Vorgestern wußte ich noch nicht, daß er hier in dieser Wohnung bei Ihnen, Andrej Semjonowitsch, logiert und daß er somit an demselben Tage, wo wir den Streit gehabt hatten, das heißt vorgestern, Zeuge war, wie ich als Freund des verstorbenen Herrn Marmeladow seiner Gattin Katerina Iwanowna etwas Geld zum Begräbnisse übergab. Er schrieb sofort einen Brief an meine Mutter und teilte ihr mit, ich hätte das Geld nicht Katerina Iwanowna, sondern Sofja Semjonowna gegeben, und bediente sich dabei der gemeinsten Ausdrücke über... über Sofja Semjonownas Charakter, das heißt, er machte Andeutungen über die Art meiner Beziehungen zu Sofja Semjonowna – alles das, wie Sie leicht selbst sehen, mit der Absicht, mich mit meiner Mutter und meiner Schwester zu verfeinden, wenn er sie zu dem Glauben brächte, daß ich ihr letztes Geld, womit sie mich unterstützt hatten, zu unwürdigen Zwecken vergeudete. Gestern abend stellte ich meiner Mutter und meiner Schwester gegenüber in seiner Gegenwart die Wahrheit fest, indem ich bewies, daß ich das Geld Katerina Iwanowna zur Bestreitung der Begräbniskosten, und nicht Sofja Semjonowna, übergeben habe und daß ich mit Sofja Semjonowna vorgestern überhaupt noch nicht bekannt war und sie vorher sogar noch nie gesehen hatte. Dabei fügte ich hinzu, daß er, Pjotr Petrowitsch Lushin, trotz all seiner vorzüglichen Fähigkeiten noch nicht so viel wert sei wie der kleine Finger von Sofja Semjonowna, über die er so abfällig gesprochen habe. Auf seine Frage, ob ich wohl Sofja Semjonowna auffordern würde, neben meiner Schwester Platz zu nehmen, antwortete ich, daß ich es bereits an eben dem Tage getan hätte. Erbittert darüber, daß meine Mutter und meine Schwester nicht auf seine Verleumdungen hin sich mit mir verfeinden wollten, sagte er ihnen im weiteren Wortwechsel unverzeihliche Frechheiten. Es kam zu einem vollständigen Bruche, und er wurde aus dem Hause gewiesen. Alles dies begab sich gestern abend. Jetzt bitte ich Sie, ganz besonders aufzumerken: Stellen Sie sich vor, es wäre ihm jetzt gelungen, zu beweisen, daß Sofja Semjonowna eine Diebin sei, so hätte er doch damit zugleich meiner Mutter und meiner Schwester bewiesen, daß er mit seiner üblen Beurteilung nahezu recht gehabt habe und daß er mit Fug und Recht über die von mir vorgenommene Gleichstellung meiner Schwester mit Sofja Semjonowna empört gewesen sei und daß er somit durch einen Angriff auf mich die Ehre meiner Schwester, seiner Braut, verteidigt und geschützt habe. Kurz, durch alles dies hätte er mich mit meinen Angehörigen entzweien können, und er hoffte bestimmt, auf diese Art wieder mit ihnen in ein freundliches Verhältnis zu gelangen. Davon will ich schon gar nicht einmal reden, daß er sich dabei auch an mir persönlich rächen wollte, weil er Grund zu der Annahme hatte, daß Sofja Semjonownas Ehre und Glück mir sehr teuer seien. Das also war sein ganzer wohlüberlegter Plan! So fasse ich die Sache auf. Das war der ganze Grund für sein Handeln; ein anderer kann nicht existieren.«

So oder ungefähr so schloß Raskolnikow seine Rede, die oftmals durch Ausrufe seiner aufmerksamen Zuhörer unterbrochen worden war. Aber trotz aller Unterbrechungen hatte er energisch, ruhig, bestimmt, klar und fest gesprochen. Seine scharfe Stimme, sein überzeugter Ton und sein ernster Gesichtsausdruck machten auf alle einen gewaltigen Eindruck.

»Ja, ja, so muß es gewesen sein!« pflichtete ihm Lebesjatnikow, ganz hingerissen, bei. »So muß es gewesen sein; denn gleich nachdem Sofja Semjonowna zu uns ins Zimmer getreten war, fragte er mich ausdrücklich, ob Sie hier wären, ob ich Sie unter Katerina Iwanownas Gästen gesehen hätte. Er rief mich dazu beiseite, ans Fenster, und fragte mich dort leise. Folglich war ihm für die Ausführung seines Vorhabens Ihre Anwesenheit notwendig. Das ist richtig, das ist alles ganz richtig!«

Lushin schwieg und lächelte verächtlich. Indes sah er sehr blaß aus. Er schien zu überlegen, wie er sich wohl aus der Affäre ziehen könnte. Vielleicht hätte er mit Vergnügen alles auf sich beruhen lassen und wäre davongegangen; aber das war im gegenwärtigen Augenblicke so gut wie unmöglich; damit hätte er geradezu die Richtigkeit der gegen ihn erhobenen Beschuldigungen zugegeben, auch in dem Punkte, daß er Sofja Semjonowna verleumdet habe. Außerdem war das Publikum, das sowieso schon angetrunken war, allzu aufgeregt. Der Proviantbeamte, der übrigens nicht alles verstanden hatte, schrie am allermeisten und brachte einige Maßnahmen in Vorschlag, die für Lushin sehr unangenehm gewesen wären. Es standen aber auch Leute da, die nicht betrunken waren; denn aus allen Zimmern waren die Mieter zusammengeströmt. Die drei Polen zeigten sich besonders ergrimmt und schrien ihm fortwährend zu: »Pan łajdak!« (Sie Lump!), wobei sie noch allerlei Drohungen auf polnisch murmelten. Sonja hatte gespannt zugehört, schien aber gleichfalls nicht alles verstanden zu haben; sie machte den Eindruck, als sei sie soeben aus einer Ohnmacht erwacht. Sie wandte ihre Augen von Raskolnikow nicht ab, in dem Gefühle, daß er ihr einziger Schutz sei. Katerina Iwanowna atmete mühsam und pfeifend und befand sich allem Anscheine nach in einem Zustande furchtbarer Erschöpfung. Am dümmsten stand Amalia Iwanowna da; sie hielt den Mund geöffnet und konnte offenbar aus der Sache absolut nicht schlau werden. Das einzige, was sie begriff, war, daß Pjotr Petrowitsch irgendwie in die Klemme geraten sein müsse. Raskolnikow bat, noch etwas hinzufügen zu dürfen; aber man ließ ihn nicht weiterreden; alle schrien und drängten sich unter Schimpfworten und Drohungen um Lushin herum. Dieser aber zeigte sich nicht feige. Da er sah, daß er bezüglich der gegen Sonja erhobenen Beschuldigung sein Spiel verloren hatte, so nahm er seine Zuflucht ohne weiteres zur Unverschämtheit.

»Erlauben Sie, meine Herren, erlauben Sie; drängen Sie nicht so; lassen Sie mich hindurch!« sagte er, indem er sich durch den Haufen hindurcharbeitete. »Und tun Sie mir den Gefallen, Ihre Drohungen zu unterlassen; ich versichere Ihnen, das ist ganz zwecklos, Sie erreichen dadurch nichts; ängstlich bin ich nicht; im Gegenteil werden Sie, meine Herren, dafür zur Verantwortung gezogen werden, daß Sie ein Kriminalvergehen in Schutz genommen haben. Die Diebin ist völlig überführt, und ich werde die Sache weiter verfolgen. Die Herren vom Gericht sind nicht so blind und... nicht betrunken und werden nicht zwei solchen notorischen Gottesleugnern, Revolutionären und Freidenkern Glauben schenken, die mich aus persönlicher Rachsucht beschuldigen, was sie ja in ihrer Dummheit selbst eingestehen... Also erlauben Sie!«

»Ziehen Sie sofort aus meinem Zimmer aus und lassen Sie sich nie wieder bei mir blicken; zwischen uns beiden ist alles zu Ende! Und wenn ich bedenke, wie ich mich abgequält habe, ihm unser ganzes System auseinanderzusetzen,... volle zwei Wochen lang!...«

»Ich habe Ihnen doch vorhin, als Sie mich noch zurückhalten wollten, selbst gesagt, Andrej Semjonowitsch, daß ich auszuziehen beabsichtigte; jetzt füge ich nur noch hinzu, daß Sie ein Dummkopf sind. Ich wünsche Ihnen guten Erfolg für eine Kur Ihrer physischen und geistigen Sehkraft. Erlauben Sie, meine Herren!«

Er drängte sich durch; aber ihn so leichten Kaufs, lediglich unter Schimpfwörtern, wegzulassen, das war nicht im Geschmacke des Proviantbeamten; er nahm ein Glas vom Tische, holte aus und warf damit nach Pjotr Petrowitsch. Indessen flog das Glas Amalia Iwanowna gerade an den Kopf. Sie kreischte auf; der Proviantbeamte aber, der bei dem Schwunge das Gleichgewicht verloren hatte, sank schwerfällig unter den Tisch. Pjotr Petrowitsch begab sich in sein Zimmer und hatte bereits eine halbe Stunde darauf das Haus verlassen. Die von Natur ängstliche Sonja hatte schon von jeher gewußt, daß niemand leichter ins Verderben zu bringen war als sie und daß jeder sie fast straflos beleidigen konnte; trotzdem aber hatte sie es bis auf diese Stunde für möglich gehalten, dem Unglück durch Vorsicht, durch Sanftmut und durch Demut allen und jedem gegenüber zu entgehen. Die jetzige Enttäuschung war ihr gar zu schmerzlich. Sie war allerdings imstande, geduldig und ohne Murren alles, auch dies, zu ertragen; aber im ersten Augenblicke fiel es ihr doch gar zu schwer. Als der erste Schreck und die erste Betäubung vorüber waren und sie alles begriff und sich vergegenwärtigte, da preßte ihr, trotz ihres Triumphes und des völligen Beweises ihrer Schuldlosigkeit, das Gefühl der Hilflosigkeit und der erlittenen Kränkung doch das Herz qualvoll zusammen. Ein Weinkrampf befiel sie. Schließlich konnte sie es nicht länger aushalten; sie stürzte aus dem Zimmer und lief nach Hause. Das geschah, gleich nachdem Lushin weggegangen war. Amalia Iwanowna mochte, als ihr unter lautem Gelächter der Anwesenden das Glas gegen den Kopf flog, es auch nicht ruhig hinnehmen, daß sie so für fremde Sünden büßen sollte. Kreischend stürzte sie wie eine Rasende auf Katerina Iwanowna los, der sie die Schuld an allem beimaß.

»Hinaus aus der Wohnung! Augenblicklich! Marsch, hinaus!«

Mit diesen Worten fing sie an, alles, was ihr von Katerina Iwanownas Sachen unter die Hände kam, auf dem Fußboden auf einen Haufen zusammenzuwerfen. Katerina Iwanowna, ohnehin schon völlig erschöpft, halb ohnmächtig, atemlos und blaß, sprang von dem Bette, auf das sie kraftlos niedergesunken war, in die Höhe und warf sich auf Amalia Iwanowna. Aber der Kampf war zu ungleich; Amalia Iwanowna stieß sie wie eine Feder von sich.

»Wie? Nicht genug daran, daß man uns auf das gottloseste verleumdet hat, will auch diese Kreatur ihr Mütchen an mir kühlen? Wie? Am Begräbnistage meines Mannes, nachdem sie eben an meinem gastlichen Tische gesessen hat, jagt sie mich aus der Wohnung, auf die Straße, mit den vaterlosen Waisen? Ja, wo soll ich denn bleiben?« stöhnte das arme Weib schluchzend und keuchend. »O Gott!« rief sie auf einmal, und ihre Augen funkelten, »gibt es denn keine Gerechtigkeit? Wenn du uns arme Verlassene nicht schützest, wen willst du denn dann schützen? Aber wir wollen einmal sehen! Es gibt noch Recht und Gerechtigkeit auf der Welt, und ich werde sie zu finden wissen! Und sofort! Warte nur, du gottloses Geschöpf! Polenjka, bleibe bei den Kindern; ich komme bald wieder. Wartet auf mich, wenn's nicht anders ist, auf der Straße! Wir wollen doch einmal sehen, ob es noch Gerechtigkeit auf der Welt gibt!«

Katerina Iwanowna warf dasselbe grüne Tuch von drap de dame um den Kopf, das der verstorbene Marmeladow in seiner Erzählung Raskolnikow gegenüber erwähnt hatte, drängte sich durch den wüsten, betrunkenen Schwarm der Gäste hindurch, die noch immer das Zimmer füllten, und lief weinend und wehklagend auf die Straße hinaus, in der festen Absicht, irgendwo sofort unter allen Umständen und um jeden Preis Gerechtigkeit zu finden. Polenjka verkroch sich in ihrer Angst mit den Kindern in die Ecke auf den Kasten, umschlang, am ganzen Leibe zitternd, die beiden Kleinen und wartete so auf die Rückkehr der Mutter. Amalia Iwanowna tobte im Zimmer umher, kreischte, jammerte, schleuderte alles, was ihr in die Hände kam, auf den Fußboden und vollführte einen greulichen Spektakel. Die Mieter schrien durcheinander: manche redeten über das Vorgefallene, soweit sie es verstanden hatten; andere zankten sich und beschimpften sich; einige fingen an zu singen.

»Jetzt wird es auch für mich Zeit«, dachte Raskolnikow. »Nun wollen wir einmal sehen, Sofja Semjonowna, was Sie jetzt sagen werden!«

Er ging nach Sonjas Wohnung.

IV

Raskolnikow war ein energischer und mutiger Fürsprecher Sonjas gegen Lushin gewesen, obgleich er doch soviel eigne Angst und eignes Leid in seiner Seele mit sich herumtrug. Aber nach alledem, was er am Vormittag durchgemacht hatte, war er ordentlich erfreut gewesen über die Gelegenheit, an die Stelle der ihm unerträglich gewordenen Empfindungen andere setzen zu können, ganz abgesehen von der persönlichen, herzlichen Teilnahme, die ihn zu seinem Eintreten für Sonja veranlaßt hatte. Dabei hatte er jedoch fortwährend an die bevorstehende Zusammenkunft mit Sonja denken müssen, und dieser Gedanke hatte ihn zeitweise schrecklich beunruhigt; er mußte, mußte ihr sagen, wer Lisaweta ermordet hatte, ahnte im voraus, welche schreckliche Qual ihm dies bereiten würde, und sträubte sich gegen diese Qual gleichsam mit vorgestreckten Händen. Als er Katerina Iwanownas Wohnung verließ und in Gedanken ausrief: »Nun, was werden Sie jetzt sagen, Sofja Semjonowna?« da befand er sich offenbar noch in einem Zustande äußerlicher Erregung; er fühlte sich mutig, kampflustig und stolz auf den Sieg, den er soeben über Lushin davongetragen hatte. Aber es ging ihm seltsam. Als er zu Kapernaumows Wohnung gelangt war, merkte er, daß ihn eine plötzliche Schwäche und Furcht überkam. Unschlüssig blieb er vor der Tür stehen und legte sich die sonderbare Frage vor: ›Ist es wirklich notwendig, daß ich sage, wer Lisaweta ermordet hat?‹ Sonderbar war die Frage allerdings, weil er gleichzeitig fühlte, daß nicht nur ein Verschweigen, sondern selbst ein Aufschub, auch nur auf kurze Zeit, geradezu unmöglich sei. Er wußte nicht, warum das unmöglich sei, er fühlte es nur, und dieses qualvolle Bewußtsein seiner Schwäche gegenüber der Notwendigkeit drückte ihn ganz nieder. Um dem Schwanken und der Qual ein Ende zu machen, öffnete er schnell die Tür und suchte von der Schwelle aus mit seinen Blicken Sonja. Sie saß an dem Tischchen, hatte die Ellbogen darauf gestützt und ihr Gesicht mit den Händen bedeckt; aber als sie Raskolnikow erblickte, stand sie schnell auf und kam ihm entgegen, als ob sie ihn erwartet hätte.

»Was wäre ohne Sie aus mir geworden!« sagte sie hastig, als sie sich in der Mitte des Zimmers gegenüberstanden.

Offenbar hatte sie lebhaft gewünscht, ihm dies so bald als möglich zu sagen, und eben deshalb auf ihn gewartet.

Raskolnikow trat an den Tisch und setzte sich auf den Stuhl, von dem sie soeben aufgestanden war. Sie stellte sich zwei Schritte entfernt vor ihn hin, genau wie tags zuvor.

»Nicht wahr, Sonja?« sagte er und spürte auf einmal, daß ihm die Stimme bebte. »Diese ganze Anschuldigung war doch nur ›infolge Ihrer gesellschaftlichen Stellung und der damit verknüpften Gewohnheiten‹ möglich. Haben Sie das vorhin verstanden?«

Ein tief schmerzlicher Ausdruck überzog ihr Gesicht.

»Ach, sprechen Sie doch nicht zu mir so wie gestern!« unterbrach sie ihn. »Bitte, fangen Sie nicht von neuem davon an. Die Qual ist so schon groß genug...«

Sie lächelte, so schnell sie es vermochte, aus Furcht, daß dieser Vorwurf vielleicht sein Mißfallen erregen könnte,

»Es war dumm von mir«, fuhr sie fort, »daß ich von dort wegging. Wie mag es da jetzt zugehen? Ich wollte eben wieder hingehen; aber ich dachte immer, daß... daß Sie herkommen würden.«

Er erzählte ihr, daß Amalia Iwanowna die Familie aus der Wohnung hinauswerfe und daß Katerina Iwanowna weggelaufen sei, um »Gerechtigkeit zu suchen«.

»Ach, mein Gott!« rief Sonja erschrocken. »Wir wollen schnell hingehen...«

Sie griff nach ihrer Mantille.

»Immer dieselbe Geschichte!« rief Raskolnikow in gereiztem Tone. »Sie haben für niemand Gedanken als für Ihre Angehörigen! Bleiben Sie jetzt doch bei mir!«

»Aber... was wird aus Katerina Iwanowna?«

»Katerina Iwanowna wird Ihnen sicher nicht davonlaufen; die wird schon von selbst zu Ihnen kommen, da sie einmal weggerannt ist«, fügte er mürrisch hinzu. »Und wenn sie Sie dann hier nicht trifft, so sind Sie daran schuld...«

Sonja setzte sich in qualvoller Unschlüssigkeit auf einen Stuhl. Raskolnikow schwieg, blickte auf den Fußboden und sann über etwas nach.

»Allerdings hat es Lushin jetzt nicht gewollt«, begann er, ohne Sonja anzublicken. »Wenn er es aber gewollt hätte oder es irgendwie in seine Pläne hineingepaßt hätte, so würde er Sie ohne mein und Lebesjatnikows zufälliges Dazwischenkommen ins Gefängnis gebracht haben. Nicht wahr?«

»Ja«, sagte sie mit schwacher Stimme. »Ja!« wiederholte sie zerstreut und unruhig.

»Und es wäre doch sehr leicht möglich gewesen, daß ich nicht da war. Und was nun gar Lebesjatnikow betrifft, so kam der nur ganz zufällig dazu.«

Sonja schwieg.

»Nun, und wenn Sie ins Gefängnis gekommen wären, was dann? Erinnern Sie sich an das, was ich gestern zu Ihnen sagte?«

Sie antwortete wieder nicht. Er wartete ein Weilchen.

»Ich dachte schon, Sie würden wieder aufschreien: ›Ach, sagen Sie doch so etwas nicht, hören Sie auf!‹« spottete Raskolnikow, aber es klang gekünstelt. »Nun, Sie schweigen wieder?« fragte er nach einer kleinen Pause. »Wir müssen doch über irgend etwas miteinander reden. Da wäre es mir nun gerade interessant, zu sehen, wie Sie jetzt eine ›Frage‹ (um Lebesjatnikows Ausdruck zu gebrauchen) lösen würden.« Er schien in Verwirrung zu geraten. »Nein, wirklich, ich rede im Ernst. Stellen Sie sich einmal vor, Sonja, Sie wüßten alle Absichten Lushins vorher, Sie wüßten, wüßten sicher, daß Katerina Iwanowna und die Kinder durch die Verwirklichung dieser Absichten völlig zugrunde gerichtet würden (nebenbei auch Sie selbst; aber da Sie doch sich selbst für nichts achten, so erwähne ich Sie eben nur nebenbei), auch Polenjka, denn sie würde ja diesen selben Weg einschlagen müssen. Nun also: wenn Sie dann darüber zu entscheiden hätten, ob er am Leben bleiben solle oder jene, ich meine, ob Katerina Iwanowna sterben oder Lushin durch den Tod an der Verübung seiner Schändlichkeiten gehindert werden solle, wie würden Sie dann entscheiden? Wer von ihnen soll sterben? Das frage ich Sie!«

Sonja sah ihn beunruhigt an; sie glaubte, daß bei dieser unsicheren, weit ausholenden Rede irgend etwas Besonderes im Hintergrunde verborgen sei.

»Es ahnte mir schon, daß Sie nach so etwas fragen würden«, sagte sie und blickte ihn forschend an.

»Schön, meinetwegen; aber wie würden Sie entscheiden?«

»Warum fragen Sie nach etwas, was doch ganz unmöglich ist?« erwiderte Sonja mit sichtlichem Widerstreben.

»Also ist es besser, daß Lushin am Leben bleibt und seine Schändlichkeiten verübt? Wagen Sie auch darauf keine bestimmte Antwort zu geben?«

»Ich kenne doch Gottes Ratschlüsse nicht... Wozu fragen Sie Dinge, auf die es doch keine Antwort gibt? Wozu diese nutzlosen Fragen? Wie könnte der Fall eintreten, daß so etwas von meiner Entscheidung abhinge? Und wer hat mich hier zum Richter darüber gesetzt, wer leben bleiben soll und wer nicht leben bleiben soll?«

»Ja, wenn Sie Gottes Ratschluß da mit hineinmengen, dann ist freilich nichts zu machen«, murmelte Raskolnikow finster.

»Sagen Sie doch lieber offen, was Sie eigentlich wollen!« rief Sonja schmerzlich. »Sie zielen wieder auf etwas hin... Sind Sie denn nur darum hergekommen, um mich zu quälen?«

Sie konnte sich nicht mehr halten und brach in bittere Tränen aus. Düster und gramvoll blickte er sie an. So vergingen wohl fünf Minuten.

»Du hast recht, Sonja!« sagte er endlich leise.

Er war plötzlich ein ganz anderer geworden. Der gemachte, freche und trotz des Gefühls der Kraftlosigkeit herausfordernde Ton war verschwunden. Selbst seine Stimme war auf einmal schwächer geworden.

»Ich habe dir gestern selbst gesagt, ich würde nicht herkommen, um dich um Verzeihung zu bitten, und doch habe ich eigentlich gleich damit begonnen, um Verzeihung zu bitten... Denn was ich da eben von Lushin und Gottes Ratschluß sagte, das war im Grunde für mich, in meinem Interesse gesprochen... Darin lag eine Bitte um Verzeihung, Sonja...«

Er wollte lächeln; aber nur ein kraftloser, halber Ansatz zu einem Lächeln zeigte sich auf seinem blassen Gesichte. Er ließ den Kopf sinken und verbarg das Gesicht in den Händen.

Und plötzlich erfüllte ein seltsames, unerwartetes Gefühl sein Herz, eine Art von grimmigem Hasse gegen Sonja. Selbst erstaunt und erschrocken über dieses Gefühl, hob er schnell den Kopf und blickte sie forschend an; aber er begegnete ihrem verstörten Blicke, der in qualvoller Sorge auf ihn gerichtet war; heiße Liebe sprach aus diesem Blicke, und sein scheinbarer Haß verschwand wie ein Gespenst. Es war nicht Haß gewesen; er hatte ein Gefühl für ein anderes gehalten. Die Ursache war nur gewesen, daß jetzt der verhängnisvolle Augenblick gekommen war.

Wieder bedeckte er sein Gesicht mit den Händen und ließ den Kopf sinken. Plötzlich überzog Blässe sein Gesicht; er stand vom Stuhle auf, sah Sonja an und setzte sich, ohne ein Wort zu reden und ohne selbst zu wissen, was er tat, auf ihr Bett.

Dieser Augenblick hatte für seine Empfindung eine entsetzliche Ähnlichkeit mit jenem Augenblicke, als er hinter der Alten stand, bereits das Beil aus der Schlinge losgemacht hatte und sich sagte, daß nun keine Sekunde mehr zu verlieren sei.

»Was ist Ihnen?« fragte Sonja, der ganz bange geworden war.

Er konnte kein Wort hervorbringen. Den Hergang bei der Eröffnung, die er ihr machen wollte, hatte er sich ganz, ganz anders vorgestellt und begriff selbst nicht, was jetzt in ihm vorging. Sie ging leise zu ihm hin, setzte sich neben ihn auf das Bett und wartete, ohne die Augen von ihm abzuwenden. Ihr Herz schlug heftig und drohte zu zerspringen. Die Lage wurde unerträglich; er wandte sein totenblasses Gesicht ihr zu; seine Lippen verzogen sich kraftlos in dem Bemühen, ein Wort herauszubringen. Sonja wurde von Entsetzen gepackt.

»Was ist Ihnen?« fragte sie noch einmal und beugte sich dabei ein wenig von ihm weg.

»Nichts, Sonja! Ängstige dich nicht... Unsinn! Wirklich, wenn man vernünftig überlegt, ist es Unsinn!« murmelte er mit der Miene eines Fieberkranken, der von sich nichts weiß. »Warum bin ich eigentlich hergekommen, wenn ich dich doch nur quälen will?« fügte er plötzlich hinzu und blickte sie an. »Wirklich, warum? Das frage ich mich fortwährend, Sonja...«

Er hatte sich diese Frage vor einer Viertelstunde vielleicht tatsächlich vorgelegt; aber jetzt redete er das in völliger Kraftlosigkeit nur so hin; er wußte kaum von sich selbst und fühlte ein unaufhörliches Zittern und Frösteln im ganzen Körper.

»Ach, wie schwer Sie leiden!« sagte sie mit schmerzlicher Teilnahme, indem sie ihn betrachtete.

»Es ist ja alles Unsinn!... Also höre mal, Sonja«, er lächelte wieder (so ein blasses, mattes Lächeln von ganz kurzer Dauer), »erinnerst du dich, was ich dir gestern sagen wollte?«

Sonja wartete in großer Unruhe.

»Ich sagte zu dir beim Fortgehen, daß ich vielleicht für immer von dir Abschied nähme; wenn ich aber heute wiederkäme, so würde ich dir sagen,... wer Lisaweta ermordet hat.«

Sie begann am ganzen Leibe zu zittern.

»Nun also, ich bin hergekommen, um es dir zu sagen.«

»Haben Sie das wirklich gestern...«, flüsterte sie mit Anstrengung. »Woher wissen Sie es denn?« fragte sie hastig, als sammelte sie auf einmal wieder ihre Gedanken.

Ihr Atem ging schwer; ihr Gesicht wurde immer blasser.

»Ich weiß es.«

Sie schwieg etwa eine Minute lang.

»Hat man ihn gefunden?« fragte sie schüchtern.

»Nein, man hat ihn nicht gefunden.«

»Wie können Sie denn dann wissen, wer es gewesen ist?« fragte sie wieder kaum hörbar und wieder nach einem Schweigen, das fast eine Minute dauerte.

Er wandte sich zu ihr um und blickte sie scharf und unverwandt an.

»Rate!« antwortete er, wieder mit diesem verzerrten, matten Lächeln.

Krampfhafte Zuckungen liefen durch ihren ganzen Körper.

»Warum... warum... erschrecken Sie mich... denn so?« fragte sie und lächelte dabei wie ein Kind.

»Ich muß doch wohl sehr nahe befreundet mit ihm sein,... da ich es weiß«, fuhr Raskolnikow fort und sah ihr dabei unausgesetzt ins Gesicht, als könnte er seine Augen gar nicht von ihr abwenden. »Er wollte diese Lisaweta... nicht töten... Er hat sie... nur zufällig getötet... Er wollte bloß die alte Frau ermorden,... weil er wußte, daß sie allein war,... darum war er hingegangen... Und da kam Lisaweta dazu... Da ermordete er auch sie.«

Es verging noch eine entsetzliche Minute; beide sahen einander an.

»Du kannst es also nicht raten?« fragte er auf einmal mit einer Empfindung, als ob er sich von einem Turme herabstürzte.

»N–nein«, flüsterte Sonja kaum hörbar.

»Sieh mal ordentlich her!«

Sobald er das gesagt hatte, ließ eine Empfindung, die er schon von früher her kannte, ihm plötzlich wieder das Herz zu Eis erstarren; er blickte sie an, und es war ihm auf einmal, als sähe er in ihrem Gesichte das Gesicht Lisawetas. Er erinnerte sich deutlich an Lisawetas Gesichtsausdruck, als er damals mit dem Beile auf sie zutrat und sie vor ihm nach der Wand zurückwich, die Hand ein wenig vorstreckend, mit einem geradezu kindlichen Ausdruck von Angst im Gesicht, ganz genau wie kleine Kinder, die, auf einmal durch etwas in Furcht versetzt, den Gegenstand ihrer Furcht starr und ängstlich anblicken, zurückweichen und, die Händchen vorstreckend, zu weinen anfangen. Fast ebenso war es jetzt bei Sonja. Ebenso kraftlos, mit der gleichen Angst sah sie ihn eine Weile an; dann streckte sie auf einmal die linke Hand vor, berührte ganz leise, wie abwehrend, mit den Fingern seine Brust und begann ganz langsam sich vom Bette zu erheben, wobei sie immer mehr vor ihm zurückwich und ihr auf ihn gerichteter Blick immer starrer wurde. Ihr Entsetzen teilte sich auch ihm mit: ganz dieselbe Angst zeigte sich auch auf seinem Gesichte, und er schaute sie ganz ebenso an, beinahe sogar mit dem gleichen kindlichen Lächeln.

»Hast du es erraten?« flüsterte er endlich.

»O Gott!« Ein furchtbarer Klageschrei entrang sich ihrer Brust.

Kraftlos sank sie auf das Bett zurück, mit dem Gesicht in die Kissen. Aber im nächsten Augenblick richtete sie sich schnell wieder auf, rückte ihm eilig näher, ergriff seine beiden Hände, drückte sie mit ihren dünnen Fingerchen, so fest sie konnte, und sah ihm wieder starr, als könnte sie die Augen gar nicht von ihm losreißen, ins Gesicht. Mit diesem letzten, verzweiflungsvollen Blicke wollte sie die letzte Hoffnung, falls es eine solche noch für sie gäbe, erspähen und erhaschen. Aber es war nichts mehr zu hoffen; es blieb kein Zweifel; alles war so, wirklich so! Selbst nachher, in späteren Zeiten, wenn sie sich an diesen Augenblick erinnerte, erschien es ihr seltsam und wunderbar, woran sie eigentlich damals sofort mit solcher Sicherheit gesehen habe, daß es hier keine Zweifel mehr geben konnte. Sie konnte gewiß nicht sagen, daß sie etwas Derartiges geahnt hätte. Und doch hatte sie jetzt, nachdem er ihr eben erst diese Mitteilung gemacht hatte, das Gefühl, als hätte sie tatsächlich gerade dies geahnt.

»Laß es genug sein, Sonja, hör auf! Quäl mich nicht!« bat er in tiefstem Schmerze.

Er hatte ihr die Eröffnung in ganz, ganz anderer Weise machen wollen, und nun war es so gekommen.

Wie von Sinnen sprang sie auf und ging händeringend bis in die Mitte des Zimmers; aber dann wendete sie sich schnell um und setzte sich wieder neben ihn, so daß ihre Schulter fast die seine berührte. Plötzlich fuhr sie zusammen, wie wenn ihr jemand einen heftigen Stich versetzt hätte, schrie auf und warf sich, ohne selbst zu wissen, warum sie das tat, vor ihm auf die Knie.

»Wie haben Sie, Sie das übers Herz bringen können!« rief sie in Verzweiflung.

Sie sprang auf, fiel ihm um den Hals, umschlang ihn und drückte ihn mit ihren Armen fest an sich.

Raskolnikow machte sich von ihr los und blickte sie mit düsterem Lächeln an.

»Wie sonderbar du bist, Sonja! Du umarmst und küßt mich, nachdem ich dir das von mir gesagt habe. Du weißt wohl gar nicht, was du tust.«

»Nein, nein, auf der ganzen Welt gibt es jetzt keinen unglücklicheren Menschen als dich!« rief sie wie eine Rasende, ohne seine Bemerkung gehört zu haben, und brach dann in ein schluchzendes Weinen aus, das sie krampfhaft schüttelte.

Ein Gefühl, das er seit langer Zeit nicht mehr gekannt hatte, flutete wie eine mächtige Welle in sein Herz hinein und machte es weich und milde. Er widerstrebte diesem Gefühle nicht: zwei Tränen quollen aus seinen Augen und blieben an den Wimpern hängen.

»Du willst mich also nicht verlassen, Sonja?« sagte er und blickte sie mit einem Schimmer von Hoffnung an.

»Nein, nein, nie und nimmer!« rief Sonja. »Ich folge dir, ich folge dir überallhin! O Gott!... Ach, ich Unglückliche!... Und warum, warum habe ich dich nicht früher gekannt? Warum bist du nicht früher gekommen? O Gott!«

»Nun, jetzt bin ich doch gekommen.«

»Jetzt! Oh, was ist jetzt zu tun!... Wir bleiben zusammen, wir bleiben zusammen!« rief sie wie von Sinnen und umarmte ihn von neuem. »Ich gehe mit dir zusammen nach Sibirien!«

Es gab ihm einen plötzlichen Ruck; das verächtliche, hochmütige Lächeln trat wieder auf seine Lippen.

»Vielleicht will ich aber noch gar nicht in die Zwangsarbeit gehen, Sonja«, sagte er.

Sonja sah ihn schnell an.

Nach dem ersten Sturm leidenschaftlichen, qualvollen Mitgefühls mit dem Unglücklichen erschreckte sie nun wieder die furchtbare Vorstellung von dem Morde. In dem veränderten Tone, in dem er die letzten Worte gesprochen hatte, hörte sie den Mörder. Erstaunt blickte sie ihn an. Sie wußte von der Tat noch gar nichts weiter, weder warum noch wie, noch wozu er sie begangen hatte. Jetzt blitzten alle diese Fragen auf einmal in ihrem Bewußtsein auf. Und damit zugleich kam wieder der ungläubige Zweifel: ›Er ein Mörder? Er? War das denn möglich?‹

»Was ist denn nur? Wo bin ich denn?« sagte sie in tiefer Benommenheit, als ob sie noch gar nicht zu sich gekommen wäre. »Wie haben Sie, ein Mensch wie Sie,... wie haben Sie sich nur zu so etwas entschließen können? Wie ist das möglich?«

»Nun, um zu rauben! Hör auf, Sonja!« antwortete er müde und mit einem Beiklang von Ärger.

Sonja stand wie betäubt da; aber plötzlich rief sie:

»Du warst hungrig! Du... du wolltest deiner Mutter helfen? Ja?«

»Nein, Sonja, nein«, murmelte er und ließ den Kopf sinken, »ich war nicht so hungrig,... meiner Mutter wollte ich allerdings helfen, aber... auch das war nicht der eigentliche Grund... Quäle mich nicht, Sonja.«

Sonja schlug die Hände zusammen.

»Ist denn das alles wirklich, wirklich wahr? O Gott, wie entsetzlich! Wer kann das glauben?... Und wie stimmt das zusammen: Sie geben selbst Ihr Letztes weg, und Sie haben gemordet, um zu rauben! Oh!« schrie sie plötzlich auf. »Das Geld, das Sie Katerina Iwanowna gegeben haben,... o Gott,... war das auch... war das auch...?«

»Nein, Sonja«, unterbrach er sie schnell, »dieses Geld stammte nicht daher; darüber magst du dich beruhigen! Dieses Geld hatte mir meine Mutter durch Vermittlung eines Kaufmanns geschickt, und ich hatte es erhalten, während ich krank war, an demselben Tage, an dem ich es dann weggegeben habe... Rasumichin hat es gesehen; er hat es sogar für mich in Empfang genommen. Dieses Geld war mein; es gehörte mir, war mein rechtmäßiges Eigentum.«

Sonja hörte ihm verständnislos zu und strengte ihren Kopf an, um die Sache zu begreifen.

»Jenes andere Geld... ich weiß übrigens gar nicht einmal, ob auch Geld dabei war«, fügte er leise und wie nachsinnend hinzu, »ich habe ihr damals einen Beutel, den sie am Halse trug, abgenommen, einen ledernen Beutel, er war ganz voll und prall,... aber ich habe nicht hineingesehen; ich hatte wohl keine Zeit dazu. Nun, und die Wertsachen, allerlei Knöpfchen und Ketten,... all diese Sachen und den Beutel habe ich auf einem fremden Hofe am Wosnessenskij-Prospekt unter einem Steine verborgen, gleich am andern Morgen... Da liegt auch jetzt noch alles...«

Sonja hörte mit gespannter Aufmerksamkeit zu.

»Aber warum sagten Sie denn... wie können Sie denn sagen, Sie hätten es getan, um zu rauben, und doch haben Sie gar nichts für sich behalten?« fragte sie schnell; sie griff gleichsam nach einem Strohhalm.

»Ich weiß noch nicht,... ich habe mich noch nicht entschieden,... ob ich dieses Geld nehmen soll oder nicht«, antwortete er, wieder wie nachsinnend; aber plötzlich kam er zu sich und lachte hastig und kurz auf. »Ach, was für eine Dummheit habe ich da eben hingeredet, nicht wahr?«

Durch Sonjas Kopf zuckte der Gedanke: ›Ist er nicht etwa gar irrsinnig?‹ Aber sie wies diesen Gedanken sofort wieder von sich: ›Nein, dies hier muß etwas anderes sein.‹ Aber was hier eigentlich vorlag, das verstand sie nicht, schlechterdings nicht!

»Weißt du, Sonja«, sagte er plötzlich wie infolge einer Eingebung, »ich will dir etwas sagen: Wenn ich nur deshalb gemordet hätte, weil ich hungrig war« (er betonte jedes einzelne Wort und sah sie mit einem rätselhaften, aber innigen Blicke an), »dann wäre ich jetzt glücklich! Das kannst du mir glauben!... Und was hättest du denn davon, was hättest du denn davon«, rief er einen Augenblick darauf wie verzweifelt, »wenn ich jetzt ohne weiteres zugäbe, schlecht gehandelt zu haben? Was hättest du von diesem törichten Triumphe über mich? Ach, Sonja, bin ich denn deshalb jetzt zu dir gekommen?«

Sonja wollte wieder etwas sagen; aber sie schwieg.

»Darum forderte ich dich auch gestern auf, mit mir zu gehen, weil du der einzige Mensch bist, der mir noch geblieben ist.«

»Wohin soll ich denn mitgehen?« fragte Sonja.

»Nicht zum Stehlen und Morden, sei unbesorgt, nicht zu solchen Dingen«, erwiderte er bitter lächelnd. »Wir sind zu verschiedene Naturen... Und weißt du, Sonja, ich habe erst jetzt, erst in diesem Augenblicke begriffen, wohin ich dich eigentlich gestern aufforderte mitzukommen! Gestern aber, als ich dich aufforderte, wußte ich selbst nicht, wohin. Nur eins hatte ich bei meiner Bitte gestern und bei meinem Kommen heute im Auge: verlaß mich nicht. Du wirst mich nicht verlassen, Sonja?«

Sie drückte ihm die Hand.

»Warum habe ich es ihr nur gesagt, warum habe ich es ihr nur entdeckt!« rief er einen Augenblick darauf ganz verzweifelt aus und sah sie mit grenzenloser Qual an. »Nun erwartest du Erklärungen von mir, Sonja; nun sitzest du da und wartest; das sehe ich; aber was soll ich dir sagen? Es wird dir ja doch nichts davon begreiflich sein; du wirst dich nur zu Tode grämen... um meinetwillen! Siehst du, nun weinst du und umarmst mich wieder – warum umarmst du mich denn? Weil ich selbst die Last nicht länger zu ertragen vermochte und herkam, um sie einem andern auf die Schultern zu bürden: ›Leide auch du, davon wird mir leichter werden!‹ Und kannst du einen solchen Schurken lieben?«

»Leidest du denn nicht auch Qualen?« rief Sonja.

Wieder flutete eben jenes Gefühl wie eine gewaltige Woge in sein Herz hinein und machte es wieder für einen Augenblick sanft und weich.

»Sonja, ich habe ein böses Herz; beachte das wohl, daraus erklärt sich vieles. Ich bin auch nur darum hergekommen, weil ich ein böser Mensch bin. Mancher wäre nicht hergekommen. Ich aber bin ein Feigling und... ein Schurke! Aber... lassen wir das. Um all das handelt es sich jetzt nicht... Ich muß jetzt reden und weiß nicht, wie ich anfangen soll...«

Er hielt inne und überlegte.

»Ja, wir beide sind zu verschiedene Naturen!« rief er wieder. »Wir passen nicht zueinander. Warum, ja warum bin ich nur hergekommen! Das kann ich mir nie verzeihen!«

»Nein, nein, es ist gut, daß du gekommen bist!« rief Sonja. »Es ist besser, daß ich es erfahren habe, viel besser!«

Er schaute sie voll Schmerz an.

»Und was war denn eigentlich der Grund?« fragte er, als ob er mit seiner Überlegung fertig geworden wäre. »Ja, der Grund war der! Höre: ich wollte ein Napoleon werden, darum habe ich einen Mord begangen... Nun, verstehst du es jetzt?«

»N–nein«, flüsterte Sonja naiv und schüchtern. »Aber sprich nur weiter, sprich nur weiter! Das Nötige werde ich schon davon verstehen!« bat sie ihn.

»Wirst du das? Nun gut, wir wollen sehen!«

Er schwieg und überlegte lange.

»Die Sache ist die: Ich legte mir einmal die Frage vor, wenn zum Beispiel Napoleon an meiner Stelle gewesen wäre und, um seine Laufbahn zu beginnen, weder Toulon noch Ägypten, noch den Übergang über den St. Bernhard gehabt hätte, sondern wenn statt all dieser schönen, großartigen Dinge einfach nur ein lächerliches altes Weib, eine Registratorswitwe, dagewesen wäre, die er überdies noch hätte ermorden müssen, um aus ihrem Kasten Geld zu entwenden (um der Laufbahn willen, verstehst du?), nun also, hätte er sich dann wohl dazu entschlossen, wenn er auf andre Weise nicht hätte seine Laufbahn beginnen können? Würde ihm dieses Mittel zuwider gewesen sein, weil es gar zu wenig großartig und... und weil es sündhaft wäre? Ich muß dir gestehen, daß ich mich mit dieser ›Frage‹ schrecklich lange herumgequält habe, so daß ich, als ich schließlich die Lösung fand (ich fand sie ganz plötzlich), mich meiner Schwerfälligkeit schämte. Die Lösung war aber die: das Mittel wäre ihm nicht nur nicht zuwider gewesen, sondern er wäre überhaupt nicht einmal auf den Gedanken gekommen, daß diese Tat nicht großartig sei,... er hätte gar nicht verstanden, was einem daran zuwider sein könnte. Und wenn er auf keine andre Weise seine Laufbahn hätte beginnen können, so hätte er die Alte abgewürgt, ehe sie auch nur einen Laut hätte von sich geben können, ohne alles Bedenken! Nun, und da... ließ auch ich meine Bedenken fallen,... ich tötete sie... nach dem Beispiele einer solchen Autorität. So war der Hergang, ganz genauso. Kommt dir das lächerlich vor? Ja, Sonja, das Lächerlichste ist dabei eben dies, daß sich die Sache wirklich so zugetragen hat.«

Dem Mädchen kam es ganz und gar nicht lächerlich vor.

»Sprechen Sie zu mir lieber unmittelbar,... ohne Beispiele«, bat sie ihn noch schüchterner und mit kaum hörbarer Stimme.

Er wandte sich zu ihr um, blickte sie traurig an und erfaßte ihre Hände.

»Du hast wieder recht, Sonja. Das ist ja alles Unsinn, nur leeres Geschwätz! Siehst du: du weißt ja, daß meine Mutter so gut wie nichts besitzt. Meine Schwester hat eine gute Bildung erhalten (eigentlich hat sich das zufällig so ergeben) und ist nun dazu verurteilt, sich als Gouvernante durchzubringen. All ihre Hoffnungen setzten die beiden auf mich. Ich studierte, konnte mich aber auf der Universität nicht erhalten und sah mich genötigt, vorläufig auszusetzen. Und wenn ich mich auch weiter hätte durchschleppen können, so hätte ich doch nur hoffen können, in zehn, zwölf Jahren, falls sich die Umstände günstig gestalteten, Lehrer oder Beamter mit tausend Rubel Gehalt zu werden...« (Er sprach, als sagte er eine auswendig gelernte Lektion auf.) »Aber bis dahin wäre meine Mutter vor Kummer und Sorgen zugrunde gegangen und es wäre mir doch nicht gelungen, ihr ein ruhiges Dasein zu verschaffen, und meine Schwester... mit der hätte es noch schlimmer gehen können!... Und was ist das für eine Existenz, wenn man sein ganzes Leben lang an allen Freuden vorbeigehen, sich von allen Genüssen abwenden muß, seiner Mutter nicht helfen kann und es sich demütig gefallen lassen muß, daß die Schwester beleidigt wird? Was hat ein solches Leben für einen Zweck? Etwa daß man, nachdem man seine Angehörigen begraben hat, sich neue anschafft, eine Frau und Kinder, und diese dann auch ohne einen Groschen Geld und ohne einen Bissen Brot zurückläßt? Also... also da beschloß ich, mich des Geldes der alten Frau zu bemächtigen, um für die nächsten Jahre meine Existenz zu ermöglichen, ohne daß meine Mutter sich für mich abquälen müßte – nämlich um die Fortsetzung meines Studiums sicherzustellen und mir die ersten Schritte nach Beendigung des Studiums zu erleichtern –, und ich wollte das alles großzügig und in durchgreifender Weise machen, um mir eine völlig neue Lebenslaufbahn zu schaffen und einen neuen Weg einzuschlagen, auf dem ich von niemand abhängig wäre... Also... also, das ist alles... Nun, daß ich die alte Frau ermordete, das war ja selbstverständlich schlecht von mir,... genug davon!«

Als er seine Erzählung zu Ende gebracht hatte, war er ganz erschöpft und ließ den Kopf sinken.

»Ach, das ist nicht richtig, das ist nicht richtig«, rief Sonja in tiefem Schmerze. »Kann man denn überhaupt so... Nein, es muß anders gewesen sein, ganz anders!«

»Und doch habe ich dir alles aufrichtig erzählt; ich habe die Wahrheit gesprochen!«

»Wie kann das die Wahrheit sein! O Gott!«

»Ich habe ja doch nur eine Laus getötet, Sonja, eine nutzlose, garstige, schädliche Laus.«

»Ein Mensch ist keine Laus!«

»Das weiß ich auch, daß er keine Laus ist«, antwortete er und schaute sie sonderbar an. »Übrigens schwatze ich sinnlos, Sonja«, fügte er hinzu, »ich rede schon seit langer Zeit so sinnlos... Es ist alles nicht richtig; du hast darin ganz recht. Ich hatte ganz andere Beweggründe, ganz andere, ganz andere!... Ich habe seit so langer Zeit mit niemand gesprochen, Sonja... Der Kopf tut mir jetzt sehr weh.«

Seine Augen brannten in fieberhaftem Feuer. Er begann fast irre zu reden; ein unruhiges Lächeln zuckte um seine

Lippen. Neben der heftigen seelischen Erregung machte sich bereits eine furchtbare Erschöpfung bemerkbar. Sonja begriff, welche Qualen er litt. Auch ihr begann der Kopf wirr und schwindlig zu werden. Seine sonderbaren Reden, meinte sie, klangen, als ob man etwas davon verstehen könnte; aber doch... wie war es nur möglich, wie war es nur möglich! O Gott! In Verzweiflung rang sie die Hände.

»Nein, Sonja, es war nicht richtig!« begann er wieder und hob auf einmal den Kopf, als hätte eine unerwartete neue Richtung, die seine Gedanken genommen, ihm einen frischen Impuls gegeben. »Es war nicht richtig! Stelle dir lieber vor (es ist wirklich besser, wenn du das tust), daß ich ein egoistischer, neidischer, boshafter, schändlicher, rachsüchtiger Mensch sei, nun... meinetwegen auch, daß ich zum Irrsinn neige. (Wir wollen gleich alles zusammen nehmen; daß ich vielleicht verrückt wäre, davon haben andre schon früher gesprochen; ich habe es recht wohl bemerkt!) Ich habe dir vorhin gesagt, daß ich mich auf der Universität nicht erhalten konnte. Aber weißt du, gekonnt hätte ich es vielleicht doch. Meine Mutter hätte mir das Geld für die Vorlesungen geschickt, und die Kosten für Schuhzeug, Kleidung und Essen hätte ich mir selbst durch Arbeit verdienen können, sicherlich! Ich konnte Unterricht erteilen; es wurde mir ein halber Rubel für die Stunde geboten. Rasumichin lebt ja auch von seiner Arbeit! Aber ich wurde verbissen und mochte nicht. Geradezu verbissen, das ist der richtige Ausdruck! Ich verkroch mich dann wie eine Spinne in meinen Winkel. Du bist ja in meinem Hundeloch gewesen und hast es gesehen... Weißt du wohl, Sonja, daß niedrige Decken und kleine Zimmer Seele und Geist beengen? Oh, wie ich dieses Hundeloch gehaßt habe! Und trotzdem wollte ich nicht ausgehen. Absichtlich nicht! Ganze Tage lang ging ich nicht aus; ich mochte nicht arbeiten, nicht einmal essen mochte ich; ich lag immer nur da. Wenn mir Nastasja etwas brachte, nun, dann aß ich; brachte sie mir nichts, nun, dann ging der Tag auch so vorüber; aus Verbissenheit bat ich absichtlich um nichts! Da ich abends kein Licht hatte, lag ich im Dunkeln; aber durch Arbeit mir das Geld für Kerzen verdienen, das mochte ich nicht. Ich hätte studieren sollen, aber ich verkaufte meine Bücher, und auf meinem Tische liegt auf meinen Nachschriften, auf meinen Kollegheften auch heute noch der Staub fingerdick! Ich mochte lieber so daliegen und grübeln. Immer grübelte ich,... und immer hatte ich solche seltsamen Träume, allerlei seltsame Träume, das läßt sich gar nicht erzählen! Aber erst damals tauchte in mir auch der noch unklare Gedanke auf, daß... Nein, das ist nicht richtig! Ich erzähle wieder falsch! Siehst du, ich fragte mich damals immer: warum bin ich so dumm, daß, wenn andre Leute dumm sind und ihre Dummheit mir ganz genau bekannt ist, ich nicht selbst klüger sein will? Darauf gelangte ich zu der Erkenntnis, Sonja, daß, wenn man warten wollte, bis alle Menschen klug würden, dies doch gar zu lange dauern würde... Darauf erkannte ich, daß es dazu überhaupt niemals kommen wird, daß die Menschen sich nicht verändern und niemand sie umgestalten kann und der Versuch verlorene Mühe wäre. Ja, das ist nun einmal so! Es ist ein Naturgesetz, daß sie so sind,... ein Naturgesetz, Sonja! Das ist nun einmal so!... Und ich weiß jetzt, Sonja, daß, wer kräftig und stark ist an Geist und Verstand, daß der auch der Beherrscher der andern ist! Wer viel wagt, der ist nach ihrer Anschauung auch im Rechte. Wer der Masse dreist entgegentritt, der gilt ihnen als Gesetzgeber, und wer mehr als alle andern wagt, der hat auch das allergrößte Recht! So ist das bisher gewesen, und so wird das immer sein! Man muß blind sein, um das nicht einzusehen!«

Raskolnikow sah Sonja zwar an, während er das sagte, kümmerte sich aber nicht mehr darum, ob sie ihn verstand oder nicht. Das Fieber hatte völlig von ihm Besitz genommen. Er befand sich in einer Art von düsterer Ekstase. Er hatte wirklich allzu lange mit keinem Menschen geredet. Sonja sah ein, daß diese düsteren Dogmen sein Glaube und sein Gesetz geworden waren.

»Damals wurde es mir klar, Sonja«, fuhr er schwärmerisch fort, »daß die Macht nur dem zuteil wird, der es wagt, sich zu bücken und sie aufzuheben. Nur auf eines kommt es an, nur auf eines: wagen muß man! Damals kam mir ein Gedanke, zum erstenmal in meinem Leben, ein Gedanke, den noch niemand jemals vor mir gehabt hat! Niemand! Sonnenklar trat mir auf einmal der Gedanke vor die Seele: wie kommt es, daß bis auf den heutigen Tag noch keiner, der dieses verrückte Gebaren mit ansieht, es gewagt hat oder wagt, ganz einfach dieses Unding am Schwanz zu packen und in die Hölle zu schmettern! Ich... ich wollte es wagen, und so mordete ich,... ich wollte es nur einmal wagen, Sonja; das war mein ganzer Beweggrund!«

»Oh, schweigen Sie, schweigen Sie!« rief Sonja und schlug entsetzt die Hände zusammen. »Sie haben sich von Gott losgesagt, und Gott hat Sie gestraft; er hat Sie der Macht des Teufels überliefert!...«

»Nun ja, da haben wir's, Sonja! Als ich da so im Dunkeln lag und all diese Gedanken in mir aufschossen, da hat mich gewiß der Teufel versucht, nicht wahr?«

»Schweigen Sie! Spotten Sie nicht, Sie Gotteslästerer! Nichts, aber auch gar nichts verstehen Sie davon! O Gott! Nie, nie wird er etwas davon verstehen!«

»Still, Sonja, ich spotte gar nicht; ich weiß ja selbst, daß mich der Teufel versuchte. Still, Sonja, still!« wiederholte er düster und mit Nachdruck. »Ich weiß das alles. All das habe ich schon durchdacht und vor mich hingeflüstert, als ich damals im Dunkeln so dalag; all das habe ich mit mir selbst bis zum letzten, kleinsten Pünktchen durchdebattiert, und ich weiß das alles, alles! Und dieses ganze Hin- und Herreden war mir damals so zum Ekel geworden, so zum Ekel! Ich wollte das alles vergessen, Sonja, und einen neuen Anfang machen und das Hin- und Herreden abgetan sein lassen! Und meinst du etwa, daß ich wie ein Dummkopf hingegangen bin, so einfach aufs Geratewohl? Ich bin wie ein kluger Mensch hingegangen, und gerade das ist mir zum Verderben geworden! Denkst du denn, ich hätte beispielsweise nicht gewußt, daß, wenn ich mich überhaupt erst noch fragte und wieder fragte, ob ich auch ein Recht auf die Macht hätte, ich eben um dieser Frage willen kein derartiges Recht hatte? Oder daß, wenn ich mir die Frage vorlegte, ob der Mensch eine Laus sei, er für mich eben keine Laus war, sondern daß er nur für denjenigen eine Laus ist, dem eine solche Frage erst gar nicht in den Sinn kommt und der ohne derartige Fragen einfach geradeaus geht? Und wenn ich mich so viele Tage lang mit der Frage abquälte, ob Napoleon wohl hingegangen wäre und es getan hätte oder nicht, da hatte ich ja doch das klare Gefühl, daß ich kein Napoleon bin. Die ganze lange Qual all dieses Hin- und Herdisputierens habe ich ertragen. Sonja, und sehnte mich danach, sie endlich von meinen Schultern abzuschütteln: es verlangte mich, Sonja, ohne Kasuistik zu morden, nur für mich zu morden, einzig und allein für mich! Auch mich selbst wollte ich in dieser

Hinsicht nicht belügen! Nicht um meiner Mutter zu helfen, habe ich gemordet: das ist Unsinn! Ich habe nicht gemordet, um, wenn ich mir die Mittel und die Macht verschafft haben würde, ein Wohltäter der Menschheit zu werden; Unsinn! Ich habe einfach für mich gemordet, einzig und allein für mich. Ob ich dann irgend jemandes Wohltäter werden oder mein ganzes Leben lang wie eine Spinne andre Wesen in meinem Netze fangen und ihnen den Lebenssaft aussaugen würde, das mußte mir in jenem Augenblicke ganz gleichgültig sein! Auch hatte ich es damals, als ich den Mord beging, Sonja, nicht hauptsächlich auf das Geld abgesehen; das Geld war mir nicht so wichtig wie etwas andres... Jetzt ist mir das alles deutlich... Verstehe mich wohl: wenn ich auf demselben Wege weitergegangen wäre, hätte ich dennoch vielleicht nie wieder einen Mord begangen. Was mich zu der Tat trieb, war etwas andres; ich wollte über einen bestimmten Punkt ins klare kommen, und so schnell wie möglich ins klare kommen: Bin ich eine Laus wie alle oder ein Mensch? Bin ich imstande, über Hindernisse hinwegzuschreiten, oder nicht? Habe ich den Mut, mich zu bücken und die Macht aufzuheben, oder nicht? Bin ich eine zitternde Kreatur, oder habe ich ein Recht...«

»Ein Recht, zu töten? Sie meinen, Sie haben ein Recht, zu töten?« rief Sonja und schlug wieder die Hände zusammen.

»Ach, Sonja!« begann er in gereiztem Tone; er wollte ihr noch etwas erwidern, unterdrückte es aber geringschätzig. »Unterbrich mich nicht, Sonja! Ich wollte dir nur das eine beweisen: daß der Teufel mich damals dorthin schleppte und mir nach der Tat klarmachte, daß ich kein Recht gehabt hätte, dorthin zu gehen, weil ich ganz ebenso eine Laus sei wie alle. Er hat seinen Spott mit mir getrieben; siehst du, jetzt bin ich nun zu dir gekommen! Nimm mich als Gast auf. Wenn ich nicht eine Laus wäre, würde ich dann etwa zu dir gekommen sein? Höre noch dies: als ich damals zu der Alten ging, kam es mir nur darauf an, einen Versuch zu machen... Nun weißt du es!«

»Und Sie haben sie ermordet, ermordet!«

»Wie kann man denn das ermorden nennen! Ermordet man denn jemand so? Geht etwa einer, der morden will, so hin, wie ich damals hinging? Ich will dir ein andermal erzählen, wie ich hingegangen bin. Habe ich etwa die alte Frau ermordet? Mich selbst habe ich ermordet, und nicht die alte Frau! Da habe ich mit einem Schlage mich selbst vernichtet, fürs ganze Leben!... Die alte Frau aber hat der Teufel getötet, nicht ich... Genug, genug, Sonja, genug! Laß mich!« rief er plötzlich in krampfhaftem Schmerze. »Laß mich!«

Er stützte die Ellbogen auf die Knie und preßte seinen Kopf mit den Handflächen wie mit einer Zange zusammen.

»Oh, dieses Leid!« stöhnte Sonja qualvoll auf.

»Und nun sage mir: was soll ich jetzt tun?« fragte er, hob plötzlich den Kopf und blickte sie mit einem von Verzweiflung gräßlich verzerrten Gesichte an.

»Was du tun sollst?« rief sie und sprang von ihrem Platze auf; ihre Augen, die bisher voll Tränen gestanden hatten, blitzten. »Steh auf!« Sie faßte ihn an der Schulter; er erhob sich und sah sie ganz erstaunt an. »Geh sofort, diesen Augenblick, hin und stelle dich auf einen Kreuzweg; beuge dich nieder und küsse zuerst die Erde, die du besudelt hast, und dann verbeuge dich demütig vor aller Welt, nach allen vier Himmelsrichtungen, und sage dabei jedesmal laut: ›Ich habe gemordet!‹ Dann wird dir Gott neues Leben gewähren. Wirst du hingehen? Wirst du hingehen?« fragte sie ihn, am ganzen Körper wie in einem Fieberanfall zitternd, ergriff seine beiden Hände, drückte sie fest in den ihrigen und sah ihn mit glühendem Blicke an.

Er war verwundert und geradezu bestürzt über ihre plötzliche Verzücktheit.

»Du sprichst von der Zwangsarbeit, Sonja, wie? Du meinst, ich soll mich selbst anzeigen?«

»Du sollst das Leid auf dich nehmen und dadurch deine Sünde abbüßen; das ist's, was du tun mußt.«

»Nein, Sonja, ich gehe nicht zu den Behörden hin.«

»Aber wie willst du denn sonst weiterleben? Wie willst du denn weiterleben mit einer solchen Last?« rief Sonja. »So geht das doch nicht weiter! Wie willst du denn mit deiner Mutter reden? Ach, was wird jetzt aus denen werden! Aber was rede ich! Du hast dich ja schon von deiner Mutter und von deiner Schwester losgesagt, hast sie verlassen! O Gott!« rief sie. »Aber das weißt du ja alles selbst! Wie kann man, wie kann man nur so ohne einen Menschen leben! Was wird jetzt aus dir werden!«

»Sei kein Kind, Sonja«, erwiderte er leise. »Welche Schuld habe ich denn den Behörden gegenüber? Warum soll ich zu denen hingehen? Was soll ich ihnen sagen? Das ist ja alles nur ein leeres Hirngespinst!... Sie selbst richten Millionen von Menschen zugrunde und halten das obendrein noch für eine Tugend. Gauner und Schurken sind sie, Sonja!... Ich gehe nicht zu ihnen hin. Und was soll ich ihnen sagen? Daß ich einen Mord begangen, aber nicht gewagt habe, das Geld zu behalten, sondern es unter einem Steine versteckt habe?« fügte er bitter lächelnd hinzu. »Dann werden sie mich sogar noch auslachen und sagen: ›Du bist ein Dummkopf, daß du es nicht behalten hast; ein Feigling und ein Dummkopf!‹ Sie werden gar kein Verständnis für mein Tun haben, Sonja, und sie sind auch gar nicht wert, es zu verstehen. Warum soll ich zu denen hingehen? Ich gehe nicht hin. Sei kein Kind, Sonja...«

»Du wirst dich selbst zu Tode martern, ja, zu Tode martern!« rief sie und streckte in verzweifeltem Flehen die Hände nach ihm aus.

»Vielleicht habe ich mich doch vorhin verleumdet«, bemerkte er düster und in Gedanken versunken, »vielleicht bin ich doch ein Mensch, und keine Laus, und habe es vorhin zu eilig gehabt, mich selbst zu verurteilen. Noch will ich kämpfen.«

Ein hochmütiges Lächeln spielte um seine Lippen.

»Eine solche Qual zu erdulden! Und das ganze Leben lang, das ganze Leben lang!«

»Ich werde mich daran gewöhnen...«, sagte er düster und schwermütig. »Höre«, begann er nach einer Weile von neuem, »laß es nun der Tränen genug sein; es wird Zeit, daß wir etwas Praktisches besprechen: ich bin hergekommen, um dir zu sagen, daß man mir auf der Spur ist und mich fangen möchte.«

»Ach!« rief Sonja erschrocken.

»Nun, warum schreist du? Du möchtest ja selbst, daß ich in die Zwangsarbeit gehe, und nun erschrickst du? Aber das will ich dir sagen: ich ergebe mich ihnen nicht. Ich will noch mit ihnen kämpfen, und sie werden gegen mich nichts ausrichten. Wirkliche Beweise haben sie nicht. Gestern war ich in großer Gefahr und dachte schon, ich wäre verloren; aber heute hat die Sache eine günstige Wendung genommen. Alle ihre Beweise haben ihre zwei Seiten, das heißt, ich kann ihre Beschuldigungen zu meinem Vorteil wenden, verstehst du? Und das werde ich tun; denn das habe ich jetzt gelernt... Aber ins Gefängnis setzen werden sie mich bestimmt. Wäre nicht ein Zufall dazwischengekommen, so hätten sie es vielleicht heute schon getan, oder vielmehr sicher; und vielleicht tun sie es heute noch... Aber das ist weiter nicht schlimm, Sonja; ich werde eine Weile sitzen, und dann werden sie mich wieder freilassen müssen; denn sie haben keinen einzigen wirklichen Beweis und werden auch keinen in die Hand bekommen, mein Wort darauf. Und auf Grund des Materials, über das sie verfügen, können sie einen Menschen nicht verurteilen. Nun genug... Ich habe dir das bloß sagen wollen, damit du es weißt... Was meine Schwester und meine Mutter anlangt, so will ich es so einzurichten suchen, daß sie der Beschuldigung keinen Glauben schenken und sich nicht um mich ängstigen. Übrigens ist meine Schwester jetzt, wie es scheint, gut versorgt und damit zugleich auch meine Mutter... Nun, das ist alles. Übrigens, sei vorsichtig! Wirst du zu mir ins Gefängnis kommen, wenn ich dort sitze?«

»O gewiß, ich komme sicher!«

Sie saßen beide nebeneinander, traurig und niedergeschlagen, als wären sie allein nach einem Sturm von den Wogen an ein menschenleeres Gestade geworfen worden. Er blickte Sonja an und fühlte, wie innig sie ihn liebte, und seltsamerweise war es ihm auf einmal eine drückende, schmerzliche Empfindung, sich so geliebt zu wissen. Ja, es war eine seltsame, furchtbare Empfindung! Als er zu Sonja hingegangen war, da hatte er gefühlt, daß auf ihr seine ganze Hoffnung beruhte und daß er bei ihr einen Ausweg finden werde; er hatte gemeint, sich wenigstens einen Teil seiner Qualen von der Seele wälzen zu können, und jetzt, wo ihr ganzes Herz sich ihm zugewandt hatte, fühlte und erkannte er auf einmal, daß er unvergleichlich viel unglücklicher geworden war als vorher.

»Sonja«, sagte er, »komm lieber nicht zu mir, wenn ich im Gefängnis bin.«

Sonja antwortete nicht; sie weinte. So vergingen einige Minuten.

»Trägst du ein Kreuz?« fragte sie ihn unvermittelt, als wenn ihr das soeben eingefallen wäre.

Er verstand die Frage nicht sofort.

»Nein? Also nein? – Da, nimm dieses hier; es ist von Zypressenholz. Ich habe noch ein andres, ein kupfernes, das habe ich von Lisaweta bekommen. Lisaweta und ich, wir haben getauscht; sie hat mir ein Kreuz gegeben und ich ihr ein Heiligenbildchen. Ich werde nun Lisawetas Kreuz tragen, und dieses hier soll für dich sein. Nimm nur,... es ist ja meines!« bat sie ihn. »Wir werden ja den Leidensweg zusammen gehen; so wollen wir denn auch zusammen das Kreuz tragen!«

»Gib es!« sagte Raskolnikow.

Es wäre ihm schmerzlich gewesen, sie zu betrüben. Aber er zog die Hand, die er schon nach dem Kreuze ausgestreckt hatte, sogleich wieder zurück.

»Jetzt nicht, Sonja. Lieber später«, fügte er hinzu, um sie zu beruhigen.

»Ja, ja, später, das wird besser sein!« stimmte sie ihm mit Wärme und Lebhaftigkeit bei. »Wenn du das Leid auf dich nehmen wirst, dann lege das Kreuz an. Dann komm zu mir, ich werde es dir umhängen, und dann wollen wir beten und unsern Weg wandeln.«

In diesem Augenblicke wurde dreimal an die Tür geklopft.

»Sofja Semjonowna, darf ich eintreten?« fragte eine sehr bekannte, höfliche Stimme.

Sonja lief erschrocken zur Tür. Herrn Lebesjatnikows hellblonder Kopf blickte in das Zimmer herein.

V

Lebesjatnikow sah sehr aufgeregt aus.

»Ich komme zu Ihnen, Sofja Semjonowna. Entschuldigen Sie!... Ich dachte mir schon, daß ich auch Sie hier treffen würde«, fuhr er, zu Raskolnikow gewendet, fort, »das heißt, ich dachte durchaus nichts... Derartiges,... sondern ich dachte nur... Bei uns ist... Katerina Iwanowna ist plötzlich irrsinnig geworden«, sagte er kurz und hastig, indem er sich von Raskolnikow an Sonja wendete.

Sonja schrie auf.

»Das heißt, wenigstens scheint es so. Indessen... Wir wissen gar nicht, was wir machen sollen, sehen Sie! Sie kam zurück – sie war, wie es schien, irgendwo aus dem Hause gejagt, vielleicht sogar geschlagen worden,... wenigstens scheint es so... Sie war zu dem Chef des verstorbenen Semjon Sacharowitsch gelaufen, hatte ihn aber nicht zu Hause getroffen, er war bei einer andern Exzellenz zum Diner... Und denken Sie sich, sie rannte dann ohne weiteres dorthin, wo das Diner stattfand,... zu der andern Exzellenz, und denken Sie sich nur, sie setzte es mit ihrer Hartnäckigkeit durch, daß man ihr Semjon Sacharowitschs früheren Chef herausrief, sogar vom Tische weg, wie es scheint. Sie können sich denken, was dann für eine Szene folgte. Sie wurde natürlich hinausgejagt; nach ihrer eigenen Darstellung hat sie den Chef beschimpft und mit etwas nach ihm geworfen. Zuzutrauen ist es ihr sehr wohl... Daß man sie nicht festgenommen hat, ist mir unbegreiflich! Jetzt erzählt sie die Geschichte allen Leuten, auch der Wirtin Amalia Iwanowna; aber es ist schwer, daraus klug zu werden, denn sie schreit und gebärdet sich wie rasend... Ach ja: sie schreit, da sie jetzt von allen verlassen sei, so werde sie die Kinder nehmen und mit ihnen auf die Straße gehen; sie werde einen Leierkasten drehen, und die Kinder sollten singen und tanzen, und sie werde das auch tun und Geld einsammeln, und jeden Tag würden sie vor die Fenster des Chefs ziehen. ›Sollen alle Menschen es sehen‹, sagt sie, ›wie die Kinder eines achtbaren Beamten auf der Straße betteln gehen.‹ Die Kinder schlägt sie, und die weinen jämmerlich. Sie lehrt die kleine Lida ›Das Dörfchen‹ singen, und den Knaben und Polenjka unterweist sie im Tanzen; alle Kleider zerreißt sie und macht den Kindern daraus Mützen, wie sie die Straßenkomödianten tragen. Sie selbst will eine Blechschüssel nehmen, um darauf zu schlagen, als Musik... Auf Zureden hört sie gar nicht... Denken Sie nur, was soll das werden? Das geht doch nicht so!«

Lebesjatnikow hätte seinen Bericht noch fortgesetzt; aber Sonja, die ihm mit stockendem Atem zugehört hatte, griff hastig nach ihrer Mantille und ihrem Hute und eilte aus dem Zimmer, sich im Laufen ankleidend. Nach ihr verließ Raskolnikow das Zimmer und hinter diesem auch Lebesjatnikow.

»Sie ist ganz bestimmt verrückt geworden«, sagte er zu Raskolnikow, als er mit ihm zusammen auf die Straße hinaustrat. »Ich wollte nur Sofja Semjonowna nicht zu sehr erschrecken und sagte darum: ›es scheint so‹; aber es ist zweifellos so. Man sagt, es bilden sich bei der Schwindsucht Tuberkeln im Gehirn; schade, daß ich von Medizin nichts verstehe. Übrigens habe ich versucht, die Frau zu einer klaren Auffassung zu bringen; aber sie hört auf nichts.«

»Sie haben ihr von den Tuberkeln gesprochen?«

»Das heißt, von den Tuberkeln eigentlich nicht. Sie würde doch nichts davon verstanden haben! Aber was ich meine, ist dies: wenn man einen Menschen auf logische Weise überzeugt, daß er in Wirklichkeit keinen Grund zum Weinen hat, so wird er aufhören zu weinen. Das ist klar. Oder sind Sie der Ansicht, daß er nicht aufhören wird?«

»Dadurch würde einem das Leben allerdings wesentlich erleichtert werden«, antwortete Raskolnikow.

»Erlauben Sie, erlauben Sie; gewiß, dieser Frau Katerina Iwanowna fällt das Verständnis recht schwer; aber haben Sie nicht davon gehört, daß man in Paris bereits ernsthafte Versuche hinsichtlich der Möglichkeit, Irrsinnige lediglich vermittelst logischer Überzeugung zu heilen, angestellt hat? Ein dortiger Professor, der vor kurzem gestorben ist, ein sehr achtenswerter Gelehrter, ist auf den Gedanken gekommen, daß auf diesem Wege eine Heilung möglich sei. Sein Grundgedanke ist der, daß eine besondere Zerrüttung des Organismus bei den Irrsinnigen nicht vorliege, sondern daß der Irrsinn sozusagen ein logischer Fehler, ein Fehler der Urteilskraft, eine inkorrekte Art, die Dinge anzuschauen, sei. Er widerlegte also einen Kranken Schritt für Schritt, und denken Sie sich, er erzielte dabei, wie es heißt, gute Resultate. Aber da er außerdem auch Duschen zur Anwendung brachte, so unterliegen die Resultate dieser Heilmethode allerdings noch einigem Zweifel... Wenigstens scheint es so...«

Raskolnikow hörte ihm schon längst nicht mehr zu. Als er bei seinem Hause angelangt war, nickte er seinem Begleiter zu und bog in den Torweg ein. Lebesjatnikow kehrte mit seinen Gedanken wieder in die Wirklichkeit zurück, blickte sich um und lief weiter.

Raskolnikow trat in sein Kämmerchen und blieb in der Mitte stehen. Er fragte sich, warum er hierher zurückgekehrt sei. Er betrachtete diese gelblichen, abgenutzten Tapeten, diesen Staub, sein Sofa... Vom Hofe her ertönte ein scharfes, ununterbrochenes Klopfen, als wenn irgendwo ein großer Nagel eingeschlagen würde... Er trat ans Fenster, stellte sich auf die Zehen und blickte lange, anscheinend mit großer Aufmerksamkeit, auf dem Hofe umher. Aber der Hof war leer und der Klopfende nicht zu sehen. Links, im Seitengebäude, sah er hier und da ein geöffnetes Fenster; auf den Fensterbrettern standen kleine Blumentöpfe mit kümmerlichen Geranien. An den Fenstern war Wäsche zum Trocknen aufgehängt. Diese ganze Szenerie kannte er auswendig. Er wandte sich ab und setzte sich auf das Sofa.

Noch niemals, noch niemals hatte er sich so entsetzlich einsam gefühlt!

Ja, er fühlte es noch einmal, daß er vielleicht wirklich dahin kommen werde, Sonja zu hassen, und gerade jetzt, wo er sie noch unglücklicher gemacht hatte.

Wie unverantwortlich, daß er zu ihr hingegangen war, um ihr Tränen des Mitleids zu erpressen! Warum mußte er ihr durchaus das Leben noch bitterer machen? Oh, welche Gemeinheit!

›Ich will allein bleiben!‹ sagte er sich plötzlich entschlossen. ›Sie soll nicht zu mir ins Gefängnis kommen!‹

Etwa fünf Minuten darauf hob er den Kopf und lächelte eigentümlich. Es war ihm ein merkwürdiger Gedanke gekommen: ›Vielleicht ist es bei der Zwangsarbeit tatsächlich besser!‹

Er wußte nicht, wie lange er so in seiner Kammer gesessen und sich den unklaren Gedanken hingegeben hatte, die sich in seinem Kopfe drängten. Da öffnete sich plötzlich die Tür, und herein trat Awdotja Romanowna. Sie blieb zuerst stehen und betrachtete ihn von der Schwelle aus, gerade wie er es vor kurzem mit Sonja gemacht hatte; dann trat sie näher und setzte sich ihm gegenüber auf einen Stuhl, auf ihren gestrigen Platz. Er sah sie schweigend und anscheinend gedankenlos an.

»Sei nicht böse, Bruder, ich bin nur auf einen Augenblick hergekommen«, sagte Dunja.

Der Ausdruck ihres Gesichtes war ernst, aber nicht finster, ihr Blick klar und ruhig. Raskolnikow sah, daß auch sie ihn liebte und aus Liebe hergekommen war.

»Bruder, ich weiß jetzt alles, alles. Dmitrij Prokofjitsch hat mir alles erzählt und erklärt. Man verfolgt und quält dich auf Grund eines dummen, schändlichen Verdachtes. Dmitrij Prokofjitsch hat mir gesagt, es sei gar keine Gefahr vorhanden, und du tätest unrecht, dich über die Sache so aufzuregen. Ich denke anders und begreife vollkommen, wie empört alles in dir ist, und daß diese heftige Gemütsbewegung für das ganze Leben Nachwirkungen bei dir zurücklassen kann. Das ist's, was mir Sorge macht. Dafür, daß du uns verlassen hast, verdamme ich dich nicht und darf ich dich nicht verdammen; verzeih mir, daß ich dir gestern deswegen einen Vorwurf gemacht habe. Ich habe, was mich selbst angeht, das Gefühl, daß auch ich von allen weggehen würde, wenn ich einen so großen Kummer hätte. Der Mutter werde ich von diesem deinem Grunde nichts sagen; aber ich werde immer von dir sprechen und ihr in deinem Namen sagen, du würdest sehr bald wieder zu uns kommen. Mache dir also um sie keine Sorge; ich werde sie schon beruhigen. Aber bereite ihr auch nicht zu viel Qual; komm wenigstens noch einmal zu ihr; denke daran, daß sie deine Mutter ist! Jetzt bin ich nur hergekommen, um dir zu sagen« (hier stand Dunja auf), »wenn ich dir irgendwie nützen kann,... selbst mit meinem Leben,... mit allem,... so rufe mich; ich werde kommen. Leb wohl!«

Sie wendete sich eilig um und ging zur Tür. Aber Raskolnikow, der aufstand und zu ihr trat, hielt sie noch zurück.

»Dunja«, sagte er, »dieser Dmitrij Prokofjitsch Rasumichin ist ein sehr guter Mensch.«

Dunja errötete ein wenig.

»Nun?« fragte sie, nachdem sie einen Augenblick gewartet hatte.

»Er ist ein praktischer, arbeitsfreudiger, ehrenhafter Mensch und fähig, jemand mit aller Kraft seines Herzens zu lieben... Leb wohl, Dunja.«

Dunja wurde blutrot; aber dann geriet sie auf einmal in große Unruhe.

»Aber, Bruder, was bedeutet denn das? Trennen wir uns etwa wirklich fürs ganze Leben, daß du solche... Vermächtnisworte zu mir sprichst?«

»Mag es kommen, wie es will... Leb wohl...«

Er wendete sich um und trat von ihr weg ans Fenster. Sie blieb noch einen Augenblick stehen, sah beunruhigt nach ihm hin und ging dann in tiefer Erregung hinaus.

Nicht aus Kälte benahm er sich so gegen sie. Es war ein Augenblick, der letzte, gewesen, wo es ihn heiß verlangt hatte, sie innig zu umarmen und von ihr Abschied zu nehmen und ihr sogar alles zu sagen; aber er hatte sich nicht einmal entschließen können, ihr die Hand zu geben.

›Später würde sie vielleicht gar zusammenschaudern, wenn sie sich erinnerte, daß ich sie jetzt umarmt hätte, und würde sagen, ich hätte einen Kuß von ihr erschlichen!‹

›Und wird ein Mädchen wie sie, wenn sie über mich die Wahrheit erfährt, es ertragen?‹ fügte er nach einigen Minuten in Gedanken hinzu. ›Nein, sie wird es nicht ertragen; solche Charaktere können so etwas nicht ertragen! Solche Charaktere ertragen so etwas niemals...‹

Er dachte an Sonja.

Vom Fenster her wehte es kühl herein. Draußen war es nicht mehr so blendend hell. Er nahm seine Mütze und ging hinaus.

Freilich konnte und wollte er sich um seinen krankhaften Zustand nicht kümmern; aber all diese unaufhörliche Beängstigung und diese ganze seelische Erregung konnten nicht ohne Folgen bleiben. Und wenn er noch nicht an einem richtigen Nervenfieber krank lag, so kam das vielleicht gerade daher, daß diese innere fortwährende Aufregung ihn, wenn auch nur in unnatürlicher Weise und nur vorläufig, auf den Füßen und bei Bewußtsein hielt.

Er irrte ziellos umher. Die Sonne ging unter. Es hatte sich bei ihm in der letzten Zeit eine eigentümliche Angst eingestellt. Diese Empfindung hatte nichts Stechendes, Brennendes; aber es lag in ihr so etwas Dauerndes, Lebenslängliches, ein Vorgefühl endloser Jahre voll kalten, starren Grames, ein Vorgefühl einer lebenslänglichen Existenz auf jener »schmalen Felsenplatte«. Um die Abendzeit pflegte ihn diese Empfindung noch heftiger zu peinigen als am Tage.

›Und mit solchen törichten, rein physischen Schwächezuständen, die vom Sonnenuntergang und ähnlichen Dingen abhängen, soll nun einer sich davor in acht nehmen, Dummheiten zu machen! In solchem Zustande brächte ich es fertig, nicht bloß zu Sonja, sondern sogar zu Dunja hinzugehen!‹ murmelte er ingrimmig.

Es rief ihn jemand mit seinem Namen an; er wendete sich um; Lebesjatnikow eilte auf ihn zu.

»Denken Sie nur, ich war eben in Ihrer Wohnung, ich suchte Sie. Denken Sie nur, sie hat ihre Absicht zur Ausführung gebracht und die Kinder mit sich fortgenommen. Sofja Semjonowna und ich haben sie nur mit größter Mühe gefunden. Sie selbst schlägt auf eine Pfanne, und die Kinder zwingt sie zu tanzen. Die Kinder weinen. An den Straßenecken und vor den Läden machen sie halt. Allerlei törichtes Volk läuft hinter ihnen her. Kommen Sie nur!«

»Und Sonja?« fragte Raskolnikow besorgt.

»Sie ist geradezu von Sinnen. Das heißt, nicht Sofja Semjonowna ist von Sinnen, sondern Katerina Iwanowna; übrigens ist auch Sofja Semjonowna wie von Sinnen. Aber Katerina Iwanowna ist ganz und gar von Sinnen. Ich sage Ihnen, sie ist vollständig verrückt. Man wird sie und die Kinder noch auf die Polizei bringen. Sie können sich denken, was das auf die Frau für eine Wirkung haben wird... Sie sind jetzt am Kanal bei der... schen Brücke, gar nicht weit von Sofja Semjonownas Wohnung. Es ist ganz nahe von hier.«

Am Kanal, nicht weit von der Brücke und nur zwei Häuser vor dem Hause, wo Sonja wohnte, stand ein dichter Haufen Volk. Namentlich waren Knaben und Mädchen zusammengeströmt. Schon von der Brücke aus konnte man Katerina Iwanownas heisere, kreischende Stimme hören. Und allerdings war es ein seltsames Schauspiel, sehr geeignet, das Straßenpublikum anzulocken. Katerina Iwanowna in ihrem alten Kleide, mit dem Tuche von drap de dame und mit einem zerrissenen Strohhut, der zu einem formlosen Klumpen schiefgedrückt war, schien tatsächlich ganz und gar von Sinnen. Sie war müde und außer Atem. Ihr abgehärmtes, schwindsüchtiges Gesicht sah noch leidender aus als sonst (überdies erscheint ein Schwindsüchtiger auf der Straße und im Sonnenlichte immer kränker und schlimmer entstellt als zu Hause); aber dies wirkte auf ihren erregten Zustand nicht etwa mildernd ein; vielmehr wurde sie mit jeder Minute gereizter. Sie stürzte auf die Kinder los, schrie sie an, ermahnte sie, unterwies sie dort vor allen Leuten, wie sie tanzen und was sie singen sollten, erklärte ihnen, warum sie es gerade so machen müßten, geriet über ihren Mangel an Verständnis in Verzweiflung, schlug sie... Dann unterbrach sie sich auf einmal und lief zu dem Publikum hin; wenn sie einen einigermaßen gut gekleideten Menschen bemerkte, der stehengeblieben war, um sich die Sache anzusehen, so machte sie sich sofort daran, ihm auseinanderzusetzen: da könne er sehen, wie weit es mit den Kindern aus einem vornehmen, man könnte sogar sagen, aristokratischen Hause gekommen sei. Sobald sie aus der Menge Gelächter oder ein spöttisches Wort hörte, stürzte sie sofort auf die Frechen los und fing an, sie auszuschimpfen. Manche lachten wirklich über sie, andre schüttelten die Köpfe; aber allen war es interessant, die Verrückte mit ihren eingeschüchterten Kindern anzusehen. Die Pfanne, von der Lebesjatnikow gesprochen hatte, war nicht da; wenigstens bekam Raskolnikow sie nicht zu sehen. Statt auf eine Pfanne zu klopfen, klatschte Katerina Iwanowna den Takt mit ihren mageren Händen, wenn sie Polenjka zum Singen und Lida und Kolja zum Tanzen anhielt. Sie versuchte auch selbst mitzusingen, wurde jedoch jedesmal schon beim zweiten Tone von einem qualvollen Husten unterbrochen; darüber geriet sie dann von neuem in Verzweiflung, verfluchte ihren Husten und brach sogar in Tränen aus. Am allermeisten regte sie sich aber über das Weinen und die Angst der beiden Kleinen, Kolja und Lida, auf. Sie hatte wirklich den Versuch gemacht, die Kinder mit einem Putz auszustaffieren, wie ihn die Straßensänger und

Straßensängerinnen tragen. Der Knabe hatte einen Turban aus rotem und weißem Zeug auf dem Kopfe und sollte damit einen Türken vorstellen. Für Lida hatte es an einem derartigen Putze gemangelt; sie hatte nur ein rotes, aus Wolle gestricktes Käppchen des verstorbenen Semjon Sacharowitsch auf (genau gesagt: seine Nachtmütze), und an dieses Käppchen war ein Stück von einer weißen Straußenfeder gesteckt; diese hatte noch der Großmutter von Katerina Iwanowna gehört, und das davon übrige Stück war bisher als Familienkostbarkeit im Kasten aufbewahrt worden. Polenjka trug ihre gewöhnliche Kleidung. Sie blickte schüchtern und verstört ihre Mutter an, wich ihr nicht von der Seite, verbarg ihre Tränen, ahnte den Irrsinn ihrer Mutter und blickte unruhig um sich. Die Straße und die Menge von Menschen ängstigten sie sehr. Sonja ging immer dicht hinter Katerina Iwanowna her; sie weinte und beschwor sie fortwährend, doch nach Hause zurückzukehren. Aber Katerina Iwanowna blieb unerbittlich.

»Hör auf, Sonja!« rief sie in schnellem Redestrom, hastig, keuchend und hustend. »Du weißt selbst nicht, worum du mich bittest; du bist wie ein Kind! Ich habe dir schon gesagt, daß ich zu diesem trunksüchtigen deutschen Frauenzimmer nicht wieder zurückkehre. Mögen alle sehen, mag ganz Petersburg sehen, wie die Kinder eines vornehmen Mannes, der sein ganzes Leben lang treu und ehrlich gedient hat und, man kann sagen, bei seiner Amtstätigkeit gestorben ist, wie dessen Kinder betteln gehn müssen.« (Katerina Iwanowna hatte sich diese phantastische Geschichte ersonnen und glaubte bereits steif und fest an deren Wahrheit.) »Mag es dieser nichtswürdige hohe Chef sehen! Und du bist ja auch töricht, Sonja: was sollen wir denn jetzt essen, sag mal? Wir haben dich genug ausgesogen; ich will das nicht länger! Ach, Rodion Romanowitsch, Sie sind da!« rief sie, als sie Raskolnikow erblickte, und stürzte zu ihm hin. »Bitte, setzen Sie doch diesem Närrchen auseinander, daß dies das klügste war, was wir tun konnten. Sogar die Leierkastenmänner verdienen so viel, daß sie davon leben können; uns aber werden alle Leute sofort als etwas Besseres erkennen; sie werden merken, daß wir eine unglückliche vornehme Familie sind, die ihren Ernährer verloren hat und an den Bettelstab gebracht wurde. Diese Exzellenz, dieser Kerl, wird seine Stelle verlieren; das werden Sie sehen! Alle Tage werden wir zu ihm vors Fenster gehen, und wenn der Kaiser vorbeifährt, dann will ich mich auf die Knie werfen und ihm die Kinder alle hinstellen und auf sie hinweisen und sagen: ›Schütze sie, du Vater deines Volkes!‹ Er ist ein Vater der Waisen, er ist barmherzig, er wird sie schützen; das werden Sie sehen! Aber diese Exzellenz... Lida! Tenez-vous droite! Kolja, du sollst gleich wieder tanzen! Was plärrst du denn? Er plärrt schon wieder! Nun, warum fürchtest du dich denn, du kleiner Dummrian! O Gott, was soll ich nur mit diesen Kindern anfangen! Wenn Sie wüßten, Rodion Romanowitsch, wie unvernünftig sie sind! Ach, was soll man mit solchen Kindern machen!...«

Sie wies auf die schluchzenden Kinder, und auch ihr selbst war das Weinen nahe, was sie jedoch an ihrem ununterbrochenen, schnellen Reden nicht hinderte. Raskolnikow versuchte, sie zur Umkehr nach Hause zu bewegen, in der Hoffnung, dadurch auf ihr Ehrgefühl zu wirken, sagte er ihr sogar, es schicke sich nicht für sie, wie eine Drehorgelspielerin auf den Straßen herumzuziehen, da sie doch Vorsteherin eines vornehmen Mädchenpensionates zu werden beabsichtige.

»Ein Pensionat, ha-ha-ha! Das sind Luftschlösser!« rief Katerina Iwanowna, mußte aber sogleich nach dem Lachen heftig husten. »Nein, Rodion Romanowitsch, mit dieser schönen Hoffnung ist es vorbei! Alle haben uns verlassen!... Und diese Kanaille von Exzellenz... Wissen Sie, Rodion Romanowitsch, ich habe mit einem Tintenfasse nach dem Kerl geworfen; im Vorzimmer kam mir gerade eines in die Hand, auf dem Tisch neben dem Bogen Papier stand es, auf dem sich die Besucher eintragen. Ich habe mich in andrer Weise eingetragen: ich habe ihm das Tintenfaß an den Kopf geworfen und bin davongelaufen. Oh, diese gemeinen, grundgemeinen Menschen! Aber ich schere mich um die ganze Bande nicht; ich werde jetzt selbst für den Unterhalt der Kinder sorgen und mich vor keinem Menschen durch Bitten erniedrigen! Wir haben die hier« (sie wies auf Sonja) »genug ausgenutzt. Polenjka, wieviel haben wir schon gesammelt? Zeige mal her! Wie? Nur zwei Kopeken? Oh, diese schändlichen Menschen! Sie geben uns nichts, sondern laufen uns nur nach und strecken uns die Zunge heraus! Nun, was hat dieser Tölpel da zu lachen?« Sie zeigte auf einen in dem Menschenhaufen. »Das kommt alles daher, weil dieser Kolja so schwer von Begriff ist; mit dem hat man seine liebe Not! Was willst du, Polenjka? Sprich mit mir französisch, parlez-moi français. Ich habe dich ja unterrichtet, du kannst ja einige Sätze!... Wie sollen die Leute sonst erkennen, daß ihr gebildete Kinder aus einer guten Familie und überhaupt etwas ganz anderes als Straßenmusikanten seid; wir ziehen doch nicht mit einem Kasperletheater herum, sondern wir singen vornehme Lieder... Ach ja! Was wollen wir denn jetzt singen? Ihr unterbrecht mich immerzu, und wir... Sehen Sie, Rodion Romanowitsch, wir sind hier stehengeblieben, um ein Lied auszusuchen, das wir singen wollen,... so eines, zu dem auch Kolja tanzen kann;... denn Sie können sich denken, wir machen das jetzt alles ohne Vorübungen. Wir müssen uns besprechen und alles ordentlich durchproben; nachher gehen wir dann auf den Newskij-Prospekt; da gibt es weit mehr Leute aus den höheren Gesellschaftskreisen, und die werden uns sofort beachten. Lida kann ›Das Dörfchen‹... Aber wir können doch nicht in einem fort ›Das Dörfchen‹ und ›Das Dörfchen‹ singen, und das singen ja auch alle! Wir müssen etwas Vornehmeres singen... Nun, was hast du dir ausgedacht, Polenjka? Du solltest doch deiner Mutter behilflich sein! Ich habe gar kein Gedächtnis mehr, gar kein Gedächtnis; sonst würde mir schon etwas einfallen! Wir können doch nicht singen: ›Husaren, schwingt die Säbel!‹ Ach, wißt ihr was, wir wollen französisch singen: ›Cinq sous!‹ Das habe ich euch ja beigebracht. Und was die Hauptsache ist: da es französisch ist, so sehen alle Leute sogleich, daß ihr vornehme Kinder seid, und das hat eine viel rührendere Wirkung... Wir könnten auch ›Marlborough s'en va-t-en guerre!‹ singen; denn das ist geradezu ein Kinderlied, geradezu ein Kinderlied und wird in allen aristokratischen Häusern dazu benutzt, die Kinder in Schlaf zu singen:

›Marlborough s'en va-t-en guerre,
Ne sait quand reviendra...‹«

begann sie zu singen. »Nein, wir wollen doch lieber ›Cinq sous‹ singen. Nun, Kolja, leg die Hände auf die Hüften und dreh dich, recht flink, und du, Lida, dreh dich auch, in entgegengesetzter Richtung, und ich und Polenjka, wir werden dazu singen und den Takt klatschen!

›Cinq sous, cinq sous
Pour monter notre ménage.‹

Kche-kche-kche!« (Ein heftiger Husten schüttelte sie.) »Bring dein Kleid in Ordnung, Polenjka; es ist dir an den Schultern heruntergerutscht«, bemerkte sie mitten in dem Hustenanfalle, als sie einmal Atem schöpfte. »Jetzt ist es ganz besonders nötig, daß ihr euch recht anständig haltet und nach allen Regeln des guten Tones benehmt, damit alle Leute sehen, daß ihr vornehme Kinder seid. Ich hatte damals gleich gesagt, das Mieder sollte länger zugeschnitten und die Leinwand doppelt genommen werden; aber da kamst du, Sonja, mit deinen Ratschlägen dazwischen: ›Kürzer, kürzer!‹ Nun, was ist dabei herausgekommen? Daß das Kind ganz verunstaltet aussieht... Na, nun weint ihr ja wieder alle! Was habt ihr denn, ihr dummen Kinder? Nun, Kolja, fang an, recht flink, recht flink – ach, was ist das für eine Plage mit dem Kinde!...

›Cinq sous, cinq sous...‹

Schon wieder ein Schutzmann! Nun, was willst du denn von uns?«

Wirklich drängte sich ein Schutzmann durch den Menschenschwarm hindurch. Aber gleichzeitig näherte sich ihr ein Herr von etwa fünfzig Jahren, im Uniformmantel eines höheren Beamten, mit einem Orden am Halse (dieser letztere Umstand war Katerina Iwanowna besonders erwünscht und verfehlte auch auf den Schutzmann seine Wirkung nicht), und reichte ihr schweigend einen Dreirubelschein. Der Ausdruck seines Gesichtes bekundete aufrichtiges Mitleid.

Katerina Iwanowna nahm den Schein und verbeugte sich höflich, fast zeremoniell, vor dem Geber.

»Ich danke Ihnen, gnädiger Herr.«, begann sie in gewichtigem Tone. »Die Gründe, die uns bewogen haben... Hier, nimm das Geld, Polenjka. Siehst du, es gibt noch edle, großmütige Menschen, die sich sofort bereit finden, einer armen vornehmen Dame im Unglücke zu helfen. Gnädiger Herr; Sie sehen hier vaterlose Waisen vor sich, aus vornehmer Familie, man kann sogar sagen: mit hocharistokratischer Verwandtschaft... Aber dieser Schuft, der frühere Chef meines Mannes, saß da und speiste Haselhühner,... mit den Füßen hat er getrampelt, weil ich ihn störte... ›Euer Exzellenz‹, sagte ich, ›beschützen Sie uns hilflose Hinterbliebene; Sie haben ja den verstorbenen Semjon Sacharowitsch gut gekannt. Heute an seinem Begräbnistage ist seine leibliche Tochter von dem schuftigsten aller Schufte verleumdet worden...‹ Schon wieder dieser Schutzmann! Schützen Sie mich!« rief sie dem hohen Beamten zu. »Warum belästigt mich dieser Schutzmann? Wir haben uns eben erst vor einem aus der Meschtschanskaja-Straße hierhergeflüchtet... Was geht dich das an, was wir hier tun, du Dummkopf!«

»Das ist auf der Straße nicht erlaubt. Machen Sie keinen Unfug.«

»Du machst selbst Unfug! Ich tue ganz dasselbe wie die Leierkastenmänner; was geht es dich an?«

»Zum Herumziehen mit einem Leierkasten muß man eine Erlaubnis haben; Sie veranlassen aber sowieso schon durch Ihr Benehmen einen Volksauflauf. Wo wohnen Sie?«

»Was? Eine Erlaubnis?« schrie Katerina Iwanowna. »Ich habe heute meinen Mann begraben; was brauche ich da noch für eine Erlaubnis!«

»Beruhigen Sie sich, Madame, beruhigen Sie sich!« begann der hohe Beamte. »Kommen Sie, ich will Sie nach Hause begleiten... Hier vor allen Leuten, das schickt sich doch nicht... Sie sind krank...«

»Gnädiger Herr, gnädiger Herr, Sie wissen ja gar nicht, was wir vorhaben!« rief Katerina Iwanowna. »Wir wollen nach dem Newskij-Prospekt gehen... Sonja, Sonja! Aber wo ist sie denn? Sie weint auch! Was habt ihr denn nur alle?... Kolja, Lida, wo wollt ihr hin?« rief sie plötzlich erschrocken. »Ach, die dummen Kinder! Kolja, Lida! Wo laufen sie denn hin?...«

Kolja und Lida hatten sich schon vorher infolge des Menschenauflaufs auf der Straße und des sonderbaren Benehmens der irrsinnigen Mutter in größter Angst befunden, und als sie nun schließlich den Schutzmann sahen, der sie anfassen und wegführen wollte, ergriffen sie auf einmal wie auf Verabredung einander bei den Händen und rannten davon. Schreiend und weinend eilte die arme Katerina Iwanowna ihnen nach, um sie einzuholen. Es war ein trauriger, kläglicher Anblick, dieses hastig laufende, weinende und keuchende Weib. Sonja und Polenjka liefen hinter ihr her.

»Hol sie zurück, hol sie zurück, Sonja! Oh, diese dummen, undankbaren Kinder!... Polenjka! Greife sie... Und ich habe doch nur für euch...«

Sie strauchelte im eiligen Laufe und fiel hin.

»Sie hat sich blutig geschlagen! O Gott!« rief Sonja und beugte sich über sie.

Alle liefen hinzu und drängten sich um sie herum. Raskolnikow und Lebesjatnikow waren ziemlich die ersten bei ihr; auch der hohe Beamte lief hinzu und hinter ihm her der Schutzmann, der »Ach herrjeh!« brummte und mißmutig den Arm schwenkte, im Vorgefühl, daß er von dieser Geschichte noch viele Umstände haben werde.

»Macht, daß ihr wegkommt! Macht, daß ihr wegkommt!« rief er den Leuten zu, die sich herumdrängten, und jagte sie auseinander.

»Sie stirbt!« schrie jemand.

»Sie ist irrsinnig geworden!« meinte ein andrer.

»Gott helfe ihr!« sagte eine Frau und bekreuzigte sich. »Haben sie denn das kleine Mädchen und den Jungen wiedergekriegt? Aha, da bringen sie sie! Die ältere hat sie eingefangen... Nein, diese törichten kleinen Bälge!«

Aber als man Katerina Iwanowna genauer betrachtete, stellte sich heraus, daß sie sich nicht an einem Steine blutig geschlagen hatte, wie dies Sonjas Annahme gewesen war, sondern daß das Blut, von dem das Pflaster gerötet war, sich aus ihrer Brust durch die Kehle ergossen hatte.

»Ich kenne das, ich habe dergleichen schon einmal mit angesehen«, sagte der Beamte leise zu Raskolnikow und Lebesjatnikow. »So geht es bei der Schwindsucht zu: das Blut stürzt hervor und erstickt den Kranken. Einer Verwandten von mir ist es ganz kürzlich ebenso gegangen; ich war selbst dabei; etwa anderthalb Gläser voll Blut,... und plötzlich war es aus... Aber was läßt sich hier tun? Sie wird gleich sterben.«

»Lassen Sie sie dorthin bringen, dorthin, nach meiner Wohnung!« bat Sonja. »Ich wohne hier!... Da, in diesem Hause; das zweite von hier. Nach meiner Wohnung, so schnell wie möglich!« wandte sie sich rechts und links an die Umstehenden. »Holt einen Arzt... O Gott!«

Infolge der Bemühungen des Beamten wurde dies schnell ins Werk gesetzt; sogar der Schutzmann war behilflich, Katerina Iwanowna dorthin zu tragen. Man trug sie, die wie tot war, in Sonjas Zimmer und legte sie auf das Bett. Der Blutsturz dauerte noch fort, aber sie schien wieder zu sich zu kommen. In das Zimmer traten, außer Sonja, gleichzeitig noch Raskolnikow, Lebesjatnikow, der Beamte und der Schutzmann; der letztere hatte vorher noch den Menschenschwarm auseinandergejagt, von dem einige bis an die Tür mitgekommen waren. Polenjka führte Kolja und Lida herein; sie hatte an jeder Hand eines der beiden zitternden und weinenden Kinder. Auch ein großer Teil der Familie Kapernaumow fand sich ein: er selbst, ein lahmer, krummer Mann von sonderbarem Aussehen, mit borstenartigem Kopfhaar und ebensolchem Backenbarte; ferner seine Frau, deren Miene unabänderlich einen Ausdruck von Angst zeigte, und mehrere ihrer Kinder mit starren, beständig erstaunten Gesichtern und offenem Munde. Unter diesem Publikum tauchte plötzlich auch Swidrigailow auf. Raskolnikow blickte ihn erstaunt an, da er nicht begriff, woher er gekommen sein könnte, und sich nicht erinnerte, ihn unter dem Menschenschwarm gesehen zu haben.

Es wurde von einem Arzte und von einem Geistlichen gesprochen. Der Beamte sagte zwar leise zu Raskolnikow, ein Arzt sei jetzt wohl überflüssig, ordnete aber doch an, daß einer geholt werden sollte. Kapernaumow selbst lief hin.

Unterdessen war Katerina Iwanowna wieder zu sich gekommen, und der Blutsturz hatte einstweilen aufgehört. Sie sah mit schmerzlichem, starrem, durchdringendem Blicke die blasse, zitternde Sonja an, die ihr mit einem Tuche die Schweißtropfen von der Stirn abtrocknete; schließlich bat sie, man möchte sie aufrichten. Man setzte sie im Bette auf und hielt sie von beiden Seiten.

»Wo sind die Kinder?« fragte sie mit schwacher Stimme. »Hast du sie hergebracht, Polenjka? Oh, ihr dummen Kinderchen! Warum seid ihr fortgelaufen?... Ach!«

Auf ihren vertrockneten Lippen klebte noch Blut. Sie ließ ihre Augen ringsherumwandern und sah sich um.

»Also hier wohnst du, Sonja! Kein einziges Mal bin ich bisher bei dir gewesen... Nun hat es sich so gefügt!...«

Sie blickte sie mit tiefem Grame an.

»Wir haben dich ausgesogen, Sonja!... Polenjka, Lida, Kolja kommt her. Da sind sie alle, Sonja, nimm sie; ich gebe sie in deine Hände,... mit mir ist es aus!... Der Ball ist beendet!...« (Ein mühsamer Atemzug.) »Legt mich hin, laßt mich wenigstens ruhig sterben...«

Man legte sie wieder auf das Kissen.

»Einen Geistlichen habt ihr geholt?... Das war unnötig... Das kostet einen Rubel, und den habt ihr doch gewiß nicht übrig... Sünden habe ich keine... Und Gott muß mir sowieso vergeben; er weiß selbst, wieviel ich gelitten habe!... Und vergibt er mir nicht, nun dann nicht!...«

Sie geriet immer mehr in ein unruhiges Phantasieren hinein. Mitunter fuhr sie zusammen, ließ ihre Augen ringsherumwandern und erkannte alle einen Moment; aber sofort wurde das Bewußtsein wieder von Fieberphantasien abgelöst. Sie atmete röchelnd und nur mühsam; es war, als ob ihr etwas in der Kehle brodelte.

»Ich sagte zu ihm: ›Euer Exzellenz!...« rief sie, mußte aber nach jedem Worte eine Pause machen, um Atem zu holen. »Diese Amalia Ludwigowna... Ach, Lida, Kolja! Die Hände auf die Hüften, schnell, schnell, glissez, glissez, pas de Basque! Stampf mit den Füßen auf!... Sei recht graziös!« Dann rezitierte sie aus einem deutschen Liede:

»›Du hast Diamanten und Perlen...‹

Wie geht es doch weiter? Das müßten wir singen...

›Du hast die schönsten Augen...

Mädchen, was willst du mehr?...‹

Na ja! Was willst du mehr? Das wird der Dummkopf auch gerade herausbekommen!... Ach, da ist noch ein andres Lied:

›In einem Tale Daghestans zu heißer Mittagszeit...‹

Ach, dieses Lied habe ich so geliebt; schwärmerisch geliebt habe ich es, Polenjka! Weißt du, dein Vater sang es oft,... als er noch Bräutigam war... Oh, diese schönen Tage!... Das, das sollten wir singen. Nun, wie geht es doch weiter, wie geht es doch weiter?... Ich habe es wahrhaftig vergessen... Könnt ihr mich nicht darauf bringen? Wie war es doch gleich?«

Sie war in gewaltiger Aufregung und versuchte mit aller Kraft, sich aufzurichten. Schließlich begann sie schreiend, mit entsetzlich heiserer, übermäßig angestrengter Stimme zu singen, aber nach jedem Worte fehlte ihr die Luft, und ihre Angst wuchs immer mehr:

»›In einem Tale!... Daghestans!... zu heißer Mittagszeit!...

Das Todesblei!... in wunder Brust!...‹

Euer Exzellenz!« jammerte sie plötzlich in herzzerreißender Klage und brach in Tränen aus. »Beschützen Sie die vaterlosen Waisen! Gedenken Sie der Gastfreundschaft, die Sie bei dem verstorbenen Semjon Sacharowitsch genossen haben!... Man kann sogar sagen, aus einem aristokratischen Hause!...« Qualvoll Luft holend, fuhr sie zusammen, kam auf einmal zur Besinnung und sah alle wie entsetzt an, erkannte aber sogleich Sonja. »Sonja, Sonja!« sagte sie sanft und freundlich, als wundere sie sich, sie vor sich zu sehen. »Liebe Sonja, du bist auch hier?«

Man richtete sie wieder auf.

»Es geht zu Ende!... Meine Zeit ist da!... Leb wohl, du arme Unglückliche!... Nun haben sie die elende Mähre zu Tode gehetzt,... es ging über ihre Kraft!« rief sie voll Haß und Verzweiflung und sank mit dem Kopf auf das Kissen.

Sie verlor wieder die Besinnung; aber diese letzte Bewußtlosigkeit dauerte nicht lange: es trat der Tod ein. Ihr Kopf fiel hintenüber, der Mund in dem blaßgelben, ausgemergeltem Gesicht öffnete sich, die Beine streckten sich krampfhaft aus. Sie seufzte tief, tief auf und starb.

Sonja warf sich über die Leiche, schlang die Arme um sie und verharrte so halb ohnmächtig, den Kopf an die dürre Brust der Toten gelehnt. Polenjka fiel am Fußende des Bettes nieder und küßte die Füße der Mutter unter strömenden Tränen. Kolja und Lida, die noch kein Verständnis für das Geschehene hatten, aber ahnten, daß etwas sehr Schreckliches vorgefallen sein müsse, faßten einander mit beiden Händen an den Schultern, blickten sich wechselseitig starr an, öffneten auf einmal beide gleichzeitig den Mund und fingen an zu schreien. Sie hatten beide noch ihren Putz auf dem Kopfe: der Knabe den Turban, das Mädchen die Kappe mit der Straußenfeder.

Wie war nur jenes Belobigungszeugnis plötzlich auf das Bett neben die Leiche gekommen? Es lag dort neben dem Kopfkissen; Raskolnikow sah es.

Er trat ans Fenster; Lebesjatnikow gesellte sich eilig zu ihm.

»Sie ist tot!« sagte Lebesjatnikow.

In diesem Augenblicke trat auch Swidrigailow heran. »Rodion Romanowitsch«, sagte er, »ich habe dringend ein paar Worte mit Ihnen zu reden.«

Lebesjatnikow räumte ihm sofort den Platz und entfernte sich taktvoll. Swidrigailow führte den erstaunten Raskolnikow noch weiter weg nach der Ecke zu.

»All diese Äußerlichkeiten, ich meine das Begräbnis und das ganze Drum und Dran, nehme ich auf mich. Wissen Sie, es handelt sich dabei doch nur um Geld, und ich habe Ihnen ja schon gesagt, daß ich Geld übrig habe. Die beiden kleinen Krabben und diese Polenjka will ich in möglichst guten Waisenanstalten unterbringen und für jedes Kind ein bei erreichter Volljährigkeit auszahlbares Kapital von tausendfünfhundert Rubel deponieren, so daß Sofja Semjonowna über sie ganz beruhigt sein kann. Und auch sie selbst will ich aus dem Pfuhl herausziehen; denn sie ist doch ein gutes Mädchen, nicht wahr? Na, dann teilen Sie also Ihrer Schwester mit, daß ich die ihr zugedachten zehntausend Rubel in dieser Weise verwendet habe.«

»Was für Absichten haben Sie denn bei diesen großartigen Wohltaten?«

»Ach, was sind Sie für ein mißtrauischer Mensch!« erwiderte Swidrigailow lachend. »Ich habe Ihnen ja schon gesagt, daß ich diese Geldsumme übrig habe. Na, daß ich es einfach aus Menschenliebe tue, das halten Sie wohl für ausgeschlossen? Aber sie« (er wies mit dem Finger nach der Ecke, wo die Tote lag) »war doch keine Laus wie eine gewisse alte Wucherin. Wenn Sie nun zu entscheiden gehabt hätten, ob Katerina Iwanowna sterben oder Lushin durch den Tod an der Verübung seiner Schändlichkeiten gehindert werden solle, wofür hätten Sie sich entschieden? Und wenn ich hier nicht hülfe, so müßte ja Polenjka diesen selben Weg einschlagen...«

Er sagte das mit lustigem, schlauem Augenzwinkern und blickte unverwandt Raskolnikow an. Dieser wurde blaß und ein Frostgefühl ergriff ihn, als er seine eigenen Ausdrücke, die er Sonja gegenüber gebraucht hatte, wieder hörte. Er wankte zurück und blickte Swidrigailow bestürzt an.

»Wo-woher wissen Sie das?« flüsterte er; der Atem versagte ihm beinahe.

»Ich logiere ja hier, auf der andern Seite dieser Wand, bei Frau Rößlich. Hier wohnt Kapernaumow und nebenan Frau Rößlich, eine alte, treue Freundin von mir. Ich bin Sofja Semjonownas Nachbar.«

»Sie?«

»Allerdings«, fuhr Swidrigailow fort, der sich vor Lachen schüttelte, »und ich kann Ihnen auf Ehre versichern, lieber Rodion Romanowitsch, daß Sie mein lebhaftestes Interesse erweckt haben. Ich habe schon früher einmal gesagt, daß wir einander schon noch nähertreten würden; das habe ich Ihnen vorhergesagt; na, und nun hat sich das verwirklicht. Sie werden sehen, daß ich ein ganz angenehmer Mensch bin und daß es sich mit mir ganz gut auskommen läßt.«

SECHSTER TEIL

I

Für Raskolnikow begann nun eine eigenartige Zeit: es war, als hätte sich ein Nebel rings um ihn gebildet und hielte ihn in unentrinnbarer, drückender Vereinsamung gefangen. Wenn er sich später, lange nachher, an diese Zeit erinnerte, so war er der Überzeugung, daß sein Bewußtsein damals manchmal verdunkelt gewesen sei und daß dieser Zustand – mit einigen helleren Zwischenzeiten – fast bis zu der abschließenden Katastrophe gedauert habe. Er war fest überzeugt, daß er sich damals in vieler Hinsicht geirrt habe, zum Beispiel über den Zeitpunkt und die Dauer mancher Ereignisse. Wenigstens erfuhr er in der Folgezeit, wenn er sich zu erinnern suchte und sich bemühte, in diese Erinnerungen Klarheit hineinzubringen, vieles über seine eigene Person nur aus Mitteilungen, die er von andern empfing. Er verwechselte zum Beispiel ein Ereignis mit einem andern; oder er hielt auch eines für die Folge eines Vorfalles, der überhaupt nur in seiner Phantasie existierte. Manchmal bemächtigte sich seiner eine krankhafte, quälende Unruhe, die sogar in einen panischen Schrecken überging. Er entsann sich auch, daß, ganz im Gegensatz zu der sonstigen Angst, Minuten, Stunden, vielleicht sogar ganze Tage von einer Apathie, die ihn befallen hatte, ausgefüllt gewesen waren – von einer Apathie, ähnlich dem krankhaft-teilnahmslosen Zustande mancher Sterbenden. Überhaupt war er in diesen letzten Tagen anscheinend selbst bemüht, eine vollständige, deutliche Erkenntnis seiner Lage zu vermeiden. Einige Ereignisse der allerletzten Zeit, die einer sofortigen Klarstellung bedurften, bedrückten ihn schwer; wie froh wäre er gewesen, sich von derartigen Sorgen befreien und losmachen zu können, mit denen er sich doch in seiner Lage beschäftigen mußte, wenn er sich nicht dem völligen, unvermeidlichen Untergange preisgeben wollte.

Ganz besonders beunruhigte ihn der Gedanke an Swidrigailow; man konnte fast sagen, daß er nur an Swidrigailow dachte. Seit er von ihm in Sonjas Wohnung bei Katerina Iwanownas Tode jene unzweideutigen Äußerungen gehört hatte, die eine so große Gefahr für ihn in sich bargen, schien der gewöhnliche Gang und Fluß seiner Gedanken gestört zu sein. Obgleich ihn diese neue Tatsache aufs äußerste beunruhigte, beeilte sich Raskolnikow nicht, die Sache aufzuklären. Manchmal, wenn er sich auf einmal irgendwo in einem entfernten, stillen Stadtteil in einem elenden Restaurant einsam an einem Tische in Gedanken versunken fand und sich kaum besinnen konnte, wie er dahin geraten war, mußte er plötzlich an Swidrigailow denken; zu seiner Beängstigung wurde er sich deutlich bewußt, daß er sich so bald wie möglich mit diesem Menschen aussprechen und einen endgültigen Beschluß, soweit ein solcher möglich sei, fassen müsse. Einmal, als er aus der Stadt hinausgegangen war, bildete er sich sogar ein, er erwarte dort Swidrigailow und sie hätten dort eine Zusammenkunft verabredet. Ein andermal erwachte er vor Tagesanbruch irgendwo auf der Erde im Gebüsch und hatte kaum eine Erinnerung daran, wie er dahin gekommen war. Übrigens hatte er in den ersten zwei, drei Tagen nach Katerina Iwanownas Tode Swidrigailow schon ein paarmal getroffen, fast immer in Sonjas Wohnung, wohin er selbst eigentlich ohne bestimmte Absicht und immer nur auf einen Augenblick gekommen war. Sie wechselten miteinander immer nur ein paar kurze Worte und sprachen nie über den Hauptpunkt, als bestände zwischen ihnen eine stillschweigende Verabredung, hierüber vorläufig zu schweigen. Katerina Iwanownas Leiche lag noch in der Wohnung im Sarge. Swidrigailow ordnete alles für das Begräbnis an und scheute dabei keine Mühe. Auch Sonja war sehr in Anspruch genommen. Bei dem letzten Zusammentreffen hatte Swidrigailow Raskolnikow mitgeteilt, daß er die Angelegenheit der Kinder Katerina Iwanownas erledigt habe, und zwar glücklich erledigt; er habe, dank seinen Verbindungen, Persönlichkeiten ausfindig gemacht, mit deren Hilfe es möglich gewesen sei, die Waisen alle drei sofort in sehr anständigen Anstalten unterzubringen; auch das für sie deponierte Geld habe zu diesem Resultate wesentlich beigetragen, weil Waisen, die ein Kapital besäßen, weit leichter unterkämen als mittellose. Er erwähnte auch Sonja, versprach, nächster Tage selbst zu Raskolnikow zu kommen, und bemerkte, er wünsche sich mit ihm zu beraten; eine Besprechung sei durchaus erforderlich, es wären da einzelne Punkte... Dieses Gespräch fand auf dem Flur an der Treppe statt. Swidrigailow blickte Raskolnikow forschend in die Augen und fragte plötzlich nach kurzem Schweigen leise:

»Warum sind Sie denn so verstört, Rodion Romanowitsch? Wirklich, Sie hören zwar zu und sehen einen an; aber es macht den Eindruck, als ob Sie gar nicht verstehen, was man sagt. Immer Courage! Ich möchte gern einmal ausführlicher mit Ihnen sprechen; schade nur, daß ich so viel zu tun habe, mit fremden und eigenen Angelegenheiten... Ach, Rodion Romanowitsch«, fügte er auf einmal hinzu, »alle Menschen brauchen Luft, Luft, Luft!... Das ist die Hauptsache!«

Er trat zur Seite, um den Geistlichen und den Küster, die die Treppe heraufstiegen, vorbeizulassen. Sie kamen, um das Totenamt zu halten. Auf Swidrigailows Anordnung wurde pünktlich zweimal am Tage Totenamt gehalten. Swidrigailow ging weg, seinen Geschäften nach; Raskolnikow blieb einen Augenblick stehen, überlegte und folgte dann dem Geistlichen in Sonjas Wohnung.

Er blieb in der Tür stehen. Leise, würdevoll, tiefernst begann der Gottesdienst. In dem Gedanken an den Tod und in dem Gefühl von der Gegenwart des Todes hatte für ihn stets, von frühester Kindheit an, etwas Bedrückendes, geheimnisvoll Furchtbares gelegen, und seit langer Zeit hatte er kein Totenamt mehr mit angehört. Auch noch etwas andres versetzte ihn in Furcht und Unruhe. Er blickte auf die Kinder; sie lagen alle am Sarge auf den Knien; Polenjka weinte. Hinter ihnen, leise und schüchtern weinend, betete Sonja. ›Sie hat mich in diesen letzten Tagen kein einziges Mal angeblickt und kein einziges Wort zu mir gesprochen‹, dachte Raskolnikow. Die Sonne beleuchtete hell das Zimmer; Weihrauchwölkchen durchzogen es; der Geistliche las: »Gott gebe dir Ruhe.« Raskolnikow blieb während der ganzen Dauer des Gottesdienstes. Der Geistliche musterte ihn, während er den Segen erteilte und sich verabschiedete, mit einem eigentümlichen Blicke. Nach Beendigung der geistlichen Handlung trat Raskolnikow an Sonja heran. Diese ergriff plötzlich seine beiden Hände und lehnte den Kopf an seine Schulter. Diese einfache, freundliche Bewegung versetzte ihn in Staunen; es erschien ihm sogar ganz seltsam: wie? nicht die geringste Abneigung, nicht der geringste Widerwille gegen ihn, nicht das geringste Zittern ihrer Hände? Das war ja ein Übermaß von selbstverleugnendem Herabsteigen. So faßte er es wenigstens auf. Sonja sprach nichts. Raskolnikow drückte ihr die Hand und ging hinaus. Er fühlte eine schwere Last auf dem Herzen. Hätte er in diesem Augenblicke die Möglichkeit gehabt, irgendwohin fortzugehen und dort ganz allein zu bleiben, und wäre es auch das ganze Leben lang, so hätte er sich glücklich geschätzt. Der Grund lag darin, daß er jetzt zwar fast immer allein war, aber trotzdem nie das Gefühl des Alleinseins hatte. Er ging manchmal vor die Stadt, auf die Landstraße, einmal sogar in ein Wäldchen; aber je einsamer der Ort war, um so stärker empfand er dort die Nähe, die Gegenwart von etwas Beunruhigendem, was ihn nicht eigentlich in Angst versetzte, aber ihn doch störte, so daß er möglichst schnell wieder in die Stadt zurückkehrte, sich unter die Menge mischte, Restaurants und Schenken besuchte und auf den Trödelmarkt und den Heumarkt ging. Hier wurde es ihm etwas leichter ums Herz, und hier kam es ihm sogar eher einsam vor. In einer Speisewirtschaft wurden gegen Abend Lieder gesungen; da saß er eine ganze Stunde dabei, hörte zu und hatte nachher die Empfindung, daß ihm das recht angenehm gewesen sei. Aber zum Schluß wurde er wieder unruhig, als ob ihn Gewissensbisse quälten: ›Ich sitze hier und höre Lieder mit an und habe doch wahrhaftig Dringenderes zu tun!‹ dachte er. Übrigens wurde er sich gleich dort darüber klar, daß dies nicht das einzige war, was ihn beunruhigte, sondern daß da noch etwas andres war, was eine unverzügliche Entscheidung verlangte, was er aber weder in Gedanken sich deutlich vorstellen noch mit Worten ausdrücken konnte. Alles schlang sich zu einem unentwirrbaren Knäuel zusammen. ›Nein, lieber doch irgendein Kampf,... sei es wieder mit Porfirij oder mit Swidrigailow!... Wenn mich nur recht bald jemand herausforderte und anfiele!... Ja, ja!‹ dachte er. Er verließ die Speisewirtschaft und fing auf der Straße beinahe an zu laufen. Der Gedanke an Dunja und an die Mutter jagte ihm auf einmal einen jähen Schreck ein. Dies war die Nacht, wo er vor Tagesanbruch auf der Krestowskij-Insel im Gebüsch erwachte, an allen Gliedern vor Fieberfrost zitternd. Er ging nach Hause, wo er am frühen Morgen anlangte. Nach einigen Stunden Schlafs war das Fieber vorüber; aber er erwachte erst sehr spät: es war zwei Uhr nachmittags.

Es fiel ihm ein, daß auf diesen Tag Katerina Iwanownas Beerdigung angesetzt gewesen war, und er war froh darüber, daß er nicht dabeigewesen war. Nastasja brachte ihm etwas zu essen; er aß und trank mit großem Appetit, ordentlich gierig. Sein Kopf war frischer und er selbst ruhiger als an den drei letzten Tagen. Er wunderte sich sogar einen Augenblick über die früheren Anfälle panischer Furcht. Da öffnete sich die Tür, und Rasumichin trat ein.

»Ah! Du ißt ja, also bist du nicht krank!« sagte Rasumichin, nahm einen Stuhl und setzte sich an den Tisch, Raskolnikow gegenüber.

Er war aufgeregt und gab sich keine Mühe, dies zu verbergen. Er redete mit sichtlichem Ärger, aber nicht hastig, und ohne die Stimme besonders zu erheben. Es war unschwer zu erkennen, daß ihn eine besondere Absicht, und zwar ausschließlich eine solche, zu diesem Besuche veranlaßt hatte.

»Höre mal!« begann er entschlossen. »Ich schere mich den Teufel um euch alle; aber nach allem, was ich jetzt sehe, ist mir klar, daß ich von euren Geschichten nichts verstehe. Bitte, glaube ja nicht, daß ich gekommen bin, um dich auszufragen; eure Geheimnisse sind mir ganz gleichgültig! Ich will gar nichts davon wissen! Und wenn du mir jetzt von selbst alles enthüllen wolltest, so würde ich es vielleicht gar nicht einmal anhören, sondern mich einfach umdrehen und weggehen. Ich bin nur hergekommen, um persönlich und zuverlässig festzustellen, ob es wahr ist, daß du verrückt geworden seist. Siehst du, manche Leute sind nämlich überzeugt, daß du entweder wirklich verrückt bist oder wenigstens starke Anlage dazu hast. Ich muß dir gestehen, daß ich selbst sehr geneigt war, dieser Meinung beizupflichten, erstens im Hinblick auf deine törichte und zum Teil schändliche Handlungsweise, die sich auf andre Art nicht erklären läßt, und zweitens wegen deines Benehmens neulich deiner Mutter und deiner Schwester gegenüber. Nur ein Unmensch und Schurke konnte sie so behandeln, wenn es kein Verrückter war; und folglich mußtest du verrückt sein...«

»Wann hast du sie zuletzt gesehen?«

»Ich bin soeben bei ihnen gewesen. Aber du selbst hast sie seit damals gar nicht gesehen? Sag mal, wo treibst du dich eigentlich herum? Ich bin schon dreimal bei dir gewesen. Deine Mutter ist seit gestern ernstlich krank. Sie hatte vor, zu dir zu gehen; Awdotja Romanowna versuchte sie zurückzuhalten; aber sie wollte auf nichts hören. ›Wenn er krank ist‹, sagte sie, ›wenn sein Geist gestört ist, wer soll ihm dann beistehen, wenn es seine Mutter nicht tut?‹ So kamen wir denn alle drei hierher; denn allein konnten wir sie doch nicht gehen lassen. Bis zu deiner Tür haben wir ihr zugeredet, sich doch zu beruhigen. Wir kamen herein, und du warst nicht hier; da hat sie denn hier eine Weile gesessen. Wohl zehn Minuten saß sie hier, und wir standen schweigend daneben. Dann stand sie auf und sagte: ›Wenn er ausgeht und also gesund ist und trotzdem nicht an seine Mutter denkt, so ist es für die Mutter unschicklich und unwürdig, an seiner Schwelle zu stehen und um eine Freundlichkeit wie um ein Almosen zu betteln.‹ Als sie wieder nach Hause gekommen war, mußte sie sich hinlegen; jetzt hat sie Fieber. ›Ich sehe‹, sagte sie, ›für sein Mädchen hat er Zeit.‹ Sie denkt sich, daß ›dein Mädchen‹ diese Sofja Semjonowna ist, deine Braut oder Geliebte, was weiß ich. Ich ging sofort zu Sofja Semjonowna; denn ich wollte doch alles genau in Erfahrung bringen, Bruder. Ich kam hin und sah: da stand ein Sarg, die Kinder weinten. Sofja Semjonowna probierte ihnen Trauerkleider an. Aber du warst nicht da. Ich blickte mich um, bat um Entschuldigung, ging wieder weg und erstattete Bericht an Awdotja Romanowna. Es hatte sich also herausgestellt, daß das alles Unsinn war und du gar keine Geliebte hast, und als das Wahrscheinlichste ergab sich somit Verrücktheit. Aber nun muß ich sehen, daß du hier sitzt und gekochtes Rindfleisch schlingst, als hättest du drei Tage lang nichts gegessen. Freilich essen auch Verrückte; aber obwohl du kein Wort zu mir gesagt hast, bin ich doch fest überzeugt, daß du nicht verrückt bist. Darauf möchte ich einen Eid ablegen. Das steht also jetzt von vornherein fest, daß du nicht verrückt bist. Und darum mag euch alle zusammen der Teufel holen; denn da steckt irgendein Geheimnis dahinter, und ich habe keine Lust, mir über eure Geheimnisse den Kopf zu zerbrechen. Ich bin nur hergekommen, um mich mal ordentlich satt zu schimpfen«, schloß er und stand auf, »und um mir eine Herzenserleichterung zu verschaffen; aber ich weiß schon, was ich jetzt zu tun habe!«

»Was willst du denn jetzt tun?«

»Was geht dich das an, was ich jetzt tun will?«

»Paß mal auf, du wirst dich dem Trunke ergeben!«

»Woher... woher weißt du das?«

»Das zu erraten ist gerade kein Kunststück!«

Rasumichin schwieg ein Weilchen.

»Du warst von jeher ein sehr scharfblickender Mensch und bist niemals, niemals verrückt gewesen«, bemerkte er dann plötzlich sehr eifrig. »Du hast ganz recht: ich werde mich dem Trunke ergeben! Leb wohl!«

Er machte eine Bewegung nach der Tür zu.

»Ich habe über dich, es war ja wohl vorgestern, mit meiner Schwester gesprochen, Rasumichin.«

»Über mich! Ja..., wo kannst du sie denn vorgestern zu sehen bekommen haben?« fragte Rasumichin und blieb stehen; er war sogar ein wenig blaß geworden, und man konnte merken, daß sein Herz langsamer und mit Anstrengung klopfte.

»Sie war hierhergekommen, sie allein; sie saß hier und sprach mit mir.«

»Das hat sie getan?«

»Allerdings!«

»Was hast du denn zu ihr gesagt,... ich meine, über mich?«

»Ich habe zu ihr gesagt, daß du ein sehr guter, ehrenhafter, arbeitsamer Mensch seist. Daß du sie liebst, habe ich ihr nicht gesagt, weil sie das selbst weiß.«

»Das weiß sie selbst?«

»Natürlich! Wo auch immer ich sein mag, was auch immer mir zustoßen mag, bleibe du bei meiner Mutter und bei meiner Schwester als ihr Beschützer. Ich lege sie sozusagen beide in deine Hände. Ich sage das, weil ich genau weiß, wie sehr du meine Schwester liebst, und weil ich von der Reinheit deines Herzens überzeugt bin. Ich weiß ferner, daß auch sie dich liebgewinnen kann und sogar vielleicht schon liebt. Nun wähle selbst, was du für das beste hältst, ob du dich dem Trunke ergeben willst oder nicht.«

»Rodja... Ja, siehst du... Nun... Ach, zum Teufel! Aber wohin willst du denn eigentlich gehen? Siehst du: wenn das ein Geheimnis ist, dann sag mir nichts davon! Aber ich... ich werde das Geheimnis schon noch erfahren... Ich bin überzeugt, daß es sich dabei sicher nur um irgendeinen Unsinn, um reine Lappalien handelt und daß du allein die ganze Geschichte eingerührt hast. Im übrigen aber bist du ein vortrefflicher Mensch! Ein ganz vortrefflicher Mensch!«

»Ich wollte eigentlich noch hinzufügen, aber du unterbrachst mich, daß das vorhin eine sehr vernünftige Äußerung von dir war: du hättest gar nicht die Absicht, in diese Geheimnisse einzudringen. Laß das alles vorläufig auf sich beruhen und beunruhige dich nicht darüber. Du wirst alles zu gegebener Zeit erfahren, nämlich so bald, wie es nötig ist. Gestern hat jemand zu mir gesagt, der Mensch brauche Luft, Luft, Luft! Ich will gleich zu ihm gehen und ihn fragen, was er darunter versteht.«

Rasumichin stand aufgeregt und mit seinen Gedanken beschäftigt da; er suchte sich etwas zurechtzulegen.

›Er ist ein politischer Verschwörer! Ganz bestimmt! Und er steht unmittelbar vor einem entscheidenden Schritte, das ist sicher! Es kann nicht anders sein, und... und Dunja weiß davon...‹, dache er bei sich.

»Also zu dir kommt Awdotja Romanowna«, sagte er langsam und nachdrücklich, »und du selbst beabsichtigst, mit jemand zusammenzukommen, der da meint, man brauche mehr Luft, mehr Luft, und... und folglich steht auch dieser Brief damit in irgendwelcher Beziehung«, schloß er, als spräche er mit sich selbst.

»Was für ein Brief?«

»Sie hat heute durch einen Boten einen Brief erhalten, der sie sehr aufgeregt hat. Sehr, gar zu sehr. Ich fing an, von dir zu sprechen; aber sie bat mich zu schweigen. Darauf... darauf sagte sie, wir würden uns vielleicht sehr bald trennen müssen; darauf begann sie, ich weiß nicht wofür, mir in warmen Worten zu danken; dann ging sie in ihr Zimmer und schloß sich ein.«

»Sie hat einen Brief erhalten?« fragte Raskolnikow nachdenklich.

»Jawohl; hast du nichts davon gewußt? Hm!...«

Sie schwiegen beide einen Augenblick.

»Leb wohl, Rodja! Weißt du, Bruder, ich... Eine Zeitlang habe ich... Nun aber, leb wohl; sieh mal, eine Zeitlang... Nun, adieu! Ich muß gehen. Dem Trunke werde ich mich nicht ergeben. Jetzt ist das nicht nötig... Wenn du das denkst, irrst du dich!«

Eilig ging er hinaus; aber als er schon draußen war und beinahe schon die Tür hinter sich zugemacht hatte, öffnete er sie plötzlich noch einmal und sagte, indem er dabei zur Seite blickte:

»Da fällt mir noch ein: du erinnerst dich gewiß an diesen Mord, an das Gespräch mit Porfirij, an die alte Frau? Na also, da wollte ich dir nur sagen, daß der Mörder gefunden ist; er hat die Tat selbst eingestanden und der Behörde alle Beweise gegen sich in die Hand gegeben. Denke dir nur, es ist einer von jenen Malergesellen, du besinnst dich, ich habe sie hier bei dir noch so warm verteidigt. Kannst du es wohl glauben, daß er diese ganze Szene, die Prügelei mit seinem Kameraden und das Gelächter auf der Treppe, als der Hausknecht und die zwei Zeugen hinaufstiegen, absichtlich veranstaltet hat, um den Verdacht von sich abzulenken? Welche Schlauheit, welche Geistesgegenwart bei so einem jungen Bürschchen! Es fällt einem schwer, daran zu glauben; aber er hat selbst alles so dargelegt und selbst alles gestanden! Und wie habe ich mich blamiert! Nun, meiner Ansicht nach ist er eben einfach ein Genie in der Verstellungskunst und Findigkeit, ein Genie in der Kunst, die Behörden hinters Licht zu führen, und somit ist kein Grund vorhanden, besonders erstaunt zu sein! Warum sollen nicht auch solche Genies vorkommen können? Und wenn er nicht imstande gewesen ist, seine Rolle bis zu Ende durchzuhalten, sondern ein Geständnis abgelegt hat, so wird mir seine Aussage dadurch nur noch glaubhafter. Sie erweckt so noch mehr Zutrauen!... Aber wie habe ich mich damals blamiert! Und ich hatte mich so gewaltig für diese Menschen ins Zeug gelegt!«

»Sag doch mal, woher hast du denn das erfahren, und warum interessiert es dich so?« fragte Raskolnikow in sichtlicher Aufregung.

»Na, so was! Warum mich das interessiert, fragt der Mensch!... Erfahren habe ich es von Porfirij, auch von andern. Übrigens fast alles von ihm...«

»Von Porfirij?«

»Gewiß.«

»Was... was hat er denn darüber gesagt?« fragte Raskolnikow ängstlich.

»Er hat mir den Hergang ganz vortrefflich erklärt,... psychologisch, so auf seine Art.«

»Er hat es dir erklärt? Er selbst?«

»Jawohl, er selbst; aber nun adieu! Ein andermal will ich dir mehr davon erzählen; aber jetzt habe ich zu tun. Ja,... eine Zeitlang habe ich gedacht... Na, lassen wir es jetzt; ein andermal!... Warum sollte ich mich jetzt betrinken? Du hast mich auch ohne Schnaps betrunken gemacht. Ganz betrunken bin ich, Rodja! Ohne Schnaps bin ich jetzt betrunken; na, nun adieu; ich komme schon mal wieder her; sehr bald!«

Er ging hinaus.

›Er ist ein politischer Verschwörer, ganz sicher!‹ dachte Rasumichin mit größter Bestimmtheit, während er langsam die Treppe hinabstieg. ›Auch seine Schwester hat er mit hineingezogen; bei Awdotja Romanownas Charakter ist das verständlich, sehr verständlich. Sie haben Zusammenkünfte!... Auch sie selbst hat mir ja Andeutungen darüber gemacht... Aus vielen ihrer Äußerungen,... aus manchem kurz hingeworfenen Worte,... aus ihren Andeutungen läßt sich alles mit Sicherheit entnehmen! Und wie wäre denn auch dieser ganze Wirrwarr anders zu erklären? Hm! Und ich dachte schon... O Gott, wie habe ich nur so etwas denken können! Ja, das war eine Verirrung von mir, und ich habe ihm schweres Unrecht getan! Damals bei der Lampe auf dem Korridor hat er mich zu dieser Verirrung gebracht! Pfui, was war das für ein abscheulicher, roher, gemeiner Gedanke von mir! Sehr brav von diesem Nikolai, daß er es eingestanden hat... Und wie einfach sich jetzt alles Vorhergegangene erklärt! Seine Krankheit von damals, sein ganzes sonderbares Benehmen; und auch früher, als er noch auf der Universität war, wie finster und mürrisch war er da immer!... Aber was hat es jetzt mit diesem Briefe für eine Bewandtnis? Da steckt vielleicht auch so etwas dahinter. Von wem ist dieser Brief? Ich vermute... Hm! Nein, das will ich schon alles herausbekommen.‹

Er dachte an Dunja und kombinierte allerlei über sie; es wurde ihm ganz bang ums Herz. Aber er riß sich von der Stelle, wo er in Gedanken stehengeblieben war, los und stürmte davon.

Sobald Rasumichin fortgegangen war, stand Raskolnikow auf, wandte sich zum Fenster, rannte dann bald gegen die eine, bald gegen die andre Wand an, als hätte er die Enge seines Kämmerchens vergessen,... und setzte sich wieder auf das Sofa. Es war, als sei er ein ganz neuer Mensch geworden; er hatte wieder einen Kampf vor sich, und darin lag die Möglichkeit der Rettung, ein Ausweg!

Ja, da zeigte sich ein Ausweg! Die Ereignisse der letzten Zeit hatten aber auch gar zu schwer auf ihm gelastet, einen qualvollen Druck auf ihn ausgeübt und ihn zu ersticken gedroht; eine Art von Betäubung hatte ihn befallen. Seit der Szene mit Nikolai in Porfirijs Bureau war es ihm gewesen, als ob er nicht mehr Atem holen könne vor Beklemmung. Nach dieser Szene mit Nikolai hatte an demselben Tage die Unterredung mit Sonja stattgefunden; seine Aufgabe hatte er dabei ganz und gar nicht in der Weise durchgeführt und zu Ende gebracht, wie er sich das vorher vorgenommen hatte,... er war dabei eben schwach geworden, plötzlich und vollständig! Mit einem Male! Und er hatte damals Sonja zugestimmt, von ganzem Herzen zugestimmt, daß er mit einer solchen Last auf der Seele so ganz allein nicht weiterleben könne! Und Swidrigailow? Swidrigailow war ein Rätsel... Swidrigailow beunruhigte ihn allerdings, aber doch nach einer andern Richtung hin. Auch mit Swidrigailow stand ihm vielleicht ein Kampf bevor. Mit Swidrigailow konnte er vielleicht zurechtkommen, aber Porfirij, das war eine andre Sache.

Also Porfirij hatte diesem Rasumichin selbst den Hergang erklärt, psychologisch erklärt! Er hatte wieder seine verfluchte Psychologie ins Treffen geführt! Porfirij hatte das getan? Sollte denn Porfirij auch nur einen Augenblick lang an Nikolais Schuld geglaubt haben, nach dem Gespräche, das sie miteinander geführt hatten, nach jener Szene, die sich vor Nikolais Eintritt zwischen ihnen beiden abgespielt hatte und für die es keine andre ausreichende Erklärung gab außer einer einzigen? (Raskolnikow hatte sich in diesen Tagen mitunter einzelne Bruchstücke der Szene mit Porfirij flüchtig durch den Kopf gehen lassen; die vollständige Erinnerung an den gesamten Vorgang hätte er nicht ertragen können.) Es waren bei diesem Gespräche von ihnen beiden solche Ausdrücke gebraucht worden, es waren solche Bewegungen und Gesten vorgekommen, sie hatten solche Blicke miteinander gewechselt, manches in einem solchen Tone gesprochen, die Sache hatte sich derartig zugespitzt, daß nach alledem dieser Nikolai, welchen Porfirij gleich beim ersten Worte und bei der ersten theatralischen Bewegung richtig beurteilt hatte, das eigentliche Fundament seiner Überzeugung nicht hatte erschüttern können.

Beachtenswert war doch auch, daß sogar Rasumichin bereits Verdacht geschöpft hatte! Die Szene auf dem Korridor bei der Lampe mußte doch stark auf ihn gewirkt haben. Er war inzwischen zu Porfirij hingelaufen... Aber zu welchem Zwecke hatte ihn dieser hinters Licht geführt? In welcher Absicht hatte er Rasumichin dazu veranlaßt, Nikolai für den Täter zu halten? Ganz sicher hatte er dabei etwas vor; er verfolgte einen bestimmten Plan; aber welchen? Seit jenem Vormittag war allerdings schon geraume Zeit vergangen, sehr viel Zeit, und von Porfirij war nichts zu hören und zu sehen gewesen. Das war natürlich ein besonders schlimmes Zeichen... Raskolnikow griff nach seiner Mütze und ging, mit seinen Gedanken beschäftigt, zur Tür. Es war während dieser ganzen Zeit der erste Tag, wo er sich wenigstens bei klarem Bewußtsein fühlte. ›Ich muß die Angelegenheit mit Swidrigailow ins reine bringen‹, dachte er, ›und zwar so schnell wie möglich, um jeden Preis; auch der scheint darauf zu warten, daß ich selbst zu ihm komme.‹ In diesem Augenblick flammte in seinem müden Herzen plötzlich ein solcher Haß auf, daß er wohl fähig gewesen wäre, einen von diesen beiden, Swidrigailow oder Porfirij, ohne weiteres zu ermorden. Er hatte wenigstens die Empfindung, daß er, wenn nicht jetzt, so doch später imstande sein werde, dies zu tun. »Wir wollen sehen, wir wollen sehen!« sagte er vor sich hin.

Aber in dem Moment, als er die Tür nach dem Flur öffnete, stieß er mit Porfirij selbst zusammen. Dieser trat zu ihm ins Zimmer. Raskolnikow war einen Augenblick ganz starr, aber eben auch nur einen Augenblick. Merkwürdig: er war über Porfirijs Erscheinen nicht sonderlich erstaunt und fast gar nicht erschrocken. Er war nur zusammengezuckt, hatte sich aber schnell, augenblicklich wieder gefaßt. ›Vielleicht kommt nun die Lösung! Aber wie hat er es nur angestellt, daß er so leise hergekommen ist wie eine Katze und ich gar nichts davon gehört habe? Ob er am Ende gar an der Tür gehorcht hat?‹

»Sie haben meinen Besuch gewiß nicht erwartet, Rodion Romanowitsch!« rief Porfirij Petrowitsch lachend. »Ich hatte schon lange vor, einmal bei Ihnen vorzusprechen; nun kam ich jetzt gerade vorbei und dachte: warum soll ich nicht auf ein paar Minuten hinaufgehen und sehen, was er macht? Wollten Sie ausgehen? Ich will Sie nicht lange aufhalten. Nur auf eine Zigarette, wenn Sie gestatten.«

»Bitte, nehmen Sie Platz, Porfirij Petrowitsch, bitte, nehmen Sie Platz!« lud ihn Raskolnikow ein, und sein Gesicht zeigte dabei einen so erfreuten, freundschaftlichen Ausdruck, daß er sich selbst gewundert haben würde, wenn er sich hätte sehen können.

Er hatte den letzten Rest seiner seelischen Kraft zusammengesucht. So steht ein Mensch manchmal eine halbe Stunde lang Todesangst vor einem Räuber aus; wenn ihm aber dann wirklich das Messer an die Kehle gesetzt wird, ist die Angst verschwunden. Er setzte sich seinem Besucher gerade gegenüber und blickte ihn an, ohne mit den Wimpern zu zucken. Porfirij kniff die Augen zusammen und steckte sich eine Zigarette an.

›Nun sprich, sprich!‹ rief es in Raskolnikows Innerem. ›Vorwärts, vorwärts! Warum sprichst du nicht?‹

II

»Ja, ja, diese Zigaretten!« begann Porfirij Petrowitsch endlich, als die Zigarette brannte und er wieder Atem geschöpft hatte. »Es ist für mich verderblich, geradezu verderblich, aber ich kann's nicht lassen! Ich muß danach husten und bekomme Kratzen im Halse und Atembeschwerden. Wissen Sie, ich bin ängstlich, ich ging neulich zu Doktor B... n; der untersucht jeden Patienten mindestens eine halbe Stunde lang. Als er mich ansah, lachte er; dann beklopfte und behorchte er mich und sagte unter anderm: ›Das Tabakrauchen ist Ihnen nicht zuträglich; Ihre Lungen sind erweitert.‹ Aber wie soll ich das Rauchen unterlassen? Wie soll ich einen Ersatz dafür finden? Ich trinke nicht, das ist das ganze Malheur, he-he-he; ja, es ist ein Malheur, daß ich nicht trinke! So hat alles sein Gutes und sein Schlimmes, Rodion Romanowitsch, sein Gutes und sein Schlimmes!«

›Warum greift er denn wieder zu einem ähnlichen Gesprächsstoff wie neulich?‹ dachte Raskolnikow mit Widerwillen. Der ganze Hergang bei ihrem letzten Zusammensein kam ihm auf einmal ins Gedächtnis, und dasselbe Gefühl, das er damals gehabt hatte, flutete wie eine Welle durch sein Herz.

»Ich bin schon vorgestern abend einmal hier bei Ihnen gewesen; Sie wissen wohl nichts davon?« fuhr Porfirij Petrowitsch fort und blickte sich im Zimmer um. »In diesem Zimmer hier war ich. Ich kam, ebenso wie heute, am Hause vorbei und dachte: will ihm doch einen Gegenbesuch machen. Ich ging hinauf, das Zimmer stand weit offen; ich sah mich um, wartete ein Weilchen und ging wieder weg; ich habe mich nicht einmal bei Ihrem Dienstmädchen gemeldet. Sie schließen Ihr Zimmer nicht zu?«

Raskolnikows Gesicht wurde immer finsterer. Porfirij schien seine Gedanken zu erraten.

»Ich bin gekommen, um mich mit Ihnen auszusprechen, bester Rodion Romanowitsch, um mich mit Ihnen auszusprechen! Das empfinde ich als meine Pflicht und Schuldigkeit Ihnen gegenüber«, fuhr er lächelnd fort und klopfte sogar Raskolnikow mit der Hand leicht auf das Knie.

Aber fast in demselben Augenblicke nahm sein Gesicht plötzlich eine ernste, sorgenvolle Miene an; ja, zu Raskolnikows Verwunderung breitete sich sogar ein Ausdruck von Traurigkeit darüber aus. Er hatte ein solches Gesicht noch nie bei ihm gesehen und ihn dessen auch gar nicht für fähig gehalten.

»Es hat sich das letzte Mal eine eigentümliche Szene zwischen uns beiden abgespielt, Rodion Romanowitsch. Eigentlich auch wohl schon bei unserer ersten Begegnung: aber damals... Na, wir wollen es jetzt zusammenfassen! Nun also: ich habe mich Ihnen gegenüber vielleicht sehr ungehörig benommen; das fühle ich. Erinnern Sie sich wohl noch: als wir uns trennten, da waren Ihre Nerven heftig erregt, und Ihre Knie zitterten, und meine Nerven waren auch heftig erregt, und meine Knie zitterten. Und wissen Sie, wir benahmen uns damals gegeneinander eigentlich nicht mehr in geziemender Form, nicht gentlemanlike. Wir sind ja aber doch gentlemen, das heißt, unter allen Umständen und in erster Linie gentlemen; das müssen wir immer festhalten; Sie erinnern sich wohl, wie weit es damals zwischen uns kam,... es war schon geradezu unziemlich.«

›Was will er denn eigentlich, und wofür hält er mich?‹ fragte sich Raskolnikow erstaunt; er hob den Kopf und blickte seinem Besucher voll ins Gesicht.

»Ich bin zu der Überzeugung gelangt, daß es für uns jetzt das beste ist, wenn wir ganz offenherzig miteinander verhandeln«, fuhr Porfirij Petrowitsch fort; er drehte dabei den Kopf ein wenig zur Seite und schlug die Augen nieder, als wünsche er nicht mehr, sein ehemaliges Opfer durch seinen Blick in Verwirrung zu versetzen, und als verschmähe er seine früheren Kunstgriffe und Listen. »Ja, solche Verdächtigungen und solche Szenen darf man nicht zu lange dauern lassen. Damals hat uns Nikolai noch auseinandergebracht; sonst weiß ich nicht, wie weit die Sache zwischen uns noch gegangen wäre. Dieser verdammte Kleinbürger saß damals bei mir während unseres ganzen Gesprächs hinter der Zwischenwand – können Sie sich das vorstellen? Das ist Ihnen gewiß bereits bekannt; auch weiß ich selbst, daß er nachher bei Ihnen gewesen ist. Aber was Sie damals vermuteten, traf nicht zu: ich hatte nach niemandem geschickt und damals noch keinerlei Anordnungen getroffen. Sie werden mich fragen, warum ich das unterlassen hatte. Ja, was soll ich Ihnen darauf antworten? Mir selbst war die ganze Geschichte damals gar zu plötzlich gekommen. Ich hatte eben erst hingeschickt und die Hausknechte holen lassen. Sie haben die Hausknechte gewiß im Vorbeigehen bemerkt. Damals fuhr mir blitzschnell ein Gedanke durch den Kopf; sehen Sie wohl, Rodion Romanowitsch, ich war damals ganz fest überzeugt. Na, dachte ich, wenn ich auch andre Maßnahmen vorläufig unterlasse, so will ich doch ein Mittel zur Anwendung bringen; dann habe ich wenigstens das Meinige getan. Sie sind außerordentlich reizbar, Rodion Romanowitsch, offenbar von Natur, sogar übermäßig reizbar, neben allen andern Grundzügen Ihres Charakters und Herzens, die ich mir, wenigstens teilweise, richtig erkannt zu haben schmeichle. Na, natürlich sagte ich mir, sogar in jenem Augenblicke: immer glückt das nicht, daß ein Mensch so einfach aufsteht und einem sein ganzes Geheimnis ausplaudert. Vorkommen tut das ja freilich, namentlich, wenn man einen völlig aus der Fassung bringt; aber es ist doch immerhin ein seltner Fall. Das konnte ich mir selbst sagen. Aber ich dachte: wenn ich nur eine kleine Handhabe dabei gewinne! Und wenn es auch nur eine ganz kleinwinzige ist, nur eine einzige, aber so eine, daß man wirklich zufassen kann, etwas Konkretes, und nicht diese bloßen psychologischen Gründe. Denn, dachte ich, wenn jemand schuldig ist, so kann man doch gewiß erwarten, jedenfalls etwas Tatsächliches von ihm herauszubekommen; man darf sogar auf ein ganz unerwartetes Resultat spekulieren. Ich gründete damals meine Spekulation auf Ihren Charakter, Rodion Romanowitsch, ganz besonders auf Ihren Charakter! Darauf setzte ich damals meine größte Hoffnung.«

»Ja, wozu... wozu sagen Sie mir denn das alles jetzt?« murmelte Raskolnikow endlich, ohne sich von seiner eigenen Frage ordentlich Rechenschaft zu geben.

›Was will er nur mit diesen Reden?‹ fragte er sich ratlos. ›Hält er mich wirklich für unschuldig?‹

»Wozu ich Ihnen das sage? Ich bin ja hergekommen, um mich mit Ihnen auszusprechen; das halte ich sozusagen für meine heilige Pflicht. Ich will Ihnen alles ganz genau erzählen, wie alles gewesen ist, den ganzen Hergang meiner damaligen Verblendung, um mich so auszudrücken. Ich habe Sie schwer leiden lassen, Rodion Romanowitsch; aber ich bin kein Unmensch. Ich begreife völlig, wie entsetzlich es einem vom Schicksal niedergedrückten, aber stolzen, selbstbewußten, ungeduldigen Menschen, ja, ganz besonders einem ungeduldigen Menschen, sein muß, das alles über sich ergehen zu lassen! Ich halte Sie jedenfalls für einen durchaus vornehm denkenden Menschen, sogar mit Anlage zur Hochherzigkeit, obgleich ich nicht mit allen Ihren Anschauungen übereinstimme, was ich mich für verpflichtet halte, Ihnen von vornherein geradezu und mit vollständiger Aufrichtigkeit zu erklären; denn es liegt mir völlig fern, Sie täuschen zu wollen. Sobald ich Sie kennengelernt hatte, fühlte ich mich zu Ihnen hingezogen. Sie lachen vielleicht über das, was ich da sage? Dazu sind Sie berechtigt. Ich weiß, daß ich Ihnen gleich vom ersten Blicke an zuwider war; denn ich bin ja auch wirklich nicht dazu angetan, daß mich jemand gern haben sollte. Aber urteilen Sie über mich, wie Sie wollen; jetzt jedenfalls wünsche ich meinerseits, mit allen Mitteln den übeln Eindruck, den ich hervorgebracht habe, wiedergutzumachen und zu beweisen, daß auch ich ein Mensch bin, der ein Herz und ein Gewissen hat. Ich rede ganz aufrichtig.«

Porfirij Petrowitsch machte würdevoll eine Pause. Raskolnikow fühlte, wie eine neue Schreckempfindung ihn überkam. Der Gedanke, daß Porfirij ihn für unschuldig halte, hatte auf einmal für ihn etwas Beängstigendes.

»Alles der Reihe nach zu erzählen, wie die Geschichte damals plötzlich anfing«, fuhr Porfirij Petrowitsch fort, »ist wohl kaum nötig, ich meine sogar, völlig überflüssig. Ich würde es auch kaum zustande bringen. Denn wie läßt sich das so im einzelnen darlegen? Ganz zuerst tauchten Gerüchte auf. Was das für Gerüchte waren und von wem sie ausgingen und wann sie mir zu Ohren kamen und aus welchem Anlasse die Aufmerksamkeit gerade auf Sie gelenkt wurde, auch das alles zu erzählen, halte ich für überflüssig. Was mich persönlich anlangt, so kam ich auf diesen Gedanken zuerst durch einen Zufall, durch einen ganz zufälligen Zufall, der ganz ebensogut, wie er eintrat, auch hätte nicht eintreten können. Was das für ein Zufall war? Hm! Ich glaube, darüber brauchen wir auch nicht zu reden. Alles dies, die Gerüchte und der Zufall, wirkten in meinem Kopfe zur Entstehung eines bestimmten Gedankens zusammen. Ich gestehe offen (denn wenn man einmal gesteht, muß man auch alles gestehen): ich war der erste, der damals auf Sie verfiel. Allerdings, die Notizen, die die alte Frau auf den Pfandstücken gemacht hatte, und allerlei andre Verdachtsmomente – das war alles wertlos. Solche Momente gibt es immer massenhaft. Ich hatte damals auch Gelegenheit, von der Szene im Polizeibureau mit allen Einzelheiten zu erfahren, gleichfalls ganz zufällig, aber nicht nur so obenhin, sondern von einem besonders zuverlässigen Berichterstatter, der, ohne sich dessen selbst bewußt zu sein, diese Szene in bewundernswerter Weise wiedergab. Sehen Sie, liebster Rodion Romanowitsch, so kam eins zum andern. Da mußten ja die Gedanken ganz von selbst eine bestimmte Richtung nehmen. Aus hundert Kaninchen wird niemals ein Pferd und aus hundert Verdachtsgründen niemals ein Beweis, sagt ein englisches Sprichwort. Das ist indes nur so ein Vernunftsatz; aber nun versuche mal einer mit seinen Affekten zurechtzukommen, mit seinen Affekten; denn ein Untersuchungskommissar ist doch schließlich auch nur ein Mensch. Ich erinnerte mich damals auch an Ihre Abhandlung in einer Zeitschrift; Sie besinnen sich wohl, wir haben bei dem ersten Besuche, den Sie mir machten, ausführlich darüber gesprochen. Ich habe mich damals über Ihre Abhandlung lustig gemacht; aber das hatte nur den Zweck, Sie weiter hervorzulocken. Ich wiederhole, Sie sind sehr ungeduldig und sehr krank, Rodion Romanowitsch. Daß Sie von kühner, hochfahrender Sinnesart sind, ein ernstes Temperament besitzen und schon viele Empfindungen in Ihrem Leben durchgemacht haben, alles das wußte ich schon längst. All diese Seelenzustände sind mir wohlbekannt, und als ich Ihre Abhandlung las, hatte ich das Gefühl, als läse ich etwas Bekanntes. In schlaflosen Nächten und in fanatischer Erregung haben Sie sich diese Gedanken zurechtgelegt, mit hochschwellendem, stark pochendem Herzen, mit verhaltenem Enthusiasmus. Aber er ist gefährlich, dieser verhaltene, stolze Enthusiasmus der Jugend! Ich habe mich damals darüber lustig gemacht, will Ihnen aber jetzt gern bekennen, daß ich solche jugendlichen, hitzigen schriftstellerischen Erstlingsversuche außerordentlich liebe, das heißt, so als stiller Beschauer. Ich möchte sagen: es ist das ein Dunst und Nebel, und aus dem Nebel heraus ertönt eine Saite. Ihre Abhandlung ist unsinnig und phantastisch; aber man spürt darin eine solche Überzeugungstreue, einen jugendlichen, unbestechlichen Stolz, die Kühnheit der Verzweiflung. Es ist eine trübe, düstere Abhandlung; aber das ist ganz gut so. Ich las Ihre Abhandlung bald nach dem Erscheinen und legte sie beiseite und dachte damals gleich: ›Na, mit dem Menschen passiert noch mal etwas!‹ Und nun sagen Sie einmal selbst, nachdem all das vorangegangen war, wie sollte man sich da durch das, was folgte, nicht zu einem Verdachte hinreißen lassen? (Ach, mein Gott, sage ich denn etwa jetzt etwas gegen Sie? Behaupte ich denn etwa jetzt etwas? Ich teile Ihnen ja nur meine damaligen Beobachtungen mit.) Aber ich dachte: ›Was liegt hier für Material vor? Hier liegt nichts vor, gar nichts liegt vor, vielleicht im strengsten Sinne des Wortes nichts. Es paßt sich sogar für mich als Untersuchungskommissar ganz und gar nicht, daß ich mich zu einer solchen Meinung hinreißen lasse; ich habe ja diesen Nikolai in Händen, und zwar mit äußeren Beweisen. Im übrigen mag man ja verschiedener Ansicht sei, aber die äußeren Beweise! Und der Hergang läßt sich doch auch bei ihm psychologisch konstruieren; ich muß diesen Menschen studieren, denn hier handelt es sich um Leben und Tod.‹ Warum setze ich Ihnen all das jetzt auseinander? Damit Sie es wissen und mich nicht in Ihrem Verstande und Herzen anklagen, als hätte ich mich neulich boshaft gegen Sie benommen. Es war nicht boshaft, sage ich Ihnen ganz aufrichtig, he-he! Was meinen Sie: ich hätte damals keine Haussuchung bei Ihnen veranstaltet? Ich habe es getan, ich habe es getan, he-he! Ich habe es getan, als Sie hier krank im Bette lagen. Es ist nicht offiziell geschehen und nicht von mir in eigener Person; aber geschehen ist es. Bis aufs letzte Tüpfelchen wurde bei Ihnen hier in der Wohnung alles revidiert, noch auf frischer Tat – aber en vain! Da dachte ich denn: jetzt wird dieser Mensch zu mir kommen, von selbst wird er kommen, und sehr bald; wenn er schuldig ist, kommt er ganz bestimmt. Ein andrer würde nicht kommen; aber dieser wird kommen. Und erinnern Sie sich noch, wie Herr Rasumichin damals Ihnen gegenüber herausplatzte? Das hatten wir so in die Wege geleitet, um Sie aufzuregen;

wir hatten nämlich absichtlich von solchen Gerüchten gesprochen, damit er sich Ihnen gegenüber verplappern sollte; denn Herr Rasumichin ist ein Mann, der seine Entrüstung nicht zu beherrschen vermag. Herrn Sametow fiel vor allem Ihr Ingrimm und Ihre unverhohlene Kühnheit auf: wie kann auch jemand in einem Restaurant plötzlich so damit herauskommen: ›Ich habe einen Mord begangen!‹ Das ist doch gar zu kühn, gar zu dreist, dachte ich; und wenn er schuldig ist, so ist er ein furchtbarer Gegner! So dachte ich damals. Und ich wartete! Ich wartete auf Sie mit größter Spannung. Unsern Sametow hatten Sie damals vollständig unterbekommen, und... das ist ja eben das Malheur, daß diese nichtswürdigen psychologischen Folgerungen immer ihre zwei Seiten haben! Also ich wartete auf Sie, und siehe da: Gott sandte Sie mir zu, Sie kamen! Mir klopfte ordentlich das Herz. Ach! Nun, warum mußten Sie damals zu mir kommen? Und Ihr Lachen, Ihr Lachen, als Sie zu mir ins Zimmer traten; erinnern Sie sich? Ich sah in Sie hinein, als ob Ihre Brust von Glas wäre. Hätte ich aber auf Sie nicht gerade in dieser besonderen Stimmung gewartet, so würde ich auch in Ihrem Lachen nichts gefunden haben. Sehen Sie wohl, wieviel darauf ankommt, daß man in einer gewissen Stimmung ist. Und Herr Rasumichin damals... Ach, und der Stein, der Stein, erinnern Sie sich? Der Stein, unter dem noch jetzt die Wertsachen verborgen liegen! Mir war geradezu, als sähe ich ihn irgendwo in einem Gemüsegarten; von einem Gemüsegarten hatten Sie ja schon zu Sametow gesprochen und dann nachher bei mir zum zweiten Male. Und als wir dann anfingen, Ihre Abhandlung zu besprechen und Sie sie näher erläuterten, da faßte ich jedes Ihrer Worte in zweifachem Sinne auf, als ob noch ein andres Wort dahinter verborgen wäre! Na also, sehen Sie, Rodion Romanowitsch, auf diese Weise verfolgte ich die eingeschlagene Richtung immer weiter, und erst, als ich mit der Stirn gegen ein Hindernis anrannte, kam ich zur Besinnung. ›Nein‹, sagte ich mir, ›was tue ich denn da? Wenn man Lust hat, so kann man all das restlos in ganz anderem Sinne erklären, und eine solche Erklärung macht dann sogar noch einen natürlicheren Eindruck. Es war eine rechte Qual!‹ ›Nein‹, dachte ich, ›wenn ich doch nur so eine kleine Handhabe hätte!‹ Und als ich nun damals von diesem Ziehen an der Türklingel hörte, da wurde ich ordentlich starr, ein Zittern lief mir über den ganzen Leib. ›Na‹, dachte ich, ›da habe ich ja meine Handhabe, da habe ich sie ja!‹ Und nun hörte ich auf, mir den Kopf zu zerbrechen; ich hatte einfach keine Lust mehr dazu. Tausend Rubel hätte ich in jenem Augenblicke aus meiner eigenen Tasche dafür gegeben, wenn ich Sie nur mit eigenen Augen hätte sehen können: wie Sie damals hundert Schritte neben dem Kleinbürger hergingen, nachdem er Ihnen ins Gesicht gesagt hatte: ›Mörder!‹, und die ganzen hundert Schritte lang keine Frage an ihn zu richten wagten!... Nun, und dieses Frostgefühl im Rückenmark? Und das Ziehen an der Türklingel im Zustande der Krankheit, des halben Fieberwahns? Also wie können Sie sich nach alledem darüber wundern, Rodion Romanowitsch, daß ich mit Ihnen damals solche Späßchen machte? Und warum mußten Sie auch gerade in jenem Augenblicke zu mir kommen? Wahrhaftig, ganz als ob Sie jemand zu mir hingetrieben hätte; und wenn uns nicht Nikolai noch auseinandergebracht hätte, so... Erinnern Sie sich noch an die Geschichte mit Nikolai damals? Haben Sie das noch gut im Gedächtnis? Das war ja ein Blitzstrahl, ein Donnerschlag, der auf uns niederprasselte! Na, und wie stellte ich mich dazu? Ich habe diesem Blitz und Donner nicht im geringsten Glauben geschenkt; das haben Sie ja selbst gesehen! Ja, noch mehr! Nachher, als Sie weggegangen waren und er mir über manche Punkte auf meine Fragen durchaus passende Auskunft gab, so daß ich selbst erstaunt war, auch da habe ich ihm absolut nichts geglaubt! Sehen Sie, so fest war meine Überzeugung, wie Stahl und Eisen. ›Nein‹, dachte ich, ›daraus wird nichts! Dagegen kann dieser Nikolai nichts ausrichten!‹«

»Aber Rasumichin hat mir doch eben erst mitgeteilt, Sie hielten auch jetzt noch Nikolai für schuldig, und Sie selbst hätten auch ihn, Rasumichin, davon überzeugt, daß...«

Der Atem versagte ihm, so daß er den Satz nicht zu Ende sprechen konnte. Er hörte in unbeschreiblicher Erregung zu, wie ein Mensch, der ihn völlig durchschaut hatte, seine eigene Erkenntnis verleugnete. Er fürchtete sich, dies zu glauben, und glaubte es nicht. In den immer noch zweideutigen Worten Porfirijs suchte und haschte er mit ängstlichem Eifer nach etwas Deutlicherem. Bestimmterem.

»Herr Rasumichin!« rief Porfirij Petrowitsch in einem Tone, als wäre er höchst erfreut über Raskolnikows Frage, nachdem dieser die ganze Zeit geschwiegen hatte. »He-he-he! Ja, Herrn Rasumichin mußte ich von uns fernhalten, nach dem Sprichwort: was zu zweien Vergnügen macht, da mische sich kein dritter hinein. Herr Rasumichin ist hierfür nicht die geeignete Persönlichkeit, und er ist ja auch an der Sache ganz unbeteiligt; er kam zu mir gelaufen, ganz blaß im Gesichte... Na, lassen wir ihn in Gottes Namen beiseite; wozu sollen wir ihn hier hereinziehen! Aber was Nikolai betrifft, möchten Sie da nicht hören, was das für eine Art von Mensch ist, das heißt, wie ich ihn beurteile? Vor allen Dingen ist er noch ein unmündiges Kind, aber ohne dabei feige zu sein; und dann hat er, ich möchte sagen, etwas von einem Künstler an sich. Wirklich, lachen Sie nicht darüber, daß ich ihn so schildere. Er ist ein unschuldiger, für fremde Einwirkungen sehr empfänglicher Mensch. Er hat ein gutes Herz und ist ein Phantast. Er kann auch singen und tanzen und versteht, wie ich höre, so gut Märchen zu erzählen, daß die Leute aus der ganzen Umgegend zusammenkommen, um ihm zuzuhören. Er geht auch in die Fortbildungsschule; über den geringsten Witz kann er sich halb krank lachen; er betrinkt sich sinnlos, nicht etwa aus Liederlichkeit, sondern nur so gelegentlich, wenn ihn einer traktiert, alles noch so ganz kindlich. Er hat damals gestohlen; aber er ist sich dessen selbst nicht bewußt; denn ›wenn ich es von der Erde aufgehoben habe‹, sagt er, ›wie soll ich es denn dann gestohlen haben?‹ Wissen Sie auch wohl, daß er Sektierer ist? Von seinen Verwandten haben sich manche den Beguny angeschlossen, und er selbst hat noch vor kurzem volle zwei Jahre lang auf dem Lande bei einem ihrer Ältesten religiöse Unterweisungen erhalten. Das alles habe ich von Nikolai und seinen Landsleuten aus Saraisk erfahren. Ja, noch mehr! Er wollte in die Einöde wandern und dort als Eremit leben! Er wußte sich in Frömmigkeit gar nicht genug zu tun, betete die Nächte hindurch und las in den alten ›echten‹ Büchern so lange, bis sein Verstand darunter litt. Petersburg hat auf ihn einen gewaltigen Eindruck gemacht, namentlich das weibliche Geschlecht, na, und auch der Schnaps. Er ist eben sehr leicht zu beeinflussen, und so vergaß er denn den Ältesten und alles. Ich habe in Erfahrung gebracht, daß ihn hier ein Künstler liebgewonnen hat und ihn manchmal besuchte; aber da ist nun diese Geschichte passiert! Na, er bekam es mit der Angst, lief davon, wollte sich aufhängen! Wie soll man gegen die Vorstellung ankämpfen, die sich das Volk nun einmal von unserem Gerichtswesen gebildet hat!

Mancher bekommt schon einen furchtbaren Schreck, wenn er hört: ›Du kommst vor Gericht.‹ Wer ist daran schuld? Wir wollen mal sehen, ob die bevorstehende Reform des Gerichtswesens darin Wandel schaffen wird. Gott gebe es! Na also, im Gefängnis erinnerte er sich jetzt offenbar wieder an den ehrwürdigen Ältesten; auch die Bibel kam wieder zum Vorschein. Wissen Sie wohl, Rodion Romanowitsch, was bei manchen von diesen Leuten ›leiden‹ bedeutet? Das bedeutet nicht, daß man für einen Mitmenschen leiden muß, sondern schlechthin, daß man leiden muß, daß man das Leid auf sich nehmen muß, und ganz besonders ein Leid, das einem von der Obrigkeit zugefügt wird. Ich habe so etwas in meiner Amtszeit selbst miterlebt: da saß ein ganz bescheidener, demütiger Arrestant ein ganzes Jahr im Gefängnis; nachts, wenn er auf dem Ofen lag, las er immer in der Bibel; davon wurde er ganz verdreht, dergestalt, daß er mir nichts, dir nichts einen Ziegelstein ergriff und damit nach dem Gefängnisdirektor warf, ohne daß er ihm auch nur das geringste zuleide getan hätte. Ja, und wie warf er: absichtlich ein paar Fuß weit vorbei, um ihm keinen Schaden zu tun! Na, jeder weiß ja, was einem Arrestanten widerfährt, der einen Gefängnisbeamten mit einem gefährlichen Werkzeug angreift; jener Mensch ›nahm eben das Leid auf sich‹. So vermute ich nun jetzt, daß auch Nikolai ›das Leid auf sich nehmen‹ will, oder so etwas Ähnliches. Das glaube ich mit Bestimmtheit und stütze mich dabei sogar auf Tatsachen. Aber er selbst weiß nicht, daß ich es weiß. Oder halten Sie es etwa für unmöglich, daß aus der unteren Volksschicht solche phantastischen Menschen hervorgehen? Aber massenhaft, sage ich Ihnen! Jetzt wirkt nun bei Nikolai wieder die frühere Unterweisung durch den Ältesten; namentlich nach dem Versuch, sich aufzuhängen, ist der ihm wieder ins Gedächtnis gekommen. Übrigens wird er mir schon noch alles selbst erzählen; er wird schon noch zu mir kommen. Meinen Sie, er wird diese Selbstbeschuldigung auf die Dauer aushalten? Warten Sie nur ab, er wird es schon noch widerrufen! Ich erwarte stündlich, daß er zu mir kommt und seine Aussage zurücknimmt. Ich habe diesen Nikolai liebgewonnen und erforsche ihn bis auf den Grund seiner Seele. Und denken Sie nur, he-he-he, über manche Punkte hat er mir meine Fragen in ganz passender Weise beantwortet; da hat er sich offenbar die erforderliche Kenntnis verschafft und sich geschickt vorbereitet; na, aber dann wieder bei andern Punkten hatte er keinen Schimmer; er weiß darüber nicht das geringste und hat selbst keine Ahnung davon, daß er nichts weiß! Nein, Väterchen Rodion Romanowitsch, Nikolai ist bei dieser Sache unbeteiligt. Was hier vorliegt, ist eine phantastische, finstere Tat, eine moderne Tat, ein Fall so recht im Charakter unserer Zeit, wo die Gefühle des Herzens eine Trübung erfahren haben, wo man die Phrase zitiert, daß Blut eine erfrischende Wirkung ausübe, wo ein ganzes Leben voll Komfort als das höchste Glück verkündet wird. Was hier vorliegt, das sind Zukunftsträumereien, die aus Büchern stammen, ein durch theoretische Studien aufgereiztes Herz; hier sieht man, wie jemand fest entschlossen ist, den ersten Schritt auf dieser Bahn zu tun; aber diese Entschlossenheit ist von einer besonderen Art: er hat sich entschlossen etwa so, wie man sich von einem Felsen oder einem Turme herabstürzt, und ist zu dem Verbrechen gegangen, wie von einer fremden Macht getrieben. Er hat vergessen, die Tür hinter sich zuzuschließen, und hat gemordet, zwei Menschen gemordet, auf Grund seiner Theorie. Er hat gemordet, hat aber nicht verstanden, das Geld zu nehmen; sondern was er in der Eile ergriffen hat, das hat er unter einen Stein gelegt. Er hatte noch nicht genug an der Qual, die er ausgestanden hatte, als er hinter der Tür versteckt stand und an der Tür gerüttelt und an der Klingel gerissen wurde – nein, er geht nachher im halben Fieberwahn in die nun leere Wohnung, um sich dieses Läuten der Klingel ins Gedächtnis zurückzurufen; er hat ein Verlangen danach, das Kältegefühl im Rücken noch einmal zu verspüren... Nun ja, er hat das allerdings in einem krankhaften Zustande getan; aber noch eines ist besonders merkwürdig: er hat einen Mord begangen, hält sich aber trotzdem für einen ehrenhaften Menschen, verachtet andre Leute, wandelt wie ein Engel der Unschuld einher... nein, Nikolai kann als Täter gar nicht in Betracht kommen, liebster Rodion Romanowitsch, Nikolai unter keinen Umständen!«

Nach allem, was Porfirij im ersten Teile des Gesprächs gesagt hatte und was wie eine Abbitte des Verdachtes geklungen hatte, kamen diese letzten Worte Raskolnikow gar zu überraschend. Er zitterte am ganzen Körper, als ob er einen Dolchstich erhalten hätte.

»Wer... hat denn also... den Mord begangen?« fragte er mit fast versagender Stimme. Aber es war ihm unmöglich, die Frage zurückzuhalten.

Porfirij Petrowitsch warf sich an die Stuhllehne zurück, als ob diese Frage ihm ganz unerwartet gekommen wäre und ihn in das äußerste Erstaunen versetzt hätte.

»Und Sie fragen noch, wer den Mord begangen hat?« erwiderte er, als traue er seinen Ohren nicht. »Sie selbst haben den Mord begangen, Rodion Romanowitsch!« fügte er fast flüsternd, aber im Tone festester Überzeugung hinzu.

Raskolnikow sprang vom Sofa auf, blieb einige Sekunden stehen und setzte sich, ohne ein Wort zu sagen, wieder hin. Leise krampfhafte Zuckungen liefen über sein ganzes Gesicht.

»Die Lippe bebt Ihnen wieder wie damals«, murmelte Porfirij Petrowitsch, und es klang sogar teilnahmsvoll. »Sie haben mich wohl nicht richtig verstanden, Rodion Romanowitsch«, fügte er nach einer kleinen Pause hinzu, »daher sind Sie auch so betroffen. Ich bin ja gerade in der Absicht hergekommen, alles frei heraus zu sagen und das Spiel mit aufgedeckten Karten fortzusetzen.«

»Ich habe den Mord nicht begangen«, flüsterte Raskolnikow, ganz wie es erschrockene kleine Kinder zu machen pflegen, wenn sie auf frischer Tat ertappt werden.

»Doch, doch, Sie sind es gewesen, Rodion Romanowitsch, Sie und kein andrer«, flüsterte Porfirij streng und überzeugt.

Dann schwiegen beide, und dieses Schweigen dauerte sonderbar lange, wohl zehn Minuten. Raskolnikow hatte sich mit den Ellbogen auf den Tisch gestützt und wühlte schweigend mit den Fingern in seinen Haaren. Porfirij saß still da und wartete. Plötzlich blickte Raskolnikow ihn verächtlich an.

»Sie verfahren wieder nach Ihrer alten Methode, Porfirij Petrowitsch! Immer dieselben Kniffe! Wunderlich, daß Sie dessen nicht selbst überdrüssig werden!«

»Ach, reden Sie doch nicht! Was könnten mir denn jetzt meine Kniffe helfen? Ein ander Ding wäre es, wenn

Zeugen bei unserem Gespräche zugegen wären; aber wir reden ja doch unter vier Augen. Sie sehen selbst: ich bin nicht in der Absicht zu Ihnen hergekommen, Sie zu hetzen und zu fangen wie einen Hasen. Ob Sie bekennen oder nicht, ist mir in diesem Augenblicke ganz gleich. Ich für meine Person bin auch ohne Ihr Geständnis überzeugt.«

»Wenn dem so ist, warum sind Sie dann hergekommen?« fragte Raskolnikow gereizt. »Ich richte an Sie dieselbe Frage wie schon früher: Wenn Sie mich für schuldig halten, warum setzen Sie mich nicht ins Gefängnis?«

»Na, das ist eine Frage, die sich hören läßt! Und so will ich sie Ihnen beantworten, indem ich Punkt für Punkt meine Gründe angebe. Erstens: Sie so geradezu ins Gefängnis zu setzen, ist für mich nicht vorteilhaft.«

»Was meinen Sie damit: nicht vorteilhaft? Wenn Sie von meiner Schuld überzeugt sind, dann sind Sie doch verpflichtet...«

»Ach, was hat denn meine Überzeugung zu besagen? Das sind ja doch vorläufig alles nur so Phantasien von mir. Ja, und warum soll ich Sie denn an einen Ort bringen, wo Sie Ruhe haben würden? Wie vorteilhaft das für Sie wäre, wissen Sie offenbar selbst, da Sie ja selbst darum ersuchen. Ich bringe zum Beispiel, um Sie zu überführen, den Kleinbürger hin; aber Sie werden zu ihm sagen: ›Bist du ein Trinker oder nicht? Wer hat mich mit dir zusammen gesehen? Ich hielt dich einfach für betrunken, und du warst auch wirklich betrunken‹ – nun, was könnte ich daraufhin zu Ihnen sagen, namentlich auch, da Ihre Behauptung wahrscheinlicher klingt als die seinige; denn die seinige beruht nur auf einer psychologischen Kombination (und wie paßt so etwas zu seiner dummen Visage), Sie aber treffen ins Schwarze, da der Halunke notorisch ein wüster Säufer ist. Und ich selbst habe Ihnen schon mehrmals offenherzig gestanden, daß diese psychologischen Erwägungen ihre zwei Seiten haben und daß die zweite Seite prävaliert und weit glaublicher erscheint und daß ich im übrigen gegen Sie vorläufig noch gar keine Beweise vorbringen kann. Ich werde Sie nun zwar trotzdem ins Gefängnis setzen, und ich bin (was allerdings ein ungewöhnliches Verfahren ist) sogar selbst zu dem Zwecke hergekommen, Ihnen das alles im voraus anzukündigen; aber ich sage Ihnen geradezu (was wiederum ungewöhnlich ist), daß das für mich nicht vorteilhaft sein wird. Nun weiter, zweitens bin ich zu Ihnen gekommen, weil...«

»Nun also, zweitens?« Raskolnikow atmete noch immer nur mühsam und keuchend.

»Weil, wie ich Ihnen schon vorhin erklärte, ich mich für verpflichtet halte, mich Ihnen gegenüber offen auszusprechen. Ich möchte nicht, daß Sie mich für einen Unmenschen halten, und ich möchte das um so weniger, da ich Ihnen aufrichtig zugetan bin, mögen Sie es mir nun glauben oder nicht. Infolgedessen bin ich drittens zu Ihnen gekommen mit einem offenen, ehrlichen Vorschlage: sich selbst anzuzeigen. Das wird für Sie bei weitem das vorteilhafteste sein, und es ist auch zugleich das vorteilhafteste für mich; denn dann bin ich diese Geschichte los. Nun, was meinen Sie, ist das von mir nicht offenherzig?«

Raskolnikow überlegte eine kurze Weile.

»Hören Sie, Porfirij Petrowitsch, Sie sagten doch selbst, es sei alles nur Psychologie, und nun tun Sie, als wüßten Sie alles mit mathematischer Sicherheit. Wie aber, wenn Sie sich jetzt doch irren?«

»Nein, Rodion Romanowitsch, ich irre mich nicht. Ich habe so eine kleine Handhabe. Diese kleine Handhabe habe ich damals gefunden; die hat mir Gott gesandt!«

»Was für eine Handhabe?«

»Das sage ich nicht, Rodion Romanowitsch. Aber jedenfalls bin ich jetzt nicht mehr berechtigt, Ihre Verhaftung länger hinauszuschieben; ich werde Sie ins Gefängnis setzen. Also überlegen Sie sich das, ob Sie ein Geständnis ablegen wollen. Mir ist es jetzt, für den Augenblick, ganz gleich; Sie sehen somit, daß ich es einzig und allein um Ihretwillen wünsche. Weiß Gott, es ist das beste, Rodion Romanowitsch!«

Raskolnikow lächelte höhnisch.

»Ihre Zumutung ist nicht nur lächerlich, sondern geradezu unverschämt. Nun, gesetzt, ich wäre schuldig (was ich in keiner Weise zugebe), was hätte ich denn dann für Veranlassung, mit einem Geständnisse zu Ihnen zu kommen, da Sie doch selbst erklären, Sie würden mich ohnehin bald an einen Ort bringen, wo ich Ruhe haben würde?«

»Ach, Rodion Romanowitsch, verlassen Sie sich auf das, was ich darüber gesagt habe, nicht allzusehr; einer vollständigen Ruhe werden Sie sich da wohl nicht erfreuen! Das ist ja alles nur Theorie, und noch dazu bloß meine Theorie, und ich kann doch für einen Mann wie Sie keine Autorität sein! Vielleicht verheimliche ich Ihnen auch selbst jetzt noch dies und das. Ich kann Ihnen doch auch nicht gleich alles so ohne weiteres aufdecken, he-he! Und zweitens: wie können Sie erst noch fragen, was Sie von einem Geständnis für Vorteil haben würden? Sie wissen ja doch, welche Strafermäßigung Ihnen dafür zuteil werden wird? Denn wann, zu welchem Zeitpunkte kommen Sie mit Ihrer Selbstanzeige? Überlegen Sie sich das nur! In einem Augenblicke, wo bereits ein anderer das Verbrechen auf sich genommen und die ganze Sache heillos verwirrt hat. Und ich werde (das schwöre ich Ihnen!) es vor Gericht so darstellen und einrichten, daß Ihr Geständnis als ein vollständig unerwartetes, freiwilliges erscheint. Alles, was ich an psychologischen Erwägungen vorgebracht habe, soll so gut wie ungesagt sein; allen aus solchem Grunde gegen Sie geäußerten Verdacht annulliere ich, so daß sich Ihr Verbrechen als eine Art Geistesverwirrung darstellen wird; denn, die Wahrheit zu sagen, eine Geistesverwirrung ist es auch wirklich gewesen. Ich bin ein Ehrenmann, Rodion Romanowitsch, und halte, was ich verspreche.«

Raskolnikow schwieg düster und ließ den Kopf sinken; lange überlegte er, und endlich lächelte er wieder; aber es war jetzt ein sanftes, trauriges Lächeln.

»Ach was, es liegt mir nichts daran!« sagte er, als hätte er Porfirij gegenüber auf alle Verstellung verzichtet. »Es ist nicht der Mühe wert; es liegt mir gar nichts an Ihrer Strafermäßigung!«

»Na ja, das war's ja gerade, was ich fürchtete!« rief Porfirij erregt; der Ausruf entschlüpfte ihm, wie es schien, ganz unwillkürlich. »Gerade das habe ich gefürchtet, daß Ihnen an unserer Strafermäßigung nichts liegen würde.«

Raskolnikow sah ihn mit traurigem, fragendem Blicke an.

»Ei, ei, mißachten Sie das Leben nicht!« fuhr Porfirij fort. »Sie haben noch ein gutes Stück davon vor sich. Wie können Sie nur sagen, daß Ihnen an einer Strafermäßigung nichts liege! Sie sind ein ungeduldiger Mensch!«

»Was kann mir die Zukunft noch bringen?«

»Ein gutes Stück Leben! Sie sind doch kein Prophet; was wissen Sie denn von der Zukunft? Suchet, so werdet ihr finden! Vielleicht hat Gott gerade an dieser Stelle Ihres Lebensweges auf Sie gewartet. Und Sie würden doch auch die Fesseln nicht lebenslänglich tragen...«

»Ach so, wegen der Strafermäßigung...«, warf Raskolnikow lachend dazwischen.

»Fürchten Sie sich etwa vor der Schande in den Augen der bürgerlichen Gesellschaft? Kann leicht sein, daß Sie sich davor fürchten, ohne es eigentlich selbst zu wissen; denn Sie sind eben noch jung! Aber dennoch sollte ein Mann wie Sie sich nicht davor fürchten und sich einer Selbstanzeige nicht schämen.«

»Ekelhaft!« flüsterte Raskolnikow verächtlich und widerwillig, als möchte er am liebsten das Gespräch abbrechen.

Er stand wieder auf, als wollte er fortgehen, setzte sich aber in sichtlicher Verzweiflung wieder hin.

»Das ist es eben, ›ekelhaft‹! Sie haben allen Glauben und alles Zutrauen verloren und meinen wohl gar, daß ich Ihnen in plumper Weise schmeichle. Aber wie lange haben Sie denn schon gelebt, und wieviel verstehen Sie vom Leben? Da haben Sie sich nun eine Theorie ersonnen und schämen sich jetzt, daß die Sache schiefgegangen ist und ganz und gar keinen originellen, großartigen Ausgang gehabt hat! Der Ausgang war vielmehr ein recht gemeiner, das ist wahr; aber Sie sind trotzdem nicht ein Schurke, an dem man verzweifeln müßte! Durchaus nicht! Wenigstens haben Sie zu Ihrem Selbstbetruge nicht lange Zeit gebraucht, sondern sind schnell bis zum äußersten gegangen. Wofür ich Sie halte? Ich halte Sie für einen von jenen Menschen, die, selbst wenn man ihnen die Eingeweide aus dem Leibe reißt, ruhig dastehen und lächelnd ihre Peiniger anblicken – wenn sie nur so Gott finden. Nun, finden Sie Gott, und Sie werden leben. Sie haben zunächst schon lange eine Luftveränderung nötig. Seien Sie versichert, auch das Leid ist ein gut Ding. Leiden Sie! Nikolai hat vielleicht ganz recht, daß er nach dem Leide trachtet. Ich weiß, daß es nicht jedermanns Sache ist, das zu glauben; aber lassen Sie sich nicht auf allzu schlaue philosophische Grübeleien ein; überlassen Sie sich einfach ohne viel Kopfzerbrechen dem Leben; seien Sie ohne Sorge: das Leben wird Sie schon ans Ufer tragen und wieder auf die Beine stellen. An was für ein Ufer? Das kann ich nicht wissen. Ich bin nur der festen Überzeugung, daß Sie noch viel zu leben haben. Ich weiß, daß Sie meine Worte jetzt als eine auswendig gelernte Predigt auffassen; aber vielleicht werden Sie sich meiner Worte in späterer Zeit erinnern, und sie werden Ihnen noch einmal von Nutzen sein; eben darum spreche ich zu Ihnen. Es ist nur gut, daß Sie bloß ein armseliges altes Weib ermordet haben. Hätten Sie sich eine andere Theorie ausgedacht, so hätten Sie am Ende gar eine unendlich viel greulichere Tat begangen! Dafür müssen Sie vielleicht Gott noch dankbar sein; Sie können es ja nicht wissen: vielleicht spart Sie Gott noch zu einem guten Zwecke auf. Beweisen Sie eine hohe Gesinnung; bekämpfen Sie alle Furcht. Ist Ihnen bange vor der Größe der Ihnen bevorstehenden Strafe? Nein, dieser Bangigkeit muß man sich schämen. Da Sie einmal einen solchen Schritt getan haben, so nehmen Sie nun auch Ihre Kraft zusammen! Darin besteht die Gerechtigkeit. Erfüllen Sie, was die Gerechtigkeit verlangt! Ich weiß, daß Sie mir das jetzt nicht glauben; aber das Leben wird Sie einst wieder ans Ufer tragen. Und Sie selbst werden sich später wieder des Lebens freuen. Sie haben jetzt nur Luft nötig, Luft, Luft!«

Raskolnikow schrak ordentlich zusammen.

»Ja, wer sind Sie denn eigentlich?« rief er. »Sind Sie vielleicht ein Prophet, daß Sie mir von der Höhe Ihrer majestätischen Ruhe herab solche weisen Prophezeiungen erteilen?«

»Wer ich bin? Ich bin ein Mensch, der bereits über seinen Höhepunkt hinaus ist, weiter nichts. Ein Mensch, der vielleicht Gefühl und Mitgefühl besitzt, der vielleicht auch dies und das weiß, bei dem aber von einer weiteren Entwicklung nicht mehr die Rede sein kann. Aber mit Ihnen ist das etwas ganz anderes; Ihnen hat Gott noch die Möglichkeit eines ersprießlichen Lebens vorbehalten (freilich, wer weiß, vielleicht vergeht auch Ihr Leben wie ein bloßer Rauch, von dem nichts übrigbleibt). Nun, was ist denn dabei, daß Sie in die andre Menschenklasse übergehen? Sie werden sich doch nicht um den Komfort grämen, Sie mit Ihrem Herzen? Was ist denn dabei, daß vielleicht lange Zeit niemand Sie sehen wird? Nicht um die Zeit handelt es sich, sondern um Sie selbst. Werden Sie eine Sonne, und alle werden Sie sehen. Eine Sonne muß sich vor allen Dingen als Sonne erweisen, muß leuchten und wärmen. Warum lächeln Sie wieder? Weil ich so poetisch werde, so in der Art Schillers? Und ich möchte wetten, Sie glauben, daß ich mich jetzt bei Ihnen einzuschmeicheln versuche! Na, vielleicht versuche ich das wirklich, he-he-he! Ich habe nichts dagegen, wenn Sie meinen Worten nicht glauben, Rodion Romanowitsch; glauben Sie mir meinetwegen überhaupt niemals völlig; ich habe nun schon einmal so eine verdächtige Art zu reden an mir, das gebe ich zu. Nur eines möchte ich noch hinzufügen: inwieweit ich ein gemeiner oder ein ehrenhafter Mensch bin, das werden Sie ja wohl selbst beurteilen können.«

»Wann beabsichtigen Sie, mich festnehmen zu lassen?«

»Na, so anderthalb oder zwei Tage kann ich Sie noch spazierengehen lassen. Überlegen Sie sich die Sache, mein Bester, und wenden Sie sich im Gebete an Gott. Es ist wirklich vorteilhafter, weiß Gott, wirklich vorteilhafter.«

»Aber wenn ich nun davonlaufe?« fragte Raskolnikow mit einem eigentümlichen Lächeln.

»Nein, Sie laufen nicht davon. Ein Bäuerlein läuft davon, ein moderner Sektierer läuft davon, überhaupt Leute, die fremde Gedanken nachbeten und lebenslänglich glauben, was ihnen einmal vorgesprochen wurde. Sie aber glauben ja nicht mehr an Ihre Theorie; warum sollten Sie also davonlaufen? Und was hätten Sie denn auch von dem Dasein als Flüchtiger? Das Dasein eines Flüchtlings ist häßlich und mühevoll; Sie aber brauchen vor allen Dingen wirkliches Leben und eine fest bestimmte Stellung und geeignete Luft; na, und was würden Sie denn als Flüchtling für eine Luft atmen! Wenn Sie davonlaufen, so werden Sie von selbst wieder zurückkommen. Sie können uns nicht entbehren, Sie brauchen uns notwendig. Aber wenn ich Sie hinter Schloß und Riegel setze – na, dann werden Sie einen Monat oder, sagen wir, auch zwei Monate, drei Monate sitzen, und dann auf einmal (denken Sie an mein Wort!) werden Sie ganz von selbst zu mir kommen; vielleicht wird der Entschluß dazu sogar Ihnen selbst überraschend sein. Noch eine Stunde vorher werden Sie es selbst nicht wissen, daß Sie zu mir gehen und ein Geständnis ablegen werden. Ich bin sogar überzeugt, daß Sie schließlich selbst wünschen werden, ›das Leid auf sich zu nehmen‹. Jetzt glauben Sie meinen Worten nicht; aber Sie werden schon selbst zu dieser Ansicht gelangen. Denn das Leid, Rodion Romanowitsch, ist etwas Großes und Heiliges. Stoßen Sie sich nicht daran, daß ich so korpulent geworden bin; das hat damit nichts zu tun; darum kann ich doch damit Bescheid wissen. Lachen Sie nicht darüber: im Leide liegt ein erhabenes Lebensprinzip. Nikolai hat ganz recht. Nein, Sie werden nicht davonlaufen, Rodion Romanowitsch.«

Raskolnikow stand auf und griff nach seiner Mütze. Porfirij Petrowitsch erhob sich gleichfalls.

»Sie wollen einen Spaziergang machen? Es wird ein schöner Abend werden, wenn nur nicht ein Gewitter kommt. Übrigens wäre das sogar ganz gut; die Luft würde dann frischer werden.«

Er nahm gleichfalls seine Mütze.

»Bitte, bilden Sie sich nur ja nicht ein, Porfirij Petrowitsch«, sagte Raskolnikow finster, in bestimmtem, festem Tone, »daß ich Ihnen jetzt ein Geständnis abgelegt hätte. Sie sind ein merkwürdiger Mensch, und ich habe Ihnen nur aus Neugier zugehört. Gestanden habe ich Ihnen aber nichts... Wollen Sie das nicht vergessen.«

»Schön, schön, weiß schon, ich werde es nicht vergessen – aber Sie zittern ja so! Seien Sie unbesorgt, mein Bester; alles ganz nach Ihrem Wunsche! Machen Sie einen kleinen Spaziergang; allzuviel werden Sie ja nicht mehr gehen können. Für alle Fälle habe ich an Sie noch eine kleine Bitte«, fügte er leiser hinzu. »Die Sache ist ein bißchen peinlich, aber von großer Wichtigkeit: Wenn Sie, das heißt, ich sage das nur für alle Fälle (ich glaube übrigens nicht, daß der Fall eintreten wird, und halte Sie dessen schlechterdings nicht für fähig), wenn Sie möglicherweise... na, also für alle Fälle gesagt... wenn Sie im Laufe dieser vierzig, fünfzig Stunden Lust bekommen sollten, diese Angelegenheit in einer anderen Weise zum Abschluß zu bringen, so in einer mehr phantastischen Art,... will sagen, Hand an sich selbst zu legen (es ist ja eine abgeschmackte Annahme; aber, bitte, nehmen Sie es mir nicht übel); dann hinterlassen Sie doch bitte eine kurze, aber klare Notiz. Ganz einfach, zwei Zeilen, bloß zwei kurze Zeilen, und erwähnen Sie darin doch auch den Stein, das wird sich recht anständig ausnehmen. Nun, also auf Wiedersehen,... ich wünsche Ihnen gute Gedanken und heilsame Entschlüsse!«

Porfirij ging in eigentümlich gebückter Haltung hinaus, wobei er es vermied, Raskolnikow noch einmal anzublicken. Raskolnikow trat ans Fenster und wartete in nervöser Ungeduld so lange, bis seiner Berechnung nach jener auf die Straße gelangt und eine Strecke weit fortgegangen sein konnte. Hierauf verließ auch er schnell das Zimmer.

III

Er eilte zu Swidrigailow. Was er eigentlich von diesem Menschen zu erreichen hoffte, wußte er selbst nicht. Aber dieser Mensch besaß eine verborgene Macht über ihn. Nachdem Raskolnikow sich dessen einmal bewußt geworden war, beunruhigte er sich fortwährend; überdies war auch gerade jetzt die richtige Zeit dafür gekommen.

Unterwegs quälte er sich besonders mit der Frage ab: war Swidrigailow bei Porfirij gewesen?

Soweit er darüber urteilen konnte (und er hätte darauf schwören mögen): nein, er war nicht da gewesen! Er überdachte die Sache immer wieder, ließ den ganzen Besuch Porfirijs noch einmal in der Erinnerung an sich vorüberziehen, hielt alles zusammen: nein, er war nicht da gewesen, er war bestimmt nicht da gewesen!

Aber wenn er noch nicht da gewesen war: würde er zu Porfirij hingehen oder nicht?

Vorläufig neigte Raskolnikow zu der Ansicht, daß jener nicht hingehen werde. Warum? Darüber konnte er sich selbst nicht klarwerden; aber wenn er es auch gekonnt hätte, so würde er sich jetzt darüber nicht besonders den Kopf zerbrochen haben. Dies alles quälte ihn; aber gleichzeitig war er nicht dazu aufgelegt, sich damit zu beschäftigen. Es war merkwürdig, und niemand würde es vielleicht geglaubt haben: aber bei dem Schicksal, das ihm nun in kurzem bevorstand, verweilten seine Gedanken nur flüchtig und obenhin. Ihn quälte etwas anderes, weit Wichtigeres, Außerordentliches, was ihn selbst und dazu noch jemand betraf. Zudem fühlte er eine grenzenlose seelische Müdigkeit, obgleich sein Verstand an diesem Morgen besser arbeitete als an all den Tagen vorher.

War es jetzt, nach allem, was geschehen war, noch der Mühe wert, sich mit der Überwindung all dieser neuen widerwärtigen Schwierigkeiten abzuquälen? War es zum Beispiel der Mühe wert, zu intrigieren, damit Swidrigailow nicht zu Porfirij ginge? Darum einen Menschen wie diesen Swidrigailow zu studieren, zu ergründen und mit ihm Zeit zu verlieren?

Oh, wie ihn dies alles anekelte!

Indessen eilte er trotzdem zu Swidrigailow; ob er doch noch von ihm irgend etwas Neues erwartete, einen Fingerzeig, einen Weg zur Rettung? Greift ja der Ertrinkende nach einem Strohhalm! Führte sie vielleicht das Schicksal oder ein gewisser Instinkt zusammen? Vielleicht war es bei ihm nur Müdigkeit und Verzweiflung; vielleicht war der, den er nötig hatte, gar nicht Swidrigailow, sondern sonst jemand, und Swidrigailow war ihm nur so zufällig in den Wurf gekommen. Er dachte an Sonja. Aber warum sollte er jetzt zu Sonja gehen? Um wieder Mitleidstränen von ihr zu erbetteln? Er fürchtete sich jetzt geradezu vor ihr. Sonja war die Verkörperung eines unerbittlichen Verdikts, eines unabänderlichen Entschlusses. Hier handelte es sich darum, welcher Weg eingeschlagen werden sollte, der ihrige oder der seinige. Gerade in diesem Augenblicke fühlte er sich außerstande, sie zu sehen. Nein, da war es schon besser, Swidrigailow auszuforschen: was da eigentlich dahintersteckte. Und er konnte es sich nicht verhehlen, daß dieser Mensch ihm tatsächlich schon längst in gewisser Hinsicht unentbehrlich sei.

Und doch, was konnten sie beide miteinander gemein haben? Nicht einmal eine Freveltat wäre bei ihnen von gleichem Charakter gewesen. Überdies war dieser Mensch sehr widerwärtig, offenbar ein arger Wüstling, sicher ein schlauer Betrüger, vielleicht auch sehr boshaft. Sein Leumund war ein recht übler. Allerdings, für Katerina Iwanownas Kinder hatte er sich eifrig bemüht; aber wer konnte wissen, welchen Zweck er damit verfolgte und was das bedeutete? Dieser Mensch hatte stets so seine besonderen Absichten und Pläne.

All diese Tage her war ein bestimmter Gedanke Raskolnikow beständig durch den Kopf gegangen und hatte ihn heftig beunruhigt, obwohl er bemüht gewesen war, ihn zu verscheuchen, so sehr fühlte er sich durch ihn bedrückt! Seine Überlegungen waren nämlich folgende: Swidrigailow habe sich in dieser Zeit auffällig an ihn herangemacht; Swidrigailow kenne sein Geheimnis; Swidrigailow habe schon früher schlechte Absichten auf Dunja gehabt. Wenn er solche Absichten nun auch jetzt noch habe? Man könne fast mit Sicherheit sagen, daß dies der Fall sei. Wie, wenn er nun jetzt, wo er sein Geheimnis erfahren und auf diese Weise eine gewisse Macht über ihn erlangt habe, diese Macht als Waffe gegen Dunja zu benutzen beabsichtigte?

Dieser Gedanke hatte ihn oftmals, sogar im Traume, gepeinigt; aber noch nie war er ihm mit solcher Klarheit zum Bewußtsein gekommen wie jetzt, wo er zu Swidrigailow ging. Und schon dieser bloße Gedanke versetzte ihn in eine ingrimmige Wut. Er sagte sich, dann werde sich alles ändern, auch seine eigene Lage; er müsse dann sein Geheimnis sofort seiner Schwester mitteilen. Er müsse sich vielleicht selbst anzeigen, um Dunja vor unbedachten Schritten zu bewahren. Und was habe es mit dem Briefe für eine Bewandtnis? Heute früh habe Dunja durch einen Boten einen Brief erhalten! Wer in Petersburg könne denn an sie Briefe schreiben? Etwa Lushin? Freilich halte Rasumichin dort Wache; aber Rasumichin wisse von nichts. Vielleicht müsse er sich auch dem entdecken. Mit heftigem Widerwillen dachte Raskolnikow daran, daß das vielleicht notwendig werden könne.

Er sagte sich, daß er unter allen Umständen Swidrigailow so bald wie möglich sprechen müsse, und faßte den bestimmten Entschluß, dies zu tun. Gott sei Dank, hier brauchte er sich nicht mit Einzelheiten abzumühen; hier handelte es sich nur um einen einzigen Hauptpunkt. Aber wenn Swidrigailow wirklich etwas gegen Dunja plante, dann würde er diesen Menschen, wenn er nur irgend könnte...

Raskolnikow hatte sich diese ganze Zeit her so erschöpft gefühlt, daß er jetzt zur Lösung solcher Fragen nur ein einziges Mittel wußte. ›Dann töte ich ihn!‹ dachte er in kalter Verzweiflung. Er empfand einen schweren Druck auf dem Herzen; mitten auf der Straße blieb er stehen und sah sich um, was für einen Weg er eigentlich eingeschlagen habe und wie weit er schon gekommen sei. Er befand sich auf dem... skij-Prospekt, dreißig oder vierzig Schritte vom Heumarkt entfernt, den er passiert hatte. Das ganze erste Stockwerk eines Hauses linker Hand war von einem Restaurant eingenommen. Alle Fenster standen weit offen; nach den vielen Gestalten zu urteilen, die sich an den Fenstern bewegten, mußte das Restaurant gedrängt voll von Gästen sein. In dem Hauptsaale ließen sich Liedersänger vernehmen; eine Klarinette und eine Violine ertönten, eine türkische Trommel dröhnte. Man hörte das Gekreisch von Frauenstimmen. Er war schon im Begriff, wieder umzukehren, da er gar nicht begriff, warum er eigentlich in den... skij-Prospekt eingebogen war, als er auf einmal an einem der letzten offenstehenden Fenster des Restaurants Swidrigailow erblickte, der dort mit der Pfeife im Munde dicht beim Fenster an einem Teetische saß. Raskolnikow war überrascht, ja gewaltig erschrocken. Swidrigailow betrachtete und beobachtete ihn schweigend und wollte (worüber Raskolnikow gleichfalls überrascht war) anscheinend aufstehen, um sachte vom Fenster zurückzutreten, ehe er bemerkt würde. Raskolnikow tat sofort, als hätte er ihn nicht bemerkt und sähe ganz in Gedanken zur Seite, beobachtete ihn aber doch mit verstohlenen schrägen Blicken weiter. Das Herz klopfte ihm unruhig. Er hatte sich nicht getäuscht: Swidrigailow wünschte augenscheinlich, nicht gesehen zu werden. Er nahm die Pfeife aus dem Munde und wollte sich verbergen; aber während er sich erhob und den Stuhl zurückschob, merkte er wahrscheinlich, daß Raskolnikow ihn sah und beobachtete. Der ganze Vorgang hatte eine gewisse Ähnlichkeit mit der Szene, die sich zwischen ihnen bei ihrer ersten Begegnung in Raskolnikows Zimmer, als dieser schlief, abgespielt hatte. Ein schlaues Lächeln wurde um Swidrigailows Mund sichtbar und breitete sich allmählich über sein ganzes Gesicht aus. Beide wußten, daß sie einander sahen und beobachteten. Schließlich lachte Swidrigailow laut auf.

»Na also! Kommen Sie doch herauf, wenn Sie mögen; ich bin hier!« rief er aus dem Fenster.

Raskolnikow ging zum Restaurant hinauf.

Er fand ihn in einer sehr kleinen, einfenstrigen Seitenstube, die an den großen Saal grenzte, in dem an zwanzig kleinen Tischen bei dem unschönen Gesange eines schauderhaften Chors Kaufleute, Beamte und eine Menge anderer Leute Tee tranken. Aus einem andern Zimmer tönte das Klappern von Billardbällen herüber. Auf einem Tischchen hatte Swidrigailow eine angebrochene Flasche Champagner und ein halbvolles Glas vor sich stehen. In dem Zimmer befanden sich auch ein Junge mit einer kleinen Drehorgel und ein derbes, rotbäckiges Mädchen in einem gestreiften, stark aufgeschürzten Rock, einen Tirolerhut mit Bändern auf dem Kopfe, eine etwa achtzehnjährige Sängerin, die, unbekümmert um den Chorgesang im angrenzenden Saale, mit recht heiserer Altstimme zur Drehorgel einen Gassenhauer sang.

»Na, nun ist's genug!« unterbrach Swidrigailow den Gesang bei Raskolnikows Eintritt.

Das Mädchen brach sofort ab und blieb respektvoll wartend stehen. Auch ihre vulgäre Reimerei hatte sie mit ernster, respektvoller Miene heruntergesungen.

»He, Filipp, ein Glas!« rief Swidrigailow.

»Ich möchte keinen Wein trinken«, sagte Raskolnikow.

»Wie Sie belieben; aber ich meinte Sie auch nicht. Trink, Katja! Heute brauche ich dich nicht mehr; du kannst gehen!«

Er goß ihr ein ganzes Glas Wein ein und legte ihr einen Rubelschein hin. Katja trank das Glas auf einmal aus, in der Weise, wie Frauen Wein trinken, das heißt ohne abzusetzen, in zwanzig Schlucken, nahm den Schein, küßte Swidrigailow die Hand, die dieser ihr mit sehr ernster Miene zum Kusse überließ, und verließ das Zimmer; hinter ihr her trottete auch der Junge mit der Drehorgel. Sie waren beide von der Straße heraufgeholt worden. Swidrigailow wohnte kaum eine Woche in Petersburg und stand doch schon mit seiner ganzen Umgebung in einer Art von patriarchalischem Verhältnis. Auch der Kellner Filipp gehörte bereits zu seinen »Bekannten« und benahm sich gegen ihn äußerst devot. Die Tür nach dem Saale wurde meist geschlossen; Swidrigailow fühlte sich dann in diesem Zimmer wie zu Hause und brachte hier manchmal ganze Tage zu. Das Restaurant war schmutzig und schlecht und nicht einmal mittleren Ranges.

»Ich wollte Sie in Ihrer Wohnung aufsuchen«, begann Raskolnikow, »bog aber in Gedanken vom Heumarkt in den... skij-Prospekt ein. Ich tue das sonst nie und gehe hier niemals entlang. Ich pflege vom Heumarkt aus immer rechts zu gehen. Auch ist dies gar nicht der Weg nach Ihrer Wohnung. Aber kaum war ich hier eingebogen, da sah ich Sie auch! Ganz seltsam!«

»Warum sagen Sie nicht geradezu: es ist ein Wunder?«

»Weil es vielleicht nur ein Zufall ist.«

»Was haben doch diese Leute alle für eine schnurrige Art, zu denken!« rief Swidrigailow lachend. »Trotzdem sie in ihrem Herzen an Wunder glauben, mögen sie es doch nicht eingestehen! Eben haben Sie ja selbst gesagt, daß es ›vielleicht‹ nur ein Zufall ist. Und mit welcher Feigheit sich hier alle Leute davor fürchten, eine eigene Meinung zu haben, davon können Sie sich gar keine Vorstellung machen, Rodion Romanowitsch! Von Ihnen rede ich nicht; Sie haben eine eigene Meinung und haben sich nicht gescheut, sie zu haben. Dadurch haben Sie auch mein Interesse erregt.«

»Durch weiter nichts?«

»Na, dieser Grund ist doch schon ausreichend.«

Swidrigailow war offenbar in angeregter Stimmung, indessen nur in geringem Grade; von dem Weine hatte er nur ein halbes Glas getrunken.

»Ich möchte meinen, Sie kamen zu mir, noch ehe Sie wußten, daß ich fähig sei, das zu haben, was Sie eine eigene Meinung nennen«, bemerkte Raskolnikow.

»Na ja, damals hatte es einen anderen Grund. Jeder hat so seine eigenen Wege. Aber was das Wunder anlangt, so muß ich Ihnen sagen, daß Sie diese letzten zwei, drei Tage geschlafen zu haben scheinen. Ich selbst habe Ihnen dieses Restaurant bezeichnet, und daß Sie geradeswegs hierher kamen, war ganz und gar kein Wunder; ich selbst habe Ihnen den ganzen Weg beschrieben und habe Ihnen die Stelle, wo es liegt, und die Stunden, wann ich hier zu treffen bin, angegeben. Besinnen Sie sich?«

»Nein, ich habe es vergessen«, antwortete Raskolnikow verwundert.

»Das muß ich annehmen. Zweimal habe ich es Ihnen sogar gesagt. Die Adresse hat sich Ihrem Gedächtnisse mechanisch eingeprägt. Und so bogen Sie auch mechanisch in diese Straße ein, genau gemäß der angegebenen Adresse, aber ohne es selbst zu wissen. Schon damals, als ich es Ihnen sagte, hatte ich von Ihnen den Eindruck, daß Sie mich nicht verstanden hätten. Sie verraten sich gar zu sehr, Rodion Romanowitsch. Und noch eines: ich glaube, es gibt in Petersburg viele Leute, die im Gehen Selbstgespräche halten. Es ist eben eine Stadt von Halbverrückten. Gäbe es bei uns einen ernstlichen Betrieb der Wissenschaften, so könnten die Ärzte, die Juristen und die Philosophen die wertvollsten Untersuchungen über die Petersburger Bevölkerung anstellen, jeder in seinem Fache. Es gibt wenige Orte, wo sich so viele düstere, starke, seltsame Momente, die auf die menschliche Seele wirken, vereinigt finden wie in Petersburg. Wie mächtig sind allein schon die Einwirkungen des Klimas! Und dabei ist nun Petersburg der administrative Mittelpunkt von ganz Rußland, so daß der Charakter dieser Hauptstadt auf das ganze Reich zurückwirken muß. Aber davon wollte ich jetzt nicht reden, sondern davon, daß ich Sie schon einige Male heimlich von der Seite her beobachtet habe. Wenn Sie aus dem Hause treten, halten Sie den Kopf noch gerade. Nach zwanzig Schritten lassen Sie ihn schon sinken und legen die Hände auf den Rücken. Sie haben die Augen offen, nehmen aber zweifellos weder vor sich noch rechts oder links etwas wahr. Darauf fangen Sie an, die Lippen zu bewegen und mit sich selbst zu sprechen, wobei Sie manchmal die eine Hand frei machen und damit gestikulieren; schließlich bleiben Sie längere Zeit mitten auf dem Wege stehen. Das ist recht bedenklich. Vielleicht beobachtet Sie außer mir sonst noch jemand, und das könnte Ihnen doch zum Schaden gereichen. Mir kann es im Grunde ganz egal sein, und Sie davon zu kurieren wird mir doch nicht gelingen; aber Sie verstehen mich gewiß.«

»Sie wissen also, daß man mich beobachtet?« fragte Raskolnikow und blickte ihn forschend an.

»Nein, davon weiß ich nichts«, erwiderte Swidrigailow anscheinend verwundert.

»Nun, dann wollen wir von mir nicht weiter reden«, murmelte Raskolnikow mit finsterem Gesichte.

»Schön, reden wir nicht von Ihnen.«

»Sagen Sie mir lieber, wenn Sie hierhergehen, um zu trinken, und mich selbst zweimal aufgefordert haben, zu Ihnen hierherzukommen, warum wollten Sie denn dann vorhin, als ich Sie von der Straße aus am Fenster sah, zurücktreten und sich verstecken? Ich habe das recht wohl gemerkt.«

»He-he! Aber warum lagen Sie denn damals, als ich bei Ihnen zu Hause auf der Schwelle stand, mit geschlossenen Augen auf dem Sofa und taten, als ob Sie schliefen, wiewohl Sie doch wach waren? Ich habe das recht wohl gemerkt.«

»Ich konnte dazu... meine Gründe haben,... das wissen Sie selbst.«

»Meine Gründe konnte auch ich haben, wenn Sie sie auch nicht kennen.«

Raskolnikow setzte den rechten Ellbogen auf den Tisch, stützte mit den Fingern der rechten Hand sein Kinn von unten und heftete seinen Blick unverwandt auf Swidrigailow. Er betrachtete etwa eine Minute lang sein Gesicht, das ihm auch früher schon immer seltsam erschienen war. Es war ein ganz merkwürdiges Gesicht, das große Ähnlichkeit mit einer Maske hatte: weiß, rotwangig, mit purpurnen Lippen, hellblondem Barte und noch ziemlich dichtem, blondem Haupthaar. Die Augen waren, man hätte sagen können, allzu blau und ihr Blick allzu starr und unbeweglich. Es lag etwas überaus Unangenehmes in diesem hübschen Gesichte, das im Verhältnis zu Swidrigailows Alter außerordentlich jugendlich aussah. Swidrigailow trug einen eleganten, leichten Sommeranzug; eine besondere Eleganz legte er auch mit seiner Wäsche an den Tag. An einem Finger prangte ein massiver Ring mit einem wertvollen Steine.

»Muß ich mich nun wirklich auch noch mit Ihnen herumbalgen?« sagte Raskolnikow plötzlich, indem er mit krampfhafter Ungeduld geradeswegs auf sein Ziel losging. »Sie sind ja zwar vielleicht ein höchst gefährlicher Mensch, wenn Sie mir schaden wollen; aber ich habe keine Lust mehr, Komödie zu spielen. Ich werde Ihnen sofort zeigen, daß mir an meinem persönlichen Wohle nicht so viel gelegen ist, wie Sie wahrscheinlich meinen. Mögen Sie also wissen: ich bin zu Ihnen gekommen, um Ihnen offen zu sagen, wenn Sie an Ihren früheren Absichten in bezug auf meine Schwester noch festhalten sollten und wenn Sie vorhaben sollten, zu diesem Zwecke etwas von dem, was Sie in letzter Zeit erfahren haben, auszunutzen, so schlage ich Sie tot, ehe es Ihnen gelingt, mich ins Gefängnis zu bringen. Auf mein Wort ist Verlaß; Sie wissen, daß ich imstande sein würde, es wahr zu machen. Und zweitens: wenn Sie mir etwas mitzuteilen wünschen (denn ich hatte diese ganze Zeit her den Eindruck, als wollten Sie mir etwas sagen), so tun Sie das unverzüglich; denn die Zeit ist kostbar, und es wird vielleicht sehr bald schon zu spät sein.«

»Warum haben Sie es denn so eilig?« fragte Swidrigailow, ihn neugierig anblickend.

»Jeder hat seine eigenen Wege«, entgegnete Raskolnikow finster und ungeduldig.

»Eben erst haben Sie mich aufgefordert, ganz offen zu sein, und Sie selbst verweigern auf die erste Frage, die ich an Sie richte, die Antwort«, bemerkte Swidrigailow lächelnd. »Sie haben immer die Vorstellung, als verfolgte ich bestimmte Zwecke, und daher betrachten Sie mich mit solchem Argwohn. Allerdings, in Ihrer Lage ist das sehr begreiflich. Aber obgleich ich lebhaft wünsche, Ihnen näherzutreten, werde ich mir dennoch keine Mühe geben, Sie vom Gegenteil zu überzeugen. Wahrhaftig, le jeu ne vaut pas la chandelle, und es lag auch nicht im geringsten in meiner Absicht, mit Ihnen über etwas so ganz Besonderes zu sprechen.«

»Nun, was wollten Sie denn dann eigentlich von mir? Sie haben sich doch an mich herangemacht?«

»Sie sind mir einfach ein interessantes Beobachtungsobjekt. Sie erregten meine Aufmerksamkeit durch das Romantische Ihrer Situation, das war's! Außerdem sind Sie der Bruder einer Dame, für die ich mich sehr interessierte. Und endlich habe ich seinerzeit von ebendieser Dame außerordentlich oft und viel über Sie gehört, woraus ich schloß, daß Sie auf die Dame großen Einfluß haben. Sind das nicht genug Gründe? He-he-he! Übrigens, offen gestanden, Ihre Frage ist für mich recht knifflich, und es fällt mir schwer, sie Ihnen zu beantworten. Nun, sehen Sie mal, Sie sind doch jetzt nicht bloß wegen dieser einen Angelegenheit zu mir gekommen, sondern auch, um etwas Neues von mir zu hören? Nicht wahr? Ist's nicht so?« fragte Swidrigailow eindringlich mit schlauem Lächeln. »Und nun stellen Sie sich einmal vor, daß ich selbst, schon auf der Reise hierher, im Eisenbahncoupé, auf Sie rechnete, daß Sie mir auch etwas Neues sagen würden und daß es mir gelingen würde, bei Ihnen eine Anleihe zu machen! Ja, sehen Sie, so steht es mit meinem Reichtum!«

»Was denn für eine Anleihe?«

»Ja, was soll ich Ihnen darauf antworten? Darüber bin ich selbst im unklaren. Sehen Sie nur, in was für einem elenden Restaurant ich die ganze Zeit über herumhocke, und das ist mein Element; das heißt, mein Element ist es eigentlich nicht; na, aber man muß doch irgendwo die Zeit hinbringen. Und hier habe ich wenigstens diese arme Katja – haben Sie sie gesehen?... Ja, und wenn ich noch ein Vielfraß wäre oder ein Gourmet; aber da können Sie sehen, was für Zeug ich essen kann« (er zeigte mit dem Finger nach einer Ecke, wo auf einem kleinen Tischchen in einem Blechschüsselchen die Überreste eines schauderhaften Beefsteaks mit Kartoffeln standen). »Apropos, haben Sie schon zu Mittag gegessen? Ich habe nur ein paar Bissen gegessen und mag nicht mehr. Wein zum Beispiel trinke ich überhaupt nicht. Außer Champagner trinke ich gar keinen Wein, und auch Champagner trinke ich den ganzen Abend über nur ein einziges Glas, und auch davon bekomme ich schon Kopfschmerzen. Die Flasche hier habe ich mir bloß geben lassen, um mich ein bißchen aufzukratzen; denn ich habe einen Weg vor, und Sie finden mich in einer besonderen Gemütsstimmung. Das war auch der Grund, weshalb ich mich vorhin wie ein Schuljunge versteckte; denn ich dachte, Sie könnten mir dabei hinderlich werden; aber ich glaube« (er zog die Uhr heraus), »ich kann noch eine Stunde mit Ihnen zusammen sein; es ist erst halb fünf. Glauben Sie mir, ich würde viel darum geben, wenn ich nur irgendeine Tätigkeit hätte, na, sagen wir mal, wenn ich Gutsbesitzer wäre oder Vater oder Ulan, Photograph, Journalist,... aber ich habe rein gar nichts, so gar keine eigene Tätigkeit! Manchmal langweile ich mich furchtbar. Wirklich, ich dachte, Sie würden mir etwas Neues sagen.«

»Ja, was sind Sie denn eigentlich für ein Mensch, und warum sind Sie nach Petersburg gekommen?«

»Was ich für ein Mensch bin? Nun, das wissen Sie ja: ich bin ein Adliger, habe zwei Jahre bei der Kavallerie gedient; dann habe ich hier in Petersburg herumgebummelt; dann habe ich Marfa Petrowna geheiratet und auf dem Lande gelebt. Das ist mein Lebenslauf!«

»Sie waren ja wohl auch Spieler?«

»Nein, Spieler eigentlich nicht. Ein Falschspieler ist kein Spieler.«

»Also Sie waren Falschspieler?«

»Ja, das bin ich auch gewesen.«

»Da haben Sie wohl auch manchmal Prügel bekommen?«

»Das ist auch vorgekommen. Nun, und...?«

»Nun, da konnten Sie doch den Betreffenden zum Duell fordern. Das ist doch eine erfrischende Abwechselung.«

»Ich will Ihnen nicht widersprechen und habe überhaupt in philosophischen Debatten keine Übung. Ich muß gestehen, ich bin hauptsächlich der Weiber wegen mit solcher Beschleunigung hierher gereist.«

»Nachdem Sie Marfa Petrowna eben erst beerdigt haben?«

»Nun ja«, erwiderte Swidrigailow mit ganz ungeniertem, offenherzigem Lächeln. »Was ist denn dabei? Sie scheinen etwas Schlimmes darin zu finden, daß ich so von den Weibern rede?«

»Sie meinen, ob ich die Unsittlichkeit für etwas Schlimmes halte?«

»Die Unsittlichkeit! Nun, das ist doch etwas zuviel gesagt! Aber ich möchte Ihnen zunächst einmal meine Ansicht über die Weiber im allgemeinen sagen; wissen Sie, ich bin gerade dazu aufgelegt, ein bißchen zu plaudern. Sagen Sie bloß, warum sollte ich mir denn Enthaltsamkeit auferlegen? Warum sollte ich mir die Weiber versagen, wenn das nun einmal meine Passion ist? Wenigstens habe ich doch eine Beschäftigung dadurch.«

»Sie suchen hier also weiter nichts als Unsittlichkeit?«

»Na, wenn Sie es so nennen wollen, meinetwegen! Sie immer mit Ihrer Unsittlichkeit! Indessen habe ich es ganz gern, daß Sie so offen und geradezu fragen. Diese Unsittlichkeit hat wenigstens das Gute, daß sie etwas Dauerndes ist, sogar etwas in der Natur Begründetes, von aller Theorie Unabhängiges, etwas, was einem wie eine Art von stets glühender Kohle im Geblüte wohnt und sich nicht so bald auslöschen läßt, so besonders schnell vielleicht nicht einmal bei höherem Lebensalter. Sagen Sie selbst, ist das etwa nicht in seiner Art auch eine Beschäftigung?«

»Wie können Sie daran Ihre Freude haben? Es ist eine Krankheit, eine gefährliche Krankheit.«

»Nun, das ist doch etwas zuviel gesagt! Ich gebe zu, daß es eine Krankheit ist, wie alles, was über das richtige Maß hinausgeht (und auf diesem Gebiete wird es unfehlbar oft vorkommen, daß das richtige Maß überschritten wird); aber erstens ist das doch bei verschiedenen Menschen verschieden; und zweitens möge man sich eben, wie bei allen Dingen, so selbstverständlich auch hierbei, des Maßhaltens befleißigen; Ökonomie, wenn auch in einer gemeinen Sphäre. Aber was soll man tun? Wenn es dieses Vergnügen nicht gäbe, könnte man sich ja gleich erschießen! Ich gebe zu, daß ein anständiger Mensch die Pflicht hat, die Langeweile zu ertragen, aber trotzdem...«

»Würden Sie es fertigbringen, sich zu erschießen?«

»Hören Sie mal!« erwiderte Swidrigailow, indem er mit einer Gebärde des Widerwillens die Frage von sich wies. »Tun Sie mir den Gefallen und reden Sie davon nicht«, fügte er hastig hinzu und sogar ganz ohne den prahlerischen Beiklang, den alle seine vorhergehenden Worte gehabt hatten. Selbst sein Gesicht schien sich verändert zu haben. »Ich bekenne mich da einer unverzeihlichen Schwäche schuldig; aber ich kann nichts dagegen machen: ich fürchte mich vor dem Tode und mag nicht von ihm reden hören. Wissen Sie wohl, daß ich so ein Stück Mystiker bin?«

»Ach ja! Marfa Petrownas Geist ist Ihnen ja erschienen! Nun, dauern diese Erscheinungen noch fort?«

»Ach, erinnern Sie mich nicht daran; in Petersburg ist es noch nicht vorgekommen; hol der Teufel die Geistererscheinungen!« rief er ärgerlich. »Nein, lassen Sie uns lieber über diese... ja, aber... Hm! Schade, ich habe nicht mehr viel Zeit; ich kann nicht mehr lange mit Ihnen zusammenbleiben; es tut mir sehr leid! Ich hätte Ihnen noch etwas mitzuteilen.«

»Wo wollen Sie denn hin, zu einem Frauenzimmer?«

»Allerdings; ein ganz unverhoffter Zufall... Aber das war es nicht, wovon ich jetzt mit Ihnen reden wollte.«

»Und die Ekelhaftigkeit dieses ganzen Treibens wirkt gar nicht mehr auf Sie? Haben Sie schon die Kraft verloren, sich selbst ein ›Halt!‹ zuzurufen?«

»Und Sie, Sie erheben für Ihre eigene Person Anspruch darauf, Kraft zu besitzen? He-he-he! Sie haben mich soeben in Verwunderung versetzt, Rodion Romanowitsch, obgleich ich dergleichen voraussah. Sie, Sie reden mir von Unsittlichkeit und Ästhetik! Sie spielen sich als eine Art von Schiller auf, als Idealisten! Alles das hat natürlich seinen notwendigen inneren Zusammenhang, und man müßte sich wundern, wenn es anders wäre; aber trotzdem kommt es einem in der Wirklichkeit sonderbar vor... Schade nur, daß ich so wenig Zeit habe; denn Sie sind eine überaus interessante Persönlichkeit! Apropos, lieben Sie Schiller? Ich habe ihn außerordentlich gern.«

»Aber was sind Sie für ein Prahler!« erwiderte Raskolnikow mit merklichem Widerwillen.

»Das bin ich nicht, wahrhaftig nicht!« antwortete Swidrigailow lachend. »Übrigens will ich darüber nicht streiten; mag ich ein Prahler sein! Aber warum soll man auch nicht ein bißchen prahlen, wenn man niemandem etwas damit zuleide tut? Ich habe sieben Jahre lang bei Marfa Petrowna auf dem Lande gelebt; darum bin ich jetzt geradezu froh, ein bißchen plaudern zu können, wo ich einen klugen Menschen wie Sie getroffen habe, einen klugen und im höchsten Grade interessanten Menschen. Außerdem habe ich auch ein halbes Glas Wein getrunken, und das ist mir schon ein klein wenig in den Kopf gestiegen. Die Hauptsache aber ist: ich habe da so eine Geschichte, die mich sehr aufregt, über die ich aber schweigen möchte. Aber wo wollen Sie denn hin?« fragte Swidrigailow plötzlich sehr erstaunt.

Raskolnikow hatte sich zum Aufstehen angeschickt. Er fühlte sich bedrückt, beklommen, unbehaglich und bedauerte, hergekommen zu sein. Über Swidrigailow hatte er sich die Überzeugung gebildet, daß dies der fadeste, wertloseste Bösewicht sei, den es auf der Welt gebe.

»Ach was! Bleiben Sie doch noch ein Weilchen sitzen«, bat Swidrigailow, »und lassen Sie sich etwas geben, etwa ein Glas Tee. Na, bleiben Sie noch ein Weilchen; ich werde Ihnen auch keinen Unsinn mehr vorreden, ich meine über mich. Ich werde Ihnen etwas erzählen. Na, wenn's Ihnen recht ist, so will ich Ihnen erzählen, wie mich eine Dame, um in Ihrer Sprache zu reden, ›rettete‹. Das wird sogar eine Antwort auf Ihre erste Frage sein, weil diese Dame Ihre Schwester war. Soll ich es Ihnen erzählen? Wir füllen damit auch die Zeit aus.«

»Erzählen Sie; aber ich hoffe, Sie...«

»Oh, seien Sie unbesorgt! Übrigens kann Awdotja Romanowna sogar einem so schändlichen und hohlen Menschen wie mir nur die allergrößte Hochachtung einflößen.«

IV

»Sie wissen vielleicht (übrigens habe ich es Ihnen selbst erzählt)«, begann Swidrigailow, »daß ich hier wegen einer riesigen Summe im Schuldgefängnis saß, ohne die geringste Aussicht, daß ich jemals die Mittel zur Bezahlung besitzen würde. Es hat keinen Zweck, im einzelnen darzulegen, auf welche Weise mich Marfa Petrowna damals loskaufte; wissen Sie, bis zu welchem Grade von Tollheit sich ein Weib manchmal verlieben kann? Sie war eine ehrenhafte, recht kluge, obgleich völlig ungebildete Frau. Stellen Sie sich vor, daß diese sehr eifersüchtige, ehrenhafte Frau nach vielen schrecklichen Wutausbrüchen und Vorwürfen sich entschloß, mit mir eine Art von Kontrakt abzuschließen, den sie dann auch während der ganzen Dauer unserer Ehe erfüllt hat. Die Sache war die, daß sie erheblich älter war als ich; außerdem hatte sie beständig eine Gewürznelke im

Munde. Ich besaß so viel Gemeinheit und gleichzeitig so viel eigenartige Ehrlichkeit, daß ich ihr offen erklärte, vollständig treu könne ich ihr nicht sein. Über dieses Geständnis geriet sie in Wut; aber meine grobe Aufrichtigkeit schien ihr doch in gewisser Weise zu gefallen; ›er beabsichtigt also selbst nicht, mich zu hintergehen‹, dachte sie, ›wenn er von vornherein eine solche Erklärung abgibt‹; na, und das ist einer eifersüchtigen Frau die Hauptsache. Nach vielen und langen Tränenergüssen kam zwischen uns ungefähr folgender mündlicher Kontrakt zustande: erstens, ich werde Marfa Petrowna nie verlassen und immer ihr Mann bleiben; zweitens, ohne ihre Erlaubnis werde ich nirgendwohin verreisen; drittens, ich werde mir nie eine ständige Geliebte halten; viertens, dagegen gestattet mir Marfa Petrowna, manchmal ein Auge auf die Stubenmädchen zu werfen, jedoch nur unter ihrer stillen Mitwisserschaft; fünftens, unter keinen Umständen darf ich mich in ein weibliches Wesen aus unserem Stande verlieben; sechstens, wenn (was Gott verhüten möge) mich eine große, ernste Leidenschaft überkommen sollte, so bin ich verpflichtet, mich Marfa Petrowna zu eröffnen. Hinsichtlich des letzten Punktes war übrigens Marfa Petrowna immer ziemlich ruhig; da sie eine kluge Frau war, mußte sie von mir mit Notwendigkeit glauben, ich sei als liederlicher ausschweifender Mensch einer ernsten Liebe nicht fähig. Aber eine kluge Frau und eine eifersüchtige Frau, das sind zwei verschiedene Dinge, und das war das Malheur. Übrigens, um über eine gewisse Art von Menschen unparteiisch urteilen zu können, muß man sich vorher von manchen Vorurteilen und von der Gewöhnung an die uns täglich umgebenden Menschen und Dinge frei machen. Auf Ihre Zustimmung darf ich wohl dabei mehr hoffen als auf die irgendeines anderen. Vielleicht haben Sie schon viel Lächerliches und Verdrehtes über Marfa Petrowna gehört. Sie hatte ja auch wirklich manche recht lächerlichen Gewohnheiten; aber ich will Ihnen offen sagen, daß ich aufrichtig bedaure, ihr so unendlich oft Kummer gemacht zu haben. Na, ich glaube, das Gesagte genügt als eine höchst anständige oraison funèbre, die ein zärtlicher Gatte seiner zärtlichen Gattin hält. Wenn es zwischen uns zu Streit kam, so schwieg ich meistens und zeigte mich nicht erregt; und durch ein solches gentlemanlike Benehmen erreichte ich fast immer meine Absicht; das machte auf sie Eindruck und gefiel ihr; bei manchen Gelegenheiten war sie geradezu stolz auf mich. Aber über die Eifersucht auf Ihre Schwester konnte sie doch nicht Herr werden. Wie hatte sie auch nur wagen können, eine so auserlesene Schönheit als Gouvernante in ihr Haus zu nehmen! Ich kann mir das nur so erklären: Marfa Petrowna war eine leicht zu entflammende, sehr begeisterungsfähige Seele und hatte sich ganz einfach selbst in Ihre Schwester verliebt, jawohl, im eigentlichsten Sinne des Wortes verliebt. Nun, aber was ist auch Awdotja Romanowna für ein Wesen! Ich erkannte gleich beim ersten Blick sehr klar, daß hier die Sache ernsthaft und schlimm werden könnte, und (was meinen Sie wohl?) ich beschloß, überhaupt nicht die Augen zu ihr zu erheben. Aber Awdotja Romanowna tat selbst den ersten Schritt; können Sie's glauben? Und können Sie auch das glauben, daß Marfa Petrowna in ihrem Enthusiasmus so weit ging, mir anfangs sogar böse zu sein, weil ich über Ihre Schwester nie etwas sagte und bei ihren eigenen, dauernden schwärmerischen Äußerungen über Awdotja Romanowna mich gleichgültig zeigte? Ich begreife selbst nicht, was sie eigentlich wünschte! Und natürlich erzählte Marfa Petrowna Ihrer Schwester über mich alles bis aufs kleinste. Sie hatte nämlich den unglücklichen Hang, allen und jedem unsere ganzen Familiengeheimnisse zu erzählen und sich bei allen fortwährend über mich zu beklagen; wie hätte sie das einer solchen neuen, schönen Freundin gegenüber unterlassen können? Ich kann mir denken, daß zwischen den beiden überhaupt von nichts anderem gesprochen wurde als von mir, und zweifellos wurde Awdotja Romanowna mit all den düsteren, geheimnisvollen Märchen bekannt gemacht, die über mich in Umlauf waren... Ich möchte wetten, daß Ihnen auch schon etwas davon zu Ohren gekommen ist?«

»Jawohl, Lushin beschuldigte Sie, Sie hätten sogar den Tod eines kleinen Mädchens verschuldet. Ist das wahr?«

»Tun Sie mir den Gefallen und lassen Sie mich mit all diesen Abgeschmacktheiten in Ruhe«, erwiderte Swidrigailow ärgerlich und mürrisch. »Wenn Sie so großes Verlangen tragen, über all diesen Unsinn die Wahrheit zu hören, so will ich es Ihnen ein andermal erzählen; aber jetzt...«

»Es wurde auch von einem Diener, den Sie auf dem Lande hatten, gesprochen; angeblich hätten Sie auch da eine Schuld auf sich geladen.«

»Tun Sie mir den Gefallen und hören Sie damit auf!« unterbrach ihn Swidrigailow wieder mit sichtlicher Ungeduld.

»War das nicht eben der Diener, der nach seinem Tode zu Ihnen ins Zimmer kam, um Ihnen die Pfeife zu stopfen? Sie haben mir ja selbst davon erzählt!« fragte Raskolnikow; sein Ton klang immer gereizter.

Swidrigailow blickte Raskolnikow forschend an, und dem letzteren schien es, als ob in diesem Blicke momentan, blitzartig ein boshaftes Lächeln aufzuckte; aber Swidrigailow beherrschte sich und antwortete sehr höflich:

»Ja, es war derselbe. Ich sehe, daß dies alles auch Sie außerordentlich interessiert, und halte es für meine Pflicht, bei der ersten passenden Gelegenheit Ihre Wißbegierde zu befriedigen. Hol's der Teufel! Ich sehe, daß ich wirklich manchem als eine romantische Persönlichkeit erscheinen kann. Da können Sie sich leicht selbst sagen, wie dankbar ich unter solchen Umständen der seligen Marfa Petrowna dafür sein mußte, daß sie Ihrer Schwester so viel Geheimnisvolles und Interessantes über mich erzählte. Ich wage nicht, darüber zu urteilen, wie groß der Eindruck war, den diese Erzählungen auf Ihre Schwester machten; aber jedenfalls war es ein für mich vorteilhafter. Trotz alles natürlichen Widerwillens, den Awdotja Romanowna gegen mich empfand, und trotz meiner stets finsteren und abstoßenden Miene begann ich ihr endlich leid zu tun; der verlorene Mensch tat ihr leid. Wenn aber ein Mädchenherz erst Mitleid empfindet, so ist das selbstverständlich für das Mädchen am allergefährlichsten. Da bekommt sie dann unvermeidlich Lust, den Ärmsten zu ›retten‹ und auf die rechte Bahn zu bringen und zu bekehren und zu edlen Bestrebungen anzuregen und zu neuem Leben und neuer Tätigkeit zu erwecken – na, man weiß ja, was in dieser Hinsicht alles zusammenphantasiert wird. Ich merkte sofort, daß das Vögelchen von selbst ins Netz flog, und traf meinerseits die nötigen Vorbereitungen. Sie machen ein finsteres Gesicht, Rodion Romanowitsch? Dazu ist kein Anlaß; es ist, wie Sie wissen, über Kleinigkeiten nicht hinausgekommen. (Hol's der Teufel! Was trinke ich für eine Menge Wein!) Wissen Sie, ich habe immer, gleich von Anfang an, bedauert, daß das Schicksal Ihre Schwester nicht im zweiten oder dritten Jahrhundert unserer Zeitrechnung irgendwo als Tochter eines kleinen regierenden Fürsten oder so eines Staatenlenkers oder eines Prokonsuls von Kleinasien hat geboren werden lassen. Sie wäre gewiß eine der Frauen gewesen, die den Märtyrertod erduldeten, und hätte gewiß dazu gelächelt, wenn man ihr die Brust mit glühenden Zangen verbrannt hätte. Sie hätte sich diesen Leiden absichtlich und freiwillig unterzogen; im vierten oder fünften Jahrhundert aber wäre sie in die ägyptische Wüste gegangen und hätte dort dreißig Jahre lang gewohnt und sich von Wurzeln, Verzückungen und Visionen genährt. Sie dürstet ordentlich vor Verlangen, für irgend jemand irgendwelche Marter so bald wie möglich auf sich zu nehmen, und wenn ihr das nicht gestattet wird, so stürzt sie sich am Ende gar aus dem Fenster. Ich habe da so etwas über einen gewissen Herrn Rasumichin verlauten hören. Er soll ja ein verständiger junger Mann sein; er besucht, glaube ich, ein Seminar; na, der kann ja dann Ihre Schwester behüten. Kurz, ich glaube sie in ihrem Wesen richtig verstanden zu haben, was ich mir zur Ehre anrechne. Damals jedoch, ich meine am Anfange unserer Bekanntschaft – Sie wissen ja selbst, man ist dann immer ein bißchen dumm und unbedacht, sieht falsch und irrt sich. Aber hol's der Teufel, warum war sie auch so schön? Ich konnte nichts dafür, daß das auf mich wirkte! Kurz, die Sache begann bei mir mit einer unwiderstehlichen sinnlichen Begierde. Awdotja Romanowna ist furchtbar keusch, in einem ganz unerhörten, nie dagewesenen Grade. (Lassen Sie sich das gesagt sein; ich teile Ihnen da über Ihre Schwester eine feststehende Tatsache mit. Ihre Keuschheit hat vielleicht geradezu etwas Krankhaftes, trotz ihres außerordentlichen Verstandes, und das wird ihr noch einmal zum Schaden gereichen.) Es kam damals gerade ein Mädchen namens Parascha zu uns, die schwarzäugige Parascha, die wir erst vor kurzem aus einem anderen Dorfe hatten herüberkommen lassen und die ich vorher noch nie gesehen hatte; sie war Stubenmädchen, sehr hübsch, aber ganz unglaublich dumm: sie brach in Tränen aus und erhob ein Geheul, daß man es über den ganzen Hof hörte; genug, die Geschichte machte ein sehr ärgerliches Aufsehen. Eines Tages nach dem Mittagessen suchte mich Awdotja Romanowna absichtlich im Garten in einer Allee auf, wo ich allein promenierte, und ›verlangte‹ von mir mit funkelnden Augen, ich sollte die arme Parascha in Ruhe lassen. Das war so ziemlich unser erstes Gespräch unter vier Augen. Selbstverständlich versicherte ich, es würde mir eine Ehre sein, ihren Wunsch zu erfüllen, und gab mir alle Mühe, mich betroffen und beschämt zu stellen; na kurz, ich spielte meine Rolle vortrefflich. Nun begann ein Verkehr zwischen uns: geheime Gespräche, Moralpredigten, Belehrungen, Bitten, Beschwörungen, sogar Tränen, – sollten Sie es glauben, sogar Tränen! So stark ist bei manchen jungen Mädchen die Passion für Bekehrungen! Ich schob natürlich alle Schuld auf mein bisheriges Schicksal, tat, als ob ich nach Erleuchtung heißes Verlangen trüge, und brachte schließlich das stärkste und zuverlässigste Mittel zur Eroberung von Frauenherzen in Anwendung, jenes Mittel, das nie versagt und schlechterdings bei allen Frauen ohne Ausnahme seine Wirkung tut. Das Mittel ist allgemein bekannt: die Schmeichelei. Nichts auf der Welt ist schwerer als Aufrichtigkeit und nichts leichter als Schmeichelei. Wenn bei der Aufrichtigkeit auch nur ein Hundertstel einer Note falsch ist, so entsteht sofort eine Dissonanz und in deren Gefolge ein Zerwürfnis. Wenn aber bei der Schmeichelei alles, von der ersten bis zur letzten Note, falsch ist, so bleibt sie trotz alledem angenehm und wird mit Vergnügen angehört, vielleicht nur mit mäßigem Vergnügen, aber immerhin mit Vergnügen. Und mag die Schmeichelei auch noch so plump sein, so wird unfehlbar doch wenigstens die Hälfte für Wahrheit gehalten. Und das trifft für alle Bildungsstufen und Schichten der Gesellschaft zu. Selbst eine Vestalin kann man durch Schmeichelei verführen, von gewöhnlichen Weibern gar nicht zu reden! Ich muß jedesmal lachen, wenn ich daran denke, wie ich einmal eine Dame verführt habe, die sehr an ihrem Manne und an ihren Kindern hing und von ihrer eigenen Tugend fest überzeugt war. Die Sache war höchst amüsant und machte mir so gut wie gar keine Mühe. Und dabei war die Dame wirklich tugendhaft, wenigstens auf ihre Art. Meine ganze Taktik bestand darin, daß ich jeden Augenblick von ihrer Keuschheit geradezu überwältigt tat, vor ihrer Keuschheit anbetend niedersank. Ich schmeichelte ihr in einer nichtswürdigen Weise, und so oft ich einen Händedruck oder auch nur einen Blick von ihr erlangt hatte, machte ich mir laut Vorwürfe: ich hätte ihr das gewaltsam abgenötigt, und sie hätte sich gesträubt, und zwar so ernstlich, daß ich wohl nie etwas erreicht haben würde, wenn ich selbst nicht so lasterhaft wäre; und sie hätte in ihrer Unschuld meine Tücke nicht vorhergesehen und unversehens, ohne sich dessen selbst auch nur im geringsten bewußt zu sein, nachgegeben, und so weiter und so weiter. Kurz, ich erreichte alles; meine Dame aber blieb vollkommen überzeugt, daß sie unschuldig und keusch sei und in vollem Umfange ihre Pflicht erfülle und nur ganz zufällig zu Fall gekommen sei. Und wie zornig wurde sie auf mich, als ich ihr zuletzt erklärte, daß meiner aufrichtigen Überzeugung nach sie genau ebenso wie ich den Genuß gesucht habe. Auch die arme Marfa Petrowna war für Schmeichelei sehr empfänglich, und wenn ich nur gewollt hätte, so hätte sie mir sicher noch zu ihren Lebzeiten ihr ganzes Vermögen vermacht. (Aber ich trinke viel zuviel Wein und gerate ins Schwatzen.) Ich hoffe, Sie werden es mir nicht übelnehmen, wenn ich jetzt erwähne, daß sich auch bei Awdotja Romanowna dieselbe Wirkung zu zeigen begann. Aber ich selbst benahm mich dumm und ungeduldig und verdarb so die ganze Geschichte. Ihrer Schwester mißfiel in hohem Grade der Ausdruck meiner Augen; können Sie das glauben? Das war schon vorher einige Male der Fall gewesen, einmal aber ganz besonders. In meinen Augen loderte nämlich immer stärker und unvorsichtiger eine gewisse Glut, die ihr angst machte und ihr schließlich geradezu verhaßt wurde. Alle Einzelheiten zu erzählen hat keinen Zweck; aber wir kamen auseinander. Nun beging ich wieder eine Dummheit. Ich fing an, in der gröbsten Weise über all diese Besserungs- und Bekehrungsversuche zu spotten; Parascha mußte wieder auf die Bühne, und nicht sie allein – kurz, es war ein wahres Sodom. Ach, Rodion Romanowitsch, wenn Sie nur ein einziges Mal im Leben zu sehen bekämen, wie die Augen Ihrer Schwester mitunter zu funkeln verstehen! Wenn ich jetzt auch betrunken bin und schon ein ganzes Glas Wein getrunken habe, darum sage ich doch die Wahrheit; ich versichere Ihnen, daß ich selbst im Traume diesen Blick auf mich gerichtet sah; es kam schließlich so weit, daß ich das Rascheln ihres Kleides nicht mehr ertragen konnte. Wahrhaftig, ich dachte, ich bekäme Krampfanfälle; niemals hätte ich geglaubt, daß sich meine Leidenschaft bis zu solcher Höhe steigern könne. Kurz, ich mußte mich notwendig mit ihr aussöhnen; aber das war nicht mehr möglich. Und nun stellen Sie sich einmal vor, was ich dann tat! Zu welcher blödsinnigen Handlungsweise kann doch die Raserei den Menschen bringen! Unternehmen Sie niemals etwas im Zustande der Raserei, Rodion Romanowitsch! In der Erwägung, daß Awdotja Romanowna im Grunde bettelarm ist (ach, entschuldigen Sie, so wollte ich nicht sagen,... aber ist nicht schließlich der Ausdruck ganz egal, wenn doch der Begriff derselbe ist?), kurz, daß sie von ihrer Arbeit lebt und daß sie davon auch noch ihre Mutter und Sie unterhält (ach, zum Teufel, es kommt mir wieder so vor, als ob Sie ein böses Gesicht machen...), also da beschloß ich, ihr mein ganzes Geld anzubieten (so an dreißigtausend Rubel konnte ich damals flüssig machen), wenn sie einwilligte, mit mir auf und davon zu gehen, beispielsweise hierher nach Petersburg. Natürlich hätte ich ihr dann ewige Liebe, Glückseligkeit und so weiter und so weiter geschworen. Können Sie es glauben, ich war damals so von ihr bezaubert – wenn sie zu mir gesagt hätte: ›Schneide deiner Frau den Hals ab oder vergifte sie und heirate mich‹, ich hätte es sofort getan! Die ganze Sache endete aber mit der Ihnen bereits bekannten Katastrophe, und Sie können sich denken, in welche Wut ich geriet, als ich erfuhr, daß Marfa Petrowna damals diesen grundgemeinen Federfuchser, den Lushin, herangeholt hatte und beinahe eine Heirat zustande gebracht hätte, was im Grunde nichts anderes gewesen wäre als das, was auch ich Ihrer Schwester anbot. Nicht wahr? Nicht wahr? So ist es doch? Ich merke, daß Sie mir jetzt mit großer Aufmerksamkeit zuhören,... Sie interessanter junger Mann!...«

Swidrigailow schlug ingrimmig mit der Faust auf den Tisch. Sein Gesicht hatte sich stark gerötet. Raskolnikow sah deutlich, daß das eine Glas oder die anderthalb Gläser Champagner, die er so sachte in kleinen Schlückchen geschlürft hatte, auf ihn schon berauschend gewirkt hatten, und beschloß, aus diesem Umstande Nutzen zu ziehen. Swidrigailow erschien ihm sehr verdächtig.

»Nach allem, was ich da eben von Ihnen gehört habe, bin ich der festen Überzeugung, daß Sie auch bei der Reise hierher es auf meine Schwester abgesehen haben«, sagte er offen und unverhohlen zu Swidrigailow, um ihn noch mehr zu reizen.

»Ach, reden Sie doch nicht so etwas!« erwiderte Swidrigailow, der plötzlich die Herrschaft über sich zurückzugewinnen schien. »Ich habe Ihnen ja schon gesagt,... und außerdem kann mich Ihre Schwester nicht leiden.«

»Ja, das ist auch meine Überzeugung, daß sie Sie nicht leiden kann. Aber darum handelt es sich jetzt nicht.«

»Also davon sind Sie überzeugt, daß sie mich nicht leiden kann?« Swidrigailow zwinkerte mit den Augen und lächelte spöttisch. »Sie haben recht, sie liebt mich nicht; aber übernehmen Sie niemals eine Gewähr für die Bewertung von Vorgängen, die zwischen Mann und Frau oder zwischen einem Liebhaber und der Geliebten stattgefunden haben. Da ist immer so ein Winkelchen, das der ganzen Welt verborgen bleibt und nur den beiden bekannt ist. Können Sie garantieren, daß Awdotja Romanowna bei meinem Anblicke einen wirklichen Widerwillen empfunden hat?«

»Aus manchen Worten und Andeutungen in Ihrer Erzählung entnehme ich, daß Sie auch jetzt noch Ihre Absichten bezüglich meiner Schwester eifrig verfolgen, und selbstverständlich sind es ganz gemeine Absichten.«

»Wie? Mir sollten solche Worte und Andeutungen entschlüpft sein?« fragte Swidrigailow höchst naiv, ohne das Beiwort, das seinen Absichten beigelegt war, im geringsten zu beachten.

»Auch jetzt in diesem Augenblicke verraten Sie sich. Warum sind Sie denn zum Beispiel so ängstlich? Warum erschraken Sie jetzt eben auf einmal?«

»Ich bin ängstlich und erschrecke? Vor Ihnen erschrecke ich? Eher hätten Sie Anlaß, vor mir Angst zu haben, cher ami. Aber was rede ich nur für dummes Zeug zusammen... Ich sehe, ich bin betrunken; beinahe hätte ich wieder zuviel gesagt. Hol der Teufel den Wein! Heda, Wasser!«

Er ergriff die Flasche und schleuderte sie ohne Umstände zum Fenster hinaus. Filipp brachte Wasser.

»Das ist alles Unsinn«, sagte Swidrigailow, während er ein Handtuch anfeuchtete und es sich gegen den Kopf drückte. »Ich kann Sie mit einem einzigen Worte widerlegen und Ihren ganzen Verdacht als nichtig erweisen. Wissen Sie, daß ich mich wieder verheirate?«

»Sie haben es mir schon früher gesagt.«

»So? Nun, ich hab's vergessen. Aber damals konnte ich es noch nicht mit voller Sicherheit sagen; denn ich hatte die Braut noch nicht einmal gesehen. Damals war es erst ein Plan. Na, aber jetzt habe ich bereits eine Braut, und die Sache ist abgemacht; und wenn ich jetzt nicht unaufschiebbare Geschäfte hätte, so würde ich Sie jedenfalls sofort zu den Leuten hinführen – denn ich möchte Sie dabei um Ihren Rat bitten. Ach, Donnerwetter! Ich habe ja nur noch zehn Minuten Zeit. Hier ist meine Uhr; sehen Sie selbst. Aber ich will es Ihnen doch noch erzählen; denn es ist ein hübscher kleiner Spaß, meine Heirat meine ich, so in ihrer Art,... aber wo wollen Sie denn hin? Wieder weg?«

»Nein, jetzt habe ich nicht mehr die Absicht, von Ihnen wegzugehen.«

»Überhaupt nicht? Na, wir wollen sehen! Ich werde Sie hinführen, ganz bestimmt, und Ihnen meine Braut zeigen;

nur nicht jetzt gleich. Jetzt müssen wir bald gehen, Sie nach rechts, ich nach links. Kennen Sie diese Frau Rößlich? Die Frau Rößlich, bei der ich jetzt wohne, ja? Wissen Sie, das ist dieselbe, von der man erzählt, daß sich bei ihr ein kleines Mädchen das Leben genommen hat, ins Wasser gegangen ist. Na, nun hören Sie mal zu! Die hat mir also diese ganze Heiratsaffäre arrangiert. ›Du langweilst dich immer so‹, sagte sie zu mir; ›zerstreue dich doch ein bißchen!‹ Ich bin nämlich ein finsterer, trübsinniger Mensch. Sie denken, ich sei lustig? Nein, ich bin ein finsterer Mensch; ich tue niemandem etwas zuleide, doch ich sitze still in einer Ecke und rede manchmal drei Tage lang kein Wort. Aber diese Rößlich ist ein abgefeimtes Frauenzimmer, kann ich Ihnen sagen; sie spekuliert nämlich so: ich werde meiner Frau bald überdrüssig werden, sie im Stich lassen und wegfahren; und meine Frau wird dann ihr anheimfallen, und sie wird sie in unserer gesellschaftlichen Sphäre, und auch noch in höheren, als Handelsobjekt benutzen. ›Da ist‹, sagte sie zu mir, ›so ein gelähmter Vater, ein verabschiedeter Beamter; der sitzt schon seit mehr als zwei Jahren im Lehnsessel und kann seine Beine nicht bewegen. Und da ist auch eine Mutter‹, sagte sie, ›eine vernünftige Dame, ein gutes Mamachen. Sie haben einen Sohn, der irgendwo in der Provinz Beamter ist; der unterstützt aber seine Eltern nicht. Eine Tochter ist verheiratet und läßt sich bei ihnen nicht mehr blicken. Die haben aber sogar noch zwei kleine Neffen auf dem Halse (als ob sie an ihrer eigenen Familie nicht Sorge genug hätten). Ihre jüngste Tochter haben sie aus dem Mädchengymnasium nehmen müssen, noch ehe sie es abgeschlossen hatte; sie wird in einem Monat sechzehn Jahre alt; also können ihr die Eltern in einem Monat einen Mann geben.‹ Und dieser Mann sollte ich sein. Wir fuhren also hin; der Besuch verlief höchst komisch. Ich stellte mich vor: Gutsbesitzer, Witwer, aus geachteter Familie, mit guten Konnexionen und hübschem Vermögen; daß ich fünfzig Jahre alt bin und das junge Mädchen noch nicht einmal sechzehn, kam dabei weiter nicht in Betracht; wer nimmt daran Anstoß? Na, das war doch alles sehr verlockend, nicht wahr? Überaus verlockend, ha-ha! Sie hätten mich sehen sollen, wie ich mit dem Papa und der Mama ein angeregtes Gespräch führte! Schon der bloße Anblick, wie ich da redete, war gar nicht zu bezahlen. Nun kam die Tochter ins Zimmer, machte einen Knicks; na, Sie können sich's vorstellen: noch in kurzem Kleidchen, ein Knöspchen, das sich noch nicht geöffnet hat. Sie errötete; ihr Gesichtchen war wie in Glut getaucht (der Zweck meines Besuches war ihr natürlich mitgeteilt worden). Ich weiß nicht, was Sie in bezug auf Frauengesichter für einen Geschmack haben. Aber meines Erachtens verdienen diese sechzehn Jahre, diese noch kindlichen Augen, diese Schüchternheit und diese Tränchen der Verschämtheit weitaus den Vorzug vor einer reifen Schönheit. Und dazu kommt noch, daß gerade dieses Mädchen ein reizendes Persönchen ist. Hellblondes Haar, zu kleinen Löckchen gekräuselt (Lämmerfrisur!), volle, weiche Lippen, kirschrot, und die Füßchen – alles entzückend!... Na, ich und die Kleine machten miteinander Bekanntschaft; ich erklärte, daß meine häuslichen Verhältnisse mir eine Beschleunigung wünschenswert machten, und am nächsten Tage, das heißt vorgestern, erteilten uns die Eltern ihren Segen. Seitdem nehme ich meine Braut, sowie ich hinkomme, sofort auf den Schoß und lasse sie nicht mehr herunter... Na, sie wird blutrot; ich aber küsse sie alle Augenblicke. Die Mama hat ihr natürlich eingeprägt: ›Das ist dein künftiger Mann, und das ist ganz in der Ordnung‹; kurz, es ist eine wahre Lust! Und vielleicht bin ich jetzt, wo ich ihr Bräutigam bin, glücklicher als später, wenn ich ihr Mann sein werde. Hier habe ich, was man so nennt, la nature et la vérité. Ha-ha! Ich habe mich mit ihr ein paarmal unterhalten – es ist eine kluge kleine Krabbe; manchmal blickt sie mich so verstohlen an, das brennt ordentlich. Wissen Sie, sie hat ein Gesichtchen im Genre der Raffaelischen Madonna. Die Sixtinische Madonna hat doch so ein verzücktes Gesicht, das Gesicht einer leidenden Schwärmerin; ist Ihnen das niemals aufgefallen? Na also, an die erinnert sie. Gleich am anderen Tage nach unserer Verlobung brachte ich ihr für anderthalbtausend Rubel Geschenke mit: einen Brillantschmuck, einen aus Perlen, einen silbernen Toilettenkasten – so groß! – mit allerlei Inhalt; das Gesichtchen der kleinen Madonna färbte sich ganz rosig. Ich setzte sie gestern auf meinen Schoß, aber wahrscheinlich doch gar zu ungeniert; denn sie wurde blutrot, und die Tränchen perlten ihr hervor. Aber sie wollte es nicht zeigen; sie glühte über das ganze Gesicht. Die andern waren alle für ein Weilchen aus dem Zimmer hinausgegangen, und ich war mit ihr ganz allein geblieben; da fiel sie mir auf einmal um den Hals (zum ersten Male ganz von selbst), umschlang mich mit ihren beiden Ärmchen, küßte mich und schwur, sie werde mir eine gehorsame, treue, gute Frau sein; sie wolle mich glücklich machen; dazu werde sie ihr ganzes Leben, jede Minute ihres Lebens verwenden; alles, alles wolle sie dafür zum Opfer bringen, und für all das wünsche sie nur meine Achtung zu besitzen; ›weiter‹, sagte sie, ›brauche ich nichts, nichts, gar nichts, keine Geschenke!‹ Das müssen Sie doch selbst sagen: ein solches Geständnis unter vier Augen anzuhören von einem sechzehnjährigen Engelchen im Tüllkleidchen, mit krausen Löckchen, mit der Röte mädchenhafter Verschämtheit auf dem Gesichte und mit Tränen holder Schwärmerei in den Augen – das müssen Sie doch selbst sagen, das hat einen großen Reiz! Nicht wahr, einen großen Reiz! Das ist doch schließlich etwas Wertvolles, nicht? Nicht wahr? Na,... na, hören Sie,... wir wollen einmal zu meiner Braut hinfahren,... nur nicht jetzt gleich!«

»Kurz gesagt, gerade dieser ungeheuerliche Abstand in den Jahren und in der geistigen Entwicklung erregt Ihre Sinnlichkeit! Haben Sie denn wirklich vor, das Mädchen zu heiraten?«

»Aber warum denn nicht? Ganz bestimmt! Jeder sorgt für sich, und am lustigsten lebt derjenige, der sich selbst am besten zu betrügen versteht. Ha-ha! Aber Sie sind ja wohl so ein ganz besonderer Tugendbold? Haben Sie Nachsicht mit mir, Väterchen! Ich bin ein sündiger Mensch. He-he-he!«

»Sie haben aber doch für Katerina Iwanownas Kinder gesorgt. Indessen, Sie werden wohl auch dafür Ihre Gründe gehabt haben;... ich verstehe jetzt alles.«

»Kinder habe ich überhaupt lieb; ich mag Kinder sehr gern«, erwiderte Swidrigailow lachend. »In dieser Hinsicht kann ich Ihnen sogar ein höchst interessantes kleines Erlebnis mitteilen, das auch jetzt noch nicht seinen Abschluß gefunden hat. Am ersten Tage nach meiner Ankunft besuchte ich verschiedene Sumpflokale; na, nach sieben Jahren Entbehrung stürzte ich mich mit Wonne da hinein. Sie haben wohl schon gemerkt, daß ich es nicht eilig habe, mit meiner früheren Sippschaft, meinen ehemaligen Freunden und Bekannten wieder in Verkehr zu treten. Na, ich will suchen, möglichst lange ohne sie auszukommen. Wissen Sie, als ich bei Marfa Petrowna auf dem Lande wohnte, bin ich oft ganz krank geworden vor sehnsüchtiger Erinnerung an all diese geheimnisvollen Lokale und Lokälchen, wo jemand, der darin Routine hat, gar manches zu finden vermag. Ein tolles Leben hier in Petersburg; das niedere Volk säuft; die gebildete Jugend überläßt sich einem untätigen Müßiggange, verpufft ihre Kraft in unerfüllbaren Träumereien und Schwärmereien und verkrüppelt geistig durch das ewige Theoretisieren; die Juden, die hier von überallher zusammenströmen, scharren heimlich Geld zusammen, und alles übrige sumpft. Gleich bei meiner Ankunft war es mir, als ob mir der wohlbekannte Geruch dieser Stadt entgegenschlüge. Ich besuchte zufällig eine sogenannte Tanzsoiree – es war ein schauderhaftes Sumpflokal (aber solche Lokale sind mir je unsauberer, um so lieber); na, natürlich wurde ein Cancan getanzt, wie man ihn sich nicht ärger denken kann und wie er zu meiner Zeit überhaupt noch gar nicht existierte. Ja, darin kann man wirklich einen großen Fortschritt konstatieren. Da sah ich auf einmal, wie ein etwa dreizehnjähriges Mädchen, sehr hübsch gekleidet, mit einem ganz extravaganten Cancantänzer tanzte; und einen andern von derselben Sorte hatte sie als Visavis. An der Wand auf einem Stuhle saß ihre Mutter. Na, Sie können sich vorstellen, was das für ein toller Cancan war! Das Mädchen wurde verlegen, errötete, schließlich fühlte sie sich gekränkt und fing an zu weinen. Ihr Tänzer packte sie und begann sie herumzuwirbeln und ihr gegenüber seine Kapriolen zu machen. Alles ringsumher lachte (ich habe meine Freude daran, wie sich bei solchen Gelegenheiten Ihr Petersburger Publikum benimmt, auch wenn es nur ein Cancanpublikum ist), alle lachten und schrien: ›Bravo, so ist's recht! Kinder gehören nicht hierher!‹ Na, ich mischte mich da weiter nicht ein: mich ging's ja auch nichts an, ob das Amüsement der Leute über diesen Vorfall logisch oder unlogisch war. Ich hatte sofort gemerkt, wie ich die Sache anzugreifen hatte, setzte mich zu der Mutter und begann damit, ich wäre hier auch fremd und wie unhöflich hier die Menschen wären und daß sie für Personen, die wirklich etwas Besseres wären, so gar kein Verständnis besäßen und ihnen gar nicht die gebührende Achtung erwiesen; ich deutete an, daß ich viel Geld hätte, und machte den Vorschlag, die Damen in meinem Wagen nach Hause zu bringen. Das geschah denn auch; ich wurde mit ihnen bekannt (sie bewohnen ein kleines möbliertes Stübchen und sind erst ganz kürzlich in Petersburg angekommen). Die Mutter erklärte mir, sie und ihre Tochter könnten sich meine Bekanntschaft nur zur größten Ehre anrechnen. Ich erfuhr, daß sie fast mittellos sind und die Reise hierher unternommen haben, um bei einer Behörde etwas zu erwirken. Ich bot ihnen meine Dienste und eine pekuniäre Beihilfe an. Ich hörte auch, daß sie nur irrtümlicherweise zu der Tanzsoiree gegangen waren, in dem Glauben, es würde dort wirklich Tanzunterricht erteilt. Ich erklärte mich meinerseits bereit, bei der Ausbildung des jungen Mädchens behilflich zu sein, indem ich ihr Unterricht im Französischen und im Tanzen geben ließe. Das nahmen sie mit tausend Freuden an; sie halten es für eine Ehre, und ich verkehre noch immer bei ihnen... Wenn Sie wollen, können wir einmal hinfahren, nur nicht jetzt gleich.«

»Hören Sie auf mit Ihren gemeinen, schändlichen Geschichten, Sie liederlicher, schändlicher, sinnlicher Mensch!«

»Sie sind ein Schiller, ein russischer Schiller! Où va-t-elle la vertu se nicher? Wissen Sie was? Ich werde Ihnen absichtlich noch mehr solche Geschichten erzählen, bloß um Ihre Äußerungen der Entrüstung zu hören. Das ist mir ein wahrer Genuß!«

»Zweifellos! Ich komme mir ja selbst in diesem Augenblicke lächerlich vor«, murmelte Raskolnikow ärgerlich.

Swidrigailow lachte aus vollem Halse; schließlich rief er Filipp, zahlte und stand auf.

»Na, ich bin ja ziemlich betrunken! Assez causé!« sagte er. »Es ist mir ein wahrer Genuß gewesen!«

»Sehr begreiflich, daß es für Sie ein Genuß war!« rief Raskolnikow und erhob sich gleichfalls. »Wie sollte es denn auch für einen alten Wüstling nicht ein Genuß sein, von solchen Erlebnissen zu erzählen, während er sich dabei schon wieder mit einem andern unnatürlichen Vorhaben derselben Art beschäftigt, und noch dazu unter diesen Umständen und einem Menschen, wie ich, gegenüber. Das kitzelt!«

»Na, wenn dem so ist«, erwiderte Swidrigailow einigermaßen erstaunt und sah Raskolnikow forschend an, »wenn dem so ist, so sind Sie selbst ein arger Frechling. Wenigstens haben Sie im höchsten Grade das Zeug dazu. Sie sind ein starker Theoretiker, ein sehr starker,... na, und auch zum praktischen Handeln sind Sie ja sehr wohl befähigt. Aber nun genug davon. Ich bedaure aufrichtig, daß ich mich nur so kurze Zeit habe mit Ihnen unterhalten können; aber Sie laufen mir ja nicht davon... Warten Sie nur!...«

Swidrigailow verließ das Restaurant, und Raskolnikow folgte ihm. Swidrigailow war nicht erheblich betrunken; der Champagner war ihm nur für einen Augenblick zu Kopfe gestiegen, und der Rausch verflog mit jeder Minute mehr. Ein offenbar sehr wichtiges Vorhaben beschäftigte ihn stark, und er machte ein sehr ernstes Gesicht. Irgendeine Erwartung regte ihn augenscheinlich auf und versetzte ihn in Unruhe. Raskolnikow gegenüber hatte er in den letzten Minuten auf einmal sein Benehmen geändert und war von Minute zu Minute gröber und spöttischer geworden. Raskolnikow hatte das alles recht wohl bemerkt und war nun gleichfalls in unruhiger Erregung. Swidrigailow erschien ihm sehr verdächtig; er beschloß, ihm nachzugehen.

Sie traten auf das Trottoir.

»Sie gehen also nach rechts und ich nach links, oder meinetwegen auch umgekehrt. Jedenfalls adieu, bon plaisir, auf fröhliches Wiedersehen!«

Damit ging er nach rechts, in der Richtung auf den Heumarkt zu.

V

Raskolnikow ging hinter ihm her.

»Was soll denn das bedeuten?« rief Swidrigailow, sich umwendend. »Ich habe Ihnen doch wohl gesagt...«

»Das bedeutet, daß ich jetzt bei Ihnen bleiben werde.«

»Wa-as?«

Beide blieben stehen und blickten einander etwa eine Minute lang an, als ob einer den andern messen wollte.

»Aus allem, was Sie in Ihrer halben Betrunkenheit gesagt haben«, begann Raskolnikow schroff, »schließe ich mit Bestimmtheit, daß Sie Ihre nichtswürdigen Anschläge gegen meine Schwester nicht nur nicht aufgegeben haben, sondern sich sogar mehr denn je damit beschäftigen. Ich weiß, daß meine Schwester heute früh einen Brief erhalten hat. Auch Ihr unruhiges Wesen jetzt während unseres ganzen Zusammenseins ist mir verdächtig. Sehr möglich allerdings, daß es sich bei Ihnen um irgendeine andere Frauensperson handelt, die Sie irgendwo en passant gefunden haben; aber diese Möglichkeit ist für mich belanglos. Ich wünsche mir persönlich Gewißheit zu verschaffen...«

Raskolnikow wäre wohl selbst kaum imstande gewesen, genauer anzugeben, was er eigentlich vorhatte und wovon er sich persönlich Gewißheit zu verschaffen wünschte.

»Nun sehen Sie mal! Wenn Sie es wünschen, werde ich gleich die Polizei rufen.«

»Tun Sie das!«

Wieder standen sie einander eine Minute lang gegenüber. Schließlich veränderte Swidrigailows Gesicht seinen Ausdruck. Nachdem er sich überzeugt hatte, daß Raskolnikow sich vor dieser Drohung nicht fürchtete, nahm er auf einmal eine sehr heitere, freundschaftliche Miene an.

»Was sind Sie für ein eigentümlicher Mensch! Ich habe absichtlich mit Ihnen noch nicht über Ihre eigene Angelegenheit gesprochen, obwohl mich natürlich die Neugier plagt. Das ist ja eine ganz romanhafte Geschichte. Ich wollte es eigentlich auf eine andere Gelegenheit verschieben; aber Sie bekommen es ja wahrhaftig fertig, sogar einen Toten in Harnisch zu bringen... Na, dann kommen Sie mit; aber ich sage Ihnen im voraus: ich gehe jetzt nur für einen Augenblick zu mir nach Hause, um mir Geld einzustecken; dann schließe ich die Wohnung zu, nehme mir eine Droschke und fahre für den ganzen Abend nach den ›Inseln‹. Also, was haben Sie davon, mich zu begleiten?«

»Zunächst will ich nach Ihrer Wohnung mitgehen, aber nicht zu Ihnen, sondern zu Sofja Semjonowna, um mich zu entschuldigen, daß ich nicht an der Beerdigung ihrer Stiefmutter teilgenommen habe.«

»Ganz, wie es Ihnen beliebt; aber Sofja Semjonowna ist nicht zu Hause. Sie ist mit den drei Kindern zu einer Dame gegangen, zu einer vornehmen alten Dame, mit der ich noch von früher her bekannt bin und die zum Patronat mehrerer Waisenhäuser gehört. Ich habe diese Dame ganz bezaubert, indem ich ihr für die drei Kleinen der verstorbenen Katerina Iwanowna eine Summe Geldes brachte; außerdem habe ich auch noch den Waisenanstalten eine Zuwendung gemacht. Schließlich habe ich ihr noch Sofja Semjonownas Geschichte erzählt, mit allen Details, ohne etwas zu verschleiern. Das machte auf sie ganz gewaltigen Eindruck. Darum ist nun auch Sofja Semjonowna heute nach dem... schen Hotel hinbestellt worden, wo meine Bekannte nach der Heimkehr von der Sommerfrische in die Stadt einstweilen wohnt.«

»Schadet nichts; ich komme doch mit.«

»Wie es Ihnen beliebt; nur kann ich mich Ihnen heute nicht länger widmen. Aber mich geht's ja nichts an, was Sie tun! Da sind wir schon gleich zu Hause. Sagen Sie mal, ich bin überzeugt, Sie sind eben deshalb so mißtrauisch gegen mich, weil ich bisher so zartfühlend war, Sie nicht mit Fragen zu belästigen,... Sie verstehen mich wohl? Das war Ihnen gewiß gar zu auffällig; ich möchte sogar wetten, daß die Sache so zusammenhängt. Na, wenn man das davon hat, da soll einer nun noch zartfühlend sein!«

»Und an der Tür horchen!«

»Aha, damit kommen Sie mir!« erwiderte Swidrigailow lachend. »Ich hätte mich auch wirklich gewundert, wenn Sie unter den vorliegenden Umständen diesen Punkt unerwähnt gelassen hätten. Ha-ha! Ich habe zwar einiges verstanden, was Sie damals dort für Faxen machten und was Sie dem jungen Mädchen selbst erzählten; aber wie war denn das Ganze eigentlich? Ich bin vielleicht ein ganz rückständiger Mensch und kann nichts mehr ordentlich begreifen. Erklären Sie mir die Sache, liebster Freund, ich bitte Sie inständigst! Erleuchten Sie meinen Geist mit den neuesten Ideen!«

»Sie haben gar nichts hören können; was Sie da sagen, ist alles gelogen!«

»Ich rede ja gar nicht von dem faktischen Inhalte des Gehörten (wiewohl ich übrigens wirklich einiges gehört habe), sondern bloß davon, daß Sie immer ächzen und seufzen und stöhnen! Der Schiller in Ihnen wird alle Augenblicke rege. Jetzt verlangen Sie nun sogar, daß man nicht einmal mehr an der Tür horchen soll. Wenn Sie so streng denken, dann gehen Sie doch zur Behörde hin und erklären Sie: ›So und so ist es mir ergangen, ich habe das und das getan; es war mir in der Theorie ein kleiner Irrtum passiert.‹ Wenn Sie aber der Ansicht sind, an der Tür dürfe man nicht horchen, wohl aber dürfe man alte Weiber mit irgendeinem Gegenstande, der einem gerade in die Hände kommt, zu seinem Vergnügen totschlagen, dann fahren Sie schleunigst nach Amerika! Fliehen Sie, junger Mann! Vielleicht ist noch Zeit dazu. Ich rate es Ihnen aufrichtig. Haben Sie etwa kein Geld zur Reise? Ich will Ihnen welches geben.«

»Das liegt durchaus nicht in meiner Absicht!« unterbrach ihn Raskolnikow ärgerlich.

»Ich verstehe (übrigens, machen Sie sich keine Unbequemlichkeiten: Sie haben ja nicht nötig, viel zu reden, wenn Sie nicht mögen); ich kann mir auch denken, mit was für Fragen Sie sich jetzt beschäftigen: doch wohl mit moralischen, nicht wahr? Mit Fragen über Rechte und Pflichten in der bürgerlichen und menschlichen Gesellschaft? Lassen Sie doch dergleichen Überlegungen jetzt beiseite; warum wollen Sie sich damit jetzt noch abgeben? He-he! Etwa, weil Sie immer noch Bürger und Mensch geblieben sind? Aber wenn das der Fall ist, hätten Sie sich nicht mit solchen Geschichten befassen sollen; von Sachen, über die man nicht Bescheid weiß, muß man die Finger lassen. Na, schießen Sie sich doch tot; wie wär's? Oder haben Sie keine Lust?«

»Es scheint, Sie wollen mich absichtlich reizen, nur damit ich Sie jetzt verlasse...«

»Sie sind ein wunderlicher Kauz; aber da sind wir ja schon an Ort und Stelle; bitte schön, steigen Sie die Treppe hinauf. Sehen Sie, hier ist der Eingang zu Sofja Semjonownas Wohnung; sehen Sie, es ist niemand da! Sie glauben es nicht? Fragen Sie doch bei Kapernaumows; da pflegt sie den Schlüssel abzugeben. Da ist ja auch madame de Kapernaumow selbst; da können wir ja gleich fragen. Was? (Sie spricht etwas undeutlich.) Ausgegangen ist sie? Wohin? Nun, haben Sie es jetzt gehört? Sie ist nicht zu Hause und kommt vielleicht erst spät am Abend zurück. Na, dann kommen Sie jetzt zu mir mit herein. Sie wollten ja doch auch zu mir kommen, nicht wahr? Na, sehen Sie, da sind wir in meiner Wohnung. Frau Rößlich ist nicht zu Hause. Diese Frau ist fortwährend in geschäftlicher Tätigkeit; aber sie ist eine gute Frau, dessen kann ich Sie versichern... Vielleicht könnte sie Ihnen nützlich sein, wenn Sie ein bißchen vernünftiger sein wollten. Na, sehen Sie, bitte: ich nehme aus dem Schreibtisch dieses fünfprozentige Staatspapier (sehen Sie mal, wieviel ich noch von derselben Sorte habe), und dieses wandert noch heute zum Bankier. Na, haben Sie gesehen? Ich habe keine Zeit mehr zu verlieren. Der Schreibtisch wird zugeschlossen, die Wohnung wird zugeschlossen, und nun sind wir wieder auf der Treppe. Na, wenn's Ihnen recht ist, nehmen wir uns eine Droschke. Ich will ja nach den ›Inseln‹. Haben Sie nicht Lust, eine kleine Spazierfahrt zu machen? Hier, ich nehme diese Droschke nach der Jelagin-Insel. Wie? Sie wollen nicht? Also bleiben Sie Ihrer Absicht doch nicht treu? Lassen Sie uns doch fahren; warum denn nicht? Es scheint allerdings, als ob ein Regen kommt; aber das schadet nichts; wir ordnen an, daß das Verdeck in die Höhe geschlagen wird...«

Swidrigailow saß bereits im Wagen. Raskolnikow kam zu der Ansicht, daß sein Verdacht, wenigstens für den Augenblick, unbegründet sei. Ohne ein Wort zu antworten, drehte er sich um und ging wieder zurück nach dem Heumarkte zu. Hätte er sich auch nur ein einziges Mal umgewendet, so würde er noch gesehen haben, wie Swidrigailow, nachdem er nicht mehr als hundert Schritte gefahren war, den Kutscher ablohnte und auf das Trottoir trat. Gleich darauf bog Raskolnikow um eine Ecke, so daß er nun auch gar nicht mehr die Möglichkeit hatte, den andern zu beobachten. Ein Gefühl tiefen Ekels trieb ihn dazu, sich von Swidrigailow zu entfernen. ›Wie konnte ich auch nur einen Augenblick lang von diesem rohen Bösewicht, von diesem gemeinen Wüstling und Schurken etwas erwarten!‹ rief er unwillkürlich in Gedanken aus. Freilich war dieses sein Urteil zu eilig und leichtfertig. Es war in Swidrigailows ganzem Wesen etwas, was ihm wenigstens eine gewisse Originalität, man könnte fast sagen, etwas Geheimnisvolles verlieh. Was aber seine Schwester betraf, so blieb Raskolnikow doch mit Bestimmtheit bei seiner Überzeugung, daß Swidrigailow nicht gesonnen war, sie in Ruhe zu lassen. Es wurde ihm aber jetzt gar zu schwer, ja geradezu unerträglich, an all dies zu denken und es immer wieder zu überlegen!

Seiner Gewohnheit gemäß war er, sobald er allein geblieben war, schon nach zwanzig Schritten tief in Gedanken versunken. Als er auf die Brücke trat, blieb er am Geländer stehen und blickte auf das Wasser hinab. Unterdessen stand Awdotja Romanowna in einiger Entfernung hinter ihm.

Er war ihr am Anfang der Brücke begegnet, war aber an ihr vorbeigegangen, ohne sie zu beachten. Dunja hatte ihn noch nie in diesem Zustande auf der Straße gesehen und war überrascht und erschrocken. Sie blieb stehen und wußte nicht, ob sie ihn anrufen sollte oder nicht. Auf einmal bemerkte sie den aus der Richtung des Heumarktes her eilig herankommenden Swidrigailow.

Aber dieser schien sich bei seiner Annäherung großer Vorsicht und Heimlichkeit zu befleißigen. Er betrat die Brücke nicht, sondern blieb seitwärts auf dem Trottoir stehen und gab sich die größte Mühe, von Raskolnikow nicht gesehen zu werden. Dunja hatte er schon längst bemerkt und machte ihr Zeichen. Wie es ihr schien, bat er sie mit seinen Zeichen, den Bruder nicht anzurufen, sondern in Ruhe zu lassen, und forderte sie auf, zu ihm hinzukommen.

Dunja tat dies. Sachte ging sie um ihren Bruder herum und trat zu Swidrigailow.

»Wir wollen recht schnell gehen«, flüsterte ihr dieser zu. »Ich möchte nicht, daß Rodion Romanowitsch von unserer Zusammenkunft etwas merkt. Ich habe mit ihm nicht weit von hier in einem Restaurant gesessen, wo er mich selbst aufgesucht hatte, und habe mich nur mit Mühe von ihm wieder losgemacht. Er hat aus einer mir unbekannten Quelle von meinem Briefe an Sie Kenntnis erhalten und argwöhnt daher etwas. Sie haben ihm doch jedenfalls nichts davon gesagt? Aber wenn Sie es nicht getan haben, wer kann es sonst gewesen sein?«

»Da sind wir ja schon um die Ecke«, unterbrach ihn Dunja, »und mein Bruder kann uns nicht mehr sehen. Ich erkläre Ihnen, daß ich nicht weiter mit Ihnen gehe. Sagen Sie mir alles hier; das läßt sich alles auch auf der Straße sagen.«

»Erstens läßt sich das schlechterdings nicht auf der Straße sagen; zweitens müssen Sie auch Sofja Semjonowna anhören; drittens will ich Ihnen gewisse Beweismittel zeigen... Na, und schließlich, wenn Sie nicht einwilligen, mit in meine Wohnung zu kommen, so lehne ich es ab, Ihnen irgendwelche Mitteilungen zu machen, und entferne mich sofort. Dabei bitte ich Sie, nicht zu vergessen, daß das höchst interessante Geheimnis Ihres geliebten Bruders völlig in meinen Händen ist.«

Dunja blieb unentschlossen stehen und schaute Swidrigailow forschend an.

»Wovor fürchten Sie sich denn?« bemerkte er ruhig. »Wir sind hier in einer Stadt und nicht auf dem Lande. Und auf dem Lande haben Sie mir mehr Schaden zugefügt als ich Ihnen; hier aber...«

»Ist Sofja Semjonowna von meinem Kommen benachrichtigt?«

»Nein, ich habe ihr keine Silbe davon gesagt und bin nicht einmal ganz sicher, ob sie auch jetzt zu Hause ist. Aber sie ist wahrscheinlich da. Sie hat heute ihre Stiefmutter beerdigt; an einem solchen Tage pflegt man keine Besuche zu machen. Vorläufig will ich noch mit niemand über diese Angelegenheit reden und bereue sogar zum Teil, daß ich Ihnen davon Mitteilung gemacht habe. Die geringste Unvorsichtigkeit kann hierbei die Wirkung einer Denunziation haben. Ich wohne gleich hier, in diesem Hause; Sie sehen, wir sind schon da. Da steht der Hausknecht, der zu unserem Hause gehört; der kennt mich ganz genau; sehen Sie, er grüßt; er sieht, daß ich mit einer Dame komme, und hat sich sicherlich bereits Ihr Gesicht gemerkt; das kann Ihnen aber zustatten kommen, wenn Sie sich nun einmal so sehr fürchten und mir Böses zutrauen. Entschuldigen Sie, daß ich so unzart rede. Ich selbst wohne in einer möblierten Wohnung. Sofja Semjonowna wohnt neben mir Wand an Wand, gleichfalls in einem möblierten Zimmer. Die ganze Etage ist in dieser Weise vermietet. Also haben Sie keinen Anlaß, sich wie ein kleines Kind zu ängstigen. Oder bin ich wirklich ein so furchtbarer Mensch?«

Swidrigailows Gesicht verzog sich zu einem freundlich überlegenen Lächeln; aber in Wirklichkeit war ihm nicht nach Lächeln zumute. Das Herz pochte ihm heftig, und der Atem stockte ihm in der Brust. Er sprach absichtlich recht laut, um seine wachsende Aufregung zu verbergen; aber Dunja nahm diese besondere Aufregung gar nicht wahr; seine Bemerkung, daß sie sich wie ein kleines Kind vor ihm ängstige und daß er ihr als ein furchtbarer Mensch erscheine, hatte sie gar zu sehr gereizt.

»Obwohl ich weiß, daß Sie ein... ehrloser Mensch sind, fürchte ich mich dennoch nicht vor Ihnen. Gehen Sie voran!« sagte sie anscheinend ruhig, aber ihr Gesicht war sehr blaß.

Swidrigailow blieb bei Sonjas Wohnung stehen.

»Erlauben Sie, daß ich nachsehe, ob sie zu Hause ist... Nein. Schade! Aber ich weiß, daß sie wahrscheinlich sehr bald zurückkommen wird. Wenn sie ausgegangen ist, so kann sie nur zu einer mir bekannten Dame gegangen sein, um mit ihr über die Waisen Rücksprache zu nehmen, die nun auch ihre Mutter verloren haben. Ich habe mich auch da der Sache angenommen und Fürsorge getroffen. Sollte Sofja Semjonowna nicht binnen zehn Minuten zurückgekehrt sein, so werde ich sie nachher zu Ihnen nach Ihrer Wohnung schicken; wenn Sie es wünschen, heute noch. Na, und da ist auch meine Wohnung. Da sind meine beiden Zimmer. Nebenan, durch diese Tür verbunden, befindet sich die Wohnung meiner Wirtin, einer Frau Rößlich. Nun sehen Sie hierher, ich will Ihnen meine wichtigsten Beweismittel zeigen: aus meinem Schlafzimmer führt diese Tür hier nach zwei ganz leeren Stuben, die zu vermieten sind. Hier sind sie,... dies müssen Sie sich mit besonderer Aufmerksamkeit ansehen...«

Swidrigailow bewohnte zwei ziemlich geräumige möblierte Zimmer. Dunja blickte mißtrauisch um sich, bemerkte aber nichts Auffälliges, weder in der Ausstattung noch in der Lage der Zimmer, wiewohl sie allerdings hätte bemerken können, zum Beispiel daß Swidrigailows Wohnung zwischen zwei anderen Wohnungen lag, von denen die eine unbewohnt, die andere so gut wie unbewohnt war. Sie hatte ihren Eingang nicht unmittelbar vom Korridor aus, sondern durch zwei fast leere Zimmer der Wirtin. Vom Schlafzimmer aus zeigte Swidrigailow, nachdem er eine verschlossene Tür aufgeschlossen hatte, dem jungen Mädchen eine gleichfalls leere Wohnung, die zu vermieten war. Dunja wollte auf der Schwelle stehenbleiben, da sie nicht begriff, warum er sie aufforderte, das anzusehen; aber Swidrigailow beeilte sich, ihr dies zu erklären.

»Hier, sehen Sie einmal dorthin, in dieses zweite große Zimmer. Beachten Sie die Tür dort; sie ist verschlossen. Neben der Tür steht ein Stuhl, der einzige Stuhl in beiden Zimmern. Den habe ich aus meiner Wohnung dorthin gebracht, um es beim Zuhören bequemer zu haben. Dort gleich hinter der Tür steht Sofja Semjonownas Tisch; da saß sie und sprach mit Rodion Romanowitsch. Ich aber saß hier auf dem Stuhle und horchte, zwei Abende hintereinander, jedesmal etwa zwei Stunden lang – da konnte ich doch gewiß etwas erfahren, meinen Sie nicht?«

»Sie horchten?«

»Ja, allerdings; aber nun kommen Sie in meine Wohnung; hier ist nicht einmal eine Sitzgelegenheit.«

Er führte Awdotja Romanowna in sein erstes Zimmer zurück, das ihm als Wohnzimmer diente, und bot ihr einen Stuhl an. Er selbst setzte sich an das andere Ende des Tisches, gegen sieben Fuß von ihr entfernt; aber in seinen Augen leuchtete schon eben jenes Feuer, vor dem sie früher einmal so heftig erschrocken war. Sie fuhr zusammen und sah sich noch einmal mißtrauisch um. Sie tat das ganz unwillkürlich; ihr Mißtrauen zu zeigen lag offenbar nicht in ihrer Absicht. Aber die einsame Lage von Swidrigailows Wohnung war ihr nun doch schließlich aufgefallen. Sie wollte ihn schon fragen, ob nicht wenigstens seine Wirtin zu Hause sei, unterließ es aber... aus Stolz. Außerdem quälte ein anderes, unvergleichlich viel größeres Leid als die Furcht für ihre eigene Person ihr Herz. Sie duldete unerträgliche Qualen.

»Da ist Ihr Brief«, begann sie und legte den Brief auf den Tisch. »Ist denn das, was Sie da schreiben, überhaupt möglich? Sie deuten auf ein Verbrechen hin, das mein Bruder begangen habe. Sie deuten zu bestimmt darauf hin; wagen Sie nicht etwa sich jetzt herauszureden. Schon vor Ihrer Mitteilung habe ich von diesem dummen Gerede gehört; aber ich glaube kein Wort davon. Es ist eine schändliche, lächerliche Verdächtigung; ich weiß, wie und woher sie entstanden ist. Beweise können Sie nicht haben; Sie machten sich anheischig, mir Beweise zu liefern: nun, so reden Sie denn! Aber ich sage Ihnen im voraus, daß ich Ihnen nicht glauben werde. Ich werde Ihnen nicht glauben!«

Dunja sagte das schnell und hastig, und für einen Augenblick stieg ihr das Blut ins Gesicht.

»Wenn Sie es für so ganz ausgeschlossen gehalten hätten, daß Sie es glauben könnten, so hätten Sie es doch gewiß nicht riskiert, allein zu mir zu kommen. Warum sind Sie denn gekommen? Nur aus Neugier?«

»Foltern Sie mich nicht, reden Sie, reden Sie!«

»Das muß man sagen: Sie sind ein tapferes Mädchen. Ich habe wahrhaftig gedacht, Sie würden Herrn Rasumichin bitten, Sie hierher zu begleiten. Aber er war auf der Straße weder bei Ihnen noch in der Nähe; ich habe gut Umschau gehalten. Das ist kühn von Ihnen; Sie wollten offenbar Rodion Romanowitsch schonen. Ja, Sie sind in jeder Hinsicht ein himmlisches Wesen... Was nun Ihren Bruder anlangt, ja, was soll ich Ihnen da sagen? Sie haben ihn ja in diesem Augenblick selbst gesehen. Wie sieht er nur aus!«

»Das ist doch wohl nicht das einzige, worauf sich Ihre Behauptung gründet?«

»Gewiß nicht, vielmehr auf seine eigenen Worte. Zwei Abende nacheinander ist er zu Sofja Semjonowna hierher gekommen. Ich habe Ihnen gezeigt, wo sie gesessen haben. Er hat ihr eine vollständige Beichte abgelegt. Er ist ein Mörder. Er hat eine alte Beamtenwitwe, eine Wucherin, bei der auch er einige Sachen versetzt hatte, ermordet; desgleichen hat er deren Schwester ermordet, eine Händlerin namens Lisaweta, die unvermutet bei der Mordtat dazukam. Er hat sie beide mit einem Beile, das er mitgebracht hatte, erschlagen. Er hat sie ermordet, um sie zu berauben, und er hat auch geraubt; er hat Geld und einige Wertsachen weggenommen... Er selbst hat das alles Wort für Wort Sofja Semjonowna erzählt; sie ist die einzige, die von dem Geheimnisse weiß. Aber sie ist bei dem Morde weder durch Rat noch durch Tat beteiligt gewesen, erschrak vielmehr über die Mitteilung gerade ebenso wie Sie jetzt. Sie können beruhigt sein: sie wird ihn nicht verraten.«

»Es ist nicht möglich!« murmelte Dunja mit leichenblassen Lippen, nach Atem ringend. »Es ist nicht möglich. Er hatte ja dazu nicht den geringsten Grund, gar keinen Anlaß... Es ist eine Lüge, eine Lüge!«

»Er wollte rauben, das ist der ganze Grund. Er hat Geld und Wertsachen genommen. Allerdings hat er, nach seiner eigenen Aussage, weder von dem Gelde noch von den Wertsachen Gebrauch gemacht, sondern sie irgendwo unter einen Stein gelegt, wo sie noch liegen. Aber das hat er eben nur deshalb getan, weil er sich nicht getraute, davon

Gebrauch zu machen.«

»Aber ist es denn denkbar, daß er imstande gewesen sein sollte, zu stehlen und zu rauben? Daß ihm so etwas auch nur hätte in den Sinn kommen können?« rief Dunja und sprang von ihrem Stuhle auf. »Sie kennen ihn ja doch, Sie haben ihn gesehen; kann denn ein Mensch wie er ein Dieb sein?«

Ihr Ton klang, als ob sie Swidrigailow anflehte; all ihre Angst hatte sie vergessen.

»Da gibt es tausend und abertausend verschiedene Arten und Schattierungen, Awdotja Romanowna. Der gewöhnliche Dieb stiehlt mit dem Bewußtsein, daß er ein Schuft ist; ich habe aber auch schon einmal gehört, daß ein Mann besseren Standes die Post überfallen und ausgeplündert hat; wer weiß, ob der nicht tatsächlich der Ansicht war, etwas ganz Anständiges getan zu haben! Selbstverständlich hätte auch ich es ebensowenig wie Sie geglaubt, wenn ich es von irgendeinem anderen gehört hätte. Aber meinen eigenen Ohren mußte ich glauben. Er hat Sofja Semjonowna auch alle seine Beweggründe auseinandergesetzt; die wollte zuerst ihren Ohren nicht trauen; aber ihren Augen, ihren eigenen Augen mußte sie schließlich doch Glauben schenken. Er selbst hat es ihr ja alles persönlich erzählt.«

»Was waren das für... Beweggründe?«

»Das ist eine lange Geschichte, Awdotja Romanowna. Es liegt dabei (ja, wie soll ich Ihnen das nur klarmachen?) eine eigenartige Theorie zugrunde, dieselbe Anschauung, nach der auch ich zum Beispiel finde, daß eine einzige Übeltat erlaubt ist, wenn der Hauptzweck ein guter ist. Eine einzige üble Tat gegenüber hundert guten! Auch ist es sicherlich für einen jungen Mann von hervorragender Begabung und maßlosem Ehrgeiz ein empörender Gedanke, sich sagen zu müssen, daß seine ganze Laufbahn, all seine künftigen Lebensziele sich anders gestalten würden, wenn er nur dreitausend Rubel hätte, daß er aber diese dreitausend Rubel eben nicht hat. Nehmen Sie als anstachelnde Momente noch hinzu: den Hunger, die enge Wohnung, die deutliche Erkenntnis der Kläglichkeit seiner eigenen sozialen Stellung und im Verein damit der Stellung seiner Schwester und seiner Mutter. Die Hauptursachen aber waren Eitelkeit und Stolz, vielleicht indessen, Gott mag's wissen, daneben auch bessere Motive. Ich breche nicht den Stab über ihn; bitte, glauben Sie das nicht; das steht mir auch gar nicht zu. Es spielte dabei auch eine besondere Theorie eine Rolle (eine Theorie, die nach etwas klingt), nach der die Menschen in zwei Gruppen eingeteilt werden, sehen Sie wohl, in Material und in besondere Menschen, das heißt solche Menschen, für die wegen ihres hohen geistigen Ranges die Gesetze nicht geschrieben sind, sondern die vielmehr selbst für die übrigen Menschen, für dieses Material, für den Kehricht, Gesetzgeber sind. Man muß sagen: eine ganz leidliche Theorie, une théorie comme une autre. Ganz gewaltig hat ihm Napoleon imponiert, das heißt eigentlich hat ihm das imponiert, daß so viele geniale Menschen keine Bedenken trugen, eine einzelne Übeltat zu begehen, sondern, ohne erst lange zu reflektieren, über die Schranken hinwegschritten. Er scheint sich eingebildet zu haben, daß auch er ein genialer Mensch sei; ich meine, er ist eine Zeitlang davon überzeugt gewesen. Sehr niederdrückend war ihm und ist ihm auch noch der Gedanke, daß er zwar verstanden habe, eine Theorie aufzustellen, aber nicht imstande gewesen sei, über die Schranken ohne lange Reflexionen hinwegzuschreiten, und daß er somit kein genialer Mensch sei. Na, und das ist für einen ehrgeizigen jungen Mann demütigend; namentlich in unserer Zeit...«

»Und sollte er keine Gewissensbisse gehabt haben? Sie sprechen ihm also jedes moralische Gefühl ab? So ein Mensch ist er doch nicht!«

»Ach, Awdotja Romanowna, diese Begriffe sind jetzt bei uns arg in Verwirrung geraten; übrigens, eine besondere Ordnung hat wohl nie darin geherrscht. Die Russen haben überhaupt eine schrankenlose Natur, Awdotja Romanowna, ganz wie ihr Land, und neigen außerordentlich stark zum Phantastischen, Ordnungslosen; aber eine solche Neigung zur Schrankenlosigkeit ist, wenn sich nicht besondere Genialität damit vereint, ein Unglück. Wissen Sie wohl noch, wie oft wir beide in ebendiesem Sinne über ebendieses Thema gesprochen haben, wenn wir nach dem Abendessen im Garten auf der Terrasse saßen? Gerade diese Neigung zur Schrankenlosigkeit machten Sie mir damals noch zum Vorwurf. Wer weiß, vielleicht haben wir manchmal gerade in derselben Zeit davon gesprochen, wo er hier lag und sich seinen Plan ausdachte. Bei uns in der gebildeten Gesellschaft gibt es ja eigentlich keine durch das Herkommen geheiligten Grundsätze, Awdotja Romanowna; es müßte denn sein, daß sich jemand dergleichen aus Büchern zusammenstellt oder aus Chroniken ausgräbt. Aber das sind doch meist nur Gelehrte, und, wissen Sie, das sind in ihrer Art rechte Schlafmützen, so daß es für einen Mann von Welt unpassend wäre, es ihnen nachzutun. Übrigens kennen Sie ja meine Anschauungen über diese ganze Frage; ich stehe entschieden auf dem Standpunkte, niemand zu verurteilen. Ich selbst bin ein Nichtstuer und halte an diesem Lebensprinzip fest. Wir haben uns darüber ja schon wiederholt unterhalten. Ich hatte sogar das Glück, durch meine Ansichten Ihr Interesse zu erregen... Aber Sie sind ja so blaß, Awdotja Romanowna!«

»Ich kenne diese Theorie meines Bruders. Ich habe in einer Zeitschrift eine Abhandlung von ihm gelesen über Menschen, denen alles erlaubt ist... Rasumichin hat sie mir gebracht.«

»Rasumichin? Eine Abhandlung Ihres Bruders? In einer Zeitschrift? Hat er eine solche Abhandlung geschrieben? Das war mir nicht bekannt. Die wird gewiß sehr interessant sein! Aber wo wollen Sie denn hin, Awdotja Romanowna?«

»Ich will mit Sofja Semjonowna sprechen«, antwortete Dunja mit schwacher Stimme. »Wie komme ich zu ihr? Sie ist vielleicht schon zurückgekehrt; ich will unter allen Umständen so schnell wie möglich mit ihr sprechen. Mag sie...«

Awdotja Romanowna war nicht imstande, den Satz zu Ende zu sprechen; ihr Atem war wie abgeschnürt.

»Sofja Semjonowna wird erst spät am Abend zurückkommen. Ich muß das annehmen; es war zu erwarten, daß sie sehr bald zurückkommen würde oder, wenn nicht, erst sehr spät.«

»Ah, du lügst also! Ich sehe,... du lügst,... du hast alles gelogen!... Ich glaube dir nicht! Nein! Nein!« rief Dunja in wahrer Wut und ganz außer sich.

Fast ohnmächtig sank sie auf einen Stuhl nieder, den ihr Swidrigailow schnell hinrückte.

»Was ist Ihnen, Awdotja Romanowna? Kommen Sie doch zu sich! Hier ist Wasser! Trinken Sie einen Schluck!«

Er bespritzte sie mit Wasser. Dunja zuckte zusammen und kam wieder zum Bewußtsein.

»Das hat stark gewirkt!« murmelte Swidrigailow mit finsterem Gesichte vor sich hin. »Beruhigen Sie sich, Awdotja Romanowna! Denken Sie daran, daß er Freunde hat. Wir wollen ihn schon retten, ihm durchhelfen. Wenn Sie es wünschen, bringe ich ihn ins Ausland. Ich habe Geld; in längstens drei Tagen beschaffe ich ihm einen Paß. Und was den Mord betrifft, den er begangen hat, so wird er in seinem Leben noch viele gute Taten tun, so daß das alles wieder wettgemacht wird; darüber mögen Sie ruhig sein. Er kann noch ein großer Mann werden. Nun, wie geht es Ihnen jetzt? Wie fühlen Sie sich?«

»Schlechter Mensch! Sie höhnen noch! Lassen Sie mich...«

»Wohin? Wo wollen Sie denn hin?«

»Zu ihm. Wo ist er? Sie wissen es? Wie kommt es, daß diese Tür verschlossen ist? Wir sind doch durch diese Tür hereingekommen, und jetzt ist sie verschlossen. Ich habe gar nicht gemerkt, daß Sie sie zuschlossen; wann haben Sie das getan?«

»Ich mußte doch verhüten, daß das, was wir hier besprächen, von anderen Leuten gehört würde. Ich höhne ganz und gar nicht; aber ich bin es allerdings überdrüssig, in dem bisherigen Tone weiterzureden. Wohin wollen Sie in dieser Verfassung gehen? Oder wollen Sie bewirken, daß seine Schuld bekannt wird? Sie werden ihn zur Raserei bringen, und er wird sich selbst anzeigen. Ich muß Ihnen sagen, daß man ihn bereits verfolgt, ihm auf der Fährte ist. Sie werden ihn bloß verraten. Warten Sie doch; ich habe ihn eben gesehen und mit ihm gesprochen; er ist noch zu retten. Warten Sie doch, setzen Sie sich, wir wollen es zusammen überlegen. Darum habe ich Sie ja eben gebeten, zu mir zu kommen, um darüber mit Ihnen allein Rücksprache zu nehmen und alles ordentlich zu überlegen. Aber so setzen Sie sich doch hin!«

»Auf welche Weise können Sie ihn retten? Ist denn noch Rettung möglich?«

Dunja setzte sich. Swidrigailow setzte sich neben sie.

»Das alles wird von Ihnen abhängen, von Ihnen, von Ihnen allein«, begann er mit funkelnden Augen, fast im Flüstertone; er war so erregt und verwirrt, daß er manche Worte nicht deutlich herausbekam.

Dunja wich erschrocken von ihm zurück. Auch er zitterte am ganzen Körper.

»Sie... ein einziges Wort von Ihnen, und er ist gerettet! Ich... ich werde ihn retten. Ich habe Geld und Freunde. Ich werde ihn sofort wegbringen; ich selbst werde ihm einen Paß besorgen, oder zwei Pässe, einen für ihn, einen für mich. Ich habe Freunde, ich stehe mit geschäftskundigen Leuten in Verbindung... Wollen Sie? Auch für Sie will ich einen Paß nehmen,... auch für Ihre Mutter... Wozu brauchen Sie diesen Rasumichin? Ich liebe Sie auch,... ich liebe Sie grenzenlos. Lassen Sie mich den Saum Ihres Kleides küssen, ich bitte Sie darum! Ich bitte Sie darum! Ich kann es nicht mehr anhören, wie es raschelt. Sagen Sie mir: ›tu das!‹ und ich tue es! Alles will ich tun. Ich will das Unmögliche vollbringen. Woran Sie glauben, daran will auch ich glauben. Ich will alles, alles tun! Sehen Sie mich nicht so an, sehen Sie mich nicht so an! Sie töten mich mit diesem Blicke...«

Er redete wie im Fieber. Es war, als wäre er plötzlich trunken geworden. Dunja sprang auf und stürzte zur Tür.

»Aufmachen! Aufmachen!« rief sie durch die Tür, um jemand herbeizurufen, und rüttelte an ihr mit beiden Händen. »Aufmachen! Ist niemand da?«

Swidrigailow kam wieder zu sich und stand auf. Ein boshaftes, höhnisches Lächeln trat langsam auf seine immer noch zitternden Lippen; dann sagte er leise und mit Nachdruck:

»Da ist niemand zu Hause. Die Wirtin ist ausgegangen, und es ist vergebliche Mühe, so zu schreien. Sie regen sich unnütz auf.«

»Wo ist der Schlüssel? Öffne sofort die Tür, sofort, du gemeiner Mensch!«

»Den Schlüssel habe ich verloren und kann ihn nicht wiederfinden.«

»Ah! Das ist Gewalt!« rief Dunja, die leichenblaß geworden war, und stürzte sich in eine Ecke, wo sie schleunigst hinter einem dort stehenden Tischchen Deckung suchte.

Sie schrie nicht, sondern heftete ihren Blick fest auf ihren Peiniger und verfolgte scharf jede seiner Bewegungen. Auch Swidrigailow rührte sich nicht von seinem Platze und stand ihr gegenüber am anderen Ende des Zimmers. Er hatte wieder die Herrschaft über sich gewonnen, wenigstens äußerlich. Aber sein Gesicht war bleich wie vorher, und das höhnische Lächeln war nicht verschwunden.

»Sie sagten soeben ›Gewalt‹, Awdotja Romanowna. Wenn ich wirklich Gewalt beabsichtigen sollte, so können Sie sich wohl selbst sagen, daß ich auch die erforderlichen Maßregeln getroffen haben werde. Sofja Semjonowna ist nicht zu Hause; bis zu Kapernaumows ist es sehr weit; da liegen drei leere, verschlossene Zimmer dazwischen. Schließlich bin ich mindestens noch einmal so stark wie Sie, und außerdem habe ich nichts zu befürchten; denn Sie können auch nachher keine Klage gegen mich anstrengen: Sie werden doch wahrhaftig nicht Ihren Bruder verraten wollen? Auch wird Ihnen nicht einmal jemand glauben: weshalb sollte denn ein junges Mädchen allein zu einem alleinstehenden Manne in die Wohnung gegangen sein? Also selbst wenn Sie Ihren Bruder preisgäben, würden Sie doch nichts gegen mich beweisen können: eine Vergewaltigung ist sehr schwer zu beweisen, Awdotja Romanowna.«

»Schurke!« flüsterte Awdotja entrüstet.

»Nennen Sie mich, wie Sie wollen; aber bitte, beachten Sie, daß ich von Gewalt nur im Sinne einer bloßen Annahme gesprochen habe. Nach meiner persönlichen Überzeugung haben Sie vollkommen recht: eine Vergewaltigung ist eine Gemeinheit. Ich habe von der äußersten Möglichkeit einer Gewalttat auch nur deshalb gesprochen, um Ihnen begreiflich zu machen, daß Sie sich in Ihrem Gewissen nicht beschwert zu fühlen brauchen, wenn Sie... wenn Sie sich entschließen, Ihren Bruder freiwillig in der von mir vorgeschlagenen Weise zu retten. Sie haben sich dann einfach den Umständen gefügt, na, meinetwegen auch der Gewalt, wenn dieses Wort nun einmal unentbehrlich ist. Überlegen Sie es sich ein Weilchen: das Schicksal Ihres Bruders und Ihrer Mutter liegt in Ihren Händen. Ich aber werde Ihr Sklave sein... mein ganzes Leben lang... Ich will hier warten.«

Swidrigailow setzte sich auf das Sofa, etwa acht Schritte von Dunja entfernt. Für sie bestand nicht der geringste Zweifel an seiner unerschütterlichen Entschlossenheit. Dazu kannte sie ihn zu gut.

Plötzlich zog sie einen Revolver aus der Tasche, spannte den Hahn und legte die Hand mit dem Revolver auf das Tischchen. Swidrigailow sprang auf.

»Aha! Ei, sehen Sie mal!« rief er erstaunt mit boshaftem Lächeln. »Nun, das gibt ja der Sache allerdings eine ganz andere Wendung! Sie erleichtern mir dadurch mein Vorhaben außerordentlich, Awdotja Romanowna! Aber wo haben Sie denn den Revolver her? Etwa von Herrn Rasumichin? Nein doch! Das ist ja mein Revolver! Ein alter Bekannter! Und ich habe damals so danach gesucht!... Der Unterricht im Schießen, den ich auf dem Lande Ihnen zu erteilen die Ehre hatte, ist also doch nicht unnütz gewesen!«

»Der Revolver gehörte nicht dir, sondern Marfa Petrowna, die du ermordest hast, du Bösewicht! Du hattest in ihrem ganzen Hause nichts Eigenes. Ich nahm ihn an mich, sobald ich merkte, wozu du fähig bist. Wage es, mir auch nur einen Schritt näherzukommen, so erschieße ich dich; das schwöre ich dir!«

Dunja befand sich in rasender Erregung. Den Revolver hielt sie schußbereit.

»Na, und was soll aus Ihrem Bruder werden? Ich frage nur so aus Neugier!« sagte Swidrigailow, der immer noch an seinem Platze stand.

»Denunziere ihn, wenn du willst! Nicht von der Stelle! Rühre dich nicht! Ich schieße! Du hast deine Frau vergiftet, das weiß ich; du bist selbst ein Mörder!«

»Wissen Sie das auch ganz bestimmt, daß ich Marfa Petrowna vergiftet habe?«

»Du hast es getan! Du hast mir selbst Andeutungen darüber gemacht; du hast mir gegenüber von Gift gesprochen,... ich weiß, du bist weggefahren, um dir welches zu beschaffen,... du hattest es bereitliegen... Du hast es getan... Zweifellos hast du es getan,... du Schurke!«

»Und selbst wenn es wahr wäre, so hätte ich es doch nur um deinetwillen... so wärest doch nur du die Ursache gewesen.«

»Du lügst! Ich habe dich immer gehaßt, immer...«

»Ei, ei, Awdotja Romanowna, Sie haben offenbar vergessen, wie Sie damals in Ihrem Bekehrungseifer schon nachgiebiger wurden und auftauten... Ich habe Ihnen das an den Augen angesehen; erinnern Sie sich noch: eines Abends, bei Mondschein, die Nachtigall flötete?«

»Du lügst!« (Dunjas Augen funkelten vor Wut.) »Du lügst, Verleumder!«

»Ich lüge? Na, meinetwegen auch das! Ich habe also gelogen. Es schickt sich nicht, Frauen an solche Dinge zu erinnern.« (Er lächelte.) »Ich weiß, daß du schießen wirst, du reizende Tigerin! Na, dann schieße also!«

Dunja hob den Revolver in die Höhe; sie war totenbleich, die blasse Unterlippe bebte, die großen schwarzen Augen funkelten wie Feuer. Entschlossen blickte sie ihn an und wartete auf die erste Bewegung von seiner Seite. Noch nie hatte er sie so schön gesehen. Er hatte die Empfindung, als ob das Feuer, das in diesem Augenblick aus ihren Augen sprühte, ihn versengte, und sein Herz krampfte sich schmerzhaft zusammen. Er trat einen Schritt vorwärts, und der Schuß ertönte.

Die Kugel hatte ihm das Haar gestreift und war hinter ihm in die Wand gefahren. Er blieb stehen und lachte leise auf.

»Die Wespe hat gestochen! So ein Mädchen, zielt gerade nach dem Kopfe!... Was ist das? Blut!«

Er zog das Taschentuch heraus, um das Blut abzuwischen, das in einem feinen Streifen über seine rechte Schläfe rann; augenscheinlich hatte die Kugel die Kopfhaut eben nur geritzt. Dunja ließ den Revolver sinken und blickte Swidrigailow an, nicht sowohl erschreckt, sondern in einer Art von scheuem Staunen. Es war, als begreife sie selbst nicht, was sie getan hatte und was geschehen war.

»Na ja, das war vorbeigeschossen! Schießen Sie noch einmal; ich warte«, sagte Swidrigailow leise; er lächelte immer noch, aber sein Lächeln hatte jetzt etwas Düsteres, Trübes. »Wenn Sie so stehenbleiben, kann ich Sie ja packen, ehe Sie dazukommen, den Hahn zu spannen!«

Dunja fuhr zusammen, spannte schnell den Hahn und hob den Revolver wieder in die Höhe.

»Lassen Sie von mir ab!« rief sie verzweifelt. »Ich schwöre Ihnen, ich schieße noch einmal; ich... werde Sie töten...«

»Na, schön,... auf drei Schritt Entfernung kann es ja eigentlich gar nicht ausbleiben, daß man einen totschießt. Na, aber wenn Sie mich nicht totschießen,... dann...«

Seine Augen funkelten und er trat noch zwei Schritte näher.

Dunja drückte ab; aber der Schuß versagte.

»Sie haben nicht sorgfältig geladen. Aber es tut nichts! Sie haben noch eine Patrone darin. Machen Sie Ihren Fehler wieder gut; ich warte.«

Er stand in einer Entfernung von zwei Schritten vor ihr, wartete und sah sie mit wilder Entschlossenheit an; seine Augen flammten in tiefer Leidenschaft. Dunja konnte nicht zweifeln, daß er eher sterben als von ihr ablassen werde. ›Und... und nun, auf zwei Schritt, werde ich ihn sicher töten!‹ sagte sie sich.

Plötzlich schleuderte sie den Revolver von sich.

»Sie hat ihn weggeworfen!« sagte Swidrigailow erstaunt und holte tief Atem.

Ihm war, als hätte sich ihm auf einmal eine Last vom Herzen gelöst, und es war wohl nicht allein der Druck der Todesfurcht; die hatte er in diesem Augenblick vielleicht überhaupt kaum empfunden. Es war die Befreiung von einem anderen, krankhaften, düsteren Gefühle, das er in seiner ganzen Bedeutung selbst nicht hätte definieren können.

Er trat an Dunja heran und legte leise seinen Arm um ihre Taille. Sie widersetzte sich ihm nicht; aber sie blickte ihn, am ganzen Körper wie Espenlaub zitternd, mit flehenden Augen an. Er wollte etwas sagen; aber es verzogen sich nur seine Lippen; zu sprechen war er nicht imstande.

»Laß mich!« sagte Dunja flehend.

Swidrigailow zuckte zusammen: dieses Du war in ganz anderem Tone gesprochen als vorher.

»Du liebst mich also nicht?« fragte er leise.

Dunja schüttelte verneinend den Kopf.

»Und... du wirst es auch nie können?... Niemals?« flüsterte er voll Verzweiflung.

»Nein, niemals!« flüsterte Dunja.

In Swidrigailows Seele ging einen Augenblick lang ein furchtbarer, stummer Kampf vor sich. Mit einem unbeschreiblichen Blicke schaute er sie an. Plötzlich löste er seinen Arm von ihrem Körper, wandte sich ab, ging schnell zum Fenster und blieb dort stehen, dem Zimmer den Rücken zuwendend.

Es verging noch ein Augenblick.

»Hier ist der Schlüssel!« Er zog ihn aus der linken Überziehertasche und legte ihn hinter sich auf den Tisch, ohne sich umzudrehen und ohne Dunja anzublicken. »Nehmen Sie ihn und gehen Sie schnell fort!«

Er blickte starr durch das Fenster.

Dunja trat an den Tisch, um den Schlüssel zu nehmen.

»Schnell! Schnell!« rief Swidrigailow, der sich immer noch nicht rührte und nicht umwandte.

Aber in diesem »Schnell!« war ein furchtbarer Ton deutlich hindurchzuhören.

Dunja verstand diesen Ton, ergriff den Schlüssel, stürzte zur Tür, schloß sie schnell auf und eilte aus dem Zimmer. Einen Augenblick darauf lief sie wie wahnsinnig und wie betäubt aus dem Hause und rannte am Kanal entlang nach der... schen Brücke zu.

Swidrigailow blieb noch etwa drei Minuten lang am Fenster stehen; endlich wandte er sich langsam um, blickte um sich und fuhr sich sachte mit der Hand über die Stirn. Ein sonderbares Lächeln verzerrte sein Gesicht, ein klägliches, trauriges, mattes Lächeln, ein Lächeln der Verzweiflung. Das Blut, das bereits einzutrocknen begann, hatte ihm bei dieser Bewegung die Handfläche beschmutzt; ärgerlich betrachtete er den Fleck; dann befeuchtete er ein Handtuch und wusch sich die Schläfe rein. Auf einmal fiel ihm der Revolver in die Augen, den Dunja von sich geworfen hatte und der gegen die Tür geflogen war. Er hob ihn auf und besah ihn. Es war ein kleiner, dreischüssiger Taschenrevolver alten Systems; es waren darin noch zwei Patronen und ein Zündhütchen vorhanden. Einmal konnte man also noch damit schießen. Er überlegte ein Weilchen, schob dann den Revolver in die Tasche, ergriff seinen Hut und ging hinaus.

VI

Er verbrachte diesen ganzen Abend bis zehn Uhr in allerlei Restaurants und unanständigen Lokalen, indem er von einem zum andern wanderte. In einem solchen Lokale traf er auch Katja, die wieder einen Gassenhauer sang, diesmal einen anderen, in dem eine Stelle vorkam wie: »Der arge Schurke und Tyrann, zu küssen fing er Katja an.« Swidrigailow traktierte Katja und den Drehorgelspieler mit Getränken, ebenso die Chorsänger, die Kellner und zwei Schreiber. Mit diesen Schreibern hatte er sich eigentlich nur deswegen eingelassen, weil sie beide schiefe Nasen hatten: bei dem einen stand die Nase nach rechts schief, bei dem andern nach links. Das hatte Swidrigailows Interesse erweckt. Schließlich schleppten sie ihn mit sich nach einem Vergnügungsgarten, wo er für sie auch das Eintrittsgeld bezahlte. In diesem Garten befanden sich nur eine dünne dreijährige Tanne und drei Sträucher. Außerdem war darin ein Restaurant eingerichtet, das in Wirklichkeit nur eine Kneipe war; aber man konnte dort auch Tee bekommen. Ferner standen in dem Garten einige grün angestrichene Tische und Stühle. Ein elender Sängerchor und ein betrunkener, rotnasiger Deutscher aus München, eine Art von Possenreißer, der aber, Gott weiß warum, sehr trübsinnig war, sorgten für das Amüsement des Publikums. Die Schreiber gerieten mit ein paar anderen Schreibern in Streit, und es fehlte nicht viel, daß es zur Prügelei kam. Swidrigailow wurde von ihnen zum Schiedsrichter erwählt. Wohl eine Viertelstunde mühte er sich damit ab, die Parteien zu vernehmen; aber sie schrien so, daß es schlechterdings unmöglich war, etwas klarzustellen. Am wahrscheinlichsten hing die Sache so zusammen: einer von ihnen hatte etwas gestohlen und es sogar schon an einen plötzlich auf der Bildfläche erschienenen Juden verkauft, wollte nun aber den Erlös nicht mit seinen Kollegen teilen. Es ergab sich schließlich, daß der verkaufte Gegenstand ein dem »Restaurant« gehöriger Teelöffel war. In dem »Restaurant« war der Löffel bereits vermißt worden, und die Sache schien sehr kompliziert und schwierig zu werden. Swidrigailow bezahlte den Löffel, stand auf und verließ den Garten. Es war gegen zehn Uhr. Er selbst hatte die ganze Zeit über keinen Tropfen Branntwein getrunken und sich in dem »Restaurant« nur Tee geben lassen, und auch das eigentlich nur um des Anstandes willen.

Der Abend war schwül und trübe. Um zehn Uhr zogen von allen Seiten furchtbare Gewitterwolken zusammen; ein Unwetter brach los, und der Regen stürzte wie ein Wasserfall hernieder. Das Wasser fiel nicht in Tropfen, sondern rauschte in ganzen Bächen auf die Erde herab. Fortwährend flammten Blitze; mitunter konnte man bis zu fünf fast gleichzeitig zählen. Als Swidrigailow nach Hause kam, war er durchnäßt bis auf die Haut; er schloß sich ein, öffnete seinen Schreibtisch, nahm sein ganzes Geld heraus und zerriß einige Papiere. Er überlegte einen Augenblick, ob er die Kleider wechseln sollte; aber nachdem er das Fenster geöffnet und gesehen und gehört hatte, wie es noch immer donnerte und regnete, verwarf er diese Absicht mit einer geringschätzigen Handbewegung, steckte das Geld in die Tasche, ergriff seinen Hut und ging, ohne seine Wohnung zuzuschließen, hinaus. Er begab sich geradeswegs zu Sonja.

Diese war zu Hause.

Sie war nicht allein; vier kleine Kapernaumowsche Kinder waren bei ihr, und sie gab ihnen Tee zu trinken. Sie empfing Swidrigailow schweigend und respektvoll, bemerkte mit Erstaunen, daß seine Kleider ganz durchnäßt waren, sagte aber kein Wort. Die Kinder liefen sämtlich sofort in größter Angst davon.

Swidrigailow setzte sich an den Tisch und bat Sonja, sich neben ihn zu setzen. Schüchtern schickte sie sich an, ihm zuzuhören.

»Sofja Semjonowna, ich reise vielleicht nach Amerika«, sagte Swidrigailow, »und da ich Sie wahrscheinlich zum letzten Male sehe, bin ich gekommen, um noch einiges zu ordnen. Nun, Sie haben also heute diese Dame besucht? Ich weiß, was sie zu Ihnen gesagt hat; Sie brauchen es mir nicht zu wiederholen.« (Sonja machte eine Bewegung und errötete.) »Diese Sorte Menschen hat nun einmal so eine bestimmte Anschauungsweise. Was Ihre Schwesterchen und Ihr Brüderchen anlangt, so sind sie sicher untergebracht, und das für sie bestimmte Geld ist von mir für einen jeden gegen Quittung gehörigen Ortes zu treuen Händen eingezahlt worden. Nehmen Sie übrigens diese Quittungen an sich, ich meine bloß... für jeden Fall. Hier, nehmen Sie! Na, das ist also jetzt erledigt. Hier sind drei fünfprozentige Staatsschuldscheine im Gesamtbetrage von dreitausend Rubel. Nehmen Sie das für sich, ausschließlich für sich, und lassen Sie es unter uns bleiben; sagen Sie von dieser Summe niemandem etwas, was auch immer Ihnen zu Ohren kommen mag. Sie werden das Geld gebrauchen können, Sofja Semjonowna; denn so zu leben wie bisher ist unwürdig; das werden Sie nun nicht mehr nötig haben.«

»Sie haben mir so viele, große Wohltaten erwiesen und auch den Waisen und der Verstorbenen«, stammelte Sonja hastig. »Wenn ich Ihnen bisher nur so wenig dafür gedankt habe, so... wollen Sie nicht meinen...«

»Ach, hören Sie auf, hören Sie auf!«

»Aber dieses Geld, Arkadij Iwanowitsch,... ich bin Ihnen sehr dankbar; aber ich habe es jetzt wirklich nicht nötig. Mich allein kann ich immer durchbringen. Halten Sie es nicht für Undankbarkeit; aber wenn Sie schon eine so große Wohltat erweisen wollen, so könnte dieses Geld...«

»Es ist für Sie bestimmt, Sofja Semjonowna, für Sie; und bitte, ohne Hin- und Herreden, denn ich habe dazu auch gar keine Zeit mehr. Sie werden es aber gebrauchen können. Rodion Romanowitsch hat nur zwei Wege vor sich: entweder eine Kugel in den Kopf – oder nach Sibirien.« (Sonja blickte ihn scheu an und fing an zu zittern.) »Beunruhigen Sie sich nicht; ich weiß alles, aus seinem eigenen Munde; aber ich bin kein Schwätzer und werde es niemandem sagen. Sie haben sehr gut daran getan, daß Sie ihm rieten, er möchte hingehen und sich selbst anzeigen. Das wird für ihn bei weitem das beste sein. Na, wenn es also zur Verschickung nach Sibirien kommt, dann werden Sie doch mit ihm gehen? Nicht wahr? Nicht wahr? Na, in diesem Falle werden Sie das Geld recht gut gebrauchen können. Für ihn werden Sie es gebrauchen können, verstehen Sie? Wenn ich es Ihnen gebe, so ist das ganz dasselbe, als gäbe ich es ihm. Außerdem haben Sie ja auch, wie ich gehört habe, der Wirtin Amalia Iwanowna versprochen, ihr die rückständige Miete zu bezahlen. Warum nehmen Sie unbedachtsamerweise solche Verpflichtungen auf sich, Sofja Semjonowna? Katerina Iwanowna war doch dieser Deutschen das Geld schuldig geblieben, und nicht Sie; da sollten Sie sich den Kuckuck um dieses deutsche Frauenzimmer kümmern. So kommt man in der Welt nicht vorwärts. Na, und wenn jemand, so etwa morgen oder übermorgen, nach mir fragen sollte (und bei Ihnen wird man gewiß nachfragen), dann erwähnen Sie nichts davon, daß ich jetzt bei Ihnen gewesen bin, und zeigen Sie unter keinen Umständen das Geld, und sagen Sie niemandem, daß ich Ihnen welches gegeben habe. Nun also, jetzt auf Wiedersehen!« (Er erhob sich.) »Grüßen Sie Rodion Romanowitsch! Dabei fällt mir ein: übergeben Sie doch das Geld, wollen mal sagen, Herrn Rasumichin zur vorläufigen Aufbewahrung. Sie kennen doch Herrn Rasumichin. Jedenfalls werden Sie ihn kennen. Das ist ein ganz verständiger junger Mann. Bringen Sie es ihm morgen, oder... wenn es an der Zeit sein wird. Bis dahin verwahren Sie es ordentlich!«

Sonja sprang gleichfalls auf und sah ihn erschrocken an. Gern hätte sie etwas gesagt, etwas gefragt; aber sie wagte es im ersten Augenblick nicht und wußte auch nicht, wie sie anfangen sollte.

»Aber... aber wollen Sie denn jetzt bei diesem Regen ausgehen?«

»Na, wenn einer nach Amerika reisen will, dann darf er sich doch nicht vor einem Regen fürchten, he-he! Leben Sie wohl, meine liebe Sofja Semjonowna! Möge Ihnen ein langes Leben beschieden sein; Sie werden auch anderen nützen. Noch eins: sagen Sie doch Herrn Rasumichin, daß ich mich ihm empfehlen lasse. Bestellen Sie so: ›Arkadij Iwanowitsch Swidrigailow läßt sich Ihnen empfehlen.‹ Aber vergessen Sie es nicht!«

Er ging hinaus; erstaunt, erschrocken und von einem unklaren, quälenden Argwohn erfüllt, blieb Sonja zurück.

Es stellte sich später heraus, daß er an ebendiesem Abend nach elf Uhr noch einen sehr ungewöhnlichen, unerwarteten Besuch gemacht hatte. Der Regen hielt immer noch an. Ganz durchnäßt betrat er zwanzig Minuten nach elf Uhr die ärmliche Wohnung der Eltern seiner Braut auf der Wassilij-Insel in der dritten Linie beim Kleinen Prospekt. Nur mit großer Mühe hatte er sich durch Klopfen Eingang verschafft und hatte zuerst große Bestürzung hervorgerufen; aber Arkadij Iwanowitsch war, wenn er es darauf anlegte, ein Mann von bezauberndem Wesen, so daß die ursprüngliche (obwohl an sich sehr scharfsinnige) Vermutung der verständigen Eltern der Braut, Arkadij Iwanowitsch habe sich wohl irgendwo derartig betrunken, daß er nicht mehr wisse, was er tue, sofort in sich zusammenfiel. Den gelähmten Vater rollte seine treue Pflegerin, die verständige Mutter der Braut, im Lehnsessel zu Arkadij Iwanowitsch ins Zimmer herein und begann nach ihrer Gewohnheit sofort mit weit ausholenden Fragen. Diese Frau fragte niemals einfach und geradezu, sondern sie fing immer zunächst damit an, zu lächeln und sich die Hände zu reiben; und darauf, wenn ihr daran gelegen war, etwas unter allen Umständen und zuverlässig in Erfahrung zu bringen, zum Beispiel welchen Termin Arkadij Iwanowitsch für die Hochzeit in Aussicht genommen habe, begann sie mit den neugierigsten, eifrigsten Fragen über Paris und das dortige Hofleben und gelangte dann so ganz allmählich auch zur dritten Linie auf der Wassilij-Insel. Zu anderer Zeit verhielt sich Swidrigailow diesem schlauen Verfahren gegenüber ja natürlich sehr respektvoll; aber diesmal bekundete er eine besondere Ungeduld und wünschte energisch, so schnell wie nur irgend möglich seine Braut zu sehen, obgleich ihm gleich anfangs gesagt worden war, daß diese sich bereits schlafen gelegt habe. Natürlich erschien die Braut. Arkadij Iwanowitsch teilte ihr ohne Umschweife mit, er müsse aus sehr wichtigem Anlasse Petersburg für einige Zeit verlassen; er habe ihr daher fünfzehntausend Rubel in allerlei Wertpapieren mitgebracht und bäte sie, diese Summe von ihm als Geschenk anzunehmen, da er schon längst vorgehabt habe, ihr diese Kleinigkeit vor der Hochzeit zu schenken. Ein eigentlicher logischer Zusammenhang zwischen dem Geschenke und der eiligen Abreise und der unbedingten Notwendigkeit, deswegen im Regen und mitten in der Nacht herzukommen, wurde durch diese Erklärungen natürlich in keiner Weise nachgewiesen; aber die Angelegenheit wurde dennoch sehr glatt erledigt. Die Familienmitglieder ließen sich sogar schnell dazu bringen, mit den unvermeidlichen Ausrufen des Staunens und den verwunderten Fragen Maß zu halten und bald aufzuhören; dafür aber wurde die Dankbarkeit in den feurigsten Ausdrücken bekundet und von der so außerordentlich verständigen Mutter sogar noch durch Tränen bekräftigt. Arkadij Iwanowitsch stand auf, lachte, küßte seine Braut, klopfte ihr auf das Bäckchen, versicherte, daß er bald zurückkommen werde, und als er in ihren Augen neben der kindlichen Neugier doch auch eine sehr ernste stumme Frage las, wurde er einen Augenblick nachdenklich, küßte sie noch einmal und verspürte gleichzeitig einen wirklichen Ärger im Herzen darüber, daß sein Geschenk sogleich der verständigsten aller Mütter zur Aufbewahrung unter Verschluß übergeben werde. Er ging weg und ließ alle im Zustande größter Aufregung zurück. Aber die gute Mama wußte im Flüstertone und mit großer Zungenfertigkeit sofort einige der Punkte zu erledigen, die das größte Staunen erregt hatten. Arkadij Iwanowitsch sei ein Mann in bedeutender Stellung, der vielerlei Geschäfte und Beziehungen habe, dazu ein reicher Mann. Gott möge wissen, was er im Kopfe habe, wenn er plötzlich auf den Einfall gekommen sei, wegzureisen und soviel Geld wegzugeben; aber darüber erstaunt zu sein, dazu sei kein Anlaß. Allerdings sei es sonderbar, daß er so ganz durchnäßt zu ihnen gekommen sei; aber die Engländer zum Beispiel benähmen sich oft noch extravaganter, und Leute aus den höheren Kreisen kümmerten sich überhaupt nicht darum, was über sie geredet würde, und genierten sich nicht. Vielleicht gehe er sogar absichtlich so in der Regennacht umher, um zu zeigen, daß ihm alle Menschen ganz egal seien. Die Hauptsache aber sei: von diesem Besuche dürfe niemandem ein Wort gesagt werden; denn man könne nicht wissen, was das für Folgen haben werde. Und das Geld müsse so schnell wie möglich weggeschlossen werden, und es sei dabei noch ein wahres Glück, daß das Dienstmädchen Fedosja in der Küche gewesen sei und nichts gemerkt habe. Und namentlich dürfe diese Gaunerin, die Rößlich, nichts davon erfahren, ja nicht, ja nicht, ja nicht! Und so redete sie noch lange fort. Bis zwei Uhr saßen die Eltern zusammen und flüsterten; die Braut, erstaunt über das Erlebte und etwas traurig, war schon weit früher schlafen gegangen.

Unterdessen ging Swidrigailow ziemlich genau um Mitternacht über die Tutschkow-Brücke nach dem Stadtteil Peterburgskaja zu. Der Regen hatte aufgehört; aber ein starker Wind brauste. Er begann zu zittern und betrachtete eine Minute lang mit besonderem Interesse und sogar wie fragend das schwarze Wasser der Kleinen Newa. Aber bald wurde es ihm zu kalt, so über dem Wasser zu stehen; er drehte sich weg und ging nach dem... -Prospekt. Lange, beinahe eine halbe Stunde lang, wanderte er auf diesem endlosen Prospekte hin, stolperte mehrmals auf dem Holzpflaster, suchte aber fortwährend eifrig etwas auf der rechten Seite des Prospektes. Dort irgendwo, schon ziemlich am Ende des Prospektes, hatte er, als er kürzlich einmal vorbeifuhr, ein Gasthaus bemerkt, ein geräumiges Holzhaus; es hatte, soweit er sich erinnerte, ungefähr so wie »Zur Stadt Adrianopel« geheißen. Er hatte sich nicht geirrt; das Gasthaus bildete in dieser öden, stillen Gegend einen so auffallenden Punkt, daß es selbst in der Dunkelheit nicht zu verfehlen war. Es war ein langes, hölzernes, vom Alter bereits schwarz gewordenes Gebäude, in dem trotz der späten Stunde noch Licht brannte und einiges Leben zu spüren war. Er trat ein und fragte einen schäbig gekleideten Kellner, den er auf dem Flur traf, ob er ein Zimmer bekommen könne. Dieser musterte den Ankömmling flüchtig, schüttelte sich, um munter zu werden, und führte ihn sofort nach einem weit abgelegenen Zimmer. Dieses war dumpf und eng und lag ganz am Ende des Korridors in einer Ecke unter einer Treppe. Aber es war kein anderes zu haben; alle waren besetzt. Der schäbige Kellner sah den Gast fragend an.

»Kann ich Tee bekommen?« fragte Swidrigailow.

»Jawohl.«

»Was ist sonst noch zu haben?«

»Kalbfleisch, Schnaps, Aufschnitt.«

»Dann bring mir Kalbfleisch und Tee.«

»Wünschen Sie weiter nichts?« fragte der Kellner erstaunt.

»Nein, weiter nichts!«

Der Kellner entfernte sich ganz verdutzt.

›Das scheint ja ein nettes Lokal zu sein‹, dachte Swidrigailow. ›Sonderbar, daß ich es nicht gekannt habe. Ich sehe wahrscheinlich auch so aus wie einer, der aus einem Café chantant kommt, aber unterwegs schon seine Erlebnisse gehabt hat. Indes wäre es doch interessant zu erfahren, was für Leute hier einkehren und übernachten.‹

Er zündete eine Kerze an und besah das Zimmer genauer. Dieses enge Gelaß war so niedrig, daß Swidrigailow darin kaum aufrecht stehen konnte, und hatte nur ein Fenster; ein sehr schmutziges Bett, ein einfacher, gestrichener Tisch und ein Stuhl nahmen fast den ganzen Raum ein. Die Wände schienen aus zusammengenagelten Brettern zu bestehen, die mit bereits sehr defekten Tapeten beklebt waren; diese waren so verstaubt und beschmutzt, daß man nur gerade noch die ursprüngliche gelbe Farbe erraten, das Muster aber schlechterdings nicht mehr erkennen konnte. Ein Teil einer Wand und der Decke war schräg abgeschnitten, wie das bei Mansardenstuben gewöhnlich der Fall ist; hier aber befand sich oberhalb der schrägen Fläche die Treppe. Swidrigailow stellte die Kerze hin, setzte sich auf das Bett und überließ sich seinen Gedanken. Aber ein seltsames, fortwährendes Flüstern in der Kammer daneben, das sich manchmal fast bis zu einem Schreien steigerte, zog schließlich seine Aufmerksamkeit auf sich. Dieses Flüstern hatte von dem Augenblicke an, wo er ins Zimmer getreten war, ununterbrochen fortgedauert. Er horchte: jemand schalt einen andern und machte ihm fast unter Tränen Vorwürfe; aber es war immer nur die eine Stimme zu hören. Swidrigailow stand auf, verdeckte die Kerze mit der Hand, und sofort leuchtete an der Wand eine Ritze auf; er trat heran und schaute hindurch. In dem Zimmer, das etwas größer war als sein eigenes, befanden sich zwei Gäste. Einer von ihnen, ohne Rock, mit sehr krausem Haar und erhitztem, rotem Gesichte, stand in der Haltung eines Redners da; er hielt die Beine auseinandergespreizt, um das Gleichgewicht zu bewahren, schlug sich häufig mit der Hand vor die Brust und hielt dem andern in pathetischem Tone vor, daß dieser ein Bettler sei und nicht einmal einen amtlichen Rang besitze; er habe ihn aus dem Elend herausgezogen und könne ihn, wenn er wolle, jeden Augenblick fortjagen, und alles sehe nur allein »der Finger des Allerhöchsten«. Der gescholtene Freund saß auf einem Stuhle und machte ein Gesicht, als möchte er gar zu gern niesen, brächte es aber nicht fertig. Mitunter blickte er den Redner mit dem trüben Blick eines Hammels an, hatte aber offenbar keine Ahnung, wovon dessen Rede handelte, und hörte wohl überhaupt kaum etwas davon. Auf dem Tische brannte der Stumpf einer Kerze; auch standen dort eine fast ausgetrunkene Flasche Schnaps, Gläser, Brot und Teegeschirr, das bereits leer war. Nachdem Swidrigailow dieses Bild aufmerksam betrachtet hatte, trat er teilnahmslos von der Ritze weg und setzte sich wieder auf das Bett.

Der schäbige Kellner brachte den Tee und das Kalbfleisch und konnte sich nicht enthalten, noch einmal zu fragen: »Wünschen Sie weiter nichts?« Als er wieder eine verneinende Antwort erhalten hatte, entfernte er sich endgültig. Swidrigailow griff gierig nach dem Tee, um sich zu erwärmen, und trank ein Glas davon; zu essen aber vermochte er keinen Bissen, da ihm der Appetit vollständig vergangen war. Augenscheinlich packte ihn das Fieber. Er zog den Überzieher und das Jackett aus, wickelte sich in die Bettdecke und legte sich auf das Bett. Er ärgerte sich; ›es wäre doch besser, wenn ich gerade jetzt gesund wäre‹, dachte er und lächelte dabei. Im Zimmer war eine dumpfige Luft; die Kerze brannte trübe; draußen brauste der Wind; irgendwo in der Ecke raschelte eine Maus; auch glaubte er im ganzen Zimmer einen Geruch nach Mäusen und nach Leder zu spüren. Er lag da wie im Halbtraum: ein Gedanke löste den andern ab. Er gab sich Mühe, sich mit seinen Vorstellungen an einen bestimmten Gegenstand anzuklammern. ›Vor dem Fenster muß wohl ein Garten sein‹, dachte er, ›es rauschen die Bäume. Bäumerauschen bei Nacht, im Sturm und in der Dunkelheit, mag ich gar nicht leiden; eine widerwärtige Empfindung!‹ Und er erinnerte sich, mit welchem Widerwillen er vorhin an den Petrowskij-Park, an dem er vorbeigekommen war, gedacht hatte. Dabei fielen ihm auch die Tutschkow-Brücke und die Kleine Newa ein, und ihn packte wieder ein Kältegefühl, wie ein Weilchen vorher, als er auf das Wasser hinunterblickte. ›Das Wasser habe ich nie in meinem Leben leiden können, nicht einmal auf Landschaftsbildern‹, dachte er und mußte plötzlich erneut bei einem sonderbaren Gedanken lächeln: ›Jetzt sollte mir doch wohl eigentlich alles, was sich auf Ästhetik und Bequemlichkeit bezieht, ganz gleichgültig sein; aber gerade jetzt bin ich wählerisch geworden, wie ein Tier des Waldes, das sich in ähnlicher Situation auch erst einen besonderen Platz aussucht. Ich hätte einfach vorhin in den Petrowskij-Park einbiegen sollen! Aber da war es mir wohl zu dunkel und zu kalt, he-he! Als ob dabei angenehme Empfindungen nötig wären!... Und warum lösche ich denn eigentlich das Licht nicht aus?‹ (Er blies es aus.) ›Die Leute nebenan haben sich auch hingelegt‹, dachte er, da er an der vorher benutzten Ritze keinen Lichtschimmer mehr wahrnahm. ›Jetzt, Marfa Petrowna, jetzt hätten Sie die beste Gelegenheit, mir einen Besuch zu machen: es ist dunkel, eine sehr geeignete Örtlichkeit, ein hochinteressanter Augenblick. Aber gerade jetzt kommen Sie nicht...‹

Plötzlich, ohne klaren Zusammenhang, mußte er daran denken, wie er vorhin, eine Stunde bevor er seinen Anschlag gegen Dunja ins Werk setzte, ihrem Bruder geraten hatte, sie der Obhut Rasumichins anzuvertrauen. ›In Wirklichkeit habe ich das damals hauptsächlich wohl nur gesagt, um meine Eifersucht aufzureizen, und Raskolnikow hat das auch durchschaut. Ein schlauer Fuchs, dieser Raskolnikow, wahrhaftig! Hat doch viel auf seine Schultern genommen! Kann mit der Zeit ein großartiger Halunke werden, wenn er seine verrückten Ideen los wird; jetzt klammert er sich noch zu sehr an das Leben. In diesem Punkte ist doch diese ganze Sorte Menschen feige. Na, hol ihn der Teufel; mag er tun, was er will; was kümmert's mich!‹

Einschlafen konnte er noch immer nicht. Allmählich schimmerte vor seinem geistigen Auge Dunjetschkas Gestalt auf, wie er sie eben erst gesehen hatte, und ein Zittern lief ihm durch den ganzen Körper. ›Nein, diese Gedanken muß ich jetzt denn doch über Bord werfen‹, dachte er, sich zusammennehmend, ›jetzt muß ich an etwas anderes denken. Es ist doch eigentlich sonderbar und lächerlich: ich habe nie gegen jemand einen starken Haß empfunden, auch nie ein besonderes Verlangen gehabt, mich an jemand zu rächen; das ist doch ein schlechtes Zeichen, ein schlechtes Zeichen, ein schlechtes Zeichen! Streiten habe ich auch nie gemocht und habe mich auch nie ereifert – gleichfalls ein schlechtes Zeichen! Und was habe ich ihr vorhin nicht alles versprochen – pfui Teufel! Wer weiß, vielleicht hätte sie doch noch aus mir einen anderen Menschen gemacht!‹ Er hielt wieder in seinem Selbstgespräche inne und preßte die Zähne aufeinander: wieder stand ihm Dunjetschkas Bild in den kleinsten Einzelheiten vor Augen, wie sie, als sie den ersten Schuß abgefeuert hatte, so furchtbar erschrak, den Revolver sinken ließ und ihn leichenblaß anstarrte, so daß er zweimal Zeit gehabt hätte, sie zu packen, ohne daß sie die Hand zu ihrer Verteidigung hätte erheben können, wenn er sie nicht selbst daran erinnert hätte. Er dachte daran, wie leid sie ihm in diesem Augenblicke getan hatte, so daß sich ihm ordentlich das Herz zusammengekrampft hatte... ›Donnerwetter! Schon wieder diese Gedanken! Die muß ich alle über Bord werfen, jawohl, über Bord werfen!...‹

Nun begann ihm das Bewußtsein zu schwinden; das fieberhafte Zittern ließ nach; auf einmal war es ihm, als ob unter der Bettdecke ihm etwas über die Hand und über das Bein liefe. Er fuhr zusammen. ›Pfui Teufel! das war wohl eine Maus!‹ dachte er. ›Das kommt davon, daß ich das Fleisch habe auf dem Tische stehenlassen...‹ Er hatte eine große Scheu davor, sich aus der Decke herauszuwickeln, aufzustehen und zu frieren; plötzlich aber lief wieder etwas mit unangenehmem Krabbeln an seinem Bein entlang; er warf die Decke von sich und steckte die Kerze an. Zitternd vor Fieberfrost, bückte er sich, um das Bett zu untersuchen – es war nichts zu sehen; er schüttelte die Decke aus, und plötzlich sprang eine Maus heraus und auf das Laken. Er mühte sich, sie zu greifen; aber die Maus sprang nicht vom Bette herunter, sondern huschte im Zickzack nach allen Seiten hin und her, glitt ihm zwischen den Fingern durch, lief ihm über die Hand und schlüpfte auf einmal unter das Kopfkissen; er warf das Kopfkissen auf den Fußboden, fühlte aber in demselben Augenblicke, wie ihm etwas vorn an der Brust unter das Hemd sprang, am Körper entlang krabbelte und nun schon am Rücken unter dem Hemd herumarbeitete. Ein nervöses Zittern überkam ihn, und – er erwachte. Im Zimmer war es dunkel; er lag in die Decke eingewickelt auf dem Bette wie vorher; draußen vor dem Fenster heulte der Wind. ›So eine ekelhafte Geschichte!‹ dachte er ärgerlich.

Er stand auf und setzte sich auf den Rand des Bettes, mit dem Rücken nach dem Fenster zu. ›Da schlafe ich lieber überhaupt nicht‹, sagte er sich. Vom Fenster kam aber eine kalte, feuchte Zugluft her; ohne von seinem Platze aufzustehen, schlug er die Decke um sich und wickelte sich darin ein. Die Kerze steckte er nicht an. Er dachte an nichts und wollte auch an nichts denken. Aber allerlei Traumbilder tauchten eins nach dem andern in seinem Gehirne auf; Bruchstücke von Gedanken, ohne Anfang und Ende und ohne Zusammenhang huschten ihm durch den Kopf. Er versank in einen Halbschlummer. War es nun die Kälte oder die Dunkelheit oder die Feuchtigkeit oder der Wind, der draußen vor dem Fenster heulte und die Bäume schüttelte – irgend etwas rief in ihm ein romantisches Sehnen und Verlangen hervor, das gar nicht weichen wollte: er sah nur Blumen, Blumen und lauter Blumen. Eine reizende Blumenlandschaft stand ihm vor Augen: ein heller, warmer, beinahe heißer Tag, ein Festtag, ein Pfingsttag. Eine elegante, luxuriöse Villa in englischem Geschmack, rings von duftenden Blumenbeeten umgeben; eine Freitreppe, von Schlinggewächsen umrankt, mit Rosensträuchen in Kübeln besetzt; drinnen eine helle, kühle Treppe, mit einem prächtigen Teppich belegt, auf allen Stufen zur Seite seltene Blumen in chinesischen Porzellangefäßen. Seine besondere Beachtung erregten an den Fenstern in wassergefüllten Vasen Sträuße zarter weißer Narzissen, deren Blüten sich von den hellgrünen, kräftigen, langen Stielen niederbeugten und einen starken, aromatischen Duft ausströmten. Lange konnte er sich gar nicht von ihnen losreißen; endlich stieg er doch die Treppe hinauf und trat in einen großen, hohen Saal, und wieder standen auch hier überall, an den Fenstern, neben der geöffneten Tür, die nach einem weiten Balkon führte, auf dem Balkon selbst, Blumen, überall Blumen. Der Fußboden war mit frisch gemähtem, duftigem Grase bestreut, die Fenster geöffnet; ein frischer, leichter, kühler Lufthauch drang in den Saal; Vögel zwitscherten vor den Fenstern; aber mitten in dem Saale, auf einem Tische, der mit einer weißen Atlasdecke bedeckt war, stand ein Sarg. Dieser Sarg war mit weißer Seide ausgeschlagen, mit dichten, weißen Rüschen garniert und rings mit Blumengirlanden umwunden. Ganz in Blumen gebettet, lag darin ein Mädchen, in weißem Tüllkleide, die wie aus Marmor gemeißelten Hände zusammengefaltet und auf die Brust gelegt. Aber ihr aufgelöstes hellblondes Haar war feucht; ein Kranz aus Rosen schlang sich um ihren Kopf. Ihr Gesicht mit den strengen, schon starr gewordenen Zügen war gleichfalls wie aus Marmor; aber in dem Lächeln der blassen Lippen lag ein nicht kindliches, grenzenloses Leid und eine furchtbare, ergreifende Klage. Swidrigailow kannte dieses Mädchen; weder Heiligenbilder noch brennende Kerzen umgaben diesen Sarg, auch wurden keine Gebete bei ihm gemurmelt. Das Mädchen war eine Selbstmörderin: sie hatte sich ertränkt. Sie war erst vierzehn Jahre alt gewesen; aber es war ihr bereits das Herz gebrochen; und so hatte sie sich selbst den Tod gegeben, aufs tiefste verletzt durch eine ihr angetane Schmach, die dieses junge, kindliche Gemüt mit staunendem Entsetzen erfüllt, ihre engelreine Seele mit unverdienter Schande bedeckt und ihr einen letzten Schrei der Verzweiflung entrissen hatte, der keine Erhörung fand, sondern durch rohe Schimpfworte erwidert wurde, in dunkler, kalter Nacht, bei feuchtem Tauwetter, als der Wind heulte...

Swidrigailow kam wieder zur Besinnung, stand vom Bette auf und trat ans Fenster. Tastend fand er den Riegel und öffnete das Fenster. Der Wind drang wild tobend in die enge Kammer hinein und bedeckte ihm wie mit eisigem Reif das Gesicht und die Brust unter dem bloßen Hemde. Vor dem Fenster war wirklich eine Art Garten, und zwar wieder ein Vergnügungslokal; wahrscheinlich produzierten sich auch hier bei Tage Chorsänger, und es wurde an kleinen Tischen Tee getrunken. Jetzt flogen von den Bäumen und Sträuchern Wassertropfen durch das Fenster herein; es war eine Finsternis wie in einem Keller, so daß sich kaum einige dunkle Flecke als Andeutungen dort befindlicher Dinge abhoben. Swidrigailow beugte sich, die Ellbogen auf das Fensterbrett stützend, hinaus und starrte nun schon fünf Minuten lang unverwandt in diese Finsternis hinein. Da ertönte in dem nächtlichen Dunkel ein Kanonenschuß, nach ihm ein zweiter.

›Aha, das Signal! Das Wasser steigt!‹ dachte er. ›Gegen Morgen wird es an den tiefer liegenden Stellen die Straßen überschwemmen, die Keller und Souterrains anfüllen; die Kellerratten werden herausschwimmen, und die Menschen werden in Regen und Wind schimpfend und durchnäßt ihren Trödel nach den höheren Stockwerken hinaufschleppen... Wie spät mag es wohl jetzt sein?‹ Kaum hatte er das gedacht, als irgendwo in der Nähe eine Wanduhr mit hastigen Schlägen, als hätte sie es überaus eilig, drei schlug. ›So, in einer Stunde wird es also schon hell werden! Worauf warte ich noch? Ich will gleich von hier weggehen, und geradeswegs nach dem Petrowskij-Park. Da suche ich mir ein großes Gebüsch aus, das ganz mit Regentropfen behangen ist, so daß einem, wenn man nur mit der Schulter anstreift, Tausende von Tropfen über den ganzen Kopf rieseln...‹ Er trat vom Fenster zurück, schloß es, zündete die Kerze an, zog sich Jackett und Überzieher an, setzte den Hut auf und ging mit dem Lichte auf den Korridor, um den Kellner, der wohl irgendwo in einem Kämmerchen zwischen allerlei Gerümpel und Lichtstümpfen schlafen mochte, aufzusuchen, ihm das Zimmer und das Essen zu bezahlen und dann das Gasthaus zu verlassen. ›Es ist jetzt der passendste Augenblick; einen besseren kann ich gar nicht finden!‹

Lange ging er auf dem ganzen langen, schmalen Korridor hin und her, ohne jemand zu finden, und wollte schon laut rufen, als er plötzlich in einer dunklen Ecke zwischen einem alten Schranke und einer Tür einen sonderbaren Gegenstand erblickte, der etwas Lebendes zu sein schien. Er beugte sich mit der Kerze darüber und sah ein Kind: ein kleines Mädchen von nicht mehr als etwa fünf Jahren, zitternd und weinend, das Kleidchen triefend naß wie ein Scheuerlappen. Sie schien sich vor Swidrigailow gar nicht zu fürchten, sondern blickte ihn in verständnislosem Staunen mit ihren großen schwarzen Äuglein an und schluchzte zuweilen auf, wie Kinder, die lange geweint, aber dann bereits aufgehört und sich sogar schon beruhigt haben und nun doch noch ab und zu plötzlich aufschluchzen. Das Gesichtchen der Kleinen war blaß und abgemagert; sie war von der Kälte ganz erstarrt. ›Aber wie ist sie nur hierhergeraten?‹ fragte er sich. ›Sie hat sich wohl hier versteckt und die ganze Nacht nicht geschlafen.‹ Er begann sie auszufragen. Das kleine Mädchen wurde auf einmal lebhaft und erzählte ihm mit großer Geschwindigkeit etwas in ihrem kindlichen Kauderwelsch. Es kam darin etwas von Mama vor, und daß Mama sie schlagen werde, und von einer Tasse, die sie zerbrochen habe. Das Mädchen redete immerzu weiter, ohne Pause; aus ihrer Erzählung war mit einiger Mühe zu entnehmen, daß ihre Mutter, eine fortwährend betrunkene Köchin, wahrscheinlich aus ebendiesem Gasthause, sie nicht leiden könne, sondern sie immer schlage und in steter Angst halte; daß die Kleine die Tasse der Mama zerbrochen und darüber einen solchen Schreck bekommen habe, daß sie schon gestern abend weggelaufen sei. Wahrscheinlich hatte sie sich lange irgendwo auf dem Hofe im Regen versteckt gehalten, sich endlich hierher geschlichen, sich hinter dem Schranke verborgen und in dieser Ecke, weinend und zitternd vor Nässe, vor Furcht wegen der Dunkelheit und vor Angst, nun für alles Getane grausam gezüchtigt zu werden, die ganze Nacht zugebracht. Er nahm sie auf den Arm, ging mit ihr in sein Zimmer, setzte sie auf das Bett und kleidete sie aus. Die zerlöcherten Schuhchen, die sie auf den bloßen Füßen trug, waren so naß, als hätten sie die ganze Nacht hindurch in einer Pfütze gelegen. Nachdem er die Kleine entkleidet hatte, legte er sie auf das Bett, breitete die Decke über sie und wickelte sie ganz und gar mitsamt dem Kopfe darin ein. Sie schlief sofort. Nachdem er dies erledigt hatte, versank er wieder in seine düsteren Überlegungen.

›Ein dummer Einfall von mir, mich mit dem Kinde abzugeben!‹ dachte er verdrossen und höhnisch. ›So ein Unsinn!‹ Ärgerlich ergriff er die Kerze, um hinauszugehen, unter allen Umständen den Kellner ausfindig zu machen und möglichst schnell das Haus zu verlassen. ›Was schert mich das kleine Mädchen!‹ dachte er mit einem Fluche und öffnete schon die Tür; aber er kehrte doch noch einmal um, um nach der Kleinen zu sehen, ob sie wohl schliefe und wie sie schliefe. Vorsichtig lüftete er die Decke. Das Mädchen lag in festem, gesundem Schlafe. Sie war unter der Decke warm geworden, und ihre blassen Bäckchen hatten schon wieder rote Farbe bekommen. Aber sonderbar: diese Röte sah greller und dunkler aus, als es sonst bei Kindern gewöhnlich ist. ›Das ist eine fieberhafte Röte‹, dachte Swidrigailow, ›das ist eine Röte wie von Branntwein, als hätte jemand sie ein ganzes Glas austrinken lassen. Die roten Lippen brennen und glühen ja nur so; aber was ist das?‹ Es schien ihm auf einmal, als ob ihre langen, schwarzen Wimpern zuckten und zwinkerten, als ob sie sich höben und ein schlaues, scharfes, sehr unkindlich blinzelndes Auge unter ihnen hervorschaute, als ob das Mädchen nicht schliefe, sondern sich nur so stellte. Ja, und so war es auch: ihre Lippen öffneten sich zu einem Lächeln; die Mundwinkel zuckten, wie wenn die Kleine sich noch beherrschen wollte. Aber nun gab sie dieses Bemühen völlig auf; das war schon ein Lachen, ein deutliches Lachen; ein frecher, herausfordernder Ausdruck leuchtete in diesem ganz unkindlichen Gesichte auf; das war die Unzucht, das Gesicht einer Dirne, das freche Gesicht einer feilen französischen Dirne. Da, jetzt öffneten sich ohne weitere Zurückhaltung beide Augen; sie richteten sich mit einem feurigen, schamlosen Blicke auf ihn, forderten ihn auf und lachten... Etwas unendlich Abstoßendes und Empörendes lag in diesem Lachen, in diesen Augen, in der ganzen Gemeinheit, die sich auf diesem Kindergesichte ausprägte. »Wie? Ein fünfjähriges Kind!« flüsterte Swidrigailow wahrhaft entsetzt. »Wie... wie ist das nur möglich?« Aber da wandte sie sich schon mit dem glühendheißen Gesichtchen ganz zu ihm hin, sie streckte die Hände nach ihm aus... »Du verruchtes Wesen!« rief Swidrigailow entsetzt und hob die Hand, um ihr einen Schlag zu versetzen... Aber in demselben Augenblicke erwachte er.

Er lag immer noch auf dem Bette, noch ebenso in die Decke eingewickelt wie vorher; die Kerze war nicht angezündet; aber durch das Fenster schien bereits der helle Tag herein.

›Wirre Träume die ganze Nacht hindurch!‹ Er erhob sich ärgerlich und fühlte sich völlig zerschlagen; alle Knochen taten ihm weh. Draußen lag ein dichter Nebel, und es war nichts zu erkennen. Es war bald fünf Uhr; er hatte länger geschlafen, als ihm lieb war. Er stand auf und zog sich das Jackett und den Überzieher an, die noch feucht waren. Dann tastete er in der Tasche nach dem Revolver, nahm ihn heraus und brachte das Zündhütchen in Ordnung; hierauf setzte er sich hin, zog ein Notizbuch aus der Tasche und schrieb auf die vorderste Seite, die zuerst ins Auge fallen mußte, mit großer Schrift einige Zeilen. Nachdem er sie noch einmal durchgelesen hatte, stützte er einen Ellbogen auf den Tisch und versank in Gedanken. Der Revolver und das Notizbuch lagen auf dem Tisch, neben seinem Ellbogen. Die Fliegen waren auch schon aufgewacht und krochen auf dem Kalbfleisch umher, das er unangerührt auf dem Tische hatte stehen lassen. Er schaute ihnen lange zu und machte schließlich mit der freien rechten Hand den Versuch, eine von ihnen zu fangen. Lange mühte er sich mit Anstrengung ab, konnte aber keine bekommen. Als er sich endlich dieser interessanten Beschäftigung bewußt wurde, sammelte er seine Gedanken, raffte sich zusammen, stand auf und ging entschlossen aus dem Zimmer hinaus. Eine Minute darauf war er bereits auf der Straße.

Ein milchweißer, dichter Nebel lagerte über der Stadt. Swidrigailow schritt auf dem schlüpfrigen, schmutzigen Holzpflaster hin, nach der Kleinen Newa zu. Er mußte immer an das über Nacht stark gestiegene Wasser der Kleinen Newa denken, an die Petrowskij-Insel, die feuchten Fußwege, das feuchte Gras, die feuchten Bäume und Sträucher und schließlich an eben jenes Gebüsch, das er sich in der Nacht ausgemalt hatte... Aber das ärgerte ihn, und um auf andere Gedanken zu kommen, begann er die Häuser zu betrachten. Weder einen Fußgänger noch eine Droschke traf er auf dem Prospekt. Trübselig und schmutzig sahen die kleinen hellgelben Holzhäuser mit den geschlossenen Fensterläden drein. Ein Gefühl der Kälte und der Feuchtigkeit breitete sich über seinen ganzen Körper aus, und es begann ihn zu frösteln. Ab und zu fiel sein Blick auf die Schilder aller möglichen Läden und Grünwarenbuden, und er las dann jedes mit großer Sorgfalt. Nun war das Holzpflaster zu Ende. Er kam schon bei einem großen, steinernen Hause vorbei. Ein schmutziger, vor Kälte zitternder Hund mit eingezogenem Schwanze lief ihm über den Weg. Ein völlig betrunkener Mann in einem Mantel lag mit dem Gesichte nach unten quer über das Trottoir. Er betrachtete ihn einen Augenblick und ging weiter. Nach links zu wurde ihm ein hoher Feuerwehrturm sichtbar.

›Ach was!‹ dachte er. ›Das ist ja hier auch ein guter Platz; wozu soll ich da erst nach dem Petrowskij-Park gehen? Wenigstens habe ich da gleich einen offiziellen Zeugen...‹

Er lächelte beinahe über diesen neuen Gedanken und bog in die... skaja-Straße ein. Hier standen ein großes Haus und der Feuerwehrturm. An dem großen geschlossenen Tore des Hauses stand, mit der Schulter dagegen gelehnt, ein kleines Männchen, in einen grauen Uniformmantel gehüllt, auf dem Kopfe einen Messinghelm mit hohem Kamm, einen sogenannten Achilleshelm. Mit schläfrigem, kühlem Blicke schielte er nach dem sich nähernden Swidrigailow hin. Auf seinem Gesichte war jener ewige mürrische Kummer sichtbar, der bei dem jüdischen Typ allen Gesichtern ohne Ausnahme einen so säuerlichen Ausdruck verleiht.

Beide, Swidrigailow und der Achilles, blickten einander eine Weile schweigend an. Schließlich fand der Achilles es nicht in der Ordnung, daß ein Mann, der nicht betrunken war, sich drei Schritte von ihm entfernt hinstellte, ihn starr ansah und nichts redete.

»Sie! Was haben Sie hier zu suchen?« fragte er, noch immer ohne sich zu rühren und ohne seine Stellung zu verändern.

»Gar nichts weiter, Bruder! Guten Tag!« antwortete Swidrigailow.

»Hier ist kein Platz für Sie!«

»Ich reise nach einem fernen Lande, Bruder.«

»Nach 'nem fernen Lande?«

»Ja, nach Amerika.«

»Nach Amerika?«

Swidrigailow zog den Revolver heraus und spannte den Hahn. Achilles zog die Augenbrauen hoch.

»Sie! Was tun Sie da! Für solche Späße ist hier nicht der Ort!«

»Warum soll hier nicht der Ort dafür sein?«

»Weil hier nicht der Ort für so was ist.«

»Na, Bruder, das ist ganz einerlei. Der Ort ist gut. Wenn du nachher gefragt wirst, so antworte nur, ich hätte gesagt, daß ich nach Amerika reisen wollte.«

Er setzte den Revolver an seine rechte Schläfe.

»Das darf hier nicht sein; hier ist nicht der Ort für so was!« rief erschrocken der Achilles, dessen Pupillen sich immer mehr erweiterten.

Swidrigailow drückte ab.

VII

An demselben Tage, aber erst am Abend, zwischen sechs und sieben Uhr, ging Raskolnikow nach der Wohnung seiner Mutter und seiner Schwester, nach eben jener Wohnung im Bakalejewschen Hause, die ihnen Rasumichin besorgt hatte. Die Treppe hatte ihren Eingang von der Straße her. Noch als Raskolnikow sich bereits der Wohnung näherte, ging er nur zögernden Schrittes und schien zu schwanken, ob er hineingehen sollte oder nicht. Aber er wäre um keinen Preis umgekehrt; sein Entschluß war gefaßt.

›Zudem ist es ja auch ganz gleich‹, dachte er. ›Sie wissen noch nichts und sind es schon gewohnt, mich für einen wunderlichen Gesellen zu halten...‹

Seine Kleidung sah schrecklich aus: alles war schmutzig und zerdrückt, da er die ganze Nacht im Regen zugebracht hatte. Sein Gesicht war ganz entstellt infolge der Ermüdung, des Unwetters, der physischen Erschöpfung und eines fast vierundzwanzig Stunden währenden Seelenkampfes. Diese ganze Nacht über war er allein gewesen, Gott mochte wissen wo. Aber wenigstens war er zu einem Entschlusse gelangt.

Er klopfte an die Tür, die Mutter öffnete ihm. Dunja war nicht zu Hause. Auch das Dienstmädchen war gerade nicht da. Pulcheria Alexandrowna war zuerst ganz sprachlos vor freudigem Erstaunen; dann ergriff sie ihn an der Hand und zog ihn ins Zimmer hinein.

»Nun, da bist du ja!« begann sie, vor Freude stotternd. »Sei mir nicht böse, Rodja, daß ich dich so dumm begrüße, mit Tränen: aber ich lache ja nur, ich weine nicht. Denkst du, ich weine? Nein, ich freue mich bloß; aber das ist so eine dumme Angewohnheit von mir, daß mir dann gleich die Tränen kommen. Das habe ich seit dem Tode deines Vaters so an mir: alles bringt mich zum Weinen. Setz dich, lieber Sohn, du bist gewiß müde, das sehe ich. Ach, was hast du dich schmutzig gemacht!«

»Ich bin gestern im Regen aus gewesen, Mama...«, begann Raskolnikow.

»Nicht doch! Nicht doch!« fiel ihm Pulcheria Alexandrowna lebhaft ins Wort. »Du denkst wohl, ich fange gleich an, dich auszufragen, wie ich das früher nach Weiberart zu tun pflegte; aber sei unbesorgt! Ich sehe ja ein, daß das nicht passend war; ich sehe das durchaus ein; jetzt habe ich schon die hiesigen Sitten gelernt, und wirklich, ich muß selbst gestehen, daß die verständiger sind. Ich habe mir ein für allemal gesagt: Wie kann ich deine Ideen fassen und von dir Rechenschaft verlangen? Du hast vielleicht Gott weiß was für Unternehmungen und Pläne im Kopfe, oder es keimen und wachsen da so allerlei Gedanken; wie darf ich dich da immer in die Seite stoßen mit der Frage: ›Woran denkst du?‹ Siehst du, ich... Ach, mein Gott! Was schwatze ich denn da kreuz und quer wie verdreht... Weißt du, Rodja, deinen Aufsatz in der Zeitschrift lese ich jetzt schon zum dritten Male; Dmitrij Prokofjitsch hat ihn mir gebracht. ›Ach so, ach so!‹ rief ich aus, als ich ihn las. ›Was bin ich für eine Närrin!‹ dachte ich bei mir. ›Also mit solchen Dingen beschäftigt er sich! Das ist die Lösung des Rätsels! Die Gelehrten sind alle so. Er hat vielleicht gerade neue Gedanken im Kopfe und überlegt sich die, und da komme ich ihm dazwischen und quäle und belästige ihn!‹ Ich lese deinen Aufsatz, lieber Sohn, aber verstehen tue ich natürlich nicht viel davon. Das ist ja auch ganz natürlich; wie sollte ich denn auch!«

»Zeigen Sie ihn mir doch einmal, Mama.«

Raskolnikow nahm die Zeitschrift und warf einen flüchtigen Blick auf seinen Aufsatz. So wenig das auch zu seiner Lage und zu seinem Zustande passen wollte, so empfand er doch jenes eigentümliche, wonnig kitzelnde Gefühl, welches ein Verfasser durchkostet, der sich zum ersten Male gedruckt sieht; auch wirkten dabei seine dreiundzwanzig Jahre mit. Indes dauerte das nur einen Augenblick. Nachdem er einige Zeilen gelesen hatte, verfinsterte sich sein Gesicht, und ein furchtbarer Gram preßte ihm das Herz zusammen. Der ganze seelische Kampf, den er in den letzten Monaten durchgemacht hatte, kam ihm auf einmal wieder ins Gedächtnis. Voll Widerwillen und Ärger warf er die Zeitschrift auf den Tisch.

»Aber wenn ich auch noch so dumm bin, Rodja, das kann ich doch beurteilen, daß du sehr bald in unserer Gelehrtenwelt einer der ersten Männer, wenn nicht der allererste, sein wirst. Und da haben die Leute gewagt zu meinen, du wärest geistesgestört! Ha-ha-ha! Du weißt das nicht; aber sie haben das gedacht! Ach, dieses niedrige Gewürm; die haben ja keine Ahnung davon, was Verstand ist. Und Dunja, Dunja hat es auch beinahe geglaubt – was sagst du dazu? Dein seliger Vater hat zweimal etwas an Zeitschriften eingesandt, das erstemal Gedichte (ich habe das Heft aufbewahrt und will es dir bei Gelegenheit einmal zeigen) und das zweitemal eine ganze Novelle (er hatte mir auf meine Bitte erlaubt, sie selbst ins reine zu schreiben). Und wie haben wir beide gebetet, daß die Einsendungen angenommen werden möchten; aber sie wurden nicht angenommen! Ach, Rodja, vor sechs, sieben Tagen war ich so tieftraurig, als ich deine Kleidung sah, und wie du wohnst und was du ißt. Aber jetzt sehe ich ein, daß auch das wieder einmal dumm von mir war; denn wenn du nur wolltest, so könntest du jetzt mit einem Schlage alles durch deinen Verstand und durch dein Talent erreichen. Aber du willst das vorläufig nur nicht und bist mit weit wichtigeren Dingen beschäftigt...«

»Ist Dunja nicht zu Hause, Mama?«

»Nein, Rodja. Sie geht jetzt sehr oft fort und läßt mich allein. Dmitrij Prokofjitsch kommt häufig her und sitzt ein Weilchen bei mir; dafür bin ich ihm sehr dankbar. Er spricht immer von dir; der liebt und schätzt dich sehr, lieber Sohn. Was deine Schwester angeht, so kann ich von ihr nicht sagen, daß sie gerade respektlos gegen mich wäre. Ich beklage mich nicht über sie. Sie hat eben ihren eigenen Charakter und ich den meinigen. Sie hat jetzt irgendwelche Geheimnisse vor mir; na, ich meinerseits habe vor euch keine Geheimnisse. Ich bin ja natürlich der festen Überzeugung, daß Dunja ein sehr kluges Mädchen ist und außerdem mich und dich liebt,... aber ich weiß wirklich nicht, welchen Ausgang das alles noch nehmen wird. Zum Beispiel jetzt: du hast mich glücklich gemacht, Rodja, dadurch daß du hergekommen bist; aber sie ist durch ihre ewigen Spaziergänge dieser Freude verlustig gegangen. Wenn sie wiederkommt, will ich ihr aber sagen: ›Als du weg warst, ist dein Bruder hier gewesen; aber du, wo hast du wieder die Zeit verbracht?‹ Verwöhne mich nur auch nicht zu sehr, Rodja: wenn du kommen kannst, so komm; kannst du nicht, nun, dann ist eben nichts zu machen, dann muß ich warten. Ich weiß ja doch, daß du mich liebst, und das genügt mir. Siehst du, ich werde deine Abhandlungen lesen und von allen Leuten etwas über dich hören, und ab und zu kommst du auch selbst einmal, um mich zu besuchen; was will ich mehr? Du bist ja auch jetzt gekommen, um deiner Mutter eine Freude zu machen; das sehe ich ja...«

Hier brach Pulcheria Alexandrowna plötzlich in Tränen aus.

»Da weine ich schon wieder! Achte nicht auf mich Närrin! Ach Gott, was sitze ich denn hier!« schrie sie und sprang auf. »Es ist ja Kaffee da, und ich setze dir keinen vor! Ja, ja, da sieht man eben, daß alte Frauen immer nur an sich selbst denken. Sofort, sofort!«

»Lassen Sie, lassen Sie, liebe Mama, ich gehe gleich wieder. Darum bin ich nicht gekommen. Bitte, hören Sie mich an.«

Pulcheria Alexandrowna trat schüchtern ein paar Schritte näher zu ihm.

»Liebe Mama, was auch geschehen mag, was Sie auch über mich hören mögen, was man Ihnen auch über mich sagen mag – werden Sie mich trotzdem so lieb behalten wie jetzt?« fragte er so recht aus überquellendem Herzen, ohne seine Worte zu bedenken und abzuwägen.

»Aber Rodja, Rodja, was ist mit dir? Wie kannst du nur so fragen! Und wer wird mir denn auch etwas Ungünstiges über dich sagen? Ich würde es ja auch niemandem glauben; wer mit so etwas zu mir käme, dem würde ich einfach die Tür weisen.«

»Ich bin hergekommen, um Ihnen zu sagen, daß ich Sie immer geliebt habe, und ich bin jetzt froh, daß wir beide allein sind; ja, ich bin sogar froh, daß Dunjetschka nicht hier ist«, fuhr er in demselben herzlichen Tone fort. »Ich bin hergekommen, um Ihnen frei und offen zu sagen, daß, wenn Sie auch unglücklich werden sollten, Sie doch überzeugt sein können, daß Ihr Sohn Sie jetzt mehr liebt als sich selbst und daß alles, was Sie von mir gedacht haben, als wäre ich hartherzig und hätte Sie nicht mehr lieb, daß das alles unrichtig ist. Ich werde nie aufhören, Sie zu lieben... Nun aber genug; ich glaubte, Ihnen dies sagen und damit beginnen zu müssen...«

Pulcheria Alexandrowna umarmte ihn schweigend, drückte ihn an ihre Brust und weinte still.

»Ich weiß nicht, was mit dir ist, Rodja«, sagte sie endlich. »Ich habe die ganze Zeit her gedacht, wir wären dir einfach langweilig geworden; jetzt aber sehe ich aus allem, was du sagst, daß dir ein großes Leid bevorsteht und du deshalb so bekümmert bist. Ich habe das schon lange geahnt, Rodja. Verzeih mir, daß ich davon angefangen habe; aber ich denke immerzu daran und kann keine Nacht schlafen. Die letzte Nacht hat auch deine Schwester fortwährend phantasiert und immer von dir gesprochen. Ich habe einige Worte davon verstanden, konnte aber nicht daraus klug werden. Den ganzen Vormittag bin ich umhergegangen wie eine zum Tode Verurteilte; ich erwartete etwas, ahnte etwas, und nun ist es eingetreten! Rodja, Rodja, wo willst du hin? Willst du vielleicht irgendwohin reisen?«

»Ja, ich verreise.«

»Das habe ich mir doch gedacht! Aber da könnte ich doch mit dir reisen, wenn du mich brauchen kannst. Und Dunja auch; sie hat dich lieb, sehr lieb; auch Sofja Semjonowna kann ja in Gottes Namen mit uns fahren, wenn es nötig ist; siehst du, ich will sie gern an Tochter Statt aufnehmen. Dmitrij Prokofjitsch wird uns behilflich sein, daß wir alle zusammen rechtzeitig fertig werden... Aber... wohin willst du denn reisen?«

»Leben Sie wohl, liebe Mama.«

»Wie? Heute schon?« rief sie erschrocken, als sollte sie ihn für immer verlieren.

»Ich muß; ich habe keine Zeit mehr; es ist nicht aufzuschieben.«

»Kann ich dich denn nicht begleiten?«

»Nein; aber knien Sie nieder und beten Sie für mich. Vielleicht findet Ihr Gebet Erhörung.«

»Komm, ich will dich bekreuzigen und segnen! So! So! O Gott, was sollen wir nur tun!«

Ja, er war froh, sehr froh, daß niemand weiter da war, daß er mit der Mutter allein war. Es war, als ob im Rückschlage von dieser ganzen schrecklichen Zeit sein Herz nun auf einmal weich geworden wäre. Er fiel vor ihr nieder, er küßte ihre Füße; weinend hielten sie beide einander umschlungen. Und nun war sie nicht mehr erstaunt und fragte ihn nach nichts mehr. Es war ihr schon lange klar geworden, daß mit ihrem Sohne etwas Schreckliches vorging und nun ein furchtbarer Augenblick für ihn heranrückte.

»Rodja, mein lieber, mein Erstgeborener«, sagte sie schluchzend, »jetzt bist du wieder so, wie du als kleiner Knabe warst; da kamst du ebenso zu mir und umarmtest mich und küßtest mich. Damals, als noch dein Vater lebte und er und ich zusammen darbten, war schon allein das ein Trost für uns, daß wir dich um uns hatten; und als ich deinen Vater begraben hatte, wie oft habe ich da an seinem Grabe dich ebenso umschlungen gehalten und geweint! Und daß ich jetzt schon so lange weine, das kommt daher, daß mein Mutterherz dein Unglück geahnt hat. So wie ich dich damals zum ersten Male erblickt hatte (erinnerst du dich? am Abend, gleich nachdem wir hier angekommen waren), da erriet ich gleich alles schon aus deinem Blicke, und es gab mir gleich einen Stich ins Herz; und heute, als ich dir aufmachte, da sah ich – ›Jetzt‹, dachte ich, ›ist sicher die verhängnisvolle Stunde gekommen!‹ Rodja, Rodja, du wirst doch nicht jetzt gleich wegreisen?«

»Nein.«

»Du kommst noch einmal her?«

»Ja,... ich komme.«

»Rodja, sei mir nicht böse, ich darf dich ja nicht zu viel fragen. Ich weiß, daß ich es nicht darf; aber nur ein paar kleine Wörtchen sage mir: reisest du weit von hier fort?«

»Sehr weit.«

»Was hast du denn dort? Bekommst du da ein Amt? Beginnst du da deine Laufbahn?«

»Ich nehme hin, was Gott mir sendet... Beten Sie nur für mich...«

Raskolnikow ging zur Tür; aber sie hielt ihn fest und schaute ihm mit einem verzweiflungsvollen Blick in die Augen. Ihr Gesicht war ganz entstellt von Angst.

»Nun laß es genug sein, liebe Mama!« sagte Raskolnikow und bereute tief, daß er auf den Gedanken gekommen war, hierher zu gehen.

»Du gehst doch nicht für immer fort? Doch noch nicht für immer? Du wirst doch noch einmal herkommen? Kommst du morgen her?«

»Ja, ich komme, ich komme! Leben Sie wohl!«

Endlich riß er sich los.

Der Abend war frisch, warm und heiter; das Wetter hatte sich seit dem Vormittage aufgeklärt. Raskolnikow ging nach seiner Wohnung; er eilte. Vor Sonnenuntergang wollte er alles erledigt haben. Bis dahin wollte er mit niemand mehr zusammensein. Als er zu seiner Wohnung hinaufstieg, bemerkte er, daß Nastasja von dem Samowar, mit dem sie beschäftigt war, aufschaute, ihn aufmerksam anblickte und mit den Augen verfolgte. ›Es wird doch nicht etwa jemand bei mir sein?‹ dachte er. Der Gedanke an Porfirij Petrowitsch fuhr ihm durch den Kopf und erregte ihm heftigen Widerwillen. Aber als er zu seinem Zimmer gelangt war und die Tür öffnete, erblickte er Dunja. Sie saß ganz allein, tief in Gedanken versunken, da und mochte schon lange auf ihn gewartet haben. Er blieb auf der Schwelle stehen. Sie erschrak, erhob sich langsam vom Sofa und blieb aufgerichtet vor ihm stehen. Ihr starr auf ihn gerichteter Blick drückte Angst und untröstlichen Kummer aus. Schon allein an diesem Blicke erkannte er sofort, daß sie alles wußte.

»Soll ich zu dir hereinkommen, oder soll ich wieder weggehen?« fragte er unsicher.

»Ich habe den ganzen Tag bei Sofja Semjonowna gesessen; wir haben dort beide auf dich gewartet. Wir dachten, du würdest sicher dorthin kommen.«

Raskolnikow trat ins Zimmer und setzte sich völlig erschöpft auf einen Stuhl.

»Ich bin etwas schwach, Dunja, sehr müde; und doch möchte ich gern, wenigstens für diese Minute, meiner Kraft vollständig mächtig sein.«

Er warf ihr einen mißtrauischen Blick zu.

»Wo bist du denn die ganze Nacht gewesen?«

»Ich kann mich nicht mehr recht erinnern. Siehst du, Schwester, ich wollte zu einem definitiven Entschlusse gelangen und bin lange Zeit an der Newa auf und ab gegangen; daran erinnere ich mich. Ich wollte gleich dort ein Ende machen; aber... ich konnte mich nicht dazu entschließen...«, flüsterte er und sah dabei Dunja wieder mißtrauisch an.

»Gott sei Dank! Und wie wir beide, Sofja Semjonowna und ich, gerade das gefürchtet haben! Also hast du den Glauben an das Leben doch noch nicht verloren; Gott sei Dank, Gott sei Dank!«

Raskolnikow lächelte bitter.

»Diesen Glauben hatte ich freilich nicht; aber ich bin soeben bei unserer Mutter gewesen, und wir haben uns umarmt und zusammen geweint. Ich erhoffe vom Leben nichts mehr; aber doch habe ich sie gebeten, für mich zu beten. Gott weiß, wie das alles zusammenstimmt, Dunjetschka; ich begreife nichts davon.«

»Du bist bei der Mutter gewesen? Du hast es ihr gesagt?« rief Dunja erschrocken. »Hast du es wirklich übers Herz gebracht, es ihr zu sagen?«

»Nein, ich habe es ihr nicht gesagt,... nicht mit eindeutigen Worten; aber sie hat manches davon durchschaut. Sie hat in der Nacht gehört, wie du im Traum gesprochen hast. Ich bin überzeugt, daß sie bereits die Hälfte versteht. Ich habe vielleicht übel daran getan, daß ich zu ihr gegangen bin. Ich könnte eigentlich selbst nicht recht sagen, warum ich es getan habe. Ich bin ein gemeiner Mensch, Dunja!«

»Du ein gemeiner Mensch und bist doch willens, hinzugehen und das Leid auf dich zu nehmen! Du willst doch hingehen?«

»Ja, ich will hingehen. Sogleich. Um dieser Schande zu entgehen, wollte ich mich schon ertränken, Dunja; aber als ich schon am Wasser stand, dachte ich: ›Hast du dich bis jetzt für stark gehalten, so darfst du dich jetzt auch nicht vor der Schande fürchten.‹ War das Stolz, Dunja?«

»Ja, das war Stolz, Rodja.«

Es war, als leuchtete ein Feuer in seinen matten Augen auf; er schien sich darüber zu freuen, daß er noch stolz sein konnte.

»Und du glaubst nicht, Schwester, daß ich einfach Angst vor dem Wasser hatte?« fragte er und blickte ihr mit einem entstellenden Lächeln ins Gesicht.

»Ach, Rodja, hör auf!« rief Dunja bitter.

Sie schwiegen etwa zwei Minuten lang. Er saß mit gesenktem Kopfe da und blickte auf den Fußboden; Dunja stand am anderen Ende des Tisches und betrachtete ihn mit tiefem Mitleide. Plötzlich stand er auf:

»Es ist schon spät, es wird Zeit! Ich gehe gleich hin und zeige mich an. Aber warum ich das tue, das weiß ich nicht.«

Große Tränen liefen über Dunjas Wangen.

»Du weinst, Schwester? Kannst du es über dich gewinnen, mir die Hand zu geben?«

»Hast du daran gezweifelt?«

Sie umarmte ihn innig.

»Machst du nicht dadurch, daß du hingehst und dich dem Leide darbietest, dein Verbrechen schon zur Hälfte wieder gut?« rief sie, indem sie ihn fest an sich drückte und küßte.

»Mein Verbrechen? Was für ein Verbrechen?« rief er auf einmal in einer Art von plötzlichem Wutanfall. »Daß ich eine garstige, gemeinschädliche Laus getötet habe, eine alte Wucherin, die niemandem etwas nütze war, für deren Ermordung einem eigentlich viele Sünden vergeben werden müßten, die armen Leuten das Lebensblut aussog, das soll ein Verbrechen sein? Ich halte es nicht dafür und habe gar nicht vor, es wiedergutzumachen. Warum schreit man mir denn von allen Seiten zu: ›Ein Verbrechen, ein Verbrechen!‹ Jetzt erst erkenne ich klar, wie grundtöricht mein Kleinmut war, jetzt, wo ich mich schon entschlossen habe, ganz unnötigerweise diese Schande auf mich zu nehmen! Lediglich weil ich ein minderwertiger, talentloser Mensch bin, habe ich mich dazu entschlossen, und vielleicht auch noch, weil ich dadurch auf einen Vorteil spekuliere, wie mir das dieser... Porfirij... nahegelegt hat!...«

»Bruder, Bruder! Was redest du da! Du hast doch Blut vergossen!« rief Dunja voller Verzweiflung.

»Blut vergießen sie alle«, fiel er ihr fast rasend ins Wort. »Blut wird in der Welt vergossen massenhaft wie ein Wasserfall und ist immer so vergossen worden; Blut wird vergossen wie Champagner, und für das Blutvergießen wird man auf dem Kapitol gekrönt und nachher ein Wohltäter der Menschheit genannt. Mach doch nur die Augen auf und sieh genauer hin! Ich selbst wollte den Menschen Gutes erweisen und hätte hundert, tausend gute Taten vollbracht zum Ausgleich für diese eine Dummheit, die nicht einmal eine Dummheit war, sondern lediglich eine Ungeschicklichkeit; denn der ganze Gedanke war gar nicht so dumm, wie er jetzt nach dem Mißlingen aussieht... (was mißlingt, sieht immer dumm aus!). Durch diese Dummheit wollte ich mir nur eine unabhängige Position schaffen, den ersten Schritt tun, die Mittel erlangen, und später wäre dann alles durch einen unverhältnismäßig viel größeren Nutzen aufgewogen worden... Aber meine Kraft hat nicht einmal für den ersten Schritt ausgereicht, weil ich eben nur so ein Lump bin. Das ist der Kernpunkt! Ich kann die Sache nicht von eurem Standpunkte aus ansehen; wäre es mir gelungen, so würde man mich bekränzen; aber jetzt muß ich in den Kerker!«

»Aber die Sache liegt doch anders, ganz anders! Bruder, was redest du da nur!«

»Aha, es war wohl nicht die richtige Form, keine ästhetisch schöne Form! Nun, ich kann schlechterdings nicht absehen, warum es eine anständigere Form sein soll, wenn man die Menschen mit Bomben oder mittelst einer regulären Belagerung ums Leben bringt. Die ängstliche Rücksicht auf die Ästhetik ist das erste Zeichen von Schwäche!... Niemals, niemals habe ich das klarer begriffen als jetzt, und weniger als je verstehe ich, worin denn mein Verbrechen bestehen soll! Niemals, niemals war ich fester in meiner Überzeugung als jetzt!«

Sein blasses, abgemagertes Gesicht hatte ordentlich Farbe gewonnen. Aber als er den letzten Satz sprach, begegnete sein Blick unversehens dem Blicke Dunjas, und er las darin so viel qualvolles Mitleid mit ihm, daß er unwillkürlich wieder zur Besinnung kam. Er fühlte, daß er trotz seiner schönen Theorien diese beiden armen Frauen unglücklich gemacht hatte; er blieb immer doch die Ursache ihres Leides.

»Dunja, Liebe! Bin ich schuldig, so vergib mir (freilich, wenn ich wirklich schuldig bin, so kann ich eigentlich gar keine Vergebung finden). Leb wohl! Wir wollen nicht miteinander streiten! Es ist Zeit für mich, höchste Zeit. Folge mir nicht, ich bitte dich dringend; ich muß noch jemand aufsuchen... Geh jetzt und setze dich gleich zu unserer Mutter. Darum bitte ich dich inständig! Das ist meine letzte, größte Bitte an dich. Weiche diese ganze Zeit über nicht von ihr; ich habe sie in einer Unruhe verlassen, die sie kaum überstehen wird: sie wird entweder sterben oder den Verstand verlieren. Bleibe um sie. Rasumichin wird euch eine Stütze sein; ich habe ihn darum gebeten... Weine nicht um mich; ich werde mich bemühen, mannhaft und ehrenhaft zu sein mein ganzes Leben lang, obgleich ich ein Mörder bin. Vielleicht hörst du noch einmal meinen Namen. Ich werde euch keine Schande machen, das sollst du sehen; ich werde schon noch zeigen, daß ich... Jetzt vorläufig auf Wiedersehen!« schloß er hastig, da er bei seinen letzten Worten und Versprechungen wieder einen eigentümlichen Ausdruck in Dunjas Augen bemerkte. »Warum weinst du denn so? Weine nicht, weine nicht; wir trennen uns ja nicht für immer!... Ach ja, warte, das hatte ich vergessen!«

Er trat an den Tisch, ergriff ein dickes, verstaubtes Buch, schlug es auf und nahm ein kleines Porträt heraus, das zwischen den Blättern lag. Es war ein auf Elfenbein gemaltes Aquarell und stellte die Tochter seiner Wirtin dar, seine frühere Braut, die am Fieber gestorben war, eben jenes seltsame junge Mädchen, das in ein Kloster hatte gehen wollen.

Etwa eine Minute lang betrachtete er dieses ausdrucksvolle, kränkliche Gesichtchen; dann küßte er das Bild und reichte es Dunja hin.

»Mit diesem Mädchen habe ich viel auch über meine Ideen gesprochen, mit ihr allein«, sagte er, in Nachsinnen verloren. »Dieser treuen Seele habe ich viel von dem mitgeteilt, was später in so häßlicher Weise zur Wirklichkeit geworden ist. Beunruhige dich nicht«, wandte er sich an Dunja, »sie stimmte mir nicht bei, ebensowenig wie du, und ich freue mich, daß sie nicht mehr am Leben ist. Die Hauptsache ist, daß jetzt alles einen neuen Anfang nimmt, mein ganzes bisheriges Dasein zerbrochen und beseitigt wird«, rief er plötzlich, wieder in seine verzweifelte Stimmung zurücksinkend, »mein ganzes bisheriges Dasein! Aber bin ich auch dazu vorbereitet? Ist das auch mein eigener Wille? Es heißt, es sei notwendig zu meiner Prüfung! Aber wozu, wozu all diese sinnlosen Prüfungen? Wozu das? Werde ich denn nach zwanzigjähriger Zwangsarbeit, niedergebeugt durch die Qualen und das stumpfsinnige Leben, ein vorzeitiger, kraftloser Greis, werde ich denn dann ein besseres Verständnis haben als jetzt? Und wozu soll ich dann noch leben? Warum willige ich denn jetzt ein, so zu leben? Oh, ich wußte, daß ich ein Lump bin, als ich heute im Morgengrauen an der Newa stand!«

Endlich gingen sie beide hinaus. So schwer es ihr der Bruder machte, Dunja liebte ihn dennoch! Sie ging weg; nachdem sie aber fünfzig Schritte gegangen war, wandte sie sich noch einmal um, um ihm nachzusehen. Sie konnte ihn noch erblicken. Und als er an die Straßenecke gelangt war, wandte er sich gleichfalls um, und ihre Blicke trafen sich zum letzten Male. Sowie er jedoch bemerkte, daß sie nach ihm sah, winkte er ihr ungeduldig, ja ärgerlich mit der Hand, sie möchte weitergehen, und bog selbst rasch um die Ecke.

›Ich habe einen schlechten Charakter, das sehe ich wohl‹, dachte er eine Minute darauf, indem er sich seiner Handbewegung gegen Dunja schämte. ›Aber weshalb lieben mich denn meine Mutter und meine Schwester so, wenn ich es nicht verdiene? Ach, hätte ich doch allein dagestanden, und hätte niemand mich geliebt, und hätte ich selbst nie jemand geliebt! Dann wäre das alles nicht geschehen! Ich möchte wohl wissen, ob diese bevorstehenden fünfzehn oder zwanzig Jahre meine Seele so niederbeugen werden, daß ich dann demütig vor den Leuten winsele und mich selbst fortwährend einen Räuber nenne. Jedenfalls! Darum eben schicken sie mich ja jetzt nach Sibirien; gerade das bezwecken sie... Da rennen nun alle die Menschen auf den Straßen hin und her, und jeder von ihnen ist schon seiner ganzen Charakteranlage nach ein Schurke und Räuber, ja noch Schlimmeres: ein Idiot! Aber das Gericht sollte einmal versuchen, mir die Verschickung nach Sibirien zu ersparen – da würden sie alle aus der Haut fahren vor edler Entrüstung! Oh, wie ich sie alle hasse!‹

Er versank in Nachdenken über die Frage, durch welchen Entwicklungsprozeß es wohl dahin kommen könne, daß er sich schließlich vor allen diesen Menschen widerspruchslos demütige, sich aus Überzeugung demütige. ›Nun ja‹, sagte er sich, ›warum sollte es denn auch nicht dahin kommen? Gewiß, das muß ja so sein. Als ob zwanzig Jahre ununterbrochenen Druckes einen Menschen nicht gründlich mürbe machen könnten! Steter Tropfen höhlt den Stein. Aber wozu, wozu soll ich denn dann nach alledem noch weiterleben? Warum gehe ich jetzt hin, wenn ich doch selbst weiß, daß alles genau so kommen wird, wie es im Buche steht, und nicht anders!‹

Er legte sich diese Frage seit dem vorhergehenden Abend vielleicht schon zum hundertsten Male vor; aber er ging dennoch hin.

VIII

Als er zu Sonja ins Zimmer trat, begann es schon zu dämmern. Den ganzen Tag über hatte Sonja in schrecklicher Aufregung auf ihn gewartet, zusammen mit Dunja. Diese war schon am Morgen zu ihr gekommen, da sie sich der Angabe Swidrigailows erinnerte, daß Sonja über Raskolnikows Tat alles wisse. Wir beabsichtigen nicht, das Gespräch der beiden Mädchen in seinen Einzelheiten zu schildern, auch nicht, wie sie miteinander weinten und wie sie einander seelisch näherrückten. Dunja nahm von diesem Zusammensein wenigstens den einen Trost mit, daß ihr Bruder nicht allein sein werde: zu Sonja war er zuerst mit seiner Beichte gegangen; in ihr hatte er einen Menschen gesucht, als er einen Menschen brauchte; und sie war auch entschlossen, ihm zu folgen, wohin auch immer das Schicksal ihn führen würde. Dunja fragte danach gar nicht erst; sie wußte, daß es so sein werde. Sie blickte auf Sonja sogar mit einer Art von Ehrfurcht und setzte diese am Anfang durch ihr respektvolles Benehmen stark in Verwirrung. Sonja war nahe daran, in Tränen auszubrechen; sie hielt sich ihrerseits für unwürdig, Dunja auch nur anzublicken. Das schöne Bild Dunjas, wie diese bei ihrer ersten Begegnung in Raskolnikows Zimmer sich so höflich und achtungsvoll von ihr verabschiedete, hatte sich seitdem ihrer Seele für das ganze Leben eingeprägt, als eine der schönsten, beglückendsten Erinnerungen.

Dunja hatte es schließlich nicht länger aushalten können und war von Sonja weggegangen, um ihren Bruder in seiner Wohnung zu erwarten; sie meinte immer, dorthin würde er doch zuerst kommen. Als Sonja allein geblieben war, begann sie sich sogleich mit dem Gedanken zu ängstigen, er werde vielleicht wirklich Selbstmord begehen. Dieselbe Befürchtung hegte auch Dunja. Aber die beiden Mädchen hatten den ganzen Tag über mit allen möglichen Gründen wetteifernd einander zu überzeugen gesucht, daß dies ausgeschlossen sei, und hatten sich ruhiger gefühlt, solange sie beisammen waren. Jetzt aber, sowie sie sich getrennt hatten, hatte sowohl die eine wie die andere keinen anderen Gedanken. Sonja erinnerte sich, wie Swidrigailow am Vortage zu ihr gesagt hatte, Raskolnikow habe nur zwei Wege vor sich: Sibirien oder –. Zudem kannte sie seine Eitelkeit, seinen Hochmut, sein Ehrgefühl und seinen Unglauben.

›Sind denn wirklich Kleinmut und Furcht vor dem Tode die einzigen Beweggründe, die ihn veranlassen können weiterzuleben?‹ dachte sie schließlich verzweiflungsvoll.

Unterdes war die Sonne schon tief gesunken. Sonja stand traurig am Fenster und blickte unverwandt hinaus; aber da war nichts zu sehen als die ungetünchte, fensterlose Seitenmauer des vorspringenden Nachbarhauses. Endlich, als sie von dem Tode des Unglücklichen schon ganz fest überzeugt war, trat er zu ihr ins Zimmer.

Ein Freudenschrei entrang sich ihrer Brust. Aber als sie ihm forschend ins Gesicht blickte, wurde sie plötzlich blaß.

»Nun ja«, sagte Raskolnikow lächelnd, »ich komme, mir dein Kreuz zu holen, Sonja. Du hast mich ja selbst auf den Kreuzweg geschickt; ist dir etwa jetzt, wo es soweit ist, bange geworden?«

Sonja blickte ihn bestürzt an. Dieser Ton erschien ihr so seltsam; ein Frostzittern lief über ihren Körper hin; aber einen Augenblick darauf durchschaute sie es schon, daß dieser Ton und diese Worte erkünstelt waren. Auch sah er, während er zu ihr sprach, nach einer Ecke hin und vermied es anscheinend, ihr ins Gesicht zu blicken.

»Siehst du, Sonja, ich habe mir gesagt, daß es so für mich wohl auch am vorteilhaftesten sein wird. Es kommt nämlich in Betracht... Aber es dauert zu lange, das auseinanderzusetzen, und es hat auch keinen Zweck. Weißt du, mich ärgert bloß eines. Was mich ärgert, ist, daß alle diese dummen, viehischen Fratzen mich sofort umringen und mit ihren Glotzaugen anstarren werden, daß diese Bande mir ihre dummen Fragen vorlegen wird, auf die ich dann Antwort geben muß, und daß die Leute mit Fingern auf mich zeigen werden... Pfui Teufel! Weißt du, ich werde nicht zu Porfirij gehen; den habe ich satt bekommen. Ich will lieber zu meinem Freunde Schießpulver gehen; den werde ich in Erstaunen versetzen; da werde ich einen ganz eigenartigen Effekt erzielen. Ich müßte nur mehr Kaltblütigkeit dabei zeigen; aber ich bin in der letzten Zeit gar zu reizbar geworden. Kannst du das glauben: ich habe soeben meiner Schwester beinahe mit der Faust gedroht, bloß weil sie sich umwandte, um mir noch einen letzten Blick zuzuwerfen. Ein ganz abscheulicher Zustand! Ja, ja, so weit ist es mit mir gekommen! Nun also, wo hast du die Kreuze?«

Er hatte sich selbst gar nicht in der Gewalt. Nicht einen Augenblick konnte er ruhig auf einem Flecke stehen, konnte seine Aufmerksamkeit nicht auf einen einzelnen Gegenstand konzentrieren; seine Gedanken hüpften einer über den anderen weg; er verwirrte sich beim Reden; seine Hände zitterten leicht.

Sonja nahm schweigend aus einem Kasten zwei Kreuze heraus, eines aus Zypressenholz und ein kupfernes, bekreuzigte sich selbst, bekreuzigte ihn und hängte ihm das aus Zypressenholz auf die Brust.

»Das ist also nun das Symbol dafür, daß ich das Kreuz auf mich nehme, he-he! Als hätte ich bis jetzt wenig gelitten! Aus Zypressenholz, wie es gewöhnliche Leute tragen; das kupferne hat also Lisaweta gehört; das nimmst du nun für dich; zeig es doch mal her! Also das hat Lisaweta früher getragen... Ich besinne mich auch auf zwei ähnliche solche Kreuze und ein silbernes Heiligenbildchen. Ich warf sie damals dem alten Weibe auf die Brust. Die würden mir jetzt zupaß kommen, wahrhaftig, die sollte ich mir umhängen... Aber ich schwatze und schwatze und vergesse den Zweck meines Besuches; ich bin so zerstreut!... Siehst du, Sonja, ich bin eigentlich bloß hergekommen, um es dir vorher mitzuteilen, damit du es weißt... Also das war der ganze Zweck... Bloß deshalb bin ich hergekommen. (Hm! Ich dachte übrigens, ich würde dir noch mehr zu sagen haben.) Du hast ja doch selbst gewollt, daß ich hingehen solle; na, da werde ich nun also im Gefängnis sitzen, und dein Wunsch wird erfüllt werden. Aber warum weinst du denn? Du auch? Hör doch auf, laß es genug sein; ach, wie schwer ist das alles für mich!«

Indes ward doch bei ihm das Mitleid rege; sein Herz zog sich bei ihrem Anblicke schmerzlich zusammen. ›Auch die weint? Auch die? Warum?‹ dachte er bei sich. ›Was bin ich ihr? Warum weint sie? Warum ist sie um mich besorgt wie die Mutter und Dunja? Sie wird wohl meine Kinderfrau werden!‹

»Bekreuzige dich und bete doch nur ein einziges Mal!« bat Sonja mit zitternder, schüchterner Stimme.

»Oh, meinetwegen, soviel du nur wünschest! Und ich tue es von Herzen, Sonja, von Herzen...«

Indessen wollte er eigentlich etwas ganz anderes sagen.

Er bekreuzigte sich mehrere Male. Sonja ergriff ihr Tuch und legte es sich um den Kopf. Es war ein grünes Tuch von drap de dame, wahrscheinlich dasselbe, von dem Marmeladow damals gesprochen hatte, das Familientuch. Eine flüchtige Erinnerung daran kam Raskolnikow in den Sinn; aber er fragte weiter nicht. Er begann sich nun seiner schrecklichen Zerstreutheit und ungewöhnlichen Aufregung bewußt zu werden und bekam einen großen Schreck darüber. Auch überraschte es ihn, daß Sonja mit ihm gehen wollte.

»Was hast du denn? Wo willst du hin? Bleib nur hier, bleib hier! Ich gehe allein!« rief er ängstlich und ärgerlich und ging beinahe erbost zur Tür. »Was soll ich denn da mit einer ganzen Eskorte!« murmelte er beim Hinausgehen.

Sonja blieb mitten im Zimmer stehen. Er hatte nicht einmal Abschied von ihr genommen und dachte schon gar nicht mehr an sie; nur ein peinigender, rebellischer Zweifel versetzte seine Seele in arge Unruhe.

›Ist das auch wirklich das richtige?‹ dachte er wieder, während er die Treppe hinunterging. ›Kann ich nicht noch einhalten und alles wieder umändern... und diesen Gang unterlassen?‹

Aber er ging trotzdem. Es kam ihm auf einmal die bestimmte Empfindung, daß es zwecklos sei, sich weitere Fragen vorzulegen. Als er auf die Straße hinaustrat, fiel ihm ein, daß er von Sonja nicht Abschied genommen hatte und daß sie mitten im Zimmer in ihrem grünen Tuche stehengeblieben war und nicht gewagt hatte, sich zu rühren, nachdem er sie so angefahren hatte. Bei dieser Erinnerung stockte einen Augenblick sein Schritt. Aber gleichzeitig leuchtete in seinem Gehirn grell noch ein anderer Gedanke auf, der nur auf diesen Zeitpunkt gewartet zu haben schien, um ihn vollständig aus der Fassung zu bringen.

›Nun, warum, wozu bin ich jetzt eben bei ihr gewesen? Ich habe zu ihr gesagt, mein Besuch hätte einen Zweck; was hatte er denn für einen Zweck? Überhaupt gar keinen! Ihr mitzuteilen, daß ich nun hingehe, nicht wahr? Diese Mitteilung war auch höchst nötig! Liebe ich etwa dieses Mädchen? Doch wohl nicht! Ich habe sie ja soeben wie einen Hund von mir gewiesen. War es mir denn ein wirkliches Bedürfnis, von ihr das Kreuz zu bekommen? Oh, wie tief bin ich gesunken! Nein, ich hatte das Bedürfnis, ihre Tränen und ihre Angst zu sehen; ich wollte sehen, wie ihr das Herz weh tut und wie sie leidet! Ich hatte das Bedürfnis, mich an irgend etwas anzuklammern, die Ausführung meines Entschlusses noch hinzuzögern, noch einen Menschen zu sehen! Und ich, ich habe es gewagt, so gewaltige Hoffnungen auf mich zu setzen, mich so phantastischen Träumereien über meine Zukunft hinzugeben – und bin ein armseliges, wertloses Subjekt, ein Lump, ein Lump!‹

Er schritt die Kanalstraße entlang und hatte nicht mehr weit bis zu seinem Ziele. Als er aber bis zur Brücke gekommen war, blieb er stehen, bog zur Seite ab auf die Brücke und ging nach dem Heumarkte.

Begierig schaute er nach rechts und nach links und richtete mit Anstrengung seine Blicke auf einen jeden Gegenstand, konnte aber mit einer Aufmerksamkeit bei keinem ausharren; alles entglitt ihm sofort wieder. ›In einer Woche, in einem Monat werde ich im Gefängniswagen über diese Brücke fahren; mit welchen Gefühlen werde ich dann auf diesen Kanal blicken? Ich sollte mir sein Bild bis dahin einprägen!‹ fuhr es ihm durch den Kopf. ›Dieses Ladenschild da, mit welchen Gefühlen werde ich dann diese selben Buchstaben lesen? In der Aufschrift ist ein orthographischer Fehler, ein falsches a; ich möchte mir diesen Buchstaben a merken und ihn nach einem Monat wieder ansehen; mit welchen Gefühlen werde ich es dann wohl tun? Was werde ich dann empfinden und denken?... Mein Gott, wie unwürdig und gemein das alles ist,... daß ich mich um solche Dinge jetzt noch kümmere! Freilich, dies alles ist auch wieder sehr interessant... in seiner Art... (Ha-ha-ha! Was kommen mir bloß für Gedanken in den Kopf!) Ich werde geradezu zum Kinde und tue vor mir selber groß. Na, aber warum schelte ich mich deswegen? Oh, oh! Was ist hier für ein Gedränge! Da, der dicke Kerl, der mich gestoßen hat (gewiß ein Deutscher), ob der wohl weiß, wen er gestoßen hat? Hier bettelt eine Frau mit einem Kinde; es ist doch interessant, daß sie mich für glücklicher hält als sich. Der Kuriosität halber sollte ich ihr etwas geben. Sieh, da hat sich ja noch ein Fünfkopekenstück in meiner Tasche erhalten; wie geht das zu? Da, nimm, Mütterchen, da!‹

»Gott lohne es Ihnen!« sagte die Bettlerin in weinerlichem Tone.

Er betrat den Heumarkt. Es war ihm unangenehm, sehr unangenehm, sich zwischen dem Volk hindurchzudrängen; aber er ging geflissentlich dahin, wo das größte Gewühl war. Er hätte wer weiß was darum gegeben, allein zu sein; aber er fühlte selbst, daß er es nicht einen Augenblick allein würde aushalten können. Inmitten eines Volkshaufens vollführte ein Betrunkener seine Narrheiten: er versuchte fortwährend zu tanzen, fiel aber immer seitwärts auf die Erde. Ein dichter Kreis von Zuschauern umgab ihn. Raskolnikow drängte sich durch den Haufen hindurch, sah dem Betrunkenen ein Weilchen zu und lachte plötzlich kurz und schrill auf. Einen Augenblick darauf hatte er ihn bereits vergessen; ja, er sah ihn gar nicht mehr, wiewohl er die Augen auf ihn gerichtet hielt. Er trat schließlich zurück, ohne daß er sich bewußt gewesen wäre, wo er sich überhaupt befand; aber als er bis zur Mitte des Platzes gelangt war, ging plötzlich in seinem Innern eine Bewegung vor; eine bestimmte Empfindung ergriff ihn mit einem Male und nahm ihn mit Leib und Seele in ihren Bann.

Es waren ihm Sonjas Worte eingefallen: »Geh zu einem Kreuzwege, verbeuge dich vor allem Volke, küsse die Erde, weil du dich auch gegen sie versündigt hast, und sage laut zu der ganzen Welt: ›Ich bin ein Mörder!‹« Er zitterte am ganzen Körper bei dieser Erinnerung. Und bis zu einem solchen Grade hatte ihn die verzweifelte Angst und Unruhe dieser ganzen Zeit, und besonders der letzten Stunden, bereits mürbe gemacht, daß er sich mit einer wahren Begierde in diese reine, neue, kräftige Empfindung hineinstürzte. Wie ein Anfall war es plötzlich über ihn gekommen; es war, als hätte sich in seiner Seele ein Funke entzündet und dann mit gewaltiger Geschwindigkeit die Flamme ihn ganz und gar ergriffen. Sein ganzes Inneres wurde auf einmal weich, und die Tränen stürzten ihm hervor. An dem Flecke, wo er stand, fiel er auf den Boden.

Mitten auf dem Platze kniete er nieder, verbeugte sich bis zur Erde und küßte diese schmutzige Erde glückselig und voll Wonne. Dann stand er auf und verbeugte sich ein zweites Mal.

»Na, der hat sich gehörig beduselt!« bemerkte neben ihm ein junger Bursche.

Die Leute lachten.

»Der geht nach Jerusalem, Brüder, und nimmt vorher von seinen Kindern und von seiner Heimat Abschied, verneigt sich vor der ganzen Welt und küßt die Residenzstadt Petersburg und ihren Boden!« fügte ein etwas angetrunkener Kleinbürger hinzu.

»Es ist doch noch so ein junges Bürschchen!« meinte ein dritter.

»Einer aus den höheren Ständen!« bemerkte jemand mit ernster, ruhiger Stimme.

»Das kann man heutzutage nicht mehr unterscheiden, ob einer zu den höheren Ständen gehört oder nicht.«

Alle diese Ausrufe und Bemerkungen hielten Raskolnikow von Weiterem zurück, und die Worte: »Ich habe einen Mord begangen«, die ihm vielleicht schon auf den Lippen schwebten, erstickten ungesprochen. Er ertrug indessen alle diese Äußerungen des Publikums mit Ruhe und ging, ohne sich umzusehen, durch eine Seitengasse geradeswegs nach dem Polizeibureau. Unterwegs glaubte er einen Augenblick lang eine huschende Gestalt zu sehen; aber er wunderte sich darüber nicht; er hatte schon geahnt, daß es wohl so kommen werde. Während er sich auf dem Heumarkte zum zweiten Male bis zur Erde verneigte, hatte er bei einer zufälligen Wendung nach links in einer Entfernung von etwa fünfzig Schritten Sonja erblickt. Sie hatte sich dann vor ihm hinter einer der hölzernen Buden versteckt, die auf dem Platze standen. Also hatte sie ihn auf seinem ganzen Leidenswege begleitet! Raskolnikow fühlte und begriff in diesem Augenblicke für immer, daß Sonja jetzt lebenslänglich bei ihm bleiben und ihm bis ans Ende der Welt folgen werde, mochte ihn das Schicksal führen, wohin es wollte. Sein Herz erbebte..., aber da war er auch bereits an der verhängnisvollen Stelle angelangt...

Ziemlich gefaßten Mutes betrat er den Hof. Er mußte zum vierten Stockwerk hinaufsteigen.

›Vorläufig steige ich nur erst die Treppe hinauf‹, dachte er. Überhaupt hatte er die Vorstellung, als läge der Augenblick der Entscheidung noch in weiter Ferne, als bliebe ihm noch viel Zeit bis dahin und als könne er sich noch vieles überlegen.

Wieder derselbe Schmutz, dieselben Eierschalen auf der Wendeltreppe, wieder standen die Türen zu den

Wohnungen weit offen, wieder dieselben Küchen, aus denen Qualm und übler Geruch herausdrang. Raskolnikow war seit jenem Tage nicht wieder hier gewesen. Die Beine waren ihm ganz taub geworden und knickten ein, gingen aber mechanisch weiter. Er blieb einen Augenblick stehen, um Atem zu schöpfen und sein Äußeres in Ordnung zu bringen, damit er »als Mensch« eintreten könne. ›Aber wozu? Was hat das für Zweck?‹ dachte er plötzlich, als er sich seines Tuns bewußt wurde. ›Wenn ich doch einmal diesen Kelch leeren muß, ist es dann nicht ganz gleich, wie ich aussehe? Je garstiger, um so besser!‹ Unwillkürlich kam ihm in diesem Augenblicke die Gestalt des Polizeileutnants Ilja Petrowitsch Schießpulver in den Sinn. ›Soll ich wirklich zu dem hingehen? Könnte ich nicht vielleicht zu einem anderen gehen? Nicht vielleicht zum Revieraufseher Nikodim Fomitsch selbst? Wie wär's, wenn ich gleich umkehrte und zu dem in die Wohnung ginge? Wenigstens wickelt sich die Sache dann mehr in privater Form ab... Nein, nein! Zu Leutnant Schießpulver, zu Leutnant Schießpulver! Muß ich den Kelch trinken, dann auch mit einem Male ganz...‹

Von Frost geschüttelt und sich kaum seiner selbst bewußt, öffnete er die Tür zum Bureau. Diesmal waren nur sehr wenige Leute darin; nur ein Hausknecht stand da und noch so ein Mann aus dem niederen Volke. Der Wächter blickte nicht einmal aus seinem Verschlage heraus. Raskolnikow ging weiter in das folgende Zimmer. ›Vielleicht ist es noch möglich, daß ich nichts davon sage‹, fuhr es ihm durch den Kopf. Hier schickte sich ein Schreiber in Zivil gerade an, seine Schreibarbeit am Pulte zu beginnen. In einer Ecke setzte sich noch ein anderer Schreiber zurecht. Sametow war nicht da. Nikodim Fomitsch war natürlich gleichfalls nicht anwesend.

»Ist niemand hier?« fragte Raskolnikow, sich an den Schreiber am Pulte wendend.

»Wen wünschen Sie zu sprechen?«

»Ah, ah, ah! ›Er sah ihn nicht, er hörte ihn nicht, aber er witterte den russischen Duft‹,... wie heißt es doch da im Märchen,... ich weiß nicht mehr genau! Ergebenster Diener!« rief auf einmal eine bekannte Stimme.

Raskolnikow begann zu zittern. Vor ihm stand Leutnant Schießpulver, der soeben aus dem dritten Zimmer hereingekommen war. ›Das ist mein Verhängnis‹, dachte Raskolnikow, ›warum muß der hier sein?‹

»Wollten Sie zu uns? Was führt Sie her?« rief Ilja Petrowitsch. Er war anscheinend in vorzüglicher und sogar ein wenig angeheiterter Stimmung. »Wenn es etwas Amtliches ist, so sind Sie etwas zu früh hergekommen. Ich selbst bin nur zufällig hier... Aber was in meinen Kräften steht... Übrigens, ich muß Ihnen gestehen,... wie war doch... wie war doch? Entschuldigen Sie...«

»Raskolnikow.«

»Na natürlich, Raskolnikow! Wie können Sie nur glauben, daß ich Ihren Namen vergessen hätte! So etwas müssen Sie von mir nicht denken... Rodion Ro... Ro... Rodionowitsch, so war es ja doch wohl?«

»Rodion Romanowitsch.«

»Ja, ja, ja! Rodion Romanowitsch, Rodion Romanowitsch! So wollte ich ja auch sagen! Ich habe mich sogar mehrmals nach Ihnen erkundigt. Offen gestanden, es hat mir nachher aufrichtig leid getan, daß ich damals mit Ihnen so... Es ist mir später alles erklärt worden, und ich habe gehört, daß Sie ein junger Schriftsteller sind, sogar ein Gelehrter,... und daß Sie sozusagen am Anfange Ihrer Laufbahn... Du mein Gott, welcher Schriftsteller und Gelehrte hätte nicht am Anfange seiner Laufbahn seine Besonderheiten gehabt! Meine Frau und ich, wir schwärmen beide für Literatur, meine Frau sogar leidenschaftlich!... Für Literatur und Kunst! Aus anständiger Familie muß man natürlich sein; alles andere aber kann man durch Talent, Wissen, Verstand und Genie erreichen! Na, zum Beispiel ein Hut – was hat ein Hut für einen Wert? Ein Hut ist ein Topfdeckel; den kann ich mir im Laden von Zimmermann kaufen; aber was unter dem Hute steckt und vom Hute verborgen wird, das kann man nicht kaufen!... Offen gestanden, ich wollte sogar schon zu Ihnen gehen, um mich zu entschuldigen; aber ich dachte, Sie würden vielleicht... Aber ich vergesse ganz zu fragen: haben Sie wirklich ein Anliegen an uns? Ich höre, Ihre Angehörigen sind zu Ihnen hierher nach Petersburg gekommen?«

»Ja, meine Mutter und meine Schwester.«

»Ich habe sogar die Ehre und das Glück gehabt, Ihre Schwester kennenzulernen – eine sehr gebildete, reizende junge Dame. Offen gestanden, ich habe lebhaft bedauert, daß wir beide, Sie und ich, damals so hitzig wurden. Ein eigentümlicher Fall! Und daß ich Ihnen damals anläßlich Ihrer Ohnmacht so einen besonderen Blick zuwarf – nun, es hat sich ja nachher alles auf das glänzendste aufgeklärt! Es war von meiner Seite zu hitzig, Übereifer! Ihre Entrüstung ist mir durchaus verständlich. Ziehen Sie vielleicht infolge der Ankunft der Ihrigen in eine andere Wohnung?«

»N–nein, ich bin nur gekommen... Ich wollte nur fragen... Ich glaubte, ich würde Sametow hier finden.«

»Ach ja! Sie haben sich ja miteinander angefreundet; ich habe davon gehört. Na, Sametow ist nicht mehr bei uns; den finden Sie hier nicht mehr vor. Ja, diesen Alexander Grigorjewitsch Sametow haben wir verloren! Seit gestern ist er fort; er ist versetzt worden und hat sich bei der Gelegenheit mit allen gezankt,... in recht unhöflicher Weise. Ein windiges Kerlchen, weiter nichts; man hoffte ja, es würde etwas aus ihm werden; aber gehen Sie mir mit diesen Leuten, mit unserem brillanten jungen Nachwuchs! Er will da irgendein Examen ablegen; aber in unserem Fache ist das so: wenn man nur ein bißchen was hinschwatzt und mit ein paar großtönenden Phrasen um sich wirft, so hat man damit das ganze Examen bestanden. Dagegen Sie zum Beispiel oder Ihr Freund, Herr Rasumichin, Sie sind ja ganz andere Leute! Ihre Laufbahn liegt auf dem Gebiete der Wissenschaft, und kein Mißerfolg kann Sie beirren! Alle Genüsse des Lebens sind Ihnen sozusagen ein wesenloses Nichts; Sie sind ein Asket, ein Mönch, ein Einsiedler!... Ihr ein und alles sind die Bücher, die Feder hinter dem Ohr, gelehrte Untersuchungen – in solchen Regionen schwebt Ihr Geist! Teilweise bin ich selbst so... Haben Sie Livingstones Reiseberichte gelesen?«

»Nein.«

»Aber ich habe sie gelesen. Übrigens haben sich heutzutage die Nihilisten ganz gewaltig ausgebreitet; na, es ist ja auch begreiflich; was sind das jetzt für Zeiten? frage ich Sie. Übrigens, ich rede mit Ihnen so frei von der Leber weg,... Sie sind ja doch gewiß kein Nihilist! Antworten Sie aufrichtig, ganz aufrichtig!«

»N-nein...«

»Wissen Sie, reden Sie mit mir ganz offen; genieren Sie sich gar nicht; reden Sie, als ob Sie mit sich selbst sprächen! Das sind zwei Dinge, die ich sehr wohl zu sondern weiß: Dienst und... Sie haben gewiß gedacht, ich wollte sagen: Freundschaft; nein, da haben Sie doch falsch geraten! Nicht Freundschaft, sondern das Gefühl, daß man Bürger und Mensch ist, die Humanität und die Liebe zu Gott dem Allmächtigen. Ich kann eine offizielle Persönlichkeit sein und ein Amt bekleiden, bin aber dabei doch verpflichtet, mich als Bürger und Mensch zu fühlen und mich danach zu benehmen... Sie erwähnten da vorhin Sametow. Sametow, der ist imstande, in einem unanständigen Lokal bei einem Glase Champagner oder Donwein eine Skandalszene so in französischem Genre zu veranstalten – ja, so einer ist Ihr Sametow! Ich dagegen glühe sozusagen von Freundestreue und hohen Gefühlen, und außerdem besitze ich ein gewisses Ansehen, habe einen Rang, bekleide ein Amt! Ich bin verheiratet und habe Kinder. Ich erfülle meine Pflicht als Bürger und Mensch; aber er, was ist er denn? möchte ich fragen. Ich wende mich an Sie als an einen Mann von hoher geistiger Bildung. Ja, und noch eins: auch diese Hebammen haben sich außerordentlich stark ausgebreitet.«

Raskolnikow zog fragend die Augenbrauen in die Höhe. Die Worte des Polizeileutnants, der offenbar eben erst vom Mittagstische gekommen war, vernahm er größtenteils nur als leere Töne, wie ein Geklapper und Gerassel. Aber einen Teil davon hatte er doch so einigermaßen verstanden; er blickte ihn fragend an und wußte nicht, worauf diese Bemerkung abzielte.

»Ich spreche von diesen jungen Mädchen mit dem kurzgeschnittenen Haar«, fuhr Ilja Petrowitsch redselig fort. »Ich habe ihnen aus eigener Erfindung den Namen Hebammen gegeben und finde, daß das eine sehr glückliche Bezeichnung ist. He-he! Sie drängen sich in die Hörsäle, sie studieren Anatomie; na, sagen Sie selbst, wenn ich krank werden sollte, würde ich dann nach einem jungen Mädchen schicken, um mich behandeln zu lassen? He-he!«

Ilja Petrowitsch lachte laut auf, höchst befriedigt von seinen eigenen Witzen.

»Es mag ja sein, daß da ein gewaltiger Bildungsdrang dahintersteckt; aber wenn sich einer nun die Bildung angeeignet hat, dann muß es auch damit sein Bewenden haben. Dann darf er doch seine Bildung nicht mißbrauchen. Dann darf er doch nicht anständige Personen beleidigen, wie es dieser Taugenichts, der Sametow, tut. Warum hat er mich beleidigt? frage ich Sie. Und noch eins: wie die Selbstmorde zugenommen haben, davon können Sie sich gar keinen Begriff machen. Diese ganze Sorte verbringt das letzte Geld und nimmt sich dann das Leben. Junge Mädchen, unreife Burschen, alte Männer... Heute früh ist wieder eine Anzeige eingegangen von dem Selbstmorde eines Herrn, der erst kürzlich nach Petersburg gekommen ist. Nil Pawlowitsch, he! Nil Pawlowitsch! Wie hieß doch der Gentleman, über den wir Anzeige bekamen, daß er sich in der Peterburgskaja erschossen hat?«

»Swidrigailow«, antwortete teilnahmslos eine heisere Stimme aus dem andern Zimmer.

Raskolnikow fuhr zusammen.

»Swidrigailow! Swidrigailow hat sich erschossen!« rief er.

»Wie? Kennen Sie diesen Swidrigailow?«

»Ja,... ich kenne ihn... Er ist erst kürzlich hier angekommen...«

»Na ja, er ist erst kürzlich angekommen, seine Frau war ihm gestorben, ein Mensch von ganz liederlichem Lebenswandel, und auf einmal erschießt er sich, und in einer so skandalösen Weise, daß man es sich gar nicht vorstellen kann,... hinterläßt in seinem Notizbuche ein paar Worte: er scheide aus dem Leben bei vollem Verstande und bitte, niemandem die Schuld an seinem Tode beizumessen. Der Mensch soll früher Geld gehabt haben. Woher kennen Sie ihn?«

»Ich... kannte ihn,... meine Schwester war Gouvernante in seiner Familie.«

»So, so, so... Da können Sie uns wohl über ihn etwas Näheres mitteilen. Sie haben vorher nichts davon geahnt?«

»Ich bin gestern noch mit ihm zusammengewesen,... er... trank Wein,... ich habe ihm nichts angemerkt.«

Raskolnikow hatte eine Empfindung, als sei eine schwere Last auf ihn niedergestürzt und drücke ihn zu Boden.

»Sie sind ja wieder ordentlich blaß geworden. Es ist hier bei uns aber auch so eine stickige Luft...«

»Ja, ich muß gehen, ich habe keine Zeit mehr« murmelte Raskolnikow. »Entschuldigen Sie, daß ich Sie belästigt habe...«

»Oh, bitte sehr! Durchaus nicht der Fall! Ganz zu Ihren Diensten! Es ist mir ein Vergnügen gewesen; ich habe mich sehr gefreut.«

Ilja Petrowitsch reichte ihm sogar die Hand.

»Ich wollte eigentlich nur... nur zu Sametow...«

»Weiß wohl, weiß wohl; es ist mir ein Vergnügen gewesen.«

»Ich... habe mich sehr gefreut... Auf Wiedersehen!« sagte Raskolnikow lächelnd.

Er ging hinaus, taumelnd und schwindlig; er fühlte gar nicht, ob er noch auf den Beinen stand. Er stieg die Treppe hinunter, mit der rechten Hand sich gegen die Wand stützend. Es schien ihm, daß er von einem Hausknecht, der mit einem Buche in der Hand nach dem Bureau hinaufstieg und ihm auf der Treppe begegnete, gestoßen wurde und daß ein Hund in einem tieferen Stockwerk heftig bellte und eine Frau mit einem Mangelholz nach dem Tiere warf und schimpfte. Er kam unten an und trat auf den Hof hinaus. Hier auf dem Hofe, nicht weit vom Ausgange, stand starr und leichenblaß Sonja und blickte ihn scheu und verstört an. Er blieb vor ihr stehen. Schmerz, Qual und Verzweiflung malten sich auf ihrem Gesichte. Sie schlug die Hände zusammen. Ein häßliches, verlegenes Lächeln trat auf seine Lippen. So stand er eine kleine Weile lächelnd da; dann wandte er sich um und ging wieder hinauf nach dem Bureau.

Ilja Petrowitsch hatte sich hingesetzt und kramte in allerlei Akten. Vor ihm stand derselbe Hausknecht, der vorhin auf der Treppe Raskolnikow gestoßen hatte.

»Ah, ah, ah! Da sind Sie ja wieder! Haben Sie etwas hier liegenlassen?... Aber was ist Ihnen?«

Raskolnikow näherte sich ihm sachte mit blassen Lippen und starrem Blicke, trat dicht an den Tisch heran, stützte sich mit der Hand darauf und wollte etwas sagen; aber er vermochte es nicht; es wurden nur einige unzusammenhängende Laute.

»Ihnen ist nicht wohl. Einen Stuhl her! Hier, setzen Sie sich auf den Stuhl, setzen Sie sich! Wasser!«

Raskolnikow ließ sich auf den Stuhl niedersinken, wandte aber die Augen von dem Gesichte des sehr unangenehm überraschten Ilja Petrowitsch nicht ab. Beide blickten einander etwa eine Minute lang an und warteten. Es wurde Wasser gebracht.

»Ich habe...«, begann Raskolnikow.

»Trinken Sie einen Schluck Wasser!«

Raskolnikow wies mit der Hand das Wasser zurück und sagte leise, in Absätzen, aber klar und deutlich:

»Ich habe damals die alte Beamtenwitwe und ihre Schwester Lisaweta mit einem Beile erschlagen und beraubt.«

Ilja Petrowitsch riß den Mund auf. Von allen Seiten kamen Beamte herbeigelaufen.

Raskolnikow wiederholte seine Selbstanzeige.

EPILOG

I

Sibirien. Am Ufer eines breiten, öden Stromes liegt eine Stadt, der Sitz höherer Verwaltungsbehörden. In der Stadt befindet sich eine Festung, in der Festung ein Gefängnis. In diesem Gefängnis sitzt schon seit neun Monaten der Sträfling zweiter Klasse Rodion Raskolnikow. Seit der Begehung des Verbrechens sind fast anderthalb Jahre vergangen.

Das Gerichtsverfahren gegen ihn hatte sich ohne besondere Schwierigkeiten abgespielt. Der Verbrecher, in seinen Angaben fest, genau und klar, hielt seine Selbstbezichtigung aufrecht, ohne die Begleitumstände zu verwirren, ohne sie zu seinem Vorteil abzuschwächen, ohne die Tatsachen zu verdrehen und ohne die geringste Einzelheit zu verschweigen. Er erzählte den ganzen Hergang beim Morde auf das allergenaueste, erklärte das Geheimnis des wunderlichen Pfandobjektes (des Holzbrettchens mit der Metallplatte), das die ermordete alte Frau bei ihrer Auffindung in den Händen hatte, erzählte eingehend, wie er der Ermordeten die Schlüssel abgenommen habe, beschrieb diese Schlüssel, beschrieb die Truhe und womit sie angefüllt gewesen sei, zählte sogar einige von den Gegenständen auf, die darin gelegen hätten, erklärte das Rätsel von Lisawetas Ermordung, erzählte, wie Koch gekommen sei und geklopft habe und nach ihm der Student, berichtete alles, was sie untereinander gesprochen hätten, wie er, der Verbrecher, dann die Treppe hinuntergelaufen sei und Nikolais und Dmitrijs Geschrei gehört habe, wie er sich in der leeren Wohnung versteckt habe und nach Hause gekommen sei, und zum Schlusse bezeichnete er auf dem Wosnessenskij-Prospekte, auf dem Hofe, am Tore, den Stein, unter dem dann wirklich die Wertsachen und der Geldbeutel gefunden wurden. Kurz, die Sache wurde vollständig klar. Die Beamten, die die Untersuchung führten, sowie die Richter wunderten sich unter anderem auch darüber sehr, daß er den Geldbeutel und die Wertsachen unter dem Steine versteckt hatte, ohne sie sich zunutze zu machen, noch mehr aber darüber, daß er für die einzelnen geraubten Gegenstände keine Erinnerung hatte, ja sich sogar in ihrer Zahl irrte. Geradezu unglaublich aber erschien seine Angabe, daß er den Beutel überhaupt nicht geöffnet habe und nicht wisse, wieviel Geld darin gewesen sei; vorgefunden wurden in dem Beutel dreihundertundsiebzehn Rubel und drei Zwanzigkopekenstücke; infolge des langen Liegens unter dem Steine hatten einige besonders hohe Banknoten, die obenauf gelegen hatten, stark gelitten. Lange mühte man sich, herauszubekommen, warum der Angeklagte eigentlich in diesem einen Punkte lüge, während er doch in allen übrigen freiwillig ein wahrheitsgetreues Geständnis abgelegt habe. Schließlich gaben einige, namentlich Psychologen, es als möglich zu, daß er tatsächlich nicht in den Beutel hineingesehen und daher auch keine Kenntnis von dem Inhalte erlangt habe, sondern ohne Kenntnis des Inhalts den Beutel ohne weiteres unter den Stein gelegt habe; sie schlossen aber daraus zugleich, das Verbrechen könne nur in einem Zustande zeitweiliger Geistesverwirrung begangen sein, unter der Einwirkung einer krankhaften Manie zu rauben und zu morden, ohne weitere Zwecke und gewinnsüchtige Absichten. Gerade damals nämlich war die neumodische Theorie von der zeitweiligen Geistesverwirrung aufgekommen, die man in unserer Zeit so oft bemüht ist, bei manchen Verbrechern in Anwendung zu bringen. Außerdem wurde ein schon von längerer Zeit her datierender hypochondrischer Zustand Raskolnikows von vielen Zeugen, nämlich von dem Arzte Sossimow, seinen früheren Kommilitonen, seiner Wirtin und ihrem Dienstmädchen, auf das bestimmteste bekundet. Alles dies diente als starke Stütze für die Schlußfolgerung, daß Raskolnikow mit einem gewöhnlichen Mörder, Räuber und Diebe nicht auf eine Stufe gestellt werden könne, sondern daß hier denn doch etwas anderes vorliege. Zum größten Verdrusse derjenigen, die diese Ansicht vertraten, machte der Verbrecher selbst so gut wie gar keinen Versuch, sich zu verteidigen; auf die ausdrückliche Frage, was ihn denn eigentlich zu dem Morde und dem Raube veranlaßt habe, antwortete er mit größter Klarheit und überraschender Offenheit, die Ursache seiner ganzen Handlungsweise sei seine üble Lage gewesen, seine völlige Armut und Hilflosigkeit und der Wunsch, sich die ersten Schritte auf seiner Laufbahn mit Hilfe von wenigstens dreitausend Rubel zu ermöglichen, die er bei der Getöteten zu finden gehofft habe. Den Entschluß zum Morde habe er infolge seines leichtsinnigen, kleinmütigen Charakters gefaßt; überdies habe er sich auch noch infolge von Entbehrungen und Mißerfolgen in gereizter Stimmung befunden. Und auf die Frage, was ihn denn zu der Selbstanzeige bewogen habe, erwiderte er offen, daß dies eine Wirkung aufrichtiger Reue gewesen sei. Das alles machte schon beinahe den Eindruck allzu großer Derbheit.

Das Urteil fiel milder aus, als nach der Schwere des verübten Verbrechens eigentlich zu erwarten gewesen war, und zwar vielleicht gerade deswegen, weil der Verbrecher nicht nur jeden Versuch, sich zu rechtfertigen, verschmäht, sondern sogar gewissermaßen ein Bestreben an den Tag gelegt hatte, sich selbst noch mehr zu belasten. All die seltsamen und eigenartigen Umstände, unter denen die Tat begangen war, wurden bei der Strafabmessung berücksichtigt. Der krankhafte Zustand und die schreckliche Armut des Verbrechers vor Begehung der Tat konnten nicht dem geringsten Zweifel unterliegen. Daß er das geraubte Gut nicht zu seinem Nutzen verwandt hatte, wurde teils als Wirkung der erwachenden Reue, teils als Folge seiner nicht normalen geistigen Verfassung bei Ausübung des Verbrechens angesehen. Die Art, wie es zu der von vornherein nicht in Aussicht genommenen Ermordung Lisawetas gekommen war, diente sogar als Beweis, um die letztere Annahme zu erhärten: ein Mensch begeht zwei Morde und denkt dabei nicht daran, daß die Tür offensteht! Ins Gewicht fiel schließlich auch noch, daß das Geständnis gerade zu einer Zeit erfolgt war, wo die Sache durch die unwahre Selbstbezichtigung eines Fanatikers der Demut (Nikolai) ein überaus verworrenes Aussehen angenommen hatte und wo außerdem gegen den wirklichen Verbrecher nicht nur keine klaren Indizien, sondern sogar fast kein Verdacht vorgelegen hatte. (Porfirij Petrowitsch hatte durchaus Wort gehalten.) Alles dies wirkte zusammen, um das Schicksal des Angeklagten milder zu gestalten.

Überdies wurden ganz unerwartet auch noch andere Umstände bekannt, die sehr zugunsten des Angeklagten sprachen. Der frühere Student Rasumichin hatte irgendwo die Nachricht aufgetrieben, für die er dann auch die Beweise beibrachte: daß der Verbrecher Raskolnikow zur Zeit seiner Zugehörigkeit zur Universität mit seinen letzten Geldmitteln einen bedürftigen, schwindsüchtigen Kommilitonen unterstützt und fast ein halbes Jahr lang allein unterhalten hatte. Nachdem dieser gestorben war, hatte er die Sorge für dessen alten, gelähmten Vater auf sich genommen (diesen hatte der Sohn fast von seinem dreizehnten Lebensjahre an durch seine eigene Arbeit vollständig erhalten), den alten Mann schließlich in einem Krankenhause untergebracht und ihn, als dann auch er gestorben war, beerdigen lassen. All diese Mitteilungen übten eine günstige Wirkung auf die Entscheidung von Raskolnikows Schicksal aus. Auch seine bisherige Wirtin, die Mutter seiner verstorbenen Braut, die verwitwete Frau Sarnizyna, bezeugte, daß, als sie noch in einem anderen Hause, bei den Fünf-Ecken, gewohnt hätten, Raskolnikow bei einer nächtlichen Feuersbrunst aus einer bereits brennenden Wohnung zwei kleine Kinder herausgeholt und dabei selbst Brandwunden davongetragen habe. Diese Angabe wurde sorgsam nachgeprüft und von vielen Zeugen durchaus glaubwürdig bestätigt. Kurz, das Resultat war, daß der Verbrecher in Anbetracht seiner Selbstanzeige und mancher mildernden Umstände nur zu acht Jahren Zwangsarbeit zweiter Klasse verurteilt wurde.

Gleich bei Beginn des Prozesses war Raskolnikows Mutter erkrankt. Dunja und Rasumichin machten es möglich, sie für die ganze Dauer der Gerichtsverhandlungen aus Petersburg fortzuschaffen. Rasumichin wählte dazu eine nicht weit von Petersburg an der Eisenbahn gelegene Stadt aus, um den Prozeß in seinem ganzen Gange regelmäßig verfolgen und gleichzeitig möglichst oft mit Dunja zusammenkommen zu können. Pulcheria Alexandrowna litt an einer eigenartigen Nervenkrankheit, verbunden mit einer wenn auch nicht totalen, so doch mindestens partiellen geistigen Störung. Als Dunja von der letzten Zusammenkunft mit ihrem Bruder zurückgekehrt war, hatte sie ihre Mutter schon ganz krank, fiebernd und phantasierend, vorgefunden. Noch an demselben Abend hatte sie sich mit Rasumichin verabredet, was sie der Mutter auf ihre Fragen nach dem Sohne antworten wollten, und hatte sogar im Verein mit ihm für die Mutter eine ganze Geschichte ausgesonnen: Raskolnikow sei nach einem fernen Orte an der Grenze Rußlands gereist, infolge eines privaten Auftrages, der ihm endlich Geld und Berühmtheit eintragen werde. Aber es war ihnen verwunderlich, daß Pulcheria Alexandrowna weder damals noch später eine Frage nach dem Ergehen ihres Sohnes stellte. Man konnte vielmehr merken, daß sie selbst eine ganze Geschichte über eine plötzliche Abreise ihres Sohnes im Kopfe hatte; sie erzählte unter Tränen, wie er zu ihr gekommen sei, um Abschied zu nehmen, machte dabei Andeutungen, daß viele sehr wichtige, geheimnisvolle Umstände nur ihr allein bekannt seien und daß Rodja viele sehr mächtige Feinde habe, vor denen er sich verbergen müsse. Was seine künftige Laufbahn anlangte, so glaubte sie, daß sie zweifellos eine glänzende sein werde, sobald gewisse hinderliche Umstände beseitigt sein würden; sie versicherte Rasumichin, ihr Sohn werde mit der Zeit sogar ein großer Staatsmann werden; das bewiesen sein Aufsatz und seine glänzende schriftstellerische Begabung. Diesen Aufsatz las sie fortwährend, mitunter sogar laut, und trennte sich selbst in der Zeit des Schlafes selten von ihm; trotzdem aber fragte sie fast nie, wo sich Rodja jetzt eigentlich befinde, obgleich Dunja und Rasumichin es augenscheinlich vermieden, mit ihr darüber zu sprechen – was schon allein ihren Argwohn hätte erregen können. Schließlich wurde ihnen dieses sonderbare Schweigen der Mutter über gewisse Punkte unheimlich. Sie beklagte sich zum Beispiel gar nicht darüber, daß keine Briefe von Rodja kamen, während sie früher, als sie noch in ihrem Städtchen wohnte, nur von der Hoffnung und der Erwartung gelebt hatte, recht bald einen Brief von ihrem geliebten Sohne zu erhalten. Dieser letztere Umstand war ganz unerklärlich und versetzte Dunja in starke Unruhe; es kam ihr der Gedanke, daß die Mutter vielleicht etwas Schreckliches über das Geschick ihres Sohnes ahne und sich fürchte zu fragen, um nicht etwas noch Schrecklicheres zu erfahren. Jedenfalls aber sah Dunja klar, daß Pulcheria Alexandrowna nicht bei gesundem Verstande war.

Ein paarmal war es vorgekommen, daß die Mutter selbst das Gespräch so leitete, daß bei Beantwortung ihrer Fragen eine Erwähnung von Rodjas jetzigem Aufenthaltsorte schwer zu umgehen war; da nun die Antworten notgedrungen unbefriedigend und verdächtig ausfielen, wurde sie plötzlich überaus traurig, düster und schweigsam und verharrte in diesem Zustande sehr lange. Dunja sah schließlich ein, daß es auf die Dauer doch zu schwer war, etwas zu erdichten und der Mutter vorzulügen, und nahm sich nun ein für allemal vor, über gewisse Punkte lieber vollständig zu schweigen; aber es wurde immer klarer und augenscheinlicher, daß die arme Mutter etwas Furchtbares ahnte. Dunja erinnerte sich unter anderem an die Mitteilung ihres Bruders, daß die Mutter die wirren Reden mitgehört habe, die sie in der Nacht vor jenem verhängnisvollen Tage, nach ihrem Zusammensein mit Swidrigailow, im Schlafe geführt hatte; ob sie vielleicht damals etwas von dem wahren Sachverhalte verstanden hatte? Häufig, und zwar manchmal nach mehreren Tagen und sogar Wochen finsteren, brütenden Schweigens und stummer Tränen, geriet die Kranke in eine Art von hysterischer Lebhaftigkeit und begann auf einmal laut und fast ohne Unterbrechung von ihrem Sohne, von ihren Hoffnungen und von der Zukunft zu sprechen... Ihre Phantasien waren mitunter recht seltsam. Die beiden jungen Leute trösteten sie und redeten ihr nach dem Munde – sie durchschaute das vielleicht selbst, daß sie ihr nur nach dem Munde reden und sie trösten wollten; aber dennoch redete und redete sie immer weiter...

Fünf Monate nach der Selbstanzeige des Verbrechers wurde das Urteil über ihn gefällt. Rasumichin besuchte ihn im

Gefängnis, so oft es nur irgend möglich war. Ebenso Sonja. Endlich kam die Trennungsstunde. Dunja schwur ihrem Bruder, dies solle keine Trennung fürs Leben sein; desgleichen Rasumichin. In Rasumichins jugendlichem, feurigem Kopfe war ein Plan entstanden und zum festen Entschlusse geworden: in den nächsten drei, vier Jahren nach Möglichkeit wenigstens den Grund zu einem künftigen Vermögen zu legen, wenigstens eine gewisse Summe Geldes zusammenzusparen und dann nach Sibirien überzusiedeln, wo der Boden in jeder Beziehung reich sei, während es an Arbeitern, Menschen und Kapital mangelte; dort wollte er sich dann in derselben Stadt, wo Rodja sein würde, niederlassen,... und da sollte für alle ein neues Leben beginnen. Beim Abschied weinten alle. Raskolnikow war in den letzten Tagen sehr schwermütig gewesen, hatte sich viel nach der Mutter erkundigt und sich fortwährend um sie beunruhigt. Sein Gram und Kummer um sie war so heftig gewesen, daß Dunja sich darüber aufregte. Als er die Einzelheiten über den Krankheitszustand der Mutter erfahren hatte, war er sehr finster geworden. Sonja gegenüber war er die ganze Zeit besonders wortkarg gewesen. Sie hatte sich mit Hilfe des Geldes, das ihr Swidrigailow vor seinem Tode eingehändigt, schon längst reisefertig gemacht und war bereit, der Sträflingsabteilung zu folgen, in der auch er transportiert werden sollte. Hierüber war zwischen ihr und Raskolnikow niemals auch nur ein Wort gesprochen worden; aber beide wußten, daß es so sein werde.

Beim letzten Abschiednehmen lächelte er seltsam, als Dunja und Rasumichin sich in eifrigen Versicherungen ergingen, ein wie glückliches Leben ihnen allen bevorstände, sobald er die Zwangsarbeit hinter sich haben würde, und sagte vorher, daß die Krankheit der Mutter bald einen schlimmen Ausgang nehmen werde. Endlich brachen er und Sonja auf.

Zwei Monate darauf heirateten sich Dunja und Rasumichin. Es war eine traurige, stille Hochzeit. Unter den eingeladenen Gästen befanden sich übrigens auch Porfirij Petrowitsch und Sossimow. Während der ganzen letzten Zeit hatte Rasumichin das Aussehen eines Mannes von festem Willen und ernster Entschlossenheit gezeigt. Dunja glaubte bestimmt, daß er alle seine Pläne durchführen werde; und sie hatte auch allen Grund, das zu glauben, denn in diesem Menschen steckte ein eiserner Wille. Unter anderem hatte er wieder angefangen, Vorlesungen auf der Universität zu hören, um seine Studien zu absolvieren. Beide entwarfen fortwährend Pläne für die Zukunft; beide rechneten fest darauf, in fünf Jahren bestimmt nach Sibirien überzusiedeln. Bis dahin verließen sie sich auf Sonjas dortige Wirksamkeit.

Pulcheria Alexandrowna hatte ihrer Tochter zu der Ehe mit Rasumichin freudig ihren Segen erteilt; aber nach der Hochzeit schien sie noch trauriger und sorgenvoller zu werden. Um ihr eine frohe Stunde zu bereiten, teilte ihr Rasumichin unter anderem auch die Geschichte von dem Studenten und dessen gebrechlichem Vater mit, und auch wie Rodja, als er im vorigen Jahre zwei kleine Kinder vom Feuertode errettet habe, sich Brandwunden zugezogen habe und davon ganz krank geworden sei. Diese beiden Mitteilungen versetzten die ohnehin schon geistig gestörte Pulcheria Alexandrowna fast in einen Zustand der Verzückung. Sie redete unaufhörlich davon und knüpfte sogar auf der Straße, obwohl Dunja sie ständig begleitete, mit Begegnenden Gespräche an, um es ihnen zu erzählen. In Omnibussen, in Läden, wo sie nur einen Zuhörer fand, brachte sie das Gespräch auf ihren Sohn, auf seine Abhandlung, und wie er einen Studenten unterstützt und sich bei einer Feuersbrunst Brandwunden zugezogen habe, usw. Dunja wußte gar nicht mehr, wie sie ihre Mutter davon zurückhalten sollte. Ganz abgesehen von der Gefahr, die ein solcher krankhaft verzückter Zustand in sich barg, drohte auch insofern ein Unglück, als sich jemand von dem früheren Kriminalprozesse her an den Namen Raskolnikow erinnern und davon zu reden anfangen konnte. Pulcheria Alexandrowna hatte sogar die Adresse der Mutter der beiden aus dem Feuer geretteten Kinder in Erfahrung gebracht und wollte sie durchaus aufsuchen. Schließlich stieg ihre Unruhe bis auf den höchsten Grad. Sie fing manchmal ganz plötzlich an zu weinen, erkrankte häufig und verfiel in Fieberdelirien. Eines Morgens erklärte sie mit großer Bestimmtheit, nach ihrer Berechnung müsse nun Rodja bald zurückkommen; sie erinnere sich, wie er beim Abschiede selbst zu ihr gesagt habe, nach neun Monaten könnten sie ihn zurückerwarten. Sie begann alles in der Wohnung zurechtzumachen und sich auf seine Ankunft vorzubereiten, das für ihn bestimmte Zimmer (ihr eigenes) einzurichten, die Möbel darin zu säubern, den Fußboden zu scheuern, neue Gardinen aufzuhängen usw. Dunja ängstigte sich darüber, schwieg aber und war ihr sogar behilflich, das Zimmer für den Empfang des Bruders instand zu setzen. Nach einem unruhevollen, in beständigen phantastischen Einbildungen, in frohen Hoffnungen und in Tränen verbrachten Tage erkrankte die Mutter in der Nacht; am Morgen lag sie bereits in starkem Fieber und redete irre. Das Fieber nahm an Heftigkeit zu, und zwei Wochen darauf starb sie. Bei ihrem Irrereden waren ihr Worte entschlüpft, denen man entnehmen konnte, daß sie von dem schrecklichen Schicksale ihres Sohnes weit mehr ahnte, als man geglaubt hatte.

Raskolnikow erfuhr lange nichts vom Tode seiner Mutter, obgleich ein Briefwechsel mit Petersburg gleich vom Anfange seines Aufenthaltes in Sibirien an begonnen hatte. Dieser Briefwechsel fand durch Sonjas Vermittlung statt; sie schrieb regelmäßig jeden Monat nach Petersburg an Rasumichins Adresse und empfing pünktlich jeden Monat aus Petersburg eine Antwort. Sonjas Briefe erschienen Dunja und Rasumichin anfangs etwas trocken und unbefriedigend; aber schließlich fanden sie beide, daß dies die beste überhaupt mögliche Art zu schreiben war, da sie aus diesen Briefen als Schlußergebnis doch eine sehr vollständige und genaue Vorstellung von dem Lose des unglücklichen Bruders und Freundes gewannen. Sonjas Briefe waren mit Nachrichten über materielle Dinge der alltäglichsten Art und mit schlichten, klaren Schilderungen der Äußerlichkeiten in Raskolnikows Sträflingsleben angefüllt, enthielten dagegen weder Darlegungen ihrer eigenen Hoffnungen noch Vermutungen über die Gestaltung der Zukunft, noch Schilderungen ihrer eigenen Gefühle. Seinen Seelenzustand und überhaupt sein ganzes Innenleben darzustellen, das versuchte sie gar nicht; statt dessen standen da nur Tatsachen, das heißt seine eigenen Worte, ausführliche Mitteilungen über seinen Gesundheitszustand, welche Wünsche er dann und wann bei ihren Besuchen ausgesprochen, worum er sie gebeten, was er ihr aufgetragen hatte usw. Bei all diesen Mitteilungen ging sie auf die kleinsten Einzelheiten ein. Auf diese Weise trat schließlich das Bild des unglücklichen Sträflings dem Lesenden ganz von selbst in genauer und deutlicher Zeichnung vor Augen; Irrtümer waren unmöglich, weil alles Vorliegende aus zuverlässigen Tatsachen bestand.

Aber es war wenig Tröstliches, was Dunja und ihr Mann diesen Mitteilungen entnehmen konnten, namentlich in der ersten Zeit. Sonja berichtete stets, er sei beständig finster und schweigsam und interessiere sich kaum für die Nachrichten, die sie ihm jedesmal aus den ihr zugehenden Briefen mitteile. Manchmal frage er nach der Mutter; sie habe ihm, da sie gemerkt hätte, daß er die Wahrheit bereits ahne, schließlich deren Tod mitgeteilt; aber zu ihrem Erstaunen habe nicht einmal diese Todesnachricht auf ihn einen sonderlich starken Eindruck gemacht; wenigstens sei es ihr nach seinem äußeren Benehmen so vorgekommen. Unter anderem schrieb sie auch, obgleich er sich ganz in sich zurückziehe und sich von allen abschließe, habe er sich doch in sein neues Leben einfach und schlicht gefunden; er begreife klar seine Lage, erwarte in näherer Zukunft keine Besserung, gebe sich nicht leichtfertigen Hoffnungen hin, was doch in solcher Lage eine so häufige Erscheinung sei, und wundere sich fast über nichts inmitten der neuen ihn umgebenden Verhältnisse, obwohl sie von der früheren Form seines Daseins so stark verschieden seien. Weiter teilte Sonja mit, sein Gesundheitszustand sei befriedigend. Er gehe an seine Arbeit, ohne daß er sich ihr zu entziehen suche und ohne besonderen Eifer an den Tag zu legen. Hinsichtlich der Kost zeige er große Gleichgültigkeit; aber diese Kost sei, von Sonn- und Festtagen abgesehen, so schlecht, daß er schließlich gern von ihr, Sonja, etwas Geld angenommen habe, um sich zum täglichen Gebrauche Tee kaufen zu können. Was alles übrige anlange, so habe er sie gebeten, sich darüber nicht zu beunruhigen, und erklärt, daß alle diese Fürsorge ihn nur verstimme. Ferner berichtete Sonja, er müsse im Gefängnis mit allen zusammen wohnen; das Innere dieser Baracken habe sie nicht gesehen; aber sie müsse aus allem schließen, daß es da eng, garstig und ungesund sei; er schlafe auf einer Pritsche, über die eine Filzdecke gebreitet sei, und wolle keine andere Ausstattung seines Lagers haben. Daß er aber so elend und ärmlich lebe, das geschehe nicht nach irgendeinem vorbedachten Plane oder in bestimmter Absicht, sondern einfach aus Achtlosigkeit und Gleichgültigkeit gegenüber den Äußerlichkeiten seines Schicksals. Auch schrieb Sonja ganz offen, er habe, namentlich am Anfang, über ihre Besuche keine Freude bekundet, sondern sei darüber beinahe ärgerlich gewesen, habe kaum mit ihr gesprochen und sie sogar grob behandelt; aber schließlich seien ihm diese Zusammenkünfte doch zur Gewohnheit, ja fast zum Bedürfnis geworden, so daß er sich sogar nach ihr sehne, wenn sie einmal ein paar Tage krank sei und ihn nicht besuchen könne. Sie treffe sich mit ihm an Sonn- und Festtagen am Gefängnistor oder in der Wachstube, wohin man ihn ihr auf einige Minuten rufe; an Werktagen treffe sie ihn an seinen Arbeitsplätzen, wohin sie sich begebe, entweder in den Werkstätten oder in den Ziegeleien oder in den Schuppen am Ufer des Irtysch. Über sich selbst teilte Sonja mit, daß es ihr gelungen sei, in der Stadt einige Bekanntschaften zu machen und Leute zu finden, die sich ihrer freundlich annähmen. Sie erwerbe sich ihren Unterhalt durch Schneidern, und da es in der Stadt fast gar keine gute Schneiderin gebe, so sei sie in vielen Häusern geradezu unentbehrlich geworden. Unerwähnt ließ sie jedoch, daß infolge ihrer Bemühungen auch Raskolnikow sich einer wohlwollenden Beachtung seitens der Gefängnisbehörde zu erfreuen hatte, daß ihm leichtere Arbeit zugewiesen wurde usw. Zuletzt aber sandte sie die Nachricht (Dunja hatte schon vorher aus Sonjas letzten Briefen eine besondere Unruhe und Aufregung herausgespürt), er halte sich von allem Verkehr fern; die anderen Sträflinge könnten ihn nicht leiden; er schweige ganze Tage lang und bekomme eine ganz blasse Gesichtsfarbe. Plötzlich, in ihrem letzten Briefe, schrieb Sonja, daß er sehr ernst erkrankt sei und im Gefangenensaale des Krankenhauses liege.

II

Er war schon lange krank gewesen; aber nicht die Schrecken des Sträflingslebens, nicht die Zwangsarbeit, nicht die Nahrung, nicht das Abrasieren des Kopfhaares, nicht die schlechte Kleidung hatten ihn zugrunde gerichtet; oh, was machten ihm alle diese Qualen und Martern aus! Im Gegenteil, er freute sich sogar über die Arbeit; wenn er körperlich durch die Arbeit abgemattet war, so erlangte er dadurch wenigstens ein paar Stunden ruhigen Schlafes. Und was machte ihm die Kost aus, diese Kohlsuppe ohne Fleisch, mit Schaben darin? In früheren Jahren, als Student, hatte er oft nicht einmal das gehabt. Seine Kleidung hielt warm und paßte zu seiner Lebensweise. Die Ketten fühlte er gar nicht am Leibe. Sollte er sich seines geschorenen Kopfes und der zweifarbigen Jacke schämen? Aber vor wem? Vor Sonja? Sonja fürchtete sich vor ihm, und vor der sollte er sich schämen?

Und doch schämte er sich vor Sonja und ließ sie das dadurch entgelten, daß er sie durch sein verächtliches grobes Benehmen peinigte. Aber er schämte sich nicht des geschorenen Kopfes und der Ketten: sein Stolz war schwer verwundet, und diese Verwundung seines Stolzes war auch die Ursache seiner Krankheit. Oh, wie glücklich wäre er gewesen, wenn er sich selbst hätte eine Schuld beimessen können! Dann hätte er alles gern ertragen, auch Schande und Schmach. Aber so streng er auch mit sich ins Gericht ging, so fand sein verstocktes Gewissen doch in seiner Vergangenheit keine so besonders schreckliche Schuld, außer etwa einem einfachen »Fehlschlag«, wie er einem jeden vorkommen konnte. Er schämte sich namentlich darüber, daß er, Raskolnikow, so blind, taub, unvorsichtig und dumm, gleichsam gemäß dem Spruche eines blinden Fatums, sich zugrunde gerichtet hatte und sich nun einem »absurden« richterlichen Urteil beugen und unterwerfen mußte, wenn er nur einigermaßen innerlich zur Ruhe kommen wollte.

Eine zweck- und ziellose Unruhe in der Gegenwart und in der Zukunft eine stete Selbstaufopferung, durch die nichts erreicht wurde: das war's, was ihm auf der Welt noch bevorstand. Und was hatte er davon, daß er nach acht Jahren erst zweiunddreißig alt war und noch einmal zu leben beginnen konnte? Wozu sollte er dann noch leben? Was sollte er sich für Ziele setzen? Wonach streben? Sollte er leben, nur um zu existieren? Aber er war ja auch früher tausendmal bereit gewesen, seine Existenz für eine Idee, für eine Hoffnung, ja, sogar für eine Phantasterei hinzugeben.

Die bloße Existenz war ihm immer zu wenig gewesen; er hatte stets etwas Größeres erstrebt. Vielleicht war diese Lebhaftigkeit seiner Wünsche das einzige Moment gewesen, auf Grund dessen er sich damals für einen Menschen gehalten hatte, dem mehr gestattet sei als anderen.

Hätte doch das Schicksal ihm wenigstens Reue eingegeben, eine brennende Reue, die das Herz verzehrt und den Schlaf verscheucht, jene Reue, deren schreckliche Qualen einem den Selbstmord durch den Strick oder im Wasser verlockend erscheinen lassen. Oh, er hätte sich über eine solche Reue gefreut! Qualen und Tränen, das ist doch wenigstens Leben. Aber er bereute sein Verbrechen nicht.

Oder wenn er sich wenigstens über seine Dummheit hätte ärgern können, wie er sich früher über seine törichten, dummen Handlungen geärgert hatte, durch die er ins Gefängnis gekommen war. Aber wenn er jetzt, wo er bereits im Gefängnis war, »in aller Ruhe« von neuem alle seine früheren Handlungen überdachte und prüfte, so fand er sie ganz und gar nicht so dumm und töricht, wie sie ihm vorher, in jener verhängnisvollen Zeit, erschienen waren.

›Inwiefern‹, dachte er, ›sollte meine Idee dümmer sein als andere Ideen und Theorien, die in der Welt, seit diese Welt besteht, umherschwirren und aufeinanderprallen? Man betrachte nur die Sache unparteiisch, vorurteilsfrei, und ohne sich von Erwägungen alltäglicher Art beeinflussen zu lassen: dann erscheint meine Idee sicherlich gar nicht so... sonderbar. O ihr schwächlichen Umstürzler, ihr dürftigen Denker, warum bleibt ihr immer auf halbem Wege stehen?‹

›Warum erscheint denn meine Tat den Menschen so ungeheuerlich?‹ fragte er sich. ›Deshalb, weil es eine böse Tat ist? Was bedeutet denn das: eine böse Tat? Mein Gewissen ist ruhig. Gewiß, ich habe ein Kriminalverbrechen begangen; gewiß, ich habe den Buchstaben des Gesetzes verletzt und Blut vergossen; nun wohl, nehmt für den Buchstaben des Gesetzes meinen Kopf... und die Sache ist erledigt! Allerdings hätten dann auch viele Wohltäter der Menschheit, die ihre Macht nicht ererbt, sondern selbst an sich gebracht haben, gleich bei ihren ersten Schritten hingerichtet werden müssen. Aber jene Männer führten ihre Schritte mit Kraft und Ausdauer durch, und darum waren sie im Rechte; ich aber wurde dabei schwach, und folglich hatte ich kein Recht, mir diesen Schritt zu erlauben.‹

Nur in diesem einen Punkte erkannte er sein Verbrechen an: nur darin, daß er es nicht zu ertragen vermocht und sich selbst angezeigt hatte.

Er litt auch unter dem Gedanken, warum er sich damals nicht das Leben genommen habe. Warum hatte er damals, als er am Flusse stand, doch die Selbstanzeige vorgezogen? Ob denn wirklich in dem Verlangen zu leben eine solche Kraft steckte und es gar so schwer war, dieses Verlangen zu überwinden? Swidrigailow hatte es doch überwunden, obwohl er sich vor dem Tode fürchtete!

Mit dieser Frage marterte er sich ab, ohne zu wissen, daß er vielleicht schon damals, als er am Flusse stand, den tiefen Irrtum in seinem ganzen Wesen und in seinen Anschauungen geahnt hatte. Er wußte nicht, daß dieses Vorgefühl möglicherweise der Vorbote einer künftigen Krisis in seinem Leben, der Vorbote seiner künftigen Wiedergeburt und seiner künftigen neuen Lebensanschauung war.

Er neigte mehr dazu, das Unterlassen des Selbstmordes auf die unbewußte Wirksamkeit des Instinktes zurückzuführen, über welche obzusiegen und hinwegzuschreiten er wieder einmal nicht die Kraft gehabt habe – er sei eben ein Schwächling und ein unbedeutender Mensch! Er betrachtete seine Mitsträflinge und war erstaunt darüber, wie sehr auch sie alle das Leben liebten und wie teuer es ihnen war. Ja, er hatte den Eindruck, als ob man im Gefängnisse das Leben noch mehr liebe und schätze und wert halte als in der Freiheit. Welche entsetzlichen Leiden und Qualen hatte das Leben manchen von ihnen gebracht, zum Beispiel den Landstreichern; und doch hingen sie so am Dasein! War ihnen denn wirklich ein Sonnenstrahl so viel wert oder ein dichter Wald oder eine kühle, tief in der Wildnis versteckte Quelle? Da hatte nun vielleicht so ein armer Kerl sich eine solche Quelle vor zwei, drei Jahren gemerkt, und nun malte er sich ein Wiedersehen in seiner Phantasie aus wie ein Wiedersehen mit einer Geliebten und träumte von seiner Quelle und von dem grünen Grase ringsumher und von den Vögelchen, die in den Büschen sangen! Bei längerer Betrachtung fand er noch erstaunlichere Beispiele für diese Liebe zum Leben.

Vieles freilich von seiner gesamten Umgebung im Gefängnisleben bemerkte er nicht, und er wollte es eben auch gar nicht bemerken; er lebte gleichsam, ohne aufzublicken; es war ihm widerwärtig und unerträglich, um sich zu schauen. Aber schließlich fiel ihm trotzdem manches auf, und er bemerkte nun unwillkürlich dies und jenes, was er früher nicht einmal geahnt hatte. Am meisten erstaunt war er über die gewaltige, unüberschreitbare Kluft, die zwischen ihm und all diesen Menschen lag. Es war geradezu, als ob er und sie verschiedenen Nationen angehörten. Er und sie betrachteten einander mißtrauisch und feindselig. Er kannte und verstand die Ursachen dieser wechselseitigen Abneigung sehr wohl, hätte aber früher nie geglaubt, daß sie tatsächlich so tief wurzelten und so kräftig wären. Im Gefängnisse befanden sich auch einige verbannte Polen, politische Sträflinge; diese blickten auf die Leute geringeren Standes sehr von oben herab und verachteten sie als ungebildeten Pöbel. Raskolnikow jedoch konnte diese Anschauung nicht teilen; er sah deutlich, daß diese Ungebildeten in vielen Stücken weit verständiger waren als die besagten Polen. Es waren auch Russen da, die gleichfalls dieses gemeine Volk tief verachteten: ein ehemaliger Offizier und zwei Zöglinge geistlicher Seminare. Auch deren Irrtum erkannte Raskolnikow mit voller Deutlichkeit.

Ihn selbst aber konnten alle nicht leiden, und alle mieden ihn. Diese Abneigung steigerte sich schließlich zu wirklichem Hasse. Warum? Das wußte er nicht. Sie verachteten ihn und machten sich über ihn lustig; es machten sich über sein Verbrechen Leute lustig, die weit schlimmere Verbrecher waren als er.

»Du bist ein Herr!« sagten sie zu ihm. »Paßte sich das für dich, mit einem Beil auf die Menschen loszugehen? Das ist nichts für einen Herrn!«

In der zweiten Woche der großen Fasten war er mit seiner Baracke an der Reihe, mehrmals die Kirche zu besuchen als Vorbereitung zum Abendmahle. Er ging mit den anderen zusammen in die Kirche und betete mit ihnen. Dabei kam es einmal zu Streit; er wußte selbst nicht, warum. Alle stürzten mit einem Male ergrimmt auf ihn los.

»Du bist ein Gottesleugner! Du glaubst nicht an Gott!« schrien sie ihm zu. »Totschlagen müßte man dich!«

Niemals hatte er mit ihnen über Gott und über Glaubenssachen gesprochen, und doch wollten sie ihn als einen

Gottesleugner totschlagen; er schwieg und widersprach ihnen nicht. Einer von den Sträflingen wollte schon in heller Wut über ihn herfallen; Raskolnikow erwartete ihn ruhig und schweigend, ohne mit der Wimper zu zucken oder eine Miene zu verziehen. Der Wachsoldat konnte gerade noch rechtzeitig zwischen ihn und den mordlustigen Angreifer treten, sonst wäre es zu Blutvergießen gekommen.

Noch eine Frage war da, auf die er keine Antwort finden konnte: Warum hatten sie alle Sonja so lieb? Sie hatte sich niemals um die Gunst der Sträflinge bemüht; diese bekamen Sonja überhaupt nur selten zu sehen, nur ab und zu an den Arbeitsstätten, wenn sie auf einen kurzen Augenblick kam, um ihn zu besuchen. Aber trotzdem war sie bald allen bekannt, alle wußten auch, daß sie ihm gefolgt sei, wußten, wie sie lebte und wo sie wohnte. Geld gab sie ihnen nicht; auch erwies sie ihnen keine besonderen Dienste. Nur einmal, zu Weihnachten, brachte sie für das ganze Gefängnis eine Gabe mit: Pirog und anderes Gebäck. Aber ganz allmählich bildeten sich zwischen ihnen und Sonja mancherlei nähere Beziehungen: sie schrieb für sie Briefe an ihre Angehörigen und gab sie auf die Post. Angehörige, die nach der Stadt gereist kamen, übergaben Sachen, die sie für die Sträflinge bestimmt hatten, und sogar Geld auf deren Wunsch an Sonja zur Weiterbeförderung. Die Frauen und Geliebten der Sträflinge kannten und besuchten sie. Und sobald sie, um Raskolnikow zu besuchen, zu einem Arbeitsplatze kam oder einem Trupp Sträflinge begegnete, der zur Arbeit ging, so nahmen sie alle die Mützen ab und begrüßten sie. »Mütterchen Sofja Semjonowna, du unsere Mutter, du liebe, mitleidende!« sagten diese rohen, gebrandmarkten Sträflinge zu dem kleinen, mageren Wesen. Sie lächelte und erwiderte den Gruß freundlich, und alle freuten sich, wenn sie ihnen zulächelte. Sie liebten sogar ihren Gang, wendeten sich um, um ihr nachzusehen, wie sie ging, und lobten sie; sie lobten sie sogar dafür, daß sie so klein war; sie wußten gar nicht mehr, was sie alles an ihr loben sollten. Sogar medizinische Ratschläge ließen sie sich von ihr geben.

Raskolnikow lag die ganze letzte Zeit der Fasten und die Osterwoche über im Krankenhause. Als er bereits wieder in der Genesung begriffen war, erinnerte er sich an die Träume, die er während des Fiebers und der Bewußtlosigkeit gehabt hatte. Es hatte ihm in der Krankheit geträumt, die ganze Welt sei dazu verurteilt, einer schrecklichen, noch nie dagewesenen Seuche zum Opfer zu fallen, die aus dem inneren Asien ihren Weg nach Europa nehme. Alle Menschen sollten umkommen außer einigen ganz wenigen Auserwählten. Es war eine Art von neuen Trichinen erschienen, mikroskopische Wesen, die sich in den menschlichen Körpern ansiedelten. Aber diese Wesen waren Geister, mit Verstand und Willen begabt. Wer sie in sich aufnahm, wurde sofort rasend und wahnsinnig. Aber noch niemals vorher hatten sich die Menschen für so klug gehalten und sich mit solcher Bestimmtheit im Besitze der Wahrheit geglaubt, wie es diese Angesteckten taten. Niemals hatten sie ihre Urteilssprüche, ihre wissenschaftlichen Resultate, ihre moralischen Anschauungen und ihren Glauben für fester begründet gehalten. Ganze Dörfer, ganze Städte und Völker wurden angesteckt und verfielen dem Wahnsinn. Alle waren in Aufregung und verstanden einander nicht mehr; jeder glaubte im Alleinbesitze der Wahrheit zu sein und wollte verzweifeln, wenn er die anderen ansah, schlug sich entsetzt an die Brust, weinte und rang die Hände. Man wußte nicht, wen und wie man richten sollte; man konnte sich nicht darüber einigen, was als schlecht und was als gut zu betrachten sei. Man wußte nicht, wen man verurteilen und wen man freisprechen sollte. Die Menschen töteten einander in einer Art von unsinnigem Grimme. Sie taten sich zu ganzen Heeren zusammen, um einander zu bekriegen; aber die Heere fingen schon auf dem Marsche an, sich selbst zu befehden; die Reihen lösten sich auf; die Krieger stürzten aufeinander los, stachen und hieben, bissen und fraßen einander. In den Städten wurde den ganzen Tag lang die Sturmglocke geläutet; alle Einwohner wurden zuammengerufen; wer jedoch eigentlich zusammenrief und warum, das wußte niemand; aber alle waren in großer Aufregung. Die gewöhnlichen Handwerke wurden nicht mehr betrieben; denn jeder trug seine Ideen, seine Reformvorschläge vor, aber es kam zu keiner Einigung; die Bodenbestellung hörte auf. Hier und da sammelten sich die Menschen zu einzelnen Haufen; sie einigten sich über dies und das, schwuren, einander nicht zu verlassen; aber gleich darauf begannen sie etwas ganz anderes zu tun als das, was sie soeben selbst angeregt hatten, beschuldigten sich gegenseitig, prügelten und mordeten sich. Feuersbrünste wüteten; es brach Hungersnot aus. Alle Menschen, alle Habe ging zugrunde. Die Seuche wuchs und verbreitete sich immer weiter. Es entgingen dem Verderben in der ganzen Welt nur sehr wenige Menschen; dies waren die Reinen und Auserwählten, die dazu bestimmt waren, ein neues Menschengeschlecht und ein neues Leben zu begründen und die Erde zu erneuern und zu reinigen; aber diese Menschen hatte niemand erkannt, niemand hatte ihre Worte und ihre Stimme beachtet.

Es war für Raskolnikow eine Qual, daß dieser sinnlose Traum so fest in seinem Gedächtnis haftete und daß der Eindruck dieser Fieberphantasien so lange nicht schwinden wollte. Schon war die zweite Woche nach Ostern herangekommen; es waren warme, heitere Frühlingstage; im Gefangenensaale des Krankenhauses waren die Fenster geöffnet (sie waren vergittert und davor ging eine Schildwache auf und ab). Sonja hatte ihn während seiner ganzen Krankheit nur zweimal im Krankenhause besuchen können. Es war dazu jedesmal erst die Einholung einer besonderen Erlaubnis erforderlich, und das machte Schwierigkeiten. Aber sie war oft auf den Hof des Krankenhauses gekommen, vor die Fenster, namentlich um die Abendzeit, manchmal nur, um einen Augenblick auf dem Hofe zu stehen und wenigstens von weitem nach den Fenstern des Saales, wo er lag, zu blicken. Eines Tages gegen Abend hatte Raskolnikow, der nun schon fast ganz wiederhergestellt war, ein wenig geschlummert; als er erwachte, trat er zufällig an das Fenster und erblickte plötzlich in einiger Entfernung am Tore des Krankenhauses Sonja. Sie stand da, wie wenn sie auf etwas wartete. In diesem Augenblicke hatte er eine Empfindung, als ob ihm jemand das Herz mit einem Schwerte durchbohre; er fuhr zusammen und trat schnell vom Fenster zurück. Am nächsten Tage kam Sonja nicht, auch nicht an dem dann folgenden; er wurde sich bewußt, daß er mit Unruhe auf sie wartete. Endlich wurde er als genesen aus dem Krankenhause entlassen. Als er in das Gefängnis kam, erfuhr er von den Sträflingen, daß Sofja Semjonowna krank geworden sei, zu Hause das Bett hüten müsse und nicht ausgehen könne.

Er beunruhigte sich darüber sehr und schickte hin, um zu erfahren, wie es ihr gehe. Bald erhielt er Nachricht, daß ihre Krankheit nicht gefährlich sei. Als Sonja ihrerseits hörte, daß er sich so nach ihr sehne und sich um sie so viel Sorge mache, schickte sie ihm einen mit Bleistift geschriebenen Zettel und teilte ihm mit, es gehe ihr schon viel besser;

sie habe nur eine leichte Erkältung und werde ihn bald, sehr bald an seiner Arbeitsstätte besuchen. Als er diesen Zettel las, schlug ihm das Herz so heftig, daß es ihn schmerzte.

Es war wieder ein heiterer, warmer Tag. Frühmorgens, um sechs Uhr, ging er zu seiner Arbeit an das Ufer des Flusses, wo in einem Schuppen ein Ofen zum Gipsbrennen eingerichtet war und der Gips auch gestampft wurde. Es hatten sich nur drei Arbeiter dorthin zu begeben. Einer von ihnen war mit dem Wachsoldaten noch einmal nach der Festung zurückgegangen, um ein Werkzeug zu holen; der andere machte Holz zurecht und legte es in den Ofen. Raskolnikow ging aus dem Schuppen hinaus bis dicht ans Ufer, setzte sich auf die dort aufgestapelten Baumstämme und blickte über den breiten, öden Fluß hin. Von dem hohen Ufer aus übersah man weithin die Gegend. Kaum vernehmbar klang von dem fernen jenseitigen Ufer ein Lied herüber. Dort in der unabsehbaren, vom Sonnenlicht überfluteten Steppe hoben sich als kaum wahrnehmbare schwarze Pünktchen die Zelte von Nomaden ab. Dort war das Land der Freiheit; dort wohnten andere Menschen, ganz unähnlich denen auf dem diesseitigen Ufer; dort war gleichsam die Zeit selbst stehengeblieben, als wäre das Zeitalter Abrahams und seiner Herden noch nicht vorüber. Raskolnikow saß da und sah in die Ferne, ohne sich zu rühren und ohne sich von dem Anblicke losreißen zu können. Sein Denken wurde zum Träumen, zum bloßen Schauen; er dachte an nichts mehr; aber eine Art von Sehnsucht beunruhigte und quälte ihn.

Auf einmal stand Sonja neben ihm. Sie war fast unhörbar herangekommen und setzte sich nun zu ihm hin. Es war noch sehr früh am Tage; die Morgenkälte war noch nicht milder geworden. Sie trug ihre alte, ärmliche Pelerine und das grüne Tuch. Ihr Gesicht zeigte noch die Spuren der überstandenen Krankheit; es war recht mager, blaß und kümmerlich geworden. Sie lächelte ihm mit freundlicher, froher Miene zu; aber die Hand streckte sie ihm wie gewöhnlich nur schüchtern hin.

Dies tat sie immer nur schüchtern und mitunter gar nicht, als fürchte sie eine Zurückweisung. Denn er nahm ihre Hand immer wie mit innerem Widerstreben, zeigte sich bei solchen Begegnungen stets verdrossen und schwieg manchmal hartnäckig während der ganzen Zeit, die Sonja bei ihm war. Es kam vor, daß sie vor ihm geradezu zitterte und tiefbetrübt fortging. Jetzt aber trennten sich die Hände beider nicht; er warf ihr einen schnellen, hastigen Blick zu, sprach kein Wort und richtete seine Augen auf die Erde. Sie waren allein; niemand sah sie. Der inzwischen zurückgekehrte Wachsoldat hatte sich gerade umgewandt.

Wie es zuging, wußte er selbst nicht; aber plötzlich war es ihm, als ob ihn eine unwiderstehliche Kraft packte und zu ihren Füßen niederwürfe. Er weinte und umschlang ihre Knie. Im ersten Augenblick erschrak sie heftig, und ihr ganzes Gesicht wurde totenblaß. Sie sprang auf und sah ihn zitternd an. Aber sofort, im gleichen Augenblicke, war ihr alles klar. In ihren Augen leuchtete eine grenzenlose Glückseligkeit auf; sie hatte ihn verstanden, und es gab nun für sie keinen Zweifel mehr, daß er sie liebe, sie grenzenlos liebe und daß der langersehnte Augenblick endlich gekommen sei.

Sie wollten sprechen, aber sie konnten es nicht. Die Tränen standen ihnen beiden in den Augen. Beide waren sie blaß und mager; aber auf diesen blassen, kranken Gesichtern strahlte schon die Morgenröte einer neuen Zukunft, einer völligen Wiedergeburt zu neuem Leben. Die Liebe war es, die diese Wiedergeburt bewirkt hatte; dem Herzen des einen entsprudelten unerschöpfliche Quellen des Lebens für das Herz des anderen.

Sie beschlossen, zu warten und zu dulden. Sieben Jahre hatten sie noch vor sich und innerhalb dieser Zeit wieviel bittere Qual und wieviel unendliches Glück! Aber er war wiedergeboren, und er wußte das, fühlte es im tiefsten Innern seines erneuerten Wesens, und sie, sie lebte ja nur sein eigenes Leben mit!

Am Abend ebendieses Tages, als die Baracken bereits geschlossen waren, lag Raskolnikow auf der Pritsche und dachte an sie. An diesem Tage hatte er sogar die Empfindung, als ob alle Sträflinge, seine bisherigen Feinde, ihn nunmehr anders ansähen. Er knüpfte selbst mit ihnen ein Gespräch an, und sie antworteten ihm freundlich. Diese Wandlung fiel ihm auf; aber es mußte ja wohl so sein; mußte sich jetzt nicht alles, alles ändern?

Er dachte an sie. Er erinnerte sich, wie er sie beständig gepeinigt und ihr das Herz zerrissen hatte; er erinnerte sich ihres blassen, mageren Gesichtchens; aber diese Erinnerungen hatten jetzt für ihn fast nichts Quälendes: er wußte, mit wie grenzenloser Liebe er ihr jetzt alle ihre Leiden vergelten werde.

Und was wollten auch alle, alle diese Qualen der Vergangenheit besagen! Alles, selbst sein Verbrechen, selbst die Verurteilung und die Verschickung zur Zwangsarbeit erschien ihm jetzt in der ersten Glut der Empfindung nur wie ein äußerliches, seltsames Ereignis, ja wie etwas, was gar nicht ihm selbst zugestoßen sei. Indessen war er an diesem Abende nicht imstande, lange und dauernd an etwas zu denken und seine Gedanken auf einen bestimmten Gegenstand zu konzentrieren; auch hätte er jetzt keine Denkaufgabe lösen können; er konnte nur fühlen. An die Stelle des theoretischen Denkens war das wirkliche Leben getreten, und ganz neue Triebe begannen sich in seiner Seele zu regen.

Unter seinem Kopfkissen lag ein Neues Testament. Mechanisch griff er danach. Dieses Buch gehörte ihr; es war das nämliche, aus dem sie ihm über die Auferweckung des Lazarus vorgelesen hatte. Zu Beginn seines Sträflingslebens hatte er gedacht, sie würde ihn beständig mit der Religion quälen, immer vom Evangelium zu reden anfangen und ihm Bücher aufdrängen. Aber zu seinem größten Erstaunen hatte sie auch nicht ein einziges Mal davon gesprochen und ihm auch niemals das Neue Testament angeboten. Er selbst hatte kurz vor seiner Krankheit sie um dieses Buch gebeten, und sie hatte es ihm gebracht und schweigend gegeben. Bisher hatte er es überhaupt noch nicht aufgeschlagen.

Auch jetzt schlug er es nicht auf; aber es kam ihm plötzlich der Gedanke: »Müssen ihre Überzeugungen jetzt nicht auch die meinigen sein? Wenigstens ihre Empfindungen, ihre Bestrebungen...«

Auch sie befand sich diesen ganzen Tag über in großer Aufregung; in der Nacht wurde sie sogar wieder krank. Aber sie war so glücklich, und sie war es so wider alles Erwarten geworden, daß sie über ihr Glück ganz erschrocken war. Sieben Jahre noch, nur noch sieben Jahre! In der ersten Zeit ihres Glückes dachten sie beide in manchen Augenblicken an diese sieben Jahre nur so, als ob es sieben Tage wären. Er überlegte nicht einmal, daß das neue Leben ihm doch nicht ganz umsonst zuteil werde, daß er vielmehr einen hohen Preis dafür entrichten, es mit einer großen zukünftigen

Tat werde bezahlen müssen...

Aber hier beginnt bereits eine neue Geschichte, die Geschichte der allmählichen Erneuerung eines Menschen, die Geschichte seiner allmählichen Sinneswandlung, des allmählichen Überganges aus einer Welt in eine andere, des Bekanntwerdens mit einer neuen, ihm bis dahin völlig unbekannten Wirklichkeit. Das könnte den Stoff zu einer neuen Erzählung liefern; aber unsere jetzige Erzählung ist zu Ende.

Printed in Poland
by Amazon Fulfillment
Poland Sp. z o.o., Wrocław

29342888R00136